顾颉刚中国历史故事

卷一 诸子竞流

顾颉刚◎编著

SPM 南方出版传媒
广东人民出版社
·广州·

图书在版编目（CIP）数据

顾颉刚中国历史故事／顾颉刚编著．— 广州：广东人民出版社，2021.10

ISBN 978-7-218-15098-7

Ⅰ．①顾… Ⅱ．①顾… Ⅲ．①历史故事—作品集—中国 Ⅳ．① I276.3

中国版本图书馆 CIP 数据核字（2021）第 115364 号

GU JIEGANG ZHONGGUO LISHI GUSHI

顾颉刚中国历史故事

顾颉刚　编著

出 版 人： 肖风华

责任编辑： 李力夫
责任技编： 吴彦斌　周星奎
装帧设计： 智慧树

出版发行： 广东人民出版社
地　　址： 广州市海珠区新港西路 204 号 2 号楼（邮政编码：510300）
电　　话：（020）85716809（总编室）
传　　真：（020）85716872
网　　址： http://www.gdpph.com
印　　刷： 北京彩虹伟业印刷有限公司
开　　本： 880mm×1230mm　1/32
印　　张： 24.25　　**字　　数：** 388 千
版　　次： 2021 年 10 月第 1 版
印　　次： 2021 年 10 月第 1 次印刷
定　　价： 168.00 元（全五册）

如发现印装质量问题，影响阅读，请与出版社（020-85716849）联系调换。
售书热线：（020）85716826

前言

顾颉刚中国历史故事

历史故事是没有人不喜欢的，一个刚能说话的小孩就会要求人家尽量讲故事给他听。一个识得几个字能看浅近书报的人就千方百计觅取小说而阅读。至于书场里，戏场上，更是充满着各阶层的人们，贫富贵贱，男女老少，知识分子、非知识分子，他们接受了传奇性的故事，对于表演所给予的喜怒哀乐，都不禁为此而欢呼或哭泣。所以历史故事是人们的日常生活中重要的一部分，正像空气和水一般不可缺少。

中国的传记文学已有很久远的历史。左丘明的《国语》，司马迁的《史记》，描写人物的言语举止栩栩欲活，使人读了之后更容易认识那时的社会背景，所以成为千古不朽的杰作。至于唐代的变文，宋元的话本，明清的演义，以及各种剧本和曲词，莫不是在历史里抉出几件动人的故事，加上作者的想象，把它们描写得更有刺激性，所以能深入民间，永远在民众的脑筋中活动。不过那些作品加入想象的成分太多了，往往歪曲了真相，使古人蒙受了不白之冤。

现在我们编辑这套“中国历史故事丛书”，希望为中国的传记文学培养一点儿新苗，也希望替民间流行的故事做一点儿合理的纠正。固然因为古代的记载缺乏，亦为叙述的方便计，有时也不能不加上一二分想象，可是决不使古人蒙冤。一般说来，我们要表彰历史上的大仁大智大勇的人物，但为明了各时代的大节目计，我们也须叙述几个被人唾骂的分子。我们希望这书出版之后，每个民众和每个中小学生都能人手一编，成为学校的补充读物和家庭工厂商店中的进修工具。说得轻松些，该是一切人的消遣品。说得严肃些，则是大家好就此认识我们的立国精神，就此得着我们做人的法则，都来淬厉振作，复兴中华。

中国之大，历史之长，唤起民族精神的可歌可泣的事情正不知有多少，诚恳祈求读者和专家的指正和批评，使得我们这工作经常在改进之中，将来可以获得理想中的成就。

顾颉刚

见此图标微信扫码
听故事，感受学习历史的乐趣

目录

顾颉刚中国历史故事

第一章

墨子止楚攻宋

墨翟也许是中国出现过的最伟大的人物。是伟大的科学家、逻辑学家和哲学家。在整个中国思想史上，为中国贡献了逻辑方法的最系统发达的学说。

阅读导引

顾颉刚中国历史故事

中国历史上思想文化最自由的时期人人都知道是春秋战国，这个阶段，延续千年左右的封建制度渐渐崩溃，许多贵族因腐化无能而没落，新兴的平民知识分子活跃起来，墨子便是其一；也有的旧日失势的贵族转变成新知识分子的，比如孔子，加之这一时期因为经济力量的膨胀，各个强国都想吞并弱国，于是“奇才异能之士”就更为一般“发愤图强”的君侯们所重视，这是各种思想、各种主义同时勃兴的主要原因。在这些思想家里——如儒家的孔孟，道家的老庄，法家的申韩，等等——我们觉得精神最伟大、最能牺牲小我、普救大众的便是墨子。

墨子的书虽然传到如今，但是因为自汉代以后就没有人提倡研究，以致错乱不堪，难于了解，所幸代表他重要主张的，如《兼爱》《非攻》《节用》《尚贤》《尚同》等篇，还可以明白，不至于把这一个思想界的明星永久埋没。老

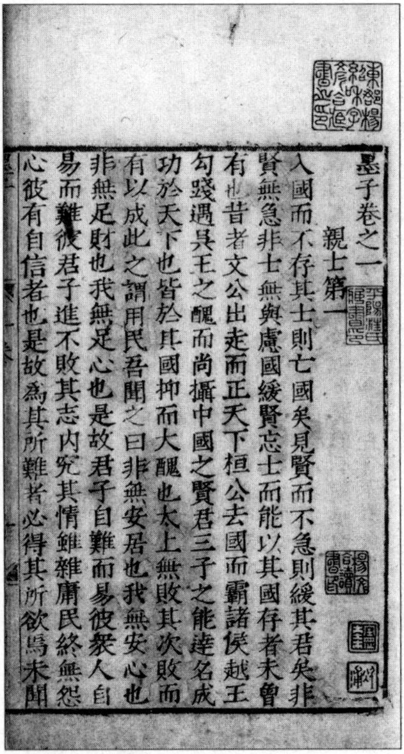
墨子卷之一
親士第一
入國而不存其士則亡國矣見賢而不急則緩其君矣非賢無急非士無與慮國緩賢忘士而能以其國存者未曾有也昔者文公出走而正天下桓公去國而霸諸侯越王勾踐遇吳王之醜而尚攝中國之賢君三子之能達名成功於天下也皆於其國抑而大醜也太上無敗其次敗而有以成此之謂用民吾聞之曰非無安居也我無安心也非無足財也我無足心也是故君子自難而易彼衆人自易而難彼君子進不敗其志內究其情雖雜庸民終無怨心彼有自信者也是故爲其所難者必得其所欲焉未聞

◎明嘉靖芝城铜活字蓝印本《墨子》书影

实说，墨子是比较有社会思想的，兼爱和非攻代表得最真切，我们看看现在世界上的帝国主义者与弱小民族间的侵略战争，还不是战国时代的放大？可是第一次大战后的国际联盟与二次大战后的联合国，对于制止侵略有何成就，殊属疑问。较之墨子凭着个人力量，以“非攻”实现“兼爱”，相去甚远！儒家的主张是反功利的，只想拿“仁义”的口号与道德观念去规范人类的行为，这恐怕效率很低；墨子则不然，他不避讳“利”字，但有一个标准，就是“兼相爱，交相利”，绝不是普通人的“利己”之利，而是“利他”之利。这是我们最当理会的。

据韩非子的书讲，当时最有势力的两个学派是儒家和墨家，而韩非子对其主张全不赞成，他说：“儒以文乱法，侠以武犯禁。”这里所说的侠，当然就是墨家了。侠是打抱不平的人，我们看墨子止楚伐宋的故事，岂不是打抱不平吗？社会上有了这种势力，自然就会使豪强敛迹，弱小展眉。中国在秦汉以前，不乏这种伟大的人物，可惜到后世儒家的思想战胜了墨家，这种为了他人的危难而赴汤蹈火的精神竟没有了。这个对于中国民族的前途影响很大。儒家的思想，我们不能全部否定，然而其专门扶持统治阶级，只注意琐屑仪文而忽略了大节，或是太偏于明哲保身而不能急人之难，都是极大的缺点。我们看汉以后的儒者，吹牛拍马，升官发财，只知个人，不知国家，只知作几篇烂文章，不能经邦济世，较之墨子越发相去得远了，而韩非子的批评已指出了他们的真实病案。

宗教虽然是迷信，对于知识未开的人们却是一个极大的精神支持力量。古时重祭祀，尊天地，都是为此。正义的行为借此得了倚恃，不义的行为由此而生了忌惮，这就是所谓“神道设教”。墨子的宗教式组织以及信鬼神的主张，其目的正在乎此。墨子并非迷信，试看他主张“非命”，就可知晓。今日欧美人士，往往有的科学家也信教甚笃，这无非是求一种精神寄托。中国民族无宗教，固然是进步与开明的征验，然而一般人胡作妄为，损人利己，又何尝不

◎墨子像

是因了没有宗教信心的关系。于此，我们更看出墨子的伟大，而且这也是他的效率主义的表现。

至于有人说墨子的墨，不是姓，而是他的学派之名，好比法家、道家、儒家一样，因为他主张吃苦耐劳，效法古代治水的大禹，全身受风吹日炙成为墨色，故曰墨家，这也未尝无理由。不过此乃考据上的问题，我们这里就不必多谈了。

>> 一

春秋战国之形成

春秋战国时代，要算中国历史上战争最多的时期，也可以说是老百姓痛苦极大的时期。本来，人类在原始时代过着渔猎生活，没有政治组织，他们的敌人只是外面的野兽虫蛇而已。自从由渔猎进化为畜牧农业，生活渐渐安定，团体也逐渐结成，为了保护自己这一集团的利益，便难免和另一集团相争。等到由小的部落合并成大规模的国家，有力量的酋长变成大皇帝，为了满足他的野心，对于不肯服从他的部落更要大动刀兵，这里的战争差不多已经变成了一两个人争权夺利的工具了，然而大多数人竟为他们流血牺牲，这是多么不合理的现象。

周朝是封建制度，除中央政府以外，把功臣和宗室都分封到四方，受封者就是诸侯，原意是要他们保护中央，做个外围的意思。到后来中央政府的力量越来越不行，诸侯却有的越来越强大，于是便要“强凌弱，众暴寡”，大国仗着势力征服小国，谁还肯听中央政府的命令？自从前770年周平王登基，把都城由镐京东迁洛阳起，至公元481年周敬王时止，这290年间，历史上叫作春秋时代，乃是周朝中央政府开始没落，各诸侯称霸称雄，互争领导地位最剧烈的阶段。因为孔子把这时代的重要史实，都记录在他所编的鲁国史《春秋》一书上，所以我们即叫此时代为春秋。这种互争雄长、互相吞并的结果，到最后就剩七个强有力的大国，所谓齐、楚、燕、韩、赵、魏、秦，史家又称之为战国。此七国中，韩赵魏又是分裂了春秋时代的大国晋的领土而成立的，那么，也就无妨说是只余下五国了。由一百多个诸侯，用了战争的手段，并为七国，各国纷争，比较从前更加厉害，直到秦始皇统一六国为止，不久又有了楚汉相争，又打了十年光景，可以说，一直等到汉高祖刘邦作了皇帝，中国才算慢慢安定下来。前前后后，几乎有四五百年光景，可谓是历史上最长期的战争。

>> 二 孔子的主张

孟子曾形容过那时战争的景象，说：“争地以战，杀人盈野；争城以战，杀人盈城。”在战国时期，往往一次战争杀死很多的兵士，如白起坑赵卒于长平，一下子就是三四十万，这惨烈真不亚于现代的战争。至于因战争而转徙流难，东逃西散，以及因战争而造成灾荒，人民死于饥馑疫疠的，那更是无从统计。在这样惨无人道的政治环境之下，有头脑的思想家当然要对战争抱极大反感的。

孔子是春秋时代唯一大思想家、大教育者。他一生提倡“仁义”二字，反对以武力争夺政权。仁即爱人，义即讲理，战争是既不爱人又不讲理的，可见完全与他的主张相反。他的恢复和平的方法是要“礼治”，礼就是秩序，因为战争，旧日的秩序业已破坏无余，“君不君，臣不臣，父不父，子不子”，整个社会陷于一片混乱，所以他主张尽速恢复秩序。凡是破坏秩序的，全是人类的罪人。这个秩序是谁定下的呢，无非古代的先圣先王；其实古代的先圣先王究竟是怎么个样子，谁也不知道，因为人类有崇拜古代的观念，孔子就利用这一点，竭力鼓吹古代先圣先王的学说制度，例如周公就是一位。他甚至把自己的理想也附在先圣先王的身上，再拿来对大家宣传，这就是近代学者所说的“托古改制”。但是孔子终究失败了，他的弟子虽有三千余人，竟没有一个能够把他的学说发扬光大的。

孔子自己虽做过鲁国的官吏，可是因与小人不合，愤而去职，从此周游列国。在争权夺利为先的列国诸侯看来，孔子的学说是太落伍了，谁也不愿意用他。孔子才不得已而回国讲学。我们可以说，孔子的道理只是流传在书籍上、思想上，而在实际政治上的影响并不太大。推考他失败的原因，无非由于没有组织、没有力量，因之没有效果。

>> 三 墨子的主张

紧接孔子的大思想家，便是墨子。根据近人的考证，孔子的年代当前 551—前 479 年，而墨子恰好是前 480 年左右出生，好像他专为接替孔子而生的一般。他一出来，顿给社会开辟一个新世界。只可惜这个惊天动地的伟大哲人，他的个人历史竟异常不完备，在古书里想找他一篇传记都没有！只能由他留给我们的《墨子》一书来推究他的一生，幸而这部书传了下来，虽然里面有许多错乱，使我们不易看懂，毕竟可以知道一个大略。

他是哪国人到如今也还是个不能断定的问题，只知道他的名字叫翟，有人说他是宋国人，有人说他是鲁国人。不过据我看来，这都没什么关系。为什么？鲁宋两国一则相离很近，二则性质也差不多。原来宋国是周代灭殷以后，遣殷之后于商丘分封的，是个十足的亡国奴国家，所以那时各国人都看不起他，春秋战国时代的书里，常常把宋国人当作开玩笑的对象，说他们是愚人。至于鲁国呢，虽说是周公所封之国（周公因国事太忙，未能到鲁国就封，他儿子伯禽代表他去的），但实在是为防范殷人叛变而封的。殷人被西方的周民族打败，赶到东方，集中在今日河南一带，曾有一次大规模的反抗，就是历史上所说的“管蔡之乱”。管叔、蔡叔曾是周公的兄弟，派他们去监视殷人的，但被殷人策反了，累得周公亲领大兵，去征讨了三年，才平定下来。周初建国，这是一件大事。因为感觉这些亡了国的“顽民”不好对付，才封周公于鲁。如此说来，鲁国与宋国，组成的分子岂不就是一样？墨子可以说自幼就感到一种战争压迫，他本身说不定便是亡了国的殷人的后代。

何况这时宋鲁两国，都处于积弱之势，随时要受强邻的侵略，侵鲁的是齐，侵宋的则是齐和楚。楚国是长江流域唯一大国，它是时常想向北面发展的，对象就是宋和郑。

而宋国比郑国尤不如，简直是没有抵抗力量的。

强有力的横行霸道，弱小者忍气吞声，世界上没有再比这种事不平的了。春秋战国时代，真和第二次世界大战后的国际情况差不多。虽然也有人主张缩减军备，例如宋国的向戌，曾奔走各国，主张大家互结不侵犯条约，裁汰军队，那时叫作“弭兵”。弭就是止住的意思，但是只有一句空话，谁肯听他这一套，所以效果不大。

墨子受了时代刺激，觉得战争是一切罪恶的根源，尤其是侵略战，而与战争相反的，便是人类相爱，于是他发表了他的消极主张——“非攻”，同时发表他的积极主张——“兼爱”。他说：

“譬如一个人，不得允许，就进入别人家园里偷桃子。偷果子，人家一定当他是小偷，要打他一顿。若是更进一步去偷别人的刀剑珠玉，就更要受人厌恶而加以惩罚。假使明火执仗，抢了财物呢，当然更不得了了。若是杀了人，就非偿命不可。这种道理是尽人皆知的。可是，如今有一件事，实际是很不合理的，大家却都不以为非，那便是战争。杀一个人要偿命，战争一起，至少杀几百人几千人，反而不要他偿命，也没人敢说他不对，岂不是大大的笑话吗？要按照前面的说法，杀一个人算犯一次罪，杀几百人就是犯了几百次罪，简直得偿几百条命才行，为什么大家却不理会？这可谓‘窃钩者诛，窃国者侯’（意即偷到一点儿东西的要杀头，抢了人家国家的却作国君）。对于发动战争的人，不但不去惩罚他，还要尊敬他，称他为侯、王，请问这是什么道理？……”

这种议论，对于当时强有力的国家直如一颗炸弹；可是对于那些弱小民族，却正代表了他们的不平之鸣。针对着反侵略，我们再看他的“兼爱论”：

“‘兼’的意思就是‘普遍’；它的反面是‘别’，别的意思是‘个别’。因为天下人全把自己看得重，把他人看得轻，这就有了自私自利，甚至损人利己。必须用这‘兼’字来医治‘别’字，我们要把别人的事看成自己的事一般，别人的痛苦即是我们的痛苦，别人的快乐也即是自己的快乐，天下人就可以‘兼相爱，交相利’；而不是损人利己，看别人的痛痒漠不关心。所以，天下的大害起于‘别’，天下的大利成于‘兼’。”

这种崭新前进的理论，立刻引起了若干人的注意，当然，我们可以断定，有不少青年有血气的人就此成了墨子的信徒。但墨子不是像孔子那样专门讲学的人，他是有政治能力的，他把自己的信徒都组织起来，有如现在的政党或教会一般，而他自己做这一党会的首领，称为“钜子”，钜子是可以命令部下的，部下也必须绝对服从。大约他看透要做一点儿事业，没有实力是不行的，而实力却发生于有信仰的组织。他最崇拜的古人，就是大禹，因为大禹是牺牲一己为天下除害的，沐雨栉风，劳苦万状地十几年不回家，给人民去治水，这种精神多么伟大！他的信条就是要自己刻苦，不容许享受。

本来这时的贵族是太腐化了，有下面的农奴给他们生产，他们可以坐享其成，饱暖思淫欲，无非是酒色、歌舞、宫室、衣裳，怎样讲究怎样来，不管老百姓流血流汗，吃不饱穿不足。也正因为耳目视听之娱，才使贵族们增加了侵略他人的欲念，听说别人国里有什么美人，什么名马，乃至宝玉钟鼎，都可以成为他们起兵的动机。墨子恨透了这些拿别人的痛苦与牺牲来享受的贵族，他认为这些人都是“别士”，只知自私自利的；而把他的同党叫作“兼士”，是要兼爱众人的。同时更反对一切奢侈的生活，他有两篇文章，一是《非乐》，一是《节葬》，就是这思想的代表。他说音乐是只消耗而不生产的东西，也就是“加害于人而不加利于人的”，所以要反对。至于死了人呢，只要有一副棺木，掩埋在地下已足，何必一定要服丧三年，还要殉葬不少宝贵东西，衣衾棺椁都要考究得不得了！老实说，这就等于剥夺了活人的必需生活给死人装场面，是最不合理的。

自然也有人反驳墨子的理论，以为他不懂音乐的功效。直到如今，还是这样。但我们应该体谅墨子的用心，在那个时代，人们救死不遑，还谈得上娱乐吗？而那些贵族们，却全是左拥歌姬，右听琴瑟，两相对照，未免太不平等了，何怪乎墨子发出这种愤激的呼号呢？我们必须认清墨子是完全代表平民的思想家，不是代表贵族的，便不会觉得他的学说奇怪了。

然而墨子还有更进一步的对部下的训练，这是任何学派所不及的。原来他看到各国间利害冲突一天天加深，也就是弱国的危机日日加甚，空口白话反对战争是没用了，除非用一种力量，把侵略者的野心给打回去，也就是“与打击者以打击”的意思，他不但是个思想家，而且是个技术者，研究了不少守城的方法和工具，就来教导他的学生，说：“我们的非攻，不是说说而已，必须真能解决事实上的问题。侵略者一旦受了我们的打击，他才会认识我们的主张不是空洞的。”他的学生听了，个个努力学习，可以说，每一个人都是防御战专家。我们真佩服墨子，他不但给部下以政治组织，思想训练，而且有军事教育，真如今日的军校一般。

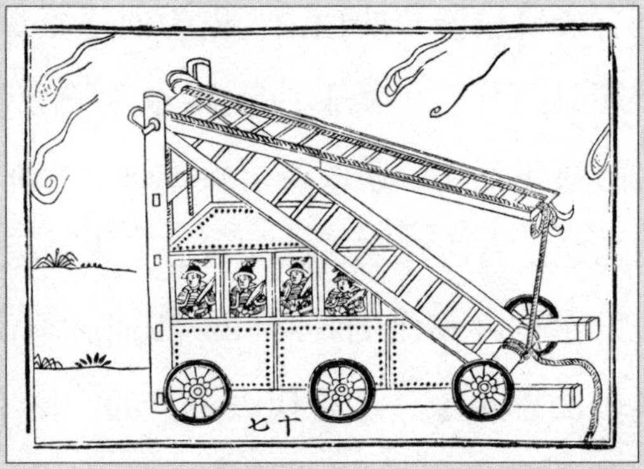

◎云梯

>> 四 说服楚国

这一年，墨子正在宋国讲学，宣传他的主张，忽然听说楚国将起兵攻宋，宋国全国都陷于惊恐状态，想起前几次楚兵入境那种奸淫掳掠的情形，谁个不怕，又谁个不恨。墨子听了，连忙召集新旧弟子三百余人，讲话道：

“我们墨者向来以兼爱、非攻为主，凡是侵略者就是我们的敌人，我们要打击他。兼爱的表现，就是牺牲自己，救助他人，切不可把自己的生命看重。如今我听说楚国又要起兵攻宋了，我平时教导你们的，已经到了试验时期。你们是否真能实行主义，可以在这次战争里表现一下。我想即刻动身到楚国去，先用道理去说服他，如果能够打消他攻宋的恶意，那是最好不过；如其不然，你们就应该拿出平生所学，协助宋国守城，即使为正义而牺牲也在所不辞。至于我的安全，你们更不要顾虑。”

一席话说得三百多学生都激动起来，也有因为敬爱的师长要远去楚国且安危莫测而伤感的；也有因为得到了表现平时所学的军事教育的机会而兴奋的；但竟没有一个听了要牺牲而远缩不前，墨子的教育与人格得着了莫大的响应。

墨子把守城的责任完全交给大弟子禽滑釐。弟子中有要跟随他去楚的，他命令一概不准。就这样，他负起行装，穿上芒鞋，大踏步往楚国而去。

从宋国到楚国也有一千多里的路程，墨子自己寻思，若是到得迟了，楚兵业已出发，那可麻烦，他本来一天可以走一百里，为了赶路，一天走一百五十里，连打尖吃饭都顾不得；到夜晚宿在店中，脱下鞋一看，才知道两脚都磨出泡来了，他也不管，久而久之，就成了厚的茧子。

这一日来到郢都。但见街上到处都是兵马，乱乱纷纷，好像要出征打仗的样子，但兵士脸上都带着一层忧郁之色。每一个队伍里，又都带着一种庞大的车子，上面装了梯子，显然是攻城用的。墨子在旅店里一打听，果然这几天就要出兵攻宋了，那云梯是一个鲁国的巧匠公输般给做的，他如今在楚王面前当军师，红得不得了，楚王攻宋的一切都是他给设计的。随后墨子又探问他们的语气，愿意不愿意打仗，那店小二说："谁还愿意打仗，都是我们这位贪心不足的君王，妄动干戈，弄得黎民不安，众人怨恨。唉，有什么法子！客官，你是从宋国来吗，你们的国真倒霉，恐怕又要遭殃了。"墨子对他微笑道："也没有什么，听说宋国防备得很紧。公输般住在哪里，我倒要去会会他，我们也是老朋友了。"店家告诉了墨子，一宿无话。

知识扩展

公输般，春秋时期鲁国人，姬姓，公输氏，字依智，名班，人称公输盘、公输般、班输，尊称公输子，又称鲁盘或者鲁般，惯称"鲁班"。《事物绀珠》《物原》《古史考》等不少古籍记载，木工使用的不少工具器械都是他创造的，如曲尺（也叫矩或鲁班尺），又如墨斗、刨子、钻子、锯子等工具传说也都是他发明的。但同时，他也发明了不少战争武器，《墨子·鲁问》记鲁班将钩改制成舟战用的“钩强”，楚国军队用此器与越国军队进行水战，越船后退就钩住它，越船进攻就推拒它。《墨子·公输》则记他将梯改制成可以凌空而立的云梯，用以攻城。

次日一早，墨子就去会公输般。但见府第宏丽，警卫森严，好不威风。墨子心想：“这个败类，自己国家时时遭受侵略，还不觉悟，却又要到这儿给人家当刽子手！”传达兵盘问了墨子半晌，才放他进去。公输般在客厅招待他。原来这时公输般已成楚国一等要人，奔走在他门下的人很不少；墨子总算和他是旧相识，当下就接见了。

寒暄已毕，公输般就问墨子来意，他倒以为墨子是托他介绍见楚王谋个一官半职呢。不料墨子说：

“我从北方来，到此并无别干，只因有一个人与我过不去，我想求你给我杀了他！”

“真笑话，我又不是刺客，你为什么和我说这个！”公输般一脸不高兴地回答。

“不是要你白杀呀！这里有十爰印子金[①]呢，算是一点儿小意思。”

“你是怎么回事？我又不是凭杀人吃饭的！”

“啊，原来你不是凭杀人吃饭的？好极了！可是，我在北方听说你给楚国造了云梯，马上就要攻打宋国了，这不是杀人是什么？你现在这样享受富贵，不是凭杀人换来的吗？”

……

公输般低下头去，脸色由红而青，一句话也说不出。

“从前你帮着楚王打越国，做了什么钩拒，说是装在船上可以勾住敌船，也可以推开敌船。我便劝过你，这种钩拒算什么呢！与其用这种毁人的武器作工具，不如把一个‘爱’字作武器好得多，毁人的武器总有一天会碰到抵抗的，而‘爱’却可以天下无敌。你偏偏不听。如今又造什么云梯来攻宋了，须知这杀人是不合理的事呀，你不怕激起大众的反感吗？”墨子更恳切地反复着。

---

①印子金：楚国金币郢爰俗称，又称金钣、龟币，计量单位为爰，使用时切块称重，一爰即楚制一斤，约今250克。——编者注

延伸阅读

这里所说的钩拒，也称为“钩强”或“钩巨”。是古代水战用的战争工具，可钩住或阻碍敌方战船。传说此物便是公输般所发明。《墨子·鲁问》记载：“昔者楚人与越人舟战于江，楚人顺流而进，迎流而退，见利而进，见不利则其退难。越人迎流而进，顺流而退，见利而进，见不利则其退速，越人因此若执，亟败楚人。公输子自鲁南游楚焉，始为舟战之器，作为钩强之备，退者钩之，进者强之，量其钩强之长，而制为之兵，楚之兵节，越之兵不节，楚人因此若执，亟败越人。”

“再说，宋是小国，楚是大国，楚的一切都有余，宋的一切都不足，攻宋的收益有限！你这种主张，算得了聪明吗？宋既无罪而加侵伐，这可谓不仁。你明知大伐小、强欺弱是不对的，而不向楚王据理力争，也可以说是不忠。总而言之，你这一次举动，不仁不义，不智不忠，真是犯不上！”

公输般很惭愧地点点头，可是并没有进一步的表示。

“怎么样？你既不说我的话是错的，为何不立刻进宫，请求楚王停止用兵？”墨子进一步地问。

“那恐怕困难！现在一切都准备好了，专等下令开拔，岂能半途而废？我是不好意思和楚王说的。”公输般现出无可奈何的样子。

“你不好意思，我去说怎么样？请你介绍一下。”

“那倒可以。”

于是公输般和墨子进宫去见楚王。墨子施礼已毕，楚王道：“足下远来，有何见教，请快说，我们楚国正在用兵伐战之际，恕我不能久陪呀。”

墨子不慌不忙地说道：“我有一个问题，请求陛下解答：有这么一个人，家里有很漂亮的车子不肯坐，却看上了邻居的老牛破车；家里有绸缎锦绣之衣，偏不肯穿，却看上了邻家的破棉袄；家里有鱼有肉，偏不肯吃，却看上了邻家的糠皮，于是便起意去偷这些东西，陛下您看这个人怎么样？”

“哪里有这样的糊涂虫！除非是有精神病！”楚王笑着说。

“不要说没有，眼前就有呢！臣请问：楚地方五千里，而宋国不过五百里，这不是漂亮的车马和老牛破车一般的对比吗？楚国的云梦之泽（今洞庭湖以北的大沼泽）珍禽野兽不计其数，江汉两水，鱼鳖虾蟹取之不尽，用之不竭；至于宋国，连一只兔子都难得找见，这不是山珍海味和糠皮的对比吗？楚国的山中有长松、大柏、杞、楩、楠，而宋国却连一棵大树都没有，这不是锦绣与破棉袄的对比吗？所以，臣以为陛下攻宋，就和刚才我所说的那个人一样。”

楚王默想了一刻，点了点头，说：“不错，话是有理之至；但是，楚国一切都预备好了，又有公输先生特别设计的云梯，莫非就这样中止了吗？恐怕没那么容易吧？至少，我也想试试这个新工具灵不灵。”

墨子看出不是空话可以打消楚王野心了，便说道：“大王以为攻宋一定有把握，这倒也值得考虑呀。以臣看来，实在未必。如若不信，臣情愿和公输大夫表演一番，臣作为守方，他作为攻方，我们在大王面前比赛一下，看看是攻方有利还是守方有利？不知大王允许否？”

“那也好！但怎么表演呢？”

“容易！”墨子说着，解下一条腰带来，摆在案上，围成一个圈子，说：“这就算是宋国的城池吧，现在我在里面守，公输大夫在外面攻。”又对公输般道：“我们每人拿几节竹片代表军队和武器，你如果能攻进城来，算你赢；否则，你便输。”

楚王在一旁有兴趣地注视着，公输般和墨子在那里表演。公输般左冲右突，设了九次攻城之计，墨子却慢条斯理地摆好了防御阵势，公输般连一次也没攻进来，只急得满头大汗，涨红了脸。墨子却从容不迫地说：“如何？你还有办法再攻吗？如果有，尽量来呀，我的对付方法还多呢！”公输般抓抓头发，唉声叹气，很不高兴的样子：“算我输了，算我输了！”

墨子说：“输了怎么样？”

公输般恨恨的样子：“怎么样？我有对付你的法子，只是现在不便宣布罢了！”

墨子冷笑道：“哼，你的法子还有什么稀罕！无非让楚王杀了我，宋国就没有办法了，是不是？这你可打错了主意了！我们墨者以救人为本，不像你们，专讲到处求功名富贵。救人就要救到底，当我来的时候，知道宋国危在旦夕，而且我自己生死莫测，早已安排下了三百多弟子，由禽滑釐率领在宋国守城了，你杀得了我，还杀得了我的三百多个学生吗？杀得了我的学生，还杀得尽天下的正义吗？”

公输般又是无言可答地僵在那里。

倒是楚王听了这些话，又看了看墨子的本领实在不好惹，不觉对墨子说道："请你放心，寡人完全明白了，我决定下令停止攻宋！"

墨子道："那是再好没有了，大王一念之起，就可决定许多人的生死，您看有多大的关系！"

公输般很客气地招待着墨子，回到他的府邸，从此他们成为更好的朋友。公输般不禁感慨地说："当我没见到你的时候，我很想把宋国拿下来；听了你的话，再有人给我宋国我也不要了。你的道理太高明了！"

"你以为你没有拿下宋国吗？实际上你是拿下了。不是拿下宋国的土地财产，而是拿下了宋国的人心呀！土地财产是靠不住的，人心却可以维持到永久，你努力吧。"

墨子的话，使公输般不能不五体投地地佩服。

墨子几句话，把整个儿宋国的危机解除了，他开始北归。他心里还有些不敢信任自己的徒弟，不知是否把宋国防守得很结实，便故意乔装一番，现出慌张的样子，走进城门。不料宋国全国都在戒严状态中，对于来往行旅盘查甚严，守门兵士竟不允许墨子进城。墨子知道自己的训练大大成功，他说明了一切，守门兵士忙敬礼，放他进去。自然，宋国的军民是怎样拥戴和感激他啊。从此墨子的信徒更加多了，而且墨子的势力远远伸张到楚国那方面。

>> 五 游说止战

和宋国同病相怜的是郑国，前面已经讲过。郑国的地形是介于晋和楚之间，两个大国都看他是块肥肉，想要独吞。“郑居两大之间”是我们今日作为“左右为难”的代替词，在当日，郑国确实是难于应付。楚国的鲁阳文君又想带兵攻打郑国了，墨子义不容辞地去游说。他到了鲁阳文君那里，说道：

“如果鲁阳境内，大家族打小家族，杀人抢物，闹个不休，您觉得怎么样？”

“鲁阳境内都是我的臣民，他们不会闹的；如果这样闹起来，当然要加以制裁。”鲁阳文君说。

“我觉得您起兵攻郑也跟这个一样。”

“不然，郑是外国，我们当然可以打它的。”

“您这话就格局太小了！须知在人看来，虽有此国彼国之分，在天看来，大家都是一国，也就是，全为天下百姓，恰如鲁阳境内都是你的臣民一般。你不许自己的境内臣民乱来，天也不会许可你乱来的呀！”墨子反驳着他。原来墨子一向是讲“天志”的。什么叫天志呢？就是人们把天的意志为意志，天自然是一个假定的存在，好像有那么一个超乎一切而存在的真神，他执掌着宇宙的生命，他会赏善罚恶。人以为自己做了恶事，别人不会知道，其实天会知道的。天对于万物都赋予生命，这就是一种普遍的爱。战争是摧残生命的，也可以说是完全违反“天志”，所以必受惩罚。这也是墨子看透了一些人，如果不给他们“神道设教”就不能发生效力，所以才这样子讲。

鲁阳文君道：“先生，我们伐郑正是顺天之意，郑国三世有弑君之乱，这样的国家还不该受罚吗？”他以为这样可以堵住墨子的口了。

墨子道：“郑人三世弑君，不错，但他们一连三年没有收成，可算上天已经惩罚他们了，不用您再去多此一举。譬如，有一家的孩子做了没出息的事，他父亲拿了棒子打他；邻家的人见了，也拿了棒子来打，说‘他的父亲打他，我们这是顺他父亲的意思’，这事算作合理吗？请您再细细思量一下。”

“我觉得”，墨子继续说下去，“战争是最不合理的事，杀了他国的人民，抢了他国的土地，不知有多少人因此而人亡家破，举目无归，结下了百年莫解的仇恨。可是战胜者却骄傲得了不得，把战功刻在钟鼎之上，放到宗庙里去，传给子孙，让他们歌颂这功德，甚至学这榜样，真是荒谬极了。假设有这么一个人，抢了人家的牛、羊、粮食、衣服、珠玉等，然后也写在竹简上，传给他的子子孙孙，夸耀自己的本领，试问我们可以认为他是对的吗？”

鲁阳文君听到这里，插进来一句：“照你所说，天下是非该全盘改变了，从前以为是的，岂不都变成了不是？”

“一点儿也不错”，墨子接着说，“世俗的是非有许多是不可信的，这战争的事就是极好的例子。抢了人家的牛马衣服，我们都知道是不合理的事，偏偏这攻城略地，杀人千万，就成了可以夸奖的，这岂不是小的黑叫作黑，大的黑就叫作白了？无论世俗是什么看法，我们是应该矫正的！”

鲁阳文君到底说不过墨子，只得放弃了攻郑的计划。

墨子晚年到齐国去讲学，刚巧齐国准备起兵攻鲁，大将是项子牛。墨子听了这消息，就来见他，劝他不要攻鲁。项子牛岂能听墨子的话。墨子说：“你们去伐鲁，无非为了利。殊不知战争是危险的事，只有两败俱伤，绝不会有什么利。不要说吃败仗的国家是大受损失，就算你打胜了，也是大伤元气。从前吴王夫差用了伍子胥，国势强盛，西败楚国，北败齐国，南败越王，把勾践俘虏了，声势浩大，谁不惧他；但连年战争，人民怨恨，国力伤耗，终于被越王打得一败涂地，身死国灭。还有晋国大夫智伯，倚仗力强势大，要吞并范氏和中行氏两家贵族，连年打仗，也不知死了多少人；两家虽然被他打败，到后来韩魏赵三家又联合起来替范、中行两家报仇，终于杀了智伯。所以大国攻打小国，也许当前胜利，可是以后的结果总是吃亏的。我劝你还是不要攻鲁吧。”项子牛听罢，现出犹豫怀疑的样子。墨子知道他做不了主张，便又去见齐王。

“我有一个问题，要和陛下讨论。”墨子是最喜欢用譬喻的。“譬如有一把刀，拿来砍人头，人头立断，大王，您说这算不算锋利？”

“当然锋利。”齐王不假思索地说。

“刀是锋利了，现在刀的主人就拿了它乱砍起来，逢人就杀，您看，对不对呢？”墨子又问了。

“那怎么可以呢！刀虽然锋利，人是不可乱杀的，这杀人的人要犯罪呀。”齐王说。

“不错了，刀是尝足了人的血腥，可是拿刀的人却犯了罪。你看这冤不冤？现在听说大王要攻鲁，我想也是这样。

攻鲁，也许可以抢到鲁国的土地和财产，使齐国占了便宜，但这杀人的血债写在谁的头上？”墨子把事实引到齐王非自己认错不可的地步了。

齐王思索了一会儿，只得自己承认：“写在我的头上！”

“那你又何必去攻鲁呢？”齐王受了墨子的启示，也如楚王一般，竟停止了军事行动。

>> 六 墨家学派

像这种援助被侵略国反抗强权的事，大约不只有这几次，可惜在书里没有详细的记载，我们只能看到这几桩。当时，思想界受了墨子的影响，发生了很大的变化，而且墨子的学生也都个个遵守了他的遗教，团结得非常坚实。所以直到战国末年韩非子的时候，还说“今天下之显学，儒墨是也”，意思就是说，当时最流行的学说和思想，一是孔子所倡导的儒家，一是墨子所倡导的墨家。这可以证明墨子势力的壮大。他们把墨子一派叫作“侠”，因为墨子是专门替人家打不平的。战国时有许多游侠之士，汉朝初年也有好多行侠仗义的人，想必是受了墨子的影响。孟老夫子孟轲，因为墨学是儒学以外一大思潮，孟子想用儒家的学说统一思想界，就竭力排斥他，说他的兼爱是把别人的父亲看成自己的父亲一样，这“无父主义”便是禽兽行为，万万要不得的。其实墨子何尝说过这种话，而且，老实说，他的兼爱主义有许多地方正和孔子的仁义之说是相合的。只有儒家反对利而墨子却讲利，好像互相矛盾，但实际上墨子所讲的利，是“交相利”的利，亦即是要大多数人得利才算是“利”，少数人得利是要不得的，这与儒家的“义”字也正相一致。

墨子还主张贤人政治，他认为一国的政治领袖应当根据“天志”，让位于贤者，他有《尚贤》一篇书专讲此理。等到贤者既成了政治领袖，全体人民便要绝对服从他，使他顺利地推行理想，这叫作“尚同”。我们觉得这都和墨者本身的组织相仿，墨子自己便是那个领袖，弟子们须绝对服从，他的组织如此，故理想的国家也是如此。这和如今的“民主集权制”也很相像。只有一点我们不大赞成，就是墨子主张有鬼神，做恶事了要防备鬼神来监视，来惩罚。但在古代人民崇拜鬼神牢不可破的时代，恐怕也只有这样讲才更容易为人所了解吧？

也正因为他主张兼爱、尚贤，这些都和自私自利的帝王思想冲突，又加以孟子的反对，到汉代以后，禁止诸子百家，独尊儒术，墨子的学说就不传了，使得中华民族的自私自利的毛病到如今还是没法子治疗。

有人说墨子不是姓墨，墨是他的学派之名，如同孔子的学派为儒家，老子的学派为道家一样。为什么叫作墨？因为他是主张吃苦的，像大禹王一般，终年在外，为老百姓做事，晒得身上墨黑，故自称如此。这也是一个有趣的解释。

第二章

吴起和孙膑

吴起在中国历史上是永不会磨灭的人物，秦以前作为兵学家是与孙武并称，作为政治家与商鞅并称的。吴起的霸业如在楚国成功，后来统一中国的功名恐怕不必一定落在秦人的手里了。

阅读导引

顾颉刚中国历史故事

一切学术源于时代的需要，中国学术思想的黄金时代是春秋战国，一个主要的原因便是那时中国社会为一大转型期，在政治上由分治的贵族演进为统一专制，在社会阶级上是由奴隶主和奴隶演变为地主和平民。周初所封的诸侯，互相兼并的结果是到春秋时代只剩下十数个大国，到战国则成了七雄，终于秦始皇把它们全部统一。从前的人都在慨叹，“周辙既东，王纲不振”，于是才“诸侯力政（征），藏管商之法者家有之”。其实这种慨叹是多余的，不必要的，因为这并不是退步，而是一种不能避免的进展。

在各国纷争的局面下，通晓兵法者当然成为时代的宠儿，吴起、孙武、孙膑、庞涓等就是这样成功的。不过这里面吴起又与孙、庞不同，他不仅是一个单纯的战术家、战略家，而且是一个了不起的政治家，古代大约很容易把战争和政治看为一体。本来，若想战争得利，不和政治配

◎吴起练兵

合是绝难达到的，强兵与富国是一事的两面，吴起注意政治，我们不能认为是武人干涉政治，他在魏国西河的治绩，使我们不能不佩服，看起来他已经是法家的先驱，比商鞅和韩非子都早得多。他在楚国的主张尤其具有法家的特色，注重效率，裁抑贵族，增加国富，统治舆论，处处与以后的商鞅立法相类似，而他的牺牲也就和商君相同——得罪了有传统势力的贵族，新旧冲突，一个革命者便被迫害了。

大凡一种变革，在起初一定遭遇阻力，所谓“可与乐成，难与虑始”，吴起、商君皆当作如是观。不必诟病他们，正可以看出他们的勇往直前的精神。没有这些领导分子，即使社会十分需要改革，在时间上也要延迟了若干年，这也就是英雄可以促成时势的道理。因为吴起是这样一个英雄，所以他身上才集中了不少的传说，什么杀妻求将，徙木立信（与商鞅同），以及公叔痤对他的加害，征中山为士卒吮痈等等，自《史记》以上，《战国策》《吕氏春秋》《韩非子》等书里就充满了这种记载，有些可信，有些自然全是传说。然而这许多传说，正足以证明吴起在古代人民心目中的地位，几乎有如后世对于“杨家将”等故事一样。

延伸阅读

“可与乐成，难与虑始”原句应为“夫民不可与虑始，而可与乐成”，意思是：对普通人，不能和他们商议开创的计划，只能和他们分享成功的利益。出自北宋司马光的《资治通鉴》第二卷，原文为：“卫鞅欲变法，秦人不悦。卫鞅言于秦孝公曰：‘夫民不可与虑始，而可与乐成。论至德者不和于俗，成大功者不谋于众。是以圣人苟可以强国，不法其故。’”

兵家的时代，孙武、孙膑是单纯的战略家，可是战争最重要的是号令严明、赏罚公允，这也是兵法最讲究的。

我们看孙武子斩吴王爱姬就可以知道古代兵家的精神。假使一国的军队失掉了这种主要的条件，即使如何坚甲利兵，也不会打胜仗的。现在人常说团结就是力量，实际上最需要团结的无过于士兵，如果在战争中不能合作，其失败就已等于注定，而公平与严密又是团结的不二法门。庞涓是傲慢的人，他的部下一定不能和他充分合作，所以他失败了。

至今学兵法的人，还要研究孙、吴的著述，然世传《吴起兵法》，实在有大部分是伪作的，《孙子》也有靠不住的地方，这是我们应该知道的。据古代的记载，吴起还和《左传》发生关系，甚至有人说《左传》是吴起传下来的，若果属实，吴起更可以说是“文武全才”了。

吴起的故事

>> 一 背景

春秋战国时代，各诸侯互以实力相争，周朝的中央政府等于虚设，毫无办法。春秋时有“五霸”，霸的意思，就是凭了武力征服别人，让别人奉他为领袖——也就是实际上的帝王。不过他们的祖先都是周天子所封，所以还要顾及名分，不好意思把这位毫无实力的天王一下子取消，无论要打哪一国，最好都假借了他的命令，这就叫作“挟天子以令诸侯”。到后来，一百二十个诸侯相互吞并的结果，只余下七个大国，谓之“战国七雄”。这七雄比五霸还要凶，他们索性不理周天子了，想要打仗就发兵，于是七国之间，为了利益的冲突，几乎没有一年，甚至没有一个月不在战争中。因此之故，就产生了借战争而起来的人物，一种是，专门挑拨各国的感情，把各国的领袖都玩弄在手掌之上，因以猎取富贵的，便是那些“游说之士”，又叫作“纵横家”，如苏秦、张仪等便是；另一种是，专门给人训练军队、指挥作战的，后世谓之“兵家”，实际亦即今日之“职业军人”，如孙武子及其后人孙膑，和以杀妻求将的故事著名的吴起都是。他们的著述，有的传到现在，有的已经不传；就是传到现在的，其中也夹杂了不少后人假造的东西，如吴起的兵法即是。

>> 二 吴起杀妻

孙武子是春秋时人，比吴起要早100年光景，但因他是孙膑的祖先，我们留在和孙膑一道说。现在先讲吴起。

吴起是卫国人。卫国原是周公之弟康叔的封国，原也是东方一个重要诸侯，无奈后来一天一天衰弱下去，到春秋时已沦落为三四等的国家，至战国时，竟成了魏的保护国，不能独立了。韩、赵、魏三国原是春秋时晋的领土，被那三家大夫瓜分了，就成为三个诸侯。其中韩魏两国都在今日河南山西地带，乃是四战之地，东有齐，西有秦，南有楚，全是瞪着眼睛想侵略别人的大国，所以战国之时，这两国特别倒霉，没有一天安定日子。为了这种关系，这一区域就常常出些人才，环境的刺激是使人发愤图强的原动力，卫、魏、韩等国正是如此。例如张仪、公孙衍等都是卫人，以变法著名的商鞅是卫人，而吴起则是商鞅的同乡，年代却比商鞅略早些。

知识扩展

所谓三家分晋，是指春秋末年，晋国内部斗争激烈，赵、韩、魏、智、范、中行六大夫架空晋国君主，相互倾轧。争斗中，韩、赵、魏三家胜出，瓜分了晋国其他大夫的封地。前403年，周威烈王封韩、赵、魏三家为诸侯，三大夫正式入编。前376年，韩、赵、魏废除晋静公，瓜分晋国公室的封地，晋国灭亡。这就是“三家分晋”。“三家分晋”被称之为春秋与战国的分水岭，具有划时代意义，司马光所著《资治通鉴》便用其开篇。

他是个认真不模糊的人，一切事情必须实事求是。据说，有一次，他要织一条带子，便拿一个样给他妻子，让她照样织起来。他妻子织完，吴起拿来和原样一比，长短宽窄差了许多，便问是什么缘故，他妻子很不在乎地讲：“这有什么关系呢？”吴起却不以为然，他说：“我说要什么样，就是什么样，一个人说了话不能不算数的。请你重新织一条，务要和原样相同。”他妻子心中不高兴极了，觉得这个人太没道理，过了两天，仍旧把那条带给他，并未改织。吴起又拿起一比，还是不对，不觉大怒道：“你为什么又弄错了？难道我的话不算话吗？”妻道：“你这个人未免太认真了，重新另织又得费一回线，何苦呢。”吴起说：“不是这样讲法，大凡一件事必须有个规矩标准，错了是不成功的。错一条带子不要紧，如果是国家大事也这样错下去，那还得了吗？我的话在家里不能发生效力，还想治国，岂不是笑话！”他妻子听了，说：“呸，凭你这穷鬼，还想去治国，你快给我少说两句吧！”两个人越说越决裂，吴起觉得这样女人不能要，就要休她，他妻子也就乐得走了。从此乡里间便很看不起吴起，说他这个人胡闹。殊不知他是有大志向的，岂是乡人所能了解？

他在家中偷偷研究兵法，想到外面去碰碰运气。终于有一天在大街上因为听人说他闲话，忍不住和众人吵起来，他一时性起，拔出刀来和人争论，一下杀死了两三个人。回到家中，知事已扩大，非跑不可，就打点行李，连夜逃到邻近的鲁国去。他母亲哭哭啼啼地送他出大门，他说：“我吴起此一去，若不能为公为卿，是永远不回家的了，母亲你自己保重吧！”母亲听后，加倍伤感，眼看他迈开大步，向东而去。

鲁国是文化很兴盛的国家，自从孔子设教于鲁，读书人日见其多，孔子死后，又有几千弟子到处传授，所以知识分子越加普遍了。吴起到鲁后，知道自己年纪轻，学识不够，就投到曾子的儿子曾申门下做学生，一心研究孔子之道，但一面仍在研究兵书。给他读了几年，却悟出一个道理，便是，儒家所说的仁义，不是不好，但恐怕太缓慢，不易有效率，还得要用法律来帮助才成。至于用兵打仗，那只是临时的事，若想使国家太平，专凭打仗是不行的，必得有政治的方法。

这时齐国又来侵略鲁国，原来齐鲁相邻，齐大鲁小，齐强鲁弱，鲁国是时时被侵略的。鲁国一连打了几次败仗，全国都在惊慌失措，吴起却公开表示，他有办法可以打退齐兵，只消命他为将，他就可以效力。鲁君听了，颇有用他之意，但那些尸位素餐的饭桶将官们唯恐吴起抢了他们的饭碗，就向鲁君说他的闲话：“吴起本领是不错，但是要注意，他不是鲁国人呀，肯为鲁国卖力气吗？而且听说他新近和一个齐国的姑娘结了婚，说不定还会是齐国的间谍呢。”鲁君的耳朵里灌进了这些话，岂肯再来用他，这件事情就放下了。

知识扩展

尸位素餐是个汉语成语，比喻空占着职位而不做事，白吃饭。出自《汉书·朱云传》:“今朝廷大臣，上不能匡主，下亡以益民，皆尸位素餐。”

吴起已知鲁君将要用他为将，何以迟迟不发表呢？不免到各处去探寻，才知有人说了闲话，而且问题正在这位新结了婚的妻子身上。他回家之后，心中充满了矛盾。自己念了这么多年的兵法，懂得不少的韬略，始终没有出头之日，现在好容易有了机会，却又多了这么一层障碍！若是狠心，除了这障碍呢？到底是新婚夫妇，正在恩爱着，拿不定主意。这一天夜里躺下，他简直睡不着，翻来覆去，闹个不歇，他妻子问他，也不回答。

功名富贵的念头毕竟战胜了夫妻情感，这一天后半夜里，他竟趁着妻在熟眠之时，把她杀了。这真是一种可耻的残忍！第二天，他声称他妻是齐国人，有在鲁国做奸细的嫌疑，所以把她杀了。更直截了当地去请求鲁君任他为帅，他愿意奋勇打退齐国。鲁君就听了他，他一下子变成了三军统帅，多年的学问到底可以施展了。

讲究法令是他的心得，因此他约来士众，号令严明，同时，他又肯身先士卒，和他们同寝同食，同尝辛苦。这些士兵受够了贵族的压迫与使唤，忽然来了这样一个平民化的主将，怎不佩服？果然上下一心，个个奋勇，一战便打退齐兵。从此吴起之名大盛。他想起妻子，不免悲伤一番，偷偷在家中设了灵位，虔诚地给她祭祀。

自从他到鲁国不久，他母亲在卫国便因想念儿子而病死了，吴起因为发过誓，尚未做到公卿，不肯回家。好多人因此骂他不孝。现在他在鲁国地位一天比一天重要，鲁君把他当作一个人才来看待，那些旧日贵族心中生出无限嫉妒，便拼命造他的谣言，当初说他娶了齐国的女人不能给鲁国打仗的，却又来骂他杀妻求将是残忍不仁了，并且以他不奔母丧的事，威吓鲁君："吴起在此一天，齐国是不甘心的，况且我们是小国，一下打胜了大国，也会引起强邻的注意，这样一来，我们鲁国就要兵连祸结，永远不得太平，所以，不如罢免了吴起，免生后患！"鲁君是个没主张的人，便把吴起的职务免除了。可怜的吴起，他为了功名，把如花似玉的妻子都牺牲了，结果还是落得一场空，他心里愤怒极了，尤其觉得对不住妻子，回到家中，向妻子灵位大哭一场。

>> 三

投奔魏国

过了些时日，吴起听说魏国的魏文侯励精图治，招纳各国贤才，便一担行李，往西直奔魏国。

吴起已经是国际驰名的人物，魏文侯又是求贤若渴的君主，自然很容易合在一起。当时的魏国，可以说正在全盛时代，孔子的大弟子子夏也在魏国的西河办着教育，很得文侯的信任。原来这西河地方，就是今日陕西关中东部，黄河以西的地带。这儿是紧邻强秦的，乃是魏国的走廊，也是魏国的前卫，若是西河有失，魏的本土便发生危险，所以魏文侯很注意此地的经营。

吴起一到魏国，就奉令带兵防守西河，他出其不意地袭击秦国边界，连夺了五座城池，好不高兴。不久，又带大兵北征中山。这中山乃是那时北边一个小国，但因祖上为白狄，遗有胡风，故兵马很强，屡为魏国的边患。吴起这次出兵有征服中山的决心，拿出生平带兵本领，抚慰将士，激励兵丁，自然，更加和兵士们共寝同餐，同甘共苦了。

相传有一次一个兵害了疮疾，疼得不得了，吴起看得他太难过，就亲自给这个士兵吮疮，把他的脓血吮到自己嘴里再吐出来。这兵的母亲见了，大哭，别人问道：“主将这般爱护你的儿子，为什么你反而哭？”老母亲道：“你有所不知，当年他的父亲也是在吴将军部下，也在军营里生了疮，吴将军一样给他吮过脓。受了吴将军一吮不打紧，以后作战便不由得争先卖命，结果是被敌人杀死了。我看了我儿子又是如此，恐怕他的小命也快为吴将军而牺牲，和他老子一道去了呀！”这些话自然是不大可信，兵士们的母亲如何会随在营中。不过由于这种传说，我们可以知道，吴起对于士兵是多么爱护，绝不是把他们当作牛马看待的，因此兵士们才愿意给他拼命，每战必胜。小小的中山，当然经不住吴起一击，从此大败，后来竟被魏国灭了。

◎吴起替士兵吸疮毒

知识扩展

中山国，春秋战国时白狄的一支仿照东周各诸侯国在前506年建立的国家，在今河北中部太行山东麓一带，中山国当时在赵国和燕国之间，都城在中人城(今河北唐县西北粟山)，后迁都顾(今河北定州)，再后迁都灵寿(今河北灵寿)，因中人城中有山，得名中山国。前407年魏国灭中山，中山残部又于前380年前后复国，并定都于灵寿。前296年，中山国为赵国所灭。

吴起把魏国的兵士都重新加以编练，征兵的制度也是由他确立的。在那时，魏国的“武卒”是称雄全中国的。每个兵可以带五十支弩箭，背三天的口粮，穿着三层的铁甲，这样，每天行军还可以走一百里地，试问这种军队，哪一国能打得过？他又制定，凡是当武卒的，免除他的赋税和其他徭役，因之，人民也就乐于接受这种训练。

吴起立了功，魏君任他做西河守，他把西河地方治理得路不拾遗，夜不闭户，原来他早年研究的法治在这里慢慢实行起来了。凡他所公布的法令如有犯的，一定要罚，同时，能完成自己的工作而有优异成绩的全加赏赐。此时魏文侯已死，其子武侯立，听说吴起的治绩，特别来视察西河，他带着近臣王错，从黄河泛舟而来，吴起出城迎接。武侯看了他井井有条的布置，心中很高兴，着实夸奖了一番。这天，武侯约了吴起到黄河中泛舟，武侯看了那滔滔不绝的河水和远处雄峻的高山，不禁有自我陶醉的意思，捋了捋胡须，很满意地说道:“这样险要的山河，什么人能攻得进来呀！”王错忙来拍马屁:“一点儿不错，大王以此为根据，我看是不难征服天下的。”吴起用眼瞪了他一下，很沉郁地对武侯道:“大王千万莫听王错的话，这是不可信的。凡做一国之王，必须以仁义道德为防守，山河之险是靠不住的。试看古往今来亡了国的人，哪一个没有山河之险？夏桀商纣，不都曾有过吗？为什么却丢了国家呢？臣以为，人心是最紧要，否则，就是我们现在同乘一船，何尝不可以互相仇视？”王错听了一语不发，武侯倒点头赞叹，认为他的话有理。

魏国开始置丞相，吴起满以为自己可以充这一职了，不料却选中了贵族商文。吴起是好大喜功的人，不免心中不平。这一天，到朝中去庆贺商文就职，也许是多喝了几杯酒，竟和商文争起功来。他问商文道:“譬如现在要作战，做三军的总帅，使士卒乐于拼命牺牲，你说我们两个哪个行？”商文说：“这，我不如你。”他又问道：“行法令，总百官，治百姓，增加国富，开发资源，你行吗？”商文说：“也不如你。”又问道：“防守西河，使秦人不敢东向，韩赵不敢生心，你办得到吗？”商文很客气地道：“当然更不行了。”吴起立将起来，“既然都不行，你凭什么做丞相？”商文不慌不忙地摆摆手，请他坐下，然后慢慢地说：“你是能干事的，不错，但你恐怕度量差些，不见得能够服众。试问，假如这时候国家大乱，上下离心，你能处理这个危局吗？”吴起不觉默然，他回想自己好名好功的脾气，果然有时是太急切一点儿，不由得回答道：“那我是不行。”商文道：“这便是你不能为相的原因呀！为相是要顾大体的，并不在乎一点点事功。”吴起这一回，算是得了一个很大的教训，然而他到底不能改，到后来还是失败在过于急功近利上面。

>> 四 离魏去楚

商文年岁已老，为相不久，就死去了。魏的贵族公叔痤继他为相，吴起仍然干他的西河守。他把西河治理得那样好，倒也不想去为相了。可是这公叔痤却有点嫉妒他，唯恐吴起有一天把他的相位抢了去。他又和武侯近臣王错走得很密切。这王错自从受了吴起一顿抢白，始终怀恨在心，常想报复。两个人意见既同，久而久之，就说出心里话。王错说："公子想赶走吴起这家伙吗？我倒有一条计策。"公叔痤忙问如何，他说："公子，你是当朝驸马，娶了公主的了。听说先君的公主尚有一位未嫁，你可以向武侯说，吴起因两次未做丞相，心怀怨恨，又嫌魏是小国，有去魏入秦之意，说不定目下和秦国已经有了往来。我君必不相信，然后您再建议把先君的小公主嫁给吴起，看他肯不肯娶，就可以知道他对魏国忠心不忠心。如其忠心呢，必答应这件事，否则必拒绝。这时，您却要吴起来朝，和他商量此事。请他到您府中去吃酒，一面关照了夫人，做出种种傲慢的样子，吴起一看魏国的公主都是这样无理，必不敢答应这门亲事，那就证明他无心留位，而魏王也必疏远他了。"王错真是坏蛋，他为了报复，竟不惜牺牲国家的人才。

公叔痤听了："好计好计，我马上就办。"果然吴起完全落入他们的圈套，看了魏国公主对待公叔痤那种狂放无礼的样子，他不敢答应魏王娶公主了。魏王因之大为疑心，再加上王错天天在面前造谣中伤，于是下令罢免吴起的西河守之职。

这个突如其来的打击使吴起几乎发狂了，他莫名其妙，细细思索，虽然觉得王错是可疑之人，究竟不明内幕。但事已至此，没法挽回了，他便召集了西河父老及手下从官，开了一次话别大会。他在会上述说这十几年来自己的苦心经营，最后才说，已奉朝命，解职了，他说到伤情之处，不免流下泪来：

“诸位父老兄弟，吴起并不是贪恋富贵之人，因为罢了官而难过！我想起先王任我之专，和诸位父老兄弟平时对我的信任，人是感情的动物，我怎能不伤心？况且——西河是什么地方，我恐怕最不幸的事就要到来了，我一旦离去，秦兵马上就会侵入，西河也就不是魏的领土了！”

在座之人听了无不伤感，成千成万的人民都来参加送别，他们眼看这贤良的长官渡河东去了。

真是被吴起说中了，秦人在若干年后，终于以武力侵并了西河，可惜魏文侯毕生的经营竟付流水。

再说吴起，离了魏国，茫茫然无所之。忽听楚国的悼王在延揽人才，便一个人凄凄凉凉地漂泊到楚国去。

楚国是个和中原隔离的国家，国家大权都操在几家宗室手里，这些人差不多全是吃饭不做事的，国家每年支出许多俸禄，却是一事无成，但他们根深蒂固，没人敢惹，因此楚国国势愈来愈不行。

悼王想要振作一番，才向国外招贤纳士，吴起是大名鼎鼎的人物，一到郢都就受到热烈欢迎。悼王和他谈得非常投契。吴起向悼王建议，要想国家富强，必须把这些没用的贵族裁减，省出经费，训练兵士，开发产业，至于法令也得加以修订，务要做到全国上下奉公守法的地步才行。楚王颇以为然，当下先任命他做苑令，苑是个小城市，这有试试吴起才干的意思。吴起到任，不消两个月，就把那地方治理得井井有条。楚王闻听，即正式命他为令尹，令尹在楚国等于别国的丞相。吴起在上任之前，特别去访问楚国的元老屈宜臼，他本是个楚王的宗室。哪晓得这屈宜臼是有名的顽固派，对于吴起的措施诸多不满，无论吴起怎样卑躬屈节地求他指示，他只是不理，吴起只得罢了。

到了中央，他立即发表了他的行政纲领，第一件事就是裁减那些贵族。此时楚国宗室贵族有七八十家，都是坐拥封地，不劳而获，他公布贵族的封地以三世为限，过了三世就收归国有，被取消了封地的贵族可以到偏远的地方去垦荒。至于都城附近的农民，更鼓励到边区去从事垦殖，中央政府可以补贴他们费用；第二件事是裁减不必要的空头机关，把这些钱省下来用于生产事业；第三件事是推行法治，不许乱发议论。至于那些朝秦暮楚的游说之士，更在排斥禁止之列。这些事都做到，自然可以集权中央，国力强盛，然后练兵讲武，不难达到统一全国的理想。

悼王非常信任他，一一允许实行。这样一来，那些被裁减的贵族们恨死了吴起，不但不能再养尊处优，还得到边远地点去种田，他们岂能受得了？可是吴起正声势赫赫，他们也惹不起，只有记在心中，徐图报复。有一次，吴起到外面巡视路过苑城，又去见那守旧党的代表屈宜臼，问他对于新政的意见，再二再三，屈老先生才慢腾腾地和他说："随便改易旧办法是不好的呀！这可会引起社会的不安呀！"吴起知道他的背景，却也不去理会他。

不幸的是，悼王忽然暴毙，吴起是个外国人，在楚国并没有势力，那些贵族立刻团结起来，声讨吴起。兵将纷纷把王宫围住，一迭连声地喊："不要放走吴起！"吴起自知不妙，便藏在停灵的殿里，乱兵冲进来了，用箭射他，他便围了悼王的尸首跑，因为楚国的法令，如果有人毁伤了国君的尸身是要犯死罪的，吴起急中生智，才拿死去的悼王做他的保护者。那些兵士们不管三七二十一，把箭像雨点般射了进来，吴起是死了，悼王尸身上也中了几箭。

太子即位，吴起的事算是完了，但毁伤国君的尸身的事却不能不追究，于是发兵捉拿那些造反的贵族，差不多七十多家贵族都被治罪了，有许多人为此而死。吴起的智慧给他报了仇。由此也可见会用兵的人，智谋到底比一般人来得快。

由许多方面看，吴起不只是个兵家，简直是法家的先驱，可惜他在楚国仅仅做了一年，便含冤被杀。若是做得久了，也许和商鞅在秦国一样，楚国会变成当时第一个强国呢。

知识扩展

分封制，是中国古代分封诸侯的制度。商代已开始分封诸侯，称号有侯和伯。西周灭商后，便大规模地以封地连同居民分赏王室子弟和功臣，诸侯在其封国内享有世袭统治权，也有服从天子命令、定期朝贡、提供军赋和力役、维护周室安全的责任。同时，诸侯在自己的封疆内，又对卿大夫实行再分封。卿大夫再将土地和人民分赐给士。卿大夫和士也要向上一级承担作战等义务。这样层层分封下去，形成了贵族统治阶层内部的森严等级，即天子—诸侯—卿大夫—士。

孙膑的故事

>> 一 孙武子

孙膑是齐国人，他的祖先是有名的孙武子，那还是春秋时代，江南除楚以外，还有吴越两国。吴王阖闾重用了楚人伍子胥，想去打楚国，孙武这时南游于吴，有人介绍给阖闾，阖闾问他用兵之法，孙武说："用兵第一要号令严明，赏罚有信，只要做到这一步，定可指挥如意，就是妇人女子，也可以编成阵式上前线了。"阖闾有些不信，故意把宫中姬妾点出数十人，要孙武给他演习演习看。孙武说："可以！"

吴王在山头上观阵，孙武亲自向那些脂粉队训话：

"吴王叫我教你们操法，你们要知道军令如山，我说怎样就要怎样，不可以随便的。现在先教你们前后左右，你们都有两手和胸背吧，左手一边就是左，右手一边就是右，胸部是前，背部是后，我若说向左，就向左手一边走，说右向右手一边走，其余都是一样，军中命令没有戏言，违令的要斩首！"

下面是一阵唧唧的笑声。孙武的脸色越加严肃，就挑了两个侍妾作队长，要她们都拿了戟，吩咐她们带领其余的人。于是又再三向她们训话，不许她们笑。但这些女孩子们，哪里弄得惯这种事，总是嘻嘻哈哈，当作玩笑。一会儿，鼓声响起，孙武子摆动指挥旗，说“向右”，结果，乱七八糟，向哪边的都有，女孩们笑得更加厉害了，拿手帕堵了嘴，不住地你看我我看你。孙武在台上讲道：“这第一次大家做得不齐，就算我没给你们讲清楚，现在再从头讲一次，下次如再错，可不能饶恕了。”当下他又把前后左右说了一番，第二次发令，说“向左”，这回仍是毫无改善，照旧乱七八糟。笑声在台下哄成一片，简直不像一回事。

孙武子停住鼓声，大叫一声：“停住！”然后把两个队长叫近前来：“第一次错误算我没说明白，第二次已经说明白了，还做不对，便是你们领队的责任，按军令要斩头的！左右，把她们推出去斩了！”起初这两个队长还是嬉皮笑脸的，以为说说算了，一听见真的要砍头，可吓慌了，“哎呦”一声，一起哭了起来。这时别人也都呆了，因为这两个美人儿正是吴王的宠姬，早有人报到山上，吴王急忙跑了下来，向孙武打躬作揖地说道：“先生，寡人最爱这两个人，没有她们是寝食不安的，请看在寡人面上饶了她们吧！这演武的事不过一时游戏，寡人知道你能用兵就是了。”

孙武板起严肃的面孔，对吴王道：“话不是如此说法，演习就和真的一样，如果在战场上也闹出这样的笑话，还得了吗？何况，将在外，君命有所不受，大王既把全权交给臣，臣就要负责任，非杀她们不行。”弄得吴王也僵了。说时迟那时快，竟将两个娇滴滴的美人砍下头来，号令在将台之下，吴王哭也不是，笑也不是，深悔这次表演多此一举。

孙武却毫不在乎地照样演习下去，这回哪一个人不战战兢兢地害了怕？他在台上指挥如意，说东就东，说西就西，再没有一个人敢笑，也没有一个人做错了。于是孙武派人向吴王报告，说阵法已熟，请来观阵。吴王没好气地说：“算了算了，我也不必观什么阵了，算你能用兵就是了！”一阵风似的回宫而去。

依着吴王，真想把孙武子驱逐出境。无奈伍子胥等竭力保留，终于任他做大将，训练全国将士。

孙武子用全部精神，把吴国的军队重新编组，严加裁汰，勤加训练。不一年，兵精将勇，所向披靡，西面破了楚国，北面伐了齐晋，吴国势力深入中原。阖闾的儿子夫差就做了各国的盟主，孙武后来死在了吴国，著了十三篇兵法传到如今，世称《孙子兵法》。

知识扩展

《孙子兵法》又称《孙武兵法》《吴孙子兵法》，是中国现存最早的兵书，也是世界上最早的军事著作，早于克劳塞维茨《战争论》约2300年，被誉为“兵学圣典”。共有六千字左右，一共十三篇。

>> 二

庞涓构陷孙膑

100多年以后，他的后人孙膑又起来做齐国的大将，打败了魏国，杀死魏的名将庞涓，成了战国时有名的军事家。

孙膑的名字并不是膑，他的真名已经失传，只因他受了膑刑，所以就用这膑字作他的绰号。这膑乃是一种残酷的刑法，把两条腿锯了去。古时也叫作刖，又叫作剕。原来孙膑幼年和庞涓是同学，都是研究兵法的。庞涓是个忌刻小人，可是表面上却装得很是忠厚。他那时便看出了孙膑的过人天分，将来一定会成为一代名将，就倾心和他相交。孙膑不知他是怎样的人，也实心实意地与他做朋友。

两个人感情异常融洽，亲如手足。

延伸阅读

相传孙膑、庞涓共学于鬼谷子，鬼谷子是战国时代的传奇人物。其名王诩，一作王禅，籍贯存争议，为谋略家、纵横家的鼻祖，据说其精通百家学问，因隐居在云梦山鬼谷，故自称鬼谷子。

庞涓学成，就到魏国去做事，深得魏惠王的宠任，在魏国做了大将，打过许多次仗。他想，论自己兵法的修为，除去孙膑以外，恐这天下无人可敌；想要独霸天下，非害死那孙某不可。于是向惠王推荐他，说孙某的本领比自己还要强，惠王立即卑辞重币，把孙膑罗致殿下，待以贵宾之礼，甚是敬重，庞涓也虚情假意地和孙膑要好，孙膑对此感激不止。

不知庞涓却另有鬼胎，他是要把孙膑置之死地。齐魏两国乃是世仇，不时发生战争，这庞涓故意把一些军事秘密泄漏出去，却全部推在孙膑身上，说他是齐人，有给齐国做间谍的嫌疑。魏惠王大怒之下，把孙膑处了刖刑。可怜的孙膑，未曾建立功业，先被朋友出卖，只落得一身残废，不能行走。可恶的庞涓，还在他脸上用黑色刺了字，想使他一生一世难有出头之日，古时把这个叫作黥刑。从此孙氏就成了孙膑，再也没人叫他的名字，“孙膑”这名字好比现在称人为“孙瘸子”“孙瘫子”一样。

孙膑到了这步田地，才知道自己交友不慎，被骗含冤，可是既在矮檐下，怎敢不低头，只得忍辱含羞，偷生苟且一时。有人告诉他，庞涓对他还放心不下，迟早还要害他性命，他心生一计，便忽然装起疯来，撒泼打滚，屎尿狼藉，衣服也不穿，面孔也不洗，像个发疯的囚徒一般，这样，忌才的庞涓算是放下了心，不再想要他的命了。

恶劣的命运会引起人的同情，魏国的人大约都替孙膑抱委屈，尤其那监视他的人，可怜孙膑的境遇，常常把外边的消息告诉他。孙膑是装疯，他也明明晓得。

这一天，那守卒忽然告诉孙膑说：“你的好机会来了。现在你们齐国派了使者到我国通好，你何不去见见他？我愿意帮你这个忙，如果你能逃出樊笼，躲开这个恶魔，也不枉我救你一场。”孙膑自是喜之不尽，当夜，守卒就设法把他装在车子里，从齐使者住处的后门进去。孙膑见了齐使，述说自己的遭遇和经历，齐使大悦，连夜把他载着回国，那个守卒也和他一道逃了。等庞涓闻知，已来不及追赶，他料想这么一个废人大约也做不出什么惊天动地的事，也就作罢了。

>> 三 孙膑杀庞涓

孙膑回到了齐国，那时正是齐威王当国，齐威王是个贤君，广揽各处人才。在稷下的学士就有一千多，全是从各国来的。国君如此，下面的贵族也来效法，有个领兵的贵族田忌，正在搜罗军事人才，孙膑便投在他的门下。

始而也不过吃碗闲饭。后来，各公子在郊外赛马，胜了的可以有千金之赏，败了的就要拿出钱来，田忌也参加了，总是不能胜，回府来闷闷不乐。孙膑听了，要求去看个究竟。

他从马场回来，便和田忌说："您的马速度和他们差不多，可惜支配得不得法，所以输了。我给您出个主意，下次起赛时，您用下等的马和他们的上等马赛，这是笃定要输一次的；可是不要紧，第二次起赛，您却用中等马和他们的下等马相配；三次时，用上等马和他们的中等马相配，这样，稳稳当当可以赢他两次，二胜一败，不还是我们得胜吗？您总用某一等的马和同等的马相比，岂能有必胜的把握呢？”田忌一听，十分有理，第二天照样办理，妥妥当当把千金之赏拿回来，从此佩服孙膑的智慧，把他介绍给齐威王，齐威王任他为军师。

齐威王三年，即是魏惠王十七年（前354年），魏兵攻赵，围了赵都邯郸，赵成侯没有办法，只好南下求救于齐。齐本时时等候进攻魏、韩等国的机会，自然不肯放松，便要派孙膑为将去救赵。孙膑说：“我是个废人，怎好带兵打仗呢？仍请田大将军出马，我来做参谋便好了。”威王即命田忌为将，孙膑藏在辎重车里，随军为军师。

田忌并不大懂兵法，依着他，就要向北直救邯郸。孙膑道：“我们不要干那种傻事，兵法是要避实就虚的，总要以极小的武力获得极大的效果才行。如今魏兵都集中到邯郸，大梁（魏都，今河南开封）必然空虚，我们只要兵发大梁，魏兵自然会回师相救，那时我们截杀一阵，定获全胜。”

田忌照着他的话，把军队向西开动，直指大梁。早有细作（指奸细）报知庞涓，庞涓大惊，急将攻赵之兵撤下，回救大梁，齐军以逸待劳，大破魏军于桂陵（今山东菏泽）。孙膑的兵法由此更为齐王所信任。

十余年之后，齐威王十六年，即魏惠王二十八年（前341年），魏兵又和赵兵联合起来攻韩，韩也来求救于齐。威王还是命田忌将兵，孙膑为军师，照上次一般出兵攻魏救韩，这一回，孙膑又变更了战略。他过大梁时，故意不攻，却挥军西去，从魏国直穿过去。他和田忌说："韩、魏等国，素日畏秦而轻齐，他们说我们的兵法怯懦，不能打仗，我们正好利用他们这心理上的错误，把他们诱至相当地点，一鼓擒之。"随即秘密和田忌说了一个计策，田忌不禁鼓掌道："妙！妙！"当即下令军中："今天行军埋锅造饭时，务要多掘灶坑，以五万个为度，每一军士可以掘一个。"军中莫名其妙，只得照办了。第二天却又传令，只许掘三万灶，如是减下去，最后只剩下五千灶，较之第一天差了十倍。

原来此乃诱敌之计。庞涓闻齐军入境，急回兵相救，行至大梁，又闻齐军向西面去了，遂自率大军追赶。他的意思，齐军是小事，孙膑是大事，不杀孙膑，他庞涓寝食难安。

行了两天，部下来报，"齐军怪得很，头一天好像人马很多，沿途灶坑就有四五万个，第二天就少得多了，好像越来越少下去呢。"庞涓听了，在战车上哈哈大笑道："齐兵由来以胆小著名，自然是全开小差了。这样军队还想打仗吗？笑话！”他更不考虑，从全军中挑了五千精壮士卒，亲身带了，丢下辎重车辆，轻骑追将下来。他原以为这样可以在一两天之中追及齐兵，一阵突袭，定可杀他个片甲不留。

他哪知他正在一步一步地走向下好的圈套。一切都丝毫不错地被孙膑料个正着。孙膑命五千弓弩手埋伏在马陵道两边山头上，这是一条山中小路，马不并骑，车不双轨，十分险要，路旁树木丛杂，山石峥嵘，孙膑特命兵士将一株大树削去了皮，用黑色写了下面一行字样：

“庞涓死于此树下！”

原来他早已派人哨探明白，预算今夜庞涓追兵即可至此，诸事停妥，这正是：“安顿樊笼擒猛虎，撒开罗网等蛟龙”。他命令弓弩手们只要一看见有人举火照树，立即一齐放箭，休要有误。部下诺诺连声，却也将信将疑。

月值下弦，夜色特别昏暗，庞涓走在马陵道口，见那山势险恶，道路崎岖，也自生了畏惧之心，恰好这时前军捉到两个齐国的逃卒，哼呀哼的，直求饶命。庞涓便问他齐军已到何处，这两个人齐声骂道：“老爷你问我们那个瘫子军师吗？都是他出的鬼主意，要来打仗，弟兄们恨透他了，今夜偏要走过这条山路。我们十分累不起了，才溜了下来，不想碰上大军，请你饶命吧，打仗并不是我们的意思呀！”

庞涓听了，马上挥兵急进，路旁黑魆魆的丛林，鬼魔一般森然而立，再加上奇形怪状的山石，军士们不由怕了起来，庞涓厉声呼喝：“快走！”正走之间，忽见旁边树上似有字样，急忙打着火把来看，但听一声梆子响，刷，刷，刷，两旁弩箭飞蝗般射下，当庞涓看清楚这几个字，才明白了他已中计，而这时他早已身中数箭，倒在山坡上一命呜呼了！

而他带的那五千人更不用说，一场恶战，生还者很少。

孙膑报了大仇，齐国得了胜利，他辅佐齐国大将田忌两次击败庞涓，取得了桂陵之战和马陵之战的胜利，奠定了齐国的霸业。他留下的《孙膑兵法》自此成为军人的宝典。

延伸阅读

马陵之战后，田忌、孙膑理应得到封赏。但齐威王听信了邹忌的谗言，也许齐威王内心也害怕田忌、孙膑功大盖主，于是解除了田忌、孙膑的兵权。田忌、孙膑被迫逃亡，其后半生的经历历史便鲜有记载。

第三章

商鞅立法

商鞅首屈一指的利国富民伟大的政治家，是一个具有宗教徒般笃诚和热情的理想主义者。商鞅之法惩奸以保人民之权利，务耕织以增进国民之富力，尚军功以树国威，孥贫怠以绝消耗。此诚我国从来未有之大政策。商鞅可以称为中国历史上第一个真正彻底的改革家，他的改革不仅限于当时，更影响了中国数千年。

阅读导引

法家是战国时新兴的学派，可以说是最能适应当时需要的。贵族分制国家的局面已濒于崩溃，中央集权的专制政体正在酝酿之中，孔、孟所主张的仁义之说已经不能收拾人心，老、庄一派的消极否定现实观念更是太涉理想。在军强角逐、列国并吞的局面下，只有重效率、讲应变的法家最合适。

但东方各诸侯如燕、齐等大国，全是历史悠久，比较顽固的，不容易有所变更；韩、赵、魏虽是新起的诸侯，然而他们也已是数百年的世族，受旧制度的熏陶也很深，要想改革也不是轻而易举的。只有远在西边的秦国，在民族、文化、地理环境、思想传统各方面都与东方的旧邦不完全相同，而且自从秦穆公把握了西戎之族，创立霸业，一时诸侯无与争长，即使中原最大的诸侯晋国也和他有了姻亲的关系。秦国似乎早晚要领导各国，甚至完成统一的大业；

无奈秦穆公以后的君主都无所作为，一直传了十六世，到秦孝公时，国势变得越来越低落，中原各诸侯的盟会都没有秦国的份儿，近在东面的韩、魏，南面的楚国，时时有对秦国威胁的可能，这可以说明秦孝公主张变法图强的时势要求。

卫的公孙鞅本也是贵族，贵族到了崩溃的时候，就会出些具有头脑的，知道研究新时势、新思想，而成为新兴的知识阶级，公孙鞅乃是其一。卫虽为周公之弟康叔的封国，它的黄金时代早已过去，至战国时已沦为魏国的附庸，公孙鞅也就成了魏国的下吏末僚，若不是秦孝公向国外求才，可能一生就此埋没消沉。这正如毛遂自荐时所说的话，“锥处囊中，其末立见”，有才干的人，迟早总可以表现的。

商鞅（即公孙鞅，后以功封于商，故又称商君）所实行的新法有三要点，一是奖励耕战，二是厉行法治，三是改善经济状况。据传世的商君书《来民篇》，他又有增加人口的计划，因为那时秦国地旷人稀，故田地多荒，而相邻的韩、魏等国恰好相反，地狭人稠，秦国如给两国以特别优待，奖励移民，便可以不费分毫力气解决了这一问题。此言固有学者考证，不能断定是商君自作，但秦国当日确曾有此情形，所以其中必含有若干真实。还有所谓“废井田，开阡陌”以增加生产一事，也是历史上很纠纷的问题。首要的问题，井田制度到底有无，就是不能解决的，依吾人推想，像孟子所说公田、私田那般整齐的分配制度，在实施上恐无可能，也许只是一种理想态罢了；秦既地旷人稀，要增加耕地面积，也无须注意到区区的田中道路（阡陌，据说是田中纵横道路）。大约秦国的贵族等都占有大量土地，各为疆界，并不能全部开发，商鞅便主张开放这些土地给农民开垦。秦国贵族之所以反对商君，除去为了剥夺他们无功受禄的赏赐爵位以外，剥夺土地也是主要原因之一吧？

◎商鞅像

凡创始者——也就是革命者，往往需尽最大的牺牲，虽然后世人会逐渐接受这些办法，究竟还免不了对他责备诟骂，商鞅正是其中之一。有的人被骂在身后，有的人则及身尝受，商君也可以说是最不幸的了。后来秦始皇统一六国，改革制度，有多少是扩大了商君的主张，我们只消加以比较就会知道。不过秦始皇也是被牺牲的，后世骂之为暴君，然而汉以后2000年来都实施着他的办法制度，却为大家视为固然，不敢加以批评，看起来先知先觉真是不容易啊。

延伸阅读

关于“商鞅虽死，秦法未败”，宋代陈普有诗《咏史上·宣帝》云：“不将法律作春秋，安得河南数国囚。莫道汉家杂王霸，十分商鞅半分周。”

>> 一

那时的政治·经济·社会

自公历纪元前 700 年起到前 200 年止的 500 年间，古代中国是个非常复杂分裂之局面，也就是说，距今 2700 年到 2200 年的时候，人民正在扰乱与苦痛之中，那是一个旧时代结束，新时代正要开始，一种过渡时期非有不可的现象，不过古代更慢、更延长罢了。

先说那时候的政治形势：统一的周代王朝，因为没有实力，大权都旁落在分封到各地的诸侯手上；诸侯有的是贵族，有的是功臣。周天子不过在洛阳的宫殿里做个半死不活的傀儡罢了，无论哪一个强大的诸侯，他都不敢惹的，所以中央政府这时已是有名无实。

这 500 年的阶段，又分成前后两期，前为“春秋时代”，后为“战国时代”，恰好是各占一半。

两期的诸侯颇有不同，春秋时期诸侯还很多，散布在今日黄河流域和长江流域的下游许多地方。但领导的地位，渐渐落入几个较大的诸侯手里，他们用了强壮的军队扩充自己的领土，小的国家就被吞并，虽然在表面上还说什么“尊王室，攘夷狄”的话（用现代的话来说就是拥护中央政府，抵抗外来侵略），但是天晓得他们的用心。天子眼睁睁看着一些小的诸侯被灭了，也毫无办法。这时最强大的诸侯约有东方的齐（今山东），北方的晋（今山西），南方的楚（长江中下游），东南的吴越（江、浙）和西方的秦（陕、甘）等国；而齐桓公、晋文公、秦穆公、楚庄王，再加上一个宋襄公，前后都曾做过诸侯的领袖，当时称作“春秋五霸”的便是。

五霸的时代过去，周天子更加不行了，所幸没有人去理睬他，他反而得向诸侯们献殷勤。这时，列强吞并和分裂的结果，只剩下齐、楚、秦三个大国，和北边接近匈奴的燕国，晋国则分裂为韩、赵、魏三国，合起来共是七国，即所谓“战国七雄”，这一时期我们叫它战国时代。

七国的位置，只有秦国在极西，楚国在极南，燕国在极北，其余都在黄河中流及下游地带。齐国较大，东至海滨。燕在边疆，不轻易和别的国家接触。韩、赵、魏三国，占有今日山西、河南、河北南部之地，在各国包围之中，当然最容易引起纠纷。其中以魏为大，韩最小。魏据有现在的山西、河南两省的地盘，西面贴邻便是秦国。

秦国本是东方部族，因参与管蔡之乱，被迁到西方，跟“西戎”杂处。当中原各地的国家已经很开化的时候，他们还过着落后生活，没有多少文化，但武力反而是强的。后来，周幽王宠爱美人褒姒，烽火戏诸侯，终至亡国，是受西方一种蛮族叫作“犬戎”的侵略；秦国趁这时期讨平犬戎，在诸侯中就取得了特殊的地位。

延伸阅读

“烽火戏诸侯”，传说西周时，周幽王为博褒姒一笑，点燃了烽火台，戏弄了诸侯。褒姒看了果然哈哈大笑。周幽王很高兴，因而又多次点燃烽火。后来诸侯们都不相信了，也就渐渐不来了。后来犬戎攻破镐京，杀死周幽王，周幽王的儿子周平王即位，开始了东周时期。但是这段历史也有一定的争议，2012 年初，清华大学整理获赠的战国竹简时，发现竹简上记述了与“烽火戏诸侯”相左的历史叙事：据清华大学收藏的战国竹简记载，周幽王主动进攻申国，申侯联络犬戎打败周幽王，从而导致西周的灭亡。竹简上并没有“烽火戏诸侯”的故事。

之后有个著名的政治领袖秦穆公，他广纳天下的人才，努力给秦国建设了像样的政治规模，模仿东方各先进国的制度，于是秦国就在西方居于领导地位，穆公成为春秋五霸之一。那时正因贴邻的晋国有个贤明的首长晋文公，其实力足可与秦相抵，所以秦不能侵入东方，只能在西戎里称霸。等穆公死了以后，秦国又吃了几次败仗（都是被晋兵打败的），国势就慢慢衰落下去。不过，它的地位是进可攻退可守的，陕甘高原，万山环绕，别的国想要侵略它是极不容易的，所以它的国脉得以延长下去，到了战国时期，仍不失其大国的资格。

再说那时的经济社会情形。

原来古代的土地都把握在贵族手里，他们再分配给农夫来耕种，农人们每年要交大量的地税；为了分配容易，便把土地分割成许多小块，譬如每个人分给一百亩，那么，就以一百亩为单位，成一方块，方块的四周必须有田埂为界，以免侵夺。田埂，就叫作“阡陌”，一方面作为界限，一方面又是田间的交通线，工作、运输都要经过的。这样把田地分成相等的单位，形似个“井”字，叫作“井田制”，农夫们的地税大约每年要缴纳自己所得的十分之一。

贵族又分几层，“天子”最高，把土地分一部分给“诸侯”，“诸侯”再分一部分给他自己的“卿大夫”，“卿大夫”

再分出去给“士”。士是贵族最后一级了，下面便是庶人。

士得把由庶人方面取得的田税交一部分给卿大夫，卿大夫也得交一部分给诸侯，诸侯再交一部分给天子，这叫作“贡”。这种生产方式，就是这样呆板地一层一层剥削着；土地所有权固定在贵族手里，种田的农人不能随便买卖的。

贵族不劳而获，养尊处优，过着奢侈的生活，于是一天比一天腐化，吃、喝、穿、用、游玩极尽讲究，难免渐渐会穷困起来。因为交通的发达，各国货物需要互相交换，就生出商人阶级，而且有了代表物价的货币。商人多半是士和改行的庶人干的，于是上层贵族的财物就集中到下层来了，他们有了钱，就可以进一步把握国家政权，要求改革政治；同时士本是知识的传授与保有者，在古代，只有贵族才能读书，更容易在政治上发生作用，他们可以著书立说，宣扬自己的主张，或以自己的主张在任何一个国家实验，当然，只要那诸侯愿意的话。

如我们所周知，譬如孟子，就抱着他的一套王道政治理论到处去游说诸侯，希望人家用他。梁（即魏）惠王、齐宣王都是他游说的对象，可惜他的办法不能适应当时的时局，所以碰了许多钉子，不能成功。

而这里我们要介绍一个真正地将自己理想实现，而获得巨大成功的一位“士”——商鞅。

>> 二 商鞅的出现

商鞅并不是姓商，商是他的封邑，那是后来的事。他原是卫国的贵族，称贵族，常常可以加上“公孙”两个字，所以他又叫公孙鞅，而正式的名字应该是卫鞅。

卫是很小的国，早已丧失了独立，而为魏之附庸。魏国的处境，如前面所说，西面紧邻强秦，东边又是强大的齐国，所以它无时无刻不在危险之中，总有被人侵略的可能。

一个弱国，当然要设法图强的；尤其那些地位特殊的贵族们，一旦亡了国，他们一定会由极高的地位堕落而成庶人，为了保卫他们自己，不能不刻骨铭心地研究自强之道。

有着绝顶聪明的卫鞅，他在危难中长成，自幼就喜好“刑名之学”，这种学问也就等于今日的法律政治吧？他被现实政治刺激得主张“革新”，他的理论是打破传统的古圣贤之说，而完全变成一种足以适应现实时局的新方法，不论政治、经济，都应当如此。

在政治方面，他主张推行严格的“法治”，加强中央集权；在经济方面，他主张增加生产；要想增加生产，呆板的井田制度必须废除，把耕地转移到农民手里，政府只以收税的形式存在。因为，在井田制度之下，一片田地的生产大半都集中到某个贵族手里，而且，农民因为永远得不到田地的所有权，即使生产增加，也不能全部为他自己所有，于是他们便懒洋洋的，整年在怠着工，土地的生产始终不能达到最高的效率。

他的理论虽然不错，可是有谁能赏识呢？他的地位太低了，不过一个“士”呀！而且果真照他的方法来实行，贵族们不是太吃亏了吗？自然许多人都抱着反对见解了，任凭国家处于怎样的危难，牺牲自己的利益以救国家，短见的人们总是极为排斥的。

当时，掌握着魏国政权的高级贵族公叔痤，看见卫鞅的文章，又听得他的意见，倒心中一动，觉得这是值得考虑的问题，于是立即叫他来商谈。卫鞅从此，在公叔痤推荐之下，做了中庶子的官，这是个专门教导国君的儿子的职位，责任虽也不小，却不算是直接行政的官吏，他心中当然不满意；可是公叔痤待他这般诚恳，又答应他，种种办法都可以缓缓地付之实行，太急进了是会招人反对的，他也就安心做下去，等待着时机的到来。

过了一些时日，公叔痤生了重病，命在旦夕之间，魏惠王非常焦急，在公叔痤主持国政的时候，魏国虽未富强，总算没受到什么侵略。如今这国家的栋梁眼看就要折断了，惠王如何不急？他亲自到公叔痤家中探病，并问他，如果他的病不见好转，魏国之内何人可以接替他的职位。

公叔痤在病榻上向惠王摇摇头，两眼含了泪道："臣受君王大恩，没齿难忘；只是年寿已尽，恐此生不能再报答了！"惠王听了也伤感得很。

"你好好静养吧！为国珍重！只是，我很不放心的，就是你病倒以后，没有一个人能够协助寡人，所以我很希望你推荐一个代理人，暂时帮帮我，等你好了再从长计较。"惠王吞吞吐吐的，分明是让他推荐后继人选之意。

"臣早已想到了，因未得君王之命，不敢乱说。臣死以后，现任的中庶子公孙鞅可当大任！请即将臣的职位给他吧！"

"公孙鞅？啊？……"

惠王显然不赞成这个地位低卑的人物。

"是的，公孙鞅！他的革新主张不是我曾对主公提到过吗？那是一套很好的办法呢！别看这人地位低，确是难得的人才呀！……"

惠王好像很不在意似的："啊，啊，好吧。再谈吧！你保重！"他便要走了。

忽然，公叔痤坐起身来，又请求他回来："主公，我的话您可千万不要忘记，如果您不愿意用这个人，那么您就索性杀了他；不然，他迟早会为魏国的大害的！"

惠王点点头，还是并不在意地回宫而去。

公叔痤马上请进公孙鞅："卫鞅，我的命数已尽，就在眼前了。刚才魏王来看我，我已将你推荐给他，说不定你的改革方案有实现的日子！"

"谢谢相国的好意，但我看魏王未必有那种勇气，而且我的地位卑微，恐怕相国的心是白费了！……"公孙鞅睁大了两只亮晶晶的眼睛说。

"唉！谁知道呢！魏国的灾难也许还没完吧？……可是……"他欲言又止。

"怎么样呢？相国？"公孙鞅看出他的神色不对。

"我们的感情这样好，不能不告诉你了，否则我死了良心也要受责备！卫鞅，如果魏王没意用你，你也不要投奔他国，不然也许会有生命的危险。"

"唔！相国放心吧，我自有料理。"

他怏怏地走出来，心中充满了憧憬，也充满了忧郁，现在是立在死亡与显荣的边缘了。

不久，公叔痤死了。

魏王对公孙鞅连想也没有想，不但没有任用，也没有捉拿他。

曾经有人劝告公孙鞅："卫鞅，你注意吧！听说相国临终，对魏王说，如果不能用你，就杀了你，这可不是闹着玩的呀！"

"你可放心，不用我的人，也就自然不会来杀我的！他从根本上否定了我的价值。"

公孙鞅的推断果然一点儿没错，这一点也足证明了他的才智。

>> 三 入秦

公孙鞅的机会到底还是来了。

秦穆公以后，业已衰微的秦国，现在由于他后裔秦孝公的决心，要恢复从前的光荣历史。

原来自从穆公死去，中原各国都受了晋的领导，一致抗拒着秦国，无论有什么集会都不许它来参加，他们把秦国关在陕甘高原那块密不通风的山地里，差不多已经有 100 多年了。这种耻辱，秦人是不会忘记的。到秦献公之时，便把都城迁到渭河北岸的栎阳，颇想振作一下；无奈计划尚未实现，便已身死。他的儿子即是秦孝公，他决心继续父亲未遂的志愿，那时，他只有二十一岁。

秦穆公之所以成功，是由于征用国外的人才。秦是后进之国，文化教育都谈不到，要想建国非借才异邦不可。即如百里奚，就是秦穆公从“中国”聘了去的人才之一，他着实对于秦国的政治尽了不少的力量。

知识扩展

百里奚，有说是春秋时楚国宛（今河南南阳）人，也有说是虞国(今山西平陆北)人。生卒年不详。原为虞国大夫，前 655 年，晋灭虞国，百里奚沦为媵人，即奴隶。在穆姬嫁给秦穆公时候，他作为陪嫁的奴隶，在去秦国的途中，逃到了楚国。秦穆公素闻百里奚是个人才，便想重金赎回百里奚。而秦穆公的谋臣公子絷却说：“那楚成王一定是不知道百里奚的才能，若用重金赎他。那不就等于告诉人家百里奚是千载难遇的人才吗？”秦穆公问：“那我该怎么样才能得到百里奚？”公子絷说：“可以贵物贱买，用一个奴隶的市价，也就是五张黑公羊皮来换百里奚。那样楚成王就一定不会怀疑了。”

当百里奚被押回秦国后，秦穆公亲自接见了百里奚，解除了他的奴隶身份，并与他商谈，讨教国家大事。两人一谈就是三日，言无不合。秦穆公十分高兴，便拜其为上大夫（上卿），委以国政，百里奚坚决辞让不受，并推荐自己的好友蹇叔为上卿。最后，秦穆公用重礼将蹇叔请来秦国，让他与百里奚一同做秦国的上大夫。因百里奚是秦穆公用五张黑公羊皮换回来的奴隶，故世人称百里奚为“五羖大夫”。羖，就是黑公羊的意思。

所以秦孝公也想模仿自己的祖宗，他下了一道招贤令，渴求各国“奇才异能”之士到秦国来协助，一切高等的位置与优厚的待遇都在所不惜。

怀才不遇的公孙鞅看到这个招贤令，毫不犹豫地跑到秦国来了。

无论如何，中国的政治是离不开人事的，你尽管装了一肚子的方案和计划，如果没有人介绍，你总是不能为人所知的呀！公孙鞅也明白这一点，他一到秦国便在努力寻求通往最高权力阶梯的中间人。

内监景某是秦孝公最宠幸的人，这也无奈，因为国君们最常接近的人往往只有自己的妃嫔和内监，要想得到国君的信任，不通过他们是不行的，虽然他们丝毫没有学识。为了达到目的，有时就不能太顾及手段。

公孙鞅给景监送礼，要求他推荐一下。

景监总算答应了他的要求，国君准许公孙鞅觐见。

秦孝公在便殿接见了这位远来应征的宾客——不用说，那时应征的人不止公孙鞅一个人，秦孝公要一一加以考验呢。对于公孙鞅他也是抱着很大的怀疑态度，想听了他的理论再说。

公孙鞅像孟子说梁惠王一样，搬出古代的尧舜来，说，想要统一天下，必须有像尧舜那样的德政，不可动武力去征服人，只该用德政去感化人。

说到半途，秦孝公睡着了。

公孙鞅退出来，他心里想，这个钥匙开不了你的锁，算是失败了。原来他恐怕一下子就拿出自己的主张，如果碰了钉子，没有下台的地步，那是很难为情的，所以先用“德政”“仁政”“尧舜”这一套儒生们所倡导的学说乱谈一阵，作为他的烟幕弹。他也预先断定秦孝公是不会赞成这套理论的。

秦孝公问景监：“你推荐的人真是岂有此理，他是个不懂事的书呆子，专门和我谈些‘王道’啦，‘仁政’啦，试问今日谁还能听得进那一套迂腐的理论！”

景监很不高兴地告诉了公孙鞅，公孙鞅冷笑道：“我的话还没完呢，可惜没有人能听！你如果能让我再见一次君王，定能成功！”

这样，秦孝公勉强允许了公孙鞅再次觐见。

而这一回他们谈得非常投机。公孙鞅说：“三代圣贤那种政治，看样子君王是不愿意仿效了；实在是，仿效也不行，时代不对了！我们必须随着时代变化，不能把古代的办法生搬硬套地拿来应用，尤其是政治。”

秦孝公被深深打动了，他不禁把坐席挪得离公孙鞅更近了些，差不多抵着膝盖在密谈了：“怎么，您的话很有道理，请您说下去！”

“一切法度都不是一成不变的，为了应付当前的新局势，必须有新方案、新计划。那些专主保守和仿古的人们，是不可信的。即如仁义道德的说法，在古代人口稀少、组织简单的时候自然可以；但到今日这种你欺我诈的时局下还能再用吗？我们今日的基本计划只有“富、强”两个字，富就是增加国家的收入，强就是使国民有组织、有力量，这样才能征服我们的仇敌，而不被仇敌所征服。”

“对极！对极！先生的计划正是寡人所需要的！今天天色已迟，明天请先生再进宫详谈，我要大大地借重先生。”

觐见充满了愉快与得意，公孙鞅退出宫来，他在准备着第二天的“计划”了。

秦孝公向景监说：“我险些误会了你的宾客，他真是个了不起的人才呢！明天还要请他来谈，我们秦国的前途说不定就兴在这个人的头上！”①

>> 四 变法

几日下来，秦孝公对公孙鞅的理论着了迷，天天邀他

①历史上，商鞅曾三次向秦孝公陈述自己的政治主张，其中第一次讲了帝道，第二次讲了王道，第三次讲了霸道，讲帝道、王道的时候，秦孝公听得昏昏欲睡，直到讲霸道才精神为之一振，因前两次情况相似，作者略过了商鞅首次晋见秦孝公言帝道的内容，直接从第二次言王道讲起，特此说明。——编者注

进宫来谈，甚至留他在宫中用饭。内监们是最富于势力观念的，看到公孙鞅这样受着优待，早已预料这个人会在秦国当权秉政了，哪一个不来巴结他？景监是公孙鞅的介绍人，自然更洋洋得意，他把公孙鞅招待到自己家中，敬为上宾："你真了不起！我们君王向来没对人这样好过！鞅君，你到底用了什么法宝得着他的欢心呢？"他亲昵地问公孙鞅。

公孙鞅大模大样地告诉他："这些理论你们怕是很难理解的。总而言之，秦国要富国强兵，又要在短时间内实现，非用我的理论不可。"

景监也摸不着头脑，只好由他去。

这一天秦孝公又召公孙鞅入宫，好像很焦灼似的："我听了你的话，决心变法了！可是这工作相当地麻烦，恐怕有许多守旧的分子要反对呢！前天我和甘龙讨论了一番，他就第一个不赞成，他说：'老百姓都是不愿意有所变更的，所以，推行起来，一定很费力气，而且不一定成功。'我心里拿不定主意，所以请你来谈谈。"

"君王！做事贵有决心，犹疑是最没用的。大多数人的见解往往都是错误的，甚至没有见解，你成功了，他们赞扬你，失败了，便骂你不行。若是做一件事想教人人都高兴，都愿意，那是绝对办不到的。尤其任何设施，在起始的时候一定遭逢反对。我们不要管那许多，第一是要考虑方法的对不对，于国家有好处没有。如果认定是对的，有益于国家，那就得排除一切阻力去实行，不能为众人的低能见解所动摇。到我们成功的时候，他们自然会来歌功颂德了。至于甘龙的话，那不过代表世俗之见，有高远眼光的政治家不该为这世俗之见所蔽。现在是非常时期，列强互争雄长，我们也就得用非常的政治来应付这非常的时期。试看从前的五霸，他们何尝用了同一的方法去强国！没有时代观念，只知恪守古法，那是不中用的呀。请陛下深思！”

“你的话不错，但变法以后的效率如何呢？杜挚和寡人说过，‘变法是可以，但必须得比旧的有效率，不然还不如不变了。’”秦孝公又说。

“效率的事，要看实行。臣以为，赏罚分明而有信用，一定会有效的；否则说了不算，政府对人民失信，那还讲什么效率呢？我要求陛下给我一个实验的机会。”公孙鞅更进一步地回答。

“好的！”秦孝公毅然地说：“请你立即把计划弄好，我们马上实行。”

公孙鞅被任为“左庶长”，专门办理变法的事。

第一号命令下来了，分为三组，完全针对了“富”“强”

两个字。

第一组是关于户籍的：清查户口，人民都要组织起来，五家为一伍，十家为什，各派伍长、什长。人民要互相监察。如有犯法之人，由九家负责；倘不举发，九家同罪。如因举发而免除了大危险，予以重赏，与斩敌头颅的功劳相同。这叫“什伍连坐法”。

第二组是关于生产的：每一家只许一个人管家，此外的成年人必须另立门户，不许光吃饭不做事，否则加倍纳税。男耕女织，生产量特别增加者，免税。严禁私斗（在秦国，因教育不发达，私斗之风甚盛）。成年壮丁都得受军事训练，一遇国家有战争，立刻出动；有战功的按功受封赏。

第三组是关于贵族爵禄的：那时贵族们都是不劳而获，却不给国家尽任何责任，而新法规定，没有战功，不许受封爵，也就没有收入；爵秩尊卑，收入多少，完全视功劳而定，不论他与国君血统关系的远近。无功之人，即使是国君的近亲，也不能有逾分的享受。田宅、奴隶、车马、衣服的制度，完全严格限制，一律用战功论定享有的标准。

为了彻底执行，命令没公布以前，公孙鞅先来测验一下人心，他凭空在都城南门外立了一根木杆，贴了布告说：“左庶长令，无论任何人把这根杆子搬到北门，搬的人给赏十金！”全城的人民都莫名其妙：“这是什么事呀？搬一根木杆给十金，里边一定有蹊跷，还是不要理他吧！听说这个什么左庶长是外国来的，说不定他怀着什么诡计呢！”人们嘁嘁喳喳地耳语着。商鞅见众人不信，令人将赏格提为五十金。

有一个人，正穷困得没办法，“管他呢！我来试试看。”他大踏步把木杆拔起，立到北门之外，立即到左庶长官署去领赏。

他竟平平安安地领到了五十金。

人们都在羡慕着，说：“这个左庶长真不错，说到做到，只是不晓得他这样做究竟是什么意思。”

这回，大家明白了。有人看了那皇皇命令，伸伸舌头：“好家伙，这是从来没有的办法呀，怎么行得通呢！”

“行不通，你还记得他立木杆的事吗，恐怕不办是不行吧？”另外一个人说。

果然不遵守不行。以秦太子为中心的反对者聚了一千多人请愿，要求秦孝公缓行新政。公孙鞅向秦孝公说：“这是一定要来的麻烦，现在只看陛下有没有决心了。”

“我当然有决心！”

“有决心就得先办太子！这回的反对运动分明是他领导的。不过，太子是未来的君王，也许办起来有点不方便，那么，就来办他的师傅好了！公子虔、公孙贾这两位负责教导太子的人，不能辞其咎，臣请利用他们来示一下威！”

秦孝公点点头。公孙贾被在脸上刺了字，公子虔也挨了一顿罚，风潮是压下去了，可是太子的脸上多么难堪，从此他恨透了公孙鞅。

新政在刻不容缓地推行着，一年，两年……十年过去了，秦国国内真是路不拾遗，夜不闭户，没有一人敢再私斗；全国的壮丁几十万，都非常武艺精熟，身体强壮。有许多地方，从前反对过新政的，现在却派了代表到都城来歌功颂德了，要求君主给公孙鞅多加封爵，把他捧到天上去。对这些吹捧他的人，公孙鞅心里却是万分的鄙夷，他和秦孝公说："这些反复无常的家伙，反对的是他们，赞成的也是他们。国民如果都这样，那就糟了。我的意思是，人民只许服从，不许表示反对，也一样不必表示赞成，这样政令推行才会格外有效。这种乱民，都把他们赶出去吧！”

不幸的代表们，竟被赶到边区去开垦荒田了，从此秦国的百姓都成了政府的羔羊。

公孙鞅升官了，新职位是“大良造”，掌军政大权。

他又有了新计划，第一是重新建设地方制度：原来文化落后的秦国，地方行政一向没有好的机构，大都是把持在领受土地的贵族和一些没有品行的“士”的手里，和其他各国犯着同一的毛病。

公孙鞅是主张中央集权的，他认为必须有一个强有力的中央政府，才不致四分五裂，政令无法推行。他看中了渭河北岸的咸阳高原是个形势极好的所在，主张把都城由栎阳迁到那里。为了加强中央的尊严，宫殿、城池都修筑得特别高大辉煌，是秦国空前未有的规模。

当然，这劳民伤财的工程会使人民怨恨。

他一面又把散漫的农村极力集中，规定若干户为一县，由中央派一首长，名“县令”，全国共计三十一县。

知识扩展

郡县制是古代中央集权制在地方政权上的体现，它形成于战国时期。郡县制确立后，中央通过考课和监察加强对地方政权的控制。秦汉之制，郡守于每年秋冬向中央朝廷申报一年的治状，县也同样要上计簿于郡，中央或郡即在这时各对其下属进行考核，有功者可受奖赏或升迁，有过者轻则贬秩，重则免官、服刑。和考课相辅而行的是监察制。中央派郡监或刺史以监郡，郡县也各派督邮或廷掾以监县或乡。刺史、督邮等可随时按劾有罪赃的守、令或其他官吏。由于自上而下的层层督课，使得中央政令能较为顺利地贯彻到最基层，保证了政令的划一性。秦汉的郡县制代替了周的分封制，也即从地方分权演进为干强枝弱的中央集权制，为后来2000年的地方行政体制奠定了坚固的基础。东汉末年，原监察区性质的州转变为郡以上的行政区，地方行政制度始成州、郡、县三级。隋开皇三年（583年），罢天下诸郡，以州统县。至元，郡名完全废弃。

春秋初期，秦、晋、楚等国往往在新兼并的地方设县。县与卿大夫的封邑不同，是直接隶属于国君的地方行政区域，有利于国君对边远地区的统治。

春秋中期以后，设县的国家增多，有的在内地也设置了县，县开始成为地方行政组织。春秋末期，有的国家又在新得到的边远地区设置了郡。这时的郡，虽然面积比县大，但是由于偏僻荒凉，地广人稀，地位却比县低。进入战国后，郡所辖的地区逐渐繁荣，人口增多，地位提升，开始在郡的下面设县。战国时期，各国先后在边地和内地设置了郡县，产生了郡统辖县的两级地方行政组织。至此，郡县制开始形成。郡的长官称“守”，县的长官称“令”，均由国君任免。郡县制使各诸侯国形成了中央—郡—县一套比较系统的行政机构，对地主阶级实行集权统治起了重要的作用。战国时期，郡县制虽然形成并得到了很大的发展，但由于各国分立，执行情况不尽相同。直到秦统一中国后，为了加强中央集权，才健全了郡县制，进而在全国推广。

郡县制与分封制最大的不同是：郡守、县令和县长由皇帝直接任免，不得世袭。郡县制使君主有效地加强了中央集权，有利于政治的安定和经济的发展。

这样一来，多少地方上原有的土豪劣绅一个个丧失了巢穴，被夺去了势力，公孙鞅又添了若干敌人！

但还有更为贵族们所反对的呢！

一项公孙鞅所反对的井田制，现在决心撤废了：为什么让这些不劳而获的贵族们把持着土地？为什么老百姓反而不能自由买卖土地，以致谁也不愿意努力去生产？为什么让阡陌占去那么多的田地，空荒废着不能生产？这非改革不可！

贵族们完全失去了土地，取消按口给田制度，实行辕田制，一切阡陌都开垦了，有力量、能生产节约储蓄的农民可以用了他的钱自由买卖土地的所有权。那些不肯劳动游手好闲的人们，要狠狠惩罚他们。至于贵族，只要他们有了功劳，政府自然会支给他报酬。假使没功劳呢，贵族又算什么！挨饿也是活该！

获得土地权的农民们，直接向中央政府纳税。于是，整个财政权由贵族手里间接转移到政府了，国家变得富足了。

这可真恨杀了一般贵族！还有那些不积极生产的人，也在对公孙鞅不满。太子再度带头聚众反对这个新法令，但还是失败了，这回他的老师公子虔更受了劓刑，被割掉了鼻子。

不但土地权统一了，连升、斗、丈、尺，从前各自为政的度量衡，现在也都公布了一致的标准。

>> 五 败魏

一切向中央集权，一切向中央富强的路上走。

秦国的力量，现在非向外膨胀不可了，因为它的经济力已经发展到成熟的地步，它要求更多的土地了——穆公的光荣有了恢复的机会。

相邻的魏国便是它的第一个目标。

偏偏这时的魏国在和齐国开仗，被齐国的孙膑打得大败，统帅庞涓也在马陵道上被乱箭射死，魏惠王昼夜不安，好像大难就在眼前。

公孙鞅向秦孝公建议，趁机伐魏："我们要制服诸侯，必须先征服了魏国。如果能取得西河之地，那么，秦国就可东向制服第一大国齐国，到那时不愁诸侯不尊您为霸主！"

"好的，正与寡人之意相合。"

公孙鞅受命率师伐魏了，秦国的国威固然重要，他个人也借此出一口当年的怨气："魏王呀，我叫你看：20年前的中庶子今日又如何！"他从心里笑着。

魏国朝野上下都在震惊着，不得已，派了公子卬去迎敌，因为他和公孙鞅有点交情，也许可以利用私交，解决了这幕纠纷。

狡猾的公孙鞅听说是公子卬来了，先给他一封信："我们是老朋友，何必刀兵相见，一切都好说；请你明天到这里来吃酒，我们谈笑之间，事情马上解决，岂不很好！"

公子卬不知就里，冒冒失失到秦营来赴约。酒至半酣，公孙鞅一声吆喝，两壁埋伏的刀斧手一齐出来，把公子卬擒了，公孙鞅从此不再见他。公子卬气得肝胆俱裂，无奈后悔已迟。

得知主帅被擒了，魏兵大乱，公孙鞅命兵士一阵冲杀，大获全胜。大军直迫魏都安邑城下。

魏惠王终于答应了秦的要求，尽割西河之地，才换来罢兵言和。

魏国自魏文侯求贤养士，国家日趋隆盛，才取得黄河以西的土地；如今到底不能保有，送给秦国，从此一蹶不振，魏惠王不敢再住在安邑，迁到大梁去了，人家也就称他为梁惠王。他咬咬牙说："我悔恨当初不听公叔痤之言！"

凯旋回秦的公孙鞅，威风多少了得！自秦孝公以下的百官都到郊外迎接，秦孝公亲自给他接风洗尘，当下就封他商邑十五城，号为"商君"。

贵族们、太子、贫苦的民众，却在一旁气红了眼。

>> 六 车裂

商君的声势发展到了顶点，而外面的怨怒也到了顶点。

他严密地防备着反动分子，出门，前后都是卫兵，街道要临时戒严。

他未尝不感到苦痛，有一片很凄惨的远景在面前展开：秦孝公死了，太子登极，公子虔、公孙贾都当了权……他却上了法场，刽子手在一旁拿着雪亮的刀……他不敢再想下去。

他去访问秦国的元老赵良。

赵良不知他的来意，很客气地招待着他。但他好像神情不属的样子，讪讪地坐下，说道："这些日子，外面对我的评价怎么样？请你告诉我！"

"你是秦国的大良造，变法的大功臣，谁敢议论你？"

"不是这样说，老先生，我知道我做事有太过火的地方，譬如太子他们，还有那些失了土地的贵族们，想来一定不会对我好的，而且我又是外国人……希望你尽朋友的忠告，我也好有个准备呀！"他的声音里含着无限的悲哀似的。

"既如此，我也不妨贡献我的意见。我觉得你虽然给秦国做了不少大事，但你个人的作风的确有招致别人怨恨之处。你知道百里奚吗？他也不是秦人，而且比你还不得意，在来秦以前，他穷困得给人做着奴隶，我们穆公费了五张羊皮替他赎了身，命他在秦国为大夫，东伐郑，北救晋。他老人家出门连车子都不坐，夏天连伞都不肯打，全国人民，都在安居乐业；绝不像你这样，出入威风，带着杀气，前呼后拥，戒备森严，得罪了百姓。而且像田地公开买卖，赋税归之中央，办法固然好，流弊也很多。从前是人人都有田种，大家全有饭吃，如今富的可以买得连阡累陌，贫的贫到没多少土地，起初也许因为他不知力耕节俭，但到了他的后世子孙，不是也连带受了罪吗？所以，结果是，利益仍入于少数人之手，徒然得罪了贵族，百姓穷的还是穷。还有那种严厉的连坐法，也不是爱自由的老百姓所欢迎的。”

商鞅低下头去，一句话也不说。

“贵族，他们的潜势力有多大呀！你知道公子虔吗，自从被你削了鼻子，已有八年没出门了，他在忍受。可是，你会明白，忍受以后是什么？假使君王一旦……”赵良不好意思再说下去。

“我为你打算，赶快归还你的封邑十五城，辞去一切职务，在郊外买一块菜园，好好地退休吧！”

赵良以建议来缓和着两个人中间的紧张空气。

商鞅郁郁地辞了赵良，心中好像更加沉重了。

但是现实的享受是会使一个聪明的人变得短视的，当他一看见高大的府邸，奔走的仆役，趋附的门客……种种繁华，早把赵良劝他的话抛之脑后。

不幸的是五个月以后，秦孝公死了，太子即位。

一切噩梦都成了真实，贵族们以公子虔为首领，向商鞅下了总攻击，甚至说他要谋反。追捕，通缉，一样样都来了。

商鞅只好出走，化了装，骑了一匹老马，想逃出潼关，到魏国去。太阳打斜了，暗淡的黄昏，冷清的西北风，寂寞的原野，使他想起无穷的沧桑，当他带了兵去打魏国的时候，不也是从这里经过的吗？那时的威风，那时的势力！……他进了一个小店的门，要投宿。

“你有凭证吗？”店家问。

“什么？我要住宿呀！”

“你这个人！秦国的法令，没有凭证是不许收留的呀！这是商君丞相规定的。”

“我没有！”商鞅听了这句刺心的话，才晓得自己定的法律把自己也套在圈子里了。

“没有？不行！”

“通融一下！老伯伯！”

“那不行！犯了法要砍头的！商君的命令，谁敢不遵！”

他只好在屋檐下露宿着。冷风在向他侵袭，到后半夜，又飘起细雨来了，他心头的滋味真是写也写不出。

好容易熬到天明，出关入魏。魏国人一盘问，知道他是商鞅，“这家伙，就是骗我们统帅公子卬的，我们国家坏在你手里！你为什么跑出来，一定是犯了罪吧？”商鞅半句话也说不出。

魏国不敢惹秦国，就把商鞅送回秦国去。他偷偷回到商邑，召集旧部，公然反抗起政府来。

政府的军队和贵族们一齐出动来打他，终于在渑池捉住了商鞅。

在咸阳，他受了五牛分尸的车裂惨刑！

这个把秦国富强起来，但没有顾及一部分人及贵族利益的政治家，竟如此凄凉地殉了他的主义。

但秦国此后以优势的地位灭了六国，还不是他打下的基础！就连秦始皇那些中央集权的新办法，很多也是推广他的主张！

商鞅，他自己虽遭了不幸，但他的政治工作是成功了。

延伸阅读

宋代的王安石有一首诗，对商鞅做出了高度的评价：“自古驱民在信诚，一言为重百金轻。今人未可非商鞅，商鞅能令政必行。”

第四章

苏秦合纵

苏秦能言善辩、智谋超群、眼光独到，具有坚韧不拔的意志。他凭借三寸不烂之舌，游说六国合纵抗秦，将个人能力发挥到了极致。虽然，六国由于各怀鬼胎内部不和、秦国拉拢打压破坏纵约等因素，最后解除了盟约，以至被秦国逐一攻破，但这并不有损于苏秦的伟大。

阅读导引

顾颉刚中国历史故事

记载苏秦张仪故事的，除《史记》外便是《战国策》。《战国策》虽是西汉末年刘向所编集，但其最初著述者总应该是战国末期的人，而且就是苏张一派所谓纵横家的人物。有人说，《史记》上蒯通以兴亡之事说韩信，曾经“论战国权变为八十一家首”，所以有人认为《战国策》是他作的，司马迁作《史记》所根据的资料，当然也少不了这些秦汉之际流行的东西，故《史记》《战国策》其来源实是同一个。

战国中叶以后这些辩士的兴起，可以说是知识分子在政治上一大发展，有其好处，也有其极大的坏处，好处就是平民阶层一部分人身份上升，和贵族等列了，代表着平民阶层的向上发展。若是探究此种发展的来源，又离不开经济上的背景，本来古代除去特权阶级的贵族之外，人人都得凭生产才能吃饭，因此无所谓游离的、不事生产的知识分子。盖此时耕田的方法尚未进步，每一单位土地及每

◎《史记·苏秦列传》中记载的苏秦合纵战略

一单位劳力的生产量很为有限，甚至不足以维持一个人的日常用度，至于把粮食存储下来，借以牟利，那恐怕是绝对办不到的。韩非子《五蠹篇》说古时帝王的简朴生活，如“茅茨不剪，采椽不斫”，可以充分表现出彼时的生产状况。战国中叶已经发明了铁器，可以用来做农具，工具进步就是生产方式的进步，也就使生产量可以大大增加，因此，有些比较富裕些的农奴，逐渐解脱自己而成为地主。他们用蓄积的资本，不需劳动便可维持平均水准以上的生活；但人是不甘寂寞的，他们“四体不勤”“五谷不分”，可是却有充分的头脑，会思想，会理论，所谓“劳心者”“劳力者”即于此时分作两条路，社会也渐渐分化而有劳心劳力之对立，以代替古时贵族与农奴的分界。由孟子至苏秦、张仪，大约都是这一型的人物，他们代表了一部分上进的农民，向老式的贵族们分割政权，给平民们吐一口气，所以算得好的一方面。

坏的一面呢，这些农民从此脱离生产，一心一意钻营权力，有了官，就不愁发财。而且照孟子的理论，“劳心者食于人，劳力者食人”，好像真成了天下之通义，事实上，后来就变成“升官”一定“发财”，且在社会上都认为是理所当然。此一士大夫阶层的形成，做官发财思想之普及各角落，对于中国社会的进步委实是一个莫大的阻力。直到2000多年以后的今日，还是消灭不了。试看自民国以来到处乱窜的政客，其本质与古代的纵横家有什么不同呢？他们常常为了自己的利益，不惜出卖一切，苏秦、张仪，似乎也有过相同的事！

《史记》所记和《战国策》所载，有许多全是夸饰的，不能信以为真。例如苏秦的简练揣摩、悬梁刺股，以及游说各国那一套公式般的言辞，和他兄嫂对他的前倨后恭，都是太富于小说性了，我们千万不可尽信。纵横家本来“全凭三寸不烂之舌”，说话不可尽信，其历史的记载亦复如是。清代梁玉绳《史记志疑》对于苏秦的纵约既成，秦兵15年不敢窥函谷关一事表示不信，他说自苏秦初次说燕合纵，至魏赵两国相哄，致纵约破坏，其间前后不过三年，何能有 15 年秦兵不敢入关之事？《通鉴考异》也说是“说客浮语”，专为夸大苏秦的，同时《张仪、范雎传》中也有相同的话，全是不可信的。这些批评全很客观，我们只能把苏秦、张仪看作一种典型，自前 200 年至 300 年间，此种辩士最出风头，所谓养士的四大公子，其食客也多属此类，不过庸庸碌碌者流，不易有什么表现罢了。楚汉相争之时，此种策士依然不少，郦食其、范增、蒯通等皆是此派，他们的最后目的是猎取功名富贵。汉平天下以后，他的余风还在，陆贾、贾谊等人的上下议论，也可以看作一脉之传。自后每当天下大乱之时，都少不了他们在里面发生作用，而天下太平呢，他们就是宰官卿相，粉饰太平，同时也是国家行政的实际执行者。

纵横家的书我们很不易看到了，今本《鬼谷子》是假的，连鬼谷子这个人的有无都是有疑问的，不过汉代文学中有所谓辞赋一派，据说与纵横家有关系，这话也可以说得通，因为赋里面全是夸大铺张的话，和苏张游说六国的方式差不多，文学离不开时代背景，在辩士到处流行的时代，文体受其影响也是应有之事。

>> 一

先秦的养士之风

古代史到了周代的末年，完全成了分裂的局面。周朝天子的统治渐渐失去了效力，只凭封建诸侯各自的武力互相兼并着，全中国由几十个诸侯并成了七个大国，秦、楚、燕、韩、赵、魏、齐，没有一年不在战争，没有一个国家过着太平日子，所以历史上称为战国时代。

从地理上看，楚在最南方，领土最大，几乎占有长江流域各省，只有长江上游的四川，后来属了秦；其次便是秦，是西方大国，领土虽不及楚国大，可是在诸侯之中他最后起，好比年轻人一样，精力旺盛，元气充沛，这一点便是楚国所不及。在自然条件上，秦又是河山四塞，周围有险峻的峰岭包围着，在陕西中部一块平原上，他建设了富强的王国；如果他们东出函谷关，便可攻击魏韩等国；而东方各国距离它既远，实力又差，想打它是很不容易的。东方的齐，沿着山东半岛，富有鱼盐之利，国都临淄，是那时一大都市，隐然是东方诸侯的首长；韩、赵、燕、魏等国经常受它的侵略，冲突是时时发生的。至于占据今河北北部的燕，今山西的赵，今河南的魏、韩，地方既小，人口又多，环境是四战之地，邻国则东齐、西秦、南楚，全是吃不饱的虎狼，总想趁机掠夺这些弱者的土地，所以人民生活格外不安定，战神老在这几个地方肆虐。

国家到危急的时候，总会引起一些志士的关心的，尤其是贵族们，他们更怕亡了国会变成人家的奴隶，不得不竭力想法自救，一方面也必须有了这个力量才能拿到国家政权，于是各国的贵族都有养“士”之风，招纳国内外的人才作为自己的“智囊团”，有时人来得多了，也讲不了什么资格能力，只消有人介绍，便可以投靠在有钱的贵族门下吃一碗闲饭，好在他们有的是田地，可以无穷无尽地向农民要地租，吃他们一点儿也算不得过分，以此，有好些贵族的食客竟会达到两三千人，比得上现在一所大学，或是一个兵营——齐国的孟尝君，魏国的信陵君，赵国的平原君，楚国的春申君，都是养士的贵族中的代表者。之后，秦国的吕不韦的门客更多达万余名，那更是洋洋大观了。

何以会有这样多的士？其中不乏“滥竽充数”之辈，“滥竽充数”正是那时发生的笑话，南郭先生冒充会吹竽，混在乐队里，骗齐威王的饭吃，后来齐闵王要他们个别地吹，他便露出了马脚，逃之夭夭了。但主要的原因还是因为知识传布比从前普及了的关系。原来古代只有贵族会使用文字，民众是不会的；到后来，一些没落贵族子弟去民众中普及教育，兴办私学，庶人有了学习机会，他们形成新的阶层士，就一天天地位增高，成了社会上有力量的知识分子。

延伸阅读

滥竽充数，出自《韩非子·内储说上》:“齐宣王使人吹竽，必三百人。南郭处士请为王吹竽，宣王说之，廪食以数百人。宣王死，闵王立。好一一听之，处士逃。”寓意为讽刺那些没有真才实学，靠蒙混过关的人，或用来讽刺那些好虚荣，对人或事物不加以鉴别而重用的掌权者。

知识分子时时想往上巴结，想进一步地把握政权，一有机会就要表现自己，像孟尝君的门客冯谖，平原君的门客毛遂，都是很好的例子。而在他们之前，已经有不少这样的人物了。

>> 二 勤奋好学的苏秦

洛阳的苏秦，他有着过人的聪明，看了那些由士的阶级平地高升的人们，早在羡慕着。这时，为了求取功名富贵，已流行着一套学问——所谓“纵横之术”“权谋之学”，也就是研究怎样认识国际情势，怎样游说诸侯，怎样用手段出奇制胜的一门学问。齐、魏、韩等国，因战争频繁，这种学问特别发达，苏秦就投在齐国的鬼谷子门下做了一名学生。

苏秦家中并非富有，当他赴齐求学时，哥哥、嫂嫂很不赞成，他们是本分的农商，认为耕田营商才是最好的营生；但苏秦是有野心的，他不肯这样老死于家乡，他要试试运气。在齐国，他过着苦日子，除去缴纳束脩（学费）以外，简直一文不名，到了三年学满，竟是精穷如洗，没有办法，只好还低着头回到家乡。

莫说兄、嫂，连他的夫人都向他投射着轻蔑的眼光。哥哥说：“老二，你还是做生意吧，不要胡思乱想了，看你的样子也不像个做官的呀！”苏秦心里像针刺一般。事实既然不能证明他的能力，他只有忍受，忍受，将一切屈辱都记在心里。

他把《太公阴符》从破旧的书箱里翻出来，昼夜不停地研究着。老师曾告诉他，如能将这卷书揣摩透了，自会取得富贵。他激励着自己，困倦了，就用铁锥在大腿上刺一下，让血淌出来，痛苦使他忘了疲惫，要打瞌睡，就把头发绑在梁上，头一低，立刻就扯住了头发，人便清醒了……

◎苏秦头悬梁锥刺股

延伸阅读

“头悬梁，锥刺股”这原本指的是两个古人的故事。“锥刺股”出自《战国策·秦策一》：“（苏秦）读书欲睡，引锥自刺其股。”而“头悬梁”则出自《汉书》：“孙敬，字文宝，好学，晨夕不休，及至眠睡疲寝，以绳系头，悬屋梁。”

研究了一年，他觉得已经洞彻书中奥妙，有了把握，他第一次出发，开始去碰碰运气。

离洛阳最近的便是周，于是他去游说周显王。

周显王殿前那些官吏都是他的同乡，谁看得起这初出茅庐的小伙子？“你做什么来了？为什么不好好在家里做生意？”他们完全当他做小孩子。

他碰了一鼻子灰，自己想，这样回家去怎样见兄嫂和自己的妻子呢？一不做二不休，索性拿着剩余的一点儿路费，省吃俭用，自己挑着行李，晓行夜宿，他出了函谷关，直奔秦国去了。

偏偏他的运气不好，秦孝公死了，秦惠王即位；秦孝公是个主张变法图强的，用了卫人商鞅主持变法的事，居然很成功，但太子是反对变法的，因此与商鞅冲突，现在，太子即位，便杀了商鞅，对于外来的游说之士，一律看成商鞅之流，不愿理睬。任凭苏秦怎样运用他的“阴符”和口才，前前后后上书十次，要求秦王任用他，却始终没有达到目的。盘缠花光了，仅存的一件破皮袍子也卖了，他累累若丧家之狗，前途茫茫，天下之大，不知去何处是好。

延伸阅读

丧家之狗，语出《史记·孔子世家》：“东门有人，其颡似尧，其项类皋陶，其肩类子产，然自要以下不及禹三寸，累累若丧家之狗。”

最后到底不能不羞着脸皮回了家，面上厚积尘垢，又黄又瘦，一双破鞋子连底都没有了，同乡人哪个不在后面指指点点：“这不是苏家的老二吗！不好好在家做生意务农，非出外谋官不可，你看混得这个鬼样子！好像一只狗。”嘲笑和讥讽，像箭一般刺在他的心上。

但最大的刺激还是来自他的家庭，哥嫂固不必提，看他这样落魄而归，连饭都不烧给他吃，他妻子则照常织布，不和他搭一句话，甚至连他的父母也都用了白眼看他，说起话来淡淡的，他成了家中多余的人，每个人都在厌弃他了。环境的压迫使他再度发愤，他不灰心，不屈服，依然拒绝他父母的命令，不肯去做个平凡的农商，有更大的欲望在燃烧着，他重新拿起书来，更加勤勉地研习，不用说，头悬梁锥刺股的方法又应用了。

匆匆又是一年，在全家的轻视与鄙夷之下，他又出门了。

>> 三 施展才华

这回他变更了路线，他要往东到赵国去。他看准了要把握天下大势，必须抓住东方的几个国君来共同对付秦国。

赵国在七国中要算第二等大国，这时国政操于贵族奉阳君手中，奉阳君下面的食客完全拒绝外来的游士。苏秦只好再走，到了更远的燕国。可是燕是边疆国家，本不甚卷入七国政争的漩涡，这就使苏秦更难说话。他为了能觐见燕文侯，足足等候了一年才达到目的。

他施展了辩论的天才和技术，先夸张燕国的地势是如何之好，物产是如何之丰，人才是如何之多，使燕文侯生了喜悦，然后他的威吓手段随之而至。

“燕国在这样环境之下，当然不怕外来的侵略！”他说，“可是，远的侵略固是不必忧虑，近处却正要防范啊！”

文侯赶紧问他是什么意思。

“臣所指的远方，自然是各国最怕的秦，但秦之距燕，中间还有强大的赵国，它绝不会隔着千山万水来打燕国。但赵国可就不同，它的首都邯郸，距你们首都外面的易水，真可说是朝发夕至，赵虽不能胜秦，若来攻燕却很有余裕，这是不能不考虑的啊！”

“不错，我们正为这事苦闷呢，燕赵两国太需要建立一个和平的关系了。”燕文侯显已走上了苏秦暗示的道路。

“是啊，为今之计，莫善于燕赵两国同盟，协力抗秦，这样不但赵国不会再来侵略你，就是秦之于赵也要加点小心了，因为您可以从后面援助赵国的危难的。你们好像唇和齿一样互相依存，互相协助，不但是义务，而且也是幸福呢！”

“你能背负这使命吗？我们不但要游说拉拢赵国，而且还要联合齐国，因为这两国一向是燕的外患，现在若能化外患为外援，那就好了。”

“当然可以。”苏秦立刻答应下这使命。

于是，车、马、旅费、衣服都送过来了，苦了几年的苏秦，马上焕然一新，驾着漂亮的马车，穿着簇新的衣冠，又走到赵国的邯郸。

时来运转，奉阳君恰于此时死去，食客四散。加以苏秦的势派已不像从前那般寒碜，他很顺利地见到了赵肃侯。

他先给赵肃侯一个希望：“目下赵国最迫切的要求是安定。”他知道赵国连年与秦交兵，损失甚大，所以从这里入手。“要想安定，必须选择有利的与国（同盟国）。赵国两大外患，一是东方的齐，一是西方的秦，而秦尤为可恶。”

“你的话一点儿不错，20 年来，我们与秦国大大小小的战争已经打过四五次了，每次都要死伤若干百姓，实在是非常伤脑筋的事！”

“所以，秦是绝对不能和他相与的呀！我有个计划，您如果肯听，包您在短期内可成诸侯的盟主，齐、楚、韩、魏、燕都得乖乖地听您号令。”苏秦又卖弄起他的利诱手段了。

“寡人愿闻教益！”

“秦是不能相与的，我们已经知道了，如果妄听目下一般主张连横者的谬论，大家都向秦低头（连横派是主张六国向秦乞和的，在当时也极有力量），那就会中了强秦各个击破的诡计，它会先攻近在左右的韩、魏，取得大河以西的沃土，断绝两国与燕赵交通的道路，那时，韩魏两国转瞬灭亡，然后秦兵就向东长驱直入齐国，成了它的鲸吞席卷之势。齐既攻下，秦必将转而北指，邯郸城上恐将难免悬挂秦国的旌旗了！”

他停顿一下，用疑问的眼光瞅着肃侯。

“那便如何是好？”

“赵国的天然环境并不差，全国兵车不下千乘，壮丁可至数十万，土地二千余万里，若是好好利用定大可有为的！”苏秦卖个关子。

“请您讲下去。”

“依臣的统计，六国的土地合计约为秦之五倍，而人口则为十倍，为什么要甘心低头受它的压迫？没有别的原因，只为大家不能团结一致。秦攻韩、魏，可以旦夕而下，那时赵便受了严重威胁，而齐楚等大国亦复不能安枕。故当前之要事，只有各国结成联合战线，共抗强秦；秦攻一国，五国同起救应，自然使它首尾不能相顾。譬如以贵国为例，如果秦兵有意于邯郸，则韩军该从宜阳袭它的后路，楚军又从武关攻入秦的腹心，魏军呢，正好从河西压迫秦的北边，这样南北夹攻，成一钳形攻势，同时燕齐各出兵参加救应，则秦军虽强难敌，至于其他任何一国被攻，都采取同样策略，我们又何惧乎强秦？更不必听那些连横主义的妄论了！”苏秦把他的计划倾盆倒海似的说了出来。

“大王如有意于此，”不等赵王答复，他又继续下去，“那就可以约诸侯共会于洹水之上，歃血为盟，交换太子以为信质（意即抵押保证，乃古代之通例）；盟约既定，大家共遵，如有违反，五国共伐之。这样不但集体安全可以实现，即赵国的地位也就无形提高！如大王不以为谬，臣愿效犬马，负责与各国接洽此事。”他率直地讲出自己的要求。

“先生高论，顿开寡人茅塞，这是于天下诸侯都有利的事，寡人当然愿意竭力求其实现。现在就请先生辛苦一次，全权代表敝国，向各国接洽同盟之事如何？”苏秦当然答应，当下赵王给了他一百辆兵车做侍卫随从，还有数不清的绸缎布匹，男女僮仆，金玉宝玩。苏秦成了“约纵”（即联合各国抗秦）专使，声势比从前更加大了。

按照计划，他首先要到韩国去。

>> 四 联合张仪

但这时秦惠王正在侵略着韩国。苏秦知道不把秦兵先行赶退了，话是没法说的，可是，自己没有实力，怎么可以退秦兵？何况，必须有一个可靠的保证，使秦国在相当期间内真的不出兵攻击六国才好，不然，这盟约一经考验，如有破绽，自己的功名富贵岂不随之瓦解？他想，必须有一个自己把握得住的朋友在秦国当权，这幕戏才能唱圆了，自己固然为了合纵，不能再受秦惠王的信任，但竟不能想出一个适当的人选吗？

他忽然想到在齐国求学时代的学友张仪，这魏国的青年是自己志同道合的好友，有着比自己更好的本领和学识，而且正在怀才不遇的境遇，何不利用他一下？他把主意想好，立即派专人到魏国去寻觅张仪。

张仪正从楚国碰壁而归，其命运和苏秦第一次入秦一样，或者更糟糕些，楚国的丞相甚至诬他偷了东西，把他毒打一顿，驱逐出境，他带着创伤的身体和精神回到了家乡，他所遭受的耻笑和嘲讽，正如当年的苏秦的经历。

正在张仪潦倒无聊之际，苏秦的使者来了，这是受过苏秦训练的人，不露痕迹地去请他，那人只是告诉张仪："你的朋友苏秦阔起来了，现在在赵国红极一时，为什么不去找他？"果然张仪打点行装，直投邯郸来见这位老学长。

不料，苏秦摆出一副目中无人的架子来召见他，把他放在门房里坐冰桶，不理他，许久才把他传唤进去，非常倨傲的样子："张仪，你怎么搞成这样子！你的本领呢？从前老师总说你的功课好，有前途，看！你的前途在哪里？我就不信，男儿汉自己难道打不出一条路子，非得求亲靠友？我苏秦现在有办法了，你也来找，他也来见。假设我没有办法，你又见谁呢？"

张仪气得肚子都要炸裂了，想不到当年的老朋友发达以后便会有这副臭脸孔。他本想拂袖而去，无奈手头无有分文，只得忍气吞声，向苏秦要了一点儿路费，然后又和仆役们吃了一顿“下饭”，饱受冷嘲热讽，出了苏府。他恨得顿足大骂：“苏秦，苏秦！此仇不报，何以为人！”他想，目下能压迫赵国的只有秦国，于是他决心入秦。

自张仪第一天投宿在旅店中起，就遇见一位非常阔绰豪爽的客商，彼此攀谈之下，知他也是要到秦国的，他极表同情于张仪，痛骂人情势利，苏秦这家伙被他骂得分文不值。从此，他们成为路上顷刻不离的旅伴，而且成为莫逆之交。

到了秦国，也是那客商给他花钱买通内线，得以见到秦惠王。由于他的伶俐的辞辩，又向秦王夸下海口，包管不费一兵一卒之力，可以使六国西面乞降。他居然也做到了秦国的高官，和苏秦一东一西，并驾齐驱了。

他想到那位客商，便有说不出的感激，买了不少礼物，到客栈里去探望他；只见客人正在打点行李，预备回去。

“喂，我全仗您的力量，得有今日，正该富贵共享，为何您匆匆离去？”张仪问。

客商只是含笑不答。

“你是怎么回事？”

“你真道我只是普通的客商吗，那你就太天真了！”

“那你究竟是干什么的？快说！莫非你是什么密探？”张仪急了。

“莫急，请坐！我是你的老友苏秦派来，特为护送足下前往秦国的呀！”

“怎么，苏秦派来的？你快说，不要再吞吞吐吐的了！”

“苏秦派我来的，不错！他为什么要派我？这是有政治作用的，希望你永远保守秘密！否则他一番苦心就白费了。你要晓得，苏君为什么那样冷淡你？为什么骂你没出息？这完全是‘劝将不如激将’的策略呀！若不是这样，你肯一气出走吗？你肯到秦国来吗？苏君为了要保持他的‘合纵’的效果，不能不找出一个心腹之交来把握秦国的政权。这完全是一出大戏，骗过世人的大戏。其实，什么政治不是一幕戏剧？他把你逼进函谷关，在秦国得势，然后大家合作。你尽管高唱你的“连横说”，却按兵不动，苏君在六国的地位便可以保持，而你也有了很高的成就。至于我，不过是这幕戏剧中的一个配角，苏君命我促成你的志愿罢了。你应该了解苏君的苦心，并且，保持着密切的合作。”

张仪惊讶得半晌说不出话来。

“苏秦呀苏秦，你实在比我高明得太多了，我竟完全蒙在鼓里！现在，我当然愿意与他合作。请你告诉他，只要他在台上，我是不会劝秦王出兵东征的，其实，有苏秦在，我即使出了主意，恐怕也战不胜他的吧？”

使者回赵复命，苏秦的心定了下来，而正在侵略着韩国的秦军也退了去。

车马、随从、礼品，拥卫着苏秦向韩国出发。

>> 五 合纵之策

韩宣惠王刚刚和秦国罢兵，并且是向秦屈服了。这回，苏秦就利用这一弱点，向他进攻，他在夸饰了韩国国势之后（这是照例的起始），又说韩国的特产强弓劲弩是如何可以威胁天下，而现在已经低首投降于秦，为列国所耻笑，真是不值；他更进一步恐吓着韩王：

“您以为秦国这样就能满足了吗？他是绝对不会的！您就是割给他国都宜阳，也不会填满他的虎狼的欲望。对方的要求没有完，而我们的土地却有限，让步，陛下岂不是自取灭亡吗？我认为这是极不可取的。”

韩王被他激起一腔怒火，想起暴秦的无理要求，他实在忍受不下去了，瞪了眼，按着剑，问苏秦有什么办法报仇。

“这只有加入六国的合纵同盟。现在燕赵两国已发起了，想大王也不会反对吧！”苏秦详述事实的经过和办法后，就这样要求着。

“寡人愿奉社稷以从！”韩宣惠王完全同意。

◎明代刻本《春秋列国传》苏秦游说六国

此后，苏秦又前往魏国去说魏襄王。其时的魏国正流行着“主和说”，君臣都抱了“败北主义”。苏秦又从这上面着眼，自然，他仍是先夸赞对方的国势，随即又说：“听说贵国有不少人主张连横，这真是其心可诛的议论，试问，连横求和是只消一句空话就可以办到的吗？无疑的，一定要割地赔款，割地赔款，岂不就是丧权辱国？一个做臣子的人，而专门教国君丧权辱国，那一定是他太自私了，唯恐战争损失了他自己的那点儿富贵。任凭这种思想蔓延开来，恐怕对于贵国前途没什么好处！”他用眼瞧着魏王。

魏襄王是个糊里糊涂的人，本就没有什么主张，何况苏秦的办法也算合理，于是不费力气，魏国成为纵约的盟国。

此后，苏秦又来到了齐国，齐国是东方的霸主，这时也和秦维持着微妙的友好。

齐乃六国中的大国，当然说法不能与之前相同。他不但夸张齐国全国的形势，连国都临淄也被他描绘成了天堂，他说：

“贵国不但地势优越，鱼盐富饶，甲士之多亦为他国所不及。以臣估计，仅临淄一地就有七万户，每户以三个壮丁计，便是二十一万！临淄的财富更是甲于天下，大街上车子接着车子，人到处在拥挤着，真是挥起汗来成雨，张开袖子成帷。有了这样的实力，却向野蛮的秦国低首，未免太胆怯了。而且像韩、魏那些小国，它们和强秦接壤，秦兵可以不时侵入，自然不能不谋应付之道，齐国远在海滨，秦兵岂能飞越？即便他有意思来攻，也得费尽了力气，首先就得通过韩、魏这两国——说不定这两国会攻他的后路——然后才到得了齐的边境；可是仍有泰山亢父之险，行军非常困难，只要贵国派遣一军当关而守，他是极难攻进的。这是非常显明的事实。那么，秦既无法攻齐，无非虚声恫吓而已，为什么大王要受他们的欺骗呢？”

齐宣王非常激动地说：“寡人与秦原不两立，但恐一国的力量不能抵抗罢了！先生有何妙策，敝国无不乐从。”

“臣奉赵王之命，联合各国抗秦，如果贵国不以为荒谬，请即日加盟，臣敢保大王国势蒸蒸日上，非但不受强秦的欺辱，将来恢复桓公的霸业正未可知哩。”苏秦拿出盟约方案给宣王过目，当时，宣王就表示赞成。

知识扩展

齐桓公，本名吕小白，乃春秋五霸之首。他任管仲为相，推行改革，实行军政合一和兵民合一的制度，使齐国逐渐强盛。前 679 年，各诸侯与齐桓公在鄄地盟会，当时中原华夏诸侯苦于戎狄等游牧部落的攻击，于是齐桓公打出“尊王攘夷”的旗号，九合诸侯，北击山戎，南伐楚国，成为中原第一个霸主。

剩下南方大国“楚”了。苏秦晓得楚是有意与秦争霸的，便劝楚威王拒绝一切主张连横的游士，他说：

“今日天下，能与秦抗争的只有贵国了。贵国据有长江的沃野，人口、兵甲、粮食，他国都望尘莫及。天下大势非秦即楚。大王如果听信了那些连横的说法，无异乎把自己的主人地位牺牲而去做人家的奴隶，这是极不值得的。事实很明白，大王领导了诸侯抗秦，则楚是各国的领袖，各国都得望风顺从，燕赵的美女，北方的良马，各国的宝货，都要贡献给大王；否则，六国一开始便把秦国看得高高在上，不敢惹他，试问谁还肯推崇您做领袖？这两条路的得失，不用我来分析，大王的眼是雪亮的！”

楚王听了，长叹一声：“唉！寡人许久不曾听到这种透彻的议论了。群臣都是怯懦之辈，畏秦如虎。我自己呢，虽与秦不两立，无奈没有同盟之国，深恐战端一开不能操必胜之券，以此心中忧虑，寝食俱废。现在楚国是决心抗秦了，但不知先生有何办法？”

“赵王命臣联合各国，同盟抗秦，臣以为贵国在六国中地位最高，实力最大，所以特来征求同意。”

“好极了，我绝对赞成！请你即刻回去，早日完成联盟的盟约，寡人不胜希望！”

苏秦完全胜利，他的车马、随从、行李、金银，比来时又多了几倍，因为每到一国都有赠予，他心中充满了兴奋与骄傲，以“六国纵约长”的资格回到赵国去复命。

>> 六

衣锦荣归

这回他路过家乡洛阳，可与几年前大不相同了。

“苏家老二做了六国纵约长，快来看快来看，还是读书人有出息呀，我早就知他是不得了的人才！”街市上到处都流行着这种羡慕的论调。

他的父母、妻子、兄嫂，心里更是酸甜苦辣一齐来。自己家里人这般有声有势，自然痛快；可是，万一他要记着前仇呢，那可就吃不消。

连那些曾经鄙视过苏秦的周朝官员们都慌了，他们自动地组织了欢迎仪式，在离洛阳四十里以外的大路上郊迎，鼓乐手奏着欢迎的乐曲，并在一旁摆好酒席，专等给苏秦接风。

苏家全体，也加入了欢迎仪式。

苏秦大模大样地下了车，与众人点头为礼，只淡淡地说了一句：“谢谢诸位费心，我忙得很，还要回邯郸去复命，恕不能久留！”

他嫂嫂和妻子都在车前跪倒，连头都不敢抬起来。哥

◎苏秦荣归故里

哥和父亲也在一旁垂手侍立。他见过父兄，故意问地下跪的是谁。“那不是你嫂子和你妻子吗？恐怕你见罪她俩，所以不敢起来！”哥哥忙接下去回答。

“哼！”苏秦冷笑了一声，然后问他嫂嫂：“阿嫂，为何这次见面和前回大不相同了？我这读书人如何？读书没用吗？只消得做些种田的营生吗？”

嫂嫂连连叩头：“请叔叔原谅！叔叔升了大官，发了大财，我们当然是欢迎得不得了，和前回不能相提并论呀。读书人，世界上还有比这个再高贵的吗？像你哥哥，也不过一辈子做些生意，给人家当个伙计罢了，他见过什么世面！”这女人真会讲话，把苏秦也逗笑了，摆摆手，命她们都起来。

不消说，他享受了一席丰盛的接风宴，然后是街坊、邻里、亲戚、朋友轮流的宴请，说不尽的风光，讲不完的快乐。他心里深深感慨：“原来势利两个字会有偌大魔力，我在十年之间竟前后判若两人，看起来地位和金钱真是人生的两宗法宝啊！我是穷困出身，应当同情那些没有力量的读书人，让他们也吐出一口气！”于是他把大批的金钱拿出来，专门散给本乡的清寒子弟，而当初曾同情他、帮助过他川资旅费的人们，这时更得到十倍百倍的偿还，苏秦在那里也买到了空前的名誉。

他的两个弟弟，苏厉和苏代，从此跟着他去念书，也学了那一套“阴符”之术，再也不相信那安分守己、务农经商的话了。

回到邯郸，那里有比洛阳更盛大的欢迎仪式，赵肃侯亲自出城招待。

很快，列国都派了代表，正式签订了对秦的攻守同盟条约。当然，苏秦是这件事的全权负责者。

苏秦因功被封为武安君，他终于由贫贱的士突升为高级的贵族了。当他接受贵族的封爵时，不由得自叹道：“若是当年我年少时，家中也有良田两三顷，可以让我丰衣足食，恐怕我再也不肯外出学什么权谋纵横之术了；果然那样，现在的我还在乡下种田营生，哪还会有这今天的功名富贵？人生命运，真是难说得很！”

苏秦派人把各国同盟约章的副本送到秦国去，秦国果然怕不能敌众，很长一段时间不敢出兵函谷关。自然，这里边也有张仪的作用。

>> 七 合纵失败

假使关东各国君真能固守苏秦所订的盟约，那就好了，秦国再强些，也打不过六国的联军。无奈各国之间，互存猜忌，大国还不断想侵略小国，再加一些游说的士人，到处挑拨（因为天下不乱，则他们的富贵就没有着落了），各国间的矛盾，遂到了非爆发不可的程度。

首先是齐国，他总想在东方建造统一的局面，看着韩、魏、赵、宋，有如一块块的肥肉，一定要吞食的，他不顾盟约的约束，起兵伐赵。赵乃盟约发起国，而且苏秦就在那里，这一记耳光，简直打得苏秦昏了过去。赵王马上向苏秦责问："你所定的纵约原来只是如此吗？寡人实在不懂！"苏秦惶恐地说："这是齐国不守信用。臣请往燕国，要求他们合作，共御强齐。"赵王允许了他。实际上，这是苏秦的金蝉脱壳之计，他看透了自己在赵国的危险，便先逃到燕国去了。

合纵之策从此走了下坡路，各国都看破了所谓盟约也不过一纸空文，自身不生力量的；而秦国也重新开始了他的侵略。为了远交近攻，秦惠王把公主许配给燕文侯的太子，这样，至少可以使赵陷于孤立了。燕文侯卒，太子即位，是为燕易王。苏秦想要请求燕国出兵救赵这句话还没来得及说，齐宣王却已挥兵北上，趁燕有国丧，要抢夺土地。燕国手慌脚乱，割了十座城池给齐，勉强应付过去。

燕易王越想越不开心，把苏秦召进宫来，要对他不客气："苏先生，从前你来到敝国，先王赏识你，命你到赵国去联合同盟，因此你才名重六国，身为纵约长，得了莫大的好处，大约你该不会忘记吧？可是，如今曾几何时，先王的尸骨未寒，敝国已受到这样的损害，请问你究竟有没有法子可想？你的妙计呢？权谋呢？"燕易王的态度非常严峻。

苏秦是如何机警的人，忙赔笑道："大王息怒，臣请入齐，定能凭三寸不烂之舌，讨还十城，如何？"

"好，让我看你这一趟的成绩吧！"燕王没好气地回答。

苏秦到了齐国，求见宣王。他先向宣王道贺战胜，随即突然地说："但，大王，臣却为贵国担心，这十座城池恐怕会招来更大的麻烦呢！"

“怎么麻烦？我不明白！”齐宣王道。

“大王总该知道秦国与燕国结亲这回事吧，现在新登基的燕王，不正是秦王的女婿吗？假设燕王要求秦国援助，秦国又不是没有野心的，他正在等候一种出兵的借口呢！请问，到了那时，您该怎么办？是不是会为了这十座城池招来更大的麻烦？”

齐宣王好像忽然明白了似的，脸上立即出现惊慌的神情，“那么，该如何是好？”

“这是很简单的，您把十城还给燕国就是了。”

“没有那么容易吧？”齐王道。

“大王，智者应当认清了环境做事，自会转祸为福；不然只顾眼前利益，将来的祸患可是无穷了！眼下只消您肯归还燕国十城，不但燕国要感激您，连秦国也会感激您的。为什么？您分明是为了秦的关系才归还的，秦王无形中加重了身份，他将来更可以向燕国示威，岂不是也要感激您吗？这是一举两得的事，希望您不要犹豫。”

齐宣王竟为他的花言巧语所动，退还了燕国的十座城池。

苏秦满以为这次回去可以恢复自己的政治地位了，不意许久毫无消息。他四处探听，慢慢地，才明白了有人在燕王之前说他的闲话，骂他“朝秦暮楚”，反复无常，不可再加信任，他连忙请见燕王，表明自己的立场。

“我替陛下索回十城，不费一兵一卒，按理说是不无微功了；可是，到如今并没有一官半职赐下，显然是有人在陛下之前搬弄了是非。臣本非燕国之人，蒙先王赏识，加以信任，才有今日，臣只是想不惜任何牺牲以报答先君于地下。至于说臣不忠不信的人，那真是别有用心，想要加以陷害了。本来，忠信两个字是很难说的，有时虽然尽了忠，却不能为人所了解！”

“自然你是未曾尽忠，尽了忠还有不被人了解的吗？”燕王冷笑着说。

“那可不一定！有这样一个故事，很可以代表臣今日的遭遇与心情。从前有个做吏出外的人，家中留下一妻一妾，不久，妻闷得慌，就和别人通奸有染。一天，丈夫来了信，说要回家；姘夫着急得不得了，那女人就预备了药酒，想把丈夫毒死。三天以后，丈夫果真回了家，妻给他摆了酒宴，殷勤地接待，却暗暗命妾给他斟上毒酒。这妾端了酒，明知是毒药，这时间，如果声张呢，主母的生命便危险，不声张呢，老爷又会立即死去，她着实为了难。最后她急中生智，假装走路不慎，一跤跌翻，把酒泼在地下。丈夫大怒，认为她有意捣乱，就打了她五十皮鞭，她一声不响地忍受着。这个故事里，岂不是明明白白地表现了尽忠者的牺牲吗？然则，臣所说的尽忠有时不能被人了解，也该为大王所接受了吧？臣今日的遭遇与环境，其实便和那个妾一样！”

燕王听了，深深受了感动，他下令复任苏秦原官，同从前一样地信任他。

但苏秦不自检点，竟和燕王的母后私通起来，闹得满城风雨，国君那里，当然也有了风声。他唯恐披罪，便要求到齐国去，说：“齐乃燕之大敌，臣去可以做个内应，趁机破坏他们的国家，为燕报仇；不然，长久在燕住下去，也发挥不出什么作用的。”燕王也就无可无不可地准许了他。

在齐国，他竟又弄到了客卿的职位。

齐宣王死去，齐闵王即位。他趁机劝国君大修宫室，引诱他荒淫无道，这大约就是他的破坏齐国计划的一部分了。

齐国许多人非常恨他，终于命刺客把他刺了，虽未即死，但已没有痊愈之望。苏秦临死的时候，还用了一下阴谋，他告诉齐王说：“臣不能常侍大王，十分悲痛。臣死之后，敬请大王为臣报仇！”

“凶手跑了，怎么办呢？”齐王说。

“那容易，只要您声明已查出我是燕国的奸细，现在死得其所，自然凶手会自己出来招认的，因为，他会自以为自己不但无罪反而有功。”

“好的！”齐王答应了他。

果然，那刺客中了计，被捉住杀了！

苏秦死后，他弟弟苏代和苏厉继起，在列国间活动了很久。老实说，苏秦的合纵政策对维持旧秩序是很有作用的，只是东方的六国自己各怀鬼胎，弄得他的后半生庸碌无为。那时，为了秦的国势强盛，连横之策像潮水一般冲刷开来，列国间最活跃的人物变成张仪、公孙衍之流，大戏换了主角，那又是另一幕戏剧了。

总的来说，苏秦这个人总要算纵横家与阴谋学派中的第一个实行者，而且是由低级的士，凭着自己的学识跃升起来，成为时代的中心人物，这确实费了极大的努力，这样的努力也该受后来人的钦佩。

延伸阅读

唐代诗人贾岛有《经苏秦墓》一首：“沙埋古篆折碑文，六国兴亡事系君。今日凄凉无处说，乱山秋尽有寒云。”

顾颉刚中国历史故事

卷二 大国争雄

顾颉刚◎编著

SPM 南方出版传媒
广东人民出版社
·广州·

图书在版编目（CIP）数据

顾颉刚中国历史故事 / 顾颉刚编著 .— 广州：
广东人民出版社，2021.10
ISBN 978-7-218-15098-7

Ⅰ.①顾… Ⅱ.①顾… Ⅲ.①历史故事—作品集—中国
Ⅳ.① I276.3

中国版本图书馆 CIP 数据核字（2021）第 115364 号

GU JIEGANG ZHONGGUO LISHI GUSHI
顾颉刚中国历史故事
顾颉刚 编著

出 版 人：肖风华

责任编辑：李力夫
责任技编：吴彦斌 周星奎
装帧设计：智慧树

出版发行：广东人民出版社
地　　址：广州市海珠区新港西路 204 号 2 号楼（邮政编码：510300）
电　　话：（020）85716809（总编室）
传　　真：（020）85716872
网　　址：http://www.gdpph.com
印　　刷：北京彩虹伟业印刷有限公司
开　　本：880mm×1230mm 1/32
印　　张：24.25 **字 数**：388 千
版　　次：2021 年 10 月第 1 版
印　　次：2021 年 10 月第 1 次印刷
定　　价：168.00 元（全五册）

售书热线：（020）85716826

前言

顾颉刚中国历史故事

历史故事是没有人不喜欢的，一个刚能说话的小孩就会要求人家尽量讲故事给他听。一个识得几个字能看浅近书报的人就千方百计觅取小说而阅读。至于书场里，戏场上，更是充满着各阶层的人们，贫富贵贱，男女老少，知识分子、非知识分子，他们接受了传奇性的故事，对于表演所给予的喜怒哀乐，都不禁为此而欢呼或哭泣。所以历史故事是人们的日常生活中重要的一部分，正像空气和水一般不可缺少。

中国的传记文学已有很久远的历史。左丘明的《国语》，司马迁的《史记》，描写人物的言语举止栩栩欲活，使人读了之后更容易认识那时的社会背景，所以成为千古不朽的杰作。至于唐代的变文，宋元的话本，明清的演义，以及各种剧本和曲词，莫不是在历史里抉出几件动人的故事，加上作者的想象，把它们描写得更有刺激性，所以能深入民间，永远在民众的脑筋中活动。不过那些作品加入想象的成分太多了，往往歪曲了真相，使古人蒙受了不白之冤。

现在我们编辑这套“中国历史故事丛书”，希望为中国的传记文学培养一点儿新苗，也希望替民间流行的故事做一点儿合理的纠正。固然因为古代的记载缺乏，亦为叙述的方便计，有时也不能不加上一二分想象，可是决不使古人蒙冤。一般说来，我们要表彰历史上的大仁大智大勇的人物，但为明了各时代的大节目计，我们也须叙述几个被人唾骂的分子。我们希望这书出版之后，每个民众和每个中小学生都能人手一编，成为学校的补充读物和家庭工厂商店中的进修工具。说得轻松些，该是一切人的消遣品。说得严肃些，则是大家好就此认识我们的立国精神，就此得着我们做人的法则，都来淬厉振作，复兴中华。

中国之大，历史之长，唤起民族精神的可歌可泣的事情正不知有多少，诚恳祈求读者和专家的指正和批评，使得我们这工作经常在改进之中，将来可以获得理想中的成就。

顾颉刚

见此图标微信扫码
听故事，感受学习历史的乐趣

目录

顾颉刚中国历史故事

第一章

张仪连横

作为纵横家的一代鼻祖，张仪是一位卓越的外交官，能通过外交谈判免去不必要的战争而达到同样的政治目的，出色地完成每一次外交任务，为后世的外交家们在辞令和外交技巧等方面提供了一种范式。

阅读导引

顾颉刚中国历史故事

关于纵横家记载的不尽可信，我在“苏秦合纵”的序文中业经讲过了。张仪和苏秦一样，是战国时代辩士的代表典型，不过一个是抗秦主义者，一个是降秦主义者，而终极目的，全是为了个人享受，利禄。当时像这样猎取高官显爵的知识分子一定很不少，较此稍早有四大公子的养士，食客一来就是几千，想来也不过是此等人物，其主张殆亦出不了这两个范畴。

知识扩展

食客，在我国古代指寄食于豪门贵家，帮忙帮闲的门客。食客是中国春秋战国时期盛行的一种职业，当时身家财产够多的贵族，为了进一步提升政治地位与社会地位，会对外招收各国人才并供养他们，有些食客为雇主私人的部属，不受任朝廷官职也不受国君指使。门客所贡献的才能五花八门，如出谋献策、出使游说、唱歌跳舞、行刺暗杀、武力保镖等，甚至连行窃与学动物叫也能当门客。苏秦、张仪之流自然是为贵族出谋献策的，可以称为“策士”。

据《史记·魏公子列传》:“士以此方数千里争往归之，致食客三千人。”战国的“四公子”，即齐国的孟尝君田文、魏国的信陵君魏无忌、赵国的平原君赵胜、楚国的春申君黄歇，相传这几人门下食客三千,一时形成贵族“养士”的风气。

盖那时中国情势，只有函谷关东西两个集团，自商鞅立法以后，秦已恢复了穆公时代的声威，且地位比霸者还有过之无不及了。关东诸国，在能够团结一致的时候，就有纵约成立的好机会，否则，各国为自己的利益互相摩擦，秦立即用各个击破之计，拿美丽的连横主义为饵，来钓他的牺牲品了。

《史记》中关于张仪的纪事，也多据《战国策》,《战国策》是战国末期的纵横家文字，本身多属夸大，绝不可据为信史。即如《史记》记张仪说齐闵王，先说赵已献地求和，而下文却又记他去说赵，这不是个破绽吗？当然，说齐的话可以解释为张仪玩弄手段，扯谎以恐吓齐王，可是下文又说赵国献了河间、齐国献了海滨鱼盐之地，《战国策》并有燕献常山之说；河间、常山，都在赵、燕境内，与秦国土地不相接触，齐国的海滨，距秦更远，试问秦怎样接受和管理这些割让的土地呢？这不分明是造谣吗？而且像钱大昕《经史问答》里所批评，连谣都造得不高明！这许多地方，我们都不能尽信了，张仪当时怎样游说六国，是否使用那一贯的公式，后人显已不能具知。这些战国末期的记述，是“做文章”而不是“纪史实”，如其认真起来，我们就大上其当了。（按秦赵渑池之会，在张仪死后30年，秦取韩的宜阳，也在仪死后四年，足见《史记》《战国策》的记述完全是后人的想象。）

不过在秦的国力已经膨胀到足以制服六国的时候，再加上对这些策士的运用，对于促进中国的统一，颇有相当帮助的。这好像新时代的收生婆一般，可以使新现象的产生格外快，也许可以减少战争的次数，说不定对于老百姓也会有好处的。

>> 一

张仪不遇时

苏秦的故事我们已经讲过了，在那里曾说到他是怎样利用他的同学张仪的。张仪被苏秦用激将法送到秦国，他便在秦国起了作用，使那时的列国局面逆转过来。苏秦是主张六国联合抵抗强秦的，即所谓“合纵”之计;而张仪呢，却站在秦国那一面，专门破坏六国的联合阵线，把他们分立起来，教他们都去向强秦投降，在历史上这叫作“连横”之策。这“纵”和“横”的解释，代表着六国和秦国的地位。秦国占了西半部中国，对六国来说，只有东西的关系，这便是横的，故六国事秦曰“连横”。六国的地位是南北排列的，最北是燕，最南是楚，中间夹着韩赵魏齐，所以六国联合曰“合纵”。一纵一横，即是一战一降。历史上又把这一派专门游说列国的士人称为纵横家。

张仪是魏国人。韩、魏地处中原，是各国侵略的目标，所以这两国就多生出智谋之士。张仪之外，如商鞅、吴起、公孙衍、陈轸，都是战国时期驰名的人物。除此之外，张仪之后的韩非子，是讲法治最完密的学者；而吕不韦，更是战国末年了不起的大人物。张仪自从在齐国向鬼谷子学会阴谋之学以后，回到魏国，就前往南方的楚国去碰运气。总算经人介绍，认识了楚国的宰相，这一天，楚相请他吃酒，很有任用他的意思，不意在席上，楚相忽然丢掉了一块心爱的宝玉，想来想去，觉得张仪的样子的确很穷，便疑心是他偷的，于是把张仪捉起来，问他口供。张仪自然不肯招承，被打得皮开肉绽，更是一个命令将张仪驱逐出境。可怜的张仪，官没有做上，却遭了一顿毒打，因此恨透了楚国。

◎张仪问他的妻子："我的舌头还在吗？"

回家以后也只有他老婆来看顾他。正和苏秦一样，哪一个乡邻不看他笑话。连他老婆也不耐烦了，对他说："你还是做做生意或种田吧，若不是念什么劳什子的书，梦想做官，哪里会讨这一顿打！”张仪听了兀自不服，瞪起眼睛向他老婆说：“你看看，我嘴里还有舌头吗？”她莫名其妙，“有啊，那又能怎样？”“有就行，我的舌头总有一天会给我报仇的！”他老婆也只当他乱吹牛罢了，不再去理会他。

>> 二 张仪的发迹

这时恰好苏秦在赵国做了大官，成了六国的纵约长，生怕秦国一有动作，这纵约经不起试验，立刻就垮台。于是派人找来张仪，如我在“苏秦合纵”故事中所讲，把他激到秦国去。

起初，秦惠文王只让他做客卿，虽是高官，地位还不重要。秦的南面就是巴蜀。这是一块未经开辟的处女地，既广大又肥沃，此时恰有土酋的内乱。秦王想去伐他，和群臣讨论。张仪首先反对，他说：“争名者于朝，争利者于野，伐蜀有什么用处呢？就是得着了也是一个闭塞不为人所注意的地方。与其伐蜀，不如伐东面的韩。韩乃小国，打服了他，就可以进一步打周朝，把周天子把握住，可号令诸侯，谁敢不听就打谁，这是名利双收的事。岂不比伐蜀好得多吗？”但大将司马错不以为然，他说蜀乃富庶之区，秦取得了它，可以增加无量的富源，而且绝不会和东方诸国发生冲突，这是非常稳妥的。假如去伐韩就不一定有胜利的把握，因为韩和诸国有纵约，万一他割地于齐、楚、赵、魏，诸国联合起来向秦反抗，岂不很讨厌。所以伐蜀是万无一失，而伐韩则胜败难定。”这一回，张仪又失败了，惠文王听了司马错的话，出兵伐蜀果然大为成功，张仪好像很没有光彩。

秦自得蜀，国势愈强，向外膨胀的需要也更大；不过东方诸国在苏秦的纵约之下，是否容易离间开，这是要考虑的。张仪就趁着这个机会来施展他的本领了。

他的计划是先破坏和秦国邻近的韩、魏等国的联合战线，至于齐、赵、燕，离得较远，又有苏秦在那里，是要慢一步的。这就是所谓“远交近攻”。他主张先出兵伐魏，于是围了魏国的蒲阳。魏国没有办法，割地求和。张仪的威胁计划得到初步成功，秦王升他为宰相。

>> 三 “连横”的开端

随后，秦又发兵攻韩。韩是小国，当然吃败仗。有一次最厉害的，被秦国杀了八万多人。这杀鸡儆猴的策略，使韩国四周的诸侯都有点恐惧了。张仪趁此时赶到了魏国去，想把魏国第一个说服，作为连横政策的第一炮。恰好恨秦国最甚的魏惠王死了，其子襄王继立，是个懦弱的人，正可以使张仪的恫吓手段成功。

他见了襄王说：“大王初即位，对于国策有新的决定吗？是否还继续从前的纵约，对秦主战呢？”襄王说：“我初掌国政，这些事还没有想到，请问你的意见怎样？”

“贵国，说土地不过千里方圆，论兵士也不过三十万。而且全国都是平川之地，没有山河之险。驾着车马可以任意纵横，很容易被别人侵入啊！东面是齐国，他是有野心的，时时都想侵略邻国的土地；南面是楚，更是了不起的强敌，他若发兵来打您，您是吃不消的。西面的韩国，北面的赵国，都也得防守。这样一来，三十万兵先得去掉三分之一去防守国境，剩下二十万人济得什么事！现在你们迁都大梁（即今河南开封），那更是四战之地，不容易保全的。国际形势是这样复杂，一个应付不对就有亡国之祸！譬如你们和楚国合作了，齐国一定会吃醋，认为您要抵抗他呢，说不定就从东面给您一下子。但如果你们和齐国要好呢，楚国还不是一样，会从南面给您一下。齐、楚两国是势不两立的，要想同时和他们保持友谊也困难。何况还有北方的赵，西面的韩，他们也都在等您的空隙。您简直好比一块肥肉，放在一群恶犬中间，哪个都要抢来吃的！”

这一段大道理真说得襄王不知所措了，他怯懦地问道：“难道各国间所谓纵约是完全骗人的吗？你的话也未免太过了吧？”

“纵约？大王您还相信吗？您真是太傻了！试看前几年你们被秦打败，和最近韩国的损失，究竟有谁来救应？提倡合纵的人，无非借了这件事求谋自己的功名利禄罢了。您看，苏秦在洹水之上代表赵国和各国签订盟约的时候多么神气，在他自己是成功了，可是受骗的却是你们各国！您要明白，人都是自私自利的。不要说国与国之间会钩心斗角，时时刻刻在互相利用，互相找便宜；就是一家人，同胞兄弟，不也照样因利益冲突而吵架吗？您为什么还要相信那一文不值的纵约？我劝大王还是及早猛醒吧！”

“莫非就撕毁了盟约吗？那岂不更陷于孤立？”

“自然要有新办法。盟约不可靠，还不完全在各国不守信用，事实上这个盟约是挡不住秦兵的！秦兵的勇猛，韩魏总都领教过了，这且不提；假使秦兵用了迅雷不及掩耳之势，出击魏的北部，先把黄河以北通赵国的路截断，那时赵国虽想发兵来救应也办不到，您想该是何等的危险！所以，为了免除眼前的危机，大王必须决心脱离纵约的束缚，一反从前仇秦的面目，竭力谋取两国间的亲善，这才是一条光明的大道！”

襄王听得入了神，但对于投入秦国怀抱一层到底不能无疑，他用了犹豫的眼光，不住地望着张仪。

张仪立即加以分析道：“用了秦国的实力来保护魏国还有什么可疑！您只要和秦国成了同盟国，包您得着保障，无论哪个诸侯，休想动您分毫。第一，您先不必怕南面的强楚，第二，再不必畏惧东面的齐国，至于西面的韩国更是不在话下！而且，你们常把齐、楚等国估计太高，以为不好背叛了他，其实楚国是有名无实的，土地虽大，人口虽多，但组织不完密，训练不充分，他们的兵绝对不能打仗，倒真不如你们魏国那些勇敢的‘甲士’可以抵抗一阵呢！如果有机会的话，大王颇可以南下攻楚，秦楚乃是对立之国，秦国那时必可助您一臂之力；即使您现在跟秦同盟，必须送去一点礼物，譬如说，割一点儿土地什么的，到那时不也可以从楚国方面找回来吗？这样，不但大王自己占了便宜，而且和秦国的关系益加亲切，你们的国际地位无形中可以提高不少呀！您目下不听我的苦口良言，万一惹恼了强秦，大兵压境，还是得俯首乞降，那时可就没有意思了！”张仪的一张嘴，真像长江大河一般，滔滔不断地讲下去。魏襄王头脑里不禁浮起了种种幻象：秦兵来了，魏国战败了……楚国被打得割地求和了，魏国在接受着楚国的降表……像走马灯似的，在他意识界活动起来。

“大王，您千万莫听那些讲合纵的游士们的妄谈了！他们都是挂羊头卖狗肉的。自从苏秦借了这招牌得意以后，到处都是这种荒唐人物。他们说起话来义愤填膺，让您不能不动心，可是您一听了他们的话就会吃亏。一般浅薄的人常常为好听的理论所误，以致离开了实际，这种抗秦论完全是一套中听不中用的高调，把您拉进圈套，您一给他们车马金银，甚至什么官职，他们可就不管您的死活了。现在这种空气很浓厚，所谓‘积羽沉舟，群轻折轴’。似是而非的议论，直消一唱百和，就会把聪明人也弄得糊涂起来，请大王细细思考！”

延伸阅读

“积羽沉舟，群轻折轴”出自《战国策·魏策一》，原文是：“臣闻积羽沉舟，群轻折轴，众口铄金，故愿大王之熟计之也。”羽毛虽轻，堆积多了也能把船压沉；许多不重的东西积累起来也能压断车轴；众口一词可以使金属熔化。比喻小的坏事任其发展下去也会造成严重后果。

魏襄王禁不住他的煽惑，竟第一个声明脱离纵约，由张仪介绍，加入了秦集团。

>> 四 戏弄楚怀王

张仪为连横很费了一点力气，现在总算有了结果，重又回到秦国做起他的宰相来，而且比从前格外有声有势。

平时反对他的陈轸，原是秦王宠幸的人，现在张仪居然慢慢要打倒他，造他的谣言，说他受了楚国的贿赂，把秦国的消息都暗中送到楚国。楚国和秦国是对立最厉害的，一则因为全是大国，二则都有并吞天下的野心。秦惠文王听了张仪的话，一天比一天对陈轸冷淡。陈轸气得不得了，看看秦国不能重用他，索性到楚国去了。

◎战国中后期秦地石刻《诅楚文》

延伸阅读

《史记·张仪列传》：“陈轸者，游说之士。与张仪俱事秦惠文王，皆贵重，争宠。”陈轸还是败给了张仪，一气之下出走楚国为士，然而楚国国君却又派遣陈轸出使秦国，秦王与之言归于好。后来陈轸还为秦王讲了“卞庄子刺虎”的故事，启发秦王攻下韩、魏两国，加速了秦国统一六国的进程。

从此张仪在秦国便成了唯一的红人，他为了表现自己的本领，自告奋勇到楚国去做特务工作。因为那时齐楚两大国团结得很密切，不把他们拆散是很难对付的，张仪就负起了这个使命。

干这种事总得找个近身的线索，而且必须是从坏人一方面想办法，忠直的人早已看透了你的来意，还会理睬你吗？楚怀王宠幸的人物有两个，一个是妃子郑袖，一个是太监靳尚。张仪早已探听明白，把秦国出产的蓝田美玉造的首饰托靳尚送给郑姬，而靳尚那里则直接送了金块，这两个人就拼命向楚王给张仪吹嘘，说他是国际驰名的大政治家，如今来到楚国，有富强妙策，不可不请教他。楚怀王就派专人招待张仪，待以国宾之礼，定期隆重召见。

张仪打扮得衣冠整齐，来见楚王。寒暄已毕，楚王先问："敝国远在南方，僻陋之极，先生从中原来，不知有何见教？"

张仪开门见山地说道："臣从秦国来，不为别事，风闻贵国和齐国订了同盟，要西抗秦国，秦王觉得秦楚两国唇齿相依，不可伤了和气，因此愿以商於之地（今河南西北部）六百里为见面礼，希望贵国取消了楚齐同盟！而且秦王愿意永远和贵国结好，打算把公主送给大王为妃，以期增加两国间的感情和关系，不知大王意下如何？在臣看来，真正想和大王抢夺天下的是齐而不是秦，请大王对齐国加以防备才好。”

楚王一听，不费一兵一卒，可以得着六百里之地，如何不喜，立刻答应了他。

当楚王把这事告诉给朝臣的时候，许多人都向他道贺，说，楚国的运气太好了，居然有这样天外飞来的便宜。只有陈轸表示反对，他向楚王谏劝道：“大王千万不可听信张仪的话，他是有名的阴谋家。臣在秦国曾和他同事，知道得最清楚。不信，恐怕商於之地绝对得不到，说不定还会惹出祸事来！”

楚王大怒道：“寡人兵不血刃而得地六百里，怎么你不道贺，还说有祸事？你有什么理由，快说！”

“大王应当明白，现在国际局势是注重集团的。自从六国合纵以后，秦国陷于孤立，因此他颇为苦痛，竭力设法破坏纵约，以免他被困在函谷关里。以他的力量对付楚国是有余的，但对付齐楚两国则不足，所以他要打破齐楚的同盟，实现扩张领土的野心。只要我国向齐国一宣布罢盟，楚即变成孤立的国家，秦还有什么畏惧？到那时您想讨商於之地，他还会给您吗？而且，无缘无故得罪齐国，齐国也许会出兵攻楚，所以我说会惹出祸事。依臣之见，不如表面装作和齐罢盟，却秘密与齐联络，以防万一。一面派人监视张仪，等他们交割了土地，我们再绝齐之盟，岂不是两全之道。”

知识扩展

函谷关，位于今天河南灵宝，北连黄河，南接秦岭，地处“两京古道”，是中国历史上建置最早的雄关要塞。

“胡说！我望你先闭住嘴，等我拿不到商於之地的时候，你再说话好不好？”任何帝王都是护短的，陈轸的话无论多么有理，无奈这时楚怀王的感情冲动，好像给猪油蒙了心，已经丧失了理智，陈轸只好默不作声地退下去。

张仪又佩起楚国的相印来，楚王赏他不少财物，对他信任得了不得。同时，发表声明，和齐国断绝国交。另派大将一人，随张仪入秦，接受割地。他自己坐在朝中，静候好音。

张仪回到秦国，把楚使安置在馆驿之中，派人招待，实际是监视起来。他故意关照了御者在上朝时把车子赶翻，

◎张仪假作翻车受伤，不见楚使

跌将下来，说是摔断了腿。楚国使者也便信以为真。于是张仪在家中养他的腿，一连三个月不入宫门，割地的事提也不提，楚使来催，相府的舍人就说："我家相公为了你们的事把腿都跌断了，几乎成残废，你们还催得这样凶！"楚使无言可对，只好忍耐着等；想给楚王送个消息，又被监视者七推八推，也送不出去。

楚王在朝中，一等不来，二等也无信，焦急得很。又派人到秦国去探听，楚使把张仪折腿的事说了一遍；同时，张仪派人向他们表示，楚国虽表面绝交与齐，可是并没有听说齐国有什么反响，恐怕是假的，所以割地的事还要等一等。

使者还报，至死不悟的楚怀王竟真以为绝齐一事办得不够彻底，便又写了一封骂齐宣王的信，专人送到临淄。这回齐王可真生气了，当然也还敬了楚王一下。为了向楚国报仇，齐宣王遣使到秦，要求和秦结好，因为那时的形势，除了秦是没有人能奈何楚国的。

张仪一听到这个消息，腿马上好了，立即入朝，召集了楚国的使者，摆出不耐烦的面孔说："上次我在贵国，见了楚王，曾答应奉献采邑六里，现在你可以接收了。让你等了许久，很对不起！"

"什么！六里？我来的时候，我们国王说是六百里呀——商於之地六百里！"

"瞎说！秦国疯了吗？无缘无故给你们六百里！——六里！只有六里！"

"六百里！"

"你回去好了，问明楚王，自知端的！"

使者沮丧地回到楚国，把秦国的欺骗一五一十奏明了楚王。楚王不听犹可，听了之后，真乃无明业火三千丈，恨不得一口把张仪吞下肚去！"好张仪，孤与你誓不两立！"立刻要发倾国之兵，和秦国宣战。

这时候，陈轸又不慌不忙地来了："陛下，这回我可以说话了吧？"

楚王羞得满面通红："说吧，你有什么意见？"

"这回我倒主张不要和秦国宣战，不如干脆和他结个同盟攻齐。因为这一次张仪失信，完全是看了我们已经孤立，无所畏惧之故。我们何不将计就计，宁可割地于秦以求结盟，要求他出兵共伐齐国，那么我国的损失就可以从齐国方面补偿回来。大王，您要知道，国家间是谈不到信义的，只有玩手段和欺骗啊！”

正在对秦国恨得牙痒痒的楚王，当然听不进这套抑止感情的理论，终于发兵和秦国冲突起来。

齐秦联军把楚国打得大败，兵士死伤十万左右，大将屈匄也被杀了，丹阳和汉中两块肥沃的土地都被秦国夺了去。楚王不肯服输，二次发兵，会战于关中蓝田，结果又是惨败。这回只得忍气吞声，割让了两座城池跟秦国讲和。

>> 五 楚王拘张仪

你想楚王把张仪恨成什么样子！恰于此时秦国对楚国有了进一步的要求，想把和他们新开辟的巴蜀相接连的土地黔中（今湖南西部及毗连的川、黔区域，但不包括沅陵和常德）要过来，答应楚国用武关之外的地方相交换，这就是从前张仪所说的商於之地。楚王犯了牛脾气，他回答秦国，情愿白送黔中之地，只消把张仪交给楚国痛痛快快治他一下子。秦王和张仪谈起这件事，随即说："真笑话，我宁可不要黔中，也不能把你送入虎口呀！"可是一面不住地瞅着张仪。

张仪是何等机警的人，早已明白了秦王的意思。他当下回答："请您答应他好了！以区区的臣身换上大块的黔中之地，岂不甚好？臣就是死也值得，何况还不一定死；到其间，臣自有道理。"他真会迎合秦王心理。秦惠文王大悦，便把张仪送到楚国。张仪一到，立刻被扣留起来。

楚王开心极了，想把他剁成肉酱。但张仪岂能白白送死，他早已派人打点好了靳尚和郑袖，教给靳尚一套话，让他从内部说动郑袖。这一天，郑袖正在宫中闲坐，靳尚慌慌张张跑了进来，跪在郑袖面前，"秉娘娘，大事不好了！"郑袖忙问什么事，靳尚屏退左右，然后说："娘娘知道张仪的事吗？"郑袖道："我怎么不知？大王恨死他了，听说这回非杀他不可！"靳尚道："问题就在这里了，张仪可千万杀不得！他是秦王最爱的人，现在听说已经决定用六县之地加上美女十名来交换他呢。如果成功了，秦国的美人一来，娘娘岂不吃亏？所以我来报个信，还是早把张仪放回去的好。这家伙简直惹不得，是个祸水！"郑袖一听，急得哭了起来。靳尚劝她莫急，只要她肯说，楚王一定会听她的话的。

楚王吃得醉醺醺，兴高采烈地回宫，一面嘟囔着："我总可以报仇了！张仪，张仪！看你还能逃出我的手掌心去！"一头倒在床上，要宫女给他捶胸。郑袖趁这机会走上前来："我给你捶吧，何必用她们呢！"她撒娇撒痴地倚在楚王身边，一面给他捶胸，一面问张仪的事。楚王都告诉了她，说，为报他的欺骗之仇，不久就要痛快地处他死刑了。郑袖听罢，马上现出焦急的样子："大王，我看张仪的事还得再思再想！俗语说得好，'忠臣不事二主，烈女不嫁二夫。'张仪骗我们，正是各为其主，这也怨不得他。况且'两国交兵，不斩来使'，您若杀了他，秦王岂能善罢甘休？我们楚国大败之后，也不是人家的对手！"楚王起初听了很不受用："依你说就放他回去不成？我实在给他气够了，不能这样便宜他！"郑袖说："您度量未免太窄了，何必跟他一般见识！我看，这种得不偿失的事，总以不做为是。"楚王哼了两声，也没有说出所以然，当下睡去，一宿无话。

禁不住郑袖天天这样磨他。到后来，她哭哭啼啼地撒起娇来："您杀他好了，我不能眼睁睁让秦兵把我掳去，我是要到江南逃难去了！"楚王没有办法，只得答应了她。

郑袖回嗔作喜，把楚王伺候得心满意足，出了宫门，他就宣布释放张仪回秦。

这时，正好苏秦死了，张仪被释之后听了这消息，固然不无伤感老友的意思，但他心中却开朗了不少，因为真正的敌手现在没有了，他可以大大施展一下。于是他不回秦国，反来求见楚王。楚王在便殿相见，安慰了他几句话。张仪说出一片大道理来："大王，你知道这几年楚国所以着着失败的缘故吗？"只这一句话就打动了楚王的心，非听他讲下去不可了。"楚实在是吃了跟那些小国合纵的亏。试想，目前天下大势，强国只有贵国和秦而已。秦国地势险固，物产丰富，全国甲兵不下百万，兵车千乘，和那些小国简直不成比例。合纵的策略，表面上看起来很有道理，其实和实际的情势不合。譬如山里跳出一只猛虎，尽管你五六只羊合作，也还是敌不过的。现在用了六国的力量，抗衡强秦，其形势不是跟羊和虎的比例一样吗？那些弱国都是要沾你们的光，可你们却受了他们的累。我敢断言，谁加入纵约，谁便要吃亏，何况订约的人还未必守信用呢！"

楚王道："莫非我们就得甘心投降秦国？"

张仪马上回转了话锋："也不是这样讲法。不过贵国总是和秦国见过高低了，汉中一战，听说阵亡了七十余员大将，这种牺牲多么不值得。自从秦国得了巴蜀，若果用战船沿江而下，可以毫不费力地包围郢都，所以，贵国在形势上实处于不利地位。与其这样跟秦国闹别扭，何如两国合作的好？大王知道，现在韩、魏两国已在秦的支配之下，如果你们一定和秦国无止无休地打下去，他们会抄您的后路，那贵国就更糟糕！秦国其实没有侵略贵国之意，而且情愿平分天下，如果你们统一了东半部，我们占住西半部，永远维持着和好关系，岂不很好！倘大王不以臣言为谬，我情愿担负这两方面介绍的责任，双方可以交换太子为质（作抵押的意思），从此成为兄弟手足之邦，但不知大王之意如何？”

延伸阅读

春秋战国时代，国与国之间结盟大多采用两种方式，一种是联姻，一种是交换国君的儿子作为人质，以牵制对方的外交行为，前往他国的人质被称为“质子”。

头脑不清的楚王，一下子就被张仪迷住了，情愿把黔中之地送给秦国，以为和好的见面礼。他把张仪真看作聪明超人的活神仙。

想不到旁边惹恼了一位忠直的大臣，他乃楚国的宗室，这时正做着三闾大夫，姓屈名原，就是那位鼎鼎大名的辞赋家。他一向也恨死了张仪，这时听说怀王将和秦国结盟，而且释放张仪回国，连忙上本急谏，劝楚王不可听信他的花言巧语，入了牢笼，应当立刻杀了他，以绝后患；一面练兵讲武，报复国仇。怎奈楚王专听郑袖和靳尚的话，把三闾大夫的忠言当作耳边风，张仪竟自扬长而去。后来楚王亲身到秦国聘问，就被秦国扣留了，楚国终于亡在秦手；而这位忠臣屈大夫也一气投在汨罗江自杀。此是后话，按下不提。

延伸阅读

屈原是楚国的政治家，早年受楚怀王信任，提倡“美政”，主张举贤任能，修明法度，在外交上力主抗秦。后因遭到众多贵族的排挤诽谤，含冤自杀，以身殉国。

而屈原对于后世更大的贡献是他的文学造诣，他是中国浪漫主义文学的奠基人，开辟了“香草美人”的文学创作手法，他所创立的“楚辞”也成为中国古代文学中重要的文体，其主要作品有《离骚》《九歌》《九章》《天问》等。

>> 六

说服四方

张仪在回国途中顺路到了韩国。这是离秦国最近的小国，但态度始终不明。张仪决定大大恐吓他一下。韩王接见张仪，张仪把铺张秦国实力的那套老调又天花乱坠地说了出来，然后就说韩国现状的危险，什么土地太小呀，兵士不多呀，最后还是归到纵约的不可靠，必须和秦国结盟的话上。小小的韩国怎能逃出他的掌握，当下韩王依允张仪，正式脱离了纵约。

秦惠文王佩服张仪极了，这一回不但没有丢了性命，而且拿回来黔中之地，又带了一个大大的楚国做了秦的俘虏，韩国也成为秦的一体，并未费一兵一卒之力，全仗张仪三寸不烂之舌，怎不让人喝彩。于是，秦王出郊相迎，封给他五县地方做采邑，另加封爵为武信君，张仪的势头着实了得。

剩下的几国，只有齐国和燕、赵了，而齐国尤其是东方集团的盟主，此时正是齐闵王在位，也是个不甚高明的国王。张仪为了完成他的六国连横的大计，又出发到齐国去。闵王在临淄盛大招待。在席上，他向齐王开言：

“风闻贵国前者上了苏秦的当，这人完全靠欺骗吃饭，太不可信了。我是他的老同学，知道得极清楚。”他从苏秦说起，无非为了迎合齐王的心理，因为齐国自从听了苏秦的话，还给燕国十个城池，慢慢知道受了欺，人人都在恨他。闵王说：“过去的事也就不必提了，好在他已经死去了。”张仪道：“那么贵国现在是否还采用合纵的策略呢？而今国际局势可是有了变化了呀。”齐王道：“我先听听你的主张怎么样？”张仪抖擞精神，把所有说话的本领都拿了出来：“合纵是一套美丽的谎言。他们一定和大王说，齐是东方的霸主，北连强赵，西连韩、魏，足可致秦国的死命。殊不知秦国兵精将广，饷械如山，这些小国又有什么用处？目下他又和楚国结了同盟——这贵国是知道的。至于魏、韩两国，早已和秦国订了盟约，甘拜下风；连赵国都已密派使者，愿意献地请和了。只有大王，还蒙在鼓里。即以赵国而论，战士何尝不勇，国力何尝不盛，但终竟奈何不了秦国，因为打仗的事不能只凭一时的胜败，而是要看人力物力的来源。譬如贵国从前和鲁国打仗，也曾被鲁国打败，但到底鲁国是衰弱灭亡了，道理在什么地方？他的人力物力没有贵国那么充足，即使打了胜仗也还是牺牲不起。赵国亦复如是，和秦国开了几次仗，死了四五十万人，表面上是占了上风，可是国力已竭；秦国却还满不在乎，人也有，粮食也多，不怕和人家开衅。贵国与秦之比，似乎也和赵国与秦差不多。我请大王不要为自己的虚声所迷惑，须知和秦国较量还是差得远呢。”

齐王听了韩、赵、魏等国均已降秦，早自慌了：“寡人僻处东海，孤陋之至，若非先生加以指示，还大梦未醒呢！既如此，我们情愿跟秦和好，解散纵约。不久我就派专使到秦国去，请先生为我先容①吧！”

张仪灵活的手段又奏了功效，便转车北上，直到邯郸去说赵王。

赵是纵约发起国，对秦的仇恨又最深。张仪用了讽刺的话，当他刚一见到赵武灵王的时候，就拱手向其道贺，说：“贵国真是了不得，凭着苏秦一纸纵约，居然使秦兵不敢越函谷关一步，可贺可贺！”赵王还不明就里，张仪已接着说下去：“自从大王的纵约成立以后，秦国着实害了怕，

①先容：指事先为人介绍或疏通。

这十几年来，一意积草屯粮，训练兵马，取巴蜀，降韩、魏，破楚兵，静等跟贵国一决雌雄了，不知贵国近日有了准备没有？”赵王呆住了，“这是什么意思？莫非张仪是来宣战的吗？”他在想。“寡人年幼，未明尊指，请先生明白见教。”他客气地回答张仪。

“我的意思是说，贵国的国策应该改一改了。你们受苏秦的欺骗还没有够吗？他连自己的生命都没有保全，还能顾得了什么纵约？如今齐、楚两大国首先脱离纵约与秦合作了，至于韩、魏，更早已表示降服，那么请问孤立的贵国可能独抗强秦吗？”赵王面色都白了，忙问：“那却如何是好？”“自然你们也得放弃抗战的主张！臣为大王打算，不如远派使者到渑池，要求进见秦王，两国讲和。如果大王能亲自去一趟，那是更好。一切我可以负责转达的。”张仪把办法说了出来。

“唉，自先君在位，奉阳君专权，寡人已感觉敝国一天比一天走了下坡路。后来，更不幸，又受了苏秦的欺骗！寡人即位，年幼无知，幸蒙先生开其茅塞，感谢不尽。寡人即刻派使者入秦，还请先生多加照应！”

好一个怀着大志的武灵王，只为四围环境的压迫，暂时宣告了降服。于是这位武信君张仪又到极北边的燕国，去说服那位唯一尚未加入秦集团的燕昭王。

◎张仪见燕昭王

求贤若渴的燕王，正在向四方招纳贤士，闻知张仪来此，非常欢迎。张仪先把昭王捧了一顿，说他励精图治，前途远大。随即打入本题："但是，大王须知道，一国是万不可孤立无援的，贵国前者始终与赵国攻守同盟，臣以为有些不妥，因为赵国向来是狡猾不可靠的。"

昭王大惊，急问其故。张仪不慌不忙说出一段故事来。"从前赵国先祖赵襄子，曾把他的姐姐嫁给代王为妃。赵襄子的意思，并非真想和代王交好，而是要吞并这块地盘。他们会亲的时候，襄子密令厨夫做了一个长柄的铜勺，吃酒中间，用这勺子端上汤来，就趁势一勺，把代王打个脑浆迸裂。襄子就如此这般占了代国，立了代郡。他姐姐闻知，伤心已极，磨快了笄子刺喉自杀了。大王请想，为了霸占人家的土地，嫡亲的姊妹都可牺牲，天下还有比这个更残忍的吗？您和这种国家相与，到头来一定会上当的。这都是那些主张合纵的人们，如像苏秦之流的鬼话，把大王说得动了心，其实完全是为了他们自私自利的企图，却把您作了牺牲品。现在臣从赵国来，赵国已决定降秦，并派专使到渑池去了，大王您还在做梦！”

“寡人远在北方，犹如小孩子一样。应该怎样，请先生老老实实加以指示！”燕王说。

“那就只有解散纵约，加入连横事秦一条路。秦的势力，不必我说，是天下无敌的。六国之中，也只有贵国还没有转变态度了。”张仪就又把各国如何降秦的话扯了一通，燕王毫不犹豫地撕毁了纵约，加入连横。

张仪心里好不畅快，他的成功达到顶点，六国都成了秦的一体了。他预备回秦去接受更大的荣誉，一路上飘飘欲仙的，像驾了云一般。

>> 七 一落千丈

哪知好景不长，信任他的秦惠文王死了。太子武王登基，他是最讨厌张仪不过的，张仪一入函谷关，听到了这个消息，眼都吓直了，带着颗沉重的心回到朝中。朝中正充满排斥他的空气，都说他“反复无常，人格卑鄙”，武王在等候机会，预备制他的性命。

武信君的声价地位一落千丈，东方各国听说张仪在秦王面前失了宠，谁还听他那一套瞎吹，再加上合纵的游士的破坏，于是全部退了盟，又结成抗秦阵线，其中以齐国为最激烈，因为想起张仪说楚叛齐的事，又明白了他用的尽是欺骗手段。

张仪见风头不对，眼球一转，计上心来，他向秦武王说：“现在各国叛秦，唯齐最恨臣，臣到哪国，他必和哪国作对。齐是东方大国，只要对付了他，秦国不难出兵灭韩，把握住周天子，利用他以号令诸侯。臣请往魏国去，这样，齐必伐魏。等他们打到不可开交的时候，大王出兵东伐，岂不是坐享其成！”武王大喜，送仪入魏。

魏襄王对张仪无可奈何。不料齐闵王听说张仪入魏，果然起兵相攻，襄王大惧。张仪道：“不要紧，我自有退兵之计。”便命他的舍人（如今秘书之职）冯喜绕道楚国到齐国，假作从楚国去的，见了齐王，说：“大王是想要张仪的命，还是想帮他的忙呢？”闵王说：“寡人恨透了他，当然要他的命。”“可是照现在的办法，那只有帮他的忙！”冯喜说，“因为臣听说这是张仪的策略。本来秦王要杀他，他说，只消送他入魏，贵国必兴兵伐魏，秦便可以乘这时机吞并韩魏，独霸周天子，威令诸侯。现在你这样一来，岂非正中其计？如果秦王达到目的，张仪又成了功臣，那是不会被杀的了。故为大王计，应当赶快撤兵。”齐王一听，确实不错，就撤了兵。

兵是撤了，可是张仪再也不回秦国去，不久，他就死在魏国的老家。

战国时代，各国把打仗看作家常便饭，而打仗的起因，多半是这些纵横者流来回挑拨的，假如没有战争，他们也便没有富贵了。

然而，中国境内本是无数大小邦国并立的，之所以形成后来统一的局面，也一半靠在这些纵横者流的工作上。关于这一点，我们也该对他们表示相当的感谢。

第二章

赵武灵王胡服骑射

武灵王是战国时期著名的政治家和军事改革家。他所推行的胡服骑射，在中国古代战争史上具有划时代的意义。在推行胡服骑射的过程中，他有力地促进了中原华夏族与北方游牧族的交流和融合，对中华民族的进步与发展，产生了积极而深远的影响。

阅读导引

顾颉刚中国历史故事

中国历史上最大的外患永远是在北方，那里气候寒冷，农作物不易生长，自今日的甘肃祁连山、陕西榆林、山西雁门、河北太行山以北以西，另外活动着一个大民族，他们的生活方式与汉族完全不同，在一望无际的草原上，在童秃的山地上，牧放着他们的牛、羊、驴、马以及骆驼，如《史记·匈奴列传》所说："逐水草迁徙，无城郭常处耕田之业，无文书，以言语为约束。儿能骑羊，引弓射鸟鼠，少长则射狐兔，用为食；士力能弯弓，尽为甲骑，其俗，宽则随畜，因射猎禽兽为生业，急则人习战攻以侵伐，其天性也，其长兵则弓矢，短兵则刀鋋。利则进，不利则退，不羞遁走……"这活画出一群游牧民族的生活。

匈奴，春秋以前又叫猃狁、獯鬻等名字，全是译音，据现在人的考证，是蒙古种，匈奴一语，大约即是"人"

的意思，野蛮民族，常常以“人”自称其种属，在古书里，又单称之为胡，其繁殖于东北辽河区域的，叫“东胡”，也就是汉以后的乌桓、鲜卑。春秋战国时，胡人的部落有许多，名称各异，在燕国境内的有山戎（活动于今河北北部）、中山（活动于今河北正定），在赵国境内的有赤狄、白狄、广咎如、林胡、楼烦等，在西方的就是犬戎了。这些异族逐渐向内地发展，当然是由于他们求生的需要，游牧的生活，到底不如农业生活的安定，可以把财富储藏起来，他们看到黄河流域新开辟出来的田地，生长着繁茂的小麦和杂粮，人民食哺鼓腹，如何不眼红，这便是《史记》所说的“急则人习战攻以侵伐”，“急”者生活的边缘，到了生活的边缘，人类总免不了一场斗争的，所以汉人与他们就注定了互相战争的命运。

内地汉人主要生存在平原或盆地上，他们的战争工具与胡人大不相同，胡人是“长兵则弓矢，短兵则刀铤”，他们的饮食“自君王以下，咸食畜肉”。他们的衣服“衣其皮革，被旃裘”，①可以说全是应付寒带环境的，尤其是从儿童时期就练习骑羊，长大了便骑马，习射野兽（今日许多

---

①《史记·匈奴列传》（第一百一十卷）。

游牧民族的生活仍旧是2000年前老样子，可以做我们的参考，在西风衰草的大草原上，看他们青年男女抓起一匹马的鬃毛，翻身而上，驰骋狂奔，是多么雄壮），对于作战实在有无穷的便利。中国内地的作战工具是战车，每车四马，声势是相当浩大，可是到了山地，简直动转不灵；中国虽然也有弓矢（最早的是缴射，用绳子缚了石头出去，后来才进步到弓弩，今河南殷墟，已有大量矢镞出土，可见弓矢的使用在中国很早，但其来源，可能自北方民族传入，古书上所说的“肃慎氏贡楛矢”，肃慎就是东胡，亦即蒙古之一支），但其使用技巧，一定不如胡人，而且在车上射箭，也远不如马上之便利。

◎赵武灵王像

赵武灵王好比俄国的彼得大帝，他不惜变更祖制，以求富强，实在是个大英雄，虽然遭遇了许多阻碍，甚至到后来以身为殉，但对于风俗的改革，却建下初步的基础。自汉以后，中国已经不大流行战车，隋唐武功最盛，与北方、西方的外族作战，全仗骑兵，故养马成为当时要政。至于衣服，则受胡风影响的也不少，近300年来，不止战时，即在平时，胡服全部代替峨冠博带，也只有在演京戏的舞台上一观古代衣冠了。本来，一个民族的传统风习全看它的实际价值如何，然后估定其可以保留与否，绝不当一味顽固地守旧，自亦不须盲目地从新。中华民族是最善于消纳外来文化的，例如我们今日用的椅子，本叫胡床，吃的烧饼，本叫胡饼，可见日常物什之中，从外面传来者极多，要紧是在乎我们的选择吸收。大约中国文化与外族交流有几个重要时期，战国是初期，五胡乱华以后的隋唐是中期，元明清以来是后期，到近代则西洋文化传入，中国的旧有习俗，更大加改观了。

赵武灵王的功绩不完全在军事上，还有大部分在文化上。

>> 一

赵国的兴盛

战国时候，赵、韩、魏三国，本来是春秋时候晋国的三大族。晋文公当时是五霸之一，所以晋国是春秋时第一强国。传到后来，政权都落在卿大夫手中。其中赵、魏、韩三姓最有势力，而赵襄子又是晋国的上卿，所以他的势力更在韩、魏之上。

襄子的父亲赵简子，很有名声，称为贤大夫。他有一个家臣名叫周舍，这人很正直，年龄也相当大，可以说是看简子长大的。简子有什么不合理的行动，他常常要倚老卖老地说上两句，但简子也很能听他的话。不久，周舍死了，简子时常出现郁郁不乐、若有所失的样子。家臣都觉得奇怪，以为各人自己做错了什么事，惹得他这般不自在，一齐到他面前请罪。简子回答他们道：

“周舍活着的时候，常常谏劝我，我也十分小心自己的生活规律，唯恐做错了事，要被他检举。现在他死了，你们之中没有一个像他的。我说东，你们就东，我说西，你们也就西，永远做我的应声虫。我恐怕这样下去，永远不会有人来纠正我，那么我也永远不会知道自己错在哪儿。所以心里时时为了这事担忧。”

家臣们听得他这番说话，知道他有心向上，渐渐放大了胆子，不时地贡献意见，来改正简子的错误，简子也一一接受。他这种从善如流的名声传开以后，晋国人都愿意服从他。到赵襄子一代，也跟着这样做，赵氏就大大强盛起来了。

晋定公死后，出公继立，也是个庸碌无能的君主。但他自己却不以为庸碌，很想从大臣手中夺回政权。可是自己没有实力，就偷偷地到外面联络齐、鲁二国，想借了他们的兵力来达到目的，事机不密，被韩、赵、魏三族知道了，自然放不过他，乘此事逐杀出公。

和三族同时起事的，还有一个知伯，势力更大于三族。知伯为人强暴，本来和襄子不大过得去。出公一死，他就立晋昭公的曾孙名叫骄的为主，是为懿公。知伯想趁此把持晋国，为了要压服他姓起见，特意挑衅，向韩、赵、魏三姓分别索求土地。韩、魏怕事，勉强答应。只有襄子毫无允意，于是新恨旧怨一齐迸发，知伯就联合了韩、魏同伐赵氏。赵势既孤，连战连败，退守都邑晋阳，城池坚固，三族打不进去，最后引了汾水来浸灌，弄得满城淹在水里，全城百姓没法生活，都跑到城头上住宿烧饭，眼看就要守不住了，谁知襄子暗中联络韩、魏，来个里应外合，知伯如同睡在鼓中，什么都不知道，因此被三姓杀了个出其不意，家破人亡，所有的封地全被他们平均瓜分了。

赵襄子精明干练，比他的父亲还要厉害几分。襄子的姐姐是代国国王的夫人。在简子死了不到三年，有一次襄子请他的姐夫代王吃饭，暗中却布下罗网，把代王和他的从人一起杀了；趁他们没有防备，一举攻占代国，赵的北面就紧邻了胡人。他派人去接回他的姐姐，姐姐说："我对得起我的弟弟，如何对得起我的丈夫！"她磨快了簪子将自己刺死。这时又吞并了知氏的土地，赵氏就愈发强盛了。过不了多少时候，赵氏就从卿的地位升做诸侯，晋君的土地给这三个强族分个干净。

襄子替自己的国家打下了坚固的基础，传了七代到赵武灵王，国势更见兴旺，可以说是达到了最高峰。

>> 二 年少征战

周王失掉了实力，各国诸侯到战国中期就都称起王来。

赵国到武灵王时也改称为王。武灵王名雍，长得高高的个子，雄伟的身材，两只大眼睛炯炯生光，一望而知是个坚毅能干的人。他从小喜欢练武艺，也喜欢听上代祖先征战的故事，往往听到津津有味时，扯着讲故事的人不肯放手。

这时各强国往来征战，赵国既是强国，自然也讲究武备。武灵王的父亲赵肃侯，年年要出去打仗，有时也带着这位太子一同出征。他本来已极羡慕先人的武功，现在可以实地观战，自更投其所好。自从小孩子时代一直到他即位的那年，不知参加了多少次战役，打败打胜都有，也有几次是他亲身上阵的。有了这些实地的经验，对于战争更生了兴味。他知道怎样去攻，怎样去守；和秦国打仗应当用什么法子，和魏国、齐国打仗又应当用什么法子。这许多年的磨炼，不但使他成了一位贤明的国王，同时也成了一位惯能冲锋陷阵的勇将。

那时的秦国正在埋头苦干的时候，只有赵国是东方各国的领袖。可是赵国也常常打败仗，而打败他们的却不是怎样了不起的国家，乃是北方的小小的中山。中山国是狄人所建，他们游牧为生，没有一定的居处，哪儿有水草就住哪儿去，后逐渐定居。他们有一种特别的技能，就是骑马射箭，而且箭无虚发，只让他射人，不让人射他。

赵和中山地境毗邻，很容易接触。赵国时常有使者被中山人杀了，或者运输的货物被中山人半道拦截，抢个干净。等到赵军来围剿时，却又四散向山谷里一钻，躲得没有踪影。赵军不熟那边的山路，又不长于骑马，射箭虽会，却总不如人家的准。那时中原各国视作冲锋陷阵的利器，就是兵车，一辆四匹马拉着的大车载满了兵士，他们穿戴着盔甲，手中拿的是矛、戟、弓、箭等武器，近用矛戟，远用弓箭。在平原地方，声势十分浩大，兵车少的国家如何抵挡得住，故而国的强弱也就用兵车的多少来分别。赵是强国，兵车自然也多，在一望无际的平原上，当然有无比的威风，可是到了险峻的山道，却显露它的笨拙来了。胡人出没无常，没有一定的路径；有些路只是人马走多了，日久践踏出来的羊肠曲径，如何容得下庞大的兵车回旋转侧，于是这些东西都成了废物。假作走下车子去追吧，中山人的马又跑得飞快，转眼没了影儿；也骑了马去追吧，技术不够赶不上，很容易吃亏。所以赵国虽强，依然一百个奈何他们不得，而中山人也因此越发地猖獗起来，每年赵国因他们的侵袭而损失的财力物资不知道有多少。

>> 三

积累经验

赵国北方，除了中山，还有匈奴，称为胡人。武灵王曾受过他们多次的袭击，最危险的一次，几乎生命就在眼前。这次苦头使他受了深刻的教训，开始注意到胡人的行动。

他在平时没事的时候也练习骑马射箭和跑山的技术，同时还挑了许多年轻力壮的兵士，自成一队，跟他一起练习。经过长时间的训练，就变成一只强劲的流动队伍。

武灵王认为这只骑兵的技术已和胡人不相上下，就时常亲自带领到山中去打猎。打猎是名义，实际上是去探听胡人的虚实，有时故意和小队的胡人接触，把他们打得落荒而逃，于是跟踪追赶，几百只硬弩向目的物射去，箭箭无虚发，眼看好多个胡人中了箭，倒栽葱般从马上摔下来。他们就俘虏几个受伤较轻的回来，讯问那边的虚实。

每一次接触，便增加一些经验来改进自己。积了许多次的经验后，便彻底明白了胡人的长处和短处。

胡人的长处是：战时不穿笨重的盔甲，只在前后心和几个要害处掩着铁片。外衣短瘦，特别灵便，长袍中间还开气儿，为的是便于骑马。人身上负担轻，上马下马十分容易；马也因负担轻了，跑得很快。而且四境多山，不容许大规模的阵地战和短兵相接，所以不穿盔甲对生命并没有多大威胁。他们的山道又熟，易于掩藏，穿来穿去，出没无定。

然而，胡人有胡人的短处，就是没有组织，蜂拥而来又蜂拥而去，不知道什么叫作策略和兵法。头脑十分简单，比野蛮人胜不了多少。他们国内富足一些，就安分地守着，等到储存的东西吃光用光，马上出来胡抢一气。中原各国就因只要损失不大，就像事主对强盗一样不再深究了。

胡人的国家盘踞在北方边疆，仗着他们的骑射、战术，不时侵入内地，只因那时中原争战正烈，来不及顾到他们，直接受害的赵、燕、魏、秦等几国，只得各自筑起坚固的长城，抵抗他们的骚扰。

“姑息养奸”这句话再正确不过了。胡人所以肆无忌惮，可以说完全是中原的国君姑息养成的。聪明的武灵王在做太子时就看明白了这一点，常拿自己所得的经验记录下来，随时参考。赵国的君臣虽然也有时因国家的直接损害而注意到胡人的猖獗，曾经讨论过抵御的方法，但因为这是北方局部问题，始终有头无尾地应付着。其间，武灵王也曾向他的父亲献过几次计策，却被人错认为小孩子的胡话，忽略过去了。倒是他所训练的这队骑兵却很受重视，负担了往来运输的保护责任。

>> 四 改制的阻力

日月像水一般地流过，胡人的骚扰也跟着加紧。反之，中原的局势却因各国都打得筋疲力尽，正在休养生息，因此很安静了几年。赵肃侯历年辛苦，又多受了些风霜，加之年老力衰，竟然一病不起，即由武灵王继承了赵国的君位。

武灵王即位时还十分年轻，帮助他治理国家的有两位。一位肥义，是前代的老臣，也可以说是武灵王的老师。但他头脑很清，虽然看着武灵王长大，可是他很尊重王的意见，所以王和他的感情特别好。第二位公子成，是武灵王的叔父，人很忠心，就是太固执了些，他对武灵王有时不免倚老卖老，虽然武灵王已正式做了赵国的国君，但他仍然不改这副脾气。武灵王却恭敬他，即使他有些过分，也不去和他计较。

武灵王既执了政权，就想发表他的平胡新计划，不过这是不容易实行的，若套了以前的老方式去打胡人，即使打 100 年也没有用。想要发生效力，就非把军队的编制和军事的工具大大地改革一下不可。不乘兵车改骑马，那倒可以，然而盔甲沉重得很，人骑在马上还是不灵活，除非像胡人一样打扮才好。但这一定要引起许多人的反对。可是不变服制就没法打胡人；不打胡人，赵国就有北顾之忧，国家不得安定。这先得自己穿起胡服来做个榜样；还不够，必定大臣们也跟着穿起，老百姓才没有话讲，然后可以推行到全国；全国上下都已胡人打扮了，军队自然也没有问题了。肥义好商量，公子成却难说话，去了这一个阻力，其他便不会有什么大困难。为了这重踌躇，他忍耐了好几年。

知识扩展

胡服是古代汉人对西方和北方大部分地区各族胡人所穿的服装的总称。当时中原地区的汉族服饰多为衣带宽大的长袍，而胡服一般贴身短衣较多，下着长裤和窄口靴子，腰束郭洛带，用带钩，便于骑射活动。

这个计划横梗在他的心中很久不得实现，终于一天，他下了决心，首先和肥义商量，探探他的意见。

肥义饱经世故，而且摸熟了武灵王的脾气，看这位少年君主这些天来老是皱着眉，唉声叹气，有时坐着，默默地沉思，就知道他有满腹的心事，但还没到发泄的时候，所以也不去点穿，只是暗暗地留心。他知道王和自己最说得来，有什么心事一定第一个说给自己听；而且武灵王生性坚定刚毅，他要做的事，任何人都阻拦不住，但在时机未至，筹思还没成熟的时候，任你怎样去探寻，也不会得着半句真话，于是只有等着他自己发表的一天。

过了旬日，上罢早朝，各自纷纷回府。肥义照例是末一个走，他仍像往日一样，在散朝以后帮武灵王整理整理公事。刚要告辞，武灵王忽然对他招了招手，叫他在一旁坐下，沉默了半晌，武灵王终于开口：

“你觉得近来胡人越发比以前猖獗了吧？”王先不着正题，用试探的口气说。

“是的。”

“这样任他横行，岂不是大大的威胁？我们有什么方法把这问题解决了呢？”王侧转过身体，朝着肥义说。

“这个……”肥义在考虑怎样回答这问题。

“依寡人想，胡人的胆子所以越来越大，还不是因为我国历代祖先太放任了的缘故。以前襄王曾经伐代，借此深入胡地，因而很安静了些时日。由此看来，不打是不会太平的。好在现时中原局势也还安定，正可趁这机会，彻底给他们一个打击，去了这心腹之患，以后到了争霸的时候，也可以免去许多牵制，你说是不是呢？”武灵王抢着说到这里，停了停，又接着说道：“不过总得改变一下方法。用在中原的战争方法不能用到这里来。我们的祖先不是不打他们，只为不知道因地制宜，所以总是损多益少。寡人现在的意思，要教全国的百姓都改穿胡服，练习骑射，这样才可以和人家去较短量长。但是我们冠带之邦，这事行起来很困难，保不定有许多人要反对，我怎样才能免去这重重的麻烦呢？”他一口气说完自己的意思，两眼充满了希望，诚恳地望着肥义，等待回答。

“臣以为，只要大王觉得这事情应当办，办了之后的确对国家人民有利，就用不到顾虑人家的反对，放手做就好了。随便哪一件事，一经多人的考虑，七嘴八舌，反而把事情弄糟了，结果什么也没有办成。人民的知识有限，而且大半是保守的，一旦有什么新法令行出来，在没有明白利弊所在，显不出成绩的时候，总是喜欢乱七八糟地瞎批评，乱反对，这是平常人的通病。您假使顾虑他们反对的话，就干脆不用办事了。”

肥义所说的话句句打入武灵王的心坎，也正是他要说的话。本来即使肥义反对，他也照样要去做的，不过多一个人同情他，好像做起事来就更理直气壮。于是他笑了一笑，说道：“我倒不是怕人反对，不过一件事如果可以没人反对，办起来岂不更顺利了些。”

事情就这样决定了，由肥义本着武灵王的意思，起了一道诏书，通令全国，两个月内，个个男子要改穿胡服，否则就以违法论罪。

通令一出，就掀起了一片反对的巨浪。上自卿相大臣，下至贩夫走卒，都整天在谈论这件事，全认为这是赵王的少不更事，轻举妄动。甚至乡下的农人听到这惊人的消息，也都无心工作，放下了锄头，跑到城里来探听真相，看他们这种紧张的神色，真好像立刻有大祸临头的样子。

其实他们并不懂什么，不过直接间接听了几个官员和绅士们的批评，所以也附和着批评起来。

官员和绅士们说：“如今这个年头儿真不对了，凡事图个新鲜，我们这位君王年纪轻，好闹着玩，大概对于旧服制感觉腻烦了，所以想改改新法。他不知道这是祖宗们传下来的法度，从来没有人说过一句话，还不是很好地过日子吗？而且一想新花样，往往闹乱子，难道说祖宗的聪明还不如他的子子孙孙？改穿胡服，这话要叫祖宗听得了，气也得气死。胡人是野蛮人，跟禽兽差不多，我们正要征服他们呢，如何反跟了他们学去？这真太糊涂了！”

士大夫们说的话，老百姓总以为是对的，究竟改了胡服以后有什么坏处，大家都没有细细地考虑过。可是他们说的“我们正要征服胡人，不该学着胡人”，大家都认为是颠扑不破的至理名言。

反对的声浪很快地传入宫中，武灵王早意料到有这种反应，倒也行所无事，镇静地安排一切。

王的叔父公子成却气坏了。他倒不是气的改穿胡服，乃是武灵王事先不给他一个信息，就这么风风火火地做起来了，太不放他在眼里。但他表面上不能这样说，只可借了正题发挥。

“国王年轻，做事不周到是有的，肥义是国家大臣，经过的事情不能算少，怎么现在也老悖起来了？哼，像这样的拿国事当儿戏，恐怕赵国的国运就止在这一代了，就看他们将来怎么去见地下的祖宗吧！唉，可惜我这个老不死，也带累在里头！”他一看见人就扯着雪白的胡子，叹息说着，并且还装病不上朝，对武灵王表示不妥协。

但武灵王哪里肯放过他。他的声望地位，在全国中除了王自己再没有比他高的了。只要他能在面子上表示赞成，事情就好办得多。为了试探公子成的意见，于是派遣心腹臣子王继先去拜访他。

公子成对于王继的拜访自然不表欢迎，碍着他是奉王命而来，勉强装起笑脸，迎了进来，很客气地招待他。

王继知道这倔老头子难说话，今天一开口，难免要碰钉子，所以先不说话，只递上一卷书简来，交给公子成道：“这是大王送给您的信，里面有重要的事情和您商议。”

“哦！”公子成随手接过来，将尺牍铺在桌子上，老花眼离得远远地读着。他一口气读完了这封信，就抹抹胡子，胸有成竹地说：

“大王的意思我懂得。不过中国有中国的文化，那些胡人是什么都落后的，从来只有野蛮人学了文明人而进化，哪可倒转做去。老话说得好，‘出于幽谷，迁于乔木’，这是正当的，如果从乔木上飞进幽谷，那才是堕落呢。而且政令一出，没法收回，也不能不估计它的后果，凡是数典忘祖的人，总是失败的居多，尤不可不警戒。我的意思是这样，就请你去回禀大王，务请大王顾念祖宗创业的困难，不要轻易改变制度，给人笑作蛮夷。”

延伸阅读

“出于幽谷，迁于乔木”出自《孟子·滕文公上》，原文为：“吾闻‘出于幽谷，迁于乔木’，未闻下乔木而入于幽谷者。”意思是鸟飞出幽深的山谷，迁徙到高大的树上，比喻人向高处走。

公子成虽然并不正颜厉色，但脸上冷冰冰的没有一丝表情，说话也很有斤两，王继实在无从接口，只得起身告辞，把这番意思禀复武灵王。

过了几天，武灵王亲自降临公子成的府上。公子成是王的叔父，侄儿来访问叔父，虽有君臣的名义，却也说得过去。但武灵王一见公子成，马上跪拜在地。这一来，公子成却慌了手脚，跟着也跪了，万分惶恐地说：

“臣该万死，这两天因有点儿小不适意，却劳动大王御驾，真是万分的不敢当！”武灵王忙伸手扶他起来，君臣坐在客厅上叙话。

公子成知道今天武灵王是有所为而来的，所以预备了满腹答辞，严阵以待。但武灵王却不说正题，先客套了几句，问问他身体怎么样，接着大大地捧了他一阵，赞扬他许许多多的话，他只能唯唯诺诺地谦虚着；久而久之被捧得有些迷迷糊糊起来，少不得也夸夸自己以前对国家的贡献。王总是顺着他的话头，不断地给他戴高帽子。他越说越有劲，简直忘了武灵王是为什么而来的了。

然后武灵王渐渐导入本题，终于说出如下的话来了：

“上次寡人所提的胡服这件事，您似乎不大赞成。您是老成持重的人，当然不能不有所考虑。但是一个时候有一个时候的情形，今天如果没有胡人的骚扰，寡人也绝不会这样异想天开地改变服制。但在地理环境的限制之下，我们如果不直接模仿胡人，是没法打胜仗的。倘使我们为了体面问题而过于拘泥，反使胡人猖獗，似乎不是好办法。我们固然有我们的长处，但在这个地理环境里，我们的战略是没法施展的，长此下去，不但制度和文化得不到保障，反而有碍我们的生存。为了生存起见，只得搁置一切而走上那适宜我们发展的途径，这就是胡服骑射。令出必行，就在今日。您是国家重臣，所以必须请您改穿胡服，做一个榜样。不然您若有更好的办法想出来，寡人自然是乐于采纳的。”

武灵王这一番滔滔不绝的理论，简直使公子成没有插嘴的余地，他说完话，闪着一对不怒自威的眼睛，只向他的叔父脸上注视。

公子成本来一肚子的话，现在忘得干干净净，又被他好话罩在前头，不好意思正颜辩驳，而且武灵王的眼睛又发出威力，将他镇住了，有许多话未便出口，竟吞吞吐吐地答应下来了。

武灵王既打通了这一关，余外就无所顾忌，虽然仍有许多人在反对，都付之不理不睬，只切实按照预定的计划做去。

专制时代有专制时代的“好处”，就是君王要做什么，无论臣下心里如何反对，表面上还不得不服从。这予武灵王以一个莫大的便利。

他第一步是编造清楚的户口册子，按这册子，把全国人民照军队办法编制起来。第二步就是训练，教他们怎样打靶，怎样骑马，怎样养马；进步快的有奖赏，迟缓和懒惰的有严厉的责罚。因为训练认真，进步也很快。起先全国怨望，觉得没有意思，后来胡人渐渐地深入腹地，不但

◎赵国军士改穿胡服学习骑射

抢东西，掳牲口，就是田里的麦子，熟了也要收割一光，这一来，人民受了切肤之痛，才知道武灵王的举动确有实际的需要。为了保卫自己的利益起见，不由不加紧练习。

胡人的技巧是自然养成的，赵人的改制却是有心的模仿，他们苦心追赶的结果，三年以后，便把赵国的风俗完全变了过来。赵国人穿惯了胡服，上马弯弓越发便利。有时他们穿起本国旧服装，反而觉得拖拖拽拽，十二分的不利落。这时候箭也射得准了，马也骑得熟了。无论怎么险峻的山地，都能走得像平地一般的舒坦。凡是胡人会的技术，他们没有不会的；他们所会的，胡人倒不一定会。而且养马养得得法，又壮又健，竟胜过了胡人。

>> 五

攻打中山国

赵国这时候真是通国皆兵，说什么时候要打仗，什么时候就可以整队而出。武灵王看着这几年来自己努力的成绩，禁不住从心眼儿里笑了出来。他觉得时机已到，一切的准备都齐全了，就下令在这一年里出征中山。

中山国是赵国近邻，打败了中山就可能打垮胡人。武灵王以为胡服骑射小有成就，就拿中山做个目标。事先买通中山人，画好详细的地图：哪儿是山的出口，哪儿是山的入口，哪儿是死路，哪儿是生路，都有详密的记录。游牧民族性贪小利，武灵王就花钱买通其他的小国，破坏他们和中山国的合作。

赵国人本有军事的智谋，再加上新学会的胡人技巧和本领，第一仗就把中山国打得大败。没有几天，占地百余里。中山王知道敌不过了，下令所有部落都迁入山地，把各要隘守住，不让赵兵进来，自己也不出战，以为这是计出万全。谁知赵军也不进攻，只将各山口封住，每条出路都有重兵驻扎，在山下垦殖田地，建造营房，打算久居。

封锁了几个月，中山人慌了，粮食没有了不算，连水道也被赵军堵住，眼看再过些时日，渴也把人渴死了。冲了几次没有冲出来，派人偷偷到其他的游牧民族国度里讨救兵，可是人家都只袖手旁观，面子上答应，人影儿都没出现一个。这一来，弄得中山王走投无路，最后还是递了降书降表，割地赔款，永远臣服于赵国才算完结。

中山一认输，其他的国家就更没有力量。赵武灵王接着把游牧民族中比较倔强的林胡和楼烦二国打败，又夺得许多土地。以后年年向西北发展，版图逐渐扩大，如今山西省和绥远省的大半都被赵国所控制，国境的面积比原来的晋国还要大，他就在北边开辟了云中和雁门两个大郡。赵国人到这时候，才明白胡服骑射的用意，同时深深地佩服武灵王的眼光远大。

知识扩展

绥远，民国原省级行政区，主要包括今内蒙古自治区中部、南部地区，是民国原塞北四省（热河省、察哈尔省、绥远省、宁夏省）之一。1954年，绥远省被撤销。

>> 六

大胆入秦

赵国版图急剧的扩张，害得西面的秦国也受了威胁，秦昭王恐怕赵国过分地往西发展，对自己有不利，所以在边境上戒备十分严密，同时武灵王顾虑到再向西北伸展时，如果秦国来个腰背袭击是万分危险的事，所以也想拔去这只眼中钉。

可是武灵王即位以后，从没和秦国发生过关系，实在不知道秦国的底细。所以他第一件计划就是亲自入秦去探

◎河北邯郸武灵台

看地形和他们的实力，以备作将来进攻时的蓝本。

自然有不少大臣劝阻他这种冒险的举动，但他抱着“不入虎穴焉得虎子”的决心，毫不犹豫地打扮成一个使者模样，选了几个胆大心细的亲信卫士，作为侍从，假作投书联好，去求见秦昭王。

延伸阅读

“不入虎穴，焉得虎子”这个成语最早出现在历史典籍《后汉书·班超传》中。不进老虎洞，怎能捉到小老虎，比喻不历艰险，就不能获得成功。

武灵王是万乘之主，平时说的话都带着命令式的口吻，如今忽然要充起使臣来，自然十二分的不习惯，容易露出马脚。虽然自己很留神，但总使人感到突兀刺眼。譬如他一向称自己为“寡人”，现在见了秦昭王，却要改称为“臣”，这自然是不惯，开口几乎就说错了。昭王见了他也觉得诧异，而且赵国无缘无故送来这么一封毫无关系的信，又派遣这么一个眼睛骨碌碌转的使臣来，尤感到里面有很大的疑窦。武灵王退出以后，秦国的君臣都对这位使臣起了猜疑，其中有一人认为是赵国派来的间谍，昭王也颇以为然。商量的结果，以为这种人不可久留，马上派人去观察观察他的真相。

一方面，武灵王也觉着刚才的气氛有点不妙，久留在这里怕要遭危险，他略一转念，迅速地写了一封信留在桌子上，就和从者重新化装，逃出了这块是非之地。

跟着昭王派的人也来了，但是武灵王早已远去。把他留下的信送上去，才知道他是赵王，特为会会秦王而来的。这使得举国上下俱起了大诧异，知道武灵王真是一个了不得的怪杰，这无异给秦国上下一个严厉的警告。

在他做了这冒险工作之后，两国都没有发生什么纠纷，这也许是武灵王看出秦国有不可克服之点，而秦国也许被他的大胆所镇住，不敢轻举妄动了。

第三章

蔺相如完璧归赵

蔺相如奉璧使秦，堪称一次冒险，但蔺相如并非冒险主义者，更非机会主义者。他谋划周全缜密，行事有理有据，面对秦王不卑不亢，英勇而不鲁莽，谦恭而不怯懦，他捍卫了赵国的国家利益，兑现了出使前的承诺，完成了属于自己的政治首秀。

阅读导引

顾颉刚中国历史故事

办外交是件困难事，尤其“弱国无外交”。在强敌武力压迫之下，一切都是不讲理的，还有什么外交礼貌可言！我国历史中每逢到外族冯陵[1]的时候，“使才”都是很难得的。汉代对匈奴的交涉，对西域的通使，养成不少敢冒险敢负责的外交人才，也真有不怕强力不肯丧节的忠贞之士，如苏武、班超、张骞、傅介子；后代唐宋以下，渐有一代不如一代之叹，宋朝受辽、金、蒙古、西夏诸外族的侵略，出使的人丧权辱国的更多，令人不胜叹恨。像鸦片战争以后的清朝和民国，更不必提了。

蔺相如可以说是最早的外交家，而且是以弱国对强国办外交，终于得到胜利的。自春秋至战国，完全是强国吞

①冯陵：亦作“冯凌”，意为进迫、侵陵。

并弱国的形势，也就是因为有的诸侯生产力量发展，经济力强大，需要向外膨胀，所以才有此现象。当时国际局面，可以拿东西两个集团来代表，东面集团以齐国为最强，其次便是燕、赵；西面集团只有秦一国，韩、魏受秦的压迫，不能不做他的卫星国家，有时很想脱离羁绊。此外南方的楚国保持着独立性，东西两方都想争取他。假使东方集团能够坚强地团结，秦国未必就操必胜之券，可惜各国因自己的利益钩心斗角，总不肯一心一意对外，秦国就利用了这个矛盾，把他们各个击破。

秦本是西方新兴的国家，本丛书曾讲过商鞅立法，就是要说出秦国富强的由来。用商鞅的是秦孝公，孝公以前还有穆公，是第一个使秦国参加到中原各国争霸业的人，所以秦人对于他很敬重。自孝公立法维新之后，秦的实力大增，最主要的因素是增加生产、训练军队、裁制贵族、实行法治。同时在外交方面决定了“远交近攻”的原则，以后历代相承，总是依了这个路线向诸侯进攻，最近的诸侯是韩、魏，领土及实力都较小，所以常常受了他的武力压迫。在蔺相如使赵的前七年，秦已取得魏的河东之地（今山西），而因与赵国领土相邻接，魏国只好局促在黄河以南一小块土地上（今河南开封附近）。秦既有了河东之地为跳板，随时可以从山西出兵攻赵，不一定出函谷关才能向东进兵，东方诸侯所受的威胁也就更大了。这时正是秦昭襄王在位，孝公之后，秦始皇之前，他在位的年代很长，所建立的功业也很大。远在50年前，苏秦主张合纵抗秦，联合东方各诸侯，赵国还居领导地位，可是到了这时候，赵的国际地位业已一落千丈，在诸侯中成了二等角色了。中间虽曾有过赵武灵王胡服骑射，想竭力图强，但亦因内乱未能彻底成功，幸而平原君起来，招贤纳士，罗致不少的人才，在朝的大臣又有蔺相如、廉颇，支持了危局，特别是渑池之会，打击了秦王的野心，使赵国的动荡局面又稳定下来，二十年中，秦不敢大规模攻赵。其后秦将白起曾大败赵军于上党，坑杀赵降卒四十万，赵的国力才受了严重的顿挫。其实这时廉颇、蔺相如都还活着，只因秦用反间计，赵国罢免廉颇，而用赵括，遂致大败。本丛书《信陵君窃符救赵》即代表那一时期的战国局面。这一次击退秦兵，可以说又得了平原君的外交助力。由此足以证明，外交的力量也可以挽危为安，自然，在外交的后面，还需要坚强的武力和人民的支援作后盾。

蔺相如的胆力精神是值得学习的。蔺相如虽然对帝国主义者不肯让步，可又是绝对不肯做内战的勇士，他对廉颇的退让是更值得学习的！

>> 一

缪贤举荐

一个春天的早晨，阳光照在赵国的城楼上，又从城楼上移到一片碧绿的田亩中。田亩的中间，夹着蜿蜒的驿道，它伸展到老远老远的地方。守城兵士被阳光晒得有些软绵绵地靠在墙上打盹。

远远传来了一阵急促的马蹄声和清脆的莺铃声，惊醒了城楼上迷惘的哨兵。凭高望去，沿着驿道，在飞扬的尘土中，裹着一人一骑，如飞般向这里奔来。渐渐可以辨别来人的装束打扮，凭往常的经验，知道这是秦国送信的使者。那哨兵心中好似震荡了一下，不由自主地向下急奔，并且喊道：

“秦国有人送信来了！”

所有的守卒都惊醒了，他们很快地走出城门，习惯地拍着沾在肩背上的墙泥，同时向那哨兵问道：

“什么？什么？”

他们顺着所指方向看去，就见一个满身风尘的秦国使者已到了城门口。他不声不响地从插袋内掏出一封公文来，随手递给近旁一个兵士说：

“喂！这是我国大王给赵王的信，快给送进去，是要立等回音的。”

这几个兵士对于他毫不客气而带有命令式的话似乎有些憎厌，但又好像有些无可奈何的样子。接公文的人领着使者急急跑到守城官办公署送上公文，再由守城官安顿使者，同时派人将公文很快地送入宫中。

早朝还没有散，许多大臣正按班肃立，在静听着赵惠文王说话。呈送公文的侍卫，走到殿阶下就不敢再走上去，早有太监从他手中取了公文呈到惠文王的案上。

惠文王眼光刚扫到公文的封皮，眉头就跟着皱了起来，同时终止了说话，很快地拆看。薄薄的两三竹简，好像有十分吸力，使惠文王定了眼珠，动也不动。

在旁边的大将军廉颇忍不住了，开口问：

“大王，有什么事？”

“还不是秦王又来寻事吗！”惠文王看了廉颇一眼，又皱了皱眉头道。

大家一听是秦国寻事，不禁你看我，我看你，脸上都布满了紧张的神色，都怔怔地看着惠文王。

“事情是不大，不过他们的消息也太快了，和氏璧到寡人手里还没有多少天，怎么秦王已经知道了呢？”惠文王也看出众人的神情太紧张，就解释似的说道：“来信虽然要赵国将这块璧送给秦王，但是他也有条件的，就是情愿在秦国的领土中，割让十五座城池给赵国作为送璧的代价。现在的问题，就是要和你们诸位商量商量，究竟给，还是不给？”

延伸阅读

和氏璧的故事：和氏璧是中国历史上著名的美玉，今已失传。《韩非子·和氏》记载了和氏璧的来历传说：

楚国人卞和在荆山砍柴时发现一块璞玉，于是献宝于楚王，然而楚厉王和楚武王两代君王找人鉴别，都只得出这是一块普通石头的结论，继而下令砍去了卞和的双脚。武王崩文王立，卞和怀抱宝玉而泣于荆山脚下，三日夜而不停，血泪不止。楚文王遣使询问，卞和说“我不是为自己所受的酷刑而哭泣，而是为宝玉无人能识别而悲伤”，于是文王再次令人鉴定玉石，发现果然是块稀世宝玉，并取名“和氏璧”。

于是一阵嘁嘁喳喳的声音，从许多张嘴巴中传了出来，好像都在讨论这件事。好久好久，并没有人站出来答复赵王的问题。赵王看到他的臣子这种庸懦而没有主见的情形，不由得摇摇头，叹了口气，只是将手中几片简札颠来倒去地看着。

廉颇是赵国最勇敢而也最暴躁的一位大将，对于这批吃饭不管事的同僚，也有些看不入眼，就振起喉咙说：

“各位这样的商量，是一辈子也商量不出结果来的，我们既做了赵国的大臣，就有我们的责任，赵国有问题，我们就应该想出办法来解决。今天的事情很干脆，只是那块璧给不给秦国的问题。诸位有意见，不妨堂堂正正地提出来讨论，光是这样地窃窃私语是无裨实际的。”

这洪亮的嗓音终止了众大臣们的私语，他们对廉颇投了惊异的一瞥后，便都低了头，默默地在腹内打主意。

“臣想秦王是贪得无厌出了名的，大王就是把璧送给他，他必定不肯如约割让土地，不如不去理睬他，看他采取什么步骤，然后再相机来对付他。臣以为秦国虽然强大，但也不见得为了一块小小的和氏璧而轻动干戈。即使真打仗，我们也不会给他吓倒。”这是激烈一派的说法，廉颇就是这一派的代表。

“以现在的国势而论，我国比秦国实是弱多了，何况秦国早就看中了我国的那些地方，不过没有名目来抢罢了。现在他既来要璧，依臣等愚陋的见解，还不如直接答应了的好。也许秦王顾念这点情分，以后不再来侵略我国。这样，在我们是很少的损失，却能结欢于强秦，岂不是一举两得？”这是苟安一派的说法。

“臣等的见解，是给也不好，不给也不好。给他呢，假使他不把城池让给我们，不但白白赔了一块宝璧，还丧失了我国的脸面，将被诸侯耻笑我们太胆小了。不给呢，又怕秦国借此伐赵，实难抵挡。最好的办法是派一个有胆略有口才的大臣去和他们交涉，叫秦国先割地，我们再送璧。秦国如不答应，我们也就可以拒绝，这比较来得妥当些。”这是中和一派的说法。

这虽是一个给与不给的很简单的问题，但以赵国这样一个不上不下的国家，却很不容易解决。他既要顾全国体，同时也更怕强暴的秦国，说了半天，还是个没办法。最后确认中和一派的说法最妥当。但难题又来了，派谁去好呢？这不但是要才智兼全，而且还要有胆略才能胜任。要讲有胆子，自然是廉颇第一，不过他拿手的是夺骑斩将，行军布阵，若叫他文绉绉地去做外交官，一则他没有这种本事，再则更没有这种耐性。其他的人呢，口才好的尽有几位，只是没胆子，到别国去还可，秦国是瞪眼不讲理，竖眉要杀人的国家，不要说去，听听也就够吓人的了，何况这是一件并不讨好的差事呢。所以赵国的君臣，为了人选，却是煞费踌躇。

“大王，臣倒有一个人可以推荐的。”一个尖尖的声音，发自惠文王的近身。这人瘦长的个子，下巴光光没有一根胡须。他是宦者令缪贤，虽然只是太监，但惠文王却很宠幸他的。

“你有什么人，不妨说出来让大家考虑考虑。”惠文王很注意地问他。

“这人是臣的舍人（就是门客），名叫蔺相如，是很有才干的。”缪贤先看了一看周围众人的脸色，然后轻轻地咳嗽了声，很正经地说。

“你怎么知道他很有才干呢？”廉颇很看不起他似的露着满脸不屑的颜色粗率地说。

“是啊，你怎么知道他很有才干呢？”惠文王也紧跟着问了一句。

缪贤向廉颇斜睨了一眼，跟着回答道：

“大王也还记得数年前臣曾经做过一件事吗？虽然这并不是什么重大的事体，但当时大王的脸色很难看，臣因此心里怀着十分恐惧，已经准备一切，要逃到燕国去投奔燕王。”

“哦，倒是有这件事，不过你当时为什么没有走呢？”惠文王很诧异地问。

“这就多亏得蔺相如了。”缪贤接着说道：“当时他就问我：‘您为什么不去别的国家，一定要到燕国去呢？是不是您和燕王曾经有过交情？’臣回答他道：‘有一次，大王和燕王在两国的交界订立同盟条约，我也在场，燕王总是和我很亲热，一点儿也不摆国王的架子。末了临散会时还很恳切地握着我的手道：“寡人很愿意和你交个朋友。”我当然是受宠若惊，诚惶诚恐地应承下来。回国以后，他还常常地差人带信，并且送礼物给我，所以此番想去投奔他。’那时相如就劝臣道：‘您真是太老实了，燕是比我们弱小的国家，所以常常要来拉拢我们大王。他知道您是大王面前得力的臣子，所以极力表示热络，无非希望您在大王面前替他吹嘘吹嘘，说几句好话罢了。他是一国之王，又不好意思公开地贿赂您，所以要和您交朋友。否则为什么他和您素昧平生，却偏偏拣中了您呢？恐怕您现在去寻他，他不但不肯收留您，而且为了讨好大王起见，还要送您回来治您的罪呢！’臣给他这样一说，不由得恍然大悟，同时感到出路断绝，不禁更加忧虑起来，便请他替我设法。他道：‘大王本来是相信您的。您虽然做错了事，不过不算重要，您只要小心翼翼地去请一个罪，保可无事。否则大王到这时还不派人来捉您吗？’臣依了他的话做，果然没事。事后想想，蔺相如这个人实实在在有见地，并且经过了臣长期仔细的观察，他不单有见地，更富于胆略。臣时常和他谈起秦国的强凶霸道和诸侯怕秦国的情形，他只是笑笑，虽不批评什么，但从神色中可以看出，他好像并不拿秦国当一回事。臣本来是不敢轻易荐人的，但一时既没有适当的人选，大王叫他来当面试试他的才能也是好的。”

他滔滔不绝地说了这一番话，又引起了群臣的纷纷议论。缪贤不过是一个太监，太监在宫中的地位一向是卑微的，等于高级的奴隶。一个奴才的意见，当然是人微言轻，何况蔺相如又是一个名不见经传的人物，大家认为不妥；尤其是差一个宦官的舍人来做出使大臣，这更是有辱国体，可以说他们是一致反对。但是又没有人肯挺身出来，担当这项任务，惠文王不得已，终于命缪贤去唤召那相如来当面试验。

没有多久，缪贤已领着蔺相如来了。大家一望，原来是一个文弱的书生。他在几百道眼光的集中注视之下，很从容地走到殿上，向惠文王恭敬行了臣礼，清晰对答了王的询问。惠文王问了一阵话后，就归入本题：

“今天请先生来的意思，你总知道了。”

“臣已经知道。”

“那么，你有什么办法说出来供大家参考？”

“臣以为秦国比我国强，为免除是非起见，还是答应他的好。”相如不假思索地答着。

“但假使秦王受了我们这块和氏璧之后，却不依言割让城池，那怎么办？”惠文王脸上挂着一丝微笑，目不旁瞬地看着相如，等待他的答复。

“秦王拿城池来作为璧玉的代价，如果不许，这便是我们的错误，秦王可以拿来做题目，做侵略的张本。反过来说，假使赵国已把这块璧送了过去，他们却不肯依言偿城，这便是秦国的错误。这两桩办法比较起来，我认为宁愿答应他，只许他失信，切不可让他抓住了我们的错处！”相如很肯定地回答。

“就是这样啊！现在我们正缺少一个使臣，既要不丧失自己的面子，更要不让秦王抓住我们的错处，但是这人一时哪里去找呢？”说到这里，惠文王的眼珠子不禁骨碌碌地在这群百官大臣的脸上兜了一个圈子，跟着还叹出一口气，凡是眼锋和他接触的臣子，都赶紧将头低了下去。

“如果大王实在没有人可派的话，臣请愿担任这个差使！”相如毅然地说。

“真的吗？只要这件事情你能办得圆满，寡人一定不会亏负你的。”惠文王满脸笑容地对相如说。虽然他不见得怎样信任相如，但在目下无法解决这个问题的时候，竟有一个人肯出来挑起这个担子，至少可以有个交代了。

事情就这样决定，先请秦国的使者回去，然后由惠文王择了吉日举行一个隆重的典礼，把璧玉授给相如，就在这日启行。惠文王还特地率领群臣送至城郊。相如临别时，很有把握地对赵王说道：

“臣此次出使秦国，一定要保持国家的体面，誓与此璧共存亡，以报答大王的知遇之恩。”

他说完话后，对惠文王和相送的臣子作了两个深度的揖，带着随从，牵马向前走了几十步，才扳鞍上马，数十条鞭影在阳光下挥动，蹄声得得地沿着驿道行向前去。

>> 二 完璧归赵

这一行人众从赵国都城邯郸出发，走向秦国的都城咸阳，经行一千多里迢迢路程。他们先沿黄河向西行，再进天下闻名的函谷关和潼关，又走了五天，才渡过渭水到咸阳。一路上真可说是餐风饮露，受尽风霜之苦。

跟随相如的从者，他们都是好几次来过秦国的，对于一切情形熟悉得很，他们知道赵国的外交素来懦弱，因为秦赵的北境毗连，常常要闹纠纷，大半是秦国向赵国寻事。赵国尽有能言善辩的人才，奉了使命和秦国办交涉，但秦国只是一百个不讲理；有时触犯了他，还要扣留来人。他们多数是吃过苦头的，这次又奉命而来，莫不心怀惴惴。在旅途中，看相如扬鞭策马，观山玩水，一副悠然自得，全没半点心事的样子，都以为他初次出使，没有吃过秦国的亏，所以各人把自己的经验轮流告知给相如。他听了之后，仍旧满不在意，除了向他们笑笑，谢谢他们的好意之外，还是和平常一样，不露半点忧愁的颜色；在旅社中犹自拿着一卷书，咿咿唔唔哼个不绝。他们认为他是书呆子，就都不再理睬他了。

相如还是初次到秦国，进了咸阳城，自有秦国派员招待，领他们到贵宾馆去休息。大街上熙来攘往，一切繁华的情形也和邯郸仿佛，只是所见的人都是挺胸凸肚，精神饱满，不像赵国人那种畏缩的样子。

呈递国书，拜访宰相，种种的老例，相如一一照做了，静待秦王传见。根据往常的经验，一个使臣要见秦王，往往等上一两个月还不能如愿，但这次却例外，国书呈上去的第二天，秦王召见相如的命令已下来了。一个使臣朝见国君是相当郑重的，相如整整忙了半天工夫，他似乎也在开始盘算了，渐渐地在他的眉梢眼角透露了紧张的色彩。

第二天一早，天尚未明。整个的咸阳城寂静如死。星月的微光照临着街衢，除了微风有时掠着屋角，树梢发出声音外，再也听不见有其他任何的动静。

这时，秦国的朝堂却十分热闹，无数粗得像臂膊的蜡烛和珍珠串成的明灯，插挂在每一个黑暗的角落里，发出了异样的光辉，越显得这宫殿的宏伟和美丽。两廊立着或坐着许多秦国的大臣，沿阶石都是排列得整整齐齐的卫士，他们直挺挺地站着，简直像是一尊尊雕出来的石像。手中持着长大的矛戟，不时在灯光的暗影中一闪一闪地耀出矛尖子上的光芒。奉命献璧的蔺相如也在殿外坐着，他静静地在观望，旁边立着一位随从，替他捧着一只雕琢得十分精致的紫檀盒子，里面躺着一块连城之宝——和氏璧。虽然殿廷中挤着这许多人，却没有一点儿声音，只充满了庄严肃穆的空气。

一阵镗镗的钟声响了，大臣们都各自按部就班很有次序地在自己的位次上恭敬站着。辘辘的车声自远而近，一连串长蛇似的灯光，夹杂着车子推动的声音，向大殿而来。渐渐地可以看见许多美丽的宫娥，掌着明灯，护持着一辆精致考究的车子，缓缓地行来。不久已到殿前，宫女从车中扶出一位浓髭绕颊、身躯雄伟的秦昭襄王来。她们簇拥着他，踏上阶石，一级一级地跨进了大殿，扶上了宝座。跟着大臣们像雁行一样，排列在秦王案前，跪起朝拜，一片高呼万岁的声音震撼了整座宫殿，传到宫墙以外的地方去。

昭襄王在大家各复原位之后，手摸着一根根硬得像刺猬刺似的胡子，得意地说道：

“今天有一件很好的消息告给卿等听，就是赵王已差他的使臣，如命将和氏璧献给寡人了，今天可以让你们开开眼界。”随即问旁边的侍卫：

“赵国的使臣在哪里？”

“禀大王，使臣现在外面等候大王召见。”

“马上叫他进殿来。”

“是。”卫士应声后，退出殿外，传呼去了。

蔺相如被领着进来，许多道诧异的眼光都集中在他手中所捧的紫檀盒子上。他目不旁瞬地走到离开御案还有十步远的地方，就捧着盒子深深地朝上拜了下去。

“平身，平身。”秦王嘴里在说，身子连欠也不欠。

相如站起身子，清楚地陈明来意后，就将紫檀玉盒恭恭敬敬举过头顶。秦王近身的太监，走过来接盒在手，转身端到御案上面，随手抽开合盖，一股耀眼的宝光，吸住了秦王贪婪的双眼，他连连摩挲这块温润得像羊脂一般的细腻的白玉，频频把它送到鼻子上嗅嗅，再凑着灯光，眼睛眯了缝细看。玩够以后，笑嘻嘻地交给左右的宫娥和大臣们观看。于是整齐的行列渐渐紊乱，大家聚作一堆堆的，轮流把玩，其间夹杂着赞叹的声音，还有宫娥们嗤嗤的笑声。

他们轮流传观以后，交在一位大臣手里，这位大臣就又奉还了秦王，躬身说道：

“这真是天地间的一件至宝，有福气的人才能得到它。大王洪福齐天，臣谨代表全体大臣恭贺大王得此至宝，也可说是我们国家一统天下的先兆。”

跟着又是一片更洪亮的欢呼“万岁”之声，秦王愈加得意了，手中擎着璧，扯着胡子，不住地笑。左右的宫娥看见他这副得意忘形的态度，也禁不住嘻嘻地笑出声来，于是朝堂上粗犷的和纤细的笑声交杂不绝。

旁观者的相如，始而脸上显出愤怒不平的气色，忽然他又整一整衣裳，开始堆起满脸的笑意，走近秦王御座前说道：

“大王看得出吗？这块玉还有一点儿小毛病。”

“喔！是吗？请你给我指出来。”秦王又细细看了之后，寻不出什么，就把它递给相如，叫他指点。

相如接过来，假意凑近了眼睛察看，随后仰头向四周张望，脚步也跟着移动，好像是在找一个灯光明亮之处的样子。慢慢地退到一根很粗的柱子旁边，这地方和两边的人们有相当的距离，他突然变了颜色，发出激越响亮的声音道：

“大王难道忘掉您所答应赵国的条件了吗？”

这种出其不意的举动引起了每一个人的惊异。尤其是昭襄王猛地将身子站了起来，双手撑在御案上，伸着头，瞪着眼珠，大声说道：

“为什么？为什么？”

“因为大王要得这块璧，赵王就召集全体大臣开会讨论，要不要允许。但有一半以上的臣子都说，秦王好像是贪得无厌的虎狼，没有礼义，没有信用；多少诸侯都上了他花言巧语的当，今天无论如何不可以应允他。还是臣说：‘普通的人尚且讲了话要算数，何况是一国的君主，更何况是像秦王这样强大的君主呢！而且为了一块小小的璧玉，失了两国的和气，岂不是太不值得！’赵王听了臣这话，就在臣出发的前五天，斋戒沐浴，临别又举行了一个隆重的仪式。赵王为什么肯这样爽快地答应呢？还不是为了要顾全大国的威信和表达赵国的敬意吗？现在臣一到贵国，大王的态度是这样地骄傲，还拿璧传给宫女和左右观看，把我使臣冷落在旁边，不加理睬。臣看了半天，觉得大王实在没有诚意；原先答应赵国的城邑也一定不会割让，所以臣借端把璧取回。假使大王要用强暴手段来逼迫臣，那么臣今天就把头颅和这块璧一齐撞碎在这根柱子上！”

这时的相如就像一头野兽在咆哮，额角上的青筋一根根的暴露出来，脸涨得像块大红布，眼睛里好像充满了血液，黄豆大的汗珠挂了满脸，咬牙切齿指着秦王不住地数说；四面威吓和呵斥的声音，他只是不闻不问。

昭襄王转成严肃的体态，一动也不动，倾听着相如的慷慨陈词，在他脸上除了惊异的颜色外，却没有一丝愤怒掺杂在内，反而含着些佩服的成分。他见相如紧捏着璧，眼望了柱子，有立刻冲上去的样子，就拼命摇手喊道：

“且慢，且慢！朕有话解释给你听。”他说了这话，立命侍臣把墙上挂的秦国全图取来，指点给相如看道：

“这些城邑都是预备送给贵国作报酬的。寡人岂肯为了一块璧而丧失秦国的信用呢？”他捻捻连鬓胡子，露着狡猾的笑容。

相如十分明白，这是秦王的缓兵之计。自己假使相信了他，必定上当。到时他如赖个干净，又能拿他怎样。在紧要关头上是放松不得的，他转着眼珠想了一想，回答道：

“臣不是不信大王，不过臣有臣的苦衷，假使有什么差失，这责任都在臣的身上，如何担当得起？何况和氏璧是天下难得的奇珍，赵王因为敬畏大国，不敢不献。但是我王在送璧的五天内曾经斋戒沐浴，十分郑重。礼尚往来，所以臣亦请求大王照样斋戒五天，一方面是表示郑重，另一方面也是给我们赵国一些面子，臣想这样轻易的要求，一定可蒙大王采纳的。”相如装得十分诚恳地说着。

昭襄王测度形势，今天这块璧恐怕难以到手，逼急了也不是好办法，好在璧和人都在眼前，不怕他逃到哪里，于是就答应了。还给相如换了一处精致的寓所，很优渥地招待他。

相如多么机灵，秦王的心事他早已猜了个透。到新寓所以后，假装疲倦得很，一到黄昏进罢晚餐，就灭烛睡觉。实际上他已和随从计划好了，派遣一个路径最熟的随从，叫其打扮成平民的样子，藏了和氏璧星夜从小路跑回赵国，把这个宝贝归还了惠文王。

这是没办法中的办法。秦国的强盛，秦王的暴戾，是人人皆知的事实，有什么办法可以抵抗他呢？相如已夸下海口，绝对不能虎头蛇尾，他在床上辗转不眠，一直想到五天以后应当怎样对付秦王。

一转眼五天很快地过去了，秦王在这期内果然依言斋戒沐浴。到了这天，召集所有的宗亲贵戚，卿相大臣，来参加这献璧典礼，大殿上更陈列了典礼所应有的器具和仪仗，挂灯结彩，在雍容华贵之外更添了一番花团锦簇。一切都预备完毕，才命人去请蔺相如来举行典礼。

相如空着双手摇摇摆摆地来了，行礼如仪后，他像一个演讲者一样，毫无顾忌地说道：

“大王，今天臣真使您失望，和氏璧已经回到赵国去了。”

一阵纷乱的骚动顿时冲破了肃穆的空气，有愤怒的，有冷笑的，更有鲁莽上前扯拽相如的。但昭襄王镇静地挥着双手，禁止下面的纷乱，继续静听相如说下去。

“这并非臣失掉信用，实在是大王先前没有诚意，引起了臣这种冒昧的举动。更因大国历代的君王都不肯以信义对人，这更给臣一种警惕，恐怕受了大王的欺骗，辜负了赵王的托付。经臣再三的考虑，终想不出比较圆满的办法，只得差遣随从，快马送回赵国，现在已经走到半路，出了秦境了。这绝不是赵国有负约的意思。秦国比赵强大，赵国抵抗不得，上趟大王只差人送了一封公文给赵王，赵王马上派臣送璧来，可见得我王是怎样地敬畏大王。现在只望大王照约，先把十五城让给赵国接收，赵国一定不肯故意留璧，得罪大王。但无论如何，臣今天总是欺骗了大王，请大王就治臣应得的罪吧！”

相如说完了这番话，面不改色地等候秦王处置。

“嘻！嘻！嘻！”出乎意料地，秦王看了看左右，竟然笑了。

“嘻！嘻！嘻！”左右不知道秦王的笑是什么意思，但秦王笑，他们也不敢不跟着笑了！

两旁的卫士以为秦王一定要杀相如的，不等发命令就拥了上来，预备拉相如到外面去看管，等候行刑。但昭襄王却摇摇头，又挥手叫他们退下去。

“朕今天决定赦相如回国，大家不要奇怪。璧的主人是赵王，相如不过是代表赵王的一届使臣，杀了他也无济于事，反而被人笑我们气派太小。不如放他回去，我们要办交涉，也应以赵王为对象，朕想赵王绝不敢为了爱护一块璧而和我们结仇的。同时也叫人家看看寡人是不是专门欺辱弱小和不讲信用的君王。”他正经地讲着，眼睛瞟了瞟相如，随后又哈哈笑了。

这样的措置，是任何人没有想到的。相如本怀着必死之心而来，哪知竟邀宽赦。更想不到在赦免以后，还受秦王很优礼的招待，一直到离开秦境。他不禁在马上长长地吁出一口气。

先送宝贝回去的随从，一到赵国，就把这事加油填酱地报告给惠文王听，而且说，蔺相如是必死无疑的了。依大家一般揣测，也是如此。所有自惠文王以下的人在等了几天没有消息之后，都对相如的生还感到了绝望。

但相如终于回来了，在报告使事经过之后，惠文王的欢喜自不待言，连其他本来看不起他的人也都拜服他的胆略。惠文王认为这是难得的人才，就封相如为上大夫。这期间不过几个月的工夫，但相如已一步登天，声名传遍了天下。

>> 三 渑池之会

几个月过去了，秦国方面没有什么动静。秦赵间的使者不时往来，双方都不提起有关和氏璧的事。时间一长，赵王的一颗心才放下来，以为没事了。可是秦王何尝顷刻忘却呢？他正处心积虑地调排一切。

忽然秦昭襄王要请赵惠文王在渑池地方相会，使者说没有别的事情，只是敦睦邦交的意思，趁此解释以前的种种误会。

赵王不觉有些受宠若惊，对于秦王这一份美意，真不敢领教。去不去的问题，使得他眠食不安，连朝政都无心思去理睬，想了几天也没有想出办法来，最后只得去请教廉颇和蔺相如了。

相如得意太快，大家看出赵王信任他，都去趋奉，走他的门路。廉颇从旁看不入眼，每每想借题发作，什么事也要和相如来个别扭。但相如是聪明人，口口声声称他为老前辈，样样依顺他的意思，这倒怪不好意思的，故而廉颇两只眼要瞪总没能瞪起来。

这次他们二人都受赵王的召唤，到宫内商议怎样回复秦王的邀请，很奇怪的是，二人不发生意见，异口同声地说道：

“大王这回是不能不去的，否则显得我们太懦弱了，只消防备周密，也不怕发生什么意外之变。”

这无异打了一针强心针，赵王的胆子顿时壮了，决定答应赴约，由相如伴同前往，廉颇则留守国内。

两国相会的地方是在渑池附近的草原上，团团地扎满了营帐，内中埋伏着双方的甲士，中间一片空场，就算是宴会的地方。酒肴纷陈，笙歌悠扬，在快乐和平的气氛中，却隐隐地含着一股杀气。

“寡人听说赵王的瑟奏得很好，就请您表演一曲，也好饱饱寡人的耳福。”秦王喝得红红的脸，掀着两片胡子，酒气喷人地说。

知识扩展

“瑟”是我国古老的汉族拨弦乐器，二十五根弦的瑟居多。《周礼·乐器图》记载：“雅瑟二十三弦，颂瑟二十五弦，饰以宝玉者，曰‘宝瑟’，绘文如锦者，曰‘锦瑟’。”

赵王毫不思虑地取过了瑟，鼓将起来。激越悲凉的声调，拨弄熟练的手指，还有舞姬们随歌起舞的美妙姿态，加上她们和柔婉转的歌声，禁不住每个人都喝起彩来。一曲奏罢，一个秦国御史在一块悬着的记事牌上写道：

“某年月日，秦王与赵王会饮，令赵王鼓瑟。”

赵王看到这个“令”字，脸涨得通红，一面秦王却得意地笑了。冷不防相如跑到他的面前，双手捧了一只缶盆，高声道：

“大王对秦声很有研究，这是大家知道的，所以赵王极愿意欣赏您的妙奏。”

知识扩展

“缶”原本是古代一种陶器，形状如缸或小盆，是古代盛水或酒的器皿。渑池之会中蔺相如所拿便是这种器皿。春秋战国时期，缶常被人作为一种击打乐器，按《说文解字》解释：“缶，瓦器，所以盛酒浆，秦人鼓之以节歌。”

这是报复性的讽刺，何等损伤了秦王的尊严，他怒目喝相如退后。但这如何吓得退相如，反而更跑上几步，距秦王只差几尺远近才跪下道：

“您今天一定得给赵王这个面子，不然的话，臣就要对不起大王了！”

相如比秦王来得更凶，满脸都是杀气，双手端着缶盆，只是往秦王面前凑，狠狠的，简直要把秦王一口吞下去的样子。

左右卫士恐怕相如不利于秦王，提了兵器呼叱着，逼迫相如后退。

“怎么着！你们敢再进一步，我就和秦王同归于尽！”相如一挺身子，竖起两道眉毛，气势汹汹地对他们叱着。卫士看了看秦王变得十分苍白的脸，不觉向后退了几步。

秦昭襄王的懊恼难以言喻，他悔恨自己过去的宽大，以致受到了今天的侮辱，可是一刹那的形势太严重了，他只得拿起筷子在缶盆上轻轻地敲了一下，虽只是轻轻的一下，却也有很清亮的声音。相如回头叫赵国御史在本国的记事牌上大书“某年月日，秦王为赵王击缶”，然后退回了原处。

“我们一定要请赵王送出十五个大城来做给秦王祝寿的礼物！”秦国的臣子为了报复起见，像怒潮似的狂吼。

“我们要请秦王把咸阳送出来作赵王祝寿的礼物！”相如也不甘示弱地领着赵国群臣，再做一次报复的呼声。

此起彼应，结果谁也没占便宜，两国都有雄兵防备不测，谁也不敢动谁，这场宴会就此不欢而散。

>> 四 将相和

赵王回国后，爱重相如极了，擢升他为上卿，掌理国政，位次定在廉颇的上面。

廉颇的气恼是必然的，从此以后他逢人便发牢骚。

“我是赵国的大将，吃辛吃苦，不知道建立了多少汗马功劳，几十年来也不过做个大将军。蔺相如是个什么东西，太监是再下贱也没有的了，但他比太监更下贱，他是奴才的奴才！今天他倒爬在我的上头了，你说这气人不气人！他有什么功劳，只不过靠着两片翻来覆去的嘴皮，能说会道，就得了大王的欢心，几个月就做到上卿，升官也没有升得这么快的。我除非不看见蔺相如也就算了，要不然非揍他一顿不可！”言下不但愤恨相如，连带也抱怨赵王。偶尔有人代为剖白一两句，他马上吹胡子瞪眼，揎拳掳臂，一副要打人的架子。大家都知道他的脾气，远远地躲开他，免得开罪两方面。廉颇从此每天上朝，总是气势汹汹地要寻相如的事。

相如好像很怕廉颇，见了他就像见了鬼一般地避开。相如的车走在路上，听到前面车声，知道廉将军来了，就乖乖地转到小巷里绕道而行，后来索性连朝也不上，尽躲在家里装病。他是有地位的人了，原先是做人家舍人的，但现在自己也用了舍人来服侍了，这班舍人们都劝他道：

“您为什么要这样怕廉颇呢？廉颇要打您，您也有卫士可以抵抗，骂您，您也有嘴可以回骂。一拳来，一脚去，我们真想不出您的怕他的理由。而且廉颇在外面做恶意的宣传，说您怎样怎样，然而总不见您的辩白，人家便以为您真的有把柄落在他手里，所以不敢出头。这不但使您没有光彩，连我们也丢尽了面子，我们实在不愿侍候一个无用的主人。您假使不反抗，那我们也不能再在这里待下去了。”舍人们都为相如抱不平，大家想出话来激他的怒气，可是相如笑着向他们道：

“你们看廉将军的威势比秦王怎样？”

“当然是差远了。”舍人一致地说。

“以秦王这般的威势，我尚敢一再地顶撞他，责备他，不留秦国的面子，难道说我竟会怕了廉将军吗？你们不知道秦国现在所以不来打赵国，就是顾忌我和廉将军这一文一武。如果我们斗了起来，一定两败俱伤，给敌人侵略的机会，我考虑到这一点，所以宁受侮辱不出声，恐怕‘小不忍则乱大谋’啊。否则相如就是这么好欺侮的吗？”他笑着摇了摇头，几句话堵得舍人们都开口不得。

消息传入廉颇的耳中，不由得大为感动，悔恨自己的粗莽浅薄。一个直性人改过是很容易的，他一觉着自己错误，就迫不及待地裸着上身，反缚了双手，背着荆条，到相如府中去请罪，跪在相如面前，一定要相如亲自打他几下（这是古时赔罪的规矩）。

“我真是一个鄙陋的小人，不能认识您的伟大，但是您却是这样的宽宏大量，使我惭愧极了！我枉为大将军，到今天我才真正地认识您，佩服您了！就请您随便怎样责罚我，我都乐于接受。如果您不肯责罚我，那只有使我比受责备更来得痛苦，就请您挥上几鞭吧！”他苦苦地哀求，像是一个囚犯在司法官脚下恳请一样。

“将军千万请起！这不但有失体面，而且兄弟也担当不起。您不起来，我就永远不会宽恕您的。”相如诚惶诚恐地谦让，亲自为廉颇松捆，扶他起来。廉颇盛着满眶的热泪，自己打自己的嘴巴，仰天叹道：

“我哪能算是一个人呢！人家才是真实的君子啊！”

从此，这一对冤家变成了莫逆，赵王倚为左右手。因为他们的精诚团结，所以秦国也只得暂停挑衅的举动，太平了几年。

到现在，邯郸城里保存一条“回车巷”，它永远纪念了蔺相如的美德。

第四章

田单复齐

田单原是一位基层官员，并没有受到朝野的重视。但是，当国家面临危亡系于一线时，他却能挺身而出，运用高度智慧，以弱胜强，以寡击众，获得最后的胜利，使国家转危为安。他真是中国人的最佳典范之一，值得敬佩与效法。

阅读导引

顾颉刚中国历史故事

古代封建贵族制崩溃解体之后，随之而起的是游士，亦即新兴的知识分子。游士之中有的做政客，如苏秦、张仪，有的做职业战争家，如孙武、庞涓、乐毅等。这些人的活动中，常常不顾国家的界限，尽可生于甲国而入仕乙国，然后帮助乙国打灭甲国，后来常常有人批评他们不爱祖国云云，其实是不了解他们的时代背景，我们可以说，新兴的知识分子头脑中根本没有祖国的影子，他们满脑袋全是功名富贵。

然而，曾经做过几天贵族的人，也许就不同些，他们到底怀恋着往昔，故国曾给他们不少的爱护与特权，一旦亡了，他们生怕会沦于万仞不复。我觉得所谓四公子的大批蓄养食客，未尝不是一种釜底抽薪之计，领导整个社会反抗的是新兴知识分子，他们想在这个机会中得到好处，现在把他们的物质生活满足起来，像冯谖似的，要鱼便有鱼，要车便有车，他们自然就服服帖帖，不想做轨外的活动了。尤其到了国家危急的时候，这些食客们也许会出一臂之力，转危为安，正是所谓“养兵千日，用兵一时”。

知识扩展

冯谖是战国“四公子”之一的孟尝君门下的食客，为当时一位颇具深远眼光的战略家。他在孟尝君家中“弹铗而歌”，向孟尝君索取吃穿住行等各方面的优厚待遇，孟尝君待他极好，此后冯谖便忠心为其效力。通过“薛国市义”、营造“三窟”等活动，冯谖使孟尝君在各国国君及民众的心中威信大增。

乐毅是一个游士，其祖先由赵而魏，到他又跑到燕国，因为燕昭王想要报齐国侵侮之仇，筑了黄金台，招请各国贤士。“剧辛方赵至，邹衍复齐来”，天下英雄，纷纷到了燕国，果然昭王实现了他的夙志，乐毅将六国之兵，把齐国打得望风披靡，在齐略地五年，除莒和即墨两个东方小邑以外，全齐七十多座名城，都变作燕的郡县，一时东方诸侯的盟主，竟成了逃亡的可怜虫，乐毅的本事着实了得。

田单却代表了贵族，他领导了全齐的抗战，以滨海的一隅，恢复了全国百分之九十以上的土地。

我们应该知道“兄弟阋于墙，外御其侮”的教训，任何国家的力量，都可以在外侮凭凌的时候团结起来。齐国的民众这时虽若一盘散沙，但看了燕兵对于他们祖宗坟墓的侮辱损坏，凡是有血气的，哪个不义愤填膺？更加田单的巧为利用，设尽方法去鼓励。古人说得好，“哀兵必胜”“骄兵必败”，齐人的心中是那样悲痛，而燕兵在齐国横行了五年，恣意妄为，事实上已经是“师老”了，他们只知抱着一肚子优越感君临于被征服者的头上，而忘记了民族意识与国家观念（这儿说民族意识不大对，因为齐燕本是一族，不过那时两国交兵，也就俨如两个民族一般），会像一颗种子发芽，掀翻一块石头似的，蓄藏着无限力量！何况这时燕惠王即位，乐毅与他的主子之间发生了摩擦，更给田单以千载一时的机会呢！

春秋战国时期，类似这样的故事很多，不过有的成功，有的失败，像我们所熟知的荆轲刺秦王，便是失败的例子，申包胥乞师秦庭，又是借外力复国的例子。总而言之，即使是失败，也可歌可泣，激发志气。此次我们对暴日抗战八年，终告胜利，也不能否认有些是古代历史教训昭示我们的力量吧。

>> 一 齐国盛衰

战国时代虽说有七雄争长，但实际的力量足以支配一切的，只有西方的秦、南方的楚和东方的齐三大国，其余燕、赵、韩、魏等诸侯，以及在半独立状态中苟延残喘的小国鲁、宋、卫等都是要看这三国的颜色来行事的。单说其中的齐国，占有今日山东省的地方，沿海有鱼盐之利，又是小麦的丰富产区，北有黄河，南有泰山，真是国富地险，兵强士众，在他附近的许多小诸侯慢慢地都被吞并。齐国原是周初大功臣姜太公的封地；到战国时太公子孙渐渐无能，为国内有力大夫田氏所篡。在当时，这也是一种极普遍的现象，上级贵族腐化了，下面新兴的势力就起来打倒他，而分割其土地，如韩、赵、魏三国原是晋国的三大族，到后来因晋势衰微，便把土地分了，而成为三个独立的诸侯，那有名无实的周天子遇到这类事实，也只有承认他们是合法的诸侯，别无其他办法。齐国的情形，亦复如是。历史上把这改组后的齐国称曰“田齐”，以别于原来的“姜齐”。

田齐传到威王，国势甚强。他是个实事求是的政治领袖，不受部下的欺骗。他要考察吏治，就先调查各地大夫的舆论，调查结果，知道即墨城大夫的名誉最坏，阿城大夫最好。他不敢完全相信这种报告，亲自化了装到两城去探访，一入即墨边境，却见田禾茂盛，父老欢腾。随便在什么地方歇歇脚，喝碗水，都可以听到百姓们对于这位大夫的称赞。他心里明白了，又转到阿城，不料事实又跟报告完全相反，许多田都荒了，百姓们穿得褴褛不堪，许多人携男带女，好像到外面逃荒似的，看起来十分可怜。齐王忙问他们因何如此，他们便大骂那大夫："我们的大夫害死人了，什么事都不管，一天只管算计着向我们要钱，要粮食，衙门里一天到晚吃酒玩乐，我们受不了这种罪，想要到临淄（齐都城）去告他，不料他早已打点好君主的左右，总说他是第一等好官，要罚我们这些告他的人。你看，我们还能住下去吗？听说即墨城的大夫非常之好，如今我们都想搬到那儿去，就是穷，只要不受这狗官的气，也情愿的！"齐王点头赞叹，安慰他们几句话，随即还朝，立刻宣布阿城大夫的罪状，下令烹了他，又升了即墨大夫的官阶，连那些接受阿城贿赂的近臣太监等，专门给阿城大夫说好话，给即墨大夫造谣言的，也都撤惩了。朝廷百官闻知此事，个个兢兢业业，谁敢存半点自私自利的念头，因此人人努力，个个争先。齐王又用了许多贤士，如邹忌、淳于髡等，齐国国势岂有不强之理。

不久，齐国就大破魏兵，成为东方诸侯之长。按封爵说，齐只是诸侯之一，只该称公，但到这时齐君竟称起王来。恰逢韩、赵、魏三国不停地彼此打仗，齐国在一旁坐山看虎斗，到战事快结束之时，突然出兵大败三国中最强的魏兵于马陵道，杀死名将庞涓，于是齐国更成为诸王国中的领袖了。

威王死后传位于宣王，我们在孟子书中常常看到他的名字。他继续了父亲时代齐国的优越地位，再度发展，不但好武，而且修文。各国的文人学者纷纷跑到齐国来，宣王都优待他们，让他们在那里著述或是议论国政。像学术史上有名的孟子、公孙龙子、邹衍、田骈、慎到等等，全在那儿住过很久的时间。人数最多的时候，到过一千余人，被称为“稷下之士”（临淄的城门有一个叫作稷门，他们大都住在那儿）。这种风气，在文化上也许有好处，然而在互以武力争雄长的时候，反而是国家的一种损失，人们把精神都用到虚无缥缈的文学上去了，自然国势会衰弱起来，所以，从这时起，齐国的前途便罩上了一层黯淡的影子。

延伸阅读

稷门附近称稷下，在此汇聚了大量有学识或有谋略的人。田齐时期，君主在此创办了稷下学宫，作为政府“智库”，是世界上最早的官办高等学府。在此期间，学术著作相继在此地问世，有《宋子》《田子》等，今已亡佚；而保留至今的重要典籍如《管子》《晏子春秋》等书的编撰，亦有稷下之士的参与。

>> 二 众矢之的

宣王的儿子闵王时代，正是诸侯的矛盾到了白热化、游士们趁机活动的时期。始而是苏秦说服了各国合纵抗秦，以赵国为长，各国订立攻守同盟，齐国也应允参加。无奈盟约刚刚订好，各国便禁不起彼此利害的冲突而破裂了，尤其是韩、赵、魏等国，永远在互相摩擦之中。齐国和魏国土壤相接，自然容易卷入漩涡。继而是张仪为秦国做说客，利用各国彼此的冲突，劝他们都降了秦，所谓“连横侍秦”。齐国原与南方之强的楚国有过盟约，彼此互相援助的，也被张仪运用了策略破坏了，结果是楚国上了张仪的大当，失掉盟邦，被齐国打得一败涂地，只落得割地求和。到了秦昭王时候，韩、赵、魏等国已是奄奄一息，不能再有作为，周天子更完全变作玩偶。于是他便想更进一步，称起帝来，所怕只有齐国不赞成，为了免除麻烦，想出了个折中办法，秦称“西帝”，请齐国为“东帝”。

闵王觉得这是个便宜事，即日答应秦国之约，还要选择吉期，举行典礼。谋士苏代谏道：“大王应该明白这是秦国的策略，他知道自己称帝，是要为诸侯所反对的，因此拉了我们来做陪衬。而且我请问：秦齐同时称帝，诸侯到底怕哪一帝？”闵王道：“当然怕秦。”苏代又问：“既如此，我们何必代人受过。我们应该面子上敷衍秦国，答应着他，而对诸侯并不以帝自居，这样，诸侯自然都恨秦而向齐了。”闵王听了他的话，当下又取消了帝号，仍和别的国家以同等地位的礼节相往来，诸侯果然都来拥护齐国。

这件事不打紧，秦国听了却大不开心，齐既不称帝，他也只得把帝号自动撤销，免得惹动诸侯们又来个联合阵线，抗拒自己，不消说，秦王心中恨死了齐王。

再说齐国的北疆是燕国，燕乃周初宗室召公之后，原来也是一个大国，只因地处北边，少和中原来往，国势也不甚强盛，故而无声无臭。齐国势力膨胀的时候，两国不断发生纠葛。燕的力量既差，难免要吃些亏。到燕王哙的时候，忽又起了内乱，国势更加不振。燕王哙的儿子昭王继立，倒是个励精图治的人，为了整顿燕国，向各国招纳贤才。他在易城里筑了一个高台，上面放了千两黄金，说是无论哪国的人，只要能使燕国转强，便请他登台拜相，赐他这黄金。在这重赏之下，各国的游士纷纷跑到燕国，第一个就是魏国的乐毅。他自幼研究兵法，深明战术，本是奉魏王之命，入燕为使的，看了昭王那种礼贤下士的诚意，就正式投质为臣。

齐国自从受到诸侯的拥戴，又战败了宋国和楚国，拓地千余里，把闵王高兴得心花怒放，以为自己不可一世了。从此再不像以前那般注意国事，贪官污吏以及不肖的贵族们乘机弄权，政治一天天腐化，人民渐有怨声。可惜五六十年间三朝积叠下来的民心国力，眼看要冰消瓦解，这一念自满有多大的害处！

燕国看准了这个机会，又知道秦国正在和齐国过不去，便令乐毅约了秦国起兵攻齐，韩、赵、魏三国是要听秦国号令的，何况又和齐国是世仇，自然也加入战线。楚国呢，早年原与齐国是盟国，自被张仪破坏，久已和齐闹得不睦，闵王在伐宋期间又曾侵占了楚地，遂亦成为攻齐的盟国之一。

>> 三 亡国之相

六国的大军数十万，推燕国乐毅为统帅，浩浩荡荡，杀奔济水沿岸。临淄城里还在酣歌妙舞，稷下学士们也在议论纷纷，不想大兵业已压境，祸在眉睫了。闵王急急调动全国甲兵，在济水之西列阵迎敌。深通兵法的乐毅，指挥着优势部队掩杀过来，闵王部下哪里是他们的对手，阵势一乱，就狼狈不堪地败了下来。

俗语讲得好，“兵败如山倒”，齐兵这时，只恨爷娘少生两条腿，又恨不得插了两只翅膀飞上天去，拼命向着临淄逃去。

各国见齐师已败，都割据了齐国一部土地，纷纷把主力撤回，专等讲和时和齐国要条件了。只有燕兵不肯割舍地向临淄城追下去。临淄是那时东方的大都会，一座城周围四十里，是那时唯一的大城，人们过惯舒服享受的生活，怎经得起如狼似虎的燕军攻打，城内人心早自乱了。有钱的富户向临近的城池逃走，那些没钱的穷人平时早就恨透了这许多专门剥削百姓的特殊分子，自更无心抗战。转瞬间，城已被燕军攻陷，闵王只带得随身细软，连夜化装跑到卫国去，太子法章随了难民向莒城附近逃亡。不一刻，宫中起了大火，显见燕兵已经攻打进去了。

大街上燕兵像潮水也似涌进来，逢人便杀，遇物即抢，更有些横暴的燕人，进了人家内宅，搜寻妇女，没有，就一刀把男子砍翻，房子放一把火烧了。临淄市内到处都是火，大小街巷哭声震天，死尸躺在街心，野狗走来走去拖着死人的手脚。到这时，齐国人才明白，亡了国是不分穷富，大家全要受罪的，他们心里在滋生着愤怒的根芽，时时咬牙切齿，想要报复。那些年轻力壮的人们，受不住这种压迫，大部分都逃亡到即墨和莒城去了。

乐毅攻入齐王宫内，第一次看到那些宝贵的陈设和堂皇的殿堂，他忙命部下扑灭了火，不许乱七八糟胡抢东西。然后，他带了亲身卫队到各宫巡视，把宝贵的钟鼎、珠玉、金锡都封存起来，又把齐国宗庙的祭器也搬来，全部登记了数字，预备搬到燕国去。他的军队总部就设在齐王宫中。

古人把宗庙当作一国最重要的东西，都城的建制永远是“左宗庙而右社稷”，社稷，便是土地和农谷之神。现在我们到了故都北平，就可以看到故宫的东面是太庙，西面是社稷坛（今已改为中山公园），这正可以说明古代国都的制度。没有祖先就没有后人，基于原始人对于生殖现象的崇拜，所以后人有祭祖敬先风俗，皇帝的祖先自然尤为重要。在宗庙里，陈设着最宝贵或有历史价值的祭器，古人也谓之“礼器”或“彝器”，差不多是拿它代表着一国的主权的。周朝宗庙有九座大鼎，许多大国都想把这九鼎抢过来，好像有了九鼎，就是获得统治权的象征。后来秦灭周，费了偌大力量，沿了黄河和渭水，把九鼎从洛阳运到咸阳，就是一个例子。现在齐人看了燕兵奸淫抢劫，已是愤怒填胸，再见乐毅把宗庙的祭器和宫中的珍宝一股脑儿运走，简直把齐国当作业已灭亡的国家，这下可伤心透了，无论如何，他们非要报仇不可。

>> 四 太子幸存

燕兵像风卷残云一般，在三年之内，把齐国大小七十二座城池打下了七十座，只剩下莒城和即墨两处尚在坚抗。为什么这两个孤城能屹立不下？没有别的原因，只为这两城多是临淄等处逃亡出来的人民，他们看到了亡国的惨状，甚至深受到外人的侵凌，深知亡国奴的滋味不好接受，因此咬紧牙关，力图抵抗，燕兵攻了许久也动摇不得。

此外还有一个主要的力量，使他们的抗战有了精神的寄托，那便是发现了齐国的王室并没有被燕兵杀绝，他们找到了太子，立他为新王，把临时政府设在莒城。

太子的故事真像一篇传奇小说，我们不妨补述一番。

闵王从临淄逃出，化装跑到卫国。卫国是小国，一向很敬重齐国的，虽然闵公是蒙尘出走，毕竟声名尚在，卫君也不敢小觑，很恭敬地招待着，饮食和卫君在一起，并派了不少侍者侍候他。无奈闵王骄纵惯了，竟不想自己这时是什么处境，反而大摆齐王的架子，对卫君呼来喝去，完全把人家当作臣属奴隶一般看待，卫君大不高兴，礼数渐渐疏淡。礼数一差，闵王更要发脾气，卫国人不能再忍，就给他个恕不招待，驱逐出境。闵王离了卫国，茫茫然无所之，只好往南走到鲁国，鲁国屡被齐侵，早已对齐没有好感，再加以齐王毫不觉悟，仍旧一副骄狂面孔，不久也被鲁人赶开。这时他闻说莒城尚在齐人手中，星夜奔赴这里，当然，齐国人表示了热烈的欢迎，他们本以为这位故君早已丧亡在燕国锋刃之下了。

这时秦、楚两国又在大起纷争，连年战乱。楚与齐原是旧好，为了抗秦，又派兵去救齐国，预备将来共同击秦。齐国见有外援，哪有不欢迎之理，于是楚将淖齿统领大军进入莒城。齐人已因抗燕而精疲力竭，不料这支外来的队伍并不和燕兵开仗，一天到晚只是要粮要草，要金银要妇女，把齐国搅得如水益深，如火益热。终于齐闵王和淖齿闹翻了，淖齿一时气愤，挥剑杀了闵王，抢了宫中珍宝，打开城门，径奔燕军而去。齐人忙来防御，险些被燕兵攻进。他们百劫之余，又受了这样的创伤，真是伤心已极。

闵王死了，才有人想到太子。原来太子法章自临淄逃出，化装难民，火光中遇到好几次盘查的燕兵，都被他瞒了过去，随难民大队来到莒城郊外，度那颠沛流离的生活。一天，他到一个菜园子里去做短工，可怜金枝玉叶，哪里拿过锄头、铁锹，他用尽了生平力气，锄了一阵，早已汗如雨下，疲惫不堪，不禁落下泪来。恰好园主人的小姐到外面玩耍，看了这满身褴褛泥污的青年，面貌非常清秀，绝不像个贫困人家子弟，又见他在那儿不住摩挲两手，泪满腮边，便大着胆去问他姓名和经历。

太子见一位美丽的少女向他问话，不由得羞答答面红过耳，忙拿起锄头低头工作。小姐见他窘状，扑哧一声笑将出来。这样一来，太子更是手忙脚乱，做不成事了。

后来，禁不住一个少女的温情安慰，太子认她是知己，便把实情一五一十地讲了，只请她千万代守秘密，小姐听得兀自出了神。从此两个人感情一天比一天密切，竟和一般小说一样，成了夫妻的关系。只瞒得小姐的父亲，因为他曾做过齐国太史，头脑非常顽固，小姐唯恐他一旦知晓，会受惩罚。

太子名义上做着园丁，实际却在做入赘的女婿。

直到闵王被杀，人们到处寻觅太子的踪迹，他才敢出头露面，小姐也老实和父亲讲明一切。父亲依然对小姐不满，大骂她不由父母之命、媒妁之言，就和人家谈恋爱，过于不守家法。小姐只得不顾他的反对，和太子乘辇进城，做起王后来了。

>> 五 先见之明

太子即位，是为襄王。齐人重又获得政治重心。现在所缺乏的，只是带兵的大将了。他们把找到太子的事竭力向外宣传，好让齐国流亡在外的人们来归。果然，四方逃难的民众，以及沦陷在燕军手中的人民，纷纷向莒城和即墨两地集中，他们宁愿在这里吃不饱睡不暖，也不愿在敌兵的铁蹄下受那种蹂躏。

单说即墨城中，被燕兵围困已有数年，居民困苦之情，笔难尽述。若非听说齐国君王还有后人，也许早就维持不住了。

自从太子即位的消息传到，这围城中的人民好像又有了生气，他们的血管里燃烧起新希望来。秣马厉兵，预备和那可恨的燕军来个殊死战，争一下最后的生死存亡，这是大家的愿望。

延伸阅读

秣马厉兵，出自《左传·僖公三十三年》：“郑穆公使视客馆，则束载厉兵秣马矣。”意思是喂好马，磨好兵器，形容做好战斗准备。

即墨大夫慷慨陈词，向守城吏卒们陈述他的计划——与其死守，不如冲了出去，和敌人拼个你死我活。将士们也都悲痛地接受了这个建议，他们结束停当，准备一早就和燕兵在城外厮杀。

即墨大夫勇敢有余，可惜不懂兵法，加上城内士卒疲困已久，不能和城外生龙活虎似的燕兵相比，因此就吃了败仗，即墨大夫不幸阵亡，士卒也牺牲了不少。整个即墨城已笼罩在愁云惨雾之中，他们参加着大夫的丧仪，悲痛，沉郁，人人脸上都带着无尽的苦闷。眼前的问题最迫切的是，谁来继续领导抗战？大夫是死了，不能群龙无首啊。

有人提出了田单，一位曾在临淄做过掾属（佐治的官吏）的齐王远族。

田单何以被大家拥护，说来也有他的原因。当燕国大兵进占临淄的时候，多少人开始逃难，田单这一族也有百把人光景，就由他来领导着向外跑。他们跑了一天一夜，到了安平。一路上挈男抱女，老弱啼哭，有因走不动而丢在路旁的，也有失了小孩子而哭泣不止的，更有那刚会行路的儿童，因为人多拥挤，或是父母走得慌张，就遗落在后面，一边啼哭一边呼爹唤娘的。至于那破了车惊了马因而受伤或是不能走动的，更是不计其数。田单这一族，总因他指挥得法，没有失散，好好地到达了安平城。

他一到城中不干别的，先去找访好几个铁匠，命他们族人都把车子检视一番，有无需要修理之处，然后他命铁匠们把每辆车子的轴头都锯了去，用铁片包将起来，一个个铁钉子钉得牢牢的。别人都在争着买吃的，抢住处，他却一心一意地收拾车子，谁不说他是神经病？他毫不理会，把几十辆车子都

◎田单把车轮包上铁片

钉好了，然后吃饭，预备干粮。

这一夜，逃难的人马车辆就挤满了安平城，彻夜喧哗，不得安眠，不到鸡鸣五鼓，早已有人上路，向下一站走去。原来临淄失守的消息已经到了安平，不但临淄的难民要跑，安平的人也预备着和他们一起逃命，于是就加倍乱起来，人人抢先，个个不肯落后。到了性命关头，人是会丧失理智的，譬如我们看日寇到了广西，桂林、柳州同胞的慌忙逃难，就可以知道。那时齐国大队纷乱的人马，拥在狭隘的驿路上，“砰”，车轴断了，“咔嚓”，车轮折了，都是挤的结果。可怜那些折轮断轴的人就此不能再走，说不定终于被燕兵所掳，遭逢那最惨痛的命运。只有田单族人的车子，轴头锯得既短，又包了铁，钉得特别牢，不容易和别人的车子摩擦，即使碰了也不会折坏。到此，大家才佩服田单的先见之明。

他又用兵法部勒族人，老弱夹在中间，壮丁在周围保护。他分配每十人为一组，各有负责的人前后照顾，绝不致散失。这更使别人看了羡慕。比及到了即墨，别家抛妻弃子，零落不全，独有田单族人一点儿损失也没有。

从此，田单就成了难民们的领袖，无论什么事，都由他出头办理。就是把这些逃亡的人们编组起来，训练起来，让他们协助守城，协助救护伤兵，也全是田单一人主持，一人计划。所以这次即墨大夫一死，他立刻被提为候补人。

>> 六 上下一心

不容田单推辞，他非负起这抗敌守城的重担不可。他在就职那天，先祭告了天地和齐国先君，然后召集了全城民众队伍，向他们作下列的训话：

“诸位同胞：田单不肖，承诸位父老命我守城抗敌。我本是一个能力薄弱的人，不敢当此重任，但所以敢于毅然接受这个使命，无非为了有我们全体父老在！一个人的力量是有限的，但众人的力量却是伟大的。齐国的命运不是寄托在我一个人身上，而是寄托在全体人民的身上。只要我们大众一条心，团结起来，必有摧毁敌人、光复故国的一天！我今天开始负责，没有别的，只要求诸位父老一件事，就是大家团结，大家合作！”

台下焦雷似的起了一阵掌声，随即一阵欢呼：

“齐国万岁！”

“田大夫万岁！”

更有那些年纪大的老头儿，竟感动得哭了起来；田单一见，也不由得流下感激的眼泪。就职典礼，便在这热烈的空气中闭幕。

兵士常因领导者的不同而发生不同的效能。自从田单做了统帅，第一件最使士卒佩服的事，就是与部下同甘共苦。他就职之日，城中富户商贾送来不少礼品，牛羊酒果，他一件也不往家里拿，全部分配给军士们享用。不但这样，他还要拿出自己家中仅存的一点儿钱财来犒赏三军。真是全军腾欢感德，谁不说田单是难得的领袖。兵士们累了，病了，他都亲自慰问，小心医治。他的夫人和女儿都加入军中，做着后方工作。因为她们的倡导，全城妇女愿意自动组成补充队，帮助守城。田单夫人，就做了这妇女队的队长。

>> 七 反间连环

机会毕竟来了，燕王撤换了大将乐毅，派骑劫来接替。

事情是这样：乐毅虽得燕昭王的宠信，但因他目无余子，早和燕国的太子感情不恰。有本领的人不肯拍马屁，难免使做太子的难堪，商鞅、苏秦、张仪不都是如此吗？前王所宠的，到新王登基就成了罪人。燕惠王继昭王而立，久存撤废乐毅之心。原来乐毅以破齐之功被封为昌国君，兵权在手，势重位高，忌功之人当不在少。新王即位，左右进谗之人已不知有若干。齐国密探早将此事报入即墨和莒城，田单听了，心中大喜，即命人星夜前往燕都，扮作客商模样，在茶楼酒肆散布谣言，说什么乐毅自知燕王与他不对，因此才不肯下死力攻打那齐国的两个城池，近来他正打算和齐人讲条件，如果肯拥护他为齐王，他便举兵叛燕，把齐国的七十座城池据为己有；听说这交涉业已有了眉目，迟早必可实现，试想，若不是有这些内幕，凭乐毅的力量，不费吹灰之力，打下七十座城池，哪有仅剩这两个弹丸小邑，迟至数年，攻打不破之理？这一套话，一传十,十传百，不久传入宫中。俗语说，“物腐虫生”“人疑谗入”，这燕惠王正在昼夜寻思，抓住乐毅一点罪名即时撤了他，这回不但要撤，他简直害怕乐毅真的带兵造反，竟有斩草除根的念头了。乐毅自知来势不好，一溜烟逃到赵国去。他的逃，在燕王看了，愈加证实了他的罪状，所以，一点儿不犹豫地任命骑劫去代替他的职务。

延伸阅读

“物腐虫生”“人疑谗入”两个成语出自宋代苏轼的《范增论》:“物必先腐也，而后虫生之；人必先疑也，而后谗入之。”意思是东西腐烂了，才会生虫，人必定先被人猜疑，外界的谗言才会趁虚而入。比喻祸患的发生，总有内部的原因。

骑劫是个不懂兵法只会发脾气的人物，只因是惠王近臣，故得把持全国兵权。燕兵闻之无缘无故换了主帅，已是一百个不平。等骑劫到来，一看他的本领，更加没有听他指挥的意思了，这就是所谓“士无斗志”，乃是兵家最忌之事。田单运用这个计策，先把燕国内外上下的团结给破坏了。他可算已获得了制胜的基本条件。

燕国军心涣散，齐国则在加紧团结。田单故意命城内住民吃饭以前必须祭祀祖先，一则可以不忘祖宗，借此提高抗战的意识，二则另有一番神秘作用。原来即墨是个滨海的城，常有成群的海鸥在空中飞翔。人们在庭院里祭过祖先，海鸟看见食物，纷纷落将下来，这种反常的现象使城外燕军莫名其妙。于是发生种种传说，有的讲即墨城出了大人物，有神人相助，不信你看，连海鸟都来朝拜了，这是畏敌的一派；还有一派则说，什么神，一定是城里人都饿死了，海鸟下去吃死尸，这可以算是轻敌派。无论畏敌也罢，轻敌也罢，总之，燕军阵营里是充满了不安的空气。

田单又命人在外面散布许多流言。说城里的男子都快死光了，守城的只有女人和小孩子。又说，城里谣传燕军要尽杀齐国的俘虏，掘开齐人在城外的坟墓，人们听了怕极了，一天到晚只希望快快投降，好免掉这个浩劫。相反地，在城内却向住民宣传，可恶的燕兵将要杀尽齐国战俘，刨挖齐人冢墓，世界上再没有这样没天理的战胜者了！我们只需有丝毫血气，也不能让燕国的野兽这样横行啊！齐国住民个个将信将疑，又是怕又是气。

不料，头脑简单的燕兵，全不思索这些话的来源与意味，为了报仇和恐吓齐人，居然把这谣言证实了。他们故意当着城上的守兵挑几个齐国俘虏，砍下头来，还令其余的叫着："同胞们快降吧，不降我们的性命难保啊！"他们又像疯了一般，掘着那些坟墓，把死人的骨殖迎风抛到空中，给城上的兵士们看个痛快。城里的人轰动了，都跑到城墙上来观望，有的人眼看自家的祖宗被掘出来，更有的看到被杀者是自己的亲戚或是家属，眼睛给涕泪弄迷糊了，不忍再看下去。他们恨燕兵已入骨髓，“此仇不报，何以为人”，大家相向哭着，骂着，下了一百二十分的决心。

田单看着同仇敌忾的情感已经制造成熟了，这一天，他召集了全城的父老和士兵将领们开会，用激动的语调致辞：“父老们！燕军的暴行，大家都看见了。我们同胞手足，死于他们刀剑之下还不算，连死去的祖先在地下也不能平安，尽受他们无理的凌辱和毁灭，这真是再也不能忍受的了！我田单自蒙父兄推举，负责城防，不但未能扫灭顽敌，而且让诸位父老担此惊险和忧愤，心中实在有说不出的惭愧。现在听说燕军主将已经换了，军中正在纷乱，好似上天赐给我们齐国以恢复的机缘，我们若不乘此杀尽燕兵，更待何时！今天召集诸位将领和父老们，没有别的，就是要声明我自己的报国决心，并且要求诸父老和我合作到底；至于各位将领，更是责无旁贷，请自今日起，随时准备，连妇女班也在内，听我号令，一齐出城杀贼！但在未动作之先，必须严守秘密，不得有半点的走漏。”

听说要去杀敌，大家无不欢欣鼓舞，多少天来，闷在心中的一股怒气，得到了发泄的机会，大家齐声答应：“敬听号令！”于是各自回去，开始准备。

城墙上故意把男子壮丁都撤下来，命妇女小孩去守城，又做出种种惫懒之状，好像不能支持似的。一面命三位年老的住民，假作全城人民代表，送一封信到燕将大营，写道：

“自大军入境，只余即墨与莒两座城孤悬，时历数年，粮尽矢穷，人无尺铁，艰苦极矣；即贵国从征战士亦已饱历辛劳。本城人民谁不愿早脱战祸，归降上国，只因主将田单跋扈专权，无人敢发此议。刻下军士全部觉悟，不愿再战，已将田单监视，城内正布置迎接贵军；务请贵军缓攻须臾，以便城中士众出外迎降。事在一二日间便见分晓。谨先肃布，敬祈垂鉴。”

下面写好一串代表的名字。骑劫接到书信，自然非常高兴，就命全军杀猪宰羊，庆贺战胜，只吃得东倒西歪，没有一个人把齐国放在心上；他们静候次日一早，大军耀武扬威整队入城了。

>> 八 火牛破燕

其时齐营中正在加紧准备反攻的武器。这是一种特殊的武器。

田单下令把全城的牛都交到大营，人们都以为是给战士们犒赏呢，有的把酒也带来了，田单却不收。不一刻，牛聚到一千二三百头，他下令截止，就给牛身上披好两片芦席，又由颜料店里拿来大批颜料，五颜六色地涂在席子上，远远看去，倒有点像长了鳞似的。然后，每只牛角缚上两把锋利的刀子，尾巴上又缚了芦苇，芦苇里都灌了脂油。约莫黄昏时候，全部妥当，田单到各营地巡视一趟，认为满意，传令造饭，饭毕装束，每只牛后面随战士五人，手拿火种，专往牛尾芦苇上点火，随后呐喊，杀入燕营。

兵士们也都在甲上刷了各种颜色，面孔上更涂抹得怪模怪样，彼此看了都好笑起来。眼看天色已晚，繁星颗颗闪烁着，并无月色。口令传了下来："出发！"兵士们把兵刃挺在手里，当下早有人预先在城墙脚开了十几个大洞，为的是火牛队可以一涌而出。

一出城门，兵士们就点起火来，牛儿见屁股后面着了火，又感到疼痛，拼命向前跑去，直入燕营。后面大队都在呐喊着：

"杀！"

"杀！"

"杀尽燕国兵！"

◎田单火牛阵大败燕军

像天崩地裂一样，把燕国兵营照耀得如同白昼，那些吃醉了的燕兵兀自在做胜利入城的美梦，不料早被齐兵手起刀落，切下头颅。

有些惊醒起来，摸到兵刃，想来反抗，哪禁得住火牛的蛮力，只消一角触去，腹开肠断，可怜比被杀还要惨上几分。

那些完全清醒了的人们又不明就里。眼看这许多怪兽左冲右突，又看见跳过来的兵士都是怪状奇形，黑夜之间，以为是天神下界，把火牛认作火龙，或者是什么鬼怪妖魔，不敢拿刀动矛来抵抗，只好跪下叩头，口称“尊神饶命”，岂知齐兵更不客气，像砍瓜切菜一般，把这些惯于侵略他人、杀人不眨眼的燕兵们，杀个尸如山积，血似河流。齐国人几年来的仇恨，今朝算是一起报了。

跑了的敌兵自相践踏，死在路上的尤多。田单哪里肯舍，追一程又一阵，弄得燕军七零八落，已是不成队伍，主帅骑劫不知是死在乱军之中，还是被人马踏死，反正是不见了。

即墨城的胜利消息不数日广传全齐。各地齐人纷纷起了义兵响应田单，里应外合，燕军死的死，逃的逃，不到几个月光景，全部城池都已收复，田单派人到莒城把襄王接到临淄，主持国政。

他们看了灰烬之余的国都，凭吊各处的战绩，有无数感伤在心头。被迫做奴隶的人们到底有一天又起来了，仗恃强权不顾公理的人结果总是要倒下去的。

襄王补行即位典礼那天，封田单为安平君，一来是酬他的大功，二来也是纪念他的抗战的开始地点。

在全城祝捷大会中，田单受到无量的尊敬和赞美。齐国又兴盛了。

知识扩展

编者说：据史料记载，乐毅大军破齐后，注意严明军纪，扶绥地方，齐人反抗并不强烈，直到燕惠王中田单反间，信谗易帅，以骑劫掌在齐燕众后，燕军始风纪荡然，激起齐民大规模反抗。本章所述乐毅大军在种种残虐行为，多有不实夸大之处，系作者受当时社会历史背景限制影响，将燕军比作侵华日寇，将骑劫的暴行扩大到整个燕齐之战所致。虽然此章内容存在如上问题，但鉴于本书为民国著作，为了保持本书原貌，我们在整理过程中对本章未做调整改动，特此说明。

第五章

信陵君窃符救赵

信陵君不仅位居“战国四公子”之首，声誉更远在其他三位公子之上。一方面，他能慧眼识英才、不耻下交、礼贤下士，网罗各种人才为己用，养士三千；另一方面，他深具仁爱精神，能急人之难，救人之危。他的一生，以“窃符救赵”最为重要。可以说，信陵君既富有政治远见，又极具军事才能。

阅读导引

顾颉刚中国历史故事

战国时期乃是中国社会一大变革时代，古代的封建贵族渐渐没落，其原因是这时经济状况已和从前不同。从前只有贵族是土地所有者，庶民等于是他们的奴隶，奴隶整年做工，没有时间求知识，也没有资格求知识，知识是贵族们专有的。可是等到农业方法进步了，奴隶的产出除去缴给贵族以外，还有多余，这样便有了富余，富余是求学问的基本条件。而况这时流行着一种大一统的思想，诸侯想进一步做统一的天子，诸侯下面的卿大夫就想要进一步去做诸侯，这也是经济力膨胀的结果，孟子所说的上下交争利，千乘（有一千辆兵车）之国就和万乘的争，百乘之家就和千乘的争，正是当时的实际情形。在这样大家都想进一步做“非分之想”的时候，就要罗致人才。人才从什么地方来呢？贵族中固然也有很有能力的，可是大多数都被优美的环境腐化了，只知道享受，不知政治，成为一群高级饭桶，全是不中用的。只有从奴隶中新起来的知识阶层，有崭新的人才，有无穷等待开发的宝藏。

原来一方面经济力有了余裕使他们有时间去求知识，一方面贵族为讨好一部分人民，已经开放了学习的机关，“塾”和“校”，从前都是贵族上学的，如今人民也可去了；不但如此，而且有了私人办教育讲学的风尚，例如孔子，因为在政治上不得意，就在本国（鲁国）办起教育来，据说学生有三千多，最好的学生有七十多，分为德行、政事、语言、文学四科，这不和今日的私立大学一样吗？七十二位大弟子，大约就是助教、讲师之类，孔子即是校长了。其余如墨子，也有许多的门徒。到战国以后，孟子、荀子，全是有徒众的。在此种情形下，当然知识分子就格外多了，他们差不多全脱离了生产，想要实现孔子所说的“学而优则仕”，好像“仕”是最高尚的职业——自然，劳心比劳力要舒服得多呀。

刚好贵族有罗致人才的要求，同时，西方新兴起来的大帝国——秦，正想席卷鲸吞函谷关以东各诸侯，与六国形成东西两对立集团。秦国经常由东方吸收人才，而且是不论出身的，例如秦穆公时的百里奚、由余，秦孝公时的商鞅等。这也很可以刺激东方的贵族“破格用人”，于是以孟尝君为始的四大公子——齐国孟尝君、赵国平原君、魏国信陵君、楚国春申君，全都大量收养食客，相传有的多至三千人，自然这数目不是可靠的，总之，知识分子有许多寄生在那里就是了。这许多知识分子，不一定全有“一技之长”，托人援引，吃白饭的大约也不少！可是有时也的确能够选出几个特立独行之士，给国家解救危难，像信陵君遇到的侯嬴、朱亥，在四大公子的食客之中，要算出类拔萃的了。他们不但有智慧，有能力，而且彻底实践了“士为知己者死”这句传统的信条。特别是，他们所反抗的乃是暴戾的秦国。

延伸阅读

“士为知己者死”语出《史记·刺客列传·豫让传》：“嗟乎！士为知己者死，女为说（悦）己者容。今智伯知我，我必为报雠而死，以报智伯，则吾魂魄不愧矣。”豫让是春秋时期晋国智氏的家臣，宗主智伯瑶被杀，头颅被赵氏赵襄子做成酒器。豫让为报答智伯瑶知遇之恩，伏桥如厕、吞炭漆身，多次行刺赵襄子，最后自刎而死。

可惜大多数知识分子不能像他们这样有光彩。后世的知识分子只晓得拼命做官，刮地皮，帮助统治者行凶，或给统治者做清客，可以说是每况愈下了！

>> 一

秦国势力的伸展

秦国的势力日日向着东边的国家伸展，周显王二十九年（前340年），他派重兵把魏都少梁（今陕西韩城）像铁桶一般地围着，魏国不得已迁都大梁（今河南开封）。十年之后，魏国把河西（今陕西东部）地方献给他，他才暂时放手。但不到二年时光，他又掠取了魏国的上郡和蒲阳；这时期他又攻陷了韩国的宜阳，取了六邑回去。但他的欲望依旧没有餍足，不“席卷天下，囊括四海”他是绝对不肯罢休的，于是东边可怜的诸国便像养在笼中的鸡鸭一般，手到便可拿来，丝毫不费力气。燕、赵、魏、韩、齐、楚各国，人人都岌岌自危，怕这可怖的亡国之祸一旦加到自己的头上。他们也曾用过苏秦的合纵方法，把六国紧紧地联系起来，对付秦国，假定秦侵伐六国之中的某一国家，那五个国家便同时出兵救应，这原是一个化零为整和加强力量的好方法，这方法如果能切实推行，秦国虽然凶狠，也便不敢轻视这六个国家的综合力量。但可惜这班国王，个个怀着私利，哪有什么信义可讲？而倡这方法的苏秦，本身就是不顾信义的翻覆小人，所以这合纵的计策行不到一年，国王们都敌不过秦国的威吓和利诱，再加上张仪连横的诡计，便整个遭破坏了。国王们对秦国称臣的称臣，割地的割地，都一致地俯首听命于他了。

>> 二 魏的危难和信陵君

话说魏国历惠王、襄王、昭王三代以来，被秦吞并了的地方不计其数，真所谓“大县数百，名都数十”。到安釐王时，秦又命白起为将，发兵围大梁，这次战争，是历史上最有名的秦魏之战。

这场战役的结果，魏国更吃了大亏，死了十五万人，把魏的统帅芒卯也打跑了。后来魏军实在支持不了，只得把南阳地方整个儿割给他，这场祸事才算过去。

魏国屡次吃败仗，割地求和，国力日虚，土地日削，眼看着像是垂死的病人，奄奄一息了。也是命不该绝，这时出了一位豪杰，他两度率领了各国的兵，大败秦师，保存了魏国，又保存了赵国，挫抑秦军的锐气，同时也延长各国的几十年寿命，所以说他不但是赵、魏二国的救星，而且是那时代诸弱小的救星。

他是魏昭王的少子，魏安釐王的胞弟，名无忌。安釐王即位以后，便以信陵的地方封他，所以大家都称他为“信陵君”，或尊称为“魏公子”。

他长得高高的个子，有一双明锐的眼睛，开合时寒光逼人，肃穆中带着威严，但他与人谈起话来，态度又是那样温柔，所以宫廷中无论老小都乐于亲近他。

他眼光远大，看理非常明澈，遇事又肯担干系，一股子义烈的正气，便连魏王也要敬畏他三分。

那时天下扰攘大乱，一班智谋之士风起云涌，他们小施技术，便可覆灭别人的国家，或因为他们的一两句话，危国又可转安，弱国也可变强，这就是苏秦、张仪这班人，常使时君世主陷入他们的牢阱而不自觉。所以当时一班王侯，万分厌恨他们，又着实畏惧他们，又不得不罗致他们。像齐国的孟尝君，楚国的春申君，赵国的平原君，门下都养着成千的宾客，他们全是这一类的人物。信陵君既是魏国的贵公子，又有求贤好士之名，门下食客便也一天天多了起来。

>> 三 夷门侯生

话说大梁城东门名为夷门，门的一角有几间破旧稀疏的瓦屋，经过了一夜大风雨袭击之后，屋顶上那松开了的瓦片，再被风一吹，不时地落下一二片来，使那条街道显得分外凄凉。

在第三间的破屋里，住着一位须发斑白的老人，他有时对着快要落到屋后的夕阳出神，有时仰天叹一两口气，不知他是悲叹魏国将终的命运呢，还是悲哀着自己来日无多的残年。

他姓侯名嬴，做着夷门的司阍（看门人）已有好多年了，年纪大约已有七十岁，但走起路来，脚下还是非常轻快，腰杆也是挺得笔直。他平日不多说话，但一论起事来却又是滔滔不绝。人们都不知道他的来历，只知他不是一个寻常的人，因此远近都称他为“侯生”（那时称先生为“生”），表示对他的尊敬。

一天，这寂寞的巷子里忽然填满了车马，信陵公子已经下了车，步行到侯生门前，侯生只得接着。公子拜伏在地道：“久仰高贤，今天幸得拜晤，慰我相思！”侯生也下拜道：“夷门小吏，何敢屈公子下顾！”当下分宾主坐下，上下古今，谈得十分投契，真是相见恨晚。临别时公子依依不舍，便请侯生入府居住，以便晨夕领教。侯生说他疏散过久，不惯烦嚣，坚决谢绝。公子不好勉强，只得命从人把带来的金帛献上。侯生大笑道：“我守贫贱数十年，要这些东西何用？请快收回！”公子见说，只好从命。二人又坐下谈了半晌，一直到夕阳西斜，公子才兴辞而返。

公子回府之后，想起侯生为人，以及他的精准不拔的议论，实在不是一般人所能企及，不知如何才能罗致他。当下踌躇了一晚，主意定了，才安心睡去。

那是一个酷热的夏日，树上的叶儿被太阳晒得焦卷着，地下的泥土也裂开了口，更没有一丝风。公子却在这日大宴宾客，一时高车驷马填满了公子的门前，赴宴的人自是一班纡青佩紫的公卿将相，公子一一请宾客坐定了，只单空着头一席。大家正要举杯的时刻，一转身忽然不见了公子，大家以为他进了内室，便命人去请他，却也不见他的踪迹，宾客们吓得惊疑不定。

原来他转身入了内室之后，悄悄开了后门，带了几个跟从的人，登上了车，一直奔向侯生的家里来。侯生明知他专程来迎接，情不可却，便撩起长衣，三步作二步地昂然登上了车，端端正正坐在正位上，更不谦让。公子见他这般的举止，不但不嫌他，反而敬他直爽，为了表出一番敬意，便亲自执鞭赶车。随从公子来的人见他对这样一个微贱的小吏如此恭敬，都觉得好笑，又见侯生这般傲慢，无不暗暗骂他无礼。

侯生坐在车中，猛然想起一事，便对公子道："我还要去会一位朋友。"公子问明了路线，便引车入市。

那是一条污秽不堪的小巷，扑鼻的是阵阵油腥味，朱亥挺着肚子站在猪肉店里，侯生跳下了车，拉着朱亥的手竟在店里密谈起来。过了半晌，他好像忘了要去赴公子的宴会，也忘了公子拉着马，站在那毒烈的太阳下似的。街上的人看见这番光景，无一人不暗骂侯生的不合人情，同时也无一人不觉得公子的可爱。侯生瞥了公子两眼，见他虽然汗流如雨，但神情自若，毫无怨恨或焦急的颜色，侯生暗暗喝彩，这才辞了朱亥登车而去。

满堂宾客失掉了主人，正没主意，忽然见主人引了一个衣衫褴褛、须发斑白的老人大模大样地走进来。公子领他坐了那留下来的头一席，才一一向宾客们介绍，宾客们更摸不着头脑。

接着，公子又恭恭敬敬捧一大杯酒来敬侯生。侯生接着笑道：“公子今天受够委屈了！但我正要借此成就公子的贤名呢。”当下便把公子怎样去接他，他如何傲慢，如何去会朋友，如何让公子久候，公子的颜色是如何谦和，对他是如何恭敬，都详细述了一遍，最后又对诸宾客谢了久候的罪。诸人听了此一席话，不禁窃窃私语，有的是感慨公子礼贤下士，有的是笑公子痴笨。

从此以后，侯生做了公子的上宾。侯生又称赞朱亥的贤能，公子便亲自去请他，他却坚决地回绝了。公子又屡次去他家问候，他都不道一声谢。公子心中暗暗称奇。

>> 四 邯郸之围

魏安釐王二十年（前 257 年），秦又大举犯赵，把都城邯郸密密围住，情形十分危急。平原君赵胜只得亲自去求救于楚，又派人去魏，求发兵相助。原来平原君的夫人即是魏公子的胞姊，论姻谊，论国交，都不容不出兵相助的。

魏王也下命令，叫大将晋鄙领了十万大军去援救了。大军刚刚起行，秦国即派了一个使者来见魏王道："赵王太对不起我国了，所以秦王要重重惩罚他一下。现在邯郸已快被我们攻下，要是有人去救他，那不是明明和秦王作对？和秦王存心作对的人，赵国便是他的榜样，断不会有好结果的！所以秦王敬告大王，还是不要为了管别人的闲事，伤秦、魏两国的和气才好。"魏王听着这话，又想起秦军所向无敌，自己已是屡次吃他的大亏，不由得胆怯起来。也顾不得许多，忙派了一骑快马，传令给晋鄙："大军且暂停扎在邺城（今河北临漳西），观看风势，休再前进！"

邯郸被围了三个月，士卒死亡逾半，粮食也渐渐空虚，眼看着支持不住了。平原君自楚国回来之后，日日在城头盼望各国的大军救应，却盼不到半个援兵的影子。没奈何，又陆续差人去向诸国王告急，一方面把自己平日所有的私财全散布给军士，又把自己的婢妾也编入士卒之间，同负起守城的责任。这样一来，士气为之大振，人人都愿为国效死力，与城共存亡。

但孤军困斗终不是了局，他想别的国家不来救赵尤可，为什么魏国也不来？想到这里，不觉怒上心头，于是他修了一封书信去责难信陵公子，那书上写道：

“天下的人都仰慕您的高义，肯周济人家的急难，所以我敢不自量其愚陋，和您结为婚姻，看作极大的荣誉。现在邯郸快被敌人攻破了，而您却见死不救，终不肯发一兵一卒。我们的生死和赵国的存亡纵说不足轻重，但令姊快要受到秦军的凌辱了，难道您也毫不垂怜吗！”

公子接着这书，又惭愧又惶恐，连夜入宫对魏王道：“晋鄙带去的救赵军队，如何不前进？赵国眼见亡了，还能迟疑观望吗？秦国的贪饕之心是不会满足的，假使它破了赵国之后，举全胜之师而临魏，这怎么办？”魏王道：“我自有道理，你勿多言！”他又反复劝说，魏王总是不听。

他说话完全失掉了效力，没奈何，只得央着魏王亲信的人以利害来说劝。无奈魏王一味地怯懦，好像害的是“怕秦病”，无论怎样一概不睬。

千方百计都说不动魏王，邯郸的情势更危急了，惨烈的战争日日在展开，求救的函件像雪片般飞来，公子万分愁苦，寝食都废，想来想去，竟是无计可施。

平日这一班有才气有计谋的宾客，如今谁也想不出一条计策来。魏王坚持着他的不进兵的主张，救赵完全是绝望了。公子由忧愁变作急躁，又由急躁变作沉郁，他终日在屋里踱来踱去，不愿意多见一个客人，也不愿意多说一句话。

一天，他猛然想起，与其眼睁睁看着赵国沦亡，自己挨受这不义之名，倒不如去和秦军拼一个你死我活来得痛快。主意定了，心中倒非常轻快，当晚就睡了一个好觉。

次日他一早起来，召集宾客，说出他的主意，众人听了，面面相觑，作声不得。他们明明知道这一去徒然送死，于事无益，但除此之外又想不出第二条妙计。大家想起公子平日待他们的恩惠，激于义气，所以愿随公子同去的倒也有七八百人。

那时节，侯生更老了，新近又患了一场病，懒得走动，轻易不肯到公子府中一步。公子要和秦军拼命的消息，他虽曾耳闻，却不知道是真是假，正在纳闷。

>> 五 献计

公子动身这一天，消息传遍了全国，都以为公子是有去无归的，所以人人皆叹，个个伤情。车驾过夷门，公子便跳下车来，向侯生告辞。侯生淡淡地道："公子珍重！恕在下不能远送了！"公子原有许多话要当面请教他，敌不住他这副冷面孔，只得勉强辞出，在路上暗忖道："我待侯生的诚敬，是人家公认的。我现在临到生死关头，他却这样冷落我，难道我对他还有什么过失的地方？"越想越闷，便命车驾折回，想问他一个究竟。老远就见侯生笑容可掬地站在那里，走到跟前，他就拉着公子的手大笑道："被我猜着了，你要转头回来的！"公子大诧异。侯生笑道："你待我之厚，我便是粉身碎骨也难报你的大德。如今你有大难，我却不同你去，所以我知道你心里一定不服气，要折回的。"公子也大笑，相与入屋，坐定，公子再拜问计。侯生道："秦是虎狼之国，公子赤手空拳，徒然前往送死，于赵何益？于功何有？"因斥退左右的人，又对公子道："放着现成的晋鄙十万大兵，何不取用？有了这十万大兵，何愁赵围不解？"公子道："没有魏王的命令，晋鄙怎肯交出兵来？"侯生附耳向公子道："只消如此如此。"公子听了大喜，如梦初觉，拜谢了侯生，当时便令车辆人马暂时安扎在郊外。

>> 六 盗符

魏王宫中有一位长得如花似玉的美人，名如姬，她是魏王妃嫔中最出色的人物。“三千宠爱在一身”，按说她应当是最得意的了，可是这位如姬却另有所思，她见着魏国的衰弱，常是愁眉不展，屡劝魏王励精图治，勤于国政。魏王虽然笑她是一个女人家，何必多费这精神，但也敬佩她有点识见，因此更怜爱她几分。

她的父亲是一个豪侠不过的人，常常为人家打抱不平。她的母亲早死了，她由父亲一手抚育成人。被魏王选入宫的第二年，父亲忽然被仇家割了头去。她几度哭得死去活来，经魏王再三劝解，她还是哀哀欲绝；直到魏王答应为她缉拿仇人，她才拜谢收了泪。

光阴如流水般过去，魏王为如姬查那仇人又已三年了，却毫无踪迹。如姬见着公子，便对公子哭拜，请求复仇。公子记在心里，回来对宾客说起此事，不数日，如姬仇人的头已献在公子麾下。公子大喜，把它交给魏王。魏王又惊又喜，惊的是公子门下的客人办事如此强干，比自己手下的人要胜过十倍，喜的是自己爱妃的仇人已获，从此可免去不少的愁烦，当下便着实奖励了公子几句。

如姬捧着仇人的头，设起父亲的灵位，自己换了一身素服，哭祭了一场，总算出了这口怨气，心里十分感激公子，恨不得为公子竖起一个长生牌来，天天跪拜他几次。

赵国求救的消息早已传入宫中，接着又传来公子赴秦军拼命的消息。如姬屡次劝魏王进兵救赵，免得公子做无益的牺牲，无奈魏王只作不知不闻。如姬救不得公子，只有望空祷祝公子的胜利归来。

那是一个清晨，魏王已出外与群臣计划国事去了，如姬晨妆初罢，忽见左右报道："有一个信陵君门下的客人侯生求见。"如姬也曾听说过此人，不知他为什么来到宫中，甚是诧异，便命请进来。侯生见了她，行了礼，便道："有机密禀知夫人，请恕老臣冒昧，并请屏退左右。"左右退去，侯生便对如姬道："可喜夫人已报了尊大人的仇，但这是谁的力量？"如姬答道："自是信陵公子的大德，贱妾没齿不敢忘怀！"侯生见其意甚诚，便道："公子之命，今日悬于夫人之手，夫人救之则生，不救则死！"当下便把公子如何要赴秦军，与赵俱死，自己如何定计，要夺晋鄙兵，公子如何忧虑没有魏王命令，晋鄙不肯交出兵来的话，述了一遍，又道：“现在有了虎符，便可取得晋鄙的兵；没有虎符，一切都罢休！”如姬听了这话，慨然道：“虎符易得，只要能救公子；事发时，妾拼着一身来担当！”当时便转入魏王寝室，悄悄把发兵的虎符取了出来，连忙交给侯生。侯生谢道：“赵国危而复安，公子死而复生，皆出夫人之赐！”于是再拜别去。原来古时大将带兵在外，唯恐有人假传命令，误了大事，所以才有符节的办法。这符是玉或铜做的，分成两片，合起来就是一只老虎的形状，上面有字，两面的阴阳文可以拼合。这两片东西，一半在国君手中，一半在将官那里，国君下令，必须把这一半的符作凭据的。

◎明代刻本《春秋列国传》救赵

知识扩展

虎符，即兵符的一种，为古代君王调兵遣将之用，最早出现于春秋战国时期。汉代兵符上承秦制，沿用虎符，直到隋代被改为麟符，而到了唐代又出现了鱼符、兔符、龟符。到了后世逐渐演变成令牌等物，于是这种动物形状的兵符最终退出了历史舞台。

侯生把虎符交给公子，公子如获至宝，便要催车上道。侯生道："且慢！从来大将在外，只求形式于国有利，有时可以不受君命的。您纵有虎符，但晋鄙要是不肯交出兵来，那时又如何是好？"公子听了这话，却没了主意。侯生笑道："我已计算定了，你可带朱亥同去，此人胆量粗，气力大。晋鄙肯交出兵来便罢，不然的话，你可命朱亥先结果了他！"公子听到这里，忽然掉下泪来。侯生骇然道："难道公子还有什么疑难？"公子惨然道："晋鄙性烈如火，我所素知，我怕他不肯交出兵来，国家先折了一员大将，如何叫人不伤痛？"

公子亲身去见朱亥，把上面的事都对他说了，请他一道去。朱亥大喜道："平日我受您的慰问，更不言谢，只因为这些小礼没有用处；现在用得着我，正是我报效的时候了！"

诸事均已停当，公子再拜辞了侯生。侯生道："公子此去必定建立不朽的功业，可惜我太老了，不能走动陪从；但我当计算您到晋鄙军中的日子，我的魂魄自会追随而来！"公子听了，以为这是年老人惜别的常态，也不甚在意。

公子昼行夜宿，不久到了邺城地界，取了虎符，带着朱亥，来会晋鄙，说明魏王命他来代领军队，并交出虎符为证。晋鄙合了虎符，一毫不错，但他仍觉此事十分蹊跷，便挺身站起，说道："我带十万大兵，屯在国境边缘，负有重大使命，你却轻骑来代替我，事情没有这样的容易！……"语未完毕，朱亥手里的四十斤大铁锥已落到他的头上，脑浆流了一地，登时死了。

朱亥割下了晋鄙的头，走到军门大叫道："晋鄙违抗魏王，不服调遣，我已奉命杀之！谁附叛逆，便以此为例！"大家都害怕朱亥的虎威，又加公子平日为人谁不敬服，而况大家又以为晋鄙不该违抗王命，因此种种，他们的主帅虽然被人杀死，但军中却寂然无声。

>> 七 大破秦军

公子约束军队，纪律严明，法令如山。他发出一道命令，道：“父子同在军中的，父归！兄弟同在军中的，兄归！没有兄弟的独生子，归养父母！”此令一出，军士欢呼如雷，谁不赞美公子的盛德？十万人挑选剩了八万人，但人人都愿为公子效死，个个摩拳擦掌，只想临阵杀个痛快。

次日，公子便催兵向邯郸进发。一路上旌旗如龙，尘土蔽日，早有流星马报入城来。那时的邯郸已面临崩溃的境界，粮食是早已吃完了，亏得平原君勉励士卒，宁死不辱，所以军士们罗雀掘鼠，百姓们易子而食，挨到这时没有投降。如今听说援军已到，人人欢呼鼓舞，士气大振，只等魏军到了城下，便作内外夹攻。

从前平原君到楚求援，楚王也派出援兵，但他们也畏惧秦国的雄威，犹豫不进。这时听到魏公子的援军推进的消息，落得做个顺水人情，也催着军队向邯郸而来。

秦军围了邯郸，久久不下，只望城中食尽，指日不攻自破；不料忽然来了两路的军队，又都是军容雄壮，声势

◎信陵君战退秦师

浩荡的，所以未及交战，军心便大乱起来。

公子命安了营，自己骑上一匹骏马，观察了地形，命人报入城内，一面与楚军取了联络，传令五更造饭，准备着大厮杀。

原来邯郸被十几万秦军团团围住，现在楚、魏二国的军队又密密地把秦军围住了。只听一通鼓声，魏、楚二国的军队如龙似虎，一齐向秦军扑去，邯郸的守军也开门出来，三国的军队就把秦军困在垓心。秦军久疲之师，如何当得起这三支奋不顾身的军队？但后退无路，上天无门，只得做困兽死斗。这场大战，直杀得天愁地惨，日月无光，秦军死亡和被擒的不计其数，余下的像潮水般溃退下来。公子不忍多所杀伤，便下令让出一条血路，叫他们豕突狼奔地向函谷关逃生去了。

这一场战役丧尽了秦国的威风，吓碎了秦军的胆，保全了平原君的令誉，救活了赵国的国脉，这真是历史上最煊赫的一页。

赵孝成王见魏公子这样地舍弃性命来保全自己的国家，因此而得罪魏王，又牺牲了晋鄙，心里十分过意不去，他拉着公子的手，感激得掉下泪来。平原君见着公子这般义勇，自然又是佩服，又是惭愧。

>> 八 客赵

且说侯生自送公子动身以后，处理一些未了事务，他平日最沉默寡言的，近日却常是面带笑容，有说有笑，人们都不知他的心里存有什么喜事。时光很快地过去，他计算着公子的行程该可到晋鄙的军营了，这日他起得绝早，沐浴更衣，向北拜了几拜，在衣襟下取出一把雪亮的刀，微笑着自言自语道：“得一知己，此生算是不白活了！”当下便将刀锋向颈上一抹，真如他所言的，幽幽魂魄竟跟随着公子去了。后人有诗叹道：

七雄雄雌犹未分，攻城杀将何纷纷。
秦兵益围邯郸急，魏王不救平原君。
公子为嬴停驷马，执辔愈恭意愈下。
亥为屠肆鼓刀人，嬴乃夷门抱关者。
非但慷慨献良谋，意气兼将身命酬。
向风刎颈送公子，七十老翁何所求！

公子得着这个消息，哀哭自不必说。

却说赵王着实感激公子，便与平原君计划，想挑出五个城池来封他。公子知道了，自有几分喜色。

那是雨雪霏霏的晚上，炉中的火焰正发出炽热的光，公子坐在炉边，悼念着侯生的义烈："遇着这样一个人，也不愧自己平生养客的声名了！"此时忽然进来一个自己一向不注意的客人，他骤然向公子问道："公子破了秦军，存了赵国，威名震天下，可有居功自喜之意吗？"公子闻言，满脸惶恐，忙答道："无忌不敢！"那人点首道："瞒魏王杀晋鄙，虽说是破了秦军，于赵有功，于魏却是大大的罪人呢！目下魏国是回不去的了，万一这里也不能相容时，公子应如何打算？公子岂不闻'鸟尽弓藏，兔死狗烹'的话吗？"公子闻言悚然道："无忌不敏，愿先生有以教我！"那人道：

“大抵功大者身危，皆因其居功故。因为居功的必傲人，傲人的必遭物忌，遭物忌的必不远危亡之祸。我有两句话，公子请记着，那便是‘人有德于你，千万不可忘;你有德于人，却千万要把它忘掉’。这样不但可以远祸，也无往而不自得了。”公子对那人道:“天叫无忌幸遇先生！”于是再拜受教。

延伸阅读

“鸟尽弓藏，兔死狗烹”出自《史记·越王勾践世家》:“蜚鸟尽，良弓藏；狡兔死，走狗烹。越王为人长颈鸟喙，可与共患难，不可与共乐。子何不去？”意思是鸟没有了，弓也就收起来不用了；兔子死了，猎狗也就被煮来吃了。比喻事情成功之后，把曾经出过大力的人杀掉。

赵孝成王大设筵席，款待公子，在席间赵王赞不尽公子的义勇，念不尽公子的恩德，公子却总是谦让不遑，赵王赞美他一声，好像给他心上添了一块石头一样的沉重。他愀然对赵王道:“无忌无状，因一时同仇心切，竟矫王命，杀晋鄙，虽出无奈，但背魏王的罪是无可逃避的了！至于破秦军，一是侥天之幸，再则是贵国将士用命，无忌何功之有！愿大王勿再说到这事，免增无忌的罪戾！”一席话说罢，泫然欲涕，众人听了无不叹息。赵王本要赐封五城，到那时也吓得不敢开口，于是罢酒，只把鄗邑（今河北柏乡）送给公子做汤沐邑。

知识扩展

汤沐邑，是周朝分封制度中的封地名称，具体来说是王宫周围供斋戒、沐浴、住宿的封邑。

公子知道魏安釐王大不满意他这次的举动，于是他派几位将帅把那几万大兵带回魏国，自己便在赵国住下。魏王对他无可奈何，见他这样得赵国的敬重，念起兄弟之情，没有动他的信陵封地。

>> 九 两个异人

话说赵国有两个异人，都有济世之才，王霸之略，只为时代太糟，隐居不问世务。这二人一是毛公，一是薛公，公子在魏国的时候便知道他们的声名，如今到了赵国如何肯轻易放过；他派人日夜查访，结果，知道毛公隐在博徒窝里，薛公隐于卖浆者家中。公子恭恭敬敬去拜访他们，他们知道了，都躲藏起来，不愿见他。公子只得换了一身便服，也混入人群里，才得会见他们。把臂之下，彼此都相见恨晚，竟是十分投契。

自此以后，公子与毛、薛二人不是我来，便是你往，比别人的交情又是一番情况。这话传到平原君耳里，他便笑着对夫人说道："人人都说令弟的英勇是天下无双，而今他却忘记了身份，天天与这班酒鬼博徒纠缠不清，可见人间的批评是不一定可靠的！"夫人听了这番话，心里自是很不受用。

一天，毛、薛二人来拜望公子，又是半天的长谈，才辞别了去。平原夫人实在按捺不住了，便一五一十地把平原君批评的话向信陵君说了出来。公子听了这话，仰天笑道："我一向以为平原君是不平凡的人，为了保全他，我宁可放弃魏王，不料他原来是徒拥虚名。毛、薛两人，我在大梁时便听得他们的名声，以我的身份与他们结交，他们还不愿意呢，想不到平原君却以为可耻。他这样不辨贤愚，哪里够得上做朋友，我还留在这里做什么？”言毕，便命左右整理行装，准备离去赵国。夫人见他的弟弟真的动怒了，一时倒没了主意，只得又把这话一一对平原君说了。平原君满怀惶愧，没奈何只好对公子再三谢罪，苦苦地央求他留下。

这事一传十，十传百，人人都知道魏公子才是能拔用真才的主人，于是一班士人都纷纷投效在公子门下，平原君的客人也有离开了旧主而归公子的，这时公子门下的宾客之盛，真是甲于天下。

光阴荏苒，公子留在赵国已是十年了。秦王知道公子在赵，便欺魏国无人，接二连三地派兵进攻。魏王屡次吃他的大亏，眼看已是支持不住了，只好派使者到赵，迎接公子回去。

公子杀了晋鄙，引为终生恨事，觉得十分对不起魏王，所以不愿再回祖国了。他谢了使者，请他致意魏王，说，他是流浪惯了的，无意回老家了，请魏王不必惦念他。魏王得这回报，更加焦急，又马上派出使者，再来催请公子。使者络绎于途，公子却拿定了不回去的主张，任何人的劝解都不能动他分毫。最后，他被这些使者搅得腻烦起来，索性不见了，便下一道命令，告诫门下：“谁与魏使通报的，死！”

留在魏国的信陵君宾客，知道公子是决不回魏的了，于是纷纷投奔到赵国来，归依这主人。他们都为垂危的魏国命运捏一把汗，但谁也不敢劝说他回去。

这一日，公子正闷闷不乐地观书消忧，忽见毛公和薛公走了进来。公子见他们的神情与往日有点不同，忙问何事。两人同声向公子道："公子所以受赵国的敬重，受天下人的爱慕，除了你的德威之外，还有别的关系没有？"公子道："那自然是为了我与魏国的关系。"二人道："公子既知道有了魏国才有公子今日的声誉，何以目下魏国危亡，迫在眉睫，公子却坐视不救？假使秦兵攻下了大梁，烧平了先王的宗庙，那时公子的令名何存？更有何颜面立于天地之间！"这几句话还未说完，公子颜色大变，谢了这两位先生，立时辞别赵王和众人，星夜奔驰回魏国去。

>> 十 返魏

公子回到魏国，安釐王迎接，至亲骨肉阔别了十数年，各人都想起这十数年中所受的苦楚，不禁抱头大哭。左右见他们的兄弟情深，嫌怨尽释，也不由感动地陪他们流下眼泪。

魏王收了泪，慰藉了公子不少话，次日，便捧出上将军的印章，交给公子，公子统帅了全国的军队。士卒们听说公子回来了，又做他们的统帅，真是人人庆幸，处处欢呼。

魏安釐王三十年（前 247 年），各国国王听得公子回魏做了统帅，率兵抗秦，大家都愿出兵相助，当时出兵的便有齐、楚、赵、韩四国。公子率了这四国的军队，又整饬本国的士卒，个个效命，人人争先，五国军队都如猛虎出山般所向无敌。秦军先在邯郸吃过公子的大亏，此番又听闻公子出任大将，胆先寒了一半，又见五国军队多如蚂蚁一般，气壮无比，所以未战先乱，这一役直杀得秦军如风卷残叶，七零八落。公子指挥军士，乘胜掩杀，把秦军赶进了函谷关，才奏凯而归。

这场大胜，使秦军人人丧胆，不敢正眼看魏国一下。

秦昭襄王和庄襄王想并吞天下，受到了两次厉害的打击，都出于信陵君的辣手，因而恨公子恨得刺骨。他们无计可施，想出了间谍的阴谋，于是出重金买通昔日晋鄙的亲信，散出公子有心篡夺魏王位子的谣言，一方面又派人向公子道贺，这样密布的疑云阵，不由得魏王不坠入其中，果然不久魏王便任命别人代了信陵君的主帅。

公子知道魏王中了秦人的奸计，但无法自明，想起秦人的狠毒和没有餍足的野心，便无限愤怒，想到魏王的不明和自己国家地位的危险，便无限忧伤，他只日日借酒来消除他心中的悲苦，人是渐渐地消瘦了，脾气却越来越大，人们都为他的身体担心，但谁又能解劝他呢？

就这样过了整整的四年，他竟因狂饮过度而死。盖世无双的英豪，就这样悄悄地离开了他的恩怨，离开了他心爱的人民和祖国。

秦王听得公子死亡的消息，心上去了一块大疙瘩，真是说不出的轻快。立时命蒙骜为将，带兵去攻魏，毫不费力便拔取了魏的二十城，将那取得的地方定名为东郡。

魏王眼睁睁地看着秦军在他的国境中横行，奈何他们不得，又是羞又是恨，不由得想起公子生前魏国的威风来，此时才醒悟自己中了秦人的奸计；但公子已死，不可复生，只有一面悔恨，一面悲痛。他新近感上一场风寒，又添了这许多气苦，竟无法医治，就在这一年里追随着公子的灵魂去了。

魏安釐王死后，秦更无顾忌了，渐渐夺去魏的朝歌、汲、垣、蒲阳、衍等地方，用蚕食的方法，在18年中把整个魏国吞并了。

信陵君是兵学专家，他著有兵法书，可惜现在已失传了。

顾颉刚中国历史故事

卷二 天下归秦

顾颉刚◎编著

SPM 南方出版传媒
广东人民出版社
·广州·

图书在版编目（CIP）数据

顾颉刚中国历史故事 / 顾颉刚编著 . — 广州：广东人民出版社，2021.10
ISBN 978-7-218-15098-7

Ⅰ . ①顾… Ⅱ . ①顾… Ⅲ . ①历史故事—作品集—中国 Ⅳ . ① I276.3

中国版本图书馆 CIP 数据核字（2021）第 115364 号

GU JIEGANG ZHONGGUO LISHI GUSHI
顾颉刚中国历史故事
顾颉刚　编著

出 版 人：肖风华

责任编辑：李力夫
责任技编：吴彦斌　周星奎
装帧设计：智慧树

出版发行：广东人民出版社
地　　址：广州市海珠区新港西路 204 号 2 号楼（邮政编码：510300）
电　　话：（020）85716809（总编室）
传　　真：（020）85716872
网　　址：http://www.gdpph.com
印　　刷：北京彩虹伟业印刷有限公司
开　　本：880mm×1230mm　1/32
印　　张：24.25　　**字　　数**：388 千
版　　次：2021 年 10 月第 1 版
印　　次：2021 年 10 月第 1 次印刷
定　　价：168.00 元（全五册）

如发现印装质量问题，影响阅读，请与出版社（020-85716849）联系调换。
售书热线：（020）85716826

前言

顾颉刚中国历史故事

历史故事是没有人不喜欢的，一个刚能说话的小孩就会要求人家尽量讲故事给他听。一个识得几个字能看浅近书报的人就千方百计觅取小说而阅读。至于书场里，戏场上，更是充满着各阶层的人们，贫富贵贱，男女老少，知识分子、非知识分子，他们接受了传奇性的故事，对于表演所给予的喜怒哀乐，都不禁为此而欢呼或哭泣。所以历史故事是人们的日常生活中重要的一部分，正像空气和水一般不可缺少。

中国的传记文学已有很久远的历史。左丘明的《国语》，司马迁的《史记》，描写人物的言语举止栩栩欲活，使人读了之后，更容易认识那时的社会背景，所以成为千古不朽的杰作。至于唐代的变文，宋元的话本，明清的演义，以及各种剧本和曲词，莫不是在历史里抉出几件动人的故事，加上作者的想象，把它们描写得更有刺激性，所以能深入

民间，永远在民众的脑筋中活动。不过那些作品加入想象的成分太多了，往往歪曲了真相，使古人蒙受了不白之冤。

现在我们编辑这套“中国历史故事丛书”，希望为中国的传记文学培养一点儿新苗，也希望替民间流行的故事做一点儿合理的纠正。固然因为古代的记载缺乏，亦为叙述的方便计，有时也不能不加上一二分想象，可是决不使古人蒙冤。一般说来，我们要表彰历史上的大仁大智大勇的人物，但为明了各时代的大节目计，我们也须叙述几个被人唾骂的分子。我们希望这书出版之后，每个民众和每个中小学生都能人手一编，成为学校的补充读物和家庭工厂商店中的进修工具。说得轻松些，该是一切人的消遣品。说得严肃些，则是大家好就此认识我们的立国精神，就此得着我们做人的法则，都来淬厉振作，复兴中华。

中国之大，历史之长，唤起民族精神的可歌可泣的事情正不知有多少，诚恳祈求读者和专家的指正和批评，使得我们这工作经常在改进之中，将来可以获得理想中的成就。

顾颉刚

见此图标微信扫码

听故事，感受学习历史的乐趣

目录

顾颉刚中国历史故事

第2章 秦始皇吞并六国 …… 39

第3章 荆轲刺秦王 …… 103

第一章

李冰凿都江堰

李冰修建的都江堰，不仅在中国水利史上，而且在世界水利史上也占有光辉的一页。它悠久的历史举世闻名，它设计之完备令人惊叹！我国古代兴修了许多水利工程，大都先后废弃了，唯有都江堰经久不衰，至今仍发挥着防洪灌溉和运输等多种功能。李冰为蜀地的发展做出了不可磨灭的贡献，人们永远怀念他。

阅读导引

顾颉刚中国历史故事

古代人民最怕的就是天灾，水、旱、地震、大雨雪……全都可以使他们的产业毁坏，生活危险，他们的能力还不能和大自然相争，于是只有用迷信的方式来解决，凡是足以危害他们的自然力，全成为神灵。水有水神，旱有旱魃，乃至雷神、雨师、龙王、电母，无所不有。专门学者也把天灾当作“天垂象，示吉凶”，就是说，人的行为——特别是皇帝的——善恶都有天神在监视。善，就给你奖励，如风调、雨顺、景星、庆云、五谷丰登、麦秀双歧之类；恶，就给你惩罚，前面所举的各种天灾，乃至日食、月食全都是。他们把天上的神仙也看得和人间的行政组织一样，不过比人要高一级罢了。这个意思，当然也可以恐吓或勉励当权的帝王卿相，使他们不敢为恶或肯于努力为善，人民也就间接受到些好处。

不过人类的知识毕竟是进步的，一方面把责任付之于天神，一方面生产方法和生产工具都在不断地改良，由渔猎而畜牧，由畜牧而农耕，由游农（哪里未开发就到哪里去，过几年就搬家）而定居，犁、耙、舟、车、服牛、乘马全发明了，当然对于天灾也会想到怎样抵抗。洪水的传说相传起于尧时，始而命鲧治，不成功，鲧被杀，他儿子禹又继续着，居然能够疏导九河，奠定山川，把天下划为九州，人民享受了安居乐业的幸福。这些说法，古时人是深信不疑的，可是到今日，史学家已证明是神话，是传说。虽然如此，正表示人类由畏惧天灾进而抵抗天灾的过程，一切神话传说也必都有其核心的，不过万万不可能真有一个像禹这般的神人，能够凭自己的力量消灭了全中国的水患，疏浚了全中国的河流，这是我们必须认清的。水利工程，自春秋战国以来，已有很多的记载，如西门豹治邺，曾兴水利，邺就是现今河南安阳附近，西门豹为此曾以极大的勇气，和当地的传说迷信力量斗争。又如水工郑国曾在秦国开沟渠，使秦的收获量大为增加，这都可以看作古代的水利专家。可惜中国历史专注看重能打仗能取天下，或者会做宰相会当大官的人，对于工程家、事业家，反而忽略，所以历史上这样的英雄就被埋没了。清朝末年，有位王同春，本是河北省的贫农，因逃荒到绥远包头附近，就在后套开了许多沟渠，使河套水利大兴，至今数万人民受到他的好处，可是历史上却绝不会讲到这位出身农民的“劳动英雄”。历史之不平等，也可以说到了应当清算的时候了。

知识扩展

王同春（1852—1925），河北邢台人，是我国近代黄河后套的主要开发者之一。据考证，截至1904年（光绪三十年），他自行开大渠5道，支渠270多道，对后套地区的农业灌溉有很大贡献。1904年，他又受清政府委托开凿永济渠，该渠为后套第一大渠。

四川灌县都江堰，相传乃蜀郡太守李冰所开，李冰的事迹，简直非常暧昧，只有地方的传说。前些时，抗战期间，政府迁入四川，才有人注意到这个伟大水利工程，并且好多刊物出了专号来调查，于是我们对于这位2000多年前的大工程师才知道得多些。四川在秦以前是个独立的部落，不与内地交通，文化当然也比较落伍，故至今充满神话式的传说，什么蚕丛、鱼凫呀，望帝杜宇呀，五丁开金牛道呀，一部《华阳国志》记满了这些荒唐传说，正表示它本身没有正确的古代史。在长江上游，并且流行禹的传说，所谓禹是西夷之人，有人就指实他是汶川、茂县一代的人，那里的番人也把禹当作民族的神来供养。由此，我们大致可以推定，扬子江上游的水患，古代必相当严重，经过好多年和好多英雄式人物的治理，才有今日的成绩，故人民把他们的功绩集中在一个人身上来代表。李冰是否也是这么由传说而来的“传奇英雄”，虽不敢武断，但其故事中有若干属于传说的成分则是可以断定的（譬如后套人民，对于王同春也有许多传说）。我们这里所记主要在提倡认识古代的工程家，以作为今日建国的倡导，故事本身是不能认为百分之百有根据的。

延伸阅读

唐代诗人李白的《蜀道难》便有“蚕丛及鱼凫，开国何茫然！尔来四万八千岁，不与秦塞通人烟”一句，讲述了古代蜀地与外界交通的艰难。其中，蚕丛又称蚕丛氏，古代神话传说中的蚕神，是蜀国首位称王的人；鱼凫也是传说中古蜀国帝王名。蜀人所崇拜的二位祖先，顾名思义，精通养蚕、捕鱼，都和农业生产有关系，可见古代蜀人依赖农业的程度。

此外，望帝杜宇、五丁开金牛道也都是关于古代蜀地的传说故事。

>> 一

蜀地与河神

凡是到过四川的，总要到成都去游览一番，浣花溪、杜甫草堂、薛涛井，许多在文学史上有名的人物，都留了遗迹在这儿。看了那花团锦簇的春光，一望无际的平畴沃野，真要赞一声不愧为“天府之国”，无怪乎历史上在蜀立国的都能安富康乐，就是中原危急，临时到那里避一避，也可以支持危局，恢复旧业。不要说我们这次抗战，要感谢四川的功劳，古代的前例，像这样的也很不少，唐明皇逃避安禄山，唐僖宗避黄巢之乱，是最著名的了。

既到成都，朋友们一定劝你到灌县去看看“都江堰”，这 2000 多年来的水利建设，灌溉着成都盆地十六七个县份，说土地有五百多万亩，说每年的收益，简直是难以计算。你听了怎能不动好奇心？何况那里还有充满了神异传说的青城山，有风景秀丽的白沙和离堆公园诸胜景呢。自然你不会吝惜这一点儿长途汽车费，而耽搁这饱享眼福的机会了。

《西游记》中记孙悟空大闹天宫，天兵天将都捉他不住，玉皇大帝只得请了灌口二郎来帮忙。这二郎神会七十二般变化，和孙悟空斗起法来，好不神通广大。我们幼年时只知二郎姓杨名戬，乃是一位《封神演义》里的健将。到了灌县，才明白原来二郎姓李。而“灌口”也就是灌县的古名，是二郎的老家。灌县城外离堆山上伏龙观，供的便是李冰和他的神像。从前我们将二郎纯粹当作神灵的观念，到此才一扫而空。2000多年以前，他和他父亲李冰，开始把岷江滔天动地的洪水管得服服帖帖，给人们灌溉着田地，直到如今。这里老百姓始终把他们当作神来看待，每到春天开庙，放水，上几万人来这里烧香祈祷，热闹极了。

◎今日都江堰01

◎今日都江堰02

岷江乃是万里长江的大支流之一，全部在四川省内。古代的人，不知长江发源在青海，把岷江当作了江水的上源。从四川北部几千尺高的群山里，像瀑布似的急流而下，那地面的坡度是了不得的大，山高谷狭，山里的泥沙石块，随着急流冲击而下，到了灌县附近，忽然成了平原，水势不能不缓，这一缓不打紧，泥沙等等，都要淤积在这儿。久而久之，河身高了起来，上流水势一大，下游河身盛它不下，就要泛滥成灾。中国古代传说中，有一个时期，全国都在洪水的侵害之下，所谓“尧有九年之洪水”，倒也不是乱说的。没有知识的老百姓，对于这种天然的威力最怕不过，因为他们感觉束手无策，总以为其中有神，不是人的力量所能克服的。他们除去祈祷、恐惧之外，只有淹死或是逃避这两条路。大约那时，岷江流域的人民，一年不晓得要给大水卷去多少。

祈祷的方法也野蛮得很，他们想象神也和人一样，要吃、要穿、要住，而且要娶妻生子。这吃穿住都不成问题，牺牲一点儿东西，给他送到江里去也就罢了，只有娶妻生子，可真是麻烦，这非葬送活人不成功的。为了神，为了大家的安全，也就讲不了许多，只有每年选了“童男童女”，沉了下去，给水神“河伯”办花烛之喜。谁家倒霉，也许就会抽签抽到身上，甚或是轮值轮到头上，你看，做爹娘的有多么伤心，明明是一幕悲剧，却还要当作喜剧来铺排，在河边扎了彩牌坊，锣、鼓狂敲着，跳神的女巫在那儿煞有介事地上起法来，口中念念有词:“时辰到了，河伯老爷已经打扮好了，送新娘子吧！”她在指挥着一切，于是，那浑身上下披红挂彩的男孩和女孩就被“扑通”一声沉到江心去，水面上起几个漩涡，只见那小孩子手脚连挣扎的份儿都没有，便被凶恶的波涛吞噬了！做父母的连看也不敢看，却还有一班人向他们道喜，说什么他的孩子有福气，成神去了。大约这种残忍的风俗流传了也不晓得几千百年。我们在古史里有西门豹治邺那般故事，知道这种野蛮办法战国时还遗留着。西门豹在魏国的邺郡治水，

◎西门豹沉巫

巫师们就闹这河伯娶亲的花样，西门豹明知是骗人的，就叫他巫师先下水去问信，巫师淹死了，又派乡约里正去问信，这样，人们都明白过来了，他便毁了河伯的祠堂，修起堤堰沟渠，从此开了水利。若干年不合理的风俗，总算用武力改革了。邺郡大约是古时黄河常常泛滥的所在，殷代的帝王为了怕水灾，不得不屡次迁都，连人民也得东逃西散地搬个不歇，恐怕就是这一带。

>> 二 大禹治水

岷江流域的人们，想来也是这样子对付他们的河神吧？四川的历史，古代没有记录，所以找不出证据来。但人类总是比较有智慧的，不肯一心一意受水的欺侮。除逃避以外，终于有人想要和它奋斗一下，这就是古时那些治水故事的由来了。古时治水最著名的当然是大禹。他差不多成了一位神，多多少少的历史，都将他记载得过于离奇。而现在许多人认为他的老家，就在这岷江流域的石纽地方，是岷江上游汶川县一个市镇，土名叫作刳儿坪。那里居民多半是羌人，他们把此地看作圣地，不许放牧牛羊，早先，犯了罪逃到这里，只要三年之中，不被人捉住，就可免罪，因为大家认为是神禹在那儿保佑他了。为什么叫作刳儿坪，只因有的书中记载大禹的母亲（也有的说禹的夫人，启的母亲）怀了他三十个月，胎儿是割开背脊才产下来的，而这母亲从此就化成石头。这也是中国古代最流行的神话，若干古帝先王，不是母亲吞鸟卵而生，便是履了大人足迹怀孕，古时男女配偶不定，所谓“知有母而不知有父”，一个人既成了群众崇拜的对象，不由得就把他说得神乎其神，连他怎么生的也要加上许多花样。

知识扩展

刳，意思是剖开。刳儿坪位于今天四川汶川石纽山，相传是大禹的出生之地。西汉扬雄《蜀王本纪》载：“禹本汶山郡广柔县人，生于石纽，其地名痢儿畔（刳儿坪）。”

按这个说法，大禹就成了羌人，这当然是不可信的。大禹的生地，按种种方面考察，大约在河南嵩山附近，他娶的女人，说是涂山氏之女，生子名启，这涂山，大约就是河南熊耳山的一角[①]。大禹是古时最会治水的一位大人物，不但他会治水，他父亲也是治水的，名字叫作鲧，这也许是大家都晓得的。尧帝看了水灾太厉害了——尧的领土传说是在今日的山西，按说离开禹的老家四川太远了，古时交通不便，怎么会去得了呢？这也不过传说罢了——听说鲧是专门治水的，就命他赶快工作，给人民除害。鲧是憨脾气，一意和水作对，哪里有水，就在哪里去挡，正合着俗语“兵来将挡，水来土掩”两句话。殊不知水的性质是愈挡愈厉害，如果挡得不得法，别住一股劲儿，一下子发作起来，比不挡更闹得凶些。这样，鲧就完全失败了。老百姓都抱怨这治水的官不好，尧便殛了他。殛，恐怕是一种顶惨的刑法，说不定是把他沉到水底去，喂了那些水怪吧。鲧到水中，据传说，一口怨气不散，化成了三条腿的乌龟，叫作“黄能”。这时，尧帝又命他儿子禹来治水，当然，这水里的黄能得大显神通，帮助他了，于是禹就在悲痛父亲殉职的心情之下，努力工作。

①涂山所在，众说纷纭，今人多认为即安徽怀远涂山。——编者注

延伸阅读

“兵来将挡，水来土掩”一句出自元曲《大战邳彤》，比喻不管对方使用什么计策、手段，都有办法对付。也比喻针对具体情况采取相应对策。

他的方法改良了，父亲的失败，给他很有用的教训。他不再死心眼地去挡那凶暴的洪流，而是顺着它的地势、方向，让它自自然然地流下去，不过，要给它掘出一条稳定的道路来，不叫它乱流就是，这叫作“疏导”。有的时候，为了开通河槽就得凿破山谷，古时候又没火药炸药，专凭刀斧之力，你想这是多么艰难（那时连铜铁全没有，刀斧也是石制的）。这大禹在外面披星戴月，沐雨栉风，受尽风吹雨淋，日晒霜欺，足足有13年的工夫，才把不守规矩的洪水制住了，你想，老百姓还会不把他当作神仙一般看待吗？

大禹治水当然先从家门口做起，所以才有凿龙门等等传说，龙门就是黄河在河南、山西、陕西三省交界拐弯的地方。把龙门打开，使泛滥的黄河有了一条正道。然后把全国水道都整理得入了轨道，随即分划土地为九州，记明它的出产、山川，这便是书经里的《禹贡》一篇了。自然这只是想象之谈，实际上，任凭禹有多大本领，一个人要治这么多的水也是办不到的。我们今日科学发达如此，一条黄河，拼了那么多人的力量，兀自治它不了，岂能古时人比现代人还有办法？不过经历了千年百载，集合了若干人的力量，才慢慢把四分八裂到处横流的水道，弄成个有系统的样子，而把这功劳都记到大禹身上，总因为他是最早且成功最大的一位水利专家之故。至于中国的水利工程，到战国时已经很有进步，所以这《禹贡》一篇很可能是战国时人之作。

禹的功劳有没有那样大，虽不敢说，中国民族有一部分是由西而东，随着黄河、汉水等逐渐扩充繁殖则是真的。到了商代末期，西方民族，周人，就由陕西而到河南山东一块大平原上，逐渐的，淮水流域也开发了，最后才到长江流域。这时文化已是极其灿烂，而且有许多东西传留到如今。

>> 三 秦国的手段

东方文化发达到成熟的时期，西方反而又变得野蛮了。这就好比外国史里的巴比伦文化传到欧洲、埃及，但巴比伦本身却一天比一天没落一样。老的文化走了，新的又没来，于是便显出一片荒凉。这陕西的汉中渭水区域，本是古代文化的摇篮，可是到后来却成为文化最落后的地方，至于和汉中接近的岷江流域，更还没有和中原发生关系，好像自成一国似的，甚至连文字都没有（到现在羌人也还是没有文字的）。

秦国在陕西建国，已经是周朝的后期，他们由实力的发展进占了这古代的文化区，势力渐渐膨胀，始向东发展，侵略中原各诸侯。到战国秦惠王时，纵横家张仪从魏入秦，凭着三寸不烂之舌，说动惠王做了丞相。不久他就和大将司马错商议伐蜀。那时，只有秦能和蜀国交通，如今的汉中，是两方的交界。从汉中入蜀，直到剑阁全是高山，仅有一条叫作金牛道的小路，可走人马。从前没有公路的时候，由陕入蜀，一向是走这条路。这路说起来还是秦伐蜀时所开，为什么叫作金牛道？有个很离奇的故事。原来秦既看透蜀是天府之国，得了它可以有无尽的资源，然后东向而攻六国，更可操必胜之券，无奈蜀道艰难，行军不易，若要去开又不明地理。张仪就献了一条诡计，当蜀国有使者来聘之时，做了几头石牛，故意把金子塞在它尾巴上，单等蜀使朝会，金子从牛屁股上落下来。蜀使看了，很以为奇，秦人就告诉他这是宝物，会屙金溺银的，蜀使果然不胜稀罕，一心要得到它。

这本来是故弄玄虚，经过蜀使的要求，秦王允许了，让他们自己设法搬运，秦国另派专使护送了去。糊涂的蜀王，听了这话，立命蜀国的五个工程家，名叫“五丁力士”的，开辟道路，专为运这几头宝贝石牛。费了几万人工之力，路也开好了，石牛也运来了，可是金也不屙，银也不溺，秦国的使者早已偷偷跑了，把入蜀的道路，就此探听明白。秦国大兵，随后开入，传了十二代的蜀主，从此完结，蜀中变成秦国的属地。

许多年前，蜀地始终被洪水侵袭着。到了一个名唤望帝的蜀王的时候，水患尤为凶恶，人民都成鱼鳖，房屋坍倒无存。幸而有位大臣，名叫开明，深识水性，把水患平了，但他却看着望帝眼红，就要求望帝把王位让给他。望帝没有法子，允许了，自己隐到山中去，后来抑郁而死，有灵不泯，变作一种鸟儿，名叫杜宇，也就是杜鹃。只因这鸟的嘴是红的，啼的时候倒像流血一般，以此诗人们、小说家就造出谣言，说这是望帝所化，在诉说他的不平。这位开明丞相到底怎样治的洪水，我们也无由得知。但一部叫作《竹书纪年》的书上则记载着，秦人曾把中原的水利专家请到蜀地来治水，恐怕蜀中的治水方法是从中原学习的了。秦灭蜀以后，派了李冰作蜀郡太守，他也是一位治水的专家，给蜀民造了无穷福利。有人说“李冰”两字声音和“开明”是很相近——因“开”字即“启”字，汉代往往用“开”代“启”——所以很有人疑心是一个人的转化。这种学术上的专门研究，我们也不必多谈。李冰的历史已是不大完备，究竟是何处人氏，亦不能确知。有的书上讲，他是张仪、苏秦的同学，都是阴谋家鬼谷子的学生，苏秦学会了合纵之术，张仪学会了连横之策，他却学会治水工程，由张仪的介绍，到蜀地来治水。这是显而易见的乱讲，连鬼谷子这人都有点靠不住，至于他能教人水利，更是不可能。

我们只有相信他是从中原来的比较有理些。当战国时，中原各国，到处都注意水利，或者秦王故意派了这样一个人来此平治水患，亦未可知。

>> 四 父子“斩妖”

前面已经讲过，岷江从上游的山地骤然流到平地，沙石堆积，因而泛滥为灾。这李冰来到岷江沿岸，一眼看出毛病所在，便拿出生平本领，照他的理想一步一步地试验起来。

现在灌县城外离堆公园是个突起孤立的石山，这山两边，都是江水，左边叫内江水道，右边叫外江水道。内江水道进水的地方名叫宝瓶口。从离堆以北江流合一。从前呢，那离堆和隔了宝瓶口相对的玉垒山是一个山，江水只从山的右面过去，并没有一条“内江”。岷江水势因被这山所约束，不能畅行，就会出毛病。再加泥沙淤积，泛滥横流是不可避免的了。而山的左面，也就是现在内江所在的地方，却苦于常常没有水，把稻谷和杂粮都旱死，弄得老百姓年年挨饿。这种旱涝不均的现象，是地方官最伤脑筋的。李冰决定，非凿开这座玉垒山，把水分开来，让两面

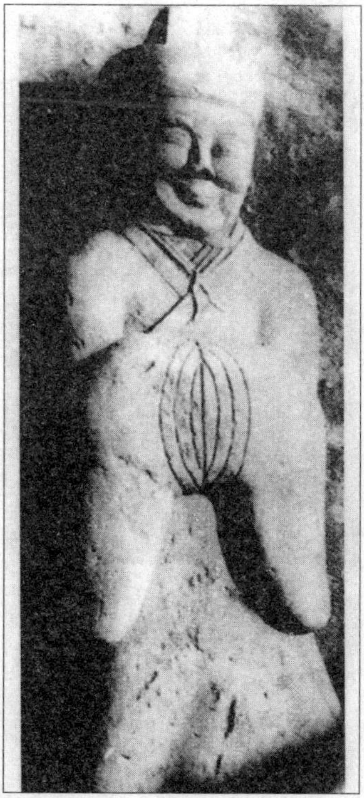

◎李冰石像

平均一下不可。

凿山哪里是容易的事，即使说这时已经有了铁器，完全凭人工的力量也足够辛苦了。李冰希望百姓不致抗拒这艰巨的工事，只好先打破他们对河伯的迷信。这一年，正是像西门豹的邺郡似的，河神要娶妻了，大家愁着，不知该谁家的女儿倒霉。李冰召集了当地的父老和神巫，在河伯庙里会议，连带祭祀江神。他领导人们向河伯的神像——一条像蛇似的龙——行过礼，神巫也跳过神，他便宣布："今年河神的新娘子还没有哩，我既是本地的长官，这点意思总不能错的，就先让我女儿嫁给老神仙吧。"说着真的命从人把一位如花似玉的小姐领了过来，身披彩绸，头插金花，向河伯行礼。父老们都看得呆了，心想这位父母官真算难得，我们百姓受惠不浅。这种敬神的事，谁也不好拦劝，只得凭李冰做去。

贡品上来了，整猪、整牛、整羊，还有酒席。李冰让父老们坐了，他自己一席，却直摆到神案之前，他很严肃地在神像前敬了三杯酒，然后回身向大家说："诸位，今天是敬神的日子，也是河伯的喜期，当然要请河神先吃这三杯酒。现在我已经给他摆好了，看他能吃不能吃，必得真的吃了，才算有神有灵，我李冰马上把女儿送下龙宫！如其不然，那便是骗人造孽的妖怪，我非和他算账不可！"

父老们都吓得手足无措，特别是那些跳神的男巫女巫。他们眼珠紧紧地看着神像前的酒杯，哪里会有一点儿变化？半日，李冰拔出宝剑来，指了神像向大家说道："酒一点儿也没吃，分明是不敢来吃——这不是妖孽是什么，他搅得我们连年不安，看我马上去斩了他！"说罢，拔步便走。

旁边转过一位精壮的少年，眼睛射着愤怒的光芒，手中拿了一把剑，分开众人，抢上来道："父亲息怒，谅这小畜，何劳你亲自动手，孩儿深识水性，看我入水斩他！"原来这正是李太守的二公子，大家都叫他二郎的。

李冰点点头，一面命兵士、父老，也都带着兵刃，助他斩妖。一伙人直到江边山下，但见波涛汹涌，浪头在山脚下翻起几丈高，好不险恶！这二郎更不迟疑，脱下衣衫，精赤条条，扑通一声跳了下去。岸上众人，也有喝彩的，也有皱眉的，他父亲也为他担着心，本来，他心中明白，有什么妖孽，无非是两条水蛇或是龟鳖一类，日久年深，人们便把它看作神仙，不敢惹它，香火供养，还要娶亲，一传十，十传百，这龙王神通就大了。他虽知二郎水性很好，武艺也高，至此却也唯恐万一有失，不由得有些焦急。

二郎在水中，一会儿露出头来，一会儿又不见了，浮浮沉沉，漂漂荡荡，好像非常危险。不一刻，忽见他一头扎下水去好久不起来，岸上人都叫道："坏了坏了，被龙王捉去了，龙王怎么是好得罪的呀！"李冰也不禁有些担忧，忽又听有人喊道："那里，那里，二郎上来了，好像手里还提了一条东西！"大家随着望过去，果见二郎游了过来，一手拿着宝剑，一只手却捉着一条丈把长的大水蛇。

大家欢呼着："妖怪捉到了，妖怪捉到了！"二郎泅上岸来，面不改色，人们都过去夸奖他，少年们早把水蛇玩弄个不亦乐乎，一会儿在岩石上摔，一会儿挂在树枝上。另外一些人，把二郎高高举起，喊着叫着，直到河伯庙里，给他吃酒。早有那些好事之徒，把泥龙打得粉碎，神龛也拆了。"什么河神，妖精妖精！"一迭连声地叫着。

>> 五 凿山筑堰

李冰稳住众人，然后讲话道：“妖孽是斩了，我是受了天神的指示，你们不要以为这是小事啊！我早看透这座玉垒山，乃是孽畜们的老家，这山不凿开，水患还是不得息的，我们要凿山！一家有两个人的出一个，没有的也不勉强。这是为了大家的事，你们若不愿意年年逃那大水，就要听我的话。预备凿子、锤子、铁锹。你们有很多人是会凿石的，要出来做首领，教给那些不会做的人。”

大家也没有什么话说。当下由里正、乡约，按户把人找齐了，倒也有千把人光景，黑压压山上都满了。李冰把他们分成几组工作，自己和二郎在一边指导，从什么地方凿起，到什么地方为止，先画了一条线，小的石头凿掉了，大的就先凿一条沟，架起柴来，不住地烧，烧得久了，自然也就崩裂下来。每天这样工作着，足有一年多，眼看这山快凿穿了。亏得这一年雨水稀少，上流没有大水，倒也没闹什么水灾。

知识扩展

里正、乡约都是古代的基层官职。里正是中国春秋战国时的官名，为一里之长，明代改名里长，主要负责掌管户口和纳税。乡约指乡里所订立的规约，也指奉官命在乡里管事的人，最早可追溯到周代，明清有所发展。

山快凿穿了，李冰又在山的南面掘了一道引河，预备放水。这一天，凿山的工事马上就要完成，他放好香案，宰了牛羊，祭告天地。最后一层石头凿开，江水便哗哗地流将过来，眼看那一面的水低了下去，波浪也小得多了，这面的水稳稳地顺着引河，向南而流。

这凿开了的一段山头，因为分离了，就叫作离堆。

李冰心中快活得不知如何是好，他和二郎，望着这新流过来的江水，指向大家："从前我们被水管着，如今我们要管水了。你们看，把这水分过一股来，自然就风平浪静了。可是我们不能白放着这水，不用它。我们年年旱涝不均，这回我们要叫它给我们浇田地。这并没有什么难，只要我们在水边筑起堰来，安上闸门，修了支渠，按时放水，按时闸水，那水自会服服帖帖给我们用的。”说着，他早画好了一个图样，在一张大木板上，他指给众人看，什么地方要挖一道干渠，什么地方要挖一道支渠，原来这几年他东看看，西看看，带着一柄尺，高量量，低量量，心中早有了一个谱儿。众人见了，都道他的本领，端的了得！

各处渠工动手了，李冰更加忙个不停。他和二郎各处督视着。这挖渠是好办的，只这堤堰和闸水，可是一件不大容易的事。筑堤堰若完全用土，水一冲就会崩塌的，种树木保护又不是马上可以长大的。这里到处都是圆形的卵石，原是岷江从上流冲下来的，但又不能堆将起来；即使堆在一起，也还是经不住冲击。有许多地方的堤工完成了，或是用土，或是用石，到秋天雨一大，上梢洪水下来，都被冲得一干二净，水照旧流到田里，老百姓又在相信河伯了，甚至有好些地方修起庙来。

>> 六 都江鱼嘴

李冰为这件事愁得饭都吃不下，他到各堤堰去看过，也到新凿的山口去看过，感觉到有两个问题。第一，上流水势仍急，新凿的山口是狭窄的，分不过来多少，大股水仍往一边走去，必须在上梢有个分水的东西才行。第二，堤堰必须改良，而这又是和第一个问题有关系的，堤堰不能改良，这分水的东西要筑在汹涌的水道中间，更是没方法可想。

他先想到用大石块，一个个堆起来，但大石是要从山上凿的，要筑这许多堰，得什么时候才凿得够用？而且，他在上流曾试了一回，水的力量太大了，尽管丈把长的石块也还是冲得乱翻乱滚，不能停留。

一天，他到上流山中去查看水源，见那山中丛生高大的白竹，约有大碗口粗细，又见山中居民，篱笆、草筐，无不用竹造成，连那盖了树皮茅草的房屋，也是用竹头做骨架的，他不禁心中一动。他命人伐了数十根，扎成竹筏，从上流漂将下去，却命人在离堆附近把竹筏截住，捞上岸来。他找了竹匠，把竹劈开编成两丈多长的竹笼，然后，用卵石装了进去。这样编了十几条，随即命工人慢慢运至江岸，沉下水去，看看是否冲得动它。起初在水缓的地方试，慢慢移向水急浪高的所在，水浅的地方是没问题了，一丝也冲它不动，水猛的地方还不行。他又命工匠把竹笼放粗、加长，足有三丈，粗到有三四围样子，再去试试看，这回连急流也冲不动了。他欢喜得如获至宝，忙命大批工匠，到那山中去砍竹，愈多愈好，从江边扎了筏子漂下来。一面在岸上即刻编起大笼，百姓们都看着这事稀罕，谁也不明白他的意思。

竹笼的石块都装好，堆在离堆北面像座小山似的。他要向那凶恶的江水做第二次大规模的奋斗了，把体力精壮深识水性的青年人都聚拢来，说，这水下面仍有东西作怪，得镇压住他，我们新开的渠便自然不会崩塌了。竹笼石由青年们一条条安放在急流里去，一条，两条，那水就好似没有理会一般，照常牛吼着向南灌下去。青年们在水里挣扎着，李冰叫他们不要怕，把几十条竹笼都沉了下去。一点点的，水势减了，一条江分作两条了，波浪平下去许多，竹笼从水底积累到水面，如同在水里打了一面坚墙，谁说水是不能管制的？李冰的方法就奏了奇效。

这便是我们今日还可以看到的“都江堰”，也叫作“都江鱼嘴”的。当然，今日的“鱼嘴”，早已不是李冰那时修的了，但发现这修堰的必要而且开始修的，却是他。所谓鱼嘴，就是因为这堰向水流的一端是尖锐的，后面却逐渐宽大，有如鱼嘴一般；说如今的话，也可以谓之“流线型”。不是这样，上流水的冲力过大，堰是难于立住的。不消说，这都是慢慢经历研究，再三改良的结果，李冰所造的堰到底是什么形状，已是不得而知了。这都江大堰冲了又修，修了又冲，也不知改建了多少次。李冰为了实现他镇压水怪的话，还用大石头凿了几头犀牛放在水里，事实上还不是为了分水流，减急湍的吗？这大犀牛却也早被水冲走了。后来元朝曾铸了六万斤的铁龟，明朝铸了七万斤的铁牛，大约都是只能存在几年或十数年，水势大了，总是靠不住的。今日的大堰，是民国二十四年（1935 年）所筑，用石块和洋灰做成，因坚固非常，尚未冲毁。我们后人，踵事增修，比较容易。李冰以一个做官的人，能看出修堰的地点，想出修堰的方法，这就难了。

竹笼在各支河支渠普遍地应用起来，从前那些坍塌、崩溃的毛病算是解决了。人们都在赞叹着："这都是眼前的东西，怎么我们就没有想到？"于是李冰在人们的观念中更加神圣了，大家都说他是河里的龙王转世，专来给人间治水的，若不然，普通人怎么会有这样的聪明和本领。

越是信仰深，越是容易发生力量。这一年，他又命部下在离堆外面那股宏大的外江岸边，做起一道滚水大坝，因为怕土质松软的堤岸，受不起这强力的冲击，为使水流纳入正轨，在大坝的中间建筑了人字形的"支江鱼嘴"，又叫作"人字堤"。这意思和分水堰差不多，不过那是使水分开，这是使水流向中间，不要冲打堤岸便是了，看了附图自会明白。

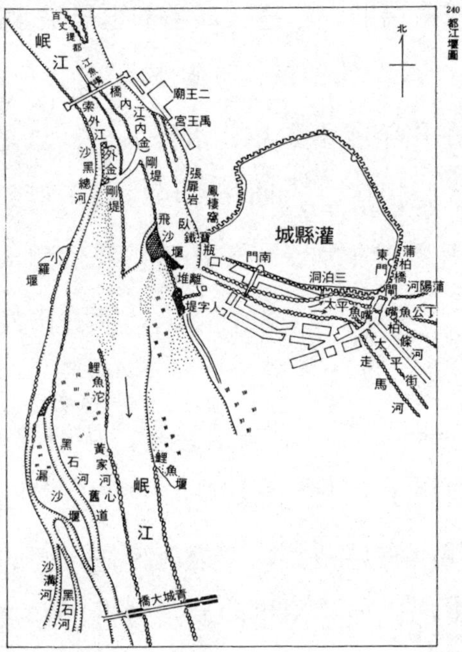

◎都江堰图

有了沟渠灌溉，作物便可改良。从前种杂粮的田，如今都和下江沿岸一般，改种了稻。稻的收成，自然比杂粮好上几倍了，李冰的计划已经逐渐收到了效果。而且，上游山中的竹木，也可以编成筏子，运到下流来换米，连山中的羌人都受到好处。

>> 七 李冰的发明

还有点不能如意的就是水量的节制问题。上游夏秋雨大，水会流到各支渠里，涨出水道。春天雨少，却又把渠都旱干了，即便不干，也因为水浅，不能向田中放水。大部分水流向河道中去，而不能引到渠中。必须想出一个办法，能随需要调节水量，才算十全十美的渠工。譬如说，春天，要它水大，夏秋，就要它水小。李冰在用心沉思着这个问题，他是一会儿不会偷懒的，像大禹一般，他的整个生命都放在治水上。

用什么办法可以临时闸住水，让它往一边流。必须有了这种工具，才谈得到随意放水，随意泄水。用土培，会冲刷而去；用堤堰呢，又成了永久性的。现在所要的是有一定的阻水力量，而又可以随时移动的方法和工具。

终于，他又发明了“杩槎放水”的好方法。什么是“杩

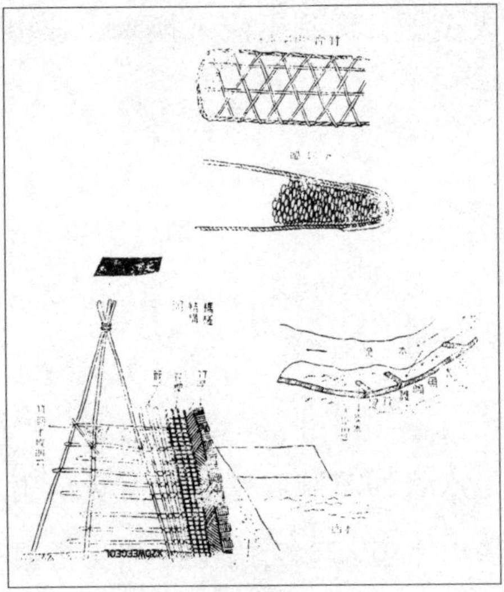

◎鱼嘴网

槎”？原来是他看了衙门大门外那挡住车马的东西才悟出来的。古时官衙外面要断绝交通，都是用这种“杩槎”，也叫“马札”。用一支粗木头作横梁，然后交叉了两根细木作脚，恰像“米”字的形状，一个个连接排起来，便成为一道临时墙壁。你看，现在都市中修马路，阻断车马，不是还有用这种方法的吗？还有作战时的铁丝网，也是在“马札”上钉上刺铁丝，使敌人更没法子通过。李冰自己想：这法子为什么不可以用来挡水？只消在水里放上几十个杩槎，然后用席头、黏土、碎石，铺在前面，不就是一条堤埂吗？不用的时候，把杩槎撤了，水又可以流过来了。

他开始做新的试验，指挥木匠用木料扎成三脚架的样式，大约有一丈多长，三脚架一个个接续起来，然后在一边竖起芦席，培上土加上石，他想定可成功了。不料水势太急，杩槎是木料做的，质轻易倒，那些正当主流的杩槎，不消半盏茶时，便被冲得东歪西倒，甚至随波而去了。他知道了杩槎在水里要有更大的稳定性，便在杩槎中部，放上一个竹兜，内盛石块，这样一来，重量大了几倍，水便不易冲它。又经过多少次的试验改良，竹兜下面更加横木，那些卵石就更加不易散落。而在培土着石之前，先用木棒一横一竖地扎成格子，缚牢在杩槎前脚上，然后再铺竹席，铺几层粗的细的竹席之后，加培黏土和小的卵石。这回果然非常稳定，水再也冲不动了，几十架杩槎连成一条临时大堤，随时可以把水挡住，也可以放开。春天了，杩槎要放水，就把通河身的路阻起来，水都流到渠里去；渠里水够用了，马上停止放水。夏天呢，那就要把渠口阻一下，使水都流入河身。要多便多，要少便少，真是灵巧极了。这一天试验放水，远处近处，倒有上万的人来看这新奇机关，他们喝着彩，拍着掌，在看那滚滚的江涛受李冰的指挥，好像一头羔羊一样，要它东就东，要它西就西。

他们把彩绸披到李冰身上，更有些天真的人就给他叩起头来，说他是这一方的活神仙。李冰笑眯眯地接受这种民众的拥护爱戴。他儿子二郎，一向和他在一起做事的，又被年轻人们簇拥起来，和那年斩蛟一样叫着喊着，有的更狂敲起锣鼓。

>> 八

鞠躬尽瘁

种稻的区域不停地扩大，支渠越来越多，李冰也教会了不少的人怎样筑堰工，怎样放水，怎样看高低地势开掘河道。他们把李冰的话，都当作金科玉律一般听从着，不敢有半点违背。

这岷江流域已经变成富庶的区域，多少外方的农夫到这里来开田垦种了，市集也增加着，村落一天天密布。李冰给他们编组得有条不紊，都派了里正、乡约，有人专管放水泄水的事；乡民们按时出工治河。到秋天他要向各处去看看收成，春天就到各渠口监督放水，虽然头发为这件伟大的工程而白了，面上的皱纹也增加了不少，甚至连家里的事也顾不得照应，可是他心中却浮起大大的快乐。那一望无边的绿色禾苗，被微风吹拂着，那澄清见底的渠中流水，已经有不少鱼儿在里面游来游去，更有那含着笑意的农夫们的面庞，代表着心中高兴的一问一答的山歌……这些，都是他疲劳的慰藉和代价。

他怕后来的人们不知放水的标准，在离堆上刻了水则，规定水放到多高多深就算足了。直到如今，还应用着。每年秋天，他必要本地人把水底的泥沙淘起来，铺在岸旁堤堰上，以防河身垫高，水势泛滥。他把滩底的深度也规定了，在那里埋下一条大大的铁桩，淘滩时，必须见了这铁桩才算数。有些人把堰筑得太高，水势一大，都冲跑了，他又教给他们堰要筑得低，自会稳定。这便是传到如今，有人在山石上刻了起来的六字治水歌诀：

“深淘滩，低筑堰！”

现在虽有多少水利专家，去研究灌县的水利渠道，还是不能不佩服李冰这六个字说得切实扼要，是治水的不二法门！

李冰一生，完全是和水奋斗的历史，他的光荣，比那些专门打仗争天下的皇帝或英雄们可真是大得多了。第一，老百姓至今人人追念他，只要看春天放水的时候，伏龙观（李冰的庙）和二郎庙前那些乡民的报赛祈愿，人山人海，就可以明白。第二，他所留下来的教训方法，像竹笼工啊，杩槎啊，分水堰啊，人字堤啊，滚水坝啊，也没有一件不在沿用着，给四川人造了多少幸福，给各处讲水利的人做了多少榜样！若是说“精神不死”，李冰真可以当之无愧了。

李冰的事迹，只见于《史记·河渠书》《水经注》，应劭《风俗通》等，都带了些神话色彩。有的说他曾和水怪交锋，水怪变了一头大牛，李冰也变了一头牛和它斗，战不胜它，就命百姓挟弓矢助战。他说：“你们看那腰间系了白带的牛就是我。”于是百姓把那水怪化的牛射杀了。又有的说，他曾到水里，仗剑去斩孽龙，这水怪、孽龙都是离堆之下江里边的。而且，今日离堆的山石上还有巨大铁链，当地人传说是李冰锁孽龙的（事实上，这种铁链是怕山洪暴发时，上流下来的船筏触在山岩上沉没，人们可以扯了它免于溺死的）。还有离堆顶上的二郎庙中，供着的二郎，神像脚下正踏了一条蛟龙，这就是所谓孽龙。我们折中这

◎李冰父子二王庙

些传说，认为李冰和二郎，也许像晋朝的周处似的，斩过水中的蛇蛟，不过这也是给老百姓看看，让他们不要相信什么河伯之类的传说，改革恶俗，取意和西门豹治邺差不多。西门豹把河伯娶亲的事用武力改革了，也在邺办起水利来，百姓很得他的好处。看起来，不先破除迷信，老百姓是不敢惹那凶恶的流水的，所以斩蛟等就成为治水的必要步骤。自李冰创始水利以后，汉唐宋元明清，每一朝都有专设管水利的官，而汉代的文翁，三国时的诸葛亮尽的力量尤大。积了2000多年的努力，才得有今日的规模。治水的工具方法，虽不能断定完全是李冰的发明，至少，他是奠定了这些发明的基础，而后才能逐渐进步的。

知识扩展

文翁，汉景帝末年任蜀郡守，任内兴修水利，开湔江口、灌溉繁县农田，发展农业生产；同时建立学校，兴办教育，政绩卓著，成都多地建有文翁祠。

诸葛亮，三国时期蜀汉丞相，在任期间注重“务农殖谷”，对著名水利工程都江堰不断进行修缮。此外，刘备夺取汉中后，为了守住汉中要道，诸葛亮在汉中办屯田，修水利。经诸葛亮“踵迹增筑”的“山河堰”等水利工程至今还是汉中地区灌溉面积最大的水利工程。今天成都建有武侯祠，表达民众对诸葛亮“鞠躬尽瘁，死而后已”精神的肯定和赞誉。

延伸阅读

唐代诗人杜甫曾有《石犀行》描写李冰造都江堰之事：

君不见秦时蜀太守，刻石立作三犀牛。
自古虽有厌胜法，天生江水向东流。
蜀人矜夸一千载，泛溢不近张仪楼。
今年灌口损户口，此事或恐为神羞。
终藉堤防出众力，高拥木石当清秋。
先王作法皆正道，鬼怪何得参人谋。
嗟尔三犀不经济，缺讹只与长川逝。
但见元气常调和，自免洪涛恣凋瘵。
安得壮士提天纲，再平水土犀奔茫。

第二章

秦始皇吞并六国

秦始皇是第一个把中国统一起来的人物。不但政治上统一了中国，而且统一了中国的文字、中国各种制度，如度量衡，有些制度后来一直沿用下来。中国过去的封建君主还没有第二个超过他的。

阅读导引

顾颉刚中国历史故事

中国的真正统一，应当以秦始皇为首。外国人译中国为“China”或“Sino”，实是“秦”字的对音，由此我们可以意识列秦帝国声威之远播。有人主张秦国统一的完成，不是始皇的力量而是商人阶级的成绩，因之称始皇的政府为商人政府，这话固然有一部分真理，可是秦之所以能够统一，并不是从始皇一代起的，始皇以前的惠文王取河西、亡巴、灭蜀，昭王决定“远交近攻”的原则，都得看作灭六国的预备阶段；到始皇时，机会、人力全部成熟，所以就完成

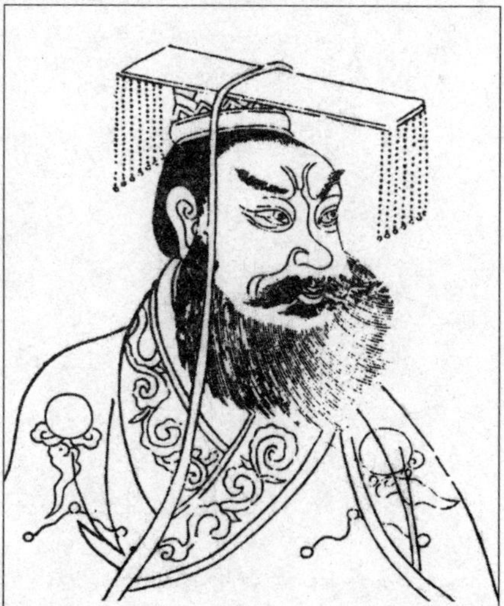

◎秦始皇嬴政像

统一的大功了，又怎么能说完全是商人的力量？何况吕不韦虽有拥立之功，实不与闻战阵之役，我们说商人阶级在这时已经抬头则可，说商人完全支配了政府则不可。此其一。

延伸阅读

“远交近攻”是“三十六计”之一，指联络距离远的国家，进攻邻近的国家。这是战国时秦国采取的一种外交策略，出自《战国策》：“王不如远交而近攻，得寸则王之寸，得尺亦王之尺也。”前270年，秦昭王准备兴兵伐齐。范雎劝阻道：“齐国势力强大，离秦国又很远，攻打齐国，部队要经过韩、魏两国。少派军队的话，难以取胜；多派军队的话，可以打胜，但也无法完全控制齐国土地。不如先攻打邻国韩、魏，逐步推进。”秦昭王采纳了他的意见。同时，为了防止齐国与韩、魏结盟，秦国还派使者主动与齐国结盟。于是，秦国与距离较远的齐、楚成为盟友，首先攻下韩、魏，然后又从两翼进兵，攻破赵、燕，统一北方；随后，秦国挥兵攻破楚国，平定南方；最后，把齐国也打败了，终于实现了统一中国的愿望。

也有人说不能把始皇看作过于英雄的人物，这话也不错，本来无论任何阶段的历史，都不能过分强调英雄主义；可是，人的因素在事件的过程中到底是非常重要的，如果始皇不是雄才大略，可能局面又是一个样子。或者说他即位时才十四岁，年轻的小孩子能做什么事，这里我们就不能不看重秦国先王所决定的政策和他们所培植的人才。何况，六国之破灭，已是始皇廿六年，那时他已四十岁了，正是一个人最有作为的时候。

对于一种彻头彻尾的改革往往要演成流血惨剧，旧习惯旧文化是有其顽固的力量的。六国的贵族，平时养尊处优，不流汗不费力而过着闲豫的生活，如今一旦全部崩溃，而且“王子王孙，辞楼下殿，辇来于秦”，甚至连自己的妻妾和财产也保不牢，其仇恨自不待言！至于老百姓呢，要用素不习惯的文字，要改变用了好多年的丈尺、升斗、车服等制度，要负担比供养贵族更大的军事和政治的费用，要建筑那为了一个人享受和保护不惜流干了天下血汗的伟大工事，什么宫殿呀，陵墓呀，离宫别苑呀，永远做不完，到最后，还得抛家弃子去看守长城，做一名戍卒，试问秦帝国还能够维持下去吗?

延伸阅读

“王子王孙，辞楼下殿，辇来于秦”出自唐代文学家杜牧的《阿房宫赋》。这篇赋先用不大的篇幅描绘了这座秦代“天下第一宫”之壮丽恢宏、巧夺天工，与居住在这里的人们生活之奢靡，也写出了秦人对从六国聚敛而来的财物的不珍惜。随后，作者笔锋一转，总结六国和秦灭亡的历史教训：“灭六国者六国也，非秦也；族秦者秦也，非天下也。嗟乎！使六国各爱其人，则足以拒秦；使秦复爱六国之人，则递三世可至万世而为君，谁得而族灭也？”这篇作品，具有很高的艺术价值，更具有震撼人心的思想力量。

这真是一个再切实无比的教训：一切不为人民的政治，无论做得多么堂皇热闹，保护得多么周密牢固，总有溃决的一天，而且是压力愈大，反抗力也愈大。始皇为自己的英雄优越感所麻醉，以为真的是空前绝后的人杰了，岂料应这‘亡秦者胡’谶语的，不是匈奴而是胡亥！谶语固然靠不住，然而他却丝毫未曾想到祸乱不在远方而在肘腋，仇敌不是外族而是人民，这就不得不说是始皇的糊涂懵懂，而且是英雄主义害了他。

焚书坑儒也是后世最诟骂的两个题材。《随园诗话》上引某人诗句："焚书已种咸阳火，销铁还留博浪椎。"这两句话很可以证明辩证法之所谓矛盾现象，任何一种压力之下都已蕴藏着反对的力量，迟早必有爆发的一天。固然，也有人说，像方士之流的骗子，坑了也不足惜，古代那些伪造的杂书，多烧点儿也不算什么，然而居心想统治思想威胁思想者就要不得。古书上曾说"防人之口，甚于防川"，可惜历代统治者都不能明白这个道理，在法西斯化的国家里此种现象尤其厉害，而其结果则无一不是败亡。"前事不忘，后事之师"，我们愿意提供秦始皇帝为例证。

汉以后虽是表面反对始皇，但一切政教文化无不继承他的系统和原则，不过方法技巧更通些，更毒辣些罢了。《兰亭集序》说："后之视今，亦犹今之视昔"，此话意义深长，使人感慨无量。像秦始皇这种人，也可以说是"功不补过"的了。

>> 一

那时的国际形势

中国历史在战国以前，是所谓封建制度时代[①]。什么叫作封建制度呢？原来古代的帝王，把全国土地分为许多单位，分配给他的同族亲属或建立过功劳之大臣去统治，这叫作诸侯；诸侯对中央政府负责，但他的小国里面，又分成若干更小的单位，交给他的卿们去管理，其关系完全相同于天子对于诸侯。这些分得土地的人，称为贵族。至于那些费了力气去耕田，然后把部分生产品献给贵族的农民们，虽然他们终年把血汗滴在土地上，可是并没有完全支配土地的权力，在社会史上，称之为农奴或奴隶。贵族与奴隶，构成古代的社会，他们彼此之间又分成不少的等级，现在也不必一一细说，反正我们知道贵族的生活完全仰仗奴隶就是了。

中央政府的首领叫天子，意思是上帝[②]的儿子，代表上

---

①现在叫奴隶制时期。——编者注

②即上天之帝的意思，早期称“帝”“神”“天”，《尚书》始见“上帝”一词，后为来华基督教传教士借用。——编者注

帝统治人民的。天子的权由神授，在西洋也如此说，这因古代人民思想简单，必须这样才容易统治。

延伸阅读

“封建”的含义，有狭义与广义之分。狭义的“封建”即封邦建国，指分封的政治制度。《诗经·商颂·殷武》：“命于下国，封建厥福。”帝王把爵位、土地分赐亲戚或功臣，使之在各自区域内建立邦国。相传黄帝为封建之始，至周制度始备，到秦始皇统一中国，渐为中央集权制取代。欧洲中世纪也曾实行类似的制度。广义的“封建”是由马克思定义的，指地主阶级对农民阶级实行专制统治的社会制度，这种制度在中国从秦汉延续至明清。

天子为了自己省力气而且可以增加羽翼，上述的封建制度当然是很好的，这恐怕也是经过长期的进步才想出来的方法。可是时间久了，各诸侯之间的经济力量有的膨胀，有的萎缩，同时武力也有类似的情况，于是诸侯彼此间便有了兼并现象。按照政治进化的眼光来看，由分立而逐渐统一，由部落而进至大国，本来也是当然的；不过在过渡期间，战争的负担全要加在农民身上，其痛苦自不必说，古代诗歌里常有表示反对战争的，正可以反映这种社会。周初的诸侯，据古书记载，相传有八九百个，过了四五百年，到春秋时代，已经兼并成一百多；春秋时代约有240年光景，是中国社会变动最剧烈的时期，贵族们渐渐腐化堕落，农民求得了知识，慢慢抬头，商人也多起来，起初是专门给贵族转运货品，后来就独立成为一行职业，他们的势力更侵入政治界，既然有了钱，当然要势力作陪衬作保护，所以商人在当时社会上的活动，和新兴知识阶层的到处蜂起，格外加速整个社会的转变；同时，各诸侯本身都包含着一个矛盾力量，就是自己所分封的卿等，他们的权势也日见膨胀，想要把他的主子打倒，自己坐上高位。春秋时代一终了，转入战国时期，一方面是各国战争的加剧，使诸侯的数目由数十国变成七个列强，一方面是列强之中有好几个国是由大夫起来，代替了他们原来主人的，例如，晋的三家卿分了主人的地盘，成为韩、赵、魏；齐国的巨族田氏（又称陈氏）篡夺了吕尚（齐国始封之君是周的功臣吕尚之后，吕尚就是世俗所传的姜太公）的后代，称为田齐；秦国呢，乃是西方的新兴强国；我们简直可以说这七国之中，除去燕楚二国以外，几乎全部是一种新的局面。

燕国在今日河北北部到辽东半岛一带。南面就是赵，赵有山西北部、河北南部之地。赵的南面是魏，魏踞今河南中部、山西南部。魏东是齐，齐有山东全省。魏西是韩，地盘最小，在河南西部。楚国的面积很大，湖北、湖南、安徽、江苏、浙江以及陕西南部之地都属它。秦则占据陕西，所谓关中之地，四面全是山。中间是泾渭谷地，后来又往南扩充到四川，并占了楚的汉中之地，真是当时的天之骄子，人人怕它。那时交通情形已比古代大有进步，有些地方开了运河，有些地方则有各国自筑的驰道。只是因为国防与战争的关系，彼此的车辆，大小宽狭都不能划一，甚至连文字、语言、度量衡制度全是分歧的，在政治经济尚未一统的时代，这是必有的情形。可是商人是无国界的，他们唯利是图，因此造就了许多国际都市，如齐国的都城临淄、赵国都城邯郸，以及有名无实的周天子的都城洛阳（周人在政治上失了势，特别在商业上用了心思）、韩国的都城阳翟，全是人口繁富，百货骈集的所在，隐然成为经济的重心。还有那些农民出身的新知识分子，他们没有祖传的爵位可以慰藉，可又非常羡慕那种富贵，于是东西南北地去撞运气，不论是谁，只要肯用他的，无不愿出智谋，以博取高官和厚禄。那些没落了的贵族，也有加入这种集团的。在政治、外交、军事各方面的斗争达白热化的时期，各国当局都愿意网罗特殊的人才以为己用，至少也要收养一些所谓“食客”，以提高自身在国际上的声誉，同时也使这些野心家有了生活上的靠山，不至于为非作乱。战国时的四公子——齐国的孟尝君、赵国的平原君、魏国的信陵君、楚国的春申君，再加上秦国的吕不韦，门下食客全有数千人，我们可以想象对于促进临淄、邯郸、大梁（魏都）、咸阳（秦都）的繁荣，他们也是有力分子呢。

历史上记载秦本是禹的大臣伯翳之后，并且是舜的女婿，这话未必靠得住。据今人考证，有的说他们本是东方的华夏人，当周代商之后，商族曾在东方谋叛，秦的祖先也曾参加这次叛变，就被周人迁到西方去，和那些羌戎同位。也有人疑心秦国根本就是西戎之一种，亦即后来所谓羌人。这两种说法，现已证明前一种对。春秋初年秦才渐渐强大，五霸之中的秦穆公，是把秦国弄得富强起来的第一人，他因为本国文化落后，从外国吸收了好多人才，并和中原的晋国结了姻亲，帮助逃亡在外的晋公子重耳回国为君——即晋文公，——在国际上声名大著，同时在西边他又消灭了十二个戎国，扩充了一千里的国土，一方面结束了400余年的戎秦战争，另一方面也可以收西北毛皮牲畜之利，奠定了秦国发展的始基，所以秦人对他是念念不忘的，有时把他恭敬成天神一样。

穆公以后，秦的国际地位又低落了，中原会盟的事，秦简直没有份儿。历十六代传至孝公，才又奋发图强。他发布命令，征求人才，愿意把极高的位置和极大的封土来做条件。卫国宗室公孙鞅（后封商君，因此称为“商鞅”）来到秦国，为他立法令，改风俗，增财富，练军队，析户口（请参看本丛书《商鞅立法》故事），一举而战胜了魏国，使魏国不敢再建都安邑而迁至大梁（今河南开封），秦的国威重新振起。

惠文王继位，秦的势力更扩张了。东面大败魏国，取了魏国的西河之地（就是黄河以西的魏国领土，秦国视为心腹之疾的），并在函谷关一带渡过黄河，取了曲沃等地，把那边的险要之区全都纳入了秦国版图。同时，向南方发展，灭了巴、蜀（巴都是现在的重庆，蜀都是现在的成都）。蜀是出产最富资源最多的国家，从此秦国的铜铁竹木等原料和米粮都可不愁缺乏，并且沿了长江顺流而下，就可以威胁楚国，在形势上尤其有控制之功。惠文王这两次战争，使秦国在战国的国际地位上很顺利地取得了优势。

惠文王再传至昭王，他一共坐了56年王位，干了不少重要的工作，特别是决定秦国对外的根本策略，可以说是秦国后来代代遵循的方针，这策略就是远交近攻，各个击破。那时距秦远而国势强的，南方是楚，东方是齐；至于北方的燕，好像无足重轻。本来秦国连年与楚作战，楚国丧师失地，吃亏极大，后来楚国贵族春申君黄歇劝秦国说："秦和韩、魏是世仇，是腹心之患，战争连年，尸体遍于道路。如今又来伐楚，韩、魏很可能联合起来，切断秦的后路，对秦是很不利的。如果楚秦两国相和，威胁韩、魏，韩、魏必败，然后进而攻齐，燕、赵既不能与齐相联合，也就只有降服。"这番话，虽意在缓和秦的攻势，但却给秦很大的启示。等后来秦又伐齐，军事家范雎也以同样理由劝告昭王，认为即使战胜了齐，中间隔着韩、魏也没法统治，不如用远交近攻的策略，先打韩、魏的主意。这回正式提出"远交近攻"的口号，昭王颇为首肯，从此就成为秦国作战的最高指导原则。

昭王的武功也真可观，韩、魏两国被他侵略得只剩下一小块地方，魏旧都安邑都被他吞了，秦兵一直打到大梁城。赵国的老将廉颇带兵抵抗秦军，用坚壁清野之计，使秦兵碰了钉子。无奈赵王又中了秦国的反间计，撤了廉颇，换了赵括。赵括轻进，陷入秦军包围，可怜四十五万生龙活虎似的大军，都被秦将白起活埋了！到第二年，赵都邯郸就被围。幸亏诸侯之兵来救，算是没有亡国。

延伸阅读

“坚壁清野”是一种军事策略。坚壁，就是加固城墙和堡垒等防御工事，清野，是清除野外的农作物和其他物资。在古代战争中，常发生攻城战，而城外有很多农田。假如敌军一时攻不下城池，却可以就地收割粮食获得补给，城内的守军反而无粮可吃，岂不糟糕？所以，清野是和坚壁同等重要的措施，目的是使敌人增加消耗、无所获取，无法深入，最终粮尽力弛，只能退兵。出自《三国志·魏书》:“今东方皆已收麦，必坚壁清野以待敌军，将军攻之不拔，路之无获，不出十日，则十万之众未战而自困耳。”

昭王之子孝文王即位三天而死。庄襄王继立，他便是中国专制政治史中第一个顶天立地的帝王秦始皇的父亲。

>> 二

秦始皇出身的传奇

秦始皇是中国古代著名的暴君，但若用新的观点看，他确是奠定中国2000年来统一集权政府的第一人，中国的领土大致由他而确定，中国的官制以及中央和地方的政治制度的树立，文字和思想的统一也全由他而开始，这样一个极不平凡的人物，几乎有些“超人化”了，所以关于他的出身也有着很富小说意味的传说。

他姓嬴名政，前259年（秦昭王四十八年，周赧王五十六年）生于赵国都城邯郸。他父亲子楚，是昭王的孙子。昭王儿子安国君，已经立为太子，宠爱着一位如花似玉的美人，称为华阳夫人，偏偏她却没有生男育女，其他妃子倒生了许多男孩。昭王年岁老了，眼看安国君就将成为秦王，因此他的儿子们已经纷纷策动，图为太子。只有子楚是素来不为安国君所爱好的，这时被派到邯郸做“质子”，质子就是抵押品的意思——古时两国盟约，为了保证信用，常将彼此国君的亲属派到对方作为抵押品。这时，秦强而赵弱，故虽有子楚为质于赵，昭王仍是不时地攻打赵国，因此赵国对待子楚表现出了冷酷的态度。

韩国阳翟的大商人吕不韦到邯郸去做生意，不知怎么，他认识了子楚，一听说那是秦国的贵族，他便格外奉承。韩和秦是邻国，吕不韦对于秦国的情势有点明白，他意识到这个落魄的王孙可以当作一注政治本钱。一天，他和他父亲谈起，问道：

“种田的利息有多少倍？”

“至多不过十倍。”

“贩卖珠玉呢？”

“那好多了，可有百倍！”

“要是立国君，帮别人成大事呢？”

“你这孩子，为什么说这种话？我们是本分生意人，只求有百倍利息就好极了，这种大事可不是我们的本分。”

“您先不要管，如果成了功怎么说？”

“那可了不得！还不是功名富贵都来了吗？你要多少倍就会有多少倍！”

“那么，我决心做这注生意了，现在有一注很大的本钱呢！”

他一五一十把子楚的事说了，父亲也只有唯唯否否，半信半疑。子楚这时既不得赵人的欢迎，又受不到祖父和父亲的宠爱，在秦赵两国国交破裂中间简直成了一个没人理睬的可怜虫，连衣食车马都顾不周全；正在山穷水尽之秋，忽然吕不韦送了许多粮食、车马和黄金来，他惊奇得不知所措。当他接见吕不韦的时候，第一句便问这是什么意思。吕不韦不慌不忙地说：

“我想助你成大事！”

“什么？成大事？你自己的大事还没成，为什么先顾我？”

“我的大事必须待你的大事成了功才有希望呀！你懂吗？——我们到里面谈谈好不？”

两个人到了密室，分宾主坐下，吕不韦很关切地说：“我看公子的景况好像不大好，目下您的老王年纪大了，安国君，您的父亲，不久就可以继立为君；您是他二十多位公子中的一个，平时又不大为他所注意，万一到了那个时候，别位弟兄立为太子，请问你怎么办，莫非你就甘心长此流落在异乡？”

子楚几乎哭出来：“依你怎么办？”

“不用手段，这事恐怕不行。您的母亲并不为安国君所宠爱，幸亏这里有个机会，华阳夫人虽是您父亲的爱妃，却没有子嗣，我们正可以利用这个弱点，只消您哄好了她，还愁没有好的将来？这里有一千两黄金，您用五百两在此地收买宾客，造成自己的声名；我带五百两去咸阳，向华阳夫人那儿活动活动。您以为怎样？”

子楚从席上挺身起来，恭恭敬敬叩了一个头：“你若办成此事，便是我第一个恩人；将来的天下，愿分一半给你！”

吕不韦买了不少珠宝和秦国不大有的绫罗疋头，和各样珍奇玩物，不分晓夜赶到咸阳，先买通华阳夫人的姐姐，献上礼品，华阳夫人果然非常喜悦。吕不韦凭了一张嘴说动华阳夫人的姐姐，又请她把意思转达给夫人，说，夫人年纪不小了，为了维持自己的地位，该当赶快打主意，不然，将来安国君再爱上其他年轻女人，夫人就要被牺牲了。夫人既没有子嗣，其他公子又没有肯和夫人一心的，只有远在赵国做质子的子楚，却时时念及夫人和安国君，有时甚至哭泣。而且子楚也真是个人才，赵国上上下下，哪一个不说他好，夫人若想得一臂之助，这人是再恰当没有了，只要夫人肯提拔他，立为太子，将来把他扶做秦王，他还能忘得了您的恩惠吗？那时您稳稳当当做皇太后，谁敢小看您分毫！这岂不是维持地位的最好方法？华阳夫人前后一思索，果然大有理，就一面派人到赵国调查子楚的情形，一面准备向安国君建议这件事。

子楚在赵国既已有了钱，自能招致宾客，交结贵人，果然赵国上上下下没有不赞美秦国的王子，说他大方贤惠，连赵国的当局也弄得莫名其妙起来。华阳夫人的使者一到邯郸，当然受到子楚的特别优待，邯郸有的是能歌善舞的美姬，有的是美酒佳肴的上等筵席，再加上重重的礼品，他们还不竭力给他吹嘘吗？从此华阳夫人在安国君面前一味夸扬子楚，不由得安国君不信。

吕不韦回到邯郸，见了子楚，首先报告自己的成功。子楚对他感谢万分。过了几天，吕不韦请子楚吃酒，特命自己新娶的爱姬出来陪饮。这位如花似玉的美人，不住地向子楚流目送盼，弄得子楚神不守舍，那一场歌舞，尤其使他目眩神迷；等到酒阑人散，不由得涎着脸皮向吕不韦要求把这美姬赠给他。吕不韦很愤怒地骂道："我为你，把家产都牺牲了，怎么连我的老婆也动起脑筋来？"子楚只是一味死缠。"唉，也罢，我就牺牲到底吧！"当夜用车子偷偷把美姬送到子楚馆舍，子楚好不快活，把吕不韦感激得铭心刻骨，同爹娘一般的奉承。

不知是真还是假，据说这美姬已怀了孕，以后生下一个儿子，就是嬴政。

延伸阅读

关于秦始皇的身世，《史记》中有自相矛盾的描述。《史记·秦始皇本纪》说："秦始皇帝者，秦庄襄王子也。庄襄王为秦质子于赵，见吕不韦姬，悦而取之，生始皇。以秦昭王四十八年正月生于邯郸。"《史记·吕不韦列传》却说："吕不韦取邯郸诸姬绝好善舞者与居，知有身。子楚从不韦饮，见而说之，因起为寿，请之。吕不韦怒，念业已破家为子楚，欲以钓奇，乃遂献其姬。姬自匿有身，至大期时，生子政。子楚遂立姬为夫人。"由于《史记》是参考了许多庞杂资料汇编而成的，出现自相矛盾的情况在所难免。如今大多数人还是相信秦始皇和吕不韦并没有血缘关系。但是不得不说，吕不韦的精明强干和子楚的平庸鄙俗对比过于鲜明，难怪有人不肯相信秦始皇是子楚亲生。

昭王五十年（前 257 年），秦国又派大兵攻赵，邯郸城被围甚急。赵人大怒，要杀死子楚作报复。吕不韦赶快花了六百两黄金贿赂守兵，把子楚放走，星夜逃回秦国；他的新夫人带儿子逃回母家，总算避过了这场灾难，不久她也偷偷地溜到了咸阳。

昭王五十六年（前 251 年）薨逝，安国君继位，华阳夫人做了皇后，子楚封为太子，一切都像预期那么顺利。吕不韦在秦国已经成为政府幕后要人了！

延伸阅读

"薨"是逝世的一种说法，用于诸侯或有爵位的大官死去，也可以用于皇帝的高等级妃嫔和所生育的皇子公主。不同级别的人逝世，有各自不同的叫法。《礼记·曲礼下》："天子死曰崩，诸侯曰薨，大夫曰卒，士曰不禄，庶人曰死。"崩，原本指山陵坍塌，特指皇帝之死。禄的意思是俸禄，不禄即是不在享用帝王俸禄，因此代称"士"之死亡。由此可见古代等级制度森严之一斑。

更顺利的是，安国君（孝文王）只做了三天秦王就死了，历史书上只好勉强算作一年。这回真个轮到子楚继位，华阳夫人成了太后，吕不韦被正式任命为丞相，封为文信侯，把洛阳附近的十万户封了他，气势好不盛大。他的有计划的野心全部完成，而且，连子楚的新夫人，也依旧不断和他幽会着，子楚也许不知道，即使知道，也有些不愿麻烦。

嬴政就在这传奇式的环境中长大了。

>> 三 灭六国

子楚的王号是庄襄王，他做了三年秦王也就薨逝了；嬴政登基，只有十四岁。

国家大权都操在吕丞相手里；不过嬴政是个非常精明的青年，一切都瞒不了他。

经过几朝的向外发展，秦国的国威已为列国所慑服，就连东方的齐，南方的楚，也要怕它几分。嬴政继位的元年（前 246 年），就秉承秦国的传统政策，远交近攻，在丞相吕不韦和大将蒙骜、白起、王翦等人努力之下，开始向六国行动。这时，楚人李斯也到秦国，为吕不韦的食客。不韦看他很有才干，命他为郎，他对于进攻六国的事贡献了不少计划，据史书记载，他主张派大批特工人员到各国去，用金钱的力量离间其君臣，或是派了刺客相机行刺，在威胁利诱双重夹攻之下，先完成了秦国的间谍战。

离秦最近的就是韩。秦王政元年，韩国想出了一个计策，希望借此绊住秦兵，不能出函谷关东下。原来秦国的土地虽是泾渭河谷，但因雨量稀少，十年倒有八九年闹旱灾，韩国是水利工程比较发达的，他派了一名水利工程师姓郑名国的到咸阳去，向秦国政府建议开一条长渠，由泾水通到洛水三百里，可以灌溉四万多顷地。秦王答应了这提议，果然开起渠来，许多士兵改作了工人。可是不久韩国的计划就泄露了，秦人一面开渠，一面练兵，反而给秦国增加了兵饷的来源。韩国听到这个消息很害怕，在秦王十四年（前 233 年），派了贵族韩非到秦国。韩非是李斯的同学，两个人都是大儒荀卿的学生，懂法律，讲刑名，是韩国最有希望的政治家。秦王曾读过他的著作，很想看看这位专家，所以韩国才派他做了使节，想凭韩非的私交和学问保存韩国。无奈韩非到秦之后，受了李斯的排挤，秦王就生了疑，把他下狱。李斯派人给他送一碗毒药，好像西洋的苏格拉底一般，一位伟大的学者就这么牺牲了。秦王十七年（前 230 年），秦将内史腾一举攻下了韩国，俘虏韩王安，韩亡。

知识扩展

韩非，又称韩非子，战国末期韩国人。中国古代思想家、哲学家和散文家，法家学派代表人物。韩非是法家思想之集大成者，集商鞅的“法”、申不害的“术”和慎到的“势”于一身，将辩证法、朴素唯物主义与法融为一体，著有《孤愤》《五蠹》《内储说》《外储说》《说林》《说难》等文章，后人收集整理编纂成《韩非子》一书。我们所熟悉的“自相矛盾”“三人成虎”“讳疾忌医”等成语，都出自《韩非子》。

与韩相连的是魏。秦王四年（前 243 年）曾伐魏，取了二十六城。七年、九年，又取了魏的朝歌、汲郡，几乎把魏国的西北南三面都包围了。到二十二年（前 225 年），秦将王贲围了魏都大梁，把黄河的水决了口，灌入城中，大梁城破，魏王假被俘，魏亡。

赵国在魏国的北面，是秦王幼年的出生地。但他记起父亲在赵国所受到的冷待和幼年母亲带他逃亡的仇恨，就恨不得立刻将它灭掉。秦王元年、十一年、十三年几次派大军伐赵，得了不少土地；但这时赵国出了一员大将，名叫李牧，用兵甚精，秦兵有时甚至吃了败仗。

秦王十七年，韩国既已灭了，第二年便兴大兵伐赵，使王翦为将，攻下赵的要塞井陉；另派一支劲旅围住邯郸。赵遣李牧和司马尚抵敌，秦兵不能胜。于是秦就运用了李斯的间谍战，派人到赵都中散布流言，说司马尚、李牧已和秦国私通，不久就要反叛。赵王听了大惊，立命赵葱和齐将颜聚去代替他俩。秦兵乘势进攻，赵军大败，赵王迁投降。这是秦王十九年（前228年）十月的事。

◎秦王兴兵伐赵

秦王杀了20年前的仇人，心中为之一快。赵国的大夫奉着赵王的侄兄和族人逃到代（今山西代县以北），自立为王。隔了六年，秦王终于派遣王贲又把他攻灭。

近处的韩、赵、魏都完了，这回轮到远处的楚、齐、燕。

楚国和秦的仇恨结得很远。秦惠文王时，用张仪为相，屡欺楚国，并破坏了六国的联合战线（即合纵，参看本丛书《苏秦合纵》《张仪连横》两章），侵略了楚国许多土地，以后，并骗楚怀王入秦，将其活活逼死，所以秦、楚是不两立之国；无奈秦强楚弱，楚不得不勉强低头，真是一个悲剧。秦王六年（前241年），楚相黄歇（即春申君）又联合各国攻秦，被秦大败，楚国大惧，迁都到寿春（今安徽寿县），国势愈加不振。

秦王二十二年，魏已破灭，连燕王都因被逼而远走辽东了，秦王就想到伐楚的事，只为楚是南方一大势力，不能不特别慎重。秦王问李信："攻楚得用多少兵？"李信说："只要二十万够了。"又问老将王翦，王翦却说："至少六十万！"秦王认王翦为怯懦，就正式任命了李信。

李信是一个青年将官，自已觉得不可一世，带了二十万大兵，长驱直入，攻陷了楚国西部要地鄢郢（今湖北宜城）。不料楚兵用引敌深入的方法，一面败退，一面另派军队尾随秦军之后，等到秦军一疲乏，立刻攻了上来，李信措手不及，大败亏输，攻得的土地又全失了。

秦王大怒，惩办了李信，立刻传令亲往王翦家中去请他出山，原来王翦因秦王不听他的话，已回到家乡，闭户不出。好个秦王，能屈能伸，他向王老将军连连赔罪。“你难道真肯看着楚兵攻进秦国，毁了我们的一切吗？”他恳切地说着。“您要是还肯用我，仍旧至少六十万人！”王翦答。秦王慨然应允，并在王老将军启程南征的当儿，亲自送行到灞上。

秦、楚两军对峙在第一线，王翦故意坚壁高垒，不令军队出战，可又给他们吃好的，多休息。军人们都莫名其故，心想：“莫非这就是打仗吗？”他们力量养足了，没处去施展，天天到外面投石子，跳远，来消磨时光。王翦看了这情形，心说：“可以了！”此时楚王正想换防，王翦下令冲杀出去，把楚兵杀得落花流水，大将项燕也丧了命。到秦王二十四年（前 223 年），就灭了楚。

知识扩展

项燕是战国末年楚国名将，抗秦将领项梁的父亲、西楚霸王项羽的祖父。《史记·项羽本纪》："项籍者，下相人也，字羽。初起时，年二十四。其季父项梁，梁父即楚将项燕，为秦将王翦所戮者也。项氏世世为楚将，封于项，故姓项氏。"项燕的军事才能，与白起、廉颇等相比稍逊，但在楚国将领中是极出色的。项燕以坚定的信念，在大势不可逆转时上演了一出抗拒命运的悲剧，也成为楚国反抗暴秦的一面旗帜。陈胜、吴广起义时，就借了项燕的名义，欲兴复楚国。而项燕的儿子项梁，扶持楚国王室后裔，在江南竖起了复国大旗；其孙项羽更是推翻了秦朝的统治。

燕国的太子丹，少时做质子于赵，秦王政那时也在赵，两个小孩子聚在一块很友好。秦王政即位后，太子丹又到秦做质子，这回却与从前大不同了。秦王一见老朋友就摆出一副优越感的架子，很使太子丹过不去，心中愤恨极了，加之秦王已灭赵国，眼看就要进兵燕国，太子丹新仇旧恨涌上心头，恨不得一口咬死秦王，方解怨毒。

太傅鞠武和隐士田光介绍了侠客荆轲，假作进献割让的地图，到秦国去行刺（详细请看本书《荆轲刺秦王》），岂知一击不中，反被秦王所杀。秦王非常震怒，立令王翦率大兵伐燕。燕和代联合抵抗，在易水西岸为秦所败。燕王喜杀了太子丹，想息秦王之怒；秦王不答应，照常进攻，燕王只得逃到辽东。二十五年（前 222 年），秦兵攻到辽东，俘了燕王喜，燕也亡了。

六国之中，仅剩了齐。此时齐王名建，他的母亲称为君王后，极为贤明，指导齐王应对国际交涉很成功。当时大臣中也有许多才智之士，主张和北方的赵国、南方的楚国结合，共抗强秦。君王后临死时，立了一篇遗嘱，要齐王信任某大臣。可惜齐王不看重她的话，竟任贪财好货的后胜为相，秦国间谍立刻进攻这一弱点，给他送去无数金银财宝，让他不要与秦国作对；后胜便竭力在齐王面前主张与秦和好，撤销一切战时准备。齐王在位 40 多年，竟没有用过一次兵。

秦王二十五年，六国之中，已有五国被灭，齐国形势岌岌可危，即墨大夫给齐王献策，应该赶快招纳各国豪杰贵族，给他们军队，让他们各自恢复祖国疆土，如果这样，一定会有很多人到齐国来，与齐国合作，秦兵虽强，也不见得能够打灭六国的联军。哪知齐王舒服惯了，认为这个策略太麻烦，不肯听。到秦王二十六年（前221年），王贲攻齐，兵到临淄城下。可怜齐人还在睡梦之中，齐王轻轻易易投降了。秦人把他抛在松柏林里，活活饿死。

从穆公霸西戎到始皇灭六国，约400年。从孝公变法到六国灭亡，约130年。从惠文王取魏河西和巴、蜀至灭六国，约90年。从昭王决定远交近攻的策略至灭六国，约40年。秦国先王的志愿完全由始皇达到了，计划中的事情他也给完成了；同时，也是历代先王的功业给始皇做了成功的基石，始皇的成就更加光辉了历代先王的功绩。

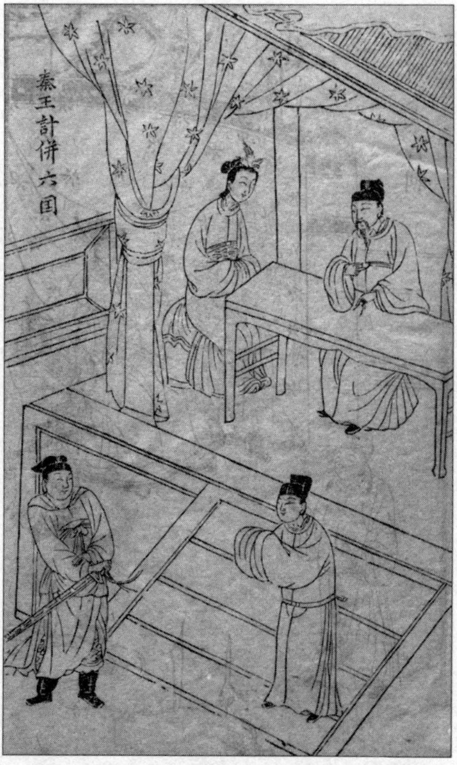

◎秦王计并六国

秦帝国到此，发展到了顶点，由西方一个僻远诸侯一跃而成为统一的大朝，并开中国2000专制历史的先声。

>> 四 商人政治的溃灭

秦王政初即位时，吕不韦为丞相，大权在握，他又维持着和太后（始皇母亲）的桃色关系，所以实力更加雄厚。自从庄襄王时，他就效法列国各公子养士的办法，也招致各国的知识分子来做食客，如李斯（后来做了丞相）就是从楚国来的，据说他的食客有三千人。他命这些知识分子做一件工作，就是各本所知，著成一部综合诸种学派学说的书，好像现在的百科全书似的，因为那时各国都有专家学者，自己著书立说风行于世，只有秦国文化比较落后，吕氏要在这方面争面子，才决心著作此书。书凡二十六个门类，八种叫“览”，六种叫“论”，十二种叫“纪”，总名“吕氏春秋”，“春秋”大约是那时各国常用的书名，所以他也采用了这个名字。这部书是那时分量极大的书，也是最有系统的书。书成之后，他立一个赏格挂在城门上，如有发现其中错误的赏千金，可是一来秦国人读书的尚少，二则相国势力大，谁敢改他的书，因此吕不韦以一个商人政客一跃而成为秦国的文化主宰。

秦王年纪渐渐大了，不韦深恐这位精明强干的青年君主看出他和太后的暧昧关系，不敢再到太后宫中去。但壮年寡居的太后实也离不了他，他不得已，只好找了一个替身，此人名叫嫪毐，是个出名的壮汉。不韦用了点儿手段，把他接入宫中，诈说他犯了腐刑之罪（割去生殖器），实际上并未真的执行，从此和太后打得火热，太后宠爱得了不得，连连升官。到秦王八年，封毐为长信侯，把山阳（今山东巨野）的地方给他住，替他修了广大的宫室苑囿，并把太原郡改为毐国，势力端的了得。

太后怀了孕，这可真麻烦！只得假说身体不好，应该迁居避晦气，搬移到雍（秦旧都，今陕西凤翔）。嫪毐更得宠了，光是奴婢就有几千，吕不韦家中也不过如此。太后连生了两个私生子，心中很想选立一个私生子为秦王。恰好这时有人向秦王告发了嫪毐和太后的秘密，风声很坏。嫪毐就动手造起反来，当然也是奉了太后的意旨。秦王派大军包围了嫪毐，杀光他的三族，把太后也监禁起来。这时最感到不安的要算吕不韦了，因为嫪毐已把前后经过，完全招了出来，吕氏也免不了责任。秦王总算宽大，暂时没有杀吕氏，只免了他的相国，令他住到河南的封地去。吕氏掌管国政十余年，根深蒂固，他的食客为了自己的饭碗问题，纷纷策动召还吕氏；吕氏的家中，诸侯使节和宾客也往来不绝。这使秦王非常吃惊，暗想此人非斩草除根不可。十年（前237年）十月，突然下令免吕氏的侯爵，把家属全迁到蜀郡。吕不韦没想到形势这样急转直下，他看出秦王将来一定不会饶恕他，就服毒自杀了。这位国际大商人，来得不平凡，死得也很突兀，在秦帝国的开国史上，他总算写下了重要的一页。

秦王是多猜疑的——这是每个雄才大略的君主的普遍现象——文信侯吕氏是韩国人，他因之怀疑到许多由外国来秦做事的客卿，想把他们都驱逐出境，免得在秦做间谍。亏得多才善说的李斯，上了一篇《谏逐客书》，劝秦王不要这么极端，应当不分界限地容纳人才，方能成大事。这文章作得好极了，秦王不由得受了感动，就取消了逐客令，而且给李斯升了官。

商人政治虽是溃灭了，可是知识分子依然掌握着政权。

秦王因此曾下过一道命令，竭力压低商人的地位，不许他们做官，并把他们大量发到边疆上去做戍卒。

>> 五

开国的规模

吕不韦和嫪毐死后，政治大权一齐揽在秦王手中，不到15年工夫，就扫平了六国，完成统一的伟业。秦王这时也不过四十岁罢，心里的高兴和骄傲，简直不是语言可以形容。

他第一件事，就是要正式作统一的大帝，这是从来没有过的盛事，于是先下命令让群臣议自己的称号。在命令中，他得意地铺张着武功，最后说：

“寡人以眇眇之身，兴兵诛暴乱，赖宗庙之灵，六王咸伏其辜，天下大定。今名号不更（改变），无以称成功，传后世。其议帝号！”

在他以前的六国，首领不过称“王”，连秦国本身也只有“王”，现在既已建立了空前的大业，“王”怎么可以代表得了呢？他要求一个更辉煌更伟大的衔头。

丞相王绾、御史大夫冯劫、廷尉李斯等大臣商量的结果，上了一封奏议，说：“以前五帝的时候，地方不过千里，天子没有力量约束王畿以外的诸侯。现在，您兴了仁义之师，消灭了暴敌，平定天下，统一海内，这是有史以来所未有的，古代的五帝也办不到。我们同博士们商议，他们说，太古之时有天皇、地皇、泰皇，泰皇最尊贵，我们就请您称为泰皇。以后凡是您的说话，称为‘制’；您的命令，称为‘诏’；您自己称作‘朕’。”

秦王采用了他们建议的“皇”字，又加上了一个当时称颂天神的“帝”字，叫作“皇帝”。对于制、诏、朕的规定，完全同意。他马上再下一道诏：“古时的君王只有号，没有死后的谥法。后来，君主死后，臣子们给他立谥法，有的好，有的坏，这岂不是在下的可以批评在上的吗？朕觉得很不妥当，以后永远把这办法废除了！朕是始皇帝，依次计算，从二世皇帝、三世皇帝以至千世万世，传之无穷！”这样，他就成为历史上通称的“秦始皇帝”。这是他即位以来的第二十六年，整整四十岁。

第二件事是彻底改变行政制度。前面我们讲过，古代行封建制，天子把家族和功臣分封到各地，代他执行政治经济的特权，可是以后就弄出了毛病，天子不能支配诸侯，以至被灭。始皇初灭六国，丞相王绾依旧主张封宗室为王；但李斯表示反对，他说：“分封诸侯，日子一久就会互相攻击，影响中央政权，周朝便是前车之鉴。我以为皇帝的家属和功臣，只要用国家的赋税重重赏赐他们，也就够了，这样，对于管制上更加方便，一切大权可以把握在皇帝手中，天下可以长久太平。”李斯这话，既针对了现实环境，又迎合了始皇心理，当然博得始皇的赞美，于是就决定实行中央集权制。

中央集权制的要点是无所谓第二个政府，地方分成若干郡（好比后来的省），郡下又分为若干县，而一切听命于皇帝。始皇起初分天下为三十六郡，便是：

一，上郡（今陕西北部）；二，北地郡（今甘肃东北部）；三，陇西郡（今甘肃东南部）；四，三川郡（今河南西北部，包括洛阳、荥阳）；五，颍川郡（今河南中部及南部）；六，南阳郡（今河南西南部及湖北北部）；七，砀郡（今河南、江苏、山东、安徽四省交界）；八，邯郸郡（今河北西南及河南北部）；九，河东郡（今山西西南部）；十，上党郡（今山西东南部）；十一，代郡（今山西东北及察哈尔[①]蔚县一带）；十二，太原郡（今山西中部）；十三，雁门郡（今山西西北部）；十四，云中郡，（今内蒙古一部分地区）；十五，上谷郡（今河北西部及中

①民国省区，1952 年撤销。——编者注

部）；十六，钜鹿郡（今河北西部邯郸以北）；十七，渔阳郡（今河北密云一带）；十八，右北平郡（今河北山海关至热河[1]）；十九，辽西郡（今辽宁西部）；二十，辽东郡（今辽宁东部）；二十一，东郡（今山东西北部）；二十二，齐郡（今山东东部、东北部）；二十三，薛郡（今山东东南部）；二十四，陶郡（今山东西南部）；二十五，琅琊郡（今山东南部）；二十六，泗水郡（今江苏北部、安徽东北部）；二十七，九江郡（今江苏西北部、安徽中部、江西东北部）；二十八，鄣郡（今江苏西南部、安徽东南部及浙江西北部）；二十九，会稽郡（今江苏东南部及浙江沿海）；三十，汉中郡（今湖北西北部及陕西西南部）；三十一，南郡（今湖北东部及南部）；三十二，长沙郡（今湖南东部及江西西部）；三十三，黔中郡（今湖南西部）；三十四，巴郡（今重庆）；三十五，蜀郡（今四川西部）；三十六，闽中郡（今浙江南部及福建）。

这些郡有的是六国业已设立的，有的是秦国早已设立的，但行政系统不很整齐，到这时都划一了。之后，始皇又在燕、齐故地增划六个郡，即广阳郡（今河北）、胶东郡、

①民国省区，1955 年撤销。——编者注

胶西郡、济北郡、博阳郡、城阳郡（以上均在山东境内），连前共四十二郡。到三十三年，取了南方的百越之地，又立了南海（今广东）、桂林（今广西）和象郡（今越南北部）三郡。同年，驱赶了北方的匈奴，增设了九原郡（今内蒙古五原），最后又在内地划出陈郡（今河南东南部）、东海郡（今江苏东海），一共完成了四十八个郡，恰是六的八倍。因为始皇那时，规定记数以六为标准（好像我们现在常以五为标准似的），故必须完成六的倍数。

延伸阅读

关于三十六郡的具体名称和辖区，不同的文献互有出入：《史记·秦本纪》和《史记·秦始皇本纪》都提到始皇初并天下为三十六郡，但没有列举名目，也没有记载秦末共有多少郡。《汉书》《帝王世纪》等书认为数量是三十六；而《晋书·地理志》认为是四十个；到了清代，有学者考证数量为四十八个；1948年历史学家谭其骧发表《秦郡新考》，认为秦有四十六郡。不过，三十六郡还是流传最广的说法。

每个郡有若干县，县以方百里为原则。县下设乡，乡下设亭，乡的大小等于县的十分之一，亭等于乡的十分之一。不过，依旧要看人口密度：密度大的土地少；反之，土地大。亭是地方行政的基本单位。

行政制度一改，当然官制也得改。官制分为中央和地方，始皇二十六年规定，中央重要的官制是：

一，丞相——助皇帝理政事，是最高行政长官，有点像现在的行政院长，始皇时有左右二丞相；二，太尉——掌军事；三，御史大夫——辅佐丞相；四，博士——好比顾问团，都是有学问的专家，所谓“通古今”的；五，卫尉——掌皇宫守卫；六，廷尉——掌司法；七，治粟内史——掌财政；八，少府——掌税收；九，将作少府——掌工程修建；十，典属国——掌与周边部族往来的。

关于地方官，重要的如下：十一，内史——专管京师行政，好比后来的京兆尹；十二，中尉——专掌京师治安，有如今日的警察厅长。

以上两种是京师特设的地方官。

十三，郡守——掌一郡的政事，类似如今之省主席或行政专员，下面有丞，为佐吏；十四，郡尉——掌一郡的兵事；十五，关都尉——掌关隘；十六，县令、长——掌

◎秦代虎符

管一县的政事，万户以上的县称县令，万户以下的县称县长，另外有丞，有尉，辅佐行政；十七，三老——掌一乡的教化；十八，啬夫——掌一乡的诉讼和税收；十九，游徼——掌防捕盗贼；二十，亭长——一亭之长，连同上面的三种，全是地方自治的官吏。

这样的一套官职，构成秦帝国政府的统治机构。其中容或是旧日原有的官儿，不是始皇所新设，但把它这么整齐地编制起来，始皇乃是第一个人，而且中国历代的官制都出不了这一系统，可见始皇的设计是很周密了。

战国时代，各国分立，彼此常常保持着敌视态度，因之，各国的路轨（被车轮压出来的陷痕叫轨，有了轨，车子只能在轨里走，现在北方尚能看见）完全不一样的宽（同样宽了，也许别国的兵车容易侵入），度、量、衡（丈尺、升斗、斤两）也不一致；至于法令、言语、文字，更是分歧，我们只要看看战国时代的铜器铭文，就可以知道字的写法各国繁简不同，绝不统一。传世的古书，譬如《春秋公羊传》多是齐语，屈原作的《离骚》免不了有许多是楚语，看起来也不易了解。要想建立一个统一强大的帝国，这些全是很大的障碍。始皇意识到这一点，和李斯商议，把这些事物全都划一了，一切以秦国为标准。譬如文字，全秦国通行的本是“小篆”——有人说是李斯作的，其实不可能，不过在秦国特别流行这种字体罢了——就通令全天下都用小篆；后来又演变成许多种写法，各有用途，例如写在书册上的用小篆，刻在兵器或证件上的叫“刻符”，旗子上用的多些弯曲，叫“虫书”……下等社会和奴隶用的笔画简单的字叫“隶书”。这隶书后来越行越广，连上级社会及官厅也用起来了。此外，度量衡一律以秦制为准，我们如今还可以看见许多秦国的“权”（即秤锤）上面刻着始皇的诏。车辆的尺寸也完全改为一样，好像今日各国的铁路，宽度完全相同似的，各地交通借此可以大为畅利。只有语言，恐怕一时不易统一；不过只要文字统一，语言差些也不要紧了。在当时，各国因为旧制度用久了，骤然改变，一定有许多不便，甚至引起人民的反感，可是这种办法确实奠定了中国2000年来大一统的根基。

不但车辆的宽度统一了，而且下令全国完成公路网。

那时叫作“驰道”，也叫“直道”，因为这以咸阳为中心，四通八达，都采取最简捷的途径之故。这些道，和今日的公路委实差不多，而且规模更大，道宽五十步，一步六尺，合起来有三百尺，每隔三丈就种一株树，两面还筑了墙堤来保护，这工程真大得可观了。又在渭水南岸，建设了不可胜数的宫殿，把六国的美女珍宝充实其中。又把六国的豪富人家强迫迁徙到了咸阳，共有十二万家之多。这样一来，新都咸阳就成为全国最宏伟最繁华的城市，始皇坐了辇车，到各宫殿去游幸，说不出的心花怒放，益发显得自己的不平凡了。

>> 六 镇压和享受

六国的贵族、豪杰以及人民，哪一个不对于这位新来的统治者头疼？哪一个不想反抗？始皇是何等聪明人，他早知道会有人对他不满，他得用威权来镇压这些反动者。

首先，始皇二十六年，天下刚刚统一，就下令没收各国铜制的兵器，拿来销毁了，铸成十二个铜人和若干钟、镓（乐器），每个铜人重达一千石，放在咸阳宫中，巍然如一群圣像。

二十七年（前220年），他带了大批卫兵、官吏，扬着鲜明耀眼的旗帜仪仗，自己乘了辇车，到北方和东方去巡视，一则为了镇压六国遗民，显示自己的威风；二则为了游山玩水，走出闭塞的关中，到外面看看景色；三则听许多方士说，大海里面有什么三神山，是神仙洞府，仙人们会长生不老术，始皇想也许寻出一个究竟，自己也就可以超脱生死。北方是秦的国防线，他到了陇西，又到北地。二十八年（前219年）才正式到东方，上峄山（在今山东邹城），刻了石头记他的功德，又祭祀泰山（古人崇拜自然物，名山大川都算神，泰山是五岳的首领，祭山叫作“封”，在泰山下小丘梁甫山，除地祭地叫作“禅”，合起来就是“封禅”），也刻了石碑纪功。在刻石的词里面，除去铺张他的功德以外，并提出一种新的社会制度，就是要“贵贱分明，男女有别”。大约秦国从前男女的关系太随便，尤其是始皇生身的母亲太浪漫了，始皇觉得这不像话，所以特别强调天下各处都得遵守这个新秩序。

延伸阅读

峄山刻石是我国艺术史上非常著名的作品，传说为秦相李斯撰文并书写，毁于南北朝时期，现有宋代摹刻碑存于西安碑林、元代摹刻碑存于山东邹城博物馆。刻石的文字内容分为两部分，前半部分为“始皇诏”，赞扬秦始皇的文治武功；后半部分为“二世诏”，记录李斯随同秦二世出巡时上书请求在秦始皇所立刻石旁刻诏书的情况。从书法角度看，所刻小篆字体藏锋带弧，圆起圆收，对称均衡，章法井然，韵律感强。

始皇离开泰山，沿渤海往东走，登了芝罘（今山东烟台）。由此折向南去，到了琅琊台（位于山东青岛黄岛区琅琊镇琅琊山上），他很喜欢这个地方，一直住了三个月，又刻石纪了功，然后经过彭城（今江苏徐州），渡淮水，到衡山郡（郡治今湖北黄冈市北禹王城）、南郡（今湖北江陵），从湘水坐船往南走。恰巧遇见大风，他愤怒了，把湘山的树全砍光，就取道武关，回到咸阳。此次巡幸走得很远。

二十九年（前218年），又到芝罘去一次。三十二年（前

215 年），到东北去，在右北平郡的碣石山（今河北昌黎）刻石纪功，传说他曾在此地开办水利。大约在他巡幸的时节，只有这件事是对民众有益的，其余只有扰民罢了！

到三十七年（前 210 年）十月，始皇已是第六次出巡，他一直走到云梦（湖北洞庭湖盆地），经过鄱阳湖，到钱塘（今浙江杭州），渡过钱塘江东行，到会稽（今浙江绍兴），又立石刻纪功。由此折而北返，经吴（今江苏苏州），北到琅琊、芝罘，走到平原津（今山东平原），他病了。这是他最后一次的巡游。

六次巡游，他的足迹遍及全国，他的威望也遍了全国；同时，人民对于他的仇怨，全国各地也普遍了。

在统一的大帝国中，一个人几乎是无上的权威者，当然容易引动他的无穷奢欲，一是现实的享乐，二是寿命延续的妄想。

秦始皇的享乐，说起来真可以惊人，即以他新建的阿房宫而论，那种伟大的工事，恐怕是任何朝代所没有的。阿房本是渭水南面的一个地方，始皇择定这个地点建设他的理想宫廷，先在阿房修一个前殿，东西五百步宽，南北五十丈深，楼上可以容一万人，楼下可以立五丈高的大旗，殿四周都是宽大的阁道；又在阿房宫后面修筑复道，渡过渭水，直达咸阳。所用材料，都是从四川、湖南、湖北运来的，当然要耗费大量的金钱和劳力。在古代人的记录中，据说以磁石为门，以木兰为梁，其奢侈可想。①

为了巡游方便，函谷关内外修筑了七百座离宫，里面全是珍宝和美女，始皇无论何时到何地，全会有极奢华舒适的享受。这些宫馆和阿房宫，是后代人指责始皇的话题。唐代的杜牧作了一篇《阿房宫赋》，说这些工程浪费人民的精神物力，以致“使天下之人不敢言而敢怒”，这话很不错。一个专制领袖到了这种地步，虽然自己的享受达于顶点，可是仇怨与危险也就深深地生了根了。

始皇觉得这种生活毕竟会有一天随寿命俱尽。战国时代，燕、齐滨海的地方（今渤海湾沿岸），本有许多富于幻想的人，说海外有三个神仙洞府，什么蓬莱、方丈、瀛洲，可以取到长生不老的药；讲求这种长生方法和许多超人故事的人，叫作方士。始皇听了方士的鬼话，以为长生真的可求，就前后派去很多人，带了无数金银财货，驾着大批的船舶到海上去求仙丹。尽管这些方士一批一批失败而归（也许是专为骗皇帝的钱），可是他绝不灰心。

---

①考古研究表明，阿房宫只建成了其中的前殿地基。——编者注

自从他称皇帝那天起，便开始一个神秘的工程，那便是骊山下他的陵墓。这本是死后埋骨的地方，可是在活着的时候就特别经营了。他在隧道里面修了宫殿，照样装满珍贵的东西，并仿照朝廷的制度，有百官朝拜办公的地点；屋顶上做了日月星辰，好比天象一般，地下则造了山川，好比地理，用水银灌在这些模型中，作为永不干涸的河水；又用大鱼的脂做成蜡烛，可以长燃不熄。通道外面的门口都设了伏弩，只要你触动机关，就会有弓矢发出，把你射死，这是预备杀掉劫墓者的。大约他的最大奢望是长生不死，若是不能免于一死呢，到底还有和生前一样的摆布，可以在地下继续过他的皇帝瘾。

在修筑宫室和陵墓的时候，一共征发了七十多万平民做工，有些是犯了法的罪人，有些甚至是受过宫刑（割去生殖器）的。陵墓从二十六年起工，到他死时还没完。阿房宫从三十五年（前 212 年）建造，也是到死后还没有停止。

延伸阅读

秦始皇陵及兵马俑坑是我国极其珍贵的文物，位于西安临潼，早在 1987 年就被列入《世界文化遗产名录》。没有去实际参观过的人，常以为秦始皇陵及兵马俑坑是一回事，其实不然。兵马俑坑仅是皇陵的一些陪葬坑，1974 年被发现后就开始了发掘，而 1 千米外的地宫等设施，由于目前的科技条件下，尚没有完善的发掘和文物保护方案，国家决定不进行主动发掘。实际上我国的大部分考古发掘，都属于抢救性发掘。钻探、遥感等资料表明，秦始皇陵地宫四周均有 4 米厚的宫墙，地下有大量的水银和其他金属存在。

>> 七 帝国的扩张和更大的镇压

自从周代中叶，北方的游牧民族匈奴就常常向南侵略，他们仗着骑马和射箭的技术，把中国民族打得落花流水。他们的势力大约一直可以达到今日的山西和陕西的北部，周宣王时曾派大兵讨伐，算是得过一次小小胜利，《诗经》里面还有好几篇诗是歌颂这次胜利的，那时还称匈奴为“猃狁”。到战国时，北方各国仍然常受他们的迫害，通称之为

"胡"。赵国的武灵王变胡服学骑射，就是为了对付他们（参看本丛书《赵武灵王胡服骑射》一章）。同时，各国都在自己的北边筑了长城，防备敌骑的侵入。

始皇虽然荡平六国，但对这个塞外的蛮族却依旧无可奈何，这是他一重心病。三十二年，始皇第四次出巡，到了碣石，巡视了北边，从上郡（郡治今陕西绥德）回咸阳，他周览了北方的边塞的形势，大约对匈奴的情形已经有些明白。他深切地感到这是帝国北方一大威胁，非解除不可。凑巧这时有一方士呈献一种寓言式的图书，当时叫作"谶"，里面有一句说"亡秦者胡也"，更加强了始皇的忧疑，于是他决定派兵去攻匈奴。李斯这时已为丞相，对此事表示反对，但是无效。

延伸阅读

"谶"是秦汉时期巫师、方士编造的预示吉凶的隐语，主要以古代神话及天人感应说为理论依据，将自然界的偶然现象神秘化，并视为社会安定的决定因素。"谶兆"是预言吉凶的先兆，"谶记"是预言未来事象的文字图录，"谶书"是预言将来事情的书。有时候，谶也被当作政治手段来运用，类似于如今的“舆论战”。

大将军蒙恬带了三十万人去伐匈奴，把匈奴赶到黄河以北；黄河以南，今日绥远省河套一带地方，都成了秦的领土。始皇命把这一片原野设立三十四个县，添置了九原郡。蒙恬的大兵向北进发，直到阴山脚下，匈奴人只得退到阴山以北。

为了一劳永逸地抗拒匈奴内侵，始皇把燕、赵、魏等国所修的长城连接起来。西南起临洮，东北至辽东，完成了一条将近万里的大要塞，号称“万里长城”。后来历朝都以这个要塞为国防第一线，直到明朝，还不时加以修理。今日我们容易看到的长城就是明人重修的，至于真正秦始皇的长城，在甘肃、陕西等省还断断续续地保存了些。

光有长城还不行，必须派定军队去防守。这荒凉的北方，哪个人愿意长期住下去？禁不住秦国的法令特别严，只要是及龄壮丁，就得抛家弃子，向万里之外的边塞去当兵，一家大小哭哭啼啼，好不伤心！为了供应这些戍卒的兵饷，又得转运大批粮食，交通不便，天气严寒，每一石粮食运到塞外，倒要耗费九斗多。老百姓辛辛苦苦生产的粮食全抛到这个填不满的深洞中去，哪能不益加怨恨，到最后，终于由这些严重的问题上激起了农民的大反抗！

北方平定了，不管花了多少人力物资，始皇总算放了心。攻匈奴的第二年，始皇听说南方的边外有些地方盛产珍珠、象牙、翡翠、犀角、宝石，这些光彩夺目的东西照亮了始皇贪婪的眼，他想用他的威势征服这热带的蛮荒。

三十三年（前214年），尉官屠睢率五十万人伐南越，另外派人征了大批民夫，凿临时运河和道路以便运输军需，因为那儿完全是深山和原始森林，毒虫猛兽太多，人是很难通过的。这些越族，当然敌不住始皇的大军，只得纷纷退却，到深林中去打游击。这一次战事，始皇获得大量的土地，建立桂林、南海、象郡，把珍珠宝石一批一批地运到咸阳，好不高兴。可是这些南越的游击队不时出没，也杀死秦兵不少；至于水土不服，沿途染病而死的军士伕子更不计其数。

中国的南北疆界，自从秦始皇打定江山以后，大致没什么变化，这是始皇的功劳。可是当时人民的苦痛和国家元气的损耗也真是得不偿失呢。

专制帝王都是神经衰弱的，唯其权威太大，也就仇人特多，时时得防备别人对他的攻击。这两次南征北伐，全国人民骚动万分，早有那些博士之类的人们说许多闲话，始皇心中不免厌烦。

三十四年（前213年），一天，始皇置酒咸阳宫，传齐百官和博士们宴会，仆射周青臣进上一篇颂词，称道始皇功德。始皇心花怒放，连饮数觥。偏偏一个博士叫淳于越的不识相，上前谏道："现在国家制度一切不效法古时，怎么能长久呢！专门拍皇帝的马屁的人，不是忠臣！"始皇听了大不开心，当时酒席上不好发作，便把这件事交给大臣去讨论，暗示着"此风不可长"。

李斯本是最反对模仿古代的人，秦国的新制度多半出自他的计划，这时他是丞相，淳于博士所骂的人，他也在内，当然生了气，于是他很结实地上了一封奏章：

"一时代有一时代的政治和制度，古时的五帝三代也并不互相抄袭，但他们都把天下治理得很好。时代变了，方法当然也要变，这并不是标奇立异呀！现在您创立大业，建了万古没有的奇功，这岂是他们这些庸陋的儒生所知的！淳于越的话是讲三代以前的事，怎么可以现在拿出来用呢！以前各国相争，互相争取人才，免不了要优待各国的游士，听他们胡说八道；现今天下业已平定，法令全部统一，百姓应该努力农工，读书人应该学习法令和国家禁忌的事，但这些儒生们却不肯吸收现代知识，专门拿古代的道理来恶意批评现代，使百姓们惑乱，真是无理极了。

“一个统一的国家，思想必须统一。像从前那样，在皇帝面前一百个赞成，出了朝廷就大肆攻击，自己沽名钓誉，这是必须禁止的，如果听其自然，对于皇帝的权威必要大有损失。臣请：

一、不是秦国史官所记的史书，全烧了！

二、一切诗书和百家之说，除博士可以讲求之外，民间不许讲，全烧了！

三、偶语诗书的，杀！

四、以古代的道理反对新政的，灭族！

五、官吏看到这种犯罪而不举发的，同罪！

六、令下三十日之内不烧，罚作‘城旦’（修城苦工）！

七、医药、占卜、种树的书不烧。

八、愿意学法令的，以官吏为师。”

这些办法无一不迎合始皇的心理。从此人民不但失去了讲学的自由，也丧掉了思想的自由，春秋战国时代四五百年的学者们专精的著述就遭受了一大劫运，许多书是再也看不见了。

博士、方士们大家都在惴惴不安，空气越来越紧张，尤其是那些方士，一次一次领了钱去求仙药，始终也没有达到目的，始皇免不了常发脾气。全仗方士的领袖卢生和侯生说些鬼话，遮掩过去；日子一久，毕竟有些露马脚，卢、侯们心中颇感恐惧。一天，侯生对卢生说："老兄！我看始皇为人刚愎自用，自从兼并天下，更加不可一世。他所信任的只有李斯一派，读书人活倒霉。博士七十人，我们方士三百多人，等于废料，不但不被宠信，反而常受怀疑，这种刀尖上的日子真难过呀！其实他所信任的可以说全是拍马屁的小人，忠直之士只有被杀！听说，最近又发下命令，办公的人都得论斤办公事（当时公事用竹简，当然可以称斤），如其分量不够，晚上还得上班，不许休息，你想这样的皇帝谁伺候得了！我们与其天天伴君如伴虎，不如逃掉了吧！"卢生很赞成他的话，于是两人偷偷地逃了。

始皇听了这件事，拍案大怒："好混账的东西们！我这些办法全是为了求万世太平。可是不老实的方士韩众去求奇药，久久未见回报，分明是骗我。还有徐市，破费了好多金钱，并没找到一粒仙丹。如今侯生、卢生们又在骂我，岂有此理！非重办不可！咸阳城中，这种反动分子一定极多，我要一一侦查！"他立即派了大批御史捕讯诸生，结果发现有反动嫌疑的共四百六十余名，始皇下令一律活埋。

◎秦始皇坑儒

这便是历史上所说的“坑儒”，连同上面的“焚书”是一对辣手段。专制者胡闹到了这步田地，即使有多大的功劳也不足论，因为他牺牲大众的自由太厉害了。当时始皇长子扶苏对这件事就很不赞成，曾谏诤始皇说：“这样镇压人民，恐怕人民会更加反对呢！”始皇一怒之下，把他送到塞外，让他去监视蒙恬的驻军，免得在眼前讨厌。

>> 八

始皇的死亡

虽然派了那么多人到海上求仙丹，毕竟是一个骗局。尤其是徐市，据说带了若干童男女到海上的蓬莱三岛上去，便把童男女互相结婚，成了一个国家，就是现在日本人的祖先，这当然是不可靠的。

始皇始终在受欺中满足他的长生之梦，可是六国的人民却咬牙切齿地盼他速死。有一次出巡时路过河南博浪沙，韩国贵族张良买了一位刺客埋伏沙中，用四十斤的大铁锥行刺，可惜打在副车上，但始皇也就吓得可以了。他悬赏捉拿这个行刺者，全国画影图形，终于捉不着。

三十七年，他最末一次出巡，从江南远迢迢走向北方。不料走到沙丘（河北邢台）一病不起。整整五十岁，做了12年统一的帝王。随从的大臣李斯等慌了，唯恐这消息透露出去，惹起六国遗民的叛乱，便决定守秘密，还当始皇活着一般，照常办公和进食。

始皇贴身宦官赵高是个阴险诡诈的人，有一次犯罪几乎被杀，始皇救活了他；现在他正跟在旁边。始皇临死下了一道手令，命长子扶苏赶快入京料理丧事，让蒙恬也派兵来咸阳卫护。这命令和印信都交付赵高，赵高就动了脑筋，因为他和始皇的幼子胡亥感情最好，便想乘机假传圣旨，立胡亥为皇帝，自己可以成为一等要人。胡亥正随着始皇出巡，他便把这事和胡亥商量，胡亥是十多岁的小孩子，当然听他的拨弄。赵高又去问李斯，因为这道手令只有李斯晓得；李斯本无意立胡亥，禁不住赵高两片嘴怂恿，他最动心的话就是："秦对丞相向来无恩，没有一个能够世袭的。如今扶苏和你的意见又不对，丞相一职一定落到蒙恬手里了，你的名望又不及蒙恬，到那时岂不危险？”李斯慌了，忙问：“这怎么办？”赵高说：“容易得很，只要丞相肯合作，如今先帝的命令和印信都在我手里，又没有第三个人知道内容，我们只要把它改一下，不就行了吗？”李斯只好点头认可。

于是命令变成这样：“立胡亥为太子。长子扶苏屡次反对皇帝，赐死！大将蒙恬作战无功，也赐死！”扶苏是个忠厚人，接到命令就自杀了，蒙恬虽想问个究竟，但已被囚禁起来，不久，也被迫吞了毒药而死。赵高另派王离代蒙恬。一切可能反对的势力全都除去，他放心地去做辅命大臣了。

始皇尸身不得安殓，已经臭气四溢。李斯出主意，买了几百斤鲍鱼，带在车上，混过了臭味。车到咸阳，才正式发丧。

胡亥即位，称二世皇帝。

朝廷上当然不免有些人说闲话，特别是那些老臣。二世天天计划怎样镇压他们。赵高献计说：“先帝为了示威，屡次出巡，陛下也可以采取这个方法。在出巡的时候，要拿出您的权威，捡几个郡守、丞、尉杀了，有功的给他们升官。更当注意的是，先帝疏远的人您就亲近他，先帝亲近的您偏疏远，表现出您的力量如今大过先帝。然后您把法令加严，惩罚加重，还怕天下人不服吗！”

二世言听计从，一一照办。还有他的弟兄姊妹们（始皇有二十个儿子）也一一被他杀死。法令更多了，刑罚更重了，老百姓都不知什么时候会丢掉了脑袋。二世又命完成阿房宫的大工程，征调了几十万人到咸阳；工人太多了，粮食没出处，就令他们都自带干粮。人民的愤怒之火再也压不住了，到二世元年七月，果然起了空前的叛变！

>> 九 帝国的崩溃

二世元年（前 209 年）秋，正是阴雨连绵的季节，河南南部有一批戍卒奉令到北边的渔阳（今河北密云）去守边。他们走到现在安徽、河南、江苏三省交界的大泽乡，雨太大了，不能前进，就暂时住下来，大家望着阴沉沉的天气叹气，因为按照秦国的法令，戍边的路程是要按期赶到的，如果到迟了是死罪，如今雨下个不止，眼看是不容易如期赶到二千里外的渔阳，那就死定了！

小头领陈胜和吴广本都是农民出身，但比较机警些。这天雨还是倾盆般下着，陈胜就和吴广商量："如今失误程期是笃定了，这样，岂不是一到渔阳就没命吗？与其这么死，我们何不造反？我们都是楚国百姓，咱们楚国也算恨秦国透顶了，索性我们出出这口怨气！"吴广还有些犹疑，陈胜又说："我听说现在的二世皇帝是个小孩子，本不该做皇帝，皇帝应当是扶苏太子，都是奸臣不好，把他害死了，才立这个糊涂虫。可是普通老百姓都不信扶苏已死。还有项燕，是我们楚国大将，只因被始皇打败，有人说他死了，有人说还活着，大家兀自想念他的好处。我们不妨把这两个人抬出来作幌子，还愁人们不拥戴？只是有一样，我们必须弄出点把戏来，让别人认为是天意，自然就来拥戴我们了。"吴广忙问有什么好法子，陈胜附到他耳朵上，嘁喳了半天，吴广连连点头。

吴广连夜找了一块小绸子，刺破手指，在上面写了"陈胜王"三个大字。第二天，卖鱼的老头来了，吴广假作买鱼，在讲价钱时，偷偷把小绸子塞到鱼肚里。等到鱼一买来，大家七手八脚地割烹，忽然一人发现了字条，认字的人读起来，就闹得满营盘谣言，好些人都去看陈胜长得是个什么样子。好陈胜，不动声色，到夜晚又命吴广到营盘旁边一间破庙里点上火把，学着狐狸叫，那声音幽幽的，有点像是：

“大楚兴啊！陈胜王啊！”

一连叫了几十声，早有些人被叫醒了，侧耳细听，登时一传十，十传百，全营都喧闹起来。有些胆大的人并到外面去看火光，不住喊着：“你们看，狐仙火！大仙显灵了呀！”于是大众的情绪紧张到了万分。

天一亮，群众就议论纷纷。陈胜和吴广召集了几个头目，劝他们一起造反，一面打算先杀带领他们的三个尉官。尉官们正在心中狐疑不定，陈胜、吴广已仗了剑闯进帐中，不由分说，把他们杀了。然后立在中军帐外，召集了全体戍卒九百人，大声说：“现在天下雨不止，我们是赶不及日期的了，干脆说，大家都有砍头之罪——即使不被杀，我们为什么抛家弃子到两千里外去？去了不是也回不来吗？与其这样，我们不如反了！王侯将相本是没有一定的，我们也许能尝尝滋味！诸位如愿意，就随我陈胜来吧！”

下面像焦雷似的一阵回响：“我们跟着你干了！”

于是陈胜宣布拥护扶苏为王，项燕为大将，国号大楚（他们本都是楚国人），拿三个尉官的头祭了旗，大家宣誓歃血，陈胜自称将军，吴广为都尉。他们一下子攻占了大泽乡，又攻下了蕲（安徽宿州）；不久，安徽、江苏、河南三省交界的郡县竟都落到他们手里。后来打到陈（河南淮阳），已有兵车六七百乘，马一千余匹，胜便自己称起王来，国号“张楚”，张，就是大的意思。

本来六国的人民没有一个不怨秦的，只因没有机会，谁也不敢起而反抗；如今有陈、吴二人发难，各地立时像炸药引线似的爆发了。楚国大将项梁和他侄儿项羽在会稽郡（郡治今江苏苏州）起兵不久，沛（今江苏沛县）人刘邦也起了兵。

陈胜派吴广率诸将攻荥阳（今河南荥阳），又给赵、魏、齐等国都立了王，和项羽、刘邦等全以伐秦为目的。

关东到处吹起号角。可是二世还在玩乐，每天和赵高鬼混。有人报告他关东反了，他说这不过是土匪，值得什么大惊小怪，就把那报信的人杀了。这年九月，陈胜的大将周文一路打来，进了函谷关直奔咸阳，才把二世吓慌了，命大将军章邯率兵抵抗。章邯释放了全部囚徒，命他们去打仗，居然把周文打出关去，秦兵从此一路大胜，竟连齐、魏等国的王也杀死；陈胜的军队全部崩溃，并且自己被部下杀死。秦国此时，本来可以有转机，无奈奸臣赵高一心要乱秦国，他劝二世不要再上朝，以免大臣劝谏，以专听他一个人的话。丞相李斯本想力谏二世，如今也没有了机会。赵高为了专权，更在二世面前说李斯坏话，甚至说他是楚人，和陈胜等都有勾结。二世大怒，竟将丞相下了狱。李斯几次上书辩白，都被赵高压下，可怜这位开国元勋受了不白之冤，不久就给腰斩了，而且连三族（父母、兄弟、妻子）都被杀了。

延伸阅读

有一个常用的成语，讲的就是赵高专权的典故，这就是“指鹿为马”。《史记·秦始皇本纪》记载：“八月己亥，赵高欲为乱，恐群臣不听，乃先设验，持鹿献于二世，曰：‘马也。’二世笑曰：‘丞相误邪？谓鹿为马。’问左右，左右或默，或言马以阿顺赵高。或言鹿，高因阴中诸言鹿者以法。后群臣皆畏高。”大意是说赵高想要作乱，故意把鹿认作马，试探众人的反应。胡亥指出了他的错误，但群臣大多保持沉默或者顺着赵高拍马屁，而那些尊重事实、不肯顺从赵高说假话的人，都被他编造理由坑害了。由此可见赵高的滔天权势以及嚣张气焰。

赵高总算达到一个人专权的目的，可是关东的局面已经维持不下了！陈胜完了之后，项羽继起统领诸侯大军，把章邯打败。章邯到咸阳求援，赵高怕他成了功自己惹不起，想要害了他，章邯就投降了项羽。当项羽正在攻打章邯时，刘邦却偷偷从陕西西南部的武关攻了进来；赵高慌了，连忙派了代表和刘邦接洽投降，并答应杀死二世。趁着二世在斋宫斋戒，就把他杀了，赵高扶立了二世的侄儿公子婴，贬称秦王，是为秦三世。

公子婴知道他不过是傀儡，有点不甘心，借着祭宗庙为名，在斋宫一直斋戒了五天不肯出来。赵高亲自来请他，他就在宫里把赵高杀死了，又灭了他的三族。

奸臣虽然除去，秦的国事已不可为，刘邦的兵逼到城下，子婴只好穿了白衣，在颈子上套了绳索，白车白马，捧着天子印玺，跪在路边投降。

秦帝国寿终正寝！

不久，项羽的兵又打进来，将整个的阿房宫，一把火烧了，这火一直烧了三个月。

这便是人民愤怒的火！

第三章

荆轲刺秦王

荆轲是一个反暴的英雄人物。秦始皇统一中国的功绩是应该肯定的，但并不是说荆轲就是要维护割据的反面人物。秦国在统一的过程中对人民构成了伤害，人民赞成统一，但不一定赞成秦国这种残暴的统一方式，虽然秦不采取武装暴力的方式也不行，但荆轲的作为还是正义的，我们应该把荆轲刺秦和荆轲之死看成统一大业中人民必然要付出的代价。

阅读导引

这是一个千古传诵的故事，荆轲的正义感和牺牲精神不知感动了多少文人给他作歌来称赞。这在汉代司马迁给他作传记的时候（《史记·刺客列传》）已经有许多传说，什么“天雨粟，马生角”，可见这故事在民间流行之广，而且说法有许多分歧。中国人对于一种缺憾，常常想要弥补，所以好多故事都以团圆的局面收场，偏偏这故事却是悲剧的，而秦始皇又是大家所憎恨的暴君，于是只好在怪异感应方面来满足这心理的缺陷。

◎荆轲剧照

由此，我们就该知道真正荆轲的故事未必完全与太史公所记的一样。譬如荆轲临行，太子和宾客白衣冠相送，而且荆轲唱了那悲壮的“壮士一去不复还”的歌声，这就十分不合理，世界上绝没有要去暗杀别人而先在本国开这样盛大的送别会的！不过人们都被故事的美丽与悲壮所迷惑了，虽然在理智上不该承认这是真实，在感情上却总像有这么一个场面。后世宋代词人辛弃疾的《贺新郎·别茂嘉十二弟》词，写别离之根，最沁人心脾的要算“易水萧萧西风冷，满座衣冠胜雪……飞鸟还知如许恨，料不啼清泪长啼血……”几句了，大约也可以看出人们“移情作用”之一斑吧。原来司马迁的文章，虽是史书，却夹杂了若干文学的成分，文学作品是“意象化”的，不应以真实求之。不过我们这里是要给读者以真实的知识，而又没有方法考查出那件事情的真相，只好姑就古人的范本，照样描绘。希望读者们不要拘泥，须知《史记》中像这样的文章多的是，除《刺客列传》外，如《滑稽列传》也是多与事实不合的。

其次，我们还应该明白像荆轲这种“英雄行为”所以造成的原因。一切风俗习惯，都有其社会背景。《刺客列传》中的人，都是视死如归，大义凛然，实际上，春秋战国时代，不止这些刺客有此可歌可泣的事迹，凡属知识阶层，所谓“士”的身份，全有这样的风度与节操。试看《魏公子列传》中的隐士侯嬴、朱亥，还不是与此相同吗？西周是封建时代，在封建制度下，天子把全国的土地划分成若干单位，每一诸侯便是每一单位的小皇帝，诸侯下的卿、大夫、士，也是一层层地把土地分配下去，造成很有系统的统治阶层，在这里面，尤其是“士”，代表着知识分子，即具有专门技术的人，他们乃是封建社会的主要支柱，各种行政，都在他们手里操持着，所以地位很是重要，因而他的教养训练也就格外充分，有如西洋封建时代的武士一般，既要文武全才，又要赤心报主，积久成为风气，便出了这些乐于舍生取义、投身成仁的英雄。对于某一个主人效愚忠，也许有人视为“奴性”，但像荆轲这种，对于强者——等于今之帝国主义者——做正义的一击，希望弱者因此而获得解放，其精神之伟大，岂不是可以昭垂万世吗？

士的阶层，到后来转化为官僚，在汉以后的历史中，仍旧表演着重要的角色；自然，还有不少的人，充分实践着士的条件，如孟子所说的“富贵不能淫，贫贱不能移，威武不能屈”，给天地间保留着无穷正气，给民族在垂危的时候留下一点余晖，可是也真有丧尽廉耻专为自己身家性命着想的败类，成为中华民族的致命蛀虫，诸如五朝元老的冯道，俯首降敌的洪承畴，引狼入室的吴三桂……全是知识阶层的罪人，对不起传统的训练与身份的。看看今日，知识分子的节操更难说了，这也许是我们生死存亡的关头。希望读这本简单故事的人，在精神上得到一点儿感召！

延伸阅读

本书编者所处的年代，战火连天、时局动荡，感情投射到故事中，常有激愤之词。然而生活在和平年代的我们，除了对英雄人物致以敬意，更宜用辩证的眼光、多元的评价标准去看待其他一些历史人物和事件。比如冯道，历经五代十国十代君王，始终位居高官，世称“十朝元老”。欧阳修骂他“不知廉耻”，司马光更斥其为“奸臣之尤”，但他在五代时期有着极高声望，为国家、人民做了许多实事，也是无法抹杀的事实。

>> 一

酒醉的亡国之人

这几天，燕国充满恐怖的空气。秦兵已鲸吞了赵国，秦王亲自到赵都邯郸，一面指挥战事，一面也向新被征服的地方示威。看样子，秦兵的第二目标一定是相邻的燕国了，而且，传闻秦已向燕提出了强硬的要求。燕的四围国家，韩、魏、赵，都已惨痛地被秦帝国压服了，人们开始过着亡国奴的生活，用秦国的文字，用秦国度量衡，一切贵族士大夫及有产者全完了，最恶劣的命运终于临到他们头上，谁让他们生活那样腐化，只知要钱、要女人、要享受而忘掉国家呢？谁让这些国家彼此不能形成联合阵线，以共同抵抗外来的侵略者，反而自相残杀呢？燕国，这些弱小国家里仅存的一只羔羊，现在也面临着老虎的嘴巴。

荆轲的酒，吃得更加厉害起来，他差不多一天到晚在酒馆里过生活，一杯又一杯的白干倒下去，眼睛网满红的血丝。他一忽儿仰天长叹，一忽儿打起粗哑的喉咙悲歌，最后，总是呜呜的一场痛哭，好像有着千万种牢骚苦闷，需要发泄似的。所有的酒客都在看着他奇怪，说：“这家伙疯了，看秦兵来了怎么办！”只有他新交的一位好友高渐离是了解他的，他们有时在一起长叹，悲歌，痛哭；高渐离就击起他那永不离身的筑来。这是他最嗜好的乐器，把喜怒哀乐都交给这几根丝弦来与他共鸣。他是燕国人，他比一般无知无识的人有更深的悲愤与忧虑。所以，当他发现荆轲也有着相同的苦闷时，便立刻成为好朋友了，他们是借酒浇愁的同志，他们不被庸俗者所了解。

知识扩展

“筑”是中国古代一种弦乐器，形似琴筝，有十三弦，弦下有柱。演奏时，左手按弦的一端，右手执竹尺击弦发音。筑起源于楚地，其声悲亢而激越，在先秦时广为流传。《史记·高祖本纪》记载有刘邦击筑的场景：“酒酣，高祖击筑，自为歌诗曰：‘大风起兮云飞扬，威加海内兮归故乡，安得猛士兮守四方！’”宋代以后筑失传，只见记载，未有实物，直到 1993 年在长沙河西的西汉长沙国王后“渔阳”墓中出土了筑的实物，人们才一睹这古老而又神秘的乐器的真容。

读书的人到亡国的时候有什么用呢？荆轲不胜为他自己的身世悲哀。今天他当卖了一些破旧的衣服，又来到酒家觅醉，情绪格外恶劣。高渐离已经先他在坐，看着他那一言不发只是咕嘟咕嘟往下灌酒的样子，不禁有些诧怪了："荆兄，今天为什么这样沉闷？你看，天要下雪了，阴沉沉的正是煮酒清谈的好日子，你却一句话也不说，连长叹也听不见，莫非又有什么不好的消息吗？"高渐离一脸的黯淡与疑问。

"渐离，还会有什么坏消息，不过是嬴政这东西步步进逼罢了。这却不谈，人家是强国，我们是弱国，迟早总是逃不出他们手心的。我只是怨我自己的命运，怨我自己没有一个机会给百无一用的书生出一口恶气，徒使人看我们是寄人门下的饭桶。老弟，你也许还没有尝到过这种侮辱，我是尝得够了。无论亡国的滋味和被人鄙视的苦恼，这些苦酒真够我吃的了。想不到你们燕国，又赶上这样的局面。我倒很奇怪，你们同胞只有怕，怕，怕，难道就没有一个豪杰之士给国家应付这步灾难吗？……"荆轲随手吃了一大杯酒，他显然是激动得很厉害。

"荆兄，虽然我们认识了许久，到底没有敢问你的身世，唯恐有失礼之处。今天你谈到这里，我倒要大胆地请教了，究竟你所说的亡国之痛和受人鄙视是指的什么？至于我们燕国的事，当然更希望你多加指教。我虽不是政府当局，听说目下政府颇想征用人才，昨天我在田光老先生那儿还听见说我们的太子已受命摄理国政，他是精明强干的，正在和师傅鞠武筹划着如何应付目前的危局呢。"

"老弟，我的历史说来话长，而且我也没有那种心情细细地讲给你听。不过我可以老老实实地告诉你，我已是没有祖国的人。我原籍是齐国，后来迁到卫，在那里，我学书，且学会击剑。我觉得，这年头儿，学剑比学书有意思多了，至少，我们可以对不共戴天的仇人试试锋刃。卫国，你晓得，周公之弟康叔之国，也算文物之邦啊。可是到后来弄得不成样子了。韩、赵、魏三家分割晋国，卫便夹在齐、魏两大国之间，谁都想抢这块肥肉……"咕嘟！荆轲咽下一杯酒，眼中充满怅惘似的。"怎样呢？以后？"高渐离问。"唉！被魏国亡了！这还不要紧，魏国还没有把新吞没的殖民地布置好，早已被秦兵一起抢去了；我落得双重的亡国奴！亡于魏，还给我们保留着祖国的名号；亡于秦，除去逃亡以外还有什么办法？这惨痛你是早已知道的了。"高渐离听到这里，不由得点点头，立起来给荆轲斟满了酒，又要了一碗新蒸的狗肉下酒。

延伸阅读

战国时期，并非只存在东周和“七雄”这些政权，当时还有宋国、鲁国、巴国、蜀国、中山国等若干小国存续。卫国也是先秦时代诸侯国之一，第一任国君是周文王的儿子、周武王的弟弟康叔，存续900多年，是存续时间最长的周代诸侯国之一。卫国被秦消灭的时间是前209年，比秦始皇统一六国还要晚，但这是因为早在前254年，卫国已经成为魏国的附庸，秦灭魏后又成为秦国的附庸，直到被秦二世废掉。子贡、商鞅、吕不韦、吴起等都是卫国出身的名人。

“这时我才想到我的剑，可惜是晚了。我逃到榆次，和鼎鼎大名的盖聂论剑，不意他把我作亡国奴看待，当面抢白我一顿。我走开，听说赵国邯郸是北方大都市，就到那里去，又认识了剑客鲁勾践，这位老前辈虽然不像盖聂那样幼稚，毕竟也是盛气凌人，我只好仍旧避开。如今到了贵国，我觉得此地的人情到底比那奸险诡诈的邯郸好些，尤其是老弟和田光老前辈，一片真挚的热忱，使我不能不感动。——真是，田老先生自从你介绍给我之后，又有许久不见了。我想，我的剑术虽是不行，只要有机会，很想试试看，试试看……”他又激动得不能安静了，高渐离劝他忍耐些，这里是耳目众多的酒馆，难免有秦国的间谍混进来。

“唉！……”荆轲开始长叹。高渐离拿出筑来，幽幽地弹奏着。

酒客们纷纷把好奇的眼光投过来。

>> 二

以灵魂做你的先锋

太子丹昼夜为国事焦虑着。他刚刚从秦国逃回来，对于秦国的现状知道得顶清楚。秦王政是多么翻脸无情，他完全为统一的迷梦所诱惑了，他迷恋于武力，迷惑于战争。本来，秦是后起的国家，当齐、晋、鲁、卫、郑等国已有了高度文化时，秦国在西边还过着落后生活；周幽王时候的犬戎之乱，他曾救了周朝的覆亡，从此取得诸侯的地位，而且不久成为强大的霸主之一。晋文公为中原霸主的时候，秦穆公屡与相争而不胜，可是这却给秦国闭门努力的机会。到秦孝公用商鞅变法，竟把秦国造成一个非常守法奉公的民族；加以商业、农业的发达，使秦国有了向外侵略的野心和余力。秦王政生于赵之邯郸，那时他父亲在赵国为质——把王子彼此交换，以为信约的抵押，或单方面的抵押，乃春秋战国战争后常有的事，这便是"质"。太子丹也曾质于赵，和秦王政是很要好的小朋友；后来，他又为质于秦，秦王政却全然不讲幼年的交情，完全把他当俘虏看待。太子丹也是有血性的人，便偷偷逃了回来。秦王已经灭了韩、赵、魏等大国，统一的美梦眼看将近完成，即使太子丹不逃，燕国的噩运也快来了，如今，这更点起秦王的怒火。攻下邯郸之后，他到那里去巡狩一回，把幼年时待他不好的人一一杀死，自然，这也是独夫得志的一种表现，可是这样一来，太子丹心中更不能释然了！

事情真是巧得很，太子丹正在和师傅鞠武商量着退秦之策还没有结果的当儿，忽然门吏报告有位秦将樊於期求见。"樊於期？"太子丹心中动了一下，"这不是在秦国帮了我很大的忙，让我逃出来的人吗？为什么到此地来，想必有了岔子。"他连忙传进於期，果然不出所料，秦王觉察了樊於期有通敌嫌疑，要把他置之死地；他没处可逃，只有历尽辛苦，从韩国来到燕都，求太子丹保全他的性命。

鞠武十分不以为然，他关切地向太子说：“这人千万不要留下罢！我们正在怕秦国借端兴师，旦夕渡过易水。凭我们的实力怎么可以抵抗强秦。光是太子的事，已经可以使秦王发脾气了，如今再加上樊将军，你这不是火上浇油？我们不能积极地备战，也要消极地免战，何必这样自讨烦恼呢。——假使真的有所不忍，那么，请你送他到匈奴国去好了，好在匈奴正在和我们进行着友好同盟。只要这个大的目标不在面前，我们总比较容易向秦王说话，应付了目前的危难，再图后举。韩、赵、魏等国，虽在秦国压迫之下，我听说爱国分子很不少，在燕国潜藏的更多，齐、楚两大国也还没有完全被秦所吞并，好好加以运用，国际情势不是完全不可为！不过，要假以时日。目下你千万不要制造危机，这把戏不是好玩的。”

“师傅的远见是不错，可是我已答应让他住下去了。我们燕国是慷慨光明的民族，不愿意让别人批评我们畏首畏尾，忘恩负义。师傅，秦王固然雄心很大，我们不能不怕，但我认为这种只仗武力不讲道义的独夫是不能持久的！我们不但要从力量上击败他，更要从精神上击败他！我决不愿为樊将军之故，失去天下人心。何况，秦兵迟早是要来的，这是他们的预定计划，就是我们把樊将军当作俘虏送给秦王也还是不行，与其失信于天下，我还是勉力而为地对付一下罢。我已准备把这颗头颅献给宗庙国家了！”太子丹满头大汗，他愤激得完全改变了平时温文尔雅的态度，他要怒吼，他要抗争，他的“燕赵气质”的遗传在烧灼着愤怒之心。

“请太子息怒！”鞠武赶紧劝慰，“我也不过就目前利害说说罢了，秦王终于是不能放过我们这些羔羊的。可是，单是生气有什么用呢，你既不赞成长期抵抗的办法，我们也该商量一个短期解决的计划。难道凭你对朋友一片好心便可以击退秦兵吗？我现在很想介绍一个人给你，这位先生也许对于你有些帮助。”

“什么人，你快说！”太子丹等得不耐烦了。

“隐士田光。”

“是怎样的人物？你带他来见见我可以吗？”

“自然可以。这是燕国有名的义侠之士，他家里常常有韩、魏等国的志士往来，我想，说不定会有什么特殊的人才，给我们出个主意呵！”

田光、荆轲、高渐离，还有一些从韩、赵远来的流亡者正在家里吃着酒，渐离不免又击动那个筑，荆轲还是非吃醉不可，他狂放地痛饮着，有时把腰间佩剑拔出大舞一通，片片寒光，惹得坐客眼光缭乱，他们都喝彩了。

鞠武进来的时候，大家全然不觉，直到他拉动田光的袖子，田光才“哎呀”一声叫起来：“失迎，失迎，您今天为何这样有闲，宫里是一刻也离不开您的呀！来，请吃一杯！”田光笑着。

“你们倒惬意得很，我们太子快急死了！秦兵旦夕将渡易水围燕都，看你们的酒还能吃得太平吗？”

“依你怎样呢？‘今者不乐，逝者其亡。宛其死矣，他人是愉！’这几句话你总该记得。我们不是醉生梦死，却是伤心人别有怀抱呀。”田光摸摸胡子，带了讽刺地回答。

延伸阅读

“今者不乐，逝者其亡”一句，出自《诗经·秦风·车邻》：“阪有桑，隰有杨。既见君子，并坐鼓簧。今者不乐，逝者其亡。”描述了一副前去拜访朋友并受到热情款待，一起发出“趁现在快及时行乐吧，说不定哪天闭眼进了天堂”等感慨的场景。“宛其死矣，他人是愉”一句则出自《诗经·唐风·山有枢》:“山有枢,隰有榆。子有衣裳,弗曳弗娄。子有车马,弗驰弗驱。宛其死矣,他人是愉。”讽刺一个贵族活得像个守财奴,死后财物却被他人享用。

“请到里面谈谈怎样?不要尽开玩笑,我有要紧话和你说。”鞠武迫切地拉着田光。

他们走进内室,鞠武殷勤地说明来意,“请你马上和我到宫中去一下,太子是求贤若渴啊。”

宾客散去,田光、鞠武携手入宫。太子虔诚地迎了进去,屏退左右,恭听田光的高论。连鞠武都退出去了,为着谈话的方便。

田光差不多和太子坐在对面,低声地,诚挚地,交换意见。太子说:“先生,你名重燕国,列国无人不知。平日公事琐冗,未能趋教,还请原谅!现在,燕国已到了危在旦夕的关头了,我们和秦国势难两立,先生乃豪杰之士,为了祖国,想必有以见教!”

……

约有半点钟的沉默。田光满眼噙着泪,颤抖着说:“太子,我是粉身碎骨,在所不辞,可是像我这样七十岁的老朽，死了又有什么用处？我们既不能以干戈与强秦争一日之长，只有学聂政、专诸、曹沫的故事，用血去换取他的性命了。这牺牲才有代价，才有意义。我，我，我老了，没有用了！但是，我的好友却有一位荆轲，是个义侠忠烈之士，不知太子可愿见他一谈？他虽不是燕人，自卫国破灭，流亡在外，居燕有年，他恨秦王政，不在太子与微臣之下，且他又有击剑的绝技！”

延伸阅读

聂政、专诸、曹沫都是史上有名的刺客，事迹见于《史记·刺客列传》。聂政是战国韩人，刺杀韩相为受迫害的好友严仲子报仇，郭沫若的《棠棣之花》就是根据他的故事创作的。专诸是吴王阖闾的门客，为阖闾刺杀当时的吴王僚，并留下“鱼肠剑”的典故。曹沫是鲁国将军，曾三战败于齐国，在谈判中，他用匕首使齐桓公归还了鲁国所失去的土地，还神奇地保全了自己的性命。除了以上几位，《史记·刺客列传》中还记述了留下“士为知己者死”的豫让的事迹。当然，最大的篇幅留给了荆轲。

“先生海内贤豪，四方英雄谁不仰望，先生的门下客，一定可以解救燕国危亡，就请代为介绍！”

“是，容臣回去与他一谈。”田光感动得流下老泪。

太子好像有什么话，嗫嚅着不肯说出。直到把田光送出门外，又拉他回来，一副很惶恐的样子退去侍从低声说：“先生，这事关系燕国存亡，千万保守秘密！”田光好像很不受用似的，冷笑一声：“请你放心！”

田光立刻去访荆轲，破例的，他带了多年不用的一口宝剑。

“老弟，你的机会来了，你的剑呢，现在可让他表演表演了。”他一见了荆轲就高兴地说着，却又有些伤感。

“我不明白你说的是什么。”荆轲莫名其妙。田光却拉他到内室：“我去看过太子丹了，这是个名不虚传的爱国者。他为秦国的事弄得非常急躁的样子，要我想主意。老弟，我七十岁的老朽，能效什么力呢，所以我便推荐了你！你可以凭一柄剑换来燕国的安全，假设能杀死秦王，这可是个光荣的使命！只是——”他几于哽咽起来。荆轲非常诧异，虽然他已明白了八九。

“我的性命是早该献给国家的了，这几年来还不是偷生视息？老先生是我的知己，你不必感伤，我一定不辱使命。

我的一腔热血只要洒得有道理，是早就预备着洒了！”荆轲傲然毅然地安慰田光。

田光霍地抽出剑来：“老弟，我不是为你感伤，我正为你欣幸。只是我出来的时候，太子还有不放心的表示，生怕我走漏风声，愚兄七十之年，只欠一死，我愿以灵魂做你的先锋，同时也给太子一个保证。”荆轲惊愕得还没有意识到怎样劝止他，七十岁的田光却已躺在血泊里，他自杀了！

田光的血，格外沸腾了荆轲的心。他收拾了田光的尸体，火急去见太子丹。

>> 三

最贵重的礼物

太子丹痛哭流涕地接见荆轲，当他听了田光的死耗以后：“这是怎么说，这是怎么说，我害了老先生了！”他顿足搔首地自责着。“荆先生！燕国的处境你是彻底清楚的了。韩王业已被虏，王翦带了五十万人已踏平邺城、邯郸，听说连南方的楚国，北方的代国，都已有大兵压境。凭我们的实力，无论如何是不能抗御暴秦的。但是，我们能让秦王这样的野心家无底止地干下去吗？燕国，诚不能一木支大厦，但为了全人类正义的表现，我们是不惜孤注一掷的。秦王只知贪利，要土地，要子女，要货贿，我们可以利用这个弱点，只要先生肯为人类正义牺牲的话，我们业已准备了他所心爱的礼品——他绝对不能享受的礼品。先生的热烈侠义我是早已闻名了，我就把这个重任交给先生，想你是不会拒绝我的请求的！”太子丹的眼睛里充满着希望的光。

……

许久没有回答，这可真出乎太子丹意料。

“请教先生的尊见！”太子丹在催促了。

“这是多么重大的使命啊！臣驽钝之资，恐做不到呢。”这分明是试探太子的信心。

“先生不要客气，更不要相疑，我已给先生预备了馆舍、侍役，即请移入，以便朝夕承教！”

荆轲被任为上卿，受着无比的宠信。

太子每天到馆舍里去问候，美女、车骑、金银、奴仆、玩好，不停地递进来，只要荆轲有喜好什么的表示，这东西就会立刻送来的。可是荆轲却仍旧喝他的酒，仰天长叹，悲歌慷慨，听高渐离击那苍凉悲壮的筑。

秦兵完全占领赵国了，先锋已经逼近易水，燕都住民，纷纷准备逃亡，每天都有成百成千的人民扶老携幼地向北方的匈奴地区出走，形势紧张到万分。

而荆轲还只是喝酒、悲歌、听筑，像没有那么一回事的样子。太子丹不能再沉默了，他向荆轲提出迫切的要求："荆先生，秦兵已在易水之滨了，我心里非常怅惘，不是别的，恐怕想要追随先生也没有多少时光了！唉，可怜燕国的命运，可怜先祖召公800年来传给我们不肖子孙的基业！"太子丹又讽刺又感伤地说，一面用眼在观察着荆轲的反应。

"倒不劳太子分心，我正要谒见请训呢。我出发是不成问题，但你所说的礼物却尚未备妥。我觉得要使秦王欢欣，只有两件东西。有了这两件，秦王必肯亲自见我，然后乘机行事，独裁者的生命包在我手上！"荆轲毫不犹豫地说。

"什么东西呢？"

"一是樊於期将军的头，这是秦王悬购了许久的；二是贵国督亢地区的地图，也是秦王久想吞下去的一块肥肉。"

知识扩展

"督亢"是古地名，是燕国的丰饶膏腴之地，约当今河北省涿州市东南督亢陂及其附近定兴、新城、固安诸县一带平原土地。督亢也泛指膏腴之地，“亢”有高的意思，所以“督亢”亦借指高地或山脉。另外，古代的地图与现在的地图意义区别很大，因古代地图绘制不易，且地图承载的地形、军事等信息又相对机密，献上地图就相当于献上了相应的土地。

“这个……”太子显然有些不愿意，“地图是不成问题。樊将军之来，是专意投奔我的，我们正以救助天下英雄与各国灾难自任，怎忍有始无终？从前鞠师傅曾劝我不要收容他，我都未肯，岂能既收容之后又杀了他，这不是在秦王未灭之前，先令诸侯对我不满吗？这事，还要考虑！”

荆轲不等太子的答复，掉头就走，去会见樊於期，使於期大吃一惊。

“先生今天光降，真是荣幸。听说太子正在信任着先生，燕国和我们的安全都靠你了。”樊於期勉强地应酬着。

“恕我冒昧，今天是特为向将军借点东西而来！”

“但不知是什么，只要能力所及，当然照办。”

“太子待将军如何呢？够不够朋友呢？”

这奇突的问句竟使樊於期无从置答，他只有喏喏连声地说：“是，不错，不错，够朋友的！”

“将军逃出秦王的魔手，我们太子冒着多大危险在保护着足下，这是为什么？无非为了让列国知道世界上毕竟还有敢向暴徒抗议的人。可是，这就使燕国更加深了其危急的程度。秦王悬着千金之赏购足下之头，同时，发出几十万精兵昼夜不停地向燕国进攻，如今已在易水之滨了。但不知将军何以报太子？”

樊於期感动得痛哭流涕，说：“秦王之仇，誓死要报，太子的恩，也誓死要报的！”

“我倒有个办法可以使你两愿俱偿呢！”

“愿闻明教！”

“你以为我真的贪恋着燕国的利禄吗？我还不至于那么下流。我一则感于太子之恩，二则激于亡国之痛，已经发誓把生命献给燕国。最近我就要到秦国去做一桩冒险之举——我想去刺死这个专制魔王！不过，这需要一种礼物使秦王乐于见我，才好行事，因之我想到将军身上。恕我失礼，假使足下肯借尊头一用，我一定可以见到秦王，那么，”荆轲拔出了宝剑，比成刺击的架势，“我的剑就可以尝尝暴君的血了！只是将军的牺牲未免太大些！”

樊於期瞪起眼睛，仰天大啸一声：“好！倒也痛快，你借给我宝剑一用吧，我答应你的请求，只要你给我报仇！”

第二颗头为秦王和太子丹牺牲了，荆轲唏嘘感叹地盛装了最宝贵的礼物，去见太子，当然，太子有比荆轲更深的感伤。

太子丹花一百金买到著名的徐夫人匕首，又用药淬过，据说是，只要沾到人血，这人立即会死的。

燕国的著名勇士秦舞阳被派为副手，他是杀人不眨眼的，十三岁时就为报仇杀过人。没有人敢惹他。

一切准备都积极进行，太子丹恨不得荆轲马上出发，因为军事消息更加紧迫了。但荆轲又没命地喝起酒来，一天到晚同高渐离哭笑不常。

太子丹急得无可奈何，到底忍不住去催问了："先生，燕国的存亡系此一举，不知先生何时启程？一切都准备好了，如果先生目下不想去，先使秦舞阳去如何？"

"唉，太子！你真是太不了解我。我岂是贪生畏死之徒？我所以迟迟不行，只是要等候一个可靠的朋友，像秦舞阳这样的人物有什么用，徒凭血气之勇是见不了大阵仗的呀！既是太子有不放心的意思，我立即出发好了。明天，只要明天就走，如何呢？"

太子没有说什么。虽然这件事是个秘密，但亲信的人们早已知晓，便暗中通知荆轲几个好友预备给他送别，在易水北岸排了祖宴，送行的人们都明知这是一幕悲剧，故意穿戴了白色的衣冠，俨然一个送丧的行列。

>> 四 易水悲歌

好悲凉的暮秋天气，加上人们一片愁惨的心情，易水边的景物更加凄冷。

在愁云惨淡秋风瑟瑟中，悲壮的饯别宴举行了。太子丹、鞠武、高渐离及几个近臣和荆轲夙识的好友，白衣白冠，簇拥着意气轩昂的荆轲，还有副使秦舞阳，无精打采地坐满易水岸上，面前摆满了丰盛的酒席，船夫在舣舟而待，远处传来一阵阵征马的嘶鸣，天空有时掠过一排排雁阵。酒席虽然丰盛，但谁能下箸呢，悲哀塞满每一个送客的心，尤其是太子丹，他勉强举起杯来：

“荆卿！请尽此一杯薄酒，我代表全燕国的人民向你致衷心的感谢，同时，祝你成功！”全体送别者都站起。

荆轲吞下一杯酒，看看高渐离：“你的筑呢？”然后，他仰首向天，慷慨激昂地说道：“诸位，人生百年，谁不死，请不要过于儿女态！我此去成功与否，虽未可知，但已预备下一片决心，替燕国牺牲。今天临别，承太子和诸位如此盛大的饯送，实在惭愧。为了大家多吃几杯，让我唱几首歌侑酒吧。高渐离君的击筑，是诸君素所闻名的，他可以给我和声。”

筑声动了，多么苍凉悲壮的声音！荆轲拔剑在手，先是长啸一声，就高歌起来：

秦王虎视入邯郸，燕赵君臣惨不欢！
独有男儿感意气，要凭一剑挽狂澜！
风萧萧兮易水寒，壮士一去兮不复还！

唱到后两句，那筑音和歌声就像放声痛哭，又像万马奔腾，惊涛澎湃，所有的送行者都忍不住下泪了。荆轲吃了一大杯酒，舞了一阵剑，继续唱下去：

督亢之地何殷繁，将军之项血未干！
悲歌慷慨饮君酒，更把吴钩仔细看！
风萧萧兮易水寒，壮士一去兮不复还！

座中一声不响，只有唏嘘掩泣之声。太子丹忽然起立说，要和歌一首，请诸位一齐唱：

曹沫手剑劫齐桓，唐且（即唐雎）血溅秦王前，
我今不复泪泛澜，独夫之命顷刻捐！
风萧萧兮易水寒，壮士一去兮不复还！
不复还兮不复还，浩气长存天壤间！

声音震动林木，鸟儿都惊得飞起来，大家的心情好像稍稍得到一点儿松弛与发泄，于是再饮酒，再珍重道别。荆轲收起宝剑，检视了行装，登舟渡河，头也不回地向秦国而去。

让易水岸上留下2000多年悲壮的遗音。

太子、宾客、高渐离等，愀然而去。

>> 五 殿上刺秦

荆轲觅到见秦王的线索，那便是秦王的宠臣中庶子蒙嘉。这是个宦者，只要有钱，什么事都可以干的。荆轲送

了他千金重礼，托他向秦王说明燕太子归诚之意，希望秦王亲见使者，以便当面完成使命。

秦王是多疑的，自从杀死谋叛的嫪毐以后，防范得更周密了。尤其他听说六国的志士中，不少入秦国谋暗杀以报亡国之恨的人后，真是小心到万分，普通使者休想会到他。蒙嘉说明了荆轲的来意，秦王好像并没有接见的意思，亏蒙嘉想出樊於期的事："大王，他们为了表示诚意，倒带来你悬赏千金而未能致的东西呢。"他引动秦王的好奇心。"什么稀罕东西！我富有四海，他们小小燕国，旦夕踏平，还有什么稀奇物什吗？"秦王不高兴的样子。"不是东西，却是人！——你最恨的樊於期的脑袋！"

"唔？果然吗？这倒奇了！那么燕国定真有意投降啦！听说许多人劝燕丹那东西不要收留樊於期，他都不从呢，现在为什么肯杀他？"

"人家不诚心诚意投降，何必千里迢迢派了专使前来？大王未免太多心了。除此之外，还有督亢地图。那是预备第一期割给我们的土地，听说是非常富庶的地方呢。大王，他们边鄙小邦，没有见过我王仪制，借此给他开开眼界，表示一下我们大国的威风也是好的。"

"唔！姑准所请。你告诉他们陈设起来，我后天召见燕使。”

蒙嘉高兴得屁滚尿流地一面去传命令，一面去通知荆轲。荆轲暗暗欢喜，却也有些忐忑，生怕事情弄不成功。他开始预备，把地图卷好，匕首放在里面，要秦舞阳拿着，并且再三叮嘱他，千万不要露出怯懦，秦王也没什么了不起。他打算，自己拿了樊於期的头函，先献上去，乘秦王审视樊头之时，便可和秦舞阳一齐下手了。一切都布置妥帖，晚上，吃了一晚闷酒，心头正有无限感伤，明天便是自己寿命终了的一天了，任何人也不能免于动情吧，荆轲、舞阳，都通宵失眠。

早晨，舞阳的脸色蒙了一层不安。荆轲又叮咛了一遍，才穿好衣冠，带好礼品，向秦宫而来。早有仪仗官迎接进去，在朝房加以款待。

何等巍峨的宫殿，红色的宫墙，金黄的宫瓦，楼阁如云，旌旗闪耀，外面层层仪卫，肃静无哗地站着，早使秦舞阳看得目不暇接，荆轲时时看着他那又可笑又可厌的态度。

宣召官下来，命燕使上殿。荆轲在前，舞阳在后，慢慢从侍卫兵的戈林剑树中踱过去，过了两重宫阙，才到殿陛之下。文武百官，站得济济一堂。执戈执戟的卫士，衣甲鲜明，森然罗列。远远望上去，秦王戴冕垂裳，高高坐在殿上，只有内侍环列左右，并无半个卫士，荆轲心中暗喜。原来这是秦王新颁的规矩，殿上不置卫士，以防不测，就是殿下的卫士，非经宣召，也不得上殿。

但是，秦舞阳面色白得像纸一般，身上都战栗起来，荆轲已经不能再说什么，只有用眼瞪他。

走上殿去。侍臣见舞阳的样子很奇怪，叱住他，不让他走了。

荆轲抢上一步，跪在秦王案前奏道:“大王勿怪，他是副使秦舞阳，远鄙下国，未见大国威仪，失礼之处，罪该万死。臣奉鄙太子之命，敬献樊於期之头及督亢地图，以示永远归附大王之决心，请大王过目。”

秦王却偏偏先要秦舞阳的地图。

荆轲丢下头函，取图在手，捧上御案。秦王打开地图，集中精神地看着。慢慢的，地图展开，忽然，当啷一声，一把匕首落下来，荆轲像鹰隼似的拾得匕首在手，一把拖住秦王衣袖，嗤的一声，匕首刺了过去。秦王因预先加了小心，赶快向后一闪，衣服搠成大洞，竟未伤及皮肉。

延伸阅读

“图穷匕见”这个成语，就来自上面这个场景。“见”是通假字，同“现”。这个成语的字面意思就是，地图展开到最后，露出一把匕首，比喻事情发展到最后，真相或本意显露了出来，现在多用来比喻形迹败露，含有一定贬义。这个成语出自《战国策·燕策》:“秦王谓轲曰:‘起，取武阳所持图。’轲既取图奉之。发图，图穷而匕首见。”

多么紧张的一幕戏剧。

君臣侍者吓得一句话也说不出，他们呆了。

还是秦王有急智，他用力一扯，袖子断了，才逃出荆轲刺击的范围，这差不多是不可想象的疾速动作，连荆轲也没法来得及拉紧。

秦王原是带了剑的，在惶遽的刹那，剑既长且插得很牢，竟拔不出。他连叫喊都来不及，便绕了粗大的铜殿柱奔走，这样，匕首是不容易击中的，虽然荆轲在后面紧追。

群臣惊惶得不知所措，徒手跟荆轲搏斗，侍卫则无命令不敢上殿，秦舞阳更早已吓得昏了。

◎明刊《列国志》中插图 荆轲刺秦王不中

侍医夏无且手里正提着一个药囊，他急中智生，照准荆轲头部投过去，正打在荆轲脸上。荆轲攻势为之暂缓。

恰在这时，有人大呼："陛下何不背剑而拔之？"秦王猛省，把长剑移到背后，用力一拔，锋利的宝剑出来了，这样一来，秦王有了反击的武器和把握。

秦王用剑击荆轲，砍断了荆轲左腿，荆轲跌倒在地。荆轲的匕首太短，不能回击，于是他猛力向秦王掷去，惶急间却打在铜柱上，那柱立即冒出一片火花。

荆轲一共受了八剑。他坐在地上哈哈地笑起来，然后，一声怒号，震动屋瓦："万恶的独夫，我事不成，乃天也！我本想先要你签订恢复六国的盟约，再要你的狗命的，不意却失败在你手里，这是你的运气！可是，你要小心，荆轲虽不杀你，还有一千个荆轲，一万个荆轲在后面！"

这时侍卫早已上殿，一阵刀斧，荆轲与秦舞阳已成肉泥。

这悲剧结果以更惨切的悲剧终场。

>> 六 压力永远没有反抗力大

秦兵加速向燕国进发，秦王的命令，非要太子丹的头不可。燕王喜和太子丹逃到辽东，宾客四散，易水以北，踏遍了野蛮的秦兵脚印。

五年以后，太子丹毕竟把首级献了出去，这是燕王喜忍痛下的命令，但燕王喜仍旧没有逃掉死的噩运。

燕国整个亡了，酒店里再没有悲壮的歌声与筑音，高渐离变姓名为人佣工以自隐，他的心，时时刻刻为国仇友仇所啮噬，他咬紧牙关要报仇，他在寻觅机会。他没有别的武器，便把铅灌入筑中，这便是他的匕首。

他好容易到了秦国，到处开着演奏会，受到广大的欢迎。

秦皇要欣赏这击筑人，但有人告诉他，要小心，听说是高渐离呢，荆轲的朋友。

秦皇想，荆轲都不能奈何我，高渐离又怎样！自愎的个性使他加强听筑的固执。他传高渐离进宫，却先下令弄瞎他两只眼睛。

高渐离忍受着苦痛，把筑击得那样动听，他成了秦皇每天离不开的盲乐师。

秦皇的动作、声音，他都辨清了，他决心动手。

“噎！”一筑劈头打下来，偏偏歪一点儿，打到案上，秦皇又逃了一条性命。

高渐离踏着他朋友的血迹为祖国而牺牲。

秦皇骇极，从此不敢接触六国人，对六国更加高压。连秦人也不许偶语诗书，不许读书，不许收藏兵器了。役使着天下的民夫，筑那北防匈奴的万里长城。他沿海出巡，登泰山，游琅琊，远至会稽，要向天下示威。

但是，压力永远没有反抗力大。

闾左戍卒陈胜、吴广，和六国的后人张良、项籍，平民革命者刘邦，一声号令，整个中国向大独裁者吹起反抗的号角。秦皇的统治只有区区的15年。

顾颉刚中国历史故事

卷四 势成三分

顾颉刚◎编著

SPM 南方出版传媒
广东人民出版社

·广州·

图书在版编目（CIP）数据

顾颉刚中国历史故事 / 顾颉刚编著 .— 广州：
广东人民出版社，2021.10
ISBN 978-7-218-15098-7

Ⅰ.①顾… Ⅱ.①顾… Ⅲ.①历史故事—作品集—中国
Ⅳ.①I276.3

中国版本图书馆 CIP 数据核字（2021）第 115364 号

GU JIEGANG ZHONGGUO LISHI GUSHI
顾颉刚中国历史故事

顾颉刚　编著

出 版 人：肖风华

责任编辑：李力夫
责任技编：吴彦斌　周星奎
装帧设计：智慧树

出版发行：广东人民出版社
地　　址：广州市海珠区新港西路 204 号 2 号楼（邮政编码：510300）
电　　话：（020）85716809（总编室）
传　　真：（020）85716872
网　　址：http://www.gdpph.com
印　　刷：北京彩虹伟业印刷有限公司
开　　本：880mm×1230mm　1/32
印　　张：24.25　　**字　　数**：388 千
版　　次：2021 年 10 月第 1 版
印　　次：2021 年 10 月第 1 次印刷
定　　价：168.00 元（全五册）

如发现印装质量问题，影响阅读，请与出版社（020-85716849）联系调换。
售书热线：（020）85716826

前言

顾颉刚中国历史故事

历史故事是没有人不喜欢的，一个刚能说话的小孩就会要求人家尽量讲故事给他听。一个识得几个字能看浅近书报的人就千方百计觅取小说而阅读。至于书场里，戏场上，更是充满着各阶层的人们，贫富贵贱，男女老少，知识分子、非知识分子，他们接受了传奇性的故事，对于表演所给予的喜怒哀乐，都不禁为此而欢呼或哭泣。所以历史故事是人们的日常生活中重要的一部分，正像空气和水一般不可缺少。

中国的传记文学已有很久远的历史。左丘明的《国语》，司马迁的《史记》，描写人物的言语举止栩栩欲活，使人读了之后，更容易认识那时的社会背景，所以成为千古不朽的杰作。至于唐代的变文，宋元的话本，明清的演义，以及各种剧本和曲词，莫不是在历史里抉出几件动人的故事，加上作者的想象，把它们描写得更有刺激性，所以能深入

民间，永远在民众的脑筋中活动。不过那些作品加入想象的成分太多了，往往歪曲了真相，使古人蒙受了不白之冤。

现在我们编辑这套“中国历史故事丛书”，希望为中国的传记文学培养一点儿新苗，也希望替民间流行的故事做一点儿合理的纠正。固然因为古代的记载缺乏，亦为叙述的方便计，有时也不能不加上一二分想象，可是决不使古人蒙冤。一般说来，我们要表彰历史上的大仁大智大勇的人物，但为明了各时代的大节目计，我们也须叙述几个被人唾骂的分子。我们希望这书出版之后，每个民众和每个中小学生都能人手一编，成为学校的补充读物和家庭工厂商店中的进修工具。说得轻松些，该是一切人的消遣品。说得严肃些，则是大家好就此认识我们的立国精神，就此得着我们做人的法则，都来淬厉振作，复兴中华。

中国之大，历史之长，唤起民族精神的可歌可泣的事情正不知有多少，诚恳祈求读者和专家的指正和批评，使得我们这工作经常在改进之中，将来可以获得理想中的成就。

顾颉刚

见此图标微信扫码

听故事，感受学习历史的乐趣

目录

顾颉刚中国历史故事

第一章

曹操统一北方

曹操是了不起的政治家、军事家，也是个了不起的诗人。……曹操统一中国北方，创立魏国。他改革了东汉的许多恶政，抑制豪强，发展生产，实行屯田制，还督促开荒，推行法治，提倡节俭，使遭受大破坏的社会开始稳定、恢复、发展。

阅读导引

顾颉刚中国历史故事

三国时代是两汉长期统一政治至南北朝长期分裂政治的桥梁。前者人民生活安定，后者便陷于极度的不安。因为社会不安，反映出来，就成为思想颓废、行为放荡、态度消极。而这一转捩期的关键人物，即是被举世诟骂的奸雄——曹操。

正史里的曹操和《三国演义》里的曹操当然很有些不同。陈寿作的《三国志》以魏为正统，曹操的儿子曹丕篡汉称帝，正式取得皇帝的资格；至于和曹操抗争的刘备孙权，只算割据。可是一般人都受了“操虽汉相，实汉贼也”的影响，不把他当作合法的政治领袖。最初是宋朝朱熹作的《通鉴纲目》把《三国志》和《通鉴》（司马光作）的标准推翻，以蜀汉代替曹魏。朱熹所处的时代是偏安的南宋，难怪他有这般看法，不是这样说，南宋的偏安也失却了合法的历史根据了。

事实上，一个政府的“正统”“旁统”往往根据实权或主观立论，不足凭信。若说魏由篡夺而来，宋朝的天下又是怎么来的呢？赵匡胤黄袍加身，陈桥叛变，比曹氏的劫取政权并不光明多少！况且历代政权都是由武力掠夺，“胜则为王，败则为寇”，不是显然以实权立论吗？司马光是北宋人，得给赵匡胤争面子，曹操就仍得维持正统（陈寿是晋人，晋篡魏，也是一样，故不能否认魏的合法地位）。到了朱熹，又要为康王构（宋高宗）争面子，曹操便降为旁统，这不是凭主观是什么？

我们今日，正不必再争这些，而应当注意观察当时客观的环境与事实。曹操以一个宦者养子之后，由横行乡里而起兵讨董卓，更进而据山东，平群雄，定河北，若不是赤壁一战碰了钉子，说不定他会统一了中国，这里面一定有他成功的因素与条件。

郭嘉从袁绍阵营中投入曹操怀抱，曾说袁绍有十败，曹有十胜，我觉得这批评很具体。撮其要点，就是曹操能用人，能得士卒之心。同时，在经济上，他又占据了河南山东一带平原比较农产丰富的地带，更能在许昌改良生产，开辟稻田，使军需不致困乏，因而把握了成功的另一锁钥。后来，他又获得一注政治本钱——皇帝，于是能与他相敌的为一大势力的袁绍就从此塌台。

他在平定冀州袁绍以后的搜罗人才命令，是很被后世批评的。顾炎武骂他的“不问道德，只问事功”是坏人心，薄风俗的起始，而正始以后的清谈之风，终致招来五胡纷争，也要由他负责。我们以为曹氏当然难逃这种责任，然而在天下不统一的时候，事胡事越的现象本属难免。这与其说是曹氏打破廉耻，不如说是生活不安的反映。到南北朝时期，社会不安达到顶点，气节问题也就破坏得最不成话。若是把责任都放在曹操一个人身上，也不甚相当的。不过他总算第一个说了那种大胆的话，而且是政治首脑，自然这笔账要多算在他身上一点。

◎曹操像

本文取材全出正史，可是在心理描写一方面，却充分画出曹操是“奸雄”而不是“英雄”。这分别，因为他只为自己的富贵着想，而未为民众谋福利之故。

>> 一

从《捉放曹》说起

你总看过京戏的《捉放曹》吧？无论谁，对这个抹了白脸的奸臣，都嫌他过于忘恩负义！他为了想谋杀董卓被通缉而逃难，陈宫看他义气，抛了中牟县的七品县太爷不干，随他奔走天涯，不料到了旧交吕伯奢庄上，却闹了这么大的乱子！别人分明是吩咐杀猪宰羊款待他，他却疑心是要杀自己，不分青红皂白，杀了人家全家，这还不算，去沽酒的吕老头也逃不了他一刀之祸，而且说了两句最混账的话："宁叫我负天下人，不要天下人负我！"何怪陈宫那样后悔，那样怨他，终于抛了他而单独行动，乃至投了吕布去反对他呢？

但你若反转来想，曹操的行为也就并不奇怪。大概古往今来成大功立大业的人物，都是如此。汉高祖刘邦，明太祖朱元璋，不都是吗？他们有胆量，有魄力，不受什么仁义礼智信、五常三纲的拘束！……曹操，也就是那一类的人物。

这种人虽然也在成功之后为人所敬仰，但他们的行为

◎清戏书《捉放曹》
选自《中国戏剧图史》

总不能算对的。汉高祖成功以后就杀死帮他取天下的功臣，明太祖更加厉害，往往一杀人就是三四万！这不是忘恩负义是什么！只为他们做了皇帝，后人就不大敢批评他。曹操呢，始终没有完成统一帝国的梦想，于是后世就把他骂得一文不值，尤其他不是像汉、明两代，像暴君（秦始皇）反抗而取得天下，却从孤儿寡妇手里抢夺，也就是历史上最讨厌的"篡位"，自然他的评价就更不行了。

说起曹操的出身，就是正史里也弄不明白。只知他是谯郡（今安徽亳州）人。淮水流域，自古就出过不少的英雄，刘邦以外，萧何、韩信、张良等都是生长在这附近的。大约河南平原及淮河流域是古代土地肥沃、农民富足的地方，故文化程度比较的高。因之人才也就特盛。他并不姓曹，因他父亲是汉桓帝时太监曹腾的养子，遂冒此姓。东汉末年是太监的天下，他们在朝中把持着无知的皇帝，在外盘踞着州郡职官，刮地皮、害人命，无恶不作，曹腾也是其一。只因太监不能生子，便养他人之子为义子，太监们有了封赏，身死之后，养子可以继承，曹腾在当时是红得发紫的人物，势力着实可观，曾封为费亭侯，死后由曹氏袭爵。曹操自幼就生长在这样充满了浑浊、险诈、势利的家庭里，所以从小就学会放荡不羁，也就是一身流氓派头。仗着家庭威势，在乡里横行，没人敢惹；可是他毕竟受到了完备的教育，又有超人的天资，做得一手好诗文，竟是驰名远近，不久就由州郡举为孝廉。汉代的制度，是每年由地方官举荐人才一次，每二十万人中举出一人，孝廉便是中选的人物，以他的才气环境，这种选举当然无问题。有了孝廉的功名，等于具备了做官的条件，以后就不难青云直上。这时他才二十岁。

知识扩展

“孝廉”是当时选拔官吏时最重要的考核科目，通过选拔的人也经常被以“孝廉”称呼；其他科目还有茂才、察廉、光禄。当时的选官制度叫察举制，由地方长官在辖区内随时考察、选取人才并推荐给上级或中央，经过试用考核再任命官职。除了察举制，我国古代较为重要的选官制度还有先秦时期的世卿世禄制、魏晋南北朝时期的九品中正制和从隋唐一直延续到清末的科举制。

谯郡邻近的汝南、南阳是当时文化最发达的郡县，朝中官吏十挺倒有四五挺是这两郡的人。汝南郡的许劭，学问道德为人推重，他在乡里主持着舆论，虽非今日的报纸，但那意思却差不多，每逢一旬开始，即换一个题目，上至朝廷，下至地方，都不客气地加以评议。曹操曾亲访许劭，要求他给自己一个批判，许劭早知其行为不好，不肯说出，无奈他再三强迫，许劭只好不客气地说："你是治世之能臣，乱世的奸雄！"不想他听了这话，颇以为能说出自己的心事，非但不怒，反大喜称谢而去。

许劭的评论真是正确，我们不能说曹操没才气，只怪他生在乱世，因而他的不安分野心发展得使他成为一名"奸雄"！

延伸阅读

东汉末年，在政治腐败、祸乱四起的大环境下，有一对同为名士、评论家的堂兄弟许靖、许劭，凭借自己过人的才识谋略，开办了一个讲坛，每月命题清议，评论乡党、褒贬时政，因常在每月初一发表，故称“月旦评”。他们的评论，无论对象是在朝还是在野，不虚美，不隐恶，不中伤，辩人之好坏，分忠奸善恶。评后验证，众皆信服。凡得好评之人，无不名声大振。我们已经知道当时选官凭“察举”，因此“月旦评”对当时朝廷取士有着很大影响，四方名士也都以得到二人的评价为荣。《后汉书·许劭传》记载：“曹操微时，常卑辞厚礼，求为己目。劭鄙其人而不肯对，操乃伺隙胁劭，劭不得已，曰：‘君清平之奸贼，乱世之英雄。’操大悦而去。”

>> 二

从议郎到奋武将军

他由孝廉不久就成为议郎，这是一个闲散位置，有点儿像今日的参政员，而没那么尊贵。汉灵帝初年，陈蕃、窦武掌政，想诛杀宦官，改革朝政，不意机谋泄露，反为宦者王甫所杀，正人君子从此更加没有地位！他以议郎资格上书皇帝，很说了几句公道话，也许是出风头的意思，但地位太低，皇帝也不曾理会。

宦官及其党羽终于激起农民的暴动，黄巾军首领张角假借宗教力量号召党徒起义。地方大员多奉命讨贼，他于此时，受命为东郡太守，但那里是黄巾贼出没的地区，又加上中央政府的腐化，讨贼者多方受牵掣，不巴结宦者总是难于成功。曹腾在朝廷的潜势力既久已不存，使曹操感到朝中无人不能做官之苦，因而放弃此一机会，不去上任。回到家乡，暂时休养。但在这时，他开始注意地方上的人才，预备将来协助自己。

他看出非握有兵权不能在这时有所作为，因之自己也涉猎兵书，练习武艺。陇西的韩遂叛变，率有十余万羌兵，势力相当可观，京城洛阳为之震动，有人荐举他充典军校尉，这是军职，在他是难得的机会，便从家乡二次入京。不料才到京城，灵帝已死，少帝继位，何太后临朝听政，国舅何进想扫除全部宦官，宦官们包围太后，请她保护，太后禁不住宦官几句甜言蜜语就入了圈套，因而和他弟弟何进相反对。何进也不是能干事的人物，事情未有眉目，先弄得一天星斗，尽人皆知，同时又宣召了驻在陇西的军阀董卓入京，作为自己的基本武力。宦者知道了，早决定先下手为强，遂乘何进入朝，将他杀死，架了太后、太子，要挟一切，形势极为恶劣。司隶校尉袁绍是怂恿何进杀宦官的人，连忙进兵宫中，和宦官集团发生了巷战，杀死宦者大小二千余人。皇帝刘辩及皇弟陈留王刘协被宦者带出洛阳城，正在走投无路，正好遇见董卓带兵到来，就送他们重返洛阳。

当何进和部下商量召董卓入京时，曹操即力持不可，他认为诛宦者是件轻而易举的事，只消几百军士，把为首的大宦官正法也就罢了，何必这样大张旗鼓，引进地方军阀，将来贻患是颇可忧虑的。我们于此，不能不佩服曹操的政治见解远大，而何进、袁绍地位虽高，实在是糊涂虫，他们竟不能采取曹氏的意见，以致造成政府的空前流血惨剧，而且招来一个混世魔王，其祸害比宦者不知要大多少倍！

董卓，有曹操一样的野心，而没有他的阴鸷沉着，他完全是军阀作风，用暴力支配一切。朝廷政治和天子个人，由宦者手中移到武人的刀剑之下，百官都在战兢中伺候他的颜色。他到了洛阳，即令那些野蛮的西凉兵进驻市内和城郊，抢掠、奸淫，使民众发生极度的憎恶，又嫌新皇帝不会讲话，立了刘协为帝——这就是一生永远不曾自由的汉献帝！

宦者虽残忍贪污，但毕竟是渐进的、迟缓的，因此，他们的势力一直在宫中继续了100年；而军阀呢，他的强横态度过于使人不能忍受，立刻就招来大规模的“反抗运动”。

以袁绍为中心的地方武力组成了反董的联合战线，参加的人有后将军袁术、冀州牧韩馥、豫州刺史孔伷、兖州刺史刘岱、河内太守王匡、陈留太守张邈、东郡太守桥瑁、山阳太守袁遗等。袁绍那时已改官渤海太守。这些地方武力，大致包括了今日河北、山东、河南东部的地方，普通称为关东诸军，因在函谷关以东之故。各路兵马，分屯五处，而以袁绍为盟主，表面上实力很雄厚，但因各将领都是利己自私的，因此存在着不少摩擦与矛盾。

董卓派曹操为典军校尉，但他并未接受。他观察的结果，认为残暴的董卓绝不能持久，遂秘密与袁绍通消息，不久，他改装易服逃出了京城，也就是小说书中说他行刺不成，因而逃走的那一幕。

董卓捕他很紧。他行到中牟，因形迹可疑，为亭长所执，送到县里。县令看他一表非凡，又听他言辞出众，知是英雄，遂偷偷释放了他，至于说是陈宫，那不过后人附会。走出中牟，杀死吕伯奢一家。回到陈留，招了五千多乡兵，带着他的族人曹仁、曹洪等参加了讨董联军，袁绍发表他为“奋武将军”。从此他就开始了战场生涯。

延伸阅读

《捉放曹》是京剧传统剧目，讲述曹操刺杀董卓失败，逃亡途经中牟县，为县令陈宫擒获；陈宫因曹操为国为民的勇气和胆量而感动，私自释放曹操并弃官追随。然而在同行途中，曹操因多疑杀害了吕伯奢一家，让陈宫意识到曹操并非自己想要追随的明主，因此陈宫离开曹操，转而投效吕布。

但是，“杀吕”这个故事，按《魏书》中的记载，却是一场曹操的自卫：“太祖以卓终必覆败，遂不就拜，逃归乡里。从数骑过故人成皋吕伯奢；伯奢不在，其子与宾客共劫太祖，取马及物，太祖手刃击杀数人。”《世说》的记载则与京剧里的故事类似：“太祖过伯奢。伯奢出行，五子皆在，备宾主礼。太祖自以背卓命，疑其图己，手剑夜杀八人而去。”总之，“捉放曹”经过小说、评书、戏曲的演绎，逐渐成为刻画曹操多疑善变、奸诈狠辣形象的经典故事。

>> 三

机会使他获得意外的发展

关东州郡已经不听董卓的号令，他的武力虽强，到底不愿长期陷于战争，消耗实力和金钱。关西的长安、陇西是他生长及屯兵之地，比较容易立足，于是他不管朝臣的反对，烧了洛阳的宫殿，抢光百姓的金银，掘开帝王的陵寝——无非为了搜寻珍宝，然后威胁百官、皇帝和全城人民迁到他认为安全的长安，而他自己，又在长安之西建筑了比帝都还坚固的堡垒，金银美女充满其中，便是有名的郿坞。这原始封建性质的大军阀，全然不顾民众的感情，认定自己的武力可以保障身家性命以及那些无价的财宝。

关东诸将其实不曾与董卓发生主力战，只管打着讨贼的旗号扩充自己的地盘，袁绍、袁术更为自利自私。董卓已经安全退却了，他们还观望着不敢前进。曹操向他们抗议道："你们以起义号召天下，此时还不进兵，更待何时？"他的计划是一路由潼关正面压迫，一路由南面的武关入关中，使用钳形攻势，以夹攻董卓。二袁全不理会他的话，他气得和张邈各率本部兵马，自荥阳进攻董卓大营。偏偏遇见劲敌徐荣，把曹操那些没有战争经验的乡兵杀得丢盔卸甲，拼命奔逃，他本人也被流矢射中，闪下马来。幸曹洪从后赶到，把座下马让与他骑。曹操非常感激地和他说："我怎好骑你的马呢！你太辛苦了呀！"曹洪道："天下可以无洪，不可以无公！我宁可步行相从，你千万不要犹豫。"这证明他已深深获得部众的拥戴，具备了做领袖的条件。

他逃到联军据点之一的酸枣。这时各路军马，只是吃酒作乐，谁也不肯计划讨董的事，他费了许多唇舌去说，都当作耳旁风，事实已显然说明这些没头脑的人们绝无打倒董卓的可能，他只好率所部回乡，到徐州以南的扬州去招募兵士，扩充实力。他已打破联军的美梦，在进行自己的事业了。

知识扩展

酸枣，是古代的地名，如今在河南延津一带。这个名字，春秋时期就有了，秦代设县。《左传》记载，襄公三十年八月，郑游吉奔晋，“驷带追之，及酸枣”。《史记·秦始皇本纪》中提到：“将军骜攻魏，定酸枣。”曹操曾和袁绍、袁术、韩馥、张邈、桥瑁等十几路人马齐聚酸枣，举行讨董卓大会，推举袁绍为盟主，准备为国为民除害。大会之后，曹操驻军酸枣，与其他各路盟军从北、东、南三面对董卓构成夹击之势。

袁绍在这时夺取了韩馥的冀州，又命他儿子袁谭为青州牧，山东、河北的地方都属了他，联军无形瓦解，刘岱、桥瑁也自相残杀着，不但讨董的事成为泡影，而且山东一带黄巾军又乘机而起。

袁绍在冀州，感到威胁，表奏曹操为东郡太守；这一次他不像前回那样考虑了，因为关东正是无政府状态，他可以借此机会占住一个地盘，作为发展的根据地。

百余万黄巾军攻入兖州，刺史刘岱被杀，刘岱的部将鲍信奋死力战，一面向东郡求援。曹操点起兵马，向兖州进发，比及到时，鲍信已将黄巾军杀败，曹兵在寿张乘势掩杀一阵，获得全胜，直入兖州。鲍信因身先士卒，死于乱军之中，他就稳稳地占了兖州城，改编全部黄巾军为正规军，共得三十余万，于是实力骤增，成为东方举足轻重的一股队伍，陈留太守张邈也成了他的部下，连袁绍都不敢小觑他了。

>> 四 纷乱的地方武力

整个中国这时都陷于纷乱，地方武力到处割据，内战分区进行，没有一块土地是太平的、安静的，而许多野心的英雄就从这里产生。

袁绍以绑票的手段抢了韩馥的冀州，在黄河以北扩充着势力，一直达到幽州，那里是公孙瓒割据的地方，他们俩发生了剧烈的冲突，一方面，中央政府的皇帝因是董卓所立，袁绍简直不愿承认他，他差不多与中央断绝往来。

袁术在南阳，占据着中国最肥沃的原野，他还不自足，派他部下的健将孙坚去攻略荆州。荆州牧刘表令黄祖迎敌，孙坚不幸战死，他儿子孙策继起，借着袁术的兵力，逐渐地蚕食江南。

徐州是四战之地，兵家必争，这时由陶谦管领。他是个好好先生，不甚能够用兵。曹操在兖州，时时垂涎于这块关键肥美的地盘。事有凑巧，曹操的父亲和眷属在琅琊避乱，这时儿子已经得志，便带了家小来兖州，不料走到半路却被陶谦的部队攻劫，抢去财物，连人也杀了。曹操得了这个借口，焉肯放松，虽是陶谦再三道歉，终于起了大兵攻打徐州，留下谋士荀彧守兖州，战将只有夏侯惇。

关东的形势大致如此，至于在三国时代独据蜀地的汉宗室刘备，这时还一点根据没有，投在公孙瓒部下（因他们是同学），公孙瓒命他守平原（今山东平原），他带着结义的弟弟关羽、张飞，度着寂寞困苦的日子，还不敢妄想与天下英雄争锋。不过机会可以使人增加野心，也就是时势可以造成英雄，徐州牧陶谦是他的旧友，因曹操压迫得太厉害，约他来救，于是刘备乘机到了徐州，陶谦表奏朝廷，荐他为豫州牧，虽是空衔，并不能到任，但刘备总算一步登天。

再说关西。董卓的专恣并没有几天，就被义子吕布所杀。在民间的话本小说中还包着一个粉红色的故事，便是人人皆知的司徒王允的连环巧计。王允将美丽的侍婢貂蝉献给董卓，却又暗暗令她勾引年轻武勇的吕布，在三角恋爱的悲剧之下，吕布就杀了“义父”，除了这个人人怨恨的独裁者。

延伸阅读

在文学作品中，常有人用“沉鱼落雁”“闭月羞花”来形容女子的美貌。其实这里面包含四个典故，分别对应西施、王昭君、貂蝉、杨玉环四位古代美人。四人中，唯一没有正史记载、仅出现在文学作品中的，就是貂蝉。有人认为，“貂蝉”实际上是汉朝时期负责管理宫中帽子服饰的女官，不是具体一人的名字。至于董卓吕布反目的真正原因，让我们看看《三国志·吕布传》是怎么说的：起初，吕布为董卓立下功劳，“卓以布为骑都尉，甚爱信之，誓为父子”；但是在相处中，矛盾渐渐滋生，“卓性刚而褊，忿不思难，尝小失意，拔手戟掷布。布拳捷避之，为卓顾谢，卓意亦解。由是阴怨卓”；后来，在内“布与卓侍婢私通，恐事发觉，心不自安”，在外“允与仆射士孙瑞密谋诛卓，是以告布使为内应”，内因外因共同作用，便产生了“布遂许之，手刃刺卓”的结果。

可是董卓并不只是一个人，他的部下还有不少二三等的角色，于是，部将李傕、郭汜起兵攻打吕布，吕布只拳难敌众手，只有逃走，到南阳去投袁术。袁术嫌他反复无常，不肯收容，又去投袁绍。袁绍利用他的武力，扫荡太行山中的黄巾余党“黑山贼”，但吕布是不安分的，不久就因兵饷接济不足，和袁绍闹翻。

而帝都长安也并不平静，李、郭自然接替了董卓的军人专政特权，可是不久，这两个只知权利不知人民痛苦的武夫便因为分赃不均而打起来，长安城弄得乌烟瘴气，皇帝啼笑皆非，加以饥馑荒年，民无粮食，兵士们抢夺烧杀，贪官们乘机大刮地皮，民众的痛苦较之董卓在洛阳时又大了若干倍，长安附近斗米二十万钱，几乎断了人烟！

李傕的部将杨奉叛了他，想劫着皇帝回洛阳，将军董承与他合作，他们武装调停，李、郭暂时停战，军队拥着傀儡皇帝由长安东行。到半路上，李、郭反悔了，和杨、董打起来，险些将皇帝杀了，百官公卿多被牺牲。皇帝从风陵渡过黄河，跑到安邑，这流亡的生活，过了几个月，才由杨、董护送到洛阳。洛阳这时只剩了一片废墟，不要说宫殿没有，连吃的都没有，官吏们到城外去挑野菜，处处都是饿死的尸体！

无疑的，这时最大的地方武力还是袁绍，他的家庭，四世三公，辈辈做着高官显爵，所以属吏门生遍布天下，按照当日情势，他委实是最可有为的一个。但公子哥儿出身的人，气魄也许有的，脾气则常是自尊自大，不肯听旁人的话。袁绍正吃了这个亏，自从起兵抗董之日，就处处显露他的骄傲与自恃，不能得各单位军队的拥护；现在既占有河北州郡，自然气焰更盛，他手下虽有田丰、沮授、郭攸等谋士，但很少听从。当皇帝正在流亡的时候，沮授劝他乘机迎天子来邺（今河北临漳西），借天子的名义，便可以号令天下，无奈他看不起这董卓所立的人，到底不肯服输，于是这可以把握的良机，瞪着眼失去。

政治地位与军事实力都远不及他的曹操就大不相同

了。他虽也是公子哥儿出身，但究竟没有高傲的先天遗传，且当他大了时，家中威势久已中落，他的现实想法与特殊的聪明和险诈，在纷扰的环境中充分得到实验与历练。他采取了远交近攻、大交小攻的政策，在北方，始终和袁绍维持着表面的友好，在西方却暗暗和李傕、郭汜通着消息——当时关东诸将谁肯听朝廷命令，曹操在此就给中央政府的官吏以非常好的印象。

可是对于徐州，他却决不肯放松。第一次的攻击他打下沂州、费州、泗水等郡县，杀个鸡犬不留，那里的人民真是遭了空前浩劫！我们推想，也许因为他的部下都是黄巾余党，习性未除，而他又志在报仇，所以军队才糟到这样地步。

正当徐州危急时，他的基地兖州却发生了根本动摇，使他不得不回兵急救。多疑善诈的曹操，时时刻刻在防备有人反对他，尤其自占领兖州之后。他开始在各处布置了特工——这种特工后来就发展成为独立的机关，叫作“校事”——刺探部下的言论举止。陈留人边让是个有才气的人，和他也很有交情，偶一不慎，说了他两句闲话，当时就因特工的指发而被斩首。这件事，引起部下许多人的不满，甚至人人自危，不知何时便会成为边让第二。

吕布和袁绍失和，来兖州投陈留太守张邈，他们原是旧交，相见甚欢，不免彼此诉说自己的遭遇，吕布骂袁绍，张邈也骂曹操。

陈宫本是曹操的部下，他是个有正义感的人，平时对曹氏的设施已多有不满，有相同苦痛的人是容易因同病相怜而互相结合的，于是张邈、陈宫，决心拥护吕布为领袖，起兵背叛曹操。大约曹操的声名，在那时一定很坏，所以不数日间兖州八郡数十县都起而响应了吕布，只有谋士荀彧和大将夏侯惇镇守的鄄城、范县、东阿三县不曾陷落，但也危险万分，告急文书雪片也似的打到徐州前线，曹操慌忙回兵。

吕布把重心置于兖州西北方的濮阳，这本是夏侯惇的防地。惇去鄄城救荀彧，吕布便占有了它。其实这一战略是失着的，因为这使曹操得以顺利地回兵鄄城，假如他在徐州正北布置一道防线，阻住曹操的归路，也许曹操永远回不了兖州，但他却只占住兖州西北角，不能截住曹操的主力，岂非纵虎归山？

曹操由这一点就预料吕布必败，他将残兵一万余人尽数开往濮阳，攻打吕布，却遭了空前的失败。原来濮阳城中大姓田氏做了曹操内应，曹操得以趁机入城，放火烧掉东城门，激励将士与吕布决战，没承想甫一接触部下就被吕布的骑兵冲散，曹操自己也被吕布手下骑将捉住。骑将问：“曹操哪里去了？”曹操往后面一指：“那不是吗？骑了黄马的！”骑将舍了真曹操，去追假曹操，使他逃了性命。

这战争一直继续了三个多月，双方都牺牲了不少人马，直到两方面都缺乏了粮草军械，才各自罢兵。

连年战争和天灾，黄河流域的农民辗转在两重压迫之下，死亡流离，其惨痛和近代的战争正不相上下。而军粮问题，也使曹操感到很大的麻烦。

由兖州一州缩小成了三县的地盘，曹操实在觉得没法回旋，他一会儿想投袁绍，一会儿想先打徐州，都是谋士荀彧劝止了他，说兖州乃他起事的根本，不可轻弃，曹操从之，再度进兵攻吕布，这次先攻破他的外围巨野，然后进袭濮阳。吕布的军队，因食量缺乏，到处抢劫民食，民众非常憎恨，曹操来得恰好。这一回，吕布竟全部败退，放弃了兖州，到徐州去投奔刘备。这时陶谦已死，刘备接收了徐州。

东部战局，在袁绍、吕布、刘备、袁术、曹操各个分立之下暂告一段落。

>> 五 把握皇帝

曹操总算收复了失地，再回兖州，他和中央联络的结果，正式发表他为兖州牧。

洛阳在李傕的旧将杨奉把持之中，还有胡兵、韩暹等，也以护驾的名义住在那里。曹操早已派了人随时联络消息，他觉得要成大事，天子倒是大可利用的一个工具，只消把他抢到手里，就可以“口含天宪”，挟天子以令诸侯，到那时谁不服从，下令讨伐，名正言顺，岂不是独断独行，唯我为尊，到了时机成熟，管他天子不天子，皇帝瘾也就不妨过他一下了。

延伸阅读

“挟天子以令诸侯”现在是一个成语，原指挟辅着皇帝，用皇帝的名义发号施令，现比喻用领导的名义按自己的意思去指挥别人。《三国演义》中说：“曹操挟天子以令诸侯，自立魏王，篡夺汉室。”《三国志注·袁绍传》载：“沮授说绍曰：‘且今州城粗定，兵强士附，西迎大驾，即宫邺都，挟天子而令诸侯，畜士马以讨不庭，谁能御之？’”

谋臣荀彧是这个计划的唯一促成者。他知道朝中老臣如董承等是反对曹操的，便秘密联合了议郎董昭，命他代表曹操给杨奉送去一封信，说不定还有厚重的礼物，要杨奉首先表示欢迎曹操入京，同时还答应了杨奉，可以带兵到曹操驻兵的许昌，那里有充分的给养，供给他的部队，天子也可以从洛阳迁都许昌。

杨奉一力保奏曹操为镇东将军，还袭了父亲和祖父的费亭侯，朝廷准他带兵入洛阳。

兖州的势力一下子伸展到京城，曹操当下就自兼了管理京城治安的司隶校尉，把反对自己的官杀了好几个，这下马威又使宫廷陷入恐怖状态。

杨奉还在糊里糊涂，董承则气得目瞪口呆。

在其他武力包围之下，曹操总感到不安，他决心将皇帝迁到许昌。

杨奉还真以为曹操会供给自己给养呢，眼睁睁看着他把个宝贝皇帝抢走。不料，曹操一到许昌，就派兵把杨奉赶跑了。皇帝从此完全入了他的掌握，他的地位升为“大将军”，封“武平侯”，在许昌正式建立宗庙，干脆不想再放皇帝回洛阳了。

多年的野心，一朝得满足，曹操是够高兴了。

军队不成问题，困难的是粮食。攻吕布的教训，使曹操感觉到，长期作战，非有充分的资源不可，而山东、河南这一大块平原，本是小麦的丰富产区，只因连年战争，人民流荡，田地多半荒废。他看准这一问题的核心，于是派了大量的军队参加农耕，所谓“屯田”工作，一年之间，连小麦及杂粮得百余万斛，军粮已得到根本解决。同时，袁绍和袁术的队伍却只能吃树叶和桑葚！

知识扩展

“屯田”是一种古代农业生产组织形式。秦代以前，战争规模相对小，持续的时间都不长，但秦始皇与匈奴交战的时候，粮食供应问题开始引起重视，也出现了相应的对策，“使蒙恬将十万之众，北击胡，悉收河南地，因河为塞，筑四十四县城，临河，徙適戍以充之”，这可以说是屯田的前身。汉文帝时，匈奴强盛，时常侵犯，汉文帝采纳晁错主张，用招募之法，有计划移民，发展边疆地区的生产，把卫国和保家联系在一起。这种利用戍卒、农民、商人等垦殖荒地的方式，被汉以后历代封建政权沿用。屯田一方面保证了边防军的粮饷需要，对于开拓边疆和巩固边防有积极作用，另一方面又因集中较多人力、物力，可以兴修较大的水利等工程，又便于推广先进的生产技术。

他先来试探袁绍，用皇帝的命令责备他拥兵河北，不顾王室，看他的动向如何，袁绍果然大怒。曹操见他不肯软化，又来拍他的马屁，朝命封他为邺侯，官太尉，不料袁绍还是不满意，以为自己的地位历史远在曹操之上，为何官居其下，辞命不受。曹操毕竟是能屈能伸的英雄，他知道实力还不能抗拒袁绍，许昌附近的地方武力也未清除，立即上表，愿将“大将军”的最高军事职位让给袁绍，把袁绍稳住，他好向周围的反对派下手。

袁绍的谋士郭嘉被曹操收买了，他到许昌，把袁绍的缺点一一告知曹操，又给计划：第一，防袁绍西取关中、南联巴蜀，及西凉的马腾、韩遂，如果这样，他们向许昌平原采取迂回的大包围，那就可以使曹操陷于绝对的孤立。为了解除这个威胁，曹操先派了锺繇到西安，以司隶校尉名义，统帅关中诸军，一面向马腾、韩遂威逼利诱，要他们拥护“中央”，为了保证，并要他们把儿子送到许昌做抵押。这种“任子”制和各地无孔不入的特工“校事”，是曹操统治别人的两大工具。第二，东方最大的威胁，足为袁绍声援的就是吕布和袁术。袁术和他的老兄根本不能合作，这是没问题的。吕布呢，是个有勇无谋的人，朝秦暮楚，脾气又坏，可以用分化和利诱的手段来消灭他。

>> 六 吕布和袁术的失败

袁术真有阿 Q 的精神，事业还没有基础，他先在寿春称起皇帝来，用虚名陶醉着自己。他的地盘，东北至徐州，与吕布相冲突；南及长江，与刘表相摩擦；还有正北的曹操，当然更把他视为眼中钉。他既称了皇帝，曹操自然可以代表中央正式讨伐了。

接领徐州的刘备，为了自我发展，向南不断进兵，首先和袁术冲突，袁术便许给吕布二十万斛军粮，且承认他在徐州的优势地位，请他袭刘备之后。无知的吕布，当即答应了这请求，先攻取张飞所守的下邳，俘虏了刘备的妻子，然后正式据有徐州。恩将仇报，喧宾夺主，吕布在道德上实在说不过去，而且，在战略上，这样向友军施行"苦迭打"，也是十分失策的。

曹操在那里坐山看虎斗，一面更设法挑拨着他们的矛盾。

沛人陈珪和他的儿子陈登被曹操买通做内线，表面上给吕布做事，实际上把吕布一切情报送到许昌。

袁术为了彻底联络吕布，要求结为儿女姻亲，吕布把女儿许给袁术的儿子。陈珪看这情形不对，忙劝吕布："你为什么真的和老袁要好起来，他是反叛呀，中央政府迟早要讨伐他的，我以为你不如乘此归顺中央，就把袁术的来使作为见面礼，那你就可以正式得到中央的任命，成为徐州牧了。"好利的吕布动摇了，果然把袁术的使者打入囚车，送到许昌，曹操自是欣喜，立即给了吕布一个左将军的名义。吕布差陈登去谢恩，陈登就乘机把吕布的无能说给曹操，曹操赠给陈珪广陵太守，对陈登赏赐更厚，说："吕布的事全盘交给你了！"陈登名利双收，回到徐州，一心等吕布的机会。

刘备走投无路，妻子又被吕布所掳，只好暂时低首下心地投降了他，承认他是徐州之主，而自己退居小沛，一肚皮愤怒却无法发泄！

袁术当然大怒，又和吕布杀起来。

刘备乘机召集旧部，又得了万把人，在小沛偷偷训练着。

吕布看刘备要恢复势力，又眼红了，掉过头来，向袁术解释误会，请他合攻刘备。刘备这一次实在没有办法了。只好去投曹操。曹操知道他是个不得志的英雄，乐得乘此机会，把他加以监视，然后起兵攻吕布，表面上是给刘备报仇，实际他已看透吕布把袁术、刘备两个友军都得罪了，绝无不败之理，于是，曹操的军队围了下邳城。

吕布才感觉自己反复无常的错误，遣人求救于袁术。袁术正恨得他牙痒痒的，乐得看他的笑话，于是在三个月围攻加之决水灌城及陈登为内应的战略之下，他和陈宫束手被擒，这在东方搅得天昏地暗的魔王，不费吹灰之力被曹操杀了，徐州全部入曹操的掌握。

曹操把刘备安置在许昌，监视极严，一来因为他是汉之宗室，可能被人拥为傀儡以对抗曹氏的皇帝；第二点，刘备不是安本分的人，又有关羽张飞两个义弟，勇武非常，若真的获得根据地和实力，是很难制服的。

皇帝宫中，及不属于曹操系统的中央官吏，不用说，都有“校事”在伺察着。

袁术因与刘备、吕布连年战争，加之民间的经济恐慌，他自己又骄奢放肆，部下多半离叛，实力已大为削减，曹操乘机对他加以致命的攻击，他的地盘只剩寿春附近一隅，事实上已不能存在。

而在许昌附近的南阳宛城，还有一支地方军队，态度不即不离，那便是张绣。当吕布未平之前，他和曹操曾两度发生恶战，第一次曹操几乎丧命，京戏里富有香艳色彩的《战宛城》一剧就是描写这一回的故事。张绣本有投降曹操的意思，可是曹操在军营里不甘寂寞，和张的寡婶私通，张绣一怒，又叛了他，曹操最勇敢的卫队长典韦被杀，长子曹昂、侄安民都战死，他自己也中了流矢。那可算曹操最狼狈的一次战役。第二次战役的时间，正是攻吕布那一年的夏天，曹操虽获小胜，但仍未能把张绣歼灭。这个自中原到长江流域的走廊地带，使曹操时时忧虑。假使这时袁绍自北进兵，吕布由东攻击，荆州的刘表、寿春的袁术响应张绣自南进兵，曹操任有多大力量也难于抵抗的，但军阀们只知顾目前，各人与各人之间都存在着莫大的矛盾，即以刘表而论，张绣的宛城直接为荆州屏蔽，而他竟丝毫不能对张氏予以物质的助力，使曹操的各个击破策略得以逐步成功。这与其说是曹操的本领，不如说是诸人的无能，也可以算是曹操的运命特别好吧！

在张绣按兵不动的形势下，曹操彻底扫清两淮。袁术无处可奔，向他哥哥袁绍求援。袁绍看在手足面上，准许他回北方，命他儿子青州牧袁谭迎接叔父。

这消息传了出来，曹操立刻派人到徐州堵截，谁去呢？刘备的要求获得允许。

刘备这一要求不是轻易获得曹操同意的，他为此费尽心机。这时，皇帝——汉献帝——已秘密发动诛除曹操的计划，受命的为车骑将军董承，还有刘备，备在谱系上应当是献帝之叔，以此许中人士呼他为“刘皇叔”。

延伸阅读

刘备的先祖，是汉景帝的儿子、汉武帝的异母哥哥刘胜，封中山王，谥号靖，史称“中山靖王”。著名的满城汉墓，墓主人就是刘胜。墓中文物很多，最著名的有金缕玉衣、长信宫灯、错金博山炉等，很值得一观。先祖刘胜和后裔刘备生活的年代，相距将近300年，俩人关系渺茫，所以“皇叔”一说，主要用来强调刘备的“皇室正统”身份。

这是个庞大的、艰巨的工作，没有外方的武力，仅凭京城的文官，是动不了曹操分毫的，刘备就负责组织外围势力。他本来是有大志的，时时想逃出曹操特工的魔掌，这回更下了决心。

他用极颓丧的态度来掩护自己，在住宅后园种着菜蔬，亲自去浇水灌粪。张飞、关羽都嫌他节省得太过，他只笑而不言。曹操听了，却对他放了心，监视无形中松了许多。

一天，黑云四起，天快变了，曹操请他去吃酒，在高阁上煮了青梅酒，正是夏日，四面凉风吹来，座间并无外人，曹操拉了刘备的手上楼，好像很高兴的样子，刘备却怀了一肚皮鬼胎。

酒至半酣，曹操忽然拍拍刘备的肩头问道：“皇叔，天下大乱，英雄四起，各据一方，但我看有许多人只是因人成事，实在算不得什么英雄。今天，座中只有你我，请你说说，心目中到底谁是英雄？看我们的见解是否相同！”

刘备摸不着头脑，就乱猜一通，什么袁绍呀，刘表呀，马腾、韩遂呀，随口胡诌着，曹操都摇摇头，不表示赞成。

“皇叔，据我看来，天下英雄只有你我二人而已！哈，哈，哈！”

刘皇叔心里慌得了不得，他想一定是这老贼识破了自己的行径，正在无可奈何，忽然电火通明，一声霹雳，震动屋瓦，他便将筷子跌落地下，露出非常畏惧的样子。曹

◎曹操煮酒论英雄

操忙问："什么事？""你还说我是英雄呢！我自幼听了雷声就会发抖，天下有这样的英雄吗？"曹操又是一阵大笑。

刘备的英雄资格好容易骗掉了，因此才许可他到徐州去截袁术。虽然荀彧他们反对，说这是放虎归山，曹操毕竟不听。

虎的确是归山了；袁术不能通过徐州，气得呕血而死，淮河流域的领土，全部归了曹操。可是刘备却杀了徐州刺史车胄，独立起来。

>> 七 地方武力的总崩溃——袁绍的覆亡

现在曹操心中最大的苦闷，只剩了河北的袁绍。

刘备开始运用他的组织力量，联合袁绍，进行讨曹工作。

曹操决心在和袁绍主力冲突之前，先扫荡刘备。

不幸的是，董承的秘密完全被校事们破获了，从衣带中搜出皇帝的血诏，这是无可抵赖的，于是，刘备的使命也明白了，不消说董承被杀，不少士大夫都因涉嫌而丧了命。这也是曹操决心攻击刘备的一个原因。

刘备虽然号召了几万人，究竟不是曹操的对手，袁绍也未能和他保持密切的联络，在短期内，张辽攻破下邳城，俘虏了刘备的夫人及二弟关羽，三弟张飞也逃亡得失了下落，刘备单人独马，经青州到袁绍那里去避难。

关羽是一员名将，曹操用尽方法笼络他，希望他降伏，他表面上敷衍着曹操，可是心中无时不记挂刘备。

曹操要将许昌布置妥帖，再进兵河北，他又收买了张绣的谋臣贾诩。当时袁绍正想拉拢张绣夹攻许昌，张绣已有允诺之意，贾诩忙劝他说："你千万莫上袁绍的当，他连自己的弟弟袁术都不能容，能容得了你吗？我看你应当投降曹公，那是天子所在，名正言顺，曹公爱才如渴，一定会重用你的。"张绣也和吕布差不多，就这样降了曹操，曹操大为欢迎，张绣从此在许昌被"优待"着。

再说袁绍。

这几年，袁绍的力量完全用于攻取幽州，和公孙瓒做着殊死战，总算把幽州的广大原野取得了，可是已精疲力竭。

他第一步错在没有把皇帝抢到手里，第二步又不曾乘曹操对吕布、袁术用兵的时候攻许昌，第三步，更不于刘备受敌时，起兵救应（他的谋士田丰，曾劝他乘机攻许，他因幼子有病心绪欠佳，不听），而张绣方面的联络又全盘失败，在战略上说，他已经丧失了不少取胜的机会（至于曹操所怕的联西凉、西蜀以包围许昌，他是连想也没有想到的）。

到曹操一切都布置完整了，他却心血来潮，要起兵攻许昌。谋士田丰、沮授进谏道："自将军用兵幽州，冀州经济已非常残破，民食困难，军粮不支，而且几年不得休息，兵士疲乏怨恨，不如先休息一下，努力生产，俟粮食足用，然后派使者到许昌献捷（自然是指讨伐公孙瓒了）。如曹操不许通过，那时再声罪致讨，起兵不迟。"

但谋士郭图、审配的意见却完全与他们相反，认为冀州有精卒十万、骑兵万人，地大物博，军粮尤无问题，打曹操如摧枯拉朽一般。任沮授怎样辩论。袁绍还是采取了主战派的主张，沮授从此不受信任，田丰更被囚禁。

袁军集中黎阳（今河南浚县），曹军集中官渡（河南中牟），隔黄河对峙着。但事实上战争前哨已距袁绍的根据地邺城很近，而距许昌则较远。不能不说袁绍在开战之初，已处于不利的地位。

这个形势，袁军利于守而不利于攻，曹军利于攻而不利于守，是很明显的。但袁绍却反其道而行之，他先命大将颜良、文丑攻白马（今河南滑县）。颜良的勇敢是有名的，曹军很有些胆怯，偏偏这时关在曹营中的关羽要借机会立功以报曹操厚待之恩，然后出走去寻兄长，他自告奋勇前往救白马。他远远望见颜良的旗号，便如风驰电掣一般，于百万军中，刺颜良于马下，于是白马之战，曹兵获得全胜，袁绍的初次进攻就很不利。

文丑和刘备率兵五千攻曹操营垒。曹营其实很空虚，仅有守兵五六百骑，但他们装出非常镇定的样子，故意把许多辎重散放垒外，命骑兵都下马坐地。文丑的兵看见辎重争先抢夺，又见曹兵皆坐地休息，更不以为意。这时，曹操突然下令冲锋，于是文丑的兵大乱，文丑被杀。袁绍见折了两员大将，心中不悦。

从此，两军深沟高垒，在官渡相持。

袁绍利用沙屯，筑成长四十里的堑壕，曹操也和他相对而立地筑了堑壕。袁军在碉堡上向曹营放弩箭，曹操用霹雳车射出石块，以击毁碉堡。袁军掘地道入曹营，曹操在营里挖了长壕阻挡着，如此，各施手段，两不相下。

但日子一久，曹操的军粮发生了恐慌，他简直支持不下去了，和留守许昌的荀彧通信商量，想暂时退兵。荀彧毕竟是有见解的谋士，他力主坚守："你几个月都过了，为什么在此短期内就要发生变化的时候，反而半途而废，努力，努力！袁氏的阵营马上就要动摇了。"这使曹操增加了勇气，咬定了牙关，死守下去。

袁氏的谋士田丰、沮授都在不得意，而审配、逢纪、郭图、辛评那些谬误的观察者在主持着一切。和沮授志同道合的许攸，劝袁绍乘曹兵多在前方，许昌空虚，可派别动队掩袭，使之首尾不能相顾，必可获胜。袁绍只是刚愎自用地非打下曹操不可，对许攸的计划不加考虑。审配他们又乘机加以陷害，许攸赌气跑到曹营去，献了一条偷袭乌巢的毒计。原来乌巢是袁军的军需总站，这地方一失，袁军势非全部崩溃不可。

曹操得了许攸，高兴得不得了，当下调动全部精锐，偷换了袁军旗号，乘黑夜衔枚疾走，直捣官渡北面约四十里的乌巢，在袁军屯粮的大仓库外面，纵起火来，守将淳于琼一面应战，一面往大营求救。

在此千钧一发的时机，大营又吵成两派，谋士郭图主张以精兵扑曹操大营，则曹兵自会回救，大将张郃则以为乌巢围急，应先去救应。袁绍不听张郃之言，将主力全部用于攻曹操大营，而别遣轻骑救乌巢。结果，大营的曹军坚守，袁绍一时攻不进去，而军粮重地的乌巢则陷入敌人手中，可谓两败俱伤。

郭图不自认错，在恼羞成怒的心理之下，反而说张郃幸灾乐祸，无意力战，张郃心中好生不快，他也和许攸一样，率本部兵马降了曹操。

曹操全部占领乌巢，杀死袁军一千余名，把死者耳鼻都割下来，悬在马上，向袁军示威；袁绍既失大将，又遭空前的失败，兼以军粮被焚，全军士气已不可维持，“兵败如山倒”，十余万人像潮水似的向北方溃了下去。袁绍和儿子袁谭慌忙脱了军服，幅巾青衣，拼命飞跑，总算逃出一条性命。检点随从，止余八百骑。袁绍几乎哭了出来。

曹操掠得袁军辎重，及多年收藏的珍宝图书，把袁军七万余人都屠杀了，好一次凶狠的战事！

沮授被执，不降而死。同时，袁绍也杀了忠于他自己的谋臣田丰，借以掩饰自己的无能。

次年，占据冀州，称雄一世的袁绍，因气愤吐血而死。

地方武力的领袖完了，北方的割据形势逐渐归于统一。

>> 八

肃清北方——乌桓的征服

袁绍死了，他的三个儿子展开内争，长子袁谭本为青州牧，次子袁熙是幽州牧，少子袁尚是袁绍所心爱，所以他竟袭了父亲的地位封爵，在邺城坐下袁绍的宝座。作为嫡子的袁谭，本是合法的继承人，对于现状当然不满，而且在事前兄弟两个已是为此进行了许久的暗斗了。到这时，就更加冲突得不可收拾。

谋士们也分为两党，郭图、辛评属袁谭，审配、逢纪属袁尚。袁谭发兵攻邺城，不料大败，只好退回自己的防区南皮。袁尚的兵又围了南皮，他再退向平原，情势非常紧迫。

曹操已收兵回到许昌，很有乘胜南下取荆州的意思。不争气的袁谭，因打不过弟弟，居然派人到许昌求援于曹操。曹操心中正在犹豫不定，谋士荀攸道："明公何必多疑！荆州固然要取，而袁氏兄弟相争，岂不是天假机会？请看，我们打袁绍时，刘表（荆州）对我们毫无动作，其无大志可知，大约他也不过一个坐而能言起不能行的书生而已，荆州迟早总是我们的。袁氏虽败，尚领有四州之地，其残余力量，颇足忧虑，不意他们兄弟不能合作对外，反来求救于我，冀州人民遭战祸数年，加以旱灾蝗虫，生活困难，久已厌弃袁氏，与荆州人民安居乐业不希望外人侵入者又大不相同。所以无论如何，我们应当先北伐而后南征。”这些话把曹操说得五体投地，于是，当下起兵，渡黄河攻打邺城，邺城的留守便是审配，当然无力拒抗曹操，忙向平原方面的袁尚告急。

袁尚只好解了平原之围，回兵救邺。曹操决了漳河，将水灌入城内，全城人民都浸在水里，昼夜恐慌，不知所措，袁尚救兵又在城外为曹操所败，与城内失去联络；城内审配之侄审荣，暗暗勾结了曹操，开城放曹兵入城，审配被捉，不屈而死。袁尚北逃幽州。会合哥哥袁熙，向东北塞外投乌桓去了。曹操得了邺城，袁氏财宝货物全部被他占有。冀州至此，才算正式归了曹操，不久他就发表自兼冀州牧。

袁谭见曹操出兵攻邺，他不免又想起父亲的仇恨来，遂再度宣言叛变曹操。这真是低能的举动，与其如此，为什么不兄弟合作，却把曹操的大兵引入冀州呢？曹操从容地赶走袁尚，然后回兵攻打平原，不消几时，平原就被攻陷，袁谭被擒，为曹操所斩，于是青州之地也入曹操之手。

袁氏兄弟父子虽未全灭，总算在中国已无立足之地。

于是他开始封赏诸谋士，荀彧、郭嘉、荀攸等都升了官，并下令征集河北各州郡的人才。曹操的政治头脑的确是敏锐的，他意识到在这群雄争长的环境里，人才是成功的第一条件，谁能吸收大部分人才，谁便是最后的成功者。他打破了传统的“忠臣不事二主”的观念，打破了世俗的评论与是非，只要你是中用的人物，不论从前是否叛变过或是曾在敌方服务，一律加以收录。这命令下去了，冀州人心立即安定了许多，因为在任何局势下，对现状不满的人都是知识分子为领导，知识分子不肯闹，老百姓是不容易闹起来的。

第一个来投效的知识分子就是陈琳。他曾为袁绍的秘书，袁氏起兵讨曹时的讨曹檄文（等于今之通电），就是他的手笔，这文章作得是很刻毒的，不但曹操挨了骂，连他父亲和曾为宦官的曹腾都骂在里边了。曹操看到这檄文时，很受了刺激，他正在患伤风头疼，看完心一急，出了一头大汗，伤风竟自好了。这是文学史上有名的故事。

延伸阅读

这个有名的故事，指“檄愈头风”。据说曹操患有头风，连华佗这样的名医都没办法治好，而《三国志》注引《典略》道:“琳作诸书及檄，草成呈太祖。太祖先苦头风，是日疾发，卧读琳所作，翕然而起曰:‘此愈我病。’数加厚赐。”需要说明的是,《典略》是魏人鱼豢所著的野史，即使被《三国志》注引用，内容也不可全信。实际上当时陈琳还在袁绍那里辅佐，不可能把作品草稿先拿给曹操看，还因此得到丰厚的赏赐。

可是如今写文章的人不能不向成功者低头了。曹操在接见他的时候，冷笑地问:“你的文章作得真好啊！只是刻毒了些，为什么连我的先人也骂在里面了？”陈琳不慌不忙地道:“吃谁的饭就得替谁说话，好比箭被射手放在箭弦上，想停住不发也不可能了！明公既推诚于天下，过去的事何必再谈呢？”曹操也哈哈一笑算了，从此陈琳就在许昌做起官来。

延伸阅读

我们较为熟悉曹操和其子曹丕作为政治家的面目，其实他们还有另外一面：曹操、曹丕、曹植合称“三曹”，与“建安七子”、蔡文姬等同为汉末文坛巨匠（建安为汉献帝年号）。我们熟知的“老骥伏枥，志在千里”出自曹操的《龟虽寿》，“对酒当歌，人生几何”“何以解忧？唯有杜康”则出自他的《短歌行》。建安时期作家们的作品，继承了汉乐府民歌的现实主义传统，以风骨遒劲著称，并具有慷慨悲凉的阳刚之气，在文学史上有“建安风骨”的美誉。而因一篇檄文名动天下的陈琳，则是“建安七子”中的一员，其他六人是孔融、王粲、徐干、阮瑀、应玚、刘桢。

袁尚、袁熙跑到乌桓，总不是个了局，而且，乌桓人常常勾结了匈奴人侵扰河东州郡，很可能与西凉的马腾、韩遂连成一气，对关中洛阳一带加以威胁。袁绍的外甥高干，现在就据有并州，宣布独立，并州即今山西之地，正是由东北经内蒙古以达陇西的桥梁。而西凉的马腾、韩遂也在动摇着，关中诸路兵马都在观望风色。

曹操事前派去的锺繇此时发生了作用，他以优势兵力先压服了关中将领，并吓住西凉，使高干陷于孤立。同时，曹操自己亲率大兵，进迫并州。高干既无外援，日渐穷迫，终于战死。许多年来，在匈奴与鲜卑、乌桓环伺之下的并州，也暂时小康，北方的问题，只有乌桓了。

大军北征乌桓。

乌桓的领土，相当于今之东北九省[①]的南部，但那里还有汉族的公孙度在做着辽东太守，也占有一部分土地。当袁绍在冀州和幽州时，对乌桓的联络很好。故袁尚、袁熙跑到塞外，乌桓单于（国王）蹋顿不加拒绝。

知识扩展

乌桓国，得名于乌桓山，也称作“乌丸国”“乌延国”等。《后汉书·乌桓传》中记载：“乌桓者，本东胡也。”东胡是商代就存在的古老民族，汉初，东胡被匈奴灭后分为两支，一支为鲜卑，另一支便为乌桓。鲜卑居北，乌桓居南。乌桓人定

① 1945 年抗战胜利后，国民政府将东北地区划分为九个省级行政区，称“东九省”，1945 年中华人民共和国重新合并为东北三省。——编者注

居于大兴安岭山脉南端、科尔沁草原中心地带，精骑善射，马上战斗力极强。白狼堆战败后，乌桓人迁入内地，很快与中原汉族融合。

许多谋臣都认为远征塞外是不智的，劝阻曹操，只有郭嘉主张进兵。

从许昌、邺县向北方进发的军队到易郡时已是七月了，北方的初秋正是阴雨连绵的季节，道路非常泥泞，行军感到极大不便，尤其是辎重。勉强进至无终（今天津蓟州）已无路可走，大家都主张班师回许。

无终的义士田畴，自董卓之乱发生，就入山隐居，地方百姓数千人随他居住，他在山中兴办教育，讲求礼义，俨然像世外桃源，另成一个国度。他更讲求自卫教育，乌桓、鲜卑以及袁绍都不敢侵扰他，在幽州有着极大的声望。

曹操听说，备了礼物，派遣专使，到山中去请教这位地方领袖，居然得到他的合作。

他指示给曹操一条小路，从无终出卢龙口（约今之喜峰口），堑山堙谷五百余里，经白檀（今河北省滦平县东北兴州河南岸），过平冈（今内蒙古自治区宁城县甸子乡黑城村西南），越白狼堆（今辽宁省朝阳市喀左县平房子镇黄道营子村），可直入乌桓腹地。这条小路原是商旅常走的，自天下大乱，商旅中断，已数十年不通。如果能冒险过去，定使乌桓意料不到，可以获致全胜。

他派了土人做向导，曹操身先士卒，逢山开路，遇水修桥，辛苦了差不多二十天才抵达白狼堆，离乌桓都城柳城只有二百里了。

当大军转入小路时，曹操命人在大路的树上写下："时当秋雨，道路不通，俟明春再行进兵。"乌桓探马看了这个告白，信以为真，飞报单于蹋顿，蹋顿大悦，从此不以曹兵为意。

待曹兵到了白狼堆，这一下蹋顿可慌了，毕竟敌兵离京城只剩二百里。

蹋顿和袁尚、袁熙点起八万人马，在白狼堆下紧急集中，自然是不会整齐的。

曹操登上白狼堆，看了乌桓的阵营凌乱不堪，指挥前锋大将张辽奋力进击，乌桓兵大乱，蹋顿来不及迎敌，已被张辽擒住，斩于阵前。

乌桓文武一齐请降，点查人民数目，达二十余万。

袁尚、袁熙还是逃了，到辽东去依公孙度的儿子公孙康。

曹操下令班师。左右忙问："为什么不直攻辽东，斩草除根？”曹操笑道：“你们看好了，公孙康一定会把二袁首级乖乖送来的！”

退兵了，大家都在怀疑他的话。

不久公孙康把二袁的首级送来了，并请投降。

谋士们无不胜佩服曹操的先见，就来问他，为什么推测得这样准确？

“你们不知道公孙度和袁氏的势力始终是冲突的吗？可是他也并未屈服于我们；如果我们攻之太急，他们是会结合到一起的；我们不去理他，让他们的矛盾自己发展，何愁不自相火并呢！”

谋士们都在赞扬着曹操的“用兵如神”。

>> 九 空前的打击——赤壁之败

命运不济的刘备从袁绍的阵营好容易逃到江南荆州，依靠着同宗刘表。两个结义的弟弟张飞、关羽也分别逃来相会。虽是寄人篱下，四五年来刘备的颠沛生活总算得到暂时的休息。

◎宴长江曹操赋诗

刘表是个苟安现状的人——有点学识，没有胆量，又有那么肥沃的土地、丰富的出产、富庶的人民，使他深深陶醉在那优越的自然环境之下，吃吃酒，和文人们谈谈天，弄弄词赋，近来又续娶了一位年轻貌美的蔡氏夫人，给他生了一个幼子刘琮，五六十岁的人当然很容易颓唐下去。

有雄心而不得志的刘备，深深感到一种寂寞的侵袭。虽然刘表在优待着他，不把他当作外人，可是他觉得这种被豢养的生活真没有意味！

他想，他如果是刘表的话，绝不肯这样消沉。

蔡氏夫人把握住刘表，撒娇撒痴地要求给刘琮以承继荆州牧的特权，设法把长子刘琦排斥出去。

刘表向刘备商量，刘备不知内幕，便举了袁绍传位给幼子的事实，劝他不可妄为；刘表非常不高兴，蔡夫人更不高兴。刘备由此失了刘表的欢心，有一回，几乎被蔡夫人之弟蔡瑁设计杀死。他感觉自己地位的尴尬，要求到外县去暂避，刘表乐得顺水推舟，便派他去守荆州的北面边疆新野和樊城。

不幸中有大幸，刘备在那里请得隐居在南阳的高士诸葛亮，这在三国时期占重要位置的人物，眼光更比曹操锐利，他断定这个纷扰的天下将来只有三个人可以立足，曹操自然是一个，现在在长江下游吴越一带已经立下根基的孙权是第二个，刘备便是第三个；不过，必须他取得荆州作根据地，然后溯江而上，取得天产富饶、四塞险固的益州（今四川大部及云贵部分地区等），才能长期与孙曹对立，然后与孙权合约，北伐中原，或者可以打倒奸臣曹操，恢复汉室。

刘备开始意识到自己前途的远大，诸葛亮的指示他一一听从。

长江中游是在刘表、刘备的表面合作之下，暂时度着平静的日子。

益州的刘璋也是汉室宗亲，这老朽昏庸的人几乎不知外面闹得天翻地覆，只会关起大门过他的蜗牛壳里的生活，比刘表还要糊涂些。他的秘书张松，曾奉令到许昌探听中央政府的虚实，这个家伙是个惯会出卖主人的人，画好全西川的地图，想要借此卖身投靠，可惜曹操嫌他相貌太丑，不肯理他，他便不肯把西川的计划说出，刘璋的寿命得以苟延了好几年。到后来，他终于将这地图和计划献给刘备了。

在长江下游的孙权可不是刘璋、刘表那样的糊涂虫，自他父亲孙坚充任袁术的部下，打平了这扬州的沿海之区，他哥哥孙策及父亲征服吴越和九江、安庆、芜湖，在大江以南建立了稀有的声势与名望，江东州郡数十都望风归顺。孙策战死，事业就传给弟弟孙权，因他死时只二十六岁，还没有儿子。

这完全是个私相授受的世界，只消你有实力。

曹操的眼睛是雪亮的，他一面在骄傲着自己业已做了事实上的北方皇帝，而一面却在想着草长莺飞的江南。为了满足他的领袖欲，中国是必须统一的，他得继续施用他的武力以完成更伟大的梦想。

第一，先把朝廷的大权通通拿过来，皇帝变成更彻底、更名副其实的傀儡；第二，把接收后的袁氏兵队再强化、再训练。

为了满足第一目的，他废止了东汉的传统的分权制度——三公（太尉掌军政、大司徒掌内政、大司空掌财政）——而改变为独裁式的丞相制，当然他就是丞相了。

在第二目的上，除陆军以外，更练水军。他由许昌移驻邺城，在城外浚掘了玄武池，造了战船，开始操演着。这里，他既可以镇压北方的边境，更可以监视军队的编练。

机会来了，他所收买的荆州内线韩嵩、王粲等报告他，刘表已死，幼子刘琮继位，他母亲和舅父蔡瑁实际统治着荆州各郡，刘表的旧部都心怀不平，长子刘琦被他们排斥到江夏去镇守了，一筹莫展，若起兵南征，这是再好没有的时候。

虽然水军的训练尚未成熟，他不能再等了，决计南征。

三四十万大兵自邺城、许昌出发，旌旗塞满了河南原野，人马雄壮，士气昂扬，曹操坐在红炭也似的骏马上，在宝盖下耀武扬威地陶醉着。他的眼前展开了一片远景，由荆州顺流而下，刘琮、刘琦、刘备都做了俘虏，孙权也望风迎降，可能的话，他便在石头城即了他的帝位，索性把汉天子一脚踢开……

王粲他们在荆州发起投降运动，把曹操的实力铺张得着实了得！蔡夫人女流之辈，晓得什么好歹，蔡瑁更是利禄熏心贪生怕死的懦夫，只要功名常在，给谁当尾巴不是一样，于是，当曹操还未入荆州边界之时，已经由蔡瑁恭恭敬敬地递上降表，全州人口、财产、兵士，交代得清清楚楚，专等新的主人来接收；那时，荆州新造的艨艟战舰还有几十艘，水陆兵丁不下十万人！荆州人民谁不知道曹军在徐州、在冀州那种抢劫奸淫的行动，弄得人人怨恨，个个悲愤，有办法的都在计划着逃难。

曹操发表蔡瑁为水师都督——先稳住了他，因为他是有实力的分子。而刘琮呢，则调为青州牧，可怜这个败北主义的投降者竟不得不离开自己的乡土，走上茫茫的前途，据说在半道就被校事们结束了性命，蔡夫人空落得大哭一场。

刘表的两位少爷真不争气，无怪乎后来曹操自赤壁败回的当儿深深慨叹："生子当如孙仲谋（权）；像刘景昇（表）的儿子，猪狗耳！"

刘备在樊城兀自做梦，直到曹兵已抵邻近的新野，才有了消息，凭他力量，还有什么话说？除逃走是最安全的办法之外，什么也不要谈。

可是老百姓都要跟随着这位"刘使君"去流亡，他们反对曹操，尤其反对北方的兵士。

诸葛亮几次三番劝他抛了百姓，但他不肯，他说，百姓是成大事的基础，宁可自己担危险，人民是不能丢的。

难民的行列拖了有几里路，使军队的行进分外困难。为了接应，诸葛亮派关羽到汉水下游的汉津口去。找江夏太守刘琦预备船只，刘备的主力部队将在那里和他相会。

曹操听说刘备逃了，他非常注意，因他一向把刘备计入“英雄”之列的，派遣了五千铁骑，不分昼夜，追赶下来，果然，在襄阳以南的当阳长坂坡，追及了刘备。铁骑像旋风扫落叶一样袭击着难民和败兵，哭声震动山野，尸体积成山丘，刘备的夫人糜氏，也被杀死。刘备落荒逃走，部下只剩数十骑，眼看曹操的兵已追到了。

勇猛的张飞立马在长坂坡一条小河的桥上，挺着丈八蛇矛，圆睁怪眼，大喝一声：“哪个敢来，燕人张益德在此！”

这雷霆也似的声音，把曹操的兵马竟吓得暂时不敢动弹。

延伸阅读

长坂坡一战，一直以来被人津津乐道。“张飞喝断当阳桥”的情节令人印象尤为深刻。当然，吼一吼桥就断了，纯属艺术的夸张。《三国志·蜀书》记载：“先主奔江南。曹公追之，一日一夜，及于当阳之长阪。先主闻曹公卒至，弃妻子走，使飞将二十骑拒后。飞据水断桥，瞋目横矛曰：‘身是张益德也，可来共决死！’敌皆无敢近者，故遂得免。”但是我们知道曹操的军队有几十万人，怎么会被二十几个人阻住去路呢？《三国演义》通过合理的想象补充了一些情节，令故事合情合理：先是曹操的疑心病犯了，“又见桥东树林之后，尘头大起，疑有伏兵，便勒住马，不敢近前”，再有一些魏将听说对面是有名的猛将张飞，吓坏了，以致“肝胆碎裂，倒撞于马下”，于是曹军一拥而退；而张飞不敢追赶，“速唤回原随二十余骑，解去马尾树枝，令将桥梁拆断，然后回马来见玄德，具言断桥一事”。从“解去马尾树枝”这一举动，我们就能够明白为何一开始会有“尘头大起”导致曹兵“疑有伏兵”的情况了。用二十几人唬住大军，张飞这番举动，可谓有勇有谋。

到了汉津口，由关羽打着接应，刘备才算脱离危险。

曹操不是以得荆州为目的的，他要贯彻地打下江东。蔡瑁率着水军，浩浩荡荡，顺着万里长江，向下游杀了来。

战书下到江东，充满恫吓的字句：

“近者奉辞（奉天子的命令）伐罪，旌麾南指，刘琮束手！今治水师八十万众，方与将军会猎于吴！”

江东沸腾了，一部分胆怯的文人如张昭等竭力主张投降。只有武将鲁肃、周瑜主张抗战。鲁肃到刘备的营中，先把他的残军拢住，又和诸葛亮做了朋友，劝诸葛亮见一见孙权，说以抗战之利。诸葛亮是彻头彻尾的反曹者，对孙、刘合作尤其感觉兴趣。他就去见孙权，那时江东早已把水军集中于柴桑口（在今江西九江柴桑区），等候朝廷的决议。

诸葛亮分析曹操的实力，说人数虽多，其实是疲乏得很了，又不善水战，没什么可怕，只要江东方面不动摇，曹操一定会失败。

然而孙权在犹豫不决，张昭等又在扩大宣传曹军威势。他终于召回军事专家周瑜询问，做最后的决定。

周瑜的论调和诸葛亮是一致的，他说出曹操的缺点：一，荆州人心未服，时思叛变；二，北军不会水战，又水土不服，不久必生疾病；三，粮草运输不便；四，西凉马腾、韩遂是曹操的后顾之忧。还有最要紧的一件事，是江东创业不易，不容把父兄的事业拱手让人，像没出息的刘琮一样。

这样，孙权才决心抗战，可是全部武力也只三万水军！连刘备的残军计入，还是不到五万人！周瑜、鲁肃接受了这个艰巨的命令。他们把大本营置在柴桑口，而前线则一直进展到汉口以西的乌林赤壁①。

正是秋末冬初，天上织云不染，十五的月亮照得晶莹明澈，像一面水晶盘悬在天空。曹操立在大船头上，看那鸦雀无声的夜色，又看见那戈戟森然的兵士，左右拱卫的文臣武将，他心里充满了不可一世的感觉。忽然，这处树林里几只觅窠的喜鹊在叫了，夜空受了震荡，在伟大的寂静中好像投了一颗炸弹，越加显得夜色的庄严广漠。曹操是有文学天才的，他忽然动了诗兴，命左右取过纸笔，又命取酒过来，他一手横着槊，一手端起酒杯，一饮而尽，随即赋了一首雄伟的诗歌。他痛快、高兴，但也深深感到一种没有敌手的落寞，好像他的身体膨胀起来，整个宇宙都容不下他。

自从行军以来，这大约是他最满足的一天了，但也到了他成功的顶点。

---

①关于赤壁之战发生地点，历来聚讼纷纭，从现当代观点来看，争论的焦点在蒲圻说和嘉鱼说之间，而历史学出版物和已发现文物证据更偏向蒲圻说。——编者注

有人献计，北方人不惯水战，在船上站也站不牢，不如把战船锁了起来，几只船连在一起，自然稳妥得多，可以不至于晕船，他非常高兴地采取了。

前哨战在赤壁接触了，不善水战的北军果然失败，曹操急命退回江北，扎好大营。而水土不服的病也慢慢在营中传染起来，曹操心中好生纳闷。

忽然，江东的大将黄盖差人送上一封投降的信，说受了周瑜的气，愿意做内应，定于某日先驾本部战船十数只过来，上面插了青龙牙旗的便是。正在忧闷着无法破敌的曹操，竟自信以为真，他想："黄公覆一来，孤无忧矣。"心中极为高兴。

却不知这是江东诈降之计。生平惯以诈术欺人的人，哪知也会受欺的。也难怪，黄盖为了这一计策，故意和周瑜闹翻，被周瑜打得皮开肉绽，是一条十足的"苦肉计"呢。

延伸阅读

有句俗语说"周瑜打黄盖——一个愿打，一个愿挨"，说的就是这件事。周瑜定下"苦肉计"后，黄盖奋勇当先，帮助他实施。于是在军事会议上，黄盖假装与周瑜意见不合，甚至出言颇有轻视之意，周瑜佯装大怒，下令将黄盖斩首。黄盖是有功老臣，因此诸将苦苦求情，周瑜这才将处罚改为笞刑，将黄盖打得卧床不起。这番操作，其实是做戏给诈降到吴营的蔡中、蔡和（蔡瑁的族弟、亲信）看的，蔡中、蔡和将这一假情报传回了曹营，曹操便深信不疑，在黄盖领军前来时，丝毫没有防备措施，以至于后来赤壁惨败、败走华容。利用敌方奸细传递假消息，再利用对方的疑心迷惑敌人，形成对自己有利的局面，周瑜运用得可以说非常得心应手了，“蒋干盗书”也是一例，我们会在后面周瑜的故事里读到。

日期一到，江东的船果真来了，插着青龙牙旗的十几条船。拽满风帆，箭一般射将来，曹操立在大营前，正自观看，忽然有人说：“不对，这船为什么吃水这么浅，好像并没载人，天又吹着东南风，小心有火攻之计！”曹操恍然大悟，可是，说时迟，那时快，十几条船上的干柴早已烈焰腾空地烧了起来。钻进北船之中，一霎时纷纷起火，船都锁牢，急切不能分开，眼看兵士们纷纷落水，而且，江东的兵士们拿着火把登陆了，大营一角业已烧着！江东军队喊声震天，生龙活虎一般杀上岸来。曹操急忙上马，与张辽、许褚等引数百骑向西北落荒而走。黄盖自引一军，正想跟踪曹操，不料被张辽看见，拈弓搭箭，嚓的一声，射中黄盖肩膀，黄盖倒了下去，曹操逃出性命。

黄盖自被吴兵救回大营不提。

东南风吹下一阵冷雨，北军踏着泥泞，冒着雨点和寒冷，乱纷纷向北奔逃，路上到处都是死尸。曹操命曹仁守荆州，自己连夜回了邺城，心中不快已极！

荆州终于被周瑜攻占，曹仁的军队向北集中樊城、襄阳。这一战的收获，只此而已！

但整个中国的形势却从此确定了，曹操武力统一的梦醒了，至少，在他这一代是没有希望了。赤壁一战，把抢夺自袁绍和刘表的兵几乎损失殆尽，长江的天险不是容易克服的，他只好默认江南的刘备和孙权的优势。

孙权允许把荆州借给刘备，作为西进的暂时根据。刘备派关羽和诸葛亮镇守这里，自己带了张飞、赵云等溯江入蜀，以武力取得刘璋的西川。

三国鼎立的局势是初步形成了。

>> 十 扫荡马超和张鲁

为了掩饰战败，他一面加紧自己的权威和压力，一面极力扩大吸收人才。他下令各州郡，对于人才，无论乡里的名誉如何不好，无论曾在何处做过官，只要有才气，能干事，都是欢迎的，这一次，比打平冀州的一回更加彻底。

自东汉以来，知识分子特别注重品行名节，有学识而无好品行总是不被人看重的，而朝廷也就根据了舆论声望以为用人的标准。曹操这样一来，完全打破了几百年的传统，知识分子再不用特别注意道德了！

这影响是很大的，整个社会风气因此不免变坏，一种是不负责任，一种是自我毁弃。不负责任者可以把国事当作儿戏，自我毁弃者可以摧残自己，酗酒、贪污，做一切无廉耻无身份的事。我们不能不说在100年以后，中国四分五裂，人民转徙流离，而士大夫一无办法，就是这时曹操的作风种下的恶因！曹操是要对此后一世纪的政治颓风负总责任的。

怎样加紧压力呢？无非把自己的地位弄得更高，高到和皇帝一般无二为止。傀儡的汉献帝受到暗示，诏命曹操“赞拜不名，入朝不趋，剑履上殿”。据说，汉代的相国萧何是曾经如此的。但他还意有未足，惯于帮闲的董昭就出来拍马屁，主张加什么九锡（一种最崇高的赏赐），封为“国公”。偏偏追随了他20年的老谋士荀彧对此非常不赞成，他认为这是乘人之危的举动。曹操心中十分不痛快，独裁者是不愿任何人对他有批评的，任凭你是元老也不行，于是就送给他一碗药汁，强迫着吞下，死了！曹操从此更无忌惮。

知识扩展

锡，在先秦作为“赐”的通用字使用。所以九锡也就是九种赏赐的意思。这九种赏赐，第一种是“车马”，传说是八匹黑马拉的金车，赏赐给“其德可行者”；第二种是“衣服”，特指衮冕之服加上配套的赤舄鞋，赏赐给“能安民者”；第三种是“乐县”，指定音校音器具，赏赐给“使民和乐者”；第四种是“朱户”，红漆大门，赏赐给“民众多者”；第五种是“纳陛”，这有两种说法，一是登殿时特凿的陛级，类似贵宾专用通道，二是阶高较矮的木阶梯，方便登阶，“纳陛”赏赐给“能进善者”；第六种是“虎贲”，即守门卫士，也指虎贲卫士所执武器，赏赐给“能退恶者”；第七种是“弓矢”，指特制的红、黑色的专用弓箭，赏赐给“能征不义者”；第八种是“斧钺”，为兵器，赏赐给“能诛有罪者”；第九种是“秬鬯”，指祭礼用的香酒，赏赐给“孝道备者”。除了曹操，历史上接受过“加九锡”的人有，王莽、孙权、司马昭、杨坚、李渊等，几乎都是新政权的缔造者，也是很耐人寻味了。

江东的势力向江北扩展到合肥了，可由此溯淮水而至河南的腹部，于是曹操再度兴兵南伐，相持数月，依旧无功而还。中原人民，连年在抽丁征粮之下，怨声载道，曹操也厌倦了战争，因此才决心退兵，双方维持着暂时的苟安。

年纪老了，他要享受，在漳水之滨，邺城风景最好的地方，建了一座高高的楼阁，名曰“铜雀台”，把许多夫人、嫔妾都搬到那儿，吃吃酒，吟吟诗，长子曹丕和幼子曹植也都有着无比的聪明和文采，文武百官像捧凤凰似的围绕着他，他是够满足了。

关西的马腾、韩遂始终是不肯向曹操低头的。马腾乃东汉名将马援之后，他父亲住在陇西，娶了羌女，因之他就成了诸羌的统帅。曹操始终对他们加以羁縻，负此责任的就是驻在关中的锺繇。后来马、韩两部互相摩擦，曹操乐得利用此一矛盾，即调马腾入关中，封了槐里侯，为尉卿，而命他儿子马超为偏将军，代领其众。马超是个少年英勇的战士，极得羌人拥戴，因了种族关系，与中央政府总是貌合神离。

◎曹操大宴铜雀台

偏巧这一年曹操集中大军于关中，要攻打盘踞在汉中的张鲁，马超、韩遂以为是要对陇西用兵，不问三七二十一，举兵抗拒曹操，说他是谋篡的奸贼，要讨伐他。曹操大怒，下令杀马氏三族，年老的马腾也牺牲了，于是马超更加愤怒，三军戴孝，直攻长安，逼迫潼关。洛阳、许昌、邺城，文武百官无不惊慌失措，曹操不得不亲征潼关，以消灭此迫在眉睫的外祸。

深秋了，渭水高原的气候已经冷得很。曹军进驻潼关之东，马韩联军即在关西，旌旗相望地对峙着。

勇士许褚上阵与马超恶战，不分胜负，但曹操却偷偷派了徐晃别领一军，从风陵渡过了黄河，在河北扎下一座阵营，预备渡过渭水，直袭马军之背。马超也是个善于用兵的人，当下即率精锐，进迫曹操本部。曹操正坐在胡床上得意扬扬地督视着部下渡河向渭北进发，左右报告“白袍将军来了”，原来马超因为挂孝，故穿白袍白甲。曹操不以为意，眼看马超离曹操越来越近了，许褚忙背起曹操，抢下小船，岸上兵丁纷纷抢上，都被许褚用刀砍回去。马超见没捉住曹操，命左右用乱箭射去，小船上的水手，中箭落水。好许褚，一手撑篙，一手举起马鞍，挡住箭射。曹操吓得伏在船中，动也不敢动，水流又紧，直走了四五里才得上岸。众将见了，都来称贺。曹操故作镇静：“今天险些为小贼所困！”说罢大笑。

集中在渭水北岸的曹军，向南竖起寨栅，多插旗帜以为疑兵，慢慢向渭河南岸移动。这时，马超已发觉曹操的策略，在南岸竭力堵截，曹兵渡过河的多被零星解决。忽地一夜大冷，河水见冰，曹操命南岸兵士，把麻袋盛了沙土，堆将起来，一面撒上冷水，转瞬之间，冻成一座坚城，马超遂不能攻击。

曹操和韩遂是旧相识，他想何不挑拨马韩之间的感情，使他们自己摩擦。恰好马超因久战不胜，有收兵之意，要跟曹操和谈，许诺割给曹操黄河以西之地，曹操便将计就计地伪为应许，约韩遂来日在阵前商量。

他排列了五千名铁骑，拥护着自己，旌旗耀日，甲胄鲜明，好不威风。门旗之下，曹操坐下红骠马，身着大红袍，请韩遂答话。

羌兵早震于他的威名，争先来看，曹操大声道："看什么，你们曹丞相也是一个鼻子，两个眼睛，和你们并无不同，不过，比你们'多智'罢了！"五千铁骑抖擞精神，西凉人看了不觉有些胆怯。

曹操再也不向韩遂说到正事，只谈当年在洛阳如何如何，老朋友的近况怎样，好像感情很融洽，谈了许久，彼此拱手道别，各自回营。早有马超部下之人告知马超，马超也自疑心，因到韩遂大营来问："韩叔父！日间和曹操所谈之事如何？"韩遂好像很难为情的样子："并没谈什么！"马超愈加疑惑。

曹操故意给韩遂写了一封信，上面涂得一塌糊涂，好像有什么怕人见的话，韩遂自己改掉的一样。这信被马超发现，断定他和曹操中间有秘密，非说出底细不可。韩遂越加辩白，越起马超的疑。马超不客气，一剑砍去，把韩遂一只手削将下来。

营中立即大乱，天未及明，曹兵已经杀到，马韩联军全盘崩溃，曹操的分化战术又收了奇效。关中各地次第收复，派夏侯渊守长安，马超收拾残部仍回西凉去了。

这样的功勋哪能没有封赏，于是丞相更进一步而成“魏公”，实现了董昭的计划。邺城成为魏的都城，洛阳为魏的西面屏障。天子下了一纸客气到万分的旨意，曹操自己也假惺惺地谦逊了一番。

这期间，他又两度大起兵马，自合肥南征孙权，无奈江东将士用命，把住了濡须口，曹操只好死了这条征江南的心。

举朝哪一个不是曹党，校事们更横行无忌。自从曹操封了魏公，不久，又进位魏王。他戴着皇帝的远游冠，佩着金印，架了镶着金龙立着龙旗的金根车，六匹骏马拖着，警跸森严，他端坐在上面，简直连皇帝仅有的一点仪式也被他霸占了。献帝只有避在深宫，和皇后贵妃们楚囚对泣。

伏皇后是个烈性女子，她实在忍受不下去了，可以托付的人，像董承那样的又不会再有，想来想去，只有她父亲伏完，还在朝中做着不死不活的小官，就秘密递信给他，要他相机起事。

她父亲死了，弟弟伏典继续干这秘密工作，在校事们密密包围之下，消息哪能瞒得住？曹操怒气昂昂地命华歆和郗虑入宫，把她拘捕起来，同时一道假造的圣旨也下来："废伏皇后！"华歆和郗虑提剑而入，把伏皇后从隐藏的夹壁中像捉鸡一般提了出来，头发散乱，两足赤露，哭得泪人一般。可怜的天子坐在一旁，只有颤抖的份儿，一句话也不敢说。伏皇后哭哭啼啼地向皇帝哀告道："陛下！莫非你就不能说一句好话吗？"皇帝的回答越加可怜："唉，连我还不知何时就会和你一样哩，哪有力量顾你！"他掩着面，不忍再看自己的妻子所遭的蹂躏，一面却向郗虑道："郗公！天下还有这样不讲理的吗？"郗虑哪有工夫理他。

伏皇后打入冷宫，一碗毒药送了性命。

曹操把自己的女儿立为皇后，对皇帝做着无微不入的监视了。

伏皇后的弟兄同族被杀的不下数百。

镇压！镇压！威力在统治着一切。

皇帝完全成了傀儡，他又去征服汉中的"土皇帝"张鲁。

说起张鲁，也要算曹操的同乡呢，他是沛郡人，其祖父张道陵独创了一种"五斗米道"（信者要交五斗米，这就好比前些时的同善社、悟善社一般，无非借了鬼神之说劝人为善，不许作恶。古代人民思想不开通，这种宗教式的组织是极容易发展的)，乘着东汉末年天下大乱，他占据了终南山南面汉水盆地那一块肥沃的土地，四面都是山，谁也侵不进来，他简直做了30年的土皇帝，用他的宗教势力维持了那一带的治安与人心。这儿差不多是乱世的乐园。

延伸阅读

张鲁的祖父张道陵，相传是汉初名臣张良的八世孙，聪颖博学，曾官拜江州令，后辞官修道。汉章帝、和帝先后征召其为太傅、冀县侯等职，均辞而不就。他在江西一山中炼丹，传说神丹成时，龙虎出现，于是山名改为龙虎。他开创了“五斗米道”，称“天师”。五斗米道发展为“天师道”，张道陵被尊称为“祖天师”，后其子张衡接任，称“嗣天师”，张鲁接任后称“系天师”。到了第四代孙张盛时，迁回龙虎山，子孙世传其业，一般称第几代天师，统称“张天师”。至元代，第三十八代天师被皇帝授予“正一教主”称号，“天师道”发展成为“正一道”，也称“正一派”，与全真派并列为道教两大教派。

但这小小的世外桃源终于不能安定了。问题不在他本身，而是由于四围的变化。

马超在关中打仗的时候，难民数万都逃入汉中，曹操已经对这地方注了意。刚好，刘备这时攻破了西川，把刘璋赶跑，建立了一个新的统治区。根据诸葛亮的计划，联吴伐魏，一路是从成都北出汉中，攻取长安，一路是从襄阳北取洛阳，这样一来，汉中就成了蜀汉必争之地。即从消极方面讲，为了保卫西川，这缓冲地带也是不容落到别人手里的。但是曹操的战略并不在刘备之后，他先发制人，以雷霆万钧的力量，在短期内迫使张鲁投了降。把原来守长安的大将夏侯渊调到这里来看守着关中门户。

>> 十一 “固一世之雄也，而今安在哉！”

曹操何尝不想做皇帝，但有几种因素使他不得不先保留这一点欲望。第一，到底未能武力统一全国；第二，君臣的观念使他还不能完全免去顾虑；第三，他是比较现实的，目下已是事实上的皇帝了，何必汲汲于更进一步的虚荣？他倒不失奸雄的本色，常常自家说："天命如在我，孤其为周文王乎！"周文王并没伐纣而有天下，有天下的是儿子武王，换言之，他希望把江山打好，到儿子时代可以稳稳当当地做太平天子，就是篡位，其他也管不了许多了。

这时，政治重心早已移至邺城，更由邺城移到洛阳。为了防守关中，晚年的曹操是在洛阳过着他的荣华日子的。

但魏王国也几乎是走下坡路了，曹操一老，儿子只会作作诗，玩玩女人，势力就渐渐不行。

刘备亲率三军，抢了阳平关，占了汉中，在定军山把夏侯渊杀死，他的疆域向北无限度地扩充着。

而守樊城的曹仁也正被荆州的关羽打得连吃败仗，曹操派了老将于禁去救应，又派了勇将庞德去冲锋，结果是一个投降、一个战死，樊城几乎失守，幸亏徐晃救兵到来，勉强支持下去。但许昌已慌得了不得，曹操有意思要迁都了。

在朝中无论压力怎么大，毕竟制止不了人们内心的反感。太医令吉平，和少府耿纪、司直韦晃等，秘密计划攻占许昌，抢救天子。

城中起了火，革命者烧着丞相长史王必的兵营，王必被烧死。不幸联络得不密切，被典农中郎将严匡以闪电手段，一下子扫平。

正住在邺城的魏王闻报大怒，一声命令，把汉的百官都调到邺城去审问。一群可怜虫，囚犯一般，押来邺城。魏王大吒道：“谁是救火的，站在一边，不救的另站在一边！”大家都以为救火是好，全往那一面站，不想魏王却说他们都是作恶心虚，假充好人，一个也不留地杀了！

这是比董承和伏皇后还惨的事实，血淋淋的!

若不是南方大局发生了突变，魏王国的下文真是很难说的。无奈这时孙权为了争荆州和关羽起了摩擦，趁羽在樊城作战，突袭其后，那位威震中华的关羽竟被孙权所害。

刘备不能忍受二弟的遇害，撕毁了吴蜀联盟的诺言，倾国起兵打孙权；消息传到魏国，曹操大喜，当即派使者秘密和孙权联络，孙权正在慌张，便不惜投降曹操，并把关羽的首级送到洛阳。

对于形势岌岌的魏国，这不啻为一剂续命汤，立即封赏孙权，并打算起兵相助。

天不作美，六十六岁的曹操，毕竟等不到亲征江南，忽然得了头风死在洛阳行宫!

他可谓以战斗始，以战斗终，费尽了心机，打平了半个中国！儿子曹丕再不客气，废了汉献帝，自己称起天子来，追尊曹操为武帝。但从此兵权落到司马氏一家，司马氏完全用曹操对付汉献帝那一套，不到30年间，从曹操的孙子手上取得了政权。

孙权用火攻之计，打败刘备。刘备自占领汉中以后，已自称为汉中王，到了曹丕将汉献帝废掉，爽性自己做了皇帝。这回对江东作战，还算御驾亲征呢！自遭兵败，后悔不迭，回到白帝城死了！三国又在刘备之子刘禅，与曹丕、孙权之间，对立了几十年！

聪明绝顶的曹操，终于不能保住子孙万年的基业。而且，据说，他死了以后，唯恐有人掘发他的陵墓，起了七十二个相似的疑冢。可是，无论怎样，他是不能把自己及其事业保持到永远。

宋代苏轼游黄冈赤壁时作有一篇《赤壁赋》，曾慨叹地说：“固一世之雄也，而今安在哉！”曹操若知道死后的骂名和国脉的短促，也许不会那样费尽心机了！

微信扫码

- 做趣味问答
- 听历史故事
- 进书友社区

第二章

周瑜赤壁之战

周瑜在历史的舞台上是个明星，他谋略一点儿也不亚于孔明，但却是天妒英才，英年早逝！周瑜一生征战，有强烈的进取精神和横行天下的抱负；周瑜少年得志，风度可人，议论英发，有口皆碑；周瑜文采超群，精于音乐，即使是酒后，仍能听出乐人演奏的音乐中的很细微的疏失。

阅读导引

顾颉刚中国历史故事

周瑜在一般人印象里是个白面小生，而又气量狭小。“赔了夫人又折兵”的故事，成为后人对他取笑的资料。其实，所谓“三气周瑜”是没有那么回事的。《三国志·吴书九·周瑜传》云：

“权拜瑜偏将军，领南郡太守，……屯据江陵。刘备以左将军领荆州牧，治公安。备诣京见权，瑜上疏曰：‘刘备以枭雄之姿，而有关羽、张飞熊虎之将，必非久屈为人用者，愚谓大计宜徙备置吴，盛为筑宫室，多其美女玩好，以娱其耳目，分此二人，各置一方，使如瑜者得挟与攻战，大事可定也。今猥割土地以资业之，聚此三人，俱在疆场，恐蛟龙得云雨，终非池中物也。’权以曹公在北方，当广揽英雄，又恐备难卒制，故不纳。”

又《蜀书二·先主传第二》云：

“……先主为荆州牧，治公安。权稍畏之，进妹固好。

◎周瑜像

先主至京见权，绸缪恩纪。”

裴松之注引《山阳公载记》云：

“备还，谓左右曰：‘孙车骑长上短下，其难为下，吾不可以再见之！’乃昼夜兼行。”

这些记载，便是后来“甘露寺招亲”的由来，而把周瑜作为主谋者。于此，我们亦不能不怪周瑜猜忌，致使孙、刘感情发生裂痕。

当曹操大军南下的时候，江东人心非常动摇，张昭是败北主义的领导者，若不是鲁肃力持正议，和周瑜做最后抗战的决策，孙权已是拿不稳舵杆。至于诸葛亮在那时，除敲敲边鼓给孙权打气以外，是一筹莫展的，《三国演义》所说借东风、草船借箭，都是妄谈，即就小说立场来批评，也是全书里最不行的笔墨。我们就说赤壁一战，旋乾转坤之力，全出于周瑜，亦无不可！

>> 一

孙坚和孙策怎样打他们的天下

东汉末年，因为皇帝无道人民苦痛，才造成黄巾起义。受不了贪官污吏的剥削，没有力量缴纳过重的捐税，有野心的流氓地痞一煽动，闹乱子是当然的事，这责任是要政府负的，不能怪百姓。可是到了农民一起事，那时候就叫作“造反”，是大逆不道的，非讨平不可。何况黄巾的首领张角仗着一套妖言惑众的本事，用宗教的迷信聚积了信徒，真的想要登九五之尊呢！所以，东汉政府就下令扫荡叛军。

各州郡的行政官吏都点起本地兵丁来讨贼，有的是真要为国效力，有的则是看穿了这个局面，正是英雄出头的机会，利用讨贼之名，扩充自己的武力，反正政府是没有什么力量来约束地方了，只要你有本领，不妨自己弄出个局面来。

富春（今浙江杭州富阳区）的孙坚就是其中之一。

有强壮的身躯，精熟的武艺，虽然是个南方人，样子可和北方大汉差不多。他由州县的佐吏（等于今之县政府科员）出身，闯荡江湖，结识英雄豪杰，到黄巾军起义，居然也凑了几千人参加讨伐。始而是在朱儁部下，很打了几次胜仗，黄巾不久也就平了。

他又和张温到陇西去讨西凉的叛羌，董卓正驻防西凉，张温想调他来大营，他竟抗命，孙坚就主张把他军法从事，说:“这样的军阀将来总不会对政府忠实的——不但不能镇服西凉，反而不听调遣，不杀更待何时！”张温不听，孙坚一气回了洛阳。

果然不错，董卓的兵奉调入洛阳扫除宦官（因为宦官专权，为害当时政府最大），宦官是被杀光了，可是董卓就专起权来，他有兵，有实力，比宦官还横、还黑暗。废了汉少帝，重立汉献帝，而他却做着事实上的天子，公卿大夫谁反对他，就会没了性命。汉家朝廷，真是去了恶狼，又来猛虎，群臣都在忧愤着。

世世在汉朝为官的汝南袁绍及其弟袁术首先倡导讨卓。各地方武力，接着讨黄巾之后，又有了第二度发展的机会。孙坚那时正做着长沙太守，他焉能放过这个机会，便约齐手下将士，说明自己要起兵勤王之意，自长沙出发，直夺荆州。荆州刺史王叡是个书生，向来看不起孙坚，说他是武夫、粗人，这回孙坚来了，他更不表示欢迎。孙坚是何等样人，他岂能让人这样轻视，不由分说，率领部下，攻进刺史衙署，杀死王叡，号令荆州兵众：“如今董卓作乱，我奉诏勤王，王叡不从，便是抗命，我已杀他，诸君有愿从我讨贼者，功成之后，朝廷定有不少的封赏！”于是荆州数千之众都随了他北伐，他的势力有出乎意外的伸展。

延伸阅读

“勤王”是我们在古典小说中经常能看到的一个词，指君王有难而臣下起兵救援君王的活动。“烽火戏诸侯”就是一个与勤王有关的典故：西周时期，周幽王为博得王后褒姒一笑，命人点燃烽火台，谎称犬戎攻打王城，借此戏耍诸侯。后来犬戎攻打镐京，烽火点燃后各地诸侯未能出兵勤王，导致周幽王被杀，西周灭亡。“勤王”的本意应该是救驾，但历史上许多勤王例子，皆是以此为借口攻入朝廷，如西晋的八王之乱。除了勤王，古代另一常见的反叛借口是“清君侧”，指起兵扫除君王身边的奸佞。

由荆州北向南阳，沿途收容从军民众，到南阳城外，已有四五万人！打着勤王的旗号，向南阳太守张咨要求给养。张咨不以为意，事实上一个小小的县城，从什么地方弄来四五万人的给养呢？可是张太守不知设法应付，反而漫不为礼。孙坚心生一计，假装卧病在床，命部下只说病体沉重，命在旦夕，一面给张咨送信，请他速来接收军队。张咨果然带了五六百士兵，前来孙营。孙坚一直躺着不肯起来，请他进营相会。

"张太守！我自长沙起兵至此，谁知水土不服，竟卧病不起，看样子是不会好了。国事至此，可惜我力不从心！我的部下约五万人，请你分神照应！"

张太守刚刚起身，到床前去慰问他，忽然孙坚从床上跳将起来，手起剑落，把张咨斩了。外面兵士，早有命令，将张咨带来的士兵也都解决得干干净净。

他又占了南阳城，获得不少辎重、粮饷、器械。

各路兵马纷纷集合在洛阳以东，但很少有能打败董卓的。他到了鲁阳，投入袁术部下，曾在一次剧烈的战争中杀死董卓的大将华雄（《三国演义》上说是关云长斩的，那是错误）。董卓没想到会失败在他手里，因之想起在陇西时张温的故事，便对部下说："关东（指函谷关以东）各路兵马，没什么可怕，倒是孙坚这小贼，要防备他些！"以此董卓部下无不畏惧他。

反对董卓的人太多了，他不愿意在洛阳城担惊受怕。焚了宫殿，掠夺民家，把洛阳城弄成一片灰烬，然后他带着部下，挟着皇帝，一溜烟跑到长安，那里他修建了一所碉堡式的城市——郿坞，他觉得是再安全没有了，不意却被他的义子吕布杀了，此是后话。

董卓退走后，第一个抢入洛阳的就是孙坚。他看了那一片焦土，满街的死尸，皇帝的陵墓也被发掘开了，野狗叼着人的肺肠满处乱跑，真是又伤心又气愤，于是命令部下将士安抚民众，不许奸淫抢掠，埋了那些尸骨，洒扫宫殿，等候主力部队到来。偏偏有一天部下有人在井里面捞到一颗玉玺，据认识的人说，这是皇帝的传国之宝。那时人是充满了迷信思想的，有了什么好的兆头，就以为自己会有“天子之分”。孙坚本不是个安分的人，到这时心里更被种种幻想支配着——天子的玉玺为什么偏偏给我寻着？不用说，我的命中是注定要做皇帝的了。这样，他便把玉玺秘密地收藏起来。

延伸阅读

虽然历代皇帝都有自己的玉玺，但被称为“传国玉玺”的，只有唯一的一块，相传是秦代丞相李斯奉始皇之命，用和氏璧镌刻而成，方圆四寸，上有五龙，正面刻有李斯所书“受命于天，既寿永昌”八个篆字。秦之后，历代帝王皆以得此玺为皇权天授之信物，认为得之则象征其“受命于天”，失之则表示其“气数已尽”。凡登大位而无此玺者，则被讥为非正统而为世人所轻蔑。但实际上，从秦末以来，随着封建王朝的更替，这块玉玺时而消失，时而被宣告寻获，有时候说是翻修房屋从土地里挖到的，有时候是从河道淤泥中找到的，有时候是从战争中缴获的，甚至还有人说玉玺在秦始皇自己手里的时候就丢过一次，后来他又让人重新刻了一块……事实究竟如何，谁又能说清楚呢?

军阀们是没有永久合作可能的，董卓还没打倒，各路诸侯先闹了火并。袁绍要抢河北的地盘，曹操也东下攻取兖州，袁术则据了寿春（今安徽寿县）。什么叫天子，什么是中央政令，他们都没放在心上。孙坚等不及主力来洛阳，先回到鲁阳，看了这种现象，心中更在自己打算："原来你们都是挂羊头卖狗肉的家伙，等到机会到来，休说我无情。"可是目下他的力量还不能和袁绍、袁术之流相抗，只有委曲求全；袁术最是自私自利的人，孙坚早已看透袁术不能成大事。他之勉强追随，纯属应付环境。袁术很想统一长江流域，命他出兵攻取荆州。荆州已为刘表所占，表遣部将黄祖对敌，在樊城（汉水上游）一带展开激战。少勇无谋的黄祖，当然打不过孙坚，不消几次，就全军覆没。孙坚纵马追赶，直至襄阳城西岘山山下，不意正走中间，对面射来暗箭，正中心窝，孙坚冷不防倒于马下，半生纵横胸怀大志的英雄，竟被黄祖部下所杀。

孙坚的家属因他在寿春做事，早已移来此地，他所生四子，长子孙策，次子孙权、三子孙翊、四子孙匡。单说孙策、孙权兄弟二人，生得仪表非凡。策相貌英俊，武艺极精，自幼好交结朋友，倜傥不群。孙权碧眼黄髯，相貌古怪，没有哥哥的武艺，却是广有心计。这一天孙策正在家中练武，忽地外面传进，有客来拜，原来是舒郡的人，姓周名瑜字公瑾。孙策自思不识此人，但在同学口中，有人曾经提起，说是好漂亮的人物，又有才气，又富有资财，极好施舍，以此年尚未满二十，名誉已遍江南。但说过也就算了，孙策早已忘记。

孙策正自奇怪，走出去一看，果然名不虚传，多俊秀的容仪，多英俊的气魄，还没有说话，他已经爱上这个朋友了。分宾主坐下，周瑜道："今天拜访，深为唐突，弟一向好结交天下贤豪，久闻大名，仰慕有如饥渴，因此不带介绍，径来相访，如蒙不弃，尚祈原谅。"孙策忙答："客气客气，我也早听同学们谈起兄长，以后自愿常常过从，好在我们神交已久了。"这两个少年，开始谈着自己的抱负，志趣，越说越投机。周瑜在此，一住数日，两个成了莫逆之交。临走时，周瑜见孙策所住的地方甚为狭小，便坚请孙策等移步舒城，腾出路南一所大宅，专给孙策母子兄弟居住，孙策也因和他情投意合，便迁到舒城，拜见了周太夫人。两人从此竟如兄弟一般。原来周瑜比策还小一个多月，即称之为兄。他俩研究兵法，练习刀马，生活甚为快乐。

好景不长，突然，孙坚阵亡的消息传来了，全家哭得死去活来。孙策咬牙切齿，誓报仇恨，周瑜极力劝慰，他总是闷闷不乐。为送孙坚的遗体归葬曲阿，他和周瑜只得暂时离别。临行之时，两人难割难舍，互道珍重。孙策带了母亲兄弟，重回江南。

父亲是葬了，可是自己的前途如何？孙策这时举目茫茫，想不出较好的办法，只有先结交地方上的有名人物以为羽翼。吴人张纮、张昭都成了他的朋友。他舅父吴景正做着丹阳太守，他有个堂兄孙贲，也在那里做县尉（好像今日之警察局长），无聊时，他便到丹阳去住住。但这里究竟不是出头之地，左思右想，还是去寿春见袁术，要求父亲的旧主人给他一点兵，而且父亲临死时的旧部也还在袁氏手下，未尝不可要求发还。主意已定，他便出发，把母弟托给张昭代为看顾。

他向袁术献上父亲所得的玉玺，以为进见之礼，然后，垂泪要求给父亲复仇，并请求给他一部分武力。袁术看了玉玺和这英俊的少年，十分喜爱，但终未给他孙坚旧部，因为他过于年轻。仅仅给他一点金钱，令他回丹阳吴景那里去招募兵士。策不得已，又回到江南，招了几百人，自己训练着，那自然太少，不中用的。不久他又去寿春，这回总算达到了目的，但父亲的旧部也只剩下千余人！袁术答应给他做九江太守，但到真的委任时，又派了陈纪。孙策到此，才知袁术没什么诚意，心中怏怏不乐。

袁术和徐州的吕布、刘备冲突了，命九江接济军粮三万斛，九江毫未照办，术大怒，命孙策带兵去打，却又开给他一张不兑现的支票："前次因种种关系，用了陈纪做太守，非常对不起你。这回如果你能打平九江，当即派你为太守！"九江是打下来了，可是太守又放了刘勋，实在岂有此理！祸不单行，偏巧这时汉朝命刘繇为扬州刺史，这本应该驻在寿春的，那里既是袁术的大本营，自然去不成；刘繇就占了曲阿，赶走丹阳太守吴景，孙贲的县尉也随之告吹，孙策的新地盘没弄到，旧根据地也丢了，这一气非同小可。

刘繇命部众分占了江南险要，管融、薛礼，屯在秣陵（今江苏南京），樊能屯横江，张英屯当利口（两地俱在今安徽和县东南）。袁术只得再命孙策出马。孙策认为这是发展的良机，便约了周瑜同往。周瑜带着队伍和家产到江南来会，孙策正苦于经济不能支持，见瑜到来，大喜过望。先攻打横江，大破敌兵，樊能、张英败走，策威名大震，军士纪律也好，百姓无不欢迎，称他为孙郎。他得了樊张二人军队，人数突增，转而攻打秣陵，管融也大败亏输。连刘繇也逃走了。于是他在一年之内，占领了江南的富庶之区，今日南京、镇江、丹阳及当涂一带之地，都入了掌握。他心中非常高兴，命周瑜守丹阳，自己又东下攻取吴郡、会稽，势力直伸至苏州、松江等地，以及今浙江北部，部下已有数万之众。

袁术在寿春自己称起皇帝来，和许昌的曹操对抗。曹操派人联络孙策，封他为吴侯，命他夹攻袁术。孙策本对袁不满，乐得趁机会报复一下，首先致书袁氏，骂他不该叛国自尊，声明与之绝交，一面用策略击破了九江太守刘勋，这时他差不多代替袁术统治了整个江南。

袁术是全盘失败了，被曹操的军队追得走投无路，呕血而死。这时以前，周瑜因在当阳感觉无聊，又回到故乡，袁术知他是个军事人才，要请他带兵，但他已看透袁氏之不能成功，推脱不能用兵，请为居巢长（今安徽巢湖）。袁术死后，家人四散，景况非常凄惨，还是孙策念及前情，加以照应，同时约请周瑜仍回江南。周瑜之外，还有淮阴人鲁肃也参加了孙氏的营阵。周瑜受着特别的优待，孙策给他修建新的公馆；因为他好音乐，爱唱曲，更送给他一部乐班。左右见了，不免有嫉妒之意，孙策说："你们不知道我和公瑾的关系，若没有他，我们焉有今日！当我在困难时，他给我的帮助太多了。"左右才无话可说。

孙策继续攻皖城，打荆州。周瑜参加着每次战役的后备队伍。孙策到江夏时，得了乔公两女——大乔和小乔，那美丽的风姿使孙郎心醉了，立刻请来周瑜，把小乔送给他，两个英俊出众的英雄配了两个绝色的美人，真是难得的姻缘。军中悬灯结彩，歌乐喧天，两位主将行了合卺礼，同时入洞房。部下都狂欢地痛饮着，孙策吃得醉醺醺的，向周瑜道：“公瑾，乔公两女，嫁了像你我这般人物，总算不辱没她们吧！”周瑜微微一笑，表现出无限的满意。

延伸阅读

在前面曹操的故事里，我们知道了一个地名叫宛城，也就是《战宛城》故事的发生地，那么它和皖城是一回事吗？当然不是！宛城在今天的河南南阳，已经有了“宛城区”的新名字，历史可以追溯到春秋时，楚国灭申国后，在此建立宛邑。而皖城，占了一个“皖”字，自然就在安徽境内，大约在现在安庆市的潜山一带，有“黄梅之乡”“二乔故里”的美誉。

周瑜为江夏太守。孙策进兵荆州，刘表还是命黄祖迎敌。孙策遇到仇人，好生气愤，只一战把黄祖打得望风溃逃，水陆各军一齐失败，连老婆都被孙策俘虏了。黄祖险些丧了性命。

孙策回兵，又掠平全部豫章郡（郡治江西南昌，辖境约当今江西）。这时江南丹徒（今江苏镇江丹徒区）忽有严白虎的余党作乱。严白虎原是会稽的土匪，被孙策打平的。孙策已占有长江中部各地，觉得这小小乱事，不成问题，直待将豫章各城地方官派妥，才收兵而回。严党自不禁他的一击。也许是由于过度大胆，他仅率几个人外出行猎，不意他的仇人派了善射的武士埋伏在竹林里，看他走近，毒箭"嗖"的一声射中面门，几乎落下马来，左右保护着他，急急回营。

箭伤一天天加重，可怜这个青年的创业者，刚刚二十岁，便命临末日！

他自知不好，临危招来他的弟弟孙权，和周瑜、张昭、鲁肃，一干文武部下，哀戚地说了下面的遗嘱："江南天府之地，我和父亲已差不多打了一个基础，不幸我为仇人所害，恐命将不保，我死之后，权弟可以继我及父亲之志，在江南创立基业，天下大势已成割据之局，汉天子不过徒有虚名，权弟深沉有智，定可成就大事，不比我一介武夫。公瑾、子敬（鲁肃）、子布（张昭）都是我的好朋友，以后望待权弟如待我一般，我和先父在九泉也瞑目了。"诸将闻之，无不悲戚，连说：“君侯勿忧，好自保重！”他母亲吴国太在一旁看了儿子的病状，哭得泪人一般。

>> 二 周瑜怎样支持了危局

江山是打下来了，怎样保持住也是个问题。那不是个简单的时代和环境，许多有智慧、有勇力的英雄们正在分割着全中国，而曹操的实力尤其是最大的威胁。他打平占据河北的袁绍——这是当时军阀的领袖，又杀了勇猛无敌的吕布，在江南妄自尊大的袁术更像秋天的枯叶一般被摧折，汉天子由曹操一个人把持着，他自称丞相，极度运用着“挟天子以令诸侯”的手段。现在，只剩下江南的孙氏、荆州的刘表和寄住在荆州的刘备是他的眼中钉。只消这些人一除，他便可以一统山河，过他的皇帝瘾了。

可怜的刘备，虽也自命不凡地想和别人争夺天下，无奈始终没有地盘和武力，就永远在困顿流离之中，他曾在徐州被吕布压迫，又曾投降于曹操，好容易逃出，追随着袁绍，袁绍垮了，他从冀州千辛万苦地逃到荆州，荆州牧刘表和他同是汉朝宗室，待他总算不错，不意刘表的后妻蔡氏想废了长子刘琦，立己子刘琮，刘备曾经表示不赞成，于是失去刘表的欢心，只好带着结义的两个弟弟关羽和张飞住到荆州的北面边境樊城，可是在这里他并不死心，养精蓄锐地等着再起之机；同时，他听到诸葛亮的声名，亲自到南阳的隆中把其请出来，做自己的谋臣。诸葛亮劝他攻取荆州和西面的益州，作为基础，然后与江东联合，北伐曹操，虽不能完成统一之局，鼎足三分，与孙权各占其一，是可以无问题的。

没有等到刘备动手，曹操的几十万军队已经南下了，目的地是荆州。刘表正于此时死了，幼子刘琮代领州牧，把刘表长子刘琦派到江夏去防守。蔡氏和她的弟弟蔡瑁作主张，偷偷地投降了曹操，刘备在樊城还丝毫不知。

曹兵已到新野，距樊城不过二百里光景，刘备才得了消息，慌忙逃出。樊城的百姓不愿做奸臣曹操的奴隶，都随着刘备流亡，携男抱女，哭声震天。诸葛亮几番劝他把百姓舍了，以便军行迅速，刘备都不肯，因此每天只走十几里，曹操督率大军在后面紧紧追过来，听说离刘备已不远，就另派轻骑兵数千，昼夜不停地猛进，果然，在当阳的长坂坡追及了。两军混战一场，幸有勇敢的张飞挡住曹兵，刘备落荒而走，连自己的夫人都死了，部众更伤亡殆尽。好不容易逃到江夏，会见刘琦，才暂时出了险境，曹操顺利地取了荆州，荆州水陆两军数万人都成了他的部下，耀武扬威，更加不肯舍去敌人了，这时不但要追刘备，而且决心顺便征服孙权。

孙权的江东，这时面临了空前的危机。

鲁肃被派到荆州吊刘表之丧，实际上是看看前方形势，打算乘机联合刘备，共御曹操。

周瑜平日即是主战论者，对于曹操的专权非常反对，这时到江东的前方，柴桑江夏一带布置军事。他的大本营设在柴桑，屯驻着江东的水军。

鲁肃一到夏口（今武汉汉口），已知前方情形不对，曹操不但占了荆州，并且借了荆州的兵力，沿江而下，要袭击江东了。他连忙去见刘备问他作何打算，同时见了诸葛亮，彼此交换意见。刘备是无论如何不能降曹的，诸葛亮的联孙伐曹的计划更和他不谋而合，于是他便带了诸葛亮回江东来见孙权。

江东为曹操的优势兵力所威胁，尤其那些文职的官员，人人主张投降，张昭就是领导者。他的失败主义论调，使孙权的抗战心理不由发生了动摇。

鲁肃非常焦急。他知道曹操是采取各个击破的策略的，只要你暂时降了，迟早会为他所吞并，弄得死无葬身之地，孙坚、孙策费尽力气所争取的江南六郡那就完了！

他介绍诸葛亮给孙权，一面请诸葛亮运用他的说话技巧说服孙权的主和倾向。

诸葛亮先把曹操的武力夸大了一番，然后用反激的语气："曹操已破吕布，平袁绍，如今荆州又攻下，中国谁还能和他相争？刘豫州（刘备曾受命为豫州牧）遭遇多难，逃亡至此，希望将军酌量处置，如果觉得力量不能胜过曹兵，那就请干脆投降，刘豫州不妨做个现成的礼物！"这分明是讽刺。孙权立即反问："为什么刘豫州自己不降呢？""刘豫州帝室之后，岂肯降于奸贼！四海英雄，仰慕刘豫州，如水之归海，如果投降，岂不令人笑杀！大事不成，此乃天数，别的也就不必谈了！"诸葛亮进一步的逼着。孙权听了道："不错，连豫州失败到这样都不肯降服，莫非我孙权反将父兄基业拱手让人吗？我还有十万水陆兵马，好，请豫州与我合作，我非和曹贼一决雌雄不可；但不知豫州的实力如何？"诸葛亮知道孙权是无问题了："刘豫州尚有残余兵士万余人。曹兵虽众，但多是袁绍和刘表的降军，意志不坚，不足为虑。此次南下，一日夜行三百里，筋疲力竭，这最犯兵法之忌。我看将军是有必胜的把握的！”他一口气地说着：“只要曹兵一败，三分天下之势便成，将军江南基业何愁不固？”孙权更激动了：“先生之言，正合孤意！”

曹操的战书来了，充满了威吓的意味：“今者奉辞（奉天子之命）伐罪，刘琮束手。今治水军八十万众，方与将军会猎于吴！”

延伸阅读

古代常在某人姓氏后缀以地名，这是历史上一种常用的称谓方式，这种习惯直到近代依然存在。其中，地名可能是此人的出生地，如称袁世凯为“袁项城”；也可能是此人姓氏的郡望（某姓氏在当地为名门望族），如称韩愈为“韩昌黎”、柳宗元为“柳河东”；地名也可能是此人曾经担任官职的地方，如称孔融为“孔北海”，“刘豫州”亦为此类。

东吴的文官们正为讲和政策不能成功而忧惧着。这战书给了他们更大的压力：“八十万！好家伙，小小的江东如何吃得消！”于是，以张昭为中心的主和论又抬起头来了，到处流行着谣言，空气非常沉闷，鲁肃诸葛亮心中焦灼不堪。

孙权召集了群臣会议解决和战方针。张昭首先说出他的议和政策：“曹操是没法抵抗的，今又有了荆州，长江之险与我共之。刘表的水军战舰均入他手，如虎生翼。东吴区区十万之众，如何能打。为了保全实力，我主张迎降！”文官们七嘴八舌地纷纷响应，孙权竟无言可答。鲁肃本是一声不吭的，这时看着形势不对，把孙权拉到廊下：“君侯，他们的话，都是自私自利为老婆儿子设想的，绝不是为江东，你可千万听不得！我们可以降，你却不能！我们降了，曹操还可以给个相当的官儿做做，你若降了怎么办？莫非真的跟曹操去磕头称臣吗？那可糟透了！你如不信我的话，可速召周公瑾回来，他是军事专家，必有好的意见！”孙权也摇摇头：“众人的见解真是要不得；可是人多势众，叫我也难说。好吧，还是取决于公瑾罢！”

这时可真显出周瑜的重要来了！

他正在鄱阳湖附近布置水军阵地，孙权火急叫他回来。鲁肃马上去见他，把朝中空气一一告诉给他：“你见了主公，千万莫铺张曹兵实力，更不可显出半点气馁，我们是非干不可的。张子布这人真糊涂！”周瑜忙说：“我晓得了，请你放心！”

◎孙权像

孙权特别接见这位军事领袖：“朝中议论纷纷，举棋不定，时局紧迫，如何是好！”

周瑜不慌不忙地答道：“曹操今日自称汉相，其实乃是祸国奸臣，他的野心是想征服天下，篡位称帝的，现在所怕的只有将军与刘备而已。我们江东六郡，乃将军父兄20年来费尽心血所获得，将军，莫非真的情愿拱手让人吗？朝中主和的空气，我已听说了，这些人都是没有军事常识的，一听说曹兵有八十万众，先吓得手足无措，殊不知这是不值一击的。我可以自军事立场把问题分析给将军看：第一，曹操虽已削平二袁，取得荆州，但西凉的马腾、韩遂，时时想来乘机而动，攻他的后路，可见他并不是完全没有后顾之忧，可以安心作战，而我们也不是孤立无援；第二，中原军队，习于陆战，不惯水战，曹操的水军都是荆州的降兵，陆军多半是袁绍、袁术的部下，不见得就忠心于他，很容易分化和动摇；第三，目今隆冬严寒，曹操大兵数十万，远来江南，生活不惯，水土不服，必有疾疫，这是自取灭亡之道；第四，天寒地冻，运输困难，人粮马草日久均将发生恐慌。这四种缺点，皆用兵大忌，据臣看来，曹操这次兴兵等于前来送死，只消给我精兵数万，进驻夏口，曹操定可一鼓成擒，请将军万勿忧虑。”

知识扩展

“江东”是中国历史上的地理概念。长江在自九江往南京一段为西南往东北走向，于是将大江以东的地区称为“江东”，又称江左。三国时江东六郡指吴郡（郡治今浙江绍兴）、丹阳郡（郡治初在宛陵，即安徽宣城，后移至建业，即江苏南京）、豫章郡（郡治今江西南昌）、庐陵郡（郡治今江西泰和县西北）、庐江郡（郡治今安徽潜山）。

这一席话讲得头头是道，孙权立刻下了决心：“抗战！抗战！非和老贼拼一下不可！你的话使我顿开茅塞，我绝不能做他的奴隶！”于是再度召集百官，申明抗战的决策，并请周瑜把战局报告给群臣，然后，孙权拿起宝剑向几案奋力砍去，瞪起两眼，向群臣道：“东吴六郡之人，决不能做人奴隶，孤意已决。有再言降者有如此案！”文臣们吓得面面相觑，作声不得。

江东的动荡局势稳定了。

>> 三

曹操怎样受打击

战争的责任完全落到周瑜身上。

这天夜晚，周瑜又觐见孙权，商量更具体的计划。

“按实力说，我们是众寡悬殊的，可是曹操的八十万兵也靠不住，张子布他们未免太胆小了！依我估计，曹操也不过十五六万人；新得的荆州刘表的部属最多不过七八万。他们远来疲乏，我们以逸待劳，只消有五万兵给我，便可应付裕如了！”周瑜诚恳地说。

“五万人虽不能立时召集，三万人是预备好了，请你集合鲁肃、程普进兵江夏，我在后面继续发兵，并宽筹粮草军械，你尽管放心做去。万一失败，后面还有我呢！”孙权的态度是那样镇定而坚决。

次日，周瑜、程普被任为左右都，鲁肃为赞军校尉，江东水军会合刘备残军一齐前进。刘备在樊口，听说江东已决定抗曹，心中甚喜，命从者预备了牛羊酒席，以便犒赏江东军士，自己也驾了船到江东大营，表示感谢。

大营的森严整肃，完全出乎刘备的意外。但见战船密密排开，兵士都是精神抖擞，甲胄鲜明。传达进去，周瑜早迎出帐外，刘备叙述了感谢之意，然后问:“不知将军此番带了多少兵？”“三万。”周瑜简单而有力地的回答。“那恐怕太少了！”刘备有点失望的样子。“一些也不少！请豫州看我破曹罢！”周瑜的面孔更加严肃了，刘备只得辞出，心中犹疑不定，有些高兴，也有些怕。

曹操的前方队伍进到赤壁，已经被江东的军队阻住，决战就在这里展开。

荆州降将蔡瑁做着水军都督，北方陆军到底不惯水上生活的，有人出主意把大号战船用铁索连起来，这样就可以平稳得多，兵士们跑来跑去，像在岸上一样，曹操立刻采取了这个建议。

但南方的气候对于北方人总是不合适的，再加拼命地行军，人人疲乏，疾疫已经在曹营中流行，湿气、疟疾，使曹操心中充满烦恼。

为了试探江东的实力，曹操先命前锋与江东挑战，结果是被江东杀败了，只得退回江北大营。曹操闷闷不乐。

忽然帐下一位文书先生蒋干求见，他说："自幼在江东与周瑜同学，现在愿意单人独马，到敌营中说降周瑜，以解丞相之忧。"曹操大喜，即命前往。

蒋干换了便服，棹着小舟，径来南岸江东大营。巡卒看见，问他底细，他一一说明，果然周瑜很客气地接待着他："子翼，多年不见了，听说你在北方很得意。此次来小弟处，莫非给曹操做说客吗？"他早已猜透蒋干的心理，一句话戳破了他的计划。

蒋干难为情起来，忙说："公瑾休要多疑，老友好久不见，我只是来探望你的。"周瑜见他态度可笑，便道："那么，现在是两国交兵的时候，军国大事是不便说的，我们只谈往日交情，休提战阵之事，以免意见不合，伤了和气，你看如何？"蒋干只得诺诺连声地答应，心中却有苦说不出。

周瑜设了丰富的筵席款待他，介绍他认识了江东诸将，又带他看了江东的战船、兵队、器械、粮草，周瑜说："不要小看江东，回去告诉曹丞相，我们是有决心和他比个高低上下的！"蒋干也暗暗吃惊，江东军备竟有如此充足。

到晚上，周瑜好像吃醉了酒，很早就沉沉睡去。蒋干在大营中心神极不安定，心中盘算怎样回去复命，翻来转去，难于入梦，只得起来营前营后踱着。他剔亮了灯光，忽然发现案上有一叠函件，里面有一封竟是从江北大营来的，不由得心中一动，慌忙打开看时，果然写着：

“蔡瑁顿首拜启周大都督麾下：瑁主死身辱，被迫投降，非其本志。如都督来示所云，愿相结合，共灭贼寇，敬当如命。何时进军，敢请先示！”

蒋干大惊失色，心想：“原来蔡瑁在干着里应外合的把戏，我虽未说服周瑜，得了此信，其功不小！”听听周瑜尚在酣睡，忙把信揣在怀中，灭烛就寝。

第二天，他不辞而别，一早就驾着船回北营去了。

周瑜在暗笑着。

曹操看了信，大怒，不由分说，立命将蔡瑁斩首。蔡瑁连叫“冤枉”，可是也没人理。这专门凭投降吃饭的家伙，就这样被牺牲了！曹操另派毛玠、于禁为水军都督。

曹操不是低能的，不久他就明白上了当，但也只好苦在心中，说不出来。

周瑜的营里也闹得天翻地覆。

这天他在分派诸将进攻北军，老将黄盖是第一队，可是当下就碰了钉子。黄盖气昂昂地说：“这仗分明是不能打的，曹丞相八十万大兵，我们只几万人就打得了吗？你们又赏罚不公，专拣我们这些老的来欺负，为什么你周公瑾自己不去打呢？”

“怎么，你竟敢违抗主帅，动摇军心，莫非要倚老卖老吗？”

左右的人不明白为了什么，仗还没有打，主帅和先锋先吵起来，未免太不吉祥了。

周瑜气愤不息，黄盖也不肯认输，越吵越凶，周瑜喝令把黄盖拖下去：“重重地打！惑乱军心，本应军法从事！”

左右众将齐声劝解，并代黄盖求情。有人到黄盖营中去看他，他咬牙切齿，一面呻吟，一面痛骂周瑜不识好歹迟早必遭失败。众人好言安慰，不在话下。

江北曹营中忽然来了一个秘密的送信人，说是江南营中黄先锋派来的，早有巡卒捉住，报知曹操，操命呈上书信，展开一看，不觉大喜，心想：“此天灭江东，所以才有这样巧的事情发生！周郎，周郎，你杀了我的蔡瑁，不知你自家人也在和你玩把戏呢！”信上写着：

“盖久仰威名，无缘效力。此次大军南征，江东小邦何能违抗。周瑜不自度量，妄欲一逞，又不恤部下，心实不甘。来日会战，当率所部迎降。谨布腹心，伏乞裁示！黄盖顿首。”

◎黄盖像

曹操假作生气的样子："你骗谁？分明这是诈降！"

"丞相明鉴，昨天黄老将军因主张降北，和我们都督大起冲突，黄江军被打得皮开肉绽，哪个不知？江东众将，岂止黄老将军，现在是个个不平、人人解体了。"送书人不慌不忙地回答。

"好，只要真心投降，将来封赏是不会错的。不过，你们来的时候要有标识，不知准备了没有？"

"弄好了，凡战船上插了青龙牙旗的便是。"

精明的曹操，第二次吞了钓饵。

只有周瑜、黄盖心里是雪亮的，他们不这样布置，曹操怎么会相信黄盖投降呢？

这诈降的目的在"火攻"。因为周瑜已看出完全用武力对敌是打不过曹操的，当他和部下乘船观看江北大营形势时，那些密密排列着的营垒和战舰早已引起他用火攻的动机，后来又听说北船都用铁索连在一起，更加强了他的信念。但谁能去烧起这一把火？老将黄盖就为国家牺牲了自

◎武强年画 周瑜巧使用苦肉计

己的皮肉。

会战开始，二十只江东的战船都载满了干芦柴，里面灌上鱼油、硫黄、硝石一切引火之物，用青布盖得严严密密，船头插好青龙牙旗，大船后面系了舢板，二十名精壮的兵士，手持钢刀，坐在上面静待号令。黄盖坐在第一只舢板上，周泰、韩当、徐盛、丁奉，各将领随后。周瑜在大营里等候着好消息。

北岸大营已得了信，说是投降的人今天到。再巧没有了，江面上忽地吹起东南风，太阳被暗淡的云遮盖着，江上冷得使人抖颤，好像要下雨的样子。曹营众将迎着风立在营外，指指点点地看那二十条插着青龙旗的战船：“黄盖来了！黄盖来了！”大家在喧吵着。

忽然有人叫起来：“不对！不对！为什么这船走得这么快？好像载的东西也很轻，别是有什么计策吧？”

说时迟，那时快，南船早已扯起帆篷，箭一般射过来。

只一瞬间，二十条船变成二十只火龙，直向北船阵中蹿来。

一片喊声，夹着一片哭声，北军早已慌作一团，想把船解开，急切间哪里做得到？军士们逃命要紧，无路可走的只好跳下水去，浪花一翻，眼睁睁溺死。水面上早漂满死尸、碎片，火光照耀着，真是一个稀见的惨景。

曹操不顾一切地带着几员大将、谋臣，拼命向西北逃奔。大营早被登陆的江东水军用火把烧着了，火海从江上一直蔓延到岸上，不要说烧死、溺死，仅仅自相践踏就死了几万，陆上、水上，尸体都数不清了。傍晚，天又落下雨来，风吹得格外尖锐，曹军一天未曾用饭，又饿又冷，冻死的也不在少数。

曹操好容易沿岸逃回荆州，查点部下，十折八九。不由得仰天长叹，泪如雨下。左右极力劝慰，他连夜回许昌去了，留下曹仁守城。周瑜心中充满愉快，不但江东的威胁一旦除去，就是整个中国的局势也不是曹操可以左右的了。

同样，刘备部下的诸葛亮也在这样想着。

周瑜与刘备的兵士进迫荆州。

>> 四 他死了，只有三十六岁

荆州乃是江东的上游门户，不能不争取的。周瑜和程普，带了吕蒙、甘宁一干将领在荆州城南岸扎下大营。曹仁将荆州城布置得铁桶一般，坚守不出。

周瑜部下的甘宁自告奋勇，攻打荆州北面的夷陵，如此不愁曹仁不发兵救应，然后一举击之。甘宁的计划不错，可是他胆子太大了，只带了少数人马，一下子被曹仁包围起来，形势危险，急向大营求救。

周瑜留凌统守大营，自往救甘宁，然后回兵和曹仁大战。他自己骑了马去掠阵，不料曹营看他盔甲鲜明，知是主帅，一箭射来，正中左肋，哎呀一声，跌下马来，左右忙来救护，扶归大营。那箭是有毒的，从此周瑜不能起床。

曹仁听说周瑜中箭，加紧攻打敌兵，金鼓之声震天动地。瑜在床头忙问何事，左右不敢隐瞒，只得据实禀报。瑜大怒道："曹仁欺我太甚！曹操八十万人马，我不曾惧他分毫，莫非反怕小小的曹仁吗？取我的披挂过来，我必亲

自杀死此贼！”

部下看他激动得太厉害，忙劝他调养伤口要紧，他如何肯听，披挂上马，直冲阵前。曹营中忽见周瑜亲自出马，无不惊异，瑜指挥众将，奋勇当先。只这一仗，将曹仁杀得落花流水，急急收军。荆州城粮饷又告不支，只得引兵北退。江东军正式占了荆州。

箭疮可是又迸裂了，他呕血数口，重又倒了下来。

刘备要求江东给他荆州作根据地，自然是诸葛亮和鲁肃先说好的。刘备说，这只是暂借，一俟有了正式地盘就可归还。孙权答应了，请刘备做荆州牧，驻在公安。而周瑜的队伍则在荆州，相去不过几十里。周瑜深知刘备的野心和诸葛亮的谋略，还有勇猛的关张二将，他心中非常不舒服。

刘备回江东去谢吴侯之恩，周瑜却暗暗写了一封信给孙权，请他把刘备监视起来，不然将来是江东一大害。鲁肃在孙权一旁，闻知此事，忙来劝解，孙权便没有照办。鲁肃是力持孙刘合作抗曹论的，他说，大敌是曹操，不可自己人先起内讧，孙权很以为然。

周瑜在痛惜着这个机会，不久刘备又回来了。孙权反而把妹妹嫁给他，以联络感情。同时，听说他要进一步地攻略蜀地。

他看出刘备是江东的劲敌，假使再得了肥沃险要的西蜀，那是更难制了，就第二次上书孙权，要求先出兵取蜀，然后北取汉中，联合马超，攻灭曹氏。孙权为了这一计划召他回来，当面计议。

不料箭疮复发，在巴丘路上，这三十六岁的青年将军竟抛开他的事业而长逝了！

孙权是如何的悲痛。全江东都在哀戚，他们知道，如果没有周瑜，江东早已完了！

小说里面讲诸葛亮在赤壁之战用法术借来东风，周瑜因此对他非常嫉妒，又编了三气周瑜的节目，这是不大靠得住的。借来东风可以说绝对不可能，和诸葛亮的摩擦自是难免，但也不至严重到那样。周瑜是个和善的人，和他一起带兵的程普，就和他很不投机，私人感情极坏，但在作战时，却保持着密切的合作，不曾出过什么岔子，这一点可以说是别人赶不上的，也就是他成功的要件。

可惜是他没有寿命，不能照计划取得西蜀，后来终被刘备所得，造成了三分天下的局面。吴侯在曹丕篡汉、刘备称帝之后，也就做起他的皇帝来。这三分的局面竟延长了 100 年。

而赤壁一战，却是这局面的中心关键。

延伸阅读

《三国演义》以蜀汉为正统，因此周瑜被刻画成小肚鸡肠的人，用来衬托诸葛亮的大气；周瑜处处输给诸葛亮，才显得诸葛亮料事如神。为此，小说中安排了“三气周瑜”的戏码：一气是赤壁大战后，周瑜率军攻打南郡，费了九牛二虎之力，周瑜本人还中了箭，使用诈死之计才击败曹军，等到周

◎今日赤壁

瑜率军到达时，没想到诸葛亮提前占领了南郡，周瑜大怒，箭伤迸裂，还口吐鲜血；二气是周瑜利用孙权的妹妹诱使刘备前来，打算扣留他以换取荆州，结果诸葛亮早就安排了计策，刘备成功逃出，还带走了孙权的妹妹，周瑜的如意算盘又落空了，“赔了夫人又折兵”，第二次箭伤迸裂；三气是周瑜以假道伐虢之计准备协助刘备攻取西川，实际上想经过荆州时攻取荆州，又被诸葛亮识破计谋，将计就计，等周瑜率军前来时，被诸葛亮的伏兵击败，周瑜这一次大怒，导致旧伤复发直接气死，临死前周瑜还说出六个字“既生瑜，何生亮”。《三国演义》的故事虽然与史实有出入，但不失精彩，具有较强的趣味性和艺术感染力。

此外，关于赤壁之战的败因，大多数人把它归咎于曹操的“用兵失误”：曹操舍弃北方骑兵的优势，想通过战船来攻打孙刘联军。恰恰北方士兵大多不习水战，曹操不得不用铁索将船只连在一起，给周瑜火攻提供了便利。

而对于此事，史学家却一直有一些不同的看法。南朝著名史学家裴松之在《三国志注》中这样评价赤壁之战："赤壁之败，盖有运数。实由疾疫大兴，以损凌厉之锋，凯风自南，用成焚如之势。天实为之，岂人事哉？然则魏武之东下，非失算也。"

在裴松之看来，赤壁之战曹操之所以会失败，并非曹操失算，而是因为"疾疫大兴"，也就是我们今天说的传染病。此外，宋代史学家司马光也持同样的观点，他在《资治通鉴》中说："时操军众，已有疾疫。初一交战，操军不利，引次江北。"而至于到底是哪种传染病，历来更是众说纷纭，没有定论。

第三章

关羽单刀赴会

本来（关羽这样）万人之敌的猛将，很少不刚而自矜的，只要用之得当，刚猛正是优点。这种刚烈人物，古今中外，代不乏人。即以吾国而论，如楚之项王，汉之关羽，宋之岳飞，近人吴子玉，都是这一类型。这类人物，也同高人义士一样，为历史增加不少光彩。但他们成功最快，失败也最速，只留下许多可歌可泣的故事，供人凭吊而已！

阅读导引

顾颉刚中国历史故事

单刀赴会，见于《三国志》,《通鉴》亦加以引用。《三国书·吴书九·鲁肃传》:

后备西图璋（西川刘璋），留关羽守（荆州），……与（鲁）肃邻界，数生狐疑，疆场纷错，肃常以欢好抚之。备既定益州，权求长沙、零（陵）、桂（阳），备不承旨，权遣吕蒙率众进取。备闻，自还公安，遣羽争三郡。肃往益阳，与羽相拒。肃邀羽相见，各驻兵马百步上。但请将军单刀俱会。肃因责数羽曰:“国家区区本以土地借卿家者，卿家军败远来，无以为资故也。今已得益州，既无奉还之意，但求三郡，又不从命。”语未究竟，坐有一人曰:“夫土地者，唯德所在耳，何常之有！”肃厉声呵之，辞色甚切。羽操刀起谓曰:“此自国家事，是人何知！”目使之去。

但是裴松之注引《吴书》，却又说是鲁肃“趋就羽”，未知孰是。无论怎样，正史中所写的单刀会好像关羽这方

◎关羽像

面没理由，只有旁边第三者那两句话，还有点儿力量。“土地为有德者居之”，本来是很可以说得过去的一句诡辩。这个人，后来戏曲跟小说里就变作周仓。

世俗所以钦佩关羽以至成为神圣，其原因在本文已经说得很明白。中国人所重的忠义有两方面，一是国家，一是个人。关羽对刘备之忠是难得的，而刘备又代表了汉朝的帝室，也就是国家，所以关羽就成了两方面都尽到忠义的“亘古一人”。再加上后世帝王的褒扬封赏，庙貌便遍于全国。皇帝想把臣子都感化得如关羽一样，生意人和秘密结社团体全是异姓结合，也想模仿小说里的“桃园结义”，所以对于关羽的崇拜，由朝廷直至闾阎，成为古代英雄死后最光荣的一个。若是看过《三国志》本传的评论便糟了：“关羽、张飞皆称万人之敌，为世虎臣；羽报效曹公，张飞义释严颜，并有国士之风。然羽刚而自矜，飞暴而无恩，以短取败，理数之常也。”这所说报效曹公，岂不正是后人认为关羽的白圭之玷吗?

延伸阅读

“庙貌”指庙宇及神像,《毛诗·周颂·清庙序》郑玄笺:“庙之言貌也，死者精神不可得而见，但以生时之居，立宫室象貌为之耳。”除了关帝庙内，我们也会在一些商铺甚至住宅里见到供奉的关公像，这是因为关公被人视为武神、财神及保护商贾之神。而且大部分关公像，脸庞都是红色，红色表达了人们对神灵的敬畏，更是“赤胆忠心”的象征。

单刀赴会不唯在关羽的一生是一件大事，即使在全部三国时代亦是一个重要的关键，因为关羽的“自矜”而引起吴蜀合作的分裂，进而造成襄樊之战的恶劣后果，“吕蒙袭击荆州，关羽部下叛离，终致殒命”。于是刘备起兵报仇，吴、蜀正式交恶，魏的国势因而稳定，三分之局至此始成。而后半期诸葛亮、姜维费尽心血，北争中原，终于得不到结果，又何尝不是受这一事件的影响。

设想赤壁之战以后，如果孙、刘真能开诚布公地合作，以你对付北面的魏，历史也许又是一个写法。历史因素往往和连环一样，一个牵了一个，终于影响全局。“关公”虽然在后世奉若天神，其眼光实在未免窄狭，气量更非大将军所宜有，比了后来羊叔子的轻裘缓带，岂不是差得太远了吗？

延伸阅读

蜀汉后主刘禅追谥关羽为壮缪侯。北宋徽宗对关羽进行了五次加封，先是忠惠公，继而上升为崇宁至道真君、武安王、昭烈武安王、义勇武安王；南宋高宗封关羽为壮缪义勇武安王；南宋孝宗封关羽为壮缪义勇武安英济王。元泰定帝封关羽为显灵义勇武安英济王；元文宗追封关羽，是历代帝王加封关羽封号官职最多的一个，包括齐天护国大将军、检校尚书、守管淮南节度使，兼山东、河北四门关镇招讨使，兼提调遍天下诸宫剎、天地分巡案官、中书门下平章政事、开府仪同三司、金紫光禄大夫、驾前都统军、无佞侯、壮穆义勇武安英济

◎清乾隆《关圣帝君图志》单刀赴肃

王、崇宁护国真君。明神宗封关羽为协天护国忠义大帝，后又封为三界伏魔大帝神威远镇天尊关圣帝君；明思宗封关羽为真元显应昭明翼汉天尊。清世祖封关羽为忠义神武关圣大帝；清高宗封为忠义神武灵佑关圣大帝，清仁宗封忠义神武灵佑仁勇关圣大帝；清宣宗封为忠义神武灵佑仁勇威显关圣大帝；清文宗封为忠义神武灵佑仁勇威显护国保民关圣大帝，后再封为忠义神武灵佑仁勇威显护国保民精诚绥靖关圣大帝；清穆宗封为忠义神武灵佑仁勇威显护国保民精诚绥靖翊赞关圣大帝；清德宗加封关羽为忠义神武灵佑仁勇威显护国保民精诚绥靖翊赞宣德关圣大帝。

>> 一

武圣的关羽

农历五月，多热的天呀！小麦打完，正是农人们休息一下的日子，小明的学校也放暑假了，他在离镇市五十里以外的县城入初级中学。镇市东首，有一座巍峨的关帝庙，乡下人都叫它“老爷庙”。这几天乡下人正筹备着过庙会，说是关帝的生日到了，若在往年，人们的荷包里稍稍有点富裕，一定要演上三四天的“社戏”，邻近二三十里的乡人，都到这儿来看热闹；专门赶庙会售卖各式各样东西的小贩们，早已在庙前广场上搭好布棚或芦席棚，耀眼金光的从都市贩来的洋货摆得密密层层，五颜六色的，使乡下人不能不解开他们的荷包，给老婆买点廉价的化妆品、花洋布，给孩子买顶洋草帽，买个唱戏的面具，买竹刀木枪，人人都欢喜着这太平年岁，庙宇里多少红男绿女去烧香还愿，香烟缭绕，灯烛辉煌，照得坐在上面红面长髯的关圣帝君也好像笑起来了。可是今年有点不同，和日本打了几年仗，老百姓已经精疲力竭，何况现在国内的秩序尚未恢复，有人到关帝庙去求签，问问什么时候才可以太平，连签上都说“大劫未过，各自当心”了，所以今年的庙会就只有乡下人自己玩玩狮子会、耍龙灯，应应景算了。小明因为没有社戏看，兀自在家里不痛快。

知识扩展

“社戏”是流行于绍兴地区的传统民间娱乐风俗，是旧时绍兴城乡春秋两季祭祀社神所演的戏，用以酬神祈福，源于该地春秋两季祭祀社神（土地神）的习俗。鲁迅先生曾经写过小说《社戏》。在其他地区，也有与社戏类似的活动，通常与庙会等活动结合在一起。

小明的父亲是本地士绅之一，也曾在大城市求学创业，在外面奔走半生，经历了不少繁华，如今老了，不愿再出外做事，只在乡下办办地方事业，他是本镇的私立小学的董事长，就借关帝庙余房作为课室。小明因感觉无聊，随着父亲到关帝庙去玩耍，顺便看那些狮子会等在演习，广场前围着不下一二百人，锣鼓正在咚锵咚锵地敲个不停歇。小明看了一会儿，又到庙里来，他忽然意识到为什么中国民间对于关帝这样崇拜？庙宇这样普遍？就想问问父亲。

刚进庙门，看见大门两旁的对联是：

心存汉室三分鼎，志在《春秋》一部书。

横楣上写着四个字：

亘古一人。

平常对于这个也不大理会的，只脑筋里记得很熟罢了，现在则也成了疑问，毕竟是书念得多了，问题也便容易发生，于是，他先用这上联问起：

“为什么心存汉室又来个三分鼎呢？若是专心忠于汉，就不能承认这鼎足三分的局面。鼎既三分，当然也非汉鼎了。”小明在问着父亲。

父亲听他说话很有点意思，看着他那天真的面孔微笑道：“你的问题不错，我们可以谈谈。关于这副对联，不过是一些冬烘先生糊糊涂涂瞎凑的罢了。当然不合乎理论的。即如你所说的上一句，既说心存汉室，又说三分鼎足，虽可以解作业已三分之汉鼎，但毕竟容易让人不明白，这是小事；要紧是应当问明，果真那时所谓蜀汉是在‘心存汉室’吗？还是‘心存己室’呢？中国在专制帝王时代，对于正统两个字看得很重。什么是正统呢？就是说合法的系统。怎样叫作合法？一代有一代的皇室，这皇室的继承人，譬如说，长子（嫡子）就是合法的正统，其余便不合法。

若是非皇室的实力派抢去政权，那便叫作篡窃，更不合法。王莽、曹操，都是被人骂作篡窃的！而讨平王莽的刘秀和抗衡曹操的刘备，便被尊为正统。其实刘秀、刘备，还不是借了宗室之名，作为自己起兵的号召吗？中国一向是讲忠君的，统治了几十年或是几百年的帝王一旦倒下去，百姓们要感到思旧的情谊，士大夫们更要为自己的主人起而斗争。这时和皇帝有系统关系的人们，或是被人们拥戴而成了临时领袖，或是因为一己的野心而起兵相争，东汉和蜀汉两位皇帝，都是属于野心家一流，他们在本质上并无差异，但刘秀是一战成功，统一宇内，就毫无疑义地成了正统天子；刘备呢，同时四方起兵的人很多，到后来淘汰得只剩曹操、孙权和他，但曹操比较占优势，汉献帝的皇位到底是曹操的儿子曹丕拿了去的。所以后世史家便发生争执，有的主张曹魏应为正统，譬如《二十四史》里所谓正史的《三国志》，还是蜀人陈寿作的呢，却不把蜀汉当正统，稍后，宋代司马光作《资治通鉴》，也是把正统给魏文帝（曹丕），原来这两位史学家一算晋人，一为宋人，都是属于篡窃得国的朝代，司马炎篡魏为晋武帝，赵匡胤篡后周为宋太祖，按传统看法，都不能叫作合理，可是事实造成，又不容不承认，所以史学家也只有把正统给他们。到南宋时，朱熹改编《资治通鉴》为《通鉴纲目》，就完全翻了案，大骂曹操为汉贼，而捧出刘备为正统，这又为什么？无非为了南宋为金人所迫，偏安江南，和蜀汉仅据四川一隅差不多，如果不把偏局视作正统，在国际交涉上就得受影响，这又是朱子的苦心。事实上政治就是生米熟饭，没有什么道理可讲，实力即是一切呀。”小明的父亲滔滔不绝地发表着他的议论，小明听得非常入神，因为这许多话他们的历史教员都还没有讲过。

“这样说来，刘备岂不是不能代表汉室了？”小明若有所悟似的问。

父亲索性放下手边的公事，泡了一碗茶，轻摇着纸折扇，和儿子畅谈起来了。

“说他代表也未尝不可，不代表也不算错，因为那时所谓汉室，早已名存实亡了。自从东汉末年桓、灵二帝信任宦官，陷害正人君子，把若干有正义感的名士、大臣、太学生、地方官都幽禁起来，有的则被杀死，造成所谓党锢之祸，宦官们便肆无忌惮地搜刮剥削起来，小人布遍州郡，亲友把持朝廷，终于使百姓不能忍受这个暴政，激起以张角为首脑的农民大暴动，借着宗教迷信的外衣，聚集几十万农民，扰乱所及，北至黄河流域，南至长江沿海，虽有皇甫嵩、朱儁等讨平，但从此皇室又被劫持于地方军阀之手。宦官是被军阀们杀完了，但军阀代替了宦官的地位，称兵割据，互相攻伐，使整个中国由统一的局面陷于大分裂。”

延伸阅读

东汉桓帝、灵帝时，士大夫、贵族等对宦官乱政的现象不满，与宦官发生党争，因宦官以“党人”的罪名禁锢士人终身，而得名“党锢之祸”。党锢之祸前后共发生过两次，都以反宦官集团的失败而告终，士大夫集团受到了严重的打击，汉朝也因此伤及根本，为黄巾起义和最终灭亡埋下伏笔。

天气炎热，小明父子在房间里非常闷气。小明看见许多人在大殿上走来走去，看庙的道士在洒扫殿堂，拂拭香案，殿外一株巨大的槐树下，倒是十分凉爽，就要求父亲带他去看看，顺便继续讲着故事。这殿宇修筑得虽不算华丽，但也画栋雕梁，正面塑了关公的坐像，周仓、关平，一个拿着青龙偃月刀，一个捧着官印，分侍左右，满面虬髯的周仓，看上去怪害怕的。关公的像和《三国演义》之类的书上画的一样，另外和这像并列的，还有刘备和黑炭团也似的张飞，那副神气，比周仓还凶些。左右两面壁上画着《三国演义》书中全部与刘、关、张有关的故事，从桃园结义刘关张结盟起，直至夜走麦城、火烧连营、刘玄德白帝城托孤为止。小明有的还记得一点影子，有的已经忘得干干净净，因为他还是上学的时候，看过商务印书馆《小学生文库》中的《简本三国演义》呢，二三年的光景，可不是使他忘光了吗？

延伸阅读

“桃园结义”的故事见于《三国演义》开篇，说刘备、关羽、张飞三人志趣相投，一见如故，结为兄弟，在桃园中焚香结盟，“不求同年同月同日生，只愿同年同月同日死”。这个故事家喻户晓，但从未见于史料，《三国志·关羽传》只有：“先主与二人寝则同床，恩若兄弟。而稠人广坐，侍立终日，随先主周旋，不避艰险。”《三国志·刘晔传》则说：“且关羽与备，义为君臣，恩犹父子。”

“对于关公的印象都是从一部《三国演义》来的，这部书可谓家弦户诵的东西了，但是，在明朝以前，还没有这样描写得头头是道的东西。大约从唐宋时，三国的故事便很普遍；宋朝时有些说书人，好像现在讲鼓儿词、说评书、唱苏滩申曲的一般，他们把三国故事拿来一回一回地讲说，叫作讲史，在苏东坡的笔记里曾说，小孩子们淘气，大人就给他一文钱让他去听讲史，听到曹操逼宫，无不大怒；听到关公过五关斩六将，决水淹七军，则大快活；听到走麦城又大懊丧；可见那时一般人对于曹、刘、关、张的观念已经和陈寿不同了。元朝时，这种讲史印成话本，叫作《三国志平话》，内容还很简单。到明朝，有位大小说家罗贯中，把它大加修饰，因而成了今日通行的《三国演义》。说起来这段历史的故事化有1000年了。明末有位才子金圣叹，专门提倡小说，《水浒传》《西厢记》都是他提倡过的，而且加了批，在社会上流行一时；书店里，为了生意经，把《三国演义》也加上批，冒了金圣叹之名，目下铅印、石印的《三国演义》，不是都有眉批、句批、总批吗？那就是了。也有人说这批是金氏的学生毛宗岗作的，冒了他老师的名字。”

延伸阅读

如今我们最常见到的《三国演义》版本，就是明代嘉靖年间的《三国志通俗演义》以及清初《毛宗岗批评本三国演义》（也称“毛批三国”）。“毛批三国”首先由毛宗岗的父亲毛纶批点，再由毛宗岗校订。毛氏父子除了效仿毛宗岗的老师、文学评论大家金圣叹的手法批点外，更根据自己的思想观念和审美情趣对原书进行了增删，整顿了回目，调整了文辞，甚至改动了诗文，更是加强了原书“尊刘抑曹”的政治倾向。

小明正听得津津有味，父亲忽然不说了，原来天气已近正午，他们要回家吃饭。广场上的群众也早就散了。小明怀着一肚子问题，预备继续请教父亲。

>> 二

史书上的关羽

吃罢饭，父亲睡了一会儿午觉，特别从书架上翻出一部《三国演义》和一部《二十四史》里的《三国志》来，小明立刻凑上去，一面看演义里翻刻的陈老莲画的绣像插图，一面又看父亲把《三国志》打开，翻出《蜀志》的一册，上面印着“蜀志卷六，关羽，张飞，马超，黄忠，赵云”。原来这俗传的五虎上将果然在一篇传上。关羽的传也不过三两页光景，非常出乎小明意料之外，就问父亲，在正史里关公到底是个怎样的人物，为什么到后来却受到那样崇敬？父亲说：“这就可以说到本题了，刚才你不是问过‘心存汉室’的问题吗？我们可以把关羽的一生做个概括的观察，以明究竟。

“当黄巾起义，四方豪杰（其实即野心家）和地方武力借了讨贼之名而纷纷割据时，涿郡刘备也起了兵，涿郡的富室张飞和犯过杀人罪亡命奔涿的山西解郡人关羽成了他的部下，带兵转战于冀州北部，其实力是很微弱的。这时，中央的政权已由宦官转移到陇西军阀董卓手中，他以勤王为名，自陇西（羌人部落所在，今甘肃西部，他原是防羌的，羌族常为汉之外患）带兵入洛阳，废了少帝，立陈留王为帝，即献帝。一切政令，全由他一人把持，自然为若干中央官吏及地方军人所不满，于是以袁绍为首，起兵讨董卓。刘备也参加讨卓之役，卓后为吕布所杀，布又为卓将军李傕、郭汜赶走，到南阳依袁术。刘备孤军转战，先依公孙瓒，瓒在冀州称霸一方，而袁绍则和他对立，想吞并他。这时曹操已由讨董卓之役，率兵东袭兖州，成为当时一大势力，此外还有占据荆州的刘表，在江东一带逐渐立下基础的孙坚的儿子孙策，以及西凉的领袖马腾、韩遂。所以，以讨黄巾军为始，以讨董卓为终的地方武力大分裂，使全中国陷于你争我战的惴栗不安之中。上述若干实力派，都在瞪着眼等机会，人人想做统一的梦，而结果是人人没有做成，像刘备这样的人物，在初期的确是小到不使人注意的势力，但关、张二人对于刘备非常忠实，无论刘备东跑西逃，困顿到如何地步，他俩总是寸步不离，寝食相共，这是中国人素所讲究的朋友要有信义的最高表现，那么，也就可以说是关羽的特别受后世崇拜的最重要原因之一了。”小明的父亲越说越高兴似的，滔滔不断。

“这许多割据的军阀中，以曹操为最有谋略。袁绍、袁术，虽是几代以来都在做大官的阀阅世家，但他们的眼光非常短浅。始而是袁绍与公孙瓒相攻，瓒被攻破，袁绍统一河北。刘备原在公孙瓒处，这时因徐州陶谦为兖州的曹操所攻，陶谦和刘备相识，求救于刘备，于是刘备从平原（今山东平原）和田楷及关、张等带了一千多人到徐州救援陶氏。陶表奏皇帝荐备为豫州刺史，屯兵小沛，从此刘备才算成为中央官吏，而有了临时的地盘。

“曹军和徐州军及刘备军战，并无多大进展，且军粮恐慌，退兵回兖州。陶谦病重，把徐州让给刘备，那时地方官的私相授受已成惯例。刘备的势力，无形中又扩大许多。吕布见曹操用兵徐州，便联合了兖州的张邈、陈宫为内应，袭取兖州，曹操的形势非常危险。而淮河流域的袁术，又不愿意刘备的势力南侵，彼此冲突起来。不久吕布又被曹兵击败，他只好到徐州依刘备，但反复无常的他，听了袁术的话，不共抗曹兵，反而乘虚攻袭刘备的下邳城，掳去刘备妻子，刘备地盘全失，只好忍痛归降曹操。后来，曹操打平吕布，山东一带渐成统一局面，却并不把刘备安置在徐州，而给他左将军的虚衔，住在曹氏大本营许昌。当时汉献帝已完全在曹操的掌握之中，除袁氏兄弟及西凉外，谁敢和他反对？刘备、关羽、张飞，虽在受着优待，实际等于监视。献帝的舅父董承受秘密诏命，诛除曹操，刘备也参加这个工作。不意事泄，董承被杀。刘备对曹操处处装糊涂，暗中却在计划着逃走。有名的‘青梅煮酒论英雄’的故事，就是这时候发生的。曹操煮了酒，约刘备共饮，因而议论当时人物，问刘备谁可当得起英雄二字，刘备把袁绍、袁术、刘表等说了许多，曹操都不以为然，到后来他得意忘形地拿起酒杯，拍拍刘氏肩膀，哈哈一笑道：‘天下英雄只有你和我罢了！’刘备吓得把一双筷子跌到地下，浑身颤抖，他骨子里是怕曹操已经看破他的秘密，而表面则推说怕雷声，因为正逢天雨，总算遮掩过去。曹操终于不放心刘氏，刘氏假作种菜，以释其疑，好容易，借着堵截袁术的理由，溜到徐州。

“关羽是个谋勇兼备的人，好看兵书和《春秋》，留着一部长髯，因此有‘美髯公’的雅号，徐州刺史车胄，是第一个被他袭杀的大将。逃亡的刘备，此时才得安身小沛，而关羽受命守下邳。

延伸阅读

关羽读《春秋》的说法，在《三国志》裴注记载是读《左传》。裴注引《江表传》云："羽好左氏传，讽诵略皆上口。"此外，"春秋"为古编年史的通称。《史记·乐毅列传》："臣闻贤圣之君，功立而不废，故著于《春秋》。"如周之《春秋》，燕之《春秋》等。汉以后有《楚汉春秋》《吴越春秋》等。因此，所谓关公爱读《春秋》，此处《春秋》应该为《左传》。

"曹操是不肯放走刘备的，他深知刘备野心之大，和关、张对于刘氏的忠实，乃是他将来最为有力的敌人，于是放弃进攻河北袁绍的计划，先进兵徐州，准备扫平刘氏。刘备的实力何等微弱，当然不能和曹操抗拒，刘备惶遽地走奔河北袁绍，他妻子都在下邳；关羽费尽方法守御，终于力不从心，结果是投降了。他的好友张辽，原是吕布的部下，现已降顺曹操，对于关羽的投降费了不少说服的力量，他保证向曹操要求保全刘氏家属的生命，关羽才答应投降的。"

"这不糟了吗？为什么后来他又能回来呢？"小明迫不及待地问。

"刘备当时的情形的确是很糟。很不容易弄到的地盘又冰消瓦解，就是几年来寝食不离的关、张二弟也分散得不知下落，妻子也被人掳去。但越是到这样困顿的时候，越是看出患难之交来。关羽虽是表面降曹，心中无时不在注意着刘备的下落。而且时时想觅个机会走开，正是俗语所谓'身在曹营心在汉'了，不过'汉'字应改为'刘'字方才恰当。曹操一向采取只要人才、不问气节的策略，他早看中关羽的勇力和忠实，这回好容易投降，对他敬礼真是无所不至，金银财宝赏赐无算，但关羽始终淡淡的不以为意，只是每天小心翼翼地保护着两位嫂嫂，曹操也无可奈何。杀他又舍不得，不杀呢，似乎绝对没有给自己当部属的可能，而关羽就靠着他这一个矛盾心理，得免于死。

"袁绍不乘曹操攻刘备的机会去打他（那时，田丰曾力劝他进兵邺城，直捣许昌，无奈袁绍不听），到此时却大起河北之兵，进袭黎阳，一面命大将颜良攻东郡的白马（今河南滑县）。东郡太守刘廷立即告急于曹操。

"袁绍兵多将广，曹操实力相差很远。但袁氏刚愎自用，不听谋臣的话，后来终告失败。白马之围升级，曹操深恐此处一失，援兵可以渡黄河而袭许昌，从荀攸之计，将主力向袁绍的后部移动，而分出一部分精锐去袭击袁军围白马的颜良。这就是所谓'声东击西之计'。关羽昼夜探听刘备下落，已约略知道在袁绍处，他想，也许战争会给他机会与长兄相遇，于是他自告奋勇参加白马之战，曹操另外派张辽和他一起去。

“张辽是曹操派了监视关羽，也是去说服关羽的。他曾几次向关羽透露曹操有重用之意，关羽不置可否。曹操等得急了，便逼张辽问关羽最后的意见，张辽设了酒宴，请关羽聚饮，酒至半酣，张辽道：‘云长（关羽的字）！你看曹公待你如何？我想你也该有个正式表示了。英雄立功立业，要在得主而事，乘机而起，当此天下大乱，除曹公外，还有谁够得上英雄！’关羽已知其意旨所在，不痛快告诉他也不行了：‘文远(张辽的字)兄！我这次被擒，按公义说，本该殉身以报吾兄，但有二嫂在旁，尚需照顾，又加老兄和曹公殷殷之意，所以忍辱偷生至今。但一想起长兄逃亡，三弟翼德（张飞的字）失散，至今毫无消息，便有无穷苦痛，曹公及老兄对我的厚意，我是感激无地的，可是玄德（刘备的字）是我的结义长兄，待我恩深似海，无论如何，我没有背叛他的理由。只要我打听到他的下落，即便千山万水，我也要冒险相从，除非我死去。至于曹公大德，我自然要报答的！’一席话，说得张辽好似一盆冷水浇头，他回复了曹操，自称没有能力，不能完成使命。左右谋士，很有些主张杀死关羽的，幸而曹操重义气，爱他的勇力，到底舍不得，张辽也还照常照应。如今白马之战，关羽自己盘算，一则借此可以报曹操之恩，二则乘机溜走，或者竟可与玄德相遇。所以他自愿为先锋，曹操自是高兴。

“颜良也是一员勇将，曹营中很少有人是他的敌手。他正在耀武扬威地包围着白马城，眼看陷落在即，不意传曹兵杀到，慌忙准备迎敌，但关羽、张辽已率兵冲入。关羽飘着长髯，骑着曹操赐给他的赤兔马，绿袍金甲，鲜明耀目。颜良正在奇怪这来将气度不凡，忽地关羽的马已旋风似地杀到面前，颜良措手不及，被关羽刺下马来。几万军士，看了这天神也似的人物，都吓得呆了，纷纷四散。张辽挥兵掩杀，白马之围，不费吹灰之力而解。曹操得报，兴奋得几乎疯狂。

“曹操为了表示谢意，赠给关羽很多礼物，并以皇帝之命封他为汉寿亭侯（亭侯，乃汉代封爵之一；汉寿，是地名），这是关羽第一次接受朝廷封爵。在曹氏以为，他一定可以欢喜得忘去旧主而安心为曹氏服务了，岂知关羽心中有着正相反的想法，曹操已是挟天子令诸侯的人，什么皇帝，所谓封赏，还不是由他的意思？而且，在私谊上，他解了白马之围可以说报了曹操厚待之恩，现在可以一走了事了。

果然，有一天，他把曹操所赐的金银财物，一丝不动地封存起来，一颗汉寿亭侯的印信也好好挂在厅堂上，结束停当，他保护着两位嫂嫂，扬长而去，直向河北，投袁绍军中寻觅刘备，沿途关隘，有阻挡他的，都被他冲破（过五关斩六将即此时），曹操闻之，许多人主张立即派人追回，曹操却说：'云长是忠义之人，各为其主，我们也不便强迫他，随他去吧！'这里表现了曹氏的能容之度，的确值得称许的。

"袁绍军队在谋略失败之下，逐渐崩溃，袁绍本人也死了，他两个儿子，袁谭、袁尚，又彼此不合，互相攻伐，以曹操的野心和实力，当然不久就把他们荡平，黄河以北完全变成曹氏天下。而且，在当时割据的武力中，以袁绍的力量为最雄厚，这样一来，曹氏差不多等于统一中国了。

"势穷力蹙的刘备，跑到荆州去依刘表。表亦汉宗室之一，有学识而无魄力，所以虽然雄踞荆州而毫无发展。表对备极为敬重，派他守荆州的北面要地樊城。在这里，刘备听说诸葛亮的大名，三往南阳的隆中去见他，诸葛给他分析当前时局，非常清晰，他认为曹操和东吴的孙权（孙坚之子，孙策之弟），都是不容易争锋的，最好能据荆州，入巴蜀，凭借天险，联络江东，北向以争中原。这高明的计划与远识，立即获得刘备的信任，诸葛也以得遇知己为幸，于是放弃隐居之计，而出山为刘备的谋臣。曹操派了军队，南攻新野博望，都被诸葛亮设谋战败。关、张本轻视诸葛，以为迂腐书生，至此才佩服他的韬略。但诸葛是向远处看的，关、张只是带兵的人，其眼光总比较浅近，这便使他们对外界的态度发生根本差异，尤其是对于诸葛主张合作到底的孙权。

“荆州雄踞长江中心，北通河南平原，西为入蜀要道，南方控制蛮夷，顺流而下，可至夏口金陵，在古代兵法上

◎美髯公千里走单骑

是很险要吃紧的地方。诸葛亮的意思，不如干脆取刘表而代之。刘备是不愿在面子上弄得太下不去的人物，虽是心里那样想，还要装出一副伪善者的面孔。刘表的后妻蔡氏及其弟蔡瑁等当权，很怕刘备有什么野心，双方猜忌，形势已很不好。曹操北征乌桓，刘表暂时得以苟安，刘备几次劝他乘机袭许昌，攻曹操之后，而表不能听。实在因为他年岁大了，又是书生之见，不免偏于保守。长子刘琦被继母赶出去做江夏太守，刘表就在这样昏聩糊涂之下死去，十几岁的儿子刘琮继为荆州牧。诸葛亮再度劝刘备攻取荆州，备仍拒绝。

“可是曹操不再等待了，他的北方敌人均已破灭，南方的袁术也早被他打平，只有刘表（其实是刘备）、孙权和西蜀的刘璋、汉中的张鲁了。而刘备尤其是他注意的人物，因为他的志气最大，又有勇敢的关、张、多谋的诸葛为左右手。几十万大军被派遣攻打荆州，曹操自己统帅。军队到了新野，刘琮闻风投降，还蒙在鼓里的刘备才得知消息。他有什么力量向曹操反抗？一走了之以外，毫无办法。但仅仅刘备自己是容易走的。樊城全部民众，平时和刘备感情极好，听说北兵一到，鸡犬不留，谁敢留在城里？于是全城居民都和刘备逃亡，自樊城过当阳，民众相随倒有十几万人，一天仅走十数里。曹操唯恐走了刘备，别遣轻骑五千，昼夜兼程，向襄阳一路追赶下来。诸葛亮看了时机危险，命关羽乘船数百艘，从水路先向汉津口进发，约定在那里相会，几次劝刘备舍去难民，刘备都不肯。

“结果，刘备及其众，在当阳长坂被曹军追及。幸亏张飞抵挡一阵，赵云保护着眷属，刘备及诸葛亮得死里逃生，在汉津口和关羽相会，因得乘船至夏口。

“这回展开了决定性的大战，就是历史上所说的赤壁之战了。诸葛亮到江东阵营中去联合孙权，合兵抵御曹操，江东的鲁肃周瑜极力赞成此议。以江东的水师为骨干，诸葛亮、周瑜用火攻的策略，把曹操的水陆兵马八十余万烧得尸横遍野，血流成河，气雄一世的曹操遭遇了空前大败，引着败残人马，从华容一带山路逃回。冬天，南方的冷雨夹着凉风，士卒多被冻死。相传诸葛亮曾令关羽引兵埋伏于此，当曹操在山僻小路狼狈走着，一面还讥笑诸葛亮不在此地设伏为失计时，忽然金鼓大震，长髯将军出现了，曹操吓得面无人色。他的部属给他出主意，说关云长是讲义气的人，丞相（曹操此时已为丞相）如向他求情，必可网开一面。果然，曹操说以下邳投降的旧事，关羽念及旧情，不得不放他过去。世俗多以为关羽太忠厚了，但这里却充分表现他的雅量。他是个不服硬的好汉，但对于弱者、失败者，则不胜同情。

“赤壁之战确定了鼎足三分的形势。曹操在短期内只好打破统一的迷梦，专心致志地解决汉献帝了。刘备获得荆州，但算是暂借于江东。他为了自己的基础，带了诸葛亮、张飞、赵云等西入益州，表面上和益州牧刘璋合作，向北抵御张鲁，实际乃是乘机拿下那块天府之国四塞之固的地盘。荆州的事就完全交给关羽，这可以说是关公一生事业最辉煌的时期，而也就近了他的末日。

>> 三 单刀赴会的故事

“孙权对于荆州，始终认为刘备占他的便宜，为了这一州的争持，终于使吴蜀的联合战线破裂。始而是公开地向刘备讨还，被刘备赖过，及刘备取得益州，又提出交涉。刘备说：‘等我得了凉州再还你荆州吧！’这使孙权不能不生气了。可是荆州有一只猛虎坐镇着，虽想以武力争取，还是有些不敢。孙、刘交界的陆口，双方均有重兵，两方表面通好，实互相猜忌。江东最初派驻陆口的大将是鲁肃，他是个忠厚长者，素主吴蜀合作论。孙权不敢惹关羽，想先以柔软手段应付，曾求关羽之女为子妇，关羽一向是目无余子的，江东人物，他都认为猥琐不堪，就对江东使官说：‘我虎女，岂嫁犬子乎？’这样一来，孙权就是想忍耐也有点忍不下去了。

“江东不顾一切把荆州的长沙、零陵、桂阳三郡拿回来，放了郡守，走马上任。关羽大怒，一面报告刘备，一面发兵逐走三郡郡守，刘备也亲从益州出马至公安解决此事，江东又命吕蒙将三郡夺回，这冲突可谓业已表面化。鲁肃觉得这很不好，孙、刘感情崩裂，必引起曹操南征的野心。于是致书关羽，要求彼此会谈，以解决此无穷纠纷。双方将领对此事均不赞成。关羽部下尤其反对，认为江东不怀好意，恐怕成了鸿门宴的故事。

“但坦白率直是关羽的个性，不畏强御是他的特点，他不管什么危险不危险，一口答应了这个邀约，虽然来信上说明不许带任何武力。

“从江北到江南，一只船，一个人，只有副将周仓带着他每天不离的青龙偃月刀，这位绿袍金甲的长髯将军，凛然直到敌营下船，使江东的人们吓了一跳，他们预算关羽绝对没这胆量，除了鲁肃相信他一定会践约。

延伸阅读

“青龙偃月刀”与“赤兔马”一起成为关羽的辨识标记，《三国演义》的第一回中说到刘、关、张得到镔铁一千斤，关羽打造青龙偃月刀，青龙偃月刀又有一奇名“冷艳锯”。对于此刀虎牢关三战吕布有诗赞曰：“酣战未能分胜败，阵前恼起关云长；青龙宝刀灿霜雪，鹦鹉战袍飞蛱蝶。”

而事实上，长柄刀在汉末并非常见兵器，三国时将领使用的主要是长矛，如关羽、张飞、吕布等用的都是矛，取其突刺作用。而真正的“偃月刀”到宋代才会出现，偃月，即半月的意思。宋代《武经总要》中就有这种刀的绘图。这种宽刃大刀的制造工艺在三国时还不成熟，是很难造出的。

“鲁肃诚恳地欢迎着这位长髯大将，别的人都在蹑手蹑脚的，好像有所动作，鲁肃连忙示意不许，同时长髯将军的威风，真也摄住这些鬼祟人物的魂魄，他们不敢有什么妄想了。

“鲁肃把盏已毕，和蔼地向关羽道：‘君侯！孙、刘两方必须和好以抗奸曹，不幸近日因荆州之争，发生许多误会。刘豫州已得益州，沃野千里，似乎区区荆州之地，也该还给敝方了，何必为这样一点小事伤感情呢！’这分明是软中有硬的话，关羽睁大了眼：‘你请我来此赴宴，莫非是要债吗？刘将军在赤壁一役，牺牲如何之大，对你们岂遂无丝毫功劳可言，占这一小块土地还不得许可吗？’回答更其强硬。鲁肃见话锋不对，不愿走极端，又补充几句理由，草草罢宴。

“江东的人们气得不得了，比较激烈的分子主张立即解决了关羽，可是鲁肃的雅量与关羽的威仪气度，终于使这个宴会未曾发生遗憾，他仍旧单刀挂帆，堂堂而归。”

小明的父亲一口气讲到这里，他兴奋得指手画脚的，不能安静，他说：“我觉得关羽的一生的事迹，要算这单刀赴会的一幕最美丽了，真是个威武不屈的大丈夫，其能博得后世称赞，也大半系于他这种刚强的个性上。我至今还是喜欢听大鼓名家刘宝全说他的《单刀会》呢！”

知识扩展

京韵大鼓是中国北方说唱音乐中艺术成就较高的曲种，主要代表人物是被誉为“鼓界大王”的刘宝全，与他齐名的还有白云鹏和张筱轩，并形成刘派、白派、张派三大流派。京韵大鼓传统曲目有《单刀会》《战长沙》《博望坡》《赵云截江》《草船借箭》《闹江州》《大西厢》《祭晴雯》《黛玉悲秋》等，还有一些写景抒情的小段《丑末寅初》《风雨归舟》等较为出名。

小明要求父亲继续讲下去，那个绿袍金甲的长髯将军，好像就是他似的。

“刘备为了汉中，和曹操进行着战争，因之不得不对于荆州问题表示退让，新的协议成立了，以湘水为界，长沙、江夏、桂阳以东属孙；南郡、零陵、武陵以西属刘。

“三年相安无事，刘备和曹操在汉中展开韧性的争夺战，关羽则一意经营荆州。广大的益州原野已为刘备所得，但张鲁所盘踞的汉中乃是益州的外围，张鲁已被曹操逼得投降，曹操要保持关中河洛的安定，需要以汉中为前卫，如果占有这终南山盆地的肥沃之区，守着通巴蜀的栈道之险，则进可南攻刘备，退可稳定中原。刘备呢，当然不容其外围通路把握在别人手里，所以非斗争不可。最终曹操的大将夏侯渊、张颌等遭受了空前的挫败，汉中为刘备所得，蜀中诸将领拥护刘氏为汉中王，算是正式完成了三国鼎立的政治名分。

“关羽被封为前将军，和随从刘备左右的张飞、赵云、马超、黄忠官阶相同。命令到达荆州，他非常不高兴，一个高自标许、目空一切的人，又是刘备的结义弟兄，当然有些骄傲与优越感。他捧读了诏书，摔在一旁：‘大丈夫岂能与老兵同列！’老兵指的是黄忠，这七十余岁高龄的老将，曾在定军山斩了大将夏侯渊，而使汉中之局大定。关羽不屑和他并列，不肯受拜，使者费了一番唇舌：‘君侯，汉中王岂不知君侯功盖天地，但疏者亲之，亲者疏之，愈是近人愈不能计较官级，让旁人看不起呀。’关羽才恍然醒悟，不再争论。这也足可表示他的不肯居人之下的本性。

“自荆州向北，便是通河南心脏部的樊城、襄阳，如汉中为益州外围一样，这儿也可以说是荆州的卫星。关羽觉得要保卫荆州，必须攻取襄樊。而曹操也看出这一点，对于中原的牙城不肯稍稍轻忽，派了曹仁率大军驻在樊城。

关羽进兵了，樊城外面展开了剧烈战争，曹仁虽是勇将，也抵不过更勇敢的长髯将军。曹操派了于禁率大军往救，马超的降将庞德自告奋勇愿为先锋。

“这里有个很好玩的插曲，便是刮骨疗毒的故事。将军在战阵不幸为冷箭所中，箭头是染了毒药的，臂部疼痛得很，请了医生来看——《三国演义》上一直说是名医华佗——认为非行手术割治不可，就得实行局部麻醉，原来古代医生也知道用麻醉剂的。但好胜的关羽拒绝这种麻醉办法，他正在宴会诸将，就在酒席上脱衣伸臂，让医生割开疗治。医生把溃烂的皮肉割开，刀子在骨头上刮得嚓嚓有声，关羽照常吃酒谈笑，若无其事，左右诸人都看得呆了，连医生也深以为奇，而长髯将军泰然自若。这件小事乃是后人常常说起的。

延伸阅读

《三国志·关羽传》写关公“尝（曾）为流矢所中，贯其左臂”，以后虽然有医者“刮骨去毒”，但并无一字说医者为谁。此外，华佗自称“沛国谯郡人”，在今安徽亳州（一说萧县），地处皖省西北，

◎关云长刮骨疗毒

而关公中箭地在“樊城”(后与襄阳合并为今襄樊),地处湖北西北,两地相距千里,怎得赶来为关公“刮骨”?再者,《三国志·华佗传》中讲了许多华佗行医治病的故事,唯独没有“刮骨疗毒”的记载。可见,所谓华佗为关云长“刮骨疗毒”,多半为民间故事杜撰而来。

“樊城、襄阳夹汉水而立,汉水自西北流向东南入长江,关羽利用着地势,从上游以水军攻城,七月天气,阴雨连绵,关羽把上游支流堵塞,使水全部灌向樊城,于是全程都在水浸之下,平地水深数丈,于禁所带的士兵几乎全部淹死,于禁被迫投降。曹仁在城内费尽心思支持城守,幸亏徐晃救兵到来,樊城未陷。庞德在城外与关兵大战,他为表示决心,做了棺木,抬到阵前,和关羽对阵时大呼:‘我若不胜,这棺木便算为我而做。你若战败,那也不必客气,请你躺进去!’他骑着一匹白马,往来冲锋,勇敢非凡,以关羽之勇,竟被他射中一箭,关军也怕他三分,呼他为白马将军。

“雨下个不停,樊城外水更大了,关羽用大船采包围的形势向庞德进攻,从大船上放出无数弩箭。好个庞德,从早晨战到日午，还自不肯投降，部下的几员副将主张投降，也都被他斩了，最后他预备好弓箭，和几个亲信想突围而出，关军大船却紧紧逼来。庞德是不善水战的，一下子小船被挤翻了，庞氏被生擒过来。军士带到大船见关羽，他破口大骂，不肯屈服，最后他还是躺到自己的棺材里去了！

“于禁和庞德的事传到曹操的都城许昌，人心大震，有的说，樊、襄指日可下，许昌已感威胁，不如迁都以避其锋；连曹操本人都有点动摇了，他想到白马军中取颜良首级以及华容道的故事，关羽在他印象中实在不大容易对付。但这时司马懿已经处在曹操的谋臣地位，他认为关羽虽勇，究竟可以以谋略制服，眼前就有一个漏洞，他们所占据的荆州，孙权时时想要索还，假使和孙方联络，许以重利，令袭关羽之后；无论羽如何神勇也难取胜。这计划立即被采用。

“曹、孙的秘密协定成立了：江东愿意讨关羽以自效，魏允许割让江南地与江东，换言之，亦即承认孙权在江南的统治权。

“主战派吕蒙代鲁肃驻守陆口，他屡次向孙权建议，乘关羽进兵樊城正好袭取荆州。吕蒙原是青年后进，关羽虽素来看不起他，但因他是主战派，荆州方面对他防备是相当严密的，沿江一带都设立烽火，以传达军事消息。

“他为了减少关军的疑心，装作病笃，辞职回朝，实际却是与孙权计划如何攻袭荆州。同时推荐陆逊代他驻守陆口，他早和陆逊把一切计划都说过了。陆逊是位儒雅人物，较吕蒙更为年轻，一到荆州就和关羽非常要好，自居晚辈，执礼甚恭，这深合关羽的骄傲脾胃，他因此以为江东确实与己方有合作诚意，把大部防城兵士都调到樊城去。荆州异常空虚。

“樊城前方的战事也有渐渐逆转的样子，自从徐晃的救兵到来，关军吃了几回败仗。

“江东的军队发动了，他们诡秘得很，穿着白色的商贾服装，把武器都藏在船底，咿咿呀呀地摇过江来，关羽所派遣的斥候部队以为他们是商船，不加注意，但临到近处，一声号令，枪刀并举，把斥候队全部解除武装，变成俘虏，另外换上江东的兵士。如此沿江下去，直至荆州，远在前方的关羽还毫无所知。

“留守江陵的糜芳和镇守公安的傅士仁，平时就和关羽不和。关羽对士兵是好的，对同僚则很傲慢，糜、傅两个能力本差，关羽更没有看在眼中。然而小人却最会乘机报复的。羽在樊城督战，曾令他们两个筹运军粮，到了期限未能运足。关羽脾气是很大的，大骂糜、傅：‘小心你们的头，等我把曹兵打平，看我不惩治你们这些混账东西才怪！’两位太守忍气吞声，不敢分辩。可是，现在机会到了，吕蒙早知他们和关氏不和，派遣密使，劝他们投降。果然这两个没脑筋的人就为了私怨出卖了关羽。

“吕蒙偷袭荆州成功，他俘获关羽家小，对之异常优待，荆州出征的士卒很多，他都打听明白，一一加以抚慰，逢到樊城来人，便让他们把这个消息带到前方去。士兵家属的家信也不禁止。对于荆州民众，秋毫无犯。府库均加封闭，绝不径自接收，以待江东的统帅孙权。他这样做去，立即在荆州获得了群众的拥护。

“本来，谁愿意打仗呢？荆州的父母妻子时时刻刻在想念着前方的征人，他们出去几个月了，由多雨的夏天直到寒冬十月，生死存亡未卜，他们已有怨恨关羽之意了。现在江东的态度显然是温和的，吕蒙再使用全面手段讨好人民，反战空气便一天天浓厚起来。

“关羽万料不到年轻的吕蒙会有这样的谋略，这一气非同小可。曾几次派人到荆州和吕蒙办交涉说，吴蜀合作，不该干这种乘虚袭劫的事。吕蒙对使者客气有加，可是，他认为荆州乃江东所有，这回并非袭劫而是收回，道理自然是很响亮的。又带了使者令他看各出征者家属，完全无恙，连关氏眷属也在受着优待，这完全出乎使者意料之外。他回去以后，报告了关羽和诸将，全部士兵也得到这个消息，大家都急于要回家看视家小，谁也不愿再打下去了。

“关羽的实力就这样崩溃了。同时，孙权已进驻江陵，抚循居民士卒，荆州全部郡县都已降服东吴。

“关羽想再回荆州已不可能，只有往西逃到麦城。孙权的追兵丝毫不肯放松，潘璋、朱然断了城外通路。羽在城内，假作投降，城上遍竖白旗，实因部下见大势已去，又受吕蒙的心理攻势左右，早已离心离德，非此不能应付。关羽率其子关平、副将周仓等出城逃亡，不意在山隘遇潘璋劫获，威震华夏的大将竟被江东的吕蒙所算，他和关平等人在临沮遇害。死时，还是骂不绝口，决不屈服。

“孙权好容易把荆州抢到手里。为了讨好曹操，他把关羽的首级解送到许昌去。对于孙权此一作风，我们确是不能赞成，因为他太下作了。”

小明的父亲说到这儿，好像非常生气，而且十分替关羽可惜似的。他继而长叹一声，不容小明插嘴，又讲下去：

“你要知道，一切利害都应当看得远大些，不可眼光过分短浅。江东对于荆州，未免计较太甚。关羽也未能了解同心合作之重要，利己与优越感交相作用，才造成麦城的惨祸。而事情到此，并未结局，刘备接到关羽的噩耗，使他痛哭流涕，愤不欲生，下了决心，非报仇不可。诸葛亮与赵云都以顾全大局为劝，他们以为曹氏未灭，不该启衅江东，致使曹操有机可乘，这些话本是非常对的，也就是说，他们能够看得比较远大。无奈刘备为私人感情所冲动，认定不报仇对不起朋友。事有凑巧，镇守阆中的张飞也因二哥关羽之死，大发暴躁，被部下刺死，这真成了火上浇油的形势，刘备不顾一切，起了全蜀兵士，亲自率领，沿江而下，要同孙权拼个你死我活。诸葛亮等反对向东吴开战分子，奉命留守。

“初期的战事，东吴大为惊慌，曾派了诸葛瑾专程入蜀道歉，要求刘备不要小题大做。刘备不从，孙权便走了无耻的道路——投降曹氏。于是大局成了一百八十度的转变，由吴、蜀合作拒魏，一变而为吴、魏合作抗蜀。

“刘备只是仗了一股子盛气，对于军事布置并不得体，从三峡至荆州，七百里连营不断。当时夏令，疫疠发生，军中已极狼狈。东吴用了陆逊火攻之计，诱蜀军深入，把连营七百里一把火烧着，几十万人马自相践踏，刘备仅仅逃掉性命！这要算他争天下以来空前的挫败了。

“沮丧的刘备，既后悔，又愤恨，在返蜀途中，崩于白帝城的永安宫。

“这之后，阿斗登基，诸葛亮当权，才把形势拗转过来，再度与吴和好，北伐中原，六出祁山；但为时已晚，魏国的实力业已不能动摇，终使他尽瘁而死，不能有补于大局！”

“好了，关羽的故事结束了，父亲话讲得太多了，请你休息吧！”小明给父亲倒了一碗茶，打了手巾来请他擦汗。

“所以——”他又拉开话匣子了，“世俗对于关公的敬仰，多半是站在他和刘备私交的‘义’字上，而刘备又是合乎正统的汉帝；曹操则被渲染成为‘奸贼’。老实说，以抗外侮论，关羽岂能比得上岳飞、文天祥？以匡扶帝室论，他也比不上李纲、宗泽、于谦。不过中国社会是注重私交的，桃园三结义的美谈，遂成为社会上最钦佩的对象。试看今日小商店以及帮会之中，都把关帝当作偶像，也就可想而知了。”

“原来如此！”小明点头说着。

“关羽的人品和威仪，我们是很景仰的。这是他被崇敬的原因之一。但这里还有一件事应当注意的，即皇帝永远要求部下对他尽忠。关羽对于刘氏可谓生死以之，历代帝王因此对关羽褒扬备至，明代封他为伏魔大帝，清顺治时又封为忠义神武大帝，清乾隆皇帝把原有的谥法‘壮缪’又改为‘忠义’，说‘缪’字不是佳谥，后又降旨加‘灵佑’二字，圣旨刊在《钦定二十四史·三国志·蜀书》卷首，说什么：‘夫以神之义烈忠诚，海内咸知敬祀，而正史犹存旧谥，隐寓讥评，非所以传信万世也。’把当时谥法，2000年后加以改易，反而说是‘传信’，岂不太矛盾？你要明白这骨子里的意义，乃是叫人也要忠诚啊！”

小明闻所未闻，才知道“关圣帝君”之类的称号，不是“古已有之”，而是近代的花样。他又想起，近来外面流行着一种谣言说，天上玉皇大帝要让位给关帝了，这是劫运。不免更觉其好笑起来，活生生的英雄，却被那些道士流氓们给改造成为乌烟瘴气的妖怪了，好像一生谨慎小心的诸葛亮竟给弄成穿八卦衣、摇翎毛扇，呼风唤雨、善晓阴阳的牛鼻子老道一样。

天已傍晚，关帝庙前的锣鼓又响了起来。

顾颉刚中国历史故事

卷五 蜀魏交征

顾颉刚◎编著

SPM 南方出版传媒
广东人民出版社
·广州·

图书在版编目（CIP）数据

顾颉刚中国历史故事 / 顾颉刚编著 .— 广州：广东人民出版社，2021.10

ISBN 978-7-218-15098-7

Ⅰ.①顾… Ⅱ.①顾… Ⅲ.①历史故事—作品集—中国 Ⅳ.①I276.3

中国版本图书馆 CIP 数据核字（2021）第 115364 号

GU JIEGANG ZHONGGUO LISHI GUSHI

顾颉刚中国历史故事

顾颉刚 编著

出 版 人：肖风华

责任编辑：李力夫
责任技编：吴彦斌 周星奎
装帧设计：智慧树

出版发行：广东人民出版社
地　　址：广州市海珠区新港西路 204 号 2 号楼（邮政编码：510300）
电　　话：（020）85716809（总编室）
传　　真：（020）85716872
网　　址：http://www.gdpph.com
印　　刷：北京彩虹伟业印刷有限公司
开　　本：880mm×1230mm 1/32
印　　张：24.25 **字　　数**：388 千
版　　次：2021 年 10 月第 1 版
印　　次：2021 年 10 月第 1 次印刷
定　　价：168.00 元（全五册）

如发现印装质量问题，影响阅读，请与出版社（020-85716849）联系调换。
售书热线：（020）85716826

前言

顾颉刚中国历史故事

历史故事是没有人不喜欢的，一个刚能说话的小孩就会要求人家尽量讲故事给他听。一个识得几个字能看浅近书报的人就千方百计觅取小说而阅读。至于书场里，戏场上，更是充满着各阶层的人们，贫富贵贱，男女老少，知识分子、非知识分子，他们接受了传奇性的故事，对于表演所给予的喜怒哀乐，都不禁为此而欢呼或哭泣。所以历史故事是人们的日常生活中重要的一部分，正像空气和水一般不可缺少。

中国的传记文学已有很久远的历史。左丘明的《国语》，司马迁的《史记》，描写人物的言语举止栩栩欲活，使人读了之后，更容易认识那时的社会背景，所以成为千古不朽的杰作。至于唐代的变文，宋元的话本，明清的演义，以及各种剧本和曲词，莫不是在历史里抉出几件动人的故事，加上作者的想象，把它们描写得更有刺激性，所以能深入

民间，永远在民众的脑筋中活动。不过那些作品加入想象的成分太多了，往往歪曲了真相，使古人蒙受了不白之冤。

现在我们编辑这套“中国历史故事丛书”，希望为中国的传记文学培养一点儿新苗，也希望替民间流行的故事做一点儿合理的纠正。固然因为古代的记载缺乏，亦为叙述的方便计，有时也不能不加上一二分想象，可是决不使古人蒙冤。一般说来，我们要表彰历史上的大仁大智大勇的人物，但为明了各时代的大节目计，我们也须叙述几个被人唾骂的分子。我们希望这书出版之后，每个民众和每个中小学生都能人手一编，成为学校的补充读物和家庭工厂商店中的进修工具。说得轻松些，该是一切人的消遣品。说得严肃些，则是大家好就此认识我们的立国精神，就此得着我们做人的法则，都来淬厉振作，复兴中华。

中国之大，历史之长，唤起民族精神的可歌可泣的事情正不知有多少，诚恳祈求读者和专家的指正和批评，使得我们这工作经常在改进之中，将来可以获得理想中的成就。

顾颉刚

见此图标微信扫码

听故事，感受学习历史的乐趣

目录

顾颉刚中国历史故事

第一章

诸葛亮六出祁山

诸葛孔明这个人物对当时中国社会的分裂状态很不满意，他一直怀有统一中国的远大志向，很值得尊敬。

阅读导引

顾颉刚中国历史故事

诸葛亮在民间传说中如同活神仙一般，其实这对他本人却是一种侮辱。“道士”这类人是三国时才出现的，而其源头即是黄巾军。张角在河北、山东起事，另一派张鲁就在汉中传授五斗米道，他们的主要号召，便是以符水治病；至于未卜先知，呼风唤雨等等，正史里并无记载，而世俗却把这套本领尽量安在诸葛亮身上。似乎他每次用兵，都是附耳过来“如此这般，这般如此”，到后来，“果不出山人所料”。而赤壁之战，还亏他“步罡踏斗”，筑坛借东风，弄得周瑜对他忌惮万分，处心积虑要杀他，因此又生出“三气周瑜”的故事。这些都是《三国演义》上的“惊人之笔”，可是演义亦是由许多人许多次的改编始成今日的样子，自然，是把若干民间传说混了进去。古史里本有一种人，如同是传说的箭垛子，一切故事都往他身上凑，如后羿、夏禹、蚩尤、共工等全是；《演义》中的诸葛亮，也大可称为这一型的人物。

陈寿作《三国志》，言诸葛亮并非军事人才，后人多表反对。诸葛亮对军事当然有很深的研究和丰富经验，他的成功多半由于极其慎重从事，可是他的失败也常由此。六出祁山是稳扎稳打的计划，然而这一稳，就中了司马懿的缓兵之计，误了时机，终至鞠躬尽瘁而不得成功。是否照魏延的计划，由子午谷攻长安，较为合理，千载之后，我们固不能悬断，然而这种办法，颇有韩信济河焚舟的精神，则是事实。战争的事，尤其是进攻，有时过分慎重反而会吃亏的。

◎诸葛亮像

诸葛亮在内政上实在是个不可多得的人物，他重守法，不徇情，重生产，开田地，开水利，使蜀汉富源得到充分的开发，蜀汉能以一隅支持数十年之久，内部的充实是其主要的原因。至于北伐，固然是秉承先主的遗志，而在实际上恐怕也是以攻为守的策略。蜀虽天险，但只需一入剑阁，便可直迫腹地，故必以汉中为大门。而汉中的保持，又必北面与渭河流域的魏军取得对立的形势，不然魏军是会南下的。诸葛亮及刘备，经营汉中不遗余力，筑汉、乐二城以为据点，扼守栈道，更向远方经略陇羌。由战略上说，诸葛亮的北伐诚然有失机之处，由国防上说，六出祁山正是对边界的开拓与巩固。诸葛亮死后，魏主曹叡兴师南征，果遭败北，不能不说是他预先布好防势阵地的功效。其后姜维把散在汉、乐二城以外的兵都敛入城内，好像是集中力量，可是很吃锺会的苦头，阳平关一战，全局瓦解，固然与邓艾偷渡阴平大有关系，实则即使不然，魏军深入腹地，恐怕蜀汉亦已难为力了。

乱世立国，生产、守法，建设，都是极紧要的事，我们希望近代政治家有取于诸葛亮的办事精神，以挽救垂危的国脉。

>> 一

身隐草堂，心怀天下

春日的太阳渐渐温暖起来，竹影照在纸窗上，分外清楚，童子在院中洒扫着，这隐士的村居，有一派寂静的空气。虽然在黄河南北，刚刚闹过黄巾的乱事，和各路勤王人马的互相摩擦，但以袁绍为首领的地方武力，已竟纷纷被雄才大略的曹操打平了。袁绍占据整个的冀州，乃是当时重镇，官渡一战，被曹操追得望风而逃，几十万大兵一朝崩溃。他那两个不争气的儿子，袁谭、袁尚，还在为继承父位的问题相争不已，不到三两年间，也被曹操一一击破。于是曹操成了北方唯一强大的势力，把住在洛阳的汉献帝接到许昌，完全听他的号令。距离许昌不过三四百里的南阳，因此正度着暂时小康的日子，那些志气高昂、襟怀阔大的知识分子，不愿屈膝于跋扈自专的曹氏，或是不愿在这动乱的时代参与政治的，都选择了这块世外桃源来隐居，而诸葛亮便是其中最著名的一位，他早先是随着叔父诸葛玄宦游在外，叔父死后，他就暂时在南阳隆中做了一个耕田的隐者。

草堂里简单的几案上收拾得一尘不染，除去几种主人常常诵读的书卷外，别无其他杂物，这正象征着主人的志趣心情。他想救世，想立功业，可是这还不是他出山的岁月，还没有能够认识他了解他的英雄，所以他宁可淡泊，谦虚，他的心境正像窗外的翠竹那样高爽而洁净，耐着寒冷，不和那些闲花野草争一日之长；春睡既醒，高声朗吟着《梁父吟》的诗句，他陶醉在这恬静的生涯之中了。

一阵敲门声，小童款开，进来好几位葛巾布衣的高士，都是诸葛亮的好友，徐元直在前面，孟公威、石广元在后面，一边走一边谈地进来，因为来的熟了，不与主人打招呼，径入草堂。诸葛亮还歪在竹榻上，兀自余睡未醒。徐元直说："孔明兄，我们来了你还不起来，真要像黄帝似的，游历华胥国吗？哈哈！"大家听了，也都笑起来，诸葛亮忙着招呼客人，叫童子端茶。

知识扩展

这里说的华胥国，是古代传说中虚拟的理想国度，最早见诸《列子·黄帝第二》，此外《新唐书》中的州来、《国语·郑语》中的华地，以及《山海经》等书中均有记载。传说此地"其治国有方，民无嗜欲，自然而已，是为盛世乐土”。相传黄帝轩辕氏为追求治世强国之方法，梦游华胥古国，以师其法，于是便有了“黄帝梦游华胥之国，而后天下大治”的典故。

志同道合的人到了一起，谈得分外起劲，从个人生活说到天下大事，从昔日同窗时的淘气故事说到近日大家的状况，说到有趣处，笑声便随之爆发。只有诸葛亮在一旁抱膝微笑，不作可否。

“孔明，你怎么不说话？你看，天下大乱，豪杰纷起，我们却在这里当什么隐士，这是何等的矛盾！假使我们也

◎滑县年画　卧龙与凤雏

不甘寂寞，出外活动一番，你以为可以做到什么地位？”徐元直眯着眼对孔明说。

孔明微笑着，还是一声不作。徐元直催促他回答。

“我看你们几位总可以做个郡守、刺史之类的地方官吧？”

“你自己呢？”

“……”

没有回答，但孔明的脸上泛起一层骄傲的光辉，那意思好像说，我不是州郡之吏便可以满足的！

的确，诸葛亮虽然过着隐士生活，却早把天下的形势看得清楚，他心里时时充满自负的念头，而且，他有了他自己的计划。

这时，他只有二十七岁！

>> 二

三顾茅庐，卧龙入世

汉朝宗室刘备，自从参加讨平黄巾之役，同他的结义兄弟关羽、张飞，由地方上微弱的武装势力逐渐发展为风云人物。他有很大的野心与魄力，可惜缺乏好的机遇和地盘。始而在徐州追随陶谦，后来徐州为吕布所占，被迫从曹操于许昌。他眼见曹氏的专横比讨黄巾时的董卓更加厉害，曾秘密参加国舅董承的讨曹工作，运用了许多策略却都失败了，只得再度逃往徐州，想联袁讨曹。不意事机不密，董承反被曹操所杀，同时以大军压迫徐州，刘备只好去投袁绍，可时运真是不济，根深蒂固的袁氏，也忽地垮了台。这一下，他从辽远的冀北逃奔到长江上游的荆州，去依附州牧刘表。刘表在那时，据有约如今湖北湖南两省地盘，势力相当雄厚，且他夙好文学，著有贤声，假设能乘曹操北攻袁绍之虚，进取中原，也是大有可为的；无奈读书人总是老实、苟安的居多，所以虽有谋臣给他建议，毕竟不能听从，他又年岁大了，新续娶的蔡氏夫人年轻貌美，不免使其有些迷惑，而蔡氏以女人的气度与眼光总揽大权。她弟弟蔡瑁掌握着军队，现在正极力排斥着前妻的儿子刘琦，想扶植蔡氏之子刘琮接替刘表的地位。这许多因素，牵扯了大量精力，更无向外发展的余力，刘备到荆州以后，虽然表面上受到刘表的热烈欢迎，骨子里却是蔡氏的眼中钉。刘备看了形势不对，便要求出守樊城，屯兵新野，那里离南阳是很近的。

刘备岂是长期寄人篱下之流？他时时刻刻在寻求发展的路线，更随时随地留心可以辅助自己的人才。徐庶（元直）是他第一个遇到的值得钦佩的人，从徐庶的口中，他得知南阳还有若干隐士，司马徽（水镜先生）、庞统、诸葛亮……而徐庶特别强调诸葛亮与庞统的学问才气和抱负："伏龙、凤雏，得一可以霸天下！"他赞不绝口地称赞着，随即解释这是诸葛亮和庞统的诨号，也就是一般人对他们俩的期许和赞扬。

"您叫他来见见我怎样？"刘备说。

"您这句话说得失去礼贤之意了，像诸葛亮这般人物，怎么可以叫他来见你？只有你去见他，才能显出诚意。"徐庶答。

"那么，请您为我先客，就说我慕贤若渴，不久就去拜访他。"

果然，徐元直把这意思告诉了诸葛亮。他听了刘备的名号，心中不觉一喜，这位汉室宗亲，曾经颠沛流离于患难之中而不灰心，不颓唐，一心一意寻访贤才的英雄，早已名满天下，当然诸葛亮对这名字是熟悉的，甚至于，这名字使他久已静止的心又有些波动起来，他虽没表示欢迎刘备来访，却也不曾反对。

刘备带着关羽、张飞和许多护卫的士兵来了，他们的气派早已惊动了那些终年耕田的乡人。诸葛亮得了消息，吩咐小童说："无论什么人来，都说我不在家。"到庄前才下马走入的刘备，这回是碰了钉子。

不久又有了第二次的拜访，刘备觉得第一次有些不妥，便去掉侍从，仅关、张两人相随，离庄四五里，便下马步行，心想："这样的虔诚总可以见到了罢。"但仍旧被拒绝了。暴躁的张飞不免破口大骂，要放火烧了庄子，刘备忙加阻止，三人颓丧而回。

求贤的动机鼓励着刘备作第三次拜访。那是个雪天，天气寒冷，路上几乎没有了行人。关、张二人虽是随着刘备，心中却充满怨恨，十分不明白为什么非要寻访这样一个山野村夫不可。等他踏着雪走到庄前，小童正在庭前扫雪，刘备问："你家先生今日在家吗？就说玄德又来拜访了！""在的，在的，但正在午睡未醒，请这位长官稍待片刻罢！"刘备很客气地在草堂等候，关、张却怒目而视。小童招呼一下，便又出去扫雪了。

过了许久，听到后面有高吟的声音，小童跑过去，果然，一位身高八尺，相貌清奇，气度轩昂的人物，从后面走出来，那人见了刘备，深深打了一躬："屡蒙枉驾，失迎为罪！”刘备连忙还礼，说出自己的无限倾慕之意：“天下大乱，贤士高隐。备不度德，想要匡扶汉室，扫荡奸臣，无奈智术短浅，不能成功，至今流落江湖，不能竟其所志。先生将何以教我？”大家分宾主入座，都在倾听着诸葛亮的回答。

“君侯帝室之裔，有匡济汉室之责，又爱贤下士，草野之人倾佩已久，今日得见，深为荣幸。目下大势，自董卓讨平，天子便被曹操所挟持。近来曹操破灭袁绍，统一河北，势力益加雄厚，又可以挟天子而令诸侯，实在是难与争锋的。江南一带，久为孙权所据，自他父亲孙坚以讨董卓之功树立基业，其兄孙策独霸江东，既有长江的天险，又为江南民众所拥戴，多贤臣名将，国富兵强，我们若想北伐中原，讨平曹操，这是很好的帮助；无论如何，应当与他维持友好关系，否则必被曹氏各个击破。但君侯最迫切的要求，还是一块足以自立的根据地。在此英雄并起各据一方之际，许多富庶的地方均已为有力者抢去；不过有的人虽则拥有险要的土地，究竟不是举大事之才，迟早必被吞并。即如荆州、益州两地，均在君侯同宗之手，荆州扼长江上游之险，益州沃野千里，天府之国，而又有三峡、夔门之固，易守难攻，若能取得，诚可开基立业。

荆州牧刘表年岁已长，内政不修，益州牧刘璋暗弱无能，可谓天假机会把这两个成功的基础留给君侯。从前高祖皇帝先取蜀地，然后北向关中，卒成统一之业；以君侯之贤德，四海归心。若能雄踞荆、蜀，东连孙权，一路兵自汉中、城固以取长安，一路兵自荆州、襄阳直攻洛阳，百姓定必箪食壶浆以迎王师，霸业之成尽在指顾耳！”

延伸阅读

此段文字源自陈寿《三国志》中的名篇《隆中对》，其原文如此：“自董卓已来，豪杰并起，跨州连郡者不可胜数。曹操比于袁绍，则名微而众寡。然操遂能克绍，以弱为强者，非惟天时，抑亦人谋也。今操已拥百万之众，挟天子而令诸侯，此诚不可与争锋。孙权据有江东，已历三世，国险而民附，贤能为之用，此可以为援而不可图也。荆州北据汉、沔，利尽南海，东连吴会，西通巴、蜀，此用武之国，而其主不能守，此殆天所以资将军，将军岂有意乎？益州险塞，沃野千里，天府之土，高祖因之以成帝业。刘璋暗弱，张鲁在北，民殷国富而不知存恤，智能之士思得明君。将军既帝室之胄，信义著于四海，总揽英雄，思贤如渴，若跨有荆、益，保其岩阻，西和诸戎，南抚夷越，外结好孙权，内修政理；天下有变，则命一上将将荆州之军以向宛、洛，将军身率益州之众出于秦川，百姓孰敢不箪食壶浆以迎将军者乎？诚如是，则霸业可成，汉室可兴矣。”

《隆中对》的最大成就，是替刘备制定了三分天下的全盘战略。后来形成的魏、蜀、吴三国格局，与这个谋略有直接关系。《三国演义》对隆中对有一句评论，说诸葛亮“未出茅庐已知三分天下”。

一席话一句句打在刘备心坎上，连刚开始对诸葛亮轻视的关、张二人也连连点头。刘备随即提出要求：“先生之言，顿开茅塞。备奔走江湖，历遭险艰，只因没有贤者指导，到今毫无成就。先生如果不以愚蒙见弃，敢请即行出山，共襄大事。备对先生仰慕之诚，徐元直先生想已说过，而且前后三次来贵庄，也可略见微忱。区区之意，不知先生以为如何？还有这两位贤弟，关羽、张飞，都是与我共多年患难的朋友，情逾手足，他们也极盼先生出山相助。现在可否就请先生启行？”

这时关、张又重新见过，并出去搬进许多礼品。诸葛亮心中在一明一暗地闪烁着：“刘备的诚意自然是十足了，假使我不想终老山林，这的确是个好机会；可是世乱如此，明明这是要赴汤蹈火，我不出去便罢，出了这间草庐恐怕就难得再回到这恬静幽美的世外桃源了！但这就是命运罢？事实上恐怕难于摆脱这英雄的邀约了！”于是在平静

◎滑县清代金古良绘制《无双谱》中的诸葛亮像

的面孔上透出一线的微笑，他回答："承君侯雅命，山野之人何以克当，只有粉身碎骨，以图报效；但舍间琐事尚待料理，俟稍事摒挡，即供驱策！"刘备听到他已允许出山，真是出乎意料的欢喜，说了许多感谢的话，才返回新野。

诸葛亮从此有了寄托，放弃他的隐士生涯，开始协助刘氏完成艰巨的建国伟业。

延伸阅读

"三顾茅庐"的故事，据《三国志·蜀书·诸葛亮传》裴松之注引《魏略》有另一说：刘备屯兵于樊城时，曹操已统一黄河以北，诸葛亮预见曹操马上就要对荆州发动进攻。荆州刘表性情懦弱，不晓军事，难以抵抗，诸葛亮于是北行见刘备。刘备先是对其轻视。但诸葛亮通过谈论对当今政局的对策，才使刘备逐渐信任他。最后，刘备才"以上客礼之"。西晋司马彪《九州春秋》的记载也大同小异。至于孰是孰非，难下定论，一般多以陈寿《三国志》记载为正史。

>> 三

巧借荆州，鼎足分立

荆州的局势紧张了，曹操已统一冀北，不容中原再有反对他的势力，荆襄险要，可以北制中原，怎能长期落于他人之手，何况刘备乃人中枭雄，一日不除，一日不能安心，于是，曹操决计南征，大兵自新野一路奔到荆州。刘表已死，大权旁落幼子刘琮及其母蔡氏手里，孤儿寡母，曹兵一到立即迎降。刘表死后，诸葛亮曾再三劝刘备袭取荆州，以免被他人所夺，因为他已看透刘琮是不能坚守的了，而其兄刘琦由于继母的厌恶，出守江夏，假使刘备不早些下手，迟早必会发生变故。无奈刘备要顾全与刘表的宗室情谊，不肯当机立断，到这时反受了重大影响。

刘琮投降时，刘备还蒙在鼓里。消息传来，除狼狈出走以外，别无他策，于是从樊城到襄阳，由襄阳至当阳，昼夜不停地逃着。襄、樊居民，因刘备仁爱宽厚，都对他有非常的好感，听说他走了曹兵要来，家家随了刘备逃走，妇孺什物拥满了道路，一天只走十余里。左右兵士劝备弃去人民，赶快前进，刘备涕泣不肯。到当阳长坂坡，竟被曹兵追及，老幼践踏，哭声震天。幸亏勇敢的张飞，挡住曹操的追兵，才得闯过。诸葛亮事先已吩咐关羽集合大小船只，在汉津口渡头等候，这时迎着刘备等，救了性命，开船直奔夏口，竟已接近孙权的领界。

孙权部下的鲁肃，听说刘表亡故，向孙权建议，荆州乃江东邻接之区，又扼长江上游，若曹操进占或为刘备乘机夺取，均于江东不利，愿自己前往探听虚实，如刘备意在抗曹，可与联络共图大计，若刘氏意在降曹，宜急图抵御。孙权也是雄心大略的人，时时想完成他父兄的遗志，以长江下游为根据，北争中原，对于鲁肃的话当然赞可。鲁肃遂奉令，以江东的吊丧专使的名义前往荆州。

鲁肃到江夏，听到消息，知曹兵已得荆州，刘琮投降。他赶到当阳，与刘备相遇，说明了自己的来意，劝刘备沿江而下，与孙权共谋御曹之策，刘备正在走投无路之时，自然非常愿意，又介绍他与诸葛亮会谈。原来诸葛亮的弟弟诸葛诞在江东做官，和鲁肃是同寅，又是很志气相投的朋友，所以他们俩一见如故，尤其说到孙、刘应合作，北抗曹操一节，英雄所见，彼此相同，更增加了他们的友谊。

诸葛亮随鲁肃到江东，进谒孙权求救。

江东群臣听说荆州已失，刘备逃亡，人心极度动摇。

许多眼光短浅的人都抱着败北主义，认为投降是最好的办法，连雄心勃勃的孙权也有些犹豫不定了。幸亏鲁肃和当时带兵的周瑜还不那样脆弱，坚持抗战。鲁肃约了诸葛亮前来，也正是利用他的力量以压服反对的议论。

还不到三十岁的诸葛亮遇到第一次试炼，他要凭口舌之力说服孙权，让他除不做局外中立，不投降曹操，更要积极援助刘备，抗拒人多势众的曹兵。

孙权在柴桑军营接待了这位青年说客。诸葛亮傲然就坐，先代表刘备致问候之意，随即说道："海内大乱，将军起兵据有江东，父兄三代，为江东人民所爱戴，同时刘豫州（刘备曾受命领豫州之牧）也在颠沛流离之中，做着锄奸工作，最近在汉南依从刘表，不意为曹操所乘，众寡之势既殊，刘琮又复降服，势穷力尽，不得不逃亡在外，但荆襄百姓闻风附从，刘豫州爱民之心，天下共见。曹操占了荆州，威震四海，英雄已无用武之地，今豫州到此，望将军酌量处置。若能悉起吴越之兵，与奸贼一决雌雄，那便要马上与之绝交，不能再和他维持友好关系。倘使不能，刘豫州倒是顶好的礼品，江东不妨把他献给曹操，北面称臣，或者曹操会嘉奖将军之功，不加讨伐。目下将军似乎又要和曹操决裂，而又有所畏忌，不敢即发，这种犹疑态度是最危险的！”这分明是讽刺的话，使孙权不由得冒起火来，当下反攻了一句道：“为什么刘豫州不自动投降，以免危险呢？”诸葛亮冷笑道：“刘豫州天下英雄，帝宗苗裔，海内人民群相仰望，愤于奸雄盗窃，志切讨贼，不能成功乃是天意，岂能学那些无气节无远见的人，俯首于奸臣的面前？将军对刘豫州的估计，未免差得太远了！”这是更深一层的刺激。

“好了！我志已决！江东尚有十万之众，我不能无条件地降于曹贼。必战！必战！请豫州不要再有怀疑，江东一定和他合作！但不知豫州实力若何，恐怕是太单薄了罢？”孙权显然太激动了。

这时，诸葛亮和鲁肃的计划已经得到了初步的成功，诸葛亮接着说道：

“刘豫州兵虽不多，但关羽的水军及刘琦的江夏之众尚有二三万人。曹兵虽众，自荆州以下，一昼夜行三百余里，任他如何强劲的军队，也早精疲力竭。何况北方军士不习水战，荆州降曹之众，迫于威力，并非心服，而曹操却用他们打前锋，这都是兵法最忌的；假使将军能命猛将统兵数万，以逸待劳，破曹兵是毫无问题的。臣虽不才，愿尽微力！”诸葛亮很乐观地分析着。

江东政策已定，周瑜、鲁肃、程普、黄盖等布置了坚固的防线，静候曹兵到来。

曹操号称八十万众，这是何等惊人的威力，但诸葛亮的分析一点也不错，不但远来疲敝，更兼不善水战，又加以“骄兵必败”，他自恃人多力强，没把江东看在眼里，江东却全力应付，先是黄盖用苦肉计诈降，后又决定火攻。也是曹操运气不济，时当隆冬，竟吹起东南风来，曹操的兵船被江东烧得片甲不存，八十万人死伤枕藉，曹操仅以身免，这便是历史上有名的赤壁之战（详见《周瑜赤壁之战》一章）。这一战，确定了江东的地位，也确定了刘备的存在。

鼎足分立的局面已初步形成。

刘备取得暂时借用荆州的权利，他有了固定的根据地。诸葛亮策划的成功，使刘备更加对他信任。

延伸阅读

孙权在赤壁之战时，只有二十七岁，其提拔的将官也多年轻才俊，我们今日形容青年才俊有多用“生子当如孙仲谋”语，此语出自裴松之注《三国志·吴主传》:“公(曹操)见舟船器仗军伍整肃，喟然叹曰:‘生子当如孙仲谋。’”辛弃疾的《南乡子·登京口北固亭有怀》将此言发扬光大，全词曰:

何处望神州？满眼风光北固楼。千古兴亡多少事？悠悠。不尽长江滚滚流。

年少万兜鍪，坐断东南战未休。天下英雄谁敌手？曹刘。生子当如孙仲谋。

>> 四 白帝城托孤

刘备任命诸葛亮为军师，要他和关羽镇守荆州，零陵、桂阳、长沙三郡都在荆州界内，一律归他管辖。刘备自己，则率领将士，溯江西上，谋取益州，进行诸葛亮的第二步计划。

益州牧刘璋，是个昏聩糊涂的人，因为北面受了汉中张鲁的压迫，情愿同宗刘备入蜀相助。他的部下很多人表示反对，认为这是引狼入室。但也有一部分别有用心的人，如张松、法正等，却极力怂恿刘璋与刘备合作。刘备是一个有大志向的人，其目的绝不是协助刘璋抗拒张鲁，所以就在中途借军粮供应不到的理由，自葭萌关还兵成都，一举占据益州。诸葛亮同时统兵自三峡沿江而入，平定了成都以东各地。这一步计划的完成，竟出乎意料地迅速顺利。诸葛亮从此暂时脱离军事，一心整顿内政。他是主张法治的，且有经济才干，一洗刘璋萎靡不振的政治作风，大小官吏无不兢兢业业，守法奉公。蜀地本称肥沃，加之政治清明，因此府库充实，国家富足。刘备就北上与曹操争夺汉中，因汉中乃蜀之外围门户，若不取得，随时有被攻入之危，一面由于蜀兵勇敢善战，一面由于诸葛亮负责的后勤任务美满无缺，军中粮草饷械非常充足，果然战败曹操的大将夏侯渊，汉中遂为刘备据有。汉献帝建安二十四年（219 年），刘备自称汉中王，以魏延为汉中太守，其他文武诸臣封赏有差。刘备班师回成都，蜀的威力达到了最高峰。

江东虽与西蜀合作，但总认为荆州是自己的领土，刘备乃一时借用，曾再三向刘备讨还，备均不允。孙权甚至把妹妹许配刘备为续弦，借示联络，想由内线的力量索回荆州。有一次，他们骗孙夫人带着刘备的儿子阿斗回吴归宁，预备扣留了作索回荆州的抵押。不料半路上却被蜀将赵云截回。东吴弄巧成拙，两国裂痕日益加大。

知识扩展

“归宁”为古时流传下来的礼俗，指已嫁女子回娘家归问父母之行动，起源很早，《诗经·周南·葛覃》有“害浣害否，归宁父母”的句子，后来也指男子外出后，返家归省父母。晋代的陆机在《思归赋》有“冀王事之暇豫，庶归宁之有时”的句子。

恰好镇守荆州的关羽是个高傲的大将，目空一切，孙权派鲁肃和他交涉收回荆州，终是不得要领。关羽北向进攻襄阳、樊城，将曹操的军队打得落花流水，大将于禁投降，庞德战死，威震华夏，四方丧胆，曹操想迁都以避其锋，在这种胜利的空气下，蜀国当然更不把东吴放在心上。岂知江东将领吕蒙，却利用了关羽北征，荆州空虚的机会，偷袭其后。关羽部下多叛归江东，威风凛凛的关羽不幸战死麦城。这样一来，吴、蜀两国国交完全破裂，因为关羽和刘备谊若手足，情逾兄弟，刘备非起兵报仇不可。诸葛亮看了这种形势，已竟完全打破了他的联吴破魏计划，空自焦灼，几次进谏都不能听。这时曹操已死，其子曹丕篡汉自立称帝，刘备以汉室宗亲的资格，为汉献帝发丧（献帝未死，蜀中声言已死），随即自立为帝，封诸葛亮为丞相，算是继承汉帝的系统。不想恰于此时发生了这样不幸事件，共同敌人尚未灭除，同盟国家先自起衅。刘备自统大军数十万顺流而下，大有一气吞并东吴之势。东吴自知理屈，曾几番请罪求和，备均不许。于是东吴起用陆逊为大将，以火攻之计，把刘备数百里的军营烧个精光。刘备绝料不到自己会遭逢到这样的失败，随着军队退入夔门，越想越气，越想越悔，竟自卧病于白帝城永安宫，不能再还成都。

延伸阅读

刘备吞吴失计，破坏了诸葛亮联吴抗曹的根本策略，以致统一大业中途夭折，而成了千古遗恨。杜甫有诗《八阵图》云："功盖三分国，名成八阵图。江流石不转，遗恨失吞吴。"最后一句便是说的此事。

刘备病势益加危笃，这创业30年的老英雄想起自己的身世，不禁怆然泣下。遂请诸葛丞相及其子刘禅（即阿斗）前来，凄然嘱托道：“丞相，朕不从你言，致有今日之败，悔已无及。刻下性命已在旦夕，一切后事，只有交给丞相料理。丞相之才，远过曹丕，必能扫平中原，完朕遗志！阿斗蠢材，只有请你尽力教导。如果他真的不行，你就废了他自立，我在九泉也绝不怪你！”诸葛亮听了，想起20年来君臣相得的感情，也哭得泪流满面，慌忙跪在地下说：“陛下好自保养，臣当竭股肱之力，继以忠贞，死而后已！”刘备点了点头，命刘禅向亮下拜说：“你要事丞相如父，不可丝毫违背！……”说毕，瞑目而逝。

凄凉的永安宫罩上了一层愁云，诸葛亮主持着丧仪，刘禅继位。从此国家的内政外交更是一齐压在了诸葛亮头上，好在刘禅一切听从，诸葛亮得以充分执行他的主张，发挥他的政治天才。

>> 五 出师一表真名世

发达蜀地的生产，以为北伐做准备，同时对于法治政治竭力推行，凡有作奸犯科，或贪污渎职，无不严罚，做事有功，立加重赏。皇帝的事总于“宫中”，国家的事决定于“丞相府”，但“府中”“宫中”永远保持着密切合作，皇室也遵守国家法度，自然百官民众不敢不效忠帝室。当时蜀的政治形式很有些像后世的君主立宪政体，而丞相也就可以说是内阁总理大臣，对皇室负完全责任。这是最为后世称道的。所以孙中山先生在民权主义里就把阿斗比作共和国的国民，而诸葛亮好比替国民做事的官吏，阿斗有“权”而诸葛亮有“能”，权、能合作，才能使国家上轨道。

内政一天比一天修明了，诸葛亮已经决心出兵北伐中原。忽然消息传来，南方边境的永昌太守雍闿煽惑蛮酋孟获起兵谋叛，牂牁、越巂两郡均被迫加入。这倒引起诸葛亮的心事，南蛮乃蜀之后路，若不先谋彻底解决，将来在中原作战，时时有后顾之忧，这是非常不利的。于是他决定在北伐之前先来一次南征。南征出发的时候，参军马谡前来送别，诸葛亮征询他对这次用兵的意见，他说：“南蛮恃险不服，历时已久，绝非完全用武力可以征服，丞相此去，应注意兵法‘攻心为上’之理，总以令他们心服为要，否则虽然杀戮多人，随降随叛，终是祸患！”诸葛亮非常赞成他的意见，因而深深对马谡有了印象。果然，他渡过泸水，远达滇南，雍闿等都在短期内讨平，只有蛮酋孟获

◎明刊《三国演义》插图 征南寇丞相六出师

◎明刊《三国演义》插图 孔明上《出师表》

不肯降伏。孟获乃蛮人最佩服的酋长，诸葛亮知道非制服了他绝无办法，于是用了策略，生擒孟获。擒到后并不杀他，酒食款待，令他遍观营中。孟获道：“以前我不知道你们军队是什么样子，以致吃亏，今已知晓，一定可以战胜。”诸葛亮令释他回去，起兵再战，不久孟获又成了俘虏。如此七擒七纵，到最后一次，孟获从心里佩服，长跪不起，口称：“公用兵如神，南蛮不复叛矣！”亮仍命他管领诸蛮，善为抚循，对蛮人衣物金宝一无所取，蛮人无不赞叹。班师凯旋，不留一兵一卒，而南蛮从此始终不叛，马谡的话真见了效验。

国库充实了，南蛮讨平了，东吴方面，自刘备死后，盟好早已恢复，现在可真是出师北伐的时候了。诸葛亮将军队先进驻汉中，派长史张裔，参军蒋琬，主持府中诸事，自己专心伐魏，以完成刘备的嘱托，与自己多年的雄心远略。他在憧憬着光武重兴的美梦，似有一片灿烂的远景展开在面前。

大军临行，他上书后主刘禅，这是一篇有名的恳挚文章，今译其大意如下：

“先帝数十年辛勤，创业未半而崩，心常遗恨。现在天下三分之势已成，而益州仅占一隅之地，按之形势极为悬殊，但群臣诸将所以效死不去者，盖皆怀念先帝的恩情，不忍不报之于陛下也。陛下必须继承先帝遗志以振士气，不可自暴自弃以致日趋没落。宫中、府中均是一体，彼此意见不可互相冲突，致内外摩擦。臣见侍中、侍郎郭攸之、费祎、董允等，皆忠直之士，经先帝简拔，以遗陛下，宫中之事可以向他们商酌。将军向宠，晓畅兵机，先帝曾加试用，认为能将，军中事务可以向彼咨询。亲贤臣，远小人，自可使国运兴隆，千万勿再蹈后汉桓帝、灵帝近小人远君子的覆辙！臣以布衣平民，躬耕南阳，先帝不弃其鄙陋，三顾草庐，咨以当世之事，臣由是感激，许以尽忠相报，乃以不才，数过颠危，不能早使国家大业成就，心中惶愧，至今已经21年了。先帝知臣谨慎，故临崩寄以顾命。每念先帝临终之言及平日辛勤经营之状，辄觉凄恻。故臣夙夜尽力，不敢懈怠，五月渡泸，深入蛮邦，幸南邦底定，兵甲亦足，兹决心率领三军，北伐中原，以除国贼，而成先帝之遗志。此乃臣报先帝之愚忠，同时也是陛下不可忘记的责任。关于内政，已付托蒋琬、费祎等，臣从此专心军事，如有失败，愿受惩处，若内政有误，则费、蒋应分担其咎。今当临行，谨拜表上闻，不尽涕泪悚惶之至！”

延伸阅读

《出师表》乃千古佳文，历代赞扬诗文很多，宋代陆游《书愤》有“出师一表真名世，千载谁堪伯仲间”的名句，文天祥《正气歌》有“或为出师表，鬼神泣壮烈”的诗句。《出师表》有前后两篇，今天的课本多只收录《前出师表》，其中一个原因便是《后出师表》多被指为伪作：陈寿以蜀人身份编纂《诸葛亮集》，诸葛亮的文章应无遗篇，通通收进《诸葛亮集》是必须的，所以《三国志》把《诸葛亮集》的每一篇文章名字都著明。裴松之说《后出师表》出自张俨《默记》，为《诸葛亮集》所无。而张俨是吴国人，反而记载敌国文章，有可质疑。此外《后出师表》是建兴六年（228 年）十一月上言，而《三国志·赵云传》记载赵云是在建兴七年（229 年）卒，《后出师表》言“自臣到汉中，中间期年耳，然丧赵云……”等，显然时间上也对不上。因此后世文选多只收《前出师表》而不收《后出师表》。

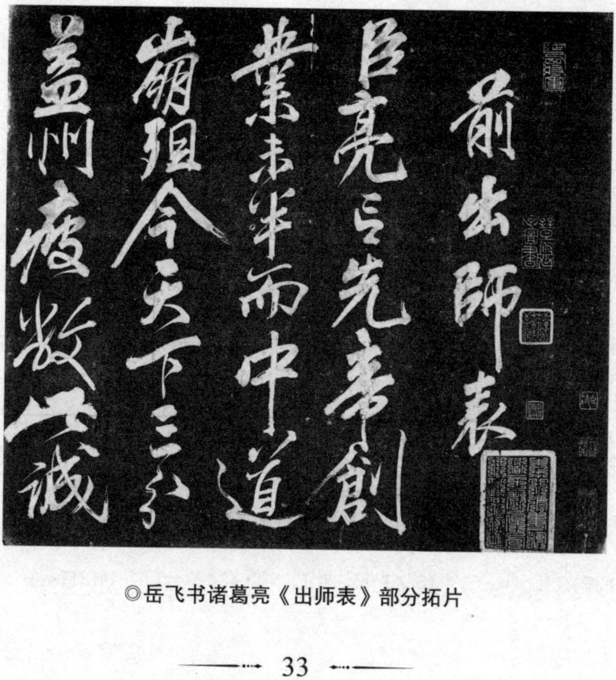

◎岳飞书诸葛亮《出师表》部分拓片

>> 六

一出祁山

蜀军进驻阳平关（今陕西勉县），从此以北有几条栈道，通过秦岭山脉，可达长安、郿（地名，在陕西省，现作“眉县”）等重要地带。是时曹丕已死，魏明帝曹叡继立，主要兵权渐已转入司马懿之手，残存的大将只有曹真。自长安以西，因久无战事，魏的防御甚为松懈。诸葛亮的计划是采取迂回而稳妥的路线，令赵云守箕谷，做出要从斜谷栈道直取郿城的形势，而主力则向西北攻取祁山，联络陇西的羌兵以为外应；如果得手再转头向东，攻取郿城、长安以取洛阳。另一方面则暗暗联络好了魏的大将孟达，自其防区上庸一带（今湖北竹山）北上攻取洛阳。当时就有不同的意见，大将魏延认为出祁山北伐的战略太旷日持久，饷械运输都在山地，很难保证供给及时，他主张别率一军，冒险出子午谷直捣长安，再与大军会合。此一计划未尝没有军事价值，兵行险招，往往可出奇制胜，而万事俱备，看似谨慎，多却误了时机。但诸葛亮是以谨慎稳健为他成功唯一秘诀的，对魏延的建议毫不考虑便加拒绝。魏延心中，相当不高兴。尤其不幸的是，孟达反水的消息被镇守宛城的司马懿知悉，以迅雷不及掩耳的手段，于八日之内，发兵解决了孟达的全军，于是，诸葛亮的内外合攻计划遭到意外的打击。

但祁山正面之战是异常成功。训练有素号令严明的蜀军，立即击破魏国的腐败军队，陇西南安、天水、安定三郡都望风迎降，关中听到这个消息，大为震动，曹叡御驾亲征，驻节长安，令张郃拒蜀兵于街亭（今甘肃秦安）。镇守街亭的将领是诸葛亮平日最为赏识的马谡，他虽是颇有见解的人，但有一股刚愎自用的脾气。街亭乃山地，诸葛亮命他必须注意水源，不可将军队密集，致被敌人歼灭，岂知他均未听从，被张郃断了水道，终于满盘皆输。街亭一失，三郡之地均不可守，蜀兵此时只好布置退路，诸葛亮心中充满懊悔愤恨，但他仍然保持着镇定的风度。为了赏罚分明，他含泪斩了马谡，以为不听号令者戒。

有个最流行的故事，应该在此时发生，便是京戏里常常演唱的《空城计》。诸葛亮在阳平关，把大兵都发出去了，自己只带了万把人守关，忽然司马懿的二十万大军杀到，他一时无兵可调，左右非常恐慌，但诸葛亮谈笑自若，命部下把城门大开，派几个老弱残兵洒扫街道，司马懿到来

◎司马懿像

一看，非常疑心，因他知道诸葛亮是十分谨慎的，深恐其中别有机关，竟自引兵北去，引得诸葛亮哈哈大笑。《三国演义》把这件事渲染得非常热闹，作《三国志》注解的裴松之则认为此事是绝对靠不住的，因为那时魏方前线总指挥并不是司马氏，而是曹真，且魏兵更没到过阳平关。

在安全撤退计划之下，诸葛亮又回到成都，他上书自劾，承认这次战败的责任应由他负，请求自贬三级，刘禅仍命他行丞相事，总揽全局。

延伸阅读

“空城计”曾被列为“三十六计”之第三十二

计，常被兵家所运用，早在春秋战国时期便有人使用了。《左传》记载：鲁庄公二十八年（前666年）秋，楚国的令尹子元发兵车六百辆攻打郑国。当时楚强郑弱，郑国没有足够的兵力抵御来犯之敌。郑文公听取谋士叔詹的建议，大开城门，任百姓自由出入。楚军见状不敢贸然深入，扎营等待时机。此时，风传郑国的盟国齐、鲁、宋的救兵将到，楚军害怕腹背受敌，连夜撤军。令尹子元为防对方趁他退兵之时，从后追击，在撤离时军营帐幕不动，悄悄退走。等郑国得知楚军退回境内的消息时，才知道对方也是一座“空城”，真可谓“双空城计”。

>> 七 百折不挠

北伐时机又来了。魏将曹休率兵攻吴，在巢湖一带展开大战。东面战场的紧张正是西面战场进击的好机会，就在第一次出祁山失败的那年冬天，诸葛亮的第二次北伐计划又开始：这一次的路线是出散关，图陈仓。陈仓乃栈道的起止点，东向去长安的大路，魏国派郝昭扼守。郝昭是个很能干的大将，诸葛亮用种种方法攻城，均被他挡回——云梯被火箭射烧，冲车被大石压破，掘地道则被从城内截断……虽然城内守兵不过千余名，竟牵制了蜀军数万兵力，诸葛亮焦灼之极，而东面的曹真救兵又到，战争遂完全变成胶着状态。蜀兵是利在速战的，最大的阻力就是饷械运输，如不能速战速决，必致补给不能接济，但那辽远的山路栈道又有什么办法呢？交通问题实在使诸葛亮伤透了脑筋。

张郃再度受命抵抗蜀军，曹叡亲自送他启程，问他："假使你到迟了，恐怕蜀兵会得了陈仓呢！"张郃说："这也未必，说不定臣到之时，蜀军已退走呢！陛下须知，诸葛亮虽善用兵，但粮草供给总是不易解决的困难！"真的不出张郃所料，蜀军因粮草难继，在万不得已中退去，魏军派王双追击，被诸葛亮伏兵斩杀，蜀军很安全地退回到汉中一带。

第二次北伐又遭逢了痛心的结果！时为魏明帝太和二年、蜀汉后主建兴六年（228 年）。

次年，诸葛亮攻取了雍州（辖域为今陕西中部、甘肃东南部及宁夏、青海部分地区）的武都、阴平两郡，这也是自陇入蜀的重要通路之一。为了保障汉中，又筑了汉城、乐城两个城垒，都派重兵驻守。

交通问题不解决，北伐是难以成功的，诸葛亮开始研究这一问题。同时，蒋琬等竭力谋划解除经济上的困难，军粮已是完全不成问题。三年之久，诸葛亮创造了一种运输工具——木牛流马。这究竟是什么样的东西，现在已经不可考证，在传说中差不多成了神话，木制的牛马，有机关可以管制其动作，恰如现在的汽车一般，按常识来推断，在科学不发达的时候，这自然是不可能的；也有人说所谓“木牛流马”即是今日独轮车子，但又显得未免太简单了。总之，有了这种新式运输工具，诸葛亮才决定进行第三次北伐。

延伸阅读

“木牛流马”为独轮车的说法，最早出自元代的《事物纪原》，其书云：“蜀相诸葛亮之出征，始造木牛流马以运饷。盖巴蜀道阻，便于登陟故耳。木牛即今小车之有前辕者，流马即今独推者是，而民间谓之江州车子。”

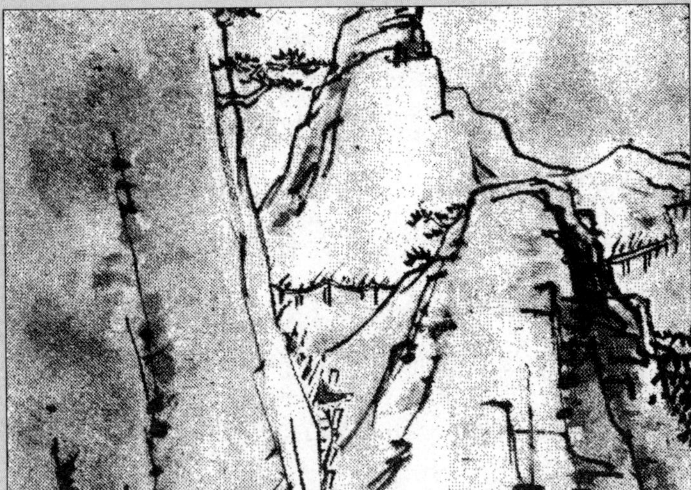

◎六出祁山

魏兵不等蜀军发动攻势，已布置了反攻阵线。魏明帝曹叡从曹真之请，由斜谷进兵伐蜀，大将军司马懿沿汉水由西城进兵，其余各路，或由子午谷，或由武威，最终的会合点是蜀国的“大门”汉中。魏国的文臣大都反对此举，唯武人赞成。诸葛亮闻魏兵入蜀，把军队集结于城固、赤坂，静待交锋。陕西高原，雨量素极稀少，但这一年忽然秋雨连绵，竟三十余天不止，栈道不能通行，魏太尉华歆上书论谏，以为劳师动众，道途艰难，不如班兵休战，明帝从之，此次反攻遂无结果而止。

又隔了一年，太和五年，蜀建兴九年（232 年），第三次北伐实现了，大批木牛流马输送着粮草，阵容比以往更加浩大。这时候，曹真已死，司马懿正式统兵与诸葛亮对敌，魏军前线在上邽（今甘肃天水东），距祁山很近，大将有张郃、曹曜、戴陵、郭淮等，第一次对战就被蜀兵打得大败。时当五月，陕甘一带的小麦正在成熟，蜀兵掠刈麦子甚多，军粮得了有力的补给，士气更加振作。

司马懿是狡黠的战将，他看透单凭兵力与诸葛亮相争是没用的，诸葛亮有神出鬼没的战略，有训练充分的部队，有严明的纪律与赏罚，这些都不是魏兵所可比拟。但有一种困难，蜀兵无论如何克服不了，那便是交通问题，虽有木牛流马，到底还是不能旷日持久，粮饷运输的麻烦时刻在掣肘着诸葛亮的用兵。司马懿当下采取了坚守不战的策略，不管部下如何要求，他总是闭门不出。后来部下甚至骂司马懿对诸葛亮“畏如虎”，他只好允许部下进战，哪知三路进攻，均被诸葛亮设谋击破，折损兵马三千余人，蜀军夺获军实无算，司马懿的坚守不战的主张得到证明。

粮草又用完了，诸葛亮只得第三次退军。他布置好弓弩手在剑阁山中，放出退兵的消息，果然诱得魏将张郃来追，到了两山夹峙的剑阁道中，万弩齐发，把张郃活活射死。这次出兵，可以说给魏国的打击很大，临退还牺牲了一员名将。

>> 八 死诸葛退走生仲达

诸葛亮不能不再寻求解决运输困难的方案。他一面继续训练士兵，一面按预定计划增加农产，把每年储备的粮食统统运到斜谷口，将那地方作为后方总补给站。民众和士兵经过三年的休养生息，实力更加充足，纪律更加严肃。

建兴十二年（234 年）春天，蜀兵由斜谷口浩浩荡荡奔武功（古地名，最早是秦朝设立的，其地点今已不可考，汉代又设武功郡，在今天陕西眉县东）而来，这第四次的北伐，气势真比从前任何一次为大。木牛流马络绎于途，斜谷口有堆积如山的粮食供他们输送，不愁中途不继。司马懿屯兵渭水之滨，正在武功的五丈原附近建筑着固守的营垒，不意蜀兵突然杀到，把司马氏的兵队包在垓心，传说中，这一次司马氏父子三人（司马懿及其子司马师和司马昭）几乎被诸葛亮烧死在五丈原；若不是天降大雨，蜀汉的北伐大业，似乎可以顺利地完成。

司马懿更加坚持他的坚守不战政策了，纵使长安以西渭水以南的郡县均被攻破并占有，他还是闭门不出，坚守着他的营垒，静待天然的困难压退蜀兵。诸葛亮百般挑战，他都不理。蜀兵为了持久计，在渭水南岸开始屯田，兵士们杂在农民中间一起生产粮食，因为纪律良好，百姓丝毫没有苦痛，诸葛亮的法治政策不但在国内收了功效，在军队中的表现尤其显明。

诸葛亮还是等待得不耐烦了，他把妇人用的发髻、巾帼、脂粉等物遣人送给司马懿，写了一封备极侮辱的信，大意是说："你若是男子汉，还有血性，就应当出来见一见高低，否则便与女人没有区别！”好厉害的司马懿，他将“礼物”收起，还是不动声色，心静如水。他知道一旦动了火气，就等于中了诸葛亮的圈套。

然而，诸葛亮却忍受不下去了，怎么办好呢？这样韧性的敌人是最不好对付的！他十年以来为了北伐已经劳碎了心，如今好容易有些头绪了，又被这狡诈的司马懿以长期作战的计划所苦恼。他是事必躬亲的人，军中公事和国内要务都要亲自处理，一个人有多少精神？诸葛亮竟苦恼到一日比一日瘦下来，饭也吃不多了。消息已传到魏营，当蜀军使者到魏营下战书的时候，司马懿故意和他殷勤，问长问短，又问道：“你家丞相近来好吗？他很忙罢！其实蜀、魏两国本可交好，又何必大动干戈呢？”使者答道：“我们丞相真是贤劳极了，一切公事都亲自批阅，赏罚更要自己核定。国内大事，还不时来此请示，近来连饭都吃不下去，身体瘦得很呢！！”司马懿也做出慈悲的样子：“食少事繁，是危险的，回去向丞相致意，就说我劝他多休息，少劳神，自己身体要紧！”使者唯唯而退，他以为司马懿真在关切着孔明了。

诸葛亮听了使者转述司马懿的话，深深打动了心坎，他知道自己的命运不能和司马氏竞争了——近来更加上呕

◎明刊《三国演义》插图 五丈原诸葛亮禳星

血的症状。他越焦急，病越沉重，竟卧床不起。

刘禅后主命尚书仆射李福来问疾，同时咨询国家大计。李福走后，过了几日忽然又返回来，别人都很奇怪，孔明却深深叹一口气，他在病床接见李福："我知道你回来的意思，你上次有很重要的话没有和我说，其实何必忌讳？我死之后，蒋琬可以继我……"李福听了，深为一惊："不错，我确定是要请示丞相这件事的，但不知蒋公琰之后，何人可以继之？"诸葛亮的神色已很不对，左右都来扶持，他勉强回答："费祎可以……"声音非常微弱，随后又呕了许多血，就在这一天，秋风惨淡的中夜，一代巨星就此陨落！

延伸阅读

这里将诸葛亮的去世比作巨星陨落，实为有据可考，据《三国志·诸葛亮传》注引《晋阳秋》，诸葛亮逝于五丈原之时，夜间有大星"赤而芒角"，坠落于蜀军军营。唐代诗人胡曾有咏史诗《五丈原》："蜀相西驱十万来，秋风原下久裴回。长星不为英雄住，半夜流光落九垓。"

诸葛亮死后，军中秘不发丧，一切保持着严整的秩序。军士们回想这一百天的优势战争，想起十年以来所经历的困难，把眼泪往肚子里吞咽。伟大的领导者毕竟争不过天命，他们悲伤着，但为了国家，还不能不强打精神，完成无损失的撤退。

长史杨仪代理着军中指挥之责，当司马懿追兵到来时，他把严整的阵势摆开，好像要反攻似的。司马懿以为诸葛亮并未死，慌忙退去，直到蜀兵退尽，才知上了当。百姓说“死诸葛退走生仲达（司马之字）”，司马懿也只有一笑置之。他巡视蜀兵营垒，看了那些完美的布置，深叹诸葛亮的将才为自己所不及。

诸葛亮遗命葬在汉中的定军山，不许起坟，不要殉葬的器物，死后他还保持着节俭爱民的美德。他原被封为武乡侯，这回，又加封为忠武侯，后主刘禅也深为哀悼。

他留给后人的，除无比的荣誉外，只有八百株桑树和十五顷的田地，他命子孙要自食其力，不许居积钱财，垄断商贾。

>> 九 “活神仙”不是真相

诸葛亮死后，蒋琬继主内政，姜维继主军事。姜维字伯约，乃第一次北伐攻天水所得的降将，深为亮所信任。他继六出祁山之后（四次北伐，加上一次迎战魏兵，一次攻取阴平，算是六次）九伐中原，终不能成。不到30年，邓艾、锺会伐蜀，后主投降，而魏国亦被司马氏所篡，这便是晋朝。不久而五胡内迁，中国人民遭受了空前的动荡。设想诸葛亮的北伐计划果能完成，以他的政治天才干统一的事业，说不定中国的历史成了另一个样子。

这里我们必须明白的，便是小说里把诸葛亮完全描写成一个“活神仙”，通阴阳八卦，会未卜先知，连赤壁之战的东风都是他借的！这完全不是诸葛亮的真相。他作战为政，都是谨慎负责，不肯苟且，所以常常成功。至于他的联吴拒魏政策，尤其是不容否认的真理，当他第三次北伐时，孙权称帝，很有些人主张加以讨伐，他还是力主联合，这种伟大政治家的风度与眼光，是值得钦佩的。至于他的不能成功，那只好说是所遇到的对手太强，同时也是命运不济罢！

延伸阅读

历代咏颂诸葛亮的诗词很多，其中为人熟知的如杜甫的《蜀相》：

丞相祠堂何处寻？锦官城外柏森森。

映阶碧草自春色，隔叶黄鹂空好音。

三顾频烦天下计，两朝开济老臣心。

出师未捷身先死，长使英雄泪满襟。

◎诸葛亮

第二章

姜维九伐中原

后来读史的人，亦有以蜀之亡归咎于姜维的用兵的，其实亦不尽然。……把蜀国的灭亡，归咎到姜维，实在是冤枉的。倒是蒋琬、费祎，应当负较大的责任。

阅读导引

顾颉刚中国历史故事

姜维虽然几经反复——由魏降蜀，由蜀又降魏，由魏又叛变未成而死——但其精神是一贯的：为蜀汉而斗争。

蜀汉自诸葛武侯死后，已有人才凋落之感。据《三国志·诸葛亮传》注引《魏略》，徐庶至北魏，仕至右中郎将御史中丞，诸葛亮出祁山时与之相遇，闻其官不过如此，叹曰："魏殊多士邪？何彼不见用乎？"这足证诸葛亮晚年，天下人才已集中洛阳。故其得一姜维欣喜欲狂，而西蜀宿将始终是王平、廖化、张翼数人，竟无继起者！

维九伐中原，均采出陇右联羌兵一策，固因他是陇右土著，明白羌中形势，亦缘受武侯影响之深，不敢别辟蹊径，且将帅人才亦不充实之故。回顾魏国，则陇右将领，如郭淮、陈泰，以及后来之邓艾，都是第一等军事人才，又何怪相形见绌呢！

陇右诸羌，自东汉中叶，成为西陲严重问题。三国时，

◎姜维像

因互争中原。往往倚边人为外援，这是后来五胡内迁的源流。羌势坐大，与三国末期的战事大有关系。

姜维是命中注定的悲观了，外有强敌，内有谗臣，运输困难，道途险阻。而且朝中一群无用的大臣，大多数是反对用兵的，他们的理由没有别的，只是西蜀的实力不行，宜保守而不宜进取，连老将张翼都是这样的主张。殊不知在强邻窥伺之下哪里有“保守”的可能？诸葛亮的时代犹复以攻为守，姜维的时代更是非奋斗不可了。他是深明此理的，但无奈那些短见的群僚们，于是他只有到荒远的沓中去屯田，遂致锺会大军已渡褒斜，朝中尚在做梦。后主虽是庸懦糊涂，难道在朝的百官不负一点儿责任吗？

看了奉命投降后蜀国的士气，我们深佩姜维平时之得人心，更佩服他在这样艰难困苦的环境下不懈的努力。

>> 一

天水收姜维

诸葛亮第一次出兵祁山，征伐北魏，曾占领了魏国陇西的南安、安定、天水三郡。魏明帝曹叡御驾亲征，大将张郃在街亭战败蜀将马谡，险要一失，粮草又不能接济，诸葛亮只得退走。这一次功败垂成，他心中自是非常懊丧；但有一件事使他很高兴，就是在天水收降了名将姜维。这个人，后来就继续诸葛亮，在陇西一带对抗魏军 30 年，直至蜀亡为止，他可以说是后期三国中一位重要人物。

姜维，天水郡冀县（今甘肃甘谷）人，世世住在西凉，故与羌人颇为熟悉。他父亲曾为郡功曹，羌人作乱时被杀。那时姜维年纪尚幼。他从来事母至孝，好兵法战阵，廿余岁时，在天水郡参赞军务，随着太守马遵办事。马遵是个无能之人，诸葛亮打下南安、安定两郡之后，移兵天水，他正和雍州刺史郭淮出外巡视，准备防务，姜维也随在身旁。南安等郡失陷的消息一来，他们立时慌了，郭淮跑回上邽防地，马遵独回天水，这时西方州县，纷纷降蜀，马遵总有些疑心自己的人靠不住，竟在夜晚偷偷离了郡城跑到上邽，投奔郭淮。等姜维和部下等人知晓，已是天明了，连忙追赶，不料上邽城闭门不纳，姜维气得大骂，只得仍回天水。走到那里，诸葛亮已袭取了城地，城上编插西蜀旗号。他率领部下，走投无路，便降了诸葛亮。

此时，蜀国人才凋零，诸葛亮随时随地都注意着将才，未到天水，已闻姜维之名，见他来降，自是欢迎。便命他为仓曹掾，这是管军需的官，随军学习。姜维颇为用心，武艺也很精熟，以此诸葛亮很器重他，常向住在成都的蒋琬写信夸奖，说其前途未可限量。这时的姜维不过二十七岁，由州郡的佐员一跃而为统军大将的红人，他因此十分感激诸葛亮的“知遇之恩”，愈加勤奋忠实。诸葛亮交给他五六千人，命他训练成为一军，每次出祁山的战争他都参与，战争的经验也越来越丰富，他逐渐地成为一位精通兵法的将才。

>> 二 主战派与主守派

诸葛亮之死，给了姜维很大的打击。可是从此他的地

◎姜伯归降孔明

位也更加重要。此时的他回到成都，随蒋琬为监军，因战功封为平襄侯。蒋琬继诸葛亮总揽国事，出驻汉中，他鉴于诸葛亮六出祁山之失败，主张由汉水进兵，全用水师。在朝大臣如费祎等都认为不是万全之计，万一不胜，退路甚难。蒋琬闻知，很是气愤，遂表示辞职，回了成都。姜维原随他驻兵汉中，他一向是主战分子，年轻气盛，曾屡次进兵陇西，联络羌人，作为将来北伐中原的准备。因为自己本就是陇西人，地理人情比较熟悉，又受诸葛亮的影响，始终相信自祁山一路出兵是最好的策略。蒋琬的话，也给他不少启示，他觉得利用水道行军，确较便利，以此后来行军，粮饷军需多赖船只，打破了军需补给运输困难的困局。

蒋琬年岁已老，回成都不久便死去，兵权又落到费祎手中。费祎是保守派，他认为诸葛亮丞相凭一生之力，都未能打倒魏国，后来之人更不必有什么妄想，只消把北面的大门汉中牢牢守住，魏国不得南下，也就罢了，对于没有特别军事才能的人，这其实也不失为一条稳健的计策。但姜维总觉这样做事太过胆小了，无奈费祎是首领，他在下位，也奈何他不得。

费祎出守汉中，在乐城、汉城（二城皆诸葛亮所筑）

驻了重兵。命姜维为凉州刺史，索性让他经略西陲。姜维乘机结识烧戈羌、饿何羌的领袖和胡人首领治无戴等，送了他们许多礼物，互结盟好。原来此时西羌各部落，几乎是半独立的形势，表面属魏，实际是非常动摇的。魏国所派遣的雍州刺史郭淮，也是一员能将，在西边30余年，畅晓兵机，时常和蜀争取诸羌，倒的确是姜维的一个劲敌。

费祎虽然持保守政策，可是毕竟不能叫敌人不来。所幸司马懿年迈力衰，兼之诸葛亮已死，他认为西蜀不会再有什么问题，便一心在洛阳布置党羽，专擅政权，做起第二个曹操来。魏明帝死后，齐王曹芳继立，那是个无知的小孩子，明帝临死托孤给司马懿和宗室曹爽，曹爽就和司马懿开始对立。司马懿深沉阴险，不露声色，又有两个极有心计的儿子司马师和司马昭为辅，浅薄浮躁的曹爽如何是对手？但他并不明白自己处境之危险，却在那里傲视一切。由于这种政治上的摩擦，蜀汉方面获得十几年的太平。忽然，好大喜功的曹爽，为了表现自己的威力，要起兵伐蜀，司马懿乐得看他笑话，也不加阻拦，只派司马昭随军出征。曹爽带了几十万大兵，浩浩荡荡进驻长安，前锋直达兴势（今陕西洋县北，是入蜀要道），离汉中已是不远。费祎大惊，急率师抵御。

知识扩展

魏明帝，即曹叡，字元仲，魏文帝曹丕子。母甄夫人。历封武德侯、齐公、平原王。继位初期任用曹休、曹真、司马懿，平定新城太守孟达叛乱。后期委政于曹爽、司马懿，平定辽东公孙渊势力。为人沉毅断识，御下严厉。好兴土木，大修洛阳宫室，扩充园苑，妨害农业生产。卒后谥明帝，庙号烈祖。

守兴势的蜀将王平，一阵杀败魏军，费祎又分军截住魏兵归路，曹爽的部队几乎全军覆没，急忙逃回洛阳，从此不敢再提伐蜀。

◎“直百五铢”铜钱
三国 蜀
为213年刘备建立蜀汉政权之初发行的货币

❶

❷

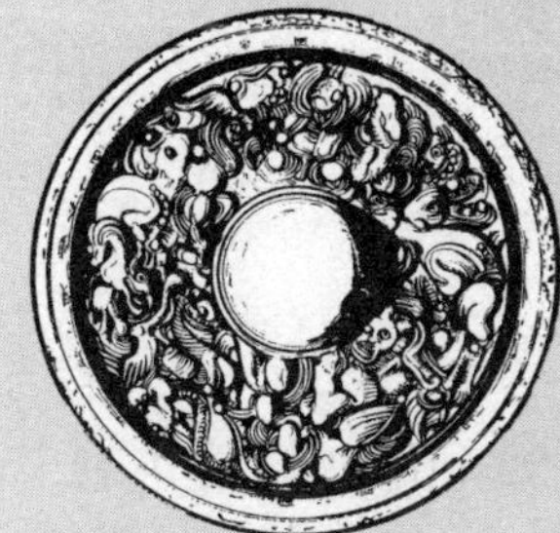

❸

❹

❺

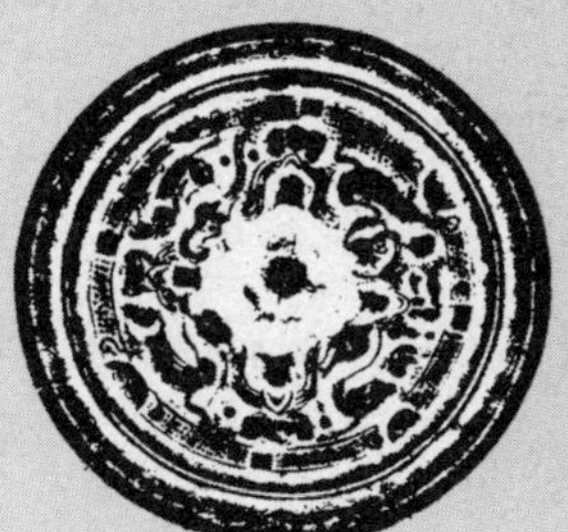

◎**三国时期铜镜图案**

❶方枚神兽镜。

❷同向式神兽镜。

❸龙虎镜。

❹三国永安七年重神兽镜。

❺黄龙元年神兽镜，1983年安徽和县出土。

>> 三 姜维的九伐中原

因为魏兵来侵，才使姜维的主战论又抬了头。蜀汉后主延熙十年即魏齐王曹芳正始五年（247 年），姜维第一次正式出兵伐魏。虽然费祎只许他带领一万人，但毕竟这是一个机会，他心中充满热烈的希望，姜维把这一万多人训练得个个精壮，操练纯熟。一面约会羌兵和胡兵，同时起事，一面依照着诸葛亮的老规矩，从祁山出南安城，自陇西一路进逼长安。魏国即令雍州刺史郭淮为大将军，和夏侯霸、邓艾共同抵御蜀军。夏侯霸乃夏侯渊之子，和魏帝有亲戚关系，故与曹爽交好，而郭淮则更倾向司马氏。他们对于西羌形势，都是很熟悉的。

魏前锋夏侯霸屯兵洮西，面对维军，郭淮的主力进至西北的狄道，正当羌兵的进路，有人主张先把叛羌讨平，再进兵会合夏侯霸。郭淮认定姜维的军队比羌兵厉害得多，须先行解决，便径直前进攻蜀兵，姜维没有料到魏兵主力会突然而来，只得暂退。郭淮见蜀兵已退，转军西行攻打烧戈等羌兵，羌兵全被击败。只有胡部的治无戴算是归降了蜀汉，姜维把他安慰一番，命他秘密在西方组织武力，相机抗魏。这第一次出兵，可以说并没有什么成绩。

知识扩展

这里的“烧当”为古羌人一部名称，以首领烧当为部族名。烧当的玄孙滇良，本居住在黄河以北的大允谷（今青海贵德西北黄河北岸一带）后联合其他诸羌，击败了先零羌，夺得了大榆中地，烧当羌部落日趋强盛。

机会又来了，延熙十二年，即魏齐王曹芳嘉平九年（249 年），曹爽和司马懿的冲突日益白热化。司马懿乘曹爽打猎之机，派兵围了他府邸，曹爽毫无办法，束手受擒，司马懿给他加上一顶谋反的罪名，灭了九族，连他的亲戚朋友都在所不免。陇西的夏侯霸听了，不禁心中畏惧。恰于此时，夏侯惇的儿子夏侯玄也被杀了，更使他焦急得不能不快想办法自保，于是他不顾一切地只身逃亡，从阴平小路爬山越岭，到了蜀国。姜维闻之，大为高兴，急请他参赞军务。夏侯霸也顾不得蜀汉杀父之仇，从此与姜维合作。姜维问他洛阳的情形，有什么了不起的人才没有。夏侯霸说别的都没有什么，只有两个年轻人，倒是很有些谋略的，要严加防备。姜维忙问何人，夏侯霸说，一是锺太傅的孙子锺会，一是荆州人邓艾，这两个人，现都在司马氏部下，要算洛中出色的人物。姜维对此没做太多的理会。

姜维决定乘魏国内乱，第二次出兵北伐。这回出兵的路线是从牛头山北攻陇西正面，比祁山更靠西些。出了牛头山，先在麹山（今甘肃临洮东）筑了两个营垒，命牙门将句安、李韶坚守，以为根本。洛阳闻知姜维大举来侵，派司马昭为安西将军，进驻长安，指挥诸路兵马。仍以郭淮为主力，与姜维对敌。邓艾随营为参谋（不久，就派其为南安太守）。这是一次规模庞大的战事。

知识扩展

牙门将是古代官职的一种，起源于古代的一种防御工事“牙门”，负责在牙门里统领士兵指挥作战的将领被称为牙门将。担任牙门将的人通常都需要具备一定的勇武，以上阵搏战。牙门将后来演变成类似于主将帐下的偏将、副将的职位。

郭淮看出麹山两个要塞是蜀军重心，就和陈泰（新任的雍州刺史）商量破垒之策。陈泰说，麴山虽险，但交通极为不便，不要说运输粮饷，就连吃水都是困难的，我们只要把他的粮道和水道断了，不必打仗，在外面长期围困就可以使他们屈服，且姜维闻知二城被困，必来相救，到那时我们就可以趁势解决了他。郭淮深以为然。

陈泰率护军将军徐质和新任的南安太守邓艾进围麴城。魏兵人多势众，果然被他们断了粮道和水道。城中兵士，还杂有羌兵，饮食都成了问题，异常恐慌。正在焦灼，忽然北风大起，彤云密布，降下一天大雪，将士们大喜，便溶化雪水饮用。但这究竟是难于持久的，将士们都恐慌着，军心一天比一天动摇。

姜维在前方，始终遇不到魏军主力，正自奇怪，探马来报，才知二城被围甚紧，当下大惊，急勒兵还救。狡猾的司马昭，见姜维撤军南返，故意将一部分军队移向骆谷口，做出要进据栈道直袭汉中的形势，另一面，陈泰、郭淮又分兵南下，断了牛头山的归路，姜维慌得首尾不能相顾，急急布置退兵。句安、李韶久守麴城，毫无效应，粮尽水绝，只得开城迎降。

姜维退回蜀中，检视部队，损失不少，心中郁郁不快。但他报仇之念更加坚强起来，恨不得一下子占了长安，长驱直入洛阳，才雪今朝之恨。

不等休息，次一年姜维再次出兵。在陈泰、郭淮的坚强抵御之下，依旧无功而还，算起来这已是第三次北伐。但若连西羌的战役计入，事实上已经不晓得有多少次了，姜维的毅力真可佩服。

陇右西州有个著名的人物，名叫郭循，学问胆识为当地人所崇敬。姜维第三次北伐，路经西州，郭循被俘虏，勉强降蜀，姜维想利用他招降土著人民，他却别有用心，想觅机会脱逃或者行刺。到了成都，也曾见过后主刘禅，和大将军费祎，面子上装得非常顺服，因而没人疑心他。

◎姜维兵败牛头山

这一年，司马懿病逝。魏国的大权转移到他儿子司马师手里，消息传入蜀中，姜维的心为之一动。急忙补充兵队，囤积粮草，再图大举兴兵。事有凑巧，东吴和魏国的纷争又起，吴将诸葛恪（三国时期东吴权臣，蜀汉丞相诸葛亮之侄，大将军诸葛瑾长子）带大兵数十万，进攻吴、魏两国边界的要地合肥，东南方面形势紧迫，魏国的实力都调到那一面去了，这更使姜维加强了四次北伐的信念。

大将军费祎虽不赞成大举，却也没有理由反对他。自诸葛亮死后，蜀汉无人敢居丞相之位，到此时，费祎居然被命为丞相，他心中一番高兴，着实了得！正月元旦，便在丞相府大会宾客，以示庆祝，一部分魏国的降将也来参加。郭循心想，这回我的机会到了，便暗暗带了一把锋利的短刀，前去赴宴。酒至半酣，百官都来向费祎庆贺，你一杯，我一杯，把个以谨慎著名的费祎吃得醺醺大醉，郭循也起来敬酒，费祎更不推辞，哪知刚一起身，已被郭循刺中胸部，哎呀一声，栽倒在地。百官见状大为惊慌，外面的兵丁蜂拥进来，捉了郭循。郭循并不慌张，他大声说：“你们不必害怕，我并不想去杀你们这些无能之辈，我是魏国人，替魏国报了仇，死亦无恨了！”大家这才知道他是蓄意来行刺的，自然是把他处了死刑。费祎一死，蜀中更无可以担任大事的人物，大将军的职位便落到姜维头上。

虽然费祎之死是个悲剧，但姜维却获得充分的自由。他从此再也不受那兵额的限制，可以随意调遣全国兵马了，他的眼前展开了一片乐观的远景。

经过三四个月的筹备，他拣选了五万兵马，自蜀中出发。路线是从祁山附近的石营（今甘肃和县北石堡乡）经天水，奔渭水北岸的南安。这些年来，因陇西军事频繁，魏国极端重视雍州方面的将领和地方行政人员，像郭淮、夏侯霸等都是难得的人物，郭淮死了，雍州刺史陈泰继他都督雍、凉军事，而王经代为刺史。陈泰已经和姜维打过几次仗，也是个久历战阵深知兵法的人，姜维的命运不好，总是遇到强硬的对手，致不能顺利完成志愿。魏的西方军事重心在长安，而前方指挥总部则在天水附近的上邽，这还是郭淮那时的规划呢。至于西方对付羌兵的地点，则为狄道（今甘肃临洮），也驻有重兵。

渭水北岸的南安郡城已被蜀兵围住，南岸的陈泰却并不着慌，他深知在这山岳地带，运粮十分不便，姜维带了四五万兵，不比从前兵少时给养容易输送，只要城内坚守不动，旷日持久，蜀兵自会粮尽而还。他再在外面设法断绝蜀军粮道，更可以给姜维以直接的打击。果然不出所料，姜维渐感到给养问题的难于解决，从辽远的栈道运送粮食，虽另有船只，也还是不能供这五万人消耗。他毫无办法地放弃了南安城，暂先回军。第四次北伐就这样告了结束。

他不能不改变策略了，正面敌兵的力量实在雄厚，将领也难于应付。与其这样一次一次的毫无结果，白白牺牲，不如变更路线，干脆先取陇西诸羌，好似先断雍州的右臂，使陈泰不能在上邽城高枕无忧。本来，诸葛丞相在六出祁山不能成功的时候也曾有此计划，可惜尚未能实行，便出师未捷身先死了。姜维仗着自己熟悉陇西情形，尤其是羌人和他都很要好，觉得此一计划定有成功的把握。

延熙十七年，姜维率领大军直攻狄道。西方的羌兵来助战的甚多，狄道守将李简措手不及，开城迎降。姜维乘胜东进，直抵襄武城（今甘肃陇西），守将就是从前围攻麴城的徐质，仇人见面，分外眼红，姜维耀武扬威，坐下一匹白马，手提长枪，直叫徐质的名字挑战。徐质是个有勇无谋的家伙，被姜维诱出城来，伏兵四起，徐质再欲待回城，早被蜀军阻住归路，把部队和他隔断，正慌急间，姜维杀到，一枪刺死了他，襄武城便落入蜀军之手。

如疾风扫落叶一般，姜维席卷了陇西各县，他安抚陇兵，把那些汉人都带回来，预备编成军队，差不多有几万人，都安置在四川的绵竹繁县一带，从事编练。魏国东西守军急忙布置，预备反攻，姜维早已收兵回蜀去了。这一次战役，魏在洮河两岸的兵力全部覆没，将士死亡甚多。这是姜维出兵以来第一次大胜。

可惜是，没有足够的兵力守住已得各城。不久，狄道又被雍州刺史王经夺了回去。延熙十八年（255 年）姜维回到成都，再向后主建议出兵陇西。征西将军老将张翼不以为然，他说："连年作战，民力已尽，劳师无功，不如稍稍休息一下。"姜维坚持出兵，后主刘禅拗不过他，遂和夏侯霸再度北伐，攻取洮河流域各据点。上邽方面的魏军，闻知姜维又来了，吓得不知所措，只有陈泰还算镇定，急命王经进兵狄道，王经一到，就被姜维在洮河岸上杀败，兵士死得尸横遍野，比上一次战役的损失还要更大。他连忙退保狄道城，四门紧闭，不敢再出。张翼随军为前部先锋，力劝姜维乘胜收兵，姜维大怒，不听张翼劝阻，一面命军士加紧围攻狄道。这时上邽魏军总部，告急的信如雪片飞来，邓艾也在军中，首先主张放弃狄道城，他说："为了这样一座孤城，牺牲这么多兵士太不值得。"陈泰却和他的看法不同，他说："王经虽然战败，但只要坚守狄道，便可挡住蜀兵不向东进。姜维如果舍弃狄道，转锋向东，倒是很可虑的，现在他把几万人都停滞在狄道，日久锐气一挫，我们还怕他什么？所以我们必须出兵救援狄道，不可等姜维来了，我们甘受攻击。”于是他带了一股精兵，昼伏夜行，兼程来到狄道城外，在山头放起一把火来。城内守军看了烽火，知救兵已到，个个奋勇，人人争先，开城杀将出来。姜维无论如何想不到魏国的援军会来得这样快，他本在通上邽路上，埋伏了三处军队，预备援兵一到，就劫杀了他，不意陈泰专走小路，又避免昼间行军，以此未能相遇。

狄道城内只剩下十天的粮食了，如陈泰不来，王经除非一死，只有投降，这一下，他高兴得了不得，率领部下，奋力攻击。姜维见形势不对，忙将军队退至凉州，随又退至锺提（今甘肃成县），以免被魏兵断了粮道。他虽未完全获胜，却也截获很多的军资，魏的损失比蜀大得多。当狄道正危急的时候，陈泰向洛阳告急，魏君臣大惊，唯司马昭照常不怕，他说，陈泰的能力应该能够打退姜维，居然被他猜中了。统计起来。魏兵将死亡不下数万，有好些是被姜维追得无路可走，跳进了洮河的，连尸骨都没有了。

延熙十九年（256 年）是魏国的多事之秋。司马氏在朝廷包办魏国政治，皇帝完完全全成了傀儡，司马氏对待大臣，更加以严密的监视，带兵的尤甚。稍有气节的人都会感觉不平。同时，雄踞东南的吴国时时想进取中原，诸葛恪进攻合肥，不幸失败。合肥、寿春即由魏将扬州刺史文钦、镇东将军毌丘俭防守，他们俩都是讨平诸葛恪的功臣。只因权势一大，司马师对他们渐有不放心的意思，处处监视，逼得这两个人终于造起反来。司马师亲自出马，打了很久的仗，才算把毌丘俭杀了，文钦逃到东吴去。而司马师也就在这一年病死。他弟弟司马昭代他为大将军，司马氏的权威比以前更大了。

西方的老将陈泰已死，熟悉陇西形势的要算青年后进邓艾了。他随着司马师讨平文钦，就转职为安西将军，代王经镇守西陲，司马昭是把西陲的事看得很重要的，他几经权衡，才决定派了这位年轻力壮、智谋深沉的将军。

魏国的军事重心仍在上邽城，而陇西、狄道、南安、祁山，都分派了重兵，以防姜维的突击。姜维怎能放弃魏国正在忙于东征的良机呢？可惜是他动手太迟了，当他第七次起兵伐魏的时候，邓艾早已布置好防御的阵式。为什么他会这样迟？只因和驻在汉中的镇西将军胡济约好，胡济自汉中一路进兵，姜维自祁山一路进兵，两路定期会于上邽。胡济的兵始终不见消息，姜维不能再等，便单独行动，由祁山发动。祁山口已有魏兵驻守，他急转道董亭，想从偏僻小路，爬山直达魏军大本营。乘了夜晚，衔枚疾走，向段谷（今甘肃天水麦积区）进发。正是深秋，天上繁星闪闪，可以照见这一群冒险的兵士，是那样的慌遽。这里到段谷还有几十里路程，他们生怕天色一明，被魏兵发觉，就不好动手了。

知识扩展

衔枚疾走，这里的“枚”形状像筷子、两端有小绳，古代行军袭敌时衔在口中，绳系颈上，使不便说话。疾走即快跑，多形容夜晚寂静而快速地行军。其语出《汉书·高帝纪》：“章邯夜衔枚击项梁。”宋代欧阳修《秋声赋》有言：“又如赴敌之兵，衔枚疾走，不闻号令，但闻人马之行声。”

浓霜凝在姜维的铁甲上，悉索有声。为了国家，他奋斗了快20年了，不禁想起过去的成功失败，夜深人静，有无穷的感慨。看看到了谷口，他急令军士们缓行，要把队伍聚齐，干粮带好，兵器也都准备妥当。忽然，山外预先埋伏了的魏兵纷纷杀入，在这窄狭的山谷里，简直没有回旋的余地，两旁山峰又早被魏兵占了，飞蝗般放下箭来。蜀兵只有逃命的份儿，哪还顾得抵抗，姜维拨转马头、落荒而走。比及回到董亭，检点兵丁，死伤不下五六千名，战将也被射死不少。姜维仰天长叹："天何如此与我作对，半路里杀出一个邓艾来。"夏侯霸见他这般懊丧，只好从旁宽慰，又提起当年的老话来，说："我曾和你讲过，洛阳的军事人才，要算邓艾和锺会第一，现在他果然来了，我们以后多加小心就是。胜败乃兵家之常，也算不得什么。"姜维呜咽流泪道："我受蜀汉和诸葛丞相大恩，一心想报答蜀国。20年来，为了伐魏，不知受了多少打击，连平时最要好的朋友都嫌我多事；其实他们不了解我的心，也可以说不了解现势。我们虽地处险要，但敌人一样可以进来，司马昭不是没有野心的人，他早把蜀地看成一块肥肉。我们若不以攻为守，恐怕魏兵早已到了成都了！怎奈我命运不济，连年作战都不得成功！这一回更是对不起全国父老，我若没有表示，恐将不为朝廷所谅了。"夏侯霸听了他的话，也自黯然。

魏军为防万一，还特派太尉司马孚率大军驻长安为接应，还没有用到他的军队，姜维就已退走了。

姜维修了一道本章，详述失败的经过，并引罪自责，要求朝廷加以惩罚。后主刘禅下谕温慰，从他之请，暂时取消了大将军的名义，贬为后将军，代行大将军职务。虽是如此，朝中反对他的人也还是不住地说着闲话。这十数年来连次北征，人们都有些厌倦了，他们在希望着和平。

然而国外形势的变幻，绝不能使姜维收了这条进取的心。自文钦、毌丘俭讨平以后，司马昭就派诸葛诞驻兵寿春，防守东南。好像这地方专门会出叛变者似的，诸葛诞（三国时期曹魏将领，汉司隶校尉诸葛丰之后，蜀汉丞相诸葛亮的族弟）到那里不久也造起反来了，与吴国联合，声讨国贼司马氏。由这口号，自然可以断定是他和魏国宫廷有关系的。司马昭生怕自己带兵一走，洛阳城会为他人所占，便要挟着皇帝御驾亲征，其实乃是借此监视着皇帝，不许他留在洛阳城。征西的兵马大半调还东方，去征讨诸葛诞了，长安驻防非常空虚，陇西也只有邓艾未走，在那里留守。消息传到蜀都，姜维立即召集军事会议，奏明后主，许可他再次北伐。这回他又改了作战方略，因侦知长安没有重兵，便放弃攻袭陇西的计划，从骆谷直向北进，攻取长安。时为蜀延熙二十年，魏主曹芳甘露元年（257 年）。

这回蜀军来势甚猛，一下子就到了沈岭（今陕西周至），沿渭河东距长安也不过二三百里了。长安城震动的了不得，邓艾还远在上邽，远水救不得近火。渭北一带是魏兵屯粮所在，如蜀兵一旦渡河，抢劫了这些粮草，那就糟了。驻长安城的魏大将军司马望急发兵堵住渭河渡口，姜维力战，未能成功。同时，陇西的邓艾救兵也赶到了，前方形势一下子发生了逆转。

姜维在陇西作战，运兵运粮，都仗着汉水、沔水、嘉陵江等，可以直达祁山附近，故能支持较长时期。这第八次北伐，由骆谷栈道出兵，乃是奇袭，利在速战，不能久持，因为栈道运粮是很困难的。他本想一气渡过渭河，便可直捣长安，既有魏兵所存粮饷，行军可不成问题。谁知已到渭河南岸，竟又受阻。邓艾是明白姜维的心理的，他来到魏营，立即将船只全数集拢北岸，沿岸大小渡口都筑起营垒，令部下坚闭城门，不许出战。这是司马懿困阻诸葛亮的老法子，姜维设了种种方法挑战，邓艾只是不应。堪堪过了几个月，粮草渐感恐慌。这一天，忽传司马昭已讨平诸葛诞，还师洛阳，姜维道："这番出兵，恐怕又会无功而返，丧失此一机会，真乃可惜！"为了免除更大的危险，他连夜引军，由骆谷退还汉中。邓艾因兵单力薄，倒也没敢追赶。

蜀汉后主刘禅是个地道的庸主，诸葛亮活着的时候，他什么事也不管，全交给丞相。亮死后，又有蒋琬和费祎、董允等，这些正人君子始终不曾离开他左右，他虽有心走向下流，也还不敢。自姜维当权，连年在外作战，朝政渐由后主自行处理，他的师傅谯周，学问虽有，却永远抱消极态度，最怕打仗，平时也不过问国事。和皇帝最接近的，当然要算太监，刘禅是懒散惯了的，乍一亲政，非常感觉麻烦，太监黄皓慢慢地就专权起来，许多事都由他作主张。黄皓是个没见识的小人，专信神巫之流，无论什么大事，全要请教神巫，朝廷弄得一塌糊涂，但也没人敢去惹他。姜维退兵回朝，又恢复了大将军之职，左右颇向他说起黄皓之事，姜维不觉大怒，次日进宫，当面参奏，劝后主不可信任太监，招致亡国之祸。一脸老实忠厚的刘禅，急忙替黄皓辩护："没有的话，将军放心。这种宫中驱使的小人，你有什么不满意，骂他一顿也就是了，何必和他怄气！"姜维无话可说，退出宫来。从此黄皓恨透姜维，不时进他的谗言。并联络侍中陈祗，右将军阎宇，久而久之，他在朝中势力竟压倒姜维。姜维心中，既怒且惧，眼看这个国家是无药可救的了。

在朝中息兵养马，匆匆过了五六年；国内政治日非，景象渐坏。幸此时魏国朝廷也不安定，齐王曹芳被司马昭废了，又立了高贵乡公曹髦。曹髦不愿受司马氏的气，自己带了一群太监和卫兵冲出宫门，要找司马昭算账，然而他哪里是司马昭的敌手，竟被昭的部下贾充杀死，另立陈留王曹奂。在此扰攘状态之下，自亦无有余暇对付蜀国。姜维唯恐汉中一带的兵力过于分散，一旦有事，不易集中，乃改变了诸葛亮分守各个据点的办法，而把兵力集合于汉中附近的汉城和乐城两地，其他小的要塞均放弃了不守。汉中都督胡济，因前者北伐失期，被姜维调回汉寿（今四川广元昭化区），另派监军王含守乐城，护军蒋斌守汉城。命他们如有魏军来攻，坚壁清野，所有民丁粮草悉数敛入城中，不许擅自出战，魏军无粮，不战自退。蒋斌唯唯听命，各去固守不提。

蜀汉景耀五年（262 年），正是魏高贵乡公被弑后一年，姜维看着朝廷的空气越来越不对，便想乘着魏国内讧，再来一次北伐，也可以避避黄皓的风头，他和夏侯霸商量，夏侯霸亦颇以为然。于是整顿兵马，仍预备自陇右出发。因姜维有一番心事，他记得当年在陇西驻军时节，曾在沓中（在今青海东南，甘肃临潭之西）住过，那里水草丰美，人烟稀少，很适于军队屯田，他想在陇西扎下根，不再回朝了，如军事不能进取，即率领所部在沓中屯田，积留粮草，等待机会。

这比祁山一路又远了，更在西方。他出兵取侯和（今甘肃洮县），邓艾自上邽、狄道两路发兵救应，姜维又陷于苦战。此时他已不愿过于牺牲，就按照预定计划，退到沓中，开始屯田。

九次北伐，费尽了他的心血。年岁老了，他真有些疲倦了。但危亡已在旦夕的大局，终于不能让他安安静静地在沓中过修养生活。把一切政治问题都解决了的司马昭，翻过身来，决定大举伐蜀。这些年来，姜维虽没有打入魏国的腹地，但委实够让他头疼的了。

延伸阅读

历来对姜维的北伐贬多褒少，像《三国演义》篇末的长诗就有“姜维独凭气力高，九伐中原空勋劳”之说。而大多数人也认为姜维的北伐极大地消耗了蜀汉的财力物力，致使日后被魏军一攻即亡。而纵观姜维历次北伐，总的来说可谓胜多败少，军队损耗也是魏重蜀轻。而且姜维北伐的基点已经从诸葛亮时秦岭西和子午谷一线推进到北面的金城和渭水南岸的芒水一线了。正是因为姜维多次挫败曹魏大将曹爽、王经，才使得魏军一直被卡制在秦岭一线。土狭民寡仅一州之地的蜀汉竟迫使拥有九州之地的强大的曹魏被迫采取战略防守长达三十年，这在中国军事史上是极为罕见的。

对于姜维对于蜀汉的功过，吕思勉先生在《三国史话》中说:“诸葛亮死后，蜀汉还有二十九年的命运。这二十九年之中，前十二年，总理国事的是蒋琬；中七年是费祎；后十年是姜维。蒋琬、费祎手里，都不出兵伐魏。姜维屡次想大举攻伐，费祎总是制裁他，不肯多给他兵马。费祎死后，姜维做事才放得开些，然而亦无大功，而自己国里，反因此而有些疲弊。当时有很多反对他的人。后来读史的人，亦有将蜀国灭亡的原因归咎于姜维的，其实亦不尽然。

“入三国后的第二十一年至第四十一年，正是魏国多事之秋，蜀汉若要北伐，其机会断在此间，而其机会又是愈早愈妙，因为愈早则魏国的政局愈不安定。然而这段时间，都在蒋琬、费祎秉政之日，到姜维掌握兵权，已经失之太晚了。所以把蜀国的灭亡，归咎到姜维，实在是冤枉的。倒是蒋琬、费祎，应当负较大的责任。”

魏国命钟会为镇西将军，统率诸路兵马，一面却命东方各州郡，赶造战船，声称要起兵伐吴，这样一来，吴国便不敢分兵救蜀，蜀国也以为魏国无南下之心。但姜维在沓中早已探听明白，心中不免悬系，便差人密上本章，奏明此事，请朝中速派廖化、张翼二将，固守阳平关口（在今陕西勉县附近，为入蜀要路）及阴平（今甘肃文县）两处，以免有失。谁知奏章到了黄皓手中，先不奏明后主，却找来神巫，跳了一阵，看了一回香，说：“不怕不怕，蜀有天神保佑，绝不要紧。”黄皓便把本章搁在一边，再不提起。后主一天到晚只知饮宴，沉溺声色犬马，全然不理国政。

钟会把大军分作五路入蜀，一路由邓艾带三万兵马往沓中，挡住姜维；一路由雍州刺史诸葛绪也带三万兵马往武街桥头（在今甘肃成县西北三十里），拦断姜维归路；钟会自己统率十万大兵，又兵分三路，奔汉中。前将军李辅走子午谷，护军胡烈走骆谷，钟会率兵直发斜谷。命牙门将许仪为前部先锋，修筑沿线栈道。许仪乃勇将许褚之子，自恃父亲功业，并不把锺会看在眼里。锺会正走中间，忽然前军大乱，忙问何事，原来是栈道桥梁折断，许多人马都摔了下去。锺会不由大怒，命左右传许仪问话，许仪出言不逊，立命军前斩首号令，以为玩视军令者戒。于是全军人人畏惧，个个争先，一路无阻，竟全部到达汉中城外。自从姜维下令放弃各外围据点后，蜀兵都在汉、乐二城，蜀将王含、蒋斌闻知魏兵杀到，大惊失措，一面飞马成都告急，一面筹划御敌之策。

成都方面慌了手脚，急命廖化一军往沓中援姜维，张翼、董厥二军往阳平关口扼守要隘，兼援汉、乐二城。锺会屯兵乐城城外，城内守将王含闭门不出，城上五千兵轮番看守，预备下滚木礌石，灰瓶火炬，任凭锺会费尽心机，急切难于攻下。锺会见乐城难攻，汉中一时无陷落可能，遂急派护军胡烈往攻阳平关，以为犄角之势。张翼董厥之兵尚在途中，关上只有数千兵马，守将傅佥、蒋舒慌了手脚。傅佥道："魏兵虽众，但远来疲乏，你我只需依照大将军将令，闭门坚守，一面急请援兵，自然可以获胜。"不知蒋舒心中却有别的打算，原来他曾为武兴都督，因操守平常，贬到这里守关，他早已怨恨姜维，魏兵一到，他便有出降之意，因此对傅佥之论表示反对，一定要开关应战。

傅佥没奈何，只得拨一半兵给他，由他开关而去。到了外面，他便径投胡烈大营请降。胡烈命他假作战败回关，魏兵乘势一拥而入，傅佥尚在城上拒守，看了情形，知大势已去，下关奋力格斗，拔剑砍死魏兵十数人，身被数伤而死！因此，入蜀的要隘阳平关便陷于魏兵之手！阳平关一失，汉、乐二城没有退路，蒋斌、王含也只得退地，汉中一带顿时全面沦陷，刘备、诸葛亮和姜维经营数十年的基地一旦而失。

姜维闻知锺会进兵骆口，不敢和邓艾应战，急退阴平。至阴平，又闻汉中及阳平关失守，急得他三尸神暴跳，几乎哭了出来。他本想保住阴平，奈何锺会大军已由阳平关进入剑阁，直向成都杀来。他又探知张翼、董厥一路援军已到汉寿，时局紧迫万分，保护根本要紧，遂与廖化直退剑阁。沿途有魏将诸葛绪拦阻，被他奋勇杀败。到了剑阁，他和张翼、董厥相会，彼此谈起朝政和军情，相对长叹，大家都觉得眼前是一片黑暗，没有什么希望了。后来，还是姜维慷慨陈词：“我们受丞相知遇之恩，唯有粉身碎骨以报，时至今日也只有鞠躬尽瘁了！”大家听后，都很感慨。

延伸阅读

古代小说，形容一个人愤怒，多用“三尸神暴跳”一语，所谓“三尸神”成形于阴阳五行学说，尸者，神主之意。道教认为，人身中有三条虫，人体有上、中、下三个丹田，各有一神驻跸其内，称为上尸、中尸、下尸，据《云笈七签》引《三尸经》载，这三尸虫均姓“彭”，上尸名“踞”，中尸名“踬”，下尸名“跻”，此谓“三尸神”。

锺会率兵前进，一路山势嵯峨，好不难行。哪知到了剑阁，抬头一看，凶恶的峰岭，陡壁悬崖，高不见日，下面是无底的深涧，仄径一线，稍不留神，落下去休想活命。却是各种路口俱已驻有蜀兵，筑起石垒，防守谨严。远望山巅，一道城关，旌旗飘扬，大书姜字，才知姜维之兵已退至此处。锺会巡视一遍，命三军在山脚下寨，小心巡逻，防备偷营，预备次早抢关。

天色一明，锺会结束停当，排开阵式，向关前挑战。蜀军并不应敌，只将弩箭矢石雨点般射下来。再往前行，山岭两旁的蜀兵便抛下礌石滚木，人马俱不能行走。锺会没有主意，暂先收兵回营。

一连数日，俱是如此，蜀兵只坚守不出，魏兵竟无可奈何。锺会回营，给姜维写了一封劝降的书信，说道：

“公侯有文武之姿，迈世远略，功匡蜀汉，名闻远近。但今日大势已去，胜败之数早定，与其抗险一隅，何如早日归魏，弟当保不失封侯之赏。”

又给蜀军一道檄文道：

“蜀汉先祖原与我们魏国武帝（曹操）交好，屡蒙武帝援助。后因孙吴挑拨，感情破裂，又加诸葛亮野心不死，独据西川，屡扰中原，已数十年矣。今你们主帅姜维，九伐中原俱不能成功，大魏之兵已深入蜀地，迟早是要到成都的，这是天数已尽，不可以人力强求。最近东吴诸葛恪叛乱，大兵数十万，转瞬扫平！即魏国不肖军人，那文钦、诸葛诞等，想要起兵反叛，也都不值一击，可见魏国实力之雄厚，绝非你等偏安一隅的小国所能抵抗。我们向来宽大，对于降人绝不为难，你等为蜀尽力业已够了，与其观望，不如早降，可以各得封赏，否则大兵攻入，玉石俱焚，悔之晚矣。”

锺会命人将檄文用箭射上山去，派使者给姜维送信。蜀兵看到檄文，反而大怒，因为他们是最信仰诸葛丞相的，魏国竟敢加以侮辱，怎不如火上浇油。姜维接到劝降书，更是愤恨，向来使冷笑两声，说：“回报你家主帅，我们只能等候他的进攻，等攻进来再谈受降罢！”锺会的文字，竟一点不曾发生效力。

不知不觉，魏兵抵达剑阁已一个多月。每日攻关，毫无进展，十万大兵，粮草渐渐感觉不支。虽说汉中已为魏军所占，无奈一路全是山岭栈道，车辆极难行走，军需如何接济得上。锺会愁得寝食不安，上本朝廷，主张退兵，唯恐如孤军深入，被人截断后路，反而不妙。

而在此时，一个意外的消息传来了，西路魏军的邓艾竟已经打到绵竹，占据了成都，后主刘禅已投降魏国。

这是怎么一回事呢？原来邓艾有意与锺会争功，在沓中把姜维赶走，他便来到阴平。夙知此处有沿山小路可以入蜀，但不知确否，便招来土人相问，果然说有一路相通，只是过于危险，沿途并无居民。邓艾一心冒险，带着本部兵马，翻山越岭，附葛攀藤，遇到悬崖峭壁，自己便裹毡子，打头滚下去。一连走了七百里山路，并未遇见一兵，一卒，一个行人。二十天光景，已出了山地，到了江油。蜀将蜀兵只顾在剑阁正面抵敌，不意这里出来一股奇兵。成都百官都慌得战战兢兢，牙齿捉对儿厮打。有人主张后主逃亡吴国，有人主张南入蛮苗区域，徐图后举，只有谯周力持投降，黄皓自然竭力附和。糊里糊涂的后主，只想苟全性命，什么都不计较。这时魏军已进到绵竹，诸葛亮的儿子诸葛瞻组织一部分临时军队去抗敌，那乌合之众怎敌邓艾的得胜之兵，可怜的诸葛瞻，白白牺牲在战阵之前，诸葛亮全家算是都为蜀汉尽忠了。

蜀国后主投魏的消息一传出来，气恼了后主的太子北地王刘谌，他连忙入官，朝见后主："听说父王已决定投降，是真的吗？""魏兵已临城下，有什么办法呢？谯周师傅说了，投降绝不会死，如有不测，他愿到洛阳凭着经书上的道理替我们力争呢。"后主一点儿也不难为情地说。

"呸！什么师傅，简直是汉奸！想祖父创成事业，诸葛丞相六出祁山，多少艰难奋斗，我们投降了有何面目去见祖宗？若不能保全国家，也该一死以谢先祖，何能反给仇人做了奴隶？我是誓死不会降的！"北地王痛哭流涕地说着，后主只一声不作。

北地王回到府中，召集了妻妾子女，咬紧牙关，手起刀落，都砍下头来！提了一家血淋淋的人头，到先主宗庙内大哭一场，然后自刎而死。一时传遍国中，男女老幼个个落泪叹息！

邓艾接受了后主的降表，里面充满自轻自贱的话。后主袒了上身，自己捆了，抬着一具棺木，率领文武百官出城往魏营投降，真是一幕少见的丑剧。成都城内充满凄惨景象，家家闭户，不敢出来，有的人不愿做亡国奴，就全家自尽。邓艾解了后主之缚，焚了棺木，用好言安慰，命他仍暂回宫中，等待后命。文武百官俱各安心，俟呈报上去，都有官职。一面接收大小机关衙署，得了不少珍宝粮草。邓艾心中高兴得了不得，连夜申报朝廷，并报知锺会，又命后主立即下令命姜维速降。

锺会正没作道理处，接得邓艾公文，又惊又喜，随后就一阵忌妒之心油然而生："我是主帅，没有打得过蜀国，他却占了上风，真是岂有此理！"他一面向邓艾道贺，一面却怀恨在心。

姜维接到投降诏旨，大惊失色，忙召廖化等人商议，大家的意见认为现在局势突变，除暂先投降外，实无法应付。姜维自忖，投了降从中取事，也未为不可，便将这命令宣告众兵丁。兵士们听了，立刻喧哗起来："我们没打败仗，为什么要降？不降，不降！"姜维以好言抚慰，告诉他们成都已失，后路断绝，抗亦无益，不如暂降。兵士们咬牙切齿，大骂主张投降之人，好些兵士恨得用刀向山石

◎明刊《三国演义》插图 “邓艾被诛”

上乱砍，像发疯了一般。姜维看了心中默默流泪，痛苦万分。但事已至此，只好缴了军械，向锺会请降。

锺会对于姜维表示着热烈的欢迎，礼数非常周到。食则同席，出则同车，把姜维捧到三十三天，姜维心中非常奇怪。这一天，两个人谈起心来，就说到邓艾。也是锺会多吃了几杯，不觉对了姜维大骂邓艾，说邓艾专权自恣："我是统帅，大水漫不过桥去，他竟把成都的事自己处理，不禀告我，也不禀报朝廷，未免太目中无人了！"姜维也帮他骂了几句，心想，"原来你们不和，无怪这样待我，自然定要利用我了。这却正合我意，何不将计就计，也许报仇复国，就在这里。"

邓艾把暂时处分蜀国的经过详报司马昭，不料公文经过剑阁，被锺会截了。打开一看，计上心来。锺会是家传写字名家，文章也作得好，便仿邓艾字体，全部改过，把话说得很硬，充满了打胜仗自恃骄傲的味道。封好，寄上洛阳，随后，又密上了一连本章，说邓艾在蜀如何专权，如何骄横；又说他自在剑阁，如何打了胜仗，邓艾是贪他人之功。又说看邓艾的形迹，谋反之情已露，应该早日治罪。

司马昭本是多疑的奸雄，看了邓艾的本章，已是大不高兴，又接到锺会本章，便道："原来如此！"连夜发出急诏，命锺会入蜀解决邓艾，就地正法。

可怜的邓艾，到成都不过几个月，就冤冤枉枉地被锺会害死了。功臣未能当上，反而弄了一个反叛之名，祸灭九族，身首异处！

成都又成了锺会的世界。这花团锦簇的城池，实在比洛阳有意思得多。锺会心里动摇了，他很羡慕刘备和刘禅的福气，能在这里独霸一方，享受无穷的富贵。姜维见他心思不定，趁机说道："君侯，你还想回洛阳吗？你看司马太师真的想替魏国打天下吗？你是聪明的人，该明白呀！功臣是作不得的，韩信给刘邦打好天下，毕竟还是被杀了，你该早些打主意。蜀为四塞之地，天府之国，很可以成大事的。只要你肯干，我可以助你一臂之力。"锺会拉他到密室计议，决定给他五万军队，出其不意，由汉中出兵直攻洛阳。但姜维建议，从洛阳来的将官都是靠不住的，必须把他们都除了，否则一有变动，走漏消息，可了不得，锺会听了连连点头，姜维是想借此除去魏将，以便独掌兵权。

第二天一早，锺会下了紧急命令，关闭城门，禁止出入。然后召集将士，宣布自己之意，说司马昭谋篡，自己受命为益州牧，起兵讨贼，如有不从者以叛逆论。诸将正在惊讶，外面已布置好锺会的卫队，把主要将领一个个提将起来，关到一所秘密监狱。

护军胡烈也是被囚禁的将领之一。他有个书记，名叫丘建，因为字写得好，被锺会赏识，就调在大营管文书。此时丘建念旧情切，便向锺会要求准许派一名亲兵给胡烈递送饮食。锺会允许。胡烈一见有人可以出入，便大造谣言，说锺会已预备好了一个大坑，想把各将领都用棍敲死，一埋了事。亲兵把这消息传到各部队，部队中人正在找不到主将，焦急得很，一听此言，齐带兵刃，一面围了监狱，一面围了锺会大营，人语喧哗，齐喊“杀反贼锺会！”狱里各将也拼命抢了出来，领兵直奔会营。那时锺会正与姜维议事，闻了喊声，心知不好，忙问：“怎样办？”姜维说：“只有打了！”忙传左右亲兵，不过数十名，姜维当先，锺会断后，冲了出去。外面已聚了几千人，他们怎是对手，一阵乱砍，加以乱箭，锺会死于刀下，姜维死于箭下。

一生忠烈，至死不忘报蜀的大将姜维，就这样完了！

此后，魏国要求把后主以下的文武百官都押解到洛阳去，以免再生变化。从此蜀国真的灭亡了，后主在洛阳过着“乐不思蜀”的无耻生活。

姜维一生，只有国家，只有抗战。可恨天命偏不成全他，处处碰壁，最后只有捐躯尽忠。蜀地人民对他非常敬爱，直至多年以后，犹不忘记。姜维虽死犹荣。

到底是什么信念支持着姜维至死不渝地维系蜀汉，姜维这样做不是为别人，正是为报答当时把所有重任委托给他的诸葛丞相。为了报答诸葛丞相的知遇之恩而奋战到最后一刻的姜维是一个甘为“知己者死”的“士”，是一个悲剧的英雄。

◎清代《古圣贤像传略》
中姜维画像

延伸阅读

蜀后主刘禅被押解洛阳之后，有一次，司马昭大摆酒宴，请刘禅和原来蜀汉的大臣参加。宴会中间，还特地叫了一班歌女演出蜀地的歌舞。一些蜀汉的大臣看了这些歌舞，想起了亡国的痛苦，伤心得掉下了眼泪。只有刘禅看得喜笑颜开，就像在他自己的宫里一样。司马昭观察了他的神情，宴会后，对贾充说:“刘禅这个人没有心肝到了这步田地，即使诸葛亮活到现在，恐怕也没法使蜀汉维持下去，何况是姜维呢！”过了几日，司马昭在接见刘禅的时候，问刘禅道:“你还想念你的蜀地吗？”刘禅乐呵呵地回答说:“这儿挺快活，我已经不再想念蜀地了。“乐不思蜀”的成语便是这样来的。也因此，刘禅在人们的心目中成了庸主的典型，“扶不起的阿斗”成了对庸人的戏称。

第三章

邓艾偷渡阴平

邓艾由于出身不好，能体会下层人民的疾苦，经常与士兵同吃住共甘苦，可谓寒门将领的楷模。他具有远见卓识，在战斗中思维清晰，条理分明，常能料敌先机。可惜善为将而不善为官，居功自傲受到猜忌，犯了官场大忌，最终不得善终，遗憾结尾。

阅读导引

顾颉刚中国历史故事

邓艾要算由平民置身显要的一例。当魏晋注重门阀之时，这是极难能的，而司马氏父子求才之积极，亦即此可见。

邓艾是个努力实干的人，他由农民出身，而善于用兵，除去天才以外，当然要归功于其不断的学习。他的前期生活，本和陇西对蜀的战事无关，而是镇守东方的要员。可是因他的开发淮河水利而得到大量增产，使得魏国有国力得以长期抗吴，后来文钦、毌丘俭、诸葛诞三次叛变，司马氏得以从容削平，从此可以一心攻蜀，也不能说与此无关。曹操屯田许昌而打平二袁、吕布，司马氏开发淮河流域而诛除异己，前后颇有相似之处。

姜维虽未成大事，也算是魏国一劲敌。王经洮河之败，死伤甚多，魏国朝震荡，陇西几乎不保，但后起的邓艾终能挡住姜维，使他知难而退，即此可见邓艾的军事才能。

阴平、武都是诸葛亮以武力争取而来的要隘，起初，在那里有大量驻军防守，到后来竟废弛得连一兵一卒都没有，听凭敌人深入，国事糟糕到如此地步，即无外患，想那蜀汉亦难于持久了。

据《三国志·魏书》卷二十八艾本传载：

锺会攻维未能克。艾上言："今贼摧折，宜遂乘之，从阴平由邪径经汉德阳亭趣涪，出剑阁西百里，去成都三百余里，奇兵冲其腹心。剑阁之军必还赴涪，则会方轨而进；剑阁之军不还，则应涪之兵寡矣。军志有之曰：'攻其不备，出其不意。'令掩其空虚，破之必矣。"

◎邓艾像

冬蜀汉后主炎兴元年（263年）十一月，艾自阴平道行无人之地七百余里，凿山通道，造作桥阁，山高谷深，至为艰险，又粮运将匮，濒于危殆，艾以毡自裹，推转而下，将士皆攀木缘崖，鱼贯而进。先登，至江由。

这足见此举冒险性之大。到了成都，蜀汉后主刘禅迎降，“艾深自矜伐，谓蜀士大夫曰：‘诸君赖遭某，故得有今日耳；若遇吴汉之徒，已殄灭矣！’”又说：“姜维自一时雄儿也，与某相值，故穷耳。”因之，“有识者笑之”。这是他自己种下了失败的根芽，自古以来凡是骄傲的人一定会遭到最后的失败。

邓艾的冤狱使后人为其不平，锺会也终于没有得到好的结果，可惜是白白牺牲了姜维。这件事，深可表现魏晋以来不重气节的社会风气。锺会是谋反的，而司马孚、王祥之流，由魏而晋，也毫无无半点羞愧可言，这无耻如同后世的冯道之流，《左传》有曰：“礼义廉耻，国之四维；四维不张，国乃灭亡。”气节的丧失，可谓是当时社会堕落，国家不安的因素之一。

\>> 一

邓艾起名

太阳西沉，种田的人们都荷起锄头预备回家。放牛的孩子们，却贪恋着凉爽，愿意在外面多玩儿一会儿。这两天，因为邓家的阿大也不读书了，加入他们一起放牛，玩得格外起劲。阿大是识得几个字的，只因遭逢兵乱，从新野逃到这汝南郡，家境一贫如洗。这一日，邓的母亲含泪命他辍学，给本村的张老官家放牛。阿大虽是一肚子委屈，看了母亲一天到晚做工还吃不上饭的生活，也不敢讲什么话。头两天，他和那些又脏又顽皮的野孩子们在一起，还有些不习惯；可是这两天慢慢地他成了这群野孩子的领袖，他凭着自己的聪明，把那些孩子们管得服服帖帖，每天到田野里，把牛放到草地，他们便做着打仗的游戏，阿大指挥着这二三十个孩子，一会儿布阵，一会儿冲锋，玩得高兴，倒也忘记了不读书的痛苦。

在学塾里有个口吃的孩子，阿大常常喜欢学他，久而久之他竟也成了口吃，任凭母亲怎么管也改不过来了。有时放牛孩子们就会拿这个和他取笑，他却不在乎。

延伸阅读

关于邓艾的口吃，唐代李商隐《骄儿诗》有言："或谑张飞胡，或笑邓艾吃。"此外《世说新语·言语篇》中有一则关于邓艾机敏的故事，说邓艾有口吃，每次说话提到自己时老是"艾、艾"连呼，司马昭故意戏弄他，便问："你老是'艾、艾'，究竟有几个'艾'啊？"邓艾回答："所谓'凤兮凤兮'，还是只有一凤而已。""凤兮凤兮"语出《论语·微子》，说是楚国的接舆走过孔子身旁的时候唱道："凤兮凤兮，何德之衰。"

这一天，放牛走得远了，看到一片很阔气的坟茔，有高大的石碑和石牌坊，他们就进去玩耍。阿大看了那个碑，原来是太丘长陈寔的墓地。这位陈仲躬先生在汝南、颍川两郡是有名的清官，无人不知，无人不晓，他便结结巴巴把碑文细读一遍，虽不全懂，却也知道了个大概，心中很是羡慕，自想："像我这样给人家放牛，何时是出头之日？"却又转念道："大丈夫不怕出身低，只要有志气！我就不能做陈仲躬吗？这碑文上两句话'文为世范，行为士则'倒真可以代表我的志向，何不禀明母亲，就以邓范为名，而号曰士则，也算是我励志进取的一个纪念。”他们在墓地四周玩了许久，才赶牛回家。他怀着一肚皮心事，连晚饭也顾不得吃，就从张老官家回来见他的母亲。

延伸阅读

陈寔是东汉末年的名臣，字仲躬（《后汉书》误作仲弓），他以清高有德行，闻名于世，与锺皓、荀淑、韩韶合称为“颍川四长”。关于陈寔，有一个很为有趣的故事：一年岁荒，有一天夜里，一个小偷溜到陈寔家中，躲藏在屋梁之上，想趁机偷窃。陈寔发现了屋梁上面有人，并未喊人捉拿，而是把子孙们叫到面前训示他们：“今后每个人都应该要努力上进，勿走上邪路，做坏事的人并非生性如此，只是平常不学好，慢慢养成了坏习惯。本来他们也能成为正人君子的，却误入歧途，成了梁上的君子！”小偷听到此处，感惭交并，便从屋梁上跳下，对着陈寔叩头请罪。陈寔勉励他改恶向善，陈寔开导他说：“看你的长相，也不像个坏人，应

◎《耕种图》（砖画）
三国 魏
1972年甘肃嘉峪关出土

◎《牛耕图》（砖画）
三国 魏
1972年甘肃嘉峪关出土

◎《耕地图》（砖画）
三国 魏
1972年甘肃嘉峪关出土

◎《扬场图》（砖画）
三国 魏
1972年甘肃嘉峪关出土

该深自克制，返回正道。然而你这种行为当是由贫困所致。”结果还赠与那小偷二匹绢，那小偷从此改过自新，而从此全县也没有再发生盗窃案件。后人常以“陈寔遗盗”比喻义行善举，“梁上君子”也成了小偷的代名词。

把话说给了母亲，母亲倒也点头赞叹，但告诉他说：“这名字族中已有人叫了，你不便再叫。你是五月生的，就姑且叫邓艾吧。字便随你，不过可以把同音的士载代替士则（古时，“则”与“载”音同）。”阿大听了，高兴非常，从此就叫了新名字。

>> 二 邓艾的发迹

邓艾不愿老去放牛，母亲就托亲戚在县城里给他找到个差事。那亲戚见他少年有志，很是高兴，马上答应，便荐他在“典农部”，做一名小吏。这典农部就如同如今各县的建设科一样，专管农田水利租税等等，他常常随了长官到外面视察。因他聪明识字，不久就升为“稻田守”。每到乡下，见到高山大川，必看个仔细，和同行的人讲究，这里形势好，那里形势不好，如要打起仗来，何处可以屯兵扎营，何处可以屯粮积草，结结巴巴，说得人们都不耐烦听他：“你乱讲什么？凭你，这辈子还想带兵打仗吗？快算了罢！”他不以为意，对他们说：“你们怎见得我不能带兵？这天下之事可是不一定的！”这时他赚钱有限，全依仗那亲戚不时的补贴，总算混了过去。他却向来不曾向那亲戚说过一声谢谢，别人都骂他没有良心，他也不管。

正逢县中要呈报一件公事到洛阳，因为没人，便派了邓艾去。那时节，魏国正在与吴国打仗，军需浩繁，尤其是军粮，总感觉不能供应。原来魏国就不是粮食的产地，只有当年曹操，因和吕布、袁绍作战，感到军粮问题的重要，曾在许昌附近开凿河渠，辟了一片稻田，就仗了这些出产，才打平袁绍和吕布。如今那些田地因年限已久，水利不甚讲究，生产得十分有限，只好向各县征借粮食。这个公事就是报告征借情况的。他到了洛阳，往太尉府报到投书，这时魏国政权渐归太尉司马懿手中，各处公文都送到他府中等候批示。也是邓艾的时运来了，司马懿正在注意各处征粮数字，并计划着如何增加生产，以此对各郡县呈报的公文非常重视，邓艾所送的文书有些不甚清楚之处，便被传进去问话。

司马懿一听是个口吃的人，很不高兴。可是慢慢听他讲出一番道理来，却不由得佩服了这青年。做官的哪里知晓农民生产的事，所以那些政府颁布的办法，往往不切实际。邓艾是务农出身，对于田地产量、生产方法都非常明白，他分析给司马懿听，又说："要想增加生产，必须改变生产方法，像许昌这种高地，戽水、引水都不方便，种稻是很难的；不如在淮河下游另辟一块区，那里地势既低，土地肥沃，定能解决军需困难。"一席话说得司马懿点头赞

◎铜弩机
三国 魏
弩机是中国自先秦以来广泛使用的轻型兵器。

叹，暗想自己手下这么多文武官吏，倒还没有一个能说出这样切实可行的计划，这少年倒有些本事，于是司马懿下了一个道谕，即调邓艾在府中办事，给了他尚书郎的名义。邓艾这一次真可谓平步青云，做梦也想不到会一下子进了魏国权力的中央。

司马懿很重视邓艾的建议，即命他到陈州、蔡州，沿淮河视察，直至寿春，然后拟一具体计划上来。

他详详细细地视察了一遍，觉得这地方确是合乎理想大规模生产的区域。所惜当地居民，未能充分利用淮河之水以为灌溉，因之许多荒地尚未开发，已开垦之田地，产量亦不多。他便拟了一道详细的方案，呈报给司马懿，主张取消许昌的稻田，另调兵五万人到淮河两岸屯垦，兵士分为五组，常有四组生产，一组轮流休息。照他的估计，如果水利办得得当，粮食的产量可以三倍于许昌。除费用及五万人的军饷外，每年还可以收米五百万斛，六年之间便可以积三千万斛，足够十万人吃五年。那时候再用兵打仗，既不用费转运之力，更不愁粮食短缺发生的恐慌，胜利是毫无问题的了。

司马懿果然照他的计划实行起来，发了五万兵在淮河两岸屯田，成绩非常之好。也因此邓艾在府中的地位，一天比一天重要，而且日子久了，司马懿又知他深谙兵法之道，有将帅之才，就对他格外喜欢了。

自从诸葛亮死后，司马懿对蜀已放松了警惕，认为他们再没有能起兵与魏国作战之人。而魏国呢，曹操一死，儿子曹丕即篡位称帝，这时正是司马懿刚刚抬头的时候；曹丕称帝，没有几年便去世了，其子曹叡继立，史称明帝，而这时的司马懿已掌握着魏全国的兵权，和诸葛亮相斗；这明帝是个好奢侈的人，一天到晚只想着修宫殿、纳嫔妃，仅仅三十六岁就死去了，连太子都没有，宫中只有一养子，谁也不晓得是从哪里来的，算是接续了帝位。司马懿和宗室曹爽都受托孤之嘱，辅佐幼主。

八岁的皇帝能懂得什么，朝政都决定于曹爽与司马懿。曹爽是个只会吃喝玩乐的公子哥儿，招纳了一群狐朋狗友，在朝中胡作非为，干不了什么正事，可却自视甚高，不把司马懿看在眼中。他也曾自作主张出兵伐蜀，结果是被蜀将费祎、王平打得大败而回。司马懿已经看透这种人不会成功，心中早打定主意，要霸占魏国的江山，司马懿和他两个儿子，司马师和司马昭，都是才智过人，阴险狡黠之人，他们常常秘密计划，怎样消灭异党的势力，怎样布置自己的党羽。好在全国兵权都在他手里，倒也没什么困难，司马师才智尤为厉害，广揽人才，单死士就养了三千多人，都是他的密探，专门刺探朝中人士的动作言论，以为“谋大事”的准备。洛阳城中，处处充满血腥气味，可是大将军曹爽还睡在梦里，不知不觉。

>> 三

初露锋芒

邓艾和锺会，都是司马氏看重的人物，也是将来助司马家取天下的要角。一遇机会，司马氏便要给他们一点经验。偏偏这时，西蜀出了一个姜维，要趁魏国内部不安靖，起兵抢夺陇右，于是安定多年的西面忽又紧张起来。

镇守西面的老将雍州刺史郭淮，向洛阳报告战事吃紧，请求派遣援军。邓艾奉令西征，这是他第一次西征，也是他第一次满足了自己多年的抱负——带兵打仗。

姜维是天水郡冀县（今甘肃甘谷）人，深明陇西情势，尤其和西羌各部均有联络，这一次出兵，西羌的饿何羌、烧戈羌和胡人首领治无戴等，也从黄河以西发动攻势，狄道等处宣告戒严。原来魏国西部军事重心，大本营在天水上邽，而防卫羌人的前线却是狄道。此城紧逼洮水，地点至为扼要。郭淮自领一军去防卫羌人，令前锋夏侯霸抵御姜维的军队。夏侯霸怎是姜维的对手，一连吃了几次败仗。郭淮闻知前锋紧急，舍了羌兵来救夏侯霸。姜维只带了一万余人，知是魏军主力到来，自料难敌，即命全军后退。郭淮、夏侯霸见姜维不战自退，大喜逾望，遂将大军调往洮河以西，扫荡叛羌。

这时邓艾却建议道："据我看来，蜀兵退得太快，恐怕另有打算，说不定他们听见我们撤兵向西，还会卷土重来，不如留一支兵马在此防守。"郭淮看不出这少年竟有如此深谋远虑，大为叹服，便命他带一万兵士屯在洮河支流白水岸上，专防蜀军进袭。

果真姜维探得魏军西去，立命前军作后军，后军作前军，连夜杀回白水岸边，却出乎意外地看到魏兵营垒未动，旌旗飘扬，人马精壮。姜维暗忖："魏营定有畅晓兵机之人，因此不敢贸然进攻。"召回前锋大将廖化计议，廖化道："此去白水北方六十里为洮城，乃魏兵屯粮所在，十分重要。今夜我假作向魏营进攻，你却另领一军，抄小路直袭洮城，那时他首尾不能相顾，必获全胜。"姜维道："妙计，妙计！"即传令三军，当夜结束停当，准备偷袭洮城。

话说邓艾在营中窥探蜀军，见蜀军营垒直通水边，却并不立时修起桥来向魏营攻打，心中疑惑。便和部下心腹密密商议道："我素闻姜维最善用兵，今我寡彼众，不径来攻打，也不造桥，恐怕他们意不在此。今夜你们要多张灯火，鼓角齐鸣，做出通宵防守的样子，我自率五千人马往洮城防守，恐怕那姜维想从下游偷偷渡河，袭了那里。军粮重地，一有闪失，非同小可。"他说罢，拣选五千精壮兵士，携好干粮，一律轻骑，连夜兼程向洮城进发。

六十里的路程，比到洮城，天尚未明。邓艾立即布置城防，不许兵士休息，城头遍树旗帜，预备一千弓弩手，在城上巡逻，蜀兵到来，紧闭城门，不许出战，只以弓弩射之。姜维领着六七千兵，兴冲冲渡过白水来到洮城，满以为一座空城，可以长驱直入，不料近前一看，城上密密匝匝，排好兵士，再往前行，一声梆子响，城头放下箭雨。姜维大惊，不敢恋战，深恐被敌兵截断了归路，急忙忙收兵而回，心中无限惆怅。

邓艾第一次出战，就挡住了经历战争十数年的老将姜维。在这里，看出他确有用兵之才。消息报到洛阳，司马懿大喜，下令封邓艾为关内侯，升为讨寇将军。不久，邓艾又被调到东方做城阳太守（城阳，今山东青岛城阳区），这是他初任地方行政官吏。但他志不在此，在西方作了一次战，他倒觉得领兵更有兴趣，尤其对于外族问题，他有了独特的见解，他竭力主张改善汉羌关系，以免互相仇视，致为敌人利用。自黄河以西，始终在羌人手中，他们是以游牧为生活的民族，和汉人习惯多有不同，有些狡猾的汉人到那里去做生意，或开地种田，就和他们发生了经济关系，那些汉人常有欺骗行为，久而久之，就变成互相仇视，地方官吏，再专门偏袒汉人，两族隔膜越来越深，仇恨越来越大，羌人就转而怨恨政府，因之常常谋叛，自东汉中叶，百余年来羌人为西边一大祸患。邓艾看透了这个问题，认为非用诚相感，仅凭兵力，是不能征服羌人的。他上书政府，主张制裁奸狡汉人，限制移民垦荒，这种远大的见解，也颇获得司马懿的嘉许。

>> 四 与姜维的数次交锋

司马懿终于干掉了曹爽，他始而佯装生病，不肯入朝听政，一任曹爽在那里随意横行，但暗中他却早已安排就绪，只等机会到来，就能给那曹爽一个迅雷不及掩耳的暴击。曹爽对司马懿病重竟信以为真，觉得司马懿命在旦夕，何必再去理会他，因此对他毫无防备。只顾得吃酒，打猎，纵情声色，成了他日常功课。一日，正驾鹰牵犬，到洛阳郊外行围（指打猎），司马懿看准已到了动手时间，一声令下，便围了曹爽的大将军府，京城禁军，早被他买通了，哪有一个是曹爽的人，曹爽只有束手被擒，此时后悔已晚。当下司马懿造了许多证据，构陷他有意谋反，应处极刑。赫赫扬扬的曹爽，就这么被司马氏斩草除根，魏国朝中凡是和曹爽有半点瓜葛的，休想逃掉一个，镇西老将夏侯霸因与曹爽有些亲戚关系，深恐受其连累，一气跑到西蜀，降了姜维。

几年光景过去，邓艾由城阳太守，转为汝南太守，衣锦荣归，好不得意。旧时和他一道放牛的朋友，在典农部做小吏的同人，都在点头赞叹。老母笑眯眯地望着儿子，那份高兴自不必提。邓艾预备了一份重礼，首先去拜见前此常常周济他并给他找事的一位亲戚，那人已经老了，生活过得很困苦，亏了邓艾来帮他一下，才得过几天舒服的日子。

凡邓艾所到之处，均大兴水利，广辟荒田，奖励生产，劝导农民，毕竟是由平民出身的人，他能够了解农民的痛苦，故而备受百姓爱戴。

姜维乘着司马懿和曹爽摩擦，兼之精通西方形势的夏侯霸来降，再次起兵攻魏。司马懿为彻底解决西蜀后患，便令他儿子司马昭亲率十数万兵马，往讨姜维，因邓艾曾在陇西作战，特调他随营为参谋。他听了这个消息十分兴奋，不管他母亲多不愿意，也毅然决然地出发。这次战役姜维又失败了，因他的贪功急进，被魏军围了后路要塞麹城，不得不匆忙退兵，结果是麹城守将句安、李韶降了魏国。司马昭得胜班师，便把邓艾留在那儿，作南安太守，借此机会，邓艾更加熟悉了西方的山川地理，风土人情。

那姜维不甘失败，又起大兵，直趋陇西狄道城，把守将王经，杀得落花流水，兵士死伤盈万。姜维将狄道城围得铁桶相似，内无粮草，外无救兵，眼看要陷落了。上邽城魏军总部，一面向洛阳告急，一面商讨救狄道的事。邓艾主张不如放弃这个孤城，将兵力集中东线，免得牺牲太大，但老将陈泰批评他的看法不对，他认为姜维顿兵坚城之下，旷日持久，实力已亏，可以派一支生力军，抄小路去攻他后方，必可解围，邓艾将信将疑，和陈泰率领一万人马，昼伏夜行，来到狄道城外，在山头举起火来，城内守兵见外面援军已到，奋勇杀出，果将蜀军打退。王经只剩下十天的粮草，若救兵不到，只有投降了。邓艾这一回又学了一个经验，心中暗自佩服陈泰的用兵之道。

司马懿死了，他自己本不打算做那有名无实的皇帝，也和曹操一样，看了看两个如狼似虎的儿子，觉得这大魏江山迟早逃不出他的手心，所以终他一生总算为臣于魏。很自然的，他死后，司马师就继掌朝纲，这家伙的厉害，更赛过他老子数，扳倒曹爽多半是他的主意。内外文武，谁不惧他三分，可怜魏国皇帝和皇太后，简直如狼群里的羔羊一般，什么话也不敢讲，饶是这样，司马师还是视他们如眼中钉，肉中刺，一会儿也不放松地监视着。

司马师把朝廷内外重新布置，中央要员，地方大吏，带兵将帅，都换上了自己的心腹，邓艾也就此升为兖州刺史，这已是独当一面的地方大员了。这几年，魏国的东南方又紧要过西方。吴主孙权逝世，兵马大权由诸葛恪掌握，他是老臣诸葛瑾之子，故孙权托孤于他，他便想伐魏，不管三七二十一，围了吴、魏交界的要地合肥，自称雄兵五十万，洛阳的司马师，为之大惊。倒是经历过战争的邓艾，上了一封奏章，陈述前方形势，筹划军事布置，并断定诸葛恪绝难成功，因吴主新死，部下未服，擅起刀兵，定不得人心。果然不出邓艾之所料，不到半年，诸葛恪就被魏国大将毌丘俭和文钦讨平了，即命文钦为扬州刺史，毌丘俭为镇东大将军，驻防寿春、合肥，防御吴国。

这段时间，姜维也曾两次起兵，想乘虚攻魏，却都被雍州老将陈泰挡住，不得成功。司马师看见自己所用之人都这样得力，开心极了。他的开心，也许就是皇帝倒霉。朝中忠义之士早已看不惯司马氏的专横朝政，颇有人想起兵反抗，但又没有力量，岂知一有举动，便被司马师的爪牙探知，他再不客气，立逼太后下诏废了皇帝，另立高贵乡公曹髦，把那些有反动嫌疑的人，杀个干干净净！

邓艾是以司马氏的忠实家臣自居的，司马师也是以他为心腹。新皇帝即位，便加封他为“方城亭侯”，仍旧镇守着东方要地兖州。司马师的高压政策愈来愈凶，尤其对于有兵权的大员，一点也不肯给他们自由。合肥、寿春的毌丘俭、文钦，暗和朝中的“反司马派”通着消息，想要来一次大规模的讨贼。太后闻之，当然赞成，并赐给他们密诏，令他们相机起事，恰好东吴大将孙琳有北犯之志，毌丘俭、文钦与东吴暗通款曲，就起兵向洛阳而来，发了檄文，历数司马师十二大罪，东方郡县，激于正义，有不少参加这讨贼军的，以此，声势甚为浩大。

延伸阅读

曹魏后期，由于司马氏夺权专政，使得掌握军事重镇寿春的统帅先后发生三次反抗司马氏的兵变。这三次分别为王凌之叛(251 年 4 月)，毌丘俭、文钦之叛（255 年 1 月）及诸葛诞之叛（257 年 5 月至 258 年 2 月)，史称“淮南三叛”。三次叛乱皆为司马氏所平定。

兖州即为东方重镇，邓艾又是死忠司马氏的人，文钦的檄文一到，就被邓艾扯得粉碎，把使者也杀了，立即召集了一万余人，预备抵抗，一面报知司马师，愿做讨逆军的前敌。司马师预备亲征，派了诸葛诞总理前方军事，邓艾即由他指挥。不中用的毌丘俭，率大兵进到项城，胆小不敢再进，在外打游击，诸葛诞的部队已绕过项城，向他们的大本营进攻，他们还不知道。邓艾的一万多兵，进到乐嘉城，停在那里，观看风色。此时周围各重要城池，俱已由司马师派大将守住，用了长围之策，坐困他们。文钦见东西南三面，俱不是路，只有北面邓艾一军，人少力薄，可以突围出走，便带了他儿子文鸯，向北面冲去，那文鸯年才十八，一身好武艺，等闲近他不得。但他不知这乃是司马师诱敌之计，原来他的主力，正埋伏在这里，两军对阵，才知分晓，文钦大惧，便要逃走，文鸯是初生犊儿不怕虎，和他父亲说，司马师也是人，怕他怎的，一骑马直冲过去，举枪便刺，司马师没有料到这小将突然而来，慌了手脚，拨马急走，亏得邓艾等将拦住。司马师眼上，原患瘤疾，这日一惊，疼痛不已，夜间蒙被而卧，竟把棉被都咬成窟窿，却绝不肯说出自己有病，生怕乱了军心。奸雄做事，真是了得！

其实只要文钦胆量再大些，冲将出去，司马师也就完了。无奈他为司马师的威名所震，早自呆了，文鸯两次约他向前冲，他都不敢，司马师闻知，知道那文钦既不能一鼓作气，显然自心已乱，便挥军杀了过来，文钦父子，只得向东吴逃命。苦了毌丘俭，听说文钦兵败，自项城溃围而出，半路上被人射死。

这一次反叛，又没有成功。邓艾因战功又晋了一级，封为方城乡侯。

东方事了，邓艾又被调到西方。因郭淮死去，陈泰调到中央，王经又不善用兵，朝中除邓艾之外，更无通晓西边情势之人，何况他又是司马氏的亲信，于是他就继陈泰为安西将军，总揽西方军事。

他到了上邽城，接收防务，有人向他说："姜维连年来犯，均不得力，闻蜀中君臣都反对战争，想他不会再来了。"邓艾听了，很不以为然。他在军事会议席上，特别向部下说明，不可存半点轻敌之心，他分析："第一，去年我军在洮河大败，锐气已挫，蜀军乘战胜之势，定要来犯；第二，他们将帅未易，训练不停，我军新换主帅，他们认为新旧交替，是北侵的良机；第三，他们运兵运粮，多仗舟楫，我军则全系陆行，劳逸不同，敌方更利；第四，陇西祁山，均有大片农田，可以就地筹办军粮，不愁运输不给；第五，狄道、陇西、祁山、南安四路他们均可出兵，我们却只在天水上邽一路防守，尤为不利。有此五种原因，我断定姜维一定会再来的。我们必须严加防备，不可有丝毫懈怠。"诸将听罢，俱各叹服。

邓艾开始变更布置，他把上邽的军队，分驻祁山路口、狄道、南安、陇西四路，自己驻上邽，居中指挥。每隔数日，命各路送一次情报。

如他所料，姜维真的又一次起兵了，当姜维刚一走到祁山附近，便已知山口有魏兵把守。忙转移路线，自西面董亭绕道而行，直逼上邽。但其一切行动，早有细作报知邓艾。邓艾不慌不忙，命一万兵带弓弩去段谷岭上埋伏，自引一军，在谷口等候。另派两支军队，伏在段谷南口，看蜀兵近了，休要理他，待他进谷，再袭他后路。

姜维用急行军的方式，连夜由董亭往段谷进发，这山僻小路，向来不是行军大道，想来一定不会有埋伏，也是姜维过于大意，竟没想到邓艾有这样周密的防御。他只管催促全军，衔枚疾走，眼看天色黎明，已将穿出谷口，忽然一声锣响，山头乱箭，雨点般射下来。维情知中伏，急待退兵时，后面杀声又起，两路伏兵，截住归路，姜维暗叫："苦也！苦也！"一骑马左冲右突，好容易抢出南口，退到董亭，检点部众，三挺折了一挺。自出兵以来，姜维尚未如此大败。不觉感慨流涕。随军参谋夏侯霸，忙来劝慰说："胜败兵家之常，这也算不了什么，不过魏兵主将，新换邓艾，此人诡计多端，倒要小心他一点，我在洛阳时，是很知道他的。"从此姜维才知道邓艾有这样厉害，再不敢小觑他。

邓艾因战有功，又进爵为"邓侯"，封给五百户的采地，连儿子邓忠也封为亭侯了。

东西两方，像患疟疾的一样，轮流发生事故。司马师自讨平文钦之乱，眼睛大为受伤，没回到洛阳，即中路死于许昌。此时他弟弟司马昭正带兵镇守洛阳，闻知哥哥病重，到许昌看视。洛阳的反司马派看到司马氏一家都不在京，认为是好机会，皇帝急忙下令叫司马昭镇守许昌，不必回朝。司马昭的谋士傅嘏、锺会向他建议，这是朝中有人故弄玄虚，将你阻在外面，千万听不得的。司马昭问："那应当怎样？"锺会便说："不管一切带兵回朝！"司马昭听了他的建议，率领司马师部下十万大兵赶回洛阳，重又取得政权，洛阳文武群臣，吓得作声不得。

从此锺会在司马昭面前，变成为唯二的红人。他又和邓艾不同，自他祖父锺繇已官居太傅之职，是曹操最信任的人。他哥哥锺毓也做过很大的官，可以说是贵族出身。只为他笔墨好，才气大，故在朝中很有声势。如今有了定策之功，更是高人一等，司马昭的机密大事，都向他商量。

司马昭的毒辣，也不在他兄长之下，皇帝刚离了狼群，又入虎穴，真是痛苦万分。皇太后秘密联络镇东大将军诸葛诞，起兵讨伐。诸葛诞讨平文钦，即镇守寿春、合肥，久不赞成司马昭之专制，部下也多劝他举事。因派密使，与东吴结盟，吴出兵三万相助，诞在合肥，宣布独立，进讨司马昭，这如同在东方又掷了一颗炸弹。

司马昭明知此事与皇室有关，唯恐自己带兵出征，洛阳发生变化，于是强迫皇太后、皇帝御驾亲征，其实等于监视。司马氏增调天下军马，齐集淮南，关中军队，亦大部调到东线。姜维听到这个消息好不兴奋，又自率五万精锐士兵，由汉中穿骆谷直攻长安，军行如雷击电掣，不日已到沉岭，从此东去长安，也不过二三百里之遥，长安城里，慌作一团。

沉岭在渭河南岸，北岸即魏兵屯粮之地，只消蜀军渡过渭河，夺了粮草，长安上邽，双方不能相顾，势非崩溃不可。幸亏长安留守大将司马望，闻信急派劲旅堵住渭河渡口，姜维拼命出战，均未成功，而邓艾已自上邽发兵相救。邓艾知蜀军仓促而来，没有带多少给养，无奈魏兵人数太少，不敷分配，便和司马望商量，决定坚守不战，等蜀兵粮草用尽，自会溃退。他将各渡头船只，悉拢北岸，又在要路口筑坚垒防守。姜维屡下战书挑战，邓艾只是不理，相持数月，蜀军渐感不支。恰好此时东线战局大变，诸葛诞也因城中粮食缺乏，全部崩溃，司马昭大获全胜，有移兵西下的消息。姜维恐有他变，急撤兵回蜀。这一次西方的危险，真是迫在眉睫，若非邓艾应付得法，其结果是很难想象的。

每一次内乱平定，魏国皇帝便要倒一次霉。司马昭班师回洛，已有废立之意，可谓“司马昭之心，路人皆知。”（语出《三国志·魏书·高贵乡公传》裴松之注引《汉晋春秋》：“司马昭之心，路人所知也。吾不能坐受废辱，今日当与卿等自出讨之。”）高贵乡公再也受不了这种压迫了，他不顾一切想要拼死一搏，他召宫中太监亲信人等，约有数百，各持兵刃，杀出宫来，直奔大将军府，宣称要讨伐司马昭。这种反抗如同以卵击石，一群人刚出宫门，就被司马昭的亲信贾充，率领禁军给杀个七零八落，皇帝也被刺死在车中，一次政变，不消半日就解决了。

司马昭另立陈留王曹奂为帝。自然是监视更严，皇帝二字，不过徒有其名而已，事实上皇帝就是他大将军司马氏。

姜维连次北伐无功，蜀中将士，难免嗟怨，文武百官，也都主张停息干戈。蜀汉后主刘禅，为人糊涂昏聩，毫无主张，从前有诸葛亮、蒋琬、费祎等辅政，他索性一切不管，费祎死后，理应姜维辅政，奈何他连年在外，一心伐魏，政权就落到一个叫黄皓的太监手里。黄皓是不学无术的人，最反对打仗，时常向后主进谗，又专信神巫之事，大小各事，均凭神巫之言为准。刘禅只要不管事，一天到晚吃喝玩要就好，随你国事如何，他都置之九霄云外。邓艾深知此种情形，秘派干员，带了金珠宝玩，化装入蜀，只说是生意客人，买通黄皓的家人，送上礼物，说魏国连年打仗，已有畏惧之心，请他在后主面前，多加阻拦，不要再听姜维出兵之计，黄皓不胜之喜，一一应允。由是昼夜在后主面前进些谗言："姜维劳师动众，国家财力不支，神巫所言魏兵绝不会侵蜀。"后主无可无不可地听了他的话，这黄皓又秘密布置，想用自己一党的阎宇，代替姜维为大将军，统领兵马。

姜维感觉自己环境恶劣，不愿再在成都住下去，假出兵为名，带了老将廖化等去了陇西，入沓中屯田去了。邓艾听闻他出兵，曾在侯和阻挡，姜维本无心打仗，故亦无大冲突。

>> 五 魏国伐蜀，邓艾偷渡阴平

魏国转在西部占了上风，司马昭决心替自己打下一统江山，要乘蜀势日衰，彻底解决了这西方的病癌。他不管

◎邓士载智败姜维

朝中任何人反对，命全国兵马集中洛阳出发征蜀，却一面命徐州、兖州等郡县，赶造战船，声称将要伐吴，此乃声东击西之计，吴国闻之，虽与蜀国有过同盟，也不敢发兵相助了。

钟会受命为镇西将军，统领各路攻蜀兵马，凡大兵十八万人，择日祭旗，自洛阳启程，分为三路，一路邓艾出兵沓中，攻姜维，一路雍州刺史诸葛绪攻武卫（祁山附近）断姜维归路，一路会自率诸军攻汉中，分由子午谷、骆谷、斜谷三路栈道而行，旌旗蔽野，戈甲耀目，好不威风。

邓艾接到命令，心中老大不受用，自思：我镇守陇西数年，功不在小，为何这番却派了钟会指挥我？真是岂有此理！他决心和钟会比个高低上下。

沓中的姜维得了魏兵三路征蜀的消息，忙奏闻后主，连发兵守剑阁、阴平、阳安关诸入蜀要隘，无奈被黄皓压下，一概不理。看看汉中已被钟会攻下，阳安关也失守了，魏兵主力已向剑阁进发，大局岌岌，危在旦夕。

姜维不敢再在沓中和邓艾抵抗，带了部队，退回剑阁，抵御钟会。恰好此时蜀将董厥等，正带兵往救汉中阳安关，业已赶不急，也都集在剑阁，与姜维相会，大家相见，痛哭流涕，誓死守关，不让魏军过去。这剑阁乃入蜀第一险要去处，山势陡峻，车不方轨，马不并行，真有一夫当关，万夫莫过之势，锺会连日攻打，却打不开。

邓艾把姜维赶走，来到阴平。前方探子报道，锺会已到剑阁，正和姜维相持不下。他想，我又没受命往剑阁和他会师，何不自率本部兵马，偷渡阴平小路，直取成都，给他个措手不及，到那时方知我邓艾的本领。

他知道自阴平有一条路可通成都，比剑阁更近，可是更险。为慎重计，邓艾找到本地土人问个明白，那人先伸了伸舌头，然后说："老爷想从这里进兵吗？难！这阴平有名的七百里山道，并无人烟，小的们有时入山打柴，也只走个二三十里罢了，向来没有人再往深处走过。听说早年诸葛丞相从此行军，也只是说说罢了，不要说别的，光这七百里没有人烟，你看如何走法？不用说，那豺狼虎豹还不到处都是吗？"邓艾听了，只自笑了笑，命他走开。

他召集全军将领训话道："我们自在陇西作战以来，牺牲也不算小了，但只是抵抗敌人，不能深入敌境，究竟不能给予敌人致命的打击。当下我魏国发大兵征蜀，正是我们为国效命之时，现闻东路锺大将军，已入剑阁，我们西路，却还在蜀境之外，将来人家成功，我们只有看了羡慕，十数年来，我们大小战役，都算白费了精神，岂不可惜？我的意思，锺大将军既已打到剑阁，我们也不必再去会师，好似争功，今闻阴平有小路一条，亦通成都，虽是难行，毕竟可走，我想大家多带干粮，从此冒险长征，若果天不负人，也许我们比东路更先到达成都，那时也是我们征西将士的光彩呀！想诸位必当赞成我的意见。”

部下听了大半表示愿意，只有护军田续露出为难之色，他说：“闻说阴平小路七百里中，毫无人烟，大军深入，恐不妥当，不如仍就东路会师为宜。”邓艾听了，冷冷说道：“我意已决，现各将士无不愿随我而行，何以你单单反对，乱我军心，似此不识大体，即当军法从事。”左右将领，忙来劝止，把田续拉了下去，田续心中，好不怨恨。当下，邓艾传令，各军结束停当，三日之内，即由阴平起身。除干粮外，多带麻绳斧锯毡毯之类，预备砍树修路。

一万多人向仅容一人通过的“左担道”上鱼贯而进。怎么叫作左担道？原来那小路只容得一个人走过，若是担了担子，只能在左肩，休想搬到右肩上去。这还算好走的呢，更有那路路径已断，须得攀藤附葛而过，有的一点办法没有，就得拼了性命，滚将下去，遇到这种险境，邓艾总是身先士卒，把毡子裹了身躯骨碌碌直滚到山脚。好邓艾，不愧是农民出身，渴饮泉水，饥食干粮，绝无半点怨嗟，左右兵士见主帅如此，也就无话可说，不过是开山伐木，遇水修桥，他们竟把个七百里无人烟的阴平小路，顺利走过，十余日来，邓艾提心吊胆，一者怕遇见埋伏，二者怕锺会先到成都，自己的一番苦心等于白费。这一日忽觉天地开朗，树木茂盛，山坡渐渐有了牛羊，远处也能看见了炊烟，邓艾心中大悦，知已出山，忙命部下整顿队伍，备好兵刃，防止山口有蜀兵驻扎。哪知大队出了山口，竟是悄无一人，只有田夫野老，樵子牧童，唱着山歌，很高兴地工作着，见了大队兵马，才争先奔走，闭起门来。邓艾约束士兵，不得侵扰民居，一面招来几个乡民，告诉他们是大魏的兵马，此行秋毫无犯，不必惊慌。又问他们近处可有驻兵，那乡老感慨地说道："我们诸葛丞相在时，这山口是大营，你看不见那远处还有石墙吗？那便是大营的底子。山中小路，也安了二三十处卡子，这些年来，一并撤了，不知何故。听说我们皇帝不理国政，专信黄皓这个小人，唉！若是丞相还在，你们魏国兵马休想进来。"邓艾听罢，也只是点头叹息，并不怪罪乡老，他自带数骑，看了诸葛亮旧垒，但见内外严密，布置井然，果然名不虚传。邓艾心中自喜，没有遇见伏兵，又由乡民口中得知剑阁之兵未到成都，不由得大喜，当夜传知军中，四更造饭，五更向前面江油出发。

再说成都，自剑阁吃紧，大兵均调到前方，几员老将张翼、廖化、董厥等，也都跟着姜维作战，朝中只剩黄皓之流，一无主张。这一天，忽报魏兵渡了阴平，已到江油，不日便可到绵竹，满朝文武，吓得浑身乱抖，后主刘禅，忙撞钟击鼓，召集百官会议办法，七嘴八舌，主张不一，有的说，不如沿江而下，投奔东吴，有人说南蛮孟获，自诸葛丞相征服，始终未反，可以奔他，最后还是诸葛亮的儿子诸葛瞻挺胸出来："我们深受国恩数十年，到此危急存亡之秋，竟没有一个人肯为国捐躯吗，绵竹是我的家乡，我是要誓死保卫的。"是夜驰至绵竹，诸葛瞻和他的儿子诸葛尚痛哭流涕的召集了几千乡兵，修筑城垒，搬运矢石，准备与魏军拼个死活。

邓艾军前锋已过涪关，闻知诸葛瞻在绵竹起兵相抗，写了一封劝降书派使者专差送到绵竹。诸葛瞻拆开看时，写道："大军所到，箪食壶浆，谅绵竹弹丸之地，如何能阻我等，你如速降，当保你为琅琊王之位。"瞻大怒，斩了来使，督率兵丁家将，上城防守。

邓艾命其子邓忠和随军司马师纂前去挑战，诸葛瞻亦

◎邓士载偷渡阴平

命其子诸葛尚迎敌，自作后应。古人说得好，“哀兵必胜”，这诸葛尚，年方才十九岁，却是个好男儿，一肚子忠烈之气，恨不生吞魏兵，自是拼命进击，那个邓忠、师纂，疲劳未复，又有些自傲，不把敌兵放在眼中，这一阵竟被诸葛尚杀得大败而回。诸葛瞻见已得胜，鸣金收军，唯恐魏兵大队冲将过来，反有失误。

邓艾闻其子与师纂狼狈而回，赫然大怒，喝命：“自我出兵以来，没有打过败仗，何以刚刚入蜀，就被你二人挫了锐气，推出去斩了！”左右忙来求情。邓艾道：“看在众人面上，记下你们两颗脑袋，限你们三日之内，打入绵竹，否则还是要斩首的。”

二人吓得面面相觑，邓忠犹可，这师纂乃是司马昭的亲信，专门来监视邓艾的，心中好不怨恨，也是天该亡蜀，这夜他们两个计议假装蜀军旗号，就说剑阁来的援军，诓骗城门，居然被他们混了进去，一声喊起，先夺了城楼，那诸葛瞻，中了魏军的埋伏，自刎而亡。

诸葛尚叹气说：“我父子空受国家重恩，却不能早日斩杀黄皓那般贼子，让国家受辱，百姓遭殃，才导致今天的失败，再苟活于世，与禽兽无二！”说罢，诸葛尚策马冲入魏军阵中，率残部血战，终寡不敌众而亡。可怜那诸葛一家俱死在魏兵之手，却没有一人肯做亡国奴。

成都城鼎沸起来，逃难的逃难，搬家的搬家，后主刘禅的师傅谯周力劝刘禅投降，说奔吴、奔蛮都不是好办法，难免魏兵要追的，与其降了他们，何如降魏？刘禅只要保住残生，什么都好，且又有黄皓从旁鼓吹。黄皓这时，早和邓艾通了消息，成了地道的奸细了。于是由谯师傅起草降表，并根据了经书规定的投降仪式，皇帝刘禅光了脊梁，反缚两手，如同上法场的犯人一般，后面更得抬着一具棺材，率领百官到魏营自请处分，一切条件刘禅都答应照办。刘禅充满卑鄙和认罪的降表呈上去了，邓艾心中，好似做了皇帝那样高兴，在大营安了香案，等候这一群羔羊来表演丑剧。

“来了，来了！”魏兵在叫着，六十多个文官都倒剪双手，跟着这可怜的阿斗，跪在大营外面，口呼万岁。邓艾命人解了他的缚，焚了棺木，又命他先在香案前向东北行了礼，算是拜见魏君和司马昭。然后以好言抚慰刘禅及百官说：“大魏仁义之师，有征无伐，我等绝不会难为你们，你们各自回衙去吧，预备交代，后主刘禅也可仍住宫中，等我呈报朝廷，自有你的封赏，但你们蜀国的武将，尚在剑阁抗拒王师，应立即下令，让他们投降。”

刘禅一一答应，面虽难堪，心却高兴，自念总算保住性命，不致受苦了。

自宫廷以至大小衙署，都由邓艾接收，自然很发了票胜利财，尤其是黄皓，邓艾说他是误国奸臣，非杀不可，黄皓连忙托人说项，愿献出全部财产赎命。邓艾也就马马虎虎。次日，他觉得刘禅及蜀官这样等着不是办法，恐怕旁生枝节，即暂代朝廷下令，刘禅领骠骑将军，百官也都加了名义。魏国兵营中，穿梭的蜀官，都来谢恩，邓艾哪有工夫理他们？蜀官备了酒席，公宴邓艾，他不好不到，席间大家把他捧得如天神一般，这个牧羊儿出身的大将，委实有点飘飘然了，酒也吃得不少，不禁睥睨一切地说："你们这些东西，还不是亏了我，刀下留人，若是他人，还能有命在吗？"又说："姜维自然是一时的雄杰，但与我相遇，自是胜他三分！"他端起杯来一饮而尽。蜀官们吓得连声也不敢吭，而有见识的人见他如此矜夸，便心中知他今后定有祸患。

须知天下事本是"月满则亏，日盈则昃"，邓艾得意到了极点，朝廷封他为太尉，两子都为亭侯，食邑两万户。这可气坏了锺会，他攻打剑阁，月余毫无成效，不料邓艾却大功告成，姜维也因此而投降，他自忖："我是统帅，他是属将，面子被他占了十分，我的光彩却在何处？”不觉恨极了，咬牙切齿，非害死邓艾不可。

邓艾给洛阳的本章是要由他转呈的，恰好这封处分刘禅的本章到来，锺会心中一动，急招随营监军卫瓘商量，这卫瓘也是个嫉妒成性的家伙，便和锺会做好圈套，他们照着邓艾的笔迹把本章内容都改了，邓艾原意是，“临时措置，在等朝廷批准”，改的却成了，“依此办理，不如此不行”，口气之间，非常蛮横无理。然后他又秘密沟通邓艾的监军师纂，把邓艾的日常行为言谈，加油加醋，报告朝廷，说他蓄意谋反，近日已与蜀官联络，又住刘禅宫中，随意命宫女陪侍，直以皇帝自居，并自说功劳如此，只封太尉，很是不平。这奏章一上，邓艾还有活路吗？司马昭是何等狠人，如何肯让邓艾这样不敬？

锺会的计划成功了：一道令旨下来，命他去捉邓艾。狡猾的锺会，要借刀杀人，先派卫瓘带一千兵去，卫瓘明知这是要毁了他以灭口，如果邓艾一反抗，自己必要被杀，这就更证实了邓艾的反心，而暗改本章之事也就消灭了证据，一箭双雕，好不厉害！但不去有什么法子，只好硬了头皮前往。

他到了成都，思得一计，仿着司马昭的字体，写了一道令旨，只说是司马昭派他前来，调邓艾入洛阳，锺会知道师纂、田续都和邓艾不睦，头天晚上先和他们约好，如果邓艾不受命，即武力解决。却万想不到邓艾一看令旨，毫无犹豫之色，只说："好，我问心无愧，到洛阳又怎么样？"却不知有人给他造了假证，父子三人，都入了囚车，等候起解，部下闻知主帅被捕，个个呼冤，都来向卫瓘说理，反是邓艾，劝他们不要乱吵，到洛阳即见分晓，部下个个气得像要炸裂一般，纷纷大骂锺会和司马昭。

其实锺会才真的想谋反呢，他一到成都，看见那花团锦簇的风光，就变了心了，更有降将姜维在里面发生作用，想借机报仇雪耻。无如他的办法太急了，到成都就要起事，先把各军事首领囚禁起来，这下惹恼了部下兵士，邓艾的兵尤为不平，大家鼓噪而起，竟把锺会、姜维一并杀了。

邓艾的部下忙去劫夺囚车，到绵竹居然追上了。可是司马昭也不谅解邓艾，他看透了军人都不可靠，立命卫瓘、师纂、田续讨伐邓艾。邓艾还不知所以然，田续等已带兵而至，父子三人，都把性命丧在绵竹，好像给诸葛瞻父子报仇的一般。

给奸雄做事，就是这样，只许和他们共患难，不许共安乐，邓艾一生，可谓为司马氏效了忠，尽了力，到头来仍不免全家丧命。这般只因邓艾单是一个优秀的军事家，其偷渡阴平一役，堪称中国历史上历次入川作战中最出色的一回，而他却不是一个合格的政治家。他只自顾征战，多年和蜀汉姜维对决，屡占上风。此次，邓艾毕其功于一役，灭了蜀汉，是天大的功劳。然而，他不知道自己灭蜀的同时，就已经把自己架到火炉子上烤着了。自古以来，“狡兔死，走狗烹”，助越王勾践灭吴的文种、辅佐汉室的

◎民国时绘邓艾像

韩信等人，哪一个有了好的下场。此时的邓艾，功可比韩信，自是功高盖主。假使邓艾没有狂妄自大，擅自分封刘禅等人，再假使锺会并未构陷于他，邓艾也会招致司马昭的猜忌，结局也不会太好罢。

延伸阅读

关于写邓艾的诗词，历史上很多，但贬多于褒，如明代王汝玉的《题烟江叠嶂图》有言：“邓艾功勋夸一时，武侯忠义垂千世。”

再版说明

顾颉刚中国历史故事

本书整理自民国时期大中国图书局1947年、1949年出版的《中国历史故事小丛书》（全十八种），这套书的主编是我国著名历史学家顾颉刚先生和时任大中国图书局的经理丁君匋先生。

顾颉刚先生被认为是“古史辨派”，他毕生致力于史学研究，写了许多专门著作，但同时他也十分关心社会教育，坚持不懈地努力提倡大众通俗读物的编写和出版。

顾颉刚认为历史教育的目标是既要培养专门型的研究人才，又要培养担负普及史学工作的人才。1947年他在为上海《益世报》之《史苑》月刊所作发刊词中指出：“抗战前的史学界，大家投向专的方面，而忽略了通的方面”；“一般的民众万想不到他们会和历史学发生什么关系”；专家的研究“是史学界的基石，万万缺少不得”，而历史普及读物即是“接受专家研究的成果，融会贯通之后，送给一般人看。……唤起民族意识，把握现代潮流，都靠在这上了”。将来的史学应当“两条路都走，两种人才都培养，然后可以学尽其用”。

为了实践自己的理念，顾颉刚先生在致力学术研究的同时，也一直热衷于出版事业。1943 年春，日寇侵华，我国大片河山，为敌寇侵占，顾颉刚先生当时避难在重庆北碚，他深感到，当时广大民众，关心国家，需要详尽的地图了解时局，需要爱国主义读物鼓舞民族士气。为此顾联合亚光舆地学社集合了十几位研究历史和编绘地图的专家同人，共同成立了“中国史地图表编纂社”，并在此基础上，于 1943 年年底，成立了“大中国图书局”，以出版地图和爱国读物为主。

1945 年，抗日战争胜利，国民信心百倍，无比兴奋，1946 年 1 月，大中国图书局筹得资金两亿元（法币），正式成立“大中国图书局股份有限公司”，并于同年 3 月迁至上海。顾颉刚任“大中国图书局股份有限公司”编辑所所长兼总经理，金振宇和丁君匋任经理。当时，顾颉刚对未来的出版事业甚为关切，他曾在致顾德辉的书信（1945 年 12 月 6 日）中说：“余甚欲拯救后生，造成公忠笃实之新风气，为建国大业作柱石，计惟有从事文化运动，招徕同志，共同致力，故决定明年参加出版界，务求以商业之经济基础建筑文化之社会力量，将来住居之地当在上海，甚望汝力自振奋，助我一臂也。”这套《中国历史故事小丛书》，便是在这一时期编辑出版的。

顾颉刚等人在编辑《中国历史故事小丛书》时期望这套丛书能成为“一切人的消遣品”。成为“一切人的消遣品”这个目标并不算小，可以看出顾颉刚的抱负。

这部《中国历史故事小丛书》的目录几经修改，由出版前顾所撰写的“编辑旨趣”可知，该丛书共确定160种历史故事选题。1947年4月他亲自修改纪庸所写《曹操统一北方》《周瑜赤壁之战》《诸葛亮六出祁山》等书并为作序，1947年9月开始陆续出版该丛书，至1949年共出版了18种。

但是随着国内局势的恶化、战争的爆发，书局的发行网缩小了一半，甚至出不了上海，再加上经济不景气，通货膨胀严重，民众的购买力大幅下降，销量很惨淡。这套“中国历史故事小丛书”也并没有像顾颉刚计划的那样出版百余种。顾颉刚在自传中回忆这段时期说：“我为书局编的一套《中国历史故事小丛书》一百数十种，出了十余册就出不下了。特约吕叔达编的《中国通史演义》八十回，编辑部里用了五六年的气力绘出的二百万分之一的《中国分县地图》，其细密为历来坊间所没有的，都不能付印了。这多么痛心！”苦心编撰的作品不能发行，所预期的目标没有达成，在那艰难的岁月里，顾颉刚念念不忘的仍是他的历史普及工作。

虽然这套《中国历史故事小丛书》不能如顾先生的计划那样成为一套“通史”，但它依然有着其独特的价值。与同时代的历史通俗读物相比较，它更加从史料出发，尊重史实，而不是肆意地增加文学的想象，编著者在叙事中，本着有一份史料说一份话的原则，甚至连文中所有的人物对话，都是有史料可考可查的。而这一写作方式，正是对顾颉刚先生所倡导历史普及读物应该“接受专家研究的成果，融会贯通之后，送给一般人看”的理念相一致的。

这样一套兼具“趣味性”与“知识性”的好书，不应被历史埋没，因此我们决定再版这套《中国历史故事小丛书》。我们将原有的18种书，按故事的大体时间顺序合并为五册，在尽量保持图书原貌的基础上，对原书中的字、词、句，按照今天的语言句法习惯进行了必要的修改，并根据图书内容添加了部分标题、插图和“延伸阅读”等注释性内容等，便于今日读者更好地理解历史的真实。也希望这套书如顾颉刚先生所愿，成为“一切人的消遣品”。

整理后记

顾颉刚中国历史故事

本书原名《中国历史故事小丛书》（全十八种），大中国图书局1947年、1949年出版，这套书的主编是我国著名历史学家顾颉刚先生和时任大中国图书局的经理丁君匋先生。此次精编精排精校，修订再版，我们更名为更具辨识性的《顾颉刚中国历史故事》。

这套书故事的主要执笔人为著名学者纪庸（纪果庵）先生，其完成了全书的十五个故事，另外三个故事，《赵武灵王胡服骑射》《蔺相如完璧归赵》的执笔人为顾颉刚先生的公子顾德辉先生;《信陵君劫符存赵》的执笔人为时在京执教的学者吴蕙兰（吴练青）女士。

我们在图书的编辑过程中，对原书中一些不便于现在读者理解的地方做了适当的修改，对原文未尽详述的部分进行了注释说明，由于时代所限，作者的文字，难免带有或多或少的主观色彩，这也是难以避免的，而瑕不掩瑜，作为一套面向青少年的历史通俗读物，这套书在历史考证上的严谨，语言的生动，叙事的流畅，也是难以多得的佳作。

为了让读者对历史有着更直观、更形象的认识，我们在书中插入了大量历史文物照片和描绘故事情节的插图，后者很多来自历代话本小说的绣像，部分为民国原版所附插图，这些插图多半出自先人之手，图中一些细节可能与历史真实有所出入。特此说明。

在图书的编辑过程中，我们得到了顾颉刚先生之女，中国社会科学院历史研究所研究员顾潮女士的大力支持与帮助，特此鸣谢。此外，编辑过程中，我们多方探寻、未能访得吴练青女士及其亲属的联系方式，本书出版后，我们仍将继续联系，也敬请熟悉作者情况的读者提供相关信息。以便我们奉寄稿酬样书。

《全球贸易摩擦研究报告（2010）》
编委会名单

序　言

在各国政府相继出台的一系列经济刺激政策的作用下，全球经济渡过了金融危机的恐慌而进入“后金融危机时代”，逐步走上了寻求变革和复苏之路，但复苏之路曲折而漫长，且存在诸多不确定因素。我国国内经济总体态势良好，但也面临诸多困难和挑战。金融危机爆发后，发达国家发现就业问题才是最主要的经济问题，从而更加重视制造业和出口贸易，并采取种种措施保护本国市场，全球经贸争端愈演愈烈且呈现新的特点，特别是我国的对外经贸环境恶化，贸易摩擦形势更为严峻。

在当前国际经济形势下，尽管从绝对数量上看，我国遭受的贸易摩擦有所减少，但从相对数量上看，仍呈现持续增加的态势。这主要是由于世界经济复苏动力不足，许多深层次的矛盾和问题尚未得到根本解决，国际分工与国际间产业结构不相配的情况仍然存在，国际市场需求短期内难以明显恢复；欧美等国提出了“重振实体经济”、“再工业化”和“产业回归”的策略，进口替代与出口促进相结合的新重商主义盛行，针对中国产品的贸易摩擦，尤其是以知识产权、技术性贸易壁垒形式出现的贸易摩擦不断增多，中国的出口贸易环境不容乐观。

就全球范围而言，规则博弈、制度竞争、公共选择、汇率之辩将成为今后一段时间内贸易摩擦的主要特征。此外，随着消费者信心的波动及各国经济刺激政策的潜在退出等，将使全球市场不确定性增强，各主要经济体顾及自身利益与发展的趋势明显，贸易摩擦也必将在一段时间内呈现常态化。

知己知彼，方能百战不殆。世界经济在经历了金融危机的冲击之后，各国普遍强化了贸易保护政策，这是国际贸易发展的必然。在此背景下，及时、准确了解国外相关政策和措施，甚至是国外相关产业的发展状况和规则底限是指导国内产业发展定位的关键，也是政府部门、相关机构、行业协会出台应对策略的依据。为此，商务部产业损害调查局依托中国贸易救济信息网，广泛搜集并整理了世贸组织和有关国家（地区）发布的最新统计数据，编纂了《全球贸易摩擦研究报告（2010）》，从全球视角、我国的主要贸易伙伴以及国内重点产业等角度，重点对2009年以来对我国面临的贸易摩擦形势进行了全面的解读，研判贸易保护主义的特点和发展趋势，并通过典型案例和裁决的援引深入分析了在应对国际贸易摩擦过程中的难点和重点问题。

《全球贸易摩擦研究报告（2010）》是目前我国在贸易摩擦领域数据新、内容全的研究成果，希望通过我们的观察和思考，为国内一切关注产业、关注贸易和贸易摩擦的各级政府部门、企业和产业组织提供一种持续的分析和帮助。

目　　录

第一章　全球贸易救济案件的特点及趋势①

据世贸组织统计，2009年，世贸组织成员共启动254起贸易救济调查，比2008年同期增加15起。其中，反倾销201起，同比减少12起；反补贴28起，同比增加12起；保障措施25起，同比增加15起。而在所有遭受贸易救济调查的国家（地区）中，中国是全球反倾销的最大受害者，同时遭受的反补贴调查位居全球第二。

一、反倾销是全球贸易救济调查的主要形式

1995—2009年，世贸组织成员共启动4118起贸易救济调查。其中，43个世贸组织成员启动了3675起反倾销调查，占全球贸易救济案件总数的89.2%；20个世贸组织成员启动了245起反补贴调查，占比5.9%；45个世贸组织成员启动了198起保障措施调查，占比4.8%（图1）。

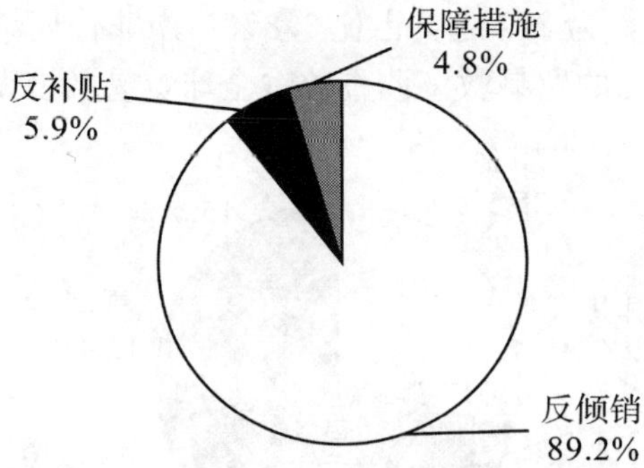

图1　1995—2009年全球3种贸易救济调查形式分布情况

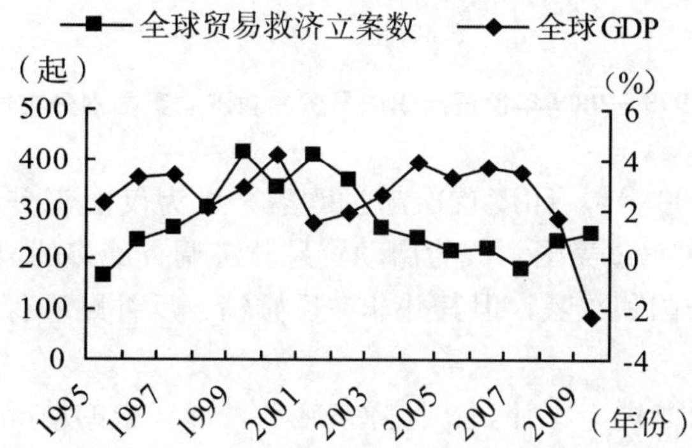

图2　1995—2009年全球贸易救济立案年度走势与全球GDP年度走势

① 数据来源：世贸组织（http：//www.wto.org）

二、全球贸易救济新立案数呈下降之势，但2008年的经济衰退使其有所回升

全球经济形势的发展是影响贸易救济调查数量的重要因素之一：在全球经济上升时期，各成员之间的贸易保护措施相对较少，反之则增多。从图2可以看出，全球国内生产总值（以下简称GDP①）增速与全球贸易救济立案数基本呈背离状，即全球GDP增速加快，贸易救济立案数减少；反之，GDP增速放缓，贸易救济立案数增加。1995—2001年，全球贸易救济新立案数呈现上升之势，而同期的全球GDP虽有起伏，但总体呈现下降走势，并于2001年降至历年最低，为1.5%；2002—2007年，全球贸易救济新立案数呈现下降走势，而这一时期的全球GDP呈现出上升之势。

2008年以来，金融危机迅速蔓延全球，各国为扶持和保护国内产业、防范国际市场萎缩导致的贸易转移，出台了形形色色的贸易保护措施。作为世贸组织所允许的保护国内产业的形式之一，贸易救济措施自然就成为了各成员的重要手段。据世贸组织统计，2009年，全球贸易救济新立案数254起，比2008年增加15起，增幅为6.3%。

三、发起国集中，印度成为全球发起贸易救济调查最多的世贸组织成员

截至2009年，共有54个世贸组织成员启动了4118起贸易救济调查，占同期世贸组织成员总数（153个）的35.3%。其中，印度启动的贸易救济调查数位居首位，为623起，占贸易救济立案总数的15.1%；其次是美国，为552起，占比13.4%；位居第三位的是欧盟，为464起，占比11.3%；位居第四位的是阿根廷，为279起，占比6.8%；南非位居第五位，为226起，占比5.5%（图3）。列居前五位的成员所启动的贸易救济调查数占全球贸易救济调查总数的52.1%。

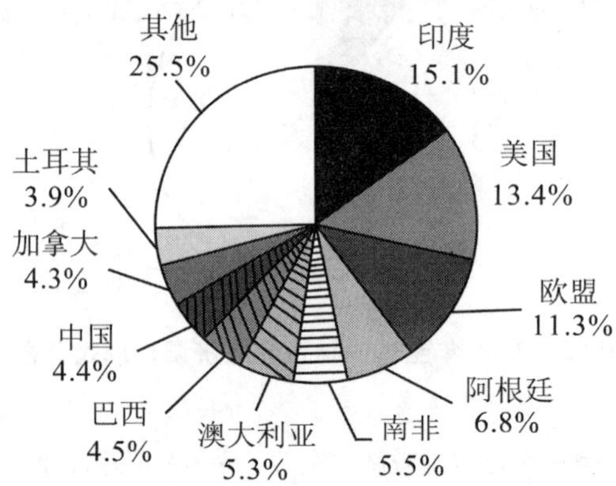

图3　1995—2009年世贸组织成员贸易救济立案国别分布情况

据世贸组织统计，截至2003年，印度首次超过欧盟，成为仅次于美国的启动贸易救济调查第二大成员；2006年，印度首次超过美国，成为启动贸易救济调查最多的成员。尽管从贸易救济立案总数上来看，印度已经超越美国和欧盟，但其并非在反倾销、反补贴和保障措施3种贸易救济形式中均占据主导地位。

下面我们就各成员方在反倾销、反补贴、保障措施3种形式中的情况进行具体分析。

1. 反倾销

1995—2009年，43个世贸组织成员启动了3675起反倾销调查。其中，印度启动的反倾销调查数位居首位，为596起，占反倾销案件总数的16.2%；其次是美国，为440起，占比12.0%；欧盟

① GDP数据来源：世贸组织发布的*International Trade Statics* 2008

位居第三，为406起，占比11.0%；阿根廷位居第四，为270起，占比7.3%；南非列第五位，为212起，占比5.8%（图4）。上述5个成员启动的反倾销调查数占全球反倾销案件总数的52.4%，其余38个成员启动的反倾销调查仅占比47.6%。

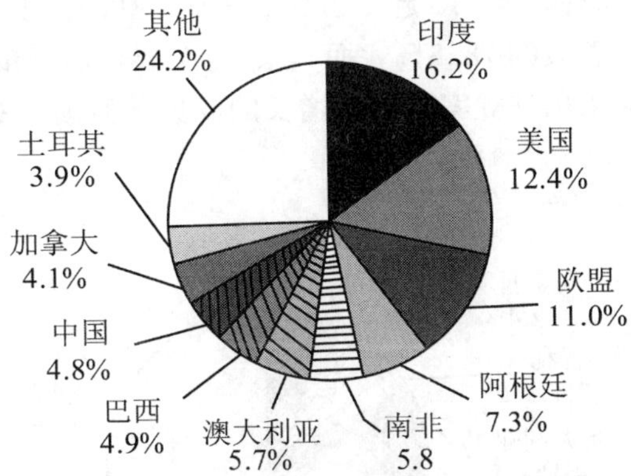

图4　1995—2009年世贸组织成员反倾销立案国别分布情况

在43个启动反倾销调查的世贸组织成员中，印度的年均增速最快（表1）。1995年，印度启动的反倾销调查总数为6起，位列第7位；在随后的14年里，印度共启动了590起反倾销调查，年均立案42起，超过同期的美国（30起）和欧盟（27起），跃居首位。印度成为近十几年来反倾销立案数增速最快的世贸组织成员。

表1　1995—2009年美国、欧盟和印度反倾销立案数和位次变化情况

年　份	美　国		欧　盟		印　度	
	案件数	位　次	案件数	位　次	案件数	位　次
1995	14	4	33	1	6	7
1996	22	3	25	2	21	4
1997	15	4	41	2	13	6
1998	36	2	22	4	28	3
1999	47	3	65	1	64	2
2000	47	1	32	4	41	3
2001	77	2	28	3	79	1
2002	35	2	20	5	81	1
2003	37	2	7	10	46	1
2004	26	3	30	1	21	5
2005	12	6	25	2	28	1
2006	8	7	35	1	35	1
2007	28	2	9	5	47	1
2008	16	5	19	3	55	1
2009	20	4	15	6	31	1

2. 反补贴

1995—2009 年，20 个世贸组织成员共启动了 245 起反补贴调查。其中，美国位居首位，为 102 起，占全球反补贴案件总数的 41.6%；其次是欧盟，为 54 起，占比 22.0%；加拿大位居第三，为 24 起，占比 9.8%；南非位居第四，为 13 起，占比 5.3%（图 5）。上述 4 个世贸组织成员启动的反补贴调查数占全球反补贴案件总数的 78.8%，而其余 16 个成员启动的反补贴调查仅占 21.2%。不同于反倾销调查，反补贴中并未出现立案数急速增长的成员，美国、欧盟、加拿大等发达成员一直占据主导地位。

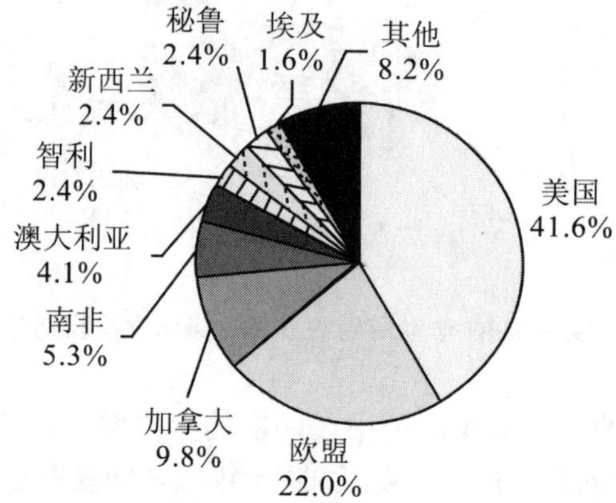

图 5　1995—2009 年世贸组织成员反补贴立案国别分布情况

3. 保障措施

1995—2009 年，45 个世贸组织成员共启动了 198 起保障措施调查。其中，由印度启动的案件数位居首位，为 26 起，占全球保障措施案件总数的 13.1%；其次是土耳其，为 15 起，占比 7.6%；位居第三的是约旦，为 14 起，占比 7.1%；列第四位的是智利，为 12 起，占比 6.1%；位居第五的是美国，为 10 起，占比 5.1%（图 6）。上述 5 个成员共启动了 77 起保障措施调查，占全球保障措施案件总数的 38.9%。

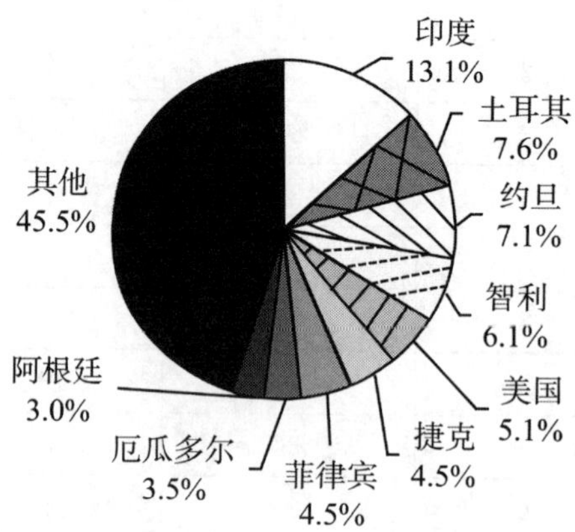

图 6　1995—2009 年世贸组织成员保障措施立案国别分布情况

从以上数据可以看出，在反倾销调查中，美国和欧盟的主导地位已经被印度所取代；在反补贴调查中，美国和欧盟则一直是反补贴调查的主要发起者；而在保障措施调查中，印度等发展中成员一直是“主力军”。

四、被诉国集中，中国、韩国、印度成为重点被调查对象

1995—2009年，43个世贸组织成员启动的3675起反倾销调查共涉及101个国家（地区）。其中，中国是反倾销措施最大的受害者，共遭受761起反倾销调查，占同期反倾销案件总数的20.7%，高出位居第二的韩国13.5个百分点；其次是韩国，为264起，占比7.2%；美国位居第三，为205起，占比5.6%；中国台湾列第四位，为198起，占比5.4%；印尼位居第五，为156起，占比4.2%（图7）。上述5个国家（地区）遭受的反倾销调查占同期反倾销案件总数的43.1%，被调查对象的相对集中也成为贸易救济的特点之一。

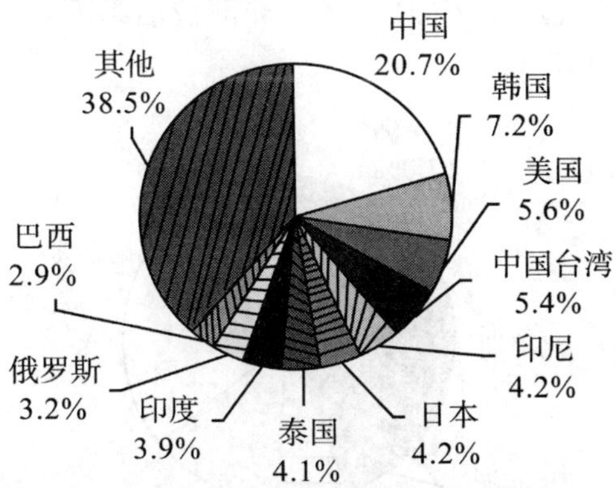

图7　1995—2009年遭受反倾销调查国别（地区）分布情况

同期，世贸组织成员启动的245起反补贴调查共涉及43个国家（地区）。其中，印度是反补贴调查最大的受害者，共遭受47起反补贴调查，占同期反补贴案件总数的19.2%；其次是中国，为37起，占比15.1%；韩国位居第三，为17起，占比6.9%；意大利位居第四，为13起，占比5.3%；印尼位居第五，为12起，占比4.9%（图8）。上述5个国家遭受的反补贴调查占反补贴案件总数的51.4%。

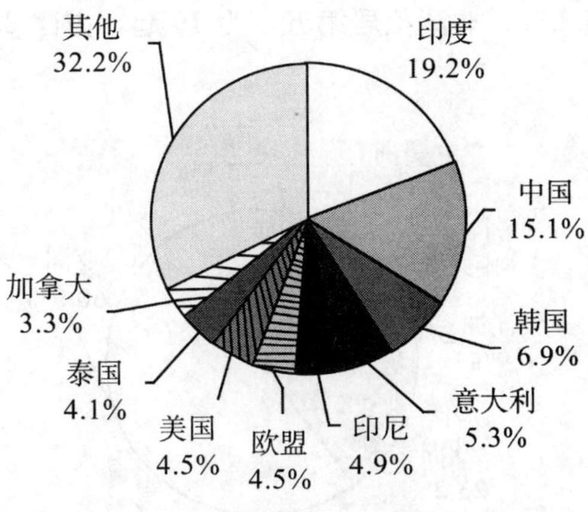

图8　1995—2009年遭受反补贴调查国别（地区）分布情况

从以上数据可以看出，尽管反倾销、反补贴调查涉及的国家（地区）有100多个，但真正遭受反倾销、反补贴调查“重创”的仍集中在中国、印度、韩国等少数国家（地区）。而从被诉国集中度看，反补贴大于反倾销。

自1995年世贸组织成立以来，中国出口商品已连续15年成为各成员反倾销调查的重点，而近年来尤为突出。2003年之前，全球对华反倾销案件数占当年全球反倾销案件总数之比在12%～

17%之间徘徊；2003年之后，这一占比超过20%，2009年高达38.3%。此外，我国从2004年开始遭受反补贴调查，在短短的6年间，全球对华反补贴调查从无到有，目前我国已成为反补贴调查的第二大受害国，并且从2006年起已连续4年成为反补贴调查的最大受害国。

五、涉案地区集中，半数以上的贸易救济案件涉及亚洲的出口商品

1. 亚洲既是反倾销调查的主要发起者，又是反补贴措施的主要受害者

在43个世贸组织成员启动的3675起反倾销调查中，亚洲位居首位，为1321起，占反倾销案件总数的35.9%；其次是北美洲，为724起，占比19.7%；南美洲位居第三，为623起，占比17.0%；欧洲位居第四，为467起，占比12.7%；非洲位居第五，为279起，占比7.6%；大洋洲位居第六，为261起，占比7.1%（图9）。

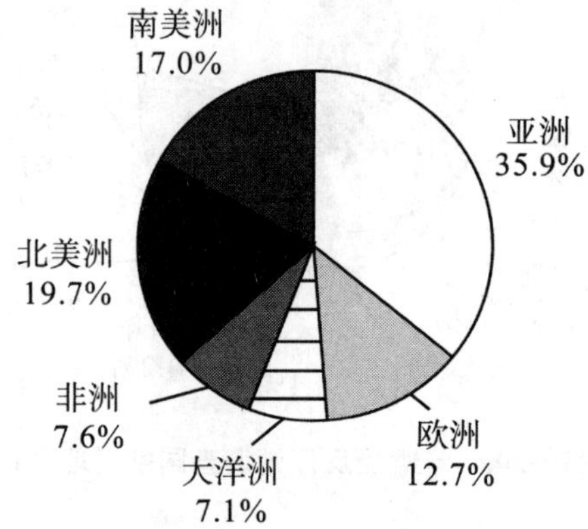

图9 1995—2009年全球反倾销立案各大洲分布情况

而在世贸组织成员启动的3675起反倾销调查中，涉及亚洲的为2204起，占反倾销案件总数的60.0%；其次是欧洲，为851起，占比23.2%；北美洲位居第三，为305起，占比8.3%；南美洲位居第四，为202起，占比5.5%；非洲位居第五，为79起，占比2.1%；大洋洲位居第六，为34起，占比0.9%（图10）。

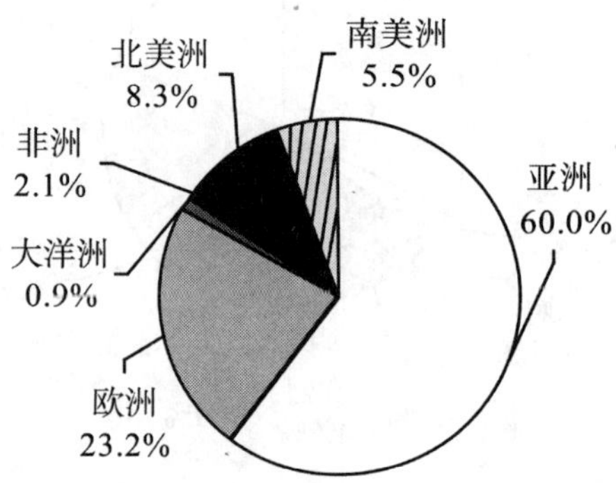

图10 1995—2009年各大洲遭受反倾销调查分布情况

2. 北美洲是反补贴调查的主要发起者，而亚洲为反补贴措施的主要受害者

在20个世贸组织成员启动的245起反补贴调查中，北美洲位居首位，为129起，占反补贴案件总数的52.7%；其次是欧洲，为55起，占比22.4%；南美洲和非洲位居第三，均为17起，占比均为6.9%；大洋洲位居第四，为16起，占比6.5%；亚洲位居第五，为11起，占比4.5%(图11)。

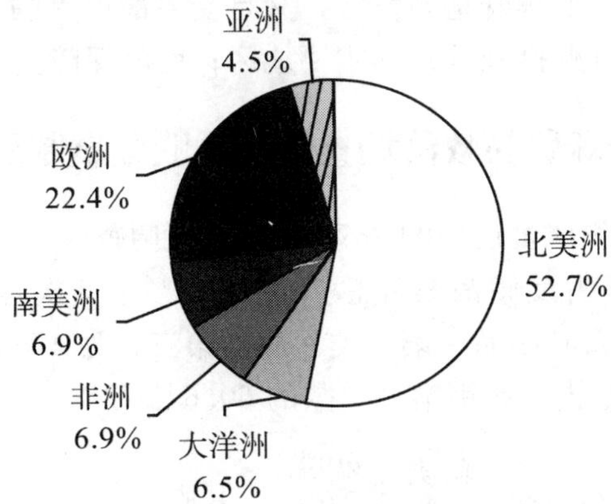

图 11　1995—2009 年全球反补贴立案各大洲分布情况

而在 20 个世贸组织成员启动的 245 起反补贴调查中，涉及亚洲的反补贴案件数位居首位，为 146 起，占比 59.6%；其次是欧洲，为 50 起，占比 20.4%；南美洲和北美洲均位居第三，为 21 起，占比各为 8.6%；非洲位居第四，为 6 起，占比 2.4%；大洋洲位居第五，为 1 起，占比 0.4%(图 12)。

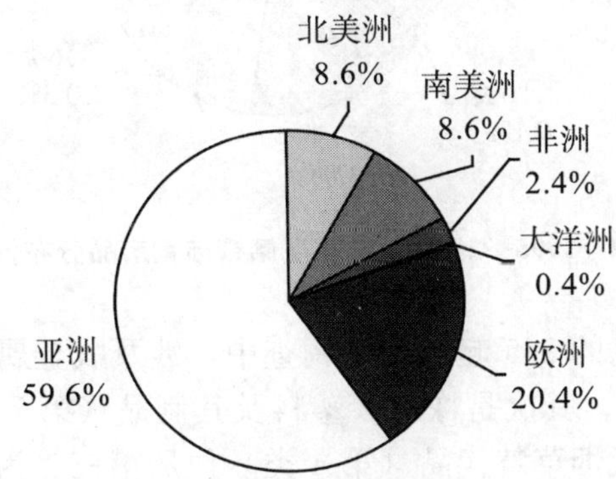

图 12　1995—2009 年各大洲遭受反补贴调查分布情况

3. 亚洲是保障措施调查的主要发起者

在 45 个世贸组织成员启动的 198 起保障措施调查中，亚洲位居首位，为 86 起，占比 43.4%；其次是欧洲，为 43 起，占比 21.7%；南美洲位居第三，为 33 起，占比 16.7%；北美洲位居第四，为 23 起，占比 11.6%；非洲位居第五，为 11 起，占比 5.6%；大洋洲位居第六，为 2 起，占比 1.0%（图 13)。

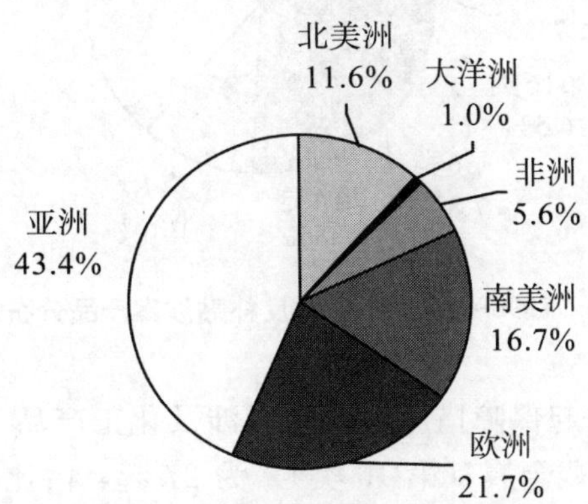

图 13　1995—2009 年保障措施立案各大洲分布情况

综上可知，就反倾销而言，亚洲既是高发区，又是受害最严重的地区；就反补贴而言，尽管亚洲不是主要发起者，却仍是反补贴措施针对的主要地区；而就保障措施而言，亚洲是主要发起者。

六、涉案行业集中，全球贸易救济调查侧重于贱金属制品和化工产品[①]

1995—2009 年，在世贸组织成员启动的 3675 起反倾销调查中，涉及贱金属制品（第 15 类）的案件数位居首位，为 1006 起，占反倾销案件总数的 27.4%；其次是化工产品（第 6 类），为 746 起，占比 20.3%；橡胶、塑料及其制品（第 7 类）位居第三，为 476 起，占比 13.0%（图 14）。涉及上述 3 个类别的反倾销案件数占反倾销案件总数的 60.6%。

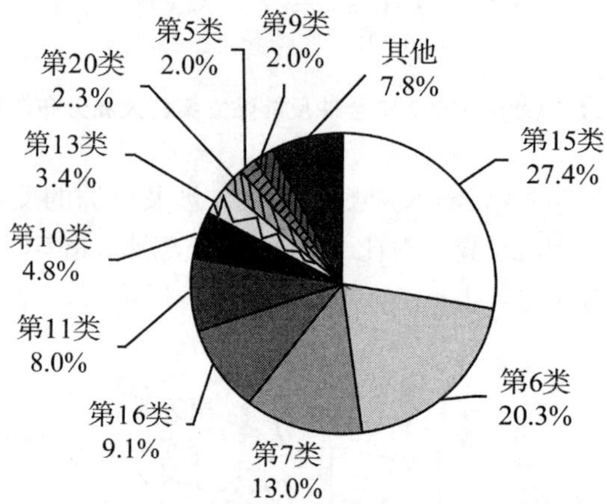

图 14　1995—2009 年全球反倾销涉案产品分布情况

同期，在世贸组织成员启动的 245 起反补贴调查中，涉及贱金属制品（第 15 类）的案件数位居首位，为 94 起，占比 38.4%；其次是橡胶、塑料及其制品（第 7 类），为 26 起，占比 10.6%；食品，饮料、酒类及醋，烟草及烟草替代品（第 4 类）位居第三，为 24 起，占比 9.8%（图 15）。涉及上述 3 个类别的反补贴案件数占反补贴案件总数的 58.8%。

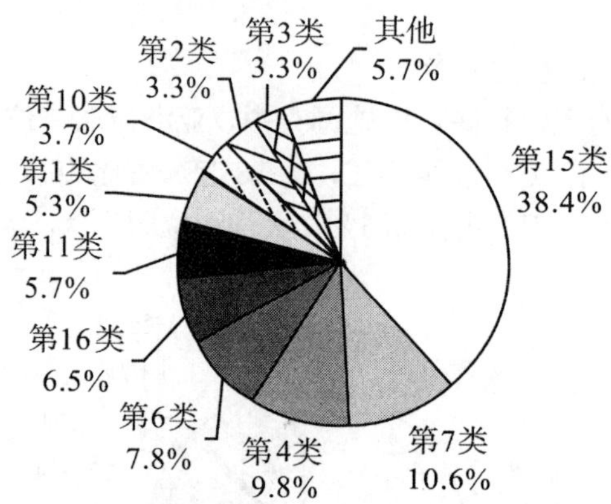

图 15　1995—2009 年全球反补贴涉案产品分布情况

在世贸组织成员启动的 198 起保障措施调查中，涉及化工产品（第 6 类）的案件数位居首位，为 36 起，占比 18.2%；其次是贱金属（第 15 类），为 27 起，占比 13.6%；位居第三的是陶瓷产

① 本报告中提及的第 1、2... 类参见《海关编码分类》

品，玻璃及其制品等（第 13 类），为 19 起，占比 9.6%（图 16）。涉及上述 3 个类别的保障措施案件数占保障措施案件总数的 41.4%。

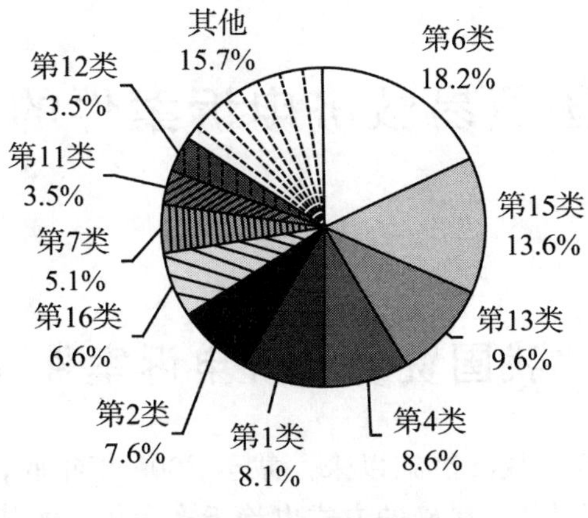

图 16　1995—2009 年全球保障措施涉案产品分布情况

第二章　我国贸易救济申诉案件的特点及走势

第一节　我国贸易救济申诉案件[①]的特点

我国自1997年开始运用贸易救济措施以来，截至2009年年底，已经对进口产品启动了185起[②]贸易救济调查。我国运用贸易救济措施的方式也趋于多元化，尤其在2009年首次启动反补贴调查，且立案数有3起，所涉及的领域为冶金、农业和汽车行业，其中汽车行业是首次发起贸易救济调查。

一、反倾销成为我国发起贸易救济调查的主要形式，2009年首次启动反补贴调查

1997—2009年，我国共发起贸易救济调查185起，其中反倾销181起，占我国贸易救济案件总数的97.8%；反补贴调查3起，占比1.6%；保障措施1起，占比0.5%。由此可见，我国运用贸易救济措施13年来，反倾销仍是我国企业用来保护自身利益的主要手段。

二、入世后我国反倾销申诉案件明显增加，2008年和2009年我国反倾销申诉案件有所反弹

1997—2009年，我国反倾销立案数为181起，年均13.9起，最高峰值在2002年，达到30起。从图1可以看出，1997—2000年的4年间，我国反倾销立案总数为16起，年均立案4起。但自2001年起，我国反倾销申诉案件明显增加。2001—2005年，我国反倾销立案总数为120起，年均立案24起；2006—2009年，我国反倾销立案数为45起，年均立案11.3起。

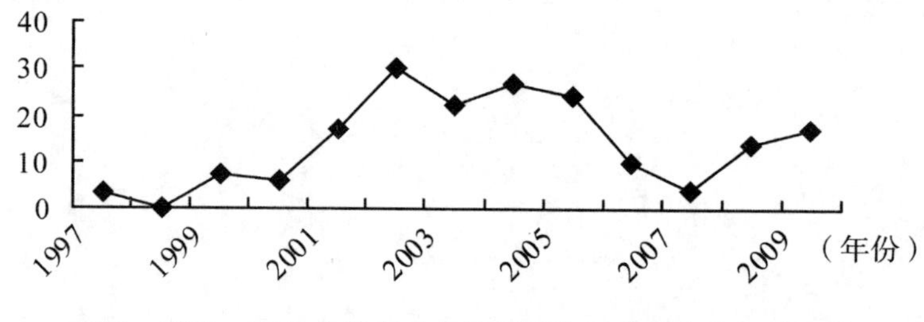

图1　1997—2009年我国企业反倾销申诉案件立案年度走势

---

① 如文中无特别指明出处，本章数据均来源于“中国贸易救济信息网”，http：//www.cacs.gov.cn

② 参照世贸组织标准，即1个国家、1种产品对应1起案件

虽然，2006—2009年反倾销年均案件数低于2001—2005年的年均水平，但金融危机爆发后的2008年出现了明显的反弹趋势。2006年，我国反倾销立案从2005年的24起减至10起，2007年减至4起，但2008年增至14起，2009年增至17起。

三、韩国、日本和美国为我国反倾销主要被诉国，2009年对美国发起调查最多

1997—2009年，我国共对26个国家（地区）发起反倾销调查。在我国启动的181起反倾销案件中，韩国作为被诉国的案件均为32起，位列第一，占我国反倾销申诉案件总数的17.7%；日本为31起，位居第二，占比17.1%；美国为28起，位居第三，占比15.5%；中国台湾16起，位居第四，占比8.8%；欧盟12起，占比6.6%；俄罗斯11起，占比6.1%（表1）。韩国、日本和美国仍保持前3位，案件数居前3位的国家在反倾销申诉案件总数中占比50.3%，案件数居前10位的国家（地区）在反倾销申诉案件总数中占比83.4%。

表1　1997—2009年我国反倾销申诉案件中涉案前10位国家（地区）排名情况

国家（地区）	2009年累计	2008年累计	2009年新增
韩　国	32	31	1
日　本	31	31	0
美　国	28	24	4
中国台湾	16	15	1
欧　盟	12	10	2
俄罗斯	11	9	2
新加坡	6	6	0
印度尼西亚	5	3	2
泰　国	5	3	2
德　国	5	5	0

从2009年我国新发起的反倾销案件来看，对美国发起案件最多，新增4起；其次是对欧盟、俄罗斯、印度尼西亚、泰国，各新增2起，对韩国、中国台湾、马来西亚、沙特阿拉伯、新西兰新立案均为1起。

四、申诉企业所属省份集中于北京、山东和吉林，2009年浙江和上海发起调查最多

1997—2009年，我国原审申诉企业共涉及27个省份（直辖市）。未涉案的省级行政区（港、澳、台除外）4个，分别为西藏、宁夏、海南、贵州。其中，北京企业位居第一，共发起55起反倾销案；山东为45起，居第二；吉林位居第三，为42起（表2）。

表 2 1997—2009 年我国贸易救济案件涉案省份前 10 位省份

申诉企业所在省份	2009 年累计	2008 年累计	2009 年新增
北 京	55	52	3
山 东	45	41	4
吉 林	42	42	0
上 海	40	34	6
浙 江	36	26	10
江 苏	30	30	0
黑龙江	29	25	4
辽 宁	27	27	0
四 川	26	22	4
广 东	23	17	6

从 2009 年新发起的反倾销调查看，浙江新发起案件数居首位，为 10 起；位居第二的是上海、广东，各 6 起；第三位的是山东、黑龙江、四川、河北、湖南、山西、河南、陕西、云南、内蒙古、安徽，分别为 4 起。此外，北京 3 起；福建、湖北各 2 起。

五、涉案产业以化工为主，2009 年首次对进口汽车产品发起贸易救济调查

1997—2009 年，我国发起的 181 起反倾销调查中（图 2），涉及化工产品的反倾销案件仍居首位，为 140 起，占我国申诉反倾销案件总数的 77.3%。共涉及化工（140 起）、造纸（14 起）、冶金（10 起）、纺织（7 起）、机械（3 起）、电子（3 起）、农产品（2 起）、医药（1 起）、汽车（1 起）。

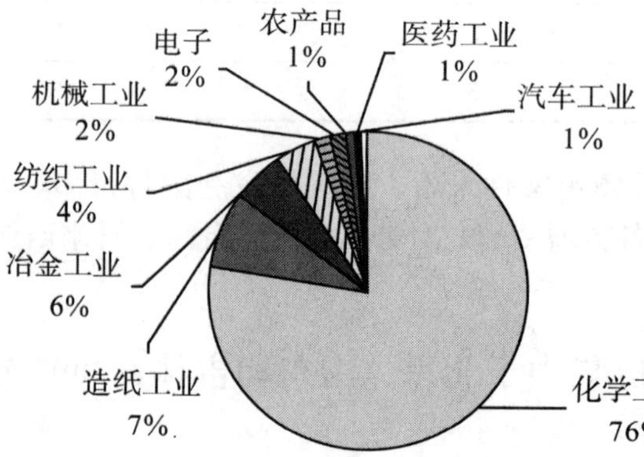

图 2 1997—2009 年我国申诉案件涉案产品按行业分布情况

从 2009 年新发起的反倾销调查看，仍以化工产品为主，共计 12 起，占比 70.6%；冶金 2 起，占比 11.8%，农产品、机械、汽车各 1 起，分别占比 5.9%。我国首次对进口汽车发起贸易救济调查，且 2009 年 6 月对进口取向电工钢（取向性硅电钢）、2009 年 9 月对进口白羽肉鸡、2009 年 11 月对进口小轿车和越野车（排气量在 2.0 升及 2.0 升以上）发起的调查均为反倾销、反补贴“双反调查”，被诉国均为美国。

第二节　我国贸易救济申诉案件的效果分析

一、我国贸易救济措施涉案企业存续情况分析

截至2009年年底，在反倾销案件涉及的27个省级行政区和3个计划单列市中，涉案企业共计163家，其中，实际填报存续情况的企业有153家。在153家填报存续情况的企业中，未发生停产或转产、重组、破产、更名的企业数为80家，占52.3%；发生上述变化的企业数为73家，占47.7%。其中，已停止生产原涉案产品的企业有39家（包括停转产和破产企业），发生重组（破产除外）的企业有33家，企业名称变更的有23家。详细情况见表3。

表3　截至2009年年底各省份及计划单列市反倾销案各涉案企业存续情况

（单位：家）

序　号	行政区	涉案企业数	实际填报企业数	未发生变化	停产或转产	重　组（破产除外）	破　产	更　名
1	福　建	4	4	1	2			1
2	甘　肃	2	2	2				
3	广　西	3	2				2	
4	黑龙江	11	9	2	1	4	2	3
5	湖　南	6	5	2		1	1	2
6	江　西	1	1		1	1		1
7	辽　宁	8	8	5	3	1		1
8	内蒙古	2	2	2				
9	青　海	1	1			1		1
10	山　西	6	6	4		1	1	
11	上　海	12	11	4	4	2	1	2
12	四　川	7	7	5	1		1	
13	浙　江	9	9	8	1	1		
14	河　北	5	5	2		1	2	1
15	天　津	4	4	2		1		1
16	湖　北	6	6	4		1	1	
17	北　京	8	8	4	1	1	1	1
18	吉　林	7	7	1	1	5		2
19	云　南	1	1					
20	广　东	12	12	7	3	2		3
21	重　庆	2	2		1	1		1

续表

序　号	行政区	涉案企业数	实际填报企业数	未发生变化	停产或转产	重　组（破产除外）	破　产	更　名
22	新　疆	3	3	3				
23	江　苏	16	14	5	1	6	3	1
24	山　东	17	16	11	2	2		2
25	陕　西	1	1				1	
26	河　南	4	3	3				
27	安　徽	1	1	1				
28	厦　门	1	1				1	
29	宁　波	2	2	1		1		
30	青　岛	1	0					
	合　计	163	153	80	22	33	17	23

注：1. 在统计表中，“重组（破产除外）”包括合资、并购、合并、重组

2. 企业同时发生“重组（破产除外）”、“更名”、“停产或转产”时，分别计入各种情况；企业同时发生“破产”、“停产或转产”两种情况时，统计为“停产或转产”

二、我国贸易救济措施实施的积极效果

第一，贸易救济措施实施后，多数国内受损产业在规模上得以恢复和发展，部分产业迅速成长为全球瞩目的产业。重点跟踪产品中，聚氯乙烯、新闻纸、水合肼等产业规模增长全球瞩目。我国聚氯乙烯行业产能规模居世界第一；反倾销措施实施的 10 年间，我国新闻纸产能在全球新闻纸产量的排名也从立案当年的第 12 位跃升至 2008 年的第 2 位；中国国内水合肼产能约占全球产能的 58%。

第二，贸易救济措施实施后，企业加速了技术改造和加大环保等领域的投入和整顿。目前，我国氨纶产业无论是生产技术还是产品质量均可与国外产品比肩，产品档次从高、中、低档均能满足下游产业的需求。“生产淀粉废弃物（薯渣）生物技术处理技术与资源化处理”已完成生产实验，该研究成果可有效避免马铃薯淀粉企业对环境的污染。

第三，贸易救济措施的实施，促进了我国产业结构的升级和优化。邻苯二酚产业属高技术产业，有机硅作为航天科技的战略产品，反倾销措施实施后，国内同类高技术产业得以实现自主研发和批量生产，新研制出的有机硅被用于“神六”的发射。非色散位移单模光纤反倾销案是我国信息产业提起的第一案，有利于我国光纤光缆行业的发展，为推动我国 3G、FTTx、三网融合的发展提供了有力的支撑。

第四，贸易救济措施的实施，对关联产业产生辐射和拉动效应，取得了良好的社会效益。“马铃薯淀粉反倾销案”是我国第一起涉农贸易救济案件，产业覆盖 10 个省区，影响面涉及 6000 万农民。反倾销初裁以后，马铃薯的收购价格回升，薯农平均增收 20%，对稳定农民收入、鼓励薯农的种植积极性起到了积极作用。

第三章　全球对华贸易救济案件概况①

我国目前的货物贸易总额约占全球的 9%，但据世贸组织统计，截至 2009 年年底，全球有 20.7%的反倾销调查和 15.1%的反补贴调查针对的是中国出口产品，这严重影响了我国产品的出口环境。2008 年下半年以来，随着金融危机在实体经济的蔓延，为减缓经济衰退给国内产业所带来的影响，各国不断启动贸易救济调查，我出口产品成为许多国家（地区）贸易救济调查的重点。据中国贸易救济信息网统计，2009 年，全球对华共启动贸易救济调查 127 起，创历年之最，比 2008 年同期增加 20 起，增幅为 18.7%。

第一节　全球对华贸易救济案件的特点及趋势②

据海关统计，2009 年，我国总出口额为 12016.6 亿美元，美国、欧盟、日本位列前 3 位，对上述 3 个国家（地区）的出口额之和占我国出口总额的比重达 46.2%。目前，在我国出口产品中，HS84～85③项下机电产品、HS50～63 项下纺织品及原料、HS72～83 项下贱金属及其制品、HS94～96 项下家具、玩具及杂项制品、HS28～38 项下化工产品是重点。2009 年，我国 HS84～85 项下机电产品的累计出口额为 5371.1 亿美元，居各类产品之首，占我国总出口额的 44.7%；其次是 HS50～63 项下纺织品及原料，累计出口额为 1613.3 亿美元，占比 13.4%；位居第三的是 HS72～83 项下贱金属及其制品，累计出口额为 771.0 亿美元，占比 6.4%；居第四的是 HS94～96 项下家具、玩具及杂项制品，累计出口额为 723.0 亿美元，占比 6.0%；位居第五的是 HS28～38 项下化工产品，累计出口额为 540.6 亿美元，占比 4.5%。这些重点出口产品在国际市场上具有一定的比较优势，并已成为全球对华贸易救济调查的重点。

一、全球对华贸易救济形式日趋多样化和复杂化，近年立案数屡创新高

据中国贸易救济信息网统计，1979—2009 年，全球对华共启动 1345 起贸易救济调查。其中，反倾销 1034 起，占比 76.9%；反补贴 37 起，占比 2.8%；涉华保障措施 190 起，占比 14.1%；特别保障措施 84 起，占比 6.2%（图 1）。此外，1995 年之后，我国还受困于反倾销的衍生手段——反规避、反吸收调查的大幅增加。1979—2009 年，继原审的 34 起反倾销调查后，全球对华又启动了 50 起反规避和反吸收调查。1995 年之前，欧盟对华启动了 2 起反吸收调查，美国对华启动 1 起反规避调查；1995—2009 年，全球对华启动 41 起反规避调查和 6 起反吸收调查，发起国（地区）由 2 个增至 5 个，即美国、欧盟、土耳其、墨西哥和南非。

① 本章中，除特别注明出处，数据均来源于“中国贸易救济信息网”，http：//www.cacs.gov.cn

② 参照世贸组织标准，即一个国家、一种产品对应一起案件

③ 本书中，HS 是指海关编码

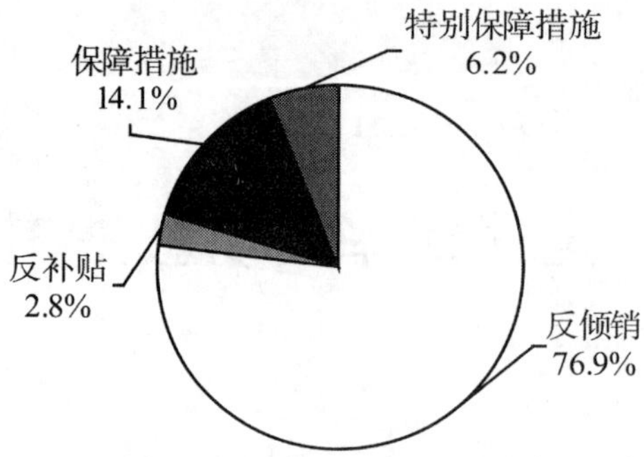

图 1　1979—2009 年全球对华 4 种贸易救济调查形式分布情况

2008 年下半年以来，我国出口产品成为各国贸易救济调查的“重点”。2009 年，全球对华共启动 127 起贸易救济调查，居历年之首。其中，反倾销 78 起，仅次于 2008 年（80 起），居历年第二位；反补贴和涉华保障措施分别为 13 起和 29 起，均列历年之首；特别保障措施 7 起，居历年第四位。

二、反倾销仍为“主力”，反补贴、保障措施和特别保障措施的使用频率不断加快

截至 2009 年年底，全球对华反倾销调查占比超过 75%，是 4 种贸易救济调查形式中的主要手段。然而，全球对华反补贴、保障措施和特别保障措施的使用频率也在不断加快（表 1）。我们依据世贸组织成立、中国入世这两个时间点将 1979—2008 年分成 3 个阶段：1979—1994 年、1995—2001 年和 2002—2008 年。可以看出，2002—2009 年，反倾销案件的占比由 1979—1994 年的 98.1%降至 66.7%；反补贴占比由 0 增至 5.0%；保障措施占比由 1.9%增至 17.2%；特别保障措施占比由 0 增至 11.2%。

表 1　全球对华贸易救济案件 3 个不同阶段占比情况

调查形式	1979—1994 年（16 年）		1995—2001 年（7 年）		2002—2009 年（8 年）	
	数　量（起）	占　比（%）	数　量（起）	占　比（%）	数　量（起）	占　比（%）
反倾销	261	98.1	277	82.7	496	66.7
反补贴	0	0	0	0	37	5.0
涉华保障措施	5	1.9	57	17.0	128	17.2
特别保障措施	0	0	1	0.3	83	11.2
合　计	266	100	335	100	744	100

三、全球对华贸易救济新立案数呈升势，涉案金额大幅增加，反补贴成为新增长点

据世贸组织统计，全球贸易救济案件数自 2001 年达到顶峰之后，开始呈现下降之势。但全球对华贸易救济立案数却一直呈现上升态势（图 2）。2009 年，各国（地区）对我国出口产品启动的贸易救济调查创历史之最，高达 127 起。

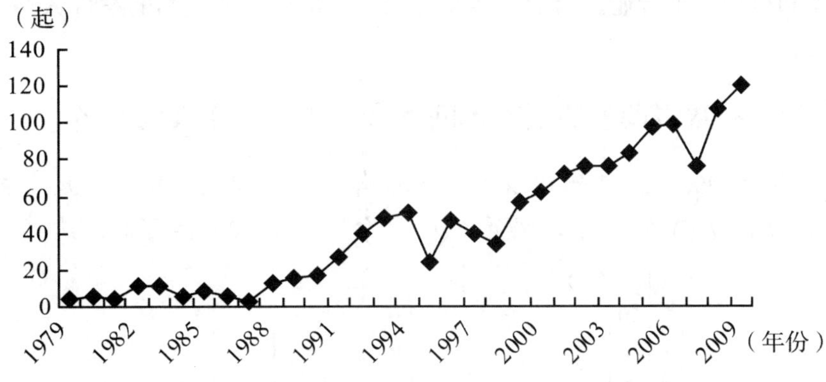

图 2　1979—2009 年国外对华贸易救济立案年度走势

在全球对华贸易救济调查不断增加的过程中，涉案金额也在不断攀升，大案、要案屡屡出现。2002 年，我国遭遇的贸易救济调查涉案金额仅为 8 亿美元；而 2007 年涉案金额升至 46 亿美元，2008 年为 62 亿美元，2009 年突破了 100 亿美元。不仅如此，许多大案频频出现。2009 年，美国对华启动 10 起双反调查，其中涉案金额超 1 亿美元的 6 起。例如，美国对华石油管材双反案涉案金额达 26.3 亿美元，成为美国迄今为止涉案金额最高的案件；欧盟对华热浸镀锌板反倾销案涉案金额超过 10 亿美元，涉及中国企业 200 余家，成为欧盟有史以来对华发起的最大一起反倾销案。

在全球对华的 4 种贸易救济形式中，反倾销是最早出现的，反补贴则出现最晚。近年来，全球对华启动的反补贴调查却呈明显增长态势。自 2006 年以来，我国出口产品已经连续 4 年成为全球反补贴措施的最大受害者。2009 年，全球对华启动 13 起反补贴调查，创历年之最。此外，对华启动反补贴调查的国家（地区）也由 1 个增至 5 个，其中尚未承认中国市场经济地位的美国对我出口产品共启动 23 起反补贴调查，占同期反补贴调查总数（37 起）的 62.2%，位居各国之首。

四、反规避和反吸收措施在全球范围内强化了对华反倾销措施的实施效果

自 1991 年我国出口产品遭遇第一起反吸收调查以来，截至 2009 年年底，共有 5 个国家（地区）对华启动 50 起反规避和反吸收调查。其中，反规避 42 起，反吸收 8 起（图 3）。尤其是 2004 年后，全球对华反规避调查有较大幅度的增长。

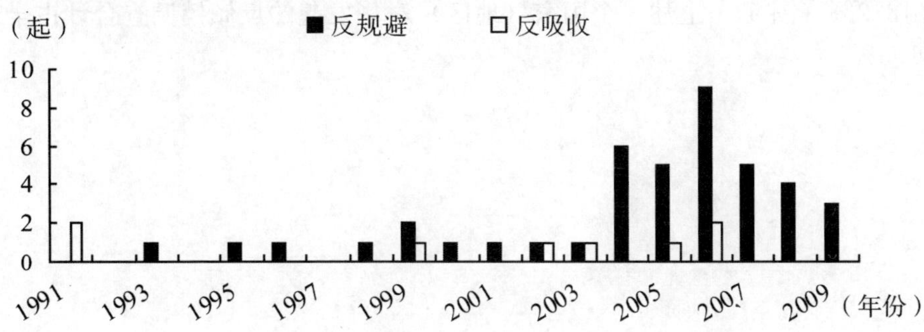

图 3　1991—2009 年国外对华反规避、反吸收立案对比

42 起反规避调查共涉及轻工、机械、化工、冶金等 9 个行业。其中，涉及轻工产品的案件位居首位，为 15 起；其次是机械工业，为 7 起；位列第三的是化工和冶金，均为 5 起。此外，涉及纺织的 3 起，涉及金属制品、电子和造纸的各 2 起，涉及有色金属的 1 起。8 起反吸收调查涉及轻工、

冶金、化工、纺织和机械 5 个行业。其中，涉及化工、轻工和有色金属的案件数均为 2 起；涉及纺织和机械的各 1 起。

五、对华启动贸易救济调查的国家不断增多，美欧是主要发起者

以 1979—1994 年、1995—2001 年和 2002—2009 年 3 个阶段来分析：1994 年前，对华启动贸易救济调查的国家（地区）数为 18 个；截至 2001 年为 31 个；2009 年年底已达 47 个（图 4）。

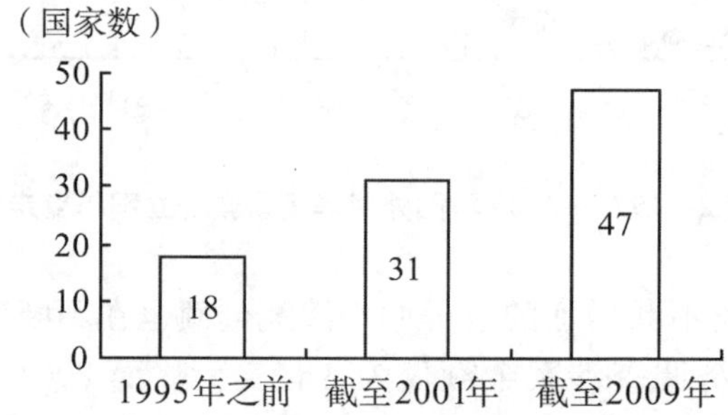

图 4　1979—2009 年对华启动贸易救济调查发起国数量阶段分布

与此同时，一些非世贸组织成员也开始对我国出口产品启动贸易救济调查。例如俄罗斯、白俄罗斯、哈萨克斯坦、乌兹别克斯坦和海湾合作委员会（以下简称海合会）。2002 年以后，上述 5 个非世贸组织成员不仅对华启动了反倾销调查，且其发起的保障措施调查也涉及了中国。截至 2009 年底，俄罗斯共对华启动 7 起反倾销、6 起涉华保障措施和 2 起特别保障措施调查；白俄罗斯启动 2 起涉华保障措施调查；哈萨克斯坦对华启动 1 起反倾销调查、2 起涉华保障措施，乌兹别克斯坦对华发起 1 起反倾销调查，海合会启动了 2 起涉华保障措施调查。

在全球对华发起 1345 起贸易救济调查中，由美国发起的调查数位居首位，为 225 起；其次是印度，为 165 起；欧盟位居第三，为 158 起；土耳其位居第四，为 89 起；位居第五的是阿根廷，为 86 起。上述 5 个国家（地区）启动的对华贸易救济调查合计占全球对华贸易救济案件总数的 53.8%。

40%以上的反倾销调查由美国、欧盟和印度发起。在全球对华发起的 1034 起反倾销调查中，美国位居首位，为 150 起，占比 14.5%；其次是欧盟，为 144 起，占比 13.9%；印度位居第三，为 136 起，占比 13.2%（图 5）。上述 3 个国家（地区）对华发起的反倾销调查合计占全球对华反倾销案件总数的 41.6%。

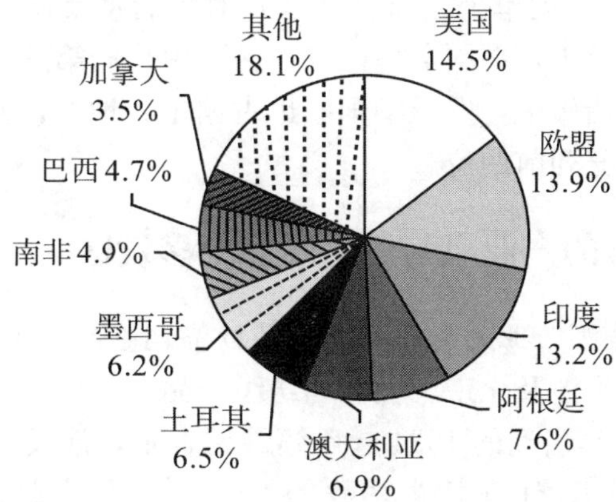

图 5　1979—2009 年各国（地区）对华反倾销立案国别分布情况

60%以上的反补贴调查由美国发起。自加拿大对中国产品发起首例反补贴调查以来，截至 2009 年年底，共有 5 个国家对我国产品启动反补贴调查。其中，美国位居首位，为 23 起，占比 62.2%；其次是加拿大，为 9 起，占比 24.3%；澳大利亚为 3 起，印度和南非均为 1 起。

印度、土耳其是涉华保障措施的主要发起国。在全球发起的 190 起涉华保障措施调查中，印度位居首位，为 21 起，占比 11.1%；其次是土耳其，为 15 起，占比 7.9%；约旦位居第三，为 12 起，占比 6.3%。上述 3 个国家启动的涉华保障措施调查合计占同期涉华保障措施案件总数的 25.3%。

50%的特别保障措施由美国发起。在全球对华启动的 84 起特别保障措施调查中，美国位居首位，为 42 起，占比 50.0%；其次是欧盟，为 10 起，占比 11.9%；土耳其和印度位居第三，均为 7 起，占比各为 8.3%。上述 4 个国家（地区）启动的特别保障措施调查合计占比达 78.6%。

六、印度、阿根廷等发展中国家[①]对华启动贸易救济调查增势显著

1979—2009 年，有 32 个国家（地区）对我国产品发起 1034 起反倾销调查，发展中国家（地区）24 个。其中，有 6 个发展中国家启动的反倾销调查数位列对华反倾销案件数的前 10 位，包括印度（136 起）、阿根廷（79 起）、土耳其（67 起）、墨西哥（64 起）、南非（51 起）、巴西（49 起）。

近年来，印度、阿根廷、土耳其等发展中国家对华反倾销立案快速增长。1995 年之前，印度对华共启动 4 起反倾销调查；而 1995 年之后共启动了 132 起反倾销调查，年均约 9 起，超过同期的美国（6 起）和欧盟（6 起）。阿根廷自 1991 年启动反倾销调查，1995 年之前启动 7 起，而 1995 年之后启动 72 起反倾销调查，年均 5 起。尤其近年来，阿根廷对华启动的反倾销调查数不断增加，2006 年，阿根廷对华启动 1 起反倾销调查，占同期阿根廷全球反倾销调查总数的比重为 9.1%；2007 年为 4 起，占比为 66.7%；2008 年为 9 起，占比为 47.4%；2009 年为 19 起，占比为 65.6%，超过美国、欧盟和印度，成为当年对华启动反倾销调查最多的国家。土耳其从 1989 年开始对华启动反倾销调查，2001 年之前，土耳其对华共启动 15 起反倾销调查，而 2001 年之后则达到 52 起，年均约 6 起。

墨西哥、巴西、南非对华反倾销调查也一直保持较高水平，而且态势平稳。其中，1993 年，墨

① 根据联合国贸易和发展组织发布的*UNCTAD handbook of statistics* 2008，将各国划分为发展中经济体、发达经济体和转型经济体。本书中，将发展中经济体和转型经济体列为发展中国家，发达经济体列为发达国家

西哥对华启动 22 起反倾销调查，创单个国家（地区）对华启动反倾销调查的年度最高纪录；2008 年，巴西对华启动 9 起反倾销调查，在同期各国（地区）中位居第三。

此外，在 190 起涉华保障措施中，发展中国家也占据主导地位，共发起 152 起调查，占比高达 80.0%。其中，印度、土耳其分列前两位。

七、我国具有比较优势的产业成为贸易摩擦的多发区

1. 化工、轻工等劳动密集型产业是全球对华贸易救济调查的“重灾区”

(1) 53%以上的反倾销调查涉及化工、轻工和纺织产品

1979—2009 年，在全球对华启动的 1034 起反倾销调查中，涉及化工产品的反倾销案件数位居首位，为 243 起，占全球对华反倾销案件总数的 23.5%；其次是轻工产品，为 217 起，占比 21.0%；机械位居第三，为 114 起，占比 11.0%（图 6）。从上述数据可以看出，涉及化工、轻工和机械的反倾销调查约占全球对华反倾销案件总数的 55.5%。

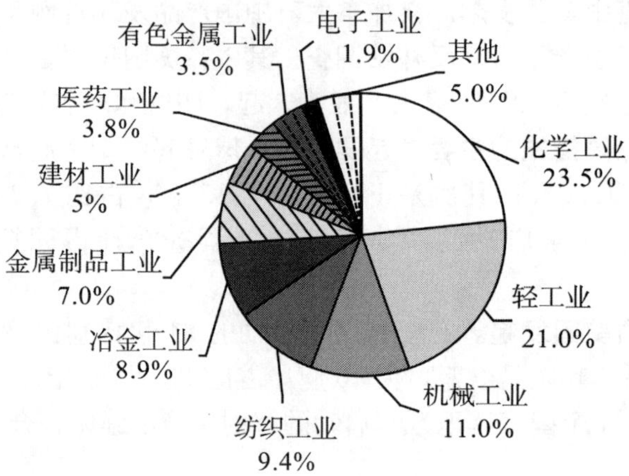

图 6　1979—2009 年国外对华反倾销调查涉案行业分布情况

(2) 50%以上的反补贴调查涉及冶金、化工和机械产品

2004—2009 年，在全球对华发起的 37 起反补贴调查中，涉及冶金工业的案件数位居首位，为 13 起，占比 35.1%；其次是化工和机械，均为 5 起，占比各为 13.5%；造纸工业位居第三，为 4 起，占比 10.8%（图 7）。

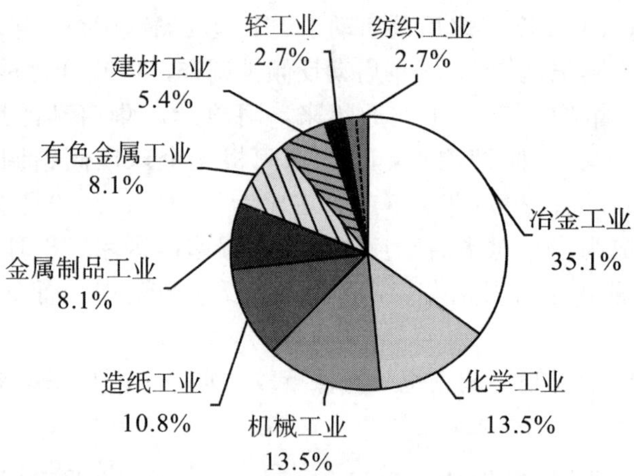

图 7　2004—2009 年国外对华反补贴调查涉案行业分布情况

尤其是，在13起对华冶金产品的反补贴调查中，美国共启动9起，占全球对华冶金产品反补贴案件总数的69.2%。这不仅对我国钢铁产品出口美国形成了较大压力，而且起到了不好的示范作用，同时引发其他国家对我国出口钢铁产品采取类似措施。

(3) 48%以上的涉华保障措施调查涉及轻工和化工产品

1987—2009年，在190起全球涉华保障措施案件中，涉及轻工产品的案件数居首位，为55起，占全球涉华保障措施案件总数的28.9%；其次是化工，为38起，占比20.0%；建材工业位居第三，为21起，占比11.1%（图8）。

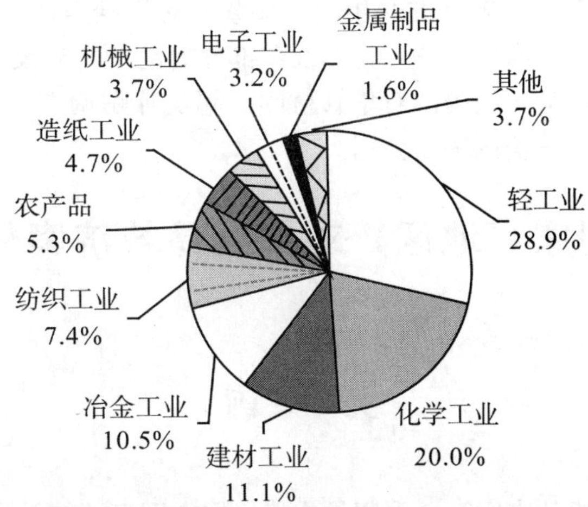

图8　1987—2009年国外涉华保障措施调查涉案行业分布情况

(4) 60%以上的特别保障措施调查涉及纺织品

2002—2009年，在84起特别保障措施案中，涉及纺织品的案件数位居首位，为57起，占特别保障措施案件总数的67.9%；其次是金属制品，为6起，占比7.1%；化工、轻工位居第三，均为5起，占比各为6.0%（图9）。

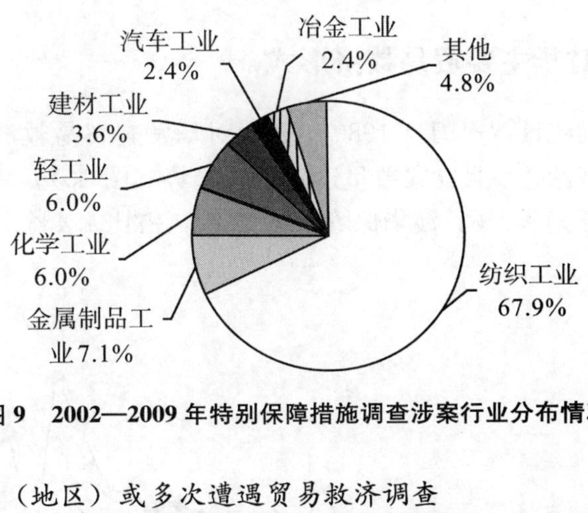

图9　2002—2009年特别保障措施调查涉案行业分布情况

2. 同类产品常在多国（地区）或多次遭遇贸易救济调查

1979—2009年，在全球对华发起的1345起贸易救济调查中，有许多涉案产品是被多个国家（地区）或一个国家（地区）进行过多次反倾销、反补贴和保障措施调查。例如，1979—2009年，共有18个国家（地区）对我国出口的鞋类产品发起38起贸易救济调查（包括反倾销和保障措施）。其中，加拿大对华鞋类产品启动6起贸易救济调查，欧盟和委内瑞拉对华鞋类产品均启动过5起贸易救济调查；而委内瑞拉不仅对我国鞋类产品启动反倾销调查，同时还启动了保障措施调查。以我国出口的轮胎为例：1979—2009年，已有10个国家（地区）针对我国出口的各种轮胎启动了20起反倾销调查。其中，巴西、土耳其各3起，澳大利亚、阿根廷、埃及、墨西哥、南非和印度各2起。截至2009年年底，我国出口产品中遭遇多起贸易救济调查的产品主要包括各种罐头、草甘膦、彩电、自行车及其零部件、打火机、荧光灯、电熨斗、糠醇、高锰酸钾、空调、氯化钡、扑热息痛、水泥、碳酸钡、热轧碳钢板等数十种产品。

同时，在同一国家（地区）对同种产品提起贸易救济调查的申诉方通常是同一个/几家企业/协会。例如，在欧盟对华鞋类产品启动的5起贸易救济调查中，申诉方均是欧洲鞋业联合会；委内瑞拉对华启动的5起贸易救济调查的申诉方均相同；加拿大对华鞋类产品启动的3起反倾销调查中，申诉方均为加拿大制鞋协会；在欧盟对华自行车及零部件启动的5起反倾销调查中，有4起案件的申诉方是欧洲自行车生产商协会；在美国对华管材的6起反补贴调查中，3起案件的申诉方都有美国最大的钢铁垄断跨国公司——美国钢铁公司。

第二节　主要国家（地区）对华贸易救济案件的特点及走势

美　国

目前，美国是仅次于欧盟的中国第二大贸易伙伴。据中国海关统计，2009年，中美双边贸易总额达2982.6亿美元，同比下降10.6%。其中，中国对美国出口2208.2亿美元，同比下降12.5%；自美国进口774.4亿美元，同比下降4.8%；中方顺差1433.8亿美元。

自2008年金融危机以来，美国频繁对我出口产品启动贸易救济调查。据中国贸易救济信息网统计，2009年，美国对我国输美产品启动反倾销调查12起、反补贴调查10起，分别位居同期各国（地区）对华反倾销调查的第二位、反补贴调查的第一位。截至2009年年底，美国对华反倾销、反补贴和特别保障措施数仍列居各发起国（地区）之首。

一、反倾销是美国对华主要贸易救济形式

据中国贸易救济信息网统计，美国自1980年开始对华发起贸易救济调查以来，截至2009年，共对华启动225起贸易救济调查，且立案数呈逐年上升趋势（图10）。其中，反倾销150起，占比66.7%；反补贴23起，占比10.2%；涉华保障措施10起，占比4.4%；特别保障措施42起，占比18.7%。

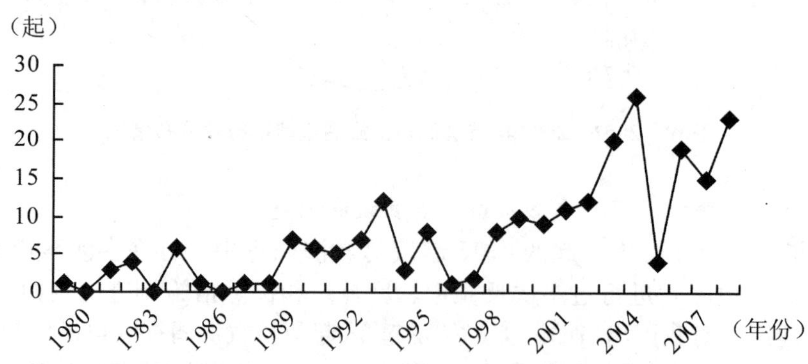

图10　1980—2009年美国对华贸易救济立案年度走势

1980—2009年，美国共发起反倾销调查1241起，其中涉华150起，占美国反倾销案件总数的12.1%，位居各国之首。

1. 美国对华反倾销立案呈波浪式升势，采取最终反倾销措施占比高于美国平均水平

1980—2009年，美国共对华启动反倾销调查150起，年均5起。从图11可以看出，美国对华反倾销调查大致经历了3个阶段：20世纪80年代是美国对华发起反倾销调查的第一阶段，反倾销立案年均2起。这一阶段美国对华反倾销案件数量较少，年度立案波动大。20世纪90年代为第二阶段，年均立案数为5起。这一阶段的平均立案数多于第一阶段，且年度立案波动仍然较大。21世纪以来为第三阶段，年均立案数为8起；这一阶段的特点是立案数进一步增加，并呈增长态势。尽管美国对华反倾销立案数有所波动，但总体仍呈升势。

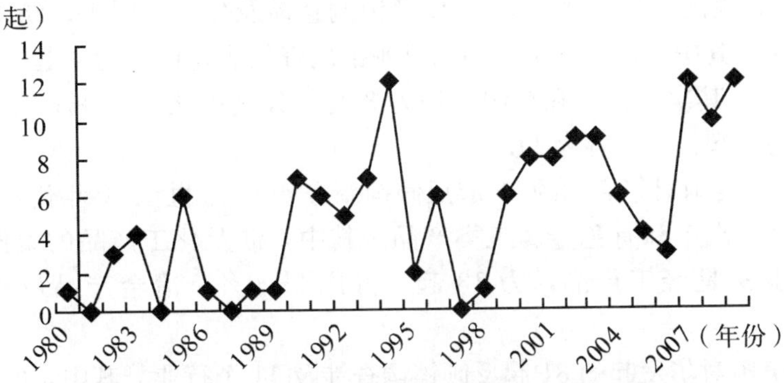

图11 1980—2009年美国对华反倾销立案年度走势

截至2009年年底，在美国对华发起的150起反倾销调查中，有138起案件已作出终裁。其中，采取最终反倾销措施的案件数为103起，占美国对华已作终裁反倾销案件总数的74.6%；作出无损害和无倾销裁决的29起，占比21.0%；申诉方撤诉的6起，占比4.3%。而据美国国际贸易委员会的统计，1980—2007年，美国共发起1606起反倾销和反补贴调查，采取最终反倾销措施的比例为38%。由此可见，美国对华反倾销案采取最终措施的比例远远高于美国采取最终反倾销措施的平均比例。

2. 反倾销调查范围不断扩大，化工、轻工和冶金是调查重点

美国对华发起的150起反倾销调查共涉及化工、冶金、轻工、金属制品等14个行业。其中，涉及化学工业的案件数位居首位，为37起，占比24.7%；其次是冶金工业，为27起，占比18.0%；轻工业位居第三，为23起，占比15.3%（图12）。涉及上述3个行业的案件数占同期美国对华反倾销案件总数的比例达58.0%。

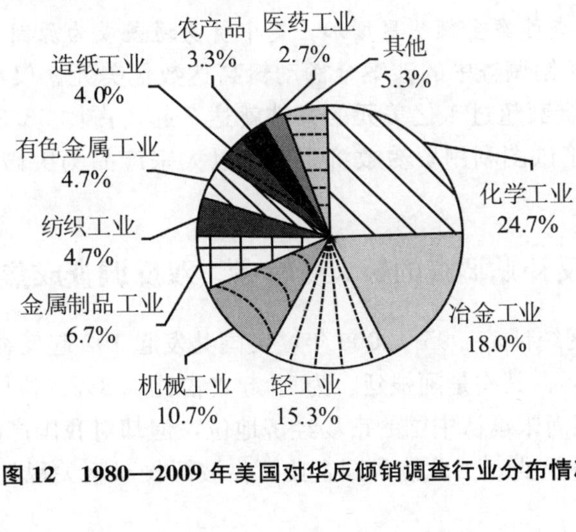

图12 1980—2009年美国对华反倾销调查行业分布情况

从以上数据可以看出，我国重点对美出口产品均已成为美国反倾销调查的目标。例如，机电产品、纺织品、钢铁、轻工产品等。据商务部统计，2009 年，我国对美国 HS84～85 项下机电产品的出口额累计 1046.9 亿美元，居各类产品之首，占我国对美国出口总额的 47.4%；HS50～63 项下纺织品及原料、HS94～96 项下家具、玩具及杂项制品、HS72～83 项下贱金属及其制品、HS64～67 项下鞋靴、伞等产品、HS28～38 项下化工产品的出口额占我国对美国总出口额的比重分别为 11.1%、10.7%、5.4%、4.8%和 3.1%。在贱金属及其制品中，HS72～73 项下钢铁及其制品的出口额累计 57.5 亿美元，占贱金属及其制品出口总额的 48.1%。

美国对华反倾销调查不仅涉案行业集中度较高，而且对华反倾销调查的范围也在不断扩大。以下分 3 个阶段分析美国对华反倾销重点的变化。

20 世纪 80 年代，美国对华启动的 17 起反倾销调查涉及化工、轻工、纺织、冶金、金属制品、机械和医药七类产品。其中，涉及化工产品的反倾销调查位居首位，为 4 起，占同期美国对华反倾销案件总数的 23.5%；其次是轻工和纺织，均为 3 起，分别占比 17.6%；位居第三的是机械、金属制品和医药，均为 2 起，占比各为 11.8%。

20 世纪 90 年代，美国对华启动的 52 起反倾销调查涉及 20 世纪 80 年代除纺织外的其他六类产品，并增加了农产品、汽车和有色金属三类产品。其中，涉及化工产品的案件数位居首位，为 14 起，占比 26.9%；其次是轻工产品，为 13 起，占比 25.0%；冶金产品位居第三，为 8 起，占比 15.4%。

21 世纪以来，美国对华发起的 81 起反倾销调查涉及 11 个行业。其中，电子、造纸、煤炭和建材是以往的反倾销调查所未涉及的领域。在美国对华启动的 81 起反倾销调查中，涉及化工的案件数位居首位，为 19 起，占比 23.5%；其次是冶金，为 18 起，占比 22.2%；机械位居第三，为 11 起，占比 13.6%。

3. 美国尚未承认中国的市场经济地位，多数案件以印度作为替代国

在美国对华发起的 150 起反倾销调查中，美国从未给予中国企业以市场经济地位，而多以替代国作为计算中国涉案产品正常价值的依据。据中国贸易救济信息网统计，截至 2009 年年底，在美国对华已经作出肯定性终裁的 103 起反倾销案中，有 12 起案件美国商务部认为没有合适的替代国，使用了可获得信息来计算中国涉案产品的正常价值；在其余的 91 起案件中，美国商务部使用过 15 个国家作为替代国。其中，使用印度作为替代国的案件有 72 起，位居首位；其次是印度尼西亚，为 10 起；泰国位居第三，为 4 起。特别是在 1995 年以后，在美国对华已经作出肯定性终裁的 68 起反倾销案中，使用印度作为替代国的就达 60 起。可见，印度已经成为美国对华反倾销裁决的主要替代国。

4. 美国对华反倾销调查涉案金额明显增加，美中贸易逆差或为原因

近年来，美国对华反倾销调查中的涉案金额动辄高达数亿美元。仅在 2009 年美国对华发起的 12 起反倾销调查中，涉案金额超过 1 亿美元的案件就达 7 起，占比 58.3%。涉案金额的逐年增加也从另一个侧面说明美方正试图利用贸易救济手段，以大宗产品为突破口，平衡美中之间的贸易逆差。

二、中国成为美国反补贴调查的最大受害者，双反调查成焦点

据中国贸易救济信息网统计，1995—2009 年，美国共发起 192 起反补贴调查，其中对华 23 起，位居各国之首，占比 12.0%；其次是阿根廷，为 15 起，占比 7.8%；位居第 3 的是印度，为 14 起，占比 7.3%。尽管目前美国尚未承认中国的市场经济地位，但却对我国产品发起了 20 多起反补贴调查，而且常常与反倾销合并调查，由此使我国企业面临被征收双重关税的窘境，并给政府和企业应

诉带来沉重的负担。目前，美国对华23起反补贴调查均与反倾销合并调查。

1. 美国对90%以上的对华反补贴案采取征收高额反补贴税的最终措施

截至2009年年底，在美国对华发起的23起反补贴调查中，已对14起作出了终裁。在14起已作出终裁的反补贴案件中，13起为肯定性终裁，占比92.9%，明显高于美国反倾销调查中作出肯定性终裁的比例（74.6%）。

在14起作出肯定性终裁的反补贴调查中，除对华新充气工程机械轮胎（2.45%～14.00%）和石油管材（10.49%～15.78%）的反补贴税率较低外，其余案件的裁决中均有超过100%的税率。例如，在对华环状焊接碳素钢管反补贴案中，竟裁定天津双街钢管集团有限公司的反补贴税率竟高达616.83%；在对华后拖式草地维护设备及相关零部件反补贴案中，裁定Maxchief投资有限公司、青岛欧亚华邦工具有限公司、青岛Hundai工具有限公司、青岛泰发集团股份有限公司和World Factory，Inc. 这5家企业的反补贴税率均高达264.98%。美国在未承认中国市场经济地位的情况下，对华启动反补贴调查，并征收高额反补贴税率的行为严重损害了中国企业的利益。

事实上，美国对中国产品征收如此高额的反补贴税在其反补贴调查史上是“罕见”的。据中国贸易救济信息网统计，1995—2009年，美国对除中国外的其他国家共启动78起反补贴调查，对其中41起案件作出肯定性终裁。而在这41起作出肯定性终裁①的反补贴案件中，除1起案件的普遍税率为62.92%外，其余40起案件的终裁税率均未超过50%。

2. 涉案行业集中，化工、冶金是调查重点

美国发起的23起对华反补贴调查涉及化工、冶金、造纸、机械、金属制品、纺织、建材和轻工8个行业。其中，涉及冶金产品的案件数位居首位，为9起，占同期美国对华反补贴案件总数的39.1%（图13），其次是化工，为4起，占比17.4%；位居第三的是机械和造纸，均为3起，均占比13.0%。涉及化工和冶金产品的反倾销案件占同期美国对华反补贴案件总数的56.5%。

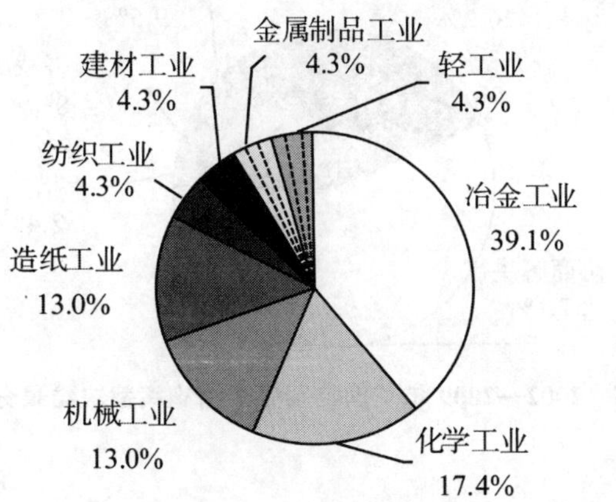

图13　2006—2009年美国对华反补贴调查行业分布情况

三、半数特别保障措施调查由美国发起

2001—2009年，我国共遭遇84起特别保障措施调查。其中，由美国发起的位居首位，为42起，占全球特别保障措施案件总数的50.0%。

2001—2009年，2004和2005年是美国启动特别保障措施调查的高峰年，分别为14起和22起。但2006—2008年，美国未对中国输美产品发起特别保障措施调查。

① 此处的案件终裁系指原审案件的终裁，不包括案件此后的各类复审的终裁

1. 纺织品服装是美国特别保障措施调查的重点

2002—2009 年，在美国启动的 42 起特别保障措施调查中，涉及纺织品服装的案件位居首位，为 35 起，占比 83.3%；其次是金属制品，为 3 起，占比 7.1%；轻工、机械、冶金和汽车位居第三，均为 1 起，分别占比 2.4%（图 14）。

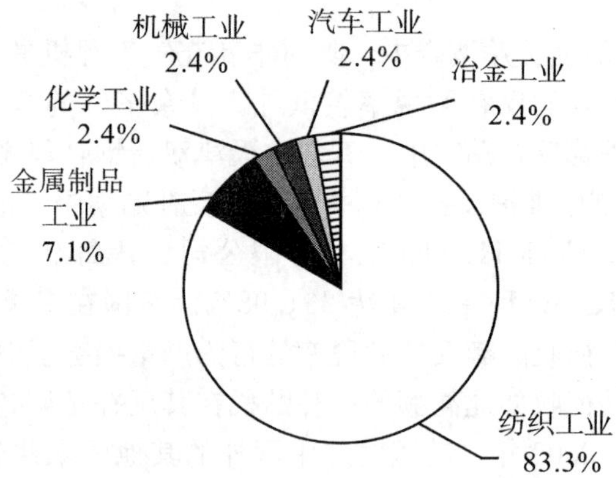

图 14　2001—2009 年美国特别保障措施调查涉案行业分布情况

2. 特别保障措施案多以协商方式解决[①]

2002—2009 年，美国启动的 42 起特别保障措施案共涉及机械、冶金、汽车、轻工和金属制品等 6 个行业，除轮胎案外，其余案件均以最终取消特别保障措施或无损害裁决而告终（图 15）。

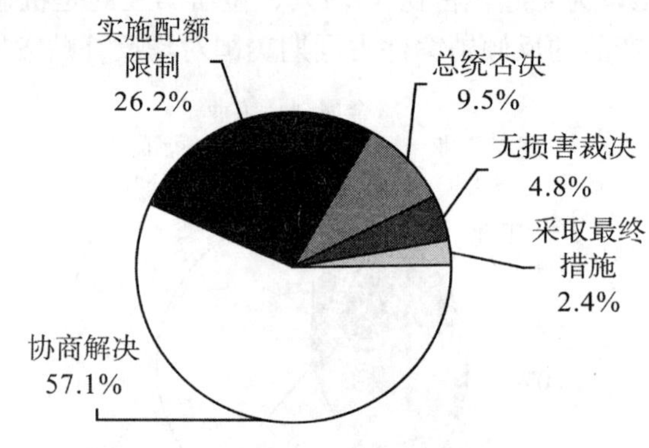

图 15　2002—2009 年美国特别保障措施案裁决结果分布情况

① “特别保障措施”是“特定产品过渡性保障机制”的简称。根据《中华人民共和国加入 WTO 议定书》，中国产品在向世贸组织成员出口时，如果数量增幅过大，以至于对其相关产业造成“严重损害”或构成“严重损害威胁”，那么这些世贸组织成员可单独针对中国产品采取保障措施。实施期限为 2001 年 12 月 11 日～2013 年 12 月 10 日

此外，世贸组织成员还专门针对中国纺织品设置了特别保障规则。根据该规则，2005—2008 年，如果中国纺织品出口对世贸组织成员造成市场扰乱，该成员可临时实行限制，但 4 年内只能用 1 次，每次只能持续 1 年

美国启动特别保障措施调查的法律依据是 421 条款，即《美国 1974 年贸易法》第 421 节，它是根据“2000 年中美关系法案”补充写入《美国 1974 年贸易法》的，是《中国加入世贸组织议定书》第 16 条规定的“过渡期内对特定产品的保障机制”的具体体现。根据该条款，如果美国国际贸易委员会认为，中国出口至美国的产品数量的增加或者所依条件对同类产品或直接竞争产品的生产商造成或威胁造成市场扰乱时，美国国内产业可以接受保障措施救济

2009年4月，应美国工人联合会的申请，美国对中国输美轮胎产品启动特保调查，这是迄今为止美国对华特保案中案值最大的一起。据中方统计，2008年，中国对美轮胎出口金额约为22亿美元。目前，中国生产的轮胎中有40%出口，而其中1/3出口美国。2009年9月，美国宣布对中国输美轮胎产品采取特保措施，裁定在未来3年内分别对中国输美轮胎征收35%、30%和25%的从价特别关税。根据该裁决，第一年加征高达35%的关税，就意味着第一年中国轮胎产品将不能出口美国。据初步测算，中国由此将损失约10亿美元的出口额。中国橡胶工业协会轮胎分会的相关人士解释说，以国产轮胎30美元/条的离岸价计算，进入美国市场再加征35%的关税后，美国经销商拿到的采购价约40美元/条，而经销商将其推向市场的最终零售价将达到50～60美元/条，比美国本土产的同类型轮胎价格还高。

在美国对华轮胎发起特别保障措施调查后，印度于2009年5月也对我出口轮胎发起了特别保障措施调查，阿根廷于2009年12月对我输阿轮胎发起反倾销调查。这一连串的连锁反应使中国轮胎产品出口在全球范围受阻，损失不可小觑。

欧　　盟

自2005年东扩之后，欧盟已成为中国第一大贸易伙伴，也是中国的第四大外资来源地，而中国则成为欧盟的第二大贸易伙伴（仅次于美国）。据中国海关统计，2009年，中国和欧盟双边贸易额达3640.9亿美元，同比下降14.5%。其中，中国对欧盟出口2362.8亿美元，同比下降19.4%；自欧盟进口1278.0亿美元，同比下降3.6%；中国顺差1084.8亿美元。

据中国贸易救济信息网统计，截至2009年年底，在所有对华启动反倾销调查的国家（地区）中，欧盟仅次于美国，位居第二。

一、反倾销是欧盟对华贸易救济调查的主要手段

据中国贸易救济信息网统计，1979—2009年，欧盟对华共启动158起贸易救济调查。其中，反倾销144起，占欧盟对华反倾销案件总数的91.1%；涉华保障措施4起，占比2.5%；特别保障措施10起，占比6.3%（图16）。

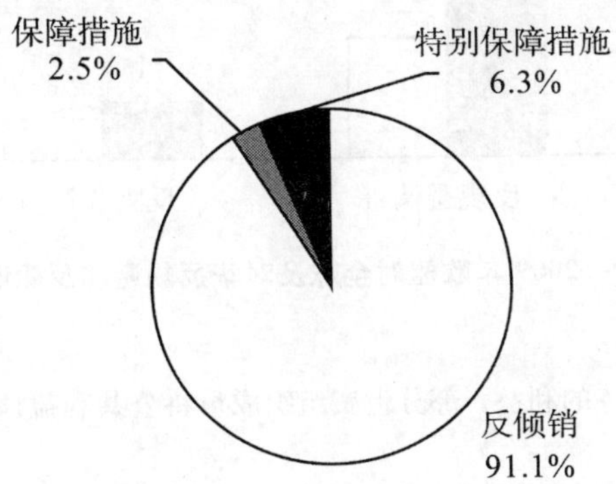

图16　1979—2009年欧盟对华3种贸易救济调查形式分布情况

1. 欧盟对华反倾销立案稳中有升，采取最终措施占比与美国基本一致

欧盟对华反倾销调查大致经历了3个阶段：20世纪90年代前，欧盟对华反倾销立案在其对华反倾销历史上是最少的，为28起，年均3起；最高峰值点出现在1988年，为7起。20世纪90年

代，欧盟对华反倾销新立案55起，年均6起，最高峰值点出现在1999年，为13起。21世纪以来，欧盟对华反倾销立案波动大于前两个阶段，共立案61起，年均6起；最高峰值点出现在2006年，为12起（图17）。

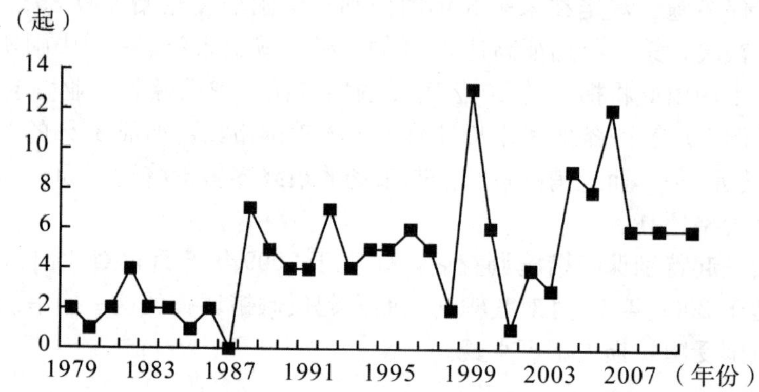

图17　1979—2009年欧盟对华反倾销立案年度走势

截至2009年年底，在欧盟对华启动的144起反倾销调查中，已作出终裁的案件为138起。其中，未采取最终反倾销措施（包括无损害、申诉方撤诉等）的共35起，占已作出终裁反倾销案件总数的25.4%；采取最终反倾销措施的共103起，占比74.6%，与美国一致（74.6%）。

在35起未采取最终反倾销措施的案件中，有3起由于征税不符合欧盟成员国的公共利益①而被终止调查，占未采取反倾销措施案件总数的8.6%；作出无损害或无倾销裁决的7起，占比20.0%；申诉方撤诉的15起，占比42.9%；因其他原因而终止调查的10起，占比28.6%。

2. 中国产品成为欧盟反规避、反吸收调查的主要对象

1979—2009年，欧盟共启动41起反规避调查，11起反吸收调查。其中，对华启动反规避调查23起，占欧盟反规避案件总数的56.1%；反吸收调查8起，占欧盟反吸收案件总数的72.7%（图18）。

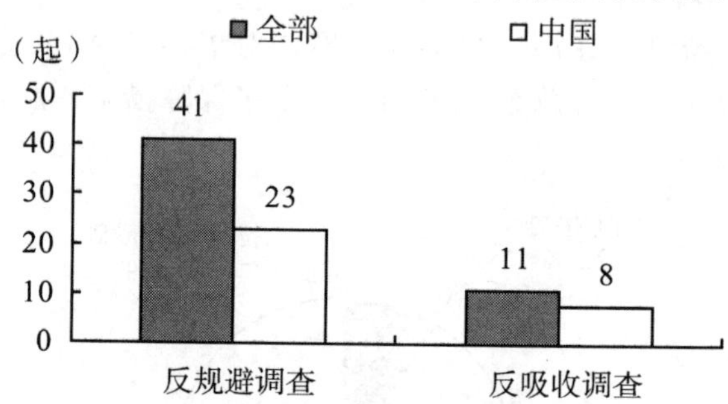

图18　1979—2009年欧盟对全球及对华反规避和反吸收立案对比

---

① 为了平衡进口国不同利益主体的利益，部分世贸组织成员将公共利益评价引入反倾销程序，其中包括欧盟和加拿大

欧盟将反倾销中的公共利益称为共同体利益，其反倾销法第21条专门对共同体利益作了规定。依据该规定，共同体利益是否要求实施反倾销措施，要在评价各方整体利益的基础上作出决定，需特别考虑消除损害性倾销的贸易扭曲效应和恢复有效竞争的需要。根据欧盟反倾销法第21条和欧盟在反倾销实践中对公共利益的解释，欧盟公共利益评价主要考虑共同体产业、用户、消费者、进口商和供应商的利益

加拿大根据《特殊进口措施法》第45条的规定，反倾销公共利益评价的目的是判定征收反倾销税或者按裁定的倾销幅度全额征收反倾销税是否违背公共利益。修订后的《特殊进口措施法》第40.1条明确规定了国际贸易法院在公共利益调查中应予考虑的因素

欧盟对我国产品启动反规避调查通常是在反倾销措施实施3年后，而反吸收调查则是在反倾销措施实施1年后，并以此扩大对华出口产品的征税范围。欧盟对华启动的23起反规避调查共涉及13种出口产品。其中，5种产品的第一次反规避调查是在反倾销措施实施后约3年启动；2种产品为6年；其余6种产品则分别是在时隔7年、8年、5年、1年和当年启动的。与反规避不同，欧盟对华6起反吸收案均是在反倾销措施实施1年后启动调查的。

3. 市场经济地位仍为中方应诉难点，美国、印度和韩国成为欧盟裁决常用替代国

据中国贸易救济信息网统计，1979—2009年，在欧盟对华启动的144起反倾销调查中，中国企业获得市场经济地位的案件仅23起，占比16.0%。就单一案件而言，获得市场经济地位待遇的企业占个案全部应诉企业的比例仍十分有限。2005年6月，在欧盟对华塑料袋反倾销案中，108家中国企业要求获得市场经济地位，3家企业要求获得单独税率，但最终欧盟只给予了7家中国企业市场经济地位。2008年7月，在欧盟对华无缝钢铁管反倾销案中，17家企业要求获得市场经济地位，但欧盟在裁决时并未给予其中任何一家企业以市场经济地位待遇。2009年，在欧盟启动的6起反倾销调查中，欧盟仅在葡萄糖酸钠反倾销案中给予了山东凯翔生物化工有限公司以市场经济地位待遇。2009年6月，在欧盟对华聚酯高强力纱反倾销案中，11家中国应诉企业要求获得市场经济地位，但欧盟未给予其中任何一家以市场经济地位待遇。

由于在反倾销调查中，中国企业很少能获得市场经济地位待遇，因此欧盟委员会常采用替代国（地区）来计算中国涉案产品的正常价值。截至2009年年底，在已作出反倾销终裁的138起案件中，欧盟在终裁中共使用了26个国家（地区）作为替代国（地区）。其中，选择美国作为替代国的案件达29起，居首位；其次是印度，为11起；韩国位居第三，为9起（表2）。

表2　1979—2009年欧盟对华反倾销案中10个主要替代国（地区）

替代国（地区）	美　国	印　度	韩　国	巴　西	土耳其
涉案数（起）	29	11	9	8	8
替代国（地区）	泰　国	日　本	印度尼西亚	马来西亚	中国台湾
涉案数（起）	6	6	5	4	4

注：对替代国（地区）的统计是针对欧盟在反倾销案终裁中所选用的替代国（地区）

4. 欧盟对华反倾销案涉案行业分布范围有所扩大，部分行业的集中度进一步提高

自1979年欧盟对我输欧产品发起第一起反倾销调查以来，欧盟共对我国14个行业的产品启动了反倾销调查。其中，涉及化工产品的案件居首位，为38起，占欧盟对华反倾销案件总数的26.4%；其次是轻工产品，为34起，占比23.6%；位居第三的是冶金产品，为16起，占比11.1%（图19）。涉及上述3个行业的反倾销调查占欧盟对华反倾销案件总数的61.1%，而涉及其他8个行业的占比仅为38.9%。

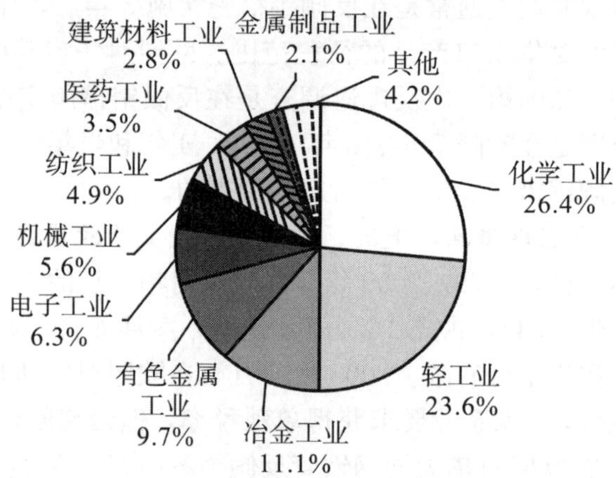

图 19　1979—2009 年欧盟对华反倾销调查涉案行业分布情况

同时，欧盟对华反倾销调查的行业集中度也有所提高。1995—2009 年，欧盟对华反倾销调查涉及轻工、化工和冶金行业的案件总数占欧盟同期反倾销调查总数的 61.1%；而 1979—1994 年为 55.8%。我们将 1979—2005 年分成两个时段来分析：1979—1994 年和 1995—2009 年。从图 20 可以看出，自 1995 年以来，欧盟对华反倾销调查中新增涉及煤炭、农产品、汽车和皮革的产品，轻工、冶金、纺织和机械等行业的反倾销案件占比大幅上升，而化工、医药、有色金属和电子等行业的占比有所下降。

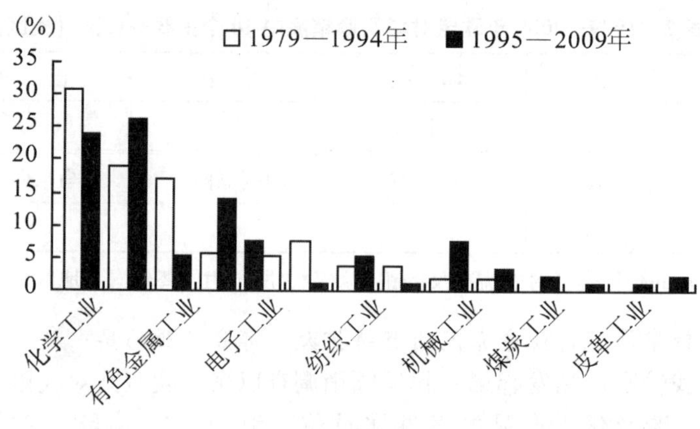

图 20　1979—1994 年和 1995—2009 年欧盟对华反倾销调查涉案行业对比

近年来，我国钢铁产品遭遇的反倾销调查明显增多。2007—2009 年，欧盟对华共发起 8 起反倾销调查。其中，涉及钢铁产品的案件以 6 起位居首位，占比 75.0%。而这与美国 2007 年以来连续对我国钢铁产品启动多起双反调查有着紧密的关联。2007 年之前，欧盟除了于 1999 年对我国输欧钢板启动过反倾销调查外，并未对我国其他钢铁产品启动过反倾销调查；但自 2007 年起，欧盟已陆续对我国钢铁产品启动了 6 起反倾销调查。

二、欧盟保障措施和特别保障措施明显减少，纺织品和食品是其调查重点

2005 年，欧盟接连启动了 9 起特别保障措施调查，其中 8 起针对的是纺织品，特别保障措施成为欧盟当年对华贸易救济调查的主要形式。2006—2009 年，欧盟对华特别保障措施为零。与此相似，2006 年之前，欧盟启动 4 起保障措施调查，均涉及中国；2006—2009 年，欧盟未启动保障措

施。这说明在特定背景下，某种贸易救济形式可能在一段时间内成为某国（地区）使用的主要手段，这也意味着今后全球对华贸易救济调查的形式会不断发生变化。其中，特别保障措施由于具有启动调查的门槛低、界定模糊、程序简单、透明度差、针对性强等特点，更应引起我们的特别关注。

在欧盟对华启动的10起特别保障措施调查中，涉及纺织品的案件数位居首位，为9起；另外1起为轻工产品。而在欧盟4起涉华保障措施案中，涉及食品的案件数位居首位，共3起，包括糖水梨、柑橘罐头和冷冻草莓；另外1起为钢铁产品。

印　　度

中印两国无论是贸易结构，还是产业结构，都具有一定的互补性，但由于同属发展中国家，两国在工业化战略实施中的贸易和产业政策很相似，导致双方在商品贸易结构上相似性较多，成为竞争性的贸易伙伴。目前，机电产品、化工产品、纺织品、钢铁和轻工产品位居印度进口中国产品中的前五大类，而这些产品都成为印度反倾销调查的重点目标。据海关统计，2009年，印度自中国进口HS84～85项下机电产品的累计金额为163.4亿美元，占印度自中国进口总额的比重达55.1%；HS28～38项下化工产品的累计进口额为44.6亿美元，占比15.0%；HS72～83项下贱金属及其制品的累计进口额为23.7亿美元，占比8.0%；HS50～63项下纺织品及原料的累计进口额为20.7亿美元，占比7.0%。另外，印度对华机电产品反倾销调查也呈现升温趋势。2006—2008年，印度对华机械产品共发起5起反倾销调查，占印度对华涉及机械工业反倾销调查总数的50%；4起涉及电子工业的反倾销调查均是2006年之后启动的。

印度启动的反倾销调查数已超过了美国和欧盟，位列各成员之首。据世贸组织统计，1995—2009年，印度共发起反倾销调查596起，占同期世贸组织成员启动的反倾销案件总数的16.2%。事实上，自2000年以来，印度在许多年份中的对华反倾销新立案已经超过美国和欧盟（图21）。截至2009年年底，在所有对华启动反倾销调查的国家（地区）中，印度位居美国和欧盟之后，成为对华反倾销调查第三大发起国。

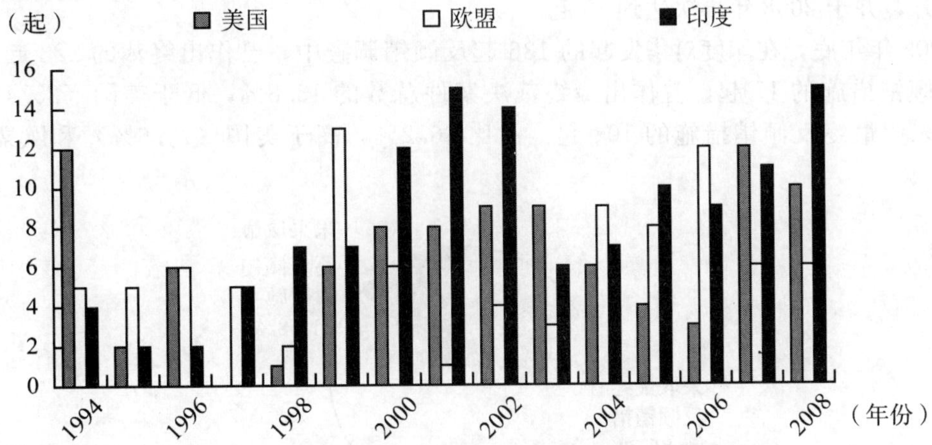

图21　1994—2008年印度、美国和欧盟反倾销立案对比

中国产品历来是印度贸易救济调查的重点。据世贸组织统计，在印度启动的 596 起反倾销调查中，对华反倾销案件（131 起）位列首位，占印度全部立案数的 22.0%。

一、反倾销是印度对华贸易救济的主要手段

截至 2009 年年底，印度对华贸易救济的形式共包括反倾销、反补贴、保障措施和特别保障措施。1994—2009 年，印度已启动针对中国产品的 136 起反倾销调查、1 起反补贴、21 起涉华保障措施调查和 7 起特别保障措施调查（图 22）。

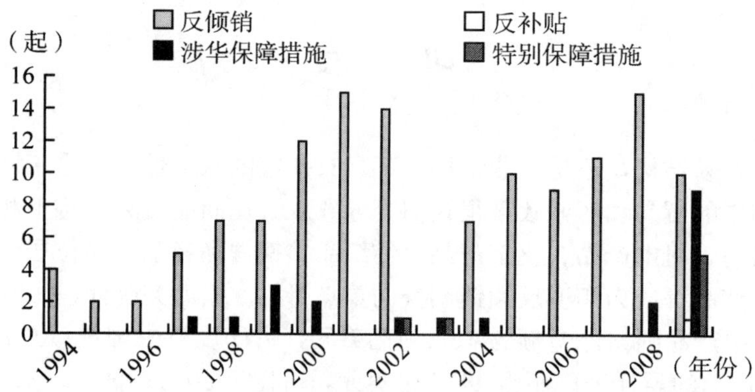

图 22　1994—2009 年印度对华贸易救济立案情况对比

1. 印度对华反倾销立案增速较快，实施最终措施的案件占比高于美国和欧盟

1994—2009 年，印度共对华发起 136 起反倾销调查，年均 9 起，而同期美国为 7 起，欧盟为 6 起，这说明虽然印度对华发起反倾销调查的年份晚于欧盟、美国等国家（地区），但其对华启动反倾销调查的频率却远高于美国和欧盟。

1994—2001 年，印度对华反倾销案件数一路攀升。其中，2001 年，印度对华反倾销年度立案达 15 起，创历史新高。自 2001 年起，虽然印度对华反倾销立案数有所减少，但受 2008 年金融危机影响，加之长期奉行贸易保护政策，因此，印度加大了对国内重点产业的保护力度，对华反倾销调查再度回升，并于 2008 年再次达到 15 起。

截至 2009 年年底，在印度对华发起的 136 起反倾销调查中，已作出终裁的 123 起。其中，未采取最终反倾销措施的 17 起，占作出最终裁决案件总数的 13.8%，低于美国（25.4%）和欧盟（25.4%）；采取最终反倾销措施的 106 起，占比 86.2%，高于美国（74.6%）和欧盟（74.6%）（图 23）。

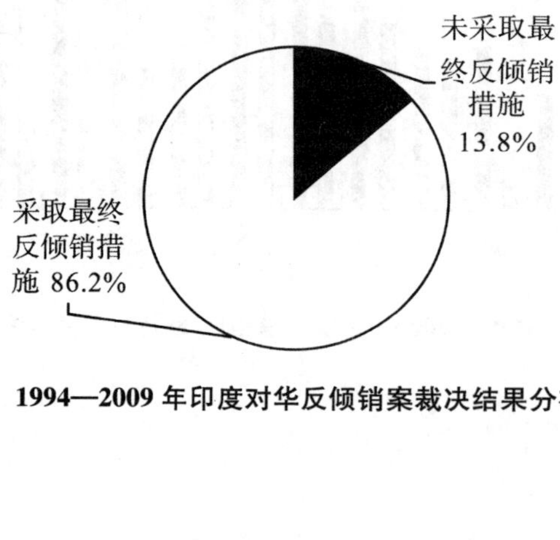

图 23　1994—2009 年印度对华反倾销案裁决结果分布情况

2. 中国企业应诉积极性有所提高，但市场经济地位仍难获得

我国企业对所有发展中国家发起的反倾销调查应诉率较低，但对印度反倾销调查的应诉率却高于其他发展中国家。1994—2009 年，在印度作出反倾销终裁的 123 起案件中，69 起案件有中国企业应诉，占比 56.1%。

我们将 1994—2009 年分成两个时段：1994—2001 年和 2002—2009 年。1994—2001 年，在印度作出反倾销终裁的 54 起案件中，20 起案件有中国企业应诉，应诉率仅为 37.0%；而 2002—2009 年，在印度采取最终反倾销措施的 69 起案件中，49 起案件有中国企业应诉，应诉率高达 71.0%。可见，近年来我国企业应诉印度反倾销案的积极性有所提高。

由于印度将我国视为“非市场经济国家”，因此，获得市场经济地位待遇仍是应诉核心。但有中国企业获得市场经济地位的案件却并不多。据中国贸易救济信息网统计，在印度作出反倾销终裁的 123 起案件中，仅有 11 起[①]案件有中国企业获得市场经济地位，涉案产品为紧凑型荧光灯、苛性钠、滚珠轴承、十水硼砂、碳酸钾、覆铜板、柠檬酸、瓷砖、不锈钢冷轧平板和阴极射线彩色显像管。我国企业在应诉印度反倾销案中首次获得市场经济地位待遇却是在 2002 年 11 月立案的十水硼砂案中。

3. 化工产品是印度对华反倾销调查的重点，行业集中度有所下降

据中国贸易救济信息网统计，1994—2009 年，在印度对华发起的 136 起反倾销调查中，涉及化工产品的案件位居首位，为 66 起，占印度对华反倾销案件总数的 48.5%；其次是医药工业，为 16 起，占比 11.8%；位居第三的是纺织、机械和轻工，均为 10 起，占比各为 7.4%（图 24）。

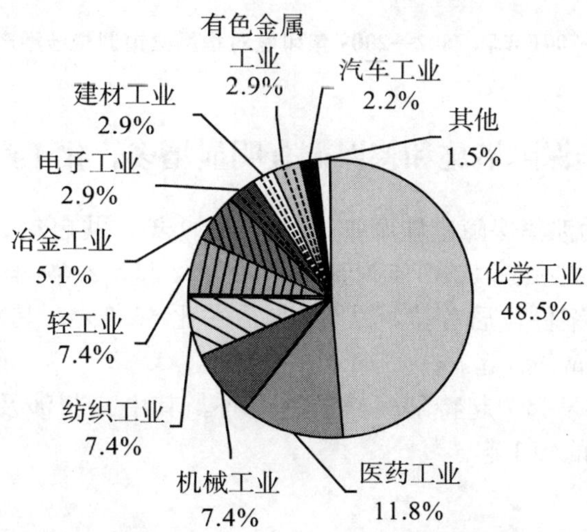

图 24　1994—2009 年印度对华反倾销调查涉案行业分布情况

我们将 1994—2005 年分成两个时段：1994—2001 年和 2002—2005 年。自 2002 年后，涉案行业由 1994—2001 年的 8 个增至 10 个。从图 25 可以看出，近年来，印度对华化工、医药产品反倾销调查比重有所下降，而增加了针对电子、纺织、汽车产品的反倾销调查，涉及这些产品的反倾销调查均是在 2001 年后出现的。这反映了我国对印度出口产品结构的变化。20 世纪 90 年代中期，中国向印度出口的主要商品包括生丝、豆类、焦炭、化学原料、药品、化肥、机器设备、电子产品、电缆、船舶等；20 世纪 90 年代末期，由于中国采用出口退税等政策鼓励制成品出口，使得中国对印度出口的主要商品由以初级产品为主转变为以制成品为主，其中包括化工产品、纺织品、煤和焦炭

① 该数据不包括印度对华反倾销复审案件中获得市场经济待遇的案件

等矿产品、机械产品、贱金属及其制品、光学仪器、采矿、冶金及发电等机器设备等。

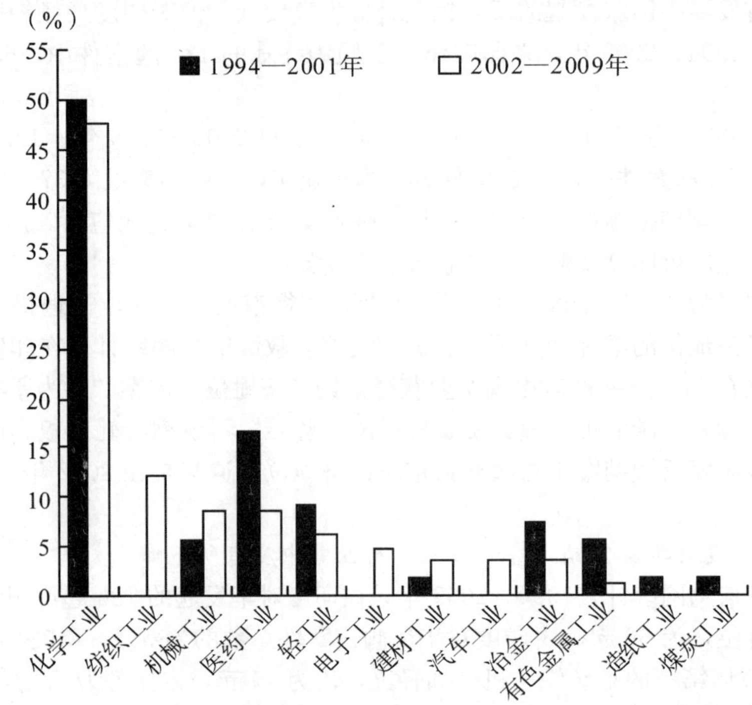

图 25　1994—2001 年和 2002—2009 年印度对华反倾销调查涉案产品行业对比

二、2009 年印度涉华保障措施和特保调查明显增多，化工产品成重点

印度自 1997 年开始启动涉华保障措施调查，截至 2009 年，共启动 21 起涉华保障措施。其中，1997—2004 年共启动 10 起，2005—2007 年为零，2008 年 2 起，2009 年 9 起。在 21 起涉华保障措施调查中，涉及化工产品的案件位居首位，共 14 起，占比 66.7%；其次是造纸，为 2 起；纺织、建材、轻工、冶金和有色金属各 1 起。

2002—2009 年，印度共发起 7 起特别保障措施调查，其中 2 起涉及化工产品，涉及纺织、汽车、轻工、医药和有色金属的各 1 起。

澳大利亚

自 2003 年 10 月《中国澳大利亚贸易与经济框架》签订以来，两国经贸合作更加紧密，双边贸易迅速扩大，贸易领域不断拓宽，中澳贸易总额迅速增长。据中国海关统计，2009 年，中澳双边贸易总额达 600.8 亿美元，同比增长 0.7%。其中，中国对澳大利亚出口 206.5 亿美元，同比下降 7.2%；自澳大利亚进口 394.4 亿美元，同比增长 5.4%。目前，中国已经成为澳大利亚第二大贸易伙伴，而澳大利亚是中国第九大贸易伙伴。

在中国对澳大利亚的出口中，除纺织、服装和轻工等传统产品外，机械、化工、家电、通信设备的比重正逐年提高，成为对澳出口的新增长点。自 2002 年起，我国对澳出口的机电产品超过纺织品服装，跃居第一大类出口产品。目前，机电产品、纺织品、轻工产品、化工产品、贱金属及其制品均位居澳大利亚自中国进口金额的前五位，而这些产品也成为澳大利亚对华反倾销调查的重点目标。据海关统计，2009 年，澳大利亚自中国进口 HS84～85 项下机电产品累计金额 78.3 亿美元，占澳大利亚自中国总进口额的 37.9%；HS50～63 项下纺织品及原料的累计进口额为 29.6 亿美元，占比 14.3%；HS94～96 项下家具、玩具及杂项制品的累计进口额为 20.9 亿美元，占比 10.1%；HS72～83 项下贱金属及其制品的累计进口额为 18.6 亿美元，占比 9.0%；HS28～38 项下化工产品的累计进口额为 10 亿美元，占比 4.8%。在我国对澳大利亚的贱金属及其制品出口中，HS72～73 项下的钢铁及其制品占比达 56.5%。

作为全球第二个最早制定反倾销政策的国家①，澳大利亚也是对华发起反倾销调查最早的国家之一，早在 1979 年澳大利亚就对我国产品进行过反倾销调查。据中国贸易救济信息网统计，截至 2009 年年底，在所有对华发起反倾销调查的国家（地区）中，澳大利亚列第五位。

一、澳大利亚对华贸易救济形式多样化

2008 年之前，反倾销是澳大利亚对华贸易救济调查的唯一手段；而 2008 年之后，澳大利亚对华贸易救济调查形式中新增了反补贴调查。据中国贸易救济信息网统计，1979—2008 年，澳大利亚共计对中国产品启动 71 起反倾销调查，3 起反补贴调查。

二、澳大利亚对华反倾销立案态势平稳

从 1979—2009 年澳大利亚对华发起反倾销调查的年度走势看（图 26），1991 年为 8 起，是澳大利亚对华反倾销立案的高峰年。不同于美国和欧盟，澳大利亚对华反倾销立案没有明显的增减。

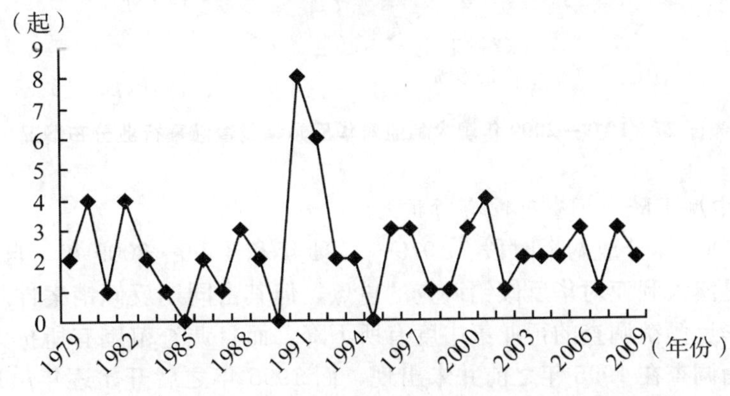

图 26　1979—2009 年澳大利亚对华反倾销立案年度走势

① 澳大利亚的反倾销政策出台于 1906 年，仅次于加拿大（1904 年），是第二个最早制定反倾销政策的国家。澳大利亚反倾销政策历经修订和完善，构成了目前主要以《海关法修正案》和《关税法修正案》为核心的反倾销政策体系。然而，澳大利亚反倾销政策对新西兰是个例外，因为 1988 年澳大利亚与新西兰签订了《澳—新加速货物自由贸易协定》，并发表了《关于在澳新两国之间建立更为紧密的经济联系的宣言》。根据该协定和宣言，澳新两国互免反倾销政策的适用，并从 1990 年 7 月 1 日起实现两国货物贸易的全面自由化

1. 澳大利亚作出否定性裁决的案件比重高于美国和欧盟

截至2009年年底，在澳大利亚对华发起的71起反倾销调查中，已作出终裁的案件数为69起。而在这69起案件中，作出肯定性裁决的为37起，占已作出终裁案件总数的53.6%，低于美国（74.6%）和欧盟（74.6%）；作出否定性裁决的为32起，占比46.4%，高于美国（25.4%）、欧盟（25.4%）。在这69起作出反倾销终裁的案件中，中国企业参与应诉的仅有27起，占比39.1%。

2. 化工、轻工和建材产品是澳大利亚对华反倾销调查的重点

据中国贸易救济信息网统计，1979—2009年，在澳大利亚对华发起的71起反倾销调查中，涉及化工产品的案件数位居首位，为22起，占澳大利亚对华反倾销案件总数的31.0%；其次是轻工产品，为15起，占比21.1%，其中食品罐头是主要涉案产品；位居第三的是建材工业，为12起，占比16.9%，其中玻璃产品为主要涉案产品（图27）。涉及上述3个行业的反倾销调查占比为69.0%。

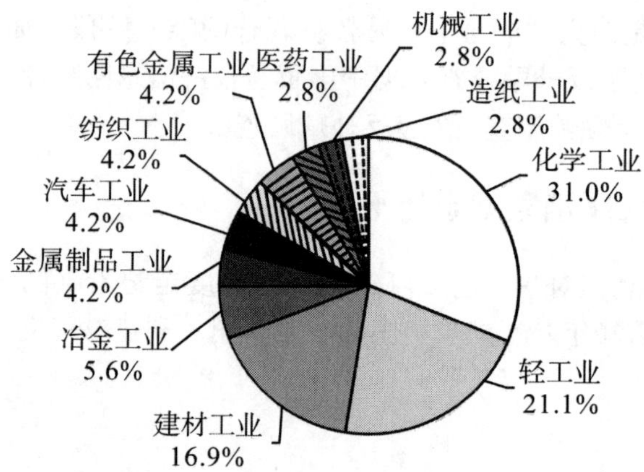

图27 1979—2009年澳大利亚对华反倾销调查涉案行业分布情况

3. 涉案行业集中度下降，调查范围有所扩大

我们将1979—2009年分成两个时段：1979—1994年和1995—2009年。自1995年以来，尽管化工和轻工产品仍是澳大利亚对华反倾销调查的重点，但其占同期反倾销案件总数的比重已经明显缩小，澳大利亚对华反倾销调查的行业集中度有所下降，而且调查范围有所扩大。例如，涉及汽车和造纸工业的反倾销调查在1995年之前并未出现，而1995年之后开始逐年出现（图28）。与此同时，涉及建材、冶金和金属制品的反倾销案件占比有所上升。

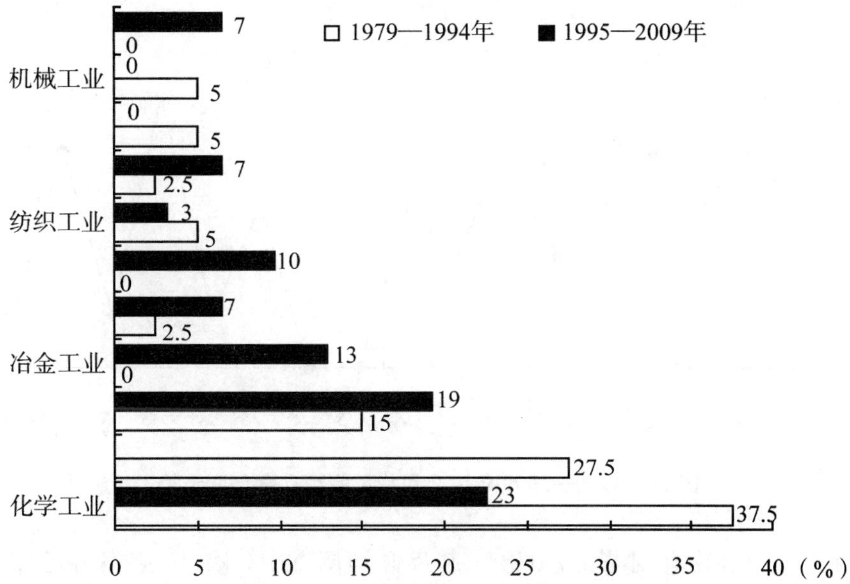

图 28　1979—1994 年和 1995—2009 年澳大利亚对华反倾销调查涉案行业对比

南　非

据海关统计，中国对南非出口的前五大类产品为：机电、轻工、纺织、金属制品和化工产品。这也是南非对华贸易救济措施涉案产品较为集中的行业。以纺织和金属制品为例，据商务部统计，2009 年，南非自中国进口 HS50～63 项下纺织品及原料的累计金额为 10.2 亿美元，占南非该类产品总进口额的 50.9%，位居南非该类产品进口国之首；HS72～83 项下贱金属及其制品的累计进口额 6.7 亿美元，约占南非该类产品总进口额的 23.8%，位居南非该类产品进口国之首。而从南非的产业结构看，化工、纺织、贱金属制品是南非主要的制造业生产部门。我国出口南非产品与其本土产品具有较大的同质性，但我国产品的价格优势明显。近年来，随着南非产业的发展和壮大，中国产品与南非本土产品的竞争越来越激烈。同时，南非也是对华启动贸易救济调查最多的非洲国家。

一、南非对华贸易救济调查形式多样化，反倾销为主要形式

据中国贸易救济信息网统计，南非自 1990 年开始对华启动贸易救济调查，截至 2009 年年底，共对华启动 53 起贸易救济调查，位居全球对华贸易救济调查第 8 位。其中，反倾销 51 起，反补贴 1 起，涉华保障措施 1 起。

1. 南非对华反倾销调查增势相对平稳，采取反倾销措施的比例低于美国和欧盟

1990—2009 年，南非对华发起 51 起反倾销调查。除 2001 和 2002 年没有对华发起反倾销调查外，其余年份的对华反倾销案件数均在 2～5 起之间徘徊，其走势没有出现过大起伏（图 29）。

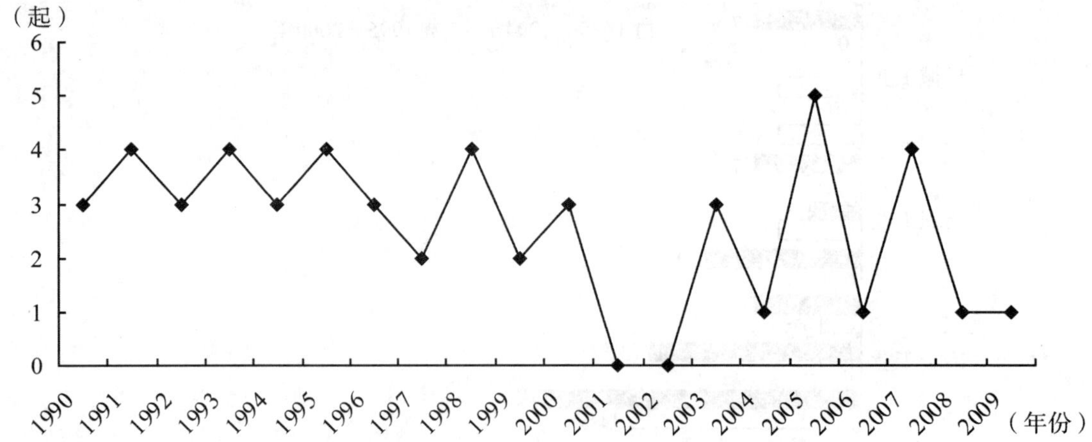

图 29　1990—2009 年南非对华反倾销立案年度走势

截至 2009 年年底，在南非对华启动的 51 起反倾销调查中，有 48 起案件已作出终裁。其中，采取最终反倾销措施的 31 起，占南非作出反倾销终裁案件总数的 64.6%；作出否定性裁决的（包括无损害和无因果关系）17 起，占比 35.4%。

2. *涉案行业较集中，化工、纺织和金属制品是调查重点*

1990—2009 年，南非对华发起的 51 起反倾销调查共涉及化工、纺织、金属制品、建材等 10 个行业。其中，涉及化工产品的案件数位居首位，为 11 起，占南非反倾销案件总数的 21.6%；其次是纺织品和金属制品，均为 9 起，分别占比 17.6%，位居第三的是建材，为 7 起，占比 13.7%（图 30）。涉及上述 4 个行业的反倾销案件数占南非对华反倾销案件总数的 70.6%。

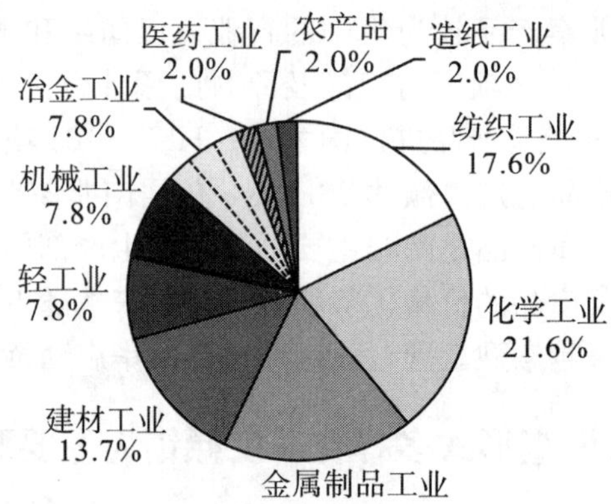

图 30　1990—2009 年南非对华反倾销调查涉案行业分布情况

3. *我国企业应诉积极性有所提高*

近两年，我国企业也开始重视应诉南非对华发起的反倾销案件。1990—1999 年，南非对华启动 32 起反倾销调查，其中的 7 起案件有中国企业应诉，应诉率为 21.9%；而 2000—2009 年，在南非对华启动的 19 起反倾销调查中，14 起案件有中国企业应诉，应诉率达 73.7%。

二、南非是首个对华启动反补贴调查的发展中国家

作为最早一批承认中国市场经济地位的国家，南非仍于 2008 年对我国出口的不锈钢水槽发起

了首起双反调查。经过中方与南非的磋商，并推动业界沟通，此次对华反补贴调查最终以申诉方撤诉而终结。

南非是第四个对华启动反补贴调查的国家，而且是首个对华启动反补贴调查的发展中国家，其示范作用不容忽视。

三、南非产业政策调整势必增加对高附加值产品的保护力度

总体来说，南非与我国产业发展具有较强的互补性。多年来，双边贸易摩擦形势一直保持稳定。2009 年以来，南非政府考虑对其产业结构进行大规模的调整，其中一个重要的内容就是增强高附加值产业的竞争力。为此，其现行的有关政府采购和产业融资等法规必将作出重大修改，以促进其主要制造业的加速发展。南非加速国内主要制造业的升级布局，不仅会加大政府和企业界对产业的重视和保护力度，同时，其传统制造业的高附加值产品也会得到保护性的发展。因此，南非贸易救济调查的产品范围势必将从传统低附加值产品向高附加值产品扩展，这应该引起我国对南非出口企业的高度关注。

阿根廷

目前，中国已经成为阿根廷第二大出口市场和第二大进口来源国。随着双边经贸往来的日趋频繁，中阿两国之间的贸易摩擦逐渐加剧。特别是 2009 年，受金融危机影响，阿根廷国内采取大量非自动进口许可措施，涉及大量中国输阿产品，包括汽车轮胎、汽车配件、纺织服装产品、家居产品、机械工具和杂项制品等，对中国产品出口阿根廷造成了不良影响。据中国海关统计，2009 年，中阿双边贸易总额为 77.9 亿美元，同比下降 46%。其中，中国对阿根廷出口 34.8 亿美元，同比下降 31.1%；自阿根廷进口 43.1 亿美元，同比下降 54%；中方逆差 8.3 亿美元。

一、反倾销是阿根廷对华贸易救济的主要形式

据中国贸易救济信息网统计，1991—2009 年，阿根廷对华共启动 86 起贸易救济调查，其中，反倾销是阿根廷对华贸易救济调查的主要形式，为 79 起，占比 91.9%；涉华保障措施案件 7 起，占比 8.1%。

1. 阿根廷对华反倾销立案调查波动幅度大，采取最终反倾销措施的占比大

1991—2009 年，阿根廷共对华启动 79 起反倾销调查，占同期全球对华反倾销案件总数的 8.4%，位居所有对华发起反倾销调查国家（地区）的第 4 位。

阿根廷对华反倾销的年度立案波动较大（图 31）。1991—1996 年，阿根廷对华反倾销案件数呈上升之势，在同期全球对华反倾销案件的占比也逐年走高，1995 年所占比例达到 21.7%，1996 年为 16.7%，均位居当年全球对华反倾销案件发起国（地区）之首。随后，阿根廷对华反倾销案件开始减少，1998 年，为 0 起，直到 2001 年，其对华反倾销调查增至 8 起，占当年全球对华反倾销案件总数的 13.6%，位居第 2。2002—2009 年，阿根廷对华反倾销案件呈大幅上升之势。2009 年，阿根廷对华反倾销立案位居各国对华反倾销之首，为 19 起，是 2008 年的 2.1 倍。

截至 2009 年年底，在阿根廷对华发起的 79 起反倾销调查中，有 57 起已作出终裁，其余 22 起尚在审理之中。其中，阿根廷对 48 起案件采取了最终反倾销措施（目前尚在执行的 35 起，终止措施的 13 起），占阿根廷已作出终裁反倾销案件总数的 84.2%。

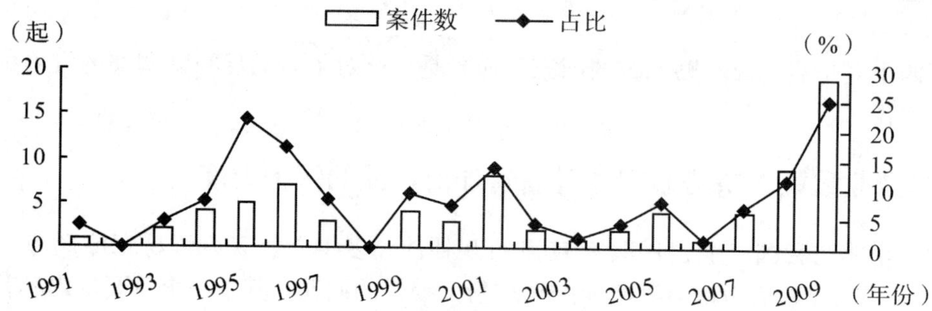

图 31　1991—2009 年阿根廷对华反倾销立案数及其占同年国外对华反倾销案件总数的比重

2. 阿根廷对华反倾销涉案产品范围不断扩大，轻工产品是其调查的重点

1995 年以前，阿根廷对华反倾销调查仅涉及轻工、纺织、机械和汽车 4 个行业；1995 年以后，阿根廷对华反倾销涉案产品范围迅速扩大到 10 个行业，除上述 4 个行业外，还包括金属制品、化工、冶金、电子、建材和医药工业。

1991—2009 年，阿根廷对华轻工产品发起的反倾销调查最多，为 23 起，占其对华反倾销案件总数的 29.1%；其次是机械产品，为 19 起，占比 24.1%；位居第三的是金属制品，为 13 起，占比 16.5%（图 32）。

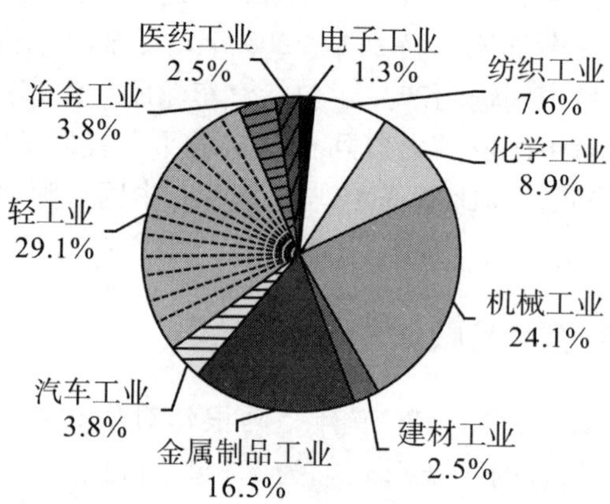

图 32　1991—2009 年阿根廷对华反倾销调查涉案行业分布情况

在阿根廷单类产品进口统计中，我国几大轻工类产品一直位居阿根廷进口额之首。据商务部统计，2009 年，阿根廷自中国进口 HS94～96 项下家具、玩具及杂项制品的累计金额为 2.8 亿美元，占阿根廷该类产品进口总额的 42.4%，位居阿根廷各进口国之首；HS41～43 项下皮革制品及箱包的累计进口额为 0.8 亿美元，占阿根廷该类产品进口总额的 69.5%，位居阿根廷各进口国的首位；HS64～67 项下鞋靴、伞等产品的累计进口额为 1.8 亿美元，占阿根廷同类产品进口额的 51.4%，仅次于巴西，位居第二。我国轻工产品在阿根廷国内的绝对市场份额必然导致与其国内产业的激烈竞争，针对该类产品实施的包括贸易救济案件在内的各项贸易保护措施也占有较大的比例。

此外，近年来，阿根廷对华机械产品反倾销立案较为频繁，1991—2006 年，阿根廷对华机械产品反倾销共 9 起；2007—2009 年，阿根廷对华机械产品启动反倾销调查 10 起，位居同期阿根廷对华反倾销产品类别之首。阿根廷对华机械产品反倾销调查快速增长与近年来我国机电产品对阿根廷出口增速较快密切相关。据商务部统计，2005—2008 年，我国对阿根廷机电产品出口占我国对阿出口贸易的50%以上，年均增速也超过了50%，在阿根廷进口机电产品中仅次于巴西。2009年，受阿根廷国内贸易保护措施的影响，我国机电产品对阿出口23.56亿美元，占比48.9%，同比下降25%。

二、阿根廷涉华保障措施案件位居全球第八

截至2009年年底，共有39个国家（地区）发起涉华保障措施190起，其中，阿根廷发起7起，位居第八。阿根廷涉华保障措施案件的发起年份分别为1997年（1起）、1998年（1起）、2000年（1起）、2001年（1起）、2004年（1起）、2006年（1起）、2009年（1起），目前，除2004年的彩色电视机保障措施案、2006年的一次性可刻录光盘保障措施案仍在实施措施，以及2009年的彩电接收器案件仍在调查阶段外，其余4起案件已经终止实施措施。

墨西哥

自2003年起，中国成为墨西哥的第二大进口来源国。在墨西哥进口的中国产品中，机电、化工以及轻工产品位居前列。据商务部统计，2009年，墨西哥自中国进口HS84～85项下的机电产品累计金额占墨西哥自中国进口总额的69.4%，位居各类产品之首；HS94～96项下的家具、玩具及杂项制品、HS72～83项下贱金属及其制品、HS28～38项下化工产品的比重分别为6.6%、4.4%和2.7%。

同时，墨西哥也是对华启动贸易救济调查较早、实施反倾销措施较为严厉的国家之一。墨西哥自1990年开始对我国产品启动反倾销调查，截至2009年年底，墨西哥对华反倾销调查数在所有对华启动反倾销调查的国家（地区）中，列第七位。中国之所以成为墨西哥实施反倾销措施的主要目标国与两国的产业结构相近和经济发展水平密不可分。由于中墨两国都属于快速成长中的发展中国家，两国的经济发展水平和产业结构比较接近，客观上造成了产业竞争的局面。

一、反倾销是墨西哥对华贸易救济的主要形式

据中国贸易救济信息网统计，1990—2009年，墨西哥对华共发起65起贸易救济调查。其中，反倾销是墨西哥对华贸易救济调查的主要形式，为64起，占比98.5%；涉华保障措施案件1起，占比0.5%。

1. 中国入世以来，墨西哥对华反倾销调查呈平稳态势

1990—2009年，墨西哥对华共启动64起反倾销调查，占同期全球对华反倾销调查总数的6.7%，位居同期对华反倾销调查国家（地区）的第7位。1990—2000年，墨西哥对华反倾销立案增幅波动很大，特别是1993年，墨西哥对华发起反倾销调查22起，创历年最高。我国入世以后，墨西哥对华启动反倾销年均立案均不超过5起，增势相对稳定（图33）。

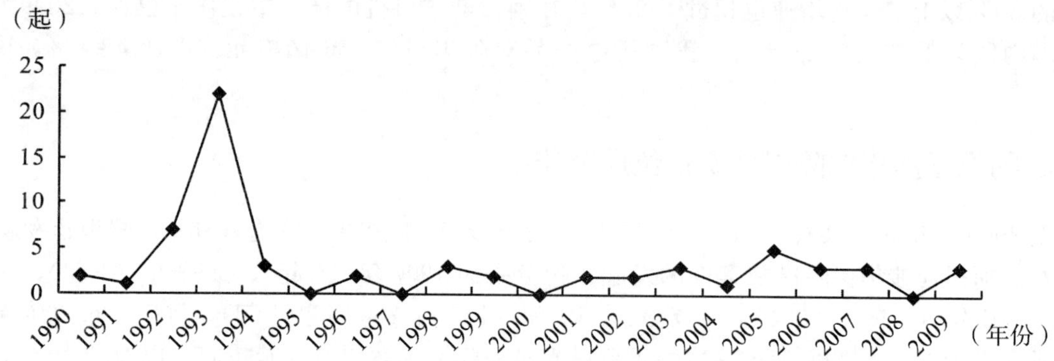

图 33　1990—2009 年墨西哥对华反倾销立案年度走势

中国入世前，墨西哥对中国产品采取了大量反倾销措施（涉及 21 大类，1310 个税号的产品），但未按照世贸组织规定对每种产品进行审查；入世后，墨西哥承诺将逐步取消上述反倾销措施并使现行的反倾销措施符合世贸组织《反倾销措施协定》，过渡期为 6 年（至 2007 年 1 月 1 日）。在过渡期内，墨西哥取消了对四大类产品征收的反倾销税。2008 年 6 月 1 日，中国和墨西哥签署《中华人民共和国政府和墨西哥合众国政府关于贸易救济措施的协议》。根据该协议，墨西哥应终止对上述自中国进口产品的所有反倾销措施。2008 年 10 月 14 日，墨西哥经济部颁布《关于对进口原产于中华人民共和国的若干商品实施过渡性措施的意见》，宣布在过渡期内（2008 年 10 月 15 日～2011 年 12 月 11 日）对 204 个税号的敏感商品继续征收高额关税，但税率将逐年削减。

2. 墨西哥对华反倾销措施实施时间长、税率高的情况大有改善

截至 2009 年年底，在墨西哥对华发起的 64 起反倾销调查中，有 60 起已作出终裁，4 起尚在审理过程中。其中，墨西哥对 46 起案件采取了最终反倾销措施（目前尚在实施措施的 11 起，终止措施的 35 起），占墨西哥作出终裁的反倾销案件总数的 76.7%。

中国入世前，墨西哥对华反倾销案件实施的最终反倾销税率较高，1993 年 12 月 30 日，墨西哥经济部决定对原产于中国的鞋和鞋靴配件征收 165%～1105%的反倾销税，这是全球反倾销措施实施以来，所征税率最高的案件。入世后，这种情况大有改善。2005—2009 年，墨西哥对华共发起 14 起反倾销调查案件，在已作出终裁的 10 起案件中，有 6 起以终止调查结案。

3. 轻工产品是墨西哥对华反倾销的主要涉案产品

截至 2009 年年底，墨西哥累计对中国启动的 64 起反倾销调查涉及轻工、机械、化工、金属制品等 10 个行业。其中，涉及轻工的反倾销案件数位居首位，为 16 起，占墨西哥对华反倾销案件总数的 25.0%；其次是机械产品，为 11 起，占比 17.2%；位居第三的是化工产品，为 9 起，占比 14.1%（图 34）。上述 3 个行业的案件占墨西哥对华反倾销案件总数的 56.3%。

尽管墨西哥对华轻工产品反倾销案件较多，但在年度分布上却多集中于 2000 年之前。2000 年之前，墨西哥对华轻工产品启动 11 起反倾销调查，2000 年之后 5 起。此外，2001 年以后，墨西哥没有再对我国的电子、医药和纺织产品发起反倾销调查。

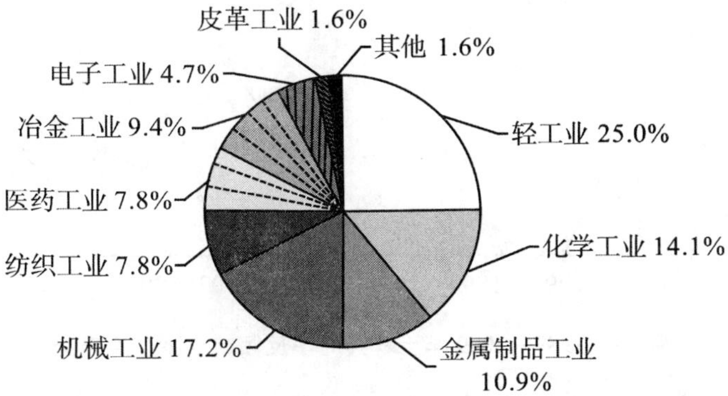

图 34　1990—2009 年墨西哥对华反倾销调查涉案行业分布情况

二、墨西哥仅发起 1 起涉华保障措施调查，且已终止

2002 年，墨西哥对进口胶合板板条进行保障措施调查，中国涉案。目前，该案件已经终止。这是迄今墨西哥发起的唯一一起涉华保障措施调查案件。

土耳其

中国是土耳其第三大进口来源国。据中国海关统计，2009 年，中国与土耳其双边贸易总额为 100.8 亿美元，同比下降 19.8%。其中，中国对土耳其出口 83.3 亿美元，同比下降 21.4%；自土耳其进口 17.5 亿美元，同比下降 11.1%；中国顺差 65.8 亿美元。

一、土耳其是对华启动反倾销调查较多的发展中国家

土耳其自 1989 年开始对我出口产品发起反倾销调查，截至 2009 年，土耳其共对华启动 89 起贸易救济调查，占全球对华贸易救济案件总数的 6.6%，居所有对华发起贸易救济调查国（地区）的第四。其中，反倾销案件 67 起，占土耳其对华贸易救济案件总数的 75.3%；涉华保障措施 15 起，占比 16.9%；特别保障措施 7 起，占比 7.9%。

1. 土耳其对华反倾销立案数呈增势

1989—2009 年，土耳其对华启动 67 起反倾销调查。2001 年以前，土耳其对华反倾销立案较为平稳，年均立案数约 1 起，波动不大。2001—2004 年，土耳其对华启动反倾销调查 30 起，土耳其对华反倾销频率加快，呈增势，年均立案数为 8 起。其中，2003 和 2004 年均为 9 起，创年立案历史高峰。2005—2009 年，土耳其对华启动 22 起反倾销调查，年均 4 起，这一阶段土耳其对华反倾销调查相对平稳，但受 2008 年金融危机影响，土耳其对华反倾销调查数略有回升（图 35）。

2008 年，受国际金融危机影响，土耳其经济发展速度明显放缓，出口萎缩，失业率攀升，外国投资下降，这促使土耳其政府更加关注进口产品，并对我输土产品开始采取更多的贸易限制措施。据世贸组织统计，2008 年，土耳其对全球共启动反倾销调查 23 起，仅次于印度（55 起），列居全球第二位；2009 年为 6 起，列居第八位。

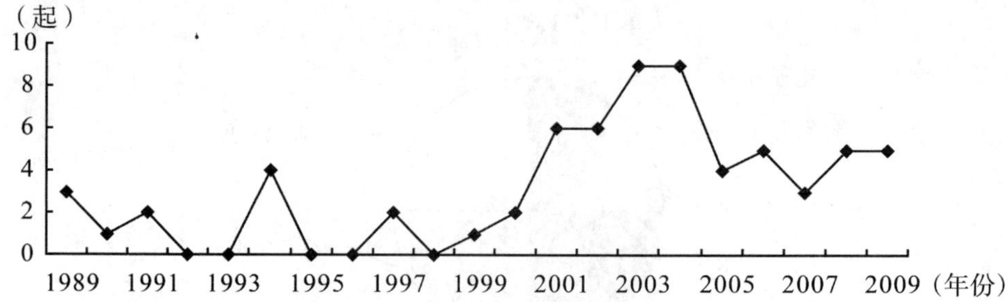

图 35　1989—2009 年土耳其对华反倾销立案年度走势

2. 土耳其对华采取最终反倾销措施的比例高，中国企业应诉率较低

截至 2009 年年底，在土耳其对华发起的 67 起反倾销调查中，有 62 起案件作出终裁。其中 56 起案件已采取最终反倾销措施，占比达 90.3%。

土耳其未承认中国的市场经济地位。截至 2009 年年底，在对华发起的 67 起反倾销调查中，土耳其调查机关对所有中国应诉企业均未给予市场经济地位待遇，也从未给予任何一家中国应诉企业单独税率。这使得中国企业在应诉中处于不利地位，应诉积极性不高。此外，土耳其国内的贸易救济法律透明度不高，以及土耳其政府对国内产业的保护也为中国企业参与土耳其对华反倾销案件的应诉带来了一定的难度。据中国贸易救济信息网统计，截至 2009 年底，在土耳其对华作出终裁的 62 起反倾销调查中，中国企业参与应诉的案件有 11 起，应诉率仅为 17.7%，远远低于对美国、欧盟和印度等国（地区）贸易救济案件的应诉率。

3. 涉案行业较集中，轻工、纺织、化工是调查重点

1989—2009 年，土耳其对华启动的 67 起反倾销调查主要涉及纺织、轻工、化工、机械、金属制品等 9 个行业。其中，涉及纺织品的调查位居首位，为 17 起，占土耳其对华反倾销案件总数的 25.4%；其次是轻工，为 16 起，占比 23.9%；位居第三的是化工，为 9 起，占比为 13.4%（图 36）。涉及行业排名前三位的反倾销案件占土耳其对华反倾销案件总数的 62.7%。

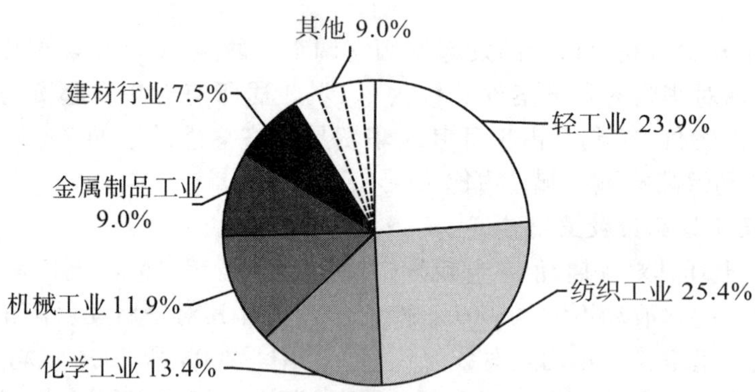

图 36　1989—2009 年土耳其对华反倾销调查涉案行业分布情况

机电、纺织、轻工等产品是我国对土耳其的主要出口产品，并在土耳其该类产品进口中占据首要地位，特别是我国轻工产品占据了土耳其进口市场 50%以上的份额，这也是土耳其对华反倾销案件集中于这些产品的主要原因。据商务部统计，2009 年，土耳其自中国进口 HS84～85 项下的机电产品的累计金额占土耳其该类产品进口总额的 22.6%，自中国进口 HS50～63 项下的纺织品及原料的累计金额占土耳其该类产品进口总额的 18.9%。上述两类产品均居土耳其该类产品各进口国之首。

此外，2007 年，土耳其自中国进口的 HS94～96 项下的家具、玩具、杂项制品，HS41～43 项下的皮革制品和箱包，HS64～67 项下的鞋靴、伞等产品的金额占土耳其同类产品总进口额的比例分别为 60.1%、38.3%和 67.9%，在土耳其市场占有绝对优势地位。2008 和 2009 年，土耳其自中国进口的上述三类产品在土耳其进口中所占比例有所下降，但仍占主要地位。

4. 土耳其对华反倾销案涉案金额逐渐增加

2001 年前，土耳其对华反倾销案的涉案产品多为附加值较低的产品，而且单起案件的涉案金额较小，一般在百万美元以下。但近几年，土耳其对华反倾销个案的涉案金额动辄上千万美元。2005 年，土耳其对华启动 4 起反倾销调查，涉案金额超过 1 亿美元；2006 年，土耳其对华启动 12 起贸易救济调查，涉案金额 5.3 亿美元；2009 年，土耳其对华窗帘布和法兰反倾销案的涉案金额分别达 1.4 亿美元和 1431.22 万美元。

与此同时，土耳其对华反倾销个案的涉案金额也呈增长之势。2003 年，土耳其对华铅笔反倾销案的涉案金额超过 1000 万美元，拉链反倾销案的涉案金额超过 1400 万美元；2004 年 8 月，土耳其对华彩电反倾销案的涉案金额达 3500 万美元；2004 年 12 月，土耳其对华编织绒纤维和绳绒线纤维反倾销案的涉案金额达 7700 万美元；2008 年 1 月，土耳其对华人造及合成短纤维纱线和缝纫线反倾销案的涉案金额高达 1.17 亿美元。

二、保障措施和特别保障措施成为土耳其对华贸易救济的新手段

1. 土耳其涉华保障措施和特别保障措施案件数量较多

2001 年，土耳其发起第一起涉华保障措施调查——眼镜架和眼镜零件。截至 2009 年年底，在全球发起的 190 起涉华保障措施调查中，土耳其仅次于印度，为 15 起，占比 7.9%。

自 2003 年土耳其对华首次发起特别保障措施调查以来，土耳其共对中国产品进行 7 起特别保障措施调查，位居美国和欧盟之后，与印度并列第三。

2. 土耳其涉华保障措施和特别保障措施案件集中在轻工行业

与反倾销调查的重点相似，轻工产品是土耳其涉华保障措施和特别保障措施的主要打击对象。2001—2009 年，在土耳其发起的 15 起涉华保障措施调查中，有 9 起涉及轻工业。2003—2009 年，在土耳其对华启动的 7 起特别保障措施调查中，涉及轻工和建材产品的案件数位居首位，均为 2 起，占比均为 28.6%。

加拿大

中加两国自 1970 年建交以来，经贸关系发展顺利，双边贸易已从单一的商品贸易发展到全方位、跨领域、多元化的贸易和经济技术合作，商品、服务、人员和资本的流动日益频繁。1999 年，中加双边贸易额为 47.67 亿美元，创历史纪录，加拿大升为中国第十大贸易伙伴。目前，中加双边贸易额约占中国进出口总额的 1.3%。2008 年以来，受金融危机影响，中加双边贸易额明显下滑。据中国海关统计，2009 年，中加双边贸易总额为 297.0 亿美元，同比下降 13.8%。其中，中国对加拿大出口 176.8 亿美元，同比下降 18.9%；自加拿大进口 120.3 亿美元，同比下降 5.1%；中方顺差 56.5 亿美元。

随着近年来双边贸易的扩大与深入，中加两国的贸易摩擦也在不断增多。据中国贸易救济信息网统计，截至 2009 年年底，在所有对华启动贸易救济调查的国家（地区）中，加拿大对华贸易救济案件总数位居第十。

一、反倾销是加拿大对华最主要的贸易救济手段

自1981年加拿大对华发起第一起反倾销调查以来，截至2009年年底，加拿大对华共启动51起贸易救济案件。其中，反倾销36起，占加拿大对华贸易救济案件总数的70.6%；反补贴9起，占比17.6%；涉华保障措施4起，占比7.8%；特别保障措施2起，占比3.9%。目前，加拿大涉华保障措施案和特别保障措施案均已终止。

1. 加拿大对华反倾销新立案数波动较大，采取最终反倾销措施的案件比重较高

2000年前，加拿大对华反倾销立案较少；但2000年之后，加拿大对华反倾销立案数有所增加。1981—1999年，加拿大对华反倾销立案14起，年均立案不足1起。其中，1983年是加拿大对华反倾销立案的高峰期，为3起。在该时段内，加拿大对华反倾销案件波动较大，但反倾销立案数较少。2000年之后，加拿大对华反倾销年均立案超过2起，约是上一时段的3倍（图37）。

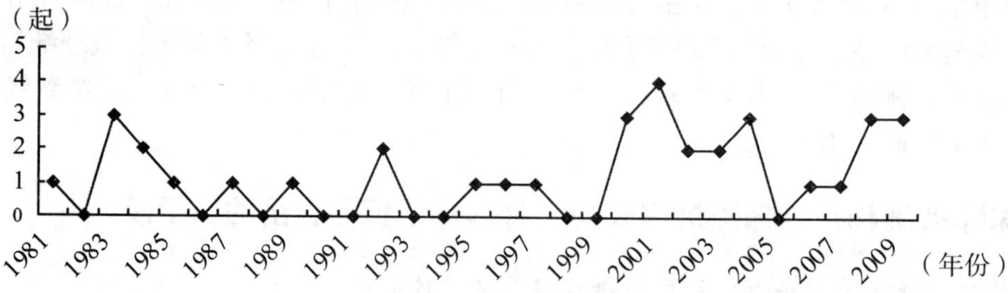

图37 1981—2009年加拿大对华反倾销立案年度走势

截至2009年年底，在加拿大对华启动的36起反倾销调查中，已作出反倾销终裁的35起。其中，采取最终反倾销措施的26起，占比74.3%；作出否定性裁决的（包括无损害和终止调查）9起，占比25.7%。

2. 涉案行业集中，涉及冶金行业案件增势明显

1981—2009年，加拿大发起的36起对华反倾销调查涉及轻工、冶金、机械、建材等9个行业。其中，涉及轻工产品的案件数居首位，为13起，占比36.1%；其次是冶金产品，为7起，占比19.4%；位居第三的是机械产品，为4起，占比11.1%（图38）。涉及上述3个行业的反倾销案件数占比为66.7%。

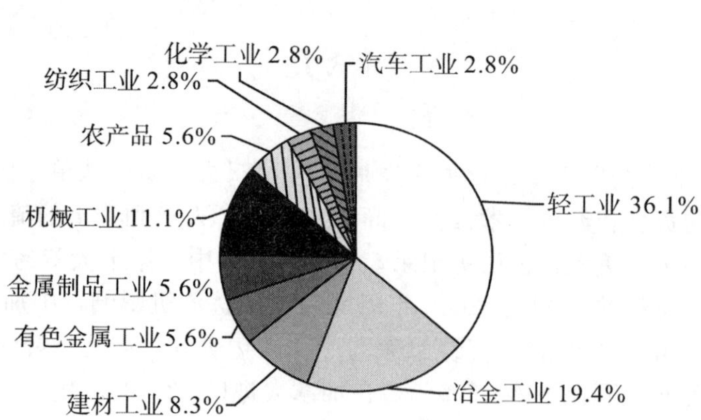

图38 1981—2009年加拿大对华反倾销调查涉案行业分布情况

在加拿大单类产品进口统计中，我国几大轻工类产品一直位居加拿大同类产品进口额之首，这

也是我国轻工产品在加拿大遭遇贸易摩擦相对较多的原因。据商务部统计，2009 年，加拿大自中国进口 HS94～96 项下家具、玩具及杂项制品的累计金额占加拿大同类产品总进口额的 47.4%；HS41～43 项下皮革制品、箱包，HS64～67 项下鞋靴、伞等产品的比重分别为 61.3%、69.6%，中国是加拿大上述两类产品的最大进口国。

近年来，加拿大对华冶金产品反倾销调查急剧增加。在加拿大对华冶金产品启动的 7 起反倾销调查中，有 3 起是 2005 年以后启动的，占同期加拿大对华反倾销案件总数的 42.9%。不仅如此，加拿大对华冶金产品均裁定征收高额反倾销税。例如，在无缝钢制油气套管案中，裁定中国应诉企业的倾销幅度为 37%～91%；在焊接碳钢管案中，裁定中国应诉企业的倾销幅度高达 97%～179%。

二、加拿大是首个对华实施反补贴措施的国家

2004 年，加拿大对华启动首起反补贴调查案件，这也是我国遭遇的第 1 起反补贴调查。目前，加拿大是对华反补贴调查第二大发起国。

1. *加拿大是对华反补贴调查的主要发起国，涉案金额较高*

2004—2009 年，加拿大对华共发起 9 起反补贴调查，占全球对华反补贴立案总数的 24.3%，仅次于美国。随着其他国家（地区）对华反补贴立案的增多，加拿大对华反补贴在全球对华反补贴案件总数中所占比例大幅下降（图 39）。

加拿大对华反补贴调查个案涉案金额普遍较高，并呈逐年增加之势。例如，2004 年，加拿大对华第一起反补贴案——户外烤肉架，涉案金额超过 2000 万美元；2007 年，加拿大对华无缝钢制油气套管启动反补贴调查，涉案金额约 1 亿美元；2008 年，加拿大对华铝挤压材反补贴案涉案金额 3 亿美元；2009 年，加拿大对华石油管材反补贴案涉案金额 3.3 亿美元。

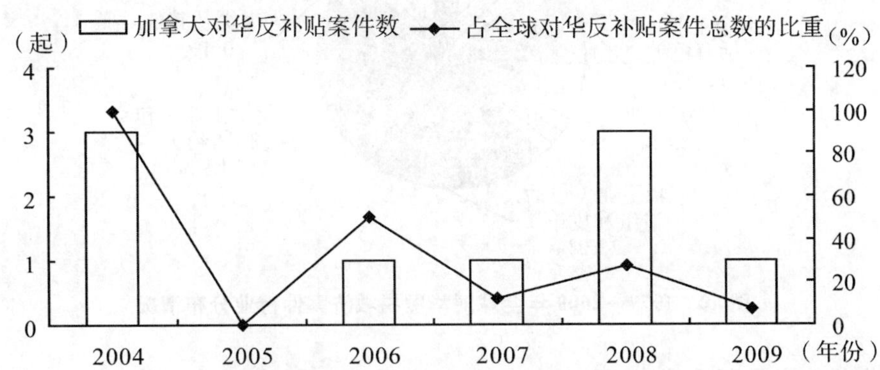

图 39　2004—2009 年加拿大对华反补贴立案及其占同期全球对华反补贴案件总数的比重

2. *加拿大对华反补贴调查集中于冶金产品*

在加拿大对华启动的 9 起反补贴调查中，涉及冶金产品的案件数居首位，为 3 起，占比 33.3%。从涉案产品看，全部为钢管产品。加拿大是我国钢管产品的主要出口国之一，在加拿大石油开采业大发展中，我国钢管大量出口加拿大。据中国钢管协会统计，2004 年，我国对加拿大出口石油套管 7.52 万吨；2005 年为 8.92 万吨；2006 年为 10.66 万吨，年均增速约为 20%。随着 2007 年以后加拿大国内对石油套管需求量的减少，我国出口加拿大的石油套管对其国内产业的冲击开始显现。2007—2009 年，加拿大对我输加钢管产品发起反补贴调查 3 起，占同期加拿大对华反补贴调查总数的 60%。

第三节　全球对华重点行业贸易救济案件的特点与走势①

化　　工

本文所指化工产业是以煤炭、石油和天然气等为主要原料，经过多次化学加工生产各种化学品及合成材料的工业。按照国民经济行业划分涉及的子行业包括基础化学原料制造业、化学肥料制造业、化学农药制造业、化工合成材料制造业和专用化学产品制造业等。在案件的统计口径上涵盖了中国贸易救济信息网案件数据库中化学工业的全部案件和医药工业的部分案件。

一、化工产品是我国遭遇全球贸易救济调查的重灾区

1979—2009 年，在全球对华发起的 1345 起贸易救济调查案件中，涉及化工产品的案件最多，为 334 起，占全球对华贸易救济案件总数的 24.8%（图 40）。其中，反倾销 282 起，反补贴 5 起，涉华保障措施 41 起，特别保障措施 6 起。同期，全球对华化工产品发起的反倾销案件数也位居各行业之首，占全球对华反倾销案件总数的 27.3%。

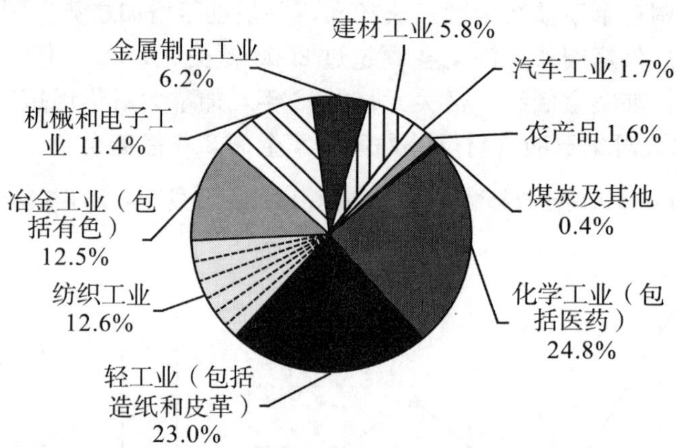

图 40　1979—2009 年全球对华贸易救济案件行业分布情况

从全球对华化工产品贸易救济案件的年度立案情况看（图 41），化工行业一直都是受到全球贸易救济打击较为严重的行业。自 1979 年全球对华发起首起贸易救济调查后的 10 年间（1979—1988 年），尽管化工产品的年均立案数不足 3 起，但在我国所有贸易救济调查案件中的占比却很大，平均占比超过 40%，最高年份（1981 年）的占比为 75%。1989 年以后，涉及化工产品的贸易救济案件仍呈上升趋势，年均立案数超过 14 起，但是随着我国其他行业贸易救济案件的增多，涉及化工产品的案件在我国贸易救济案件总数中所占比例开始下降，并趋于平缓，平均占比为 23.8%，但多数年份化工行业仍为我国遭遇贸易救济调查最多的行业。

① 本节行业统计口径与前两节不同，每个行业的统计口径在下文各部分均有特殊说明

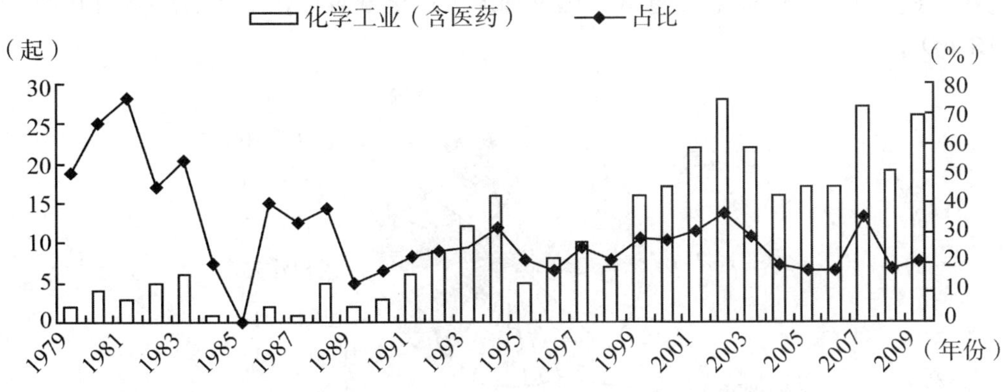

图 41　1979—2009 年国外对华化工产品贸易救济案件年度立案走势及占比情况

化工产品频繁遭遇全球贸易救济措施的打击，一方面是因为化工产业是我国的支柱产业，近年来发展迅速。据中国石油和化学工业协会统计，2009 年，我国化工行业总产值 3.93 万亿元，同比增长 9.7%；化工行业工业增加值同比增长 15.9%。另一方面，化工产业上下游关联范围广泛，决定了化工产品产业链具有连锁立案的特征。据有关专家测算，化工产业和上游的关联度达到 80%以上。化工产业的上游包括石油炼制及进一步裂解生成乙烯等基本化工原料；中游包括以基本化工原料生产多种有机化工原料及三大合成材料，下游则包括精细化工领域，将有机化工原料继续深加工得到的化工产品。

二、反倾销是全球对华化工产品实施贸易救济的主要形式

1979—2009 年，全球对华化工产品共启动贸易救济调查案件 334 起，其中，反倾销 282 起，占比 84.7%，年均立案 9 起。

1. 全球对华化工产品反倾销年度立案大幅上升

1979 年以来，全球对华化工产品反倾销年度立案数呈大幅上升之势（图 42）。全球对华化工产品反倾销大致分为 3 个阶段。1979—1990 年，全球对华化工产品反倾销案件相对较少，年均立案数不足 3 起；1991—2000 年，年均立案数超过 9 起；入世以后的 2001—2009 年，年均立案数已逾 17 起。

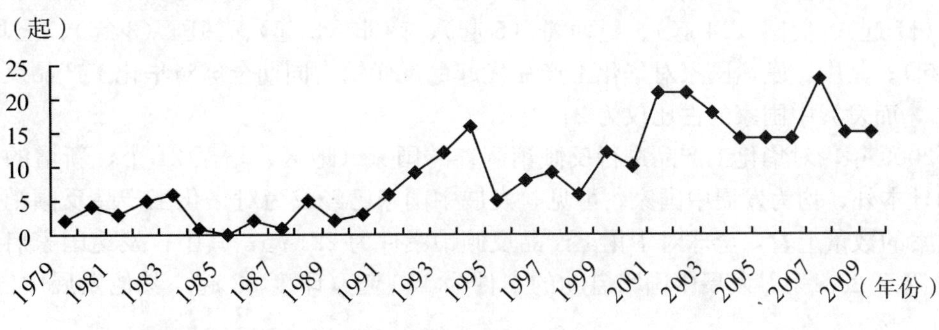

图 42　1979—2009 年国外对华化工产品反倾销立案年度走势

2. 印度后来居上，成为对华化工产品反倾销最多的国家

截至 2009 年底，在全球对华化工产品发起的 282 起反倾销调查中，印度位居首位，为 82 起，占全球对华化工产品反倾销案件总数的 29.1%；其次是欧盟，为 43 起，占比 15.2%；位居第三的

是美国，为 41 起，占比 14.5%。上述 3 个国家和地区占全球对华化工产品反倾销调查案件总数的 58.8%（图 43）。

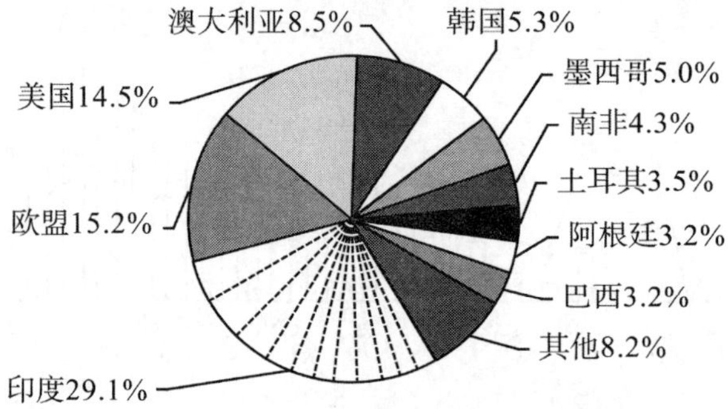

图 43　1979—2009 年全球对华化工产品反倾销立案国别分布情况

在 1994 年之前，印度并没有对中国产品发起过反倾销调查。1994 年，印度首次对华启动反倾销调查程序，即印度对华异丁基苯反倾销案。1994—2009 年，印度对华化工产品反倾销调查占同期全球对华化工产品反倾销案件总数的 37.1%。与此同时，在印度对华发起的 136 起反倾销案件中，涉及化工产品的案件占比超过 60%。

印度对华化工产品反倾销立案后来居上，并且化工产品也成为印度对华反倾销的主要目标，凸显了我国输印化工产品与印度本土产业激烈的竞争格局。印度的医药和生物技术发展迅速，但其具有竞争力的产品仍主要集中在传统化学品上，据印度化学产业委员会统计，最近 5 年，印度化学工业的年均增速为 12%，销售收入 650 亿美元/年。化学工业作为印度的支柱产业之一，印度政府对其扶持力度很大，除了在产业发展上给予资金和政策优惠外，对于进口化工产品也加大了限制力度。我国与印度化工产品贸易往来频繁，据印度统计，2009 年，在印中贸易中，化工产品是印度对华出口的第三大类产品，是印度自中国进口的第二大类产品，但印度对中国化工产品一直处于贸易逆差，2009 年逆差额为 34.73 亿美元。事实上，我国输印的化工产品多为低端传统化学品，与印度的本土产业具有极大的同质性和竞争性，因此，印度对我国化工产品的打击力度较大。

3. 发展中国家成为对华化工产品反倾销的主要发起者

在对我国化工产品启动反倾销调查程序的国家（地区）中，发展中国家的数量和立案数逐年增多。1979—1993 年，仅有 8 个国家（地区）对华化工产品启动反倾销调查程序，包括澳大利亚（17 起）、欧盟（17 起）、美国（14 起）、墨西哥（5 起）、南非（3 起）、韩国（3 起）、土耳其（1 起）和巴西（1 起）。其中，发达国家对华化工产品发起的反倾销占同期全球对华化工产品反倾销案件总数的 78.7%，而发展中国家的占比仅为 21.3%。

1994—2009 年，对华化工产品进行反倾销调查的国家（地区）增至 21 个，新增的 13 个国家，除加拿大和日本外，均为发展中国家。可见，发展中国家已经成为对华化工产品反倾销的主要发起者。从新立案的数量上看，全球对华化工产品反倾销案件为 221 起，其中，发达国家启动的案件为 62 起，占比降至 28.1%，发展中国家启动的案件为 159 起（印度 82 起，其他发展中国家 77 起），占比升至 71.9%。

发展中国家迅速成为对华化工产品反倾销的主力，与全球化工业产业结构调整密不可分。20 世纪 70 年代，由于两次世界能源危机的冲击，导致能源与矿产资源价格上涨，世界范围内产业结构调整的一个重要特点是发达国家在产业结构的调整中，将一部分大量消耗能源和矿产资源以及环境污染较为严重的重化工部门向发展中国家转移。化工产业成为发达国家产业转移的重点，也成了发展中国家快速实现工业化道路的重要的产业之一。因此，发展中国家的化工产业发展结构基本趋同，产品同质性强，在国际贸易中具有较强的竞争性。而中国作为国际巨头产业转移的首选目的地，不论是在劳动力还是在宏观政策上都较其他发展中国家具有明显的竞争优势，对其他发展中国家构成直接的竞争压力。随着中国国内化工产能的日益增长，出口范围也从原来的发达国家市场快速向发展中国家扩大。

4. 涉案的化工产品多为附加值较低的产品

据中国贸易救济信息网统计，1979—2009 年，在全球对华化工产品启动的 282 起反倾销调查中，涉及基础化学原料的案件 171 起，占全球对华化工产品反倾销案件总数的 60.6%；涉及化工合成材料制造业的案件为 49 起，占比 17.4%；涉及医药产品的案件 39 起，占比 13.8%（图 44）。

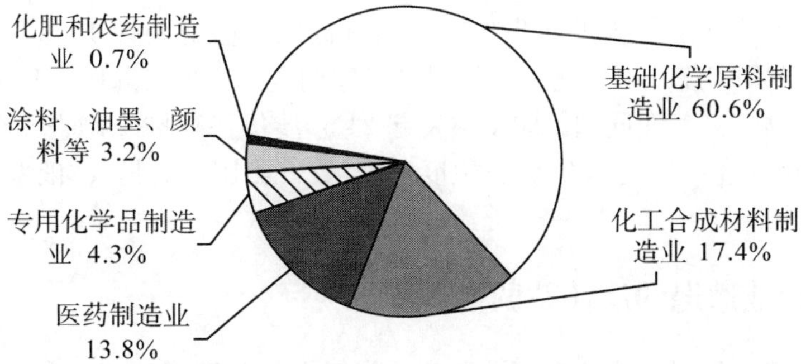

图 44 国外对华化工产品反倾销各子行业分布情况

基础化学原料产品是全球对华化工产品反倾销的主要产品领域，在对外贸易中，我国基础化学原料产品属于贸易顺差产品，特别是两碱的出口依存度已经超过 10%，基础化学原料产品出口逐年增加使其成为全球对华化工产品反倾销和贸易摩擦的主要对象。不仅如此，基础化学原料产品多为我国的资源密集型产品，加工程度低，产品价格低，大量出口必将导致国内资源严重外流，不利于我国产业结构升级和资源保护。

对于附加值稍高的化工合成材料制造业来说，涉案产品仍主要集中在简单加工产品上。在全球对华化工合成材料制造业发起的 49 起反倾销案件中，涉及轮胎的案件数为 20 起。涉案的轮胎基本上为汽车斜交轮胎、自行车胎和摩托车轮胎等低附加值产品，涉及附加值较高的轮胎反倾销案件仅有 3 起，美国对华新充气工程机械轮胎反倾销案、巴西对华大客车和卡车用子午轮胎反倾销案和印度对华汽车和卡车子午轮胎反倾销案。据中国石油和化学工业协会统计，轮胎在我国属于劳动密集型产业，企业的平均产量为 108 万条/年，而发达国家的产量均为 300 万～400 万条/年，大量的低附加值简单劳动使得国内市场轮胎供大于求，轮胎的出口依存度已高达 134.6%。我国轮胎产品技术含量不高，大量依赖出口的局面，势必导致其在国际市场上竞争激烈且竞争力较低，贸易摩擦愈演愈烈。

5. 涉案企业对发达国家反倾销调查应诉率较高，对发展中国家应诉不积极

据中国贸易救济信息网统计，1979—2009 年，我国化工产品反倾销案的总体应诉率约为 52.5%。在发达国家发起的 110 起反倾销案件中，有中国企业应诉的案件数为 75 起，应诉率为 68.2%，其中对美国的应诉率为 85.4%，对欧盟的应诉率为 76.7%。发达国家（地区）仍然是我国化工产品的主要出口市场，出口金额大，而且这些国家的贸易救济法律制度健全、透明度相对较高，国内企业对于这些国家的贸易救济法律接触较多，应诉也较为积极。

而与发达国家相比，我国化工企业对发展中国家反倾销调查的应诉率仅为 42.4%，其中，对韩国和印度的应诉率稍高，分别为 60% 和 58.5%。韩国和印度作为我国化工产品的主要出口市场，

国内企业仍然比较重视，因此表现出较高的应诉积极性。其他部分发展中国家属于我国化工企业新开拓的出口市场，出口规模小，并且一些国家的贸易救济法律制度不透明，给企业的应诉工作构成了障碍，也增加了应诉成本。企业很可能在权衡出口效益和应诉成本后，放弃这些刚开拓的市场。但是，目前，发展中国家已经逐渐成为对华化工产品反倾销的主要发起者，且案件数越来越多。随着我国化工产品出口规模的扩大和出口市场的多元化发展，如果企业不积极应诉，可能会导致更多的出口市场对我国化工产品关闭大门。

三、入世后全球涉华化工产品保障措施、特保措施案件增多

自 1997 年底印度对华乙炔黑发起保障措施调查以来，我国化工产品频繁遭遇进口国保障措施调查。截至 2009 年年底，全球共对华化工产品进行保障措施调查 41 起，发起国共有 21 个，多为发展中国家。其中，印度是对华化工产品保障措施调查的主要发起国，14 起，占我国化工产品保障措施案件总数的 34.1％，而同期，印度共发起 21 起涉华保障措施调查。全球对华化工产品共启动 6 起特别保障措施调查，发起国分别是印度（3 起）、美国（1 起）、俄罗斯（1 起）和土耳其（1 起）。

四、化工行业遭遇的反补贴调查不容忽视

2007 年，全球开始对华化工产品进行反补贴调查。截至 2009 年年底，全球共对我国化工产品启动 5 起反补贴调查，占全球对华反补贴调查案件总数的 13.5％，立案数低于冶金（16 起），与轻工和机械电子（5 起）并列位居第二。

在化工产品遭遇的 5 起反补贴调查中，美国发起 4 起，占同期美国对华反补贴案件总数的 17.3％；印度于 2009 年发起 1 起，也是截至目前印度对华发起的首例反补贴调查案件。其中，涉案产品亚硝酸钠先后遭遇了美国和印度的反补贴调查。

在美国对华化工产品发起的 4 起反补贴调查中，指控所涉及的补贴种类包括：税收项目优惠、优惠贷款项目、低价提供基础投入和原料投入项目、国有企业补贴项目、地方性补贴项目等。而优惠贷款是我国应对全球反补贴调查最为棘手的问题。在美国的反补贴调查中，涉案企业只要从中国的四大国有银行甚至其他银行获得贷款，一律被认为是优惠贷款。美国认为，中国没有形成贷款市场利率，因此在调查中，其将 30 多个与我国发展水平相当的国家的中长期贷款利率加权平均后，得到一个基础贷款利率，并将我国企业获得的贷款利率与之比较计算补贴幅度。

从我国反补贴案件的发案走势看，美国对华反补贴的执行程序起到了示范效应。2007 年，美国对华亚硝酸钠进行反补贴调查，并于 2008 年 8 月起对涉案产品开始征收反补贴税。美国发布征税令后，印度业界于 2008 年 10 月对进口自中国的亚硝酸钠提起反补贴调查申请，2009 年，印度对华亚硝酸钠正式启动反补贴调查程序。可见，反补贴调查的示范效应已经显现。我国化工产品的主要出口地除了美国和印度外，还包括欧盟、澳大利亚以及南美洲等地区，并且我国化工产品与这些国家贸易摩擦频繁，因此，未来，来自其他国家（地区）对我国化工产品的反补贴调查更加不容忽视。

轻　工

2009 年 5 月我国出台的《轻工业调整和振兴规划》中强调“轻工业承担着繁荣市场、增加出口、扩大就业、服务三农的重要任务，是国民经济的重要产业，在经济和社会发展中起着举足轻重

的作用”。同时，轻工业在我国对外贸易尤其是出口中占据着重要的地位，也是我国贸易顺差的主要来源。2009 年，我国轻工工艺品出口额为 1656.67 亿美元，同比下降 9.62%，占我国对外出口总额的 13.8%。本文在案件的统计口径上涵盖了中国贸易救济信息网轻工业、造纸业和皮革制造业的全部案件。据中国贸易救济信息网统计，截至 2009 年年底，全球对华共发起贸易救济调查 1345 起，涉及轻工行业的案件 309 起，占全球对华贸易救济案件总数的 23.0%，仅次于化工，位居所有涉案行业第二。

一、反倾销是全球对华轻工业实施贸易救济的主要手段

1979—2009 年，全球对华轻工产品共启动了 309 起贸易救济调查。其中，反倾销 235 起，占全球对华轻工产品贸易救济案件总数的 76.1%；保障措施 64 起，占比 20.7%；反补贴和特别保障措施均为 5 起，分别占比 1.6%。反倾销是全球对华轻工产品实施贸易救济的主要方式。

1. 全球对华轻工产品反倾销立案数呈上升趋势

1979—1988 年，全球对华轻工产品每年都有反倾销案件，但数量相对较少，总共 17 起，年均立案不足 2 起；1989 年以后，全球对华轻工产品反倾销案件数迅速增加；截至 2009 年年底，案件数达到 218 起，年均立案超过 10 起（图 45）。

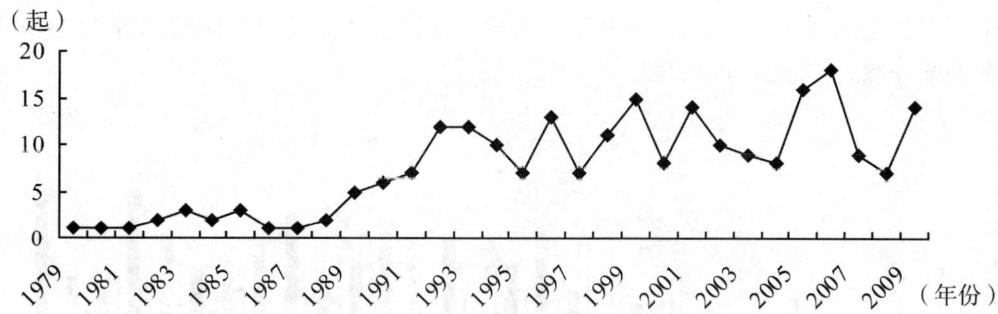

图 45　1979—2009 年全球对华轻工产品反倾销立案年度走势

2. 欧盟和美国对华轻工产品反倾销调查位居前列

在全球对华轻工产品发起的 235 起反倾销调查中，欧盟发起的案件最多，为 35 起，占全球对华轻工产品反倾销案件总数的 14.9%；美国位居其次，为 29 起，占比 12.3%；位居第三的是阿根廷，23 起，占比 9.8%（图 46）。

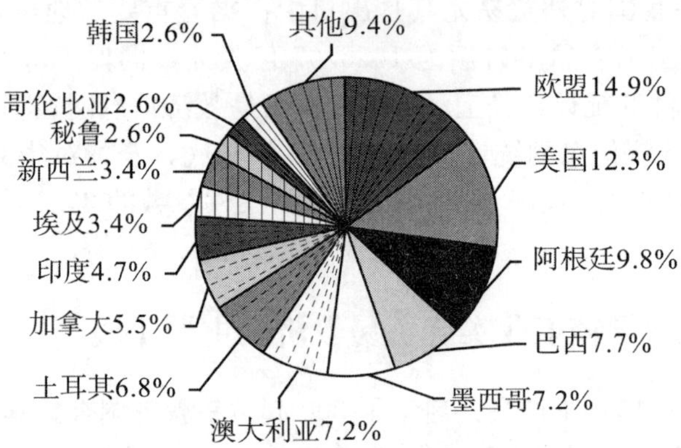

图46　1979—2009年全球对华轻工产品反倾销立案国别分布情况

3. 发展中国家（地区）发起的反倾销调查显著增长

1990年，发展中国家开始对华轻工产品进行反倾销调查，截至2009年年底，累计对华轻工产品发起反倾销调查133起，年均立案数为7起，已超过了发达国家年均立案的4起。特别是1997年以后，发展中国家对华轻工产品反倾销的年度立案数明显超过了发达国家，在同期全球对华轻工产品反倾销中所占的比例高达68.5%。2009年，全球对华轻工产品发起反倾销调查14起，其中发展中国家发起的案件数为12起，占比超过了85%（图47）。

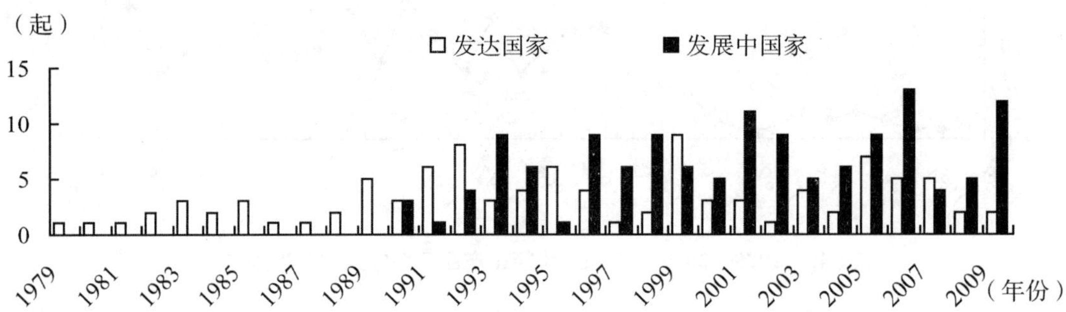

图47　1979—2009年发达国家和发展中国家对华轻工产品反倾销立案对比

4. 日用机械及小家电、文教体育用品和鞋类产品为主要涉案产品

全球对华轻工产品反倾销涉及日用机械及小家电、文教体育用品、鞋类产品、日用杂品、日用硅酸盐、食品加工产品、造纸等13类产品。其中，涉及日用机械及小家电的反倾销案件居多，为54起，占全球对华轻工产品反倾销案件总数的23.0%；其次是文教体育用品，案件数为40起，占比17.0%；鞋类产品位居第三，为30起，占比12.8%（图48）。2009年，全球对华轻工行业反倾销涉案产品以日用机械及小家电居多。在全球对华轻工产品发起的14起反倾销调查案件中，涉及日用机械及小家电的案件数达9起，占比64.3%，所占比例创历年最高。

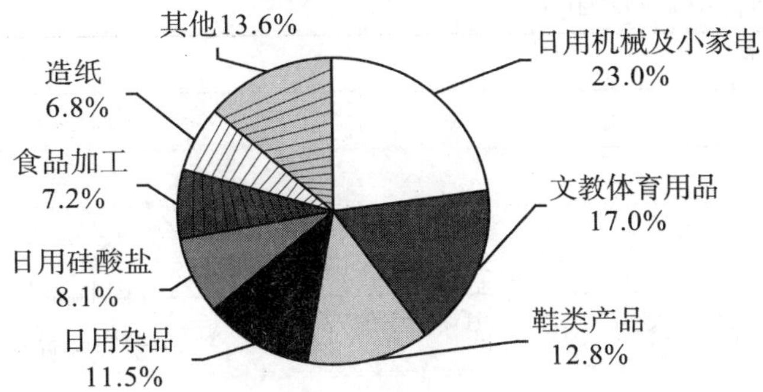

图 48 国外对华轻工产品反倾销涉案产品类别分布情况

我国轻工行业的很多产品在全球产量和出口中位居首位或前列，虽产业大而不强、企业多而规模小的特点使行业遭遇贸易摩擦的风险较大。以受反倾销最为严重的鞋类产品为例：我国是全球最大的鞋类生产和出口国，鞋类产品出口企业 1.4 万家，其中，出口额在 10 万美元以下的企业有近 7000 家，鞋类产品出口占我国轻工出口总额的 15%以上。鞋类制造业不仅是我国轻工业的支柱，也是主要吸纳劳动力的产业。随着全球贸易形势的不断恶化，国际贸易保护主义纷纷抬头，2009 年 1 月 27 日，巴西对包括鞋在内的 24 种进口产品实行许可制度；3 月，秘鲁决定对从中国进口的 CIF 价格低于 5.97 美元/双的纺织面料鞋征收 0.31 美元/双的临时反倾销税；欧盟委员会将对华皮鞋反倾销措施延长 15 个月，并征收反倾销税；5 月 1 日，欧盟委员会开始执行《要求各成员国保证不将含有生物杀灭剂富马酸二甲酯的产品投放市场或销售该产品的决议》，严厉禁止进口鞋中含富马酸二甲酯；此外，欧盟为鞋履生态标志订立颁发准则，修改一系列产品释义以及订立新准则。国外贸易保护主义的强势抬头严重制约了我国鞋类产品的出口。据中国海关统计，2009 年，我国出口鞋减至 81.7 亿双，同比下降 0.8%；出口货值 265.7 亿美元，同比下降 5.5%。

5. 整体应诉率不高，对发达国家的应诉率高于发展中国家

在全球对华轻工产品发起的 235 起反倾销调查中，有企业应诉的案件仅为 83 起，占比 34.9%，整体应诉率不高。

我国轻工企业对发达国家的应诉情况普遍好于对发展中国家的应诉。截至 2009 年年底，在发达国家对华发起的 102 起反倾销调查中，有企业参与应诉的为 62 起，应诉率为 60.8%，而对发展中国家的应诉率仅为 15.8%。以对华轻工产品反倾销立案数位居前 5 位的国家（地区）为例，我国对欧盟的应诉率为 74.3%，对美国的应诉率 82.3%，对阿根廷的应诉率为零，对巴西的应诉率为 5.6%，对澳大利亚和墨西哥的应诉率均为 41.2%。导致这一局面的主要原因是发展中国家尚未成为中国企业的主要出口市场，企业对这些市场的出口规模不大，没有引起高度重视。此外，某些发展中国家相关法律和调查程序的不透明，导致应诉成本高和胜诉率低也是原因之一。

二、全球涉华轻工产品保障措施案件数位居各行业之首

自 1987 年欧盟对华糖水梨发起首例保障措施调查以来，截至 2009 年年底，全球涉华轻工产品保障措施案件数为 64 起，占全球涉华保障措施案件总数的 33.7%，位居各行业之首。

1. 全球轻工产品保障措施涉华案件大幅上升

从年度立案情况看，全球轻工产品保障措施调查涉华案件呈增势。1987—1995 年，全球涉华保障措施立案调查 4 起，其中 1990—1995 年没有新立案件。1996 年以后，全球涉华轻工产品保障措施调查案件趋于常态化；1996—2009 年，全球发起轻工产品保障措施涉华案件达 60 起，年均立案超过 4 起。尤其是 2009 年，全球涉华轻工产品保障措施案件创历年新高，达 11 起，占当年涉华保

障措施涉华案件总数的 37.9%（图 49）。

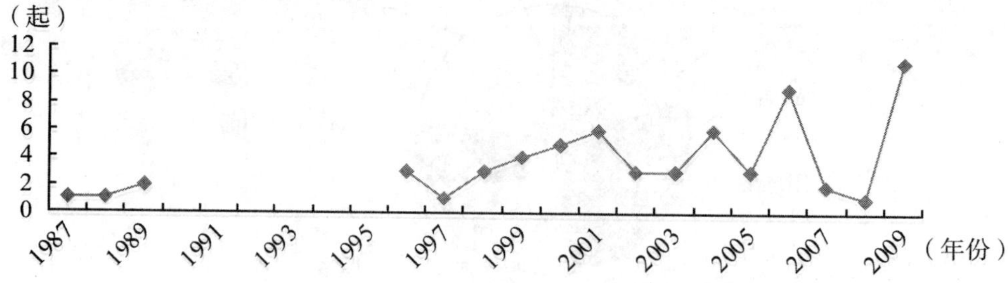

图 49　1987—2009 年全球涉华轻工产品保障措施立案年度走势

2. 土耳其涉华轻工产品保障措施案件立案最多，发展中国家为主要发起者

截至 2009 年年底，共有 25 个国家对华轻工产品发起保障措施调查，其中，土耳其立案调查案件数最多，为 9 起，占全球涉华轻工产品保障措施案件总数的 14.1%；其次是捷克、韩国和厄瓜多尔，均为 4 起，分别占比 6.3%。在全球涉华轻工产品保障措施的 64 起案件中，发达国家发起 8 起，占比 12.5%；发展中国家发起 56 起，占比 87.5%。

3. 食品和日用机械及小家电为涉华保障措施案的主要涉案产品

涉华轻工产品的保障措施案涉及食品、日用机械及小家电、造纸、日用硅酸盐、鞋类产品等 9 类产品。其中，涉及食品的案件数位居首位，为 17 起，占国全球涉华轻工产品保障措施案件总数的 26.6%；其次是日用机械及小家电，为 11 起，占比 17.2%，位居第三的是日用硅酸盐和纸产品，均为 9 起，分别占比 14.1%。

三、全球对华轻工产品反补贴主要集中在造纸行业

自 2006 年美国对华铜版纸进行反补贴调查以来，我国轻工产品共遭遇 5 起全球反补贴调查，其中 4 起案件涉及纸产品，而且美国分别于 2006 年和 2009 年两次对我国铜版纸进行反补贴立案调查。

我国是世界纸产品生产、贸易和消费大国。据中国造纸协会统计，2000—2009 年，我国纸及纸板生产量年均增长 12.27%，消费量年均增长 10.20%。我国造纸业快速发展，与全球造纸产业的相对平稳形成鲜明对比，部分纸产品出口对国际上老牌造纸强国的固有利益有所影响。实际上，我国纸产品出口量很小，2009 年，我国纸及纸板出口 405 万吨，仅占当年我国纸及纸板产量的 4.7%。由于环保和保障内需等原因，国内并不主张纸张大量出口，因此，纸张没有出口退税支持，废纸加工贸易也被限制，政府没有其他补贴，我国造纸企业完全是在市场化环境下自我发展。

纺　　织

纺织业包括化纤产品、棉纺织品、毛纺织品、丝绸制品、麻纺织制品、印染制品、色织产品、针织产品、服装、家用纺织品、产业用纺织品等。鉴于纺织品服装为生活必需品以及创造了大量就业机会的行业属性，各国纺织业的竞争相当激烈，我国已成为世界纺织品服装生产和出口大国，随着纺织品服装出口逐步增多，全球对华纺织业发起的贸易救济案件也与日俱增。

一、纺织业是我国遭遇贸易救济调查的主要产业

在1982年美国对华纺织业发起首例反倾销调查以来，截至2009年年底，全球对华纺织业共发起贸易救济调查169起，占全球对华贸易救济案件总数的12.6%，仅次于化工和轻工行业，位居第三。其中，反倾销案件97起，占全球对华纺织业贸易救济调查总数的57.4%；特别保障措施57起，占比33.7%；反补贴1起，保障措施为14起。

在金融危机影响下，我国纺织产业出口急剧下降，约2/3的纺织企业出口额减少。随着国际购买力降低，纺织品服装销量迅速减少，2009年，我国纺织企业利润率从2007年的1.7%降低至−0.63%，中小型纺织企业倒闭数量超过1万家。但是，由于出口国均受到较大程度影响，中国纺织品在美国、欧盟以及日本这3个主要贸易伙伴的市场份额却上升，因而遭受的贸易救济调查并未减少。

从案件走势看（图50），反倾销案件呈上升之势，年均立案6起；保障措施从1999年开始，案件数量徘徊在2起左右，只有2009年案件数最多，达4起；特别保障措施自2001年出现以来变动较大，除2002年无立案外，随后持续走高，2005年多达34起，随后大幅下降，2007、2008年无案件，2009年再次增至2起。从目前案件发展情况看，特保案件数已大幅下降，远低于反倾销，预计反倾销仍将是未来各国贸易救济的重要手段。

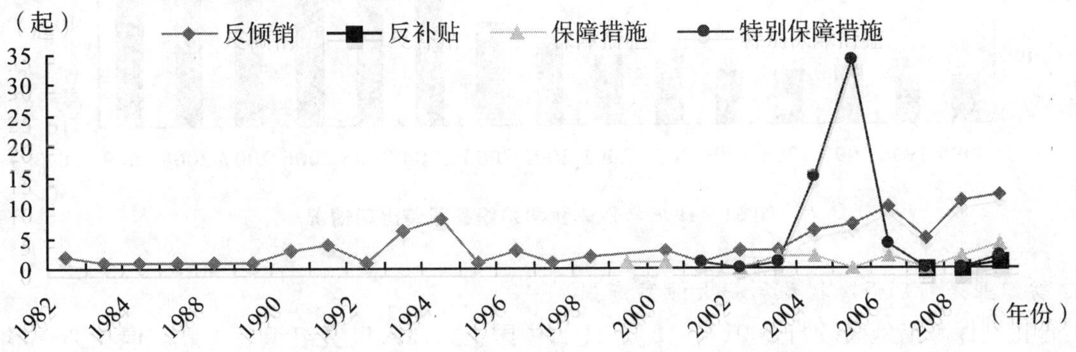

图50　1982年以来全球对华纺织业贸易救济案件类型统计

二、贸易扩大伴随案件增多

1. 入世后案件数大增

1982—2009年，全球对华纺织业共发起169起贸易救济案件，年均立案6起。其中，1982—1994年，针对中国纺织业的贸易救济案件为29起，且均为反倾销，年均2起。

从1995年世贸组织成立到2001中国加入世贸组织的7年间，全球对华纺织业的贸易救济案件为14起，年均2起。其中，反倾销11起，涉华保障措施为2起，特别保障措施1起。

2002—2009年，全球对华纺织业贸易救济调查大幅增长，累计达126起，年均14起。其中，反倾销57起，涉华保障措施12起，特别保障措施56起。2009年新增反补贴1起（表3）。2003年，美国根据《中国加入世贸组织工作组报告书》第242段对3类产品实施特保措施，随后6年，我国纺织业遭受的贸易救济调查大幅攀升。

表 3　入世以来全球对华纺织业贸易救济年度立案情况

（单位：起）

	2002 年	2003 年	2004 年	2005 年	2006 年	2007 年	2008 年	2009 年
反倾销	3	3	6	7	10	5	11	12
反补贴	0	0	0	0	0	0	0	1
保障措施	0	2	2	0	2	0	2	4
特别保障措施	0	1	15	34	4	0	0	2

入世为我国纺织业带来了发展契机，产能不断提高，出口额自 2005 年开始突破千亿美元大关，同比增幅从 2001 年的 2.4%升至 2002 年的 15.6%，随后一直处于 20%以上，直至 2007 年开始的金融危机才出现回落（图 51）。

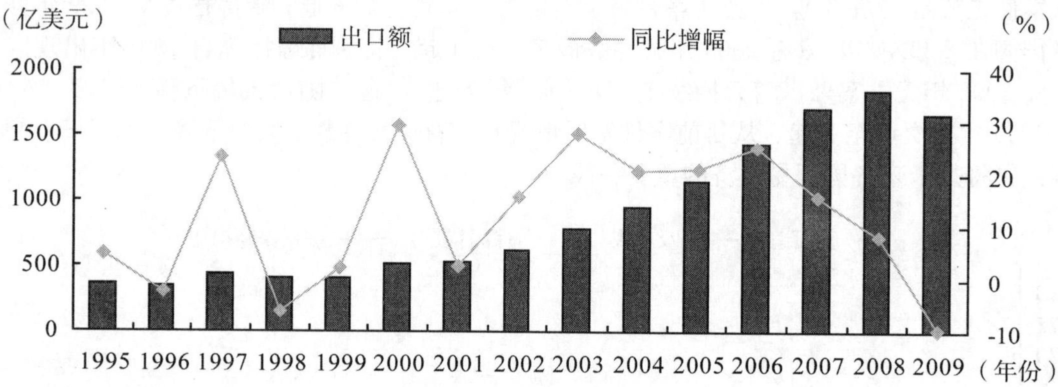

图 51　1995 年以来我国纺织品服装出口情况

2. 纺织业是特别保障措施第一大涉案产业

尽管特别保障措施条款自 2001 年 12 月 11 日中国正式加入世贸组织后生效，但在 2001 年 4 月 16 日，日本就率先启动了对华毛巾产品的首例特别保障措施调查，直至 242 条款失效前，我国纺织业一直是特别保障措施的重灾区。在全球对华发起的 84 起特别保障措施调查中，涉及纺织业的案件达 57 起，占特保案件总数的 67.9%，在涉案行业中居首位。

为避免 2005 年 1 月 1 日全球纺织品服装配额取消后中国纺织品服装出口额大幅增长以及在美国市场占据份额的突增，2004 年和 2005 年全球集中对华纺织业发起特保调查。2004 年，美国对中国输美 13 类纺织品服装发起特保调查，而早在 2003 年美国即已对其中的 3 类产品（针织布、胸衣和袍服）发起了特保调查。在 2004 年全球对华纺织品服装发起的 15 起特保调查中，除美国的 13 起外，秘鲁和土耳其各发起 1 起调查。在 2005 年的 34 起特保调查中，美国发起 21 起，欧盟 9 起，哥伦比亚 3 起，中国台湾 1 起。特保调查的集中出现显示了其发案具有一定的传导性。在美国对华纺织品服装发起大规模特保调查后，欧盟为避免中国产品的大量涌入，也举起特保大棒，随后一些贸易保护倾向严重的国家也先后对华纺织品服装发起特保调查。在与中国政府就此问题进行多轮磋商后，美国发起的 21 起特保案件和欧盟发起的 9 起特保案件分别通过中美、中欧达成的最终协议而终止。根据协议，欧盟、美国对中国部分类别的出口纺织品服装实施配额限制（图 52）。

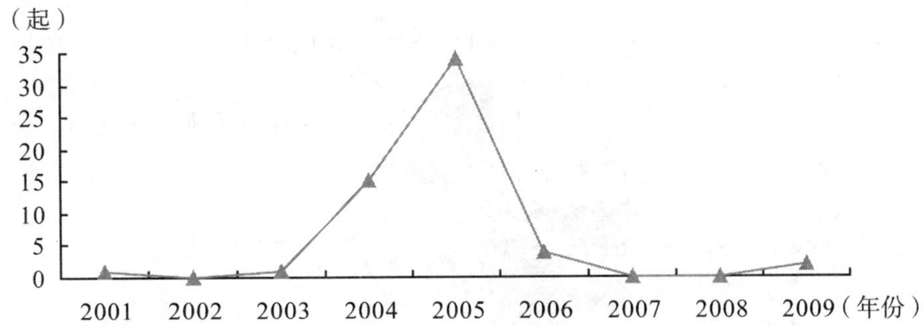

图 52　2001—2009 年全球对华纺织品服装特保调查立案年度走势

三、发展中成员和发达成员在贸易救济措施形式上各有侧重

在对华纺织业发起的 169 起贸易救济案件中，发达成员发起的 65 起，占案件总数的 38.5%；发展中成员发起 104 起，占案件总数的 61.5%。其中，美国发起的案件最多，为 43 起，占比达 26%；土耳其 19 起，位居第二，占比 11%；欧盟 16 起，位居第三，占比 9%（图 53）。美国和欧盟是中国纺织品服装的主要出口市场，约占中国纺织品服装出口总额的 25%，而由美国和欧盟发起的贸易救济调查占全球特保案件总数的比例达 35%。

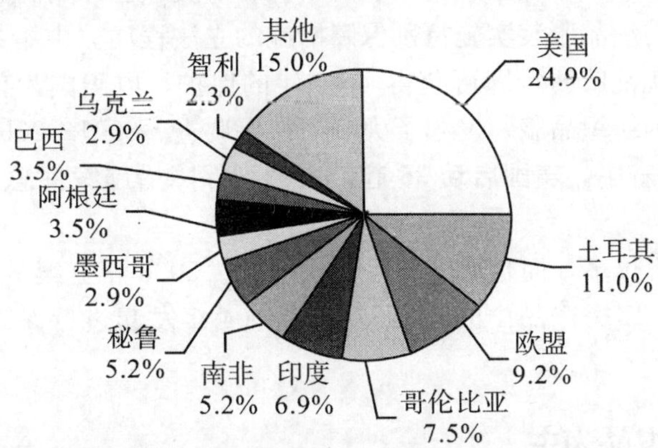

图 53　国外对华纺织业贸易救济案件发起国（地区）分布情况

1. *发展中成员是反倾销调查的主要发起者*

在全球对华纺织业发起的 97 起反倾销案中，发达国家发起的 18 起，占反倾销案件总数的 18.6%；其余 79 起反倾销案件均由发展中国家发起，占案件总数的 81.4%。其中，土耳其发起的案件最多，为 17 起；其次为印度 10 起，南非 9 起，哥伦比亚 8 起（图 54）。

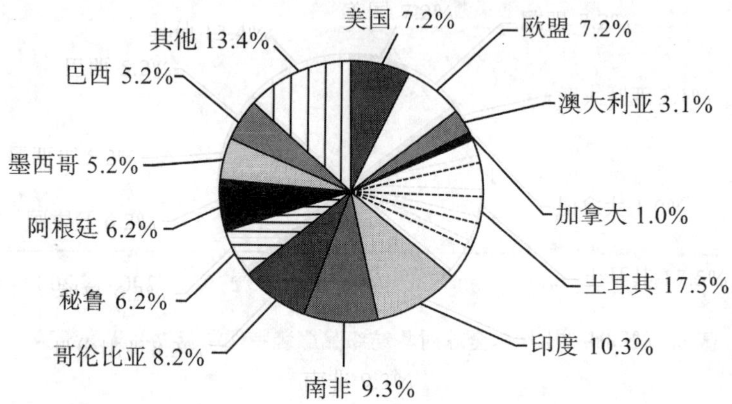

图 54　全球对华纺织业反倾销发起国（地区）分布情况

2. *乌克兰为涉华保障措施调查的主要发起者*

在全球对华纺织业发起的 14 起保障措施调查中，乌克兰发起 4 起，埃及 3 起，秘鲁 2 起，哥伦比亚、白俄罗斯、土耳其、印度和智利各 1 起。

3. *美欧为特别保障措施调查的主要发起者*

自中国入世后，美国、欧盟、韩国、日本、加拿大、印度、土耳其、秘鲁、哥伦比亚以及中国台湾先后完成了针对中国纺织品服装实施特别保障措施的立法程序。由于特保调查申诉门槛低，仅凭“市场扰乱”或“市场扰乱威胁”即可获得 1～3 年的保护，以美国为首的发达成员在全球纺织品服装配额取消前后对中国纺织品服装发起了大规模特保调查。2001—2009 年，在全球对中国纺织业的 57 起特别保障措施调查中，美国启动 35 起，占特别保障措施案件总数的 61.4%；欧盟 9 起，占比 15.8%。

美国发起的特保调查不仅多，而且部分产品多次立案。2003 年立案的 3 类产品在 2004 年度再次立案，而 2005 年立案的 21 类产品中的 8 类已经于 2004 年发起过特保调查。第 349 类产品（胸衣）则连续 3 年立案。

四、涉案产品以纺织品为主

在全球对华纺织业发起的 169 起贸易救济调查中，113 起案件涉及纺织品，占案件总数的 66.9%；56 起案件涉及服装，占案件总数的 33.1%。

反倾销和涉华保障措施主要针对纺织品。在全球对华纺织业启动的 97 起反倾销调查中，83 起案件涉及纺织品，占案件总数的 85.6%；在全球对华纺织业启动的 14 起保障措施调查中，11 起案件涉及纺织品。

保障措施主要针对服装类产品。在全球对华纺织业启动的 57 起特别保障措施调查中，38 起案件涉及服装，占比 66.7%，其余 19 起涉及纺织品。由于中国是服装出口大国，且服装款式变化快、季节性比较强，发起国更倾向于采用调查期短、见效快的特别保障措施，对中国出口服装实施配额限制，从而限制中国纺织品服装出口。

五、整体应诉率低，对发展中成员的应诉率更低

截至 2009 年年底，在全球对华纺织业发起的 97 起反倾销案件中，仅有 31 起案件有企业应诉，应诉率为 32%。其中，对美国和欧盟的应诉率最高，为 71.4%；对印度的应诉率为 60%；对墨西

哥的应诉率 40%；对澳大利亚和南非的应诉率均为 33.3%；而对阿根廷、巴西和哥伦比亚的应诉率为零。

由于国内纺织企业规模各异，通常仅有出口量比较大的企业会组织人力、物力、财力积极应诉。美、欧等发达成员是中国纺织品服装的主要出口市场，国内企业相对比较重视，应诉率也较高。但对于发展中成员发起的立案调查，除语言问题和发展中成员相关程序的不透明之外，对这些市场的不够重视也是应诉率低的主要原因。

冶　金

冶金工业是指对金属矿物的勘探、开采、精选、冶炼以及轧制成材的工业部门，其狭义概念特指黑色冶金工业，即黑色金属冶炼及制品生产工业；广义还包括有色冶金工业，即有色金属冶炼及制品生产工业。本文涉及的冶金产品主要包括：各类钢铁产品（如冷轧产品、涂层产品、热轧产品、条钢、型钢、线材和钢管产品等）、各类有色金属箔、各类有色金属合金以及镁系列、锰系列、铬系列、硅系列和钨系列产品等。

一、冶金行业是全球对华贸易救济调查的重灾区之一

1. 冶金行业贸易救济案件占比大幅增长

1979—2009 年，我国冶金行业共遭遇贸易救济调查 168 起，居所有涉案产业第四位，占全球对华贸易救济案件总数的 12.5%。2002 年，冶金行业贸易救济案件在同期全球案件总数中占比 12%；2003—2006 年，该占比保持在 4%～10%之间；而 2007 年占比陡增为 16%，2008 年继续升至 21%，2009 年降至 20%。

2. 入世后案件增多，形式趋于多样化

1982—1991 年，全球对华冶金行业共发起贸易救济调查 16 起，年均立案不足 2 起；1992—2001 年，累计发起 55 起，年均立案约为 6 起；中国入世后，2002—2009 年，贸易救济案件合计 97 起，年均立案约 12 起。尤其是，2008 年 23 起，2009 年 25 起（图 55）。

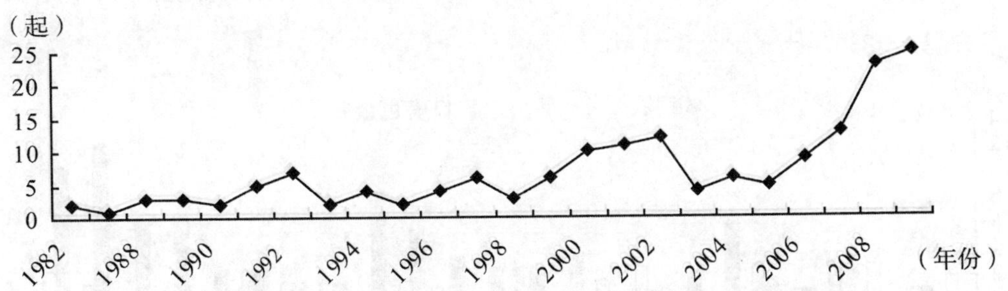

图 55　1982—2009 年国外对华冶金产品贸易救济立案年度走势

1982—1998 年，全球对华冶金行业贸易救济调查仅有反倾销一种形式，1999 年出现了冶金行业第一起涉华保障措施案，2005 年出现了第一起特别保障措施调查案，2006 年出现了第一起反补贴案。自 2008 年美国对中国产不锈钢焊接压力管发起首起双反调查以来，冶金行业的反倾销和反补贴案件激增，涉案产品包括焊接压力管、钢绞丝、钢格板、钢丝层板、无缝碳钢和合金钢标准管、管线管和压力管等；案件发起国也逐渐增多，哥伦比亚在 2009 年首次对华钢铁产品发起反倾销调查。

3. 1995年以前有色产品涉案多，之后以钢铁产品为主

涉及我国有色金属产品的第一起贸易救济案件是1982年欧盟对轻烧镁发起的反倾销调查，除1990年1起案件外，直至2008年，贸易救济案件一直在2～3起之间徘徊，2009年增至6起；钢铁产品涉案自1995年以后基本呈缓慢上升态势，2003年有所减少，随后继续大幅增加，2008年达到20起，2009年减至19起（图56）。1995年以前，尤其是1982、1988、1989以及1995年冶金行业贸易救济案件涉案产品主要为有色金属产品。此后，钢铁产品成为主要涉案产品，冶金行业贸易救济案件走势与钢铁产品贸易救济案件走势基本趋同。2009年，涉及钢铁产品的案件略微减少，而有色金属产品涉案却大幅增加。

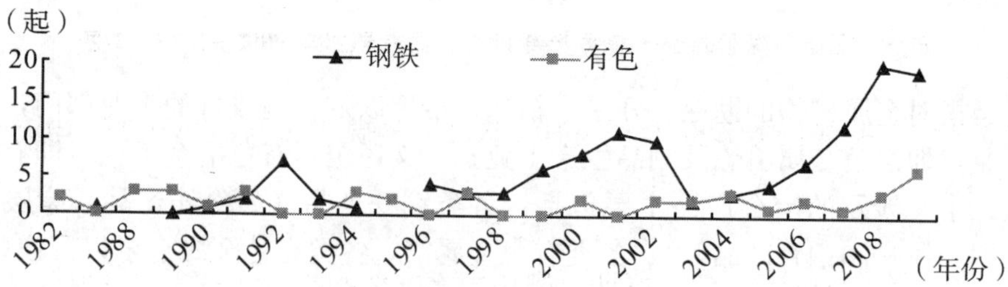

图56　1982—2009年国外对华钢铁和有色金属产品贸易救济立案年度走势

二、反倾销是全球对华冶金行业实施贸易救济的主要形式

1982—2009年，全球对华冶金行业发起反倾销调查128起，占冶金行业案件总数的76.2%；反补贴16起，占比9.5%；涉华保障措施21起，占比12.5%；特别保障措施3起，占比1.8%。反倾销是全球对华冶金行业实施贸易救济的主要形式。在所有涉案行业中，冶金行业反倾销案排名第三，仅次于化工和轻工，占全球对华反倾销调查案件总数的12.4%。

1. 全球对华冶金产品反倾销调查大幅增长

1982—2001年，全球对华冶金产品反倾销调查年均立案3起；2002—2009年，年均立案近8起，尤其是2008年达到15起，比2007年增长87.5%，创历史最高水平，2009年减至14起。从年度立案走势来看，2001年之前案件数量增加缓慢，而2002年以后案件数量呈大幅增长之势（图57）。

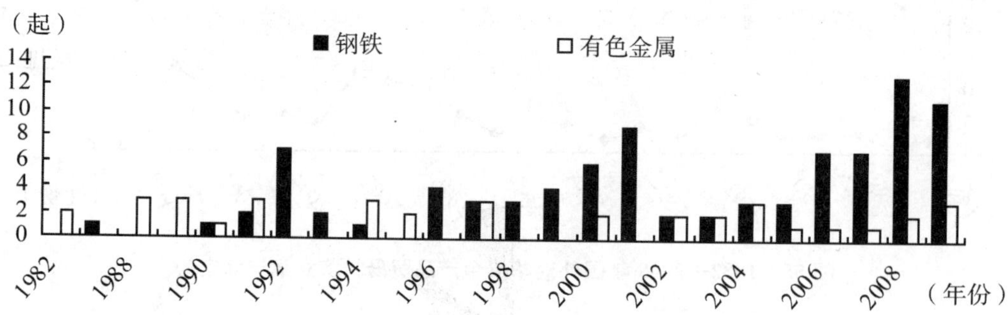

图57　1982—2009年国外对华钢铁和有色金属产品反倾销立案对比

从具体产品看，全球对华钢铁产品反倾销除1992年立案7起、2000年立案8起外，基本在5起以下；2001年钢铁产品反倾销案件明显增多，达11起，随后有所减少，在金融危机影响下，2008年案件数增至13起，2009年减至11起。截至2009年年底，我国有色金属产品遭受反倾销调

查 37 起。1982—2001 年年均立案 1 起，2002 年以后基本维持在 2 起，2005、2006、2007 年均为 1 起，随后直线上升，2008 年增至 2 起，2009 年为 3 起。

2. 美国、欧盟、印度为主要发起方，美侧重钢铁产品

在全球对华冶金行业发起的 128 起反倾销调查中，美国发起 34 起，占案件总数的 26.6%，位居首位；欧盟发起 30 起，占比 23.4%；印度发起 11 起，位居第三，占比 8.6%。上述 3 个国家（地区）对华冶金行业反倾销合计占比超过了 58%（图 58)。入世后，全球对华冶金行业发起反倾销调查 63 起，其中，美国最多，为 14 起；欧盟居其次，为 12 起；澳大利亚 6 起；加拿大 5 起；俄罗斯对华 4 起反倾销案件均为中国入世后发起。

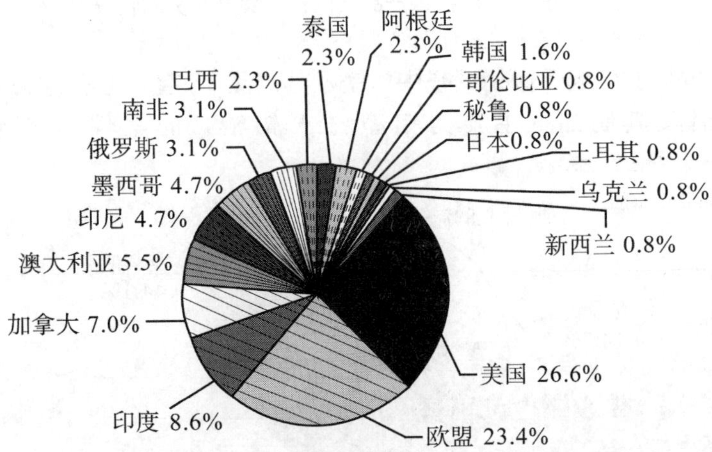

图 58　国外对华冶金行业反倾销立案国别分布情况

在涉及钢铁产品的 91 起反倾销调查中，美国发起 27 起，位居首位；欧盟位列第二，为 15 起；印度、加拿大均为 7 起，并列第三。在涉及有色金属产品的 37 起反倾销调查中，欧盟发起 15 起，美国发起 7 起，欧美发起的反倾销调查占案件总数的 59.5%。美国对华冶金行业发起的 34 起反倾销调查中，钢铁占绝大多数，而欧盟发起的 30 起反倾销调查中，钢铁产品和有色金属产品各占一半。

3. 涉案产品集中，并向高附加值产品扩展

1982—1996 年，全球对华冶金行业反倾销主要涉及轻烧镁、重烧镁、硅铁等用于冶金行业还原剂、氧化剂的产品及钢丝类的低端产品；1996 年以后，涉案产品主要以钢铁热轧产品、钢丝、各类管件等低附加值产品为主。近年来，随着我国钢铁高附加值产品产量的增加，也出现了对冷轧板材、镀锌板材及无缝钢管等高附加值产品的反倾销调查，2009 年全球对华冶金行业发起的 11 起反倾销调查中，有 6 起涉及无缝钢管。

在涉及钢铁产品的 91 起反倾销案件中，管材最多，共 31 起，占案件总数的 34%。自 2006 年起，涉案产品主要以石油管材等无缝钢管为主；其次为板材，共 23 起，以热轧钢板为主；黑色金属矿还原剂及氧化剂等其他产品的反倾销案件 20 起，以硅铁为主要涉案产品；涉及长材的案件 17 起，其中仅钢丝绳就有 5 起（图 59)。

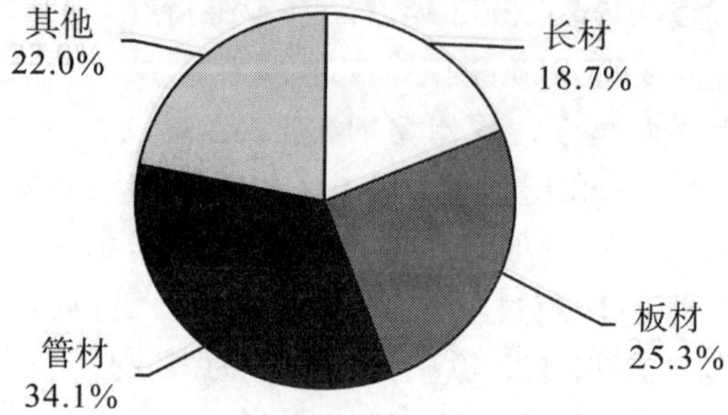

图 59　国外对华钢铁产品反倾销涉案产品分布情况

在涉及有色金属产品的 37 起反倾销调查中，镁及其制品 15 起，占有色金属产品反倾销案件总数的 40.5%；涉及铝及其制品（主要为铝型材＋铝箔）的案件为 6 起，占案件总数的 16.2%(图 60)。

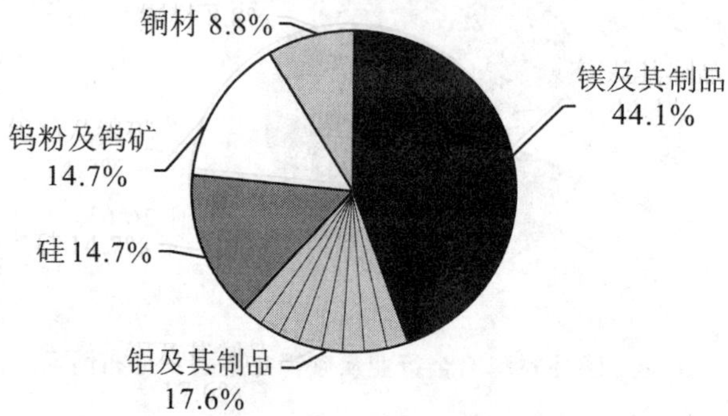

图 60　国外对华有色金属反倾销涉案产品分布情况

4. 对美国和欧盟的应诉率在 75%以上，印度和美国仍是主要替代国

在 128 起反倾销调查中，69 起案件有企业参与应诉，应诉率为 53.9%。其中，对欧盟的应诉率最高，为 93.3%；对美国的应诉率为 67.6%，对泰国的应诉率也近 66.7%，对加拿大的应诉率为 55.6%，而对印度、印度尼西亚和南非的应诉率分别为 45.5%、33.3%和 25%，对墨西哥、阿根廷、巴西、俄罗斯、土耳其、乌克兰等国的应诉率则为零。

1982—2009 年，共有 66 起反倾销案件裁决选择了替代国，占反倾销案件总数的 51.6%。其中，选择印度作为替代国的案件数为 23 起，居首位；其次是美国，为 8 起。此外，选择巴西、土耳其作为替代国的共 6 起。

三、冶金行业是全球对华反补贴第一大涉案产业

截至 2009 年年底，全球对华冶金行业发起反补贴调查 16 起，占全球对华反补贴案件总数的 43.2%，位居涉案行业之首。

1. 美国、加拿大和澳大利亚为主要发起者

自 2006 年加拿大对华冶金行业发起第一起反补贴调查以来，截至 2009 年年底，全球对华冶金行业反补贴案件累计 16 起，且均为双反调查。其中，美国位居首位，为 9 起；加拿大其次，为 5 起；澳大利亚发起 2 起。

2. 管材成为对华双反案的主要目标

在我国冶金行业遭受双反调查的产品中，除 3 起案件涉及有色金属产品外，其余 13 起均涉及

钢铁产品，主要为钢管和钢材。其中石油管材在2009年先后被美国和加拿大发起双反调查。在美国对华钢铁产品发起的9起双反调查中，涉及钢管产品的6起；而加拿大对华3起双反调查均针对钢管产品。

美国对华钢管双反案件具有一定的传导性，此后全球对华钢铁产品的双反调查迅速增多，涉案产品的附加值不断提高，技术含量要求也不断提升，且涉案金额逐步加大，油井管涉案金额高达27亿美元。

四、涉华保障措施多为中国入世后发起

在所有涉案行业中，冶金行业涉华保障措施排名第三，而特别保障措施远少于纺织和化工，位居第五。

在21起涉华保障措施中，20起案件涉及钢铁产品，除5起为中国入世前发起外，其余均在中国入世后发起。2002年，各国针对钢铁产品发起的涉华保障措施调查就有8起，缘由为美国2002年3月启动钢铁保障措施后各国采取相应报复措施引发的全球钢铁贸易争端。随着世贸组织争端解决机制的引入，在美国宣布终止保障措施后，各国随后相继终止措施。

在全球对华冶金行业发起的3起特别保障措施调查中，涉及钢铁产品的有2起，分别是美国2005年对非合金环形焊缝钢管特保调查，俄罗斯2008年对大口径钢管特保调查；另外1起涉及有色金属产品，为2009年印度对铝板及铝箔发起的特保调查。

机械和电子

2009年，我国对外贸易累计出口12016.7亿美元，比上年下降16%，机电产品出口7131.1亿美元，同比下降13.4%，占同期我国出口总值的59.3%。其中，电器及电子产品出口3011亿美元，下降12%；机械设备出口2360.1亿美元，下降12.2%。在金融危机影响下，机电出口有所减少，但仍成为拉动我国外贸出口的主要力量，机电产品已连续15年保持我国第一大出口产品地位。由于世界经济发展呈现不平衡及国家（地区）间的利益冲突，伴随着我国机械和电子产品对外贸易的快速增长，我国与主要贸易伙伴间有关机械和电子产品的贸易摩擦也在不断增加。据中国贸易救济信息网统计，截至2009年年底，全球对华共发起贸易救济调查1345起，涉及机械和电子产品的共153起，占全球对华贸易救济案件总数的11.4%，位居所有涉案行业第5位，所占比例较上年提高了1.5个百分点。

一、反倾销是全球对华机械和电子产品实施贸易救济的主要手段

在全球对我国机械和电子产品启动的153起贸易救济调查中，反倾销134起，占全球对华机械和电子产品贸易救济案件总数的87.6%；反补贴5起，占比3.3%；保障措施13起，占比8.5%；特别保障措施1起，占比不足1%。反倾销是全球对华机械和电子产品实施贸易救济的主要手段。

1. 全球对华机械和电子产品反倾销立案数呈上升趋势

在全球对华机械和电子产品发起的134起反倾销调查中，各时期变化幅度较大。1979—1990年，全球对华机械和电子产品共发起9起反倾销调查，年均立案1起，最多的年份也只有2起；1991—2001年，反倾销立案比上一时期有较大幅度增长，全球对华机械和电子产品共启动48起反倾销调查，年均立案4起，峰值为1993年的9起；2002—2009年，反倾销立案快速增长，全球对华机械和电子产品共发起77起反倾销调查，年均10起，其中，2008年达16起，2006年和2009年

均为 12 起（图 61）。

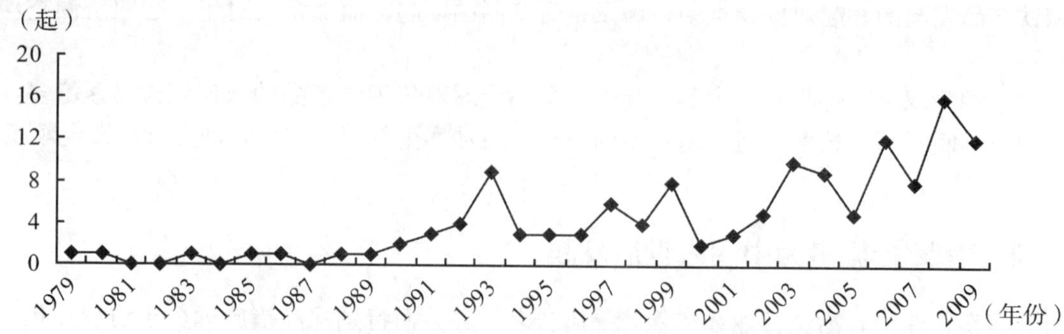

图 61　1979—2009 年国外对华机械和电子产品反倾销立案年度走势

2. 阿根廷、欧盟、美国是对华机械和电子产品反倾销的主要发起者

1979—2009 年，共有 20 个国家（地区）对华机械和电子产品发起反倾销调查，其中，阿根廷位居首位，为 20 起，占全球对华机械和电子产品反倾销案件总数的 14.9%；其次是美国和欧盟，均为 17 起，分别占比 12.7%；印度和墨西哥均为 14 起，分别占比 10.4%。上述 5 个国家（地区）占全球对华机械和电子产品反倾销调查总数的 61.2%（图 62）。

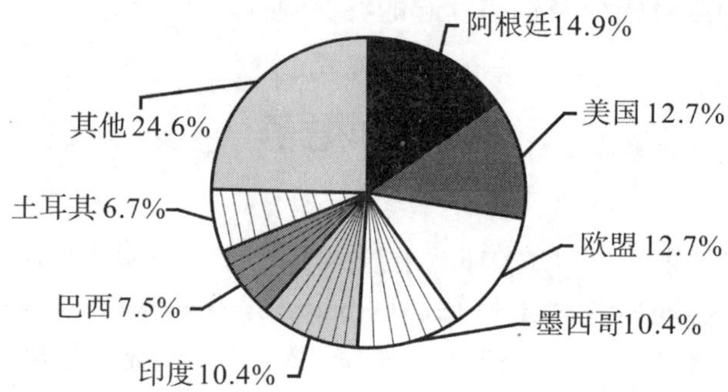

图 62　1979—2009 年全球对华机械和电子产品反倾销调查国别分布情况

3. 发展中国家对华机械和电子产品反倾销立案迅速增加

1979—1988 年，全球对华机械和电子产品反倾销调查的发起方均为发达国家。而从 1989 年土耳其对华电焊条进行反倾销调查以来，发展中国家针对中国机械和电子产品的反倾销调查开始逐渐频繁，新发起案件占比大幅上升。截至 2009 年年底，发展中国家共对我国机械和电子产品发起 89 起反倾销调查，占全球对华机械和电子产品反倾销案件总数的 66.4%；同期，发达国家对我国机械和电子产品共发起反倾销调查 45 起，占比 33.6%（图 63）。

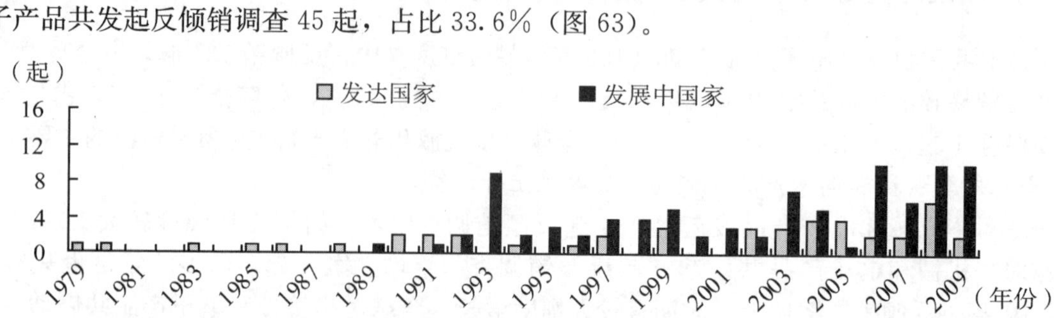

图 63　1979—2009 年发达国家与发展中国家对华机械和电子产品反倾销立案对比

发展中国家的经济发展水平相近，国内产业大都以劳动密集型产业和资源密集型产业为主，产业、产品和工艺、技术同构性强，无法形成紧密的垂直分工关系，因此，中国和其他发展中国家在大部分产品上存在着出口的相似性和竞争性。同时，某些发展中国家为了保护本国产业发展，常对来自中国的机械和电子产品采取带有一定歧视性的进口限制政策，这也导致了近年来发展中国家对华机械和电子产品反倾销立案迅速的增加。2009 年，阿根廷国内产业贸易保护呼声高涨，在全球对华机械和电子产品发起的 12 起反倾销调查中，阿根廷就占 5 起，占比 41.7%。

4. 对发达国家反倾销案应诉率较高，对发展中国家应诉率较低

从国内涉案企业对全球对华机械和电子产品反倾销案的总体应诉情况看，在发达国家对华机械和电子产品发起的 45 起反倾销调查中，有中国企业应诉的案件共 36 起，应诉率达 80%，其中，对欧盟的应诉率达 94.1%。而在发展中国家对华机械和电子产品发起的 89 起反倾销调查中，有中国企业应诉的案件数仅为 25 起，应诉率为 28.1%。

尽管中国对阿根廷、印度、巴西等发展中国家出口比重较小，但这些国家市场潜力大，在发展中国家中影响较大，其频繁使用的反倾销等手段极可能引发其他发展中国家效仿。实践证明，在发展中国家对我国企业提起的反倾销案件中，凡是中国企业主动应诉和抗辩的，要么是中国企业胜诉，要么是迫使对方减少反倾销额度，从而使我出口企业的损失降低到最小。因此，国内涉案企业不能因为贸易额较小而轻视来自发展中国家的贸易壁垒，面对越来越频繁的发展中国家对华发起的贸易救济调查，我国企业应针对其特点加大应诉力度，以提高我出口产品的国际竞争力。

5. 涉案电子产品附加值较低，涉案机械类产品有向高附加值产品转移的趋势

全球对华机械和电子产品反倾销调查涉案产品多为低附加值产品，这些产品在我国涉及企业多，从业人员范围广，反倾销案件对行业影响较大。特别是电子产品，1979—2009 年，全球对华电子产品共发起 20 起反倾销调查，涉案产品无一属于高新技术产品。在这 20 起反倾销调查案件中，涉及传统彩电和彩电显像管的案件就有 10 起，最近的案件是印度于 2007 年发起的。在全球平板电视迅速发展的形势下，我国彩电产业转型所面临的低端产能转移的问题也随即显现出来。

在机械产品中，涉案产品仍以标准件和简单加工机械组件为主，近年来，全球对华机械类产品反倾销调查逐渐涉及高附加值产品。如 2009 年欧盟对华货物扫描系统进行反倾销调查，目前征收 34%的反倾销税。货物扫描系统属于高科技安检产品，本案的主要应诉方是我国具有自主知识产权的安检设备供应商，90%左右的产品出口海外，其在全球市场占有率达 60%左右，最大的海外出口市场是欧盟。此次欧盟加征反倾销税导致 2009 年该企业安防业务收入增速出现大幅度下滑。

二、我国机械和电子产品开始遭遇进口国反补贴调查

自 2004 年我国机械和电子产品遭遇进口国第一起反补贴调查以来，迄今，全球共对华机械和电子产品发起 5 起反补贴调查，案件数列冶金（16 起）行业之后，与轻工、化工和纺织并列第二。

三、全球涉华保障措施和特别保障措施集中于低附加值产品

1979—2009 年，全球机械和电子产品涉华保障措施 13 起，特别保障措施 1 起，相比反倾销案件而言，全球机械和电子产品涉华保障措施和特别保障措施仍维持较低水平。在这 14 起涉华保障措施和特别保障措施调查中，所涉及产品包括光盘、紧固件、电表、压缩机等，大多为附加值较低的产品。

金属制品

本文所指的金属制品行业包括结构性金属制品制造、金属工具制造、集装箱及金属包装容器制造、不锈钢及类似日用金属制品制造等。2000 年以来，我国金属制品行业产值逐年增加，年均增长率达到 28.03%。预计 2010 年，我国金属制品行业总资产将达到 749.50 亿元，产品销售收入、工业生产总值分别将达到 17512.18 亿元和 238587.17 亿元。据中国海关统计，2009 年，我国金属制品出口 453.85 亿美元，比上年下降 22.5%。我国金属制品行业迅速壮大，在国际市场上的竞争力也日渐增强，与此同时，金属制品正在成为全球对华贸易救济调查的主要产业。据中国贸易救济信息网统计，1979—2009 年，全球对华金属制品共发起贸易救济调查 84 起，占全球对华贸易救济案件总数的 6.2%，案件数位居我国所有涉案行业的第 6 位。

一、反倾销是全球对华金属制品实施贸易救济的主要手段

在全球对华金属制品发起的 84 起贸易救济调查案件中，反倾销调查 72 起，占全球对华金属制品贸易救济案件总数的 85.7%；反补贴 3 起，占比 3.6%；保障措施 3 起，占比 3.6%；特别保障措施 6 起，占比 7.1%。反倾销是全球对华金属制品实施贸易救济的最主要手段。

1. 全球对华金属制品反倾销立案数呈上升趋势

自 1984 年我国金属制品首次遭遇全球反倾销调查以来，涉及金属制品的反倾销调查随着其产量和贸易量的增长而增加。从年度立案情况看，1984—1991 年，反倾销立案相对较少，年均立案不足 1 起；进入 1992 年，全球对华金属制品的反倾销立案明显增加，1992—1999 年，反倾销年均立案接近 3 起；2000—2009 年，全球对华金属制品反倾销立案呈大幅波动上涨，年均立案超过 4 起，特别是 2008 年高达 9 起（图 64）。

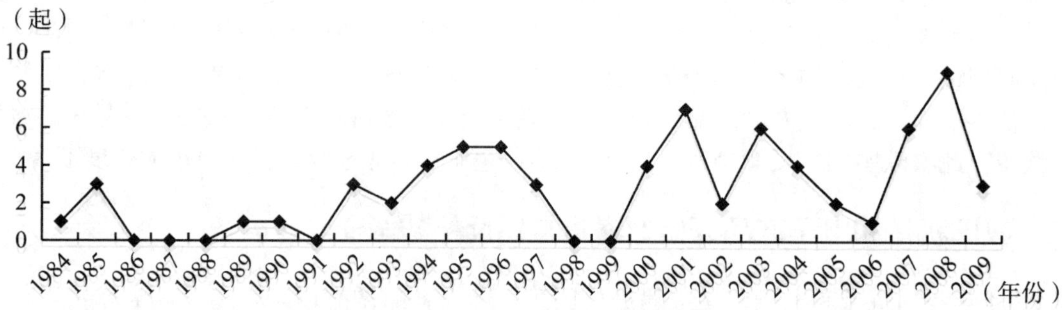

图 64 1984—2009 年国外对华金属制品反倾销立案年度走势

2. 阿根廷、美国、南非是对华金属制品反倾销的主要发起国

截至 2009 年底，在 15 个国家（地区）对我国金属制品启动的 72 起反倾销调查中，阿根廷位居首位，为 13 起，占全球对华金属制品反倾销案件总数的 18.1%；其次为美国，10 起，占比 13.9%，位居第三的是南非，9 起，占比 12.5%。上述 3 个国家（地区）共对我国金属制品启动反倾销调查 32 起，占比 44.4%（图 65）。

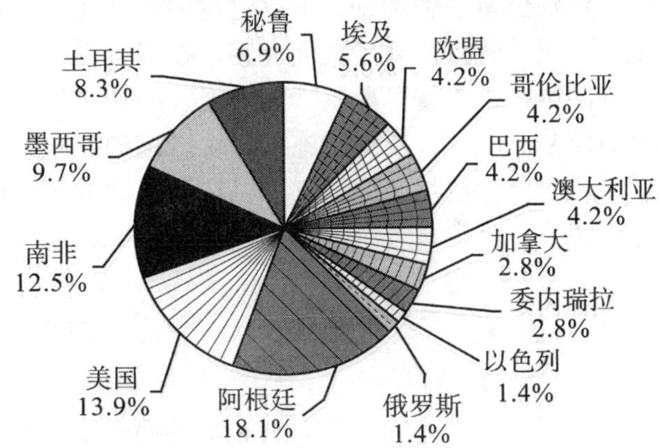

图 65 1979—2009 年国外对华金属制品反倾销调查国别分布情况

3. 发展中国家对华金属制品反倾销立案速度明显高于发达国家

自 1984 年欧盟首次对华金属制品发起反倾销调查开始，截至 2009 年，发达国家共对华金属制品启动 19 起反倾销调查，年均立案不足 1 起；而从 1989 年才开始首次对华金属制品发起反倾销调查的发展中国家，截至 2009 年年底，共启动了 53 起反倾销调查，年均立案达 3 起（图 66）。

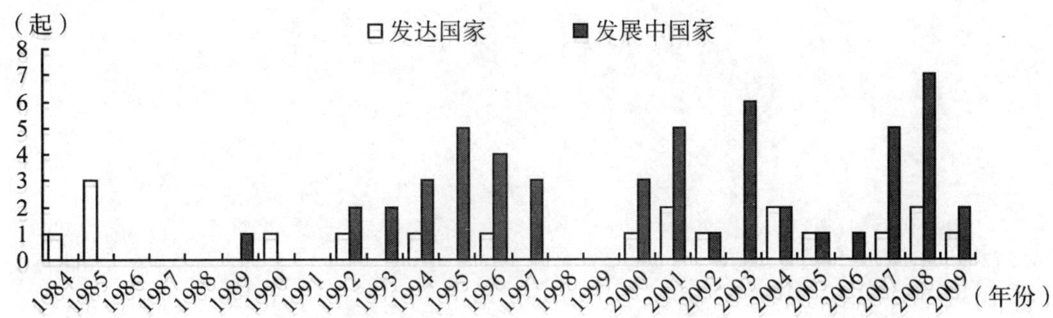

图 66 1984—2009 年发达国家和发展中国家对华金属制品反倾销立案对比

二、全球对华金属制品反补贴案件数较多

截至 2009 年年底，全球对华发起的反补贴调查共 37 起。其中，针对金属制品的案件数为 3 起，占比 8.1%，高于全球对华金属制品反倾销案件总数 7.0%的比例。

全球对华金属制品反补贴案件分别是 2004 年加拿大对华户外烤肉架案、2008 年南非对华不锈钢水槽案和 2008 年美国对华厨房用金属架案。其中，加拿大对华户外烤肉架案是全球对华发起的第 1 起反补贴调查案件，该案最终以终止调查结案。加拿大对华反补贴调查开启了全球对华反补贴调查的先河，自此，反补贴已成为全球对华贸易救济的一种常规手段。

三、特别保障措施损害认定门槛低，便于发起调查和采取措施

截至 2009 年年底，全球对华金属制品共发起保障措施调查 3 起，特别保障措施 6 起。值得注意的是，加拿大在 2004 年 11 月由于倾销和补贴微量可忽略不计，终止对华户外烤肉架的反倾销和反补贴调查后，又于 2005 年 10 月对华户外烤肉架发起了特别保障措施调查，并裁定实施为期 3 年的特别附加税。这是加拿大首次对我出口产品进行特保调查。我国输加户外烤肉架在 1 年多的时间

内先后遭遇反倾销和反补贴、特别保障措施调查，不仅对我国户外烤肉架产业影响巨大，同时也表明了特别保障措施条款相比其他贸易救济措施更具随意性，在损害方面的门槛认定较低。只要满足了进口数量增加的要求，进口国调查机关就可以基于实质损害而作出肯定性裁决，这也无疑为进口方采取特保措施提供了很大的便利。此外，特保措施条款对措施的形式缺乏明确规定，这赋予世贸组织成员很大的自由裁量权，从而使世贸组织成员方可以在条款的适用期限内无限制地采取特保措施。因此，我国出口企业应该积极防范来自进口国的特保措施立案调查。

第四章　主要贸易伙伴对华知识产权调查

第一节　美国 337 调查情况及特点分析①

一、美国 337 调查总体呈上升之势

从 1972 年 4 月 4 日发起首例 337 调查开始到 2009 年年底，美国共发起 337 调查 700 起，涉案国家（地区）达 60 个。1972—1985 年，美国共发起 337 调查 239 起，没有中国企业涉案；1986—1995 年，美国共发起 337 调查 143 起，其中 3 起涉及中国；1996—2005 年，美国共发起 177 起，其中 43 起涉及中国。虽然美国 337 调查在 1983 年达到顶峰 43 起之后开始逐年回落，1994 年甚至仅有 6 起，但从 1995 年开始美国使用 337 调查的频率又开始回升，尤其是 2006—2009 年，美国发起的 337 调查多达 141 起，其中 2008 年达 41 起（图 1）。

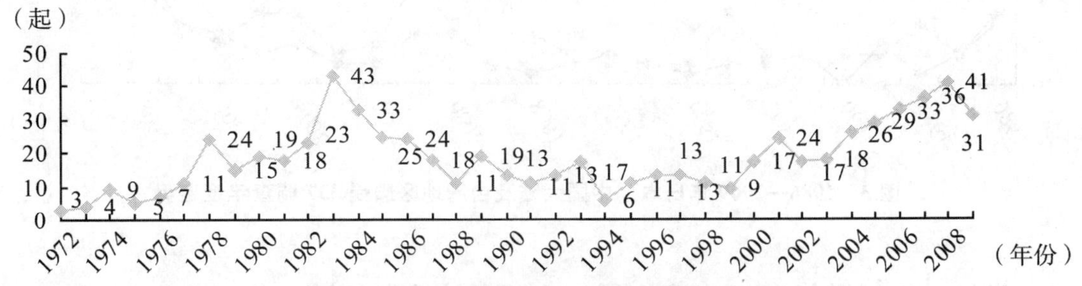

图 1　1972—2009 年美国对全球 337 调查年度走势

二、中国、日本和中国台湾是美国 337 调查的主要对象

在 1972—2009 年美国发起的 700 起② 337 调查中，涉及中国台湾的 170 起，占比 24.3%，位居首位；其次为日本，149 起，占比 21.3%；中国位居第三位，105 起，占比 15%（图 2）。中、日两国及中国台湾合计占美国 337 调查案件总数的 60.6%。

纵观美国 337 调查的历史发现，某个国家（地区）经济发展、技术进步越快并与美国贸易往来频繁的阶段，往往也是其遭受 337 调查比较频繁的阶段。20 世纪七八十年代的日本，90 年代的中国台湾以及近几年的中国大陆，都是在经济发展到一定水平开始大量向美国出售技术含量高的产品时，成为了美国 337 调查的主要对象。

---

① 文中数据全部来自“中国贸易救济信息网”

② 1 起案件可能涉及多个国家或地区，下同

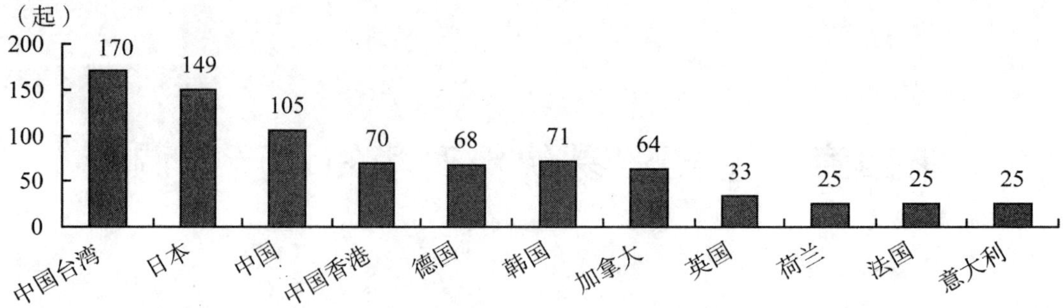

图 2　1972—2009 年位居美国 337 调查涉案前十位的国家（地区）分布

1972—1989 年，美国共发起 337 调查 311 起，其中，涉及日本的最多，为 78 起。1990 年之后，涉及日本的 337 调查开始减少，而涉及中国台湾的案例逐年增多。1990—1999 年，美国共发起 337 调查 117 起，其中，涉及中国台湾的最多，为 28 起。虽然 1986 年美国发起首例涉华 337 调查，但此后的 6 年间（1987—1992 年）并无涉华案件出现；而在 1995 年以后，涉华 337 调查且逐年上升之势。2000—2009 年，美国共发起 337 调查 272 起，其中，涉及中国的最多，高达 94 起（图 3）。

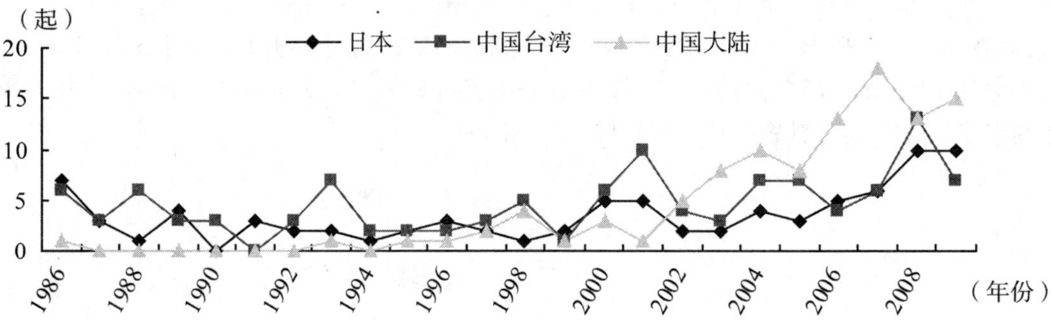

图 3　1986—2009 年日本、中国大陆及台湾地区遭受 337 调查年度走势

三、机械、电子和轻工行业是美国 337 调查的重点领域

1972—2009 年，在美国发起的 700 起 337 调查中，涉及电子行业产品的最多，为 225 起，占比 32.1%；机械行业位居第二，为 180 起，占比 25.7%；轻工行业为 170 起，占比 24.3%，位居第三（图 4）。

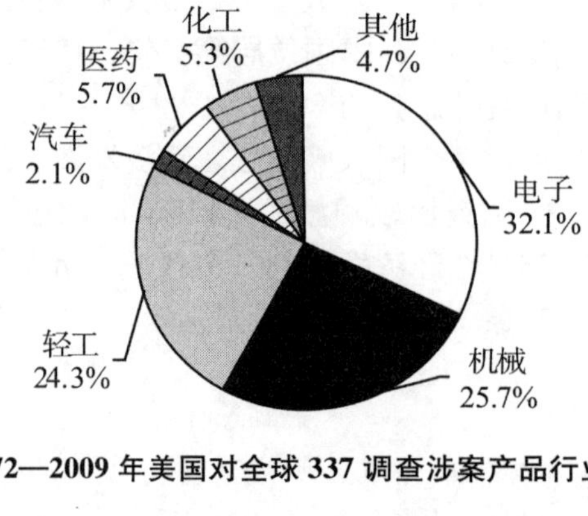

图 4　1972—2009 年美国对全球 337 调查涉案产品行业分布情况

虽然从1972年美国首次发起337调查开始，机械、电子和轻工产品就一直位居美国337调查的前三位，但在整个80年代，机械和轻工产品的涉案率一直遥遥领先于电子产品。1972—1990年，美国共发起337调查324起。其中，涉及机械产品的120起，占比37%，涉及轻工产品的103起，占比31.8%，二者合计占比高达68.8%；电子产品虽位居第三，仅有37起，占比11.4%，远远落后于机械和轻工产品的涉案比例。之后，随着各国出口产品技术含量的不断提高，电子产品的涉案比例开始逐渐增大。1991—1995年，在美国发起的58起337调查中，涉及电子产品的18起，机械产品14起，轻工产品13起；1996—2000年，电子产品涉案的高达37起，远高于机械产品的4起和轻工产品的10起；2001—2005年，涉及电子产品的达57起；2006—2008年，电子产品的涉案比例更是高达50%；2009年，涉及电子产品21起，占比67.8%（图5）。

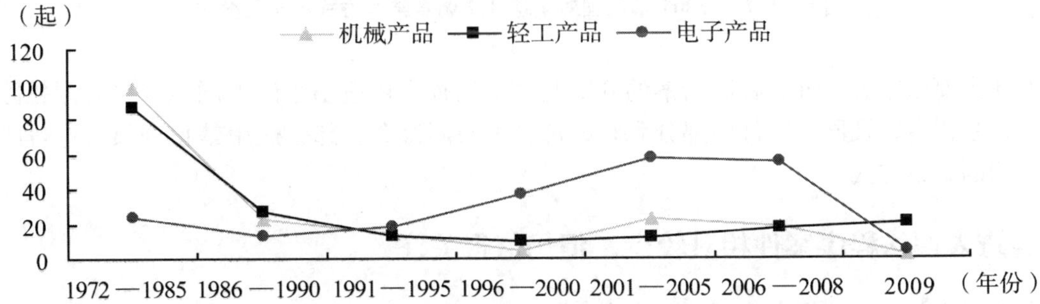

图5　1972—2009年美国对全球337调查涉案产品行业走势

四、美国337调查的主要诉由为专利侵权

1972—2009年，在美国发起的337调查中，单独以专利侵权为由启动337调查程序的案件最多，达563起，约占美国337调查总数（700起）的80.4%，如果再加上共同以专利侵权及其他类型侵权发起的案件（56起）则高达619起，占比接近90%，专利侵权无疑是美国337调查的主要申诉理由。此外，位居前列的申诉事由还包括：以共同侵犯商标权和违反美国反不正当竞争法发起的35起，占比5.2%；以共同侵犯专利权和违反美国反不正当竞争法发起的23起，占比3.4%；单独以商标侵权发起的20起，占比3.0%；以共同侵犯商标权、专利权以及违反美国反不正当竞争法发起的20起，占比3.0%；以共同侵犯专利权和商业秘密权发起的14起，占比2.1%。

另外，美国337调查案件的申诉理由与"337条款"的发展历史密切相关。1974年以前，337调查主要限于专利侵权案件；1974年以后，美国国际贸易委员会（ITC）可援引"337条款"调查反垄断问题且开始根据"337条款"进行反倾销和反补贴调查；1979年，美国对"337条款"进行了修改，规定ITC不应援引"337条款"对纯属反倾销和反补贴的案件进行调查；1988年，经修改，"337条款"不再涉及反垄断、反倾销和反补贴问题，而成为对专利、商标以及其他知识产权侵权行为进行制裁的法律依据。

五、和解是美国337调查最主要的结案方式

在美国发起的700起337调查案件中，已结案的673起[①]。其中，单独以和解方式结案的214起，占美国对全球337调查结案总数的31.8%，高居首位；其次为ITC裁决侵权不成立的114起，占比16.9%；申诉方撤诉的50起，占比7.4%，位居第三（图6）。

① 结案数据更新至2010年4月30日，下文同

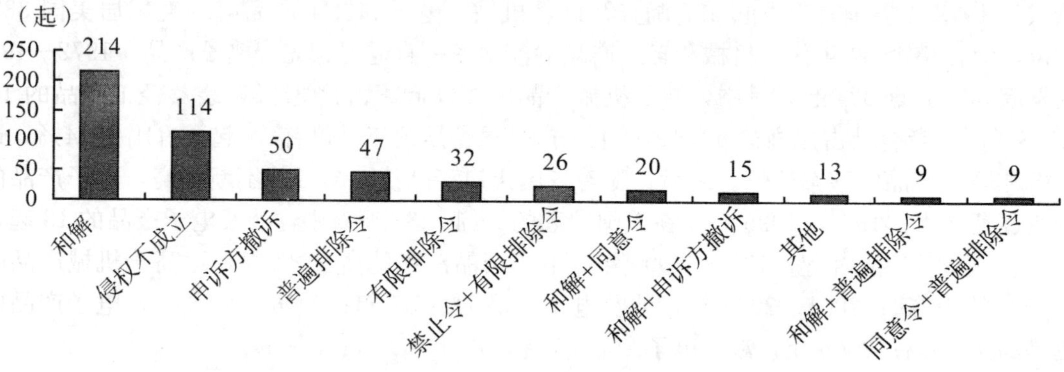

图 6　1972—2009 年美国对全球 337 调查结案方式前十位分布

除上述主要结案方式外，在已结案的 673 起 337 调查中还适用了诸如同意令、有限排除令、普遍排除令、禁止令以及同一案件中部分和解、部分发布同意令、部分适用禁止令及普遍排除令等多种形式并用的结案方式。

六、进入司法程序案件相对较少，但仍值得关注

根据美国相关法律的规定，ITC 已作出 337 调查最终裁决且美国总统在 60 日内未否决该裁定，受到裁决不利影响的当事人如对最终裁定不服，可在法定时间内向美国联邦巡回上诉法院提出上诉。联邦巡回上诉法院认为，“最终裁决”是指 ITC 就实质问题作出的决定，也就是对是否排除涉案产品的进口作出的决定，这意味着以和解协议等方式结案的 337 调查案件不在此列。

1972—2009 年，在美国对 337 调查作出最终裁决的案件中，进入司法程序的 101 起，截至 2010 年 4 月 30 日，联邦巡回上诉法院作出裁决 31 起。虽进入司法程序的 337 案件不是很多、且联邦巡回上诉法院一般均维持 ITC 的最终裁决。因为联邦巡回上诉法院的司法审查毕竟是 337 案件中受到裁决不利影响的当事人“翻案”的一次机会，胜诉几率虽小但并不是没有可能。

第二节　美国 337 调查涉华案件走势及特点分析[①]

一、美国涉华 337 调查不断增加，中国已成为美国 337 调查的最大受害国

1986 年 12 月 29 日，美国对原产于中国、韩国和希腊的皮大衣及毛皮类产品发起 337 调查，这是美国发起的首起涉华 337 调查案件。截至 2009 年年底，美国发起的 337 调查共计涉华 105 起，占美国 1986 年之后 337 调查总数（461 起）的 22.8%。其中，1986—1995 年，美国发起 337 调查 143 起，涉华案件 3 起，占比 2.1%；1996—2005 年，美国共发起 337 调查 177 起，其中涉华 43 起，占比 24.3%；2006 年，美国发起 337 调查 33 起，其中涉华 13 起，占比 39.4%；2007 年，美国对全球发起 337 调查 36 起，其中涉华 18 起，占比 50%；2008 年，美国发起 337 调查 41 起，其中涉华 13 起，占比 31.7%；2009 年，美国发起 337 调查 31 起，其中涉华 15 起，占比 48.4%。

自 1995 年起，美国发起的 337 调查历年均有案件涉及中国产品，且呈不断增长态势，尤其是我国入世后，美国对华 337 调查增长迅速。2002 年，美国 337 调查立案 17 起，其中涉华 5 起，占

① 文中数据全部来自“中国贸易救济信息网”

美国 337 调查总数的 29.4%；2003 年，美国 337 调查立案 18 起，涉华 8 起，占比 44.4%，比 2002 年增长了 60%；2004—2008 年，美国 337 调查涉华案件的同比增幅分别为：25%、－20%、62.5%、38.5%、－27.8%和 15.4%（图 7）。

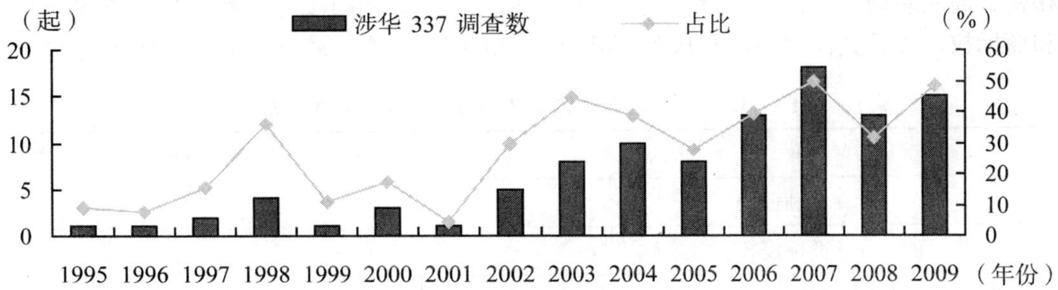

图 7　1995—2009 年美国对华 337 调查数及占比情况

二、中国企业涉案产品结构不断升级，电子产品涉案最多

1998 年以前，美国 337 调查涉及的中国产品主要是轻工产品；1998 年之后，被调查产品开始涉及电子、轻工、机械、化工、汽车、冶金、建材、医药等多个领域，且结构不断升级，计算机软件、半导体集成电路等产品成为美国涉华 337 调查的主打产品。这表明，随着我国制造业生产技术水平的不断提高和出口产品技术含量的不断增加，国外企业限制中国产品进入的手段也随之转向了高端。

1986—2009 年，在美国发起的 105 起涉华 337 调查中，涉及电子产品的案件最多，达 44 起，占同期美国涉华 337 调查总数的 41.9%；其次为轻工产品，28 起，占比 26.7%；机械产品位居第三，14 起，占比 14.3%（图 8）。

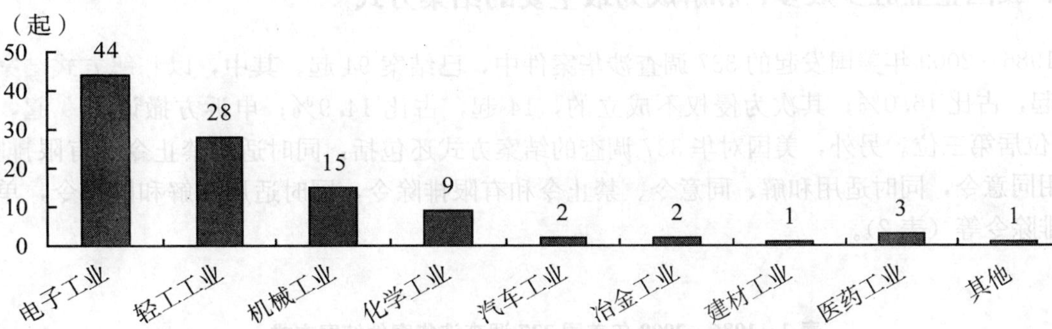

图 8　1986—2009 年美国对华 337 调查涉案行业分布

三、四成涉华案件未将中国企业列为被告

1986—2009 年，在美国发起的 105 起涉华 337 调查中，有 41 起未将中国出口企业列为被告，但将中国作为原产地调查国，因为中国出口产品是由国外中间商进口或出口到美国的。这意味着中国生产企业由于被动地不能参与案件的审理，更容易丢失市场，损失也更大。

四、我国企业因专利侵权被起诉的 337 调查案件最多

截至 2009 年，在美国启动的 105 起涉华 337 调查案件中，均为涉及知识产权侵权问题。其中，

单独以专利侵权为由启动337调查程序的案件多达87起，占同期美国337调查涉华案件总数的82.9%；单独以商标侵权为由启动的7起，占比6.7%；以共同侵犯商标权和其他知识产权（商品装潢、商标淡化、仿冒、虚假来源、商业外观等）为由启动的3起，占比2.9%。另外，单独以侵犯商业秘密、商品装潢，共同侵犯专利权、商标权和著作权，共同侵犯专利权和著作权，共同侵犯专利权和商标权，以及共同侵犯专利权和商品装潢为由启动的337调查分别为1起（表1）。

表1　1986—2009年美国337调查涉华案件立案理由

项　目	数　量（起）
专利侵权	87
商标侵权	7
商标＋其他知识产权侵权	3
商业秘密侵权	1
商品装潢侵权	1
专利＋商标＋著作侵权	1
专利＋著作侵权	2
专利＋商品装潢侵权	1
专利＋商标	1
虚假广告	1

从上述数据来看，美国发起的涉华337调查涉及专利侵权的多达91起（包括单独以专利侵权为由发起的87起，以及共同以专利侵权为由发起的4起），占比近90%。

五、我国企业胜少败多，和解成为最主要的结案方式

在1986—2009年美国发起的337调查涉华案件中，已结案94起。其中，以和解方式结案的最多，15起，占比16.0%；其次为侵权不成立的，14起，占比14.9%；申诉方撤诉的9起，占比9.6%，位居第三位。另外，美国对华337调查的结案方式还包括：同时适用禁止令和有限排除令，单独适用同意令，同时适用和解、同意令、禁止令和有限排除令，同时适用和解和同意令，单独适用普遍排除令等（表2）。

表2　1986—2009年美国337调查涉华案件结案方式

结案方式	数　量（起）
和　解	15
侵权不成立	14
申诉方撤诉	9
有限排除令	8

续表

结案方式	数量（起）
禁止令和有限排除令	8
同意令	6
和解、同意令、禁止令和有限排除令	3
普遍排除令	4
和解和同意令	3
禁止令和普遍排除令	3
同意令和普遍排除令	3
和解和普遍排除令	2
和解和申诉方撤诉	2
同意令和有限排除令	2
和解、申诉方撤诉和同意令	2
和解、禁止令和有限排除令	1
和解、同意令和普遍排除令	1
和解、同意令、普遍排除令和禁止令	1
和解、同意令和有限排除令	1
和解和有限排除令	1
有限排除令和普遍排除令	1
同意令、禁止令、有限排除令和普遍排除令	1
侵权不成立和同意令	1
禁止令、有限排除令和其他	1

第三节 美国337调查涉华典型案例综述①②

一、无汞碱锰电池专利侵权案

该案是我国遭遇的最大一起337调查案，也是截至目前我国企业经历的惟一一起从调查发起到司法程序用尽全过程、并以我国企业大获全胜而告终的案件。

1. 案情简介

2003年4月28日，美国劲量控股集团（ENERGIZED）及其下属的永备（EVEREADY）电池

① 本节部分案例在编写过程中参照了：王敏："中美337调查贸易摩擦及企业应对策略研究"，河海大学硕士学位论文；陈泰锋：《美国"337条款"特点与本质辨析》，国际商务研究；陈志雄："美国关税法337条款之剖析"，对外经济贸易大学硕士学位论文；卢立岩：《从"特别301条款"到"337条款"看中美知识产权争端的变化》，《经济师》；金丹："美国贸易法'特别301条款'、关税法'337条款'及TRIPS协议对中国的影响"，中国政法大学硕士学位论文

② 具体案件列表详见表3

公司向美国国际贸易委员会（ITC）提交申请，指控中国大陆、中国香港、日本、印度尼西亚等国家（地区）的24家企业侵犯了其无汞碱锰电池专利权，要求对这些企业启动337调查，并采取相应措施，禁止这些企业生产的电池进入美国市场。

2003年5月28日，ITC发布公告，决定对此案展开调查（案件号：337－TA－493）。其中，被诉的中国内地和香港企业共9家，包括中银（宁波）电池有限公司、福建南平南孚电池有限公司、广州虎头电池集团有限公司、宁波豹王电池有限公司、四川长虹电器股份有限公司、浙江三特电池有限公司、广东正龙股份有限公司以及香港金力实业有限公司、香港高力电池实业有限公司。针对这一情况，9家涉案企业联合聘请了美国律师，并于2003年6月向美方提交了应诉材料。

2004年6月2日，ITC内部行政法官对该案件作出初裁，认定中国企业生产的无汞碱锰电池侵犯了劲量公司有效和可执行的709号专利。2004年6月9日，中国企业联合上诉，要求ITC对初裁结果进行全面复审。2004年10月4日，ITC经复审对该案作出最终裁决：劲量公司709号专利因不具备确定性而无效，中国应诉企业不构成侵权。

2004年10月10日，劲量公司向美国联邦巡回上诉法院提起申诉；2006年1月25日，美国联邦巡回上诉法院判决美国劲量公司败诉。2008年10月30日，劲量公司向美国联邦最高法院提起申诉；2009年3月23日，美国联邦最高法院驳回了劲量公司要求审理该案的申诉请求。

至此，中国电池企业应诉美国337调查案以我方获得全面胜利而告终。

2. *应诉抗辩过程*

（1）中国大陆和中国香港9家企业成为被告。在本案中，美国劲量电池公司指控被诉方生产的电池侵犯了其所拥有的第5464709号专利（简称“709号专利”）。美国劲量公司于1991年申请，1995年获得美国专利商标局批准，其有效期至2011年11月15日。在长达207页的申诉书中，中银（宁波）电池有限公司、福建南平南孚电池有限公司、广州虎头电池集团有限公司、宁波豹王电池有限公司、四川长虹电器股份有限公司、浙江三特电池有限公司、广东正龙股份有限公司以及香港金力实业有限公司、香港高力电池实业有限公司9家中国大陆和香港企业成为被告。由于无汞碱锰电池生产并不是一种独创技术，或独属于哪家公司的，因此包括南孚电池在内的中国企业也并没有在国内申请过类似的专利保护。一旦指控成立，ITC将颁布排除令，据此，在申请人专利失效前，中国电池出口企业将不能再向美国出口任何无汞碱锰电池，而对已输入美国和库存的产品将依据ITC的禁止令销毁。更严重的是，美国无汞碱锰电池337调查不仅仅是针对被告企业，影响到中国碱锰电池整个行业及电池及电池配套电子产品。

（2）我国企业积极应诉。2003年6月27日，国内涉案企业向ITC提交了应诉材料。在中国电池工业协会的组织和协调下，除了已被美国劲量公司点名的中国内地7家企业和2家香港企业外，还有未被列入涉案名单的9家企业（厦门三圈电池有限公司、上海天鹅白象电池有限公司、宁波野马电池有限公司、浙江嘉兴永高电池有限公司、浙江甬微科技股份有限公司、温州三金电池有限公司、梧州新华电池有限公司、重庆力可达电池有限公司和丹东金九集团公司），共18家企业联合应诉。除在国内结成同盟之外，我国电池企业也开始在国际市场寻求帮助，最终所有被起诉的各国电池企业商量联合起来，结成“统一战线”。但就在庭审开始之前的2004年3月初，新加坡的金山（Golden Power）公司以及日本富士、日立万胜等率先与美国劲量公司达成了和解，以支付数百万美元赔款的代价换取劲量公司撤销诉讼。在这种情况下，中国电池企业也开始寻求和解的可能，但劲量公司提出的和解条件让中国电池企业根本无法接受，因为其不仅要支付数百万美元的赔偿费，还要求对每个电池征收数美分的专利费，同时要求由指定的代理商销售。

（3）初裁败诉。2004年6月2日，ITC作出初裁：接受原告对专利权限范围的解释，承认其专利有效，判中方败诉。2004年6月14日，中方涉案企业向ITC提出申请，要求其对初裁结果进行全面复审。与此同时，中方律师改变策略，从初审中尽量收窄对专利的权限解释以达到“没有侵权”的诉求，转向根据原告的权限解释证明其专利无效。

(4) 终裁获胜。2004 年 7 月 9 日，ITC 发布公告，表示其将从整体上审查行政法官作出的初步裁定。在庭审中，劲量公司将专利描述为：无汞碱锰电池及锌粉可以使电池在放电 161 分钟后，锌极膨胀率仍低于 25%，放电量低于 15%。而中方代理律师则指出，这项专利指的是美国劲量公司在无汞碱锰电池生产中，发明了一种能够提炼纯度较高的锌粉的方法，以使锌极具有低膨胀；申请专利的是方法，而不是锌粉。而劲量公司则认为，这一专利涵盖的不仅是方法，还包括所有达到一定低锌极膨胀率的锌粉。按照《美国专利法》第 112 条要求，对专利的描述要非常精确，不能引起歧义。最终，负责终审的 ITC 的 6 人审判委员会接受了中方代理律师的解释。2004 年 10 月 4 日，ITC 作出终裁认定：原告劲量公司“709 号专利”因不具备确定性而无效，从而终止了 337 电池调查案的调查，变更了 6 月 2 日美国 ITC 行政法官的裁定，包括南孚电池在内的中国大陆 7 家电池生产企业不构成专利侵权。

(5) 美国联邦巡回上诉法院判决劲量公司败诉。2004 年 10 月 10 日，劲量公司就美国国际贸易委员会的裁定向美国联邦巡回上诉法院提起上诉。2006 年 1 月 25 日，美国联邦巡回上诉法院判决劲量公司败诉。

(6) 美国联邦最高法院驳回劲量公司的申诉请求。2008 年 10 月 30 日，劲量公司向美国联邦最高法院递交请求调卷令的申诉状，对美国联邦巡回上诉法院的终审判决提起上诉。2009 年 3 月 23 日，美国联邦最高法院发布公告，驳回劲量公司要求审理该案的申诉请求。

二、强化木地板专利侵权案

1. 案情简介

2005 年 7 月 1 日，美国 Unilin 北卡罗莱纳地板公司、荷兰 Unilin 公司和爱尔兰地板工业公司联合向美国 ITC 递交申请，指控进口至美国的复合强化地板侵犯了其地板锁扣专利权，要求 ITC 启动 337 调查，对侵权产品实施普遍排除令，对被诉企业的违法行为发布禁止令。2005 年 7 月 29 日，ITC 发布公告，决定启动 337 调查（案件号：337－TA－545)。此次 337 调查涉及的中国企业不仅包括圣象、菲林格尔、升达和大自然等国内行业巨头，还有常州横林镇的东家、赛力、中鑫及洛基等地板企业。

2006 年 7 月 3 日，ITC 行政法官作出初裁，认定由中美律师团队以及圣象集团、菲林格尔、升达三大中国地板生产企业联合设计的“第 7 号锁扣地板”产品未侵权，可以进入美国市场。

2007 年 1 月，ITC 最终确定中国被诉企业在美销售地板专利侵权成立，并签发普遍排除令。

2. 应诉抗辩过程

(1) 艰难应诉。此案涉及的中国企业广泛分布在江苏、上海、广东、福建等地，大、中、小型企业都有，致使涉案企业难以联合应诉，但便于分而击之。而且原告 Unilin 公司还在中国进行了锁扣新技术申请，并已成功申请了 2 项专利，但国内没有一家企业对此提出异议，也没有相关行业或产业协会组织对此提出异议。同时，Unilin 公司等提出的“全球和解”方案，要求我国所有生产类似产品的企业不管是国内销售还是出口其他国家，除一次性支付 10 万～12 万美元的市场准入费外，每销售 1 平方米还要支付 0.65 美元的专利费。此举涉及中国 5000 家地板生产企业，年出口额达 1.75 亿美元，而该行业的平均利润仅为 7 元/平方米。调查启动后，国内很多木地板出口企业在了解到应诉需出资数十万美元的诉讼费后，大多打起了退堂鼓。商务部、中国林产工业协会、中国土畜产品进出口商会等对此极其重视，先后召集被诉企业通报 337 案情，分析事态的发展，进行了积极协调。最后，涉案企业按照各自能够接受的价位，组成了 4 个应诉梯队：以圣象集团、四川升达、菲林格尔为第一应诉团，以江苏洛基木业、常州赛力、武进中鑫、福建永安等公司为第二应诉团，以上海德克曼代表的第三应诉团，燕加隆实业有限公司为第四应诉团，在各自律师的带领下进行应诉。

（2）初裁胜诉。2006 年 7 月 3 日，ITC 作出初裁，除了宣布 Unilin 公司申诉书中原有 4 项专利中的 779 号专利无效，还包括其 836 号专利部分无效；中国企业的绕道设计“第 7 号锁扣”产品未侵权，可以进入美国市场。另外，在诉讼过程中，Unilin 公司主动撤除了 486 号专利。

（3）终裁败诉。2007 年 1 月，ITC 作出终裁，最终确定中国被诉企业在美销售地板专利侵权成立，并签发了普遍排除令。这意味着中国地板出口企业将不能再向美国出口任何锁扣地板，且对已输入美国的和库存的产品将依据 ITC 的禁止令销毁或缴纳保证金。如果要在美国市场销售，必须向 Unilin 公司“一次性支付 10 万～12 万美元，每销售 1 平方米另付 0.65 美元”的“专利费”。ITC 的裁决使中国地板产品在国际市场上丧失了价格竞争力。

（4）联邦巡回上诉法院裁定中方败诉。因不服终裁结果，圣象、大自然和洛基公司向美国联邦巡回上诉法院提起上诉。但由于种种原因，美国联邦巡回上诉法院在裁决中支持了美国 ITC 的终裁结果，即中国被诉企业侵权成立。

三、赖氨酸专利侵权案

1. 案情简介

2006 年 4 月 25 日，日本味之素公司通过其设在美国的全资子公司向美国国际贸易委员会（ITC）提出申诉，指控中国大陆和中国香港的 5 家企业向美国出口的 L 级赖氨酸饲料添加剂涉嫌侵犯其在美国注册的 2 项专利（即“698 号专利”和“160 号专利”），要求启动 337 调查，并发布有限排除令，以及禁止被诉企业在美国境内从事与侵权产品有关的进口、销售、分销、营销等活动。2006 年 5 月 31 日，ITC 正式立案（案件号：337－TA－571），并最终确定香港大成生化科技集团有限公司、长春大成生化工程开发有限公司、长春大成生化发展有限公司、长春大合生物技术开发有限公司以及香港 Bio－Chem 技术有限公司为强制应诉企业。

2008 年 7 月 31 日，ITC 初裁认定，日本味之素公司的专利因未披露最佳模式而无效，大成公司未侵权且可以继续向美国出口和销售赖氨酸产品；2008 年 8 月 19 日，日本味之素公司申请对初裁决定进行复审。2008 年 9 月 29 日，ITC 通过复审，作出终裁，维持初裁决定。

2008 年 11 月 25 日，日本味之素公司向美国联邦巡回上诉法院提起上诉。2010 年 3 月 8 日，美国联邦巡回上诉法院作出终裁，支持 ITC 的终裁裁决，大成公司并未违反 337 条款。

2. 应诉抗辩过程

（1）涉案企业积极应诉。大成公司于 2006 年 5 月委托天达律师事务所代理此案，且组成了应诉赖氨酸调查案的中美联合律师团队。在案件前期，律师团为本案制定的诉讼策略是：在提交专利不侵权抗辩的同时帮助大成公司开展绕道设计，避免在最坏的情况下失去美国市场。大成公司先后研发了 2 种绕道设计。尽管日本味之素公司以种种理由阻挠大成公司的绕道设计进入本案，但大成律师团队在绕道设计方面赢得了 ITC 调查律师和行政法官的支持，终于以行政法官裁决的方式确认了 2 种绕道设计的合法性。随着案件证据交换的进展，大成律师团队发现了日本味之素公司在专利申请以及调查启动前与大成公司恶意协商股权交易等方面不当行为的初步证据。律师团队据此调整了案件应对策略，从绕道设计转为积极进攻。利用美国 337 调查程序，如调取证人证言和强迫取证等，获得了大量对味之素公司不利的证据，包括但不限于涉案专利无效或不可执行的证据。这些既已发现的证据为大成公司的胜诉打下了基础。

（2）初裁胜诉。在初裁过程中，日本味之素公司专利的有效性在很多方面受到挑战，但大部分分析都是针对最佳模式的，且这也是行政法官认定专利无效的唯一标准。最佳模式的法律依据参见

《美国法典》第 35 篇第 112 节，“细节说明……必须阐明该发明人所拟定的应用该发明的最佳模式”。随后原被告以及 ITC 调查律师分别就 160 号和 698 号专利与最佳模式阐释了自己的主张，而行政法官最终支持了大成公司和 ITC 调查律师的观点。2008 年 7 月 31 日，ITC 行政法官 CharlesE. Bullock 签发了该案的初步裁决，认定原告味之素公司 2 个专利的涉案权利要求因没有披露最佳实施模式而无效，且日本味之素公司在 2 个涉案专利的申请过程中存在不当行为，导致涉案 2 个专利无法执行。因此，大成公司并没有违反美国《1930 年关税法》的第 337 条。同时，初裁确认大成公司的 2 个绕道设计没有侵犯原告 2 个涉案专利的权利要求。

(3) 终裁胜诉。2008 年 8 月，日本味之素公司要求 ITC 对初裁进行复审。随后，ITC 对一部分问题进行复审后维持原判，同时，ITC 没有对大成公司未违反 337 条款的事实进行复审。2008 年 9 月 29 日，ITC 的终裁维持了初裁决定，停止了对大成公司的调查。

(4) 美国联邦巡回上诉法院判决日本味之素败诉。2008 年 11 月 25 日，日本味之素公司向美国联邦巡回上诉法院提出上诉。2010 年 3 月 8 日，美国联邦巡回上诉法院发布判决书，裁定支持 ITC 的最终裁决，大成公司未侵权。

四、三氯蔗糖专利侵权案

1. 案情简介

2007 年 4 月 6 日，英国泰莱科技有限公司和美国泰莱三氯蔗糖公司（合称“泰莱公司”）向美国国际贸易委员会提出申请，指控美国进口并在美国市场销售的三氯蔗糖以及含有三氯蔗糖的甜味剂及其相关产品侵犯了其 5 项专利（专利号为：5470969、5034551、4980463、5498709 和 7049435)，要求启动 337 调查，并发布普遍排除令和永久禁止令。2007 年 5 月 10 日，ITC 正式立案（案件号：337—TA—604)，并最终确定 25 家企业作为本案的强制应诉方。其中包括 13 家中国大陆企业和 1 家中国香港企业。

2007 年 5 月，广东省食品工业研究所、常州市牛塘化工厂有限公司与河北苏科瑞科技有限公司 3 家企业的应诉工作正式展开；7 月 5 日，盐城捷康三氯蔗糖制造有限公司向 ITC 主动申请加入被告行列。2008 年 2 月 20 日，ITC 开庭审理；同年 9 月 22 日作出初裁，国内应诉的 4 家企业胜诉；10 月 6 日，泰莱公司不服裁决，向 ITC 提起上诉。

2009 年 4 月 6 日，美国 ITC 最终裁定，参与应诉的广东省食品工业研究所、常州市牛塘化工厂有限公司、河北苏科瑞科技有限公司以及盐城捷康三氯蔗糖制造有限公司 4 家中国三氯蔗糖生产企业没有侵犯泰莱公司的专利。但 ITC 同时向美国总统建议，对未应诉的三氯蔗糖涉案企业签发有限排除令，其中包括上海奥锐特国际贸易有限公司、中津药业（香港）股份有限公司、河北省化学工业研究院、南京诺朗化工有限公司、连云港中土物产国际贸易有限公司和北京格莱蒙特国际贸易有限公司等。

2. 应诉抗辩过程

(1) 中国大陆和中国香港 14 家企业涉案。2007 年 3 月 5 日，世界最大三氯蔗糖企业泰莱公司为垄断国际市场，向美国伊利诺伊州联邦地区法院申诉中国和美国的 25 家三氯蔗糖企业侵犯其 5 项专利权。4 月 6 日，泰莱公司以同样的理由，向 ITC 申请对这 25 家企业进行 337 调查，其中包括中国大陆和中国香港的 14 家三氯蔗糖生产企业，即北京富邦信业化工有限公司、北京富邦信业贸易有限公司、常州市牛塘化工厂有限公司、北京格莱蒙特国际贸易有限公司、广东省食品工业研究所、河北省化学工业研究院、河北苏科瑞科技有限公司、广州 L&P 食品公司、连云港中土物产国际贸易有限公司、南通化学科技有限公司、南京诺朗化工有限公司、上海奥锐特国际贸易有限公司以及中津药业（香港）股份有限公司等。

（2）国内少数企业应诉，盐城捷康主动加入调查。2007年5月10日，ITC正式立案。随后，涉案的广东省食品工业研究所、常州市牛塘化工厂有限公司以及河北苏科瑞科技有限公司3家企业开始展开应诉工作。2007年7月5日，未涉案的盐城捷康三氯蔗糖制造有限公司主动申请加入此次337调查。捷康的加入遭到泰莱公司的竭力反对，但ITC法官认为，捷康主动加入符合ITC的程序要求，于2007年8月15日同意捷康公司主动加入此次337调查案。这是2001年我国入世以来唯一一家主动要求加入337调查的国内企业。同年8月，4家企业提交了应诉材料；9月，在香港举行了各方参加的听证会；10月16—19日，英国泰莱公司的7人审核小组实地核查了广东清怡公司（与广东省食品工业研究所为同一企业）、盐城捷康三氯蔗糖制造有限公司生产三氯蔗糖的全过程，并抽样化验，共进行了3天的现场审核；2008年2月20—29日，双方在美国国际贸易法庭参加了为期10天的庭审。

（3）初裁胜诉。2008年9月22日，ITC作出初裁，认定原告泰莱公司的463号专利无效且美国国内不存在相关产业；ITC对551号专利无管辖权；对于969、709和435号专利，除某些未参加和缺席的被告外，应诉企业未侵犯原告的专利权。另外，行政法官建议，对未应诉及缺席被告颁发有限排除令，驳回原告的普遍排除令请求。据此，我国积极应诉的4家企业胜诉。

（4）终裁胜诉。2008年10月6日，泰莱公司、4家应诉企业以及ITC调查律师分别提交了复审申请。2008年11月21日，ITC发布公告，决定复审行政法官的初裁，针对公共利益和保证金等问题采取全面的复审和补救措施。2009年4月6日，ITC终裁认定，针对969号专利，被告上海奥锐特国际贸易有限公司和中津药业（香港）股份有限公司弃权；美国CJ公司已确定侵犯969号专利，并进入排除令。针对709和435号专利，被告北京格莱蒙特国际贸易有限公司、河北省化学工业研究院、连云港中途物产国际贸易有限公司、南京诺朗化工有限公司和Hebei Research弃权，针对709号专利被告上海奥锐特国际贸易有限公司和中津药业（香港）股份有限公司弃权；美国CJ公司侵犯了709号专利，进入排除令。另外，根据ITC法令210.17，针对709和435号专利，未应诉的被告Vivion和Fortune Bridge以及针对709号专利未应诉的被告Nu－Scaan得到不利的相反结论。据此，ITC最终裁定，参与应诉的广东省食品工业研究所、常州市牛塘化工厂有限公司、河北苏科瑞科技有限公司以及盐城捷康三氯蔗糖制造有限公司4家中国三氯蔗糖生产企业没有侵犯泰莱公司的专利。但ITC同时向美国总统建议，对未应诉和弃权的三氯蔗糖涉案企业签发有限排除令。

表3　中国企业遭遇337调查典型案件一览

案件号	立案时间	中国涉案企业	诉　由	裁决结果
337－TA－260	1986.12	中国土产畜产进出口总公司	美国David Leinoff公司以侵犯其专利权为由对皮毛衣类产品发起了针对中国企业的首例337调查	被判侵权并签发普遍排除令
337－TA－372	1995.3	北京三环新材料高科技公司和宁波科宁达工业有限公司	美国科卢斯博材料有限公司以专利侵权为由对特种磁铁申请启动337调查	被判侵权，禁止向美国出口
337－TA－398	1997.5	中国轻工业品进出口有限公司	美国企业指控被诉方对美国出口的多功能便携工具侵犯其商标权	申诉方撤诉
337－TA－403	1997.11	杭州三和食品有限公司和杭州三和食品添加剂有限公司	控诉醋磺内酯钾及其混合物以及含有醋磺内酯钾及其混合物的产品专利侵权	认定侵权行为不成立

续 表

案件号	立案时间	中国涉案企业	诉　由	裁决结果
337－TA－478	2002.8	乐清华美利电子公司、佳美电器工程公司以及万盛电器有限公司	接地故障断路器及其同类产品专利侵权	申诉方撤诉
337－TA－486	2003.2	北汽福田汽车股份有限公司等	农用拖拉机及割草机等涉嫌侵犯商标权	被判侵权，签发有限排除令
337－TA－493	2003.6	四川长虹电子集团有限公司和福建南孚电池公司等	美国劲量电池公司指控其无汞碱锰电池专利侵权	判定申诉方专利无效，被诉企业不构成侵权
337－TA－506	2004.4	江苏新科电子集团有限公司等	集成电路专利侵权	签发禁止令
337－TA－522	2004.8	宁波贝发集团有限公司等4家中国企业	标记笔商标侵权	和解
337－TA－545	2005.8	圣象集团、四川升达、菲林格尔等	强化木地板专利侵权	被判侵权，签发禁止令和普遍排除令
337－TA－551	2005.10	码捷（苏州）科技有限公司	激光条码扫描器及扫描仪专利侵权	被判侵权，签发禁止令和有限排除令
337－TA－565	2006.3	纳思达公司和珠海格力磁电有限公司等	美国爱普生公司控告其墨盒专利侵权	签发有限排除令和普遍排除令
337－TA－571	2006.5	长春大成生化工程开发有限公司、长春大成生化发展有限公司、长春大合生物技术开发有限公司	L级赖氨酸饲料添加剂专利侵权	认定侵权行为不成立
337－TA－575	2006.6	温州市恒星烟具有限公司、台州荣时打火机发展有限公司、温州泰利尔烟具制造有限公司	打火机商标侵权	签发普遍排除令
337－TA－604	2007.5	北京富邦信业贸易有限公司、河北苏科瑞科技有限公司、常州市牛塘化工厂有限公司、广东省食品工业研究所等	三氯蔗糖专利侵权	应诉企业未侵权，对未应诉企业签发有限排除令

续表

案件号	立案时间	中国涉案企业	诉　由	裁决结果
337－TA－640	2008.3	深圳超毅光电子有限公司、广州市鸿利光电子有限公司、佳光电子有限公司、深圳凯信光电有限公司	短波发光二极管专利侵权	和解
337－TA－655	2008.9	天瑞集团有限公司和天瑞集团铸造有限公司	阿姆斯特工业集团公司指控被诉方生产的铸钢列车车轮盗用了其商业秘密，这是截至目前涉华 337 调查涉及商业秘密第一案	认定侵权行为不成立
337－TA－664	2008.12	金士顿科技（上海）有限公司、创见资讯（上海）股份有限公司、北京索爱普天移动通信有限公司、联想公司等	动态随机存储集成电路专利侵权	案件进行中
337－TA－674	2009.4	厦门三安光电科技有限责任公司	部分发光二极管集成电路及激光二极管芯	和解、申诉方撤诉以及签发同意令
337－TA－699	2009.11	青岛奥昂特工贸有限公司	集装箱货保系统及其使用方法	案件进行中

第四节　美国“特别 301 条款”涉华情况①

“301 条款”是美国贸易法中有关对外国立法或行政上违反协定、损害美国利益的行为采取单边行动的立法授权条款。一般所说的“301 条款”有狭义和广义之分。其中，狭义的“301 条款”仅指“一般 301 条款”，即美国《1974 年贸易法》的第 301 条；广义的“301 条款”是指美国《1988 年综合贸易与竞争法》第 1301～1310 节的内容，不仅包括“一般 301 条款”，还包括“特别 301 条款”、“超级 301 条款”及其他内容（见表 4）。

① 本节内容参考了韩立余：《美国对外贸易中的知识产权保护》，知识产权出版社，2006 年版

表 4　美国“301 条款”具体内容释义

一般 301 条款	美国《1974 年贸易法》第 301 条	针对美国在对外贸易中的总体性贸易障碍，为美国的对外贸易制裁设定了一个总体框架
特别 301 条款	美国《1984 年贸易法》第 182 条，《1988 年综合贸易与竞争法》第 1303 条	是对知识产权重点国家的确定的规定。根据“特别 301 条款”的要求，在国家贸易评估年度报告向国会提交后的 30 日内，美国贸易代表应该确定哪些是拒绝适当、有效保护知识产权的国家，以及这些国家中哪些是重点国家
超级 301 条款	美国《1974 年贸易法》第 310 条，《1988 年综合贸易与竞争法》第 1302 条	该条款名为“贸易自由化重点的确定”。该条款要求美国政府一揽子调查解决某个外国的整个对美出口产品方面的贸易壁垒问题
电信 301 条款（其他）	由美国《1988 年电信贸易法》和《1988 年综合贸易与竞争法》予以规定	针对电信贸易中市场障碍的规定。主要涉及外国电信贸易障碍的确定，与外国签订电信贸易协议，监督外国实施有关的电信贸易协议等

从表 4 可知，只有“特别 301 条款”明确以保护知识产权为主旨。“特别 301 条款”的正式名称是“确定那些拒绝为知识产权提供足够保护的国家”。根据“特别 301 条款”的规定，每年在国别贸易评估报告提交后的 30 日内，美国贸易代表必须确定在专利、著作权、商标和计算机软件等知识产权保护和知识产权市场准入方面有问题的国家。而对其中问题特别严重的国家，还可以依据具体标准，将其确定为重点外国。一旦被确定为重点外国，美国贸易代表便会对其发起调查，并且通过磋商和贸易制裁等手段，迫使其改变在知识产权保护及市场准入方面有问题的法律、政策和做法。如果在 6～9 个月的调查期内双方无法达成协议，美国将采取报复行动。同样，美国贸易代表可以按该条款的规定，根据调查和磋商结果随时决定将某个国家从重点外国名单中删除或者将之增加到重点外国名单中。

自 20 世纪 90 年代以来，中美两国关于知识产权的争端和摩擦就一直没有停止过。中美两国在政府层面曾有过 3 次激烈冲突，分别发生在 1991 年、1994 年和 1996 年。这 3 个回合的争端都是围绕美国依据其“特别 301 条款”对中国提起调查并实施贸易制裁而展开，尽管这 3 次交锋都非常激烈，但最后均以双方签订协议而告终（表 5、表 6）。

表 5　20 世纪 90 年代中美政府层面 3 次激烈冲突

年　份	缘　由	结　果
1991	1991 年 4 月 26 日，美国贸易代表办公室发布“特别 301 报告”，中国被列入“重点外国”名单	中美两国经过数轮磋商，于 1992 年 1 月 17 日签订第一个有关知识产权保护的协议，即《中华人民共和国政府与美利坚合众国政府关于保护知识产权的谅解备忘录》；随后，美国取消了对中国的“重点外国”的确认
1994	1994 年，美国“特别 301 报告”又将中国列入“重点外国”名单	1995 年 2 月 15—26 日，双方经过谈判最终达成协议，此次协议采取换文的形式，并以《有效保护及实施知识产权的行动计划》作为附件；随后，美国取消了对中国的“重点外国”的确认，但宣布把中国列入“306 条款”的监督之下

续表

年　份	缘　由	结　果
1996	1996年4月29日，美国以中国未认真执行1995年的知识产权协议为由，再次将中国列入“重点外国”名单	中美双方为避免贸易战，再次进行了谈判；1996年6月17日，美国宣布，基于中国在执行1995年协议关键条文方面已经采取的措施和未来将采取的措施，将不实施拟议的制裁；另外，宣布取消对中国“重点外国”的确认，但将继续监督中国执行1995年协议

表6　2002—2010年度美国“特别301报告”确定的重点观察、观察以及“306条款”监督名单

年　度	重点观察名单	观 察 名 单	“306条款”监督名单
2002	阿根廷、巴西、哥伦比亚、多米尼加、埃及、欧盟、匈牙利、印度、印度尼西亚、以色列、黎巴嫩、菲律宾、俄罗斯、中国台湾、乌拉圭	亚美尼亚、阿塞拜疆、巴哈马、白俄罗斯、玻利维亚、加拿大、智利、哥斯达黎加、希腊、危地马拉、意大利、牙买加、哈萨克斯坦、韩国、科威特、拉脱维亚、立陶宛、马来西亚、新西兰、巴基斯坦、秘鲁、波兰、卡塔尔、罗马尼亚、沙特阿拉伯、捷克、塔吉克斯坦、泰国、土耳其、土库曼斯坦、乌兹别克斯坦、委内瑞拉、越南	中国、巴拉圭
2003	阿根廷、巴哈马群岛、巴西、欧盟、印度、印度尼西亚、黎巴嫩、菲律宾、波兰、俄罗斯、中国台湾	阿塞拜疆、白俄罗斯、玻利维亚、加拿大、智利、哥伦比亚、哥斯达黎加、克罗地亚、多米尼加、厄瓜多尔、埃及、危地马拉、匈牙利、以色列、意大利、牙买加、哈萨克斯坦、韩国、科威特、拉脱维亚、立陶宛、马来西亚、墨西哥、巴基斯坦、秘鲁、罗马尼亚、沙特阿拉伯、捷克、塔吉克斯坦、泰国、土耳其、土库曼斯坦、乌拉圭、乌兹别克斯坦、委内瑞拉、越南	中国、巴拉圭
2004	阿根廷、巴哈马、巴西、埃及、欧盟、印度、印度尼西亚、韩国、科威特、黎巴嫩、巴基斯坦、菲律宾、俄罗斯、中国台湾、土耳其	阿塞拜疆、白俄罗斯、洪都拉斯、玻利维亚、保加利亚、加拿大、智利、哥伦比亚、哥斯达黎加、克罗地亚、多米尼加、厄瓜多尔、危地马拉、匈牙利、以色列、意大利、牙买加、哈萨克斯坦、拉脱维亚、立陶宛、马来西亚、墨西哥、秘鲁、波兰、罗马尼亚、沙特阿拉伯、捷克、塔吉克斯坦、泰国、土库曼斯坦、乌拉圭、乌兹别克斯坦、越南	中　国
2005	阿根廷、巴西、埃及、印度、印度尼西亚、以色列、科威特、黎巴嫩、巴基斯坦、菲律宾、土耳其、俄罗斯、委内瑞拉	阿塞拜疆、巴哈马群岛、白俄罗斯、洪都拉斯、玻利维亚、保加利亚、加拿大、智利、哥伦比亚、哥斯达黎加、多米尼加、厄瓜多尔、欧盟、危地马拉、匈牙利、意大利、牙买加、哈萨克斯坦、韩国、拉脱维亚、立陶宛、马来西亚、沙特阿拉伯、捷克、中国台湾、塔吉克斯坦、泰国、土库曼斯坦、乌拉圭、乌兹别克斯坦、越南	中　国

续表

年度	重点观察名单	观察名单	“306 条款”监督名单
2006	中国、俄罗斯、阿根廷、洪都拉斯、巴西、埃及、印度、印度尼西亚、以色列、黎巴嫩、土耳其、乌克兰、委内瑞拉	巴哈马群岛、白俄罗斯、玻利维亚、保加利亚、加拿大、智利、哥伦比亚、哥斯达黎加、克罗地亚、多米尼加、厄瓜多尔、欧盟、危地马拉、匈牙利、意大利、牙买加、科威特、拉脱维亚、立陶宛、马来西亚、墨西哥、巴基斯坦、秘鲁、菲律宾、波兰、韩国、罗马尼亚、沙特阿拉伯、中国台湾、塔吉克斯坦、泰国、土库曼斯坦、乌兹别克斯坦、越南	巴拉圭
2007	中国、俄罗斯、阿根廷、智利、埃及、印度、以色列、黎巴嫩、泰国、土耳其、乌克兰、委内瑞拉	白俄罗斯、洪都拉斯、玻利维亚、巴西、加拿大、厄瓜多尔、匈牙利、印度尼西亚、意大利、牙买加、科威特、立陶宛、马来西亚、墨西哥、巴基斯坦、菲律宾、波兰、罗马尼亚、沙特阿拉伯、中国台湾、塔吉克斯坦、土库曼斯坦、乌兹别克斯坦、越南、哥伦比亚、哥斯达黎加、多米尼加、危地马拉、秘鲁、韩国、	巴拉圭
2008	中国、俄罗斯、阿根廷、智利、印度、以色列、巴基斯坦、泰国、委内瑞拉	阿尔及利亚、白俄罗斯、玻利维亚、巴西、加拿大、捷克、厄瓜多尔、埃及、希腊、匈牙利、印度尼西亚、意大利、牙买加、科威特、黎巴嫩、马来西亚、墨西哥、挪威、菲律宾、波兰、罗马尼亚、沙特阿拉伯、西班牙、中国台湾、塔吉克斯坦、土耳其、土库曼斯坦、乌克兰、乌兹别克斯坦、越南、哥伦比亚、多米尼加、危地马拉、秘鲁、哥斯达黎加、韩国	巴拉圭
2009	中国、俄罗斯、阿根廷、阿尔及利亚、加拿大、智利、印度、印度尼西亚、以色列、巴基斯坦、泰国、委内瑞拉	白俄罗斯、玻利维亚、巴西、文莱、哥伦比亚、哥斯达黎加、捷克、多米尼加、厄瓜多尔、埃及、芬兰、希腊、危地马拉、匈牙利、意大利、牙买加、科威特、黎巴嫩、马来西亚、墨西哥、挪威、秘鲁、菲律宾、波兰、罗马尼亚、沙特阿拉伯、西班牙、塔吉克斯坦、土耳其、土库曼斯坦、乌克兰、乌兹别克斯坦、越南	巴拉圭
2010	中国、俄罗斯、阿尔及利亚、阿根廷、加拿大、智利、印度、印度尼西亚、巴基斯坦、泰国、委内瑞拉	白俄罗斯、玻利维亚、巴西、文莱、哥伦比亚、哥斯达黎加、多米尼加、厄瓜多尔、埃及、芬兰、希腊、危地马拉、意大利、牙买加、科威特、黎巴嫩、马来西亚、墨西哥、挪威、秘鲁、菲律宾、罗马尼亚、西班牙、塔吉克斯坦、土耳其、土库曼斯坦、乌克兰、乌兹别克斯坦、越南	巴拉圭

资料来源：根据美国贸易代表办公室每年公布的“特别 301 报告”整理

随着中美贸易的不断发展，特别是在中国加入 WTO 后，美国对中国提起知识产权争端的手段由 20 世纪 90 年代以“特别 301 条款”为主转变为更多地使用“337 条款”对中国企业展开调查。“337 条款”和“特别 301 条款”虽然都是美国贸易法中有关知识产权保护的条款，但却存在很大差异。

（1）立法目的和保护对象不同。“特别 301 条款”的目的是保障美国的知识产权在国外得到有效保护，以有效保护美国知识产权所有人公平有效地进入外国市场。其主要针对的是外国境内存在的知识产权侵害问题。“337 条款”的目的是通过对外国企业的不公平竞争或不公平贸易行为采取制裁措施，保护美国本土知识产权所有人的利益。其主要针对在美国国内销售的进口产品侵犯美国企业知识产权的问题。

（2）作用机制不同。“特别 301 条款”主要是由政府授权美国贸易代表办公室（USTR）与有关国家进行谈判，要求政府改变不利于美国的不公平做法。USTR 可以主动发起调查和磋商程序，如果谈判未能达成合意，便采取报复性制裁措施，迫使其他国家改变其知识产权保护和市场准入有问题的法律、政策和做法。其更多关注美国企业在国外市场的利益，是打开和扩大国外贸易的手段之一，是一种“进攻性武器”。而“337 条款”一般是美国国际贸易委员会（ITC）应美国或外国受害方的申请启动调查，是一种直接作用于外国生产商的制裁措施。其是美国用来限制和阻止外国产品进入本国市场的重要手段之一，是一种“防御性武器”。

（3）调查程序的启动方式不同。“特别 301 条款”是一种积极保护方式，USTR 可以在其认为必要的情况下，主动发起调查程序，要求与贸易伙伴进行磋商；而“337 条款”提供的是消极保护，其一般都是应美国或外国受害方的申请才启动，重点在于流通环节。此外，一般来说，在“特别 301 条款”得以实施之前，要经过一系列的调查和论证，包括实情调查、与有关行业的国内商人及外国政府交换意见等。但申请“337 条款”立案较为容易，申诉方有备而来，但应诉方却猝不及防。

（4）制裁的形式不同。美国“特别 301 条款”中规定，如果有关国家确实没有充分而有效地保护知识产权，或确实否定了公平的知识产权市场准入，而且在调查期间没有实质性改进，则美国贸易代表必须采取制裁措施。制裁措施包括终止贸易优惠条件、征收关税和施加进口限制等。而在“337 条款”中规定，如果一家企业被裁定违反“337 条款”，ITC 须按规定采取相关救济措施。这些措施包括：有限排除令、普遍排除令、禁止令和没收令。由此可见，“特别 301 条款”的制裁措施只是取消优惠和增加关税，而企业如果违反“337 条款”被调查，依据普遍排除令，该产品有可能被永久排除出美国市场。

第五节　美国海关知识产权侵权商品扣押情况①

美国海关和边境保护署（U. S. Customs and Border Protection，CBP，简称“美国海关”）隶属于美国国土安全局。除联邦海关法规之外，美国海关还协助执行 50 多个联邦机构负责的数百项法律和法规，如美国食品和药品管理局（FDA）、消费品安全委员会（CPSC）、贸易委员会（FTC）、国际贸易委员会（ITC）、财政部外国资产控制办公室（OFAC）、商务部（DOC）、国务院和交通部（DOT）负责执行的相关法律法规。

而美国海关对知识产权的保护主要分两部分：（1）执行美国国际贸易委员会（ITC）根据美国《1930 年关税法》第 337 节（即“337 条款”）关于不正当竞争的规定而对进口到美国的侵权货物发布的排除令；（2）由美国海关根据美国联邦规则（CFR）（美国联邦政府法规汇编第 19 卷）的有关规定对商标和著作权等实施的备案保护。近年来，美国海关逐步加大了保护知识产权的行政执法和处罚力度。2008 财年，美国海关扣押的侵犯知识产权类商品的国内价值（被扣押商品成本价＋运费以及一定利润）及扣押案件总数均为历史之最。其中，扣押侵犯知识产权商品的国内价值高达 2.73 亿美元，同比增长 38.6%；扣押案件总数 14992 起，同比增长 9.7%。可能是受全球经济低迷的影响，2009 财年，美国海关扣押的侵犯知识产权类商品的国内价值和扣押案件总数均有所下降。其中，扣押的侵犯知识产权商品的国内价值同比下降 4.4%，扣押案件总数同比下降 1.0%。

① 文中数据全部根据美国海关官方统计数据整理

一、美国海关扣押侵权商品国内价值、案件总数总体呈增长态势

2003—2008 财年，美国海关扣押侵权商品的国内价值总额达 12.11 亿美元。其中，2003 财年，美国海关扣押的侵犯知识产权商品的国内价值为 9401.9 万美元，2004 年同比增长 47.6%，达 1.39 亿美元；2005 年虽减至 9323.5 万美元，但 2006—2008 财年却一直呈增长态势，2008 财年甚至达到历史最高值 2.73 亿美元。虽然 2009 财年美国海关扣押侵权商品的国内价值同比下降了 4.4 个百分点，但并未影响其总体增势（图 9、图 10）。

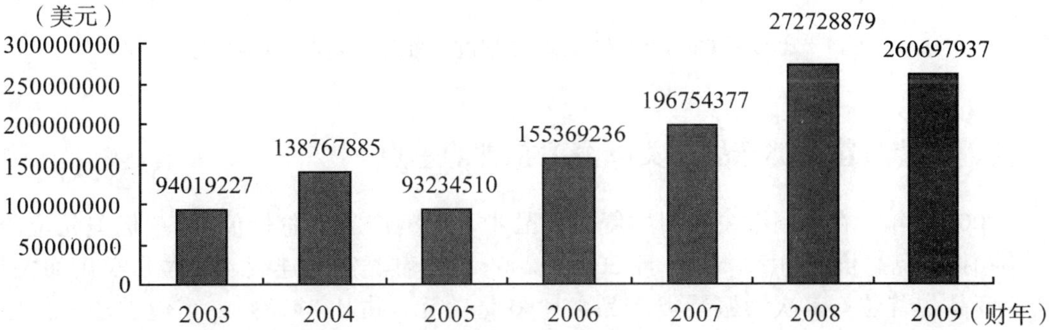

图 9　2003—2009 财年美国海关扣押的侵犯知识产权商品国内价值

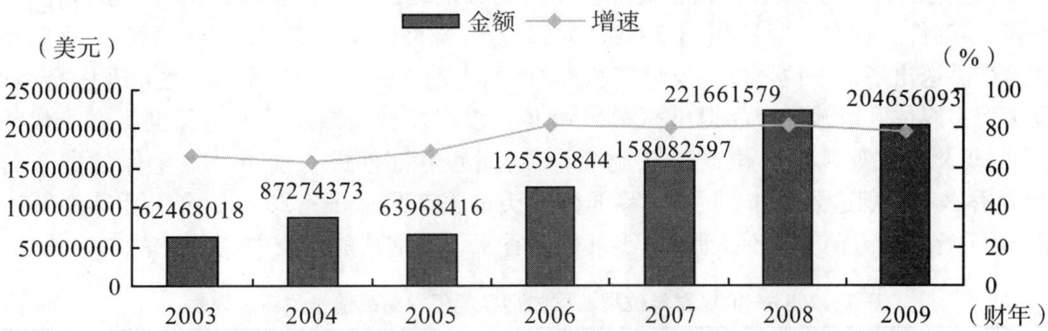

图 10　2003—2009 财年美方扣押中国侵权商品国内价值及占比情况

2003—2009 财年，美国海关扣押侵权商品的案件总数达 79942 起。其中，2003 财年为 6500 起，2004 财年增至 7255 起；2006 财年首次突破万件，达 14675 起，2007 财年略微减少后，2008 财年又增至 14992 起，达历史峰值，2009 年略降 1 个百分点，为 14841 起（图 11）。

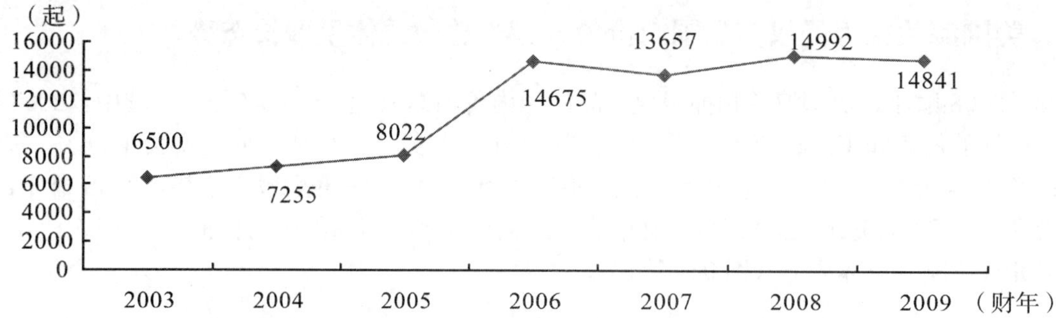

图 11　2003—2009 财年美国海关扣押侵犯知识产权商品案件走势

二、鞋、服装及箱包类产品是美国海关扣押的重点

2003—2009 财年，在美国海关扣押的侵权商品中，鞋类产品以总价值 3.57 亿美元位居首位，占美国海关扣押商品总价值的 29.5%，且 2006—2009 财年鞋类产品连续 4 年位居美国海关扣押侵犯知识产权商品的首位；其次为服装类产品，1.80 亿美元，占比 14.8%；箱包类产品位居第三，1.3 亿美元，占比 10.7%。另外，香烟、消费电子、医药类产品、计算机/硬件、多媒体以及手表/零部件等也是美国海关扣押的主要商品。

2003 财年，位居美国海关扣押侵权商品前十位的分别是：香烟、服装、箱包、多媒体、消费类电子、手表/零部件、鞋类、玩具/电子游戏、太阳镜/零部件以及头饰类；2004 财年，太阳镜/零部件和头饰类产品退出了前十位，电池及计算机/硬件列入前十位；2005 财年，香水及医药类产品进入前十位，而多媒体及电池类产品退出；2006 财年，多媒体、头饰以及卫生保健类产品代替香烟、玩具/电子游戏及香水列入前十位；2007 财年，太阳镜/零部件进入前十，卫生保健类产品退出；2008 财年，香水和香烟进入前十，手表/零部件及头饰类产品退出；2009 财年，手表/零部件、珠宝、玩具/电子游戏进入前十，而太阳镜/零部件、香水、香烟从前十位中退出（表 7）。

表 7　2003—2009 财年位居美国扣押各类侵权商品前十位商品列表

财　年	位居前十位的商品（依次排列）
2003	香烟、服装、箱包、多媒体、消费电子、手表/零部件、鞋类产品、玩具/电子游戏、太阳镜/零部件、头饰
2004	服装、香烟、箱包、消费电子、多媒体、玩具/电子游戏、手表/零部件、电池、鞋类产品、计算机/硬件
2005	服装、箱包、香烟、鞋类产品、消费电子、玩具/电子游戏、计算机/硬件、手表/零部件、香水、医药类产品
2006	鞋类产品、服装、箱包、计算机/硬件、消费电子、多媒体、头饰、卫生保健类产品、手表/零部件、医药类产品
2007	鞋类产品、服装、消费电子、箱包、手表/零部件、医药类产品、计算机/硬件、多媒体、太阳镜/零部件、头饰
2008	鞋类产品、箱包、医药类产品、服装、消费电子、太阳镜/零部件、计算机/硬件、香水、香烟、多媒体

续表

财　年	位居前十位的商品（依次排列）
2009	鞋类产品、消费电子、箱包、服装、手表/零部件、计算机/硬件、多媒体、医药类产品、珠宝、玩具/电子游戏

三、中国始终位居美国海关扣押商品的首位

从美国海关每年扣押侵犯知识产权商品年度报告看，位居美国海关扣押侵权商品前十位的国家（地区）的位次始终在变，只有中国例外——始终位居首位。2003—2009 财年，中国被扣押侵权商品的国内价值总额达 9.23 亿美元，占美国同期扣押商品总价值的 76.2%，高居首位。其中，2003 财年，美国海关共扣押中国侵权商品 6246.8 万美元，2004 财年增至 8727.4 万美元；2005 财年略微下降后，2006 财年首次破亿，达 1.26 亿美元；2008 财年，扣押侵权商品价值同比增长 40.2%，达历史峰值 2.22 亿美元；2009 财年有所下降，为 2.05 亿美元，但仍较高。

另外，中国香港、印度、中国台湾、巴基斯坦以及韩国也是美国海关扣押侵犯知识产权商品的主要来源地。尤其是中国香港，2003—2009 财年被扣押的侵权商品价值总计达 8349.5 万美元，仅次于中国内地（表 8）。

表 8　2003—2009 财年位居美国扣押各类侵权商品前十位的国家（地区）列表

财　年	位居前十位的国家/地区（依次排列）
2003	中国、中国香港、韩国、巴基斯坦、墨西哥、马来西亚、菲律宾、加拿大、瑞士、泰国
2004	中国、俄罗斯、中国香港、南非、越南、韩国、菲律宾、科威特、墨西哥、荷兰
2005	中国、中国香港、沙特阿拉伯、印度、巴基斯坦、韩国、俄罗斯、意大利、中国台湾、越南
2006	中国、中国香港、中国台湾、巴基斯坦、韩国、新加坡、马来西亚、印度尼西亚、印度、墨西哥
2007	中国、中国香港、中国台湾、巴基斯坦、英国、埃及、韩国、印度、加拿大、哥伦比亚
2008	中国、印度、中国香港、中国台湾、韩国、多米尼加、巴基斯坦、越南、沙特阿拉伯、印度尼西亚
2009	中国、中国香港、印度、中国台湾、韩国、巴拉圭、菲律宾、瑞士、巴基斯坦、越南

四、鞋类产品位居美国扣押中国侵权商品的首位

虽然 2004 财年鞋类产品未被列入美国海关扣押中国侵权商品的前十位，但 2006—2009 财年，鞋类产品已连续 4 年位居美方扣押中国侵权商品的首位，且被扣押侵权鞋类产品的国内价值分别高达 6100.9 万美元（占当年美方扣押中国侵权商品总价值的 49%，下同）、7639.7 万美元（48%）、9826.1 万美元（44%）和 9796.7 万美元（47.9%）。

2003 财年和 2005—2009 财年，美国扣押中国侵权鞋类产品的国内价值总额高达 3.43 亿美元，远高于连续 7 年（2003—2009 财年）位居美方扣押中国侵权商品前十位的箱包（总计 1.09 亿美元）及服装（总计 1.06 亿美元）类产品（详见表 9）。

表 9 2003—2008 财年位居美方扣押中国侵权商品前五位产品的国内价值及占比情况

财 年	位居前五位的产品（顺序分前后）	国内价值（美元）	占当年美方扣押中国侵权商品总值的比例（%）
2003	香 烟	33160962	53
	箱 包	8696099	14
	服 装	6545044	10
	多媒体	3078206	5
	鞋类产品	2839316	5
2004	香 烟	22054223	25
	服 装	20596743	24
	箱 包	19135618	22
	消费电子	8280914	9
	玩具/电子游戏	2942044	3
2005	箱 包	9797309	15
	香 烟	9540433	15
	鞋类产品	7936101	12
	服 装	7787241	12
	消费电子	6779947	11
2006	鞋类产品	61009037	49
	服 装	14215434	11
	箱 包	12526539	10
	计算机/硬件	10479715	8
	消费电子	5149151	4
2007	鞋类产品	76397039	48
	服 装	18332467	12
	箱 包	12228309	8
	手表/零部件	11600232	7
	医药产品	10653412	7
2008	鞋类产品	98260942	44
	箱 包	27438599	12
	服 装	20925649	9
	消费电子	12725786	6
	医药产品	10713250	5

续表

财　年	位居前五位的产品（顺序分前后）	国内价值（美元）	占当年美方扣押中国侵权商品总值的比例（%）
2009	鞋类产品	97966684	48
	箱　包	19552496	10
	消费电子	18490022	9
	服　装	17855649	9
	电脑/硬件	8783669	4

第六节　欧盟海关知识产权侵权商品扣押情况①

欧盟海关（European Commission Taxation and Customs Union）在欧盟对外贸易的知识产权保护中起着关键的作用。目前，欧盟成员国统一实施的与对外贸易有关的知识产权保护的法规主要是2003年7月22日颁布的《关于海关查处侵犯知识产权货物措施的条例》，其对原有的关于海关知识产权保护边境保护措施的3295/94号条例进行了修订，扩大海关在知识产权执法方面的权力和力度。根据该条例，欧盟海关保护的知识产权范围广泛，包括商标专用权、著作权、专利权、证书权、植物品种权、原产地标志和地理标志等。同时，欧盟海关知识产权保护主要以进口环节保护为主，兼顾出口环节的保护。欧盟海关2010年7月22日公布的数据显示，2009年，欧盟海关接受扣押侵犯知识产权商品的申请同比增长15.0%，但扣押商品数由2008年的1.79亿件减至1.18亿件。

一、欧盟海关接受的扣押申请数、扣押商品数以及执行案件数总体呈增长态势

2000—2009年，欧盟海关接受的扣押侵犯知识产权商品的申请数量增加了12倍以上，总计达59321件。其中，2000年不足1000件，2001年破千，达1287件；2004年达2888件；2005年同比增长91.3%，达5525件；2007年破万，达10260件；2008年再度猛增，达12866件；2009年同比增长15.0%，达14797件（图12）。

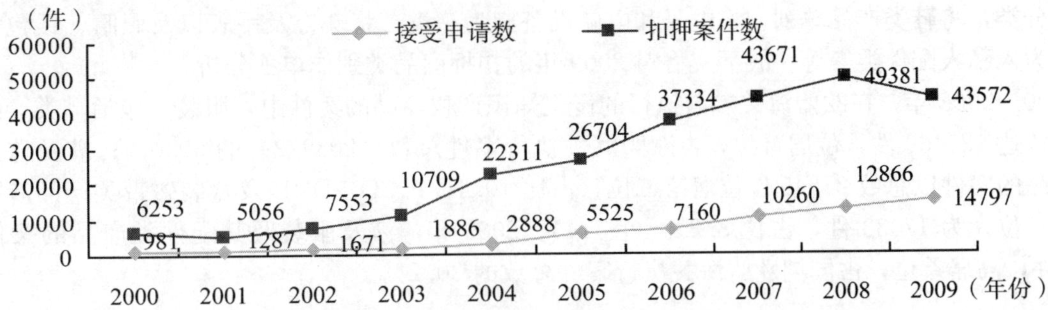

图12　2000—2009年欧盟海关接受的侵权商品扣押申请和案件走势

① 文中数据全部根据欧盟海关统计数据整理

从图 12 可以看出，欧盟海关扣押侵犯知识产权商品的案件数总体呈增长态势。虽然 2001 年比 2000 年有所下降，但 2002 年实现同比增长，且其后的数年也持续增长，2008 年更是创历史新高，达 49381 件，同比增长 13.1%。2009 年，受全球经济低迷的影响，扣押案件数同比下降 11.8%，为 43572 件，但这种暂时的下降并不影响扣押侵权案件数总体的增长态势。

就欧盟海关扣押的侵犯知识产权商品的数量而言，虽然 2000—2009 年欧盟海关扣押的侵权商品数量增长不稳定，且分别于 2002 年、2005 年、2007 年和 2009 年出现不同程度的同比下降，但总体观之，所扣押侵权商品数量一直在高位徘徊。到 2008 年，欧盟海关扣押的侵权商品量多达 1.78 亿件，同比猛增 126%；2009 年虽然同比下降 34.1%，但仍保持在 1.18 亿件的高位（图 13）。根据欧盟海关的分析报告，2008 年扣押侵权商品量之所以出现惊人的增速，主要源于 CD、DVD、盒式磁带以及香烟类侵权商品扣押量的迅速增长；而 2009 年也正是因为欧盟海关对侵权 CD、DVD 扣押量的急剧减少导致扣押商品总量同比呈下降态势。

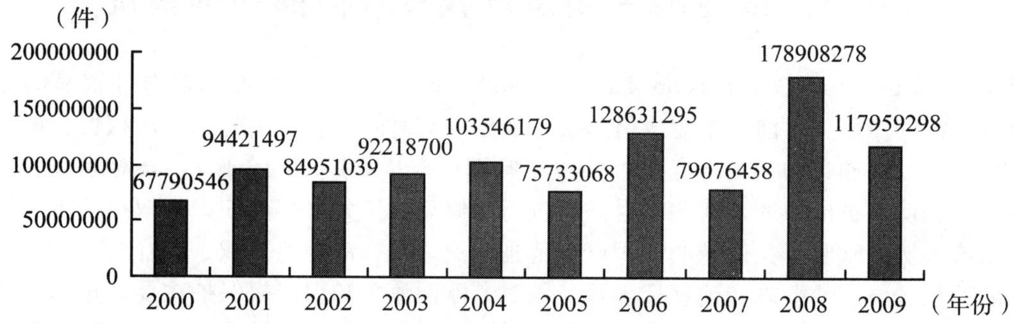

图 13　2000—2009 年欧盟海关扣押侵权商品数量分布

二、纺织品服装和香烟分列欧盟海关执行案件及扣押商品的首位

欧盟海关将其扣押的侵权商品主要分为：食品及饮料；化妆品及个人护理用品；服装（包括鞋类产品）；电子装置；电脑设备；CD、DVD 及盒装磁带；珠宝及手表；玩具及游戏；香烟；药品；以及其他产品。但需要说明的是，2000—2004 年药品类产品被归入其他产品，而未被单独列出；2000 年和 2001 年香烟类产品也被归入其他产品，未被单独列出。2009 年，欧盟海关对扣押商品作了重新分类，将鞋类产品单列，将电子和电脑设备归为一类，将珠宝及手表以及眼睛、钱包等包类产品归为入私人配件类等等。故下文将对 2009 年的扣押商品类别作单独分析。

2000—2008 年，在欧盟海关参与执行的侵犯知识产权商品的案件中，服装（包括鞋类产品）的案件总数达 125459 件，位居首位，占欧盟海关执行案件总数（208972）的 60.0%；涉及珠宝及手表类产品的案件以总数 21645 件位居第二位，占比 10.4%；CD、DVD 及盒装磁带类产品涉案案件位居第三位，为 17033 件，占比 8.2%（图 14）。2009 年，涉及服装及其配件类产品的案件数达 13174 件，高居首位，占同期欧盟海关执行案件总数的 30.2%。

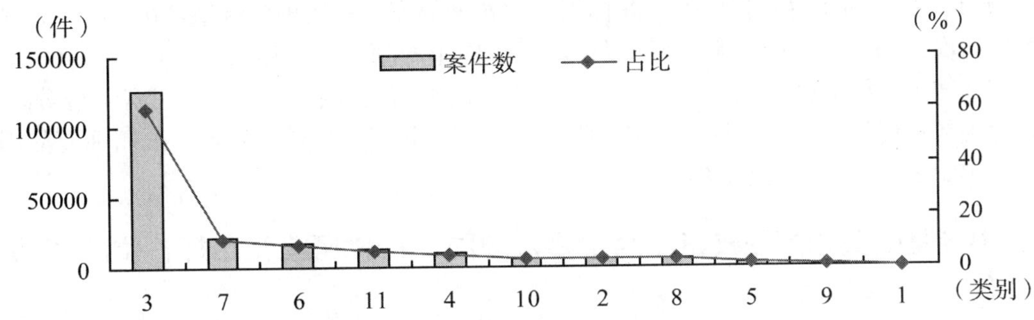

图 14　2000—2008 年欧盟海关扣押侵权商品类别分布情况

（类别编号代表的具体产品类别详见文中分类说明）

2000—2008 年，虽然 2000 年和 2001 年香烟未被单独列出，但综合欧盟海关的统计显示，香烟仍位居欧盟海关扣押的侵权商品的首位，扣押的商品数合计达 2.82 亿件（其实为 2002—2008 年的总数）。另外，位居前五位的还包括：CD、DVD 及盒装磁带，2.19 亿件；服装（包括鞋类产品），9122.2 万件；玩具及游戏，5386.1 万件；食品及饮料，2398.5 万件。2009 年，从欧盟海关扣押的侵权商品数量分析，香烟类产品居首，达 40985038 件，占欧盟海关当年扣押商品总数的 34.7%（表 10）。

表 10　2000—2009 年位居欧盟海关扣押侵权商品前三位的类别分布

年　份	产品类别	扣押商品数（件）	年　份	产品类别	扣押商品数（件）
2000	CD、DVD 及盒装磁带	8842075	2005	香　烟	32641243
	玩具及游戏	6819113		服装（包括鞋类产品）	10982915
	服装（包括鞋类产品）	4622181		CD、DVD 及盒装磁带	9703059
2001	CD、DVD 及盒装磁带	39737512	2006	香　烟	73920446
	服装（包括鞋类产品）	4782672		CD、DVD 及盒装磁带	15080161
	食品及饮料	4106663		服装（包括鞋类产品）	14361867
2002	香　烟	31360411	2007	服装（包括鞋类产品）	17783130
	CD、DVD 及盒装磁带	11975237		香　烟	27161056
	服装（包括鞋类产品）	9243074		化妆品及个人护理用品	6103171
2003	香　烟	33244507	2008	CD、DVD 及盒装磁带	79170506
	CD、DVD 及盒装磁带	32616560		香　烟	41907847
	玩具及游戏	12333868		服装（包括鞋类产品）	17742298
2004	香　烟	41588030	2009	香　烟	40985038
	CD、DVD 及盒装磁带	18523644		医疗产品	11464381
	玩具及游戏	18106924		服装及其配件	7955344

三、商标侵权是欧盟海关扣押的主要原因

从 2006 年开始，欧盟海关的年度扣押报告开始对某类侵权商品的具体侵权类型进行统计。当年，因侵犯商标权而被扣押的商品占全年扣押商品总数的 91.0%，为最多；2007 年这一比例升至

91.7%；2008 年虽有所下降，但因侵犯商标权而被扣押的商品占比仍为最高，达 54.9%；2009 年，欧盟海关扣押商品的 90.05%是因为商标侵权，而因侵犯专利权、著作权、设计和模型权、植物品种权以及其他知识产权的合计仅占 9.5%。当然，侵权类型与扣押商品的类别密不可分，如 2008 年，欧盟海关扣押侵权 CD、DVD 及盒装磁带类产品同比增长 136%，致当年被扣押商品因专利侵权占比高达 42.5%，远高于 2007 年的 4.96%。

四、中国是欧盟扣押侵权商品的主要来源国，且位居欧盟扣押首位的商品类别日益增多

从欧盟海关公布的侵权商品扣押数据来看，2003 年之后，来自中国的进口商品（这些商品是从中国运往欧盟但不一定是在中国制造，即不一定是“原产于”中国）一直位居欧盟海关扣押侵权商品的首位，且占比始终维持在 50%以上（图 15）。2000—2002 年，泰国被扣侵权商品连续 3 年位居欧盟扣押侵权商品的首位，中国虽未居第一，但占比仍排在前列。2000 年，中国占比 8%，位居第四；2001 年，中国占比 18%，位居第二；2002 年，中国占比 15%，位居第二。

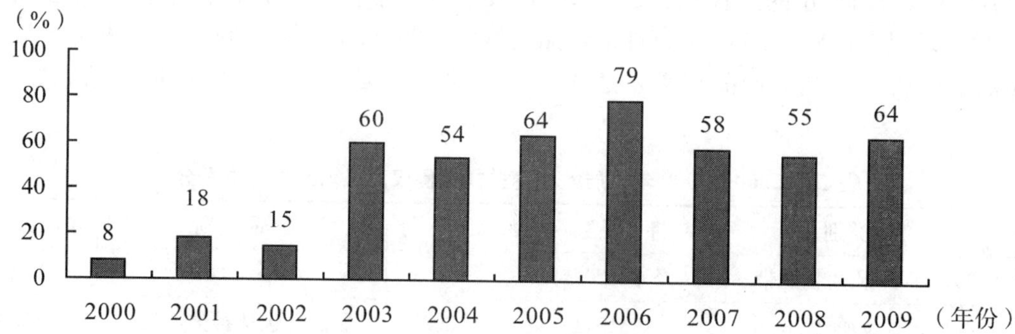

图 15　2000—2008 年欧盟海关扣押中国侵权商品年度占比情况

从欧盟海关每年扣押侵权商品具体类别的原产国分析，中国位居欧盟扣押侵权商品首位的商品类别日益增多。2000 年，在欧盟海关扣押的侵权商品中，中国仅是假冒玩具及游戏产品的主要来源国；2002 年，中国成为假冒玩具及游戏产品、香烟，电子装置以及其他类产品的主要来源国；2004 年，除玩具及游戏产品、香烟以及电子装置外，中国又成为假冒服装类产品的主要来源国；2005 年，在 2004 年的基础上，食品及饮料，化妆品及个人护理用品，CD、DVD 及盒装磁带，以及珠宝和手表类假冒商品的来源地也是中国；2008 年，中国更是成为假冒化妆品及个人护理用品，服装（包括鞋类产品），CD、DVD 及盒装磁带，珠宝和手表，玩具及游戏，香烟，电子装置，电脑设备以及其他类商品的主要来源地（表 11）。

2009 年，在欧盟海关扣押的 12 类商品中，中国有 9 类产品位居扣押首位，分别为：个人护理用品（占比 46.81%）、服装及其附件（72.48%）、鞋类产品（90.18%）、个人用品（74.38%）、移动电话（79.06%）、电子及电脑装置（81.01%）、CD/DVD/盒装磁带（34.58%）、香烟（68.30%）及其他产品（包括小器械、办公用品、打火机、纺织品、包装材料等）（92.34%）；两类产品位居第二，即玩具及游戏（31.77%）和医疗产品（22.60%）；1 类产品位居第四，即食品及饮料（占比 5.07%）。

另外，2000—2008 年，被扣留的来自中国的假冒玩具及游戏类产品占比，始终位居欧盟海关扣留该类侵权商品的首位。由此可见，**玩具类商品是欧盟对华扣押的重点**。2009 年，埃及取代中国位居假冒玩具及游戏类产品被扣押的首位，而中国的该类产品首次屈居第二位，占比 31.77%，比上年的 89.61%大幅下降。

表 11　2000—2008 年来自中国的各类侵权商品在欧盟海关侵权商品中的占比情况①

类　别	年　份/占　比（%）								
	2000	2001	2002	2003	2004	2005	2006	2007	2008
食品及饮料	10	17	20	6	—	72	1	37.35	1.72
化妆品及个人护理用品	—	—	8	—	11	27	37	15.86	54.83
服　装	7	14	9	15	59	47	63	—	—
运动服	7	15	1.1	8	51	29	43	55.62	62.65
其他服装	5	7	8	11	37	50	50	62.58	60.32
服装附属品（包、太阳镜）	12	27	24	21	68	57	81	57.16	88.34
鞋类产品	—	—	—	—	—	—	—	79.67	93.42
电子装置	16	30	50	55	87	36	61	30.73	72.15
电脑设备	18	25	20	47	16	19	47	47.61	45.98
CD、DVD 及盒装磁带	—	5	6	8	32	51	88	75.07	67.99
珠宝及手表	5	10	17.4	16	54	72	72	52.21	84.19
玩具及游戏	23.5	42	65	37	97	82	85	41.59	89.61
香　烟	—	—	41	19	47	74	83	55.05	28.76
药　品	—	—	—	—	—	1	20	3.88	0.96
其　他	19	47	36	40	59	70	82	71.14	62.78

① 因 2009 年欧盟海关对扣押商品的分类作了重大变更，无法与 2000—2008 年的扣押商品类别列于同一表格中，故仅在文中对此作了详细说明，表中不再列出

第五章　技术性贸易壁垒通报情况

第一节　世贸组织 TBT、SPS 通报情况综述

一、技术性贸易壁垒措施

（一）技术性贸易壁垒措施概述

技术性贸易壁垒（Technical Barriers to Trade，简称“TBT”），是指一国以维护国家安全、保障人类健康和安全、保护生态环境、防止欺诈行为、保证产品质量为由，采取一些强制性或非强制性的技术性措施。

TBT 主要包括三方面的内容：（1）技术法规。规定强制执行的产品特性或其相关工艺和生产方法、包括适用的管理规定在内的文件。该文件还可包括或专门关于适用于产品、工艺或生产方法的专门术语、符号、包装、标志或标签要求。（2）技术标准。经公认机构批准的、规定非强制执行的、供通用或重复使用的产品或相关工艺和生产方法的规则、指南或特性的文件。该文件还可包括或专门关于适用于产品、工艺或生产方法的专门术语、符号、包装、标志或标签要求。（3）合格评定程序。任何直接或假借用以确定是否满足技术法规或标准中的相关要求的程序，特别包括抽样、检验和检查；评估、验证和合格保证；注册、认可和批准以及各项的组合。

TBT 的主要原则为：合格目标原则、采用国际标准原则（也称为统一性原则）、各成员认证制度的相互认可原则、非歧视原则、可预见原则（透明度）以及鼓励发展和经济改革原则（对发展中成员和最不发达成员的特别优惠待遇）。

（二）1995—2009 年 WTO 成员 TBT 通报情况[①]

1. TBT 通报量持续增长，提交建议的平均期限基本保持稳定

1995—2009 年，共有 110 个成员向 WTO 提交了 11564 项技术法规、标准和合格评定程序通报（含修正），虽然各年度提交的数量不同，尤其是在 1998 年东南亚金融危机爆发后，全球经济一度衰退，各成员提交通报的数量有所减少，但总体上呈增长趋势，2004—2009 年，年均 14.7％的速度增长，2009 年的增幅更是达到了 19.1％（见图 1）。

---

① TBT 通报数据均来源于 WTO 网站

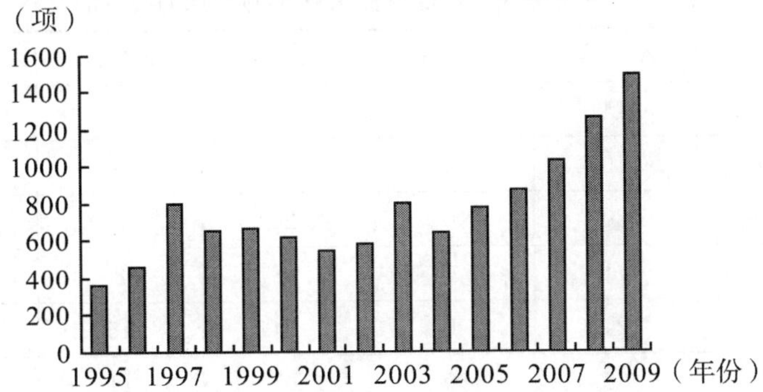

图 1　1995—2009 年 WTO 成员 TBT 通报数量

1995 年，WTO 技术贸易壁垒委员会规定，对每项技术性贸易壁垒措施通报提交建议的期限为 60 天，而且规定鼓励任何成员延期提交建议，例如延至 90 天。2009 年，WTO 成员提交建议的期限平均为 58.1 天，但仍有 153 项通报未特殊规定提交建议的期限，并声称其通报不适用期限限制，或者期限失效（见图 2）。

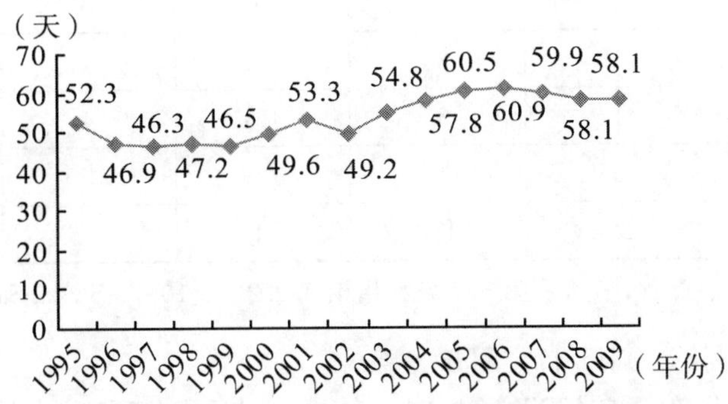

图 2　1995—2009 年 WTO 成员提交建议的平均期限

2. 中国提交的 TBT 通报量居首

1995—2009 年，中国共提交 TBT 通报 723 项，占通报总数的 6.3%，位居所有成员之首。其次是美国，714 项，占比 6.2%；荷兰位居第三，618 项，占比 5.4%；日本位居第四，560 项，占比 4.8%；巴西位居第五，474 项，占比 4.1%。提交通报位居前十位的成员共提交 5239 项，占通报总数的 45.3%。其中，发达成员 5 个，共提交 2798 项，占比 24.2%；发展中成员 5 个，提交 2441 项，占比 21.1%（见表 1）。

表 1　1995—2009 年向 WTO 提交技术性贸易壁垒措施通报前十位成员情况

国　家	总　计（项）	占　比（%）	国　家	总　计（项）	占　比（%）
中　国	723	6.3	欧　盟	469	4.1
美　国	714	6.2	以色列	444	3.8
荷　兰	618	5.3	加拿大	437	3.8
日　本	560	4.8	泰　国	434	3.8
巴　西	474	4.1	墨西哥	366	3.2

注：欧盟作为单独成员提交技术性贸易壁垒措施通报

表 2　1995—2009 年 WTO 成员 TBT 通报依据的条款情况

年　份	2.9 条	2.10 条	3.2 条	5.6 条	5.7 条	7.2 条	其　他
1995	332	14	2	17	6	0	7
1996	410	19	1	20	3	0	26
1997	740	30	0	24	5	0	11
1998	562	11	0	68	8	3	24
1999	592	24	0	54	16	0	19
2000	505	33	0	67	11	0	21
2001	479	11	0	44	0	0	9
2002	506	13	0	63	1	0	4
2003	669	22	1	132	5	0	6
2004	573	20	1	86	6	0	4
2005	718	14	2	169	0	0	1
2006	807	21	9	197	5	0	6
2007	930	18	30	162	4	0	7
2008	1103	17	58	151	4	0	1
2009	1402	25	14	126	5	0	3
总　数	10328	292	118	1380	79	3	149

注：自 2003 年后，第 2.9、2.10、5.6 和第 5.7 条特指第 2.9.2、2.10.1、5.6.2 和第 5.7.1 条

3. 通报依据最多的条款是 TBT 协定第 2.9 条

1995—2009 年，各成员在提交 TBT 通报时，依据《技术性贸易壁垒协定》（简称 TBT 协定）第 2.9 条（2003 年后特指 2.9.2 条）的共计 10328 项，位居首位，是位居第二的依据第 5.6 条发布通报的 7 倍以上（见表 2）。TBT 协定第 2.9 条即“只要不存在有关国际标准或拟议的技术法规中的技术内容与有关国际标准的技术内容不一致，且如果该技术法规可能对其他成员的贸易有重大影响，则各成员及应：

2.9.1　在早期适当阶段，以能够使其他成员中的利害关系方知晓的方式，在出版物上发布有关提起采用某一特定技术法规的通知；

2.9.2　通过秘书处通知其他成员拟议的法规所涵盖的产品，并对拟议的法规的目的和理由作出简要说明；

2.9.3　应请求，向其他成员提供拟议的技术法规的细节或副本，只要可能，即应确认与有关国际标准有实质性偏离的部分；

2.9.4　无歧视地给予其他成员合理的时间以提出书面意见，应请求讨论这些意见，并对这些书面意见和讨论的结果予以考虑。”

4. 保护人类健康和安全位居 TBT 通报适用的理由和目的之首

1995—2009 年，在各成员提交 TBT 通报的理由和目的（1 项通报可能涉及多项理由）中，位居前三位的分别是：保护人类健康和安全，共计 5996 项，占比 51.9%；防止欺诈行为，2037 项，占比 17.6%；环境保护，1519 项，占比 13.1%（见图 3）。

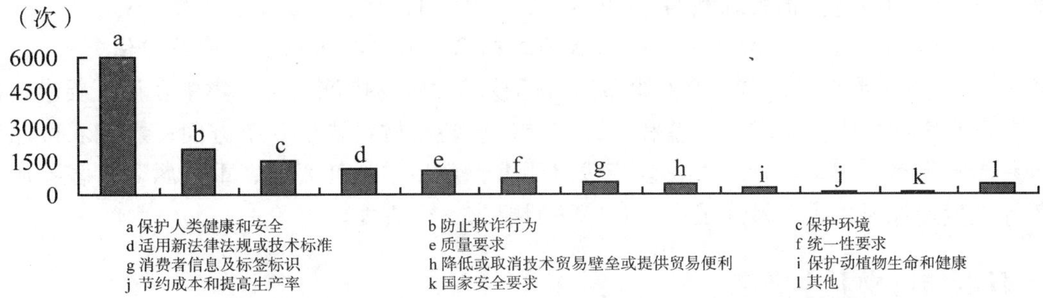

图 3 1995—2009 年 WTO 成员 TBT 通报理由和目的分布

(三) 2001—2009 年中国提交 TBT 通报情况

1. 提交量总体呈增长态势

2001—2009 年，中国共提交 TBT 通报 715 项，且呈逐年增长态势。在中国入世之前，中国仅在 1999 年提交过 1 项 TBT 通报，而入世后，中国的提交量总体呈增长态势，尤其是 2006—2009 年，中国提交的 TBT 通报连续 4 年增长。其中，2009 年共提交 201 项，位居各成员之首（见表 3）。

表 3 2001—2009 年中国提交 TBT 通报情况

年 份	数 量	年 份	数 量
2001	0	2006	64
2002	12	2007	90
2003	28	2008	185
2004	23	2009	201
2005	112	—	—

2. 中国受全球技术性贸易措施影响的企业比例连续 3 年下降，但出口贸易直接损失额连续 5 年增长

2009 年，34.3%的中国出口企业受到全球技术性贸易措施不同程度的影响，而这个数字在 2008 年为 36.1%，2007 年为 34.6%，2006 年为 31.4%，2005 年为 25.1%。2009 年全年出口贸易直接损失 574.32 亿美元，比 2008 年增加了 68.9 亿美元，占同期出口额的 4.78%，比 2008 年上升 1.24 个百分点。上述 4 年该项数据依次为 505.42 亿美元、494.59 亿美元、359.2 亿美元、288.13 亿美元。

3. 美国技术性贸易措施对中国出口企业影响最大

2009 年，对中国企业出口影响较大的国家和地区排在前 5 位的是美国、欧盟、俄罗斯、日本和澳大利亚，分别占直接损失总额的 34.1%、31.2%、17.0%、5.0%和 2.9%。

4. 机电仪器受影响最大

2009 年，受全球技术性贸易措施影响较大的行业位居前五位的是机电仪器、玩具家具、木材纸张非金属、农食产品和化矿金属，分别占直接损失总额的 38.81%、22.23%、13.38%、10.51%和 6.02%。

5. 山东省受全球技术性贸易措施影响最大

2009 年，受全球技术性贸易措施影响较大的省份排在前 5 位的是山东省、广东省、河南省、江

苏省和安徽省，分别占直接损失总额的28.6%、18.4%、17.8%、13.2%和4.2%。

6. 认证要求和农兽药残留要求分别位居我国工业品和农产品出口受阻原因首位

2009年，主要贸易伙伴影响我国工业品出口的技术性贸易措施类型，集中在认证要求、技术标准要求、有毒有害物质限量要求、标签和标志要求、包装及材料要求5个方面；影响农产品出口的技术性贸易措施类型，集中在食品中农兽药残留要求、食品添加剂要求、重金属等有害物质限量要求、细菌等卫生指标要求，以及加工厂、仓库注册要求5个方面。

二、卫生与植物卫生措施

（一）卫生与植物卫生措施概述

卫生与植物卫生措施（Sanitary and Phytosanitary Measures，简称“SPS”），是指用于下列目的的任何措施：（1）保护成员领土内的动物或植物的生命或健康免受虫害、病害、带病有机体或致病有机体的传入、定居或/和传播所产生的风险；（2）保护成员领土内的人类或动物的生命或健康免受食品、饮料或饲料中的添加剂、污染物、毒素或致病有机体所产生的风险；（3）保护成员领土内的人类的生命或健康免受动物、植物或动植物产品携带的病害，或虫害的传入、定居或传播所产生的风险；或（4）防止或控制成员领土内因虫害的传入、定居或传播所产生的其他损害。

卫生与植物卫生措施包括所有相关法律、法令、要求和程序，特别包括：最终产品标准；工序和生产方法；检验、监察、认证和批准程序；检疫处理，包括与动物或植物运输有关的或与在运输过程中为维持动植物生存所需物质有关的要求；有关统计方法、抽样程序和风险评估方法的规定以及与粮食安全直接有关的包装和标签要求。

（二）2002—2009年WTO成员SPS通报情况①

1. SPS通报量总体呈上升趋势

2002—2009年，WTO成员共发布SPS通报7348项，总体呈上升趋势。其中，2003和2006年数量增加较多，同比增幅分别为34.8%和34.7%。2006—2008年，WTO成员的SPS通报数量虽然都超过千项，分别为1156项、1165项和1176项，但增幅变动不大（见图4）。2009年WTO成员提交SPS通报的数量同比下降17.2%，为974项。

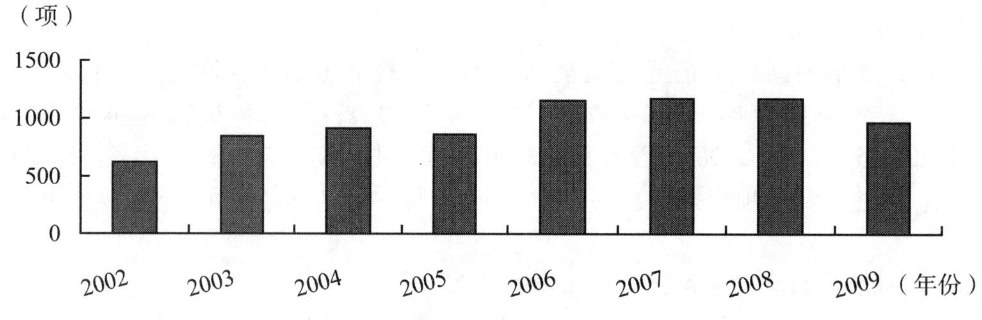

图4　2002—2009年WTO成员SPS通报数量

① SPS通报数据均来源于“中国技术性贸易措施网”

2. 美国提交 SPS 通报数量最多

2002—2009 年，美国共提交 SPS 通报 2139 项，居各成员之首，占比 29.1%；巴西位居第二，708 项，占比 9.6%；加拿大位居第三，531 项，占比 7.2%；中国提交了 210 项，占比 2.9%，位居第 9（图 5）。

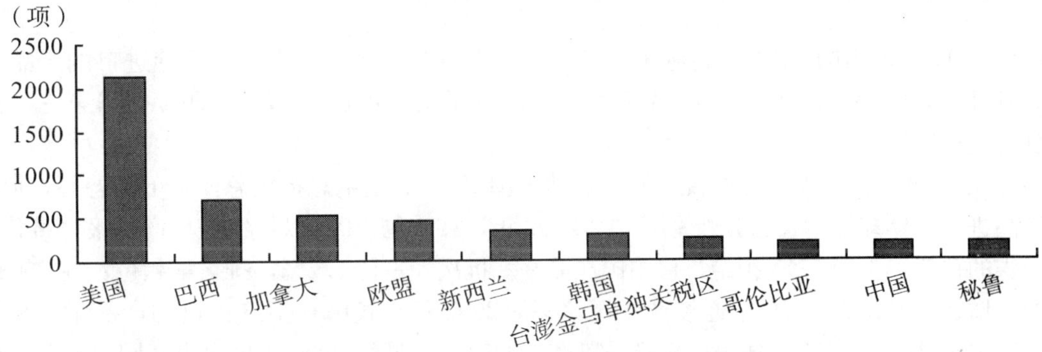

图 5　2002—2009 年 SPS 通报前十位的成员

3. 食品安全位居通报原因之首

WTO 各成员在提交 SPS 通报时都要说明提交的原因或目的。目前，成员提交 SPS 通报的原因主要有 5 条，即食品安全、植物保护、保护人类免受动/植物有害生物的危害、动物健康和保护国家免受有害生物的其他危害。其中，食品安全是成员使用频率最高的原因，2002—2009 年，以食品安全为由或目的所提交的通报共 4530 项，占比 61.6%（图 6）。

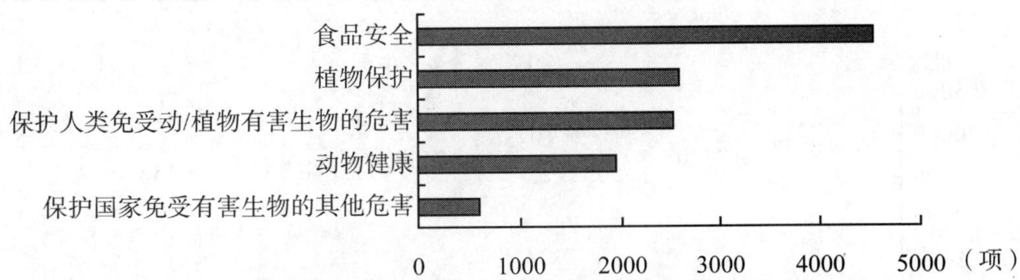

图 6　2002—2009 年 WTO 成员 SPS 通报原因分布

第二节　主要国家对华产品拒绝、召回、预警和扣留情况

美　国

美国 FDA 拒绝进口中国产品情况分析

美国食品和药品管理局（简称 FDA）是美国健康与公共事业部（Department of Health and Human Services）下设的一个局，其使命在于执行《联邦食品、药品和化妆品法》（简称 FD&C）及其他保护消费者健康、安全，防止经济欺诈等 38 部法律。根据 FD&C 及相关法律规定，除了大

多数肉类和禽类产品由美国农业部管理外，所有的食品、药品、生物制剂、化妆品、医疗设备和有辐射的电子产品，在进口或提出进口申请时都要接受 FDA 的检验。FDA 是美国技术性贸易措施的主要实施者，管制的产品包括进口产品和国内产品，约占消费总额的 25%。

一、美国 FDA 拒绝进口中国产品总体呈增长态势

2005—2009 年，美国 FDA 共拒绝进口产品 84602 批次。其中，中国被拒绝进口的产品达 9292 批次，占比 11.0%，位居首位；其次为墨西哥，9030 批次，占比 10.7%；印度位居第三，8773 批次，占比 10.4%。

纵观美国 FDA 对华产品拒绝情况可知，虽然美国 FDA 的拒绝总批次总体呈下降态势，但美国拒绝中国产品进口总体却呈增长态势（见图 7）。2002 年，在美国 FDA 以拒绝进口产品报告替代进口产品扣留报告的首年，美国 FDA 拒绝进口中国产品 949 批次，占比 5.2%，排名第六位；在 2003、2004 年连续两年增长，2005 和 2006 年连续两年下降后，2007 年，我国被拒绝进口的产品批次同比增长 14.8%，达 1963 批次，首次位居美国拒绝进口产品的第一；虽然 2008 年再次出现同比下降，但 2009 年升至历史峰值 1991 批次，占比达 12.7%，再次位居美国拒绝进口产品的首位（见表 4）。

表 4　2002—2009 年美国 FDA 拒绝进口中国产品情况

年　份	2002	2003	2004	2005	2006	2007	2008	2009
拒绝批次	949	1463	1923	1914	1710	1963	1714	1991
占比（%）	5.2	8.4	9.2	9.8	10.0	12.5	10.3	12.7
排　名	第六	第三	第三	第二	第三	第一	第二	第一

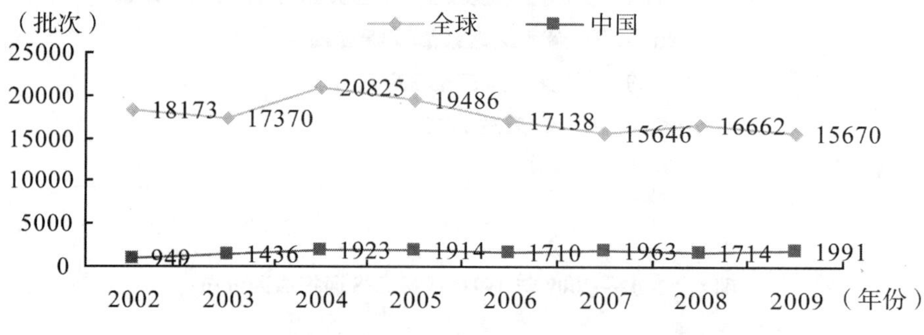

图 7　2002—2009 年美国 FDA 拒绝进口产品情况

二、食品、饮料及农产品被拒绝的批次最多

美国 FDA 拒绝进口产品的类别主要包括：食品、饮料及农产品，医疗、轻工产品，药品，机电、家电产品，瓷器、餐具，化妆品以及其他产品。2005—2009 年，在我国被美国 FDA 拒绝进口的 9292 批次的产品中，食品、饮料及农产品类产品最多，共计 3958 批次，占比 42.6%；其次为医疗、轻工类产品，2313 批次，占比 24.9%；机电、家电类产品共计 1579 批次，占比 17.0%，位居第三。这三类产品合计占同期中国被拒绝进口产品总数的 84.5%。

2002 年以来，食品、饮料及农产品类产品就一直是美国 FDA 拒绝进口中国产品的重点领域。2002 年，在美国拒绝进口的 949 批次中国产品中，食品、饮料及农产品为 416 批次，占比 43.8%，位居首位；2003 年增至 652 批次，占比 35.0%，仍为最多；2005—2009 年，虽然医疗、轻工产品

以及药品被拒绝进口的位次不断发生变化，但食品、饮料及农产品类产品始终位居中国被拒绝产品的首位，分别达 733 批次、689 批次、947 批次、696 批次和 893 批次（见图 8）。

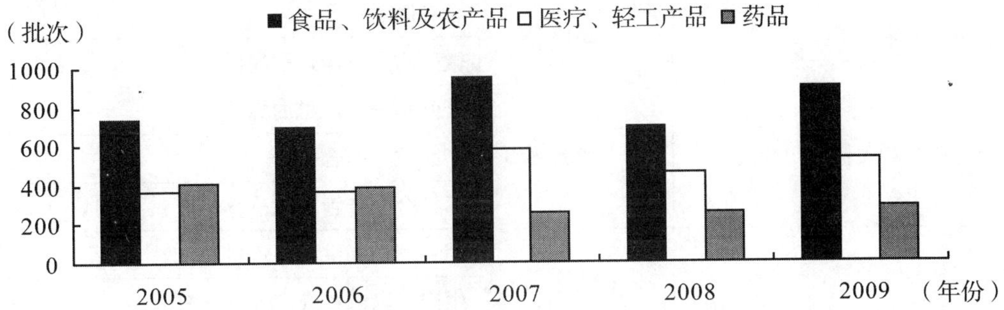

图 8　2005—2009 年美国 FDA 拒绝进口中国产品分类对比

三、未经注册批准是被拒绝进口的最主要原因

我国产品被美国 FDA 拒绝进口的主要原因包括：(1) 未经注册批准；(2) 限量超标；(3) 不符合包装、标签和说明的规定；(4) 不符合卫生要求；(5) 不符合生产的相关标准与规定；(6) 缺少证书材料；(7) 不符合进口法律的规定；(8) 含有有毒有害物质；以及 (9) 其他。

单批次产品可能因多项原因而被 FDA 拒绝进口。2005—2009 年，在美国 FDA 拒绝进口的我国的 9292 批次产品中，从拒绝进口原因的角度统计共计 12507 项。其中，因未经注册批准的为 3834 项，占比 30.7%，排在第一位；其次为不符合卫生要求的，2917 批次，占比 23.3%；不符合包装、标签和说明规定的，2598 批次，占比 20.8%，位居第三（见表 5）。

表 5　2005—2009 年美国 FDA 拒绝进口中国产品原因分析

拒绝进口原因	批　次	具 体 原 因
(1) 未经注册批准	3834	没有上市前的批准申请
		销售商未按规定注册
		产品不在注册清单中
		生产厂家未按规定注册
(2) 限量超标	746*	含有不安全兽药
		含有不安全添加剂
		含有不安全色素
		含有不安全的农药
(3) 不符合包装、标签和说明的规定	2598	标签不正确
		包装不符合规定
		没有英文说明
		标签中标明的信息不充分
		违反《标签法》

续表

拒绝进口原因	批　次	具体原因
（4）不符合卫生要求	2917	含有腐烂物质
		微生物及霉菌毒素超标
（5）不符合生产的相关标准与规定	1285	产品不符合规定的标准
		产品质量不合格
		不符合生产管理规范
（6）缺少证书材料	472*	销售商未提供相关资料
		生产厂家未按规定提交资料
（7）不符合进口法律的规定	463*	属于拒绝进口产品
（8）含有有毒有害物质	182*	化学污染
（9）其他	10*	原因不明

注：*为2008—2009年的统计数值

四、广东是我国被美国拒绝进口产品的最主要来源地

2007—2009年，在美国FDA拒绝进口的5668批次中国产品中，原产地为广东的1914批次，占我国同期被拒绝进口产品总批次的33.8%，位居首位；原产地为浙江的564批次，位居第二，占比10.0%；上海位居第三，481批次，占比8.5%。原产于上述三地的被拒绝进口产品共计2959批次，占同期我国被拒绝进口总批次的50%以上。

另外，被拒绝进口产品批次过百的地区还有：山东、福建、江苏、辽宁、天津、河北、香港以及北京（见图9）。

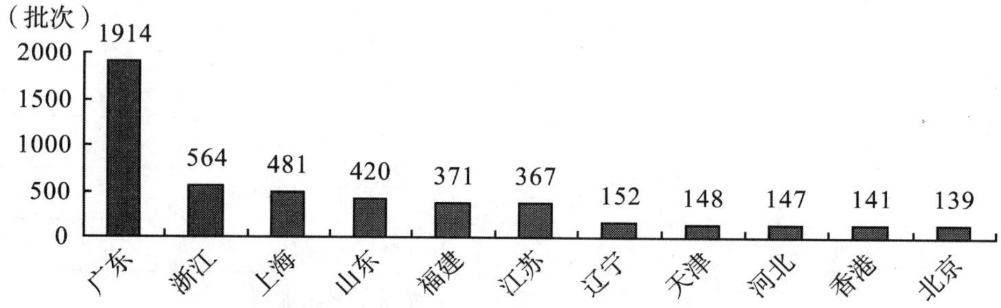

图9　2007—2009年美国FDA拒绝进口中国产品批次过百省份分布情况

广东、浙江、上海及福建一直是美国FDA拒绝进口中国产品的主要来源地，而广东连续数年位居美国FDA拒绝进口中国产品的首位。2002年，在中国被拒绝进口的产品中，原产地为广东的192批次，占比20.3%；2003年为439批次，占比23.6%；2005年为486批次，占比25.4%；2006年为371批次，占比21.7%；2007—2009年，分别为491批次、669批次和754批次。

美国CPSC对华产品召回情况综述

美国消费品安全委员会（简称CPSC）是美国一个独立的联邦机构，成立于1973年5月，由总统任命、参议院批准的专员担任主席，承担着联邦政府有关消费品安全的职能，主要职责是对消费

产品使用的安全性制定标准和法规并监督执行。CPSC 现有的目录上管理着 15000 种不同的产品，CPSC 规则是收集产品的安全数据、提示客户产品的危险性以及降低危害的途径。CPSC 的规则用于处理电子振荡、火灾和其他危害安全的因素。CPSC 的规则也适用于那些陷于诉讼案件、未能执行安全准则而造成伤亡的产品。制造商、进口商、分销商和零售商必须对被检测不安全的产品作出书面报告，只有获得安全标志的产品才准许进入市场。美国 CPSC 更注重的是预防，而不是事后的补救。

2006—2009 年，美国消费品安全委员会（CPSC）共发布 1550 项产品安全召回通报，涉及埃及、爱沙尼亚、奥地利、澳大利亚、巴基斯坦、比利时、秘鲁、波兰、丹麦、德国、捷克、多米尼加、菲律宾、韩国、加拿大、马来西亚、美国、孟加拉国、墨西哥、南非、葡萄牙、日本、瑞典、瑞士、泰国、土耳其、西班牙、希腊、新西兰、意大利、印度、印度尼西亚、越南、中国等 40 多个国家以及香港、澳门和台湾地区。

一、中国产品位居 CPSC 召回的首位

2006—2009 年，中国产品被召回的通报最多，为 907 项，占同期召回总数的 58.5%；其次为美国本土产品，为 289 项，占比 18.6%；中国台湾位居第三，73 项，占比 4.7%；加拿大位居第四，45 项，占比 2.9%；墨西哥位居第五位，35 项，占比 2.3%；日本位居第 6 位，26 项，占比 1.7%。其他国家为 214 项，占比 13.8%（图 10、图 11 和图 12）。[注：1 项产品召回可能涉及多个国家（地区）]

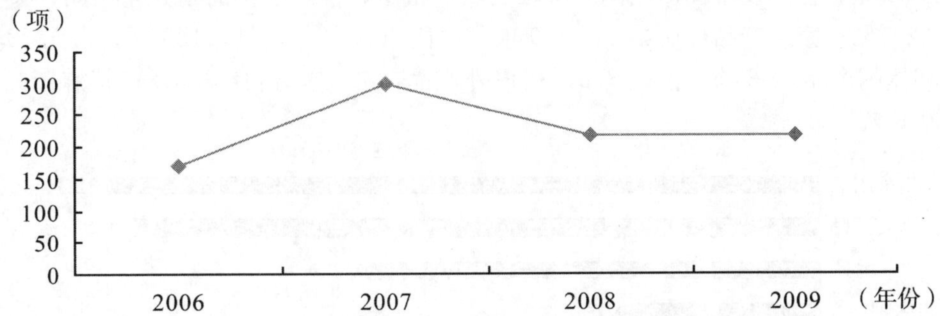

图 10 2006—2009 年美国召回中国产品年度走势

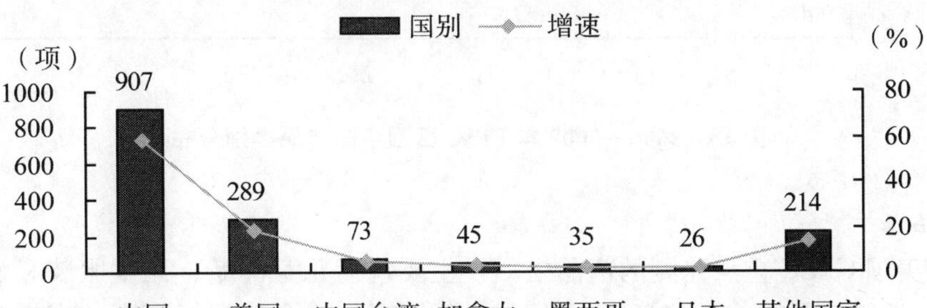

图 11 2006—2009 年 CPSC 召回产品涉及国家（地区）分析

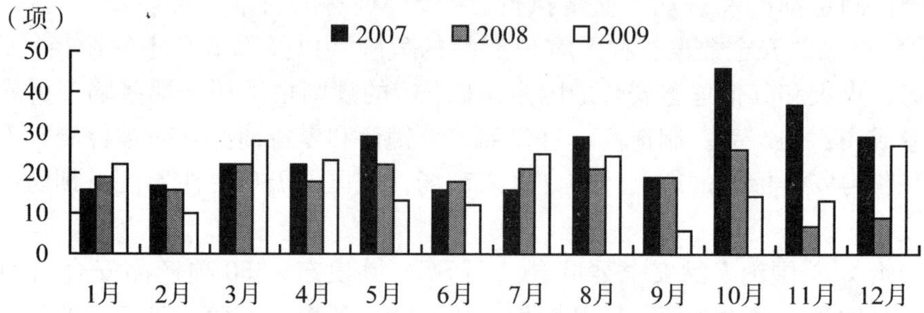

图 12　2007—2009 年 CPSC 对华召回通报月度对比

2006—2009 年，美国对中国产品的召回经历了大幅增长后又大幅下跌的过程。2007 年，美国 CPSC 召回中国产品 298 起，同比增长 17.2%，但 2008 年召回中国产品 218 起，同比下降 26.8%。2008 年召回产品大幅下降的原因主要有三方面：一是金融危机不断向实体经济延伸，美国消费水平下降，这直接导致美国进口产品数量大幅缩水；二是 2008 年中国食品质量事件的负面影响波及消费品（事件虽然是发生在食品领域，但其负面影响波及大部分中国出口产品）；三是《美国消费品安全法案》于 2008 年 8 月 14 日正式生效，这成为中国消费品出口到美国的"门槛"。

二、儿童用品是召回的重点

2006—2009 年，在涉及中国产品的 907 项召回通报中，位居首位的是儿童用品，共 291 项，占通报总数的 32.1%；家居产品位居第二，279 项，占比 30.8%；玩具，186 项，占比 20.5%，位居第三；体育和休闲产品，78 项，占比 8.6%；户外产品，69 项，占比 7.6%；特殊产品，4 项，占比 0.4%（图 13）。

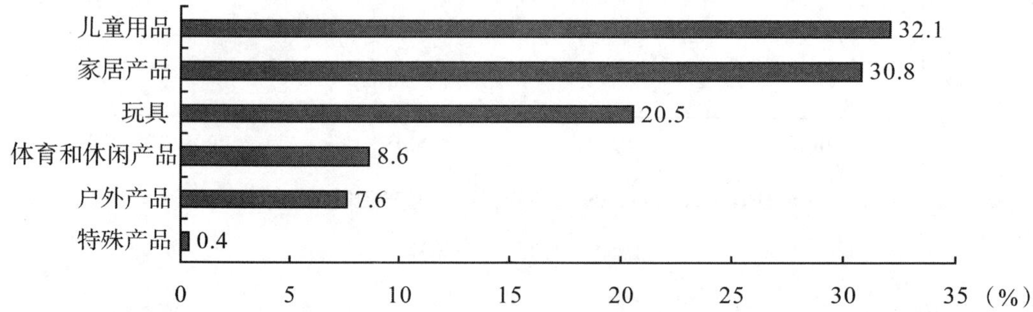

图 13　2006—2009 年 CPSC 召回中国产品类别分布

1. *儿童用品*

儿童用品是美国 CPSC 重点监测的产品之一，主要包括儿童饰品、儿童服装和耐用型育儿产品（如婴幼儿推车、摇篮、餐椅、牙胶等）。召回的主要原因有铅含量超标、服装束带有致儿童颈部被勒危险、受伤危险（如划伤、割伤）等。除 2006 年，2007—2009 年儿童用品在我国被召回产品总数中的占比均超过 30%。

2. *家居产品*

家居产品主要包括家用小电器（如电烤箱、吹风机、电视、烤面包机、咖啡壶、笔记本电脑及所配电池、冰箱等）、家具（如电视柜、椅子等）、餐具等。召回的主要原因为受伤危险、火灾危险、电击危险等。从 2006—2009 年召回情况看，家居产品被召回的数量总体呈上升趋势，尤其是 2009 年，家居产品位居美国召回中国产品首位，同比增长 31.1%。

3. 玩具

玩具一直是中国出口美国的传统优势产品，主要是益智玩具和毛绒玩具。召回的主要原因包括铅含量超标、受伤危险、窒息危险。2007—2009 年，美国召回中国玩具通报数量持续下降。2009 年，美国召回中国玩具通报 29 项，与 2007 年的 76 项和 2008 年的 50 项相比，分别下降了 61.8% 和 42.0%。主要原因有：一是全球需求回暖趋势仍不稳定，我国玩具出口缺乏持续增长的动力；二是贸易壁垒制约出口规模持续回升；三是出口生产成本进一步提高。

三、召回原因主要是意外伤害

2006—2009 年，美国 CPSC 召回中国产品的原因中（1 项通报可能涉及多种原因），最多的是因产品质量问题给消费者造成的摔伤、划伤等意外伤害危险，共 333 项，占比 36.7%；其次是铅含量超标，共 240 项，占比 26.5%；引发火灾、爆炸等危险共 187 项，占比 20.6%；可能引发儿童窒息、肠梗塞或肠梗阻危险，145 项，占比 16.0%；产品可导致儿童颈部被勒或身体被卡危险，67 项，占比 7.4%；电击危险，56 项，占比 6.2%；其他原因，20 项，占比 2.2%（图 14）。

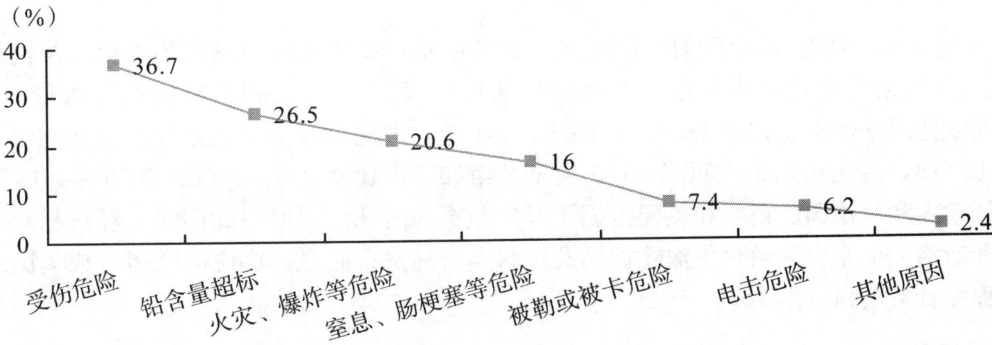

图 14　2006—2009 年 CPSC 召回中国产品原因分析

欧　盟

欧盟 RASFF 对华通报情况综述

近年来，欧盟加大了对食品安全的管理力度，积极打造食品安全新体制，根据 EC/178/2002 号规定建立了欧盟食品及饲料类快速预警系统（Rapid Alert System for Food and Feed，以下简称 RASFF），并组建了欧洲食品安全局，联合各成员国的食品安全管理部门共同维持欧盟范围内食品安全信息的交流畅通。与此同时，欧盟还频频发布新的或修改现有的关于食品安全的法规和相关技术标准，其食品安全保障体系日益繁杂。而且这些法规和标准有的要求苛刻，有的甚至缺乏充分的科学依据，客观上为第三方向欧盟出口食品设置了苛刻的壁垒。

一、对华通报数量呈逐年上升趋势

自 RASFF 建立以来，欧盟公布的食品及饲料类产品的通报总数一直维持在较高水平，虽然 2006 年和 2008 年曾两度小幅下降，但相比之下针对中国输欧产品的通报数（不包括台湾和香港地区，下同）则呈现出逐年增长的态势。从 2004 年的 160 项到 2008 年的 466 项，5 年间对华通报数增长了近 2 倍，在欧盟通报总数中所占的比例也不断提高。这从一个侧面反映了中国食品及饲料类产品出口欧盟所面临的严峻形势。虽然 2009 年 RASFF 对华通报数出现了一定程度的下降，但在通报总数中仍维持了相当大的比例（图 15）。

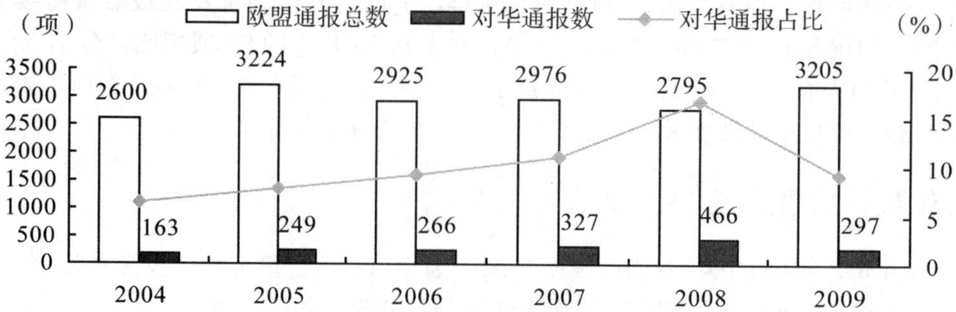

图 15　2004—2009 年欧盟 RASFF 通报情况

二、意大利是近 4 年对华发起通报最多的欧盟成员国

2006—2009 年，共有 26 个欧盟成员国（卢森堡除外）及挪威对华发布各类食品及饲料安全通报 1356 项（欧盟委员会也对华发布了 1 项信息通报）。其中，意大利发布的通报数最多，共 254 项，占同期欧盟对华通报总数的 18.7%；德国，161 项，占比 11.9%，位居第二；排在第三位的是荷兰，共 130 项，占比 9.6%；英国以 125 项排名第四，占比 9.2%。2006—2009 年，欧盟中经济发达国家如意大利、德国、荷兰和英国占据了对华通报的前几位，但与此同时，经济相对落后的波兰、希腊和斯洛文尼亚也频频对华输欧食品及饲料类产品发布通报，这说明欧盟各成员国对食品安全的重视程度日益增强（图 16）。

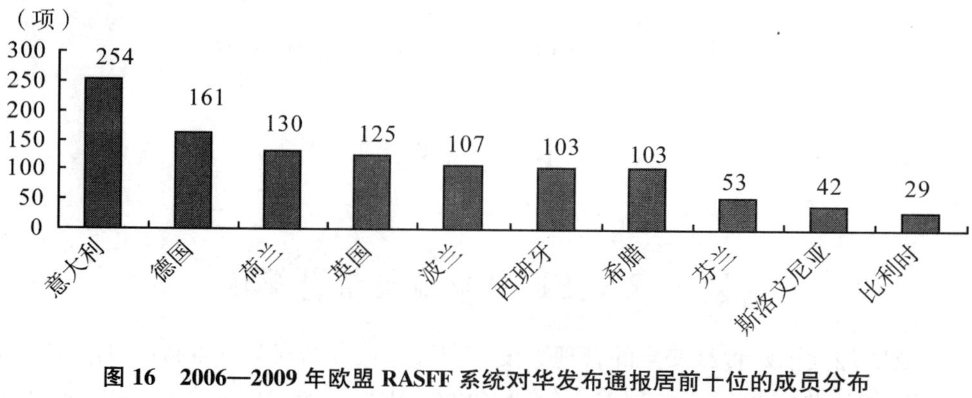

图 16　2006—2009 年欧盟 RASFF 系统对华发布通报居前十位的成员分布

2006—2009 年，共有 20 个欧盟成员国及挪威对中国输欧食品及饲料类产品发布预警通报 235 项（2006 年 59 项，2007 年 74 项，2008 年 67 项，2009 年 35 项），占同期欧盟对华通报总数的 17.3%。其中，德国 71 项，占欧盟对华食品及饲料类产品预警通报数的 30.2%，位居首位；其次是意大利，22 项，占比 9.4%；捷克 21 项排名第三，占比 8.9%。

同期，共有 26 个欧盟成员国（以及欧委会）以及挪威就中国输欧食品及饲料类产品发布信息通报 657 项（2006 年 207 项，2007 年 253 项，2008 年 108 项，2009 年 89 项），占同期欧盟对华通报总数的 48.5%。其中，意大利对华发布的信息通报最多，为 132 项，占欧盟对华食品及饲料类产品信息通报数的 20.0%；其次是德国，76 项，占比 11.6%；英国以 63 项，位居第三，占比 9.6%。

另外，自 2008 年第 1 周起，RASFF 除保留原有的预警通报和信息通报外，新增加了拒绝进口通报。2008—2009 年，共有 21 个欧盟成员国以及挪威就中国输欧食品及饲料类产品发布拒绝进口通报 464 项，占同期欧盟对华食品及饲料类产品通报数的 34.2%。其中，意大利对华发布的拒绝进口通报最多，为 100 项，占欧盟对华拒绝进口通报总数的 21.6%；其次是荷兰，为 92 项，占比 19.8%；波兰以 51 项位居第三，占比 11.0%。

三、坚果及其制品和与食品直接接触产品是欧盟对华通报重点

欧盟 RASFF 通报的产品主要分为食品类和饲料类。其中，食品类主要包括：坚果及其制品、牛奶及其制品、肉类及其制品（包括野味及家禽）、谷物及其制品（包括面包、饼干等烘焙食品）、蜂蜜糖果、食物补充剂（包括食疗类产品及增强体力的产品）、水产品（包括鱼类、甲壳类及软体类）、水果及蔬菜、草药及香料。欧盟有关食品类产品的分类中还包括与食品直接接触类产品，例如，厨房用品、餐具等。

2006—2009 年，在欧盟 RASFF 对华发布的 235 项预警通报中，与食品直接接触类产品被通报的最多，为 79 项，占欧盟对华预警通报总数的 33.6%；其次是谷物及其制品，为 39 项，占比 16.6%（图 17）。

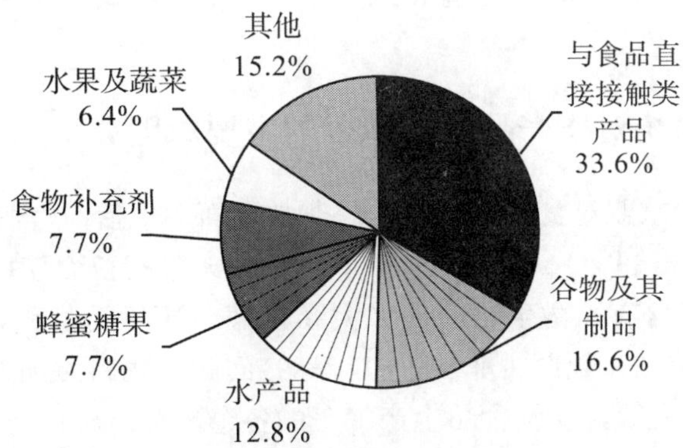

图 17　2006—2009 年欧盟 RASFF 对华预警通报的产品分布情况

同期，在欧盟 RASFF 对华发布的 657 项信息通报中，涉及与食品直接接触类产品的最多，共 180 项，占欧盟对华信息通报总数的 27.4%。其次是坚果及其制品，共 162 项，占比 24.7%；位居第三的是水产品，为 77 项，占比 11.7%（图 18）。

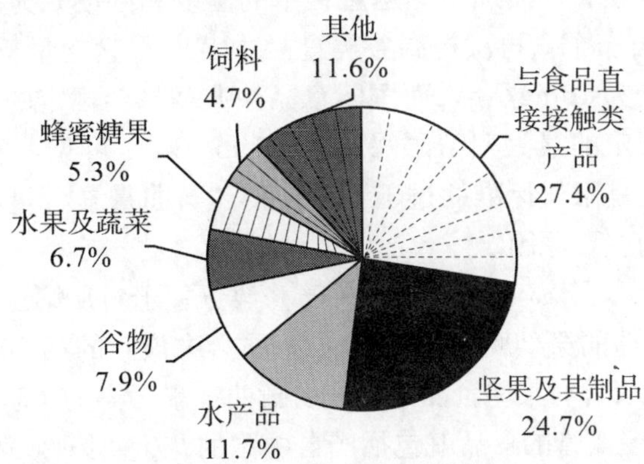

图 18　2006—2009 年欧盟 RASFF 对华信息通报的产品分布情况

另外，在 2008—2009 年欧盟 RASFF 对华发布的 464 项拒绝进口通报中，涉及坚果及其制品的

也最多，共 226 项，占欧盟对华拒绝进口通报总数的 48.7%。其中，花生及其制品被通报 213 项，占欧盟 RASFF 对华坚果及其制品拒绝进口通报总数的 94.2%。位居第二的是与食品直接接触类产品，90 项，占比 19.4%；排名其后的是水产品，为 44 项，占比 9.5%（图 19）。

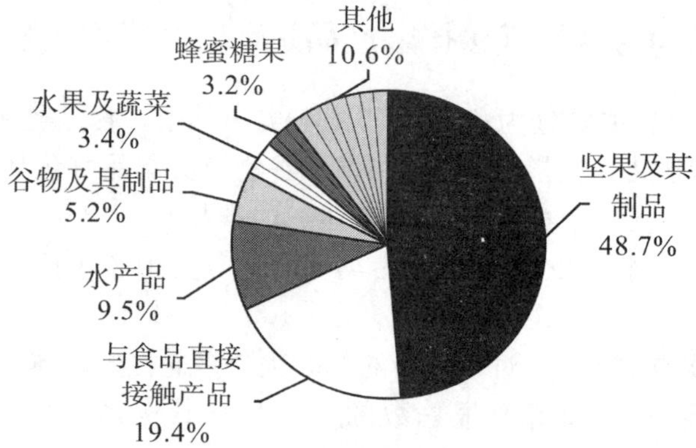

图 19　2008—2009 年欧盟 RASFF 对华拒绝进口通报的产品分布情况

四、欧盟 RASFF 系统对华产品发布通报的主要原因分析

从 RASFF 通报来看，欧盟对食品安全的关注非常全面，包括：（含有）生物霉素（如黄曲霉素和赭曲霉素）、农兽药残留（超标）、食品添加剂（超标或未经授权而使用等）、（含有）重金属、与食品接触有害物质析出、（含有）微生物（例如大肠杆菌、沙门氏菌和蜡样芽孢杆菌等）、（含有）异物、（非法）转基因、（非法）辐照、非法进口、标签问题、饲料添加剂问题、包装不合格、卫生/安全证书欠缺以及感官不良等，涉及食品生产加工的各个环节。

1. *含有黄曲霉素*

2006—2009 年，我国输欧食品及饲料类产品因含有黄曲霉素而被通报的共计 355 项（预警通报 4 项，信息通报 145 项，拒绝进口通报 206 项）。受影响最大的产品是各种花生制品，共 297 项，占欧盟 RASFF 因黄曲霉素通报中国产品的绝大多数；其次还有花生饼干（2 项）、南瓜子（1 项）、其他坚果（2 项）以及烤肉酱（2 项）。值得注意的是，黄曲霉素在多种农作物中广泛存在，在高温潮湿的条件下极易生长，控制相关产品加工储运过程中的温度和湿度尤为重要。

2003 年，欧盟委员会公布了《再次提高谷类食品中黄曲霉素含量标准的法规草案》。该草案规定总黄曲霉素最大残留限量为 10mg/kg，而国际食品法典委员会规定的最大残留限量为 15 mg/kg，美国食品药品监督管理局规定的最大残留限量则为 20 mg/kg。可见，欧盟实施的标准远远严于国际标准。由此不难看出，正是限量标准的过于苛刻使得“黄曲霉素含量超标”连续几年成为欧盟对华食品及饲料类产品通报的主要原因。

此外，欧盟还于 2007 年 6 月 25 日颁布了《关于修改〈关于对从第三国进口某些存在含有黄曲霉素污染风险的食品的特殊条件的第 2006/504/EC 号欧委会决议〉的第 2007/459/EC 号欧委会决议》。第 2006/504/EC 号欧委会决议针对某些食品中存在受黄曲霉素污染的风险问题，制定了特殊条件以监管从第三国进口这些食品。受监管的食品就包括产自中国的花生。第 2007/459/EC 号决议更新了部分受监控的食品，并且对卫生证书样本作出修改。但产自中国的花生仍在受监控产品范围之列。

2. *与食品接触有害物质析出*

与食品接触有害物质析出也是近 4 年来欧盟 RASFF 对华输欧食品及饲料类产品进行通报的重要原因，共计 315 项（预警通报 81 项，信息通报 153 项，拒绝进口通报 81 项），位居对华食品及饲料类产品通报原因的第二位。其中，中国输欧食品及饲料类产品存在有害物质析出问题主要包括：铬、镍、镉或铅等金属析出、总析出量超标、初级芳香胺物质析出、邻苯二甲酸盐物质析出等，所涉产品都是与食品直接接触类产品，其中包括厨房用品、餐具等。

2005 年 4 月，欧委会发布了第 2005/31/EC 号指令。该指令是对欧盟理事会关于与食品接触的瓷器制品的性能标准与合格声明的第 1984/500/EEC 号指令的修订。该指令对可能与食品接触的进口陶瓷制品中的铅、镉含量规定了最高限量标准，新标准与之前的标准相比更为严格。

2005 年 11 月，欧委会发布了《修改关于可能与食品接触的塑料材料及制品的 2002/72/EC 号指令的 2005/79/EC 号指令》，更新了用于制造食品接触塑料材料及制品的化学单体物质和添加剂的清单。其中，食品包装中广泛应用的 PVC 垫圈中环氧化豆油的含量标准也较之前更为严格。

3. 兽药和农药残留

2006—2009 年，欧盟 RASFF 对华发起的通报中有 96 项涉及兽药残留超标。其中，15 项为预警通报，68 项为信息通报，13 项为拒绝进口通报。受到影响的主要是肉类和水产品。同期，还有 14 批中国输欧食品因为农药残留超标而遭到通报，涉及的产品包括水果及蔬菜、谷物及其制品和蜂蜜糖果。

根据欧盟理事会 1996/23/EC 号指令，向欧盟出口该指令所列的动物源性产品的国家只有在提供了对该指令中所列举的化学残留物质的监控计划，并获得欧委会批准后，欧盟成员国才能进口这些国家的动物源性产品。2004 年 4 月，欧委会发布了《与理事会 1996/23/EC 号指令一致的关于批准第三国残留物监控计划的第 2004/432/EC 号决议》，列明了欧委会已批准的提供了监控计划的国家名单及其获批产品类别。其后欧委会又对获批国家名单进行了数次更新。在 2007 年 5 月 16 日公布的更新名单中，中国只有家禽、水产品、兔肉和蜂蜜 4 类产品的残留物监控计划获得批准。与其他被批准的国家，如阿根廷、保加利亚、墨西哥、罗马尼亚和俄罗斯等国相比，中国被批准的监控计划所覆盖的产品种类较少。

植物的农药残留问题，欧盟委员会在 2005 年 3 月发布了第 2005/303/EC 号决议，不再允许植物保护产品中含有甲基苯、甲酸二氯酚、春雷霉以及多抗霉素咪草酸等 4 种活性物质。2005 年 12 月，欧委会再次发布第 2005/864/EC 号决议。根据该决议，欧盟将不再对含有硫丹的植物保护产品发放许可证。含有上述几类活性物质的农药一般用于谷类、柑橘类、水果、葫芦、梨果、核果、草莓、黑醋栗及其他浆果、棉花、烟草等作物，部分农药在中国较为常用。因此，上述决议的推出使中国对欧盟部分农产品出口受到了较大影响。例如，在撤销了硫丹作为植物保护产品的许可后，欧盟将茶叶中的农药硫丹最大残留限量标准由 30mg/kg 改为 0.01mg/kg，即新标准比原标准严格 3000 倍，远高于国际通行标准。茶叶是中国传统大宗出口商品，欧盟这一新标准使中国茶叶出口欧盟再次陷入困境。

另外，欧盟允许部分成员国将某些药物做不同用途。例如，爱尔兰允许二氯酚用于草皮，英国允许其用于暖房和幼儿园的墙壁及草皮上，希腊登记的多抗霉素仅限用于草莓，而在西班牙可用于西红柿、黄瓜、棉花、柑橘、大豆和观赏植物等，在匈牙利则可用于梨果、胡椒、西红柿和黄瓜等。这些适用对象的不统一加大了中国出口商了解欧盟市场的难度，在一定程度上给中国产品对欧盟出口造成障碍。

在此后的 2007 年 3 月 7 日，欧盟茶叶委员会又颁布了茶叶农残操作性规范，对 2007 年 2 月 26 日欧盟颁布的第 2007/12/EC 号欧委会指令进行了更新，增加了 10 个农残项目，并更新了其他 10 个农残项目的新限量。更新后的欧盟及德国农残项目共计 227 项，其中 207 个项目的农残的最大限量为目前仪器的最低检出限，占全部农残项目的 91.2%。

4. 三聚氰胺

2006—2009 年，三聚氰胺问题是欧盟 RASFF 通报中国输欧食品及饲料类产品的第四大原因，共计 70 项（预警通报 27 项，信息通报 30 项，拒绝进口 13 项）。其中，涉及的产品主要有谷物类产品

（各种含牛奶成分的饼干）、饲料、蜂蜜糖果、坚果及其制品以及个别食品补充剂、香料和奶制品。

2008 年 10 月 14 日，欧盟颁布了《关于对中国进口牛奶或奶制品设置特殊进口管理措施的（EC）798/2008 号欧委会决定》。根据该决定，欧盟延续了对中国牛奶和奶制品的进口禁令，并在此基础上，对奶含量超过 15%的产品设置了严格的进口管理措施。一旦发现任何三聚氰胺含量超过 2.5mg/kg 的产品立刻销毁。事实上，欧盟从 2002 年起就禁止从中国进口牛奶和奶制品，理由是中国对于此类产品的卫生检查未达到欧盟标准。因此，上述决定涉及的产品主要是含有中国牛奶成分的各种烘焙食品和糖果等。从 RASFF 通报的统计数据可以看出，上述决定的实施对我国相关食品的出口确实造成了一定的阻碍。

5. 食品添加剂

2006—2009 年，欧盟 RASFF 对华发起的通报中有 65 项涉及食品添加剂超标或非法使用。其中，18 项为预警通报，36 项为信息通报，11 项为拒绝进口通报。受到影响的产品有谷物及其制品、蜂蜜糖果、水产品、肉制品、奶制品、水果及蔬菜和食品补充剂等。

2008 年 12 月 24 日，欧盟发布了《关于修正第 2008/798/EC 号决定的第 2008/921/EC 号欧委会决定》。该决定把针对中国产品的进口禁令扩大到含大豆和大豆制品的婴幼儿食品，对于来自中国的含大豆和大豆制品的食品和饲料中的碳酸氢铵添加剂实行 100%检测，因为在部分样品中发现了三聚氰胺残留。与对中国的强硬态度截然相反的是，欧盟委员会同时批准了德国开发的转基因大豆进入欧盟市场的申请，同意将这种大豆用于生产、加工食品和饲料。

6. 其他

2006—2009 年，欧盟 RASFF 对华产品通报的主要原因还有：重金属及其他有害元素含量超标（64 项）、含有微生物（54 项）、非法转基因（47 项）、非法进口（42 项）和感官不良（23 项）等。

五、欧盟 RASFF 对涉案产品实施的相关措施

从 2007 年第 15 周起，欧盟 RASFF 通报新增加了“采取的措施”栏目。此栏目列举了通报发布时通报国对所涉及产品已经采取的措施；如果在预警通报中没有注明已采取相应措施，则表示该产品尚未在通报国的市场上出现，但可能已经在欧盟其他成员国的市场上出现。

从 2007 年第 15 周到当年年底，在欧盟 RASFF 系统对华发布的预警通报中，适用产品扣留措施的最多。此外还包括撤出市场、停止销售、产品目的地鉴别、产品回收等。另外，有 3 项预警通报未采取任何措施。同期，在欧盟对华食品及饲料类产品发布的信息通报中，适用产品遣回措施的排名第一。其他还包括产品遣回措施、召回、扣留、物理处理、撤出市场、产品目的地鉴定、改变产品目的地和停止销售等。另外，有 14 项信息通报未采取任何措施。

2008—2009 年，在欧盟 RASFF 对华发布的预警通报中，适用将产品撤出市场的最多，为 33 项。其他依次为召回（25 项）、销毁（16 项）、扣留（10 项）以及清空库存（5 项）等。另有 5 项预警通报未采取任何措施。同期，在欧盟 RASFF 系统对华发布的信息通报中，适用撤出市场措施的为 93 项，居首位。其他依次为销毁（25 项）、召回（22 项）、扣留（15 项）等。此外，有 16 项信息通报未采取任何措施。在 2008—2009 年欧盟 RASFF 系统对华发布的拒绝进口通报中，适用产品遣回措施的多达 258 项，居首位。其他依次为销毁（96 项）、扣留（73 项）和物理处理等（43 项）。此外，有 5 项信息通报未采取任何措施。

欧盟 RAPEX 对华通报情况综述

为了限制和预防除食品、药品和医疗器械外的所有可能危害消费者健康安全的消费品的销售和使用，按照《欧盟通用产品安全指令》（the General Product Safety Directive（2001/95/EC）），以下

简称 GPSD）的要求，欧盟成立了非食品类消费品快速预警系统（Rapid Alert System for Non－food Consumer Products，以下简称 RAPEX）。2004 年，欧盟对 GPSD 指令进行修订，在 RAPEX 公布的有害产品处理措施中增加了制造商和经销商的自愿处理措施。而且，根据 GPSD 指令第 12 条的规定，SANCO 网站自 2004 年 2 月起开始公布存在严重安全隐患的案件细节。在 RAPEX 设立的初期，主要承担的是对欧盟进口消费品实施技术性贸易壁垒的监测作用。当时，该系统发挥的作用并不大，但随着欧盟相关标准和法规的不断完善，以及系统自身的日渐成熟，它对危险消费品的通报呈逐年上升趋势，对危险产品的描述更加细致，同时采取的措施也愈发明确。

一、对华通报连续 6 年占欧盟严重危险通报首位

自 2004 年以来，欧盟 RAPEX 通报的产品数量逐年增加。其中，根据 GPSD 指令第 12 条发布的严重危险产品通报从 2004 年的 388 项迅速增至 2009 年的 1684 项，增幅达 334.0%（图 20）。

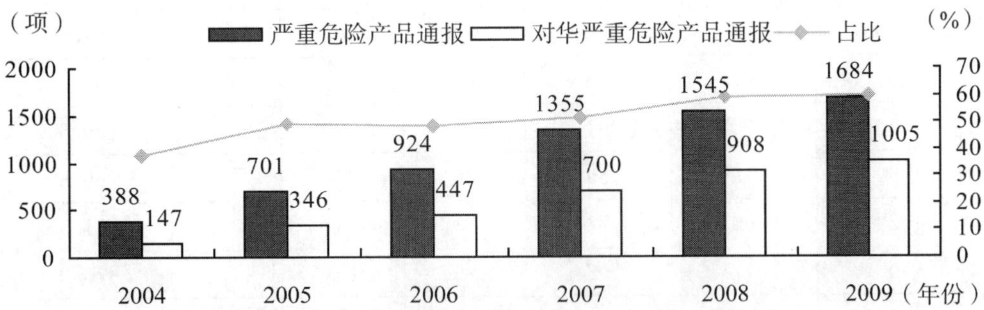

图 20 2004—2009 年欧盟 RAPEX 严重危险产品通报情况

自从 2004 年新修订的欧盟 GPSD 生效后，中国就连续 6 年位于欧盟 RAPEX 通报的首位，在通报总数中的比例也呈逐年递增趋势，从 2007 年起连续 3 年超过总数的一半以上。到 2009 年，欧盟对华发布的严重危险产品通报达到 1005 项（包括对香港地区的通报，以下同），比 2004 年的 147 项增长了 5.8 倍。但应当看到，由于近年来中国制造的消费品在欧盟市场的份额不断扩大，而且中国与欧盟在产品安全方面的合作也日渐深入，双方都加大了对相关领域的监管力度，因此上述趋势的出现并不代表中国制造的消费品质量呈绝对下降趋势（图 21）。

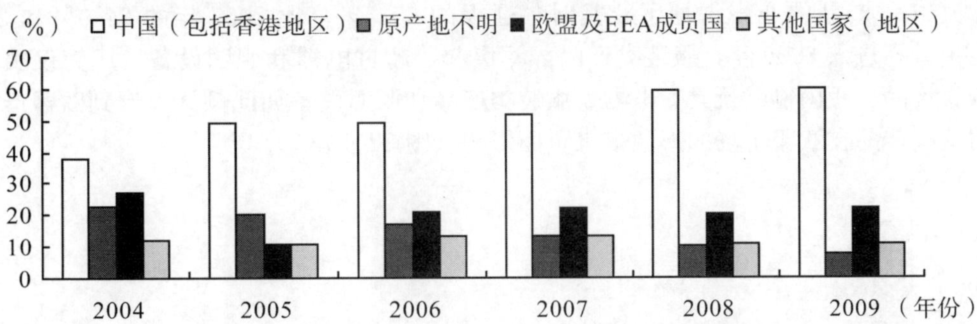

图 21 2004—2009 年欧盟 RAPEX 通报产品来源地对比

二、西班牙成为近 4 年对华通报最频繁的欧盟成员

2006—2009 年，欧盟 27 个成员和挪威均对华发布了产品安全通报。西班牙、匈牙利、德国、英国和斯洛伐克是对华发布通报最活跃的国家。其中，西班牙发布的最多，共 387 项，占西班牙同

期通报总数的67.5%，涉及的产品有玩具（146项）、服装类产品（66项）和电器（57项）等；位居第二的是匈牙利，307项，占匈牙利同期通报总数的64.0%，通报的产品主要有玩具（77项）、照明装置（64项）、电器和服装类产品（各42项）；德国紧随其后，共对华产品发布通报281项，通报的重点产品也是玩具（121项）、电器（49项）和服装类产品（29项）。2006—2009年，匈牙利和英国对华通报数一直保持在较高的水平，而西班牙、德国和塞浦路斯等国则呈现出了快速增长的态势，并且对华通报占其通报总数的比例都超过了3成，有的甚至达到了7成以上。其余国家对华通报数则比较稳定，这表明越来越多的欧盟成员国正在依赖技术性贸易壁垒的手段“阻止”中国产品的进入（表6）。

表6 2006—2009年位居欧盟对华通报前列的成员

（单位：项）

国 别	2006年	2007年	2008年	2009年	合 计	在该国4年通报的占比情况（%）
西班牙	40	72	106	169	387	67.5
匈牙利	81	67	78	81	307	64.0
德 国	36	70	91	84	281	39.6
英 国	60	69	59	66	254	66.8
斯洛伐克	23	69	87	53	232	61.5
波 兰	8	17	92	76	193	70.2
芬 兰	22	47	43	43	155	63.5
希 腊	42	25	42	65	174	35.5
法 国	16	56	31	45	148	57.1
塞浦路斯	0	8	37	74	119	73.5

三、玩具、电器、服装类产品和照明设备是中国产品被通报的重点

从2006年起，玩具、电器和照明设备一直是我国被欧盟RAPEX通报最多的产品类型。2008年，涉及上述3种产品的通报占据了欧盟对华通报的65.5%，比2007年的64.0%和2006年的57.9%略有上升。进入2009年，服装类产品异军突起，超过电器和照明设备，成为仅次玩具的第二大类受通报产品。我国输欧玩具、电器、服装类产品和照明设备如此频繁地遭到欧盟产品安全通报，势必对这些产品在欧盟市场的形象带来负面影响（图22、表7）。

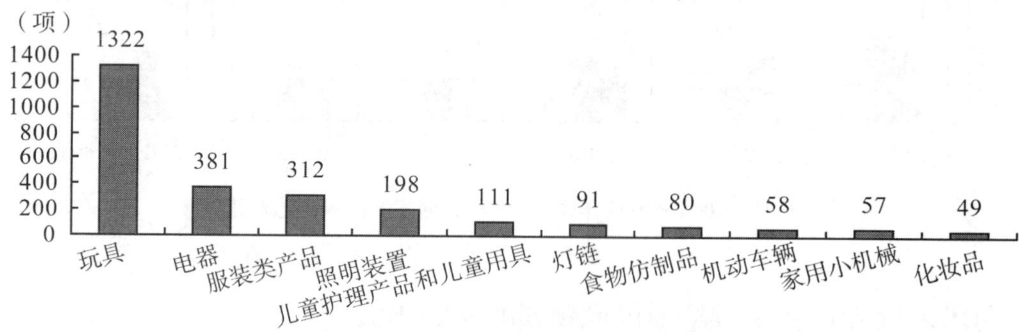

图22 2006—2009年欧盟RAPEX对华通报前十位的产品

表 7 2006—2009 年欧盟通报中国产品分类情况

（单位：项）

产品分类	2006 年	2007 年	2008 年	2009 年	总 计
玩 具	157	335	436	394	1322
电 器	61	91	99	130	381
服装类产品	15	22	55	220	312
照明装置	41	53	60	44	198
儿童护理产品和儿童用具	26	1	29	55	111
灯 链	26	1	32	32	91
食物仿制品	1	14	31	34	80
机动车辆	19	21	10	8	58
家用小机械	26	19	9	3	57
化妆品	4	20	12	13	49

1. 玩具

从我国被通报的玩具产品来看，存在的安全问题（1 项产品可能因多个原因而被通报，所以原因合计数大于产品被通报总数，下同）包括：导致儿童窒息（包括憋闷，共 570 项）、化学危险（包括中毒，共 438 项）和导致儿童受伤（包括割伤，共 240 项），以及引发火灾（包括烧伤，共 67 项）、听力受损（86 项）、视力受损（28 项）等。

根据欧盟 RAPEX 对华通报的内容，玩具产品可能造成儿童窒息的原因有很多，包括玩具中的小部件不符合欧盟标准 EN71 的要求，在小于 90N 的力量作用下极易脱落；枪械玩具中带有的飞镖长度超过 57mm 的标准要求；软玩具中的填充物极易取出；膨胀玩具的膨胀率超过 50%等。玩具中的某些部件或成分，在被儿童误食的情况下，可能阻塞其消化道和呼吸道，造成窒息。另外，根据 EN14682 标准，拖拉玩具的绳索或儿童游艺服饰中的抽绳长度超过一定的标准，也可能勒住儿童颈部，导致其窒息。甚至玩具包装袋的厚度小于 0.038mm 的标准，也被认为存在导致儿童窒息的危险。

玩具中的化学危险则主要来自于有毒增塑剂、有毒染料、苯以及铅、铬等重金属含量超标。致伤（包括割伤）是中国输欧玩具被通报的第三大类危险类型，具体表现在童车类玩具的部件易损（如螺钉脱落、车身断裂）或设计不合格（如车把长度达不到标准要求、车轮半径不合格），造成儿童在骑行过程中摔伤；玩具个别部件边缘尖锐，极易割伤儿童；弹射类玩具的发射能量超过 0.008J 的标准，可能射伤儿童；而磁力玩具中的小磁铁极易脱落，如被儿童误食，将会损伤其肠道。

2. 电器

电器类产品是中国被欧盟 RAPEX 通报的、仅次于玩具的产品种类，被通报的主要原因是存在导致用户触电（293 项）、引发火灾（包括烧伤，共 164 项）和致伤（包括割伤，34 项）的危险，另有 3 项可能导致用户窒息，各 1 项存在化学危险、爆炸和威胁消费者健康的危险。参照欧盟低压电器指令和 EN60335 标准，电器类产品导致用户触电的原因包括绝缘不良；插头或插座不符合标准，使用中有源部分暴露在外；爬电间隙和空气间隙过小；电线横截面积低于标准要求；内部缺少接地端等。电器产品存在火灾隐患的原因是加热部件存在过热危险，可能灼伤用户，甚至引发火灾；插头或插座不符合标准，造成线路短路，从而引发火灾；部分材料的阻燃性能不良等。

3. 服装类产品

2009 年，由于欧盟国家对华服装类产品通报激增，使得输欧服装类产品近 4 年的累计通报数位居全部受通报产品的第三位。问题主要集中在导致使用者窒息（包括憋闷，152 项）、存在化学危险（124 项）和导致使用者受伤（包括割伤，53 项）。根据欧盟标准 EN14682 的要求，儿童服饰的颈部和帽子处如安装了超过规定长度的绳索，或上面的装饰部件容易脱落，就会被认为存在导致儿童窒息的危险；而鞋类产品中禁止使用富马酸二甲酯，服饰中重金属和偶氮染料使用量也有严格规定，否则就被认为存在化学危险；儿童服饰中的腰部和脚踝处如安装了不符合规定的绳索，则被认为存在导致儿童受伤的危险。

4. 照明设备

照明设备是我国被欧盟 RAPEX 通报的第四大类产品，被通报的主要原因是导致使用者触电（187 项）和引发火灾（包括烧伤，共 57 项），另有 7 项存在致伤危险，1 项存在爆炸危险。照明设备造成使用者触电的主要原因是插头不符合标准，导致有源部件暴露在外；电线横截面积低于标准要求；灯座在外力作用下极易脱落；绝缘不良等。

四、强制措施是欧盟对华产品通报惯用的措施类型

欧盟对华产品通报一般采取 3 类针对性措施：一是由欧盟成员国主管机关采取强制性措施，实施销售禁令、强制撤出市场、召回、扣留、销毁以及海关直接拒绝进口；二是由相关企业自愿采取撤出市场、召回、销毁、停售或其他补救措施；三是由主管机关实施强制性措施，企业进一步采取自愿性纠正措施，比如，主管机关要求撤出市场、禁止销售，企业自愿召回等。

2006—2009 年，在欧盟对华发布的 3060 项通报中，成员国主管机关采取强制措施的最多，共 1763 项，占比 57.6%；其次为企业采取自愿措施，1261 项，占比 41.2%；主管机关采取强制措施基础上企业进而采取自愿措施的仅 36 项。由此可见，强制措施是欧盟对华通报产品适用的最主要的措施类型（表 8）。

表 8　2006—2009 年欧盟对华通报采取的措施类型分布情况

（单位：项）

措施类型	2006 年	2007 年	2008 年	2009 年	总　计
强制措施	294	405	526	538	1763
自愿措施	143	286	373	459	1261
强制辅助自愿措施	10	9	9	9	36

日　　本

日本是食品和农产品进口大国，国民所需的农产品和食品原料大约 60%需要从其他国家（地区）进口。因此，进口食品的安全性是日本政府高度关注的问题之一。为此，日本政府建立了机构相对单一、独立的食品公共安全规制机构，并建立了日趋完善的法律规制体系和食品安全检测标准、程序。与此同时，日本也是我国最重要的食品出口国。

一、2006—2009 年日本对全球产品的扣留通报情况

2006—2009 年，日本共发布产品扣留通报 4922 批次，涉及包括中国、越南、美国、厄瓜多尔、

韩国、菲律宾在内的56个国家（地区）。其中，中国（不含中国台湾以及香港、澳门特别行政区）被扣留食品共计1555批次，占比31.6%，位居首位；美国502批次，占比10.2%，位居第二；越南417批次，占比8.5%，位居第三；泰国385批次，占比7.8%，位于第四；加纳257批次，位居第五，占比5.2%。位居日本食品扣留通报前十位的国家被扣留食品共计3851批次，占日本全部扣留食品总量的78.2%（图23）。

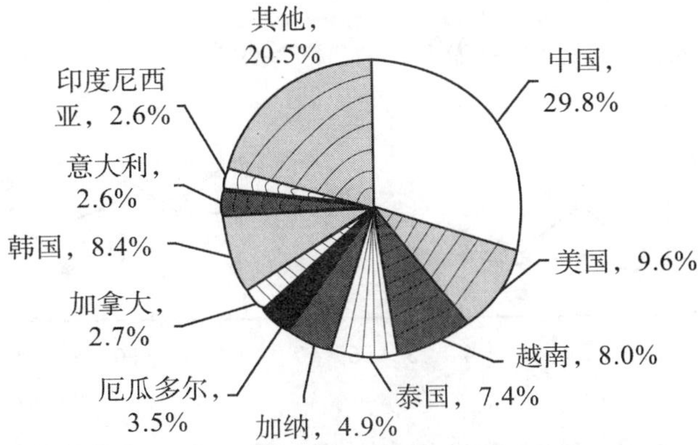

图23　2006—2009年日本扣留主要国家食品批次分布情况

二、2006—2009年日本扣留中国食品情况分析

1. 山东是我国被扣留食品的主要来源地

2006—2009年，在日本对华扣留的1555批次的食品中，共涉及除甘肃、西藏以及新疆外的山东、福建、浙江、辽宁、广东、江苏、上海、四川、河北等29个省份、自治区及直辖市。其中山东被扣留食品共计478批次，位于通报首位，占我国2006—2009年被扣留食品总数的30.7%；其次是福建，被扣留217批次，占比14.0%；浙江位居第三，被扣留161批次，占比10.4%。其他还有广东，137批次，占比8.8%，位居第四；辽宁，被扣留109批次，占比7.0%，位居第五。扣留超过20批次以上的省份和直辖市还有江苏（85批次）、上海（62批次）、天津（38批次）、河北（29批次）以及北京（28批次）。扣留通报前十位的省份和直辖市（共计1343批次）占我国全部被扣留食品总数的86.4%（图24）。

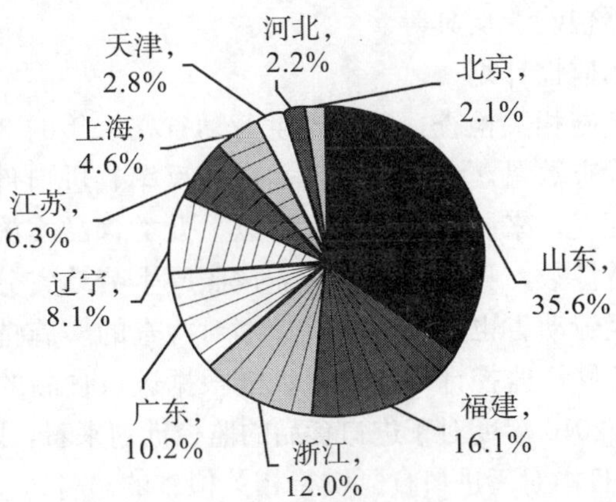

图24　2006—2009年日本扣留中国食品主要省份和直辖市批次分布情况

2. 我国被扣留食品多集中于夏季

从2006—2009年日本扣留我国食品的月度分析情况来看（见图25），每年的1—2月、6—10月是扣留较为集中的时期。一方面由于春节因素的影响，输日食品数量的减少，因此3月份的扣留通报相对较少；另一方面，由于夏季天气因素的影响，食品的存放、运输相较于冬季更易于出现相关问题，如变质、添加剂的使用等等。因此，夏季的被扣留食品通报相对更加集中。

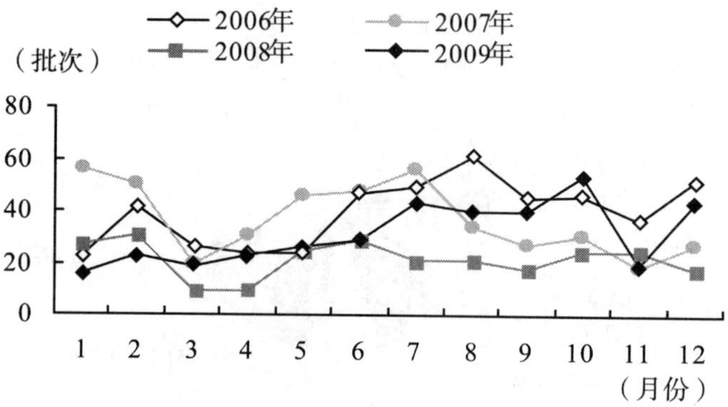

图25 2006—2009年日本扣留中国食品批次月度走势

3. 农产加工食品、水产加工食品以及农产食品成为日本对华扣留的重点

（1）日本厚生劳动省对进口食品的分类

日本厚生劳动省将进口食品分为九大类：

①畜产食品：牛肉、猪肉、鸡肉、马肉、其他食用鸡肉等；

②畜产加工食品：奶油、肉类加工品、冰淇淋、冷冻食品（肉类）；

③水产类：贝类、鱼类、甲壳类（蟹、虾等）；

④水产加工食品：鱼类加工品（切片、干燥、碎肉）、冷冻食品（水产动物类、鱼类）、鱼贝类卵加工品；

⑤农产食品：蔬菜、果实、麦类、玉米、豆类、花生、坚果、种子类；

⑥农产加工食品：冷冻食品（冷冻蔬菜）、蔬菜加工品、果实加工品、香辛料、方便面类；

⑦其他食品：保健食品、汤类、调味品、点心类、食用油、冷冻食品等；

⑧饮料：矿泉水、清凉饮料、酒精类饮料；

⑨添加剂、器具以及容器包装、玩具等。

（2）日本对于各类食品的监控计划

为了有效地对进口食品实施相关检查，日本厚生劳动省在每年的3月下旬，都会根据统计学上可能检出的违反相关规则的检查数量，考虑每类食品的违反率、进口件数和进口重量，以及违反内容对人体健康所造成的影响程度，来制定下一年度对以上九类食品实施检查的件数和检查项目。为了实施监控计划所规定的检查件数，日本各检疫所需按照厚生劳动省分配的检查件数来制定年度检疫预定计划。与此同时，厚生劳动省也将根据监控计划对检查的实施情况进行点检，对检疫所进行必要的指示，同时在年度中期修订监控计划，以保证能根据进口食品的具体情况有效地进行检查。

从日本厚生劳动省2006—2010年度对于进口食品的监控计划来看，随着进口食品的增多，以及近年屡次发生的食品安全问题，日本对于进口食品实行相关检查的总件数呈现递增趋势。统计显示，日本2010年度的监控计划中所列出的检查总件数与2006年度相比增加了7000件，增长了9.0%。

从监控计划中所列出的各种类食品的检查件数来看，农产食品、农产加工食品以及水产加工食品每年都是检查的重点。从年度变化情况来看，畜产加工食品的检查件数呈现出了明显的递增趋势，日本对于其中冷冻类食品的重点关注和检查成为其增加的主要原因（图 26）。

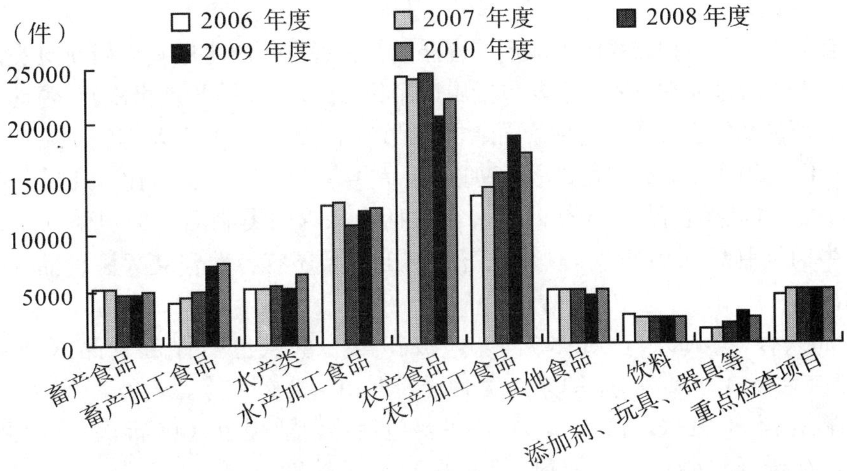

图 26　2006—2010 年度日本进口食品监控计划各类别食品检查年度对比

此外，2009 年 3 月，日本农林水产省修改了进口肉类的检查方法，加强对进口鸡肉和猪肉的检查，将目前进口肉类统一为 0.5%的抽查比率，调整为国外有疫情发生时提高检查比例，以确认这些制品是否被充分加热，没有疫情时则相对降低检查比例。对从中国、泰国等国进口的鸡肉制品，将根据疫情发生情况提高检查比例。

(3) 2006—2009 年日本扣留中国食品种类情况分析

2006—2009 年，在日本扣留的我国食品中，农产加工食品所涉及的批次最多，达到 380 批次，占我国同期全部被扣留食品总量的 24.4%；水产加工食品 336 批次，居于被扣留食品种类的第二位，占比 21.6%；农产食品共计 290 批次，位居第三，占比 18.6%。这与日本厚生劳动省的进口食品年度监控计划基本相符，这三类食品是其重点监控和检查对象。

在扣留批次最多的农产加工食品（380 批次）中，蔬菜加工品成为被扣批次最多的食品。2006—2009 年，我国被扣留的蔬菜加工品共计 266 批次，占该类食品的 70.0%，占全部被扣留食品的 17.1%。其中，冷冻蔬菜是被扣留的主要农产加工食品，共计 130 批次，重点是冷冻豌豆（30 批次）、冷冻葱（18 批次）、冷冻豆类制品（14 批次）、冷冻辣椒（12 批次）、冷冻马铃薯（10 批次）和冷冻大蒜（10 批次）等；经干燥的蔬菜制品共计 78 批次，主要是干银耳和干木耳（39 批次）、干香菇（15 批次）等；腌制、罐装类蔬菜加工制品 40 批次，包括腌制或容器包装竹笋（10 批次）、醋腌生姜（8 批次）、腌大蒜（6 批次）以及容器包装灭菌豆类食品（8 批次）等。其他农产加工食品还包括干米粉和糯米粉（36 批次）、炒花生（32 批次）以及水果加工品（26 批次）等。

在我国被扣留的水产加工食品（336 批次）中，冷冻水产食品成为扣留重点。2006—2009 年，日本共扣留我国的冷冻水产品 280 批次，占该类食品的 83.3%，占全部被扣留食品的 18.0%。冷冻类水产品主要包括冷冻后的虾类制品（46 批次）、冷冻后的烤鳗鱼（40 批次）、冷冻章鱼制品（33 批次）、冷冻蟹类制品（28 批次）、冷冻鱿鱼制品（25 批次）、各种冷冻鱼片（22 批次）、冷冻牡蛎（20 批次）以及冷冻混合海鲜（18 批次）等。其他主要的水产加工食品还包括容器包装灭菌类食品（20 批次）等。

在列第三位的日本扣留我国的农产食品（290 批次）中，未经加工的新鲜蔬菜居首，共计 158 批次，占该类食品的 54.5%，占全部被扣留食品的 10.2%。主要包括生姜（48 批次）、新鲜葱类（35 批次）、新鲜豌豆（18 批次）、胡萝卜（13 批次）、新鲜蒜苔（11 批次）、新鲜紫苏（7 批次）等。除蔬菜外，花生是日本扣留我国农产食品中的又一重点，2006—2009 年，我国被扣留未经加工的花生共计 60 批次。此外，主要的农产食品还有薏苡（24 批次），坚果、玉米、豆类等（30 批次）以及新鲜水果（16 批次）。

除以上 3 种食品外，日本扣留我国添加剂、容器包装、餐具、厨房用具以及玩具类产品数量位居第四，共 168 批次，所占比例为 10.8%。主要包括厨房用具（60）、玩具（58 批次）、餐具（42 批次）以及添加剂（8 批次）。所涉及的主要产品包括聚丙烯材质的产品（22 批次）以及陶瓷制品（12 批次）等。

2006—2009 年，我国被日本扣留的畜产加工食品共有 142 批次，占比 9.1%，其中冷冻肉类加工品共有 130 批次，占该类食品种类的 91.5%，包括冷冻鸡肉类制品（61 批次）、冷冻猪肉类产品（53 批次）以及牛肉类制品（10 批次）。其他畜产加工食品还有容器包装灭菌食品（6 批次）以及干燥类制品（6 批次）。

其他类别食品共有 115 批次，占比 7.4%，被扣留的重点包括保健食品（38 批次）、乌龙茶（30 批次）、点心类食品（26 批次）、绿茶及其他茶产品（9 批次）等。

新鲜水产品被扣留 96 批次，占比 6.2%，主要包括养殖活鳗鱼（42 批次）、活贝类（16 批次）、活虾（10 批次）、活蟹（8 批次）、活泥鳅（6 批次）等（图 27）。

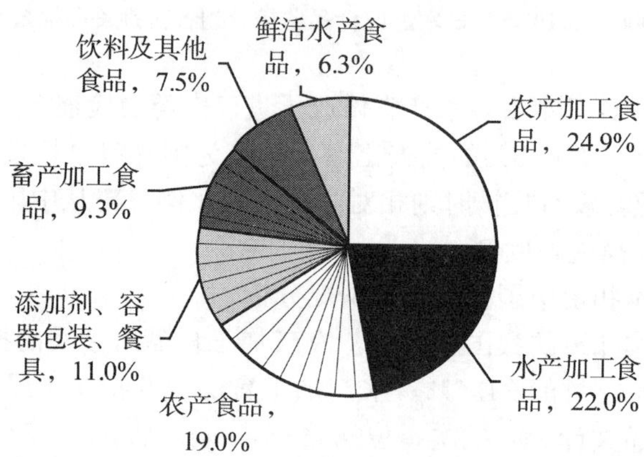

图 27　2006—2009 年日本扣留中国食品种类分布情况

4. *成分规格不合格成为中国被扣留食品的主要违反内容*

（1）日本对被扣留食品所违反内容的设定

在日本对进口食品实施相关检查时，对于被扣留食品所违反的内容进行了以下几种设定：

①成分规格不合格：主要是对进口食品所含的某些项目（细菌数、大肠杆菌群、肠炎弧菌属等）、病源微生物（肠道出血性大肠杆菌 O157、李斯特菌等）、贝毒（腹泻性贝毒、麻痹性贝毒）、杀菌剂、杀虫剂等的检测超标以及为转基因食品等；

②违反日本《食品卫生法》第 11 条第 3 款中所规定的不对人体健康造成影响的农药残留应有量超标。简言之就是农药残留量超标，包括有机磷系、有机盐酸系、有机氯化系等；

③使用了指定外添加物，包括角黄素、甜蜜素、TBHQ 等；

④霉素类，包括黄曲霉素、脱氧瓜蒌镰菌醇、青霉菌等；

⑤使用标准不合格，主要是加工过程中使用了过量的添加剂，包括二氧化硫、山梨酸、糖精等；

⑥制造、加工标准不合格，主要是指在食品加工过程中的杀菌条件不合格，或是经过了放射线的辐射以及使用指定外的着色剂等；

⑦材质、原材料规格不合格，主要是饮食、厨房器具以及玩具类产品所使用的原材料中铅含量、邻苯二甲酸双酯超标以及蒸发后的残留物，包括醋酸、高锰酸、水等超标；

⑧其他违反内容，包括水产及肉类制品的内脏去除不干净、鱼类有毒以及检出氰化物（HCN）等。

（2）我国被扣留食品违反内容分析

2006—2009 年，在我国被扣留的输日食品中，以上八项违反内容均有所涉及。但因“成分规格不合格”而被扣留的批次最多，成为我国食品最主要的违反内容（图 28）。

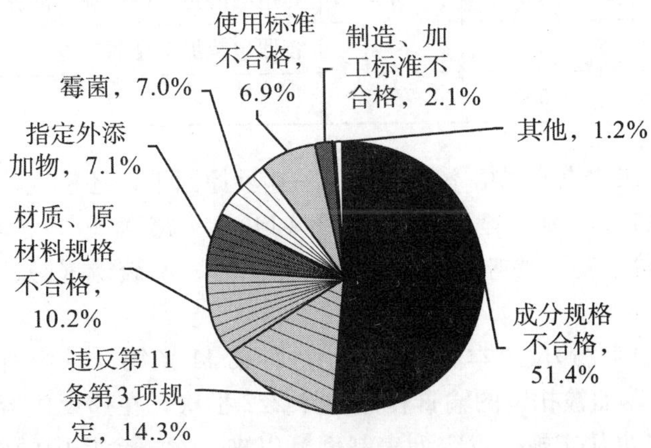

图 28　2006—2009 年日本扣留中国食品违反内容分布情况

2006—2009 年，我国因“成分规格不合格”而被扣留的食品共计 799 批次，占被扣留食品总量的 51.4%。在这一内容中，从违反的具体项目来看，检出大肠杆菌群呈阳性的食品有 230 批次，成为最多的项目，占该类内容的 28.8%。被检出大肠杆菌群呈阳性的食品以水产加工食品（108 批次）以及冷冻类畜产加工食品（92 批次）为主，尤其冷冻类食品所占比例最多；检出细菌数超标的食品 99 批次，数量位居此类内容的第二位，占比 12.4%，且所有细菌超标的食品均为冷冻食品（包括冷冻肉食产品、冷冻水产、冷冻蔬菜及其他冷冻食品等）；检出含有贝毒的食品 46 批次，数量位居第三，占比 7.5%，检出食品均为新鲜水产类以及水产加工食品。其他主要的违反项目见表 9。

近两年来，我国因成分规格不合格而被日本扣留的食品中，被检出本不该含有的瘦肉精的食品急剧增加，单是 2009 年就被检出 30 批次，且均为冷冻猪肉类制品。日本厚生劳动省也根据这一情况，对我国企业输日的冷冻猪肉产品加强检查，并提高检测级别。

表 9　2006—2009 年我国被扣留食品违反“成分规格不合格”的主要项目情况

序　号	具体项目	被扣留食品批次	占该类内容比例（%）	所涉及主要食品或种类
1	大肠杆菌群呈阳性	230	28.8	冷冻水产品、畜产冷冻食品及少量的冷冻蔬菜及其制品
2	细菌数	99	12.4	所有类别的冷冻食品
3	贝　毒	46	5.8	新鲜水产、水产加工食品（以冷冻类为主）
4	甲胺磷	38	4.8	干银耳、胡萝卜、荞麦
5	无色孔雀石绿	37	4.6	冷冻后的烤鳗鱼、冷冻鱼片
6	三唑磷	35	4.4	乌龙茶、绿茶
7	瘦肉精	31	3.9	冷冻猪肉类制品（31 批次中有 30 批次是 2009 年被扣留）

续表

序　号	具 体 项 目	被扣留食品批次	占该类内容比例（%）	所涉及主要食品或种类
8	转基因食品	30	3.8	干米粉、糯米粉
9	AOZ（呋喃唑酮代谢物）	30	3.8	养殖活鳗鱼、畜产加工冷冻食品
10	微生物呈阳性	27	3.4	容器包装加工食品
合　计		603	75.5	—

除以上主要项目外，在“成分规格不合格”这一违反原因下，还检查出我国输日食品以下主要项目含量超标：氯霉素（19）、毒死蜱（17）、硫丹（14）、土霉素（14）、联苯菊酯（12）、四环素（12）、氨基脲（10）、磺胺甲基异恶唑（7）、恩诺沙星（7）、辛硫磷（4）、抑霉唑（4）、三氯杀螨醇（3）等。

2006—2009年，我国因“违反日本《食品卫生法》第11条第3款中所规定的不对人体健康造成影响的农药残留应有量”而被扣留的输日食品共计222批次，在违反内容中位列第二，占我国被扣食品总量的14.3%。日本从实施《肯定列表制度》以来，对于食品中的农药残留标准日渐严苛，因此违反这一内容的我国食品也呈现出增长的趋势。从被检测出的农药超标情况来看，数量最多的是BHC超标，近4年共有64批次，占该类内容的28.8%，其中冷冻以及新鲜生姜（51批次）成为该项目超标最多的食品；检出乙草胺超标的食品23批次，占该类内容的10.4%，其中大粒花生是超标最多的食品（18批次）；检出嘧霉胺含量超标的食品23批次，主要涉及的产品种类包括新鲜蒜苔和冷冻蔬菜等。其他主要的违反项目见表10。

表10　2006—2009年我国被扣留食品违反“第11条第3款规定（残留超标）”的主要项目

序　号	具体项目	被扣留食品批次	占该类内容比例（%）	所涉及主要食品或种类
1	BHC	64	28.8	生姜（包括冷冻加工）、大粒花生
2	乙草胺	23	10.4	大粒花生、新鲜芝麻、新鲜松茸
3	嘧霉胺	23	10.4	新鲜蒜苔、冷冻蔬菜
4	涕灭威亚砜	19	8.6	鲜葱
5	甲氰菊酯	18	8.1	干香菇、干木耳、冷冻蔬菜
6	无色孔雀石绿	14	6.3	养殖活鳗鱼及冷冻烤鳗鱼、冷冻鱼片
7	抑虫肼	12	5.4	青葱、冷冻葱
合　计		173	77.9	—

除以上项目外，在“违反日本《食品卫生法》第11条第3款中所规定的不对人体健康造成影响的农药残留应有量”这一违反内容下，还检查出我国输日食品以下主要项目农残含量超标：乙酰甲胺磷（7）、嘧菌胺（5）、苯醚甲环唑（4）、2，4—D（4）、茚虫威（4）、异丙威（3）等。

2006—2009年，我国因“材质、原材料规格不合格”被扣留的产品158批次，数量位居第三，占全部产品总量的10.2%。其中，因蒸发残留物超标被扣留的产品52批次，包括检出醋酸（18批次）、高锰酸钾（10批次）；检出两种或两种以上物质超标（包括水、醋酸、高锰酸钾等）的产品24批次；检出含铅等重金属超标的产品38批次，均为饮食器具；检出含有邻苯二甲酸的产品32批次，以及双酯超标的产品20批次，多为儿童玩具。

2006—2009年，我国因“检验出指定外添加物”而被扣留的输日食品共计110批次，占全部食品比例为7.1%。在该类违反内容中，检出甜蜜素超标的食品批次最多，有57批次，占该类内容的51.8%，食品种类以农产加工（38）和畜产加工食品（18）为主；检出含有三聚氰胺的食品16批次，占该类内容的14.5%，以冷冻水产食品（14批次）为主；检测出TBHQ（一种抗氧化剂）含量超标的食品16批次，主要是糕点、保健品类食品；检出含有偶氮玉红的食品6批次，均为果冻。

检测出霉素类是我国被扣留食品又一违反的内容，2006—2009年，我国因该内容被扣留的食品共计109批次，占总量的7.0%。其中检测出含有黄曲霉素的食品101批次，占该类内容的92.7%，尤其以花生及其加工食品（76批次）和薏苡（23批次）为最多；除检出黄曲霉素外，我国被扣留食品还被检测出发霉、变质食品8批次。

2006—2009年，我国因“使用标准不合格”而被扣留的输日食品共计107批次，占总量的6.9%。其中检测出使用二氧化硫超标的食品83批次，占该类内容的77.6%，以蔬菜加工食品（58批次）以及冷冻水产品（20批次）为主；检测出使用山梨酸（一种防腐剂）超标的食品14批次，均为农产加工食品；检出含有苯甲酸的食品5批次。

此外，因“制造、加工标准不合格”被扣留的食品共计32批次，占被扣食品总量的2.1%。主要是使用合成着色剂的食品16批次，包括容器包装食品（9批次）以及玩具类产品（7批次）；检出经过放射线辐射的食品12批次，全部为干燥蔬菜制品。2009年，日本加大对了辐照类食品的检验力度，与2008年相比增幅达94%。从2007年开始，日本先后对进口香辣调味料、干燥蔬菜、茶叶等开始实施辐照检查，2009年4月又追加了水产品作为检查对象。2009年，中国产香菇、干燥蔬菜、干辣椒、干洋葱、乌龙茶、冷冻水煮虾姑先后被检出经过辐照、相关企业被迫接受逐批检查。

在“其他违反内容”中，我国共有18批次的食品被扣留，包括检出的有毒鱼18批次，内脏清除不净类食品3批次以及含有氰化物产品2批次。

5. 检查方式、处置措施与检疫所

日本对于进口食品的检查依严格程度分为自主检查、监视检查和命令检查3种级别。自主检查是进口商的自律行为，由进口商自选样本送到厚生劳动省指定的检疫机构进行检验，对检出的问题必须依法报告。监视检查是厚生劳动省按照不同的食品类别、以往的不合格率、进口数量（重量）、潜在风险的危害程度等确定监视检查计划对一般进口食品进行的一种日常抽检。如果在监视检查中发现一次违规，则提高抽检率进入强化监视检查阶段，在强化监视检查期间发现第二次违规则启动命令检查，即强制性批批检查。但是，若进口食品中出现与公共健康有关的突发事件或会引发公共卫生危机的风险，一例违规即可启动命令检查。只有在出口国查明原因并强化了新的监督、检查体系，确定了防止再次发生的对策等，确认不会再出现不合格出口食品时，才能解除命令检查。

2006—2009年，在日本对我国被扣留食品所采取的检查方式中，采取自主检查的食品共计679批次，占全部被扣留食品的43.7%：采取命令检查的538批次，占比34.6%：采取监视检查的食品315批次，占比20.3%；采取行政检查的食品有15批次，占比1.0%。

2006—2009年，日本对我国的被扣留食品采取“全部封存”措施的共计1401批次，占全部被扣食品总量的90.1%；采取“调查中”的食品共有61批次，占比3.9%；采取“全部废弃”的共计42批次，占比2.7%；“全部退货”的食品36批次；“部分封存，部分废弃”的食品11批次以及“全部消费”的食品2批次。

2006—2009年，日本扣留我国食品所涉及的检疫所共计28个，其中检验批次位居前十位的检疫所如表11所示。

表 11　2006—2009 年日本主要检疫所扣留我国食品数量统计

序　号	检 疫 所	检疫批次	占　比（%）
1	东京检疫所	333	21.4
2	大阪检疫所	227	14.6
3	横滨检疫所	182	11.7
4	福冈检疫所	114	7.3
5	名古屋检疫所	106	6.8
6	神户检疫所	105	6.8
7	神户二课	83	5.3
8	东京二课	76	4.9
9	川崎检疫所	69	4.4
10	成田机场检疫所	52	3.3

加拿大

加拿大卫生部（Health Canada）是加拿大的联邦政府部门，其在尊重个人选择的情况下负责帮助加拿大国民保持和改善他们的健康状况。其管辖的产品非常广泛，包括消费品、药品、保健产品、食品等，其中消费品的安全风险管理是加拿大卫生部的重要职责之一，通过调查、评估和合作保护加拿大公众，尤其是儿童（含婴幼儿）的健康和生命不受危害。

一、加拿大卫生部管理消费品的相关法案简介

加拿大卫生部管理消费品的主要法案包括：(1)《加拿大消费品安全法》。该法案的目的是通过宣传和预防对人类健康和安全造成的危害，保护公众免受消费类产品可能造成的伤害，包括在加拿大境内流通及进口的产品。(2)《危险产品法》。该法规是一项禁止危险产品做广告、销售和进口的法规。该法规管理三类危险产品：禁止性产品、限制性产品和受控产品。禁止性产品和限制性产品主要指民用消费品，而受控产品主要指工业化学品，即在工作场所使用的化学品。(3)《消费品包装和标签法》。该法规定标签上的资料须以英文及法文标示。附贴于预先包装在消费品上的标签必须印明产品名称、产品商标、产品成分、品质和数量、制造商的名称和地址。对属于危险性质的家庭用品及含纤维成分的纺织品，均须附加带有警告标志的标签等等。

除上述主要法律法规外，加拿大有关消费者产品安全的法案还有《辐射发射装置法案》、《竞争法案》、《纺织品标签法案》、《加拿大环境保护法案 1999》、《有害物管理产品法案》和《行政处罚法》等。

二、2005—2009 年加拿大产品召回通报情况分析

1. 产品召回数量逐年增长

2005—2009 年，加拿大卫生部共发布产品召回通报 701 项，且呈逐年增长态势。2005—2007 年，加拿大卫生部发布的召回通报虽逐年增长，但历年召回总数均未过百，分别仅为 28 项、32 项和 90 项；但 2008 年加拿大卫生部发布的召回通报总数增至 245 项，增幅高达 172.2%；2009 年又

恢复平稳增长，为 306 项，同比增长 24.9%（见图 29）。

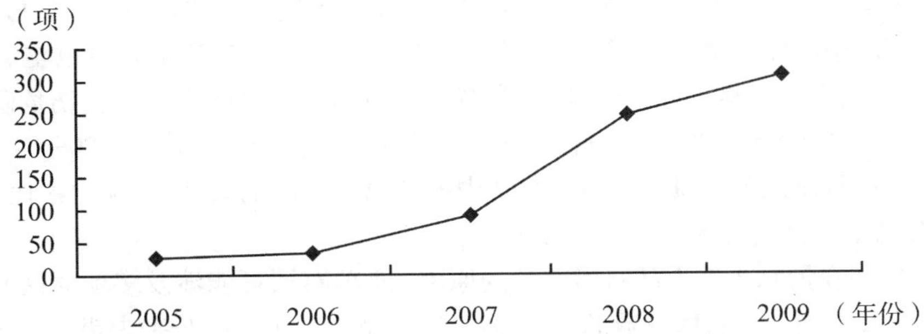

图 29　2005—2009 年加拿大卫生部发布的产品召回通报年度走势

2. 儿童用品、玩具和家居产品为召回重点

加拿大卫生部将消费品细化为六大类，分别为儿童用品（含婴幼儿用品，不含玩具和儿童服装）、玩具、家居产品、服装及其配件、洗化产品、体育和休闲产品。其中，儿童用品、玩具和家居产品是加拿大召回的重点领域（见图 30）。

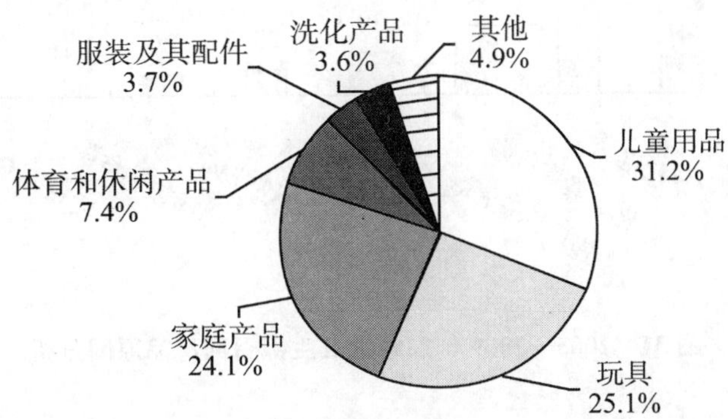

图 30　2005—2009 年加拿大卫生部召回产品的类别分布情况

（1）儿童用品

儿童用品是加拿大卫生部的重点监测产品，从近几年加拿大卫生部的召回情况看，主要集中于儿童饰品和耐用型育儿产品（如婴儿床、婴幼儿餐椅、婴儿牙胶、婴幼儿推车等）。2005—2009 年，加拿大卫生部共对儿童用品发布召回通报 219 项，占召回通报总数的 31.2%。该类产品被召回的主要原因为：铅含量超标、小部件脱落易引发窒息、锋利边缘划伤儿童、产品质量不合格、不符合加拿大标签规定、无警示标签等。2008—2009 年，加拿大卫生部对儿童用品共发布召回通报 137 项。其中，涉及中国产儿童用品的召回通报数分别为 34 项和 44 项，合计占比 56.9%。

（2）玩具

玩具是中国出口加拿大的重点产品之一，也是加拿大卫生部召回比较密集的产品。2005—2009 年，加拿大卫生部共对玩具产品发布召回通报 176 项，占比 25.1%。该类产品主要因铅含量超标、细菌超标导致儿童身体免疫系统受损而引发腹泻、呕吐等疾病、小部件易脱落引发窒息、钡含量超标、镉含量超标等而被召回。2008—2009 年，加拿大卫生部发布的玩具召回通报共 121 项。其中，涉及中国产玩具的分别为 30 项和 50 项，合计占比 66.1%。

（3）家居产品

2005—2009年，加拿大卫生部共对家居产品发布召回通报169项，占比24.1%。召回的家居产品主要包括：家用小电器（如电烤箱、风扇、咖啡壶、笔记本电脑及充电电池、台灯、吸尘器等）、餐具、家具（电视柜、桌子、椅子等）、窗帘等。召回的主要原因为：受伤危险（如划伤、砸伤）、电击危险、火灾危险（含爆炸、熔化）、儿童颈部被勒危险等。2008—2009年，加拿大卫生部共对家居产品发布召回通报165项。其中，涉及中国产家居产品的共计63项，占比38.2%。

3. 伤害危险为召回主要原因

2005—2009年，在加拿大卫生部召回产品的原因（1项召回可能涉及多项原因）中，位居首位的是伤害危险，共209项，占召回总数的29.8%；位居第二、第三的分别为铅含量超标和窒息危险（见图31）。

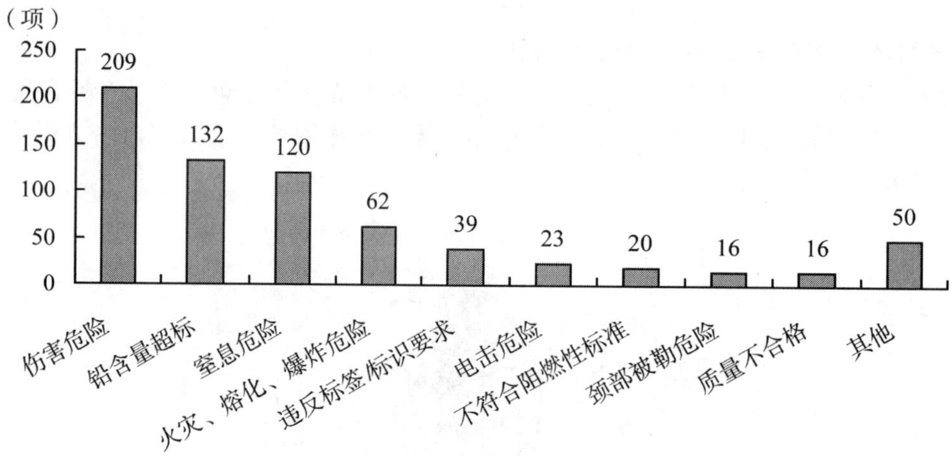

图31　2005—2009年加拿大卫生部召回产品原因分析

（1）伤害危险

在加拿大卫生部发布的消费品召回通报原因中，伤害危险位居首位。伤害危险主要包括砸伤、划伤、跌伤、溺亡、消费品细菌超标导致免疫系统受损等。伤害危险发生在几乎所有消费品种类中，其中家居产品、儿童用品、体育和休闲产品、化妆品比较集中。

（2）铅含量超标

2005—2009年，加拿大卫生部发布的与铅含量超标有关的召回通报132项，占召回通报总数的18.8%。铅含量是加拿大卫生部检测进口儿童用品、玩具的重要指标之一，加拿大对铅含量的要求主要有两点：一是要求某些表面涂层材料的总铅含量限值由600mg/kg降为90mg/kg；二是要求降低用于儿童家具和其他用品、玩具、设备及其他儿童学习用产品、铅笔和画笔的表面涂层材料的总铅含量限值。加拿大政府表示，表面涂层材料90mg/kg的铅含量限值可充分防范铅暴露危害，并且可以确保加拿大儿童得到与美国儿童相同水平的保护。目前，铅含量超标主要涉及玩具和儿童用品。

（3）窒息危险

2005—2009年，加拿大卫生部发布的与窒息有关的召回通报120项，占召回通报总数的17.1%。窒息危险主要是指消费品的小部件易脱落，若被儿童误食，有致其窒息的危险。窒息危险多发生在儿童用品和玩具上。

除了上述3类主要危险类型外，电击危险、火灾危险（含爆炸、熔化）、儿童颈部被勒危险等也是加拿大卫生部实施消费品召回措施的重要原因，而因缺乏儿童安全装置、镉/钡含量超标、未经安全检测并且不粘贴安全标识或粘贴伪标识等原因被召回的消费品也日渐增多。

第三节 我国受技术性贸易壁垒影响的主要行业

玩 具

中国是世界上最大的玩具制造国和出口国。据海关统计，截至2008年，我国共有玩具生产企业2万多家，产量占世界玩具总产量的70%以上。其中出口企业4388家，出口玩具价值为86.3亿美元。玩具业已成为我国出口创汇和解决劳动就业的重要产业之一。但随着全球金融危机影响的不断加深和WTO各成员贸易保护主义的抬头，中国玩具业出口形势日益严峻。

一、我国玩具产业的特点

出口市场集中，一旦出现问题，就会面临大面积撤单的危险。美国和欧盟是中国最大的两个玩具出口市场。据统计，2009年，中国累计出口玩具77.8亿美元，其中共对美国和欧盟出口玩具51.4亿美元，占同期玩具出口总额的66.1%。

出口产品仍以贴牌加工为主，缺乏自主品牌和完整产业链。虽然世界上80%的玩具产自中国，但我国玩具出口仍以贴牌生产的加工贸易方式为主，属劳动密集型产业，国内玩具企业大多数处于产业链中的低端，高附加值和高科技含量的产品较少，同时产品研发能力不强，缺乏具备较强影响力的国际品牌。此外，我国玩具产业尚未建立起集设计、生产、营销为一体的完整产业链，对国外市场的依赖程度较深，抵御外部风险和变化的能力明显偏弱。

据统计，自2008年9月金融危机全面爆发以来涉及我国轻工行业的81件技术性贸易壁垒案件中，玩具占26件，达到近1/3，是受技术性贸易壁垒影响最为严重的行业之一。

二、主要国家（地区）最新玩具标准

表12 世界主要国家最新玩具标准

国别（地区）	法规名称	主 要 内 容
美 国	《消费品安全改进法》（简称CPSIA）	进一步规范含铅玩具，自2009年8月14日起，儿童用品（含玩具）所使用的油漆和类似表面涂层中的铅限量将由目前的600ppm降至90ppm 玩具上加贴可追溯性标签，标签内容应包括产品生产的日期和地点、产品批次的相关信息、产品制造商的信息、产品符合相关认证信息等 对某些儿童用品实行强制性第三方检测 耐用型育婴产品的标准与消费者注册 玩具和游戏机广告的标识要求 禁止储存美国消费品安全委员会规范范围内的产品 检车实验室；确认供应链 关于全地形车的标准
	《玩具安全认证程序》	包括玩具设计危险及风险评估、厂房程序控制审核、生产样本检测

续表

国别（地区）	法规名称	主要内容
欧盟	REACH相关法规	《根据化学品注册、评估、许可和限制的法规〈REACH〉制定的试验方法》，欧盟理事会规则规定了化学物质内在性质的统一试验方法。主要有三大类：物理化学特性测定方法、毒性和其他健康影响的测定方法以及生态毒性的测定方法 《对关于化学品注册、评估、许可和限制〈REACH〉的欧洲议会和理事会规则（EC）No. 1907/2006 附录 IV 和附录 V 进行修正的第（EC）No. 987/2008 号欧委会规则》。该法规修正了 REACH 法规附录Ⅳ和附录Ⅴ关于豁免物质的规定，增加了豁免物质的种类，同时对已有的某些豁免进行删除或限制。该法规自 2008 年 10 月 12 日起正式实施
	《欧盟新玩具安全指令》	新指令共有 57 条，主要内容包括：公布了邻苯二甲酸二丁酯等 15 种高关注化学物质；制定了 19 种特定重金属更严格限制；列明了 55 种禁用香料和 11 种需要回贴警示标签香料的名称和 CAS 号；对玩具电气性能、物理和机械性能提出了更严格的要求。该指令还规定了成员国发现市场上存在不安全玩具时所应遵守的执法程序。还在玩具的设计、标识、生产、进口商责任、市场监管等方面提出了严格的要求
日本	《玩具安全标准（第八版）（ST2002）》	主要有以下几点变化：一是对着色玩具颜色的迁移试验进行了修订，编制了明确的颜色迁移比较标准。二是对玩具涉及的纺织品中甲醛的含量进行了严格的限制和规定。（1）专为 24 个月及以下年龄的儿童设计的玩具的纺织品，1g 测试样品中的游离甲醛的限制含量为 16μg。（2）为 24 个月以上的年龄的儿童设计的玩具的纺织品，可直接接触人体的纺织面料和玩具假发、睫毛、胡须、袜带等玩具部件，1g 测试样品中的游离甲醛的限制含量为 75μg。三是玩具中邻苯二甲酸盐限制要求的修订。新修订的内容与最新日本《食品卫生法》中有关邻苯二甲酸盐的最新规定保持一致，将限制的邻苯二甲酸盐种类增加到 6 种。（1）玩具材料（主要为聚氯乙烯）中不得含有 DEHP、DBP、BBP。（2）专为 3 岁儿童设计的和能接触到口腔的玩具材料（主要为聚氯乙烯）中不得含有 DINP、DIDP、DNOP。玩具中邻苯二甲酸盐的限制自 2009 年 9 月 1 日起实施
巴西	《关于玩具安全的认证程序的法案草案》（2008 年 11 月 14 日）	要求进口玩具必须在巴西选定的 5 家国内实验室进行强制性抽样检测，不认可其他实验室的测试报告。此外，巴西允许国内玩具生产商用销售前批准来替代强制性抽样检测，但却不给予进口产品的生产商以同样待遇
印度	No. 27/2009—2014 号公告	仅允许符合以下两个条件的玩具进口到印度市场：（1）证明进口玩具符合 ASTMF963（美国玩具安全标准）或 ISO8124（PartsI－III）或 IS9873（PartsI－III）或 EN71 标准的证书；（2）由生产商提供的、证明进口玩具的抽检样品已经 ILAC（国际实验室认证大会）和 MRA（国际间互认协议）认可的独立实验室检验并符合上述标准的证书。该证书只对合格证书中注明的生产期限内的玩具负责

续表

国别（地区）	法规名称	主　要　内　容
马来西亚	《2009 消费者保护法规（玩具安全标准）》	新法规要求所有玩具必须进行检测以证明符合马来西亚玩具安全标准。申请符合性评估报告（CAR）时，需提交认可实验室出具的原始检测报告或经证明的真实复印件。测试报告有效期不超过 24 个月。在玩具进口或在马来西亚销售之前，生产商、进口商或供货商必须获得部长颁发的批准证明（COA）。获得批准证明的必须将“马来西亚合格标志（MC）”标记在玩具或将其贴在玩具上。马来西亚合格标志应清晰、易分辨且不易磨损，应与玩具生产商、进口商或分销商的名称、地址一起标记在玩具上或将其贴在玩具上。此外，可以接受与相应的马来西亚玩具完全标准等同或相同的国际玩具安全标准，并据此进行检测
墨西哥	《墨西哥官方标准 NOM 015 SCFI 2007：商业信息—玩具标签》（2008 年 5 月 2 日）	规定在墨西哥销售的玩具上必须显示相应商业信息。该官方标准适用于以任何材料制成的玩具，包括由纽扣电池、干电池和/或其他电源驱动的电动玩具
俄罗斯	《产品及认证服务法》	必须获得俄罗斯强制认证证书（GOST）方准上市销售

进入 2008 年以来，欧盟 25 国以及美国、日本等近 40 个国家（地区）相继出台了有关玩具的新标准，总计 30 多项。从上述几个主要国家最新修订的针对玩具质量的法规标准看，主要有以下 3 方面的内容：

1. 有毒有害物质限量标准

就目前情况来看，国外技术性贸易壁垒对中国玩具所含有毒有害物质的检测重点包括铅、砷、钡、铬、镉、汞、硒、锑 8 种可溶性有害重金属元素含量以及甲醛、增塑剂、偶氮燃料等化学物质含量。这方面尤以美国和欧盟的标准最严格。2008 年 11 月，美国华盛顿州出台了世界上最严格的玩具含铅限量标准，要求玩具中的含铅量不得超过 90ppm，远低于 600ppm 的美国联邦标准。在欧盟，RoHS 指令、欧盟标准（EN71－3）等法规均对玩具中铅、镉等重金属及有害化学成分的含量和使用作出了严格规定，后者更是将玩具铅限量定为 90ppm。《禁用有害偶氮染料》规定布制或皮制玩具中芳族胺偶氮染料限量 0.003%，而邻苯二甲酸盐含量限制指令则要求玩具塑料所含 6 类邻苯二甲酸盐浓度均不得超过 0.1%。除欧盟和美国，其他国家也对玩具中有毒有害物质作出要求，如澳大利亚和新西兰就对易触及部件的材料中可迁移铅含量（不是含铅量）大于 90ppm 的玩具禁止进口和销售；加拿大出台新规定则将玩具中不得超过 600ppm 的总铅含量标准扩展至适用于 3 岁以下儿童玩具的所有塑料材料。

2. 警示标签

目前，欧、美、日等国家（地区）均规定当玩具对儿童存在潜在危害时，必须加贴窒息危险、年龄段等警告说明。比如，美国 2006 年开始要求生产商在带磁铁玩具上粘贴警示标识；2008 年正式生效的德国磁铁玩具标签法也规定拒绝接受未附加警示标识的磁铁玩具。欧盟新修改的指令也对在糖果及小食品中“隐含”的玩具的安全问题作出了更严格的规定，因为这些玩具极易被儿童吞食。为此，新指令要求玩具要与食品严格分开包装，禁止使用过小的易脱落的零配件并标注警示标识。如果玩具没有相应的标签，就会被召回或拒绝进口。

3. 环境标志

欧、美、日等国家（地区）往往要求在玩具包装上印制声明产品符合某项标准的标识，最为典型的就是进入欧盟市场的“通行证”——CE 标志；美国的一些州甚至还要求在填充玩具上附贴进口商及产品信息标签；日本玩具行业则建立了适用 14 岁及以下儿童玩要的玩具安全标准——ST 标志。在日本虽然参与 ST 标志系统是自愿的，但几乎所有设计用于 14 岁及以下儿童的玩具都贴有 ST 标志。

三、我国玩具产品被召回及通报情况分析

1. 美国

据统计，美国市场上 70%的玩具进口自中国。近年来，美国对儿童玩具质量重视程度不断提高，由于中美两国对玩具质量标准的差异，导致中国玩具屡被召回，尤其是自 2008 年金融危机爆发后，美国对其国内经济保护力度不断加大，再加上美国不断提高玩具检测标准，导致中国对美玩具出口明显减少。2009 年，中国对美出口玩具 31.1 亿美元，同比下降 13.2%，无论出口金额还是出口量，已连续 3 年下降。

从召回情况看，2007—2009 年，美国 CPSC 共对全球发布玩具召回通报 179 项，其中，涉华的 155 项，占比 86.6%。而同期美国针对中国玩具的召回通报占比分别高达 95.0%、74.6%和 90.6%。召回原因主要是小部件易脱落引发的窒息危险、铅含量超标和伤害危险（如刺伤、割伤等）（图 32 和图 33）。

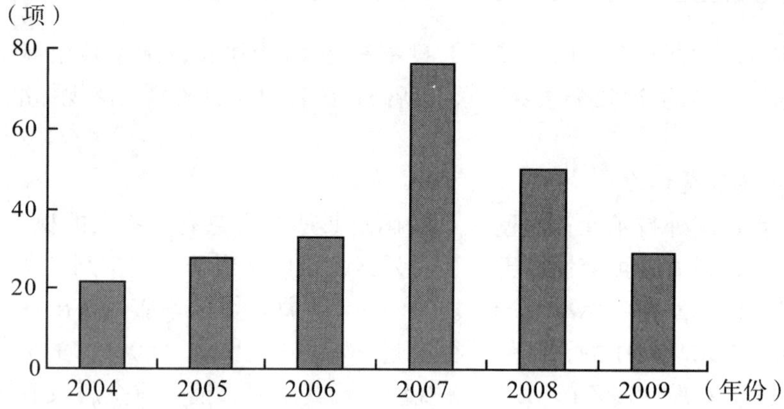

图 32　2004—2009 年美国 CPSC 召回中国玩具年度分析

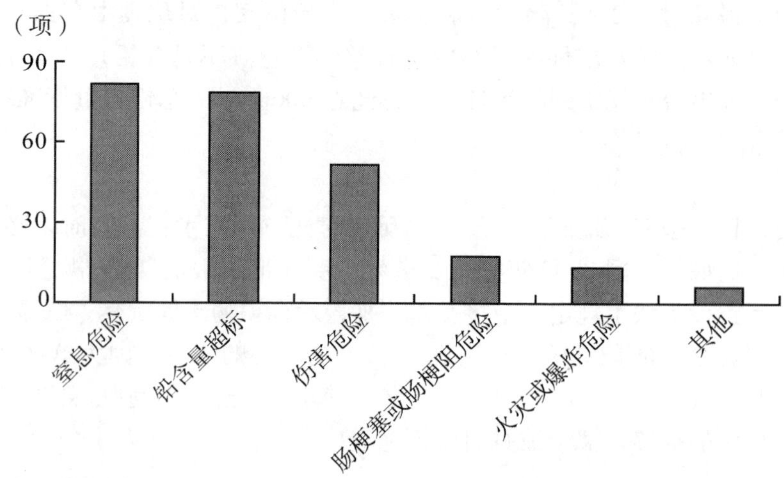

图 33　2004—2009 年美国 CPSC 召回中国玩具原因分析

2. 欧盟

欧盟是我国的第二大玩具出口市场，其每年从中国进口的玩具约占欧盟玩具进口总量的 2/3。欧盟的玩具标准不仅严格，而且其成员国还有各自的玩具标准，因此出口欧盟的中国玩具面临的标准比较复杂。加之中欧玩具质量标准的差异，导致中国玩具在欧盟预警通报中首当其冲。2009 年，我国对欧盟出口玩具 20.3 亿美元，同比下降 8.1%。

2006—2009 年，欧盟对中国产玩具发布的预警通报数各年分别为 157 项、343 项、438 项和 401 项，总体呈上升之势。召回的主要原因有化学危险、窒息危险、受伤危险、听力/视力受损危险（图 34 和图 35）。

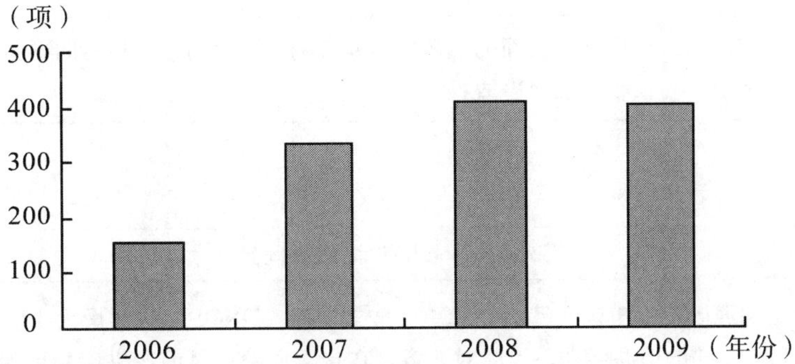

图 34　2006—2009 年欧盟预警通报中国大陆玩具年度分析

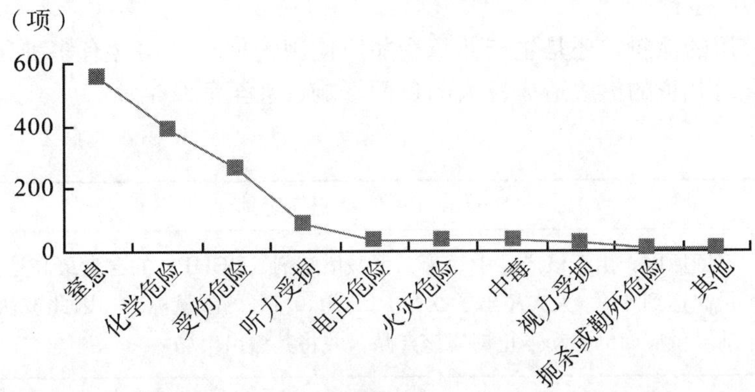

图 35　2006—2009 年欧盟预警通报中国大陆玩具原因分析

3. 加拿大

2005—2009 年，加拿大卫生部共针对玩具产品发布召回通报 176 项，占其召回通报总数的 25.1%。主要召回原因为铅含量超标、细菌超标导致儿童身体免疫系统受损而引发腹泻、呕吐等疾病、小部件易脱落引发窒息、钡含量超标、镉含量超标等。2008—2009 年，加拿大卫生部发布的玩具召回通报共 121 起，其中涉及中国玩具的通报数分别为 30 项和 50 项，合计占比 66.1%。

四、玩具被召回/预警通报的原因及典型案例分析

1. 铅含量超标

研究发现，当儿童的血液中铅含量超过 100mg/l，就会对儿童的健康产生不良影响。因此，国际上公认：血铅浓度超过 100 mg/l 称作“儿童铅中毒”。但铅中毒往往要到重度（血铅水平高于 450 mg/l）才会出现临床症状，而此时，毒性作用往往已经不能逆转。因此，国外也把铅中毒称为

“隐匿的杀手”。

儿童血铅过高可引起神经系统、造血系统以及肾脏等多方面的损害，导致智力低下、小儿多动症、学习困难、身材矮小、缺铁性贫血等多种疾病和不足。其中，以神经系统的毒性为主，而且这种毒性作用是不可逆转的。

为此，欧美对儿童玩具中的铅含量都设定了最高限量标准。而中国玩具涂料的铅限量标准由于大大高于欧美，所以，铅含量超标成为欧美召回中国玩具的主要原因也就不足为奇了。

案例 1：（美国）

“High Speed”后拉式玩具车	
风险描述： 铅含量超标	召回原因：该玩具车表面的油漆铅含量超标，违反了美国联邦含铅涂料标准。目前，TDI 国际公司尚未收到任何事故报告

案例 2：（欧盟）

“Sport Machine”牌塑料玩具	
风险描述：邻苯二甲酸二辛酯（DNOP）含量超标	召回原因：由于该产品中邻苯二甲酸二辛酯（DNOP）的含量为 12.8%，远远超过了欧盟 REACH 的最高标准，因此对儿童存在化学危险。目前，供应商已经停止销售该产品，并将其撤出市场

2. 其他化学物质超标

不论玩具表面使用的涂料，还是生产儿童用品所使用的材料，均含有多种化学成分，如果这些化学成分超标，就会对儿童的健康造成极大的负面影响，甚至危及生命。

案例 1：（欧盟）

“Surf & Fun”牌充气玩具	
风险描述： DEHP 含量超标	召回原因：由于该产品中邻苯二甲酸增塑剂（DEHP）的含量最高达到 26%，DBP 的含量最高达到 6%，大大超出了欧盟 REACH0.1%的限量标准，因此被认为存在化学危险。目前，供应商已主动停止销售该产品，并将其撤出市场

案例 2：（加拿大）

“Imaginarium”益智玩具	
风险描述： 钡含量超标	召回原因：加拿大卫生部检测结果显示，该玩具表面涂料的钡含量超标。而钡为有毒物质，会对儿童健康造成不良影响，且不符合加拿大儿童玩具涂料限量标准。截至发稿，加拿大卫生署尚未收到任何事故报告

3. 窒息

有些玩具由多个小部件组成，但由于多方面的原因，有些小部件极易脱落，如果婴幼儿将脱落的小部件放入口中，很容易导致其窒息。

案例 1：（加拿大）

"Take Along Nickelodeon^{TM}Diego Wave Scooter" 合金压铸玩具车	
风险描述：窒息危险	召回原因：根据加拿大卫生部的抽样检测，当该玩具车掉落时，车上的小零部件易脱落，若被 3 岁以下的幼儿误食，有致其窒息的危险。截至发稿，加拿大卫生部尚未收到任何事故报告

案例 2：（美国，加拿大）

"Evenflo ExerSaucer^{R} 1—2—3 Tea for Me^{TM}" 益智玩具中的蛋糕	
风险描述：窒息危险	召回原因：玩具蛋糕顶部的火焰易与玩具主体分离，若被儿童误食，有致其窒息的危险。截至发稿，Evenflo 公司已收到 11 起玩具蛋糕上的火炬脱落的报告（美国 5 起，加拿大 6 起），尚无人身伤害报告

4. 火灾

火灾危险易发生在电动玩具及其配件上。电动玩具一般使用电池作驱动，因此，如果电池易过热或者玩具本身燃点较低，极易引发火灾危险，或者由于玩具过热，易造成儿童灼伤等。

案例 1：（欧盟）

"BGC Ltd" 牌圣诞帽	
风险描述：火灾危险	召回原因：由于该商品内部的电线互相缠绕，极有可能造成短路，从而使电路快速升温，点燃织物，造成火灾。该商品不符合欧盟低压电器指令以及相关标准 EN60335

案例 2：（欧盟）

"Racing" 牌遥控小汽车	
风险描述：火灾危险	召回原因：由于该产品遥控器的电池盒容易发生短路，导致局部过热，所以不符合欧盟低压电器指令以及相关标准 EN62115 的要求，极易引发火灾

5. 伤害危险

部分玩具由于边缘比较锋利、破裂后产生的碎片比较尖锐、或者小配件易发生弹射等，易造成儿童在玩要过程中受伤（如割伤、刺伤等）。

案例 1：（美国）

"Nerf^{TM} N—Strike Recon" 玩具爆破枪	
风险描述：受伤危险	召回原因：射击时，该玩具爆破枪的柱塞易划伤儿童的皮肤，有致其面部、颈部和胸部受伤的危险。截至发稿，孩之宝公司和美国消费品安全委员会已收到 46 起 4～12 岁儿童被该玩具枪划伤的报告

案例 2：（欧盟）

"Champion" 牌玩具激光枪	
风险描述：视力受损危险	召回原因：该产品错误地使用了 3 级激光发射器，不符合欧盟相关标准 EN60825 的要求，可能损伤儿童的视力。目前，有关方面已主动将该商品撤出市场，并召回已售出的商品

总之，玩具安全问题已成为美国、欧盟、加拿大等国加紧制定日趋严厉的技术法规和标准的诱因。含铅限量、标签/标识规范、质量标准等要求的不断提高，势必增加中国玩具出口的难度。为此，建议国内玩具出口企业一要着眼于加大对相关出口目的地质量、检测法律法规的研究力度，仔细分析法规中具体标准，积极跟进法律法规要求，必要时可寻求当地检验检疫部门的帮助，以增强应对该新规的能力；二要提前对玩具质量进行自检自查，在选材、产品设计、产品检验等方面提高控制风险的能力，弃用对人体有害的有毒材料，在原料研发上加大投入，严格控制有害物质的暴露危害，增强出口风险的事前防范能力，竭力避免出口损失。

食品（花生、水产品）

据统计，我国的食品工业总产值已连续 14 年位居工业部门之首，食品工业增速始终保持在 20％以上，就业人数在工业部门中仅次于纺织业。2008 年，我国食品工业实现产值 4.2 万亿元，增速达 29.7％，对国民经济的贡献率为 7％。在金融风暴的冲击下，2009 年我国经济增速放缓，但食品产业仍保持了大幅增长。据国家统计局公布的数据显示，2009 年 1～11 月，我国规模以上食品工业企业的资产总额共计 2905.48 亿元，从业人员高达 583.54 万人，实现利润总额 2789.45 亿元。预计 2009 年全年食品工业总产值将突破 4.9 万亿元，约比上年增长 17％。

一、我国以食品为主的农产品出口贸易概述

改革开放以来，我国包括各类食品在内的农产品对外贸易获得了快速发展。1980 年，我国农产品出口总额仅为 32.8 亿美元；而到了 2009 年，海关以及商务部对我国食品出口的统计情况显示，这一数值已攀升至 392.1 亿美元，增长了约 11 倍。受到蔓延全球的金融危机的冲击，2009 年我国商品出口总额下降了 16.0％，而与之相比，我国食品出口额仅下降了 2.5％（图 36）。

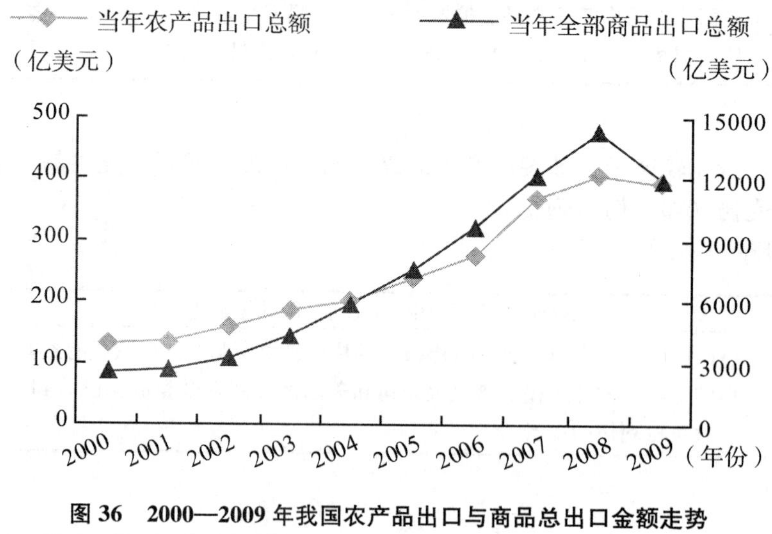

图 36　2000—2009 年我国农产品出口与商品总出口金额走势

作为食品出口大国，亚洲、欧洲、北美洲是我国农产品最主要的出口面向地区。统计显示，2009 年，我国出口至上述地区的农产品总额分别为 232.5 亿美元、72.4 亿美元以及 53.6 亿美元。从主要国家（地区）来看，出口额居于前三位的分别是日本、欧盟 25 国以及美国（图 37）。

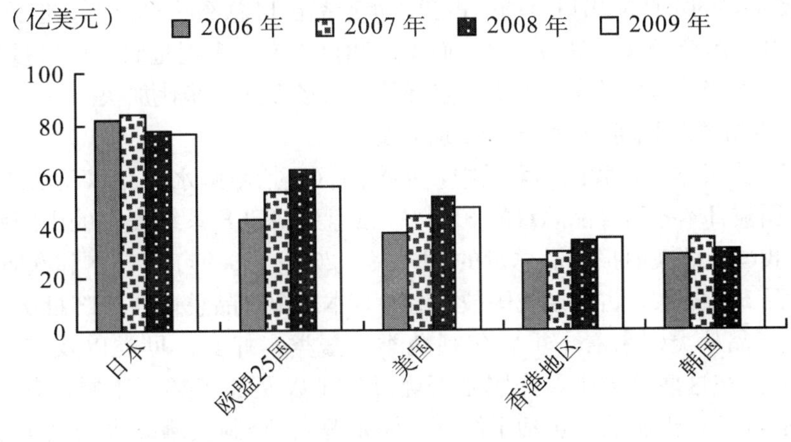

图 37　2006—2009 年我国食品出口总额前五位国家（地区）出口情况年度对比

二、2009 年我国实行食品安全新政

2009 年 6 月 1 日，《中华人民共和国食品安全法》正式实施。2009 年 7 月 20 日，《食品安全法实施条例》发布并实施。《食品安全法》的出台进一步明确了食品生产经营者作为食品安全第一责任人的义务，规范了食品标准制定和食品检验工作，对食品安全监督治理提出了更高的要求，为从根本上提升食品安全水平提供了体制机制保障。目前，我国已颁布 34 部有关食品安全的法律法规和 2 万多个国家标准。

三、日本和欧盟对中国食品的预警、召回及扣留情况

1. 2006—2009 年日本、欧盟扣留/通报我国食品情况

2006—2009 年，除添加剂、厨房用具、玩具及餐具外，日本扣留我国食品共计 1387 批次，农产加工食品、水产加工食品以及农产食品是扣留最多的食品种类，分别被扣留 380 批次、336 批次及 290 批次，分别占全部被扣留食品总量的 27.4%、24.2%和 20.9%；“成分规格不合格”、“违反《食品卫生法》第 11 条第 3 款关于农药残留的规定”，以及“检出指定外添加物”是最主要的违反内容，因这 3 项内容所检出的被扣留食品分别为 799 批次、222 批次及 110 批次，分别占当年我国被日本扣留食品总量的 57.6%、16.0%和 7.9%。

2006—2009 年，欧盟 RASFF 系统共对我国输欧食品发布通报 1356 批次，其中坚果及其制品是扣留最多的食品种类，共计 393 批次，占同期我国被欧盟扣留食品总量的 29.0%；与食品直接接触产品位居第二，为 349 批次，占总量的 25.7%；水产品以及谷物与烘焙食品并列位居第三，分别被扣留 151 批次，占总量的比例为 11.1%；“黄曲霉素”、“物质析出或迁移”以及“兽药和农药残留”是欧盟 RASFF 系统对华食品通报的主要原因，因这三项内容被通报的食品数量分别为 359 批次、315 批次及 109 批次，分别占当年我国被欧盟扣留食品总量的 26.5%、23.2%和 8.0%。

2. 我国水产品被扣留情况分析

(1) 我国水产品出口概述

水产品是我国最主要的农产品出口品种，从 2002 年起，我国水产品出口就跃居世界首位。统计显示，2008 年，我国水产品出口额首次突破 100 亿美元，为 106 亿美元，位居我国大宗农产品出口的首位，占农产品出口总额的 26.2%。2009 年，在我国农产品出口总额出现同比下滑的情况下，水产品出口额达到了 107 亿美元，占农产品出口总额的比重也进一步升至 27%。日本、美国、欧盟以及韩国依

然是2009年我国最重要的水产品出口市场，占我国水产品出口总额的69.8%，但比上年下降了2.5个百分点，其中日本和韩国市场降幅最为明显。而东盟和台湾市场表现抢眼，出口量和出口额均大幅增长，这也意味着我国水产品市场的集中度进一步降低，市场多元化步伐加快。

（2）日本和欧盟扣留/通报我国水产品类别分析

2006—2009年，在日本扣留我国的食品中，水产品（包括新鲜水产品以及水产加工品）共计432批次，占同时期我国被日本扣留食品总量的31.1%；欧盟RASFF系统发布的中国水产品类食品通报共计151批次，占我国全部被通报食品总量的11.1%。2006—2009年，日本和欧盟RASFF系统共计扣留中国水产类食品583批次，占同期我国被欧盟和日本扣留食品总量（2743批次）的21.3%。

我国出口的水产品从类别来看，主要包括鱼类、蟹类、虾类、贝类以及其他水产动物（如墨鱼、鱿鱼、章鱼等）。在这些种类中，按照是否经过加工以及加工类型来看，各自又分为新鲜、冷冻（包括冷冻的熟水产）、干制品（包括干海藻、海带等）、腌制及罐装水产品等小类别，如冷冻鱼类、冷冻蟹类、藻类干制品、虾类干制品、罐装鱼类产品等。此外，还有鱼糜及鱼糜制品。

2006—2009年，在日本以及欧盟RASFF系统通报扣留的我国共计583批次的水产品中，从加工类型来看，冷冻类水产品共有357批次（其中日本280批次，欧盟77批次），占全部被通报水产品的61.2%；新鲜水产品共计137批次（日本99批次，欧盟38批次），占全部水产品的23.5%；干制水产品45批次（日本16批次，欧盟29批次），占比7.7%；腌制及容器包装水产品25批次（日本19批次，欧盟6批次），占比4.3%。

从加工类型细化至不同类别的水产品的被扣留情况来看，2006—2009年，日本和欧盟扣留的我国水产品中，数量最多的是冷冻鱼类产品，共计169批次，占全部被扣留水产品总量的29.0%，其中包括经加工后再冷冻的水产品，即经过水煮、烤制、调味后再冷冻的鱼类产品；其次是冷冻虾类，共计75批次，占总量的12.9%，包括经过水煮、调味后的虾类产品；新鲜鱼类被扣留数量位居第三，共计67批次，占总量的11.5%，同样包括经过切片、绞碎后的新鲜鱼类产品（图38）。

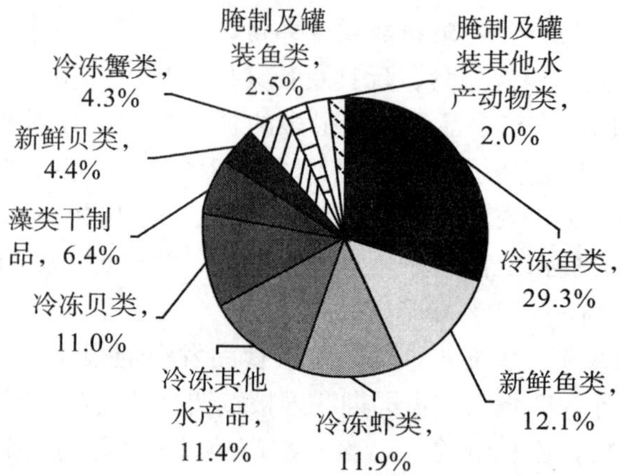

图38　2006—2009年日本、欧盟RASFF系统扣留中国水产品种类分布情况

从单个产品来看，被扣留10批次以上的产品共有13个，数量最多的是冷冻虾及虾仁（不包括加工后再冷冻），共计52批次，占全部被扣留水产品总量的8.9%（表13）。

表13　2006—2009年日本及欧盟扣留/通报中国主要水产品数量统计（10批次及以上）

序　号	食品名称	被扣留数量（批次）	占全部水产品的比例（%）
1	冷冻虾及虾仁	52	8.9

续表

序　号	食品名称	被扣留数量（批次）	占全部水产品的比例（%）
2	冷冻后的烤鳗鱼	40	6.9
3	天然及养殖活鳗鱼	37	6.3
4	冷冻鱿鱼	22	3.8
5	冷冻阿拉斯加鳕鱼	19	3.3
6	冷冻后的炸牡蛎	17	2.9
7	干海带	14	2.4
8	冷冻扇贝	14	2.4
9	海　藻	13	2.2
10	冷冻章鱼	13	2.2
11	冷冻后的章鱼烧	12	2.1
12	冷冻河豚	10	1.7
13	活蛤（包括文蛤与魁蛤）	10	1.7
总　计	273	46.8	

（3）日本和欧盟扣留/通报我国水产品原因分析

2006—2009 年，在日本和欧盟 RASFF 系统扣留我国的水产品中，所涉及的违反内容以及被扣留原因共计 60 余项，包括农药及杀虫剂残留过量、检出禁用物质和指定外添加剂、细菌和大肠杆菌含量超标、含有重金属、非法进口，以及毒素类物质如麻痹性贝毒和腹泻性贝毒，等等。

在涉及水产品扣留的 60 余项原因中，被扣留 10 批次（含 10 批次）以上的共有 13 项，所涉及产品共计 381 批次，占全部被扣留水产品总量（583 批次）的 78.1%。其中大肠杆菌超标成为近 4 年来日本和欧盟 RASFF 系统扣留我国水产品的最主要原因，共涉及水产品 118 批次，占全部水产品总量的 20.2%；因细菌数超标被扣留的水产品共计 64 批次，位居第二，占比 12.0%；因无色孔雀石绿含量超标被扣留水产品 54 批次，数量位居第三位（图 39）。

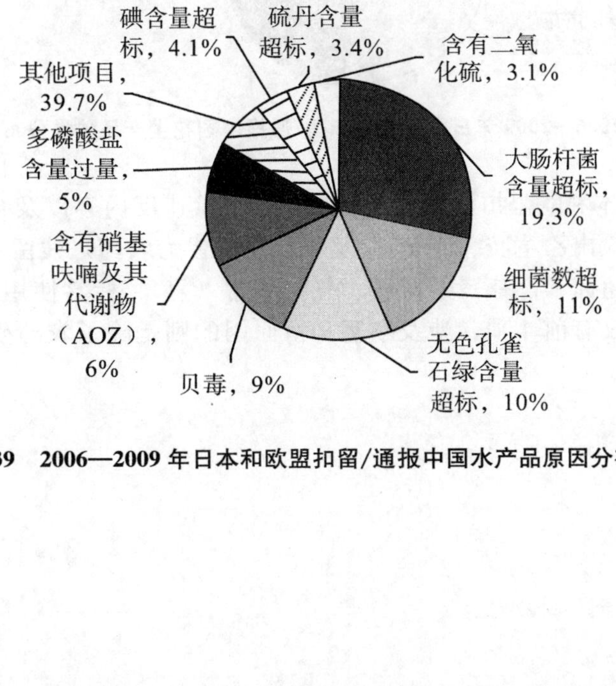

图 39　2006—2009 年日本和欧盟扣留/通报中国水产品原因分布情况

3. 我国花生及其制品被扣留情况分析

(1) 我国花生及其制品出口概述

近年来，我国产花生在国际市场的占有率总体呈现上升趋势，从 2001 年以来一直稳定在 30% 以上的水平。统计显示，2009 年我国出口花生共计 23.7 万吨，同比增长了 2.3%；出口额 2.2 亿美元，同比则下降了 28.8%。受国际金融危机影响，国际市场农产品价格大幅下滑。据统计，从 2008 年第四季度开始，国际市场花生价格大幅下滑，从 2008 年最高时的 1600 美元/吨下降到约 600 美元/吨，这一低价位持续到 2009 年 3 月。自 4 月起价格才开始逐渐回升，但仍然处于较低水平。因此，我国 2009 年的花生出口出现了量增价跌的现象。

(2) 日本和欧盟扣留/通报中国花生产品情况分析

2006—2009 年，我国被日本和欧盟 RASFF 系统扣留的花生及其制品（包括大、小粒花生及花生制品）共计 463 批次，占同期被扣留食品总量（2743 批次）的 16.9%。其中，日本 106 批次，欧盟 RASFF 系统 357 批次，各占同期本地区被扣留食品总量的 7.6%和 26.3%。

从花生制品的不同类别来看，我国出口至日本和欧盟的花生制品包括原料花生与加工花生。其中原料花生是指带壳花生和去壳花生，加工花生则主要包括除花生油以外的花生制品，如烤制花生、炒制花生、油炸花生仁、花生酱等。

我国一直是原料花生的净出口国，出口数量的巨大也使得原料花生成为我国被扣留最多的花生种类。2006—2009 年，我国被日本和欧盟扣留的原料花生共计 378 批次，占全部被扣留花生产品的 81.6%；加工花生有 85 批次，占 18.4%。在被扣留的原料花生中，去壳花生（花生米/仁）有 227 批次，占全部花生产品的 49.0%，带壳花生有 151 批次。在加工花生中，炒花生有 38 批次，占全部花生产品的 8.2%（图 40）。

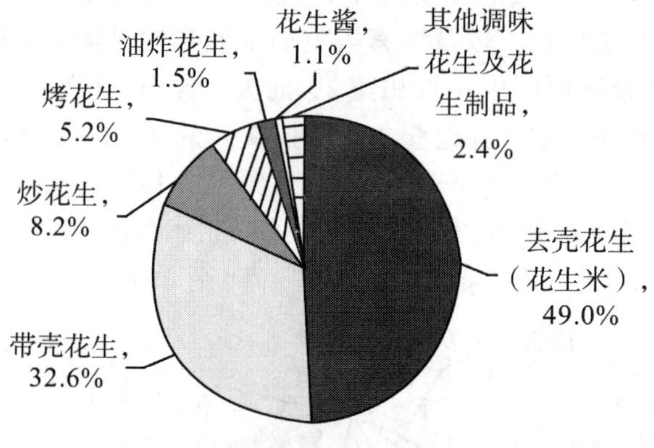

图 40　2006—2009 年日本和欧盟扣留/通报中国花生产品种类分布情况

2006—2009 年，在日本和欧盟扣留我国的花生产品中，违反内容以及被扣留原因共计 11 项，包括检出含有黄曲霉素、检出乙草胺、BHC 以及丁酰肼（皆为农药）残留过量、虫蛀、卫生证书过期或不合格、镍析出量超标、含有三聚氰胺、气味异常（氯）、标签使用错误以及非法进口等。其中涉及日本扣留原因的仅有前 4 项，涉及欧盟扣留原因的则是除了农药残留过量外的其他 7 项（图 41）。

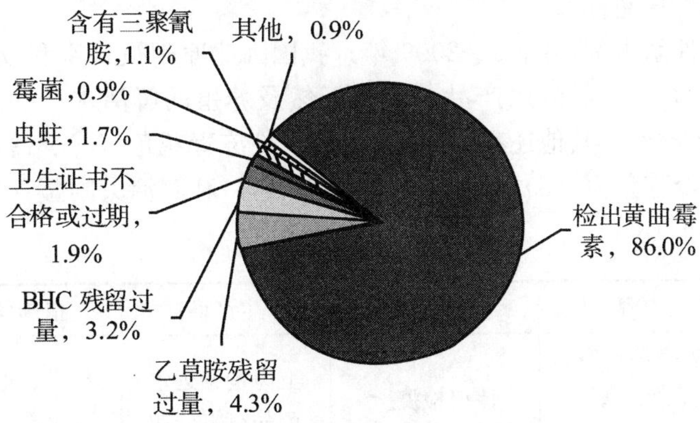

图 41 2006—2009 年日本和欧盟 RASFF 系统扣留中国花生产品原因分布情况

四、关键质量问题与案例简析（以水产品和花生制品为例）

1. 中国出口水产品被扣留主要原因解析

（1）大肠杆菌呈阳性或含量超标

2006—2009 年，我国因检出大肠杆菌呈阳性及含量超标而被日本和欧盟 RASFF 系统扣留的水产品共有 118 批次，所涉及的均为冷冻类水产品，尤其以冷冻其他水产动物最多，有 47 批次，包括冷冻鱿鱼（片）（16）、冷冻生章鱼（片）（13）、冷冻熟章鱼（5）、冷冻墨鱼（4）等；冷冻鱼类共有 32 批次，包括冷冻后的烤鳗鱼（13）、冷冻鲽鱼（5）、冷冻鲭鱼（5）等；冷冻虾类有 12 批次，包括冷冻煮虾仁（7）和冷冻虾肉（5）；冷冻贝类 7 批次（牡蛎、魁蛤等）；冷冻蟹类 2 批次（冷冻蟹肉）。此外，还有冷冻鱼贝类混合海鲜 12 批次以及鱼糜及鱼酱制品 6 批次。

典型案例：（日本）

食品名称	违反内容	检疫所	生产商	措施状况	检查方式
不加热摄取冷冻食品：调味蟹	成分规格不合格（大肠杆菌群呈阳性）	东京检疫所	辽宁省大连雁鸣食品有限公司	废弃、退货等（全部封存）	自主检查

（2）细菌超标

2006—2009 年，我国因检出细菌超标而被日本扣留的水产品共有 64 批次。日本《食品卫生法》规定一般冷冻水产品的细菌数应在 1.0×10^5/g 以下，欧盟 RASFF 系统没有此项。被扣留的都是冷冻类水产品，以冷冻鱼类最多，共有 18 批次，包括冷冻后的烤鳗鱼（4）、冷冻鱼片（4）、冷冻鲭鱼（丝）（2）等；冷冻虾类共有 15 批次，包括冷冻炸虾（串）（8）、冷冻鲜虾（排）（6）；冷冻蟹类 10 批次，有冷冻螃蟹（7）、冷冻蟹肉（块）（3）；冷冻贝类 10 批次；冷冻其他水产动物类 7 批次。此外，还有冷冻海鲜海带卷 4 批次。

典型案例：（日本）

食品名称	违反内容	检疫所	生产商	措施状况	检查方式
不加热摄取冷冻食品：章鱼串	成分规格不合格（细菌数 3.9×105/g）	神户检疫所	山东省青岛双友食品有限公司	废弃、退货等（全部封存）	监视检查

（3）无色孔雀石绿含量超标

无色孔雀石绿是一种杀虫剂，2006—2009 年，我国因此原因被日本和欧盟 RASFF 系统扣留的水产品共有 54 批次，既有冷冻后的水产品、又有天然及养殖的鲜活水产品。涉及数量最多的是冷冻后的烤鳗鱼，共有 23 批次。其他还有活鳗鱼（16）、冷冻青花鱼（3）、冷冻鲭鱼片（3）、日本鳗鲡（2）、活鲑鱼（2）、冷冻鱼血（3）以及冷冻鲥鱼肉（1）和鲜活大闸蟹（1）。

典型案例 1：（日本）

食品名称	违反内容	检疫所	生产商	措施状况	检查方式
鲜活大闸蟹	成分规格不合格（检出无色孔雀石绿 0.007 ppm ）	神户检疫所	上海楚升远水产品有限公司	废弃、退货等（全部封存）	监视检查

典型案例 2：（欧盟）

食品名称	所属类别	通报国	通报原因	通报类型	处理措施
鳗鲡	水产品	波兰	含有无色孔雀石绿	信息通报	边境控制——拒绝入境

（4）贝毒

贝毒包括麻痹性贝毒和腹泻性贝毒，日本《食品卫生法》规定，不论贝类是带壳、去壳、加工品等形态如何，只要可食部分中含腹泻性贝毒素超过 0.06mu/g，麻痹性贝毒素超过 4mu/g 规定值的都属于毒化贝类，不可食用。欧盟 RASFF 系统则规定不得检出。2006—2008 年，我国因检出贝毒而被日本扣留的水产品共有 48 批次，其中麻痹性贝毒 20 批次，腹泻性贝毒 28 批次。所涉及的主要产品包括冷冻（炸）牡蛎（17）、冷冻文蛤/蛤壳（7）、活（文）蛤（8）、活魁蛤（7）、活赤贝（5）、冷冻扇贝（串）（3）以及活蚶子（1）。

典型案例：（日本）

食品名称	违反内容	检疫所	生产商	措施状况	检查方式
加热后摄取冷冻食品（冷冻之前未加热）：炸牡蛎	检出腹泻性贝毒 0.1mu/g	大阪检疫所	山东省蓬莱佳味食品有限公司	废弃、退货等（全部封存）	命令检查

（5）含有硝基呋喃及其代谢物（AOZ）

此类物质为禁用物质，2006—2009 年，我国因此原因被日本和欧盟 RASFF 系统扣留的水产品共有 36 批次，主要产品包括养殖活鳗鱼（11）、冷冻虾（仁）（9）、冷冻罗非鱼片（5）、白对虾（2）、冷冻后的烤鳗鱼（2）、鲜活大闸蟹（2），以及水煮虾、炸虾串、活梭子蟹、冷冻河豚和活牙鲆（各 1 批次）。

典型案例 1：（日本）

食品名称	违反内容	检疫所	生产商	措施状况	检查方式
鲜活大闸蟹	成分规格不合格（检出呋喃唑酮 0.001ppm）	成田机场检疫所	上海振楚特种水产品养殖有限公司	废弃、退货等（全部封存）	自主检查

典型案例 2：（欧盟）

食品名称	所属类别	通报国	通 报 原 因	通报类型	处理措施
冷冻罗非鱼片（经荷兰转口）	水产品	奥地利	含有违禁成分硝基呋喃的代谢物呋喃西林	信息通报	销售仅限于通报国/库存已清空

（6）多磷酸盐过量

多磷酸盐作为保水剂和品质改良剂在鱼类等水产品加工过程中被广泛应用，起到保持水分改善口感的作用，但在某些水产品中禁止使用，如扇贝加工过程中严禁使用。欧盟和捷克对其进口的鳕鱼片和人工蟹肉严格限制使用多聚磷酸盐，波兰不允许使用。在加工过程中允许使用的情况下，一般冷冻水产品中多聚磷酸盐的允许限量为 5g/kg（5000ppm）。2006—2009 年，我国因多磷酸盐多量而被欧盟 RASFF 系统扣留的水产品共有 26 批次，日本没有此项。所涉及产品包括冷冻阿拉斯加鳕鱼（12）、冷冻金枪鱼（5）、阿拉斯加鳕鱼（4）、生虾尾肉（2）、腌制鳕鱼（1）、红虾仁（1）以及罐装油炸鱼（1）。

典型案例：（欧盟）

食品名称	所属类别	通报国	通报原因	通报类型	处理措施
红虾仁	水产品	意大利	多磷酸盐添加剂超标	信息通报	销售仅限于通报国/产品退回发货方

（7）检出汞、砷、镉等金属和非金属物质含量超标

2006—2009 年，我国因此项而被欧盟 RASFF 系统扣留的水产品共计 25 批次。所涉及产品包括海藻（7）、鲨鱼（5）、海带（5）、冷冻鳕鱼（2）以及冷冻旗鱼（2）等。

典型案例：（欧盟）

食品名称	所属类别	通报国	被扣留原因	通报类型	处理措施
冷冻鱿鱼圈和须	水产品	意大利	含有镉（1.354 mg/kg－ppm）	信息通报	边境控制——拒绝入境

（8）碘含量超标

2006—2009 年，我国因含有过量碘而被欧盟 RASFF 系统扣留的水产品共有 17 批次，日本没有此项。所涉及产品均为海产藻类，包括干海带（6）、海藻（3）、干海藻（3）、干水草（2）、紫菜（2）以及烤水草（1）。

典型案例：（欧盟）

食品名称	所属类别	通报国	通报原因	通报类型
干海带丝（经荷兰转口）	水产品	德　国	碘含量超标	撤出市场

（9）硫丹残留过量

作为一种杀虫剂，日本厚生劳动省规定其在鱼类中的残留限量为 0.001ppm。我国因硫丹残留

过量而被日本扣留的水产品有 14 批次。产品包括养殖活鳗鱼（7）、活泥鳅（6）和冷冻泥鳅（1）。欧盟扣留的水产品中没有此项。

典型案例：（日本）

食品名称	违反内容	检疫所	生产商	措施状况	检查方式
活泥鳅	成分规格不合格（检出硫丹 0.005ppm）	成田机场检疫所	山东省烟台绿岛食品有限责任公司	废弃、退货等（全部封存）	命令检查

（10）二氧化硫含量超标

主要是食品在加工过程中形成的二氧化硫残留，此项共有 13 批次，欧盟没有此项。产品有冷冻蟹类（8）、冷冻章鱼（2）以及冷冻虾、海藻和干鱼（各 1）等。

典型案例：（日本）

食品名称	违反内容	检疫所	生产商	措施状况	检查方式
冷冻雪蟹	使用标准不合格（检出二氧化硫 0.040g/kg）	大阪检疫所	山东省烟台福宝食品有限公司	废弃、退货等（全部封存）	自主检查

（11）检出含有氨基脲

此物质为禁用物质。2006—2009 年，我国因此项被扣留的水产品共有 12 批次，所涉及产品包括活鳗鱼（6）、冷冻虾（2）以及冷冻鳕鱼、冷冻炸鱿鱼、冷冻河豚和冷冻后的烤鳗鱼（各 1）。

典型案例 1：（日本）

食品名称	违反内容	检疫所	措施状况	检查方式
养殖活鳗鱼	成分规格不合格（检出氨基脲 0.085ppm）	名古屋检疫所	全部废弃	自主检查

典型案例 2：（欧盟）

食品名称	所属类别	通报国	通报原因	通报类型	处理措施
冷冻虾	水产品	荷　兰	含有硝基呋喃（代谢物）—氨基脲	信息通报	边境控制—拒绝入境

（12）检出含有氯霉素

此物质为禁用物质。2006—2009 年，我国因此项被日本和欧盟扣留的水产品有 12 批次，包括水煮玄蛤（6）和冷冻红虾、冷冻康吉鳗、冷冻银鱼（各 1）等。

典型案例 1：（日本）

食品名称	违反内容	检疫所	生产商	措施状况	检查方式
水煮文蛤	成分规格不合格（检出氯霉素 0.0035 ppm）	东京检疫所	山东省青岛久龙食品有限公司	废弃、退货等（全部封存）	命令检查

典型案例 2：（欧盟）

食品名称	所属类别	通报国	通报原因	通报类型	处理措施
冷冻红虾	水产品	荷　兰	进口的中国大陆冷冻红虾（大管鞭虾）中含有氯霉素	信息通报	边境控制——拒绝入境

（13）添加甜蜜素

作为指定外添加物，我国因添加甜蜜素而被日本扣留的水产品共有 11 批次，欧盟没有此项。包括冷冻章鱼烧（4）、墨鱼干（2）、冷冻调味鲭鱼（2），冷冻熟蟹肉、冷冻鱿鱼以及冷冻糖醋鱼（各 1）。

典型案例：（日本）

食品名称	违反内容	检疫所	生产商	措施状况	检查方式
加热后摄取冷冻食品（之前未加热）：鱿鱼	指定外添加物（检出甜蜜素 6μg/g）	东京检疫所	辽宁省丹东大丰食品有限公司	废弃、退货等（全部封存）	自主检查

2. 我国被扣留花生产品主要原因解析

（1）检出黄曲霉素

黄曲霉素是由黄曲霉和寄生曲霉中产毒菌株所产生的有毒代谢产物，主要污染粮、油及制品，花生就是最易受污染的农产品之一，常在收获前后、储藏、运输期间或加工过程中产生。黄曲霉素的污染问题一直是困扰世界主要花生出口国的首要问题，该项目也成为我国花生产品被扣留的最主要原因，2006—2009 年，我国因检出黄曲霉素而被日本和欧盟 RASFF 系统扣留的花生产品多达 398 批次，占全部花生产品的 86.0%。

典型案例 1：（日本）

食品名称	违反内容	检疫所	生产商	措施状况	检查方式
大粒花生	黄曲霉素呈阳性（46ppb）	门司检疫所	山东省荣成市供销社集团总公司	废弃、退货等（全部封存）	命令检查

典型案例 2：（欧盟）

食品名称	所属类别	通报国	通报原因	通报类型	处理措施
花生米	坚　果	意大利	含有黄曲霉素	信息通报	产品重发或销毁

（2）乙草胺含量超标

乙草胺是一种内吸性酰胺类除草剂，可被植物幼芽吸收，适用于花生、玉米、棉花、大豆田的芽前除草剂。《日本食品卫生法》中对于进口花生产品中的乙草胺残留实行“一律标准”管理，即不得超过 0.01 毫克/千克。2006—2009 年，我国因乙草胺含量超标被日本扣留的花生产品共有 20

批次，欧盟没有此项。

典型案例：（日本）

食品名称	违反内容	检疫所	生产商	措施状况	检查方式
大粒花生	含量超过了第 11 条第 3 项中所规定的不对人体健康造成影响的农药残留应有量（检出乙草胺 0.02ppm）	神户二课	山东荣成市供销社集团总公司	废弃、退货等（全部封存）	命令检查

（3）BHC 含量超标

BHC 是一种杀虫剂，中文名为“六六六”或“666”，主要用于防治蝗虫、稻螟虫、小麦吸浆虫等。日本《食品卫生法》中对于进口花生产品中的 BHC 残留也实行“一律标准”管理，即不得超过 0.01mg/kg。2006—2009 年，我国因 BHC 含量超标被日本扣留的花生产品有 15 批次，欧盟没有此项。

典型案例：（日本）

食品名称	违反内容	检疫所	生产商	措施状况	检查方式
大粒干花生	含量超过了 11 条第 3 项中所规定的不对人体健康造成影响的农药残留应有量（检出 BHC0.02ppm）	仙台检疫所	大连三江志超农产品发展有限公司	废弃、退货等（全部封存）	命令检查

（4）无卫生证书或卫生证书过期、不合格

2006—2009 年，我国因无卫生证书或卫生证书过期、不合格、无效等被欧盟 RASFF 系统扣留的花生产品 9 批次，日本没有此项。

典型案例：（欧盟）

食品名称	所属类别	通报国	通报原因	通报类型	处理措施
花　生	坚　果	希　腊	健康证书过期	预警通报	产品遣回

（5）虫蛀

2006—2009 年，我国因虫蛀、生虫被欧盟 RASFF 系统扣留的花生产品 8 批次，日本没有此项。

典型案例：（欧盟）

食品名称	所属类别	通报国	通报原因	通报类型	处理措施
带壳花生	坚　果	希　腊	生虫及发霉	预警通报	产品重发或销毁

五、主要国家（地区）2009年最新修订的食品标准

表14　世界主要国家2009年最新修订的食品标准

国别（地区）	标准名称	主 要 内 容
日　本	《食品及食品添加剂在各种食物中的拟定最大残留限量》修订	2009年，日本厚生劳动省修订了包括氯虫酰胺、氰氟虫腙、甲基碘、巴龙霉素、氟吡磺隆、啶虫脒、硫线磷等在内的32种添加剂的最大残留限量，并且批准纽甜素、甲基吡嗪、山梨酸钙、丙醛等8种物质为食品添加剂并制定这些物质的标准和规范
	标签标准修正	《酱油质量标签标准修正案概要》——将酱油的质量标签标准修订如下：为了防止颜色非常浅的酱油混浊，允许使用蛋白酶；对于除主要配料标签之外的配料标签，废除特殊规定，并且应用加工食品的质量标签标准。拟批准和拟生效日期为2009年11月 《关于食用植物油和脂肪质量标签标准修正案的概述》——将“高亚油”或“高油”的标识从关于标签的强制性条款修改为自愿性条款 《关于鱼火腿和鱼香肠质量标签标准修正案的概述》——删除“烧卖式鱼香肠”的定义；从关于汉堡包式鱼香肠和烧卖式鱼香肠标签的强制性条款中除去“配制说明”；使用一般认可的鱼的名称代替关于配料列表中鱼肉的同一标准的附录中列出的名称（并根据该修改删除附录）
	将牛磺酸列入“豁免物质”	日本厚生劳动省发布通报：对《日本食品卫生法》第11条第3款中“确定不会对人的身体健康造成负面影响的任何物质（豁免物质）”进行修订，将牛磺酸列入其中，并从公布之日起实施
欧　盟	对源自中国的奶和奶制品、大豆和大豆制品的特殊进口措施	《有关从中国进口或转运的特定商品设置特殊进口管理措施的第1135/2009号欧委会规则》——欧盟继续对产自中国或自中国转运的奶制品和豆制品采取特殊管理措施，涉及的产品包括：专为婴幼儿而设并作特定营养用途的含奶产品、奶制品、大豆或大豆制品；供制造食物及饲料用的碳酸氢铵；含奶、奶制品、大豆或大豆制品的食物及饲料。20%的有关货物须接受识别及实物检验，包括抽取样本及分析，以确定是否含三聚氰胺以及其含量。欧盟市场内销售的饲料及食物的三聚氰胺含量必须少于2.5mg/kg。规则自2009年12月15日起在欧盟各国生效
	动物源性食品内药理学活性物质的最高残余限量	欧委会将会把动物来源食品中容许的药理学活性物质分类，并包括物质清单及其所属治疗种类。此分类将同时为每种物质及特定的食品或品种确立最高残留限量或者临时最高残留限量或者物质使用禁令
	饲料中若干不良物质最大限量的修改（2009年7月23日、8月4日）	《对有关对砷、可可碱、曼陀罗、蓖麻、巴豆及相思子制订最大限量的第2002/32/EC号欧洲议会和理事会指令进行修正的欧委会指令草案》——规定砷在痕量元素化合物添加剂、鱼类制成的饲料、示踪剂内的最大残留限量；降低可可碱的现定最大残留限量；修改了曼陀罗、蓖麻和巴豆的规定；新增一条相思子的规定 《修改欧洲议会及理事会有关汞、棉籽酚、亚硝酸盐及长叶马府油树最大标准的第2002/32/EC号指令附件Ⅰ的委员会指令草案》——轻微提高鱼饲料内汞的最大限量，降低了猫、狗及皮毛动物合成食品内汞的最大限量；修改饲料材料内亚硝酸盐的最大限量；显著降低了绵羊、山羊及羊羔饲料内棉籽酚的现定最大限量

续表

国别（地区）	标准名称	主要内容
欧盟	提高非动物源性饲料和食品进口的官方控制标准（2009年7月24日）	《执行有关提高进口某些非动物源性饲料与食品官方控制标准的第882/2004号欧洲议会和理事会规则及修改第2006/504/EC号决定的第（EC）669/2009号欧委会规则》——该法规附件一列出了一份输入欧盟时须由成员国主管机构提高控制水平的商品清单，包括指定的某些国家进口的水果和蔬菜作物的农药残留，其中，中国出口欧盟的非动物源性饲料与食品中的微量元素将受到管制
	牛奶、奶制品等动物源性食品的检测监控要求	《规定欧盟进口人类消费用未加工奶及乳制品的动物健康、公共卫生和兽医认证条件的委员会法规草案》——确立欧盟进口未加工牛奶及奶制品货物的公共与动物健康条件及认证要求，批准有资格欧盟出口此类货物的第三国名单并且明确了驼奶的进口要求
	食品内毒枝菌素和黄曲霉素的抽样方法与最大限量的法规草案	《修改有关花生、其他油籽、坚果、甘草及植物油内毒枝菌素官方控制水平的抽样及分析方法的第（EC）401/2006号法规的欧委会规则草案》——修订某些食品的黄曲霉素的抽样方法并且对新类别的食物确立毒枝菌素的最大限量。此外，制定了控制油籽中黄曲霉素、植物油内毒枝菌素和甘草内赭曲霉素A的专门抽样法规 《修改有关规定食品内某些污染物，如黄曲霉素最大限量的2006年12月19日委员会第（EC）1881/2006号法规的委员会法规草案》——该法规草案拟将杏、榛子、开心果内黄曲霉素的最大限量与食品法典委员会的决定保持一致，并制定一个相应的黄曲霉素B1限量；规定除花生外的油籽内黄曲霉素的最大限量；并对供人消费或作为食品使用前需经筛选或其他处理的稻米的黄曲霉素制定了较高标准 《修改2006年12月19日第（EC）1881/2006号法规（规定食品内某些赭曲霉素A污染物的最大限量）的委员会法规草案》——制定了香料和甘草内赭曲霉素A的最大限量
	规定许可进口某些动物和新鲜肉类的第三国、地区或区域清单及兽医证书要求的委员会法规草案	规定了活牛、绵/山羊、猪及非家养活反刍类动物，牛、绵/山羊、猪及马科动物肉及食用内脏，牛、绵/山羊的肉糜，圈养猪科及其他偶蹄类动物及野生猪科，其他偶蹄及单蹄类动物野味肉，象科动物以及蜂王和大黄蜂的进口兽医要求，包括许可的第三国清单、兽医证书格式和运输要求
	修改欧洲议会及理事会有关食品用增甜剂—纽甜的第94/35/EC号指令的欧委会指令草案	纽甜作为增甜剂及增味剂使用不存在安全问题，并规定了纽甜可接受的日摄入量（ADI）为：0～2mg/kgbw/日

续表

国别（地区）	标准名称	主　要　内　容
美　国	修改进口中国禽肉或禽肉制品的规定	《2010年农业、农村发展、食物和药物管理以及相关机构拨款法》（简称《2010年农业拨款法》）——只有当美国农业部长正式通知国会下列条件得到满足时，该法的资金才能被用于确立或实施允许进口中国产加工禽肉或禽肉制品的规则。这些条件有6个：不特殊考虑中国提出的向美国出口禽肉或禽肉制品的申请，在中国企业被证明有资格向美国出口上述产品之前、对屠宰和加工厂的检查系统（包括现场检查）和其他控制活动进行审查，大力加强上述进口产品在进口港的再检查，与从中国进口禽肉或禽肉制品的其他国家建立信息共享机制，向公众公开取得出口资格的中国厂商名单和现场卫生检疫信息，在一定时间内向国会拨款委员会报告上述要求的进展情况
	食品安全加强法案(HR2749)	对食品设施的登记、检查等制度进一步规范外，还强化了风险控制、产品召回、原产地标识等，若该法案一旦通过成为法律，将是近50年来美国食品安全体系的一次最彻底改革，同时会对国外相关生产商带来重大的影响
	禁止在动物食品或饲料中使用的物质；确认最终规则的生效日期	禁止在所有动物食品或饲料中使用某些牛源性的原料，主要包括：30个月或以上的牛脑髓和脊髓、未经检验和批准供人类消费的任何年龄的牛脑髓和脊髓、未经检验和批准供人类消费的屠宰后完整的畜体（如脑髓和脊髓尚未去除）、源自本规则提案所禁止的原料，并且含有0.15%以上不能溶解的杂质的牛脂，以及源自本规则提案所禁止的原料的机械分割的牛肉

小家电

一、我国小家电行业的出口现状

小家电一般是指除了大功率输出的电器以外的家电，因其占用比较小的电力资源，或者机身本身也比较小，所以称为小家电。按照小家电的使用功能，可以将其分为三类：一是家居小家电产品，主要包括电风扇、吸尘器、电暖器、加湿器、空气清新器、饮水机等；二是厨房小家电产品，主要包括豆浆机、电热水壶、微波炉、电压力煲、抽油烟机、电磁炉、电饭煲、消毒碗柜、榨汁机、多功能食品加工机等；三是个人生活小家电产品，主要包括电吹风、电动剃须刀、电熨斗、电动牙刷、电子美容仪、电子按摩器等。

我国有小家电生产企业5000多家，多为小投入、小规模生产，但出口所占比例很大。其中，厨卫家电的出口占到了3成，许多OEM企业的出口比例更是高达9成。由于小家电产品技术含量不高、生产门槛低，因此产品质量往往参差不齐，甚至一些知名品牌的小家电也因质量监控等问题，频频出现安全事故。而我国小家电出口的主要市场——欧盟、美国和日本，不断提高电器节能指标、细化相关标准，又大大抬高了我国产品的进入门槛。

1. 全球市场萎缩，导致我国小家电出口下滑

2009年，受全球经济危机影响，全球小家电市场出现下滑态势。市场总销量为19.01亿台，同

比下降 4.9%。与此同时，我国小家电企业也面临了严峻的考验，2009 年出口量为 11.55 亿台，同比下降了 10.6%。大部分小家电产品全年累计出口数量和出口金额呈下降趋势。而受到出口环境不利的影响，2009 年小家电产品的出口价格也随行就市一路走低。以 2009 年 12 月为例，电烤面包机的出口价格从 2008 年同期的 11.5 美元/台降到 9 美元/台，降幅超过 20%。因我国电烤面包器的主要出口市场为欧美地区，这与当地经济不景气有关。

2. 欧美市场贸易壁垒不容忽视

从全球小家电市场分布来看，欧洲和北美分别占据 34.5%和 23.0%，也是我国小家电出口的主要目的地。但由于金融危机的影响尚未完全消除，多数欧美国家经济增长的内生动力仍然不足，因此对各类小家电产品的需求很难立即恢复到金融危机前的水平，针对我国的贸易摩擦还会增加。

欧盟的《关于报废电子电气设备指令》（WEEE 指令）、《关于在电子电气设备中限制使用某些有害物质指令》（RoHS 指令）以及《新环保设计指令》的出台，对我国家电企业在生产技术和回收设计上提出了很高的要求，对我国小家电的出口也形成了较大的制约。另一方面，家电召回制度在国内尚在起步阶段，但我国出口的家电产品却面临出口市场各项严格的检验。据悉，仅 2009 年 12 月，美国消费品安全委员会就对我国输美小家电产品因存在火灾和割伤等隐患发出 3 项召回通报，其中除湿机 2 项，搅拌机 1 项。

二、欧美对我国出口小家电的预警和召回情况

1. 欧盟 RAPEX 预警

（1）欧盟 RAPEX 对华小家电通报情况稳定

2006—2009 年，欧盟 RAPEX 系统共对华小家电通报 242 项，占到同期欧盟对华通报总数的 7.9%。其中，居家小家电受到通报的数量最多，136 项；其次是厨房小家电，共 59 项；个人小家电 47 项，位居第三（表 15）。

表 15　2006—2009 年欧盟 RAPEX 对华小家电通报情况

年　份	2006	2007	2008	2009	总　计（项）
居家小家电	29	24	38	45	136
厨房小家电	14	12	16	17	59
个人小家电	14	9	13	11	47
总　计	57	45	67	73	242

（2）参与通报的国家覆盖面较广

2006—2009 年，共有 21 个欧盟成员国对中国输欧的小家电产品发出安全通报。其中，匈牙利通报的频率最高，4 年间共有 34 次；西班牙紧随其后，共有 32 次；英国（27 次）、德国（25 次）、希腊（19 次）和斯洛伐克（17 次），他们也是对华小家电产品通报较多的国家。通过对欧盟各成员国对华小家电产品的通报排名情况可以看出，不仅西班牙、英国和德国等欧盟成员国中的经济发达国家是对华小家电通报的主力，而且匈牙利、希腊、斯洛伐克等经济落后国家也占据了通报总量的前几名，这反映出欧盟小家电市场对技术性贸易壁垒的运用范围继续扩大（图 42）。

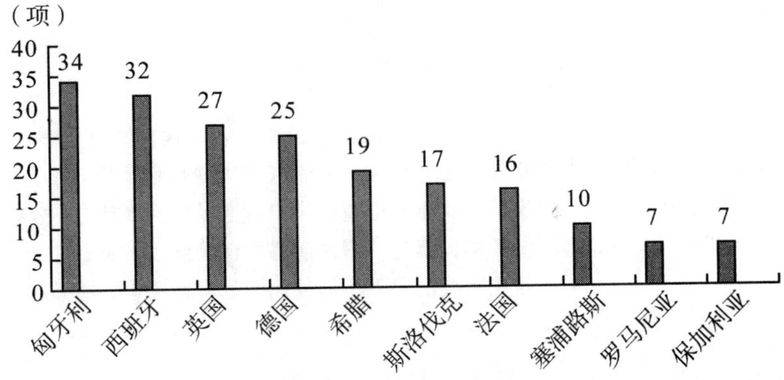

图 42　欧盟 RAPEX 对华小家电通报国别分析

（3）触电危险成为输欧小家电屡遭通报的主要原因

2006—2009 年，欧盟 RAPEX 系统对华小家电通报的第一大原因是因为存在触电危险，共 175 项（2006 年 39 项，2007 年 27 项，2008 年 53 项，2009 年 56 项）。涉及的产品主要有家用充电器（18 项）、电吹风（12 项）、烤面包机（14 项）、电动桑拿腰带和按摩仪（7 项）、电熨斗（9 项）、烫发器（7 项）、手机充电器（9 项）、电水壶（6 项）、加热器（5 项）、暖手器（4 项）、电动剃须刀（4 项）和电动咖啡机（4 项）等。

典型案例：

"Zowael" 牌电动剃须刀		
风险描述：触电	相关欧盟法规/标准：欧盟的低压电器指令 欧盟相关标准 EN 60335	通报原因：（1）该剃须刀电源装置的一次回路和二次回路间的闪络电压为 2600V，而欧盟标准要求能够承受的电压为 3000V；（2）一次回路与二次回路间的绝缘性不符合相应的安全特低电压（SELV）的要求，以致人体极易触及其带电零部件；（3）产品使用说明书内容晦涩难懂

欧盟 RAPEX 系统对华小家电通报的第二大原因是容易引发火灾，共 68 项（2006 年 19 项，2007 年 14 项，2008 年 15 项，2009 年 20 项）。涉及的产品有加热器（17 项）、烤面包机（7 项）、电吹风（5 项）、电熨斗（4 项）和电话分机（4 项）等。

典型案例：

"Matsui" 牌吸尘器		
风险描述：引发火灾	相关欧盟法规/标准：欧盟的低压电器指令 欧盟相关标准 EN 60335	通报原因：由于该吸尘器电源部分的塑料外包覆层不符合相关的阻燃性要求，且一旦起火通过非金属材料可能蔓延得更快，有引发火灾的危险

存在灼伤使用者的危险也是我国小家电产品被欧盟 RAPEX 通报出现较多的问题，2006—2009 年共发现 36 项（2006 年 9 项，2007 年 9 项，2008 年 6 项，2009 年 12 项）。涉及的产品有电动桑拿带（7 项）、电水壶（4 项）、饮水机（3 项）、烤面包机（2 项）、电熨斗（2 项）、烫发器（2 项）和电烤箱（2 项）等。

典型案例：

"SAUNA MAX" 牌桑拿减肥腰带		
风险描述： 灼伤使用者 火灾 触电	相关欧盟法规/标准： 欧盟的低压电器指令 欧盟相关标准 EN 60335	通报原因：（1）在检测试验中，该腰带的温度高达 180.1℃，远远超过了欧盟的最高标准，有引起火灾或灼伤使用者的危险；（2）该产品无防潮装置，其泄漏电流已超出欧盟的最大限值 0.5mA；该产品上无额定电压、频率、额定功率及防触电保护级别的标识，且使用手册中缺少"该产品在潮湿情况下不能使用"的警示语言，有致使用者被电击的危险

还有 21 项小家电产品因为可能导致使用者受伤而被通报（2006 年 6 项，2007 年 5 项，2008 年 4 项，2009 年 6 项），相关产品包括饮水机（3 项）、电风扇（3 项）、咖啡机（3 项）、电动晾衣架、榨汁机、电水壶、搅拌器、电熨斗和直发器等。

典型案例：

"TCM" 牌榨汁机		
风险描述： 导致使用 者受伤	相关欧盟法规/标准： 欧盟的低压电器指令 欧盟相关标准 EN 60335	通报原因：如果该产品长时间使用（如用洗碗器重复清洗），连接过滤网的塑料装置可能断裂，致使过滤网破裂，而断裂的塑料碎片可能穿过过滤网高速抛出，有致使用者受伤的危险。目前已经收到 3 例因该产品塑料装置损坏而导致使用者受伤的事故报告

另外，还包括窒息 3 项，割伤、化学危险和爆炸各 2 项，危及消费者健康 1 项。

典型案例：

"RIWEI" 牌电熨斗		
风险描述： 触电和危及 人身健康	相关欧盟法规/标准： 欧盟的低压电器指令 欧盟相关标准 EN 60335	通报原因：虽然熨斗的导线安装正确，但地线和零线的标识错误，如重新连接电线极易导致使用者触电。用户手册中缺少下列警告：当熨斗连接电源后，使用者不得离开；熨斗必须在平稳的表面上使用和放置。在开启热保护装置前，该熨斗会喷出浓雾，对人身安全造成威胁

（4）撤出市场是对华小家电通报的主要处理措施

欧盟对存在安全问题的进口商品所采取的处罚措施包括强制执行和自愿执行，少数采用了强制辅以自愿执行的方式。在 2006—2009 年欧盟 RAPEX 系统对华小家电的通报中，强制执行的撤出市场和停止销售两种措施的使用最为频繁，分别采用了 110 项和 57 项，占到强制执行措施的 74.6%；在自愿执行时，主要采用了召回和撤出市场的处理方式，均采用了 62 项，占到自愿执行措施的 89.2%。此外，还有 4 项通报中采取的措施是强制辅以自愿执行的。

（5）涉及的技术标准和相关法规

针对包括小家电在内的电器类产品，欧盟运用各种技术法规和标准在防水、防火、耐高温、抗电强度以及警示语和说明书等方面都作出了严格的要求，其中欧盟低压电器指令和 EN60335 标准等系列法规和标准是最主要的技术规则。我国出口欧盟的小家电产品中，不符合上述法规和标准中防触电或防火的要求是被通报不合格的主要原因。

2. 美国CPSC对华小家电召回通报情况

（1）CPSC对华召回通报

2006—2009年，美国CPSC对华小家电共发布召回通报84项，占同期CPSC召回通报总数的9.3%。其中，居家小家电41项，厨房小家电33项，个人小家电10项（表16、表17）。

表16　2006—2009年美国CPSC对华小家电召回通报情况　（单位：项；%）

年　份	2006	2007	2008	2009
对华小家电召回通报	21	25	22	16
CPSC全部通报	166	296	222	216
对华小家电通报占比（%）	12.7	8.4	9.9	7.4

表17　2006—2009年美国CPSC对华小家电召回通报的分类　（单位：项）

年　份	2006	2007	2008	2009	总计
居家小家电	12	13	12	4	41
厨房小家电	5	9	9	10	33
个人小家电	4	3	1	2	10
总　计	21	25	22	16	84

（2）火灾危险是美国对华小家电召回的主要原因

可能引发火灾危险是美国CPSC对华小家电产品发出召回通报的主要原因，共49项（2006年8项，2007年19项，2008年17项，2009年5项）。涉及的产品包括加热器（8项）、烤面包机（5项）、咖啡机（4项）、电热毯（2项）、加湿器（2项）、除湿器（2项）和电炸锅（2项）等。

典型案例：

“Carefree”牌喷雾加湿器	
风险描述：火灾	召回原因：水箱里的水可能会渗漏到加湿器的电气元件上，有引发火灾的危险。通报时已收到4起水箱漏水的报告，包括1起导致轻微财产损失的火灾，尚无人身伤害报告

另外，可能灼伤使用者也是美国对华小家电召回的主要原因，共24项（2006年9项，2007年4项，2008年5项，2009年6项）。涉及的产品有咖啡机（5项）、加热器（4项）、蒸汽清洗器（3项）和电炸锅（2项）等。

典型案例：

深底电油炸锅	
风险描述：灼伤	召回原因：该油炸锅的温度易过高，有致使用者灼伤的危险。但通报时QVC公司尚未收到任何事故报告

受到召回通报的中国小家电中有14项存在导致使用者受伤（包括割伤）的危险，其中2006年6项，2007年1项，2008年4项，2009年4项。相关产品包括：咖啡机（3项）、家用搅拌机（3项）、灯座（2项）、吸尘器（2项）、水果料理机（1项）、面部按摩仪（1项）、冷藏箱（1项）、双人摇椅（1项）和点火器（1项）。

典型案例：

"Crofton" 牌子家用搅拌机	
风险描述：致伤	召回原因：在使用者放置或取下混合杯时，搅拌机会意外倾倒并出现刀片移位的现象，有致使用者被割伤的危险。召回时已收到14起使用者被移位后的刀片割伤的报告，11名伤者需要接受医疗救治

存在触电危险也是美国对华小家电召回的原因之一，共14项（2006年3项，2007年3项，2008年3项，2009年5项）。相关产品包括吹风机（4项）、烤面包机（4项）、便携式空气压缩机（2项）、饮水机（1项）、烫发器（1项）、蒸汽清洗器（1项）和台灯（1项）。

典型案例：

旅行迷你吹风机	
风险描述：触电	召回原因：该吹风机未配备防水装置，比如，吹风机掉入水中，有导致使用者触电的危险。但通报时尚未收到任何事故报告。美国联邦相关法律规定，手持吹风机必须安装防触电保护器

（3）涉及的技术标准和相关法规

美国的技术标准与法规体系名目繁多，且非常分散。美国联邦政府17个部门和84个独立机构都有权制定技术法规，美国的州、市等地方政府也制定了许多相互差异的技术法规，主要涉及制造业、交通、环保、食品和药品等。据估算，美国的非官方标准机构达400多个，各种非官方标准机构、专业学会和行业协会制定的标准有5万多个，美国官方制定的技术法规和标准也有5万多个。美国很少采用国际标准机构制订的标准，有些美国标准甚至与国际标准完全对立。如美国在要求进口商品满足ISO9000系列标准之外，还附加了许多其他条件。鉴于这些技术标准与法规体系过于分散和复杂，因此其管理规定也相应缺乏透明度。

美国的认证、认可体系也较分散和复杂。目前，美国有55种认证体系，尚无统一的质量认证管理机构。政府部门、地方政府机构、民间组织都可以开展质量认证工作。在合格评定程序上，美国普遍采用第三方评定的方式，给外国制造商造成不合理的负担。而且，美国有关部门在审批时还存在着拖延时间的情况，使包括中国在内的国外商品的准入增加了成本。

① 家用电器能源标签新规定

美国《器具标签法》适用于冰箱、冷藏冷冻机、冷冻机、洗碗机、热水器、洗衣机、房间空调器、火炉、中央空调、热泵、荧光灯镇流器、卫浴产品、照明产品和某些类型的热水器。制造商必须在产品上加贴黄色"能源指南"标签，标明销售时产品的详细能耗信息，该法对黄色"能源指南"标签的内容和形式作出了具体的要求，例如，必须使用黄色标签，以法定的形式和类型提供信息等。

根据《能源政策和保护法》，制造商须在消费品能耗标签上披露包括家电在内的若干产品和照明产品的预估年能耗值，并披露某些卫浴产品的耗水信息。为执行该法中的这一规定，2007年8月，美国联邦贸易委员会发布修订《器具标签法》的最终规定。根据这次的最终规定，制造商必须根据能源部的标准确定冰箱、冷藏冰冻机的容量并向联邦贸易委员会报告；预估的年运转成本将是冰箱、冷藏冷冻机、冷冻机、洗碗机、洗衣机和室内空调器上的"能源指南"标签披露的主要信息；中央空调、热泵和火炉的制造商须使用新设计的标签标注冷热设备的能耗；某些产品的预估年运转成本都须在文件和互联网目录上披露，目录销售方将不再需要提供各种比较信息等。该最终规定于2008年2月29日正式生效。

② 各州有关电气产品回收的规定

2008 年 1 月 11 日，佛蒙特州政府发布了《关于电子废弃物处理的法案，S256》，宣布佛蒙特州将从 2009 年 7 月 1 日起建立电子装置回收和重复利用体系。

2008 年 1 月 22 日，新泽西州政府发布了《电子废弃物重复利用法案，A817》，宣布新泽西州从 2009 年 1 月 1 日起建立电子废弃物重复利用的制度，禁止不遵守该制度的制造商在新泽西州销售其产品。

第六章　世贸组织争端解决[①]

第一节　世贸组织争端案件情况综述

一、世贸组织争端解决机制

世贸组织争端解决机制遵循的程序和规则主要是《1947 年关税与贸易总协定》中确立的基点，其中第 22 和 23 条是关于争端解决机制的主要规则和法律基础。前者规定了各成员之间进行磋商的权利；后者规定了提出磋商请求的条件、解决争端的主要程序及授权报复等。在此后的乌拉圭回合谈判中，又将争端解决纳入谈判议程，并最终达成《关于争端解决规则与程序的谅解》（DSU），建立了世贸组织的争端解决机制。

从争端案件的程序上看，《关于争端解决规则与程序的谅解》第 5.3 条规定，“……一旦斡旋、调解或调停程序终止，申诉方即可开始请求设立专家组”；第 8.10 条规定，“当争端发生在发展中成员与发达成员之间时，如发展中成员提出请求，专家组应至少有 1 名成员来自发展中成员”。截至发稿，已参与完整专家组程序的（包括 DSU 第 21.5 条专家组程序）共有来自 51 个世贸组织成员的 199 人（表 1）。其中，来自 24 个发达成员（占比 47.1%）的专家 109 名（占比 54.8%），来自 27 个发展中成员（占比 52.9%）的专家 90 名（占比 49.7%）。

表 1　已在世贸组织争端解决机构任职的专家组成员分布情况

成员类型	名　称	专家组人数	成员类型	名　称	专家组人数
发达成员	澳大利亚	14	发展中成员	阿根廷	6
	奥地利	1		孟加拉国	1
	比利时	3		巴　西	8
	保加利亚	1		智　利	10
	加拿大	13		中　国	1
	捷　克	2		哥伦比亚	2
	芬　兰	2		哥斯达黎加	1
	法　国	1		厄瓜多尔	1
	德　国	6		埃　及	2
	匈牙利	2		中国香港	5

① 世贸组织网站 www. wto. org，中国贸易救济信息网 www. cacs. gov. cn 以及 www. worldtradelaw. net

续表

成员类型	名 称	专家组人数	成员类型	名 称	专家组人数
发达成员	冰 岛	2	发展中成员	印 度	7
	爱尔兰	1		牙买加	2
	以色列	3		马来西亚	1
	意大利	1		毛里求斯	1
	日 本	5		墨西哥	6
	荷 兰	1		摩洛哥	1
	新西兰	15		巴基斯坦	2
	挪 威	3		巴拿马	1
	波 兰	3		秘 鲁	1
	斯洛文尼亚	1		菲律宾	2
	瑞 典	3		新加坡	4
	瑞 士	13		南 非	9
	英 国	4		韩 国	3
	美 国	9		中国台湾	1
	—	—		泰 国	4
	—	—		乌拉圭	3
	—	—		委内瑞拉	5
总 计	24 个成员	109	总 计	27 个成员	90

从世贸组织争端解决机制常设上诉机构的情况看，目前处于任期的 7 名专家分别来自菲律宾、美国、日本、墨西哥、南非、比利时和中国。自首个上诉机构的 7 名成员于 1995 年 12 月 13 日在日内瓦宣誓就任以来，共有来自 15 个成员的 21 人担任常设上诉机构专家（表 2），其中，共有来自 7 个发达成员的 11 名专家和来自 8 个发展中成员的 10 名专家。

表 2 已在世贸组织争端解决机制常设上诉机构任职的专家分布情况

成员类型	名 称	专家组人数	成员类型	名 称	专家组人数
发达成员	美 国	3	发展中成员	埃 及	2
	新西兰	1		巴 西	1
	德 国	1		菲律宾	2
	澳大利亚	1		印 度	1
	日 本	3		中 国	1
	意大利	1		乌拉圭	1
	比利时	1		墨西哥	1
	—	—		南 非	1
总 计	7 个成员	11	总 计	8 个成员	10

目前处于任期的7名世贸组织争端解决机制常设上诉机构成员及其所受理案件情况详见表3。

表3 世贸组织争端解决机制常设上诉机构成员及其受理案件情况

常设上诉机构成员（国籍/任期）	已受理的争端案件（上诉机构报告）	参与该案的上诉机构成员
保蒂斯塔（Lilia Bautista）（菲律宾） 任期：2007年12月11日—2011年12月10日	美国关于“归零做法”及日落复审的相关措施（DS322）	Sacerdoti，Bautista，Zhang
	美国计算倾销幅度的法规和方法（DS294）	Oshima，Bautista，Hillman
	中国影响汽车零部件进口的措施（DS339、DS340、DS342）	Bautista，Hillman，Sacerdoti
	加拿大继续中止在欧盟激素牛肉争端中的减让义务（DS321）	Unterhalter，Abi—Saab，Bautista
	美国继续中止在欧盟激素牛肉争端中的减让义务（DS320）	Unterhalter，Abi—Saab，Bautista
	美国对墨西哥不锈钢产品的最终反倾销措施（DS344）	Ganesan，Bautista，Sacerdoti
希尔曼（Jennifer Hillman）（美国） 任期：2007年12月11日—2011年12月10日	中国影响出版物和音像制品的贸易权和分销服务的相关措施（DS363）	Oshima，Hillman，Ramírez—Hernández
	美国计算倾销幅度的法规和方法（DS294）	Oshima，Bautista，Hillman
	中国影响汽车零部件进口的措施（DS339、DS340、DS342）	Bautista，Hillman，Sacerdoti
	印度对来自美国的进口产品的附加税和额外附加税（DS360）	Hillman，Sacerdoti，Zhang
	美国对陆地棉的补贴措施（DS267）	Baptista，Hillman，Unterhalter
大岛正太郎（Shotaro Oshima）（日本） 任期：2008年6月1日—2012年5月31日	中国影响出版物和音像制品的贸易权和分销服务的相关措施（DS363）	Oshima，Hillman，Ramírez—Hernández
	美国计算倾销幅度的法规和方法（DS294）	Oshima，Bautista，Hillman
	欧盟对香蕉的进口、销售和经销体制（DS27）	Baptista，Oshima，Unterhalter
埃尔南德斯（Ricardo Ramírez Hernández）（墨西哥） 任期：2009年7月1日—2013年6月30日	中国影响出版物和音像制品的贸易权和分销服务的相关措施（DS363）	Oshima，Hillman，Ramírez—Hernández

续表

常设上诉机构成员（国籍/任期）	已受理的争端案件（上诉机构报告）	参与该案的上诉机构成员
大卫·乌特霍特（David Unterhalter）（南非）任期：2006年7月31日—2009年12月11日；2009年12月12日—2013年12月11日继任	美国“归零做法”的继续存在和适用（DS350）	Zhang，Baptista，Unterhalter
	欧盟对香蕉的进口、销售和经销体制（DS27）	Baptista，Oshima，Unterhalter
	加拿大继续中止在欧盟激素牛肉争端中的减让义务（DS321）	Unterhalter，Abi—Saab，Bautista
	美国继续中止在欧盟激素牛肉争端中的减让义务（DS320）	Unterhalter，Abi—Saab，Bautista
	美国对陆地棉的补贴措施（DS267）	Baptista，Hillman，Unterhalter
	日本针对自韩国进口的动态随机存取存储器的反补贴调查（DS336）	Unterhalter，Ganesan，Sacerdoti
	美国对阿根廷石油管材反倾销措施的日落复审（DS268）	Taniguchi，Janow，Unterhalter
凡登鲍雪（Peter Van den Bossche）（比利时）任期：2009年12月12日—2013年12月11日	暂无	—
张月娇（Yuejiao Zhang）（中国）任期：2008年6月1日—2012年5月31日	美国关于“归零做法”及日落复审的相关措施（DS322）	Sacerdoti，Bautista，Zhang
	美国“归零做法”的继续存在和适用（DS350）	Zhang，Baptista，Unterhalter
	印度对来自美国的进口产品的附加税和额外附加税（DS360）	Hillman，Sacerdoti，Zhang

从《关于争端解决规则与程序的谅解》第22.6条（中止减让）仲裁程序上看，已完整参与该程序的共有来自18个世贸组织成员的26名仲裁员（表4），其中，共有来自11个发达成员的18名仲裁员以及来自7个发展中成员的8名仲裁员。

表4 完整参与DSU第22.6条仲裁程序的仲裁员情况

成员类型	名　称	专家组人数	成员类型	名　称	专家组人数
发达成员	澳大利亚	2	发展中成员	埃　及	1
	瑞　典	1		韩　国	1
	瑞　士	4		毛里求斯	1
	美　国	1		智　利	1
	新西兰	2		中国香港	1
	斯洛文尼亚	1		墨西哥	1
	爱尔兰	1		泰　国	2
	加拿大	1		—	—
	捷　克	1		—	—
	波　兰	2		—	—
	日　本	2		—	—
总　计	11个成员	18	总　计	7个成员	8

从总体上看，在世贸组织争端解决机构担任专家组成员、常设上诉机构成员及仲裁员的来自发达成员的专家占比大于发展中成员，根据《关于争端解决规则与程序的谅解》第8.9条规定，“专家组成员应以其个人身份任职，既不作为政府代表，也不作为任何组织的代表。各成员因此不得就专家组审议的事项向他们作出指示或试图影响他们个人”。

二、世贸组织争端案件情况分析

1. 年度提起的争端案件数总体呈下降之势，涉及技术性贸易措施的争端案件近年略有回升

1995—2009年，世贸组织争端解决机构共受理争端案件402起。其中，在执行程序中，根据《关于争端解决规则与程序的谅解》（DSU）第21.5条提起诉求的争端案件41起，占比10.20%（图1）。从总体上看，年度提起的争端案件数呈波动下降走势，诉诸DSU第21.5条的争端案件从无到有，近几年也呈现波浪状的起伏。2009年，争端案件总数与诉诸DSU第21.5条的争端案件数均在2008年出现小幅回升后再次回落。

从争端涉及的事由上看，主要有反倾销措施、反补贴措施、保障措施和技术性贸易措施等。其中，涉及《反倾销措施协定》的争端案件数80起，占该时期争端案件总数的19.90%；涉及《补贴与反补贴措施协定》的争端案件数83起，占比20.65%；涉及《保障措施协定》的争端案件数36起，占比8.96%；涉及《实施卫生与植物卫生措施协定》的36起，占比8.96%；涉及《技术性贸易壁垒协定》的40起，占比9.95%；涉及《与贸易有关的知识产权协定》的26起，占比6.47%；涉及《农业协定》的66起，占比16.42%（图2）。从总体上看，涉及传统“两反一保”的贸易救济措施的争端案件数呈缓慢下降之势，而涉及技术性贸易措施的争端案件近年来略有回升。值得注意的是，2009年，涉及《农业协定》的争端案件出现较大幅度增长，形成了自2002—2003年以来的一个小高峰。

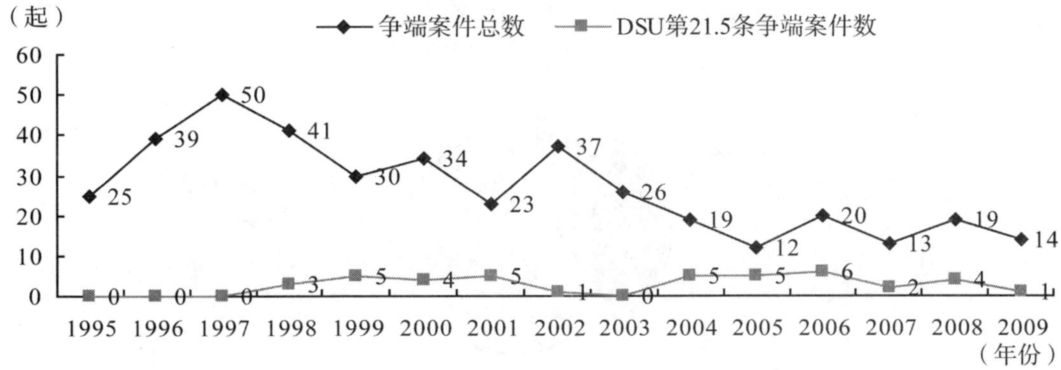

图 1　1995—2009 年世贸组织争端解决机构所受理争端案件年度走势

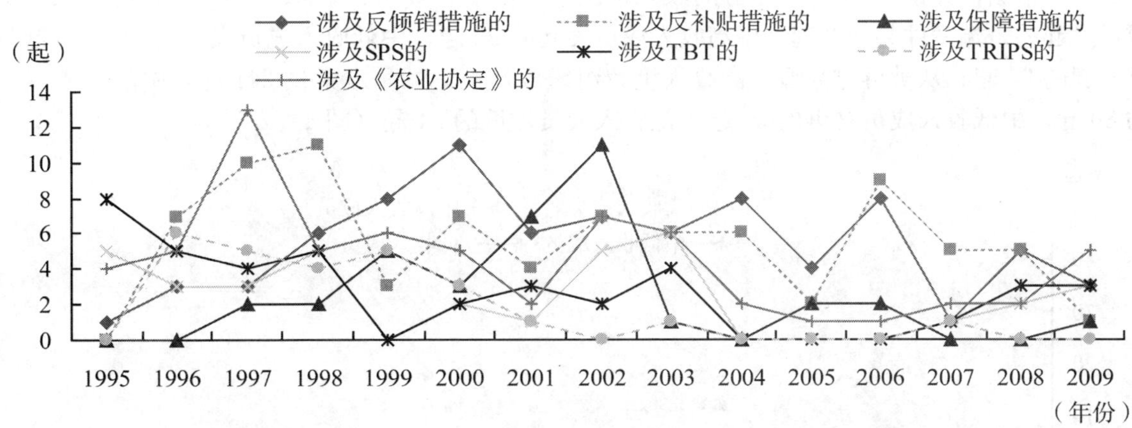

图 2　1995—2009 年世贸组织争端解决机构所受理各类争端案件年度走势

2. 美、欧等发达成员对争端解决机制的利用最为频繁，加拿大的申诉指数最高，中国最低

根据联合国贸易发展组织发布的 2009 *Handbook of Statistics* 中对发达经济体和发展中经济体的划分，在争端解决机构受理的 402 起争端案件中，由美国、欧盟等发达成员提起的共 238 起。其中，141 起案件的被诉方为发达成员，96 起案件的被诉方为发展中成员，1 起案件的被诉方为过渡经济体成员（克罗地亚）。由发展中成员提起的争端案件共 158 起。其中，94 起案件的被诉方为发达成员，64 起案件的被诉方为发展中成员。发达成员与发展中成员共同提起的争端案件共 6 起，被诉方均为发达成员。从申诉方来看，美国提起的案件数位居首位，为 93 起，占争端案件总数的 23.13%；其次是欧盟，为 81 起，占比 20.15%；位居第三的是加拿大，33 起，占比 8.21%。从被诉方来看，美国被诉的争端案件数最多，为 108 起，占争端案件总数的 26.87%；其次是欧盟，为 67 起，占比 16.67%；印度位居第三，为 20 起，占比 4.98%，中国位居第四，为 17 起，占比 4.23%（图 3）。

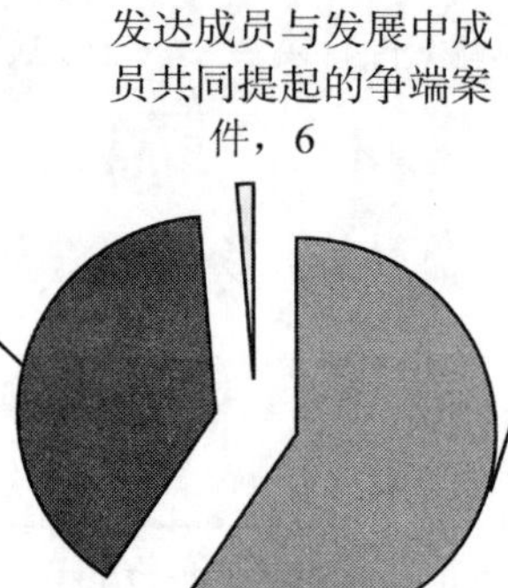

图3　根据联合国贸易发展组织划分的各类别成员所提起争端案件分布情况

此外，根据世界银行2009年划分的收入情况进行的统计如下：1995—2009年，高收入世贸组织成员发起的争端案件共252起，中高收入成员发起的92起，中低收入成员发起的49起，低收入成员发起的25起；从被诉方来看，高收入世贸组织成员被诉的争端案件241起，中高收入成员被诉的80起，中低收入成员被诉的57起，低收入成员被诉的24起（图4）。

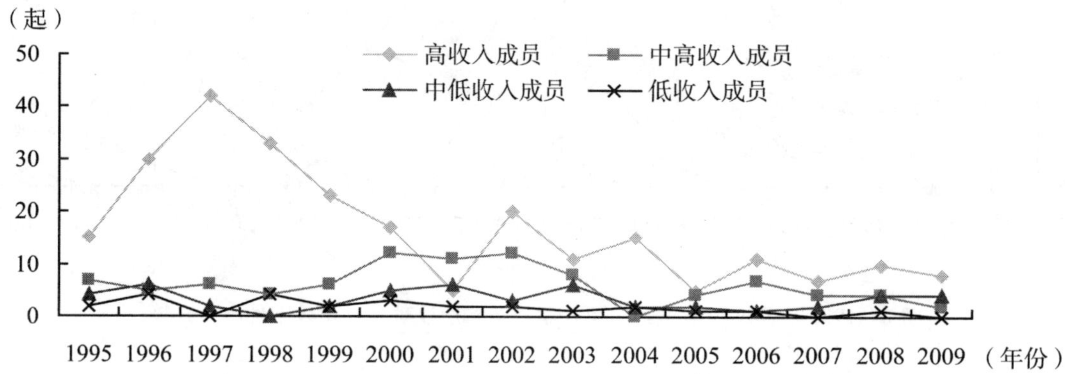

图4　根据世界银行2009年划分的收入情况统计各成员所发起争端案件年度走势

从以上数据我们可以总结出利用世贸组织争端解决机制的规律；即积极提起争端案件的成员同时也频繁被诉，“利用”指的不仅仅是提起的案件数量，也指在被诉案件中的应对。如果用某具体成员的申诉案件数除以被诉案件数，就将得出一个围绕数值1上下波动的指数，指数大于1的，证明该成员的申诉情形多于被诉情形；指数小于1的，证明该成员的申诉情形低于被诉情形；指数等于1的，证明该成员的申诉情形与被诉情形持平。用简单的公式表示，即某具体成员的申诉案件数/被诉案件数＝申诉指数。以美国、欧盟、加拿大、阿根廷、墨西哥、巴西、印度和中国的申诉指数为例（图5），可以进一步论证上文中提出的观点，即在争端解决机制中，一成员发起争端案件的情况与其被诉的情况是大体持平的。有申诉就会有被诉，而不会出现仅作为争端案件的发起方而未遭受或很少遭受其他成员申诉的情况。在世贸组织争端解决的多边机制下，各成员间的角色是相对的，被诉也是对争端解决机制加以利用的一种途径。就这8个成员而言，其平均申诉指数为1.21。也就是说，欧盟的申诉情况与世贸组织主要成员的大体情形持平，美国、阿根廷、印度和中国在世贸组织的申诉情况低于平均值，而加拿大、墨西哥和巴西的申诉情况则高于平均值。

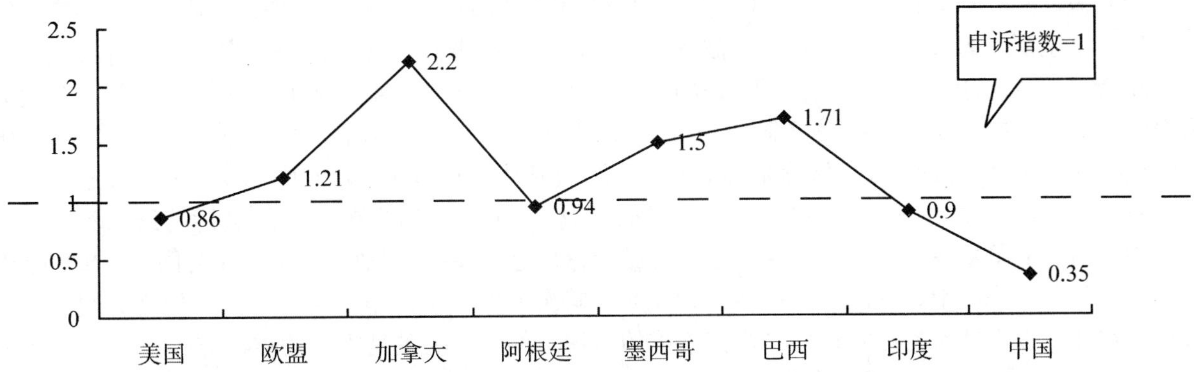

图5　世贸组织主要成员方争端案件申诉与被诉规律走势

3. *中、美、欧成为2009年利用世贸组织争端解决机制的绝对主角*

2009年，世贸组织共受理14起争端案件。其中，中国与美国、欧盟互涉案件为5起，占比35.71%。中、美、欧三成员成为同期利用世贸组织争端解决机制的绝对主角。具体而言，互涉情形为：中国对美国发起2起争端（DS392、DS399），对欧盟发起1起争端（DS397）；美国和欧盟分别对华发起1起争端（DS394、DS395）。从案件类别看，涉及反倾销措施的有1起（DS397）；涉及出口限制措施的2起（DS394、DS395）；涉及技术性贸易措施的1起（DS392）；涉及保障措施的1起（DS399）。

总体上看，在中国提起的6起争端案件中，美国作为被诉方的有5起，占比83.33%；另外1起案件的被诉方为欧盟；在美国提起的93起争端案件中，欧盟作为被诉方的有19起，中国作为被诉方的有8起，其余分别为韩国（6起）、日本（6起）、墨西哥（6起）、加拿大（5起）、印度（4起）、巴西（4起）、阿根廷（4起）等；在欧盟提起的81起争端案件中，美国作为被诉方的有31起，中国作为被诉方的有3起，其余分别为印度（10起）、阿根廷（7起）、日本（6起）、加拿大（5起）、韩国（4起）、巴西（4起）、墨西哥（3起）等。结合争端发起的时间要素发现，在中国入世前，利用争端解决机制的基本格局可以说是美、欧互为利用争端解决机制的主要对象；在中国入世后，该格局就开始转变为中、美、欧三方互为利用争端解决机制的主要对象了。尤其是2007、2008和2009年，中、美、欧互涉的案件数分别达到4起、4起和5起，分别占当年受理的争端案件总数的30.77%、21.05%和35.71%。2009年，中国针对美国和欧盟提起的诉讼首次超过美国和欧盟对华提起的诉讼，且首次提起了针对欧盟的世贸组织争端（DS397）。

4. *美国是反倾销领域的主要被诉方；欧盟成为技术性贸易措施和检验检疫措施领域的主要被诉方*

在截至2009年年底受理的402起世贸组织争端案件中，涉及反倾销措施的有80起。其中，由15个发展中成员提起的51起，占涉及反倾销措施争端案件总数的63.75%；由7个发达成员提起的27起，占比33.75%；另外2起由多个发展中成员和发达成员共同提起，占比2.5%。其中，发展中成员中，墨西哥、印度、巴西、韩国和阿根廷是主要发起方；发达成员中，欧盟、加拿大、美国和日本是主要发起方。从被诉方情形来看，涉及的发展中成员较为分散，16个发展中成员共涉及32起争端，最多的为墨西哥，6起；涉及的发达成员较为集中，美国、欧盟、加拿大和澳大利亚4个被诉发达成员共涉及48起争端，其中仅针对美国的争端就达39起，占反倾销措施争端案件总数的48.75%，针对欧盟的7起，占比8.75%。在涉及反倾销措施的争端中，美国是主要的被诉方。

在402起争端案件中，涉及技术性贸易措施的有40起，涉及检验检疫措施的有36起。在涉及技术性贸易措施的40起争端案件中，6个发达成员共发起27起，其中加拿大（10起）、美国（9

起）和欧盟（5 起）是主要发起方；8 个发展中成员共发起 13 起，其中墨西哥、阿根廷、印度、智利和秘鲁是主要发起方，均为 2 起。从被诉情形看，涉及技术性贸易措施争端案件的被诉方主要集中在欧盟（19 起）和美国（10 起）等发达成员；发展中成员中，韩国被诉最多，为 4 起，其次为阿根廷，3 起。在涉及检验检疫措施的 36 起争端案件中，6 个发达成员共发起 27 起，其中美国（10 起）和加拿大（9 起）是主要发起方；8 个发展中成员共发起 9 起，其中菲律宾发起 2 起，其余（墨西哥、阿根廷、尼加拉瓜、厄瓜多尔、泰国、印度、中国）均为 1 起。从被诉情形来看，涉及检验检疫措施的争端案件，被诉方主要集中在欧盟（9 起）、澳大利亚（6 起）和美国（5 起）等发达成员；发展中成员中，韩国被诉最多，为 5 起，其次为墨西哥、印度和土耳其，均为 2 起。由此可见，在涉及技术性贸易措施和检验检疫措施的争端案件中，欧盟是主要的被诉方。

5. 无论是在实体程序还是在执行程序中，争端案件的上诉率均较高，但呈波动之势

世贸组织争端解决机构发布的专家组报告有两类：一般程序的专家组报告（standard panel reports）和执行程序的第 21.5 条专家组报告（Article 21.5 panel report）。根据《关于争端解决规则与程序的谅解》第 16 条（专家组报告的通过）和第 17 条（上诉审议）的相关规定，争端方可就专家组报告的裁决与认定提出上诉，该上诉也包括对一般程序专家组报告的上诉和对执行程序第 21.5 条专家组报告的上诉两类。1995—2009 年，世贸组织争端解决机构共发布 154 个专家组报告，其中，一般程序的专家组报告 126 个，执行程序的第 21.5 条专家组报告 28 个。被提起上诉的专家组报告共 106 个，占所有专家组报告的比例为 68.83%。其中，一般程序的专家组报告被诉的有 87 个，在 126 个一般程序专家组报告中占比为 69.05%；执行程序的第 21.5 条专家组报告被诉的有 19 个，在 28 个执行程序专家组报告中占比为 67.86%（图 6）。

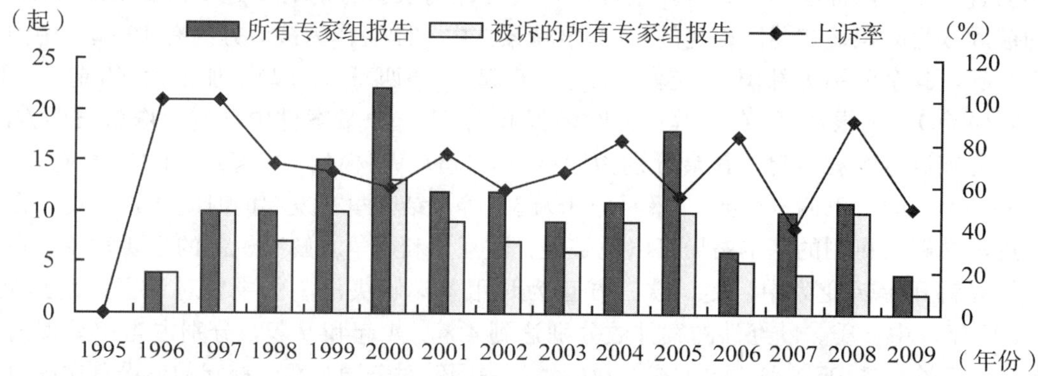

图 6　1995—2009 年针对世贸组织专家组报告提起上诉的年度分布情况

从年度数据上看，除 1995 年没有发布专家组报告的案件外，其余年份争端中专家组报告的上诉率均维持在较高水平，个别年份甚至高达 100%。从总体趋势上看，上诉率基本在 60%的水平上上下波动。上诉程序是在当事方对专家组报告的认定或推理存有异议的情况下启动的救济程序。此外，根据世贸组织《上诉审议工作程序》第 23.1 条的规定，在上诉通知作出后的 15 日内，原上诉方之外的当事方可以加入该上诉，也可以就专家组报告中的其他法律错误提起上诉。也就是说，其他当事方有 15 天的时间决定是否加入其他当事方提起的上诉，或是单独提起上诉，但这种上诉应交由相同的上诉成员审理。这种情况被称为“交叉上诉”（cross appeal）。在世贸组织争端案件中，存在“交叉上诉”情形的案件也不在少数。据中国贸易救济信息网统计，1995—2009 年，世贸组织发布的上诉机构报告共 96 个，其中涉及“交叉上诉”情形的有 54 个，占比 56.25%。

6. 争端解决救济程序环环相扣，耗时长、案件周期长

根据《关于争端解决规则与程序的谅解》的相关规定，世贸组织争端解决主要涉及以下几个程序：磋商程序、专家组工作程序、上诉审议程序、仲裁程序、执行程序（对执行建议和裁决的监督）。其中，磋商程序为必经程序。针对各个阶段的时限问题，《关于争端解决规则与程序的谅解》第 20 条规定，“除非争端各方另有议定，自 DSB 设立专家组之日起至 DSB 审议通过专家组报告或上诉机构报告之日止的期限，在未对专家组报告提出上诉的情况下一般不得超过 9 个月；在提出上诉的情况下通常不得超过 12 个月。如专家组或上诉机构按照第 12.9 条或第 17.5 条延长提交报告的时间，则所用的额外时间应加入以上期限。”也就是说，争端案件自专家组的设立到上诉报告的发布应当为 12 个月，再加上此前磋商程序的 60 天，争端案件自立案起到上诉机构报告的发布应当为 12 个月零 60 天。但从实践中看，争端解决机构处理争端案件所需的时间要远远超出法律条文所规定的期限，大部分案件均存在条款中规定的延期情形。

据中国贸易救济信息网根据 1995—2009 年个案情形的统计，自成立专家组的决定做出之日起至专家组的最后组成所花费的时间平均为 72.51 天；自专家组的组成至中期报告的发布所花费的时间平均为 266.77 天；自专家组的组成至最终报告的发布所花费的时间平均为 361.10 天；自成立专家组的决定做出之日起至最终报告的发布所花费的时间平均为 433.61 天；未提起上诉的专家组报告的最终通过平均需要 37.29 天。自专家组报告发布至提出上诉申请之间平均需要 46.18 天；自上诉申请提出之日起至上诉机构报告的发布平均需要 90.57 天；自上诉机构报告的发布至最终的通过平均需要 22.42 天。通过对第 21.3（c）条仲裁程序所需时间的统计显示，专家组报告和/或上诉机构报告的通过至仲裁裁决的发布平均需要 144.48 天；从仲裁员的确定至仲裁报告的发布平均需要 55.80 天。对于执行程序而言，从争议事项的确定至第 21.5 条专家组将最终报告发布给当事方平均需要 191.44 天，而到公开发布则需要 246.43 天（图 7）。

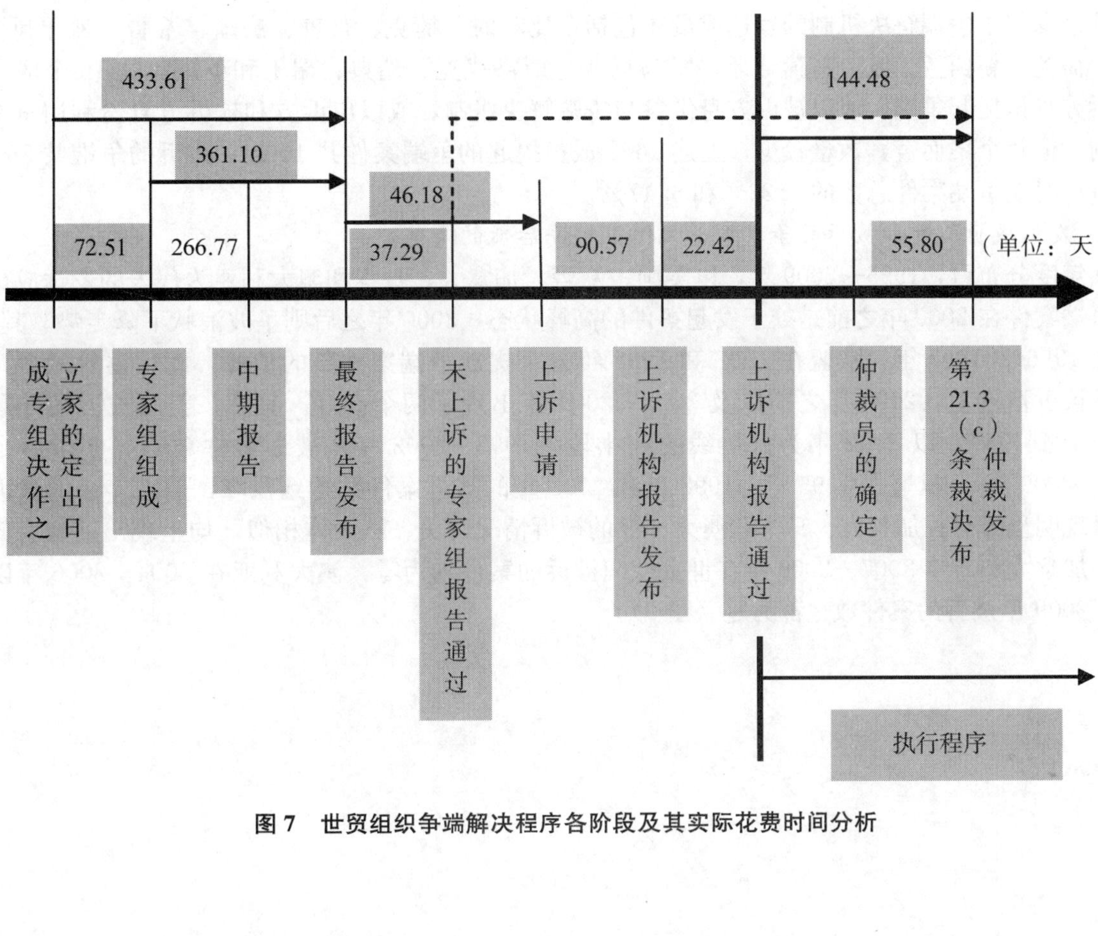

图 7　世贸组织争端解决程序各阶段及其实际花费时间分析

第二节　发达成员利用争端解决机制情况分析

目前，世贸组织共有 153 个成员。其中，发达成员 38 个，占比 24.84%。1995—2009 年，发达成员提起的争端案件为 238 起（另有 6 起为发达成员与发展中成员共同提起），被诉的有 241 起。在发达成员提起的 238 起争端中，141 起案件的被诉方为发达成员，96 起案件的被诉方为发展中成员，1 起案件的被诉方为过渡经济体成员；在发达成员被诉的 241 起争端中，有 141 起是由发达成员提起，94 起由发展中成员提起，6 起案件由发达成员和发展中成员共同提起。

一、发达成员利用争端解决机制的特点

1. 美国、欧盟、加拿大、日本和澳大利亚在发达成员中利用争端解决机制较为活跃

在 28 个发达成员中，美国、欧盟、加拿大、日本和澳大利亚是利用争端解决机制较为活跃的成员，也是提起争端案件的主要成员。1995—2009 年，这 5 个成员提起的争端案件共 227 起，占同期争端案件总数的 56.47%，占所有发达成员提起争端案件数的 93.03%。其中，美国提起的争端案件有 93 起，占该时期争端案件总数的 23.13%；欧盟提起的有 81 起，占比 20.15%；加拿大提起 33 起，占比 8.21%；日本 13 起，占比 3.23%；澳大利亚 7 起，占比 1.74%。从被诉情形来看，这 5 个成员被诉的案件共 215 起，占该时期争端案件总数的 53.48%。其中，美国被诉的案件最多，为 108 起，占该时期争端案件总数的 26.87%；其次为欧盟，67 起，占比 16.67%；加拿大和日本均被诉 15 起，分别占比 3.73%；澳大利亚被诉 10 起，占比 2.49%。

其余参与了争端解决机制的发达成员还包括：比利时、捷克、丹麦、法国、希腊、匈牙利、爱尔兰、荷兰、新西兰、波兰、葡萄牙、罗马尼亚、斯洛伐克、瑞典、瑞士和英国。这 16 个成员或以申诉方身份提起争端，或以被诉方身份参与争端解决机制，或以申诉方和被诉方身份利用争端解决机制。但就个案而言，数量较少，上述 16 个成员提起的争端案件共 16 起，被诉的争端共 26 起，分别占该时期争端案件总数的 4.23%和 6.47%。

2. 发达成员提起和被诉的争端案件大体呈前高后低的走势

从年度分布看，1995—2009 年，以美国、欧盟、加拿大、日本和澳大利亚为代表的发达成员提起的争端案件在 2000 年之前是处于发起案件的高峰状态；2000 年之后则呈波浪状下降走势。其中，美国在 1996 和 1997 年、欧盟在 1997 和 1998 年处于提起争端案件数的顶峰，此后逐年减少（图 8）。从被诉情形看，2000 年之前以及 2002—2004 年出现了两个高峰。其中，美国被诉案件数在 2002 年达到顶峰，以 2002 年为分界线的前半段（1995—2002 年）被诉案件数明显多于后半段（2003—2009 年）；欧盟在 1995 年、1998 年和 2003 年的被诉案件数达到顶峰，但近年来的被诉情况也呈现明显降势；加拿大、日本和澳大利亚的被诉情况与美、欧大体相似，均呈现出前高后低的走势，加拿大和日本 2007—2009 年在世贸组织被诉的案件均为零，澳大利亚在 2004—2006 年以及 2008—2009 年被诉的案件数也都为零（图 9）。

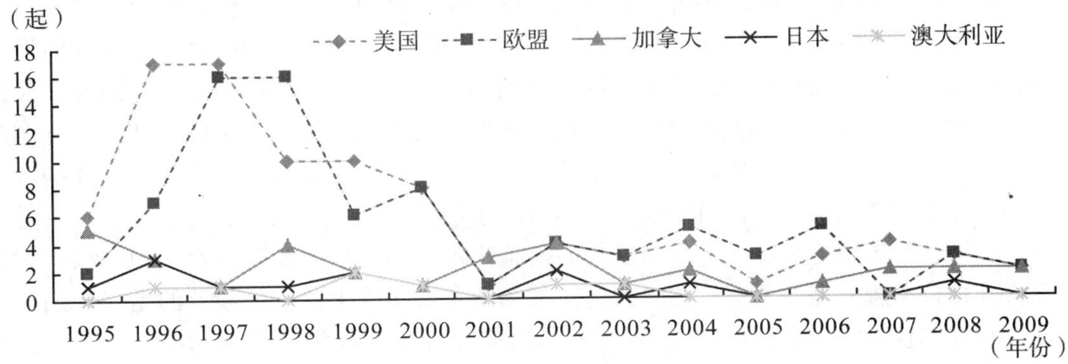

图 8 1995—2009 年主要发达成员提起争端案件走势

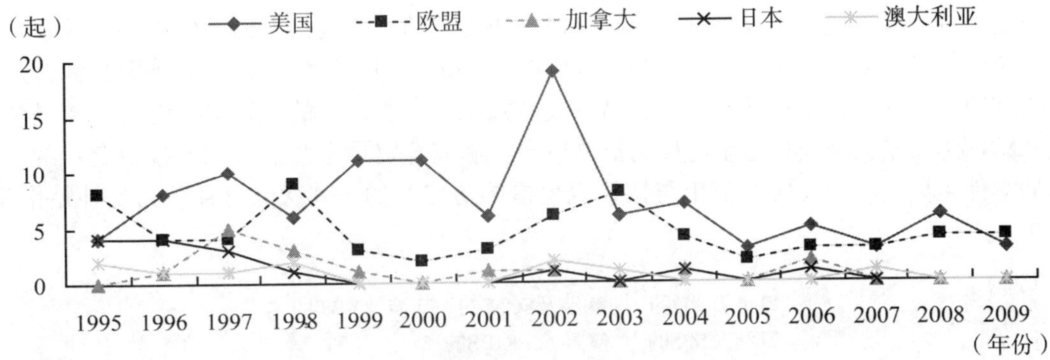

图 9 1995—2009 年主要发达成员被诉争端案件走势

3. 美、欧、加、日、澳申诉案件较多涉及《补贴与反补贴措施协定》；被诉案件美国较多涉及《反倾销措施协定》①

从美国、欧盟、加拿大、日本和澳大利亚 1995—2009 年发起的争端案件来看，涉及《补贴与反补贴措施协定》（SCM）的仍然占大多数，其次为《反倾销措施协定》（AD）；美国、欧盟和加拿大针对《技术性贸易壁垒协定》（TBT）和《实施卫生与植物卫生措施协定》（SPS）提起的争端案件也不在少数，日本和澳大利亚基本不涉及此类情形。美国和欧盟针对《与贸易有关的知识产权协定》（TRIPS）提起的争端案件数量较多，共有 23 起。详见图 10。

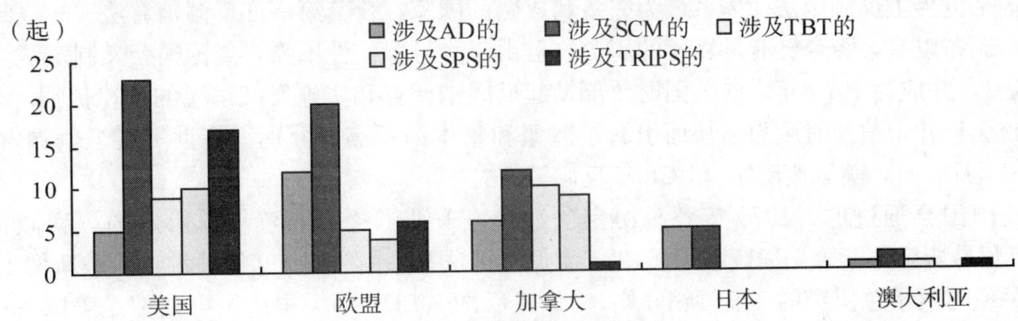

图 10 1995—2009 年主要发达成员所提起争端案件涉及调查形式对比

① 1 起争端案件可能涉及多项世贸组织协定，因此，所统计出的涉及世贸组织协定的数量通常会超过相应的争端案件数量

可以看出，在美国发起的争端案件中，涉及《反倾销措施协定》的最少，涉及《补贴与反补贴措施协定》的最多，此外还涉及知识产权领域、技术性贸易措施及检验检疫措施；在欧盟发起的争端案件中，涉及《补贴与反补贴措施协定》和《反倾销措施协定》的案件最多，并同时涉及知识产权领域、技术性贸易措施及检验检疫措施；在加拿大发起的争端案件中，主要是涉及《补贴与反补贴措施协定》、《技术性贸易壁垒协定》和《实施卫生与植物卫生措施协定》的案件，并同时关注涉及《反倾销措施协定》的案件，但对知识产权领域的争端关注较少；在日本发起的争端案件中，主要是涉及《反倾销措施协定》和《补贴与反补贴措施协定》的案件，没有涉及知识产权、技术性贸易壁垒及检验检疫措施领域的争端；在澳大利亚发起的争端案件中，主要涉及的是《补贴与反补贴措施协定》，并同时涉及反倾销领域、技术性贸易措施及知识产权领域的争端，没有涉及针对检验检疫措施的争端。

从被诉的争端案件来看，这 5 个发达成员的情况各有侧重：美国被诉的案件主要是涉及《反倾销措施协定》的，其次是涉及《补贴与反补贴措施协定》的；欧盟被诉的案件主要是涉及《技术性贸易壁垒协定》的，其次是涉及《补贴与反补贴措施协定》的；加拿大被诉的主要是涉及《补贴与反补贴措施协定》的，其次是涉及《与贸易有关的知识产权协定》的；日本被诉的主要是涉及《补贴与反补贴措施协定》、《实施卫生与植物措施协定》和《与贸易有关的知识产权协定》的；澳大利亚被诉的案件主要是涉及《实施卫生与植物卫生措施协定》的，其次为《补贴与反补贴措施协定》的（图 11）。

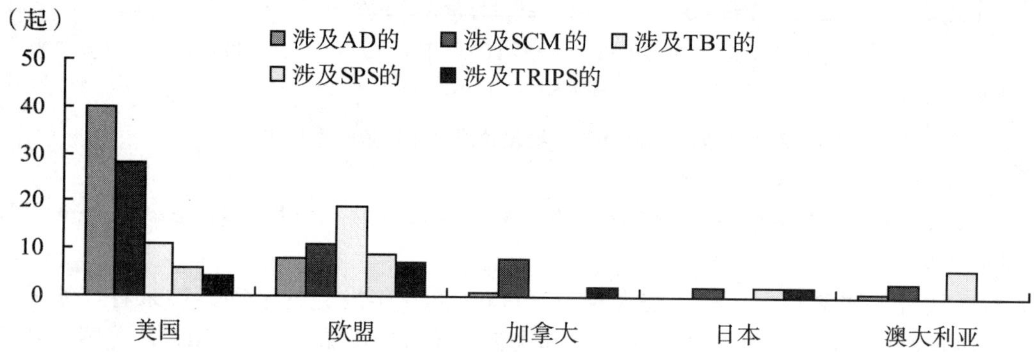

图 11　1995—2009 年主要发达成员被诉的争端案件各类型对比

4. 美国反倾销法是反倾销领域争议最多的国内法

美国是世界上反倾销法律体系最为完备和成熟的国家，自其第一部反倾销立法——《1916 年反倾销法》颁布以来，距今已有近百年的历史。但由于其可操作性不强，美国国会又制定了《1921 年反倾销法》，并成为 1979 年之前美国财政部发起反倾销调查和实施反倾销税的法律依据。但《1916 年反倾销法》并未被及时废除，从而引起了欧盟和日本的不满，分别诉诸世贸组织争端解决机制。2004 年 12 月 3 日，美国废除了《1916 年反倾销法》。

在美国国会通过的《1979 年贸易协定法》中，采纳了关税与贸易总协定的《反倾销守则》。《1979 年贸易协定法》第一编废除了《1921 年反倾销法》，并在《1930 年关税法》中新增了第七编，以实施关税与贸易总协定的《反倾销守则》。修正后的《1930 年关税法》第七编是美国现行有效的反倾销法。此外，美国商务部和国际贸易委员会还各自制定了关于反倾销的条例。

之后，美国继续颁布了《2000 年持续倾销与补贴抵消法》，允许美国海关根据反倾销税令向提起或支持反倾销调查的国内产业发放一定比例的补贴款项。对此，2000 年 12 月 21 日，澳大利亚、巴西、智利、欧盟、印度、印尼、日本、韩国和泰国向世贸组织提出了与美国就该事项进行磋商的请求，但磋商未果。该案上诉机构最终裁定，美国的《2000 年持续倾销与补贴抵消法》违反了《关于建立世界贸易组织的马拉喀什协定》和《反倾销措施协定》，与美国在该协定项下的义务不符。此外，涉及美国反倾销法领域的另一起影响较大的争端是美国计算倾销幅度的法规和方法（欧盟，DS294；日本，DS322；欧盟，DS350；韩国，DS402）。以DS294案为例，以第三方身份参与该案的成员就包括阿根廷、巴西、中国、中国台湾、中国香港、印度、日本、韩国、墨西哥、挪威和土耳其11个成员。该案于2006年4月18日发布上诉机构报告，但其中美国提出的上诉事项并未涉及"归零做法"违反《反倾销措施协定》的认定。

此外，在针对具体产品的反倾销措施争端中，还涉及美国反倾销条例第353.25（a）（2）（ii）和（iii）节、《1930年关税法（经修订）》中关于自用生产条款和紧急情况的规定，以及《1930年关税法（经修订）》中关于可获得事实条款与《反倾销措施协定》一致性的质疑等。

5. *发达成员开始越来越频繁地利用"实质损害威胁"标准*

就"实质损害和实质损害威胁"而言，"威胁"比实际造成的概念要宽泛，且极易被滥用。因此，确定实质损害威胁较之确定实质损害有更为严格的规定。世贸组织《反倾销措施协定》第3.7条和《补贴与反补贴措施协定》第15.7条规定了确定实质损害威胁应遵循的基本原则：（1）以事实为依据，而不是仅依据"指控、推测或极小的可能性"；以及（2）倾销造成的损害必须是"能够明显预见的"，且"迫近"的。具体而言，调查机关在确定实质损害威胁时，应考虑以下几个因素：（1）所涉一项或几项补贴的性质和因此可能产生的贸易影响（仅在反补贴调查中）；（2）倾销/补贴进口产品进入国内市场的大幅增长率，表明进口实质增加的可能性；（3）出口商可充分自由使用的、或即将实质增加的能力，表明倾销/补贴出口产品进入进口成员市场实质增加的可能性，同时考虑吸收任何额外出口的其他出口市场的可获性；（4）进口产品是否以对国内价格产生大幅度抑制或压低影响的价格进入，是否会增加对更多出口产品的需求；以及（5）涉案产品的库存情况。

无论是反倾销或反补贴调查，被考虑的因素作为整体必须得出如下结论：即更多的倾销/补贴出口产品是迫近的，且除非采取保护性行动，否则实质损害将会发生。从以往各国的反倾销/反补贴法律实践看，因实质损害威胁而采取反倾销/反补贴措施的情况较少，随着各国经济发展形势的愈趋复杂化，实质损害威胁问题也开始成为"威胁"我国出口形势的潜在因素。针对实质损害威胁的推理及认定，各国（地区）具体做法如下：

（1）美国

美国《1930年关税法（经修订）》第771（7）（F）节规定由国际贸易委员会就美国国内产业是否受到涉案产品的实质损害威胁作出认定。在作出上述认定时，国际贸易委员会应分析"进一步倾销或被补贴的进口产品是否数量巨大，以及是否除颁发禁令或达成中止协定外，来自涉案产品的实质损害将会发生"。国际贸易委员会不能仅"在臆想或推测"的基础上作出任何判断，而应综合考虑构成威胁的各种因素。在作出终裁之时，国际贸易委员会应综合考虑与本案调查具有相关性的所有法定因素。

累积评估认定实质损害威胁。出于可操作的程度和《1930年关税法（经修订）》第771（7）（G）（ii）节的规定，为使其与第（F）（i）（III）和（IV）节相符，委员会可以累积评估自所有国家进口的涉案产品的数量及价格影响，具体情形包括：(i) 于同日提交702（b）或732（b）节［美国法典第19卷1671a（b）或1673a（b）］规定的申请书；(ii) 于同日启动702（a）或732（a）节［美国法典第19卷1671a（a）或1673a（a）］规定的调查；或（iii）如果这些进口产品在美国市场上彼此竞争并同其境内相同或类似产品展开竞争，于同日提交702（b）或732（b）节［美国法典第19卷1671a（b）或1673a（b）］规定的申请书，并于同日发动702（a）或732（a）节［美国法典第19卷1671a（a）或1673a（a）］规定的调查。

也就是说，在认定实质损害时认定符合累积评估的条件和例外情形在认定实质损害威胁时也同样适用。但是，在认定实质损害威胁时，委员会拥有自由裁量权。在对该问题作出认定时，委员会需要考虑诸如进口增幅在同样的市场是否相似，进口产品的低价销售幅度是否相同，以及进口涉案产品在该市场将对国内同类产品的价格可能产生的压制或抑制作用等因素。此外，委员会还需考虑从一国（地区）进口的涉案产品面对的竞争条件是否与从其他国家进口的涉案产品存在明显不同。

实质损害威胁法律规定的要素分析。与世贸组织《反倾销措施协定》和《补贴与反补贴措施协定》的规定相比，美国反倾销和反补贴法对认定实质损害威胁所考虑的因素作了几点补充：(1) 出口国具有的尚未被利用的产能或存在短期内大量扩大产能的可能性；(2) 出口国具有的内部转产的能力，即把生产其他产品的生产设备用于生产相关产品的能力；(3) 如果调查涉及农产品及其加工产品，则因上述产品相互转换出口而引起进口增加的可能性；(4) 对有关国内产业发展的实际或潜在的负面影响，包括对发展相关产品的衍生及高级产品的努力的影响。美国的这些补充规定有些超出了世贸组织协定的内容，可能加大外国产品被裁定构成国内产业实质损害威胁的可能性。

从确定实质损害威胁的要素上看，与实质损害的认定相似，委员会对实质损害威胁的认定也需考虑所有与美国产业状况相关的经济因素，如进口数量、库存等。

因果关系的认定。在评价是否有合理理由相信国内产业由于涉案产品进口而受到实质损害或者实质损害威胁的时候，委员会考虑了所有与美国产业状况相关的经济因素。尽管法案要求委员会决定是否有合理理由相信国内产业“由于 (by reason of)”不公平的贸易进口而受到实质损害或者实质损害威胁，其并没有对“由于 (by reason of)”一词作出定义。这表示，损害分析的该项认定有待于委员会合理履行其自由裁量权。在确定涉案进口和对国内产业造成实质损害/实质损害威胁之间的因果关系时，委员会要审查记录中有关于涉案进口的进口量、涉案进口的价格影响以及涉案进口对国内产业状况的任何影响的事实。在“由于 (by reason of)”标准下的这种评估必须保证有关涉案进口对国内产业造成的损害远远超过了极小的或者间接的原因的程度，并且保证在有关涉案产品的进口和实质损害之间存在充分的因果关系，而非暂时的因果关系。

近年来，各国对于实质损害威胁的调查呈现出一个新的特点，即对具有倾销历史的或是在其他国家已遭受反倾销调查的出口商的产品进行跟踪，把产品进入进口国的事实作为判断实质损害威胁的重要因素加以考虑。例如，美国《1988 年贸易法》要求，国际贸易委员会应考虑相同商品的相同当事人在其他关税与贸易总协定成员方被裁倾销的情况和补救措施，但要有两次以上被裁定倾销的经历才予以考虑。

(2) 欧盟

与美国相比，欧盟确定实质损害威胁的标准相对简单，包括：①倾销产品向欧盟出口的增长率；②原产国或出口国现有或在可预见的将来的产能，以及这些产能用于向欧盟出口的可能性。欧盟迄今为止尚未作出过仅因实质损害威胁便裁定采取反倾销措施的先例，只是在几个案件中同时裁定存在实质损害和实质损害威胁。

从个案分析来看，欧盟确定实质损害威胁在实践中的做法主要有以下几点：

可能出现的消费状况的变化趋势、涉案国家的进口产品，以及调查期结束后的产业形势。欧盟委员会首先需要对临时反倾销措施实施后的情况作出分析。为了能够获取涉案产品更为详细的市场资料，以及在调查期内因进口产品倾销给欧盟国内产业所造成的损害变化趋势，调查机关额外选取了一组生产者的调查样本。欧盟统计局正在就最新的数据进行深入分析。其分析的事项主要包括消费量、自涉案国进口的产品数量、其在欧盟市场所占的份额等，并抽样调查了欧盟国内企业的产量、产能和开工率，通过其在欧盟市场的销售量及所占的市场份额分析欧盟国内产业的形势以及利润率的增长情况。

损害威胁。主要涉及以下两个要素：①进口产品的倾销趋势。在涉及出口产品来自于数量庞大的诸多企业，而不可能有一个市场渗透战略的问题，欧盟的推理是：自涉案国进口的涉案产品对欧盟出口量的增加是由于欧盟市场需求的增加，那么其出口产品在欧盟所占的市场份额应当保持在相对稳定的水平上，而不会出现在调查期内骤增的情况。对于众多出口企业而言，根本没有必要共同拟定一个市场渗透战略，而一旦以超低价格向某一市场渗透成功，就意味着这些众多的出口企业正在朝着一个共同的战略努力，而不需要提前协商拟定。事实上，在欧盟反倾销条例第3（9）条中，并没有列出评估是否存在产业损害威胁的相关指标。对此，欧盟的普遍做法是在调查时必须从整体情况进行分析。

②关于出口趋势的认定。欧盟调查机关可能作出的推理是，只要具备生产设备以及生产条件，企业不仅能够生产被调查的涉案产品，也能够生产其他种类的产品。因此，尽管涉案国可能并没有向欧盟大量出口该产品，但由于生产设备以及生产条件已经具备，企业可以很容易地将其用于涉案产品的生产，而欧盟认为，这会使更多的涉案产品涌入欧盟市场。

需要指出的是，欧盟委员会所作出的关于产业损害威胁的结论，其所依据的主要是欧盟反倾销条例第3（5）和3（9）条所列出的多项参考因素。从个案中提出的针对信息来源问题的异议中可以看出，目前在这一点上的抗辩并未取得实质性的突破。欧盟委员会一律师表示，来自于欧盟统计局的数据、通过各样本企业的调查问卷所得到的数据、来自于非样本企业的评论、相关团体提供的资料以及在调查过程中来自于互联网的资料等，所有这些资料中非保密的部分都已向公众发布，并接受相关咨询；调查所依赖的数据均有其出处，还包括来自各利益相关方所提交的意见及建议，并在调查期间经过审查。也就是说，欧盟委员会的一般裁决是，不管是在调查结束后还是其间，对于评论的分析结果，或是来自利益相关方对于临时措施公告结论的意见，以及最终的结果公布，委员会都对事实进行了重新审查。在调查的最后期限，委员会所作出的有关产业受到损害威胁的结论都是毋庸置疑的。

（3）加拿大

在裁定涉案产品的进口未对加拿大国内相关产业构成实质损害的情况下，加拿大国际贸易法庭必须进一步考虑涉案产品的进口是否对加拿大国内相关产业构成损害威胁。加拿大《特别进口措施法》第37条第1（2）款规定，加拿大国际贸易法庭应确定涉及涉案产品的进口对加拿大国内相关产业构成损害威胁的相关因素。另外，加拿大国际贸易法庭还指出，根据加拿大《特别进口措施法》第37条第2（1.5）款的规定，除非存在倾销和补贴的涉案产品对国内相关产业构成损害的事实可以明确预见和即将发生，否则不得裁定存在产业损害威胁。与美国、欧盟认定实质损害威胁时考虑的因素大体相同，加拿大国际贸易法庭也需考虑诸多因素，如进口大幅增长的可能性、产能、对加拿大国内产业的影响等。

在针对涉案产品对加拿大国内相关产业构成损害威胁的裁决中，加拿大《特别进口措施法》要求国际贸易法庭对进入加拿大国内市场的涉案产品价格是否可能对加拿大国内同类产品价格构成明显抑制或压抑作用以及是否有可能因此而增加对涉案产品进口的需求等状况作出评估。此外，加拿大《特别进口措施法》还要求加拿大国际贸易法庭考虑一系列其他因素，以确定这些除倾销和补贴外的其他因素是否对加拿大国内相关产业构成损害。对此，加拿大国际贸易法庭的主要做法是对调查期内非涉案产品的进口数量和价格予以考察，以确定其是否出现增长，以及在未来是否会对加拿大国内产业构成损害，进而确定其对加拿大国际贸易法庭关于存在倾销和补贴的涉案产品对加拿大国内相关产业构成损害威胁的结论未构成任何消极影响。

此外，加拿大国际贸易法庭还可以考虑涉案产品或加拿大国内同类产品的消费结构是否发生变化，及变化因素，其目的是分析该变化是否会对加拿大国内相关产业构成消极影响。也就是说，加拿大国际贸易法庭关于其他因素可能带来的消极影响均需提供论据证明其无法对加拿大国际贸易法庭关于存在倾销和补贴的涉案产品对加拿大国内相关产业构成损害威胁的结论构成任何消极影响，从而进一步得出存在倾销和补贴的涉案产品正在对加拿大国内相关产业构成损害威胁的结论。

纵观各国以往的反倾销法律实践，并同时考虑当前国际贸易瞬息万变的形势，反倾销/反补贴法律的时效性越来越强。在这一时代背景下，各国已基本确立的认知是，在发现实质损害威胁存在时没有及时采取反倾销措施，而等到法律要求的各种因素都具备时，实质损害威胁就将成为现实的实质损害。因此，可以预见，以实质损害威胁作为判断损害存在的依据的案例在未来的国际/反补贴法律实践中将会逐渐增多。

二、主要发达成员申诉、应诉特点分析

从上文数据可以看出，发达成员尽管从数量上看只有42个，且利用世贸组织争端解决机制较为活跃的也仅是美国、欧盟、加拿大、日本和澳大利亚这5个成员，但这些成员所代表的贸易额却占到全球贸易额的50%以上，对世贸组织目前的多哈回合谈判起着较大的影响。因此，了解这些发达成员在申诉、应诉领域的特点，有利于我们更好地积累经验，同时结合实际情况借鉴并更好地利用世贸组织争端解决机制。

1. 美国

自世贸组织，甚至是自关税与贸易总协定成立以来，包括在争端解决、谈判磋商以及规则制定领域，美国一直以来都是处于主导地位的。在争端解决领域通常的情况是，美国采取行动后，很容易带动其他成员也采取类似行动。这种“连锁”反应的影响大、波及范围广。在谈判磋商和规则制定领域，美国的意见也成为推动谈判继续进行的主要潜在动力之一。

（1）积极参与争端解决机制是美国利用世贸组织维护其国内产业利益的重要手段

1995—2009年，美国提起的争端案件共93起，被诉的共108起，均为最多，二者之和占该时期402起争端案件总数的50%。此外，美国还在67起争端中以第三方身份参与相关程序。也就是说，在402起争端案件中，与美国“利害相关”的就有268起，占比66.67%。其中，美国提出上诉申请的案件共有47起。从申诉指数上看，美国并不高，仅为0.86，这意味着，美国每发起1起争端，平均就会有1.16起争端（1/0.86≈1.16）等着其去应诉。其中，欧盟扮演了很重要的角色——在美国提起的93起争端案件中，欧盟作为被诉方的有19起，占欧盟被诉案件总数（67起）的28.36%；在美国被诉的108起争端案件中，欧盟作为申诉方提起的有31起，占欧盟提起案件总数（81起）的38.27%。在世贸组织框架下，美、欧双方既互为重要的经贸伙伴，又互为发起贸易争端的主要目标。

（2）完善的法律环境及充实的专家队伍

以反倾销为例，美国是世界上反倾销法律体系和反倾销机构最为完善的国家。早在1916年，美国税收法中就有了关于反倾销的规定。经过不断的修订和完善，目前形成了《1930年关税法（经修订）》第七编、美国商务部反倾销条例（《联邦条例汇编》第19编第351、354节）、美国国际贸易委员会反倾销条例（《联邦条例汇编》第19编第207节）和《乌拉圭回合协定法》及《行政行为陈述》在内的完整的反倾销法律体系。

从反倾销机构上看，美国也相当完备。美国商务部负责倾销调查并确定倾销幅度；国际贸易委员会负责损害调查并确定倾销和国内产业遭受的损害之间是否存在因果关系等；美国海关和边境保护署负责对进口产品征收反倾销税；美国国际贸易法院负责受理涉案当事人对反倾销行政裁定不服而提起司法审议的要求；联邦巡回上诉法院有权对国际贸易法院的审判进行审查；当事人对联邦巡回上诉法院裁决不服的，可向最高法院上诉。这样就形成了从调查到上诉救济的一整套环节的程序规定。

从裁决推理上看，应该说，美国相关调查机关的裁决与推理是所有世贸组织成员中最为详尽的。无论是商务部的倾销裁决、国际贸易委员会的损害裁决还是联邦巡回上诉法院或最高法院的裁决，针对个案发布的各裁决报告大部分长达100多页，甚至是二三百页。裁决报告以相关法律为依

托，从程序上和事实上对相关因素或事项作出评估或分析。在依据相关法律时，裁决中的陈述可以具体涉及某一法律条款的某一句话或某一个法律点。

从专家队伍上看，美国拥有一批熟悉世贸组织规则、熟悉贸易救济规则的专家学者。截至发稿，美国共有12名专家担任世贸组织争端解决机构专家组和上诉机构成员。其中，担任专家组成员的有9名，担任上诉机构专家的有3名（表5）。

表5 美方担任世贸组织专家组及上诉机构成员的专家及所处理争端案件列表

分 类	专家姓名	处理的争端案件	处理该案的所有成员
专家组成员	William Davey	加拿大有关民用支线飞机出口信贷担保的措施（DS222）	Davey，Seung Wha Chang，Dwarka—Canabady
		欧盟影响商船贸易的措施（DS301）	Davey，Jordaan，D. McRae
		美国计算倾销幅度的法规和方法（DS294）	C. Falconer，Beseler，Davey
	Marsha Echols	欧盟对发展中成员适用关税优惠的相关条件（DS246）	Lacarte—Muro，Echols，Shimizu
	Gary Horlick	哥伦比亚实施海关指导价和进口限制措施（DS366）	Horlick，Biggs，Mendoza
	Robert Hudec	加拿大药品的专利保护（DS114）	Hudec，Ficsor，Sepulveda
		欧盟影响黄油产品进口的措施（DS72）	Swart，Hudec，Orozco Jaramillo
	Gary Hufbauer	欧盟对韩国动态随机存取存储器的反补贴措施（DS299）	Hufbauer，Gallacher，Jacobsz
	John Jackson	泰国对进口铁、非合金钢的角材、型材和异型材以及工字钢征收反倾销税（DS122）	Jackson，Azevedo，Gauthier
	Merit Janow	欧盟有关沙丁鱼的描述的法规（DS231）	Liang，Janow，Kumar
	Warren Lavorel	欧盟对糖的出口补贴（DS265）	Lavorel，Biggs，Hirose
	Stephen Powell	阿根廷对进口的德国纸板和意大利陶瓷地砖的最终反倾销措施（DS189）	McPhail，Gauthier，Powell
常设上诉机构成员	James Bacchus	共作出27个上诉机构报告（具体略）	—
	希尔曼（Jennifer Hillman）	中国影响出版物和音像制品的贸易权和分销服务的相关措施（DS363）	Oshima，Hillman，Ramírez—Hernández
		美国计算倾销幅度的法规和方法（DS294）	Oshima，Bautista，Hillman
		中国影响汽车零部件进口的措施（DS339、DS340、DS342）	Bautista，Hillman，Sacerdoti
		印度对来自美国的进口产品的附加税和额外附加税（DS360）	Hillman，Sacerdoti，Zhang
		美国对陆地棉的补贴措施（DS267）	Baptista，Hillman，Unterhalter
	Merit Janow	共发布10个上诉机构报告（具体略）	—

（3）利用世贸组织的报复机制，相关措施的运用超出了原本“督促执行”的目的

报复机制是世贸组织争端解决机制中为实施多边贸易体制的最后救济方法，但《关税与贸易总协定》第23条的规定过于笼统，从理论上看，其主要功能更多地在于“重新恢复利益平衡”。在实践中，以香蕉案和激素牛肉案为例，美国并未按照缔约前的相关货物关税水平严格实施关税中止减让，而是采用了100%的禁止性从价关税。而美国在香蕉案中受到影响的相关产品在缔约前并未达到100%的关税水平。由此可见，美国在该案中采取报复措施的目的根本不是为了恢复欧盟与美国之间通过关税与贸易总协定谈判达成的低关税之前的关税水平。在这其中，报复措施的适用还带有了一种平衡的观念。①

2. 欧盟

欧盟是仅次于美国的世贸组织争端案件的主要参与者。在世贸组织框架下，欧盟与美国有着大体相似的利益，在争端解决的实践中，具体做法也有相似之处。

（1）对法律措施、案件裁决格式和推理本身进行深入研究，以提高运用争端解决机制的能力

以反倾销为例，从格式上看，欧盟无论初裁还是终裁公告的格式，均是按照程序、同类产品、倾销、损害、因果关系、共同体利益等程序进行信息展示和论证说明的，其论证的部分由“鉴于”二字引出；最终决议在上述理由之后，以条款形式总结。从逻辑推理上看，在欧盟裁决公告中，占篇幅最大的仍然是倾销与损害的确定。此外，关于因果关系、欧盟利益的论证，所占篇幅也不小。在欧盟反倾销调查中，一个很明显的特征是将欧盟利益作为认定欧盟国内产业一个重要的部分予以显示。与其相比较，我国终裁附件中涉及国内产业的部分主要是第三部分，即国内同类产品和国内产业的认定。其实，从内容上看，二者的论证大同小异。

此外，与美国类似的是，欧盟在其所提主张和进行抗辩的推理中，都注重协定条款之间的关联性，不存在就单一条款论事的情形。在应对争端案件的过程中，在非常熟悉条款规定的情况下，找出得以证明或驳斥对方主张的法律依据。例如，关于“倾销进口”的认定，欧盟可能主张涉及的关联条款包括《反倾销措施协定》第2.1和5.7条；关于国内产业状况的分析，欧盟可能主张涉及的关联条款为第4.1条。

针对当事各方提出的争议点，可以通过其他相关案件专家组或上诉机构的认定，也可以通过对条款作出的解释进行认定。欧盟提起或被诉的争端案件中，许多认定和法律解释都被援引过。例如，关于“倾销进口”的认定，“欧盟—床单”案专家组仅对生产商/出口商的所有被认定为“倾销进口”的进口作出了“视为倾销进口”的认定，而并未对“不存在倾销的生产商/出口商的进口”作出认定。“阿根廷—家禽”案援引了“欧盟—床单”案专家组的认定，并进一步就其未认定的部分作出了认定。从欧盟参与的争端案件的认定和推理可以看出，在涉及“法无明文规定即被视为允许”和“法无明文规定即被视为不允许”的问题上，目前争端解决机构所持的观点主要是“法无明文规定即被视为允许”。

（2）最大限度为国内产业争取利益空间

在世贸组织框架下，欧盟最大限度为国内产业争取利益空间的做法主要有以下几点：

① 从法律制定上保证国内产业的利益。从反倾销法律措施上看，目前，欧盟适用的反倾销法为1995年1月1日生效的新的反倾销条例，并经由第384/96号条例的修改，于1996年3月6日付诸实施。其主要有以下2个特点：其一，“立法一步到位”，即确保反倾销法符合世贸组织《反倾销措施协定》的要求。世贸组织明确要求其成员确保国内法符合世贸组织的规定，立法一步到位可以避免许多麻烦。其二，在遵守世贸组织《反倾销措施协定》的前提下，“共同体利益”条款和“从轻

① “论世贸组织下的报复机制”，中国贸易救济信息网

处罚”条款更好地保护了欧盟的整体利益，以减少反倾销措施对欧盟经济产生的震荡。其中，“共同体利益”条款设立的初衷就是，在保护受到倾销伤害的企业的同时，顾及其他有关各方（如进口商、消费者等）的利益，避免损害其“整体利益”；“从轻处罚”意为，若某企业的产品向欧盟倾销的幅度为10%，而对欧盟企业造成的损害程度仅为5%，那么欧盟向该企业征收5%的反倾销税。

② 在执法上的努力。遵守世贸组织规则、合法地保护欧盟区内产业，是欧盟反倾销司法实践的一条经验。反倾销是一个法律问题，如果被征收反倾销税的企业认为欧盟在反倾销执法上违反了世贸组织规定，可直接将欧盟告上欧盟初审法院或欧盟法院，或通过其政府将欧盟告到世贸组织（限于世贸组织成员）。由此，如果欧盟被裁定有违规行为，需要根据法院的判决或世贸组织的裁定修改其反倾销决定，从而大大弱化了反倾销的力度。

③ 程序的拖延和合理利用。其实，美国、欧盟，甚至印度、巴西等主要的发达成员和发展中成员运用世贸组织争端解决机制的最重要的一项经验就是：利用程序，合法拖延，为国内产业争取更多的时间。在争端解决程序中，可以适当注意以下几个时间点：

磋商阶段。申诉方提出磋商申请后，双方有一段磋商期（《关于争端解决规则与程序的谅解》（DSU）第4.3、4.7条），因为争端解决机构的宗旨是通过磋商解决争端；

针对申诉方提出的成立专家组的申请。被诉方有一次机会拒绝；申诉方再次提出申请时，被诉方必须予以同意；

中期审议阶段。根据DSU第15.2、15.3条，“……在专家组设定的期限内，一方可提出书面请求，请专家组在最终报告散发各成员之前，审议中期报告中的具体方面。应一方请求，专家组应就书面意见中所确认的问题，与各方再次召开会议。如在征求意见期间未收到任何一方的意见，中期报告应被视为最终报告，并迅速散发各成员”，尽管在实际运用中，最终报告修改中期报告的几率几乎没有；

对专家组报告的上诉。在专家组报告发布之日起60日内提起上诉，否则，即在争端解决机构会议上予以通过；

执行阶段的诉讼程序。当事方可就被诉方对争端解决机构裁决和建议的执行情况提起诉讼程序，DSU第21.5条诉讼程序。启动DSU第21.5条程序实际上等于将案件审理程序再来一遍，加之一般来说专家组会提出各种理由（如翻译时间、日程紧张等）推迟提交报告，被诉方上诉、再次确定合理期限等，无形之中案件的执行工作就会被长期拖延，时间就会大量地耗费在“合法”的程序中。从表面上看，这种结果是由于申诉方启动DSU第21.5条诉讼程序引起的，但实质上是被诉方不情愿或不完整地执行争端解决机构建议或裁决导致的结果，从根本上说就是被诉方在利用合法的程序/规则拖延执行时间。在已经发生的反倾销争端解决案例中，许多成员多次利用世贸组织争端解决机制中的程序/规则趋利避害，最大限度地维护自身利益。

仲裁程序的利用。根据DSU第21.3条，当事方可以提出执行的合理期限的仲裁申请；根据DSU第21.5条，当事方可以提出执行情况的仲裁申请；根据DSU第22.6条提出中止减让或其他义务的授权的申请；根据DSU第25条提出的仲裁申请等。

（3）输案子，但不输利益

① 从“欧盟—床单”案看欧盟败诉后的执行情况。2001年4月26日，欧盟与印度根据DSU第21.3（b）条，就执行的合理期限问题达成一致；2001年7月3日，欧盟就重新评估其反倾销认定举行听证；2001年7月26日，欧盟理事会通过第1515/2001号决议，就其需要采取的措施作出规定；2001年8月7日，欧盟理事会通过第1644/2001号决议，再次对需要采取的措施作出规定，该法令对自印度进口的棉质床单的原始调查的最终反倾销措施进行了修改，但未提及自埃及和巴基斯坦进口的涉案产品的倾销幅度问题。此后，欧盟委员会经过一次复审后，根据第1644/2001号决议，继续中止针对印度的反倾销措施。2002年4月22日，欧盟理事会通过第696/2002号决议表

示，由于欧盟此前已经终止了针对巴基斯坦棉质床单反倾销调查的相关程序，且针对埃及的相关措施也已到期，欧盟委员会认为，目前重新就针对印度的相关措施予以评估是恰当的。最终，欧盟运用累积评估的方法继续认定，自印度的倾销进口与欧盟国内产业的实质损害之间存在因果关系。

其实，世贸组织争端解决机构裁决的要点是成员方调查机关作出反倾销裁定时适用的措施或得出结论的依据的违规情形，涉及作出裁定过程中的具体细节问题，而并非针对反倾销裁定本身。因此，被诉成员方若败诉，被要求修改或调整的也仅为与世贸组织有关规定不相符的部分，其潜在含义是调查机关可能需要重新评估作出裁定的整个过程。其结果可能导致推翻此前的裁定，也可能得出与此前裁定类似的结论。

② 从“巴西—铸铁管”案看欧盟败诉后的具体做法。上诉机构和专家组报告采纳后，2003 年 10 月 1 日，欧盟和巴西就执行的合理期限问题达成一致。2004 年 3 月 17 日，欧盟通知世贸组织争端解决机构，称其已经对其原始调查作出的遭受争议的裁定重新进行了评估，完全履行了争端解决机构的裁决和建议。但巴西认为，尽管欧盟在没有适用“归零”做法的情况下重新计算了倾销幅度，但仍未完全履行争端解决机构的所有认定和建议。欧盟对此予以反驳，并进一步提供了证据，作出了说明。

该案未诉诸 DSU 第 21.5 条诉讼程序，究其主要原因是，双方在关于执行情况的争论中并未像“欧盟—床单”案那样涉及具体的法律点。巴西提出的异议之处仅在于欧盟未完全履行争端解决机构的裁决和建议。对此，欧盟作出了积极回应，并提供了充分的证据加以说明。从 2004 年 3 月 23 日欧盟向世贸组织提交的执行情况报告（WT/DS219/13）可以看出，欧盟对于其新作出的裁定作出了合理的推论。

第三节　发展中成员利用争端解决机制情况分析

目前，世贸组织拥有 107 个发展中成员，占比 69.93%。1995—2009 年，发展中成员提起的争端案件共 158 起（另有 6 起为发达成员与发展中成员共同提起），被诉的有 160 起。在发展中成员提起的 158 起争端中，94 起案件的被诉方为发达成员，64 起案件的被诉方为发展中成员；在发展中成员被诉的 160 起争端中，96 起案件由发达成员提起，64 起案件由发展中成员提起。

一、发展中成员利用争端解决机制的特点

1. 印度、巴西、墨西哥、泰国、阿根廷、韩国和智利利用争端解决机制较为活跃

在 107 个发展中成员中，印度、巴西、墨西哥、泰国、阿根廷、韩国和智利利用争端解决机制较为活跃，也是提起争端案件的主要成员。1995—2009 年，这 7 个成员提起的争端案件共 115 起，占该时期争端案件总数的 28.61%，占所有发展中成员提起的争端案件数的 72.78%。其中，巴西提起的争端案件为发展中成员最多，共 24 起，占该时期争端案件总数的 5.97%；墨西哥提起的有 21 起，占比 5.22%；印度提起 18 起，占比 4.48%；阿根廷提起 15 起，占比 3.73%；韩国提起 14 起，占比 3.48%；泰国提起 13 起，占比 3.23%；智利提起 10 起，占比 2.49%。提起争端案件的其他发展中成员还包括：中国，6 起；中国台湾，3 起；哥伦比亚，5 起；哥斯达黎加，4 起；菲律宾，5 起；土耳其，2 起；中国香港，1 起；巴基斯坦，3 起，印尼，5 起等。

从被诉情形来看，这 7 个成员被诉的争端案件共 94 起，占该时期争端案件总数的 23.38%，占所有发展中成员被诉争端案件数的 58.75%。其中，印度被诉的案件为发展中成员最多，在全体成员中位居第三，为 20 起，占该时期争端案件总数的 4.98%；阿根廷被诉的案件有 16 起，占比 3.98%；巴西、墨西哥和韩国被诉的案件均有 14 起，分别占比 3.48%；智利被诉的 13 起，占比

3.23%；泰国被诉的3起，占比0.75%。被诉的其他发展中成员还包括：中国，17起，在发展中成员中被诉案件数位居第二，全体成员中位居第四；哥伦比亚，3起；多米尼加，3起；厄瓜多尔，3起；埃及，4起；危地马拉，2起；印尼，4起；马来西亚，1起；尼加拉瓜，2起；巴基斯坦，2起；巴拿马，1起；菲律宾，5起；南非，3起；特立尼达和多巴哥，2起；土耳其，8起；乌拉圭，1起；委内瑞拉，2起等。

由此可见，世贸组织的107个发展中成员中，以申诉或被诉身份参与争端解决机制的仅31个成员，占发展中成员总数的28.97%。其中，申诉和被诉案件之和超过10起的有10个成员（即印度、巴西、墨西哥、泰国、阿根廷、韩国、智利、中国、菲律宾和土耳其），仅占比9.35%。

2. 各成员提起的争端案件出现峰值的时机不同，被诉案件呈前高后低走势

以1995—2009年印度、巴西、墨西哥、泰国、阿根廷、韩国和智利为代表的发展中成员提起的争端案件情况为例可以看出，该时期发展中成员提起的争端案件呈波浪状起伏，各主要成员出现峰值的具体时间均不相同。具体而言，阿根廷提起的争端案件数在2006年出现峰值；巴西在2000年出现峰值；智利在2001年出现峰值；印度在1996年出现峰值；墨西哥在1996、1999、2003和2007年分别出现4次峰值；泰国在1996年出现峰值；韩国在2000年和2003年出现峰值（图12）。从年度情况上看，部分发展中成员提起的争端案件数呈现较为缓和的波浪状发展；而部分发展中成员则出现了骤起骤降之势。

从被诉情形来看，发展中成员的情形与发达成员提起争端案件的情形类似，均呈现前高后低的趋势（图13）。这主要是由于发展中成员被诉的160起争端中，大部分（96起）是由发达成员提起的，因此受发达成员提起争端案件情形的影响较大。发展中成员被诉争端案件的情况大体以2001年为分界线：主要发展中成员被诉争端案件的峰值均出现在1995—2001年间，被诉情况在2001—2009年间趋于缓和，呈现较有规律的波浪状起伏。仅墨西哥在2003年出现了与2000年相似的第二个峰值（3起）；泰国的唯一一个峰值出现在2008年（2起）。其余5个发展中成员，如阿根廷的被诉峰值出现在1998年（4起）；巴西的被诉峰值出现在1996年（4起）；智利的被诉峰值出现在2001年（4起）；印度出现在1997年（7起）；韩国的被诉峰值出现在1995、1997和1999年（均为3起）。

综上，从主要发展中成员提起和被诉的争端案件情形来看，与美国和欧盟相比差距甚大。发展中成员中利用争端解决机制最为频繁的印度和巴西，申诉和被诉案件之和均为38起。与美国申诉被诉案件之和的201起和欧盟申诉被诉案件之和的148起相比，差距大。但需要注意的是，与除美国和欧盟外的发达成员（如澳大利亚、加拿大、日本）相比，这几个主要发展中成员利用世贸组织争端解决机制的频率也并不逊色。

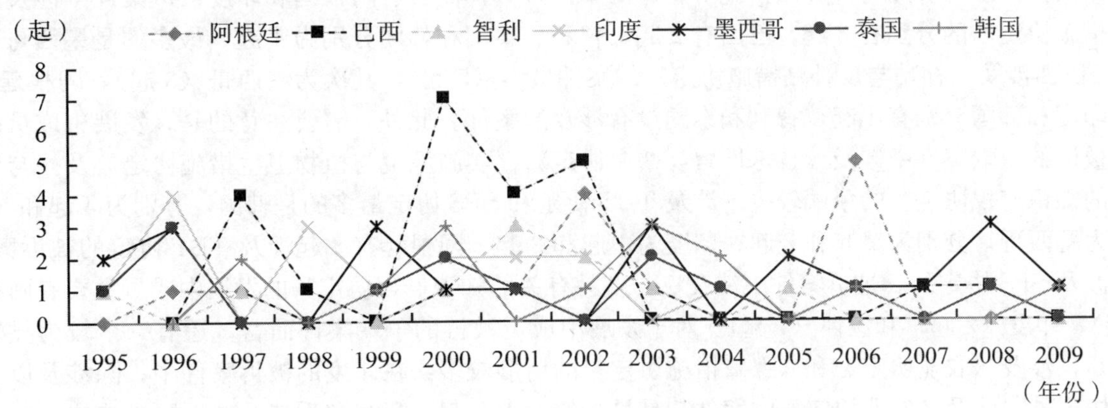

图12 1995—2009年主要发展中成员提起争端案件年度走势

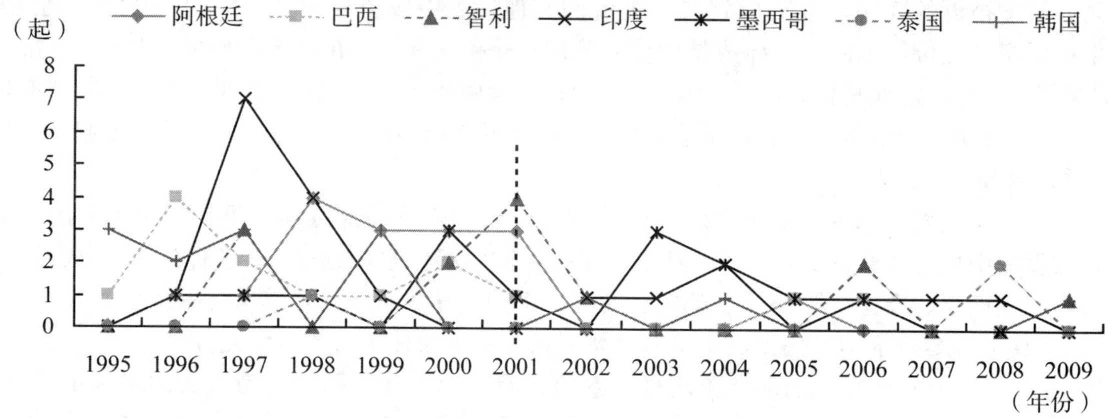

图 13　1995—2009 年主要发展中成员被诉争端案件年度走势

3. 发展中成员提起和被诉争端案件中大多涉及《反倾销措施协定》和《补贴与反补贴措施协定》

以阿根廷、巴西、智利、印度、墨西哥、泰国和韩国 1995—2009 年提起的争端案件为例，从总体上看，涉及《反倾销措施协定》的占大多数，其次为涉及《补贴与反补贴措施协定》的案件。具体而言，墨西哥提起的争端中，涉及《反倾销措施协定》的最多，为 11 起；其次为印度，9 起；巴西，7 起；韩国，6 起；阿根廷，5 起；泰国，4 起；智利，1 起。巴西提起的争端中涉及《补贴与反补贴措施协定》的最多，为 9 起；其次为韩国，6 起；印度和墨西哥分别为 4 起；智利和泰国分别为 2 起；阿根廷没有涉及的案件。此外，这 7 个发展中成员中，除韩国外的其他 6 个发展中成员提起的争端案件中均涉及《技术性贸易壁垒协定》和《实施卫生与植物卫生措施协定》。其中，阿根廷提起的争端案件中，涉及《技术性贸易壁垒协定》的 2 起，涉及《实施卫生和植物卫生措施协定》的 1 起；巴西涉及《技术性贸易壁垒协定》的 1 起；智利涉及《技术性贸易壁垒协定》的 2 起；印度和墨西哥涉及《技术性贸易壁垒协定》的均为 2 起，涉及《实施卫生与植物卫生措施协定》的均为 1 起；泰国涉及《实施卫生与植物卫生措施协定》的 1 起。在知识产权领域，仅巴西涉及了《与贸易有关的知识产权协定》(2 起)。阿根廷、巴西、墨西哥和泰国提起的争端案件中还涉及了《农业协定》(分别为 4 起、3 起、2 起和 2 起)（图 14）

从被诉情形来看，这 7 个发展中成员被诉的争端案件中，涉及《反倾销措施协定》的仍占大多数，其次为涉及《补贴与反补贴措施协定》的案件。具体而言，阿根廷和印度被诉案件中涉及《反倾销措施协定》的分别有 3 起，巴西有 2 起，智利、泰国和韩国分别为 1 起，最多的是墨西哥，为 6 起；巴西涉及《补贴与反补贴措施协定》的案件最多（5 起），其次为墨西哥（3 起），阿根廷为 2 起，印度和韩国分别有 1 起，智利和泰国没有涉及的案件。此外，需要注意的是，发展中成员截至目前被诉的争端案件中涉及《技术性贸易壁垒协定》、《实施卫生与植物卫生措施协定》及《与贸易有关的知识产权协定》的争端较少。涉及 TBT 协定和 SPS 协定最多的是韩国，分别为 4 起和 5 起；其次为墨西哥，分别为 2 起和 2 起；印度为 1 起和 2 起；阿根廷有 3 起涉及 TBT 协定的被诉案件，但无涉及 SPS 协定的。被诉案件中涉及《与贸易有关的知识产权协定》的发展中成员主要有阿根廷(2 起)、印度（2 起）和巴西（1 起）。对于发展中成员被诉的争端案件而言，还有一个较为显著的特点是，涉及《农业协定》和《保障措施协定》的情形较多：在印度的被诉案件中，除涉及以上提及的协定外，涉及《农业协定》的案件却是最多的，为 7 起；智利被诉涉及《保障措施协定》的情形最多，为 8 起；此外，在阿根被诉的争端案件中，涉及《保障措施协定》的案件也较多，为 4 起。(图 15)

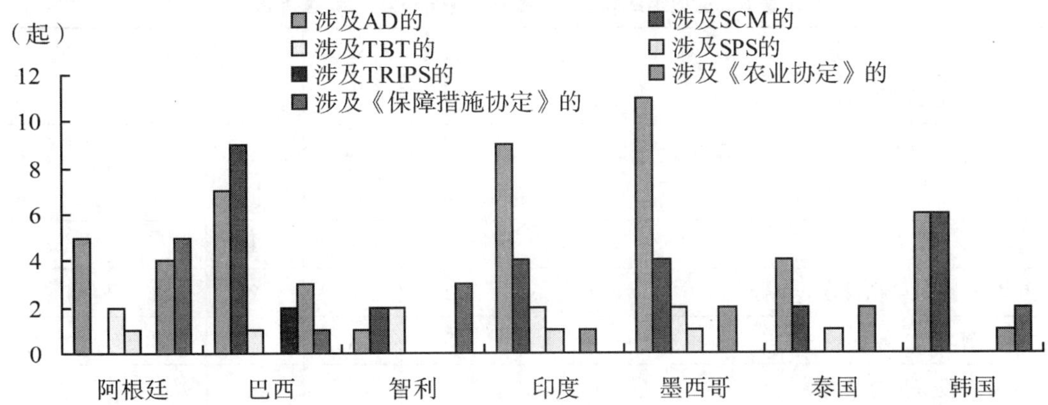

图 14 主要发展中成员发起争端案件涉及相关协定对比

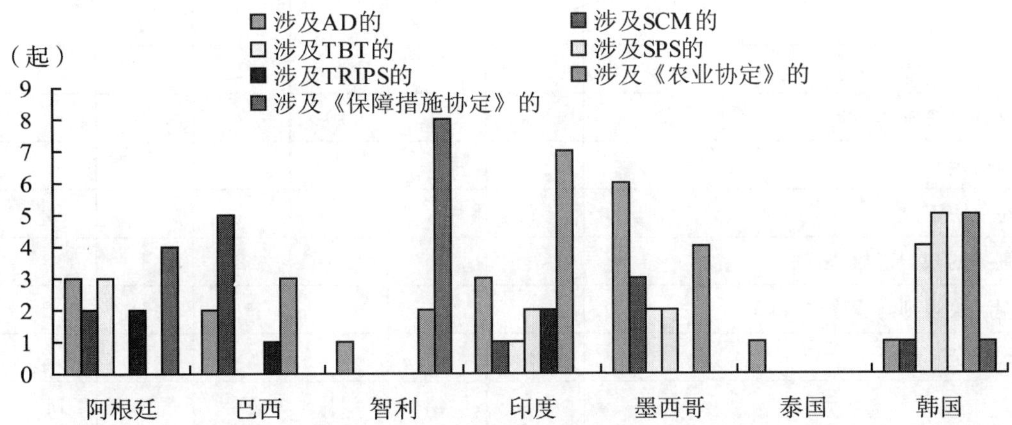

图 15 主要发展中成员被诉争端案件涉及相关协定对比

4. 主动利用特殊和差别待遇条款，最大限度享有世贸组织赋予的权利

(1) 发展中成员可利用的特殊和差别待遇条款的总体情况

利用特殊和差别待遇条款是世贸组织成员分享贸易投资自由化所带来的利益的一项基本权利。据世贸组织贸易发展委员会 2010 年发布的最新工作组报告统计，在世贸组织众多协定中，占世贸组织成员总数 69.93%的发展中成员可利用的特殊和差别待遇条款共有 148 条。主要分为 6 种类别：①增加发展中成员贸易机会条款；②要求世贸组织成员保障发展中成员权益条款；③承诺、行为和政策工具的灵活性运用条款；④关于过渡期的条款；⑤关于技术支持条款；⑥与最不发达成员相关的条款。(表 6)

表 6　世贸组织协定中涉及的特殊和差别待遇条款

协　定	①[①]	②	③	④	⑤	⑥	总 计
《1994 年关税与贸易总协定》	8	12	4				24
《关于〈1994 年关税与贸易总协定〉国际收支条款的谅解》			1		1		2
《农业协定》	1		9	1		3	13[②]
《实施卫生与植物卫生措施协定》		2		2	2		6
《技术性贸易壁垒协定》		8	1	1	8	1	19
《与贸易有关的投资措施协定》			1	2		1	4
《反倾销措施协定》		1					1
《关于实施〈1994 年关税与贸易总协定〉第 7 条的协定》		1	2	4	1		8
《进口许可程序协定》		3		1			4
《补贴与反补贴措施协定》		2	10	7			16[③]
《保障措施协定》		1	1				2
《服务贸易总协定》	4	4	4		2	2	16
《与贸易有关的知识产权协定》				2	1	3	6
《关于争端解决规则与程序的谅解》		7	1		1	2	11
《政府采购协定》	2	2	7		3	2	16
总　计	15	43	41	20[④]	19	14[⑤]	148

以《技术性贸易壁垒协定》为例：该协定中涉及到特殊和差别待遇的条款共有 19 条，是除《1994 年关税与贸易总协定》外涉及特殊和差别待遇条款最多的协定。主要分为以下几个类别：要求世贸组织成员保障发展中成员权益条款，共 8 个，分别为第 10.6、12.1、12.2、12.3、12.5、12.6、12.9 和 12.10 条；承诺、行为和政策工具的灵活性运用条款，1 个，为第 12.4 条；关于过渡期的条款，1 个，为第 12.8 条；关于技术支持的条款，8 个，分别为第 11.1、11.2、11.3、11.4、11.5、11.6、11.7 和 12.7 条；与最不发达成员相关的条款，1 个，为第 11.8 条。具体而言，第 12.1 和 12.2 条提供了《技术性贸易壁垒协定》项下特殊和差别待遇条款的总体背景。第 12.1 条规定，世贸组织成员应向发展中成员提供差别和更优惠待遇。例如，协定第 2.12 条规定的，"……各成员应在技术法规的公布和生效之间留出合理时间间隔，使出口成员、特别是发展中成员的生产者有时间使其产品和生产方法适应进口成员的要求"。此外，根据第 12.2 条，各成员应特别注意《技术性贸易壁垒协定》中有关发展中成员权利和义务的规定，并应在执行本协定时，包括在

---

① 表头中的①～⑥分别代表：增加发展中成员贸易机会条款；要求世贸组织成员保障发展中成员权益条款；承诺、行为和政策工具的灵活性运用条款；关于过渡期的条款；关于技术支持条款；与最不发达成员相关的条款

② 该协定第 15.2 条同时涉及过渡期和最不发达成员两个类别

③ 该协定第 27.4、27.6 和 27.11 条同时涉及灵活性运用和过渡期两个类别

④ 《补贴与反补贴措施协定》第 27.4、27.6 和 27.11 条同时涉及灵活性运用和过渡期两个类别

⑤ 《农业协定》第 15.2 条同时涉及过渡期和最不发达成员两个类别

国内和在运用本协定的机构安排时，考虑发展中成员特殊的发展、财政和贸易需要。

2006年，技术性贸易壁垒委员会强调了关于该协定特殊和差别待遇条款实施情况的信息交流与共享的问题，包括各成员实施特殊和差别待遇条款相关情况的信息共享；以及各成员在技术规则的准备和评估程序的遵守中是如何考虑特殊和差别待遇的实施的。为更有效地实现相关信息的交流和共享，技术性贸易壁垒委员会同意：一是，鼓励各成员向特殊和差别待遇委员会进行通报，包括在技术规则的准备和评估程序的遵守中如何考虑特殊和差别待遇条款的相关信息；二是，鼓励发展中成员自身对此类特殊和差别待遇的实施效果和益处进行评估。

(2) 主要发展中成员运用特殊和差别待遇条款分析

特殊和差别待遇是发展中成员长期集体努力争取的结果，自其实施以来，发展中成员也从中有所获益。

以印度对《农业协定》中特殊和差别待遇条款的利用为例：根据《农业协定》的基本原则，所有参加农业改革计划的世贸组织成员享有的权利及承担的义务都是平等的。但考虑到非贸易性因素、粮食安全、环境保护和人类共同进步的需要，协定对发展中成员的农业发展制定了一些特殊条款，允许发展中成员在世贸组织农业规则下采取适当的特殊政策。具体而言，《农业协定》中涉及特殊和差别待遇的有4个类别共13个条款，具体如下：增加发展中成员贸易机会条款，1个，为协定的序言部分；关于过渡期的条款，1个（第15.2条）；承诺、行为和政策工具的灵活性运用条款，9个，分别为第6.2、6.4、9.2 (b) (iv)、9.4、12.2、15.1、附件2第3段和脚注5、附件2第4段脚注5和6、附件5B节；与最不发达成员相关的条款，3个，分别为第15.2、16.1和16.2条。从实践运用来看，印度实现了既遵守世贸组织规则又部分变相否定了世贸组织基本规则在印度的实施。例如，在市场准入方面除其自身无法生产的农产品外，印度对其余农产品的进口都采取了较高的关税和非关税壁垒限制措施；并通过设立新的税种等方式，限制外国产品和服务在印度享受国民待遇，缓解了对国内农产品的竞争和冲击。印度在农业领域奉行的主要政策就是在利用《农业协定》中规定的特殊和差别待遇的同时，利用自身农业发展和社会经济的既定特征，与发达成员进行不断磋商，争取有利于自身农业发展的局面。

另外，从《与贸易有关的投资措施协定》中关于过渡期的规定来看，协定规定的期限太短（至2001年5月31日），许多发展中成员基于"发展、贸易和财政需要"的目的，向世贸组织货物贸易理事会提出了延期申请。例如，阿根廷要求涉及汽车产业的部分延期至2006年12月31日；智利要求涉及汽车整车和零部件的关税豁免部分规定延期至2001年12月31日；提出相关申请的其他发展中成员还包括哥伦比亚、埃及、马来西亚、墨西哥、巴基斯坦、菲律宾、罗马尼亚和泰国。

5. 利用"交叉报复"机制

多边贸易体制中，如果一方在货物贸易领域中违法而给另一方造成损害的，遭受损害的一方可以在该领域实施报复措施。在世贸组织的协定条款中，并未明确出现"报复"一词。根据实践中的具体做法，报复是在败诉方不执行裁决时，世贸组织授权胜诉方对败诉方中止减让义务的临时性救济，或称自助式救济。基于世贸组织争端解决的特定背景，在"报复"的基础上发展了"交叉报复"的概念，即对于在货物贸易、服务贸易和与贸易有关的知识产权三类协定的任何一个协定中违法造成的损害，报复将不再局限于违法所涉及的协定，而是可以在其他两类协定中进行交叉报复。与"报复"相比，"交叉报复"在内容上不限于货物贸易领域，而是延展到了服务贸易和知识产权领域；从类型上看，"交叉报复"既包括在同一协定下跨部门的交叉报复，也包括跨协定的交叉报复。

世贸组织成立15年来，先后在6个案例中授权报复。其中，3个案例涉及交叉报复，即欧盟对香蕉的进口、销售和经销体制案（DS27）中厄瓜多尔的授权交叉报复；美国影响跨境提供赌博和赌博服务的措施案（DS285）中安提瓜和巴布达的授权交叉报复；以及美国对陆地棉的补贴措施案

（DS267）中巴西的授权交叉报复。具体实施情况如下①：

（1）欧盟对香蕉的进口、销售和经销体制案（DS27）中厄瓜多尔的授权交叉报复情况

1996年，厄瓜多尔、危地马拉、洪都拉斯、墨西哥和美国对欧盟提出联合申诉，称其香蕉进口和销售体制与世贸组织相关规定不符。1997年5月，专家组发布裁决，欧盟败诉。但欧盟在合理的执行期限到期后仍未执行裁决。1999年11月8日，厄瓜多尔申请争端解决机构授权其对欧盟中止在《与贸易有关的知识产权协定》和《服务贸易总协定》项下的义务，涉及金额达4.5亿美元。2000年3月24日，仲裁员裁定，厄瓜多尔每年因此遭受的损失为2.016亿美元，可在货物贸易、服务贸易和知识产权领域对欧盟实施报复。仲裁员强调，厄瓜多尔应首先寻求在货物贸易和服务贸易领域的报复，之后才能在知识产权领域实施报复措施。根据报复措施涉及的金额划分，厄瓜多尔交叉报复的范围为：货物贸易20%；服务贸易10%；知识产权领域70%。2000年5月18日，DSB授权厄瓜多尔对欧盟进行价值2.016亿美元的报复，但迄今为止，厄瓜多尔并未实施该项报复措施。

（2）美国影响跨境提供赌博和赌博服务的措施案（DS285）中安提瓜和巴布达的授权交叉报复情况

2003年3月13日，安提瓜和巴布达向世贸组织提起诉讼，称美国联邦法院法律禁止跨境网络博彩违反了世贸组织规则。2005年4月7日，上诉机构作出裁决，认为美国《州际赛马法》对国内与国外业者采取了双重标准，违反了世贸组织相关规则。但在合理的执行期限到期后，美国仍未能执行裁决。2007年6月21日，安提瓜和巴布达要求争端解决机构授权其实施价值34.43亿美元的交叉报复。2007年7月23日，美国对安提瓜和巴布达提出的报复水平提出异议。12月21日，仲裁员裁定，安提瓜和巴布达可对美国每年实施2100万美元的贸易报复，报复的领域可在服务贸易和知识产权领域进行。但迄今为止，安提瓜和巴布达并未实施此项报复。

（3）美国对陆地棉的补贴措施案（DS267）中巴西的授权交叉报复情况

2002年9月27日，巴西向世贸组织提起诉讼，称美国的棉花补贴计划违反了世贸组织的相关规定。2005年3月3日，上诉机构发布裁决，美国败诉。2005年10月6日，巴西要求向美国在服务贸易和知识产权领域实施交叉报复。2009年3月3日，巴西主张的报复金额为25亿美元，分三个部分实施：对美国“棉花支持计划II”一次性实施3亿美元的报复措施；对可诉补贴部分每年实施10亿美元的报复措施；对禁止性补贴每年实施12亿美元的报复措施。从报复措施涉及的范围上看，主要为美国版权、商标、工业设计和专利等领域。2009年8月31日，仲裁员裁定，对禁止性补贴，巴西每年可以实施的报复措施金额不超过1.474亿美元；对可诉补贴，巴西每年可以实施的报复措施金额不超过1.473亿美元。2010年4月30日，巴西通知争端解决机构，称其决定推迟报复措施的实施。目前，巴西和美国正在就该事项进行磋商。

发展中成员在利用世贸组织争端解决机制保护自身权益获得胜诉后，在美欧等发达成员对上诉机构和专家组裁决拒不执行的情况下，可以通过向争端解决机构申请授权对拒不履行方实施交叉报复措施，进行最后的“自助式”救济。但从救济的实施效果来看，3个案件中有2个在获得授权后并未最终实施，剩下1个案件的当事双方正在进行磋商，原定实施的授权报复措施也被予以推迟。在这3个案件中，发展中成员都既选择了在《服务贸易总协定》项下的报复，也选择了在《与贸易有关的知识产权协定》项下的报复，且从报复金额所占的比重来看，在知识产权领域的报复甚至达到了70%（如DS27）。

① 《WTO争端解决中“交叉报复”的案例分析》，傅星国，中国论文下载中心

二、主要发展中成员申诉、应诉特点分析

发展中成员利用争端解决机制较为活跃的是印度、巴西、墨西哥、泰国、阿根廷、韩国和智利这 7 个发展中成员。中国则从 2006 年开始较为频繁地以申诉和被诉身份参与争端解决机制。

1. 印度

与中国情形不同的是，印度作为关税与贸易总协定的创始缔约国，在世贸组织成立时也成为该组织的创始成员，其对多边贸易规则和争端解决程序的理解历经几十年的沉淀，自有其独到之处。自 1995 年 9 月 28 日就波兰的汽车进口制度（DS19）向世贸组织争端解决机制提出首次诉求以来至 2009 年底，印度共向世贸组织争端解决机构提起 18 起案件，主要涉及《反倾销措施协定》（9 起）和《补贴与反补贴措施协定》（4 起）；被诉的争端案件有 20 起，主要涉及《农业协定》（7 起）和《反倾销措施协定》（3 起）；在专家组工作程序阶段以第三方参与的案件有 51 起，在上诉程序阶段以第三方参与的案件有 24 起。

（1）拥有一支熟悉世贸组织规则的专家队伍

截至发稿，印度已在世贸组织争端解决机构任职的专家组成员共有 7 人，共受理了 21 起争端（包括发布了 17 个世贸组织争端案件专家组裁决报告和 4 个 GATT 案件专家组裁决报告）；已在常设上诉机构任职的专家有 1 人，共受理了 28 起争端（包括发布了 24 个上诉机构裁决报告、3 个 DSU 第 21.3（c）条仲裁裁决和 1 个专家组报告）。

以印度曾在常设上诉机构任职的专家甘尼圣（A. V. Ganesan）受理的上诉案件为例（表 7）：其所受理的 24 起上诉案件涉及面较广，包括反倾销措施、反补贴措施、保障措施、知识产权问题、纺织品服装和农业领域相关问题。从时间上看，甘尼圣的任期为两届，时长 8 年（2000 年 6 月 1 日—2008 年 7 月 16 日），也是发布专家组报告和被诉专家组报告数量最多的一段时期。

表 7 甘尼圣受理的世贸组织上诉案件情况

案件名称	上诉机构报告发布	上诉机构报告通过	所涉及的协定	上诉机构成员
美国对泰国暖水虾的反倾销措施/美国涉及反倾销税及反补贴税货物的海关担保（DS343/DS345）	2008 年 7 月 16 日	2008 年 8 月 1 日	AD，DSU，GATT，SCM	Sacerdoti，Baptista，Ganesan
美国对墨西哥不锈钢产品的最终反倾销措施（DS344）	2008 年 4 月 30 日	2008 年 5 月 20 日	AD，DSU，GATT	Ganesan，Bautista，Sacerdoti
日本针对自韩国进口的动态随机存取存储器的反补贴调查（DS336）	2007 年 11 月 28 日	2007 年 12 月 17 日	DSU，SCM	Unterhalter，Ganesan，Sacerdoti
美国关于“归零做法”及日落复审的相关措施（DS322）	2007 年 1 月 9 日	2007 年 1 月 23 日	AD，GATT	Sacerdoti，Abi—Saab，Ganesan
欧盟与关税相关的事项（DS315）	2006 年 11 月 13 日	2006 年 12 月 11 日	DSU，GATT	Ganesan，Janow，Taniguchi

续表

案件名称	上诉机构报告发布	上诉机构报告通过	所涉及的协定	上诉机构成员
美国国际贸易委员会对加拿大软木的调查（DS277）	2006年4月13日	2006年5月9日	AD，DSU，SCM	Baptista，Abi－Saab，Ganesan
美国给其海外销售公司的税收待遇（DS108）	2006年2月13日	2006年3月14日	《农业协定》，DSU，GATT，SCM	Abi－Saab，Ganesan，Janow
美国对来自墨西哥的进口石油管材的反倾销措施（DS282）	2005年11月2日	2005年11月28日	AD，DSU. GATT	Ganesan，Lockhart，Taniguchi
欧盟对冷冻无骨鸡块的海关分类（DS269/DS286）	2005年9月12日	2005年9月27日	DSU. GATT	Sacerdoti，Baptista，Ganesan
欧盟对糖的出口补贴（DS265/DS266/DS283）	2005年4月28日	2005年5月19日	《农业协定》，DSU，SCM	Ganesan，Janow，Taniguchi
美国对陆地棉的补贴措施（DS267）	2005年3月3日	2005年3月21日	《农业协定》，DSU，GATT，SCM	Janow，Baptista，Ganesan
美国对阿根廷石油管材反倾销措施的日落复审（DS268）	2004年11月29日	2004年12月17日	AD，DSU	Taniguchi，Abi－Saab，Ganesan
美国对加拿大软木的最终反倾销措施（DS264）	2004年8月11日	2004年8月31日	AD	Ganesan，Baptista，Janow
美国对日本耐腐蚀碳钢板产品反倾销措施的日落复审（DS244）	2003年12月15日	2004年1月9日	AD，WTO	Taniguchi，Abi－Saab，Ganesan
欧盟对巴西可锻性铸铁管或管配件的反倾销措施（DS219）	2003年7月22日	2003年8月18日	AD，GATT	Ganesan，Baptista，Sacerdoti
美国对德国耐腐蚀碳钢板产品的反补贴措施（DS213）	2002年11月28日	2002年12月19日	DSU，SCM，WTO	Taniguchi，Ganesan，Sacerdoti
印度影响汽车产业的相关措施/印度影响汽车领域的贸易和投资措施（DS146/DS175）	2002年3月19日	2002年4月5日	DSU，GATT，上诉撤回	Ganesan，Sacerdoti，Taniguchi
美国给其海外销售公司的税收待遇（DS108）	2002年1月14日	2002年1月29日	《农业协定》，DSU，GATT，SCM	Feliciano，Ganesan，Taniguchi

续表

案件名称	上诉机构报告发布	上诉机构报告通过	所涉及的协定	上诉机构成员
加拿大影响牛奶进口和奶制品出口的措施（DS103/DS113）	2001年12月3日	2001年12月18日	《农业协定》	Taniguchi，Abi—Saab，Ganesan
美国对虾及虾产品的进口限制（DS58）	2001年10月22日	2001年11月21日	GATT	Bacchus，Ganesan，Lacarte—Muro
美国对巴基斯坦精梳纯棉纱的过渡性保障措施（DS192）	2001年10月8日	2001年11月5日	ATC	Abi—Saab，Ehlermann，Ganesan
美国对新西兰/澳大利亚冷鲜羔羊肉的保障措施（DS177/DS178）	2001年5月1日	2001年5月16日	GATT，《保障措施协定》	Ehlermann，Bacchus，Ganesan
泰国对铁、非合金钢的角材、型材和异型材以及工字钢征收反倾销税（DS122）	2001年3月12日	2001年4月5日	AD，DSU	Ganesan，Lacarte—Muro，Taniguchi
加拿大的专利保护期（DS170）	2000年9月18日	2000年10月12日	TRIPS	Lacarte—Muro，Bacchus，Ganesan

除在世贸组织争端解决机构拥有的一批具备理论和实践能力的一线专家外，1998年4月3日，印度成立了反倾销管理总局，配有8名调查官员，此外还拥有包括成本核算会计师在内的大量专业技术人员。以涉及反倾销和反补贴措施的争端案件为例，在具体法律点的认定中（如市场经济地位问题、倾销相关内容的调查、补贴相关内容的调查、关于损害的调查、关于因果关系的调查等）均涉及会计证据的审查。这些会计证据包括被调查倾销/补贴产品的销售数量及价格，估算的被调查产品的倾销幅度；倾销/补贴产品引起国内相似产品的销售变化、利润变化、库存变化等。这些都要求具备专业知识的、懂国际会计准则的会计人员对国内出口产品和国外同类产品的市场占有率、价格动态等变量进行监测和收集，做好事前保护工作和事后应对工作。

（2）政府本身与私营部门联系密切

从其他成员利用争端解决机制的经验上看，通常政府都是作为私营部门的代表，各成员政府需要了解争议对方拟采取的措施，需要政府和私营部门的有效合作，需要政府为律师指导方向，需要沟通与合作。在利用争端解决机制方面，印度政府本身和私营部门之间的联系紧密。以印度政府提供的政策环境为例，印度政府非常积极努力地完善私营经济发展的市场环境、政策环境。为让私人经济发挥更大的作用，使私营企业能够参与重要的经济活动，政府向私人投资开放了更多的部门，加大对基础设施部门的投资，并鼓励私营企业参与电力、钢铁等部门的发展①。与此同时，印度政府还对参与海外收购的私营企业提供了政策支持。

除大环境的政策支持外，在涉及具体的争端申诉和应诉中，印度也尤其注重构建“政府——行

① “印度经济发展模式研究”，李大薇，中华论文网

业协会——私营企业”之间的密切联系。在世贸组织争端中，往往涉及一成员的一个行业或一类产品，行业协会贴近企业，在协调市场价格等事项的整体把握中能够发挥一定作用，建立与国外政府部门及国外同行业协会，甚至是相关律师之间的联系，形成畅通的信息沟通渠道。政府加强与行业协会、企业之间的联系可以及时获得相关信息，在申诉与应诉中为国内产业、国内企业争取最大利益。

（3）通过第三方参与方式，注重分享其他国家的经验

以专家组工作程序和上诉程序的第三方参与为例，1995—2009 年，印度在专家组工作程序阶段以第三方参与的案件有 51 起，在上诉程序阶段以第三方参与的案件有 24 起（图 16）。

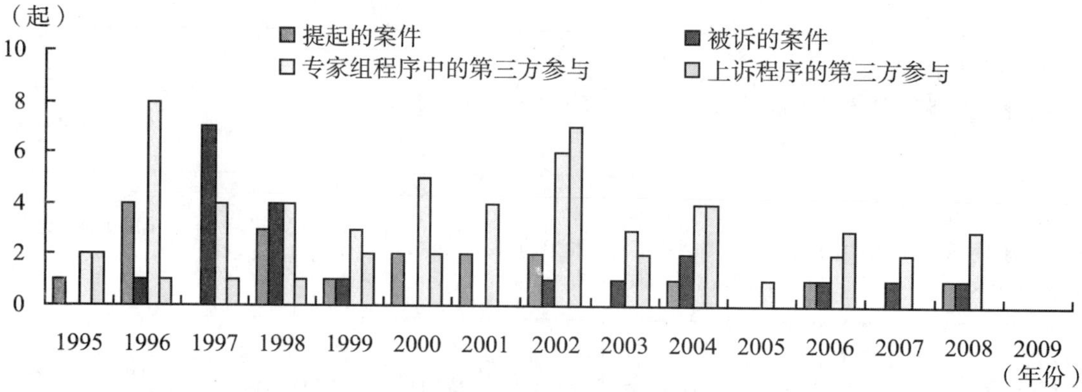

图 16　1995—2009 年印度利用世贸组织争端解决机制案件对比

从图 16 可以看出，印度在专家组程序和上诉程序以第三方身份参与的争端远远超出提起的和被诉的案件。2009 年，印度既未提起争端，也未遭遇被诉，更未以第三方身份参与争端。根据世贸组织规则（主要规定在《关于争端解决规则与程序的谅解》第 10.2、10.3、10.4 和 17.4 条中），第三方的权利包括：收到当事方向专家组第一次会议提交的书面陈述；向专家组和各当事方提交书面陈述，其观点将在专家组报告中得到体现；出席专家组专门为第三方召开的听证会等。在此过程中，该第三方可以详细了解各国的贸易体制，包括其法律规定和实际运转情况。这对于合理、充分利用争端解决机制都具有重要的参考价值。从实践中看，争端案件的第三方可能与当事一方处于相同境地、具有相同利益，可能就协议事项与当事方有相似的利益或潜在联系，也可能因专家组的最后结论而受到巨大影响。第三方在争端案件中有着既不同于申诉方，也不同于被诉方的特殊地位。因此，通过第三方身份大量参与世贸组织争端案件的审理工作，可以深入了解世贸组织规则，学习诉讼技巧。

（4）印度在执行《农业协定》中显得较成熟

1995—2009 年，在印度的 20 起被诉争端案件中，有 7 起是涉及《农业协定》的，占比 35%。其中，主要涉及农产品市场准入、国内支持和出口竞争等领域。从印度关税减让政策的效果上看，印度将农产品划分为 8 个大类，自 2001 年取消数量限制以来，农产品的进口总额有所增加。从产品种类来看，进口产品除食用油和豆类产品外，其他农产品的进口变化并不大①。可以说，印度在一定程度上取消进口数量的限制及调整进口关税结构之外，还在一定程度上达到了保护国内市场的目的。此外，印度在对约束税率和实施税率的设定方面采取了一高一低的策略。

2. 巴西

巴西是借助争端解决机制提起贸易争端案件最多的世贸组织成员之一。1995—2009 年，巴西向

① “印度执行 WTO‘农业协定’的经验”，董运来，中国农业大学经济管理学院

世贸组织争端解决机构提起的案件共 24 起，排在美国、欧盟和加拿大之后，位居第四，主要涉及《补贴与反补贴措施协定》和《反倾销措施协定》；巴西被诉的争端案件共 14 起，主要涉及《补贴与反补贴措施协定》和《农业协定》；专家组工作程序中以第三方参与的案件有 42 起，上诉程序中以第三方参与的案件有 21 起（图 17）。在发展中成员中，巴西对世贸组织争端解决机制的利用仅次于印度，但其发起的争端案件数及申诉指数甚至要高于印度（巴西的申诉指数为 1.71，印度为 0.9）。

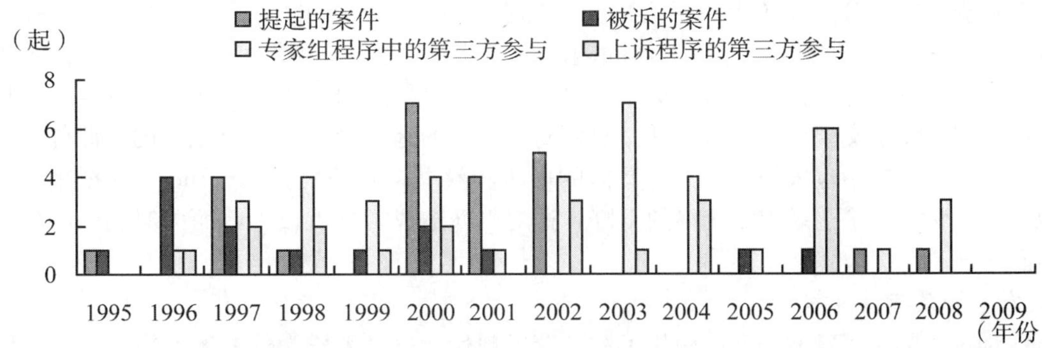

图 17 1995—2009 年巴西利用世贸组织争端解决机制案件对比

（1）较早利用世贸组织规则①

据中国贸易救济信息网统计，早在关贸总协定期间，巴西就已经作为申诉方提起了 16 起案件，占 101 起经专家组程序解决的 GATT 案件的 15.64%。在乌拉圭回合多边贸易谈判期间，巴西在争端解决方面的知识和专业能力均有了很大提高。究其原因，主要是巴西政府的高度重视和外交部的大力支持。

巴西在世贸组织争端解决和其他谈判问题上拥有一支非常专业的团队：首先在组织上实现了巴西外交部下属的世贸组织争端解决专门处理机构、日内瓦代表团、巴西私人律师事务所三者之间的密切交流与合作；其次巴西的世贸组织专业人才培养非常系统化，相关人员可以先在外交部工作，然后派往世贸组织总部日内瓦；日内瓦代表团也会选择或者邀请年轻律师是在巴西培训，然后再派往国外学习。2008 年 4 月，巴西出台了《关于成立驻世贸组织和其他总部设在瑞士的国际经济事务机构代表处》的法令，进一步强化了巴西在国际经济事务多边机构的专家队伍的建设。

（2）积累了科学、系统的应对经验

从巴西提起的 24 起争端案件上来看，美国被诉的有 10 起，占比 41.67%；欧盟被诉的有 7 起，占比 29.17%；加拿大被诉的有 3 起，占比 12.5%；其余为阿根廷被诉 2 起，土耳其 1 起，墨西哥 1 起，秘鲁 1 起。也就是说，在巴西提起的争端案件中，有 83.33%的对象为发达成员。其中，美国和欧盟被诉比例为 66.67%。截至发稿，巴西是针对发达成员（尤其是美、欧）提起争端最多的发展中成员。从效果上看，巴西已经赢得了针对发达成员诉讼的两次较大胜利，即欧盟对糖的出口补贴案（DS266）和美国对陆地棉的补贴措施案（DS267）。这 2 起案件也成为发展中成员“以弱胜强”的经典案例。在美国对陆地棉的补贴措施案（DS267）中，世贸组织争端解决机构最后批准巴西对美国实施总额为 2.95 亿美元的制裁措施。在博弈 7 年之后，该案最终以巴美双方都能接受的方式结案，并被巴西外长阿莫林称为“具有政治意义的胜利”。

① “世贸组织争端解决机制：发展中国家经验共享国际研讨会”会议纪要；“看巴西如何制裁美国——从棉花‘暗战’看巴西在 WTO 中的参与经验”，周志伟

① 战略上的灵活、睿智

从巴西在整个世贸组织的行为（包括贸易谈判和争端解决领域）来看，可以说是非常灵活、睿智的。以美国对陆地棉的补贴措施案（DS267）为例，该案于2002年9月27日提起诉讼，直至2009年8月31日才最终就以中止减让为形式的制裁措施达成一致，历经7年，途经磋商程序、专家组工作程序、上诉程序、执行程序和仲裁程序，几乎囊括了世贸组织争端解决机制中可以利用的所有救济程序。从涉案内容上看，本案是对美国一系列国内农业立法及国内补贴的挑战，巴西在纷繁复杂的补贴规定中区分存在争议及可诉的点，并在应对美国提出的关于巴西需证明“补贴的数量”、“对巴西陆地棉的价格抑制”等具体问题时均能够以“法无要求”为由予以驳回。关于这一点，其实从专家组或上诉机构的一贯裁决中就可以发现，世贸组织对于“法无明文规定”情形的一般处理办法是“法无明文规定即可行”的。巴西对这一点的运用应当说是很充分的。此外，该案专家组和上诉机构在裁决中也未拘泥于某些具体的事实和数据，而是根据A－Index证据来证明因美国对陆地棉的补贴导致了全球市场价格的下降，这对巴西造成了严重损害，而同时美国的生产及出口却在不断增加。

② 战术上的系统、科学

巴西针对多边贸易从事前到事后构建了一整套以现代化信息手段为依托的预警、应对机制和跨部门的协调机制。这主要表现在：巴西政府已建立了贸易壁垒和贸易争端的监测预警机制；巴西发展、工业和外贸部下设外贸委员会，是巴西对外贸易政策及贸易保护措施的决策机构。该委员会成员由工商发展部、财政部、农业部及外交部各部长及民事办公室主任组成，负责所有与外贸有关问题的提议、决策，同时协调各机构、各部门的相关工作。除机构设置外，正如上文所提及的，巴西还着力在世贸组织内部及外部培养了一大批熟知贸易规则、拥有应诉技巧的核心队伍和有力的支持队伍，形成了从内到外，从上到下，从预防到应对的一整套的人力、物力和财力的支持系统。

此外，巴西对世贸组织的重视也可以从其在贸易谈判和争端解决的应对中体现出来。从巴西外交政策中的“世贸组织谈判”这一目标上看，巴西认为，世贸组织是各成员实现平等竞争的平台，是最可能实现平等原则的国际组织，因此，完全可以依据平等原则在贸易问题上通过世贸组织谋求与美欧等主要发达成员平等的地位。而事实上，“平等原则”也是巴西在世贸组织利用最为充分的原则。巴西在世贸组织的谈判和争端解决中还经常利用“非歧视”原则。非歧视原则是贯穿世贸组织协定的指导原则，也是构成世贸组织这一多边贸易体制的基础。非歧视原则主要体现为最惠国待遇和国民待遇，在《1994年关税与贸易总协定》、《服务贸易总协定》和《与贸易有关的知识产权协定》等世贸组织协定中均有体现。违反非歧视原则的情形主要有两种：一成员可能给予不同原产地的产品以差别待遇，对产品实施原产地歧视，即“法律歧视”；一成员还可能根据非原产地因素给予产品差别待遇，结果也导致事实上对原产于某一成员的产品的歧视，即“事实歧视”。

（3）重视律师在国际贸易谈判中的作用①

巴西自关贸总协定时期就十分重视律师的作用，并在专业律师的培养方面积累了丰富的经验。

聘请律师参与国际贸易谈判的过程。巴西政府和企业均注重律师在贸易谈判中的作用，早在20世纪80年代关贸总协定期间，巴西就开始聘请律师参与多边贸易谈判。随着近年来巴西与世贸组织其他成员间贸易交流的愈加频繁，发生双边或多边贸易纠纷的几率增多，巴西律师在贸易纠纷谈判中的参与程度也随之深入。巴西律师的角色与地位也逐步提高，甚至可作为谈判小组的正式成员参与筹备，或与政府官员一起直接参加贸易谈判。在多边贸易体制下，巴西赋予应聘律师的职能主要有：协助应诉企业准确把握应诉期限；协助企业在规定时限内完成有关问卷；协助企业联合应

① “世贸组织争端解决机制：发展中国家经验共享国际研讨会”会议纪要；“看巴西如何制裁美国——从棉花‘暗战’看巴西在WTO中的参与经验”，周志伟

诉，形成合力；协助企业准确所有法律文件，调动一切可用资源；从法律角度协助企业争取最佳的谈判结果，确定策略。

尽管巴西在律师队伍的培养上积累了丰富经验，但从目前情况看，其适合国际贸易发展需求的法律应对机制和专业化的律师队伍仍不完善，在实践中，巴西企业也习惯于聘用美欧等发达成员的律师，以发挥美欧律师在规范语言、办案经验和各地资源信息方面的优势。

（4）预警机制管理手段高效、现代化[①]

巴西外贸进出口监测预警机制的管理手段比较现代化，巴西外贸局主管的巴西对外贸易网（SISCOMEX）是其中主要的管理操作系统。

根据巴西政府 1992 年 9 月 25 日第 660 号令，巴西对外贸易网是唯一从事对外贸易管理的网络系统，是巴西工商发展部秘书处（负责外贸业务管理）、巴西财政部税务总局（负责海关和税务管理）和巴西中央银行（负责外汇、汇率政策的管理，具体外贸业务是通过巴西银行）对所有巴西进出口业务实施管理的信息网络化管理系统；是巴西外贸进出口监测预警机制最主要的运作部门。巴西所有的进出口操作必须通过巴西对外贸易网进行。该网与巴西近 17 个与外贸进出口业务有关的部门直接联网，对所有外贸进出口业务实施一体化按类分步管理，除链接外贸管理部门外，还链接进口商、报关行、运输商、仓储商及金融机构。1993 年，巴西对外贸易网正式开通，开始对出口业务网络化管理；1997 年 1 月 1 日，快捷、高效、安全的巴西外贸业务信息化网络管理系统全部完成，为巴西外贸进出口的监测预警奠定了坚实的基础。

第四节 中国利用争端解决机制情况分析

中国自 2001 年 12 月 11 日加入世贸组织以来，至今已有 9 年多的时间。近年来，世贸组织各成员受国际金融危机影响，均加强了对贸易保护措施的运用，中国面临的国际贸易环境日趋严峻，保护国内产业的压力不断加大，利用争端解决机制的频率也明显增多。

一、中国利用争端解决机制情况概述

1. 申诉被诉案件显著增加，2009 年成为第四大被诉方

2001 年 12 月 11 日—2009 年年底，中国共发起 6 起争端案件。其中，2002 年、2007 年和 2008 年分别提起 1 起，2009 年提起 3 起；被诉 17 起。其中，2004 年被诉 1 起，2006 年被诉 3 起，2007 年 4 起，2008 年 5 起，2009 年 4 起；专家组工作程序中以第三方身份参与的争端案件有 52 起，其中 12 起涉及执行程序；上诉程序中以第三方参与的争端案件有 28 起，其中 8 起涉及执行程序（图 18）。需要注意的是，该部分的统计是以争端案件的发起时间为基准的，因此，图 18 中显示的中国在 1997 年、1999 年和 2000 年出现了在专家组工作程序和上诉程序中以第三方参与案件的情形，指的是中国以第三方身份参与了 1997 年、1999 年和 2000 年发起的争端案件。

① “巴西外贸进出口预警机制”，中国驻里约总领馆经商室

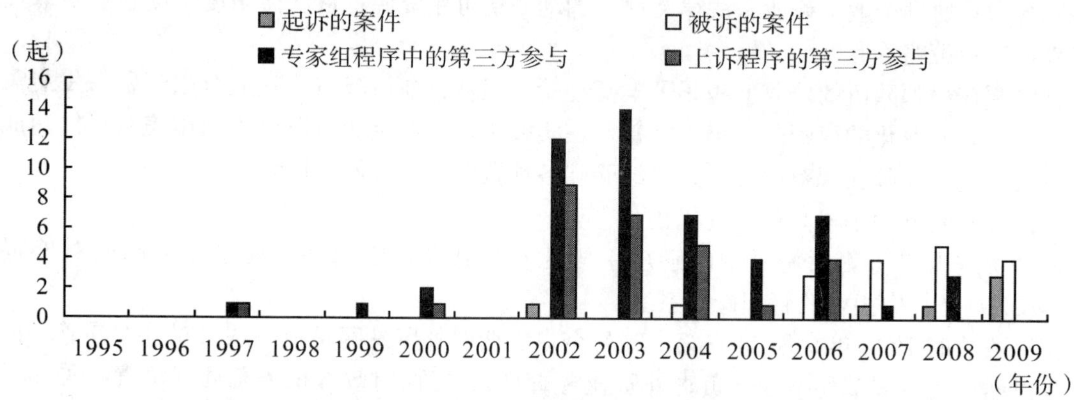

图 18　1995—2009 年中国利用世贸组织争端解决机制案件对比

从图 18 可以看出，中国向世贸组织争端解决机构提起的案件自 2002 年与其他成员联合发起 1 起之后，在 2003—2006 年一直处于停滞状态，2007—2008 年以年均 1 起的状态开始恢复，2009 年达到入世以来提起申诉的小高峰。从被诉情况看，中国自 2004 年首次被诉以来，除 2005 年没有被诉案件外，2006—2009 年的年均被诉案件为 4 起。截至发稿，中国被诉案件的小高峰出现在 2008 年，5 起。被诉案件总数为 17 起，一跃而成为继美国、欧盟和印度之后的第四大被诉方。在中国申诉和被诉活动趋于缓和的 2002—2006 年间，中国以第三方参与专家组工作程序及上诉程序的活动却较为频繁——分别以年均 8.8 起和 5.2 起的频率参与了 44 起和 26 起案件的专家组工作程序和上诉程序，占该时期年均发起案件数的 38.60%和 22.81%（2002—2006 年，世贸组织争端解决机构共发起 114 起案件，年均 22.8 起，是世贸组织成员发起争端案件的第二个高峰期）。

2. *申诉案件主要针对美国和欧盟；被诉案件主要发起方是美国、欧盟和墨西哥*

2001 年 12 月 11 日—2009 年年底，中国发起的 6 起争端案件中，针对美国的有 5 起，剩下 1 起针对的是欧盟。2009 年 7 月 31 日，中国发起了首例针对欧盟的世贸组织争端，即欧盟对中国钢铁紧固件的最终反倾销措施案（DS397）。从被诉情况来看，对中国提出了诉讼请求的主要是美国、欧盟、墨西哥、加拿大和危地马拉 5 个世贸组织成员。其中，美国针对中国发起的争端案件最多，为 8 起；其次为欧盟和墨西哥，分别为 3 起；加拿大发起了 2 起针对中国的争端；危地马拉，1 起。截至发稿，对华启动世贸组织争端的发展中成员仅有墨西哥和危地马拉。

从中国发起和被诉争端案件的情形可以看出，2006—2009 年，中国与美国、欧盟在利用争端解决机制方面的互涉性加强。中国不再一味地被动应诉，而是开始运用贸易规则争取自身的权益。中国诉诸争端解决机制的对象暂时集中于对华采取贸易救济措施的主要成员——美国和欧盟，尚未涉及针对其他成员的世贸组织争端。此外，从中国以第三方身份参与的案件情况来看，在专家组工作程序以第三方参与的 52 起案件中，46 起案件的申诉方或被诉方是美国或欧盟，占比 88.46%；在上诉程序以第三方参与的 28 起案件中，26 起案件的上诉方或被诉方是美国或欧盟，占比 92.86%。2009 年，中国与美国、欧盟在世贸组织的互涉争端案件有 5 起，占当年发起的 14 起争端案件的 35.71%。其中，中国对美国发起 2 起争端，对欧盟发起 1 起；欧盟和美国分别对华发起 1 起争端。从案件类别上看，涉及反倾销的 1 起，为欧盟对中国钢铁紧固件的最终反倾销措施案（DS397）；涉及出口限制措施的 2 起，即中国对原材料出口的限制措施案（美国/欧盟，DS394/DS395）；涉及技术性贸易措施的 1 起，为美国影响中国禽肉产品进口的措施案（DS392）；涉及保障措施的 1 起，即美国对进口中国客车和轻卡轮胎的相关措施案（DS399）。

3. 申诉案件主要涉及《反倾销措施协定》，被诉案件主要涉及《中华人民共和国加入议定书》①

在中国发起的争端案件中，涉及《反倾销措施协定》的有3起；涉及《中华人民共和国加入议定书》、《保障措施协定》和《补贴与反补贴措施协定》的分别为2起；涉及《农业协定》和《实施卫生与植物卫生措施协定》的分别为1起。在中国被诉的争端案件中，涉及《中华人民共和国加入议定书》的有16起；涉及《补贴与反补贴措施协定》的有8起；涉及《服务贸易总协定》和《与贸易有关的投资措施协定》的分别有5起；涉及《农业协定》的有3起；涉及《与贸易有关的知识产权协定》和《原产地规则协定》的分别为1起。由此可见，中国发起的争端案件中关注的重点仍然在传统的“两反一保”领域，此外，在农业领域和技术性贸易壁垒领域也有所涉及。在中国被诉的争端案件中，其他世贸组织成员关注的重点仍然是中国在《中华人民共和国加入议定书》中所作出的承诺，其次是中国的补贴问题。值得注意的是，中国被诉的争端案件中，除传统的“两反一保”外，其他相关成员还就中国的服务贸易问题、投资措施问题、农业问题等予以了较多关注，而其他也涉及知识产权保护问题和原产地规则等问题。

具体而言，以墨西哥为代表的发展中成员关注的领域主要在入世承诺、补贴问题、投资措施问题和农业问题之上；以美国、欧盟为代表的发达成员关注的领域主要是入世承诺、补贴问题、服务贸易、知识产权保护、投资措施、农业问题和原产地规则问题。其中，入世承诺、补贴问题、投资措施和农业问题是发达成员和发展中成员关注中国的交集，也是这一段时间被诉频率较高的几个领域，需要引起注意。

4. 多个成员联合对华申诉，争端影响大、范围广

从中国在世贸组织被诉的争端案件来看，多个成员联合申诉的案件占据了绝大多数。在中国被诉的17起案件中，涉及多个成员联合申诉的有14起，占比82.35%。具体而言，这14起案件分别是：中国影响汽车零部件进口的措施案，DS339（欧盟）/DS340（美国）/DS342（加拿大）；中国对关税及其他支付款项的退款或减免措施案，DS358（美国）/DS359（墨西哥）；中国影响金融信息服务和外国金融信息提供商的相关措施案，DS372（欧盟）/DS373（美国）/DS378（加拿大）；中国的补贴、贷款及其他激励措施案，DS387（美国）/DS388（墨西哥）/DS390（危地马拉）；以及中国对原材料出口的限制措施案，DS394（美国）/DS395（欧盟）/DS398（墨西哥）。联合申诉的成员方除美国、欧盟和加拿大等发达成员的传统组合外，一些发展中成员（如墨西哥、危地马拉）也与发达成员（尤其是美国、欧盟）一道发起针对中国的世贸组织诉讼。从上述案件的经验来看，通常是美国采取行动后，很容易带动其他国家（地区）对我国采取类似行动。墨西哥和危地马拉在“中国的补贴、贷款及其他激励措施案”和“中国对原材料出口的限制措施案”中就是紧随美国之后提起诉讼的。根据世贸组织关于多个申诉方的程序规定，如一个以上成员就同一事项请求设立专家组，那么世贸组织应尽量设立单一专家组审查这些诉讼请求，但要考虑所有有关成员的权利。设立单一专家组的请求，可以是申诉方联合起来，只写一个诉讼请求，也可以是申诉方各自写请求，而世贸组织只设立一个专家组审理该案。在墨西哥和危地马拉的上述2起案件中，主要适用的是后一种情况。

通过这种联合申诉方式，发展中成员既可以弥补自身在收集信息方面的不足，也可以搭乘发达成员申诉的便车，提高打赢官司的几率，最大限度地获得诉讼效果。一般而言，这种案件造成的影响都较大。对于遭到联合申诉的被诉方而言，承受的应诉压力也相应更大，在抗辩陈述等一系列程序性和事实性议题的处理中也需要加大考虑的范围和深度。以中国对原材料出口的限制措施案（美国/欧盟/墨西哥，DS394/DS395/DS398）为例，在美国、欧盟和墨西哥相继申请立案之后，以第三

① 1起争端案件可能涉及多个世贸组织协定

方加入该案调查程序的成员多达 15 个，从地域分布看，涵盖了美洲、欧洲和亚洲的各主要国家（地区）。目前，该案正处于专家组调查阶段，但在世贸组织总部 5 月 31 日公布的《中国贸易政策审议报告》中，世贸组织曾指责中国限制一些原材料出口的做法可能赋予中国制造商以不公平的竞争优势。由此看来，该案无论输赢与否，其影响都将是巨大的。

5. *申诉案件多以钢铁产品涉案，被诉涉案产品呈多样性分布*

在中国发起的 6 起争端案件中，涉及钢铁产品的有 3 起，主要涉及的仍是传统的“两反一保”措施。具体而言，涉案的钢铁产品包括：扁钢、热轧钢筋、冷轧钢条、螺纹钢、焊接钢管、碳素和合金管件、不锈钢筋、不锈钢线材、镀锡产品、不锈钢丝（DS252）；环状焊接碳素钢管、薄壁矩形钢管（DS379）；以及钢铁紧固件（DS397）。我国钢铁产品一直是遭受贸易制裁的重点领域，且涉案金额较高。以欧盟对中国钢铁紧固件的最终反倾销措施案（DS397）为例，该案涉案金额高达 5 亿美元，仅涉及的宁波企业就有 100 多家。2009 年 7 月 31 日，该案诉诸世贸组织争端解决机制后，以第三方参与该案的成员就达 11 个，包括巴西、加拿大、智利、哥伦比亚、印度、日本、挪威、中国台湾、泰国、土耳其、美国。目前，该案尚处于专家组工作程序阶段。此外，涉及轮胎产品的有 2 起，包括新充气工程机械轮胎（DS379）、客车和轻卡轮胎（DS399）。其余的涉案产品还包括铜版纸（DS368）、复合编织袋（DS379）以及禽肉产品（DS392）。

在中国被诉的 17 起争端案件中，涉案产品呈多样性分布，主要包括：集成电路（DS309）；汽车零部件（DS339/DS340/DS342）；出版物、音像制品（DS363）；以及部分原材料，如矾土、焦炭、氟石、镁、锰、硅金属、碳化硅、黄磷、锌等（DS394/DS395/DS398）。其余的被诉案件主要涉及的是补贴、关税、知识产权、服务贸易领域等政策措施。

据此，可以看出，在中国发起的争端案件中，主要以针对具体产品的救济措施为对象。而在被诉案件中，针对具体产品相关措施的案件有 8 起，占比为 47.06%；其余一半以上的案件针对的是涉及中国入世承诺的相关领域的部分措施及规定。这也表明，入世近 10 年来，各成员对中国的关注仍然集中于与入世承诺相关的部分措施，且关注的重点也从之前传统的关税措施转移到知识产权和服务贸易领域。

二、中国利用争端解决机制的特点

1. *在提起争端方面略显谨慎*

2001 年 12 月 11 日—2009 年年底，中国在世贸组织共发起 6 起争端，被诉 17 起，申诉指数仅为 0.35，是同收入水平成员或同经济规模成员中最低的。自 2002 年与其他成员共同就钢铁保障措施问题向美国发起联合申诉外，之后的 4 年，中国的申诉一直处于停滞状态，直至 2007—2008 年的恢复性尝试（每年 1 起），2009 年全年发起 3 件，是截至发稿我国在争端解决机制发起案件的一个小高峰。与印度、巴西等处于同等收入水平的发展中成员相比，我国发起争端案件的数量和频率均低于平均水平。据中国贸易救济信息网统计，2006 年，美国对华发起 3 起反倾销调查，1 起反补贴调查（其中，1 起为反倾销反补贴合并调查）；欧盟对华发起 12 起反倾销调查。2007 年，美国对华发起 12 起反倾销调查，7 起反补贴调查（其中，7 起为反倾销反补贴合并调查）；欧盟对华发起 6 起反倾销调查。2008 年，美国对华发起 10 起反倾销调查，5 起反补贴调查（其中，5 起反倾销反补贴合并调查）；欧盟对华发起 6 起反倾销调查。2009 年，美国对华发起 12 起反倾销调查，10 起反补贴调查（其中，10 起为反倾销反补贴合并调查）；欧盟对华发起 6 起反倾销调查。将中国遭受美国和欧盟的贸易救济调查数与中国在世贸组织争端解决机制发起的案件数进行对比（表 8），可以发现：

2006—2009 年，美国和欧盟共对华发起的反倾销和反补贴调查案件数共 90 起，但被诉诸世贸组织争端解决机制的仅 5 起，占比 5.56%。从广义上看，参与争端解决机制实质上就是帮助建立一种制度。不管是此前的关贸总协定，还是目前的世贸组织，争端的裁决结果是对某一成员产生影响的，该影响不仅涉及该成员内的法律，也将涉及相关产业。从国际贸易的发展规律来看，一个较大的市场必然会成为其他国家（地区）的目标。入世后，其他成员就会利用世贸组织争端解决机制获取对其有利的贸易条件。从法律依据上看，世贸组织争端解决中适用的法律条款及其相关的解释性文件均是各成员达成的谅解或妥协的结果。因此，只有加大对争端解决机制的参与度才可能增强在国际争端中讨价还价的能力，才可能通过与其他成员的磋商增强对多边贸易规则的认识。

表 8　美欧对华反倾销和反补贴调查被诉诸世贸组织争端解决机制情况

（单位：起）

时间	美国对华	欧盟对华	诉诸世贸组织争端解决机制的情况			
			诉美国的案件	占比（%）	诉欧盟的案件	占比（%）
2006 年	4（1）*	12	0	0（0）**	0	0
2007 年	19（7）*	6	1	5.26（14.29）**	0	0
2008 年	15（5）*	6	1	6.67（20）**	0	0
2009 年	22（10）*	6	2	9.09	1	16.67
总　计	60（23）*	30	4	6.67（8.70）**	1	3.33

注：* 括号中的数字为反倾销和反补贴合并调查案件数

** 占比栏括号中的数字为诉诸世贸组织争端解决机制的双反案件在美国提起的双反案件数的占比情况

2. 运用争端解决机制反制的关注点略有扩宽，2009 年首次针对美国技术性贸易措施的诉讼请求

从中国入世后发起争端案件的类型上看，仍以传统的“两反一保”案例居多，2001 年 12 月 11 日—2009 年年底，中国发起的 6 起世贸组织争端中 5 起涉及传统的“两反一保”，仅 1 起涉及技术性贸易措施。中国运用争端解决机制进行反制的关注点仍需拓宽。

据中国贸易救济信息网统计，除贸易救济措施外，在知识产权领域，美国发起的 337 调查中，中国是主要对象（涉及的 337 调查数排在中国台湾和日本之后，列第三位）；在美国海关知识产权侵权商品的扣押中，中国始终位居首位；在欧盟海关知识产权侵权商品的扣押中，中国亦是主要来源国。在技术性贸易壁垒领域，中国产品一直是美国、欧盟、加拿大、日本等国通报、预警和扣留的重点。可以说，近几年来，中国遭遇的贸易保护措施的类型是最多、最全的。因此，中国可利用反制的范围和领域也应相应地拓宽。此外，从目前世贸组织各协定的涉案情况来看，主要条款基本都涉及专家组或上诉机构的推理和裁决，也有相应的法律解释，这些都为我们的参考和借鉴提供了第一手素材，理应对其加以充分研究和利用。

3. 申诉案件中，《补贴与反补贴措施协定》中第 1、2、10、14、32 条援引最多；《反倾销措施协定》中第 1、2、9、18 条援引最多，第 3 条涉及的法律点最多

从中国发起的 6 起争端案件来看，涉及《补贴与反补贴措施协定》的有 2 起，涉及《反倾销措施协定》的有 3 起，涉及《保障措施协定》的 2 起，涉及《实施卫生与植物卫生措施协定》的 1 起，涉及《农业协定》的 1 起（表 9）。其中，《补贴与反补贴措施协定》中被援引最多的条款为第 1、2、10、14、32 条，涉及的法律点分别为补贴的定义、专向性、《反倾销措施协定》的适用、以接受者所获利益计算补贴的金额、其他最后条款；其余还涉及第 12、13、17、19 条，相关法律点分别为证据、磋商、临时措施、反补贴税的征收。《反倾销措施协定》中被援引最多的条款为第 1、2、9、18 条，涉及的法律点分别为原则、倾销的确定、反倾销税的征收、最后条款；其余还援引了

第 3、4、5、6、7、12、17 条和附件 2，涉及的法律点分别为损害的确定、国内产业的定义、发起和随后进行调查、证据、临时措施、公告和裁定的说明、磋商和争端解决以及按照第 6 条第 8 款可获得的最佳信息。其中，第 3 条涉及的条款法律点最多。《保障措施协定》中援引法律条款主要为第 2、3、4、5、7、8、9、12 条，涉及的法律点分别为条件、调查、严重损害或严重损害威胁的确定、保障措施的实施、保障措施的期限和审议、减让和其他义务的水平、发展中成员、通知和磋商。

从中国被诉的 17 起争端案件来看，涉及《补贴与反补贴措施协定》的有 8 起；涉及《服务贸易总协定》和《与贸易有关的投资措施协定》的分别有 5 起；涉及《农业协定》的有 3 起；涉及《与贸易有关的知识产权协定》和《原产地规则协定》的分别为 1 起（表 10）。其中，《补贴与反补贴措施协定》中被援引最多的条款为第 3 条，即禁止；其余援引的条款还包括第 1、2、10、14、17、32 条，涉及的法律点分别为补贴的定义、专向性、《反倾销措施协定》的适用、以接受者所获利益计算补贴的金额、临时措施和其他最后条款。《服务贸易总协定》中被援引最多的条款为第 17 条，即国民待遇；其余援引的条款还包括第 16 条和第 18 条，涉及的法律点分别为市场准入和附加承诺。需要指出的是，目前涉及《服务贸易总协定》的中国被诉案件中主要引用的就是第 16、17 和 18 条。其中，第 16 条主要涉及第 2 款，即关于作出市场准入承诺的部门不得维持或采取的措施的相关规定。《与贸易有关的投资措施协定》中被援引最多的条款为第 2 条，即国民待遇和数量限制。其中主要是涉及第 1 款的争议，即“在不损害 GATT1994 项下其他权利和义务的情况下，各成员不得实施任何与 GATT1994 第 3 条或第 11 条规定不一致的 TRIM”；此外还涉及该协定的附件 1，即例示清单。

表 9　中国申诉争端案件所涉协定情况

案件号	案件名称	立案时间	被诉方	所涉协定
DS252	美国对钢铁产品的最终保障措施	2002—03—26	美　国	《保障措施协定》第 2.1 条、第 2.2 条、第 3.1 条、第 3.2 条、第 4.1 条、第 4.2 条、第 5.1 条、第 5.2 条、第 7.1 条、第 7.4 条、第 8.1 条、第 9.1 条、第 12.1 条、第 12.2 条、第 12.3 条、第 14 条
DS368	美国对中国铜版纸的反倾销和反补贴初步裁决	2007—09—14	美　国	《补贴与反补贴措施协定》第 1 条、第 2 条、第 10 条、第 14 条、第 17 条、第 30 条、第 32 条；《反倾销措施协定》第 1 条、第 2 条、第 7 条、第 9 条、第 17 条、第 18 条
DS379	美国对中国部分产品的最终反倾销和反补贴措施	2008—09—19	美　国	《补贴与反补贴措施协定》第 1 条、第 2 条、第 10 条、第 12 条、第 13 条、第 14 条、第 19 条、第 30 条、第 32 条；《反倾销措施协定》第 1 条、第 2 条、第 6 条、第 9 条、第 17 条、第 18 条
DS392	美国影响中国禽肉产品进口的措施	2009—04—17	美　国	《农业协定》第 4.2 条、第 19 条；《实施卫生与植物卫生措施协定》第 2.1 条、第 2.2 条、第 2.3 条、第 3.1 条、第 3.3 条、第 5.1 条、第 5.2 条、第 5.3 条、第 5.4 条、第 5.5 条、第 5.6 条、第 5.7 条、第 8 条

续表

案件号	案件名称	立案时间	被诉方	所涉协定
DS397	欧盟对中国钢铁紧固件的最终反倾销措施	2009—07—31	欧　盟	《反倾销措施协定》第 1 条、第 2 条、第 2.1 条、第 2.2 条、第 2.4 条、第 2.6 条、第 3.1 条、第 3.2 条、第 3.4 条、第 3.5 条、第 4.1 条、第 5.4 条、第 6.1 条、第 6.2 条、第 6.4 条、第 6.5 条、第 6.10 条、第 9.2 条、第 9.3 条、第 9.4 条、第 12.2.2 条、第 17.3 条、第 17.6 (i) 条
DS399	美国对进口中国客车和轻卡轮胎的相关措施	2009—09—14	美　国	《保障措施协定》第 14 条

表 10　中国被诉争端案件所涉协定情况

案件号	案件名称	立案时间	申诉方	所涉协定
DS309	中国集成电路的增值税	2004—03—18	美　国	《服务贸易总协定》第 17 条
DS339	中国影响汽车零部件进口的措施	2006—03—20	欧　盟	《与贸易有关的投资措施协议》第 2.1 条、第 2.2 条、第 8 条、附件第 1 段、第 2 段；《补贴与反补贴措施协议》第 3 条、第 4 条、第 30 条；《中国入世议定书》第 1.7.3 条、第 1.1.2 条；《入世工作组报告》第 93 段、第 203 段、第 342 段；《原产地规则协定》第 2 条
DS340	中国影响汽车零部件进口的措施	2006—03—20	美　国	《与贸易有关的投资措施协议》第 2.1 条、第 2.2 条、第 8 条、附件第 1 段、第 2 段；《补贴与反补贴措施协议》第 3 条、第 4 条、第 30 条；《中国入世议定书》第 1.7.3 条、第 1.1.2 条；《入世工作组报告》第 93 段、第 203 段、第 342 段；《原产地规则协定》第 2 条
DS342	中国影响汽车零部件进口的措施	2006—04—13	加拿大	《与贸易有关的投资措施协议》第 2.1 条、第 2.2 条、第 8 条、附件第 1 段、第 2 段；《补贴与反补贴措施协议》第 3 条、第 4 条、第 30 条；《中国入世议定书》第 1.7.3 条、第 1.1.2 条；《入世工作组报告》第 93 段、第 203 段、第 342 段；《原产地规则协定》第 2 条
DS358	中国对关税及其他支付款项的退款或减免措施	2007—02—02	美　国	《补贴与反补贴措施协议》第 3 条、第 4 条、第 30 条；《与贸易有关的投资措施协议》第 2 条、第 8 条
DS359	中国对关税及其他支付款项的退款或减免措施	2007—02—26	墨西哥	《补贴与反补贴措施协议》第 3 条、第 4 条、第 30 条；《与贸易有关的投资措施协议》第 2 条、第 8 条

续 表

案件号	案件名称	立案时间	申诉方	所涉协定
DS362	中国影响知识产权保护与执行的相关措施	2007—04—10	美　国	《与贸易有关的知识产权协定》第 3.1 条、第 14 条、第 41.1 条、第 46 条、第 59 条、第 61 条
DS363	中国影响出版物和音像制品的贸易权和分销服务的相关措施	2007—04—10	美　国	《中华人民共和国加入议定书》第 5.1 条、第 5.2 条；《服务贸易总协定》第 16 条、第 17 条
DS372	中国影响金融信息服务和外国金融信息提供商的相关措施	2008—03—03	欧　盟	《服务贸易总协定》第 16 条、第 17 条、第 18 条、第 22 条
DS373	中国影响金融信息服务和外国金融信息提供商的相关措施	2008—03—03	美　国	《服务贸易总协定》第 16 条、第 17 条、第 18 条、第 22 条
DS378	中国影响金融信息服务和外国金融信息提供商的相关措施	2008—06—20	加拿大	《服务贸易总协定》第 16 条、第 17 条、第 18 条、第 22 条
DS387	中国的补贴、贷款及其他激励措施	2008—12—19	美　国	《补贴与反补贴措施协定》第 3 条、第 4 条、第 30 条；《农业协定》第 3 条、第 9 条、第 10 条、第 19 条；《中华人民共和国加入议定书》第 12.1 段、第 1.2 段
DS388	中国的补贴、贷款及其他激励措施	2008—12—19	墨西哥	《补贴与反补贴措施协定》第 3 条、第 4 条、第 30 条；《农业协定》第 3 条、第 9 条、第 10 条、第 19 条；《中华人民共和国加入议定书》第 12.1 段、第 1.2 段
DS390	中国的补贴、贷款及其他激励措施	2009—01—19	危地马拉	《补贴与反补贴措施协定》第 3 条；《农业协定》第 3 条、第 8 条、第 9 条、第 10 条；《中国加入议定书》第 12.1 段、第 1.2 条
DS394	中国对原材料出口的限制措施	2009—06—23	美　国	《中华人民共和国加入议定书》第 1.2 段、第 5.1 段、第 5.2 段、第 8.2 段、第 11.3 段
DS395	中国对原材料出口的限制措施	2009—06—23	欧　盟	《中华人民共和国加入议定书》第 1.2 段、第 5.1 段、第 5.2 段、第 8.2 段、第 11.3 段
DS398	中国对原材料出口的限制措施	2009—08—21	墨西哥	《中华人民共和国加入议定书》第 1.2 段、第 5.1 段、第 5.2 段、第 8.2 段、第 11.3 段

4. 配套的专家队伍正在逐步完善

利用世贸组织争端解决机制进行诉讼需要法律、经济、产业、会计、外语等方面的具有实践经验的复合型专业人才。从世贸组织内部来看，我国争端解决机制的专家从无到有，实现了突破。除担任常设上诉机构法官的张月娇外，2004 年 2 月，张玉卿、曾令良、朱榄叶 3 位教授成为第一批列入世贸组织争端解决机构专家组成员指示名单的中国籍专家；2010 年 2 月 18 日，世贸组织争端解决机构例会正式决定，将中国推荐的 6 名专家列入世贸组织争端解决专家组指示性名单，这 6 名专家是李仲周、韩立余、杨国华、鄂德峰、张丽萍和李詠箑。根据《关于争端解决规则与程序的谅解》，这 6 名专家将供世贸组织成员选择争端解决专家组成员时参考。目前，张月娇法官和张玉卿教授已经参与了部分争端案件的审理（表 11）。

表 11 中国籍专家所参与争端案件的审理情况

案件名称	报告发布时间	报告通过时间	涉及协定	上诉机构/专家组成员
美国关于“归零做法”及日落复审的相关措施（DS322），21.5 条上诉机构报告	2009—08—18	2009—08—31	《反倾销措施协定》	Sacerdoti，Bautista，张月娇
美国“归零”做法的继续存在和适用（DS350），上诉机构报告	2009—02—04	2009—02—19	《反倾销措施协定》	Baptista，Unterhalter，张月娇
印度对来自美国的进口产品的附加税和额外附加税（DS360），上诉机构报告	2008—10—30	2008—11—17	《1994 年关税与贸易总协定》	Hillman，Sacerdoti，张月娇
欧盟对香蕉的进口、销售和经销体制（DS27），21.5 条专家组报告（美国）	2008—05—19	2008—12—22	《1994 年关税与贸易总协定》	Haeberli，Anderson，张玉卿
欧盟对香蕉的进口、销售和经销体制（DS27），21.5 条专家组报告 II（厄瓜多尔）	2008—04—07	2008—12—11	《1994 年关税与贸易总协定》	Haeberli，Anderson，张玉卿

从世贸组织外部的专家和律师队伍建设来看，上至政府机构官员，下至行业协会、企业、律师律所等都开始重视并学习世贸组织的争端案例和相关规则，以及其他主要成员利用争端解决机制的特点。一些遭遇贸易救济调查的重点省份，如浙江省还不断派优秀律师作为高层次紧缺人才赴美英等国进行有关世贸组织事务的培训。尤其是在入世后的最初几年，可以说是掀起了一股世贸组织“热”。但在经过近 10 年的历练与沉淀之后，我国在面对世贸组织事务问题上也开始了向理性和常态化的回归之路。2009 年，在争端解决机构受理的 14 起案件中，由中国发起的争端就有 3 起，为当年发起争端案件最多的成员（美国、欧盟和加拿大分别发起 2 起，并列第二）；与美国和欧盟互涉的案件也有 5 起，占 14 起争端案件的 35.71%。这使得中国与美国和欧盟共同成为 2009 年利用争端解决机制的绝对主角。

第七章　全球对华贸易救济调查典型案例

第一节　美国对华贸易救济调查重点案例[①]

案例1　美国对华石油管材反补贴案

一、案件基本情况

2009年5月5日，美国商务部对进口自中国的石油管材产品进行反倾销和反补贴调查。2009年5月22日，美国国际贸易委员会发布公告，对进口自中国的石油管材产品作出产业损害初裁，6位委员一致投票裁定，进口自中国的石油管材产品的补贴和倾销行为给美国国内产业造成了实质性损害。

2009年9月9日，美国商务部对该案作出反补贴初裁，裁定中国涉案企业的补贴率为10.90%～30.69%。2009年9月15日，美国商务部发布公告，对原产于中国的石油管材作出反补贴紧急情况初裁：由于涉案产品在“相对较短的期间内”不存在“大量进口”情况，因此裁定紧急情况不存在。

2009年11月24日，美国商务部对该案作出反补贴终裁，裁定中国涉案企业的补贴率为10.36%～15.78%。

除反补贴外，美国商务部此前还对中国输美油井管作出反倾销初裁。根据该裁定，37家中国企业将面临36.53%～99.14%的惩罚性关税。

二、争论焦点

本案有11个法律点是双方争论的焦点。

1. 在初裁中适用可获得的不利事实（AFA）

（1）中方主张

中方认为，美国商务部在初裁中将所有圆钢和钢坯供应商视为“当局”不具有正当理由，而且也是不合法的。中方在《对美国商务部第一份补充调查问卷的回复》（以下简称为“G1SR”）中提供了圆钢供应商清单、各圆钢供应商的所有权状况以及供应给强制应诉企业的数量，同时指出无法确定某些供应商的所有权状态。美国商务部在初裁中依赖申诉方提交的、据称和中方提交的信息不

---

① 资料来源于美国商务部网站，http：//www.commerce.gov/index.htm，美国国际贸易委员会，http：//www.usitc.gov/

一致的信息，这种适用可获得的不利事实的做法明显不合法。

（2）申诉方反驳的观点

Maverick 钢管公司指出，在初裁前，中方并未提供任何有关该事宜的实质性信息，而且未能提供美国商务部在最初的调查问卷或第一份补充调查问卷中所要求的所有权信息。Maverick 公司认为，当中方在 2009 年 8 月 26 日提交 G1SR 时，已经获得了《提交补充的圆钢“项目”数据；最初回复关于初裁非法适用可获得的不利事实》（以下简称为“中方 FIS”）中提供的数据。Maverick 钢铁公司驳斥了中方提出的主张，即美国商务部本应当对中方提出的证据进行评价，并将其与申诉方提供的信息一起进行权衡。Maverick 公司认为，中方在初裁前未能提供任何证据，因此不存在需要权衡的证据。

作为反驳，美国钢铁公司也对中方关于努力提供回复信息的主张提出了质疑。美国钢铁公司认为，中方在其案情摘要中主张，在初裁前无法获得商务部要求的任何文件。但是，最终在中方 FIS 中提交的信息证明该主张是错误的。

（3）美国商务部的观点

美国商务部认为，中方并未提供商务部所要求的、关于所有权和控制权的任何原始文件。

美国商务部认为，有义务对证据进行权衡，并且只对那些申诉方提供了相反信息的圆钢供应商适用可获得的不利事实。美国商务部指出，本应由中方，而不是由申诉方负责提供支持性信息。因此，在中方未能提供支持性信息的情况下，商务部有正当理由就所有的圆钢供应商适用可获得的不利事实。

2. 就中国圆钢市场适用可获得的不利事实

（1）中方主张

中方认为，美国商务部在初裁中适用可获得的不利事实裁定中方普遍占据中国圆钢市场的做法是错误的。由于钢坯并不是中国国家统计局追踪的商品，因此美国商务部所要求的数据无法获得。

美国国际贸易法庭已经裁定，当应诉方未能提供并不存在的信息时，美国商务部适用可获得事实的做法是不正确的，更不用说适用可获得的不利事实。在本案中，中方已经提供了被调查的 OCTG 生产商供应圆钢的信息，并且中方建议在终裁中使用这些信息作为中国圆钢市场的相关信息。

（2）申诉方反驳的观点

Maverick 钢管公司辩称，美国商务部应当驳回中方的这一主张，并且继续就缺失的产业数据适用可获得的不利事实。Maverick 钢管公司认为，中方实际上从未报告说这类信息并不存在。

Maverick 钢管公司坚持认为，中方从未提供任何理由以阻碍其提供所需信息；从未解释为何国家统计局没有该产品的相关数据；或证明其他政府机构或办事处能够收集此类信息以及该信息能否被使用。Maverick 钢管公司认定，中方未能予以充分合作，因此对其进行的不利推断是正当的，并且具有正当理由。

（3）美国商务部的观点

在本案终裁中，美国商务部继续认定，中方未能尽其所能满足美国商务部关于中国圆钢/钢坯生产和消费方面的信息要求，并对其采用不利推断，裁定中国的圆钢价格不能提供合适的基准。美国商务部对于是否存在相关数据完全不知情（因为中方没有提供相关报告），以及这些数据是否可以视为计算中国国有企业及其他政府控制的生产商占圆钢/钢坯产量比例的可靠依据。

3. 对应诉方的圆钢供应商适用可获得的不利事实

（1）申诉方的观点

Maverick 钢管公司和美国钢铁公司辩称，美国商务部应当继续驳回中方关于应诉方的圆钢供应商所有权的主张，并在本次终裁中适用可获得的不利事实。申诉方称，中方提交的所有信息都是不可靠的，必须予以驳回。而且，由申诉方提交的保密信息和中方报告的某些供应商的信息相矛盾。

中方未能提供裁定圆钢供应商是否为国有和受政府控制所必须的其他关键信息。申诉方还认为，美国商务部要求中方提供证明为非国有的各家公司的年度报告、财务报表、验资报告、营业登记和企业章程，但中方实际上并未提供任何上述资料。

（2）中方反驳的观点

中方首先对申诉方关于中方故意未能按时提供供应商信息的意见提出质疑。其次，中方还对申诉方将本次调查与“原产于中国的圆形焊接不锈钢含碳线管的肯定性反补贴终裁”进行类比的意见提出质疑。再次，中方反对申诉方的下述主张，即美国商务部应当拒绝考虑中方的FIS，因为申诉方没有充分的时间对其进行复查。

至于申诉方提出的应当适用可获得的不利事实的主张，中方认为这一主张没有任何根据。中方还就申诉方——美国钢铁公司在评论中所列举的特定圆钢供应商的相关主张提出质疑。

（3）应诉方的观点

浙江健力股份有限公司对申诉方提出中方的不合作主张提出了质疑，并指出，美国商务部的调查问卷要求提供年度报告，而只有上市公司才备有年度报告，中方已经提交了所有上市的圆钢供应商的年度报告。因此，未能提供财务报告不能成为适用可获得的不利事实的依据。

（4）美国商务部的观点

美国不同意Maverick钢管公司关于忽视GOC FIS的意见，其中包括有关应诉方圆钢供应商所有权的证明文件。在作出终裁裁定时，必须考虑中方提交的关于应诉方供应商所有权的信息。

然而，即使接受中方FIS并且仔细考虑提交的信息，美国商务部仍裁定，中方未能提供美国商务部所要求的、关于某些圆钢供应商最终所有权的信息。而且未能提供商务部所要求的其他供应商的相关信息，其中包括这些企业的股东和/或董事会成员是否为政府官员，或者是否以其他方式隶属于某个政府机构等。因此，根据《1930年关税法》第776（b）部分的规定，美国商务部最终采用了不利推断，并且将大部分股权为非政府所有的圆钢供应商视为《1930年关税法》第771（5）（B）部分所规定的意义上的“当局”。

4. 括号中（予以保密）的某些信息

（1）中方的主张

中方认为，申诉方在FIS中关于应诉方圆钢供应商所有权的信息中包含广泛的、无正当理由支持的括号中（予以保密）的信息。这并不符合19 CFR第351.304（b）（2）部分所要求的标准，即利害关系方应证明存在对信息完全保密、防止其外泄的“明确而迫切的需要”。中方坚持认为，由于美国商务部没有对中方所提出的异议作出回应，因此中方认为再次受到歧视，此外，美国商务部并未告知中方或其辩护律师是否已将括号中的保密信息退回给申诉方。

（2）申诉方的观点

Maverick钢管公司主张，对于申诉方FIS附件1中的保密信息对保护市场研究人员的身份以及获取信息的来源而言是必要的，披露此类信息可能会危及市场研究人员的人身安全和经济安全。

美国钢铁公司也对中方提出的主张进行了反驳。该公司主张，申诉方已经表明有对信息进行保密以防止其外泄的“明确而迫切的需要”。在此次提交的意见中已包含市场研究人员所列出的某些圆钢生产商的直接资料。

（3）美国商务部的观点

美国商务部驳回了中方提出的异议。在本次反补贴程序的记录中，美国商务部已认可了括号中的保密信息。

在本次调查中，对申诉方FIS进行复查后，美国商务部裁定，申诉方括号中的保密信息的披露可能导致申诉方信息来源身份的泄漏。因此，美国商务部采纳了申诉方的主张，认为申诉方在FIS中的保密信息有明确而迫切的必要。

美国商务部并不认为会裁定必须以保密信息为依据。对于中方提出的被剥夺了正当程序权利或者受到不公平的待遇的主张，美国商务部并未采纳。美国商务部认定申诉方已经提供了存在保护该信息的充分理由，从而将不根据《行政保护令》对这些信息予以披露。

5. 政府“当局”是否向应诉方供应圆钢

(1) 中方的观点

中方坚持认为，为 OCTG 应诉方供应圆钢的中国圆钢生产商的企业性质多样，而且是以市场价格供应这种投入品的。中方认为，美国商务部必须驳回申诉方的主张，因为其错误地认为是这些企业的管理层制定了低于市场的价格，并将其产品销售给 OCTG 生产商，从而降低了公司的利润率。中方认为，这是不合逻辑的，因为企业领导层的这种行为将有悖于其对本企业所承担的受托义务以及相关的法律规定。

(2) 应诉方的观点

江苏常宝钢管股份有限公司以及浙江健力股份有限公司等应诉方坚持认为，美国商务部不能认定只要中方在其中拥有所有权利益，圆钢供应商就自动地成为政府当局。相反，商务部必须适用“五因素测试法”。

(3) 申诉方反驳的观点

Maverick 钢管公司主张，美国商务部的政策是审查政府是否对某个实体进行控制。该公司认为，这并不要求绝对控制或对日常活动的控制。相反，只要某个层面的政府控制足以表明利润最大化可能不是这个实体的唯一目标时，该实体就能被认定为政府当局。

Maverick 钢管公司极力主张商务部在裁定应诉方的圆钢供应商是否为政府当局时，应考虑下述事实，即碱性钢的生产被视为中国的“战略性”或“支柱”产业。Maverick 钢管公司主张，中方通过控制来维持其在钢铁产业中的优势地位，有时甚至采取极端的非商业措施来协调这一战略性产业。

Maverick 钢管公司还对中方关于受托责任的主张提出了质疑，并坚持认为，公司高管受托责任的存在和分析某圆钢生产商是否属于以 LTAR 价格供应这种投入品的政府当局无关。

(4) 美国商务部的观点

美国商务部认为，在本次调查中，中方将很多圆钢供应商认定为国有企业，而且通过 FIS 提供的信息表明，在这些公司中，国家持有大部分所有权。因此，美国商务部最终将这些供应商视为政府当局。

美国商务部已经裁定，中方未能提供政府是否正在对这些公司实行控制的有关信息。因此，各利害关系方对此的评论没有实际意义。

6. 对国家拥有大部分利益的企业的处理

(1) 中方的主张

中方主张，在法律上，美国商务部不应将政府拥有大部分利益的企业视为政府当局。具有国有企业性质的圆钢生产商并非按照或根据政府的指令制定其经营计划，他们是自主确定销售价格。因此，商务部不能假定国有企业在圆钢销售过程中被享受了财政资助。

(2) 美国商务部的观点

美国商务部认为，中方并没有依据那些由政府掌控企业所有权的圆钢供应商的特定证据来反驳商务部的裁定，而只是声称企业在定价时不受政府干预，因此，该主张被予以驳回。

美国商务部已经确立了一个可辩驳的假定，即大部分所有权为政府控制的企业是《1930 年关税法》第 771 (5) (B) 部分所规定意义上的当局。商务部的做法符合美国法律，而中方并未列举出美国法院任何相反的裁定。

7. 贸易公司供应的圆钢

（1）应诉方的观点

天津钢管集团辩称，在并未裁定相关贸易公司享受财政资助的情况下，美国商务部不能对贸易公司供应的圆钢购买交易实施反补贴措施。

TPCO 主张，在初裁中，美国商务部事实上在申诉方没有提出相关主张、且商务部未进行任何调查的情况下，裁定上游产业存在补贴，这种做法与《1930 年关税法》第 701a（b）部分和 771（A）部分以及 19 CFR 第 351.523 部分的规定不一致。

江苏常宝钢管股份有限公司辩称，要认定某项补贴存在，美国商务部必须裁定存在对应诉方最终用户的财政资助，在终裁中计算补贴时应当排除从私营贸易公司采购的所有圆钢。

（2）美国商务部的观点

美国商务部不同意在这种情况下必须或者应当对上游产业进行分析。因为可采取反补贴措施的补贴是当局自身供应的圆钢，而不是中方关于某种投入品"支付或授予"的补贴。商务部最终裁定，中方通过向采购圆钢的贸易公司供应商提供资助，同时从贸易公司供应商处采购圆钢，并将此"授予"应诉方的 OCTG 生产商所有或部分利益。

根据这些事实，美国商务部认为，不需要单独裁定贸易公司是否向作为应诉方的 OCTG 生产商提供了财政资助。

8. 间接财政资助

（1）中方的观点

中方辩称，即使美国商务部裁定应诉方的圆钢供应商隶属于政府当局，也没有书面证据表明中方委托或指令其以 LTAR 价格供应圆钢。

（2）美国商务部的观点

美国商务部不同意中方的主张，即根据本案的具体情况，商务部必须进行委托或指令分析。在本案中，美国商务部已经裁定，应诉方的钢坯供应商是"政府当局"。就这点而论，没有必要裁定政府是否"委托或指令"其他实体提供财政资助。

9. 圆钢供应是否具有专向性

（1）中方的观点

中方辩称，向 OCTG 生产商供应圆钢不具有《1930 年关税法》第 771（5A）（D）（iii）（I）部分规定的专向性。中方主张，中国国家统计局并无境内购买钢坯产业的完整清单，而且有书面证据表明中方并未对中国境内圆钢价格进行限制。中方坚持认为，在调查期内可以按照市场价格购买圆钢。

（2）申诉方反驳的观点

美国钢铁公司对中方的主张提出质疑。美国钢铁公司辩称，有书面证据明确支持商务部作出的初裁，即圆钢仅为有限的产业所用。而且，美国钢铁公司援引专有信息表明，此案中，中方供应的圆钢品种仅用于生产包括 OCTG 在内的无缝钢管。

（3）美国商务部的观点

美国商务部继续裁定，圆钢的供应具备《1930 年关税法》第 771（5A）（D）（iii）（I）部分所规定的事实上的专向性。按照过去的惯例，中方列举的产业（钢筋、光面钢筋、小型轧材、小型断面、窄带材、盘条和无缝钢管）属于《1930 年关税法》第 771（5A）（D）（iii）（I）部分所规定的有限的产业群。因此，美国商务部最终认定相关补贴具有事实上的专向性。

10. 基准事宜

（1）圆钢基准——价格数据

①应诉方的观点

天津钢管集团在初裁中指出，美国商务部使用来自 SBB 环球钢讯的 3 类产品定价的平均值，但还应当将天津钢管集团于 2009 年 9 月 17 日提交的意见中所记录的另外 3 种产品的定价纳入基准数据。包括 SBB 环球钢讯的“半加工/钢坯/东亚进口 CFR”（“SBB 环球钢讯东亚”）价格系列、半加工/远东钢坯（65 吨批量）/伦敦金属交易所（LME）现货结算”价格系列，以及“半加工/地中海钢坯（65 吨批量）/伦敦金属交易所（LME）现货结算”价格系列。

②申诉方反驳的观点

Maverick 钢管公司和美国钢铁公司坚持认为，商务部不应当使用 SBB 远东进口定价数据或伦敦金属交易所的定价数据，这一数据反映的是多个亚洲国家 CFR 价格条款（即含关税和运费）的进口价格。此外，申诉方指出，这些数据系列仅适用于调查期的后半段，而将该数据用于整个调查期将会曲解事实。

③美国商务部的观点

在本案中有好几套市场价格可供选择，美国商务部认定将各种价格进行平均以确定圆钢的市场价格是适当的。在初裁中使用来自 SBB 的、反映来自拉美、土耳其以及黑海/波罗的海地区的出口价格的三类定价数据。自初裁以来，各利害关系方又记录了其他定价数据，特别是 SBB 远东进口价格和 2 套伦敦金属交易所的价格。

关于 SBB 东亚价格系列，此类数据表示的是远东地区钢坯实际进口价格，其揭示的是中国进口商可以获得的价格，此价格系列所含的运费反映的是将产品运至作为应诉方的 OCTG 生产商所经营的特定地区所需的成本。

（2）圆钢基准——根据质量优势调整

①申诉方的观点

Maverick 钢管公司和美国钢铁公司坚持认为，初裁适用的基准应当根据 OCTG 生产时所用圆钢的质量差异对 SBB 定价数据予以上调，SBB 定价数据代表的是一揽子标准商业等级钢坯的价格。

为了计算质量溢价，申诉方坚持认为，商务部应当使用申诉方所提出的印度进口数据对 SBB 数据进行调整。

②应诉方反驳的观点

3 家应诉企业——浙江健力股份有限公司、无锡西姆莱斯石油专用管制造有限公司和江苏常宝钢管股份有限公司在其各自的反驳意见中就申诉方提出的“根据质量优势进行调整”提出异议。应诉方坚持认为，在本案中，美国商务部并没有要求提供关于生产涉案产品所用钢坯种类方面的数据。因此，美国商务部没有关于计算任何调整的适当数据。应诉方还辩称，申诉方提供的印度进口数据并非计算调整的适当基础。

③美国商务部的观点

美国商务部并没有应申诉方的请求而作调整。商务部指出，分析并非严格限于用作 OCTG 生产的钢坯。当适用价格基准的采购包括非 OCTG 圆钢的采购时，根据标准质量钢坯和 OCTG 质量钢坯之间的差异对基准价格进行调整是不适当的。

（3）基准价格

①申诉方的观点

Maverick 钢管公司辩称，利用双重基准价格来衡量圆钢购买的适当性是有正当理由的。即使商务部不适用可获得的不利事实，有公开证据表明，中国政府控制了中国的圆钢市场。Maverick 钢管公司坚持认为，商务部应当裁定中国的盘条市场是一个扭曲的市场，其价格不可靠。

②应诉方反驳的观点

中方和应诉方江苏常宝钢管股份有限公司、天津钢管集团、无锡西姆莱斯石油专用管制造有限公司以及浙江健力股份有限公司（以下合称为“回应公司”）在初裁中不同意美国商务部使用世界价格（第二重）基准来确定圆钢购买报酬的适当性。中方和回应公司辩称，美国商务部应当使用“实际交易”（“国内”或“第一重”）基准。事实上，大部分圆钢从私营企业和外商投资企业采购，因此构成比较的适当基础。美国商务部必须适用中国的基准价格来确定以低于适当的价格供应圆钢产生的利益。

③申诉方反驳的观点

美国钢铁公司辩称，由于中方未能提供商务部要求的所有权信息，商务部应当继续适用可获得的不利事实，裁定中国圆钢产业被政府当局控制。

④美国商务部的观点

正如上面“使用其他可获得的事实和可获得的不利事实”部分所解释的那样，中方提供美国商务部所要求的、关于中国圆钢产业所有权状况的信息，商务部裁定适用可获得的不利事实。最终，商务部没有考虑各利害关系方在评论中所提出的这些主张。

（4）圆钢基准价格——运费

①应诉方的观点

浙江健力股份有限公司反对美国商务部在初裁中计算圆钢基准价格时纳入海运费。该公司辩称，美国商务部在终裁中应当将海运费用从基准价格中排除（或将海运费加到国内价格和基准世界市场价格上）。

②申诉方反驳的观点

美国钢铁公司和 Maverick 钢管公司在其各自的反驳意见摘要中，对浙江健力股份有限公司提出的上述主张和替代性做法进行了说明。申诉方坚持认为，在最终结果中根据内陆运费对基准价格或报告的采购价格进行任何调整都是不适当的。

③美国商务部的观点

美国商务部不同意浙江健力股份有限公司提出的主张，最终在计算的圆钢基准价格中继续纳入了海运费。商务部认为，当用出厂价格和港口价格进行比较时，基准价格将能实现对等比较，而将内陆运费加到国内价格的做法不能增加这两种价格的可比性。与此同时，商务部继续在运费计算中纳入马士基数据。关于浙江健力股份有限公司提出应当考虑不同集装箱不同的承载能力对费用进行调整的主张，美国商务部认为没有必要。

11. 支付适当报酬的交易

（1）中方的观点

中方坚持认为，无论使用哪种价格基准，当采购价高于每月平均基准价格时，美国商务部不能对这些钢坯采购进行“归零”（即从其利益计算中剔除）。排除这些购买将人为地造出实际并不存在的利益。

（2）申诉方反驳的观点

美国钢铁公司坚持认为，美国商务部不能用应诉方支付高于 LTAR 的价格购买圆钢的交易抵消应诉方按照 LTAR 购买的圆钢交易。该公司认为，商务部不应当用其他交易的否定性利益抵消某个交易的肯定性利益。

（3）美国商务部的观点

美国商务部主张，在补贴分析中，要么授予某项利益，要么不授予某项利益，从某些交易中获得的肯定性利益不能为其他交易的否定性利益所掩盖。因此，美国商务部的立场并未改变，在终裁中不会考虑因高于基准费率的圆钢采购获取利益的交易。

表 1　美国修改对华石油管材作出的反补贴终裁结果

生产商/出口商	修改前补贴率（%）	修改后补贴率（%）
江苏常宝钢管股份有限公司（Jiangsu Changbao Steel Tube Co.，Ltd.）	11.98	12.46
天津钢管集团有限公司（Tianjin Pipe（Group）Co.）	10.36	10.49
无锡西姆莱斯石油专用管制造有限公司（Wuxi Seamless Pipe Co.，Ltd.）	14.61	14.95
浙江健力股份有限公司（Zhejiang Jianli Enterprise Co.，Ltd.）	15.78	15.78
中国普遍	13.20	13.41

表 2　2006—2008 年美国进口中国石油管材情况

年　份	2006	2007	2008
进口量（吨）	657740	780831	1993609
进口额（美元）	632216941	749631921	2629070303

案例 2　美国对华聚酯薄膜反倾销案

一、案件基本情况

2007 年 10 月 31 日，美国商务部对原产于中国的聚酯薄膜进行反倾销立案调查，涉案产品海关编码为 39206200.90。2008 年 9 月 19 日，美国商务部对本案作出终裁，中国涉案产品的倾销幅度为 3.49%～76.62%。2008 年 10 月 21 日，美国国际贸易委员会发布通知，对原产于中国、巴西、泰国和阿联酋的聚酯薄膜反倾销案作出产业损害终裁。美国国际贸易委员会的 6 位委员经投票裁定，原产于中国、巴西和阿联酋的聚酯薄膜的倾销行为给美国国内产业造成了实质性损害威胁，而原产于泰国的聚酯薄膜的倾销行为未对美国国内产业造成实质性损害和损害威胁。

二、争论焦点

1. 聚酯切片的替代价值

(1) 应诉企业的观点

在初裁中，美国商务部对印度协调关税（HTS）编码 39076010 和 39076020 的商品适用《世界贸易指南》（WTA）的数据，而上述编码项下的商品是基于聚酯固有黏度（“IV”）进行分类的聚酯的主要形式（例如薄片）。杜邦集团指出，协调关税编码 39076010 所涵盖的是固有黏度低于 0.64 dl/g 的聚酯，而协调关税编码 39076020 所涵盖的是固有黏度在 0.64 和 0.72 dl/g 之间的聚酯。杜邦集团辩称，其在 2008 年 5 月 27 日所提交的《替代价值书面意见》（以下简称为“《5/27 替代价值书面意见》”）和 2008 年 7 月 30 日提交的《替代价值补充书面意见》（以下简称为“《7/30 替代价值书面意见》”）中已经证明，就海关分类的目的而言，印度利用美国材料与实验学会（ASTM）方法来核实固有黏度。杜邦集团辩称，其利用原始记录和原始数据计算切片的固有黏度，并使用了美国材料与实验学会（ASTM）标准（包含在《5/27替代价值书面意见》中），而其在调查期所用的所有切片的固有黏度都低于0.64 dl/g。因此，杜邦集团辩称，商务部应当只使用印度协调关税编码39076010项下的商品来评估其聚酯切片这一生产要素（FOP）。

杜邦集团认为，根据记录在案的Infodrive India（以下简称为“Infodrive”）数据，在调查期，协调关税编码39076020项下的印度进口产品数据包括和聚酯切片并不类似的产品。杜邦集团指出，Infodrive数据表明，协调关税编码为39076020项下包括“Voracor CR 935 Polyol”，杜邦集团认为，此种产品是用于生产绝缘泡沫的一种专用化学品，其从化学上而言和聚酯切片不同。因此，杜邦集团认为，美国商务部不应当使用协调关税编码39076020项下的商品来评估聚酯切片这一生产要素。

杜邦集团辩称，如果美国商务部认定协调关税编码39076020项下的商品是评估其聚酯切片这一生产要素的适当参考，杜邦集团请求商务部将《世界贸易指南》数据的计算期间进行扩展，以包括调查期之前的3个月以及调查期以后两个月，以纳入更具代表性的样本。同时，杜邦集团辩称，如果商务部选择使用上述两个编码项下的商品来评估聚酯切片的价值，则应当使用这两类商品的加权平均，以避免高估聚酯切片的价值。

（2）美国商务部的立场

《1930年关税法》（以下简称为“《关税法》”）第773（c）（1）部分（经修改）规定，“对生产要素的评估应当建立在和该生产要素有关的最佳可获得信息的基础之上。”美国商务部发现，《世界贸易指南》关于协调关税编码39076020项下商品的数据不是评估杜邦集团聚酯切片投入的最佳可获得信息。

由于聚酯切片是杜邦集团生产聚酯薄膜的主要投入，而《世界贸易指南》中编码为39076020项下的进口统计数据只包括少量的进口产品（15吨），美国商务部认定这个数量并不能代表杜邦集团的聚酯切片购买额或消费经验。因此，美国商务部认定，用从协调关税编码39076020项下少量进口产品所推出的价值来评估杜邦集团聚酯切片的投入价值是不可靠的。而且，由于《世界贸易指南》中编码为39076020项下的数据只包括15吨进口产品，而美国商务部发现《世界贸易指南》中编码为39076010项下的数据包括1600吨进口产品，这对杜邦集团购买聚酯切片的经历而言更具有代表性，因此，美国商务部认定，从协调关税编码39076010项下进口产品所推出的价值是评估上述投入价值的最佳可获得信息。

由于商务部认定《世界贸易指南》协调关税编码39076020项下进口产品数量太少，不是最佳可获得信息，美国商务部认为，没有必要对杜邦集团提出的下述主张进行详细说明，包括按照印度的“美国材料与实验协会”方法重新计算其聚酯切片的固有黏度，利用杜邦集团记录在案的Infodrive数据，或选择将《世界贸易指南》中这两种编码项下的商品进行加权平均。

2. 研磨纸管的替代价值

（1）应诉方的观点

在初裁中，美国商务部使用了协调关税编码39076020项下“线筒、线轴、线堆和类似的纸浆、纸或纸板支持物（不论是否穿孔或硬化）；其他：纸管”的印度进口统计数据，其替代价值为392.254卢比/千克。杜邦集团辩称，根据其递交的《5/27替代价值书面意见》中所记录的Infodrive数据，这个海关关税编码类别属于一揽子编码类别，涵盖很多产品，其中大多数是小纸管和卷纸轮。杜邦集团进一步提出，小纸管和卷纸轮的单位成本低，但相应的每千克成本高，而其他较大的物品每千克成本要低很多。

杜邦集团辩称，由于其使用的纸管范围在6～8千克之间，同时由于其已经建立的每单位纸管成本和每千克纸管成本之间的关系，商务部使用重量在 4～46 克的纸管的进口价值数据是不适当的。因此，杜邦集团主张，商务部应当使用来自 Infodrive 数据、和杜邦集团使用的纸管在尺寸上更接近的纸管来计算其纸管生产要素的价值，其中特别是 2007 年 2 月从新加坡出运的“纸管”，其尺寸为：76.5 毫米（内径）× 1200 毫米（长度）× 92 毫米（外径）。杜邦集团主张，在 Infodrive 数据所包含的所有纸管种类中，这类纸管的单位价值最高，因此，用其来评估其纸管这一生产要素将过于保守。杜邦集团建议，美国商务部要么适用新加坡纸管的单位成本来评估杜邦集团的纸管，要么基于新加坡纸管的尺寸计算出每千克纸管的成本。杜邦集团主张，上述两种方法都比适用初裁中的《世界贸易指南》数据更合理。

而且，杜邦集团主张，在其提交的《5/27 替代价值书面意见》中，提供了印度的报价、印度尼西亚的报价以及杜邦—帝人薄膜美国公司纸管成本经验中可用于比较的项目，这确切证明了使用 Infodrive 数据来评估杜邦集团纸管的合理性。杜邦集团还主张，Infodrive 数据公共可用、不含税，并且与调查期同步，这些符合美国商务部选择替代价值来源的标准。

（2）美国商务部的观点

美国商务部认为，杜邦集团所记录的 Infodrive 数据是不完整的，就评估纸管投入的价值而言，这些数据无法充分证明《世界贸易指南》数据不值得信赖。关于杜邦集团提出的下述主张，即《世界贸易指南》中关于协调关税编码 48229010 项下的数据代表的是包含各种型号的纸管的类别，扭曲了每千克价格，美国商务部认为，记录在案的 Infodrive 数据不完整，无法充分证明这个观点。首先，Infodrive 数据是不完整的，因为他们不包含美国向印度出口的所有商品，而这方面的数据被列入了《世界贸易指南》数据中。尽管杜邦集团在《5/27 替代价值书面意见》证据 9 中证明，就德国和新加坡而言，《世界贸易指南》数据和 Infodrive 数据是一致的，但其并未证明就从美国进口的商品而言，Infodrive 数据和《世界贸易指南》数据相符。对调查期《世界贸易指南》关于协调关税编码为 48229010 项下的每月数据进行的调查表明，其中 2007 年 4 月从美国进口的商品未被包含在 Infodrive 数据中。而且，Infodrive 数据中列明的、调查期从美国进口的商品总值（818307.54 卢比）和《世界贸易指南》数据中列明的、调查期从美国进口的商品总值（1843000 卢布）不符。杜邦集团还主张，Infodrive 数据中列明的从新加坡进口的商品和《世界贸易指南》数据相符，因为进口价值相同。但是，Infodrive 数据所列明的 2007 年 2 月的装运没有表明原产国；因此，根据杜邦集团提出的下述主张，即从 Infodrive 数据来看，2007 年 2 月的装运在细节上和 2006 年 12 月的装运类似，美国商务部无法最后确定，该船装运事实上来自新加坡。

此外，美国商务部不同意杜邦集团在其案情摘要第 9 页对于“重量和成本之间关系”的计算，其计算方式为：用《世界贸易指南》数据所报告的千克数除以 Infodrive 数据中的件数。尽管用于计算“纸管”每件重量的、来自德国的三船货物每单价大体相同，而 Infodrive 数据中缺少尺寸或重量，杜邦集团仍认为 Infodrive 数据中来自德国的纸辊卷的类型相同。而且，Infodrive 数据中所列明的来自丹麦的“卷纸轮”的单价为 1.54～9.78 卢比，但杜邦集团还是认为，就裁定每件平均重量的目的而言，所有来自丹麦的货物型号相同。美国商务部还认定杜邦集团关于“新加坡”“纸管”重量的计算不可信，因为，在使用密度因素来计算纸管的重量时，对于来自“新加坡”的同一纸管，杜邦集团在其案情简述中算出的重量为 1.872 千克，而在《5/27 替代价值书面意见》中算出的重量为 3.7 千克。由于在该纸管的重量计算方面存在差异，美国商务部不能依赖于杜邦集团所主张的、这船来自“新加坡”的货物总量为 4118.4 千克，这和《世界贸易指南》数据中所列的 500 千克相冲突。

由于美国商务部认定 Infodrive 数据不完整，而且杜邦集团提出的主张无法得到证实，美国商务部拒绝使用 Infodrive 数据评价《世界贸易指南》数据的可靠性。而且，记录在案的关于协调关税编码 48229010 项下的 Infodrive 数据并非以统一的形式报出，因此，美国商务部认定，就计算纸管的替代价格而言，该数据是不可靠的。

美国商务部选择不使用 Infodrive 数据来得出替代价格，也不使用其作为评估其他潜在的替代价格的基准，因为其并未说明归于特定协调关税编码项下的所有进口产品。商务部同时裁定，Infodrive 数据不可靠，因为其中大多数协调关税编码项下的特定进口货物的数据并非一律以可比较的方式（即罐、瓶、件、套或数）报出，美国商务部无法计算出可信或准确的替代价格。美国商务部发现，《世界贸易指南》数据中不存在这个问题，因为其中各个协调关税编码都是统一的计量单位（即卢比/千克）。

关于杜邦集团记录在案、用于证明从 Infodrive 数据中推出的价值具有合理性的那些报价，美国商务部认为，其无法相信这些报价的正确性。尽管杜邦集团并未主张美国商务部使用其记录在案的报价来评估纸管的价值，美国商务部注意到，商务部过去已经驳回过报价，因为其没有充分的信息来确定这些报价是由自己挑选，还是能充分代表该产业证明《世界贸易指南》数据不值得信赖。

在评估生产要素（“FOP”）价格的问题上，《关税法》第 773（c）（1）部分要求商务部使用来自适当的市场经济国家的“最佳可获得信息”。美国商务部选择替代价格信息的标准建立在公开可用信息的基础上，同时商务部在选择最适当的替代价格时还考虑几个因素，他们包括质量、特性和数据的同步性。美国商务部的通行惯例是，在按照逐个案件对生产要素的价格进行分析时，商务部会根据各个产业的特定事实谨慎考虑可获得的证据。由于在适用上述原则时不存在层级分别，商务部必须衡量和每项投入价格有关的可获得信息，并针对特定产品和特定案件就每项投资的“最佳”替代价格作出裁定。尽管美国商务部承认协调关税编码 48229010 项下是包括各种型号的纸管和辊筒的一揽子类别，美国商务部认定，杜邦集团并未提供充分证据表明，就评估其纸管投入的目的而言，《世界贸易指南》数据是不可信的，其也未提供充分证据表明这类协调关税编码未涵盖其纸管。而且，由于《世界贸易指南》数据包括各种类型的纸管、辊筒和纸芯，从《世界贸易指南》数据中协调关税编码为 48229010 项下的数据得出的调查期加权平均纸管价格，是印度聚酯薄膜生产商将为该项投入支付金额的最佳估计。

由于《世界贸易指南》数据和调查期同步并且可以公开获得，同时其代表更广泛的平均市价，美国商务部认定，就评估纸管投入价值的目的而言，其是最佳可获得信息。

3. 对财务比率替代价格计算的修改

（1）应诉方的观点

杜邦集团指出，美国商务部应当排除 Garware Polyester 有限公司（以下简称为“Garware 公司”）2006—2007 年度的财务报告，因为商务部已经裁定 Garware 公司的净补贴率为 10.37%，引自《从印度进口的聚酯薄膜、片及扁条：反补贴税行政复审的最终结果》，73 FR 7708（2008 年 2 月 11 日）（“聚酯薄膜反补贴调查”）。杜邦集团辩称，在有其他财务报告可用的情况下，商务部已经根据补贴将财务报告从财务比率的计算中排除，引自《从中国进口的新充气工程机械轮胎：以低于正常价值的价格销售的最终肯定性裁定和紧急情况的部分肯定性裁定》，73 FR 40485（2008 年 7 月 15 日）（“轮胎案”）以及与之相关的《论点和裁定备忘录》评论 17A。杜邦集团建议商务部在计算替代价格财务比率时，使用调查记录中所记载的 2006～2007 财务报告，包括 Ester Industries 有限公司（以下简称为“Ester 公司”）、Jindal Poly Films 有限公司（以下简称为“Jindal 公司”）、Polyplex Corporation 有限公司（以下简称为“Polyplex 公司”）和 Uflex 有限公司（以下简称为“Uflex 公司”）的财务报告。

杜邦集团认为，美国商务部应当根据在产成品库存的变化对 Polyplex 公司和 Uflex 公司（以及根据上述结果，Garware 公司）的原材料、劳动力和能耗（以下简称为“MLE”）成本进行调整。而且，杜邦集团主张，商务部的通行惯例是将“临时工费用”纳入 MLE 成本当中，最终，美国商务部应当对 Jindal 公司和 Uflex 公司的财务比率计算作出这些调整。同时，杜邦集团主张，美国商务部应当根据和其自行生产的资产有关的成本调整 Uflex 公司的财务比率。

此外，杜邦集团认为，美国商务部应当根据保险收益调整 Jindal 公司（根据上述结果，和 Garware 公司）的财务比率。杜邦集团还指出，美国商务部应当用某些进项抵消一般性和管理费用（以下简称为“SGA”）的计算。杜邦集团主张，下述进项应当抵消替代性财务报告中的 SGA 费用：出售资产的利润（Jindal 公司和 Garware 公司）；利息收入（Jindal 公司、Uflex 公司和 Garware 公司）；汇率收入和损失（Jindal 公司、Uflex 公司和 Garware 公司）；其他收入（Jindal 公司、Polyplex 公司和 Garware 公司）；预计未来损失的变化（Polyplex 公司和 Garware 公司）和房屋租赁收入（Jindal 公司、Polyplex 公司和 Garware 公司）。

杜邦集团主张，美国商务部的通行惯例是将贸易商品从间接费用比率的分母中剔除，但将贸易商品纳入 SGA 费用和利润率的计算当中。杜邦集团认为，如果计算期限结束时产成品的库存低于计算期限起算时产成品的库存，那么销售费用包括已经出售的库存的成本。为此，杜邦集团指出，美国商务部应当像其在处理其他“贸易商品”时那样，对产成品库存的变化进行处理，并对 Jindal 公司和 Polyplex 公司的财务比率作出调整。

最后，杜邦集团主张，美国商务部的惯例是，将与正常价值相比的美国销售价格中单独扣除的某些项目从 SGA 费用比率中剔除。杜邦集团认为，由于其所有的销售都建立在推定出口价格的基础上，且所有的销售费用均从美国价格中予以扣除，商务部应当将这些费用从 Polyplex 公司和 Uflex 公司 SGA 费用比率的计算中排除。

（2）美国商务部的观点

美国商务部规章第 351.408（c）（4）部分进一步规定，商务部通常使用“从替代国同一商品或具有可比性商品的生产商处收集的非专有信息”来评估间接制造费、SG&A 费用以及利润。根据相关法令和规章，商务部基于替代国生产具有可比性商品的公司的财务报告计算财务比率，这些财务报告中可能包含补贴证据。但是，当商务部有理由相信或怀疑生产具有可比性商品的这家公司可能已经获得可诉性补贴，商务部即可认为，从该公司的财务报告中计算出的财务比率不如从不含补贴证据的财务报告中计算出的比率对相关产业财务状况所产生的影响具有代表性。因此，在有证据证明公司获得可诉性补贴，同时以计算替代性财务比率为目的的记录中存在其他充分可信并具有代表性的数据时，商务部不依赖于该公司的财务报告。

美国商务部也曾接受过其已经认定包含可诉性补贴证据的替代生产商（Pidilite 公司）的财务报告。但是，在那个案件中，其他唯一可供选择的可信数据是印度储备银行的数据，该份数据并非针对特定产业，并且由两套数据构成，其中一套建立在被挑选出的 997 家在印度成立的公共有限公司的基础之上，另一套建立在被挑选出的 2204 家在印度成立的公共有限公司的基础之上。结果，美国商务部裁定，在本案中，与来自印度储备银行的非常全面的数据相比，同类产品生产商 Pidilite 公司的财务比率已构成记录中的最佳可获得信息。

尽管美国商务部同意杜邦集团的下述主张，即商务部已经在聚酯薄膜反补贴调查中认定 Garware 公司获得补贴，美国商务部已经认定，在聚酯薄膜初裁中用于计算替代财务比率的 4 个财务报告中都显示出补贴证据。Garware 公司和 Polyplex 公司的 2006—2007 年度报告分别在其第 46 页和第 58 页表明其加入了权利义务证书计划（“DEPB”），而 Jindal 公司和 Uflex 公司的 2006—2007 年度报告分别在其第 36 页和第 43 页表明他们加入了资本货物出口促进计划（“EPCG”），商务部认为这两项计划都属于可诉性补贴。因此，由于 Garware 公司、Jindal 公司、Uflex 公司和 Polyplex 公司的财务报告中都包含商务部认定构成可诉性补贴的证据，同时本次调查记录中并无其他财务报告，美国商务部认定，使用这些财务报告计算替代性财务比率属于最佳可获得信息，符合《关税法》第 773（c）（1）部分的规定（“对生产要素的评估应建立在关于一个市场经济国家这些生产要素价值的最佳可获得信息的基础上”）。

此外，由于疏忽，美国商务部在聚酯薄膜初裁中并未根据在产成品库存的变化以及临时工费用对 MLE 成本作出正确调整，商务部将在终裁中根据在产成品和临时工费用对 MLE 成本进行调整，特别是将根据产成品库存的变化调整 Garware 公司、Polyplex 公司和 Uflex 公司的 MLE 费用。同时，商务部将根据 Jindal 公司和 Uflex 公司的临时工费用调整他们的 MLE 成本，因为他们被列在“制造费”项下并代表直接的生产力。美国商务部也同意杜邦集团的下述主张，即商务部应当用 Uflex 公司财务报告中和其自己建造的与资产有关的费用抵消财务比率，并相应地调整原 MLE 成本、间接成本和 SGA 费用。这些成本并非销售成本，但将反映在当期或未来时间内的折旧费用内，并因此应当从比率中扣减。

美国商务部也同意，应当用保险收益抵消保费。美国商务部发现，保费方面的抵消类似于以“其他收入”抵消比率。正如美国商务部在轮胎案评论 18. B 中所声明的那样，“由于无法进一步探究财务报告以确定将该项纳入财务比率计算的适当性，美国商务部依赖于财务报告中的信息来确定产生这些其他收入的行为的可能性，以判断在该行为和公司一般业务之间是否存在联系。”由于美国商务部在财务报告中并未发现有信息表明保险收益和公司一般业务无关，对于 Garware 公司而言，美国商务部基于财务报告中对这些收益的分类，用“要员保险中被保险人中途解约时的退保金额”抵消间接费用和 SGA 费用，用“保险索赔收入”抵消 SGA 费用。此外，就 Jindal 公司而言，美国商务部用“其他收入——索赔所得”抵消 SGA 费用。美国商务部还根据轮胎案评论 18. A 和 18. B，用其他收入和房租收入对 SGA 费用比率进行调整。再者，由于美国商务部在财务报告中并未发现有信息表明其他收入及房租收入和该公司的一般业务无关，则按照这些收入项抵消 Garware 公司、Jindal 公司、Uflex 公司和 Polyplex 公司的 SGA 费用比率。

正如美国商务部在轮胎案评论 18. D 中所声明的那样，商务部将“在其能从这些报告中确定利息收入属于短期性质的范围内，将利息收入从利息和财务费用中抵减”。因此，对 Garware 公司而言，美国商务部用利息收入抵消 SGA 费用，因为美国商务部能够辨别其利息收入属于短期性质（即“短期银行存款利息及其他”）。对 Jindal 公司而言，美国商务部从其财务报告中无法确定“利息收入”是否来源于短期金融工具，因此，美国商务部不用利息抵消 SGA 费用比率。对 Uflex 公司而言，由于 Uflex 公司“现金和银行存款”项下的大多数行为属于定期存款，美国商务部无法认定这些利息收入所得属于短期性质，因此美国商务部没有用利息收入抵消 SGA 费用。

关于将产成品库存纳入计算 SGA 费用和利润的分母，美国商务部同意杜邦集团的下述主张，即美国商务部应当将产成品库存的余额纳入计算 SGA 费用和利润的分母。从逻辑上看，用销售成本作为计算 SGA 费用比率的分母是合理的，因为一段时间内发生的 SGA 费用所涉及的这些销售产品是在当前和以前制造的。在终裁中，美国商务部将在分母中加上期限开始时产成品的库存差额，同时减去期限结束时产成品库存差额，从而对 SGA 费用及利润进行调整。

最后，美国商务部同意杜邦集团提出的下述主张，即美国商务部应当将某些销售费用从 SGA 费用比率中剔除，因为杜邦集团所报道的销售都是以推定出口价格为基础的，美国商务部在倾销幅度计算的其他地方已经考虑了这些销售费用。

基于对所有评论的分析，美国商务部建议采纳上述变化和立场，并相应调整倾销幅度的计算。如果上述建议被接受，美国商务部将在《联邦公报》上发布本次调查的终裁以及最终的加权平均倾销幅度。

第二节　欧盟对华贸易救济重点案例[①]

案例 1　欧盟对华柑橘类水果罐头反倾销案

2007 年 10 月 20 日，欧盟对原产于中国的柑橘类水果罐头进行反倾销立案调查，涉案产品海关编码为 20083055、20083075 和 ex20083090。2008 年 7 月 8 日，欧盟对此案作出肯定性初裁。欧盟委员会在初裁中选定泰国作为计算中国涉案产品正常价值的替代国。2008 年 12 月 30 日，欧盟委员会发布公告，对原产于中国的柑橘类水果罐头作出反倾销终裁。在本案中，没有中国企业获得市场经济地位待遇。

一、欧盟委员会认定倾销的方法

1. 正常价值

关于正常价值的裁定是基于欧盟产业提供的数据作出的，该数据在合作的欧盟生产商处予以核实。

在临时措施实施后，所有这 3 家被取做样本的中国合作出口生产商以及 2 家不具有关联性的欧盟进口商，对于用欧盟产业价格计算正常价值的做法提出了质疑。他们提出，正常价值应当以中国生产成本为基础进行计算，同时考虑欧盟市场和中国市场的区别进行适当的调整。关于这一点，应当指出，使用来自非市场经济国家的信息，特别是使用来自未获得市场经济地位待遇的企业的信息，将违反《基本条例》第 2（7）（a）条的规定。因此，上述主张被驳回。这些商家还辩称，可以使用其他所有进口国的数据，或者在类似国家不予以配合的情况下，使用相关公开信息是确定正常价值的合理方法。但是，这些信息在其准确性方面无法根据《基本条例》第 6（8）条的规定得到核实和交叉印证。因此，该主张被驳回。此外没有收到其他主张，能对委员会所使用的方法符合《基本条例》第 2（7）（a）条的规定这一事实，其中特别是在本案中委员会所使用的方法是计算正常价值唯一合理的基础这一事实提出质疑。

2. 出口价格

在临时措施实施后，一家被取做样本的中国合作出口生产商指出，应对其出口价格进行调整，以考虑某些成本因素（特别是海运费）。关于这一点，应当指出，无论是对这家公司还是对样本中的其他公司，在现场核查时已经对该事宜进行了处理。当时，每家公司都提交了关于正在考虑的成本方面的信息。该公司现在所主张的数额大大高于最初报告的数额。应当指出，上述新主张只是简单地建立在一家运输经纪人的说法的基础上，其并不能反映和真实交易有关的数据。其他被取做样本的出口生产商都没有对用于海运费的数据提出质疑。而且，考虑到该主张提交得太迟，无法对其进行核实。特别是，所请求的调整和档案中的所有数据都无关。尽管这样，在该主张提出后，考虑到该公司所指出的该特定成本对欧盟出口交易的重要性，委员会还是对成本数额进行了复查。委员会认为，对所有取做样本的中国公司使用现场核实的平均海运费更为适当。因此，委员会对该公司的出口价格作出了相应的调整。

另一家被取做样本的中国合作出口生产商强调，在和其提交的出口清单有关的出口价格的计算

① 资料来源于欧盟委员会：http：//eur－lex. europa. eu/en/index. htm

中存在两个计算错误。该主张被认为具有正当性，因此，委员会对该生产商的相关出口价格作出了相应调整。

3. 倾销幅度

如上所述，以占欧盟边境未完税 CIF 交货价的百分比计，确定的倾销幅度如下：

浙江宜昌荣盛食品有限公司，139.4%；浙江黄岩第一罐头食品厂，86.5%；浙江新世纪食品有限公司，湖北三门及其关联生产商湖北新世纪食品有限公司（湖北当阳），136.3%；

未纳入样本的合作出口生产商，131.4%；其他所有公司，139.4%。

二、欧盟委员会确定损害的方法

1. 欧盟消费

一家出口商辩称，第（EC）658/2004 号委员会条例（对进口柑橘罐头的保障措施）所确定的消费水平和初裁中所确定的消费水平之间存在差别。应当强调，上述消费水平之间的差别主要是因为当前调查涉及不同的产品范围以及这两次调查所涉及的欧盟成员国不同。在这方面并未得到进一步证实的证据。由此可以推断，此后所引发消费的分析关于这方面也得到确认。

2. 来自涉案国的进口

（1）涉案产品的进口数量及其所占的市场份额

关于市场份额，一些利害关系方反对委员会在初裁序言第 58 段的内容，具体为委员会认为倾销进口产品所占的市场份额增加。他们辩称，与委员会作出的裁定相反，从中国进口的商品所占的市场份额在减少。关于中国进口产品数额和市场份额的评估被加以核实。正如初裁第 58 段的内容所表明的那样，只有 1 年从中国进口的商品所占的市场份额减少。而在调查期的其他年份，来自中国的进口产品所占的市场份额一直很高。因此，在临时阶段所表明的裁定得到确认。

一些利害关系方辩称，还应当对调查期以后的数额进行调查，以评估从中国进口的商品所占的份额是否正在增加。应当指出，调查从中国进口趋势的期限是 2002/2003—2006/2007 年度，进口趋势为明显增加。

（2）价格削减

3 家合作出口生产商对委员会作出的关于价格削减的裁定提出质疑。1 家合作出口生产商对计算价格削减所用的方法提出了质疑，并请求进行调整以反映贸易商为其间接销售所支付的成本。在有正当理由支持的情况下，委员会对相关计算作出了调整。修改后的数据对比表明，基于被取做样本的合作出口生产商提交的数据，在调查期，涉案产品在欧盟境内的销售价格将欧盟产品价格压低了 18.4%～35.2%。

3. 欧盟产业的现状

2 家出口商和一进口商联盟组织对初裁中第 79 段内容所表明的包装旺季持续的时间提出了质疑。他们辩称，西班牙的包装旺季仅持续了 3 个月，而不是如初裁所表明的那样持续 4～5 个月。

4. 结论

在初裁披露以后，一些进口商和出口生产商主张，关于初裁中序言第 83 部分到第 86 部分的内容，委员会用于确立损害水平的数据既不正确，也没有得到客观评估。他们辩称，几乎所有和损害有关的指数都表明趋势向好，因此没有找到损害方面的有关证据。

关于这一点，应当指出，即使一些指标表明有少量改善，欧盟产业的现状必须从整体上予以评估，并应当考虑直到调查期结束，保障措施都有效这一事实。由于这些保障措施的存在，深入的结构调整导致生产和产能大幅减少，而在正常情况下其本可以使欧盟生产商整体状况得到大幅改善，包括产量、产能利用率、销售和成本。但事实情况相反，销售额指标仍然很少，库存大幅增长，而财务指数仍然为赤字——有些指数甚至在不断恶化中。

在这个基础上，委员会认为，初裁所述的关于欧盟产业遭受实质损害的裁定未变。由于没有任何其他经证实的证据或主张，这些裁定因此得到确认。

三、欧盟委员会关于损害与倾销因果关系的认定

1. 倾销进口产品的影响

一些利害关系方辩称，来自中国的进口产品在调查期大幅增长，对欧盟产业的市场份额造成损害。而且，该主张所涉及的进口产品的趋势所发生的期限超过了调查期，因此，该主张被驳回。

在调查期，来自被取做样本的中国出口生产商的进口产品的销售价格将欧盟产业的销售价格压低了18.4％～35.2％。

2. 汇率浮动

在临时性反倾销措施实施后，一些进口商进一步辩称，汇率对价格水平产生不利影响，汇率水平是导致损害的主要因素。尽管如此，委员会的评估只涉及价格水平之间的差异，没有必要对影响这些价格水平的因素进行分析。因此，裁定很高的倾销幅度与欧盟产业所遭受的损害之间存在明显的因果关系，初裁中序言第95段的内容得到确认。

3. 原材料的供应和价格

一些利害关系方辩称，损害并非由倾销进口产品导致，而是由新鲜水果，即柑橘类水果罐头的原材料供应不足导致的。

但是，来自西班牙农业部的官方数据证实，可供罐头产业利用的水果数量足以涵盖西班牙生产商的所有产能。

生产商和鲜果直接消费市场对鲜果的需求在某些程度上存在竞争。但是，这种竞争并未切断倾销进口产品和欧盟产业所遭受的损害之间的因果关系。导致欧盟产业相对较低的生产、销售额以及市场份额的一个明确而重大的原因在于，以非常低廉的价格从中国进口的大量产品造成的压力。在这种情况下，同时考虑到市场价格由占市场份额70％以上的进口产品决定，而进口产品又造成价格削减、价格不振和价格受抑，在无法产生以可以获得正常利润的价格销售产品的合理预期的情况下，增加生产从经济的角度考虑是不明智的。因此，如果市场价格不是不利于他们的经济收益的话，西班牙产业本可以合理地大幅增长其产量。

能证实上述分析的另一个因素是欧盟生产商的库存不断加大，这表明，欧盟产业受损现状的发生并非因为产量不足，而是由于从中国进口产品的压力，所生产出的产品无法销售。

作为农产品，其原材料的价格因其农业性受季节波动的影响。尽管如此，在被分析的5年期限，其丰收时的报价，既包括低价也包括高价，委员会发现，无论这些价格如何波动，损害（如以财政损失的形式存在）始终存在，因此，欧盟产业的经济结构与这些季节波动并无直接联系。

4. 质量差异

一些利害关系方主张，中国产品的质量高于欧盟产品的质量。但是，由于质量差异引起的任何价格差异并未得到充分证实，也没有证据证明，所谓的消费者对中国产品的偏好程度能成为欧盟产业现状恶化的原因。无论如何，这些所谓的价格差异将促进中国产品的销售，并增加价格削减/低价销售水平。

5. 成本增加

一些利害关系方辩称，某些生产商额外成本增加是损害发生的根源。这些主张并未得到充分证实。委员会的分析并未发现任何此类事件能推翻因果关系的评估，也并未影响损害消除水平的计算。

一些利害关系方提交了对欧盟产业生产成本增加以及欧盟产业没有能力降低生产成本的评论。某些成本项目（例如能源）已经增加，但由于大量从中国进口的倾销产品正在抑制欧盟的销售和生产（并因此增加欧盟产业的单位成本）并抑制和压低欧盟产业的价格，他们产生的影响并不足以切断上述因果关系。

6. 救助机制

据称，欧盟救助机制导致欧盟内部的加工虚增，从而鼓励已经降低的涉案产品原材料的供应水平。该主张只是泛泛之谈，并未得到充分证实。无论如何，受质疑的救助机制在 1996 年进行过修改，相关救助只提供给农民，而并非提供给加工涉案产品的厂家。

综上所述，关于欧盟所遭受的实质性损害和来自中国的倾销进口产品之间存在因果关系的临时裁定得到确认。

四、欧盟公共利益

1. 调查期以后的发展

欧盟统计局的数据证实，从中国进口的商品数额依然巨大，一些进口商对此也进行了确认。调查期以后的最近 10 个月，以稳定低价进口的产品数量达到了 74000 吨。

2. 欧盟生产商供应欧盟市场的能力

很多利害关系方对西班牙生产水平低进行了评论，他们提出，西班牙的生产水平无法充分满足欧盟市场的需求。尽管在目前的情况下，说欧盟产业无法供应整个欧盟市场是正确的，应当指出，正如上面所解释的那样，这个事实和进口产品产生的损害影响有关。无论如何，采取反倾销措施的意图不在于向中国进口产品关闭欧盟市场，而在于消除倾销带来的损害影响。除其他因素外，还考虑到这些产品只存在两个供应渠道，委员会认为，如果实施最终措施，中国产品仍将继续享受欧盟需求的大量份额。

3. 欧盟产业和欧盟供应商的利益

一进口商组织提出，如果不限制进口数量，任何反倾销措施都无助于保护西班牙产业，而只会自动引发非法贸易行为。该主张的指向在于有必要建立机构确保反倾销措施的适当执行，而不是反对反倾销措施将给欧盟生产商带来利益。

另一进口商辩称，实施反倾销措施无法改善西班牙生产商的现状，因为欧盟进口商已经囤积大量库存，这些库存足以满足近期市场需求。库存规模和囤积现象得到了另一进口商的支持。部分评论进一步证实了委员会在初裁和本条例其他地方进行的分析。但这些措施是为了让欧盟产业在 5 年内从倾销的损害中恢复过来，而不是 1 年内。

4. 欧盟没有关联的进口商/贸易商的利益

合作进口商表达了维持涉案产品两种供应渠道（即西班牙和中国），以保证以竞争性价格供应产品普遍利益的主张。

来自被作为样本的合作进口商的数据经核实后确认，柑橘类水果罐头部门占其完成的营业总额的比例不到 6%，无论在调查期还是在 2004—2008 年，其平均利润水平都超过 10%。

上述内容表明，两两相抵后，反倾销措施对进口商/贸易商的潜在影响与由其引发的正面影响不成比例。

5. 用户/零售商的利益

一位占消费比例不到 1%的用户，提交了关于欧盟柑橘可用性减少以及中国产品质量更优的一般性评论。委员会邀请其进一步合作，提供个别数据，但遭到其拒绝，因此他未能证实其主张。另一零售商，其是主要进口商协会的成员，只是从大体上反对提高价格。在调查过程中，委员会并未收到其他关于用户/零售商利益的意见。

6. 消费者的利益

与一进口商提出的主张截然相反，在实施临时措施期间消费者的利益得到了考虑。一些利害关系方认为对消费者的影响很大。但是，无人提供能对上述详述内容产生质疑的证据。即使反倾销税将导致消费者负担的增加，各关系方都没有对相关事实提出质疑，即涉案产品只占家庭食品消费很小一部分。因此，由于消费者没有作出任何评论并且没有新的、经进一步证实的证据，这些详述内容得到确认。

7. 关于欧盟利益的裁定

上述关于欧盟利益受损的额外分析并未改变关于针对该方面的临时裁定。来自作为样本的合作进口商的数据经核实后确认，柑橘类水果罐头部门在其所完成的营业总额中占比不到6%，无论在调查期还是在2004—2008年间，其平均收益都不错。由此可见，反倾销措施对进口商的影响将非常有限。考虑到消费国人均购买的实际数量，同时可以确定，对最终用户的财务影响可以忽略不计。委员会认为，初裁中所述的关于欧盟利益的裁定并未改变。由于没有其他任何评论，初裁中所述的这些裁定因此得到确认。

案例2 欧盟对华钢铁紧固件反倾销案

2007年11月9日，欧盟委员会决定对中国出口的钢铁紧固件发起反倾销调查，调查期为2006年10月1日—2007年9月30日，替代国为印度。涉案产品海关编码为73181290、73181491、73181499、73181559、73181569、73181581、73181589、73181590、73182100、73182200。据统计，2006年，中国钢铁紧固件对欧出口5.32亿美元，案件调查期内出口额约7.6亿美元。本案中共有123家中国企业应诉，欧盟委员会先后抽取17家企业进行重点调查。

2009年1月31日，欧盟委员会发布公告，对原产于中国的钢铁制紧固件作出反倾销终裁。只有西螺（苏州）精密紧固件有限公司和烟台安国特紧固件有限公司获得零税率，其他公司的税率为26.5%～85%。

该案的涉案金额达7.6亿美元，涉及从事紧固件生产和贸易的1700多家企业。涉案金额之大、波及面之广使本案从立案以来就备受关注。本案件裁决中关于抽样、同类产品、倾销认定、损害认定过程都值得关注，同时对该案在金融危机背景下所突显出的贸易保护主义倾向及给予我们的启示也应予以关注。

一、本案裁决要点

1. 涉案产品和同类产品

(1) 涉案产品

涉案产品是原产于中国的某些钢铁制紧固件（涉案产品），不包括不锈钢材质的，涉案紧固件具体包括六角木螺钉（不包括板头尖端木螺钉）、自攻螺钉、其他螺钉和带帽螺栓（包括螺母或华丝，但是不包括由小于6毫米的钢条、棒或线材制成的螺钉以及用于紧固铁路建设材料的螺钉和螺栓）以及华丝（以下简称紧固件或涉案产品）。

上述涉案产品的CN码为73181290、73181491、73181499、73181559、73181569、73181581、73181589、ex73181590、ex73182100和ex73182200。

在调查期，特别是在听证会上，中国国内的许多进口商或出口生产商主张，那些低强度类型的螺钉、垫圈或螺栓应该被排除在被调查产品范围之外，因为欧盟产业不生产上述类型的紧固件，且上述紧固件产品与欧盟生产的紧固件产品也不近似。而调查发现，欧盟产业生产了大量与涉案产品相同或近似的紧固件。此外，为了确保进口产品被视为调查目的之下的单一产品，基本规章也并未要求进口产品应该与国内产品在所有方面均完全一致。因此，上述抗辩被驳回。

欧盟一分销商特别指出，六角木螺钉应该被排除在调查范围之外。因为该分销商指出：(i) 欧盟产业并未生产大量的六角木螺钉；(ii) 生产六角木螺钉的欧盟生产商也并未支持启动反倾销调查程序。但调查发现，欧盟生产商生产的六角木螺钉产量巨大，且其中许多的生产商支持反倾销调查程序。此外，基本规章所规定的启动调查程序至少需要的支持水平并不是针对每一种具体的产品类型的，并且这也不能用来作为确定被调查产品范围的基础。因此，上述抗辩被驳回。

欧盟另一分销商主张，用于DIY市场的紧固件应该被排除在调查范围之外，因为据称这些紧固件产品与欧盟产业生产的紧固件产品不具有可替代性，属于一个独立的“产业分支”的产品。在作出以上披露之后，该分销商提出了听证请求并被准许举行听证会，在听证会上他们重审了DIY紧固件明显区别于其他紧固件产品的主张，因此DIY紧固件与欧盟产业不具有利害关系。首先，应该注意到DIY紧固件与用于更为专业用途的紧固件产品不存在根本的差别，DIY紧固件、专业用途的紧固件和工业用紧固件在某种程度上存在重叠。该分销商指出了DIY紧固件的一些典型特征，如包装、耐度、标记或涂层，并主张在此基础上，用于DIY市场的紧固件可以区别于其他市场用途的紧固件。可是，通常认为上述特征尚不足以将DIY紧固件与其他类型的紧固件区别开。因此，该分销商的上述抗辩被驳回。

(2) 同类产品

许多利害关系方主张，原产于中国的紧固件产品与欧盟产业生产的紧固件产品不具有可比性，并且后者与原产于中国的紧固件产品的用途不同，因此二者不构成直接的竞争关系。具体而言，他们主张原产于中国的大多数紧固件产品：(i) 是在材料、耐力、涂层或认定/安全方面不存在独特性的标准产品（主要处于4.8和8.8级之间）；(ii) 是应用于低端用途（非专业用途和一般分销）而非高端用途的；(iii) 尚达不到用于汽车、化工或航天工业的严格要求。

许多进口商及其所在的协会也在听证会上主张，与欧盟产业生产的紧固件产品相比，原产于中国的产品销售价格通常处于较低的水平，这也表明中国和欧盟生产的紧固件产品定位于不同的应用领域。同样，为了支持其主张，他们指出，即使原产于中国的紧固件产品进口量大幅攀升，欧盟产业依然可以在同一时期内提高其销量和单价。

在物理和技术特征方面的差异被多次提及的情况下，调查显示，虽然市场上产品类型众多，原产于中国的紧固件和欧盟生产的紧固件依然是在相似的产业标准下销售的。此外，出于调查的目的，价格比较也只是排他性地在标准类型的紧固件产品之间进行的。就此而言，在相同标准之下生产和分类的紧固件必须符合原材料的机械性能、式样、耐度等各项要求。虽然通常认为并不是所有类型的紧固件都可以用于所有用途，并且特殊紧固件和高端用途的紧固件尤其如此，但是在相同标准之下，所有类型的紧固件在绝大多数应用上都是可以互相替换的。此外，虽然原产于中国的紧固件售价较低，欧洲钢铁工业联盟认为，在钢铁都属于某一产业标准等级的情况下，在原产于中国的钢铁和欧盟生产的钢铁之间不存在重大的质量差异。因此，委员会认为，原材料上的质量差异并不影响原产于中国的紧固件和欧盟生产的紧固件之间的可比性。

虽然不同的价格水平被多次提及，通常认为产品的价格差异本质上无法证明某种产品类型因而应该被视为不同的产品。考虑到通常认为相同标准之下的所有类型的紧固件都具有相似的基本特性和最终用途，上述主张被驳回。

一些进口商和出口商主张，替代国印度生产的紧固件大多是高端类型的产品，用于汽车产业和相似用途，因此，上述紧固件与原产于中国的紧固件不属于同类产品。但是，调查显示，印度出产的紧固件，无论是特殊紧固件还是标准紧固件都与原产于中国的紧固件具有相同的基本物理特性和技术特征。

因此，委员会认为，欧盟产业在欧盟境内生产和销售的紧固件、原产于中国并在国内市场销售的紧固件、替代国印度生产和销售的紧固件以及原产于中国并销往欧盟境内的紧固件都属于基本规章第1（4）条规定下的同类产品。

2. 欧盟委员会关于倾销的认定

（1）正常价值

根据基本规章第2（7）（a）条规定，对于未被赋予市场经济地位的出口生产商，正常价值应建立于所收到且验证过的替代国的信息之上。

在印度国内市场销售且销量具有代表性的某种类型的涉案产品可否被视为基本规章第2（4）条规定之下的以正常贸易流程销售，对此进行了调查。在调查期，通过确定销售给国内市场个别客户的每种类型产品的利润比例，上述问题得到解决。

当净销售价格等于或高于生产成本的某类产品的销量在该类产品的总销量中占到80%以上，以及该类产品的加权平均售价等于或高于生产成本，该类产品的正常价值就应该基于实际的国内售价。上述实际的国内售价以该类型产品的全部国内销量的加权平均价格计算，与该产品的上述销售活动是否获利无关。

当某类产品的可获利销售等于或低于该类产品的80%，或者当该类产品的加权平均售价低于生产成本，正常价值应该基于实际国内价格，且只以该类产品可获利销售的加权平均价格进行计算。

依据替代国印度上述已获验证生产商的数据，基于不同的产品类型，市场正常价值应该基于所有销售价格的加权平均数或只基于可获利销售的加权平均售价。

某家获得单独调查的企业和一些进口商指出，从单个印度生产商所获取的正常价值，不能当做比较的最佳基础，据悉该印度企业并不生产同类型的紧固件产品。因此，根据基本规章第2（7）（a）条规定，正常价值的计算应基于“其他合理的基础”，在本案中应基于中国出口商自己提供的数字，并且就据称在原材料成本中所存在的扭曲作出调整。

（2）出口价格

在所有案件中，当涉案产品被出口至欧盟的个别客户时，根据基本规章第2（8）条规定，出口价格应基于已付或可支付的出口价格。

至于该两家出口生产商，他们出口销售到欧盟境内的全部或部分产品都是经由欧盟境内的相关企业办理，再转售给欧盟境内的非相关企业。在这些案例中，都是根据基本规章第2（9）条规定将进口产品首次转售给个别买家的价格，在适当调整因进口、转售和获利而产生的成本后作为出口价格的。毛利润是根据从配合调查的非相关进口商处所获得的信息而确立的。

（3）比较对照

正常价值和出口价格的比较是在此前工作的基础上进行的。根据基本规章第2（10）条之规定，处于确保正常价值和出口价格之间公平比较之目的，针对影响价格和价格可比性的差异而作出了适当的调整。

3. 损害

（1）欧盟的生产

调查确认了众多的欧盟生产商都生产同类产品，估计有300多家中小型企业和一些较大的企业。在最初的立案调查公告发布之后，大多数欧盟生产商并没有向欧委会表明自己的存在。提出申诉的生产商配合了调查程序，虽然被抽样公司中有1家企业由于在现场核查时无法提供足够的信息而未被认定为配合调查，该公司因此被排除在欧盟产业的相关资料之外。众多其他生产商，无论是支持还是反对此项申诉，均提供了其生产和销售的一般数据。由于欧盟产业中的众多生产商（大部分是小型企业）不配合调查，因此无法基于个别企业的数据来精确定义欧盟的总产量。

因此，欧盟的产量只能使用欧盟统计局（Eurostat）的生产数据来估计，2006 年欧盟的总产量为 1431602 吨。

（2）欧盟产业的定义

欧盟生产商中支持该项申诉并全力配合调查的生产商的产量占到涉案产品在欧盟总产量的 27.0%。因此，只有上述配合调查的企业才被认定构成基本规章第 4（1）条和第 5（4）条规定之下的欧盟产业。

许多欧盟进口商和出口生产商指出，同时也被调查所确认，一些配合调查的欧盟生产商除了拥有自己的生产设施之外也从中国进口大量的涉案产品用于在欧盟市场转售。

此外，有 3 家配合调查的欧盟生产商认为，他们已将部分生产地点转移至中国境内，因此，应该将他们从该估算名单中排除。然而调查显示，上述欧盟生产商设立中国分公司的目的主要是为了服务于中国市场，而上述欧盟生产商的核心利益仍在欧盟市场。

对于配合调查的欧盟生产商的进口量，调查显示，与欧盟本土生产的产品的销量相比，有些公司只是从中国进口少量的产品。这些少量进口产品的销售是通过相关和不相关的公司进行的，并且与前述利害关系方所指出的要少得多。

（3）欧盟消费

2006 年，欧盟消费量是依据欧盟成员国递交欧盟统计局（Eurostat）的总产量以及进口量和少许出口量确立的。调查发现，表观消费量与申诉中提到的数据相一致。因此，在欠缺任何其他信息的情况下，申诉中所列明的 2004—2005 年的数据被采用。2003 年至调查期的进口数量和出口数量采取的是欧盟统计局的数据。由于无法获取 2003 年的任何相关数据，因此，无法就欧盟消费量和市场占有率作出评估。

在这些数据的基础上，可以发现在 2004 年至调查期，欧盟对涉案产品的需求增长了 29%。

（4）相关国家对欧盟的进口

在 2004 年至调查期，涉案产品的消费量增长了 29%，而同期从中国的进口量持续增长了 103%。因此在调查期，中国输欧产品的市场占有率从 17%上升到 26%。

从中国进口的平均价格状况看，在整个调查期，进口价格一直保持平稳状态，只是在 2005 年出现了小幅上涨，而在 2006 年又有所回落。

关于调查期内涉案产品在欧盟市场的销售价格，在被抽样的欧盟生产商和被抽样的中国出口生产商之间进行了一项比较。欧盟产业的相关销售价格是针对独立客户的，并且在必要的情况下被调整到交货前的状态，例如，扣除在欧盟的运费，再扣除折扣和回扣。这些价格被拿来和中国出口生产商的销售价格做比较，中国出口生产商的销售价格扣除了折扣，并且在必要时被调整到欧盟边境的到岸价格（CIF），并针对保管费用和进口后的费用作出调整。考虑到欧盟产业不仅销售给分销商，也销售给终端用户，而中国进口产品是通过相关或不相关的进口商和/或贸易公司销售的情况，进口价格被作出适当调整以确保在相同的贸易水平上进行比较。

经比较得出，在调查期，相关进口产品被以明显低于欧盟产品价格的价格出售，如果以低价销售幅度占欧盟产品价格的百分比表示，平均低价销售幅度超过了 40%。

（5）欧盟产业的处境

根据基本规章第 3（5）条规定，针对原产于中国的进口紧固件的倾销对欧盟产业影响的调查包括对在 2003 年至调查期对整个产业具有重大影响的所有经济因素和指标的分析。对于欧盟产业状况的分析系针对上述被抽样企业展开的，除了产量、产能、产能利用率、销售、市场占有率、雇员情况和生产率，所有数据资料都是针对整个欧盟产业的，并且是由配合调查的欧盟生产商所提供的。

① 产量、产能、产能利用率

从 2004 年至调查期涉案产品的需求增长了 29%，但欧盟产业的产量在整个调查期一直处于波动状态，与 2003 年相比，欧盟产业的产量只高出了 6%。

在调查期，产能只是微增长，这就意味着在调查期产能利用率一直维持在 52%～53%的水平。一些欧盟进口商认为，有关产能的数据被高估了，如假设连续生产（24 小时/365 天）或是低估了为生产新产品而转换设备所需的时间。可是，关于生产瓶颈，也就是通常所认为的热处理程序，产能是以 220 天中每日 3 个班次的标准计算的。可用的冷锻机的数量已被证实，并且调整工具以进行下一轮生产（平均在 2～12 小时）平均所需的时间也已经被考虑在可得产能的计算之中。

② 库存

在调查期，库存降低 5%，产量却增长了 7%。这主要与标准类型的紧固件产品在欧盟产业中所占份额的减少有关。可是，考虑到同类产品在欧盟主要采取了订单生产的方式，库存水平不被视为该产品的一项有意义的指标。

根据客户信息，由于欧盟产业在特殊紧固件领域的市场占有率提高了，欧盟产业在调查期的销售数量增长了 12%，销售产值增长了 21%。

调查发现，在调查期欧盟市场对不相关买家的平均售价有所提高。这一价格上的上涨应该被归因于原材料价格的大幅上涨以及欧盟产业更加致力于紧固件高端市场（特殊紧固件产品），高端紧固件市场较少受到倾销进口的影响。高质量的紧固件产品能够满足客户的特殊需要，与标准紧固件不同的是，特殊紧固件的单位售价通常都会很高。因此，销售价格的上涨不但反映了原材料价格的上涨，也反映了欧盟产业在产品范围上的变动。

在 2003 年和 2004 年销量增长之后，欧盟生产商的销量降低了 1%。与此同时，欧盟消费量却增长了 29%，这就意味着欧盟产业无法利用欧盟消费量增长的优势，因此，欧盟生产商的市场占有率在不到 3 年的时间内降低了 24%。如果计算整个调查期（包括 2003 年），欧盟生产商的市场占有率下降的幅度可能会更大。

调查发现，欧盟产业无法从欧盟消费量增长所带来的市场成长中受惠，因为原产于中国的倾销产品剥夺了欧盟生产商继续大规模生产标准紧固件产品的机会。

③ 利润和现金流转

欧盟产业销售同类产品的获利水平在整个调查期一直处于波动中，仅达到一般水平。

利润在 2003 年达到最低（2.1%），但此后有所提升，部分是因为欧盟产业努力降低生产成本、提高生产率以及转向提供比标准产品能够带来更多收益的高质量紧固件产品。与标准紧固件产品相比，高质量紧固件产品受到倾销产品的影响较少。

④ 投资、投资回报、增资能力

在调查期，以净销售额的百分比表示的投资回报在 2003 年至调查期增长了 7 个百分点。这可以用如下事实解释：欧盟产业试图在不进行大规模投资的前提下发挥现有产能的最大效用。正如调查所显示的，所有被抽样的生产商都发展了一套内部工具资源从而可以使其生产设备适应新的客户群（特殊紧固件产品是根据客户的要求而订制的）。

在调查期，没有任何证据显示增资能力有提高或降低。

⑤ 雇员和生产率

欧盟产业在 2003 年至调查期增加了雇员数量，这是出于维持产量及生产更为多样化的复杂产品的需要和生产更为多样化的复杂产品需要工具和机械设备具有更大的灵活性有关。欧盟产业内的这一战略进程所产生的结果也反映在生产率上，调查期生产率一直保持稳定，虽然他们必须适应需要更多人力资源的全新客户层（特殊紧固件产品是根据客户的要求而订制的）。

⑥ 损害的结果

在 2003 年至调查期，原产于中国的倾销产品的进口量约增长了 180%，在调查期达到了 26% 的市场占有率。此外，在调查期，欧盟产业的销售价格受到相关倾销产品实质性压制。在加权平均基础上，削价幅度超过 40%。

在同一时期，虽然欧盟消费量增长了 29%，欧盟产业的销量却下降了 1%。欧盟产业的市场占有率降低了 24%，从而无法将全球范围内原材料价格的上涨传递给消费者，最终导致利润率持续走低。

在调查期，产量没有随着欧盟消费量的增加而同步增加，产能利用率依然非常低，约为 50%。这对利润率也造成了负面影响，因为这使欧盟产业无法充分利用规模经济的优势。

根据前述，最终认定欧盟产业遭到了实质性损害。

4. 因果关系

（1）中国进口产品的影响

在 2004 年至调查期，欧盟消费量增长了 29%（数量），同时欧盟生产商的销售只增长了 7%。由此，欧盟生产商同期损失了 6.8%的市场占有率。

欧盟不相关的进口商指出，如果销售是以价值而不是数量计算的，又完全会是另外一种情况，因为欧盟生产的紧固件的单位售价明显高于原产于中国的紧固件的售价，并且单位售价在被调查期有所上涨。在分析低售价的进口产品对欧盟市场的冲击的时候，依照惯例，通常认为以数量而非价值作为评估市场趋势和市场份额的基础的做法是适当的。销售价还受到产品组合变动的影响，正如本案中欧盟产业转向生产高端产品。最后，应该注意到销售趋势只是损害因素之一，并不具有决定意义。

在 2003 年至调查期，原产于中国的倾销产品进口在数量上大幅增长，增幅超过 170%；在 2004 至调查期，原产于中国的倾销产品的市场份额由 17%上升到 26%，上述情形正好与欧盟生产商的市场份额逐渐下降的趋势相一致。

在调查期，倾销产品的价格保持相对稳定和低廉，虽然原材料经历了全球性的价格上涨。而与中国出口商不同，欧盟生产商的销售价格却追随了原材料成本价格上涨的趋势。

作为对原产于中国的倾销产品的进口数量激增的回应，欧盟产业已经开展了其特殊紧固件（根据客户的要求订制）的生产活动，并设法维持产量和避免利润的进一步下滑。可是，这些属于高端市场的特殊产品无法完全弥补在标准紧固件领域所损失的巨大产量。

此外，进口自中国的倾销产品的价格远低于欧盟产品，形成了迫使欧盟产业降价的巨大压力。与此同时，原材料价格却呈现出大幅上涨的态势。调查显示，由于进口自中国的大量倾销产品所形成的强大的价格压力，欧盟产业无法将原材料价格上涨所增加的成本转嫁给消费者。这导致了利润率、投资回报和现金流转都处于较低的水平。

众多出口商、进口商及其协会认为，中国出口的产品与欧盟产业生产的产品不构成竞争关系，因为它们处于不同的、互补的产品范畴。虽然看起来在调查期中国出口主要集中于标准螺钉和螺栓等市场领域，但在欧盟产业生产销售的产品和中国出口产品之间仍然存在显著的重叠现象，并且这是一个不断变化的形势。在某些市场领域，欧盟产业已经丧失了绝大多数的市场份额，如果放任当前的趋势继续发展下去，欧盟产业可能会在当前的优势领域再次失去市场。

因此最终认定，自 2003 年以来，倾销产品的进口数量和市场份额大幅提高，并且以低价销售，由此所造成的压力对于欧盟产业所遭受的损害具有决定意义。

（2）其他因素的影响

① 其他第三国的进口

如前所述，在整个调查期，中国是向欧盟市场出口同类产品的最大出口国。在整个调查期，原产于中国的涉案产品在全部其他国家进口的涉案产品中所占份额增长了 20％，在调查期结束时达到了 61％。

此外，原产于世界其他地方的进口产品的平均单价（欧元）并没有体现出与原产于中国的进口产品平均单价相同的走势，在调查期，前者上涨了 19％，而原产于中国的进口产品的平均单价仅增长了 2％。以吨计算的原产于世界其他地区的平均单价比亿吨计算的原产于中国的平均单价高出了 180％。

相应地，最终认定原产于其他第三国的进口产品对于欧盟所遭受的损害不具有可归责性。

② 欧盟产业的出口活动

针对调查期欧盟产业至非欧盟成员的出口是否造成了损害也进行了审查。在 2006 年，对欧盟成员国的出口在整个欧盟产业同类产品总产量中仅占据了 11％。在 2003 年至调查期，上述出口增长了 81％。此外，这些出口是以显著高于欧盟市场销售价格的价格出口的。因此，最终认定欧盟至第三国的出口活动并未造成欧盟产业的损害。

③ 原材料价格的上涨

虽然目前的证据表明了调查期欧盟的钢铁价格有所上涨，但看起来上述原材料价格的上涨并不是导致欧盟产业状况恶化的决定因素。欧盟产业状况的恶化是由上述第 165 段所指出的市场份额的丧失所导致的。调查显示，在被调查期单位平均价格的上涨主要是由特殊类型产品在欧盟产业的产品组合中所占的比例提升所导致的，因为这些特殊类型的紧固件生产成本更高。

可是，欧盟产业无法充分提高其产品的售价从而弥补生产高端产品而产生的新增成本负担。这一价格上的不灵活性是由原产于中国的倾销产品的进口激增所造成的，中国产品的进口价格显著低于欧盟产品。在上述情况下，应该认定欧盟产业遭受了倾销产品所形成的沉重价格压力，因此无法通过提高产品售价来弥补增加的成本负担。

最后，应该注意到原材料成本的增加本应影响到包括中国出口生产商在内的所有市场运营者，因此，原材料成本的增加不能被作为造成欧盟产业损害的一个具体因素，尤其是在原材料价格上涨而原产于中国的涉案产品的单价依然保持稳定的情况下。

综上所述，最终认定原材料价格的上涨不会打破在原产于中国的倾销进口产品和欧盟所遭受的损害之间的因果关系。

（3）有关因果关系的结论

本案中损害的主要形式是在一个成长市场中潜在销售数量和市场份额的损失。因而形成的价格抑制以及由于低水平的产能利用率而导致的无法形成规模经济的损失共同导致利润率处于较低的水平，虽然在整个调查期基本经济条件一直处于有利的状态。

调查显示，欧盟产业的绝大多数损害指标的情况没有得到改善，这正好与原产于中国的进口产品数量和市场份额激增以及由此所形成的价格抑制相吻合。同时发现，欧盟产业所遭受的损害不能被归责于其他第三国的进口，因为上述其他第三国的平均进口价格显著高于中国进口产品的价格，并且与中国进口产品相比，中国之外的进口产品在欧盟的市场份额有所减少。

欧盟产业至非欧盟成员的出口呈现出积极的变化，这就意味着上述积极变化的潜在影响无法打破在原产于中国的倾销进口产品和欧盟所遭受的损害之间的因果关系。

虽然在调查期原材料价格经历了前所未有的上涨，这对所有的市场运营者都构成了影响，但是损害指标的时间类型并没有表明原材料价格的上涨是造成欧盟损害的主要原因。

因此，根据基本规章第 3（6）条之规定，原产于中国的倾销进口产品已经对欧盟产业造成了损害。

5. 欧盟公共利益

（1）欧盟产业的利益

反倾销措施的实施有望阻止市场扭曲、恢复市场的公平竞争。欧盟产业是一个具有竞争力并且发展良好的产业，这一点可以被欧盟产业在竞争激烈的国际市场中出口品种繁多的产品所证实。因此，实施反倾销措施可以使欧盟产业达到合理的产能利用率，并且改善其财务状况。

当然，应该认定反倾销措施的实施可以使欧盟产业从倾销所造成的损害中恢复过来，因此，实施反倾销措施是符合欧盟产业利益的。

（2）欧盟不相关进口商/贸易商的利益

7家被抽样的进口商配合了调查。这7家进口商代表了调查期欧盟涉案产品进口总量的15%。其中1家进口商没有接受实地核查，因此有关该公司的信息被不予采用。对于配合调查的进口商，涉案产品在其营业额中占据了很大的比例。调查发现，涉案产品的平均利润率高于这些公司的基本利润率。同时发现，在整个被调查期，这些进口商大量进口涉案产品，同时减少了向欧盟生产商的采购数量。

欧盟不相关的进口商在其提交的答复中主张，如果实施反倾销措施，负面效果将来自两方面：(a) 欧盟欠缺足够的产能以在涉案产品上维持与此前相同的供应量；(b) 涉案产品价格升高，而这又无法转嫁给最终消费者，导致进口商的利润损失。调查显示，涉案产品仅是欧盟不相关的进口商所提供的产品范围中一个有限的组成部分，其他部分大多是在欧盟本地市场采购的。此外，为了避免过分依赖单一的渠道，欧盟进口商不仅从中国生产商，也从欧盟生产商处采购相同类型的产品，虽然从中国出口生产商处采购的数量最大。调查发现，为了满足客户的短期需求，以及继续提供一个完整的产品范围，欧盟进口商依然依赖欧盟生产商供应少量的涉案产品。欧盟进口商也未能提供任何令人信服的证据以证明欧盟生产商无法满足所有类型的紧固件的需求，无论是标准紧固件还是满足客户特殊需求的特殊紧固件。同时，调查显示，除了简单地供应紧固件，越来越多的欧盟进口商正在逐渐地向消费者提供额外的特殊售后服务。因此，只适用于有限产品范围的最终反倾销措施只会造成极其有限的影响，因为售后服务业务的开拓正在成为新的利润来源。如果反倾销措施被实施，考虑到在欧盟存在丰富和多样化的产能资源，欧盟进口商可以依然向客户提供同样水平的服务，这将把反倾销措施对欧盟进口商的盈利水平的影响控制在有限范围之内。

总之，虽然反倾销措施对于进口商和分销商的影响不会被认为如同上述利害关系方所指出的那么强烈，可是依然无法排除上述进口商和分销商会在现金流转和利润率方面受到不利影响，尤其是在反倾销措施实施的初期。

（3）用户和消费者的利益

在最终的调查结果公布前后，许多进口商及其协会对于实施反倾销措施对建筑行业的经济形势所可能产生的影响作出了相似的回应。建筑行业是紧固件的一个主要用户，并且正处于严重的经济低迷期。就此而言，首先应该注意到建筑行业并未受到国际竞争的影响，这在一定程度上限制了成本上升对其市场形势的影响。其次，提出上述主张的利害关系方也从未就相关产品在整个建筑行业成本中所占的比重予以量化。

整体而言，在目前所掌握文件信息的基础上，在绝大多数情况下，紧固件只是整个生产成本的一个很小的组成部分，反倾销措施的实施不会对使用紧固件的相关产业的成本和竞争形势产生巨大影响。

（4）钢铁供应商的利益

欧洲钢铁工业联盟（EUROFER）指出，欧盟境内的上游产业钢铁产业，例如，利用低温螺丝头成型法来制造线材和钢筋的厂家，在2004—2007年间面临产能利用率恶化的不利形势，据称是由直接进口压力和不公平竞争对下游市场的侵蚀所造成的。因此，欧盟钢铁联盟主张，利用低温螺丝头成型法来制造线材和钢筋的欧盟生产商有足够的产能来满足欧盟境内涉案产品生产商的生产需要。

此后，欧盟钢铁工业联盟的上述主张得到了西班牙和捷克国内 2 家钢铁线材生产商的回应。据这些公司所述，欧盟有足够的产能来满足相关产品的生产需求。

(5) 竞争和贸易扭曲效果

众多进口商、出口商及其协会主张，反倾销措施的实施将会加剧欧盟 2 家最大的生产商的控制地位。

就此而言，调查发现，欧盟有众多生产商以及来自第三国的大量进口产品，这将确保消费者和零售商以合理价格采购同类产品时继续拥有选择不同供应商的宽泛自由。此外，中国出口生产商能够继续以不构成损害的价格销售相关产品，因为他们在欧盟市场中已占有有利的地位。

因此，市场中存在众多的市场主体，这将满足市场的需求。据前所述，最终认定在实施反倾销措施之后竞争形势将依然保持强劲。

(6) 有关欧盟利益的总结

基本规章第 21 条表明，有必要就损害性倾销所导致的贸易扭曲效果予以矫正并就恢复有效竞争的必要性给予特别考虑，虽然必须在上述条款规定的欧盟利益测试的框架内考察这一特别规定。因此，实施反倾销措施或者不实施反倾销措施对于所有利害关系方的影响必须予以考虑。

虽然无法排除实施反倾销措施可能会对欧盟某些进口商和贸易商产生负面影响，但实施反倾销措施仍被认为会为欧盟产业以及欧盟境内的供应商带来某些好处，比如产量和雇员的增加。

用户只在有限范围内配合了调查。据估计，反倾销措施对于这些产业的生产成本的影响是可以忽略的，而且反倾销措施不会导致欧盟市场竞争的不足。

总之，由于较高的倾销和损害幅度，最终认定在具体案件中，根据提交的信息，不存在认定反倾销措施的实施不具有恰当性且违反欧盟利益的充分证据。

二、本案体现出明显的贸易保护主义倾向

在欧盟对华紧固件反倾销案的调查过程中，有 20 多点与 WTO 现行规则相违背，但欧盟委员会仍作出了肯定性裁决，足以显现其贸易保护的倾向。主要体现在以下几点：(1)“没有原告”的官司。至今欧盟以保护原告利益为由，未向外透露申诉方的名单，中国企业打了一场“没有原告”的官司。(2) 偏袒自己人。在此次欧盟反倾销调查中，欧洲在华独资企业成唯一受益者，其对欧出口仍可享受零税率。(3) 与中国企业作成本比对的企业仅选择了印度一家高强度紧固件生产商，该生产商向欧盟出口的产品是汽车用高档紧固件产品，而与之比较的却是中国产低档碳钢螺栓。(4) 同类产品的问题。欧洲紧固件分销商协会表示，从中国进口的紧固件产品与欧洲本土生产的产品不存在同质性，所涉反倾销产品除极少部分外，其他产品欧洲生产商早已不再大量生产。(5) 损害问题。早在 2007 年 12 月 21 日，欧洲紧固件分销商协会就曾致函欧盟委员会，就欧盟对中国境内紧固件企业反倾销调查提出书面反对意见。欧洲紧固件分销商协会认为，中国紧固件出口对欧洲紧固件市场不构成威胁，此举反而将危及欧洲分销商及其员工的利益，给欧盟市场造成不可挽回的损失。

我国紧固件生产和出口大国的地位以及出口低附加值、劳动密集型产品的特性使得我国产品在金融危机背景下极易引发贸易摩擦。目前，我国已成为全球最大的紧固件生产国。据海关统计，2008 年 1—11 月，我国金属紧固件累计出口 249 万吨，价值 41.4 亿美元。

欧盟对华紧固件反倾销案的示范效应已经显现，仍需时时警惕。在欧盟终裁之后，墨西哥、加拿大、俄罗斯先后又对我国紧固件发起贸易救济调查。2009 年 2 月 3 日，墨西哥经济部正式对我国

输墨碳钢螺母发起反倾销调查；2009 年 4 月 22 日，加拿大国际贸易法庭发布公告，对原产于中国的碳钢紧固件进行反倾销和反补贴日落复审；2009 年 5 月 14 日，俄罗斯工业与贸易部正式发布通知，对进口紧固件发起保障措施调查。

第三节　加拿大对华贸易救济重点案例[①]

案例 1　加拿大对华半导体冷热箱反倾销反补贴案

半导体电子冷热箱是重要原材料产品之一，近几年，我国半导体电子冷热箱行业发展迅速，国内生产技术不断提升。为了获得更大的投资收益，国内企业在生产规模和产品质量上不断提升。依托国际市场的定价和国内的原材料、人力等成本优势，我国半导体电子冷热箱产品投资价值极具吸引力。随着生产技术的提升，其在下游市场的应用越来越广泛，成为近年来的热点产品。

一、案情简介

2008 年 5 月 15 日，加拿大边境服务署对原产于中国的半导体冷热箱进行反倾销和反补贴立案调查。涉案产品海关编码为 84186990.90、84185010.00、84186191.90 和 84189990.90。2008 年 11 月 10 日，加拿大边境服务署（CBSA）对原产于中国的半导体冷热箱反倾销和反补贴案作出终裁，认定本案唯一应诉企业美固电子（深圳）有限公司的倾销幅度为 16.7%，补贴率为 0.8%；未应诉企业倾销幅度为 37%，补贴率为 14.1%。2008 年 12 月 12 日，加拿大国际贸易法庭就对华半导体冷热箱反倾销反补贴案作出终裁，裁定原产于中国的半导体冷热箱对加拿大国内产业造成损害。

二、争论焦点

1. 关于倾销的认定[②]

加拿大边境服务署从美固国际有限公司和美固电子（深圳）有限公司获得对其倾销信息请求的广泛并且可接受的回复。2008 年 9 月，加拿大边境服务署的官员赴香港和深圳对美固电子（深圳）有限公司提供的信息的准确性进行核查。

（1）正常价值

美固公司向加拿大边境服务署提供了调查期国内销售交易的数据库。对该国内销售数据库进行分析，其中一种类型的产品存在具有可比性的国内销售。加拿大边境服务署根据《特别进口措施法》第 19（b）段的规定对国内销售数据库进行了利润分析，其中通过利润分析的那些交易被用于根据《特别进口措施法》第 15 部分的规定裁定正常价值。加拿大边境服务署根据《特别进口措施条例》第 6 部分的规定考虑了相关折扣，根据《特别进口措施条例》第 10 部分的规定国内销售价格中所包含的相关税费，对正常价值进行了调整。

加拿大边境服务署根据《特别进口措施法》第 19（b）段的规定，基于产品总生产成本，加上合理的管理、销售和其他所有费用，再加上合理的利润，裁定其他产品类型的正常价值。

---

① 资料来源于加拿大边境服务署 http：//cbsa－asfc. gc. ca/menu－eng. html，加拿大国际贸易法庭 http：//www. citt－tcce. gc. ca/index _ e. asp

② 加拿大边境服务署 http：//www. cbsa－asfc. gc. ca/menu－eng. html

（2）出口价格

出口价格根据美固公司在本次调查的最后阶段所提供的信息予以确定。加拿大边境服务署在核查过程中对这些与出口信息相关的数据的准确性进行了核实。由于产品被售予和加拿大不具有关联关系的进口商，根据《特别进口措施条例》第 24（a）（iii）段的规定，则基于出口商的销售价格确定出口价格。在适当情况下，从出口商的销售价格中扣除中国的内陆运输费和港口费。

（3）倾销幅度

加拿大边境服务署将调查期进口到加拿大的所有涉案产品的总的正常价值和总的出口价格进行比较。美固电子（深圳）有限公司出口的产品加权平均倾销幅度为 16.71%。

倾销调查结果表明，所有的进口产品都存在倾销，其加权平均倾销幅度为出口价格的 30.8%。来自中国的半导体冷热箱占该产品进口总量的 95.3%。

（4）关于倾销认定的争论

在作出初裁后，加拿大边境服务署收到美固公司和欧亚电器制造（控股）有限公司提交的关于加拿大边境服务署倾销调查的辩护意见。

① 使用国内销售确定正常价值和利润额

美固公司就按照《特别进口措施法》第 15 部分的规定，利用国内销售确定正常价值以及按照《特别进口措施法》第 19（b）段的规定用于计算正常价值和利润额提出反对主张。为支持这些主张，美固公司提出关于国内销售总量、各种类型产品的销售额、未通过正常贸易途径进行的销售以及销售回扣等有关事宜。

加拿大边境服务署认为，在存在美固公司同类产品国内销售的情况下，他们符合《特别进口措施法》第 15 部分规定的标准。就这一点而言，加拿大边境服务署确定正常价值符合《特别进口措施法》第 15 部分和第 19（b）段的规定，也符合《特别进口措施条例》中所有相关规定。

② 中国并无导致倾销实践的掠夺性定价政策或垄断

欧亚电器制造（控股）有限公司（以下简称为"欧亚公司"）提出，在出口加拿大时，涉案产品的中国生产商并不存在倾销行为。欧亚公司主张，来自中国的所有倾销都是由某家出口商偶尔、暂时的出口实践引起的，都不是全国性的趋势。欧亚集团支持这些主张的理由在于，中国生产商的生产规模可忽略不计，任何出口商本身都无法控制国内市场或出口市场。

加拿大边境服务署指出，在调查期，从中国进口的商品存在倾销。涉案产品的市场规模不是倾销指标。

欧亚公司主张，中国的生产成本和利润率低是加拿大市场上涉案产品存在所谓倾销的原因。

加拿大边境服务署指出，其所进行的反倾销调查考虑了中国的生产成本和利润幅度，调查结果表明，在调查期，涉案产品以倾销的方式进入加拿大。

2. 关于补贴的认定

（1）调查程序

在启动反补贴调查之前，加拿大边境服务署已经确定了 36 种潜在补贴项目，并分别归于以下 8 类：经济特区（SEZ）以及其他特区的鼓励措施；拨款；债转股；优惠贷款；所得税优惠项目；减免原材料和机器设备的关税和其他税；减征土地使用费；从国有企业购买产品。

在其对加拿大边境服务署的信息请求的回复中，无论是美固公司还是中方，都确定了一项美固公司获得利益的补贴项目。除这个项目外，加拿大边境服务署在对美固公司提交的意见进行核实的过程中，还进一步确定了一个补贴项目，总共确定了 38 个项目。

在调查过程中，加拿大边境服务署向所有潜在的出口商以及中方发放了调查问卷。调查问卷要求答卷方提供在任何政府层面是否存在提供财政支持的必要信息，以及如果在政府层面提供财务支持，并提供是否授予从事生产、制造、加工、购买、分配、运输、销售、出口或进口涉案产品的法人某项利益的必要信息；以及确定由此发生的补贴在性质上是否具有专向性的必要信息。中方需要进一步将调查问卷发放给对被确定的出口商具有管辖权的各级政府。

加拿大边境服务署从美固公司收到对补贴信息请求的完整回复，但并未收到中方对其补贴信息请求的完整回复。因此，加拿大边境服务署向中方发放了一份补充信息请求，以获取完整的信息并澄清已经获得的信息。特别是，加拿大边境服务署请求中方就信息请求中其在发起调查时确定的所有出口商作出回复，并提供所要求的所有文件。然而，加拿大边境服务署并未从中方处获得对补充信息请求的完整回复。

加拿大边境服务署为美固公司裁定了专向性补贴数额。就终裁的目的而言，加拿大边境服务署基于美固公司在调查期使用的项目，确定美固公司获得的补贴为出口价格的 0.8%，或每单位 2.17 元人民币。

从美固公司获得的信息表明，美固公司从以下 3 个项目中获得了可诉性补贴：为设在经济特区的外商投资企业提供税收优惠政策；对于在中国有办事机构和住址并且通过购买国产设备从事生产和经营的外商投资企业和外国企业提供税收优惠政策；深圳对外贸易开发基金提供的政府利息补贴。

（2）补贴认定

结果表明，在调查期进口到加拿大的涉案产品中，100%都获得过补贴。预估的整体加权平均补贴数额为出口价格的 9.9%，或每单位 33.72 元人民币。来自中国的半导体冷热箱占加拿大同类产品进口总量的 95.3%。

（3）关于反补贴调查的争论

① 可忽略不计的补贴数额

美固公司辩称，其所获得的利益是有限的，不应当被征收任何反补贴税。

加拿大边境服务署回应，根据《特别进口措施法》第 41（1）部分的规定，如果来自一个国家的产品所受的补贴数额可以忽略不计，就不应当作出存在补贴的终裁。就各个出口商而言，并不存在上述可忽略不计的裁定。关于原产于中国的涉案产品的补贴数额已被裁定为 9.9%。本次反补贴调查已经认定，补贴数额并非可忽略不计。

② 根据已经裁定的以出口为导向的补贴（禁止性补贴）数额抵消反倾销税

美固公司提出，如果加拿大边境服务署作出存在补贴的终裁，按照《特别进口措施法》第 10 部分的规定，应当用和以出口为导向的补贴有关的数额抵消反倾销税。

加拿大边境服务署回应，加拿大边境服务署署长认为，如果倾销幅度中某部分可归因于出口补贴，根据《特别进口措施法》第 10（b）段的规定，这部分的数额应予以抵消。鉴于此，就将来征税评估的目的而言，加拿大边境服务署将从涉及美固公司涉案出口产品的倾销幅度中扣除出口补贴。

三、关于产业损害的认定[①]

依据《特别进口措施法》第 43 条第 1 款，加拿大国际贸易法庭裁定，构成倾销及存在补贴的原产于中国或自中国出口的半导体冷热箱已对加拿大国内相关产业造成损害。

1. 存在倾销和补贴产品的进口量

依据《特别进口措施条例》第 37 条第 1（1）款的相关规定，加拿大国际贸易法庭应评估倾销和补贴产品的进口量，特别是从同类产品产量和消费量角度考察是否存在倾销和补贴产品进口量激

① 加拿大国际贸易法庭 http：//www.citt.gc.ca/dumping/index_e.asp

增的现象。

国内生产商 Koolatron 认为，涉案产品的进口量出现前所未有的大幅增长，特别是在 2007 年—2008 年上半年期间，涉案产品的进口量增幅巨大。

加拿大国际贸易法庭证据显示，涉案产品的进口占各个调查期半导体冷热箱全面进口量的绝大部分。截至发稿，其占 2008 年上半年半导体冷热箱总进口量比重的峰值。

就总体而言，2005—2007 年，涉案产品的进口量下降了 11%。但在此期限，涉案产品的进口量呈现大幅波动状态。在 2005—2006 年涉案产品的进口量骤降 28%的情况下。2006—2007 年，涉案产品的进口量又激增 23%。2008 年上半年，涉案产品的进口量比上年同期又增长了 82%。加拿大国际贸易法庭注意到，涉案产品 2008 年上半年的进口量已占 2007 年全年涉案产品进口量的 90%。

美国是加拿大半导体冷热箱市场的唯一其他来源地。2005—2007 年，从美国进口的半导体冷热箱出现了微幅增长。2008 年上半年，从美国的进口量比上年同期大幅下降，降至 2007 年全年从美国进口量的 40%以下。

在调查期内，存在倾销和补贴产品的进口量均明显大于国内同类产品的产量。同时，2005—2007 年，涉案产品进口量与国内产量的比率增长了近 15%。2008 年上半年，出现了涉案产品进口量的大幅增长，国内产量明显下降。与 2007 年同期相比，涉案产品进口量与国内产量的比率也呈显著增长。

《特别进口措施条例》还要求法庭考虑存在倾销和补贴产品进口量的增加是否与同类产品消费量存在某种对应关系。

法庭注意到，在所有调查期内，涉案产品进口量均大于国内同类产品的产量。涉案产品在国内市场均占大部分份额。

2005—2007 年，存在倾销和补贴产品的进口量与国内同类产品销量的比率增长了 1 倍以上。2008 年上半年，这一比率达到峰值，与 2007 年同期相比，增幅超过 16 倍。导致这一结果的原因是涉案产品进口量的大幅飙升，同时伴随着国内同类产品销量的大幅萎缩。

排除 Koolatron 涉案产品的进口后，上述分析产生相似的结果。在调查期，非生产商对涉案产品的进口量仍明显超过同类产品的国内市场销量。2008 年上半年，存在倾销和补贴产品的进口量与国内同类产品市场销量的比率是 2007 年同期这一比率的 23 倍。

基于以上事实，法庭认为，本案调查期内，涉案产品进口总量出现显著增长。同时，其与国内同类产品的产量和消费量的比值也出现显著增长。

2. 倾销和补贴产品的进口对价格的影响

(1) 价格削减

Koolatron 认为，非生产商涉案产品的进口价格起着不断压低国内同类产品价格的作用。根据该公司的证词，这种价格压力迫使其不得不降低 2006—2007 年相应产品的销售价格。尽管如此，涉案产品的价格仍不断对其同类产品的销售价格构成压力。

法庭记录的相关产品的价格数据显示，在本案调查期，非生产商进口涉案产品的平均销售单价对 Koolatron 同类产品的平均销售单价构成明显削减。对覆盖绝大部分半导体冷热箱国内销售的产品基准数据的分析进一步证明削减作用不仅反映在市场的平均价格上，而且还反映在具有可比关系的特定产品上。事实上，对基准产品而言，在所有涉案产品与同类产品的销售同时存在的期限，非生产商进口涉案产品的销售单价均对 Koolatron 同类产品的平均销售单价构成明显削减作用。另外，个别非生产商数据显示，涉案产品对价格的大幅削减作用时常发生。

法庭从证词中还获悉，有时涉案产品包含附加装置（附加元器件）。例如，发光二极管温度显示器和/或适配器，但其销售价格与没有这些附加装置产品的销售价格完全一致。法庭认为，在这种情况下，涉案产品的价格削减作用表现在相同的金额包含更大的价值，而不仅仅是价格优势问题。因此，有理由认为，没有上述附加装置的涉案产品（如产品装置与国内同类产品完全一致）的价格将会更低。

法庭证据证实，在本案调查期，倾销和补贴产品的价格对加拿大国内市场的同类产品价格构成明显削减作用。

（2）价格低迷

Koolatron 指出，其 2006—2007 年降低同类产品价格的决定完全是由于涉案产品的进口。因为，在本案调查期，从作为半导体冷热箱唯一其他来源地美国进口的商品价格除 2008 年外均高于加拿大同类产品。

证据显示，2005—2007 年，Koolatron 同类产品的平价销售单价出现大幅下降。到 2008 年上半年出现微幅反弹，但其价位仍低于本案调查期开始时的水平。这种价格低迷在基准产品的数据中反映也很明显。该数据显示，在所查验的 7 个季度中，Koolatron 报告的 3 种同类产品的价格均出现下降。另外，在本案调查期，Koolatron 对大多数其大型客户同类产品的平均销售单价也都出现下降。

法庭认为，鉴于价格在半导体冷热箱购买决定中的重要性以及当市场涉案产品对同类产品的价格出现大面积削价影响时导致价格低迷的发生，因此，有理由得出涉案产品价格是导致 Koolatron 降低其产品销售价格的原因。因为该公司需要与进口涉案产品竞争。据此，法庭裁定，涉案产品明显使国内市场同类产品的价格处于被压制的低迷状态。

（3）价格抑制

Koolatron 认为，在本案调查期，其面临原材料成本大幅增长的压力。同时，涉案产品在加拿大国内市场的出现又对其向消费者转移增加的成本构成妨碍。与 Koolatron 的证词相反，其提供的制成品成本报表显示，直接材料的单位成本仅出现小幅增长。

然而，法庭仍认为，关系到生产商生存的价格抑制在该公司全部生产成本中均在增强，而并非仅仅局限在材料成本方面。在这方面，证据显示，在本案调查期，Koolatron 包括直接材料成本、直接人工成本和管理费用在内的制成品全部单位成本出现明显增加。而 Koolatron 却未能提高其产品价格来冲抵增加的成本。

根据以上事实，法庭认为，倾销和补贴产品通过对本应发生的价格增长产生压抑对国内同类产品的价格构成抑制。

3. 倾销和补贴产品的进口对国内产业的影响

（1）产量、产能和产能利用率

2005—2006 年，Koolatron 的产量出现增长。而 2007 年，其产量则出现大幅下降，甚至低于 2005 年的水平。2008 年上半年，与 2007 年同期相比，产量下降的危机进一步加剧。

在本案调查期，Koolatron 的实际产能停滞不前。2006 年，其产能利用率仅出现微弱增长。2007 年则出现大幅下降。导致 2005—2007 年产能利用率变化净值出现 1/3 的骤降。与 2007 年同期相比，2008 年上半年，该公司的产能利用率进一步下降，降幅达 60%。法庭注意到，在本案整个调查期，Koolatron 的产能利用率一直处于低位，特别是 2007—2008 年上半年更是如此。

（2）国内同类产品的销售和市场份额

2006 年，加拿大国内市场规模降幅达 31%。2007 年出现 13%的增幅。结果导致 2005—2007 年加拿大国内市场规模出现 22%的净降幅。

相比之下，2006 年，Koolatron 的同类产品销量出现小幅增长。法庭认为，如上所述，这种情况是该公司主动降价以与涉案产品争夺国内市场份额的结果。就国内市场份额而言，2006 年，以该公司同类产品销量反映的国内市场份额仅出现微幅增长。而同期非生产商涉案产品进口的国内市场份额却大幅下降了20%。

2007年，因Koolatron同类产品在不断扩大的国内市场中销量出现大幅下降，从而导致其国内市场占有率状况迅速恶化。2006年，该公司的国内市场份额降幅接近2/3，而同期非生产商涉案产品进口的国内市场份额却大幅反弹超过20%。法庭注意到，实际上，Koolatron所有2007年同类产品的销售行为发生在当年的前6个月。如上所述，2007年，由于涉案产品对加拿大国内同类产品的价格削减作用，导致其销售额出现大幅下降的重要原因是由于丧失对Canadian Tire这一该公司大型客户的供货权。

2008年上半年，Koolatron的经营形势进一步恶化。在此期间，尽管加拿大国内市场容量同比增长了37%，而该公司同类产品的销量却出现崩溃式萎缩，并进而导致其国内市场份额骤降至几乎在国内市场中无足轻重的水平。相比之下，2008年上半年，非生产商涉案产品进口的国内市场份额却几乎翻番，其加拿大国内市场占有率达到了前所未有的水平 。

(3) 财务状况

Koolatron提供的证词显示，在本案的整个调查期，其加拿大国内市场同类产品销售的财务状况不断恶化，并在过去的2年间出现大幅亏损。

法庭证据对Koolatron关于其2006年开始出现亏损并在2007年亏损金额大幅增长的说法构成支持。法庭注意到，该公司2008年上半年出现的亏损金额几乎达到2007年全年的水平。就单位亏损额而言，该公司的状况也具有类似趋势。由于2008年上半年其同类产品的国内市场的销售几乎为零从而使其2008年上半年的单位亏损额比2007年全年出现大幅增长。

(4) 就业和产能

Koolatron提交的证词显示，2007年7月，由于同类产品销量的减少，其不得不解雇大多数全职生产工人，并进而导致产能的下降。

法庭证据显示，在本案的整个调查期，Koolatron的直接雇员数量直线下降。2006年，该指标下降了10%。2007年继续下降40%。从而使该公司2005—2007年的直接雇员数量出现46%的净降幅。2008年上半年，直接雇员数量又同比下降61%，其工资指标也呈现类似变化趋势。

至于企业的产能水平，数据显示，在本案的整个调查期，用单位工人单位小时内产品产出数量计算的生产率已有所提升。

(5) 其他指标

法庭提到，《特别进口措施条例》第37条第1 (1) (c) 款要求法庭在评估倾销和补贴产品对国内相关产业的影响时除上述讨论的问题外还须考虑某些其他因素。

至于这些其他因素之一的库存问题，法庭证据显示，2005—2007年，尽管Koolatron的生产水平持续下降，但其库存水平仍出现大幅上升。

《特别进口措施条例》第37条第1 (1) (c) 款还要求法庭在评估中考察“……倾销和补贴产品倾销幅度或补贴金额的大小”。如上所述，加拿大边境服务署裁定以出口价格百分比表示的加权平均倾销幅度为30.8%以及以出口价格百分比表示的加权平均补贴幅度为9.9%。法庭认为，涉案产品该级别的倾销幅度和补贴幅度对价格敏感的半导体冷热箱更具潜在的重要影响。

最后，关于其他的规定因素，即投资回报、资金周转、业务增长及筹资能力，除Koolatron提交证词外，几乎没有其他证据证明涉案产品对上述因素产生影响。然而，根据涉案产品对Koolatron财务状况的影响，有理由作出其同样会对上述相关指标产生负面影响的推断。

如上所述，在本案调查期，涉案产品的进口量出现大幅增长，其价格对国内同类产品价格产生明显的削减作用，并迫使Koolatron为维持市场份额降低产品价格以及妨碍该公司向消费者转移其增加的生产成本。最终，涉案产品从Koolatron手中夺走大量市场份额，并导致其产能、产能利用率、同类产品销量、就业和财务状况出现明显恶化。法庭认为，生产率的小幅增长不会抵消其他指标的明显下降，从而得出倾销和补贴产品对国内相关产业起到损害作用的结论。

4. 其他因素

（1）Koolatron 对涉案产品的进口

持反对意见的相关方认为，Koolatron 本身对涉案产品的进口使其同类产品的销售状况进一步恶化。

法庭不接受 Koolatron 涉案产品的进口对其同类产品销量下降产生明显作用的说法。2006 年，尽管 Koolatron 进口的涉案产品的销量出现增长，但其同类产品的销量仍维持不变。2007—2008 年上半年，在该公司同类产品销量出现下降的同时，其进口的涉案产品的销量也出现下降。而同期，非生产商进口的涉案产品销量则出现 100%以上的增幅。另外，在本案调查期，非生产商进口的涉案产品的销量均大于 Koolatron 进口的涉案产品的销量。因此法庭认为，是非生产商进口的涉案产品的销售而非该公司进口的涉案产品的销售造成其同类产品销量出现下降。

Koolatron 指出，其进口的涉案产品只是针对少数客户的特定产品。因为涉案产品进入加拿大国内市场使其无法从此类产品的生产中获得利润。另外，如上所述，尽管 Koolatron 销售其进口的涉案产品，但非生产商进口的涉案产品的销售对该公司所造成的损害才是实质性的，这一点已经非常清楚。因此，法庭认为，Koolatron 进口的涉案产品对其本案调查期经营状况的影响不会抵减非生产商进口的涉案产品对加拿大国内产业所造成的损害。

（2）Koolatron 与 Canadian Tire 的关系

如上所述，进口商 Canadian Tire 和美固公司认为，Koolatron 在 Canadian Tire 供货方面所遭受任何损害的主要原因均源于其与 Canadian Tire 商业关系的恶化。

就上述所提原因，法庭认为，导致 Canadian Tire 将供货商从 Koolatron 转移至美固公司的重要原因是涉案产品的价格而非 Koolatron 与 Canadian Tire 的关系等其他方面的因素。

（3）来自替代产品的竞争

根据 Canadian Tire 观点，包括冰冷隔热箱和使用压缩机技术的制冷箱在内的替代产品的竞争是造成 Koolatron 受损的其他因素。

法庭了解到，半导体冷热箱面临来自较廉价的冰冷隔热箱和更昂贵的基于压缩机技术产品的双重竞争压力。这些证据显示，半导体冷热箱与其替代产品间的价格差异在半导体冷热箱需求的增长方面发挥了重要作用。此外，培育消费者产品及其技术性能的认知度也面临挑战。

法庭注意到，自 2006 年以来，半导体冷热箱在加拿大国内市场的持续增长。而同年出现的下降主要是源于一大公司此前的商业行为。另外电子冷却器与其替代产品的竞争仅在特定的产品中存在（如体积较大的电子冷却器与基于压缩机的家用电冰箱）。因此，法庭不接受关于替代产品夺走了半导体冷热箱市场份额的说法。同时，在相关的竞争领域，无论替代产品价格对电子冷却器构成何种影响。如上所述，非生产商进口的涉案产品的价格对国内相关产业造成极大的损害，这一点十分清楚。

（4）无法与低成本产品展开竞争

美固公司指出，证据表明，其并非由于倾销价格而获得 Canadian Tire 的供货权，即使已剔除倾销的价格也会赢得这笔生意。为支持其论点，该公司将其不存在倾销的到岸价（即按运费、代理费和利润调整后的正常价值）与 Koolatron 据称是相似型号半导体冷热箱的销售价格相比较。从而表明涉案产品不应被认为是导致 Koolatron 受损的原因。即使在不存在倾销和补贴的情况下，这些进口产品的到岸价仍低于可与类比的国内同类产品的价格。

在对美固公司的论点进行评议时，法庭首先注意到美固公司忽略了这样一个事实，即价格是大经销商作出采购决定时需要考虑的重要因素，但不是唯一因素。前面的内容已对此进行了论述。对此，法庭认为，通过消除涉案产品中倾销和补贴的成分，并进而缩小涉案产品与同类产品的价格差异，将使 Koolatron 被认为相对涉案产品具有可比性和优越性的其他非价格因素在零售商的采购决策中获得更大的关注。数据的确显示出自反倾销和反补贴措施后，Koolatron 的产品销售状况已经有所改善。

法庭还注意到，加拿大边境服务署取自特定时间段用于正常价值裁决的美固公司产品成本和价格并不能代表所有中国涉案产品的成本和价格。另外，无论是美固公司的成本和价格数据，还是 Koolatron 的成本和价格数据都不一定在整个调查期内保持一致。此外，某些大经销商更愿意购买国内产品，因其具有当地供货商的优势。例如，更好的库存管理。这也会对美固公司与 Koolatron 较为明显的价格差距构成影响。即使法庭得出结论认为选取的所有产品的价格均具可比性（尽管存在如前所述的不确定性），但法庭认为倾销和补贴产品仍将会对加拿大国内产业造成损害。

因此，法庭认为，源于与美固公司低价产品竞争而导致的任何损害均不足以切断已裁定存在的涉案产品倾销和补贴与 Koolatron 受损之间的因果关系。

案例 2　加拿大对华无缝钢制油气套管反倾销反补贴案

2008 年 3 月 10 日，加拿大国际贸易法庭发布通告，对原产于中国的无缝钢制油气套管反倾销和反补贴案作出产业损害终裁，裁定涉案产品的倾销和补贴行为对加拿大国内产业构成了损害威胁。根据加拿大国际贸易法庭作出的肯定性终裁，加拿大海关将根据加拿大边境服务署裁定的倾销幅度和补贴率对进口自中国的涉案产品征收反倾销和反补贴税。2007 年 8 月 13 日，加拿大边境服务署对原产于中国的无缝钢制油气套管进行反倾销和反补贴立案调查。涉案产品海关编码为 73042900.11、73042900.19、73042900.21 和 73042900.29。2008 年 2 月 8 日，加拿大边境服务署对原产于中国的无缝钢制油气套管作出反倾销和反补贴终裁，裁定中国涉案产品的倾销幅度为 37%～91%，补贴率为 2%～38%。

一、反倾销调查关注的焦点

1. 适用《特殊进口措施法案》第 20 条的证据不充分以及“公开信息”所披露的中国钢铁价格由市场决定的证据

在所提交的案件辩词中，中方指出，根据《特殊进口措施法案》第 20 条启动的反倾销调查不适当，并认为油气井采油管件部门处于充分的市场竞争环境之中。另外，中方认为，加拿大边境服务署反倾销调查所依据的证据不符合《特殊进口措施法案》第 20 条的“证据门槛”。而且，在反倾销调查中，加拿大边境服务署依据《特殊进口措施法案》第 20 条对中方决定涉案产品价格的因素分析过于宽泛。

中方还表示，对《特殊进口措施法案》第 20 条过于严格的解释与通常做法不符，并指出，涉及适用《特殊进口措施法案》第 20 条的举证责任应由寻求违背或偏离正常政策的一方承担。

中方就加拿大边境服务署的反倾销初裁所涉及的中国《钢铁产业发展政策》的解释提供了范围广泛的评论，强调中国油气井采油管件部门处于充分市场竞争之中。

包括无锡西姆莱斯石油专用管制造有限公司在内的其他涉案相关方对加拿大边境服务署所依据的证据质量也表达了类似关切，质疑其可靠性，并认为其存在凭空想象的成分。

加拿大 Tenaris Algoma Tubes 公司代理律师对在本案中适用《特殊进口措施法案》第 20 条作出抗辩，称中方通过对企业的所有权和生产、销售环节的控制，全面介入油气井采油管件市场。同时，该公司律师还强调，中方对该领域的控制权导致涉案产品各个生产环节的价格扭曲，这可以从中国市场价格大幅低于世界其他任何市场价格的事实上反映出来。

加拿大边境服务署的回复

加拿大边境服务署认为，基于反倾销调查期所获信息，证明中方正在对油气井采油管件部门及其价格施加市场力以外的影响。

至于对《特殊进口措施法案》第 20 条的适应性解释以及“证据门槛”，加拿大边境服务署则认为，其裁决所依据的证据是可靠和可信的，且解读适当，并为《特殊进口措施法案》第 20 条适用于中国油气井采油管件案提供了充足依据。

2. 举证责任

本案当事双方就适用《特殊进口措施法案》第 20 条的举证责任均提供了证词。中方认为，举证责任应由原告和加拿大边境服务署承担。而加拿大申诉企业则援引世贸组织相关条款，称举证责任应由被诉产品的生产商、制造商和销售商承担。

加拿大边境服务署的回复

在启动本案调查之际，基于申诉方缺乏充足信息来源的实际情况，加拿大边境服务署认为本案不适用《特殊进口措施法案》第 20 条关于举证责任的规定。启动反倾销调查后，加拿大边境服务署署长可从申诉方、出口商所在国政府、生产商、出口商或任何其他相关渠道获得信息。加拿大边境服务署署长有责任判定《特殊进口措施法案》第 20 条所规定的举证责任的条件是否满足。

3. 中国《钢铁产业发展政策》的性质

中方及湖南衡阳钢管集团国际贸易有限公司均指出，加拿大边境服务署过于强调中国《钢铁产业发展政策》的作用，该政策只是指导性文件，对钢铁企业没有任何强制性作用。此外，该公司认为，加拿大边境服务署不公正地刻意抽取中国《钢铁产业发展政策》部分条款来印证其“中国油气井采油管件的生产没有在市场经济条件下运行”的结论。

加拿大边境服务署的回复

中国《钢铁产业发展政策》的多项条款提供了中国钢铁工业的发展方针。然而，该政策连同其管理和执行不仅限于对该行业发展的方针性指导。例如，中国《钢铁产业发展政策》第 36 条规定了对违反该政策的处罚措施。第 36 条规定：“违反本产业政策规定的，由国家发展和改革委员会、建设部、国家工商管理总局等有关部门根据规定对责任人、责任单位进行处罚。”另外，第 39 条还规定：“本产业政策由国务院授权发布，各政府行政管理部门都应遵守。对违反本产业发展政策的建设单位和行政单位，各级监察、投资、土地、工商、税务、质检、环保、商务、金融、证券监管等部门要追究其责任。”

4. 国有企业与中方不等同，且中国钢铁工业协会不属于政府机构

就中国钢铁工业协会的性质问题，中国没有相关法律赋予其相关政府职能。该协会属成员自愿加入的组织，并按法人实体进行注册登记。由于加拿大边境服务署将其视为政府机构，从而模糊了政府与属于贸易协会性质的社会团体之间的关系。中方和应诉出口商对加拿大边境服务署这种带有明显偏见的做法表示担忧。因为其将导致政府部门正当的管理职能被视为是对油气井采油管件部门市场功能的管制或限制。

加拿大边境服务署的回复

对于中国国有企业与中方的关系，加拿大边境服务署认为，认识两者的关系对判定政府对企业的影响、管辖和控制的程度非常重要。

证据显示，中国钢铁行业的国有化程度很高。这种高国有化水平导致油气井采油管件部门的经营决策被政府控制和影响，以使其符合国家经济利益而与企业的商业利益相矛盾。

关于中国钢铁工业协会是否属于政府机构的问题。根据加拿大边境服务署直接从中国钢铁工业协会所掌握的信息，该机构与中方之间存在着密切关系。其高层领导机构包括中国共产党的书记。

另外，中国钢铁工业协会的功能是取代被撤销的冶金部的作用。

5. 根据替代国方法计算的正常价值以及对其进行调整的要求

在案件辩论过程中，湖南衡阳钢管集团国际贸易有限公司主张，加拿大边境服务署为测算其产品的正常价值所采用的替代国方法未包括交货条款的具体内容或者说未能对诸如产品等级的产品特性加以区别对待。因而，该公司进一步认为，替代国正常价值与其出口产品的实际正常价值存在差异。

无锡西姆莱斯石油专用管制造有限公司也对加拿大边境服务署利用替代国方法测算其出口产品的正常价值提出异议，并要求对其进行调整。

加拿大 TenarisAlgomaTubes 公司也要求对替代国正常价值的测算进行调整，以反映相对于基础产品而言更高规格钢铁产品生产过程高投入和高消耗的情况。

加拿大边境服务署的回复

如前所述，加拿大边境服务署无法利用涉案产品在中国国内的销售价格或总成本加合理利润的方法测算涉案产品的正常价值。同时，也无法从替代国生产商处获得充分的价格、成本和进口数据。因此，加拿大边境服务署利用《金融通报—无缝钢管年度统计》权威数据计算涉案产品除中国外所有世界其他地区的均值，并以此作为测算 5 家中国应诉企业涉案产品正常价值的依据。

首先，加拿大边境服务署需要阐明的是《金融通报—无缝钢管年度统计》数据是基于离岸价格进行的归类。出口价格是涉案产品交货价格的净值。因此，加拿大边境服务署认为，上述价格的测算是涉案产品真实价格的反映，且不包括与交货相关的其他费用。

其次，正常价值是基于可获信息测算得出的，并将合作水平以及根据《特殊进口措施法案》第 20 条的调查结果考虑在内。该条款要求加拿大边境服务署不得使用相关应诉出口商提供的销售数据。

另外，关于涉案产品规格水平，加拿大边境服务署并未获得与出口产品相对应的信息。此外，湖南衡阳钢管集团国际贸易有限公司除提供了涉及销售价格的产品等级的信息外，并未提供确认其他裁决要素一致性关系的任何证据。

同时，我们注意到，在本案调查期，湖南衡阳钢管集团国际贸易有限公司所报告的出口产品为一种规格非常普通的不锈钢油气套管，且与《金融通报—无缝钢管年度统计》数据吻合。另外，我们还注意到，在本案调查期，该公司出口加拿大的该规格不锈钢油气套管的直径不尽相同，但其单价却完全相同。

尽管湖南衡阳钢管集团国际贸易有限公司称《金融通报—无缝钢管年度统计》数据不能作为测算其出口加拿大产品正常价值的可靠依据，但该公司未能提供任何数据分析或其他支持其主张的信息。

关于无锡西姆莱斯石油专用管制造有限公司就加拿大边境服务署利用替代国方法测算其出口产品正常价值时未能根据销售、税收和贸易水平进行相应调整所提出的异议，加拿大边境服务署表示，利用替代国数据测算正常价值的做法是合理的。

6. 关于应为保护出口商利益提供机会的问题

在本案辩论过程中，无锡西姆莱斯石油专用管制造有限公司表达了对“加拿大边境服务署在裁决期内未能给出口商保护其自身利益提供机会”的关切。

加拿大边境服务署的回复

在反倾销调查过程中，加拿大边境服务署秉承公开和透明的原则，无论初裁还是终裁，均及时公布了调查结果。在每一个裁决节点，均提供作出该项裁决的相关依据，并为当事人提供进行抗辩的机会。

7. 涉案产品与钢铁工业的关联性问题

包括中方在内的多个本案当事人对下述事实表示担忧，即加拿大边境服务署在本案裁决中所使用的证据与整个中国钢铁工业的关联性较高，而涉案产品仅为其中一小部分或根本不相关。无锡西姆莱斯石油专用管制造有限公司就“加拿大边境服务署将同为薄板生产商的油气井采油管生产商列入企业名录表明他们与本案 5 家应诉出口商不存在关联”提出异议。

加拿大边境服务署的回复

鉴于中方的相关政策措施对范围广泛的钢铁生产商和钢铁产品均适用，因此，在本案裁决过程中，加拿大边境服务署将涉及整个中国钢铁工业的信息作为其证据。加拿大边境服务署的企业名录将薄板生产商和油气井采油管生产商均列入其中，并希望借此表明油气井采油管生产部门与中国更广泛的钢铁工业之间存在密切关系。

然而，此次加拿大边境服务署根据《特殊进口措施法案》第 20 条所进行的反倾销调查仅涉及油气井采油管部门，其调查结果也仅适用于中国的油气井采油管部门。另外，此次反倾销调查是对整个油气井采油管部门进行评估，而不仅限于 5 家本案应诉出口商的生产经营活动。

8. 对倾销幅度和国内补贴的重复计算

在案例摘要中，中方表达了其对加拿大边境服务署反倾销和反补贴调查同时进行的关切，并认为此举将造成国内补贴数额同时又形成倾销幅度的组成部分的重复计算问题。中方还表示，禁止重复计算不仅适用于出口补贴，而且必须覆盖所有补贴幅度的裁决。

中方特别提及《特殊进口措施法案》第 3 条第 1 款、第 10 条以及《1994 年关税与贸易总协定》第 6 条第 5 款作为支持其论点的法律依据。

加拿大边境服务署的回复

加拿大边境服务署表示，在反倾销和反补贴调查中，将遵守《特殊进口措施法案》和相关国际规则的规定。

无论是《1994 年关税与贸易总协定》、《反倾销措施协定》和《补贴与反补贴措施协定》，还是加拿大《特殊进口措施法案》均未明确排除对被征收反倾销税的产品再加征反补贴税的做法。

至于反倾销和反补贴调查的同时进行，《1994 年关税与贸易总协定》明确规定，世贸组织成员的任何出口产品不得同时被征收反倾销税和反补贴税以抵消同一状况下的倾销和出口补贴行为的影响。加拿大《特殊进口措施法案》第 10 条对上述规定予以了反映，规定反倾销税的征收应反映倾销幅度，而该倾销幅度不得与出口补贴重复计算。

由此，加拿大边境服务署迄今为止的做法仍是从输加产品的反倾销税中扣除归入出口补贴的部分。

然而，无论在《1994 年关税与贸易总协定》中，还是在《特殊进口措施法案》中均没有针对国内补贴的类似限制性规定。同时，《特殊进口措施法案》更未规定在根据其第 20 条启动反倾销调查和测算涉案企业产品的正常价值时须从反倾销税中扣除归入国内补贴的部分。

因此，加拿大边境服务署认为，须从反倾销税中扣除归入国内补贴部分的说法没有相应的法律依据。

二、反补贴调查关注的焦点

1. 对加拿大边境服务署进行反补贴调查程序上的担忧

在本案初裁评论和案例摘要中，中方均表达了其对补贴调查问卷缺乏准确性和透明性的担忧，并称将给中国应诉企业带来不必要的负担和混淆。

加拿大边境服务署的回复

加拿大边境服务署的回复承认调查问卷的复杂程度可能会给应诉企业带来负担。但同时指出，其所要求的信息详细程度又使这种复杂程度不可避免。加拿大边境服务署还指出，在调查开始时，其即将填写调查问卷的指导文件发放给中方和涉案产品出口商，并鼓励应诉方就其遇到的问题提出询问。

2. 对加拿大边境服务署反补贴初裁和终裁方法的质疑

在案例摘要中，中方和无锡西姆莱斯石油专用管制造有限公司均表示，加拿大边境服务署不正确地利用与 6 家应诉企业所提供信息的不一致性作出反补贴初裁。

与上述意见相反，加拿大 Tenaris Algoma Tubes 公司则认为，加拿大边境服务署初裁所使用的方法和信息是正确的。同时，该公司还指出，中方始终未能提供完整信息，其结果是使加方根据《特殊进口措施法案》第 30 条第 4 款由部长自行认定而非使用应诉企业所提供信息的做法合理化。

加拿大边境服务署的回复

鉴于中方和应诉企业未能在 2007 年 11 月 6 日前提供相关信息，从而使加拿大边境服务署无法于 2007 年 11 月 9 日依据应诉企业所提供信息进行反补贴初裁。因此，加拿大边境服务署依据当时可获得的第三方数据进行了裁决。

在进行反补贴终裁时，加拿大边境服务署得到了中方和应诉企业的相关完整信息，并以此对应诉企业的补贴幅度进行了裁决。

鉴于中方未能提供可能有利于未应诉企业的任何信息，因此，根据《特殊进口措施法案》第 30 条第 4 款的规定由部长对补贴幅度进行了自行认定。

3. 关于补贴在本案启动和初裁阶段认定为不可诉性补贴的问题

在本案初裁评论和案例摘要中，中方均认为加拿大边境服务署调查的包括应诉出口商得到的补贴属于一般性补贴。而且在本案的启动和初裁中，上述补贴均未被认定为特定补贴或可诉性补贴。湖南衡阳钢管集团国际贸易有限公司、天津钢管集团股份有限公司和无锡西姆莱斯石油专用管制造有限公司也均提出相同异议。

多家应诉企业还提出抗辩指出，仅限于外国投资企业的补贴不属于特定补贴。在此前涉及中国的反补贴调查时，该问题也被多次提及。

加拿大边境服务署的回复

加拿大边境服务署请各有关当事人参阅本文附件 3（本文省略），该附件归纳了此次反补贴调查所涉及的所有可诉性补贴和不可诉性补贴。附件 3 中包括了加拿大边境服务署对补贴性质裁决的详细解释。只有在没有信息提供给加拿大边境服务署的情况下不提供涉及特定补贴详细解释的做法才是正当的。

另外，加拿大边境服务署认为，根据《特殊进口措施法案》第 2 条第 7 款的规定，仅限于外国投资企业的补贴属于特定补贴。

4. 关于各相关方保护自身利益的机会的问题

中方和无锡西姆莱斯石油专用管制造有限公司均对加拿大边境服务署未披露其反补贴初裁的做法提出异议。无锡西姆莱斯石油专用管制造有限公司还进一步要求加拿大边境服务署在作出反补贴终裁之前披露其补贴初步计算结果。

加拿大边境服务署的回复

加拿大边境服务署表示，2007 年 11 月 19 日，在其官员对无锡西姆莱斯石油专用管制造有限公司进行实地核查时，即向该公司披露了反补贴初裁的详细计算方法。同时指出，在作出反补贴终裁之前，针对补贴的初步计算结果不得对外披露。

5. 增值税出口退税是否属可诉性补贴

加拿大 Tenaris Algoma Tubes 公司重申其“增值税出口退税属可诉性补贴”的主张。另外，中国对油气套管出口商提供 13%的出口退税，远高于其他钢铁产品 5%的出口退税率水平。因此，至少这些国内补贴属于可诉性补贴的范畴。

加拿大边境服务署的回复

对出口产品的任何国内税收减免或返还均不应视为补贴。而且，正如加拿大边境服务署在启动此次反补贴调查的“理由说明”中所指出的那样，只要对出口产品生产或分销环节的间接税收豁免不超过在国内市场销售的相同产品的间接税收豁免水平，中国增值税出口退税制度就不违反世贸组织《补贴与反补贴措施协定》的相关规则。

第四节　澳大利亚对华贸易救济重点案例[①]

案例 1　澳大利亚对华可拆卸钢制车轮反倾销案

2008 年 6 月 6 日，澳大利亚海关应其国内可拆卸车轮唯一生产企业——Arrowcrest 集团有限公司的申请，对原产自中国的 8.25″×22.5″的可拆卸钢制车轮发起反倾销调查，涉案产品海关编码为 87087099，调查期为 2007 年 4 月 1 日—2008 年 3 月 31 日。2008 年 11 月 5 日，澳大利亚海关对此案作出肯定性初裁。2008 年 12 月 31 日，澳大利亚海关发布公告，对原产于中国的可拆卸钢制车轮作出反倾销终裁，裁定中国涉案企业的倾销幅度为：长春一汽四环汽车股份有限公司 2.1%～7.1%，镇江东升车轮有限责任公司 52.0%～57.0%，除济宁世纪车轮制造有限公司之外的其他企业为 54.6%～239.1%。

本案的裁决要点包括以下 6 个方面：涉案产品和同类产品，澳大利亚国内产业及市场情况，倾销调查，国内产业情况，关于损害的认定，未受损害的产品价格。

一、涉案产品和同类产品

1. 涉案产品

涉案产品为 8.25″×22.5″的可拆卸钢制车轮，主要用于重型运输工具。可拆卸车轮是由模制的钢制轮辋和钢制转换杆装配而成。轮辋是车轮周边安装轮胎的部件。钢制转换杆是将焊接在轮辋上、与铸轮或交通工具车轴上“十字叉”相配套的成形带钢。转换杆通过 CO_2 或潜弧焊连接在轮辋上。高速公路上典型的承载能力为每个轮辋 3550 千克。

Arrowcres 公司在申诉书中指出，涉案产品可以涂上各种涂层进行销售，包括：“上油车轮”、黑色阴极电泳、主要是带有银色，但也包括红色和白色的涂层以及镀铬。

涉案产品的海关分类为关税编码 87087099 项下，统计编码为《1995 年海关关税法》附件 3 项下的 80 和 81。对中国适用的普通关税税率为 5%。

2. 同类产品

在申诉书中，Arrowcrest 公司声称，尽管其生产的可拆卸车轮和涉案产品在涂层颜色、材料厚度和钢铁规格方面存在着细微区别，但他们具有类似的物理外观和特征。

---

① 资料来源于澳大利亚海关：http：//www. customs. gov. au/default. asp

在评估同类产品时，澳大利亚海关使用了一整套的考察方法，以确定同类产品的相似性。其评估主要是以下述因素为依据：物理特征的相似性、商业方面的相似性、功能方面的相似性以及成分和生产过程方面的相似性。这些因素根据特定案件情况的不同在考虑时具有不同的权重。但是，物理特征的相似性是最为重要的一个因素。

此外，盘轮是可拆卸车轮的替代产品。澳大利亚海关已经和各利害关系方确认，由于不同类型的配件机制不同，因此他们不能相互替代。各利害关系方就当地生产的可拆卸车轮和进口的可拆卸车轮是同类产品均未提出质疑。而且，各利害关系方都没有主张盘条是同类产品。

最终，澳大利亚海关认为，Arrowcrest 公司的可拆卸车轮是中国出口到澳大利亚的可拆卸车轮的同类产品。

二、澳大利亚国内产业及市场情况

Arrowcrest 公司将澳大利亚本地生产的产品和进口产品的最终用途均描述为，主要用于中型或重型整体式车架载重汽车和铰接式卡车以及中型或重型半拖挂车（包括单节、B一双节、B一三节公路车队配置）的无内胎车轮和轮辋。Arrowcrest 公司声称，澳本地存在两个主要的细分市场，两个细分市场在很大程度上都是由价格决定。申诉方主张，其在两个细分市场上均与进口产品存在竞争，并指出，尽管澳大利亚可拆卸车轮市场并不是一个不断增长的市场，但仍然存在对上述车轮产品较为旺盛的市场需求。除 Arrowcrest 公司生产的轮辋以外，对于该市场其他的供应渠道就是来自中国的进口产品。

Arrowcrest 公司认为，中国轮辋主要的两大进口商分别是 Mullins 公司和 Stonestar 公司。Mullins 公司提出，澳本地市场特别是 OEM（贴牌生产）市场，正在呈现不断下降的趋势。该公司将这种下降归因于消费者优先选用合金车轮和盘轮而不是可拆卸车轮。Mullins 公司进一步指出，由于卡车合金车轮生产的持续增加，OEM 市场以及零件细分市场也将呈现出持续下降的趋势。

SEAH 公司声称，中国可拆卸车轮在澳大利亚市场所占份额在不断扩大，因为该公司收到了越来越多的订单。由于关税分类中还包括其他的车轮类型和型号，因此影响了澳大利亚海关对于涉案产品市场规模计算的准确性。从可获得的信息来看，澳大利亚海关认为，自 2005 年 1 月以来，澳大利亚本土的可拆卸车轮市场保持相对稳定。

澳大利亚海关的信息表明，进口产品和澳大利亚同类产品在 OEM 市场和零件细分市场上确实存在竞争。

在后续调查以及案件复审中，澳大利亚海关通过调查得到的信息以及商业数据库的进口数据等各项信息表明，澳大利亚市场上多达 2/3 的涉案产品均来自中国。

三、倾销调查

1. 出口商

被选作样本的出口商/生产商包括长春一汽四环汽车股份有限公司（以下简称为“长春一汽”）、济宁世纪车轮制造有限公司（以下简称为“济宁世纪公司”）和镇江东升车轮有限责任公司（以下简称为“东升公司”）。

被选作样本的供应商/贸易商包括武汉远海国际贸易有限责任公司（以下简称为“武汉公司”）、上海协钢工贸有限公司（以下简称为“协钢公司”）和中国第一汽车进出口公司（以下简称为“一汽进出口公司”）。

澳大利亚海关对于本次调查的出口商样本，即长春一汽、济宁世纪公司和东升公司将进行单独的倾销幅度评估，而其他所有选定的出口商的倾销评估将建立在相关信息的基础之上。

根据澳大利亚海关商业数据库，在调查期有59家公司被确定从中国进口了涉案产品。

2. 出口价格

澳大利亚海关认为，在调查期，济宁世纪公司是将涉案产品出口到澳大利亚的生产商和出口商。海关提议，根据第 s 269TAB（3）部分的规定最终确定该公司产品的出口价格。最终，澳大利亚海关按照装运港船上交货（以下简称为“FOB”）的价格水平计算其出口价格。

澳大利亚海关认为，在调查期，长春一汽是将涉案产品出售到澳大利亚的生产商和出口商。通过所获得的长春一汽与主要贸易商的相关进出口数据，澳大利亚海关认定该公司的产品出口属于独立企业之间的贸易往来。澳大利亚海关考虑了除进口商以外的该公司以其他方式出口到澳大利亚的涉案产品，而没有考虑通过进口商所采购的产品。通过主要贸易商提供的相关信息，澳大利亚海关提议，根据第 s. 269TAB（1）（c）部分的规定，参考与出口相关的所有情况以确定长春一汽的出口价格。最终，澳大利亚海关按照出厂价格水平来计算该公司的出口价格。

澳大利亚海关从东升公司以及可能与东升公司有关联的进口商处仅获得了有限合作。由于缺乏充分的信息，最终澳大利亚海关提议，按照第 s. 269TAB（3）部分的规定，参考与出口相关的所有信息以确定东升公司产品的出口价格。

澳大利亚海关从其他出口商以及与这些出口商有关联的进口商处获得了有限合作。由于缺乏充分的信息，澳大利亚海关最终提议，按照第 s. 269TAB（3）部分的规定，参考与出口相关的所有信息以确定其他出口商产品的出口价格。

3. 正常价值

澳大利亚海关可用的信息表明，在中国国内市场上并没有销售可拆卸车轮。由于海关并没有获得有关中国国内市场上出口商或其他销售商通过独立企业而销售涉案产品的信息，最终澳大利亚海关依据第 s. 269TAC（2）（c）部分的规定确定了产品的正常价值。

澳大利亚海关认定，济宁世纪公司并未在中国市场上出售可拆卸车轮。为此最终建议，根据第 s. 269TAC（2）（c）部分的规定，利用经核实的、出口到澳大利亚的涉案产品的生产成本以及所认定的 SG&A（销售、管理及行政费用）和利润总额来确定济宁世纪公司产品的正常价值。为了确定可以和出口价格进行适当比较的正常价值，澳大利亚海关建议，该正常价值应根据内陆运输费用和 FOB（船上交货价）费用对国内销售和出口销售之间的差异作出调整。

澳大利亚海关认定，长春一汽在国内市场上并未出售可拆卸车轮。因此，海关根据该公司在国内市场上销售的与涉案产品属同一类别下产品的 SG&A 成本，来确定该公司在本案中涉案产品的正常价值。最终，澳大利亚海关建议可以根据《海关条例》第 181 部分的规定来计算出该公司的国内 SG&A 成本。

此外，澳大利亚海关援引《海关条例》第 181A（3）（c）部分的规定，最终确定了长春一汽的利润额。按规定，应参考所有与产品生产相关的信息及数据。在复审时，澳大利亚海关采纳了长春一汽提交的部分意见，并因此考虑出确定其利润额的第三种方法。澳大利亚海关指出，将不使用长春一汽在国内销售第二类产品时所提供的盈利数据。根据《海关条例》第 181A（3）（c）部分的规定，为了确定合理的计算方法，澳大利亚海关指出，可以考虑这类产品的总体业绩，而不是仅仅考虑某些个别交易。

为了确定可以和出口价格进行适当比较的正常价值，澳大利亚海关建议正常价值应包含以下变量，即国内市场发生而出口市场没有发生的广告费用、仓储费用和售后服务费用。澳大利亚海关建议按照第 s. 269TAC（9）部分的规定，按照国内销售和出口销售之间的差别作出调整，并最终确定了产品出厂时的正常价值。

此外，澳大利亚海关在参考了所有相关信息后，建议按照第 s. 269TAC（6）部分的规定对东升公司以及其他出口商的正常价值作出评估。

4. 倾销幅度

倾销幅度是指出口价格低于正常价值之间的差额。倾销幅度通过参考第 s. 269TACB 部分的规定加以确定，即经加权平均后对正常价值和出口价格进行比较。

表 3　澳大利亚海关对出口商所确定的倾销幅度

企业名称	出口价格	正常价值	倾销幅度
济宁世纪车轮制造有限公司	269TAB（3）	269TAC（2）（c）	−7.0%～−12%
长春一汽四环汽车股份有限公司	269TAB（1）（c）	269TAC（2）（c）	2.1%～7.1%
镇江东升车轮有限责任公司	269TAB（3）	269TAC（6）	52.0%～57.0%
其他企业	269TAB（3）	269TAC（6）	54.6%～239.1%

5. 可忽略不计的数量

澳大利亚海关认为，在调查期，中国涉案企业现在出现：销售额下降；市场份额下降；价格削减和价格受抑；企业收入大幅下降；现金流和利润率下降；投资回报率下降；就业和工资水平下降；生产能力以及生产效率下降；库存上升；客户服务支持下降。

6. 价格影响

（1）价格不振和价格受抑

数据表明，Arrowcrest 公司能够提高其销售价格，因此并没有遭受价格不振。但是，数据同时表明，该公司的销售价格和成本之间的差额减少，这表明 Arrowcrest 公司已经遭受到价格受抑。这一点在调查期表现得更为明显。最终，澳大利亚海关认为，Arrowcrest 公司已经因价格受抑遭受到损害。

（2）价格削减

当进口产品以低于澳大利亚本地产品的价格销售时，就会出现价格削减。价格削减本身并不是损害因素，但是其可以为进口产品导致国内产业受到损害提供证据支持。

Arrowcrest 公司在其申诉书中主张，他们在生产、销售额以及利润率方面的损失，都是由进口商以倾销价格从中国进口可拆卸车轮从而造成其产品出现 25%～29%的价格削减而导致的。

澳大利亚海关分析了整个调查期的产品价格，并利用来自 Arrowcrest 公司和进口商的、经核实的销售数据对价格削减进行分析。在价格削减分析中，澳大利亚海关利用了来自出口商和进口商经核实的数据以及未经核实的数据，最终确定了进口商以及零售商的产品价格。

通过使用来自进口商的经核实的数据，澳大利亚海关认定，在整个调查期，来自中国的进口产品的价格削减了 Arrowcrest 公司的产品价格。但澳大利亚海关同时认定，价格削减的数额低于 Arrowcrest 公司所主张的削减数额。

通过来自出口商的经核实和未经核实的数据以及来自进口商的未经核实的数据，澳大利亚海关认定，在整个调查期，零件市场和原始设备制造商的市场销售部门同时存在着价格削减。在来自进口商的银色和镀铬产品中，价格削减尤为明显。

7. 数量影响

（1）销售额

在整个损害调查期，Arrowcrest 公司的销售额在稳步下降，而来自中国的进口产品的销售额则出现了大幅增长。

（2）市场份额

在整个损害调查期，Arrowcrest 公司在相对稳定的市场上逐步丧失了市场份额，这部分市场份额被来自中国的进口产品所取代。澳大利亚海关认为，Arrowcrest 公司因丧失了市场份额而遭受损害。

8. 利润和利润率

随着产品销量的不断降低，Arrowcrest 公司的利润呈现下降，在 2007 年出现小幅回升，以倾销价格出口到澳大利亚的产品数量已高于澳大利亚进口总量的 3%。因此，倾销进口产品的数量并不符合第 s. 269TDA（4）部分所规定的可忽略不计。

四、国内产业情况

澳大利亚海关认为，Arrowcrest 公司因利润下降和利润率的降低而遭受损害。

澳大利亚海关认为，来自中国的进口产品的增加还导致 Arrowcrest 公司因下述情况遭受损害：投资回报率降低；库存水平上升；生产能力以及生产效率下降。

五、关于损害的认定

1. 申诉方提出的损害主张

Arrowcrest 公司声称，该产品在澳大利亚的消费由其生产的产品以及来自中国的进口产品共同供应。该公司主张：自 2006 年初以来，中国生产的可拆卸车轮通过倾销而使其出口至澳大利亚市场的产品数量大幅增长。同时，该公司在 2006 年的相关产品销售额则同比下降 20%，2007 年的销售额同比下降 20%；2006—2009 年中，来自中国的卡车车轮和可拆卸车轮的进口产品快速增长。该公司在澳大利亚本土拖车和零部件市场的销售额和市场份额的大幅度下降则是由中国大量倾销相关产品而导致的；新拖车需求的增加是由不断增加的进口产品而不是由国内产品来满足的；来自中国的可拆卸车轮的到岸价格使进口商能够获得大量的市场份额，并对澳大利亚产业造成持续的损害；进口商通过以倾销价格进口产品获得的价格优势使得他们有足够的空间来削减、抑制和压低 Arrowcrest 公司的产品价格，并获得足以对澳大利亚产业造成损害的大量的市场份额；涉案企业没有定价政策，并且不会为了达到预算销售而降价。受倾销进口的车轮削减价格的影响，Arrowcrest 公司被迫要么降价，要么放弃销售。

Arrowcrest 公司声称，如果存在倾销的中国车轮产品继续在澳大利亚市场上进行销售，澳大利亚产业被迫关闭只是时间问题。

2. 进口商的主张

Mullins 公司认为，由于 Arrowcrest 公司将其主要投资用于生产一种市场趋势正在呈现下降的产品上，特别是在 Arrowcrest 公司所瞄准的 OEM 市场上正在呈现下降，因此其丧失了在可拆卸车轮市场上近 47%的份额。

2005—2008 年，Arrowcrest 公司削减了 64%的销售人员，从而导致客户联系和客户服务人员大量减少。因此，可以合理地作出以下假定，即 Arrowcrest 公司可拆卸车轮的销量将会继续下降。

Arrowcrest 公司可拆卸车轮销售额的下降很大程度上是由于市场条件发生变化而导致的，绝对不是所谓的进口产品的倾销而造成的。

3. 海关认定

（1）价格影响

澳大利亚海关认定，无论是在 OEM 市场还是在零部件销售市场，来自中国的倾销进口产品在调查期都削减了市场价格。来自中国的倾销进口产品的销售价格低于澳大利亚本土企业产品的销售价格；销售价格和成本之间的价差缩小，表明 Arrowcrest 公司在损害调查期遭到了进口产品在价格受抑方面的损害。由于市场上来自中国的倾销进口产品的定价很低，因此澳本地企业无法根据其成本的增加而提高销售价格。导致本土企业利润下降的主要因素在于：澳大利亚本土产品的销量被来自中国的倾销进口产品大量侵占。

（2）数量影响

澳大利亚海关对市场进行评估后认定，Arrowcrest公司在整个损害调查期丧失了市场份额，并且在一个相对稳定的市场上，这些市场份额被来自中国的倾销进口产品所取代。Arrowcrest公司在整个损害调查期丧失了大量的市场份额。

澳大利亚海关认定，在2005年和2006年，可拆卸车轮市场由澳大利亚本土产品、来自中国以及来自南非的进口产品所分占。但是，来自南非的进口产品在2006年中期已消失，这就使得该市场被来自中国的进口产品和澳大利亚本土产品所分占。

来自中国的倾销进口产品不仅取代了南非的市场份额，而且还从澳大利亚本土企业手中抢走了市场份额。

4. 导致损害发生的其他原因

（1）通过非倾销进口产品的数量和价格

澳大利亚海关认为，涉案产品削低了澳同类产品的价格，并导致澳国内产业丧失了销售额和利润，从而遭受损害。但是，澳大利亚海关指出，和其他中国出口商倾销的产品数量相比，济宁世纪公司通过倾销出口至澳大利亚的产品数量很少。因此，澳大利亚海关指出，济宁世纪公司出口至澳大利亚的所有产品仅占很小的市场份额，济宁世纪公司输澳的可拆卸车轮的价格和数量不会对澳本土市场价格产生影响。

（2）需求萎缩/消费模式变化

Arrowcrest公司指出，澳大利亚国内消费市场的发展趋势倾向于盘轮和合金车轮，而且在2006—2009年4年里，澳大利亚市场上新拖车和零部件市场有所增长，并自2005年以来保持相对稳定。澳大利亚海关对可拆卸车轮市场的评估为，在整个损害调查期该市场保持相对稳定。因此，澳大利亚海关认为，不能将损害归为需求和消费的变化。

六、未受损害的产品价格

未受损害的产品价格（以下简称为“NIP”）是足以消除倾销对澳大利亚产业造成损害的价格。第s. 269TACA部分对NIP进行了定义。

反倾销通常建立在出口国FOB价格的基础之上。因此，澳大利亚海关通过从FOB价格中扣除运输过程中发生的成本而计算出NIP。

澳大利亚海关通常通过下述方法得出NIP，即首先确定在不受倾销影响的情况下国内产业合理的产品销售价格。该价格被称为未受压制的销售价格（以下简称为USP）。

澳大利亚海关确定USP时所用的方法遵循以下顺序：产业在不受倾销影响时的销售价格；推定的产业价格——产业CTMS加上利润；或者不存在倾销的进口产品的销售价格。在计算出USP后，澳大利亚海关通过从FOB价格中扣除运输过程中发生的成本而计算出NIP。上述扣减通常包括海运费、保险费、进口商品的成本以及进口费用和利润。

澳大利亚国内产业指出，该产业在未受倾销影响之时的销售价格应当是计算USP的最恰当的基础。澳大利亚产业认为，1999/2000年度的价格可以用作价格的基准年，并对每年的价格进行调整以反映该市场每年的通货膨胀趋势（使用消费者价格指数）。

对于澳大利亚国内产业的上述建议，澳大利亚海关并未收到任何反对上述计算方法或者采取其他计算方法的意见。澳大利亚海关认为，这是确定USP最合理的方法，因为1999/2000年度的价格能反映出来自倾销以外的其他市场因素的影响。

案例 2　澳大利亚对华蘑菇罐头反倾销案

2005 年 3 月 10 日，作为澳大利亚蘑菇罐头唯一生产商——温莎农产品有限公司（以下简称为“WFF 公司”）向澳大利亚海关署（以下简称为“海关”）提交申请，要求司法和海关部长（以下简称为“部长”）对中国出口到澳大利亚的蘑菇罐头征收反倾销税。

2005 年 4 月 5 日，澳大利亚海关接受上述申请，对中国输澳蘑菇罐头发起反倾销调查，调查期为 2004 年 1 月 1 日—12 月 31 日。被调查产品在《1995 年海关关税法》附录 3 中被归类在 20031000 目录下，其统计编码为 81 和 82。2005 年 8 月 15 日，澳大利亚海关公开发表了一份《重要事实声明》（以下简称为“SEF”）。

2005 年 9 月 26 日，澳大利亚海关发布了 2005/52 号倾销公告，认为除江苏粮油食品进出口集团公司（以下简称为“江苏粮油集团”）外，其余中国涉案企业对澳出口的蘑菇罐头均存在倾销，并决定征收临时反倾销税。澳大利亚海关最终裁定的中国涉案企业的倾销幅度分别为：厦门古龙进出口有限公司 4.2%，福建紫山集团有限公司 4.8%，福建省粮油食品厦门进出口公司 20.6%，厦门万德隆进出口有限公司 17.4%，其他出口企业 23.2%。

一、本案裁决要点

1. *涉案产品和同类产品*

(1) 涉案产品

本次申请将涉案产品（简称为“GUC”）描述为浸入盐水、沙司或其他储存介质中并储存在瓶、罐、袋、壶和桶等容器内的整个、切片、成片以及茎的伞菌属蘑菇或小圆蘑菇罐头。

澳大利亚海关认定，在调查期内所调查的所有进口蘑菇罐头其类别均属于小圆蘑菇。利害关系方将这些描述为伞菌属的嫩蘑菇。澳大利亚海关认定，这些小圆蘑菇以整个或切片的方式浸入盐水中并出口到澳大利亚市场。也就是说，涉案产品并不包括那些浸沙司的进口蘑菇产品。澳大利亚海关并没有发现任何包装在袋、壶或者桶内进口的罐头蘑菇。澳大利亚海关最终认定，国内产业的申诉书中对涉案产品的描述符合相关要求。

(2) 同类产品

WFF 公司声称，其生产的蘑菇产品与从中国进口的、包装类型和容器规格与其相似的蘑菇罐头存在竞争。但是，澳大利亚海关发现，在涉案的蘑菇罐头中，并没有包装在规格大于 A10 容器中的产品。

有利害关系方声称，WFF 公司的沙司蘑菇产品具有不同的用途，并在不同的细分市场中进行销售，并且是不可替代的。该家进口商还发表评论称，澳当地生产的蘑菇罐头与进口的蘑菇罐头并不在同一市场上销售，“但需求超过供给的产品除外”（指盐浸蘑菇）。这表明澳大利亚本地生产的蘑菇罐头可以作为进口产品的替代品。WFF 公司声称，其所生产的蘑菇罐头与进口自中国的蘑菇罐头在用途方面有多达 75%是重合的。然而，该公司并没有提供任何证据以证明这一主张。尽管如此，澳大利亚海关认为，根据可获得的事实，二者确实在用途上存在很大程度的重合。

最后，澳大利亚海关核实，WFF 公司的产品和进口产品拥有相似的生产过程，他们在相同的市场进行销售（零售以及食品加工），并且通过类似的渠道进行销售。

最终，澳大利亚海关认定，澳当地生产的蘑菇罐头拥有和进口产品非常相似的物理特征；并且拥有和进口产品类似的最终用途，在很多方面可以替代进口产品。澳大利亚海关认定，澳大利亚本地生产的蘑菇罐头与涉案产品属于同类产品。

2. 倾销调查

(1) 关于中国的市场经济地位

澳大利亚海关称，自 2005 年 5 月 13 日起，中国在反倾销调查中被授予市场经济地位（参考 ACDN 2005/26 和 2005/28）。但是，在本次调查开始时，中国仍被视为过渡中的经济体，并且受相关法律规定的约束。

(2) 正常价值

澳大利亚顾问 Roger D Simpson & Associates 有限责任公司以及 AADG 有限责任公司代表中国出口商，就澳大利亚海关最终确定的计算正常价值的方式提出异议。与此同时，上述公司对海关根据法律第 s. 269TAC (8) 部分和 (9) 部分的规定对正常价值进行的某些调整也提出了异议，其中包括海关根据贸易商的成本和利润对正常价值作出调整，以及海关未能根据贸易水平作出相应的调整。

根据第 s. 269TAC (2) (a) 部分的规定，由于缺少确定 (1) 部分的价格所需的同类产品的销售数据，因此无法根据第 s. 269TAC (1) 部分的规定最终确定厦门古龙进出口有限公司出口的某些蘑菇罐头的正常价值，也无法确定福建紫山集团有限公司、福建省粮油食品进出口集团厦门公司和厦门万德隆进出口有限公司所出口的蘑菇罐头的正常价值。

根据第 s. 269TAC (6) 部分的规定，由于未能提供或无法获得足够的信息，因此无法根据 s. 269TAC 的相关规定来确定中国某家未应诉生产企业涉案产品的正常价值，同时也无法确定厦门古龙进出口有限公司出口到澳大利亚的某些蘑菇罐头的正常价值。

(3) 出口价格

根据第 s. 269TAB (1) (c) 部分的规定，在参考了与出口有关的所有情况后，除根据第 s. 269TAB (1) (a) 部分的规定为这些出口商确定出口价格外，澳大利亚海关最终确定了福建紫山集团有限公司、福建省粮油食品进出口集团厦门公司和厦门万德隆进出口有限公司出口到澳大利亚的蘑菇罐头的价格。

根据第 s. 269TAB (3) 部分的规定，在参考了与出口有关的所有情况后，澳大利亚海关确定了除厦门古龙进出口有限公司、福建紫山集团有限公司、福建省粮油食品进出口集团厦门公司、厦门万德隆进出口有限公司以及江苏粮油食品进出口集团公司以外的其他中国生产商/出口商出口到澳大利亚的蘑菇罐头的价格；

(4) 倾销幅度

澳大利亚海关根据第 s. TACB (2) 部分的规定，将整个调查期的加权平均出口价格和整个调查期相应的经加权的平均正常价值进行对比，最终计算出各涉案企业的倾销幅度。

(5) 终止调查

2005 年 8 月 9 日，澳大利亚海关将有关江苏粮油集团正常价值的实地核查报告的非保密版本载入公共档案，该文件表明，经过澳大利亚海关计算出的江苏粮油集团的倾销幅度为负数。在充分考虑了来自各利害关系方提交的意见，以及与出口商代表进行充分讨论后，澳大利亚海关最终得出该企业的正常价值的计算方法。澳大利亚海关最终认定，江苏粮油集团的倾销幅度小于 2%，并且根据法律第 s. 269TDA (1) 部分的规定，终止与江苏粮油集团有关的调查。

3. 产业经济情况

(1) 申诉方提出的损害主张

WFF 公司声称，来自中国的蘑菇罐头通过低价倾销，以下述形式导致了澳国内产业遭受了实质性损害：丧失了市场份额；丧失了销售额；价格削减；价格不振；价格受抑；利润和利润率的降低；生产能力利用不足以及就业人数的减少。

（2）价格影响

① 价格削减

澳大利亚国内产业指出，其相关产品的价格受到了进口自中国的蘑菇罐头产品价格的削减。WFF公司指出，在零售市场部门，特别是其销量最大的220克装和410克装的罐头产品，价格削减尤为普遍。澳大利亚海关认定，在调查期，在零售市场部门中，220克装和410克装的蘑菇罐头以及在食品加工市场部门中的A10罐头是澳大利亚市场销量最大的产品。澳大利亚海关将5家最大的进口商以及澳大利亚国内产业向其客户销售产品时的季度销售价格（平均每千克）进行了比较，最终认定发生了价格削减。

② 价格不振

1999年下半年—2004年（包括2004年），从澳大利亚国内产业的平均销售价格（和成本）来看，在此期限各种产品占总销售额的比例并未发生重大变化。其中，单位平均销售收入在2001年出现了大幅度下降。在接下来的2年中，进而呈现小幅下降。到2004年，上升到略高于2001年的水平（但仍然低于1999年和2000年达到的水平）。1999—2004年，单位平均收入不振大约为16%。澳大利亚海关最终认定，澳大利亚国内产业遭到了进口产品价格不振方面的损害。

③ 价格受抑

本来预期将会发生，但澳大利亚国内产业的产品价格增长却没有发生，或者其增长低于预期，就发生了价格受抑。继2000年底WFF公司收购CEP公司以后，到2001年每千克蘑菇罐头的平均CTMS大幅度下降。在接下来的2年里，CTMS继续小幅下降，到2004年有所上升。澳大利亚海关认定，在此期间，澳大利亚国内蘑菇罐头产业由于价格受抑遭受损害。

（3）数量影响

① 销售数量

澳大利亚产业的销售数量在2001年急剧下降；在整个调查期的其他阶段，其销售额保持相对稳定。海关对销量最大的3种产品（220克装、410克装以及A10）的销售额变动模式进行了调查，并且认定每种产品的销售模式和整个业务的变动模式类似。澳大利亚海关认定，澳大利亚国内产业并未由于丧失销售额而遭受损害。

② 市场份额

澳大利亚国内产业指出，2000年，澳本土企业生产的产品以及进口产品所占的市场份额并不能代表此前来自中国的进口产品真正的市场份额。当时的澳大利亚国内产业由两部分构成，而就其中一部分而言，无法获得可被核实的真实数据。因此，澳大利亚海关认为，无法准确判断1999年澳大利亚国内产业所占的市场份额。但是，澳大利亚海关根据市场规模（相对稳定）、1999年的进口量、1999年WFF公司的销售数据以及2000年CEP公司同样的销售预测后，最终认定1999年澳大利亚国内产业的市场份额不会和2001年以及2002年其所占的平均市场份额有重大区别。澳大利亚海关认为，澳大利亚国内产业在2000年是否丧失市场份额并没有定论。数据表明，澳国内产业在2003年确实丧失了市场份额，而在2004年重新获得这部分的市场份额。在海关核实信息的整个期限（2000—2004年），澳大利亚国内产业所占的市场份额有所上升。因此，澳大利亚海关最终认定，澳大利亚国内产业并没有因大量的进口产品而丧失其市场份额。

（4）利润和利润率

WFF公司发表意见指出，由于来自中国的进口产品在澳国内市场以倾销价格进行销售，因此，2000年在该公司进行产业重组后，其利润和利润率都没有出现预期的上升。澳大利亚海关注意到，尽管没有证据表明来自中国的进口产品（占总产量的小部分）同样出售给了澳国内食品加工部门，但在上述期限澳本土企业出售给食品加工部门的袋装和桶装罐头同样没有盈利。澳大利亚国内产业辩称，这主要是由于企业所使用的成本分摊方法，企业将相对较大的成本分摊给了这些产品。澳大利亚海关最终认定，澳大利亚国内产业因进口产品的倾销导致其利润和利润率的降低。

（5）其他相关经济指标

① 产能利用率

在2000年末进行产业重组以后，WFF公司的产能利用率一直在25%左右。这产能利用率是建立在该公司总体运营能力的基础之上，而其总运营能力超过了目前澳大利亚相关企业平均的运营规模。澳大利亚海关认为，因进口产品的倾销，澳大利亚国内产业的产能利用率明显不足。

② 就业和工资

澳大利亚国内产业提供的信息表明，2002—2004年，其用工人数下降了近20%。WFF公司并没有专门从事蘑菇罐头生产的工人队伍。员工根据工作流程和优先次序，在蘑菇罐头和其他领域之间交替工作。因此，该公司无法确定和蘑菇业务直接相关的失业人数。尽管澳大利亚海关认为2002—2004年，WFF公司的员工人数有所减少，但澳大利亚海关最终认定，这并未影响该公司蘑菇罐头产业的就业人数。

③ 其他因素

澳大利亚海关要求澳大利亚国内产业提供除上述因素以外的其他涉及损害的因素。WFF公司声称，由于其业务组合发生变化，因此无法准确量化与蘑菇罐头业务特别相关的其他可靠的损害因素。

4. 关于损害的认定

（1）申诉方提出的损害主张

WFF公司指出，其自1999年以来就遭受了损害，其原因在于中国以倾销价格向澳大利亚出口蘑菇罐头。

由于从1999年开始来自中国的进口产品价格发生大幅度下降，从而令公司的利润率并未出现预期的升幅。2001年开始其销量大幅下降，大量业务丧失，因此该公司不得不降低产品的销售价格，通过与来自中国的进口产品进行价格竞争来维持销量。其结果是，在公司进行产业重组后，利润率并未出现预期中的提升。

（2）导致损害发生的其他原因

在调查中，利害关系方主张，存在其他因素导致澳大利亚国内产业遭受损害。

① 成熟且不断下降的市场

有些利害关系方认为，澳大利亚国内产业经营状况差的原因之一在于，澳大利亚的蘑菇罐头市场，特别是浸沙司蘑菇罐头市场是一个成熟且不断下降的市场。有利害关系方认为，人们的口味发生了变化，中年和青年顾客不再是浸沙司蘑菇罐头的主要消费者，而继续消费蘑菇罐头的通常是年龄更大的消费者。而且，有利害关系方指出，来自新鲜蘑菇的竞争在不断增加。大多数利害关系方认为，澳大利亚浸沙司蘑菇罐头市场将会继续下降。

澳大利亚海关同意上述意见，有证据表明澳大利亚的蘑菇罐头市场处于一个相对成熟的阶段，并且可能出现缓慢下降。这对澳大利亚国内产业提高利润率以及增加利润额造成阻碍。澳大利亚海关认为，市场下降可能导致澳大利亚国内产业在2001年无法维持其价格，以及在此后遭受更大程度的价格不振和价格受抑。然而，该因素的影响相对较小，其本身并不能解释澳大利亚产业在2000年以后遭受到的较大程度的价格不振和价格受抑。

② 新鲜蘑菇

一些利害关系方主张，现成可用的新鲜蘑菇正在对澳大利亚国内的罐装蘑菇市场产生重大影响。为保证消费者对罐装蘑菇的偏好，澳大利亚国内产业不得不对其产品进行具有竞争性的定价，以鼓励消费者不转向新鲜蘑菇的消费。

在申诉书中，澳大利亚国内产业承认，新鲜蘑菇已成为罐装蘑菇的替代品。但是，新鲜蘑菇的售价要比罐装蘑菇售价高，并且消费者决定购买新鲜蘑菇并非受价格驱动，而是建立在对新鲜蘑菇偏爱的基础之上。

产品定价方面的证据支持了澳大利亚国内产业的观点。澳大利亚海关认为，来自新鲜蘑菇的竞争并不是2000年以后澳大利亚国内蘑菇罐头产业遭受价格不振和价格受抑的重要因素。

③ 零售商集中

一些利害关系方主张，食品杂货店的零售商过于集中是导致澳大利亚国内产业遭受损害的原因之一。澳大利亚的零售业被少量大型连锁超市控制，他们通过对供应商施加压力，以保持较低的销售价格。供应商如果想向这些大型连锁店供货，就会常被迫成为价格接受者。如果供应商不合作，零售商就可以轻而易举地转从其他供应商处采购货物，或者以类似的商品作为替代品。

鉴于澳大利亚国内产业的销售对象80%是在零售部门，澳大利亚海关认为，零售商的采购能力可能导致澳大利亚国内产业遭受损害。零售商和澳大利亚国内产业的谈判受到该市场上竞争性产品报价的重要影响。就蘑菇罐头而言，澳大利亚海关认定，零售市场（请参考第7.2.1部分）的价格主导者是以倾销价格从中国采购蘑菇罐头产品的供应商。

澳大利亚海关认为，在考虑价格因素后，倾销产品对于本地产品的替代，令零售商过于集中成为澳大利亚国内产业遭受损害的因素之一。

④ 汇率变动

来自中国的大多数销售是以美元结算，而近几年来，澳元对美元大幅升值。一些利害关系方主张，是这种汇率变动导致进口产品的价格较低，而不是倾销。

通过使用其商业数据库，澳大利亚海关对从1999年（下半年）到2004年的单位平均澳元FOB价格与汇率变动的关系进行了调查。1999—2004年，澳元对美元升值了13%左右；但在此期限，单位平均澳元FOB价格下降低了大约36%，这表明除汇率变动外还受其他因素的影响。此外，数据表明，在上述期限，特别是2000年和2003年，单位平均美元FOB价格也出现了大幅下降（降幅达27%左右）。

澳大利亚海关同意上述意见，即在调查期澳元对美元的升值提高了进口产品的价格竞争力，并且可能导致澳大利亚国内产业遭受价格不振和价格受抑。但是，澳大利亚海关同时认为，在调查期单位平均美元FOB价格下降27%，这产生的影响更大，特别是在2001年，尽管澳元对美元贬值，单位平均澳元出口价格仍然降低了12%。

⑤ 来自非倾销产品的竞争

来自中国以外的其他国家的进口产品所占的市场份额非常小，它们本身不会构成澳大利亚国内产业遭受损害的重要因素。但是，澳大利亚海关计算了来自江苏粮油集团的非倾销的进口产品。由于这些进口产品在中国进口全部产品中所占比例较大，因此这些进口产品有可能是导致澳大利亚国内产业遭受损害的重要因素。

澳大利亚海关对来自于江苏粮油集团的进口产品的销售价格进行了调查。澳大利亚海关认定，这些进口产品的价格大大高于澳大利亚国内产业生产的220克装、310克装和410克装的产品的价格，但削减了澳大利亚国内产业生产的A10规格包装产品的价格。但是，澳大利亚海关也指出，该进口商A10罐头的价格也遭到来自中国的倾销产品的价格削减。

澳大利亚海关认为，来自非倾销的进口产品并未导致澳大利亚国内产业零售部门遭受到重大损害。尽管非倾销的进口产品可能导致澳大利亚产业的食品服务部门遭受损害，但是该进口商A10罐头的价格很可能也遭到来自中国的A10产品倾销价格的影响。

（3）裁定与损害的因果关系

澳大利亚海关认为，在损害调查期，在澳大利亚的蘑菇罐头市场上，对澳大利亚国内产业的定价和利润率造成影响的因素包括：该市场的成熟性、零售商对市场的操控、来自非倾销进口产品的竞争以及汇率变动等。

来自中国的倾销产品构成澳大利亚产业的最大部分的份额（大约 50%）。澳大利亚海关认为，有理由相信，来自中国的倾销产品造成了澳大利亚国内产业利润和利润率的下降、产能利用率的不足以及价格削减、价格不振和价格受抑等。

尽管多种市场因素可能对澳大利亚国内产业的产品价格产生了不利的影响，但澳大利亚海关认定，来自中国的倾销进口产品对澳大利亚国内产业造成了实质性损害。

二、结语

蘑菇罐头是我国主要的出口农产品之一，年创汇超过 1 亿美元。澳大利亚是我国蘑菇罐头第一大主销市场，年出口 5000 吨左右，约占澳大利亚市场销量的 80%。上述针对中国蘑菇罐头的反倾销调查共涉及出口额约 400 万美元，生产和贸易企业 20 多家。据悉，我国企业的蘑菇罐头出口利润率仅有 5%左右，如果加征反倾销税，企业很有可能会放弃这个市场。

尤其需要指出的是，在该案中，"不受政府控制" 的抗辩为裁决奠定了有利基础。

2005 年 4 月 18 日，中国和澳大利亚签署了《中澳双方关于承认中国完全市场经济地位的谅解备忘录》。澳大利亚一些游说组织及工业组织普遍认为其将面临来自倾销商品的巨大压力，还向政府表达了具有说服力的法律意见，即承认中国的市场经济地位将削弱澳大利亚反倾销立法。

2005 年 5 月 13 日，澳大利亚海关对反倾销规定进行修改，以使澳大利亚在评估针对中国出口商采取的反倾销行动时，将中方的影响考虑在内。并可能在现有的法律框架内适用 "替代国的价格信息"。在考察 "销售是否合适、成本是否合理" 以及是否存在 "认为的价格偏低" 等事项时，政府控制将作为一项重要因素予以考察。如果存在政府控制的影响，则澳大利亚仍将采用 "替代国价格" 来计算倾销情况。

本案作为澳大利亚海关实施新政的第一案，澳大利亚海关和申诉企业均对此非常重视，尤其是针对厦门古龙集团（厦门古龙进出口有限公司和厦门罐头厂）和江苏粮油集团这些中国大型国有企业。澳大利亚申诉企业多次向其海关提交申诉意见，认为中国国内企业存在大量的政府控制，其 "价格和成本" 不能适用，而应继续适用 "替代国价格"。应诉企业在此付诸大量努力，根据要求填写了调查机关的补充调查问卷，在实地核查中也向调查机关阐述 "不受政府控制" 的有利证据，这对于澳大利亚海关在最终倾销幅度的计算中采用应诉企业的成本和国内销售信息、对于取得较理想的裁决结果起着非常重要的作用。

第五节　印度对华贸易救济调查重点案例①

案例 1　印度对华客车和卡车用子午轮胎反倾销案

2008 年 10 月 21 日，印度商工部应印度汽车轮胎制造商协会［机动车轮胎制造商联合会（ATMA）］的申诉，对原产于中国和泰国的客车和卡车用子午轮胎进行反倾销立案调查。2010 年 1 月 1 日，印度商工部反倾销局对原产于中国的子午轮胎（Bus and Truck Radial Tyres）反倾销案作出终裁，裁定征收涉案企业 24.97%～88.27%不等的反倾销税。印度反倾销局虽然将中

① 资料来源于印度商工部 http：//commerce. nic. in/，印度财政部保障措施局 http：//dgsafeguards. gov. in/

国视为非市场经济国家，但仍给予沈阳米其林轮胎有限公司和固铂成山（山东）轮胎有限公司市场经济地位待遇。

一、本案裁决要点

1. 涉案产品和同类产品

（1）涉案产品

本案的涉案产品为带有或不带有橡胶内胎和/或垫带的、轮辋直径＞16 码、用于客车和货运汽车/卡车的、新的/未经使用的充气子午轮胎。用于客车和货运汽车/卡车货运子午轮胎、内胎和垫带均为涉案产品，无论以 TIF 的形式销售还是单独销售。不要求内胎和垫带的无内胎子午轮胎也属于涉案产品。其中，轮胎被归类于第 40 章海关编码 40112010 下，内胎和垫带则被分别归类于海关编码 40131020 和 40129049 之下。

一些利害关系方指出，向原始设备制造商（OEM）和向替代市场供应的产品质量不同，所以二者之间不存在可比性。

印度国内产业认为，申诉书和发起调查的通知中对涉案产品范围的阐述已足够清晰，并不存在模糊之处。轮胎的类型是多种多样的，在价格比较上更是如此。几乎所有不同类型的轮胎都属于调查考量的范畴。没有理由认为轻型商用车（LCV）轮胎也应当属于调查范围。然而，考虑到利害关系方的观点，调查机关最终对轮胎的类型和其他因素作出阐述，以便将非受考量的产品排除在征收反倾销税的范围之外。

申诉方指出，国内生产商生产的涉案产品与涉案国进口的涉案产品之间不存在显著差异。二者在诸如物理和化学特征、制造工序和技术、功能和利用、质量、产品规格、定价、分销和市场营销以及货物的税则归类等方面都具有可比性。申诉方认为二者具有技术和商业上的可替代性，并可以被消费者替换使用。

调查机关指出，申诉书和调查通知中对涉案产品的范围作出了十分清晰的阐述。涉案产品包括不同类型的子午轮胎，包括横向纹、半纵向纹、纵向纹等。然而，这些仅是涉案产品的不同类型。用于轻型商用车（LCV）的轮胎不属于涉案产品范围。考虑到利害关系方的论据，调查机关认为，对轮胎型号的阐述是必要且相关的，并有助于定义涉案产品的范围。对此，调查机关指出，特定型号的轮胎只能被用于特定用途。例如，辋直径 16 码的轮胎“不能被用于 HCV，同理辋直径 20 码的”轮胎不能被用于轻型商用车（LCV）。

考虑到利害关系方提出的证据，调查机关认为轮胎型号也可以被适当地列入产品描述。

（2）同类产品

申诉方指出，其生产的产品是原产于或进口自中国和泰国的产品的同类产品。进口商联盟提交的意见称，进口货物的质量更低劣，而另一些进口商则声称自涉案国进口的子午轮胎品质更优良。然而，质量差异并不导致产品类型的差异。在消费者群体、基本的物理和化学特征、功能和用途方面，进口产品与国内产品相同。因此，调查机关认为，仅仅凭质量上的差异不能说明进口商进口的产品与国内产业生产的涉案产品不同。而且没有任何出口商/进口商向调查机关提供该方面的相关信息。

一些利害关系方提出质量方面的主张，印度国内产业对此予以反驳。此外，国内产业提供了一份详细报告，报告表明，造成印度轮胎质量不佳的原因可以追溯到轮胎保养。国内产业还援引了印度海关、税收、黄金（管制）上诉法庭的约束性裁决，该裁决表明质量并非是作出同类产品裁决的相关考量因素，特别是在该质量低劣的主张没有得到证实的情况下。

2. 供需差距或无法满足供应需求

大量利害关系方主张不征收反倾销税，因为印度国内产业生产的产品不能满足用户需求。印度国内产业则指出其产能利用率极为低下，甚至目前工厂的利用率也处于较低状态。因此，印度生产商遏制了原本的扩张计划。申诉方进一步表示，目前印度的生产商有计划进一步扩大产能，这一计划的可行性取决于市场的公平状况。调查机关指出，征收反倾销税的目的不是限制进口，只是消除不公平的倾销行为，并为所有的企业提供公平的市场竞争环境。调查机关的既定立场是，国内对于相关产品的需求并不能作为造成印度生产商经营状况不佳的理由，并且国内产业缺乏满足国内需求的能力也不能成为否定反倾销税的理由。

印度塔塔汽车有限公司强烈主张并提供相关文件证明，印度国内产业不能及时供货。国内产业反驳称，塔塔汽车有限公司的采购体系才是造成供货迟延的主要原因。调查机关指出，该问题与当前的调查程序无关。调查机关并没有被要求审查或确定造成倾销的原因。

3. 调查机关关于倾销的认定

(1) 正常价值

调查机关指出，根据《反倾销条例》附件1第8(2)段，中国被作为非市场经济国家对待，出口国或个体出口商可以根据《反倾销条例》对该推定进行反驳。

根据修正后的《反倾销条例》附件1第8段，如果中国出口商基于第8段第(3)款所列出的标准提供了信息和相关证据来证明相反情况，那么非市场经济地位待遇的推定可以被推翻。

调查机关最终认定，米其林沈阳轮胎股份有限公司和固铂成山(山东)轮胎股份有限公司在市场经济条件下运营，以此作为《反倾销条例》规定的合理依据，并认为对这两家公司正常价值的确定应当视为所有其他中国出口商的正常价值。

(2) 出口价格

对于中国所有应诉出口商的出口价格，每千克的非损害价格(NEP)按照加权平均的方式计算，计算结果为美元/千克(轮胎套件)。关于中国其他出口商，调查机关考虑了应诉出口商最低价值的交易情况以确定其净出口价格。出厂时的净出口价值为美元/千克(轮胎套件)。

4. 调查机关对损害和因果关系的调查

(1) 累积评估

调查机关认为，将自中国和泰国进口产品对国内产业造成的损害进行累积评估是适当的。原因是涉案产品是国内产品的同类产品，并在同一市场上进行竞争；进口产品与国内产品的销售渠道相同，且对象为可类比的消费者群体；同国内产品相比，自两个涉案国进口的产品在市场上低价销售；以及自两个涉案国的产品进口量有所增加。而且来自每个涉案国的倾销幅度均大于《反倾销条例》附录II(iii)中规定的界限；来自每个涉案国的进口量均超过《反倾销条例》附录II(iii)所规定的界限。

(2) 对需求量的评估

调查机关将印度国内对该产品的需求量或消费量定义为印度生产商和从各产地进口产品的印度进口商的国内销售的总和。评估的依据为DGCI&S数据源，因为应诉出口商所报告的出口量远远小于DGCI&S数据源中所提供的出口量数据。

(3) 进口量和市场份额

根据《反倾销条例》附录2，调查机关要审查涉案进口产品的倾销数量，以及进口产品的倾销数量的绝对值或与印度国内生产或消费相比是否有显著增长。调查机关指出，自涉案国进口量的绝对值以及与印度国内生产或消费相比的相对值均有所增长。

自涉案国的涉案产品进口量在损害调查期出现了明显增长，从而令调查期倾销进口产品所占的市场份额与2004—2005年相比有所上升，同期国内产业的市场份额则有所下降。调查机关认为，倾销的进口产品在数量方面对国内产业造成了不利影响。

（4）进口产品的价格影响

调查机关在确定国内产业的销售额时考虑了销售价格、不含税的销售额、关税、折扣、佣金、运费和保险等因素。在确定进口产品的到岸价时考虑了 CIF 加权平均进口价格、DGCI&S 数据源，以及 1%的卸货费和适用的基本关税。调查机关认为，倾销的进口产品对国内产业造成了不利的价格影响。

（5）国内产业的经济参数

在调查期，自涉案国进口的涉案产品的倾销数量出现了显著增长。考虑到机动车产量的激增及随之而来的对国内产业产生的积极影响，申诉方指出，与国内产业运营有关的一些参数表明国内产业在该时期有所发展，这反映了市场的增长。申诉方指出，机动车产量每增长 1 个单位，涉案货物的销售会随之增长 7～23 个单位。因此，申诉方认为，应当考虑涉案产品需求量的显著增长，在逐年的基础上审查国内产业的运营情况。

调查机关评估了所有相关的经济因素，在以下方面对产业状况进行了评估，即实际的和潜在的销售额下跌、利润、进口产品的市场份额、生产率、投资回报或产能利用率、影响国内价格的因素、倾销幅度的大小、对现金流实际和潜在的负面影响、库存、雇员、工资、发展和筹集资本投资的能力等。

① 产量、产能和产能利用率

调查机关指出，在调查期国内产业的产量和产能利用率在基准年均有所增长，该产品为一种新开发的产品，对该产品的需求持续增长，国内产业的产能和产量持续提高。

然而，调查机关指出，尽管国内需求持续增长，而且国内产业的产能也并未得到完全利用，但国内产业的产量增幅却从 2005—2006 年的 17.58%跌至调查期的 8.57%。

② 利润和投资回报

调查机关指出，国内产业的销售价格和生产成本在损害调查期均有所增长。国内产业可以随着成本的上涨而提高产品价格，这种情况一直持续到 2007 年。然而，在调查期，销售成本的增加不能被完全转嫁给消费者；国内产业的每千克利润从基准年到 2006—2007 年有所增长，在调查期出现下降。虽然销量显著增长，但在调查期印度国内产业的绝对数量损失远大于在基准年的损失；运用资本回报率在 2006 年之前一直为负值，2006—2007 年增至正值，但在调查期呈现下跌趋势。

③ 印度国内产业的市场份额变化

调查机关指出，国内产业的国内市场份额存在持续且显著的下跌，从基准年的 87.20%跌至调查期的 45.03%；自涉案国进口的涉案产品所占市场份额在 2004—2005 年仅为 11.87%，而在调查期达到 52.91%的较高水平。

④ 雇员情况

调查机关指出，印度国内产业的雇工人数在损害调查期有所增加，增加的主要原因是阿波罗轮胎公司子午轮胎工厂投入生产以及总体产能和产量的提高。与 2005—2006 年 和 2006—2007 年相比，国内产业每条轮胎所需要的雇工人数则有所减少。

⑤ 工资

调查机关指出，员工工资在损害调查期有所提高，提高的主要原因是在于通货膨胀令员工平均工资有所提升。此外，就业水平的提高也是一个原因。

⑥ 生产率

调查机关指出，印度国内产业的生产率在 2006—2007 年之前呈下降走势，与基准年相比调查期的生产率有所提升。

⑦ 影响国内价格的因素

调查机关指出，自涉案国进口的涉案产品在印度市场上有显著的价格削减和降价销售情况。进口产品的到岸价明显低于国内产业的销售价格和非损害价格。在基准年 2004—2005 年存在价格削减情况，这种价格削减在 2005—2006 年为 21.58%，2006—2007 年进一步严重，达到 51.61%，调查期则为 43.39%。

最终，调查机关指出，自中国和泰国进口的涉案产品的到岸价格明显低于印度国内产业的销售价格，这造成了重大的价格削减；自中国和泰国进口的涉案产品的到岸价格明显低于国内产业的非损害销售价格，这造成了重大的降价销售；在调查期，因为进口产品的倾销妨碍了印度国内产业生产产品的价格随着成本的提高而提高，所以进口产品抑制了印度市场的产品价格。

⑧ 库存

调查机关指出，印度国内产业的库存量在损害调查期有所增长。

⑨ 增加投资的能力

印度国内产业声称，如果倾销情况持续下去，他们的资金筹措将会遇到困难，陷入一方面产品的需求有所增长，另一方面需求和设备投资之间又存在差距的两难境地。

⑩ 现金流

调查机关指出，现金利润率在 2006—2007 年之前处于上升状态，但是在调查期呈下跌之势。

⑪发展趋势

调查机关指出，印度国内产业的价格参数为负增长。虽然诸如产量和销售量等数量参数为正增长，但增长率却在下降。

(6) 调查机关对其他因素的分析

① 自第三国的进口量——自其他国家进口的涉案产品数量要么可忽略不计，要么其出口价格很高。因此，来自其他国家进口的涉案货物并未对国内产业造成损害。

② 需求量减小——国内对涉案产品的需求增长。因此，可能的需求量减小并未对国内产业造成损害。

③ 消费模式——消费模式并未发生明显变化。国内产业提供的产品与来自涉案国的进口的涉案产品存在直接竞争关系。而且国内市场对涉案产品的需求量有所增长。因此，消费模式并未对国内产业造成损害。

④ 竞争条件——基于调查机关获得的信息，没有证据证明竞争条件或贸易限制措施对国内产业造成了损害。

⑤ 技术进步——基于调查机关获得的信息，损害调查期并未出现导致印度国内产业遭受损害的重大技术变化，也没有证据证明技术进步对国内产业造成了损害。

⑥ 国内产业的出口实绩——为评估国内产业在国内市场制造和销售同类产品方面受到的损失和利润，调查机关排除了国内产业的出口实绩，在评估时仅考虑国内产业的国内运营实绩。

⑦ 生产率——调查期内国内产业的产量增长，生产率随之提高。因此，可能的生产率恶化不可能对国内产业造成损害。

(7) 反对国内产业受到损害的论据

全印度轮胎经销商联合会指出，客车/卡车的进口并未对国内轮胎产业造成任何损害、利润损失或市场份额的损失。因为随着国内商务车产量高达两位数的增长，国内轮胎产业运营的产能利用率已在 95%～200%之间。由于印度国内生产商几乎不生产进口类型的子午轮胎，产量很小且并不稳定，所以全印度轮胎经销商联合会认为，进口子午轮胎对大部分国内生产商造成损失或损害的观点并不成立。

全印度轮胎经销商联合会进一步声称，国内产业并没有通过生产卡车和客车用子午轮胎而从国内市场受益，而且他们并不向客车和卡车用的子午轮胎技术领域投资，而是试图通过斜交轮胎技术形成垄断市场而赚取巨额利润。

由于印度政府于2008年11月24日起完全限制/禁止卡车和客车子午轮胎的进口，因此政府发起的反倾销调查已经失去了来自用户和经销商的数据支持。

印度轮胎进口商和贸易商联合会提交的意见表示，进口子午轮胎未对国内产业造成任何损害。他们指出，国内产业不能满足国内需求，而且涉案产品的3家国内制造商要么产量很小，要么生产能力的扩大尚有待确定。在这种情况下涉案产品的成本自然会比较高。

印度轮胎进口商和贸易商联合会表示，对Ⅳ－A的业绩分析表明，与基准年相比，调查期国内产业运营成本的涨幅超过339%。这表明国内产业的主张有所夸大。没有理由可以解释这种增长，特别是国内产业的现金利润在同期出现了成倍增长。印度轮胎进口商和贸易商联合会要求调查机关对上述信息进行彻底审查。

有利害关系方指出，2003—2004年，印度国内产业处于亏损状态，涉案产品的销售量几乎是调查期销售量的30%。随后销售量增长了几乎300%，国内产业的税前利润出现正增长。而同期自涉案国进口的产品数量属于微量。这表明即使不存在国内产业所指出的涉案产品的倾销，国内产业仍处于亏损状态。《反倾销措施协定》要求国内产业证明其在调查期由于进口产品的倾销遭受了实质性损害，而国内产业经营状况最差时发生在其所指控的倾销尚未出现的时期，这一事实表明是进口倾销产品以外的其他原因造成了国内产业的损害。

印度轮胎进口商和贸易商联合会指出，在计算投资回报率时对资本运营组成部分统一适用22%的标准是完全错误的，应当进行复查。

（8）调查机关对于损害的评估

在审查了不同的损害参数后，调查机关最终认为：

① 被控倾销的自涉案国进口的涉案产品数量有所增长，这种增长表现在绝对数量和与印度涉案产品的总产量和市场需求有关的相对数量两个方面。这导致国内产业所占市场份额下降。

② 进口产品导致重大的价格削减，继而对国内产业造成价格抑制的影响。损害幅度在调查期尤为明显。

③ 虽然国内产业的产量和销量有所增长，但国内产业所占市场份额减小。

④ 虽然国内产业的产量和销量有所增长，但国内产业单位销售的利润率在2006—2007年提高后又有所回落。由于盈利状况的恶化，现金利润率和投资回报率降低。

⑤ 虽然国内产业的产能利用率提高了，但市场份额的减小导致其库存量增大。

5. 国内产业对于公开声明的评价

印度国内产业反对给予固铂成山公司市场经济地位待遇，并指出调查机关计算的损害程度低于他们的计算结果，因为海关数据的基础是产品进口时的价格。他们提交的意见可总结如下：

（1）考虑到固铂成山（山东）轮胎股份有限公司的所有制性质以及原材料的供应/采购，调查机关不应给予该企业市场经济地位待遇。印度国内产业声称，该公司的股东之一是一家中国公司，该公司完全为中方所有或控制；该公司最初的生产厂是荣成市橡胶厂，该工厂为中方所有。固铂成山（山东）轮胎股份有限公司过去和现在的高管均由政府部门的领导干部担任，该公司为合资企业这一事实不足以构成给予其市场经济地位待遇的依据。此外，该公司隶属于另一家集团公司，但调查机关并未考虑这一事实。

（2）在原材料方面，轮胎钢丝和钢帘线由其相关企业即荣昌钢帘线有限公司提供。该公司未对专家组的问卷作出答复，也未提供任何证据证明进口产品的价格在实质上反映了市场价值。

（3）没有信息表明订购情况与国际会计准则一致，对问卷的回复不包括应诉集团作为一个整体的回复。涉及轮胎钢丝和钢帘线的公司没有作出回复。调查机关一贯主张应诉集团必须作为一个整体对问卷作出答复（瓷砖案裁决），而且不存在任何有关该公司转型的信息。

(4) 有关未给予市场经济地位待遇企业的正常价值的裁决是错误的。该决议违反了最高法院的命令，该命令明确表示，根据第7段提出的不同选择是有一定顺序的，且该顺序必须遵守。一旦调查机关宣布这些公司不按照市场经济实体对待，那么这些公司在中国的成本或价格就不能被适用，虽然相同的成本或价格可以适用于被给与市场经济地位待遇的企业。大量的欧盟案件表明，不能在被给予市场经济地位待遇的企业的基础上，确定未被给予市场经济地位待遇企业的正常价值。调查机关适用固铂成山公司正常价值的原因十分不当且不利于印度生产商。第7段申明的其他合理基础并不能被解读为适用中国的成本和价格。国内产业进一步指出，调查机关忽略了申诉方提出的涉案产品在市场经济第三国的价格的相关证据。

(5) 关于应诉公司的出口价格的裁决是错误的。出口价格必须与中国海关数据相比较，而后者是非常多样化的。涉案产品的出口价格并没有与进口时向海关当局所申报的信息相比较。因此，调查机关严重低估了倾销幅度和损害幅度。国内产业还列举了调查机关过去关于锦纶长丝、粘胶长丝和CDR的决议，调查机关在上述决议中拒绝了出口商的要求并将依据相关的海关数据对计算幅度进行调整。

(6) 国内产业建议反倾销税应当数额固定，表现为每条轮胎征收特定美元的数额。在确定对斜交轮胎征收反倾销税时，应当考虑到投入成本的变化、产品的范围、实施和执行问题以及印度海关、税收、黄金（管制）上诉法庭有关冶金焦炭、丁腈橡胶（NBR）和陶瓷玻化砖方面的裁决。

二、结语

2009年9月11日，美国总统奥巴马宣布，对从中国进口的所有小轿车和轻型卡车轮胎实施为期3年的惩罚性关税措施，第一年为35%，第二年为30%，第三年为25%。此案是奥巴马时代美国首起对华特保案，也是针对中国的最大特保案。印度商工部宣布，从2010年2月19日起，对从中国以及泰国进口的客车和卡车用子午轮胎加征反倾销税。蔓延全球的金融危机使我国的汽车及相关产品面临严峻的出口形势，而一次又一次有关汽车零部件的贸易摩擦更是令我国相关产业“深受其害”。

事实上，印度汽车市场近年来发展迅速，但子午轮胎国内产能的严重不足是印度汽车产业不得不面对的现实。

印度国内汽车轮胎业已形成“卡特尔”，对内操控价格保证盈利空间，对外则积极向政府施加压力，排斥进口轮胎并利用多种手段抑制其市场份额。然而，由于缺乏必要的市场竞争，印度子午轮胎产能一直远低于世界平均水平，目前其轮胎子午线化水平仅为9%，而中国是70%，巴西是72%，世界平均水平也达到65%。

据统计，2009年，印度共对中国产品新发起25起贸易救济调查立案，平均每月5起。其中反倾销10起，反补贴1起，特别保障措施5起，保障措施9起。在WTO成员中，印度是金融危机以来对中国发起贸易救济调查最多的国家。

印度贸易救济调查立案门槛过低是导致2009年印度对中国产品贸易救济立案调查和所采取措施数量非理性激增的主要原因，同时由于印方目前仍未承认中国的市场经济地位，更导致中国涉案企业被裁定不合理的倾销税率，严重影响了中印之间的正常贸易。

表 4　印度对原产于中国的客车和卡车用子午轮胎作出的反倾销终裁结果

出口企业名称	倾销幅度（%）
青岛双星轮胎工业股份有限公司	25～30
杭州中策橡胶股份有限公司和杭州日升橡胶股份有限公司	10～15
风神轮胎股份有限公司	20～25
山东万达宝通轮胎股份有限公司	30～35
三角轮胎股份有限公司	15～20
山东银宝轮胎集团股份有限公司	20～25
山东金宇轮胎股份有限公司	25～30
山东恒丰橡塑股份有限公司	15～20
双钱集团股份有限公司	15～20
固铂成山（山东）轮胎股份有限公司	30～35
兴源轮胎集团股份有限公司	25～30
米其林沈阳轮胎股份有限公司，通过米其林亚太进出口（香港）有限公司	50～55
其他出口商	90～95

案例 2　印度对华炭黑反倾销案

2008 年 12 月，印度商工部应印度炭黑生产商联合会的申请，对原产于中国、澳大利亚、伊朗、马来西亚、俄罗斯和泰国的炭黑（Carbon Black used in rubber applications）发起反倾销调查，涉案产品海关编码为 28030010，调查期为 2007 年 10 月 1 日—2008 年 9 月 30 日。2009 年 5 月 25 日，印度商工部作出肯定性初裁；2009 年 12 月，印度商工部对此案作出肯定性终裁。2010 年 1 月 28 日，印度海关决定对原产于中国、澳大利亚、伊朗、马来西亚、俄罗斯和泰国的炭黑（Carbon Black used in rubber applications）征收 0.089%～0.423%不等的反倾销税，征税期为 5 年（至 2014 年 7 月 30 日止）。

一、本案裁决要点

1. 涉案产品和同类产品

（1）涉案产品

涉案产品为“应用于橡胶产业的炭黑”，这是一种作为补强剂用于橡胶（包含轮胎）的生产、加工中的无机化学物质。炭黑也被称为乙炔黑、气黑、炉法炭黑、灯黑、热炭黑。炭黑可以分为用于橡胶产业的炭黑和用于非橡胶产业的炭黑两类。用于橡胶产业的炭黑指的是作为补强剂用于橡胶（包括轮胎）的生产、加工中的炭黑。而用于诸如复印机中的墨粉、打印机墨盒、油漆、蜡笔以及抛光的非橡胶产业的炭黑则不属于涉案产品的范围。

（2）同类产品

印度国内产业认为，即使在国内产业并不提供同类产品的情况下，也不应当限制被调查的产品范围。全印度橡胶产业联合会指出，印度并不生产热炭黑（thermal black），所以其应被排除在调查范围之外。魄力泰克仪器工业有限公司特别提出，用于半导体化合物的特定等级的炭黑具有更高的生产特性、低含硫量和良好的导电性，且印度不生产这些等级的炭黑。与此同时，上述等级的炭黑价格较高，并且在橡胶产业中并不作为补强剂使用，而是在塑料产业中作为静电放电设备（ESD）和半导体（SC）使用。而且他们的结构不同于PUC。因此，这些等级的炭黑应当包含在非橡胶产业中，包括电力产业中的电缆、胶卷和注塑等。根据《反倾销规则》，调查机关最终认为，由申请调查的国内产业生产的产品与涉案产品属于同类产品。

2. 印度国内产业的范围和地位

印度国内产业指出，印度西特公司和飞利浦炭黑有限公司并非关联企业。申诉方进一步指出，利害关系方不能提供这两家公司为非关联企业的证据，本案中的相关事实也不能提供任何一家公司为非关联企业的证据。

调查机关最终认为，印度飞利浦公司和印度高科公司应当被视为符合《反倾销规则》第2条（b）项和第2条（d）项含义下的“国内产业”来对待。

江西黑猫炭黑有限公司特别提出，申诉方没有考虑到印度高科炭黑公司与辽宁博拉炭黑有限公司（中国）和泰国炭黑公众有限公司（public company）（泰国）的关系。并且飞利浦炭黑公司是印度西特公司的关联企业，将它们之间的进口考虑在内是不恰当的。

3. 调查机关关于倾销的认定

（1）正常价值

调查机关按照出口商在其国内市场上出售的各等级的涉案产品来确定其正常价值。一些出口商和国内产业认为，正常价值和出口价格应当在每月或每季度的平均值的基础上进行比较。考虑到主要原材料价格的显著变化，申诉方和其中一家中国出口商要求调查机关在季度比较的基础上来评估倾销的影响。调查机关接受了进行季度分析的建议，并且在季度平均值的基础上对正常价值和出口价格进行了比较。

调查机关认为，在过去的3年里，中国在印度和WTO其他成员所进行的反倾销调查中均被当做非市场经济国家来对待。在此次反倾销调查中，中国也不能被当做市场经济国家。调查机关最终以煤基焦油的价格、原材料的消耗量、中国出口到日本的产品价格以及调查问卷中所提供的信息和资料来确定中国生产商的正常价值。

（2）出口价格

对于抽样公司的出口价格是否可以根据利害相关方提交的调查问卷中的信息加以确定，调查机关进行了审查。对于中国的生产商和出口商，调查机关最终将其出口到印度的涉案产品的按照等级、类型分别确定了加权平均价格。根据出口商的主张，调查机关对于报关费用、港口收费、内陆运输、海外运输，保险和银行收费都作出了调整。

此外，没有其他任何涉案产品的出口商和生产商提出异议。因此，调查机关最终决定按照《反倾销规则》第6条第（8）款的内容，通过可获得的事实和资料来确定涉案企业产品的出口价格。

（3）倾销幅度

调查机关将出口产品按照不同等级进行价格区分，将其正常价值与出口价格进行比较，最终确定了出口至印度的涉案产品的倾销幅度。有国内产业和一家国外生产商提交的调查问卷信息表明，在调查期内，产品的价格存在着显著的不同。印度国内产业认为，在调查期内基础原料价格显著提高，导致涉案产品的价格在调查期的上升。国内产业因此要求调查机关在尽可能相同的时间上考察出口产品的正常价值和出口价格。还有一些提交调查问卷的出口商也表示，在整个调查期按照加权平均价格来比较正常价值和出口价格是不恰当的。

因此，考虑到公平比较的原则和本案的特殊事实，调查机关最终按照季度平均值对正常价值和出口价格进行比较，所得到的数据被用来确定整个调查期内涉案产品加权平均价格，同时没有将负倾销幅度归零。比较结果表明，在调查期内涉案产品存在倾销。调查机关将加权平均倾销幅度作为出口价格的特定百分比加以表示，并且认定倾销是实质性的和显著的。

一些利害关系方要求调查机关披露消费准则。但调查机关指出，某些准则只能披露给那些已提供数据的利害关系方，而不能提供给其他的利害关系方。

4. 调查机关对损害和因果关系的调查

（1）国内产业提交的意见摘编

① 调查机关为了确定损害，应当将国内产业视为整体。国内产业的范围应当被重新定义，即应当包含飞利浦炭黑公司和印度高科炭黑公司。与此同时，国内产业的范围在调查的每个阶段应当根据获得的信息而重新定义。在反倾销调查中的证据的质和量应当随着调查的发展而发展。

② 国内产业在利润、投资回收率、库存和市场份额方面都有所恶化，而且其恶化是实质性和显著的。因此，国内产业受到了进口的倾销产品的实质性损害。

③ 进口产品正在大幅削减印度国内市场上相关产品的价格，并且导致国内市场对于进口产品的需求增加。

④ 印度卢比的升值或者贬值只对于（出口）价格有冲击这一观点是不恰当的。事实上，印度卢比的升值或者贬值对于国内产品的价格也有影响。

⑤ 国内产业提供了关于 2008 年 10～12 月的参数的损害信息。国内产业愿意应调查机关的要求提供进一步的相关信息。

⑥ 2009 年 11 月，印度政府修改了进口的相关政策。如果该产品被转移到受限制名单之后，其进口量仍然增长，那么有理由相信如果没有被转移到受限制名单中，该产品的进口量将会更显著地增长。

⑦ 对于国内产业的损害，在产品市场份额以及价格削减影响方面的影响是明显的。

⑧ 在调查期，国内产业的利润率和投资回报率比 2007—2008 年的利润率和投资回收率要低。

⑨ 基准年的进口量较少这一事实本身就证明在调查期进口量的增多，而此后进口量的增加则是由于倾销。

⑩ 只要一个或多个参数存在着实质的下降，就必须得出损害存在的结论。"实质性"应当被理解为并非无关紧要，并非不合逻辑和并非不显著。因此，市场份额 4.66%的下降不应被描述为无关紧要。

⑪非损害价格和净销售额并不属于同一个参考范围。这两个数字之间存在着显著的差异。另外，削价销售和低价销售必须放在一起以考察进口产品倾销给国内产业带来的冲击。如数据所显示的那样，在本案件中倾销幅度是显著的。

⑫ 国内产业的利润率先上升然后下降，这种情形必须被认为是（国内产业）显著的恶化。

（2）其他利害关系方提交的意见

中国橡胶工业协会以及苏州宝华炭黑有限公司等利害关系方提交的意见摘编：

① 销售的实际或潜在的下降——国内产业的销售额存在着绝对的增加，国内产业在以其最大的生产能力生产涉案产品。

② 利润实际或潜在的下降——国内产业的盈利能力是上升的。相对于没有基准年，申诉方正在赚取巨额的利润。

③ 产量的实际或潜在的下降——国内产业的产量随着生产能力和产能利用率的增加而增长。

④ 市场份额的实际或潜在的下降——所有的国内产业其市场份额出现了 19%的增长。

⑤ 生产能力的实际或潜在的下降——国内产业生产能力其实是上升的，并没有出现生产能力下降的迹象。

⑥ 投资利润率的实际或潜在的下降——在基准年，国内产业的投资利润率为零，而相对于基准年，在调查期国内产业的投资利润率则有所上升。

⑦ 产能利用率的实际或潜在的下降——国内产业的产能利用率增幅超过 13%。因此，国内产业正以最大的生产能力运营。

⑧ 显著的倾销幅度——国内产业所生成的倾销幅度只是推测。

⑨ 在资金流动上的实际或潜在的负面影响——与基准年相比，在调查期限国内产业的资金流动率是提高的。

⑩ 对于库存的实际或潜在的负面影响——与每日的销售、生产数据联系起来考虑，国内产业平均库存的综合情况是没有变化的。国内产业的库存情况维持在工业准则以下。

⑪对于就业的实际或潜在的负面影响——国内产业的从业员工人数保持稳定，对于就业不存在负面影响。

⑫对于工资的实际或潜在的负面影响——国内产业的工资涨幅甚至比该产业的平均涨幅要高。

⑬对于发展的实际或潜在的负面影响——不存在对于国内产业未来发展的实际或潜在的负面影响。

利害关系方认为，上述参数表明，印度国内的炭黑产业在调查期相对于基准年有提高的迹象。在所指出的倾销和所声称的损害之间不存在因果联系。

此外，利害关系方认为，印度国内产业的业绩和利润均出现了增长，而且从 2007—2008 年开始一直处于扩张的状态中。印度飞利浦炭黑有限公司（PCBL）通过进行大量投资来提高其生产能力。这表明印度国内产业的状况良好，并且试图利用这种有利条件来提高其盈利能力。从而不存在国内产业所指出的因进口产品的倾销而对国内产业造成了负面影响。

至于实质性损害的威胁，上述利害相关方认为，实质性损害的威胁和实质性损害一般被认为是彼此替代的，因为损害的威胁意味着在不久将来的实质性损害，而实质性损害是存在于当前的。该利害相关方认为，印度国内产业关于损害威胁的主张是基于简单的断言而不是基于事实的，因此不存在倾销进口产品对于国内产业的实质性损害威胁，也不存在实质性的损害。

（3）累积评估

调查机关认为，需要对来自澳大利亚、中国、俄罗斯和泰国的进口产品进行累积评估。原因是涉案产品是国内产品的同类产品，并在同一市场上进行竞争；进口产品与国内产品的销售渠道相同，且对象为可类比的消费者群体；同国内产品相比，自两个涉案国进口的产品在市场上削价销售以及自两个涉案国家的产品进口量有所增加。而且来自每个涉案国的倾销幅度大于《反倾销条例》附录 II（iii）中规定的界限；来自每个涉案国的进口量都超过《反倾销条例》附录 II（iii）所规定的界限。

（4）进口量和市场份额

来自涉案国的一些生产商、出口商和印度的消费者、进口商，向调查机关作出了回复。为了评估在该期限的进口量，调查机关重新审查了所有的进口信息，并进行比较。调查机关最终采纳了 DGCI&S 报告的进口量，并认定来自涉案国的进口产品数量在绝对值上显著地增长；与基准年相比，来自涉案国的进产品数量相比于印度国内的生产量和消费量而言显著增长；来自涉案国的进口产品的市场份额有所增长，而国内产业的市场份额与基准年相比则有所下降，但在紧随调查期的一年后出现了略微上升。

因此，在损害调查期内，来自涉案国的进口产品所占市场份额显著增加，而国内产业的市场份额则有所下降。进口产品的市场份额相比于 2007—2008 年出现了轻幅的下降，可以归结于二者之间的时间有所重叠。

（5）进口产品的价格影响

关于进口产品的倾销对于国内产品价格的影响，调查机关认为，有必要审查进口产品的倾销相对于国内同类产品有没有出现显著的价格削减，或者进口产品对国内产品在很大程度上发生了价格抑制，或者阻碍了国内产品的价格上升。换言之，在不存在倾销进口的情况下，国内产品的价格会出现显著的上涨。

调查机关认定，涉案产品进口的到岸价格明显比国内产业的销售价格要低，这导致了显著的价格削减。调查机关指出，在不同等级的国内产品之间存在着显著的价格差别，而且在损害调查期国内产业的投入成本出现了显著上升，因此本应令调查期内的产品销售价格也出现上涨。最终，调查机关对同一等级下的进口产品和国内产品的到岸价格和销售价格进行了季度比较，并认定进口涉案产品的到岸价格明显比国内产业的产品销售价格低，从而导致了显著的价格削减。

（6）国内产业的经济参数

① 销售量。调查机关分析了国内产业在损害调查期的销售量，2008 年 7—9 月销量出现下降，2008 年 10—12 月销量进一步下降，且降幅显著。

② 产能和产能利用率。从损害调查期一直到 2007 年 12 月，国内产业的产量和厂房利用率出现回升，但此后逐渐回落。在 2008 年 10—12 月，产量和厂房利用率出现显著下降。

③ 影响国内价格因素。将国内产业的生产成本和销售价格与进口产品的到岸价格相比较，显示出进口产品对于国内产品的价格抑制。调查机关指出，国内产品和进口产品的价格区别直接影响了消费者在采购涉案产品时的倾向。然而，调查机关指出，这种分析只是基于进口商以及消费者的不完全回复，即只针对有限的消费者进行调查。

④ 利润和投资回报率。调查机关发现，印度国内产业一直到 2007 年 12 月利润率均呈现上升之势。然而，在此之后，利润率开始下滑，到 2008 年 4 月，利润率已低于 2006—2007 年的水平。投资回报率和现金利润的走势与利润率也相似，到 2007 年 12 月出现增长，此后甚至降到了低于 2006—2007 年的水准。利润率在 2008 年 10～12 月下降更为显著，从而令印度国内产业出现了严重的财政亏损。

⑤ 库存。在调查期国内产业的库存是增加的。

⑥ 雇员情况、工资和生产率。国内产业的员工人数在调查期出现减少，工资水平和生产率则有所提高。

⑦ 发展趋势。到 2007 年 12 月国内产业的发展一直呈现正增长，但此后逐渐变为负增长。

⑧ 增加投资的能力。到发稿为止，国内产业募集资金的能力并没有受到影响。

⑨ 实质性损害。除了上面所提到的因素，调查机关对于实质性损害威胁的主张也进行了审查。对此，调查机关还考察了紧随调查期之后 1 个季度的国内产业的经营情况。

（7）调查机关对其他因素的分析

① 关于调查期之后的汇率变化，调查机关采纳了此意见，但不能断言在调查期之后的汇率变化单方面地影响了进口产品价格。

② 一些利害关系方认为，某些国内生产商在其财务报告中并没有显示出受到损害。调查机关指出，企业的年度财务报告显示的是该公司的整体业绩，而调查机关需要考察的是该企业在涉案产品方面的运营情况。利害相关方不能提供证据证明企业的整体业绩与其在涉案产品上的经营状况能够完全等同，而申诉方则提供了相关证据来证明国内产业在涉案产品上的经营状况是不断恶化的。

对于调查期之后的数据考察，调查机关指出，使用调查期之后的数据来评估实质性损害威胁的做法与反倾销规则是完全相符的。

③ 关于全球金融危机对于国内产业的负面影响，调查机关指出，本案中的调查期截至 2008 年

9 月 30 日，而国内市场对于产品的需求也呈现出不断增长。另一方面，即使是涉案产品的国内需求由于全球性的金融危机而受到影响，但金融危机也没有特别地影响到国内产业。

④ 关于 CBFS 的价格上升的影响，调查机关指出，反倾销规则要求评估该进口产品是否在很大程度上形成了价格抑制或者阻止价格上升。在没有该产品进口的情况下，价格会显著的上涨。因此，如果国内产业在投入成本增加的情况下，因进口产品的倾销而未能提高产品的销售价格，这就证明进口产品的倾销给国内产业造成了损害。

⑤ 关于中小企业用户，调查机关指出，没有任何量化的信息可以证明征收反倾销税的负面影响。而且征收反倾销税的目的是消除不正当的倾销行为和弥补倾销行为对国内产业所造成的损害。调查机关还注意到，申诉方主张涉案产品绝大多数被轮胎企业所购买，但该产业不能被认定为中小企业。

⑥ 一些利害关系方认为，国内产业的产能利用率和所占市场份额处于较高水平，而且进口是由于印度国内的高需求。然而，相关信息表明，在国内产业的产能利用率下降并不显著、而且没有进口产品倾销的情况下，国内产业的销量会更高。而且国内产业的市场份额出现的 3.88%的降幅，要与国内产业的低利润出口放在一起来理解。由于出口的利润较低，国内产业自然更倾向于在国内市场上销售产品，而这已经被进口产品的倾销所损害。

⑦ 一些利害关系方认为，调查机关过于看重调查期的季度业绩。调查机关指出，在对国内产业进行损害分析时已经考察了整个调查期的业绩。分析损害调查期数据的目的，主要是确定国内产业在调查期内的业绩是否可以认定为已经受到损害。对于进口产品的倾销情况进行季度性分析，反映了倾销对于国内产业造成的实质性冲击，而这与《反倾销规则》是完全相符的。

⑧ 调查机关经核实后认为，没有证据表明国内产业的投资回报率为某些利害关系方所称的 4%。

(8) 调查机关对于损害的评估

调查机关发现国内产业在利润、投资回报率、现金利润、库存以及市场份额方面都恶化了。诸如产量、销售量和厂房利用率之类的参数到 2007 年 12 月仍是提高的，但在此之后一直呈现下降。这种恶化在调查期内的季度分析上更为明显。而且国内产业受到了实质性损害的威胁，这可以通过降价销售、在出口国的可自由支配的生产能力、在损害调查期明显增加的进口量、国内产业的库存和其他相关信息得到证明。因此，国内产业业绩的恶化是显著的和实质性的，国内产业遭到了实质性损害。而紧随调查期之后的 1 个月的资料也显示，国内产业受到了实质性损害的威胁。

(9) 因果关系

调查机关指出，已知的其他因素没有显示出对于国内产业的损害，而以下的参数表明国内产业的损害是由倾销进口所导致的：

① 尽管在损害调查期原材料价格显著上涨，但进口价格并没有与原材料价格形成同比上涨，进口产品的到岸价格比国内产业的销售价格要低。由于存在价格削减，消费者更倾向于购买进口产品，这导致了国内产业潜在的销量损失和市场份额的下降。

② 市场份额的下降阻碍了国内产业提高其产量和厂房利用率。由于进口产品倾销的存在，在 2007 年 12 月之后，国内产业的产量和厂房利用率均出现下滑。

③ 进口产品的到岸价格相对于国内产业的价格出现了价格削减。其结果是较低的进口价格阻碍了国内产业提高其产品价格。

④ 倾销进口的价格抑制效果直接导致了国内产业利润率的恶化，其结果是投资回报率和现金利润的下降。因此，利润率、投资回报率和现金利润的下降显然是由于国内市场的进口产品的倾销所导致的。

⑤ 国内产业在 2008 年 10—12 月业绩的显著恶化很明显是由于国内市场进口产品的倾销所

导致。

二、结语

据美国大陆炭黑公司分析，中国将是炭黑需求增长最快的国家，其次是印度。SRI 咨询公司的分析表明，中国和印度在 2001—2007 年的炭黑生产能力增长最快；从发展趋势看，这一增速将会持续到 2013 年。因为中国和印度的汽车工业和高速公路基础设施均在发展之中，因此对轮胎、橡胶和工业橡胶制品的需求将会相应增长。

印度是炭黑的主要生产国，由于受资源等条件的影响，印度产品的生产成本较高，相同质量的炭黑，其价格要比国际市场高 10%左右。我国的炭黑企业凭借其较高的产品质量、合理的价格正逐渐成为印度轮胎企业的优质供应商。印度并不是中国炭黑的主要出口地，中国每年出口到印度的炭黑平均为 1000 吨左右，仅占印度炭黑总进口量的近 1/5，而另一遭到印度反倾销调查的国家——俄罗斯则占到了印度炭黑总进口量的 1/3。据印度商工部统计，2007 年 10 月—2008 年 9 月，印度从中国进口炭黑共计 1028 万美元，占印度炭黑进口总额的 14.7%。

表 5　印度对原产于中国的炭黑作出的反倾销终裁结果

出口企业名称	倾销幅度（%）
江西黑猫炭黑股份有限公司	20.93
宁波德泰化工有限公司	24.61
河北大光面巨无霸炭黑有限公司	28.77
龙星化工有限公司	31.50
HHUI、宁波光彩化工有限公司	29.34
非合作的出口生产商	93.72

第六节　南非对华贸易救济重点案例[①]

案例 1　南非对华聚氯乙烯反倾销案

聚氯乙烯是全球产量最大的塑料品种之一。根据不同的用途可以加入不同的添加剂，使聚氯乙烯塑件呈现不同的物理性能和力学性能。在聚氯乙烯树脂中加入适量的增塑剂，就可制成多种硬质、软质和透明制品。由于聚氯乙烯的化学稳定性高，所以可用于防腐管道、管件、输油管、离心泵、鼓风机等。聚氯乙烯的硬板广泛用于化学工业上制作各种贮槽的衬里，建筑物的瓦楞板、门窗结构、墙壁装饰物等建筑用材。由于电气绝缘性能优良而在电气、电子工业中，用于制造插座、插头、开关、电缆。聚氯乙烯用于许多体育娱乐品，如玩具、唱片和体育运动用品，目前聚氯乙烯玩具产量增长幅度大，由于聚氯乙烯玩具和体育用品生产成本低，易于成型而占有优势。

① 资料来源于南非国际贸易管理委员会：http：//www.itac.org.za/default.asp

一、案件基本情况

2008 年 3 月 19 日，南非国际贸易委员会发布公告，对原产于中国内地和台湾地区的聚氯乙烯作出反倾销终裁：对中国涉案企业征收 32.7%的反倾销税，对台湾地区涉案企业征收 22.6%的反倾销税。

2007 年 6 月 15 日，南非对原产于中国内地和台湾地区的聚氯乙烯进行反倾销立案调查；2007 年 10 月 26 日，南非对此案作出肯定性初裁。

二、本案相关调查程序

1. 倾销

(1) 中国的正常价值

申诉方表明，其无法获得中国的正常价值，因为被要求提供信息的生产商仅仅提供了中国的出口价格，而没有提供中国国内的销售价格，Terbo 无法确定中国的价格是否是在正常贸易过程中产生的。

因此，关于中国正常价值的计算是以《国际贸易管理委员会法》第 32（4）部分的定义为基础的。

申诉方提名台湾地区作为本案中计算中国涉案产品正常价值的第三方。

南部非洲产业认为，台湾聚氯乙烯产业的发展和中国聚氯乙烯产业处于同一发展水平，技术也处于同一发展水平，因为中国内地和台湾地区不仅在国际市场上直接竞争，其也在本国（地区）市场上直接竞争。

委员会计算出的中国涉案产品的正常价值为 15.77 人民币/每千克，这是出厂价格水平。

(2) 台湾地区的正常价值

台湾地区正常价值的计算是以《国际贸易管理委员会法》第 32（2）（b）部分的定义为基础的。

申诉方将中国台湾地区的国内销售价格建立在一家台湾生产商报价的基础之上。申诉方表明，其获得的正常价值是出厂报价。

委员会确定的台湾地区的正常价值为 1.98 美元/千克。

(3) 出口价格

委员会将出口到南部非洲关税同盟的出口价格建立在从 SARS 处获得的、从 2006 年 1 月 1 日到 2006 年 3 月 31 日的官方进口统计数据的基础之上。

委员会计算出的出口价格如下：

中国内地　　11.89 元人民币/千克

中国台湾地区　　52.52 元新台币/千克

对出口价格的调整

申诉方表明，根据内陆运输费对出口价格进行了 5%的调整。

因此，计算出中国台湾地区的出厂出口价格为 52.52 元新台币/千克，而计算出中国内地的出厂出口价格为 11.89 元人民币/千克。

(4) 倾销幅度

基于上述信息，计算出中国台湾地区的倾销幅度如表 6 所示。

表 6　委员会计算出中国台湾地区倾销幅度情况

中国台湾地区	新台币/千克
正常价值	64.39
减去相关调整	0
经调整后的正常价值	64.39
经调整后的出口价格	52.52
倾销幅度（%）	11.87
发票显示的出口价格或者推定的出口价格（未经调整）	55.28
按出口价格或者推定的出口价格表示的倾销幅度（%）	22.6

委员会作出终裁，即按照申诉方提供的信息计算倾销幅度。

委员会计算出中国内地的倾销幅度如表 7 所示。

表 7　委员会计算出中国内地倾销幅度情况

中国内地	人民币/千克
正常价值	15.77
减去相关调整	0.00
经调整后的正常价值	15.77
经调整后的出口价格	11.89
倾销幅度（%）	3.88
发票显示的出口价格或者推定的出口价格（未经调整）	12.51
按照发票显示的出口价格或者推定的出口价格表示的倾销幅度（%）	32.66

2. 实质性损害

（1）国内产业——占生产的大部分

下述分析和申诉方 Terbo Plastics 有关，其构成涉案产品国内总产量的 90%。

委员会作出终裁，即其构成国内总产量的“大部分”，符合《反倾销措施协定》第 4.1 条的规定。

（2）累积评估

来自本次调查涉案国的倾销幅度高于可忽略不计的水平。来自该国的进口产品的数量并非可以忽略不计的。

涉案产品和其他进口产品以及南部非洲关税同盟生产的产品直接竞争。

（3）进口产品的数量及其对价格的影响

基本数据表如表 8 所示。

表 8　基本数据表

年　份	单　位	涉案产品	其他进口产品	申诉方的产量	库　存	申诉方的销售额
2004	吨	2762	5165	100	0	100
2005	吨	4839	6657	80	0	80
2006	吨	5443	8247	90	0	90

出于保密的考虑，使用2004年作为基准年，对本表中的信息进行指数化处理。

根据第3.2条的规定进行的调查，涉案产品的增长如表9所示。

表9　涉案产品增长情况

变　量	年　份			变　化
	2004	2005	2006	2004 /2006
涉案产品/国内生产（%）	100	218	219	119
涉案产品/国内消费（%）	100	136	130	30

出于保密的考虑，使用2004年作为基准年，对本表中的信息进行指数化处理。

涉案产品的价格影响如表10所示。

表10　涉案产品价格影响情况

变　量	年　份			变　化
	2004	2005	2006	2004/2006
平均进口价格（FOB）（卢比/千克）	100	96	101	1
国内产品的评价价格（出厂价）（价格抑制）（卢比/千克）	100	97	98	2
价格削减				
中国台湾地区（卢比/千克）	存在	存在	存在	
中国内地（卢比/千克）	存在	存在	存在	
成本占销售价格的百分比（价格受抑）（%）	100	100	106	6

出于保密的考虑，使用2004年作为基准年，对本表中的信息进行指数化处理。

(4) 倾销进口产品对国内产业的最终影响

根据第3.4条之规定进行的调查结果如表11所示。

表11　调查结果表

变　量	年　份			变　化
	2004	2005	2006	2004/2006
南部非洲关税同盟的销售				
按价值计算（卢比）	100	78	89	(11)
数量（千克）	100	80	90	(10)
库存（千克）	0	0	0	0
产量（千克）	100	80	90	(10)
申诉方所占的市场份额（%）	100	62	59	(41)
被诉的倾销进口产品所占的市场份额				
中国台湾地区（%）	100	147	133	33
中国内地（%）	100	238	238	124
其他进口产品所占的市场份额（%）	100	92	92	(10)

续表

变量	年份			变化
	2004	2005	2006	2004/2006
产能利用率（%）	100	80	80	(55)
雇员（人数）	100	97	97	1
工资（卢比）	100	109	109	16
生产率（人均产量）	100	41	41	(58)
利润（卢比）	100	79	39	(61)
现金流（卢比）	100	17	(127)	(227)
投资回报率（%）	100	53	(12)	(112)
筹集资金的能力（资金费用）（卢比）	100	55	51	(49)
影响国内价格的因素（每单位原材料成本）（卢比/单位）	100	97	104	4
倾销幅度的大小				
中国台湾地区（%）	22.6			
中国内地（%）	32.7			

出于保密的考虑，使用2004年作为基准年，对本表中的信息进行指数化处理。

（5）总结：实质性损害

委员会作出下述终裁，即申诉方，因此相应的为南部非洲关税同盟产业，正在遭受实质性损害。

3. 因果关系

要征收临时性反倾销税，委员会必须确认存在足够证据能够表明，南部非洲关税同盟所遭受的实质性损害是由涉案产品的倾销导致的。

（1）倾销进口产品的数量及其所占的市场份额

表明因果关系的一个指标在于，在损害开始发生以后，涉案产品数量增长的程度，以及随着倾销产品所占市场份额的相应增加，国内产业所占的市场份额减少的程度。

表12将南部非洲关税同盟产业所占的市场份额和被诉的倾销进口产品所占的市场份额进行了比较。

表12 各方所占市场份额比较表

年份	2004	2005	2006
各方所占市场份额（%）			
南部非洲关税同盟产业	100	62	59
被诉的倾销进口产品			
中国台湾地区	100	147	133
中国内地	100	238	224
其他进口产品	100	92	99

出于保密的考虑，使用2004年作为基准年，对本表中的信息进行指数化处理。

申诉方所占的市场份额在2004—2006年内有所下降，而被诉的倾销进口产品所占市场份额在同一期间有所增加，如表13所示。

表13　2004—2006年南非进口产品数量情况

进口产品数量（千克）	2004年	2005年	2006年
被诉的倾销进口产品	2046851	4470696	4851219
其他进口产品	5881033	7025489	8838575
进口产品总量	7927884	11496185	13689794
被诉的倾销进口产品占进口产品总量的百分比（%）	25.8	38.9	35.4

此表显示，被诉的倾销进口产品占进口产品总量的百分比从2004—2006年有所增加。其他进口产品从2004—2006年也有所增加。

（2）倾销进口产品的最终影响

倾销进口产品的最终影响如表14所示。

表14　倾销进口产品的最终影响分析

实质性损害的指标	分析（2004—2006年）
销售额	下　降
利　润	下　降
产　量	下　降
市场份额	下　降
生产率	下　降
投资回报	下　降
产能利用率	下　降
现金流	下　降
库　存	没有库存
就　业	下　降
工　资	下　降
筹集资金的能力	下　降

（3）除倾销外其他导致损害的因素

根据第3.5条之规定对因果关系进行调查的结果如表15所示。

表15　其他导致损害的因素列表

因　素	年　份			变　化
	2004	2005	2006	2004/2006
未以倾销价格出售的进口产品的价格（FOB价格）（千克）	19.37	21.35	22.92	18.3%
未通过倾销进行销售的进口产品的数量（千克）	5881033	7025489	8838575	50.3%

续表

因　素	年　份			变　化
	2004	2005	2006	2004/2006
需求萎缩：国内生产总值增长率（%）	3.7	3.2	4.6	24.32
消费模式的变化	申诉方声称，他们认为，目前正在被来自中国内地和中国台湾的廉价倾销进口产品逐步吞噬的整个市场是相对稳定的市场			
国外生产商和国内生产商的贸易限制惯例	申诉方声称，南部非洲关税同盟产业并不知道任何贸易限制惯例			
国内外生产商之间的竞争	申诉方声称，在南部非洲关税同盟产业和公平进口产品之间存在良性竞争			
科技的发展	申诉方声称，南部非洲关税同盟产业使用最新的技术，这就确保了其能和以公平价格进口的商品进行竞争			
国内产业的出口实绩	申诉方声称，在调查期并未出口			
国内产业的生产率	申诉方声称，在南部非洲关税同盟市场上不存在倾销进口产品的情况下，其生产率即使不比中国内地和中国台湾高，也会和它们的一样			

出于保密的考虑，使用2004年作为基准年，对本表中的信息进行指数化处理。

（4）关于因果关系的裁定

在考虑所有的信息以及所收到的所有评论以后，委员会裁定，倾销进口产品和申诉方所遭受的实质性损害之间存在因果关系。在作出上述裁定时，委员会考虑了除倾销以外其他可能导致实质性损害的相关因素，并认定他们并不会割裂倾销进口产品和申诉方所遭受的实质性损害之间的因果关系。

4. 总结

委员会裁定，原产于中国内地和台湾地区的涉案产品以倾销价格进口到南部非洲关税同盟市场。有充分的证据证明，南部非洲关税同盟产业以下述方式遭到实质性损害：价格削减、价格压制和价格受抑、其产量下降、销售下降、净利润下降、市场份额下降、生产率下降、投资回报下降、对增长产生不利影响、产能利用率下降及对现金流产生不利影响。

在考虑了所有相关因素和其所收到的评论以后，委员会作出最终裁决：在倾销进口产品和申诉方所遭受的实质性损害之间存在因果关系。在作出上述裁定时，委员会考虑了除倾销以外其他可能导致实质性损害的相关因素，并认定他们并不会割裂倾销进口产品和申诉方所遭受的实质性损害之间的因果关系。

案例2　南非对华焊接钢制链条反倾销案

2007年1月26日，南非对原产于中国的焊接钢制链条进行反倾销立案调查；2007年11月9日，南非对此案作出肯定性初裁。2008年5月14日，南非国际贸易管理委员会对原产于中国的焊接钢制链条作出反倾销终裁：不对四川龙川Hongfa链条制品有限公司征收临时反倾销税，对江苏如东县铁链厂有限公司征收2.4%的临时反倾销税，对其他中国企业征收52.9%的临时反倾销税。

在本案中，南非国际贸易管理委员会给予四川龙川 Hongfa 链条制品有限公司和江苏如东县铁链厂有限公司以市场经济地位待遇；但对其他中国企业，则以澳大利亚作为计算其涉案产品正常价值的替代国。

本次调查的申请是南非国际贸易服务处（ITS）代表南部非洲关税同盟（SACU）中涉案产品唯一的生产商——Scaw Metals Group Chain Products（申诉方）提出的。

一、同类产品分析

委员会指出，正如申请和发起调查的通知中所指出的那样，涉案产品是“非铰接的焊接钢制链条，其环节是由圆截面直径为 4mm 或 4mm 以上、但不超过 10mm 的铁丝或钢丝、铁条或钢铁、铁棒或钢棒制成”。

委员会证实，利害关系方本来应当对委员会的调查表进行回应，以便于委员会对他们的进口和出口产品进行查证，并在可能的情况下将其产品从本次调查中排除。

委员会考虑了应当将某些种类的链条从本次调查中排除的其他评论，但最后裁定，SARS 不能将其链条排除在本次反倾销调查之外。

在考虑上述所有因素以及收到的所有评论以后，委员会认定，就本次调查的比较而言，SACU 产品和进口产品是《反倾销措施协定》第 2.6 条所规定意义上的“同类产品”。

二、关于倾销的认定

1. 申诉方提交的、对计算正常价值的评论

委员会确认，南非政府于 2004 年 7 月承认中国市场经济地位。委员会表明，在此之后，委员会和中国商务部的进出口公平贸易局（BOFT）签署了《备忘录》（ROU），《备忘录》表明，关于反倾销调查，在不同的情况下适用不同的方法。

《备忘录》规定，如果 SACU 申诉方认定中国的产品并非通过正常贸易途径进行销售或者无法获得中国的正常价值，为了开始反倾销调查，其可以使用第三国的正常价值来计算倾销幅度。

但是，在其调查过程中，委员会将裁定，中国的合作生产商是否在中国市场上以正常贸易途径销售涉案产品。如果生产商确实通过正常贸易途径销售其产品，那么《国际贸易管理法》第 32（4）部分的规定将不再适用，正常价值将根据《国际贸易管理法》第 32（2）（b）（i）部分的规定予以确定。

因此，即使委员会接受申诉方提供的信息，并将其作为发起反倾销调查的表面证据确凿的证据，如果一旦一家出口商提交完整的回复，委员会将调查该产品在中国是否通过正常贸易途径进行销售，并相应地确定正常价值。

委员会确认，其已经裁定并核实链条生产商从各种供应商那里购买钢条，并且供应商的选择都是基于特定质量的最低价。钢条供应商提交的信息表明他们并非国有企业。基于这些信息，委员会裁定，钢条是通过正常贸易途径购买，并且由这些钢条生产出来的钢制链条在中国市场上是通过正常贸易途径销售的。没有证据表明中方以任何方式介入钢制链条生产商的购买和销售决定。

委员会注意到，申诉方提交的、关于伦敦金属交易所（LME）对亚洲和世界其他地区的定价并不表明中国钢制链条生产商购买其钢条的价格低于申诉方所称的“中国国际价格”的评论。但是，基于上述原因，委员会认定，这并不表明链条生产商不是通过正常贸易途径销售或购买产品的。

委员会使用可获得的最佳信息，即申诉方在本次调查中提交的信息，来计算中国不合作生产商的正常价值。因此，关于第三国澳大利亚的信息被用于计算不合作生产商的正常价值。

2. 本次调查对中国四川龙川 Hongfa 链条制品有限公司所用的方法

（1）正常价值

四川龙川 Hongfa 链条制品有限公司对委员会的出口商调查问卷作出了完全回应，并表明，其在中国是通过正常贸易渠道销售其产品的，是以具有竞争性的价格购买原材料，同时也是基于订单中具有竞争性的价格向顾客销售其产品。

委员会发现该公司的劳动力并未成立联合组织，并且其生产设备规模相对较小。尽管对于类似的这些小型企业来说并无此要求，因此不能提供经审计的财务状况，但是该公司遵循普遍接受的会计准则。

基于四川龙川 Hongfa 链条制品有限公司提供的这些信息，委员会裁定，四川龙川 Hongfa 链条制品有限公司在中国是通过正常贸易渠道销售其产品，其正常价值应基于其在中国的实际国内销售确定，并且应当适用《国际贸易管理法》第 32（2）（b）（i）部分的定义。

委员会认定，四川龙川 Hongfa 链条制品有限公司在中国国内市场上销售涉案产品。实际发票销售被用于计算正常价值。

（2）出口价格

产品制造商四川龙川 Hongfa 链条制品有限公司，将产品销售给重庆五矿机械进出口有限公司（五矿），重庆五矿机械进出口有限公司将产品销售给 SACU。

2 家公司均对委员会的调查问卷作出了回应。重庆五矿机械进出口有限公司是唯一的贸易商，并且不生产涉案产品。根据委员会的政策，已经向重庆五矿机械进出口有限公司表明，委员会的个别待遇仅仅授予生产商而并不授予贸易商。重庆五矿机械进出口有限公司的信息只被用于计算出口价格。

委员会裁定，基于四川龙川 Hongfa 链条制品有限公司向重庆五矿机械进出口有限公司的销售，计算工厂交货出口价。

（3）倾销幅度

以占出口价格的百分比表示，倾销幅度算定为－17.6％。

3. 本次调查中对江苏如东县铁链厂有限公司所用的方法

（1）正常价值

江苏如东县铁链厂有限公司对委员会的出口商调查问卷作出了完全回应，并表明，其在中国是通过正常贸易渠道销售其产品的。

委员会发现，江苏如东县铁链厂有限公司是多家股东控股的企业，有多个管理者。委员会认定，其以具有竞争性的价格从多个供应商处购买原材料，其也是基于顾客提供的订单中具有竞争性的价格销售其产品。该公司生产设备非常先进，而且大多数机械都是进口的。该公司提交了经审计的财务报表。

基于江苏如东县铁链厂有限公司提供的这些信息，委员会裁定，江苏如东县铁链厂有限公司在中国是通过正常贸易渠道销售其产品，其正常价值应基于其在中国的实际国内销售确定，并且应当适用《国际贸易管理法》第 32（2）（b）（i）部分的定义。

（2）正常价值的计算

江苏如东县铁链厂有限公司在中国国内市场上销售涉案产品。其实际发票销售被用于计算正常价值。

委员会根据调查期出口到 SACU 的链条等级计算正常价值。

委员会发现，如果按照等级计算，有 20％以上是以亏损价格进行销售的，在计算正常价值时将这些销售予以排除。当以亏损价进行的国内销售被排除后，国内销售额在出口销售额的 5％以下，则应该对相应等级进行成本构成计算。

委员会注意到，江苏如东县铁链厂有限公司提交的、关于确定 43 级自着色（Grade 43，self color）的正常价值时用于计算销售管理和办公费用（SG&A）及利润的方法的评论。

委员会指出，之所以对 43 级自着色（Grade 43，self color）钢制链条进行成本构成，是因为国内市场上的销售额太少，无法进行公平对比。委员会认定，其销售额过小的原因在于 20%以上的销售是亏本进行的。因此，委员会决定在成本构成时，不包括该种产品的管理和办公费用及利润。

为此，委员会在排除这种产品本身的最窄的产品范围内计算管理和办公费用及利润。

（3）正常价值的调整

由于已经表明成本之中存在差异，并已经证明上述成本差异将在设定售价时影响价格可比性，出口商主张对正常价值作出下述调整，该主张得到了委员会的同意。

按照将产品发送给顾客的国内运输费，对正常价值作出调整。委员会收到了以逐笔交易为基础、调查期向 SACU 作出的所有出口销售的记录。经调查机关核实，为计算工厂交货出口价的目的，委员会对出口价格作出下述调整：按照从工厂到船舶的国内运输费，对出口价格作出调整；根据从中国到 SACU 的海运费对出口价格作出调整。上述调整是针对将该项费用纳入销售价格的每笔交易作出；当产品运到上海出口，按照从工厂到河流的国内运输费，对出口价格作出调整；在可适用的情况下，为了计算出厂出口价格，按照港杂费对 SACU 的出口产品作出调整；委员会认定，SACU 的一家顾客收到支付条款。委员会对于这些基于天数和可适用利率的销售作出调整。最后确定的加权平均倾销幅度算定为 2.43%。

4. 本次调查对中国所有不合作出口商所用的方法

委员会考虑了利害关系方提交的和关于将澳大利亚用作合适的第三国的所有评论。但是，委员会决定使用澳大利亚 PWB Anchor 提交的实际并经证实的销售信息来计算正常价值。

委员会在计算工厂正常交货值时对正常价值作出了下述调整：按照将产品发送给顾客的国内运输费，对出口价格作出调整；按照给予某些顾客的支付条款对这部分销售作出调整；出口到 SACU 的价格建立在从南非关税总署（SARS）获得的、2005 年 7 月 1 日—2006 年 6 月 30 日官方进口统计数据的基础上。以占出口价格（FOB）的百分比表示，算定的倾销幅度为 52.9%。

三、对损害的认定

申诉方提交了关于 2003 年 1 月 1 日—2006 年 6 月 31 日实质性损害的信息。申诉方表明，其链条生产部门改用新的 IT 系统（SAP）并且没有上传任何历史信息。其指出，基本上不可能从以前的档案中抽取 2006 年以前的年份的半年信息。为了确定年度数据的趋势，根据 2006 年 1～6 月的数据推断 2006 年全年的数据，以将该信息和其他年份的信息进行比较。

委员会将 2006 年的实际财务信息和推断出来的 2006 年的数据相比较，发现其趋势在实质上是一致的。

因此，委员会决定放弃其以前的通行做法：即将 2006 年 1—6 月的数据和 2003—2005 年 1—6 月的信息进行比较，而接受推定数据来评估发展趋势。

因此，本报告中用于 2006 年实质性损害的信息与 2006 年 1—6 月的数据有关，并被用于推断全年的数据。

1. 进口产品的数量以及对价格的影响

表 16　基本数据表（利用 2003 年作为基准年将本表中申诉方的信息指数化）

（单位：吨）

年　份	涉案产品	其他进口产品	申诉方的产量	库　存	申诉方的销量
2003	749	573	100	100	100
2004	887	619	83	104	94
2005	1032	504	76	69	98
2006	1243	373	79	111	79

在任何反倾销调查中，委员会通常使用来自 SARS 经审计的进口统计数据来确定从被调查国进口到 SACU 的涉案产品的数量。其认为这些数据更可信。在调查期，被诉的倾销进口产品占进口产品总量的百分比大幅增长，2006 年增至 76.9%。

在调查期，申诉方的产量和销售额有所下降，据申诉方称，这是由于倾销进口产品增加的结果。

委员会注意到进口商和申诉方对申诉方库存可用性的评论。

表 17　涉案产品的增长情况（利用 2003 年作为基准年将本表中的信息指数化）

因　素	年　份				变　化
	2003	2004	2005	2006	2003/2006
涉案产品/国内生产（%）	100	142	181	210	110
涉案产品/国内消费（%）	100	105	120	145	45

表 18　涉案产品的价格影响（利用 2003 年作为基准年将本表中的信息指数化）

因　素	年　份				变　化
	2003	2004	2005	2006	2003/2006
平均出口价格（FOB）（兰特）	100	114	114	108	8
国内产品的平均价格（出厂价）（价格受抑）（兰特）	100	104	111	108	8
价格削减（%）	100	75	93	98	6
成本占销售价格的百分比（价格受抑）%	100	112	111	114	14

上表中的信息表明，被诉的倾销进口产品占国内生产的百分比和占国内消费的百分比都有所增加。在调查期价格削减有所下降，但仍然维持在一个很高的水平。

申诉方并未遭受价格抑制，但其价格并未随着成本的增加而上涨，因此，申诉方的价格受抑。

2. 倾销进口产品对国内产业的影响

申诉方的销售额、产量、市场份额、生产率和产能利用率均下降。申诉方的就业情况保持不变，而工资有所增长。被诉的倾销进口产品所占的市场份额增加，而其他进口产品所占的市场份额减少。

申诉方的利润和投资收益率均下降。在现金流和筹集资金的能力方面也存在不利影响。

3. 实质性损害裁定

在考虑所有相关因素和评论以后，委员会作出了终裁，即申诉方正在遭受实质性损害，理由在于：被诉的倾销进口产品大幅增长；存在价格削减；申诉方价格受抑；申诉方的销售下降；申诉方的产量减少；申诉方的利润降低；申诉方所占的市场份额减少；申诉方的产能利用率降低；申诉方的生产率下降；对申诉方的现金流产生不利影响；申诉方的投资收益减少；申诉方提供的就业减少以及对申诉方的发展产生不利影响。

四、因果关系的认定

1. 进口产品数量及所占市场份额

因果关系的指标之一就是涉案产品的数量增加程度，以及在损害发生后，随着涉案倾销产品所占市场份额的增加，国内产业所占的市场份额在多大程度上相应减少。

表 19 比较的是 SACU 产业所占的市场份额以及被诉的倾销进口产品所占的市场份额。

表 19 市场份额（利用 2003 年作为基准年将本表中的信息指数化）

下述主体所占市场份额	2003 年	2004 年	2005 年	2006 年
申诉方（%）	100	88	88	73
被诉的倾销进口产品（%）	100	110	126	154
其他进口产品（%）	100	101	80	60

表 19 中信息表明，在整个调查期，随着被诉的倾销进口产品所占市场份额的相应增加，申诉方所占的市场份额有所下降。

表 20 进口产品的数量

进口产品的数量	2003 年	2004 年	2005 年	2006 年
被诉的倾销进口产品（吨）	749	887	1032	1243
其他进口产品（吨）	573	619	504	373
进口产品的总量（吨）	1322	1506	1536	1616
被诉的倾销进口产品占进口产品总量的百分比（%）	56.7	58.9	67.2	76.9

在整个调查期，被诉的倾销进口产品的数量大幅增长。被诉的倾销进口产品占涉案产品进口总量的比例在调查期也有所增长。

2. 倾销进口产品对价格的影响

表 21 价格削减、价格受抑和价格压制（利用 2003 年作为基准年将本表中的信息指数化）

价格削减、价格受抑和价格压制	2003 年	2004 年	2005 年	2006 年
申诉方的出厂平均价格（兰特）	100	104	111	108
成本占销售价格的百分比（%）	100	112	111	104
价格削减幅度（%）	100	75	93	98

表 21 中信息表明，进口产品的价格正在压低申诉方的产品价格。申诉方的销售价格在调查期略有提高，但是和产品成本的增加不成比例。

3. 倾销进口产品带来的影响

表 22　倾销进口产品的最终影响分析

实质性损害的指标	分析（2003—2006 年）
销售额	下　降
利　润	下　降
产　量	下　降
市场份额	下　降
生产率	下　降
投资回报率	下　降
产能利用率	下　降
现金流	下　降
库　存	上　升
就　业	下　降
工　资	上　升
增　长	下　降
筹集资金的能力	下　降

从表 22 中的信息看出，申诉方并未降低其销售价格，但其销售额在调查期有所减少。其他所有因素均表明存在不利影响。

4. 因果关系概述

在考虑了所有相关因素和评论后，委员会作出终裁，即在倾销进口产品和申诉方所遭受的实质性损害之间存在因果关系。在得出上述结论的过程中，委员会考虑了倾销以外其他可能造成实质性损害的因素，并认定这些因素并不能割裂倾销进口产品和申诉方所遭受的实质性损害之间的因果关系。

附录：2010年上半年我国最新贸易摩擦形势综述

我国贸易摩擦形势概况

一、贸易救济新立案数同比下降43.9%，欧盟、印度是主要申诉方，冶金产品是调查重点

据中国贸易救济信息网统计，2010年上半年，共有13个国家（地区）对华启动37起贸易救济调查，比2009年同期减少29起，降幅达43.9%。其中，反倾销19起，同比减少16起；反补贴3起，同比减少2起；涉华保障措施14起，同比减少5起；特别保障措施1起，同比减少6起。

在37起贸易救济调查中，欧盟启动了7起，位居各国之首，占比为18.9%；其次是印度，为6起，占比16.2%；位居第三的是美国和印尼，均为4起，占比各为10.8%。

但各国启动反倾销、反补贴、保障措施的重点不同。例如，在19起反倾销调查中，印度（6起）、欧盟（5起）、阿根廷（2起）和美国（2起）居前三位。在14起涉华保障措施调查中，印尼（4起）、俄罗斯（3起）、乌克兰（3起）、多米尼加（2起）居前三位。而3起反补贴调查分别由美国（2起）和欧盟（1起）启动。

37起贸易救济调查涉及电子、纺织、化工、建材、轻工、冶金、有色金属、造纸和金属制品9个行业。其中，涉及冶金行业的案件数位居首位，为8起，占比21.6%；其次是建材和化工，均为6起，占比各为16.2%；位居第三的是轻工，为5起，占比13.5%。在涉及冶金产品的8起案件中，反倾销3起，反补贴1起，保障措施4起。

二、美国涉华337调查同比增长50%，电子信息产品是主要被调查对象

2010年上半年，美国共发起337调查28起，是2009年同期（14起）的2倍，涉案国家（地区）达9个。其中，涉华12起，占比42.9%，位居首位，比2009年同期增长50%。

在这12起涉华337调查中，9起涉及电子信息产品，2起涉及轻工产品，1起涉及汽车产品。

三、中国产品仍是美国、欧盟、加拿大、日本召回/预警/扣留的主要对象，轻工产品是重点

1. 美国召回中国消费品以玩具、家用电器为主，因产品质量问题而给消费者造成的摔伤、划伤等人身伤害危险是召回主因

2010年上半年，美国消费品安全委员会共发布205项召回通报，比2009年同期增长8.5%。其中，对华123项，同比增长13.9%，占美国召回通报总数的60%，位居首位。在对华产品的123项通报中，95项均涉及轻工（以玩具、家用电器为主），28项涉及纺织（主要是儿童服装和窗帘）。

从美国召回中国产品的原因分析，因产品质量问题而给消费者造成的摔伤、划伤等人身伤害危

险是最主要的原因，共 51 项，占 41.5%；其次是产品可能引发儿童窒息危险，为 25 项，占比 20.3%；位居第三的是产品可导致儿童颈部被勒危险，为 24 项，占比 19.5%。此外，引发火灾危险（20 项）、铅含量超标（14 项）、身体被卡或被困危险（13 项）均是美国召回中国产品的主要原因。

2. 欧盟召回中国消费品以玩具、家用电器为主，窒息危险是召回主因

2010 年上半年，欧盟非食品类快速预警系统（RAPEX）共发布严重危险产品通报 980 项，同比增长 10.2%。其中，对华产品通报 594 项（不包括中国台湾和香港地区），占同期欧盟通报总数的 60.6%，同比增长 10.2%，高居首位，是位居第二的土耳其的 12 倍，是位居第三的德国的 17 倍。

在对华产品的 594 项通报中，涉及轻工的 382 项，位居首位；其次是纺织，为 173 项。在涉及轻工的 382 项通报中，玩具居首，高达 216 项。

从欧盟对华产品通报的原因分析，窒息危险（包括憋闷和勒杀危险）是欧盟对华产品通报的最主要原因，共计 200 项，在所有被通报的原因类型（668 项）中占比达 29.9%。而玩具类产品 90% 以上是因为存在窒息危险而被通报。

3. 欧盟召回中国食品以与食品直接接触类产品和坚果为主，含黄曲霉素和重金属超标是召回主因

2010 年上半年，欧盟食品及饲料类快速预警系统（RASFF）共发布 1063 项通报，同比下降 33.1%。其中，对华通报 229 项，占比 21.5%，同比增长 25.8%。

在对华的 229 项通报中，坚果以及与食品直接接触类产品是通报重点，分别为 65 项和 63 项。二者合计占 2010 年上半年欧盟对华产品通报总数的 50%以上。而在我国被通报最多的坚果类产品中，花生及其制品高达 61 项，占坚果类产品被通报总数的 93.8%。

从通报原因分析，坚果类产品多因含黄曲霉素被通报，与食品直接接触类产品则多因有害物质迁移及重金属含量超标而被通报。

4. 加拿大召回中国产品以玩具、家用电器、体育和休闲器械为主，因产品质量问题而给消费者造成的摔伤、划伤等人身伤害危险是召回主因

2010 年上半年，加拿大卫生部共发布产品召回通告 161 项，同比下降 4.2%。其中，对中国产品发布召回通报 89 项，占加拿大卫生部召回通报总数的 55.3%，同比下降 6.3%，位居首位。在对华产品的 89 项召回通报中，74 项均涉及轻工（以玩具、家用电器、体育和休闲器械为主），15 项涉及纺织（主要是儿童服装和窗帘）。

从加拿大召回中国产品的原因分析，因产品质量问题而导致消费者摔伤、划伤等人身伤害危险的位居首位，共 29 项，占比 32.6%；其次是产品可能引发儿童窒息危险，为 17 项，占比 19.1%；位居第三的是引发火灾危险，为 13 项，占比 14.6%。此外，铅含量超标（12 项）、身体被卡或被困危险（10 项）、产品可导致儿童颈部被勒危险（8 项）、不符合阻燃性标准（5 项）均是中国产品被召回的主要原因。

5. 日本扣留中国食品以添加剂、容器包装、餐具及玩具类产品为主，成分规格不合格是扣留主因

2010 年上半年，日本共发布食品扣留通报 765 批次，同比增长 118.6%。其中，对华 165 批次，同比增长 34.1%，占全部被扣食品总量的 21.6%，仍居日本扣留通报的首位。

在对华 165 批次的食品扣留中，添加剂、容器包装、餐具及玩具类产品居首，共有 51 批次，占我国全部被扣留食品的 30.9%；其次是水产加工食品（鱼类加工品、冷冻水产品、鱼贝卵类加工品等），为 36 批次，占比 21.8%；位居第三的是农产加工食品（冷冻食品、蔬菜加工品、果实加工品、香辛料、方便面类），为 25 批次，占比 15.2%。

成分规格不合格（包括细菌数、大肠杆菌群、肠炎弧菌属、病源微生物、贝毒、杀菌剂和杀虫剂等某些项目的检测超标）仍为中国食品违反的主要内容，共有75批次，数量最多，占比45.5%，其中检出大肠菌群呈阳性的食品18批次，在该类违反内容中高居不下，占比24.0%。

除成分规格不合格外，材质以及原材料规格不合格成为中国输日食品所违反的第二大内容，共有46批次，占比27.9%。其中，检出含铅产品13批次，在该类内容中数量最多，占比28.3%。

我国重点产业遭遇贸易救济调查形势分析

据中国贸易救济信息网统计，2010年上半年，全球对华共启动37起贸易救济案件，比2009年同期减少29起，降幅达43.9%。其中，反倾销19起，同比减少16起；反补贴3起，同比减少2起；涉华保障措施14起，同比减少5起；特别保障措施1起，同比减少6起。

全球对华启动的37起贸易救济调查共涉及电子、纺织、化工、建材、轻工、冶金、有色金属、造纸和金属制品9个行业。

一、冶金：新立案数同比下降11.1%，钢铁产品是调查重点

2010年上半年，涉及冶金产品的贸易救济案件数为8起，位列各行业之首；同比减少1起，降幅为11.1%。其中，反倾销3起，反补贴1起，涉华保障措施4起。在涉及冶金产品的8起贸易救济调查中，双反案1起。

1. 印尼和美国是对华冶金产品贸易救济调查的主要发起者

2010年上半年，共有5个国家对我国出口冶金产品启动贸易救济调查。其中，印尼3起，位居首位；其次是美国，为2起；印度、泰国和乌克兰并列第三，均为1起。

印尼启动的3起调查均为保障措施，美国启动的2起分别是反倾销和反补贴；印度和泰国启动的1起均是反倾销；乌克兰启动的1起是保障措施。

2. 钢铁产品是双反调查的重点，钢铁制品及钢铁主要原材料是保障措施调查的重点

在全球对华冶金产品启动的8起贸易救济调查中，涉及钢铁产品的案件数为4起，产品为无缝钢管和钻管；涉及钢铁再加工产品的案件数为3起，产品为未经镀或涂层的铁丝或非合金钢丝、镀或涂锌的铁丝或非合金钢丝以及绞股线、绳、缆；涉及钢铁生产中的主要原材料的案件数为1起，涉案产品是铁合金。

从贸易救济调查的形式来看，在涉及钢铁产品的4起贸易救济调查中，3起是反倾销，1起是反补贴。4起涉及钢铁再加工产品和钢铁原材料的贸易救济调查均为保障措施。

二、石化：新立案数同比下降40%，化工原料是调查重点

2010年上半年，共有4个国家（地区）对华石化产品启动6起贸易救济调查，分别是印度、欧盟、乌克兰和俄罗斯，与建材并列第二位；同比减少4起，降幅为40%。其中，反倾销4起，保障措施2起。

1. 印度是对华石化产品贸易救济调查的主要发起者

在对华石化产品启动贸易救济调查的4个国家（地区）中，印度3起，欧盟、乌克兰和俄罗斯各1起。

印度对华石化产品启动的3起调查均为反倾销调查，乌克兰和俄罗斯各1起均是保障措施调查。

2. 化工原料是上半年全球对华化工产品贸易救济调查的重点

在全球对华石化产品的 6 起贸易救济调查中，3 起为基本化工原料，其余 3 起分属化肥、塑料产品及杂项化工制品。其中，针对基本化工原料的 3 起调查均是反倾销调查。

三、建材：新立案数是 2009 年同期的 3 倍，玻璃及玻璃纤维制品是调查重点

2010 年上半年，共有 5 个国家（地区）对华建材产品启动 6 起贸易救济调查，分别是土耳其、印度、欧盟、厄瓜多尔和澳大利亚，与石化并列第二位；同比增加 4 起，增幅为 200%。其中，反倾销 5 起，保障措施 1 起。

1. 欧盟是全球对华建材产品贸易救济调查的主要发起者

在 5 个国家（地区）对华建材产品启动的 6 起贸易救济调查中，欧盟 2 起，居首位；印度、土耳其、厄瓜多尔和澳大利亚各 1 起。

2. 玻璃及玻璃纤维及其制品是调查重点

2009 年上半年，全球对华建材产品的 2 起贸易救济调查均涉及地板产品；而 2010 年上半年，在 6 起对华建材产品的贸易救济调查中，有 3 起涉及玻璃纤维及其制品，2 起为玻璃制品（浮法玻璃和挡风玻璃），1 起是瓷砖。3 起涉及玻璃纤维及其制品的调查均为反倾销调查，分别由印度、土耳其和欧盟启动。

四、轻工：新立案数同比下降 50%，食品是调查重点

2010 年上半年，共有 4 个国家对华轻工产品启动 5 起贸易救济调查，分别是印度、俄罗斯、乌克兰和多米尼加，位居第三；同比减少 5 起，降幅为 50%。其中，反倾销 1 起，保障措施 3 起，特别保障措施 1 起。

1. 俄罗斯是对华轻工产品贸易救济调查的主要发起者

在 4 个对华轻工产品启动贸易救济调查的国家中，俄罗斯 2 起，印度、俄罗斯、多米尼加和乌克兰各 1 起。

需要指出的是，俄罗斯启动的 2 起均为保障措施调查；多米尼加启动 1 起特别保障措施调查，这也是 2010 年上半年唯一的 1 起特别保障措施调查；印度和乌克兰的分别是启动的 1 起分别是反倾销和保障措施调查。

2. 食品是全球对华轻工产品贸易救济调查的重点

全球对华轻工产品启动的 5 起贸易救济调查主要涉及糖类、家用陶瓷制品、小家电和日用产品。其中，涉及糖类的案件数 2 起，涉及家用陶瓷制品（陶瓷马桶和洗手盆）和小家电（电冰箱）的各 1 起。

五、纺织：新立案数同比下降 76.9%，织物是调查重点

2010 年上半年，共有 3 个国家对华纺织品启动 3 起贸易救济调查，分别是阿根廷、墨西哥和多米尼加，同比减少 10 起，降幅达 76.9%。其中，反倾销 2 起，保障措施 1 起。

在 3 起涉及纺织品的贸易救济调查中，1 起为面料，2 起为织物。

六、造纸：新立案数与 2009 年持平，双反案再次来袭

2010 年上半年，共有 2 个国家对华纸制品启动 3 起贸易救济调查，分别是欧盟和多米尼加，与 2009 年同期持平。其中，反倾销、反补贴和保障措施各 1 起。

在对华纸制品启动贸易救济调查的国家（地区）中，欧盟 2 起，调查形式是反倾销和反补贴；多米尼加 1 起，调查形式为保障措施。3 起贸易救济调查的涉案产品是铜版纸和卫生纸，这是我国铜版纸第二次遭遇双反调查，但调查国由美国转为欧盟。

七、电子：高科技电子产品成为关注焦点，涉案金额居历年之首

2010 年上半年，仅欧盟对我国数据卡（又称无线宽域网络调制解调器）发起反倾销调查，并同时对该产品启动了保障措施调查。据初步估算，2009 年，我国对欧盟出口数据卡约 41 亿美元。该案成为迄今为止我国在全球遭遇的涉案金额最大的一宗贸易救济案件。

全球对华产品通报/预警/扣留情况综述

随着全球一体化的深入进行和世贸组织的发展，关税、配额等传统贸易壁垒形式的应用越来越少，技术性贸易壁垒的应用不断发展。与传统形式相比，技术性贸易壁垒更具隐蔽性和快速性，且种类繁多。后危机时代，发达国家将传统的技术性贸易壁垒与绿色壁垒叠加，从而对许多国家（尤其是发展中国家）的对外贸易产生不利影响。世贸组织技术性贸易壁垒（TBT）委员会最新统计显示，世贸组织 TBT 通报数继续增长——2010 年 1—4 月，世贸组织共接受各成员 TBT 通报 588 项，比 2009 年同期的 575 项增长 2.3%。

2010 年上半年，我国主要贸易伙伴——欧盟、美国、日本和加拿大对华产品通报均位居前列。

一、欧盟：玩具和坚果类食品是对华通报的重点

2010 年上半年，欧盟非食品类快速预警系统（RAPEX）共发布严重危险产品通报 980 项，比上年同期的 889 项增长 10.2%。其中，对华产品通报 594 项（不包括对中国台湾和中国香港的通报），占同期欧盟通报总数的 60.6%，比上年同期的 539 项增长 10.2%，高居首位，是位居第二的土耳其的 12 倍，是位居第三的德国的 17 倍。而在对华通报中，玩具被通报的频率最高，共计 216 项，占比 36.4%；服装、面料及时尚用品仅次之，为 173 项，占比 29.1%；电器，69 项，占比 11.6%，位居第三。

同期，欧盟食品和饲料类快速预警系统（RASFF）共发布通报 1063 项，比上年同期的 1590 项下降 33.1%。其中，对华通报 229 项，占比 21.5%，比上年同期的 182 项增长 25.8%。而中国出口欧盟的坚果类食品被通报的最多，共计 65 项，占比 28.4%；其次为与食品直接接触类产品，63 项，占比 27.5%。二者合计占 2010 年上半年欧盟对华产品通报总数的 5 成以上。

二、美国：儿童用品位居美国对华通报的首位

2010 年上半年，美国消费品安全委员会（CPSC）共对 30 个国家（地区）发布 205 项产品召回或产品安全通报。其中，中国产品位居召回通报的首位，共 123 项，占 CPSC 通报总数的 60%，同比增长 13.9%。在涉及中国产品的召回通报中，位居首位的是儿童用品，共 55 项，占比 44.7%，同比增长 27.9%；其次为家居用品，37 项，占比 30.1%，同比增长 19.4%；玩具，15 项，占比 12.2%，同比下降 6.25%；体育和休闲用品，12 项，占比 9.6%，同比增长 20%；户外用品，4 项，占比 3.3%，同比下降 42.9%。

三、日本：扣留食品多来自山东，添加剂、餐具、厨具及玩具为重点

2010 年上半年，日本共对 40 个国家（地区）发布食品扣留通报 765 批次，与上年同期的 350

批次相比大幅增长118.6%。其中，中国食品被扣留共计165批次，占比21.6%，位居首位。我国被扣留食品主要来自山东、广东、浙江、福建、辽宁、上海、江苏、河北、四川等18个省份。其中，山东居首位，共被扣42批次，占我国同期被扣留食品总数的25.5%。添加剂、餐具、厨房用具以及容器包装、玩具共计51批次，数量最多，占我国全部被扣留食品总量的30.9%，包括厨具31批次、餐具12批次以及玩具5批次。

四、加拿大：儿童用品同比增长41.4%，是对华召回的重点

2010年上半年，加拿大卫生部共发布召回通报161项，同比下降4.2%，通报涉及美国、印度、加拿大、墨西哥、泰国、越南、斯洛文尼亚、日本、德国、洪都拉斯、法国、意大利、马来西亚、中国和中国香港及中国台湾等。其中，中国产品被召回的最多，共89起，占同期加拿大召回总数的55.3%，同比下降6.3%。在涉及中国产品的召回通报中，位居首位的是儿童产品，共41项，占通报总数的46.1%，同比增长41.4%；其次为家居用品，29项，占比32.6%，同比增长11.5%；体育和休闲用品，9项，占比10.1%，同比增长80%；玩具，6项，占比6.7%，同比下降80%；服装，4项，占比4.5%，同比增长300%。

中国申诉案件综述

一、2010年上半年我国贸易救济案件总体情况

1. 我国反倾销新立案数同比下降60%，无反补贴新立案

2010年上半年，我国启动2起反倾销调查（WTO统计口径，为4起），比2009年同期减少3起，同比下降60.0%；但未启动反补贴调查。

2. 产品涉及机械和化工产品，被诉国以美国和欧盟为主

2010年上半年，我国启动的2起反倾销调查分别是己内酰胺和非色散位移单模光纤，行业涉及化工和机械。而2009年上半年，我国启动的5起反倾销调查中，4起涉及化工和1起涉及冶金。

同时，我国启动的2起反倾销调查的被诉国均为美国和欧盟。

3. 我国反倾销及反补贴案件裁决均以肯定性裁决为主

2010年上半年，我国对4起（WTO统计口径，为6起）反倾销调查和1起反补贴调查作出初裁，比2009年同期均增加1起；并对3起反倾销调查（WTO统计口径，为7起）和1起反补贴调查作出终裁，同比均增加1起。

上述9起裁决均以征税为最终裁决。

二、2010年上半年我国反倾销立案及裁决情况

1. 立案情况

（1）2010年4月2日，应中国石油化工股份有限公司巴陵分公司和中国石油化工股份有限公司石家庄炼化分公司的申请，商务部对原产于美国和欧盟的己内酰胺启动反倾销调查。涉案产品海关编码为29337100。

（2）2010年4月2日，应江苏法尔胜光子有限公司、烽火藤仓光纤科技有限公司、富通集团有限公司、江苏亨通光纤科技有限公司、成都中住光纤有限公司和中天科技光纤有限公司6家企业的申请，商务部对原产于美国和欧盟的非色散位移单模光纤启动了反倾销调查。涉案产品海关编码为90011000。

2. 初裁情况

(1) 2010年1月4日，商务部发布公告，对原产于泰国和印尼的核苷酸类食品添加剂作出反倾销初裁，实施临时反倾销措施，税率为6.5%～29.7%；

(2) 2010年2月2日，商务部发布公告，对原产于韩国和泰国的对苯二甲酸作出反倾销初裁，实施临时反倾销措施，税率为2.4%～20.1%；

(3) 2010年2月5日，商务部发布公告，对原产于美国的白羽肉鸡作出反倾销初裁，实施临时反倾销措施，税率为43.1%～105.4%。

(4) 2010年6月9日，商务部发布公告，对原产于欧盟的X射线安全检查设备作出反倾销初裁，实施临时反倾销措施，税率为48.2%～71.8%。

3. 终裁情况

我国对3起反倾销调查（WTO统计口径，为7起）作出终裁，同比增加1起。分别是：

(1) 2010年4月10日，商务部发布公告，对原产于美国和俄罗斯的电工钢作出反倾销终裁，自2010年4月11日起实施为期5年的反倾销措施，税率为6.3%～64.8%。

(2) 2010年4月20日，商务部发布公告，对原产于美国、欧盟、俄罗斯和台湾地区的锦纶6切片作出反倾销终裁，自2010年4月22日起实施为期5年的最终反倾销措施，税率为4.0%～23.9%。

(3) 2010年6月28日，商务部发布公告，对原产于欧盟的碳钢紧固件作出反倾销终裁，自2010年6月29日起实施为期5年的反倾销措施，税率为6.1%～26.0%。

三、2010年上半年我国反补贴立案及裁决情况

2010年上半年，我国未启动反补贴调查，但对1起反补贴调查作出初裁，并对1起反补贴调查作出终裁，比2009年同期均增加1起。分别是：

(1) 2010年4月28日，商务部发布公告，对原产于美国的白羽肉鸡作出反补贴初裁，实施临时反补贴措施，税率为4.9%～31.4%。

(2) 2010年4月10日，商务部发布公告，对原产于美国的电工钢作出反补贴终裁：自2010年4月11日起实施为期5年的反补贴措施，税率为11.7%～44.6%。

四、2010年上半年我国反倾销复审立案及裁决情况

2010年上半年，我国启动了1起反倾销期中复审调查和2起期终复审调查，并对1起期终复审案件作出终裁。分别是：

(1) 2010年4月19日，应中国淀粉工业协会马铃薯淀粉专业委员会的申请，商务部对原产于欧盟的马铃薯淀粉进行反倾销期中复审立案调查。

(2) 2010年5月9日，应国内产业申请，商务部对原产于日本、美国和欧盟的氯丁橡胶启动反倾销期终复审立案调查。涉案产品海关编码为40024910、40024990。

(3) 2010年6月17日，应国内产业申请，商务部对原产于日本、韩国、美国和法国的水合肼进行反倾销期终复审立案调查。涉案产品海关编码为28251010。

(4) 2010年1月30日，商务部发布公告，对原产于日本、韩国、美国和台湾地区的苯酚作出反倾销期终复审终裁，自2010年1月31日起，继续对原产于日本、韩国、美国和台湾地区的进口苯酚实施为期5年的反倾销措施。

全球对华贸易救济案件综述

2010年以来，我国经济运行数据有所好转，进出口贸易增幅有所回升。据海关统计，1—5月，我国进出口总值11000.9亿美元，比2009年同期增长44%。其中，出口5677.4亿美元，同比增长33.2%；进口5323.5亿美元，同比增长57.5%；贸易顺差为353.9亿美元，下降59.9%。但我国产品出口中的“隐忧”仍然存在，在海外市场遭遇的技术壁垒、贸易救济仍然不断。据中国贸易救济信息网统计，2010年上半年，共有13个国家（地区）对华启动37起贸易救济调查，比2009年同期减少29起，降幅为43.9%。

一、反倾销和保障措施是全球对华贸易救济的主要手段，我国仍为部分贸易伙伴的重点调查对象

在全球对华起的37起贸易救济调查中，反倾销19起，同比减少16起；反补贴3起，同比减少2起；涉华保障措施14起，同比减少5起；特别保障措施1起，同比减少6起。从上述数据中可以看出，反倾销和保障措施仍是上半年全球对华贸易救济调查的主要手段，二者合计占全球对华贸易救济调查总数的比重高达89.2%。

2010年上半年，中国产品仍是美国、欧盟、印度、阿根廷等主要贸易伙伴的重点调查对象（表1）。其中，美国上半年启动了2起反倾销和2起反补贴，均针对中国产品；欧盟启动8起反倾销和2起反补贴调查，其中对华分别为5起和1起，并启动1起涉华保障措施调查；印度启动18起反倾销调查，其中对华6起，位居各国之首。

表1　部分国家对全球及对华贸易救济调查情况列表

（单位：起）

国家（地区）	美国	欧盟	印度	阿根廷
全球	4	11	18	7
对华	4	7	6	2

二、发起国集中，欧盟、印度是对华贸易救济调查的主要发起者

2010年上半年，在对华启动贸易救济调查的13个国家（地区）中，欧盟共启动7起，位居各国之首，占比为18.9%；其次是印度，为6起，占比16.2%；位居第三的美国和印尼均为4起，占比各为10.8%；并列第四的俄罗斯、多米尼加和乌克兰均为3起，占比各为8.1%；阿根廷居第五位，为2起，占比5.4%。案件数居前五位的国家（地区）共有8个，占对华启动贸易救济调查国别总数的61.5%，而其所发起的案件数占案件总数的86.5%。但对于反倾销、反补贴和保障措施，各国的侧重有所不同。

印度是对华反倾销的主要发起国。共有8个国家（地区）对华启动19起反倾销调查。其中，印度位居首位，为6起，占同期反倾销案件总数的31.6%；其次是欧盟，5起，占比26.3%；位居第三的是阿根廷和美国，均为2起，占比各为10.5%。上述4个国家（地区）对华启动的反倾销调查数占比为78.9%。

美国是反补贴调查的主要发起国。2010年上半年，全球对华3起反补贴调查由美国和欧盟发起。其中，美国2起，欧盟1起。

印尼是涉华保障措施的主要发起国。共有6个国家启动了14起涉华保障措施。其中，印尼启动的案件数位居首位，为4起，占同期涉华保障措施案件总数的28.6%；其次是俄罗斯和乌克兰，均为3起，占比各为21.4%；位居第三的是多米尼加，为2起，占比14.3%。上述4个国家启动的涉华保障措施案件数占比为85.7%。

三、50%以上的对华贸易救济调查由印度、印尼等发展中国家发起

在对华启动37起贸易救济调查的13个国家（地区）中，发达国家（经济体）3个，发展中国家（经济体）8个，2个转型国家（经济体）（俄罗斯、乌克兰）①。其中，发达国家（经济体）启动12起贸易救济调查，发展中国家（经济体）启动19起，转型国家（经济体）启动6起。

在发展中国家启动的19起贸易救济调查中，印度启动的调查数位居首位，为6起，占比31.6%；其次是印尼，为4起，占比21.1%；位居第三的是多米尼加，为3起，占比15.8%。

四、涉案产品范围扩大至高科技产品，部分产品在多国被诉，冶金、建材、化工是调查重点

上半年，全球对华37起贸易救济调查涉及电子、纺织、化工、建材、轻工、冶金、有色金属、造纸和金属制品9个行业。其中，涉及冶金的案件数位居首位，为8起，占比21.6%；其次是建材和化工，均为6起，各占比16.2%；位居第三的是轻工，为5起，占比13.5%。在涉及冶金产品的8起案件中，反倾销3起，反补贴1起，保障措施4起。

2010年以来，部分产品出现了多次被反，或者曾经被反，又再次被反的问题。例如，2010年，我国出口的玻璃纤维及其制品就在印度、土耳其、欧盟被反倾销调查；铜版纸、铝型材、浮法玻璃等产品都曾在以前的反倾销调查中出现。

不仅如此，我国部分高科技产品首次被进口国（地区）进行贸易救济调查。2010年6月30日，欧盟对华数据卡发起反倾销调查，并对数据卡启动保障措施调查。数据卡属于不断更新的高科技产品，而此类高科技电子产品还是首次出现在贸易救济调查中，预计该案的涉案金额将高达40亿美元。

美国337调查情况综述

据中国贸易救济信息网统计，2010年上半年，美国共发起337调查28起，比上年的14起大幅增长1倍，涉案国家（地区）达9个。

一、中国占比42.9%，高居首位

2010年上半年，在美国发起的28起337调查（如图1所示）中，涉及中国的12起（1起案件可能涉及多个国家（地区），下同），占比42.9%，位居首位，如果再加上涉及香港地区的5起，中国占比将高达60.7%；其次为台湾地区，为11起，占比39.3%；日本位居第三，为7起，占比25%。

---

① 在本文中发展中国家（经济体）、发达国家（经济体）和转型国家（经济体）的划分根据联合国贸易发展组织发布的2009 *Handbook of Statistics*

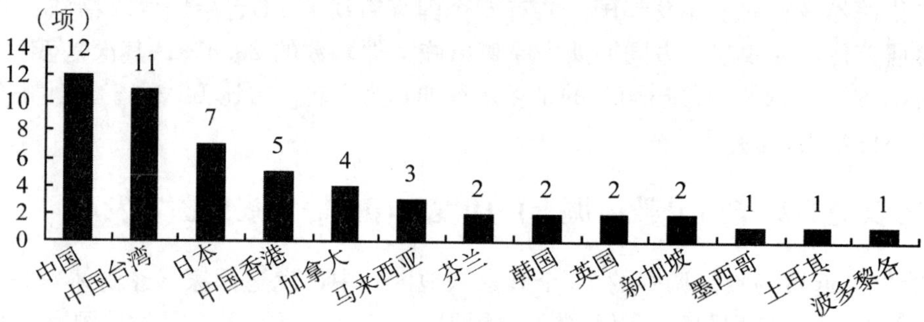

图 1　2010 年上半年美国 337 调查涉案国（地区）案件分布

二、涉案产品以电子信息产品为主

在美国发起的 28 起 337 调查中，涉及电子信息产品的最多，为 23 项，占比高达 82.1%。其后依次为：轻工产品，为 3 起，占比 10.7%；汽车产品，为 1 起，占比 3.6%；其他产品，为 1 起，占比 3.6%。

在涉华的 12 起 337 调查中，9 起案件涉及电子信息产品，2 起涉及轻工产品，1 起涉及汽车产品。目前，随着全球各国出口产品技术含量的不断提高，电子产品的涉案比例越来越大并不奇怪。其实从 20 世纪 90 年代开始，电子产品就一直位居美国 337 调查的首位。1991—1995 年为 18 起，1996—2000 年为 37 起，2001—2005 年为 57 起，而在 2006—2009 年涉及电子类产品的 337 调查案件已达 76 起。

值得注意的是，在 12 起涉华 337 调查中，6 起案件美方未将中国出口企业列为被告，而是将中国作为原产地调查国。由于这类案件中国企业被动地不能参加案件审理，将对我相关企业极为不利。

三、专利侵权为最主要诉由

在 2010 年上半年美国发起的 28 起 337 调查中，单独因专利侵权而被起诉的 27 起，联合以侵犯专利权、商标权和著作权申诉的仅 1 起。如此看来，上半年几乎所有的 337 案件均涉及专利侵权事由。而专利侵权一直以来就是美国启动 337 调查的最主要诉由。1972—2008 年，在美国发起的 669 起 337 调查中，单独以专利侵权为由启动的多达 506 起，占比为 75.6%；2009 年，在美国发起的 35 起 337 调查中，单独以专利侵权为由启动的为 31 起，占比高达 88.6%。表 2 列示了 2010 年上半年美国 337 调查涉华案件的情况。

表 2　2010 年上半年美国 337 调查涉华案件情况

案件号	涉案产品	诉　由	强制应诉企业
337—TA—700	表面贴装的 MEMS 器件	专利侵权	美国楼氏电子、Mouser Electronics 公司
337—TA—701	部分电子装置，包括手机、便携式音乐播放器及电脑	专利侵权	苹果公司

续表

案件号	涉案产品	诉 由	强制应诉企业
337－TA－707	动态随机存储器	专利侵权	日本尔必达存储公司、尔必达存储（美国）公司、台湾瑞晶电子股份有限公司、金士顿科技有限公司、金士顿科技（上海）有限公司、金士顿科技（台湾）有限公司、马来西亚金士顿科技有限公司、沛顿科技有限公司、台湾威刚科技股份有限公司、威刚科技（美国）公司、台湾宇瞻科技有限公司、宇瞻科技美国公司、日本美禄可公司、美禄可科技（美国）公司、美国Corsair Memory公司、Corsair Memory台湾公司、Mushkin公司、马来西亚Mushkin APAC公司、台湾创见资讯股份有限公司、创见资讯美国公司
337－TA－711	带有打印头的喷墨墨盒	专利侵权	台湾研能科技股份有限公司、港麦普科技有限公司、中国麦普科技有限公司、美国佛罗里达州迈阿密Mextec集团、美国SinoTime科技公司以及香港PTC控股公司
337－TA－713	显示设备，包括数字电视和监视器	专利侵权	香港TPV有限公司、台湾冠捷电子有限公司、TPV（美国）公司、Envision Peripherals公司、香港冠捷投资有限公司、TPV电子（福建）有限公司、TPV显示科技（武汉）公司、TPV显示科技（北京）公司、台湾群创光电股份有限公司、美国群创公司、优派公司
337－TA－714	带有触摸板和触摸屏电子设备	专利侵权	苹果公司
337－TA－716	大型半导体集成电路	专利侵权	飞思卡尔半导体公司、飞思卡尔半导体日本公司、飞思卡尔半导体公司中国西青制造厂、中国飞思卡尔研发中心、飞思卡尔马来西亚公司、飞思卡尔新加坡公司、飞思卡尔台湾公司、Mouser Electronics公司、派睿电子公司以及摩托罗拉公司
337－TA－717	数字成像设备及其相关软件	专利侵权	柯达公司
337－TA－721	便携式电子设备及其相关软件	专利侵权	苹果公司
337－TA－722	汽车及其相关设计	专利侵权	中国星月集团、上海星月动力机械公司、上海星月美国公司、浙江星月车业有限公司、上海天顿实业有限公司、Boat N RV Supercenter公司以及Vehicles Online公司

续表

案件号	涉案产品	诉 由	强制应诉企业
337－TA－723	喷墨打印机墨盒	专利侵权	台湾研能科技股份有限公司、台湾亚太微系统股份有限公司、香港麦普科技有限公司、中国麦普科技有限公司、美国佛罗里达 Mextec 集团、美国佛罗里达 Sinotime 科技公司以及香港 PTC 控股公司
337－TA－724	带有图像处理系统的电子装置	专利侵权	苹果公司

美国 CPSC 召回通报综述

2010 年上半年，美国消费品安全委员会（CPSC）共发布召回通报 205 项，同比增长 8.5%。CPSC 通报涉及中国内地、中国香港、中国台湾以及加拿大、美国、韩国、印度、墨西哥、马来西亚、印尼、泰国、意大利、日本、德国、越南、菲律宾、芬兰等 30 个国家（地区）。

一、中国内地产品位居美国 CPSC 召回通报之首

2010 年上半年，中国内地产品被召回的通报数位居首位，共 123 项，占通报总数的 60%，同比增长 13.9%；其次为美国本土产品，为 36 项，占比 17.6%，同比下降 2.7%；台湾地区位居第三，14 项，占比 6.8%，与 2009 年同期数量持平；越南位居第四，10 项，占比 4.9%，同比增长 150%；墨西哥和泰国并列第五，各 8 项，分别占比 3.9%。[1 起产品召回可能涉及多个国家（地区）]

二、儿童用品是召回的重点

2010 年上半年，在涉及中国产品的 123 项召回通报中，居首位的是儿童用品，共 55 项，占通报总数的 44.7%，同比增长 27.9%；其次为家居用品，37 项，占比 30.1%，同比增长 19.4%；玩具，15 项，占比 12.2%，同比降低 6.25%；体育和休闲用品，12 项，占比 9.6%，同比增长 20%；户外用品，4 项，占比 3.3%，同比降低 42.9%。

三、召回原因主要是人身伤害危险

2010 年上半年，美国 CPSC 召回中国产品的原因中（1 项通报可能有多种原因），最多的是因产品质量问题给消费者造成的摔伤、划伤等人身伤害危险，共 51 项，占比 41.5%；其次是产品可能引发儿童窒息危险，25 项，占比 20.3%；产品可导致儿童颈部被勒危险，24 项，占比 19.5%；引发火灾危险，20 项，占比 16.3%；铅含量超标，14 项，占比 11.4%；身体被卡或被困危险，13 项，占比 10.6%。其他原因还包括电击危险（3 项）、镉含量超标（3 项）、引发肠梗阻危险(1 项)。

四、建议消费者停止使用被召回产品、退货及全额退款

2010 年上半年，美国 CPSC 对被召回中国产品采取的主要措施（1 项通报中可能涉及多项措

施）中，建议消费者停止使用被召回产品、退货及全额退款，53 次，占比 43.1%；建议退货及/或免费更换其他产品，31 次，占比 25.2%；建议免费检修及/或更换零部件，29 次，占比 23.6%；建议全额退款，15 次，占比 12.2%；退货及获取购物券，7 次，占比 5.7%；建议采取其他措施，4 次，占比 3.3%。

欧盟 RAPEX 对华通报综述

2010 年上半年，欧盟非食品类快速预警系统（RAPEX）共发布严重危险产品通报 980 项，比上年同期的 889 项增长 10.2%。其中，对华产品通报 594 项（不包括对中国台湾和中国香港），占同期欧盟通报总数的 60.6%，比上年同期的 539 项增长 10.2%，高居首位，是位居第二的土耳其的 12 倍，是位居第三的德国的 17 倍（图 2）。

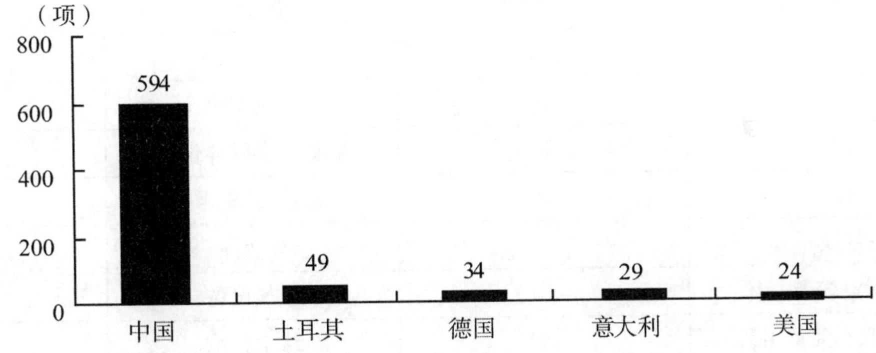

图 2　2010 年上半年欧盟 RAPEX 产品通报前五位的国家分布

一、西班牙是对华发布通报最多的欧盟成员

在欧盟 RAPEX 对华发布的通报中，西班牙对华通报 82 项，占欧盟对华产品通报总数的 13.8%，居首位，涉及的产品包括：玩具（45 项）、电器（13 项）、灯链（10 项）、服装、面料及时尚用品（9 项）、照明装置（2 项）、装饰品（1 项）以及其他类产品（2 项）；其次是塞浦路斯，68 项，占比 11.4%，主要涉及的是服装、面料及时尚用品（47 项）；保加利亚，60 项，占比 10.1%，位居第三，主要涉及产品也是服装、面料及时尚用品（57 项）（图 3）。

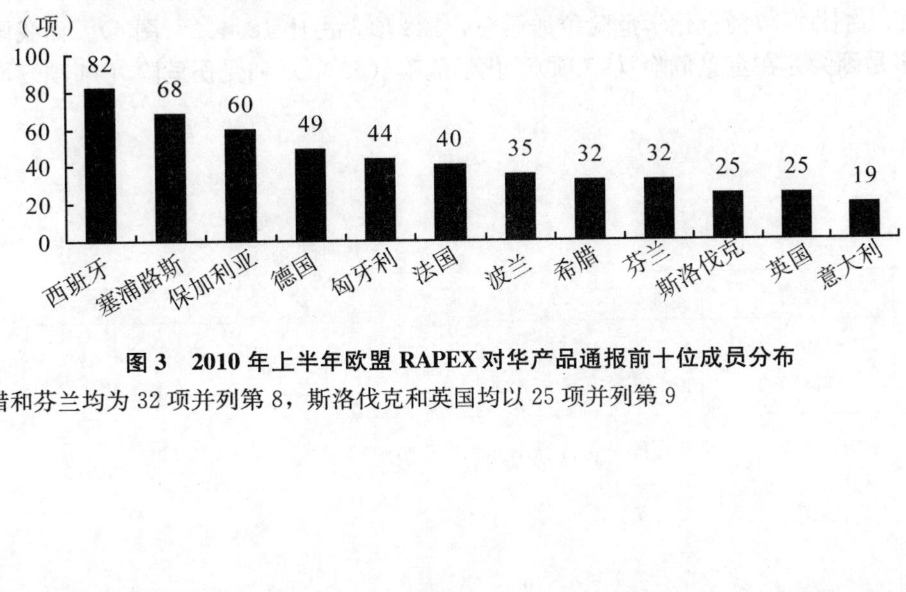

图 3　2010 年上半年欧盟 RAPEX 对华产品通报前十位成员分布

注：希腊和芬兰均为 32 项并列第 8，斯洛伐克和英国均以 25 项并列第 9

二、玩具为欧盟对华产品通报的重点

从我国被通报的产品看，玩具被通报的频率最高，共计216项，占比36.4%；服装、面料及时尚用品仅次之，为173项，占比29.1%；电器，69项，占比11.6%，位居第三。此外，打火机、灯链、照明装置、休闲/运动装置、儿童护理产品和儿童用具、激光指示器、食物仿制品、装饰品、防护装置、化学品、家用小机械、机动车辆、通信与多媒体设备、厨房/烹饪器具、化妆品、燃气设备、珠宝首饰、家具、小器具等也在欧盟RAPEX对华产品通报之列（见表3）。

表3　2010年上半年欧盟RAPEX对华通报产品类别

产品类别	通报数（项）	产品类别	通报数（项）
玩　具	216	防护装置	5
服装、面料及时尚用品	173	化学品	4
电　器	69	家用小机械	4
打火机	19	机动车辆	3
其　他	17	通信与多媒体设备	3
灯　链	15	厨房/烹饪器具	2
照明装置	15	化妆品	2
休闲/运动装置	10	燃气设备	2
儿童护理产品和儿童用具	9	珠宝首饰	2
激光指示器	8	家　具	1
食物仿制品	8	小器具	1
装饰品	6	—	—

三、窒息危险是欧盟对华产品通报的主因

从欧盟对华产品通报的原因（1项产品可能因多项原因而被通报，所以原因统计总数大于产品通报总数）分析，窒息危险（包括憋闷和勒杀危险）是欧盟对华产品通报的最主要原因，共计200项，在所有被通报的原因类型（668项）中占比达29.9%；受伤危险（包括灼伤和割伤危险）位居其后，145项，占比21.7%；化学危险位居第三，123项，占比18.4%（图4）。而我国被通报最多的玩具产品多是因为存在窒息危险（96项）、化学危险（62项）和受伤危险（44项）而被通报。

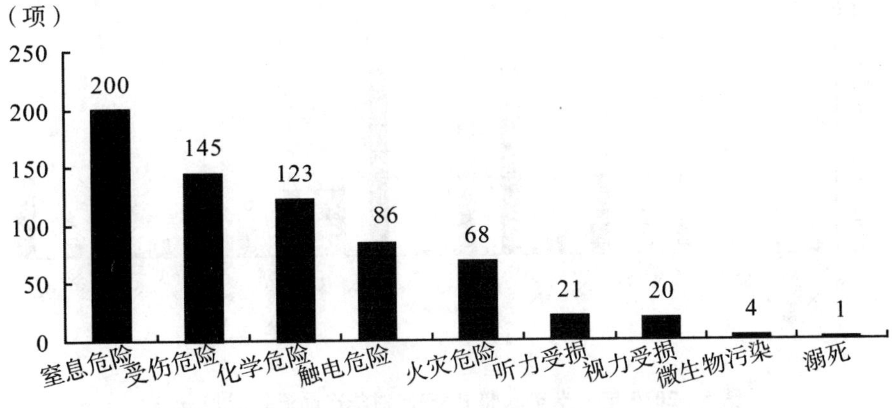

图4　2010年上半年欧盟RAPEX对华产品通报危险类型分布

四、撤出市场是欧盟对华产品适用的主要措施

2010年上半年，在欧盟对华通报产品适用的执行措施中，欧盟成员国主管机构采取强制措施的382项，占比64.3%；经营方自愿采取补救措施的210项，占比35.4%；采取强制辅于自愿措施的仅2项，占比0.3%。而从适用的具体措施（1项通报可能适用多种措施）分析，上半年，欧盟对我国被通报产品主要适用撤出市场、召回、禁止销售、拒绝进口、改正措施、扣留以及销毁措施。其中，适用撤出市场措施的最多，多达410项；其次为召回措施，132项；禁止销售，92项，居第三位。

欧盟RASFF对华通报综述

2010年上半年，欧盟27个成员和挪威通过欧盟食品及饲料类快速预警系统（RASFF）共发布食品和饲料类产品通报1063项，比上年同期的1590项下降33.1%。其中，对华通报229项，占比21.5%，比上年同期的182项增长25.8%。

一、意大利是对华产品发布通报最多的欧盟成员

2010年上半年，共有19个欧盟成员国对华输欧食品及饲料类产品发布产品通报。其中，预警通报32项，信息通报53项，拒绝进口通报144项。从上半年对华发布通报的欧盟成员国分析，意大利对华发布各类通报最多，共计40项，占欧盟对华通报总数的17.5%；其次为德国，33项，占比14.4%；西班牙位居第三，23项，占比10.0%；希腊发布21项位居第四；芬兰和英国均发布17项，位居第五位（图5）。上述六国合计发布通报151项，占比高达65.9%。

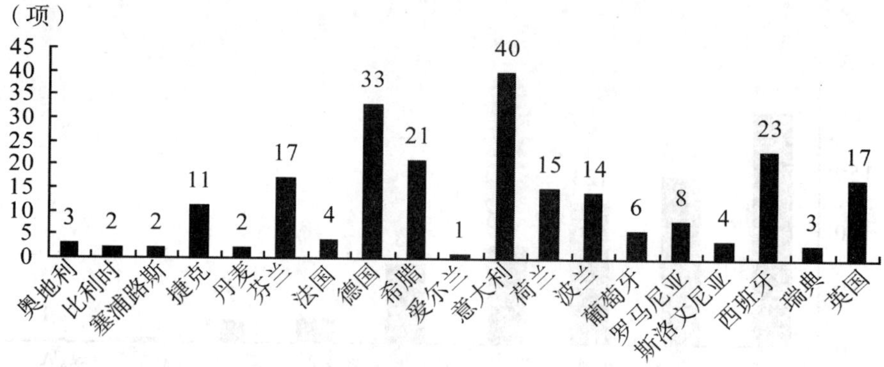

图 5　2010 年上半年欧盟 RASFF 对华产品通报成员分布

二、坚果类食品居欧盟 RASFF 对华产品通报首位

在欧盟 RASFF 对华产品发布的 229 项通报中，坚果类食品被通报次数最多，共计 65 项，占比 28.4%；其次为与食品直接接触类产品，63 项，占比 27.5%（图 6）。二者合计占 2010 年上半年欧盟对华产品通报总数的 5 成以上。而在我国被通报最多的坚果类食品中，花生及其制品高达 61 项，占坚果类食品被通报总数的 93.8%。此外，我国被通报的产品类别还包括：谷物、食物补充剂、水果和蔬菜、饲料、水产品、糖果及蜂蜜、鸡蛋及其制品、草药和香料、肉类及其制品、饮品、可可和茶、油脂、调味品以及其他食品等。

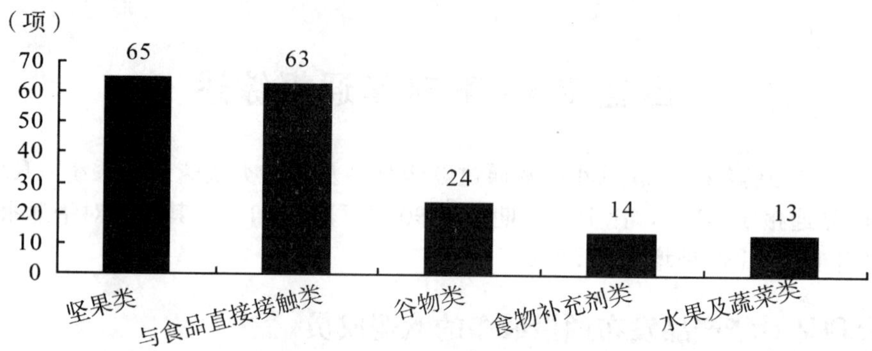

图 6　2010 年上半年欧盟 RASFF 对华产品通报前五位产品类别分布

三、因含黄曲霉素及有害物质迁移和重金属含量超标为主因

欧盟 RASFF 对输欧食品及饲料类产品发布通报的原因包括：物质迁移、（含有）霉菌（如黄曲霉素）、（非法）转基因、重金属超标、食品添加剂（超标或未经授权而使用等）、非法辐照、非法进口、卫生/安全证书欠缺、含有异物、检出寄生虫、感官不良、兽残、农残（超标）等。

（1）霉菌。2010 年上半年，我国输欧食品及饲料类产品因含有霉菌（主要是黄曲霉素）而被通报的共计 57 项，居首位，且涉及产品均为花生及其制品。

（2）重金属。重金属超标也是 2010 年上半年欧盟 RASFF 对华产品通报的主要原因，共计 35 项。其中，涉及与食品直接接触类产品最多，为 30 项；其次分别为：水果及蔬菜类 2 项，水产品类 1 项，汤类 1 项以及其他类产品 1 项。

（3）物质迁移。2010 年上半年，我国输欧产品因存在物质迁移问题而被通报的共 32 项，且全部为与食品直接接触类产品。其中包括：铬、镍、镉或铅物质迁移、总迁移量超标、初级芳香胺物质迁移和增塑剂物质迁移等。

(4) 非法转基因。成为2010年上半年我国输欧食品及饲料类产品被通报的第四大原因，共计21项，主要涉及各种谷物制品。

(5) 有害成分超标。这是上半年我国输欧产品被通报的第五大原因，共计16项。其中，因西地那非超标而被通报的食物补充剂，6项；因铝含量超标被通报的谷物类产品，4项；因碘含量超标被通报的水果及蔬菜类产品，4项；此外，与食品直接接触类产品、草药和香料分别因不良反应和含有苏丹红被通报。

此外，欧盟RASFF对华产品通报的原因还有：非法辐照（14项），非法进口（15项），温度控制不良（10项），食品添加剂（7项）、含有异物、感官不良以及（潜在）致病微生物（各5项），微生物污染、药物残留以及工业污染（各3项），含杀虫剂以及包装破损（各2项）和标签问题（1项）。

四、产品遣回是欧盟对华产品通报适用的主要措施

2010年上半年，从欧盟对华产品通报适用的措施（1项通报可能适用多种措施）分析，产品遣回措施适用的最多，达78项；其次为销毁和撤出市场，均为44项；扣留措施位居第三，36项。此外，欧盟对我国被通报产品适用的措施还包括：封存、退回分销商、改变产品目的地、禁止销售、召回以及物理处理等。

加拿大卫生部召回通报综述

2010年上半年，加拿大卫生部共发布召回通报161项，同比下降4.2%。加拿大卫生部通报涉及美国、印度、加拿大、墨西哥、泰国、越南、斯洛文尼亚、日本、德国、洪都拉斯、法国、意大利、马来西亚以及中国大陆、中国香港和中国台湾。

一、中国大陆产品位居加拿大卫生部召回通报之首

2010年上半年，中国大陆产品被加拿大卫生部召回通报位居首位，共89项，占通报总数的55.3%，同比下降6.3%；其次为美国产品，29项，占比18.0%；加拿大本土产品位居第三，17项，占比10.6%；中国台湾位居第四，9项，占比5.6%；墨西哥位居第五，4项，占比2.5%。[1起产品召回可能涉及多个国家]

二、儿童产品是召回的重点

2010年上半年，在涉及中国产品的89项召回通报中，居首位的是儿童产品，共41项，占通报总数的46.1%，同比增长41.4%；其次为家居用品，29项，占比32.6%，同比增长11.5%；体育和休闲用品，9项，占比10.1%，同比增长80%；玩具，6项，占比6.7%，同比下降80%；服装，4项，占比4.5%，同比增长300%。

三、召回原因主要是人身伤害危险

2010年上半年，在加拿大卫生部召回中国产品的原因中（1项通报可能有多种原因），最多的是因产品质量问题给消费者造成的摔伤、划伤等人身伤害危险，共29项，占比32.6%；其次是产

品可能引发儿童窒息危险，17 项，占比 19.1%；引发火灾危险，13 项，占比 14.6%；铅含量超标，12 项，占比 13.5%；身体被卡或被困危险，10 项，占比 11.2%；导致儿童颈部被勒危险，8 项，占比 9.0%；不符合阻燃性标准，5 项，占比 5.6%。其他原因还包括电击危险（3 项）、镉含量超标（3 项）、其他原因（1 项）。

四、建议消费者停止使用被召回产品、退货及全额退款

在 2010 年上半年加拿大卫生部对被召回的中国产品采取的主要措施（1 项通报中可能涉及多项措施）中，建议消费者停止使用被召回产品、退货及全额退款，30 次，占比 33.7%；建议退货及/或免费更换其他产品，24 次，占比 27.0%；建议免费检修及/或更换零部件，22 次，占比 24.7%；建议直接丢弃，15 次，占比 16.9%；退货及获取购物券，3 次，占比 3.4%；建议采取其他措施，3 次，占比 3.4%。

日本扣留中国食品情况综述

2010 年上半年，日本共发布食品扣留通报 765 批次，与 2009 年上半年（350 批次）相比，增幅高达 118.6%。这 765 批次的产品共涉及中国、美国、加纳、泰国、印尼、巴西、越南、意大利等 40 个国家（地区）。其中，我国被扣留食品共计 165 批次，比例达 21.6%，位居首位；美国 98 批次，占比 12.8%，位居第二；加纳和泰国各被扣留 57 批次，各占比 7.5%，并列位居第三。这 4 个国家被扣留食品批次（共计 377 批次）占 2010 年上半年日本扣留食品通报总量的 49.3%（图 7）。此外，扣留超过 20 批次以上的国家还包括越南（41 批次）、巴西（37 批次）、印尼（29 批次）、意大利（26 批次）、印度（23 批次）、西班牙（22 批次）、法国（21 批次）以及加拿大（20 批次）。

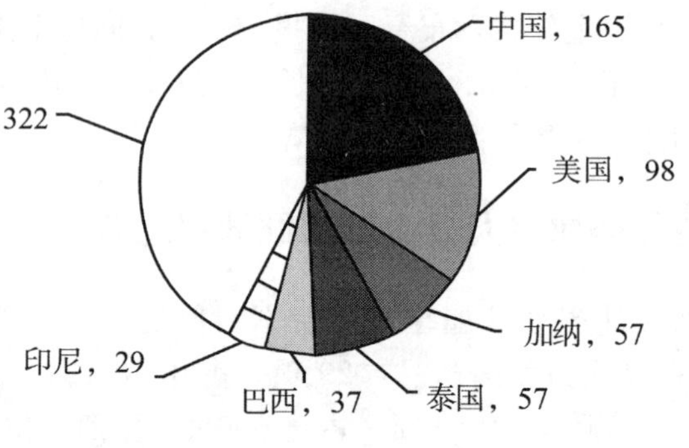

图 7　2010 年上半年日本扣留主要国家（地区）食品批数分布

一、中国仍居日方扣留食品通报之首

2010 年上半年，日本共发布涉华食品扣留通报 165 批次（不包括中国台湾 18 批次以及中国香港 2 批次），仍然位居被扣留食品通报的首位，比上年同期（123 批次）增长 34.1%，但远低于日本扣留食品通报总量 118.6%的同比增幅。

二、山东位列对日出口省份被扣留食品通报批次之首

在日本通报扣留中国的 165 批次食品中，涉及包括山东、广东、浙江、福建、辽宁、上海、江苏、河北、四川等 18 个省份及直辖市。其中，山东被扣留食品共计 42 批次，位于日方通报首位，

占上半年日方扣留中国食品通报总量的 25.5%；其次是广东，被扣留食品 32 批次，占比 19.4%；浙江和福建并列位居第三，各被扣留食品 18 批次，占比 10.9%；上海 11 批次位居第五。其他省份如河北被扣留 8 批次，江苏被扣留 7 批次、辽宁 6 批次、四川 5 批次、江西 4 批次、黑龙江与北京各 3 批次、天津与安徽各 2 批次以及内蒙古、云南、海南和湖南各被扣留 1 批次。

从 2010 年上半年日本扣留中国主要省份食品批次的同比分析来看（图 8），近 3 年同期，广东以及上海被扣留食品批次呈明显上升之势。广东主要是被扣留的餐具、厨房用具以及玩具类产品，数量大幅增长；上海则主要是水产食品和厨房用具，被扣批数不断上升。此外，福建呈现出逐年下滑的之势；山东 2009 年上半年的被扣留食品大幅减少，2010 年又有所增长。

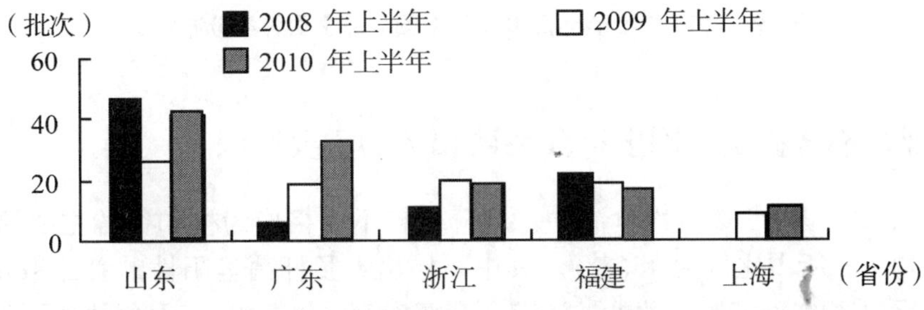

图 8　2008—2010 年上半年日本扣留中国食品主要省份批次对比

三、添加剂、餐具、厨房用具及玩具扣留通报批次最多

在日本通报扣留中国的 165 批次食品中，添加剂、餐具、厨房用具以及容器包装、玩具类产品共计 51 批次，数量最多，占我国全部被扣留食品总量的 30.9%。包括厨具 31 批次、餐具 12 批次、玩具 5 批次，以及添加剂 3 批次。其中，厨房用具被扣留的主要产品包括橡胶手套（7 批次）、搅拌机及烤炉等小家电（6 批次）、切菜板（5 批次）以及锅盖（4 批次）等。

（1）水产加工食品（鱼类加工品、冷冻水产品、鱼贝类卵加工品等）共计 36 批次，数量位居第二，占比 21.8%。其中冷冻水产品有 31 批次，包括冷冻虾及虾仁（10 批次）、冷冻后的烤鳗鱼（5 批次）、冷冻混合海鲜（4 批次）、冷冻蟹（2 批次）、冷冻鱿鱼（1 批次）以及其他冷冻鱼片（9 批次）。除了冷冻水产品外，还有调味干鱿鱼（3 批次）以及水煮文蛤（2 批次）。

（2）农产加工食品（冷冻食品、蔬菜加工品、果实加工品、香辛料、方便面类）共有 25 批次，数量位居第三，占比 15.2%。主要包括冷冻蔬菜（9 批次）、干蘑菇等干燥类农产品（8 批次）、豆腐加工产品（4 批次）、腌制蔬菜（3 批次）以及容器包装蔬菜制品（1 批次）。

（3）农产食品（蔬菜、果实、麦类、玉米、豆类、花生、坚果、种子类）共 17 批次，主要包括大粒以及小粒花生（7 批次）、黑芝麻（3 批次）、鲜葱（3 批次）、薏苡（2 批次）以及新鲜胡萝卜和荞麦（各 1 批次）。

（4）畜产加工食品（奶油、肉类加工品、冰淇淋、冷冻肉类食品）共计 16 批次，其中冷冻后的猪肉制品就有 12 批次，占该类食品的 75%。此外，还有 4 批次的冷冻鸡肉制品。

（5）其他类别（保健食品、汤类、调味品、点心类、食用油、冷冻食品等）食品共有 12 批次，包括茶（4 批次）、调味品（3 批次）、点心（3 批次）、果冻（1 批次）及蜂窝（1 批次）。

（6）水产类（贝类、鱼类、甲壳类）食品有 8 批次，包括天然活鳢鱼（5 批次）、养殖活鳗鱼（2 批次）和活螃蟹（1 批次）（图 9）。

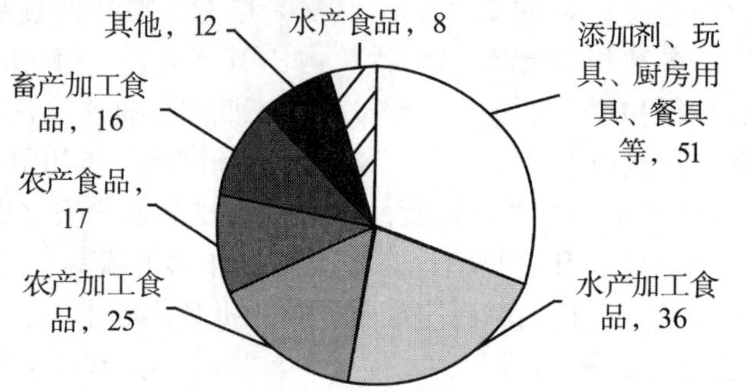

图 9　2010 年上半年日本扣留中国食品主要种类分布情况

四、成分规格不合格是我国出口食品被扣留的主要原因

在日本通报扣留中国的 165 批次食品中，成分规格不合格成为被扣留的主要原因，共有 75 批次的食品因此被扣留，所占比例为 45.5%。其中，检出大肠杆菌呈阳性的食品数量最多，共有 18 批次，占该类违反内容的 24.0%。此外，还有含有瘦肉精（9 批次）、无色孔雀石绿（9 批次）、细菌数超标（6 批次）、呋喃唑酮（6 批次）、氟乐灵（6 批次）、三氯杀螨醇（4 批次）、三唑磷（4 批次）、金霉素（3 批次）、微生物呈阳性（2 批次）、含有重金属（2 批次）、磺胺甲基异恶唑（1 批次）、三唑醇（1 批次）、毒死蜱（1 批次）、四环素（1 批次）、氯霉素（1 批次）、土霉素（1 批次）、恩诺沙星（1 批次）以及含有指定外着色剂（1 批次）等。

其次是玩具、原材料以及材质标准不合格的产品，共有 46 批次，占上半年日本对华扣留食品通报总量的 27.9%。其中，检出含铅的产品数量最多，有 13 批次，占该类违反内容的 28.3%。此外，还包括检出含有蒸发残留物 4%醋酸（7 批次）、高锰酸钾（4 批次）、含有蒸发残留水（4 批次）、含锌（3 批次）、双酯（2 批次）、双林苯二甲酸（1 批次）、指定外着色剂（1 批次）、含镉（1 批次）、庚烷（1 批次）、甲醛（1 批次）、含锑（1 批次）、含紫外线其他吸收物质（1 批次）、己内酰胺（1 批次）以及含有多种违反物质（如既含铅又含有蒸发残留物醋酸）（5 批次）等。

使用标准不合格食品 13 批次，占比 7.9%。主要是检出二氧化硫过量（7 批次）、含山梨酸（3 批次）、三氯蔗糖（1 批次）、含脱氢醋酸钠（1 批次）以及含有吐温（1 批次）。

检出各种毒素的食品 11 批次，均为检出黄曲霉素呈阳性。

检出含有指定外添加物的食品 11 批次，包括含有 TBHQ（5 批次）、甜蜜素（4 批次）以及一氧化碳（2 批次）。

违反《食品卫生法》第 11 条第 3 款之规定的食品 6 批次，包括检出甲氰菊酯含量超标（2 批次）、氟硅唑含量超标（2 批次），乙草胺以及毒死蜱含量超标（各 1 批次）。

检出生产标准不合格的产品 2 批次，均为含有指定外着色剂。

此外，还有检出发霉的食品 1 批次（图 10）。

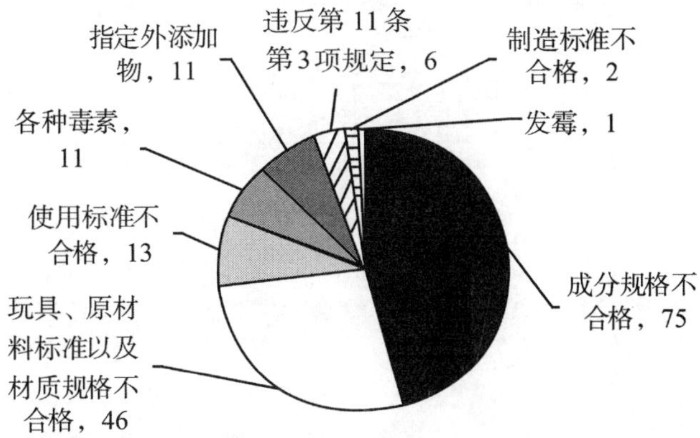

图 10　2010 年上半年日本扣留中国食品主要原因分布情况

五、自主检查是实施最多的检查方式

2010 年上半年，日本对扣留中国食品除 4 批次采取了“已经消费”、3 批次采取了“调查中”的处置措施以及 1 批次“已经流通外”，其他 157 批次的食品均采取了废弃、退货（全部封存）的处理措施。

在检查方式上，采取自主检查措施的扣留食品共有 92 批次，数量最多，占比 55.8%；采取命令检查的共计 49 批次，数量位居第二，占全部被扣食品的 29.7%。此外，采取监视检查的共 22 批次，采取行政检查的食品为 2 批次（图 11）。

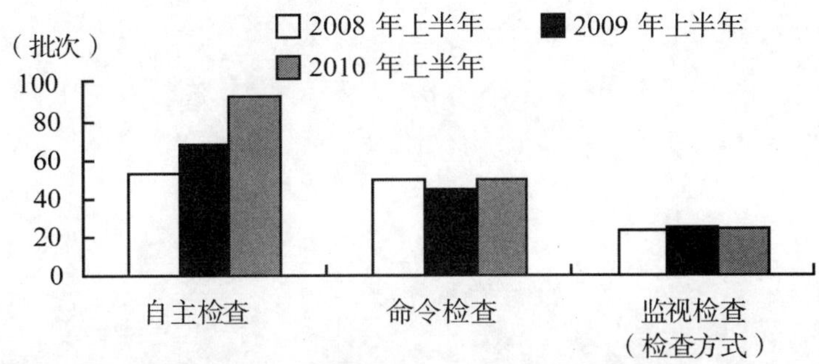

图 11　2008—2010 年上半年日本扣留中国食品检查方式对比

按照日本厚生劳动省在每年 3 月底出台的年度进口食品监视指导计划，随着我国输日食品总量的增长，近 3 年来，我国输日食品被日方扣留批数也呈现出增长之势。为此，日方要求我国出口企业对输日食品进行自主检查的数量也在不断增加。此外，2010 年上半年，日方扣留中国食品的检验检疫机构包括东京检疫所、横滨检疫所、大阪检疫所、神户检疫所和新泻检疫所在内的 19 个检疫所，其中检验批次最多的有东京检疫所（35 批次）、大阪检疫所（23 批次）和横滨检疫所（22 批次）。